LEITNER • DES MENSCHEN HERZ

Egon Christian Leitner

Des Menschen Herz
Sozialstaatsroman

Tagebücher 2004–2011

III. Buch

Wieser *Verlag*

Wieser *Verlag*

A-9020 Klagenfurt/Celovec, Ebentaler Straße 34b
Tel. +43(0)463 37036, Fax +43(0)463 37635
office@wieser-verlag.com
www.wieser-verlag.com

Copyright © dieser Ausgabe 2012 bei Wieser Verlag,
Klagenfurt/Celovec
Alle Rechte vorbehalten
Lektorat
Bd. I u. II: Thomas Redl, Helga Schicho
Bd. III: Lorenz Kabas, Helga Schicho
ISBN 978-3-99029-002-6

III. BUCH • TAGEBÜCHER 2004–2011

Inhalt

III. Buch: Tagebücher 2004–2011

Tagebücher 2004	*13*
Tagebücher 2005	*94*
Tagebücher 2006	*164*
Tagebücher 2007	*283*
Tagebücher 2008	*387*
Tagebücher 2009–2011	*457*
Nachwort	*621*
Pataphysisches Register	*629*
Adolf Holl zu Autor und Werk	*681*

I. Buch: Lebend kriegt ihr mich nie

Ein Vierzehnjähriger bringt sich aus Zuneigung und Zufall nicht um. Im Übrigen kennt er sich mit Gewerkschaftern aus.	*15*
Der hochbegabte Sohn eines Auschwitzwärters ist schwer erziehbar, findet sich aber einen Freund, der ihm für eine Zeitlang Leib- und Geistwächter ist. Als sein erstes Kind geboren wird, sagt er, er habe alles erreicht im Leben, er habe die Welt verändert.	*44*
Ein maroder Technikstudent verliebt sich in eine Primartochter, die Medizin studiert, und hängt sich auf. Sie hat ihn aber von Herzen geliebt. Was die Leute zu dem Ganzen sagten und was das für Folgen hatte.	*65*
Ein paar alte Leute aus einem Altersheim wollen ein misshandeltes Kind erretten. Des Weiteren, wie das Jahr 1968 wirklich war.	*86*
Von einem Kind, das unter Soldaten aufwuchs, und vom Militärwesen überhaupt. Man darf da keine Illusionen haben.	*92*
Eine hat ein liebes Lächeln.	*109*
Wie ein Ort an und für sich beschaffen war, in dem ein paar Babys umgebracht worden sind und eines fast.	*119*
Von den vielen guten Menschen in dem Ort und was für ein Wirbel war, als besagtes Kind groß war und wählen ging.	*142*

Vom Wesen der Politik überhaupt und wie durch es ein
Mann mit Familie in seinem 45. Lebensjahr alles verloren hat,
aber ein paar Bescheinigungen bekam, worauf sogar der
Staatspräsident ihm recht gegeben haben soll. Ein Minister
mochte ihn leiden und sie hatten oft fördernden Umgang
miteinander. *152*

Ein Virtuose bringt seiner winzigen Tochter sein eigenes
Können bei, damit sie einen Halt hat, Karriere machen und
glücklich sein kann. Mit 18 oder 19 springt sie von einem
Eisengerüst in die Ewigkeit. Man hat jederzeit auch schon
vorher zuschauen können. Das Haus, aus dem sie war,
hatte Stil und Kultur und hielt den regen Austausch hoch. *168*

Wie es in den 1960er und -70er Jahren in der Schule war
und wie mit den Penissen in Jugoslawien. *193*

Warum Streiks und Esoterik gleich gut sind und es für
Menschen nichts Besseres gibt. Und wie einer aus Scheu
ein paar weibliche Wesen durcheinander brachte und
sie ihn sehr. *218*

Warum Professionalität eine Augenauswischerei ist, die Dinge
aber trotzdem gut ausgehen. *245*

Ein alter Mann wirft sich, wenn er es gar nicht mehr aushält,
ein Nagelorakel und ist danach immer guter Dinge. Er macht
sich aber Sorgen, weil sich die Menschen und die Zeiten
nur äußerlich geändert haben. Alles werde wieder geschehen. *281*

Der Gesetzgeber tut, was er kann, damit er das Gesetz wieder
brechen kann. *299*

II. Buch: Furchtlose Inventur

Von einer Dialysestation, auf der ein Pfleger gewissenhaft
arbeitete, aber eineinhalb Jahrzehnte nach der berichteten
Zeit schuldig gesprochen wurde, weil 2005 ein Patient während
der Dialyse gestorben war. Die Richterin bedauerte, dieses
Urteil fällen zu müssen, denn statt des Pflegers sollten sich
die Ärzte, die Verwaltung und die Politik vor dem Gericht
verantworten müssen. Doch so weit reichten die Gesetze nicht.
(1989–1992) *13*

Von einer Frau, deren Gehirn plötzlich blutete und über die
man sagte, sie werde das nicht überleben oder wenn, dann nur
ohne jede höhere geistige Funktion, und später, sie sei nicht

therapierbar. Aber das war alles nicht wahr, weil um sie
gekämpft wurde. (1993–1999) *74*

Ein Sozialarbeiter kommt mit seinem Beruf nicht zu Rande,
gerät auf Abwege, erpresst seine Organisation. Diese will ihn
loswerden. (1992–1998) *110*

Wie ein großmütiger Gelehrter und herzensgebildeter Forscher,
in dem 3000 Jahre Menschheitsgeschichte am Leben und
Wirken waren, unterging und sein Universitätsinstitut mit ihm
und dadurch der Schulunterricht. Aber das weiß fast niemand,
weil man vergessen hat, was alles möglich ist. (1992–1997) *143*

Wie einem Flüchtling ein fremdes Kind in den Händen starb
und er darüber ein anderer Mensch wurde. (1992 –) *161*

Von einer Frau, die als Kind fast zu Tode gekommen wäre und
für ihre Kinder lebte; und wie es ist, wenn es dann plötzlich in
Wahrheit doch keine Schmerzmittel gibt, die helfen, und keinen
Gott und die netten Hospizleute sich irren. (1999) *167*

Von einem Lehrer aus kleinen Verhältnissen, der glaubt, er sei
unnütz und werde nicht gebraucht. Er bemüht sich. Aber in
der Schule ist nichts wirklich. Man muss aber auf das stolz
sein können, was man lernt. Es muss also wichtig und wertvoll
sein. Und man darf nicht so viel im Stich gelassen werden. (2005) *179*

Ein Vietnamese, der im Krieg Funker war, stirbt fast im Meer
als einer der Boatpeople. Zufällig wird er vom Roten Kreuz
von seiner Familie, seinem Bruder, getrennt, der nach Amerika
gebracht wird. Er kommt ganz alleine hierher, verliebt sich in
eine Chinesin, gibt ihr Geld, damit sie von hier fortkann,
ist dann wieder sehr alleine, hat Asyl, aber nicht viel Geld,
nur seine Arbeit, die oft nicht. Am 11. September 2001 wird er
ziemlich schizophren, weil er die Fernsehbilder nicht fassen
kann. Er kommt immer wieder ins Stadtspital und wird dann in
ein Pflegeheim in einem Landschloss verschleppt, in dem die
Verweildauer 4 Jahre beträgt, dann stirbt man. Er ist 54 und
immer freundlich. Ins Heim muss er, weil es heißt, dass er
niemanden habe. Er hat aber jemanden; die brechen ihn heraus.
Das Pflegeheim ist die Hölle für die Insassen und für das
Pflegepersonal. Aber die Politik nimmt das der Region und der
Arbeitsplätze wegen billigend in Kauf. Auch spare man durch
das Heim anderswo Geld. Vor allem sei das Patientenmaterial
das Problem. (2004–2005) *185*

III. Buch
Tagebücher 2004–2011

Tagebücher
2004

Tag, Monat, Jahr
Einer sagt, sie müssen inmitten der Diktatur so leben, als gebe es die nicht. Das sei wirklich Widersetzlichkeit; die nütze auch. Die dürfen aber nichts tun, verlangt dann die Regierung. Daher ruft er alle auf, dass sie sich auf dem Kinderspielplatz treffen und zusammen in der Sandkiste spielen. Das tun die dann. Das Ganze ist wirklich lustig, also wirklich und lustig. Und dann wird er einmal Staatspräsident. Und dann ist Demokratie und alles wird wieder vergessen.

Tag, Monat, Jahr
Der Musiker sagt, er könne nur mit Bankiers und Geschäftsleuten wirklich über Kunst reden, denn die Künstler reden nur über Geld.

Tag, Monat, Jahr
Eine Frau kann sich nach der Ultraschalluntersuchung nicht beruhigen. Glaubt ihrem Mann nicht, dass mit dem Baby alles in Ordnung ist. Er berichtet ihr, was man alles habe sehen können. Sie brauche sich keine Sorgen zu machen, er lüge sie gewiss nicht an. Sie freut sich, hat aber immer noch Angst. Man hat zuerst nicht gewusst, ob das Kind eine sichtliche Behinderung haben wird. Jetzt freut sie sich doch. Er sitzt ganz ruhig da. Wirkt gefasst. Ich glaube mit einem Male nicht, dass er ihr die Wahrheit sagt. Oder er kann es selber nicht glauben, dass alles gut ist. Er redet ruhig in einem fort wie unter Schock. Da sagt die Frau plötzlich, dass es doch auch darum gehe, was man nicht sehe. *Nein*, erwidert er, *es ist alles in Ordnung*. Sie lächelt und telefoniert dann, erzählt am Handy weiter, dass alles in Ordnung ist.

Tag, Monat, Jahr
Zwei Handvoll Arbeitsloser beschweren sich beim zuständigen staatlichen Kontrollorgan, dass die Qualifizierungsmaßnahmen des Arbeitsamtes unzureichend und beleidigend sind. Man müsse Schweinchen zeichnen; dieser Test zeige, ob man ein verlässlicher Charakter sei. Und man müsse auf den Boden geworfenes Geld aufheben. So werde geprüft, ob man wohl doch jede Chance nütze und sich für nichts zu schade sei. Und man bekomme als Frau Mitte der Fünfzig von 25jährigen Trainern, die gerade so alt sind wie die eigenen Kinder, den Sinn des Lebens erklärt.

Tag, Monat, Jahr
Einer fragt einen Spitzenpolitiker, ob wirklich die Politiker die Entscheidungen treffen oder ob es nicht die Umstände sind und die Dinge ihren

Lauf von selber nehmen. Der Staatsmann antwortet, dass es in der Tat sehr oft so sei, dass nicht der Politiker entscheide, sondern die Zwangsläufigkeit. Auch bei ihm sei es so. Er ist ein sehr guter Politiker, hat viel entschieden, die Bevölkerung verdankt ihm jetzt schon seit Generationen das meiste. Er ist Sozialdemokrat, durch und durch. Die beiden Männer reden nicht weiter. Mögen einander. Der Politiker ist gerade aus seinem allerletzten Staatsamt entfernt worden, hat aber immer noch die höchste Parteifunktion inne. Ist eine lebende Legende. Er hat den anderen, einen Schauspieler, einmal im Auto mitgenommen. Das sieht der Schauspieler als große Selbstlosigkeit. So müsse Politik sein. Eine Frau, Trainerin, sagt dann, man müsse so geistesgegenwärtig sein wie Politiker; von denen könne man Schlagfertigkeit lernen, weil sie gestellte Fragen nicht beantworten, sondern ganz etwas anderes reden, sich nicht durcheinanderbringen lassen, dann am Ende nach Belieben ein wenig auf die Frage eingehen. Oder eben doch überhaupt nicht. Man dürfe sich nichts anhaben lassen, sagt die Trainerin. Da seien die Politiker vorbildlich. – Heute ist ein unheimlicher Tag. Aber ich weiß, wie gut alles gemeint ist.

Tag, Monat, Jahr
Eine Frau sagt fröhlich, Schnecken seien graziös, allein schon die Fühler, und wie einzigartig auf der Welt, wie verschiedenartig die Häuser seien. Ihre Tochter hat sich umgebracht.

Tag, Monat, Jahr
Einer sagt, niemand habe den Untergang des Ostblocks vorausgesehen. Ein anderer erwidert: *Doch, Lech Walesa. Als er für eine Zeit lang verschleppt und spurlos verschwunden gewesen war, dann wieder aufgetaucht ist, hat er gesagt, dass der Kommunismus in längstens fünf Jahren auf dem Misthaufen der Geschichte gelandet sein wird. Und ein Historiker mit dem Namen Paul Kennedy hat es auch vorausgesagt.* Der eine weiß sichtlich von nichts, bleibt dabei, sagt: *Niemand hat das voraussagen können. Kein westlicher Geheimdienst hatte die geringste Ahnung, nicht einmal der westdeutsche hat gewusst, dass die DDR wirtschaftlich am Ende war.*

Tag, Monat, Jahr
Ein paar sagen, der Grundsatz müsse lauten: *So schnell wie möglich so sicher wie möglich*. Um Hilfe geht es. Wenn jemand in Lebensgefahr ist oder war. Sie sagen dann selber, die Sache mit der Sicherheit sei aber bloß leicht dahergeredet. Eine Therapeutin sagt, ein Mensch auf der Flucht zum Beispiel sei in einem fort bedroht, wenn er nicht wisse, ob er hier bleiben könne, hier ein Leben haben werde und andere Menschen. *So schnell wie möglich so sicher wie möglich*. Ich kenne nieman-

den, der sich daran hält. Wie kann das sein? So viele Funktionäre begreifen nicht, was alles möglich wäre!

Tag, Monat, Jahr
Die Wirtschaftswissenschafterin sagte im Herbst 1999, dass man die meisten Menschen nicht einmal mehr für wert erachte, ausgebeutet zu werden, und das werde immer schlimmer, es werden immer mehr werden. Das sei die Zukunft. Aber gegenwärtig sei es für die meisten immer noch völlig unmöglich zu verstehen, was um uns herum geschieht; es verlasse uns in den wichtigsten Situationen ständig die Phantasie. Und der Wissenschaft fehle es an empirischem Material; die Wissenschaft könne uns daher nicht sagen, was uns bevorsteht, und schon gar nicht, was dagegen zu tun ist. Und die Gewerkschafter seien zu den Genossen der Bosse geworden, machen für diese die Politik statt für die eigenen Schutzbefohlenen. Und wenn ein Wissenschafter öffentlich andere wissenschaftliche Meinungen vertrete als die Neokapitalisten, werde er fachlich lächerlich gemacht. Auch medial seien Gegenmeinungen in jeder Hinsicht unerwünscht. Das Ganze sei ein Kulturproblem geworden. Der Neokapitalismus werde in den Grundannahmen von den Leidtragenden selber nicht in Frage gestellt. Sozialdemokratische Politik habe sich verabschiedet, der wirtschaftliche Wettbewerbsdruck sei für alles und jeden das Alibi. Niemand überprüfe mehr öffentlich, was öffentlich geredet wird. Kein Journalist insistiere, nicht einmal nachgefragt werde. Sie sagt, Solidarität habe es, wenn überhaupt, dann vielleicht nach dem Krieg gegeben; jetzt wolle jeder nur seine eigenen guten Geschäfte machen, indem er anderen falsche Hoffnungen mache und sie dann rücksichtslos enttäusche. Und gerade die politischen Eliten werden diesen Zustand nicht ändern, da sie sich am reichlichsten und leichtesten vom Kuchen bedienen können. Es sei keinerlei Bereitschaft zu einem New Deal vorhanden, also werde es keine wirklichen staatlichen Wirtschaftsinterventionen geben, keine wirklichen Eingriffe ins Banken- und Kreditwesen, keine Investitionen in den Sozialstaat. Aber dass eben alles nicht so sein müsse, sagt die Wissenschafterin. Aber so werde trotzdem der Gang der Dinge sein. Wir seien nun einmal so, weil die Verhältnisse so seien. Und die seien aber unseretwegen so. Und dann sagt sie aber, man dürfe sich von den Unternehmen nicht erpressen lassen, sondern solle es darauf ankommen lassen. In Wirklichkeit würden die wenigsten Unternehmer abwandern. Auch nicht die hiesige Autoindustrie. Die Politik dürfe einfach nicht so schnell klein beigeben. Und man müsse soziale Phantasie entwickeln, die habe jeder Mensch, könne jeder lernen. Die Wissenschafterin sagt, dass Wissenschaftern Studien über die kleinen Leute nichts einbringen, sondern der Karriere abträglich seien; das

Prestige fördern nur die Arbeiten über die Eliten und über die obere Mittelschicht. Aber Studien über die kleinen Leute würde man gerade jetzt dringend brauchen. Und dass die gigantischen Fusionen, die überall in der Wirtschaft und in der Außenpolitik gerade vor sich gehen, zum größten Teil wieder auseinanderfallen werden, weil sie substanzlos seien, sagt sie. Und es müsse einem/einer einfach egal sein, wenn man ausgelacht wird. Die Frau ist krebskrank, lässt sich nichts anmerken, als ob sie es selber nicht weiß, ist charmant, provokant, einfallsreich, Institutschefin, international renommiert, hofft freundlich. Sie beliefert die hiesige Parteispitze. Die hört auf sie? Nein. Im Übrigen ist die Frau heute gestorben.

Tag, Monat, Jahr

Was ist Literatur? Die *Lady Chatterley* zum Beispiel oder der *Schwejk*. Die Lady Chatterley war in der Wirklichkeit die Frau des Dichters und der hat sie regelmäßig grün und blau geschlagen. Und der Autor von *Till Eulenspiegel* war von Berufs wegen Richter und ging gegen die Asozialen vor und wollte allen Leuten im Staat klarmachen, wie die Devianzler sich aufführen, wenn man nichts gegen sie unternimmt. Und des schlauen Schwejk Erfinder ist erbärmlich zugrunde gegangen, am Alkohol und am Herzen. Nicht schlau war das von ihm. Was ist daraus zu lernen? Einem guten Buch sieht man die Wirklichkeit nicht an. Aber das ist nicht gut.

Tag, Monat, Jahr

Ein Sozialforscher, Regierungsberater, sagt, wir hier leben im Paradies, und immer mehr tun wir das, denn die Kindersterblichkeit sei gering und die Altensterblichkeit auch. Und das Gesundheitssystem sei eines der besten der Welt, vielleicht gar das beste. Überhaupt seien die Versorgungs- und Sicherheitssysteme hierzulande optimal. Es ist, als ob er sagt, niemand müsse mehr leiden und sterben. Der redet nicht über die Leute, die ich kenne. Ich kenn' die ab sofort einfach nicht mehr! Für mich wäre das sowieso das Beste! So mache ich das jetzt! Der Sozialforscher Martinschek erklärt dann noch, dass es keine Monopole geben dürfe. Der Staat sei der größte Monopolhalter, das dürfe nicht sein. Dann sagt er, dass man sich ohnehin auch bei der öffentlichen, staatlichen Versicherung zusatzversichern lassen könne statt bei einer der privaten. Aber die wenigsten Leute tun das. Man werde seine Gründe haben, sagt er. Er nennt sie nicht. Er berät seit jeher alle Parteien. Auch die Gewerkschaften. Jetzt die schwarz-braune Regierung. Aber die anderen auch immer noch. Er ist eben Wissenschafter.

Tag, Monat, Jahr
Der Taxler, der keine Ausländer mag, sagt, die Ausländerkinder sollen wir aufnehmen; denn wir haben ja selber viel zu wenige. Die Babys und die Kleinst- und Kleinkinder und später dann auch noch welche von den braven Größeren, aber die Eltern sollen wir alle wieder ausweisen oder erst gar nicht hereinlassen. *Nur die Kinder.*

Tag, Monat, Jahr
Eine Arzthelferin sagt zu einem kleinen Kind, Katzen schnurren nur, wenn es ihnen gutgeht. *Deiner Katze geht es gut bei dir, deshalb schnurrt sie so. Gell, das ist schön.* Sie schnurren aber, weiß ich, auch, wenn sie krank sind oder sterben. Um sich selber zu beruhigen. Oder um den anderen ein Signal zu geben. Wie bei den Menschen ist das.

Tag, Monat, Jahr
Die Frau mit den Alpträumen seit Jahrzehnten. Sie hat, sagt sie, nur mehr Alpträume. Man hilft ihr therapeutisch, indem man ihr beibringt, dass sie in ihre Träume eingreifen kann. Stück für Stück phantasiert sie diese um, während sie ihr zustoßen. Sie baut in sie ein, was ihr lieb ist und ihr hilft: Bäume, Wälder, Wiesen, den Himmel. Und nach ein paar Wochen sind die Träume ganz anders und sie ist ein freier und glücklicher Mensch. Sie sagt, sie sei jetzt nicht mehr hilflos; nie mehr; die furchtbaren Dinge haben keine Gewalt mehr über sie. Sie habe gelernt, alles Schreckliche umzuschreiben. Sie ist jetzt wieder sehr lebensfroh. Aber die Jahrzehnte zuvor waren eine einzige Qual gewesen. So müsste mein Schreiben sein, Roman, so hilfreich den Leuten. Kein Horror mehr!

Tag, Monat, Jahr
Ein Arzt sagt, die Leute wollen nur mehr Extremsituationen hören und sehen und davon müsse immer mehr werden; er verstehe das nicht, das sei ja schrecklich. Die Künstler, Maler, Musiker, Dichter stellen nur mehr Unruhe her, das sei aber sicher keine Hilfe für Menschen, die leiden und in Not sind. Er ist Arzt und Künstler und sehr hilfsbereit. Die Unruhe ist für ihn wie gesagt das Schlimmste. Die mache alles zunichte. Die sei haltlos, schade nur. Die Leute wissen nicht mehr, was tun. Aber das sei, sagt er, künstlich erzeugt von den Künstlern. Das müsse doch alles nicht so sein. Wenn er sich an sein Klavier setzt oder wenn er singt oder zeichnet, vergisst er alles sonst. Die Kunst ist sein Leben. Durch sie kann er Arzt sein. Das verstehe ich nicht wirklich. Aber er ist sehr nett. Aber manchmal sehr unwirsch. Er glaubt, das helfe. Die Leute beschweren sich dann über ihn. Das ist ihm völlig egal. Aber wenn sie ihn mögen und sich nicht über ihn beschweren, ist er glücklich.

Tag, Monat, Jahr
Der Entwicklungsökonom, Armutsökonom Sen hat in ein Paradoxon Einsicht gewonnen, das er *Lady Chatterley's Lovers* nennt. Es besagt alles in allem, dass man den Kapitalismus überwinden kann, aber den Feudalismus bislang nicht. Über das eigene Leben bestimmen können, wenigstens in der Liebe, darum geht es. Um Freiheit, Vertrauen und Vorsicht. Ich glaube, ich habe das jetzt alles frei erfunden. Jedenfalls stimmt es.

Tag, Monat, Jahr
Die Katastrophe war, wenn der Ton im nächsten Augenblick vorbei ist und der Leierspieler die Saite nicht mehr berührt, weil das Lied hier zu Ende ist und die Lyra nun zum Stillstand kommen soll. Dieser Zusammenbruch des Tones, in der Antike, bei den Griechen, war die Katastrophe. – Wenn niemand mehr etwas von einem hört, ist es eben aus und vorbei mit einem. Mit mir auch? Nein?

Tag, Monat, Jahr
Einer sagt, er habe eine schwere, äußerst seltene Krankheit; auf der ganzen Welt seien nur drei Fälle bekannt. Es sei aussichtslos. Aber irgendwie ist er stolz, weil er so selten ist. Er hat mit den beiden anderen Kontakt aufgenommen. Zwei Frauen. Und die drei leben alle auf einem anderen Kontinent.

Tag, Monat, Jahr
Eine Sängerin mit viel Publikum sagt: *Wir brauchen vor niemandem Angst zu haben auf der Welt, denn wir sind alle Kinder Gottes. Wir alle sind geliebt.* Sie sagt nicht, dass ich vor nichts Angst haben muss.

Tag, Monat, Jahr
Einer sagt, man verstehe nicht, wie Faschismus ist, wenn man nicht kapiert, dass der SS-Reichsführer Himmler sich selbst für hochmoralisch erachtete. Himmlers Männer haben nämlich in ihren eigenen Augen heldenhaft die Dreck- und Schwerstarbeit getan, für die alle anderen Menschen zu schwach und unreif gewesen seien. Ein Faschist kämpfe ständig, leiste, unterwerfe, versklave, vernichte, merze aus. Das sei seine Pflicht, der Sinn seines Lebens. Der Faschist schaffe Lebensraum für wertvolles Leben. Im Gruppenerlebnis beim Töten minderwertigen Lebens realisieren sich seine Werte und findet ein Faschist zum anderen, zur eigenen Existenzberechtigung. Zum Beispiel Himmler in Minsk. Man weiß nicht, ob er wie immer war oder zusammenbrach. Er soll damals zu denen sehr freundlich und fürsorglich gewesen sein, die er gleich darauf massakrieren ließ. Zu den Buben zum Beispiel. Die Grausamkeit adle jeden Faschisten, gelte als Selbstüberwindung, heldenhaft. Man

verstehe den Faschismus heutzutage nicht, wenn man nicht kapiert, dass es ums Unterwerfen und Ausmerzen geht und ums Gruppenerlebnis, wenn Menschen gemeinsam andere Menschen erniedrigen und zerstören. Der Neoliberalismus sei eine Art Faschismus, nämlich das neue Ausmerzungsdenken.

Tag, Monat, Jahr
Einer sagt, ein Haus oder eine Gegend oder eine Stadt sei Teil der eigenen Lebensgeschichte. Wenn man dann mitansehen müsse, wie sich das alles völlig verändere oder wie es kaputt gehe, sei es, als schaue man sich selber beim Sterben zu. Machtlos. Ein Architekt. Ebenfalls machtlos.

Tag, Monat, Jahr
Frühjahr 2001: Einer trägt vor, *prekär* komme von *bitten* und *flehen*, Arbeit komme von *orbari, des Schutzes beraubt sein, ein verwaistes Kind sein, sich verdingen müssen*. Von *Kinderarbeit* eben. *Prolet* komme von *Proletarier* – das seien die, die durchgefüttert werden mussten, beim Wählen nicht zählten. Und dann von einem gewissen Reimann, welcher vom Weltkriegsende an Jahrzehnte lang der Herausgeber des Zentralorgans der internationalen Hochfinanz war. Das Blatt hieß *International Reports on Finance and Currencies;* Reimann habe seinen Wirtschaftsdienst in den 1980er Jahren an die *Financial Times* verkauft. Die Korrektheit der Informationen und die Trefflichkeit der Analysen, die Reimanns Journal lieferte, seien stets von allen Seiten als vorbildlich anerkannt worden. Reimann habe es abgelehnt, sein Journal für Marktmanipulationen in Ost oder West zu nützen. Der Witz an der ganzen Sache ist, dass Reimann Sozialist ist, Marxist, Kommunist. Und er hatte in den 30er Jahren den Nazis den Untergang prognostiziert. Und bald nach dem Fall der Berliner Mauer 1989 sagte er dem Kapitalismus das bevorstehende Ende voraus. Es werde durch das Versagen des Kommunismus eine gewaltige Kapitalismuskrise hereinbrechen, denn das, was da jetzt unter den Kapitalisten geschehe, sei zutiefst irrational, eine Art religiöser Wahn. Aber weil er, Reimann, schon gegen die 100 gehe, werde der Kapitalismus ihn vermutlich doch überleben. Die *International Reports* haben dem Kapitalismus geholfen, indem sie die Kapitalisten misstrauisch gegen sich selber gemacht haben, meinte Reimann, und dass es damit jetzt aber vorbei sei und dadurch auch mit der kapitalistischen Welt. Es gebe keine Kontrolle und Korrekturen mehr, keine Gegenmacht, weder von außen noch von innen. Keinen Sozialismus. Und dann wird in der Veranstaltung über einen Franzosen geredet, der gegenwärtig genau so forsche und publiziere, wie es notwendig sei. Über die Großen und die Kleinen. Über die Demokratie eben. Über die Macht, die vom Volk ausgeht. Über das

Volk. Aber was der herausfinde, sei nicht auf hierher übertragbar, sagt plötzlich jemand und ein paar stimmen zu, dass das französische Verhältnisse seien, aber nicht die unsrigen. Eine Frau erwidert, es gehe aber doch immer überall um Europa. Und um die Zukunft. Es gebe aber kein Zurück, sagt daraufhin ein junger Kommunist, und dass der Sozialstaat für immer erledigt sei. Zu dem könne man nicht zurück. Der junge Kommunist verkündet das. Er demonstriert aber dauernd für den Sozialstaat. – Ich verstand das Ganze nicht. 2001 war das Ganze wie gesagt. Ich glaube, der junge Kommunist war verzweifelt und hilflos und wollte die Leute provozieren. Schrie um Hilfe.

Tag, Monat, Jahr
Einer sagt: *Ich kann, weil ich will, weil ich muss.* Eine sagt, das sei Wahnsinn und Sadomasochismus und neoliberal. Für mich ist es aber die Überlebensformel. Ich habe immer können müssen. (Kant)

Tag, Monat, Jahr
Ein Journalist schreibt über Kinder, Tiere und schönste Orte. Und historische Bücher über Helden, die irgendetwas Großes verteidigen. Freue mich über seine Erfolge. Glaube, der glaubt das alles. Er bleibt immer freundlich, aber ich kann mir sein Gesicht nicht merken. Er grüßt trotzdem. Ich glaube, ich komme in einer seiner Geschichten vor. Als unheimlicher Geselle.

Tag, Monat, Jahr
Winke Samnegdi nach, sie geht in die Firma, ich zur Haltestelle. Plötzlich ist etwas Schweres auf meinem Schädel. Ich greife danach. Ein Flügelschlag. Eine Taube ist auf meinem Schädel gesessen und hat mich dann mit den Flügeln noch gestreift. Und jetzt hüpft sie am Boden herum. Jedenfalls habe ich keinen Vogel mehr.

Tag, Monat, Jahr
Einer sagt, er wolle nicht tot sein, weil das so lange dauere. Und einer sagt, dass nur der Tod die Zeit anhalten könne. Und einer sagt, dass der Tod für ihn der Alltag geworden sei. Ich sage gar nichts.

Tag, Monat, Jahr
Der Komponist, dem nächtens immer wieder von einer Symphonie träumt. Weil er weiß, dass die Arbeit daran ihn finanziell ruinieren würde, verbietet er sie sich und träumt, dass er sie endlich vergessen wird, und am nächsten Tag fällt ihm kein einziger Ton mehr ein. Und den Staat, in dem er lebt, hält er für schmutzig und dumm. Er vereinsamt und verbittert immer mehr, wird schwer krank. Ein paar Mal fällt er dadurch wirklich auf sein Gesicht. Aber diejenigen, die ihn seit Jahren für seine

Musik kritisieren, straft er dann doch Lügen, indem er unter einem anderen Namen, anderer Identität, ein Musikstück schreibt. Seine Kritiker sind von der Melodik begeistert und stellen sie ausdrücklich der angeblich erbärmlichen Kunst des Komponisten entgegen. Auf diese Weise entlarvt der Komponist seine Kritiker und macht sie öffentlich lächerlich.

Tag, Monat, Jahr
Alle betreuen alles, der Gärtner die Blumen, die Bankangestellte das Konto, der Supermarktverkäufer die Wurst, der Automechaniker das Kotblech, der Friseur meine Glatze, der Tankstellenpächter die Scheibenwischer; die Kinder, die Kranken, die Alten, alle werden von irgendjemandem betreut. Die Treue ist heutzutage offensichtlich ein hoher Wert. Es sind alle sehr treu. Unter Eheleuten heißt das betrügen. Das Wort *betreuen* kommt aus der Hitlerzeit. Da wurden die Juden betreut. Das Wort ist dann verschwunden und plötzlich war es wieder da, und jetzt sind irgendwie alle dran. Alle betreuen alle. Lingua Tertii Imperii. Würde es die Leute stören, wenn sie es wüssten?

Tag, Monat, Jahr
Jemandem den Arsch aufreißen, jemanden verarschen, woher kommt das? Ich glaube, zum Beispiel von einer keltischen Göttin her. Der Priester mit erigiertem Penis zerreißt dem Hirsch, den er der Göttin opfert, für sie umbringt, von hinten mit beiden Händen das Hintergestell. So wird man also vom Allerheiligsten verarscht. Der Strettweger Opferwagen ist das, die Göttin Noreia, vielbestaunt. Ob die Leute verstehen, was sie sehen, bezweifle ich. Kann auch sein, es ist ihnen egal oder recht. Jeder Mensch hat da ja seine eigenen Praktiken. Auch im Umgang mit Gott. Die Verarschten müssen tolerant sein.

Tag, Monat, Jahr
Ein Polizist, Hälfte des Lebens, sagt, das Schlimme seien nicht die Extremfälle, sondern die Dauerbelastung in einem fort. Und bei den Extremfällen, wenn er sofort an Menschen aus seiner nächsten Nähe denken müsse, wie schnell jemandem etwas zustoßen könne und alles sei vorbei. Die Chancen, die Zukunft, das Leben.

Tag, Monat, Jahr
Eine erfolgreiche Politikerin sagt, ihre Mutter habe ihr beigebracht, immer alle freundlich zu grüßen und immer *Bitte* und *Danke* zu sagen. Das habe ihr im Leben geholfen und daher habe sie es so weit gebracht.

Tag, Monat, Jahr
Lustig ist Folgendes für mein Gemüt: Die potenten linksalternativen Funktionäre, die ich kenne, der potente Journalist zum Beispiel und der

potente Volksbildungsleiter, sind gegen die Homöopathie; die sei lächerlich, nütze nichts. Der Ansatz sei völlig falsch. Ich frage sie dann noch, was der Ansatz politisch bedeuten könnte. Rede von Kohrs *small is beautiful*. Sage zu den beiden, wenn die Homöopathie wirklich helfen sollte, dann wäre das doch in Wahrheit die billigste Medizin. Und daher eine Katastrophe für die Pharmaindustrie und deren Spitzenmediziner. Ich meine das nicht verschwörungstheoretisch, sondern es ist logisch wahr: Sollte die Homöopathie wirklich helfen, wäre sie ein Segen für die Krankenkassen. Für den Sozialstaat. Jedes hochwirksame, in den Nebenwirkungen harmlose, weil leicht korrigierbare Medikament für bloß 4, 5, 6 Euro! Nur die Sprechstunden sind bei dieser Medizinart teuer, aber in Summe auch nicht. Die beiden Funktionäre bleiben dabei, dass die Homöopathie nichts taugt. *Das ist gut so*, spotte ich hierauf, *denn sonst ginge das Gesundheitssystem zugrunde, der Arbeitsmarkt, der Sozialstaat.*

Tag, Monat, Jahr
Eine junge Frau sagt: *Learning by doing.* Eine andere Frau sagt lachend, dass man in jedem Moment tot sein könnte; sie haben zusammen ein Unternehmen gegründet. Ein älterer Mann redet über die NASA. Wenn man wirkliche Umwelttechnologie wolle, brauche man das Know How und die Materialien und die Finanzen der NASA. Die Frau, zu der er das sagt, arbeitet bei der internationalen Katastrophenhilfe und vernetzt gerade alle Regionen hier in der Gegend. Die Zukunft im Umweltschutz sei Hightech, sagt er, und dass man aber hierzulande nichts davon höre. Man verpasse gerade endgültig den Zug. Und sie sagt dann nur noch, dass es anderswo Spaziergangswissenschaften gebe, Promenadologie, Strollogy. Die Studentinnen und Studenten bekommen da in der ersten Stunde ihres Studiums ihr Diplom und dann am nächsten Tag beginne man mit der Studierarbeit. Es ist ein zusammenfassendes Studium der planenden Berufe. Demokratieplanung.

Tag, Monat, Jahr
Der Regisseur, in dessen Filmen die SchauspielerInnen immer nur Gebete und sinnlose Silben und Zahlen aufsagten. Die DarstellerInnen, die in seinen Filmen viel reden mussten, wurden alle nachsynchronisiert, wenn der Film wirklich abgedreht war. Was wirklich geredet wurde, erfuhren die alle immer erst im Nachhinein. Der Regisseur ließ an keinen einzigen seiner Filme das Wort *Ende* setzen. Alles sollte immer weitergehen. Und die Leute, die sich die Filme anschauten, gerieten außer sich, lieferten sich Saalschlachten, oder sie taten im Kinosaal, während der Film lief, plötzlich genau das, was sich im Film abspielte. Der Regisseur wollte einmal, dass seine Menschen ausgegrabenen Tieren gleichen.

Und einmal vergaß er mitten in der Filmarbeit wochenlang den Film, an dem er gerade arbeitete, und konnte nicht vor und nicht zurück. Es ging um einen x-beliebigen Menschen. Das war sehr schwer. Das Schwerste.

Tag, Monat, Jahr
Einer sagt: *Alles oder gar nichts. Wenn wir nicht das Ganze machen, sondern nur die Hälfte, kann es nicht wirken. Wir müssen aufs Ganze gehen, halbe Sachen gibt es nicht.* Dann redet er von Synergien. Er ist Architekt. Ich habe aufgehört, im Guten an Synergien zu glauben. An Architekten habe ich sowieso nie geglaubt. Denen fällt seit Jahrzehnten nichts ein. Angeblich ist der da ganz anders. Dem fällt aber hier für die Stadt auch nichts ein.

Tag, Monat, Jahr
Ein Schamane sagt, ein Mensch habe zwischen dreißig und vierzig Seelen; die dürfen nicht verloren gehen, müssen immer wieder eingesammelt werden; nur dann gehe es einem gut. Er sammelt Dung. Daraus macht er Medizinen, ist also Mediziner. Er sagt, dass unsere toten Ahnen für uns sorgen.

Tag, Monat, Jahr
Man soll fauchen wie ein Löwe. Brummen wie ein Bär. Meckern wie eine Ziege. Oder man soll sich freundlich zuwinken. Lachyoga. Lachen und dabei in die Hände klatschen macht munter; die Lachlaute sind je verschieden gut: Hihi weckt einen auf, das Hirn. Haha labt das Herz, Hehe den Hals und die Gefühle und macht immun. Hoho ist gut gegen den Groll, gegen die Wut. HihihiHeheheHahahaHohoho soll man der Reihe nach lachen, weil das heilsam ist. Und mit den Armen schwingen wie ein Vogel und dabei eben lachen soll man. Oder sich auf den Rücken werfen wie ein lachender Käfer. Letzteres verstehe ich nicht. Ich habe immer geglaubt, ein auf dem Rücken liegender strampelnder Käfer kämpft um sein Leben. Wie kann dem zum Lachen sein. Lachen kann jedenfalls jeder. In jeder Lebenslage. Und man muss immer tun, was man kann. Und man soll die Schultern hängen lassen, weil alles so schwer ist, und man soll dabei sagen, dass alles so schlimm ist und eine gewaltige Last, und dann wird man aber plötzlich lachen müssen. Wie beim Kinderspiel *Armer schwarzer Kater, armer schwarzer Kater, was hat er denn, was fehlt ihm denn, armer schwarzer Kater.* Und dann muss man eben lachen, weil alles so schwer ist. Und dann wird alles wieder gut sein, egal ob es das jemals schon war. Vor Vergnügen strampeln wie ein lachendes Baby, das am Rücken liegt, so mache ich das jetzt statt den Käfer.

Tag, Monat, Jahr
Das Binnen-I beim Gendern ist mitunter sehr unangenehm. Der Plural. Der korrekte. Dadurch sind dann oft die Frauen mitschuld, obwohl eigentlich nur die Männer schuld sind.

Tag, Monat, Jahr
Lebenstüchtig, ich weiß nicht, was das Wort bedeutet. Plötzlich ist es da gewesen. Es macht mir Angst. Dauernd sagt es jetzt jemand. Ich lebe gerne. Wahrscheinlich ist das nicht dasselbe, das Leben bejahen, sich am Leben freuen und – lebenstüchtig sein. Ich empfinde das Wort lebenstüchtig als Beleidigung. Als verächtlich. Alles für jemanden tun, damit er, sie leben kann, nicht sterben muss, ist das lebenstüchtig sein? Wenn ja, bin ich dafür. Aber ich glaube nicht, dass die Sache so gemeint ist. Es würde mich im Übrigen sehr wundern, sollte ich lebenstüchtig sein.

Tag, Monat, Jahr
Politikerhaftungen müssen schnellstens her. Warum beschließen Politiker so etwas nicht. Kommen nicht einmal auf die Idee. Die Grünen auch nicht. Die Kommunisten auch nicht. Die Journalisten verlangen so etwas auch nicht. Die -Innen auch nicht.

Tag, Monat, Jahr
In der römischen Republik hat es Politikerhaftungen gegeben. Nach Ende der Amtszeit musste jeder führende Politiker Rechenschaft geben. Vor der Volksversammlung. Und da konnte er dann gar exiliert werden. Für heute hieße das wohl, dass die Politiker mit Migranten und Asylanten freundlicher umgehen würden, da sie ja selber damit rechnen müssen, demnächst Asyl zu brauchen oder abgeschoben zu werden.

Tag, Monat, Jahr
Früher in den Schlachten fielen die Feldmusiker zuhauf. Die Musik war wichtig, denn man sang und musizierte in einem fort, um die Schreie, das Sterben, die Schmerzen, die Explosionen zu übertönen. Eine Todessymphonie war das jedes Mal, eine fürchterliche Harmonie.

*

Galileis Experimente, seine Fälschungen dabei. Die Zeitmessung zum Beispiel. Keine annähernd präzisen Geräte gab es. Er maß daher die Zeit, indem er Melodien sang oder mit einem Musikinstrument aufspielte.

*

Das Riesenmöbelhaus, der Lautsprecher sagt: *Wir lassen Euch nicht alleine.* Er ist per Du und macht Musik.

Tag, Monat, Jahr
Eine Frauenpartei hätte angeblich bei Wahlen aus dem Stand Aussicht auf 15 % der Stimmen. Ich weiß nicht, ob das viel ist, ob die dann bloß wo fehlen oder ob die dazukommen.

Tag, Monat, Jahr
Eine kleine lustige Theatergruppe stört eine hochkarätige Diskussionsveranstaltung durch heftigen Applaus und Beifallsrufe. Niemand kann etwas dagegen tun. Nur lachen und lächeln. Die Teilnehmer am Podium sind der höchste Polizist im Staat, einer der höchsten Kirchenpolitiker im Staat, ein hoher Sozialdemokrat und ein hoher Faschist. Zuerst fühlen sich die Verspotteten sichtlich geschmeichelt. Dann verstehen sie erst. Allein der Christ kann weiter guter Dinge sein. Warum eigentlich?

Tag, Monat, Jahr
Der hilfsbereite Journalist, der Farzad rettete, lebte in der Hauptstadt, hatte aber seit jeher gute Kontakte hierher, auch kirchliche. Er war, weil ein Christ, rot, grün und schwarz von der Partei her; war schon älter, hatte viel Streit hinter und noch vor sich und viele beleidigte mächtige Gegner, trotzdem überallhin gute Kontakte, auch in die unangenehmsten, gefährlichsten Ministerien. In einem sogar zu dem Sektionschef, mit dem niemand etwas zu tun haben wollte und der sich andauernd die Fremdengesetze neu ausdachte. Samnegdi telefonierte auf Anraten des Journalisten Farzads wegen mit dem Sektionschef und dann mit dem Kabinettchef des Innenministers. Wir werden damals alles in allem recht genau überprüft worden sein. Kann auch sein, abgehört. Denn als wir einmal den Hörer abhoben, um die Nummer eines Freundes zu wählen, meldete sich am anderen Ende sofort, ohne dass wir noch eine einzige Ziffer gewählt hätten, eine Polizeistation. Im Winter 1992/93 war das.

Tag, Monat, Jahr
Das indische Mathematikgenie, Autodidakt, Erfinder, er wird angestaunt und nach Europa eingeladen, geht hier zugrunde, sagt, das sei, weil er so viel Wasser überquert habe, das hätte er nicht tun dürfen, es sei seinesgleichen verboten.

Tag, Monat, Jahr
Manchmal sage ich Kreatur über jemanden oder zu jemandem, und dann ist jemand befremdet oder beleidigt, aber ich meine das so, wie es bei Brecht steht: *Ihr, die ihr dies hört, mögt nicht in Zorn verfallen, denn alle Kreatur braucht Hilf' von allen.*

Tag, Monat, Jahr
Im Bus erklärt eine Medizinstudentin den beiden anderen, wonach der Same und die Vaginalflüssigkeit duften, nämlich nach Veilchen und Kastanie. Die drei lachen und sind aufgeregt. Vielleicht habe ich mich verhört und es waren nicht Veilchen. Sie hat es den beiden zwar ein paar Mal gesagt, aber ich habe es mir nicht gemerkt. Lavendel war's nicht, Maiglöckchen auch nicht. Oder doch? Im Lehrbuch steht es aber ohnehin. In welchem, bitte?

Tag, Monat, Jahr
Keynes wollte eine einzige Währung für die ganze Welt. Weltgeld. Es sollte Frieden und Wohlfahrt gewähren. Gewährleisten.

Tag, Monat, Jahr
Ein Bildhauer sagt, Poesie werde mit dem Hammer gemacht, und dann schlägt er Nägel noch und noch ein. Er sagt, wenn man nicht wahrhaben wolle, wie viel in der Welt voller Blut sei, werde man zum Opfer. Realismus mag er nicht und Idealismus auch nicht. Und dass angeblich immer der Mensch im Mittelpunkt stehen müsse, hält er für ein Verbrechen am Menschen. Für Betrug sowieso.

Tag, Monat, Jahr
Ein Neoliberaler sagt, junge Leute sollen nicht Obdachlosen helfen, sondern lernen. Er hat den Begriff Humankapital erfunden, ist Nobelpreisträger und heißt Becker.

Tag, Monat, Jahr
Eine Frau erzählt von den drei Männern, die sie in ihrem Leben geliebt hat. Und sie bekommt dabei kurz das Gesicht eines jeden.

Tag, Monat, Jahr
Ein Mann regt sich darüber auf, dass die katholische Kirche, der Vatikan, die Erklärung der Menschenrechte nach über einem halben Jahrhundert immer noch nicht unterzeichnet habe. Will wissen, wie es so etwas geben kann. Was es zu bedeuten habe. Für alle katholischen Hilfsorganisationen auf der Welt. Ob die Alibis seien oder gar Diktaturen, fragt er.

Tag, Monat, Jahr
Damit ein wilder Elefant gezähmt werden kann, lässt man ihn bis zu zwei Wochen hungern. Dann kann man ihn reiten. Der wilde Elefant wird hilf- und wehrlos gemacht. Jeder schlägt auf ihn ein, wenn er gefesselt ist, oder reizt ihn. So wird er lieb und nützlich. Es geht nicht anders, heißt es. Man fängt ihn mittels eines zahmen Elefanten. Der schleppt ihn ab. Es ist also der gezähmte Elefant der schlimmste Feind des wilden. Und

so geht das immer weiter. Ein Elefant muss sich täglich baden. Ich weiß nicht, ob er in den 14 Tagen seiner Humanisierung Wasser bekommt oder erst, wenn er brav ist. Und dann darf er sich eben waschen. Lassen ihn zuvor austrocknen. So bringen sie ihn dem Tod möglichst nahe.

Tag, Monat, Jahr
Einer sagt, der Stammbaum seiner Familie gehe bis ins frühe 15. Jahrhundert zurück. Das beruhige und gebe Sicherheit. Man sei nicht zufällig auf der Welt und es könne nicht alles mit einem gemacht werden. Man sei in gewissem Sinne nicht umzubringen.

Tag, Monat, Jahr
Marx: *Das tiefe Geheimnis des Adels ist das Blut, somit die Zoologie.*

Tag, Monat, Jahr
Wo ich wohne, zweimal, das alte Haus ist aus dem 16. Jahrhundert, aus den Bauernkriegen; und die Wiese hier rundherum ist das älteste Ortsstück, das urkundlich erwähnt ist, 9. Jahrhundert. Die Waldtiere sind erwähnt. Mit mir hat das nichts zu tun. Aber es gehört mir. Bruchbuden. Kein Stammbaum. Und dann mein Großvater, der sich immer für adelig hielt, wenn er zum Sterben war. Ein Keuschler bloß. Aber niemand hatte ihm etwas anzuschaffen.

Tag, Monat, Jahr
Aus einem Arbeitervolk sei ein Volk von Arbeitslosen gemacht worden, sagt eine deutsche Arbeitslose. Man müsse lernen, rechtzeitig zu sagen: *Das ist mein gutes Recht! So etwas könnt ihr mit mir nicht machen.*
*
Lafontaines Dauerreden seit Jahren davon, dass der Neoliberalismus die Freundschaften und Familien zerstöre und dass die Menschen nicht halten können, wenn sie nicht gehalten werden, und dass das Kapital weltweit zu 95 % Spekulation sei und nur 5 % aus der Realwirtschaft komme. Wenn letzteres stimmt, ist über kurz oder lang alles nichts. Naja, immerhin 5 % Realität gibt es auf der Welt. Mir gefällt das. Die 5 % müssen für alle reichen. Ökonomisch betrachtet müsste die Wirklichkeit eigentlich ein sehr knappes Gut sein, also enorm teuer.

Tag, Monat, Jahr
Maria, glaube ich, sagt, dass Gott die Mächtigen vom Thron stürzt, die Niedrigen erhöht und die Reichen leer ausgehen lässt. Also was soll man da noch gegen die katholische Marienverehrung haben. Ganz im Gegenteil muss man Maria sehr verehren.

Tag, Monat, Jahr
Zu, gegen und von Watzlawick: Kommunikation allein löst die Probleme der Kommunikation nicht.

Tag, Monat, Jahr
Spinozas *Caute* ist mir völlig fremd. Immer wenn ich schreibe, publiziere, rede, verbiete ich mir die Angst.

Tag, Monat, Jahr
Statistik: Fehler 1. Art, Fehler 2. Art, Nullhypothese. Das Verurteilen eines Unschuldigen ist ein Fehler 1. Art, das Freisprechen eines Schuldigen ein Fehler 2. Art; unter der Nullhypothese, dass jeder bis zum Beweis des Gegenteils als unschuldig zu gelten habe, wiegt ein Fehler 1. Art schwerer als einer 2. Art. Trotzdem bin ich jetzt seit weit über 40 Jahren in Haft.

Tag, Monat, Jahr
Der schönste, wichtigste Bourdieuparagraph: *Die Politiker müssten damit aufhören, in der Logik der Global-Regel und des Global-Reglements zu denken. Sonst läuft die beste Absicht der Welt Gefahr, den verfolgten Zielen strikt entgegengesetzte Resultate zu zeitigen. All das würde viel Klugheit, Bescheidenheit Realitätskenntnis, Aufmerksamkeit für die kleinen Dinge und für die kleinen Leute voraussetzen. Eine wahre Revolution wäre das.*

Tag, Monat, Jahr
Der Komponist, der in Medizin einen Doctor honoris causa bekommt, weil Musik so heilsam sei, insbesondere seine. Er ist Alkoholiker und stirbt daran und am Herzen, wurde nicht alt, hatte immer Panikattacken. Er sei so freundlich gewesen. So abweisend. Jeder erzählt anders über ihn.

Tag, Monat, Jahr
Ein Wirtschaftsjournalist sagt, man müsse in die Bildung investieren, das sei die Zukunft. Das helfe den Kindern, den Jugendlichen über Generationen. Einer gibt ihm recht, fragt ihn, was aber mit denen sei, die keine Kinder mehr sind. Der andere sagt: *Die sind verloren. Die muss man aufgeben. Man kann nur dafür Sorge tragen, dass solche Dinge nicht mehr vorkommen und dieselben Fehler nicht wiederholt werden. Aber ein, zwei Generationen muss man aufgeben. Das ist so. Da kann man nichts machen. Für die gibt es nichts.*

Tag, Monat, Jahr
Immer wenn nach der Zukunft gefragt wird, heißt es: *Bildung, Bildung, Bildung, Lernen, Lernen!* Aber das ist, finde ich, keine Antwort. Denn

die sagen nicht, was gelernt werden soll. Also nichts davon, was gut ist, dass man es weiß, weil es hilft. Das wissen die nämlich alle nicht. Das ist ja das gegenwärtige Eliteversagen. Der Herrschertrug.

Tag, Monat, Jahr
Der Wirkungsgrad von Automotoren beträgt maximal 40 %. Zwei Drittel der Energie, des Treibstoffes, gehen verloren. Sind nutzlos. Daran, heißt es, wird sich nichts ändern. Dafür werde das Öl gefördert.

Tag, Monat, Jahr
Es gibt Samenbanker und Eizellenmaklerinnen und umgekehrt natürlich auch.

Tag, Monat, Jahr
Der lustige Haydn, immer wenn ihm nichts eingefallen ist, soll er den Rosenkranz gebetet, die Kugeln, Perlen, gedreht haben. Und gesagt soll er haben, dort wo er sei, brauche niemand Angst zu haben. Jeder sei in seiner Gegenwart in Sicherheit. Das gefällt mir sehr gut. Bei seinen letzten Worten Jesu muss ich jedes Mal lachen. Bei der Stelle, von der die Profimusiker sagen, sie erscheine denen, die nichts davon verstehen, als allzu leicht, gehöre aber zum Schwersten. Beim *Sitio, Mich dürstet*. Die Töne unmittelbar danach. – Immer muss ich mir automatisch vorstellen, da tappt jemand schnell und heimlich zum Kühlschrank, zum Bier. Oder zur Schnapsflasche. So hat Haydn die Töne gesetzt, aber nur für mich, der ich eigentlich keinen Schluck trinke. Ich kann Haydns *Sitio* nicht ernstnehmen. Die tappenden Geräusche. Und gar die Vorstellung, dass der Bischof, der das Stück in Auftrag gegeben hat, sich zwischendurch wirklich immer zu Boden geworfen hat. Gekrochen ist. In irgendeiner Höhle, Grotte. Eine gekonnte Vorstellung. In irgendeinem Weinkeller, einem burgenländischen oder einem spanischen. Herumkugeln. Ein Betrunkener.

Tag, Monat, Jahr
Einer sagt, der Sozialstaat mache die Menschen unfrei und sei unfinanzierbar; denn jeder müsse drei Fernseher und zwei Autos haben. Einer erwidert, die Sozialhilfe bekommen in Zukunft aber ohnehin die Banken und Konzerne, nicht der Sozialstaat, also nicht die Schmarotzer. Er lacht.

Tag, Monat, Jahr
Pierre Bayle, sein Wörterbuch, vor den Französischen Enzyklopädisten noch, gegen jegliche Gewalttat und Lüge. Der Grundsatz war, dass alles, was existiere, jeder, jede, die Kleinsten, das scheinbar Unwichtigste, wert ist gewusst zu werden. Und dass der Mensch dadurch aufhöre, ein

in sich gekrümmtes Wesen zu sein. Die Familie, aus der Bayle stammte, war vom Tode bedroht und war verfolgt und vertrieben gewesen. Wenn es von mir einmal hieße, ich schriebe wie Bayle, und wenn jemand über mich so nett redete wie Feuerbach über Bayle, dann – was? Wäre ich jetzt nicht so allein und es wäre mir daher leichter ums Herz.

Tag, Monat, Jahr
Feuerbach nennt den Pierre Bayle einen Prozesskrämer, Friedensstörer, ungebunden und lose, einen Guerillahäuptling, Polemiker, Hyperboliker. Das ist nett. Ich wäre gerne ein wissenschaftlicher Mensch, der gut von Menschen denkt. So sagt Feuerbach nämlich auch über Bayle. Und dass Furcht, Angst und Herrendienst nichts Gutes sind.

Tag, Monat, Jahr
Die attraktive junge Frau in der Fondswerbung einer Bank wurde von Orgasmus zu Orgasmus getrieben. Die Dame verging in jeder Lebenslage vor Lust, wenn sie das Wort *Fonds* hörte. Jeden Tag ein paar Mal.

Tag, Monat, Jahr
Der Politiker, von dem gesagt wird, er sei ein Mensch, der keinem Menschen schaden wolle, und daher werde er gemocht und gewählt. Er wirke durch und durch berechenbar, verbindlich, versöhnlich und verlässlich. Aber wenn er wirklich an die Macht komme, werde er ein harter Hund sein, egal was kommt. Es heißt, die Leute mögen den Politiker, weil er niemandem etwas Böses tut.

Tag, Monat, Jahr
Ein Ethnologe und ein Polizist streiten sich um die Zahlen von Kindesmisshandlung und Kindesmissbrauch. Der Polizist sagt, dass alles dagegen getan werden müsse. Der Ethnologe sagt: *Ja natürlich, aber die Zahlen stimmen nicht.* Der Polizist erwidert, dass die Zahlen stimmen. Der Ethnologe sagt, er kenne die Studien; und die Zahlen stimmen einfach nicht, seien zu hoch, enorme Fehlschätzungen eben von Dunkelziffern. Der Polizist erwidert, er kenne die Studien sehr gut, sei bekanntlich selber Wissenschafter, die Zahlen stimmen. Der Streit ist beiden offenkundig wichtig. Warum, weiß ich nicht. Vermutlich hat der Ethnologe eine Abneigung gegen Polizisten und gegen Paranoia und glaubt an das Gute im Menschen und an den gesunden Menschenverstand und dass er selber tut, was er kann. Und der Polizist andererseits weiß aber auch, was los ist. Und dass sich niemand von selber in Bewegung setzt. Der Polizist ist mir aber auch unheimlich.

Tag, Monat, Jahr
In der Bäckerei kann die Verkäuferin nichts verkaufen, weil ihre Freundin dauernd auf sie einredet und vergnügt ist und zwischendurch auch tanzt. Die Freundin verabschiedet sich, geht aus dem Geschäft, kommt nochmals zurück, sagt, dass sie jetzt den Arzttermin habe und sich so freue. Sie ist offensichtlich schwanger. Dann die junge Kassiererin im Supermarkt, ich sehe zum ersten Mal die vielen Schnitte am rechten Arm. Gut und lang schon verheilt, aber weit über 50 Schnitte an beiden Armen. Samnegdi wundert sich, dass ich die jetzt erst sehe, nach einem Jahr. Aber jetzt freut es mich, wenn ich die Kassiererin ab und zu zum Lachen gebracht habe. Zum Freundlichsein. Ich, das will was heißen.

Tag, Monat, Jahr
Frankl verglich die provisorische Existenz von Arbeitslosen mit denen von Lagerhäftlingen. Menschen ohne Welt seien beide. Und man müsse mutig und tapfer bleiben, würdig und selbstlos. Und das sei nicht lebensfern oder weltfremd. Dass er dergleichen geschrieben hat, gefällt mir. Einmal hat er gesagt, das Bergsteigen sei ihm im KZ eine große Hilfe gewesen; er habe durch das Bergsteigen gelernt gehabt, immer weitergehen zu müssen, Schritt für Schritt, egal wie schlecht es einem gehe und wie weggetreten man sei. Und einmal hat er das Bild eines lieben Menschen vor sich gehabt, der ihm immer zur Seite gestanden war, sein Vorbild. Den hatte er nicht im Stich lassen wollen, war daher nicht geflohen.

Tag, Monat, Jahr
Intervenieren, furchtbares Wort, dauernd gebraucht. Unter den Helfern auch! Nicht bloß unter ihren Funktionären. Hierzulande bedeutet es: Beziehungen haben, seine Beziehungen nutzen; jemanden haben, der es einem schon richten wird. Ich glaube nicht, dass intervenieren und Fairness dasselbe sind. Wer niemanden hat, ist verloren.

Tag, Monat, Jahr
Das Schönste, was ich je gehört habe in einer sozialen Bewegung, war: *Wir haben gelernt, aufeinander aufzupassen. Wir sind eine soziale Bewegung.* Die haben das so gemacht, gekonnt, das weiß ich. Die hatten auch nie Angst, sich lächerlich zu machen oder alleine dazustehen. Aber hier in der Stadt und in der Firma war das nicht so. Meiner Meinung nach. Die NGOs und die Bewegungen waren nicht wirklich so. Der GF Gemüller zum Beispiel war sehr geschäftstüchtig, hat also zwar gut aufgepasst, aber nicht im oben genannten Sinne. Er hatte immer Angst, dass ihm jemand vorgezogen wird. Um die Firma. Die Angst ist in gewissem Sinne immer sein Lebenselement gewesen. Ich habe nach wie vor nicht die geringste Ahnung, ob diese Angst berechtigt war. Zu meiner Zeit war sie es aber gewiss nicht.

Tag, Monat, Jahr
Ein Affe an einer Schreibmaschine mit 30 Tasten würde, wenn er jede Sekunde eine Taste drückt, 20.000 Jahre brauchen, bis er zufällig die ersten Worte aus dem Hamletmonolog produziert, *to be or*. Ein Standardsketch der Wahrscheinlichkeitsrechnung ist das. Aber bei mir ist das anders, ich brauche, obwohl mein Buch fertig ist, 20.000 Jahre, bis ich zu einem Verlag komme. Jedenfalls wenn mein Bekannter der Belletrist recht hat. Manchmal sagt er dazu, dass das nicht wirklich meine Schuld sei, sondern das System und das Publikum seien so. Da ist mir aber die Wahrscheinlichkeitsrechnung lieber als seine Erklärung.

Tag, Monat, Jahr
Einer sagt, Kultur sei immer Kult. Die Kunst jetzt sei daher genauso langweilig wie der Gottesdienst. Der Mann neben ihm sagt, Beethoven sei erwiesenermaßen Atheist gewesen. Und dann nennt der eine Beethovenmesse, das Ende sei atheistisch. Eine Frau sagt, man dürfe sich als Künstler nicht an den Leuten ausrichten; auch sie dürfe das nicht, denn das seien ja je nach Land ein paar Millionen oder zig Millionen. Das gehe nicht. Das könne niemand, da komme man völlig durcheinander. Bei zweihundert schon. Man müsse sein Ding machen. Aber das ist so einfach nicht wahr, finde ich. Alle richten sich nämlich nach den Leuten, wie die die Dinge sehen. Auch diejenigen Künstler tun das, die es nicht nötig haben; anders nehme ich die Künstler, die ich kenne, nicht wahr. Die wollen einfach nicht leiden und zugrunde gehen. Ich kenne nur Auftragskünstler. Die können ohne Aufträge nicht leben. Weder finanziell noch seelisch. Die Frau, die sagt, dass man seine eigene Sache machen muss, ist eine berühmte Fotografin und ich verstehe kein Wort von ihr. Einmal verspricht sie sich und sagt *autark* statt *autonom*. *Autonom* sagt sie überhaupt nie. Sie ist gewiss sehr oft autark. Aber das ist eben nicht autonom. Man muss beides sein, so gut man nur kann, glaube ich. Dann kann man Dinge zum Guten wenden. Nein, letzteres kann man immer.

Tag, Monat, Jahr
Ein Arzt sagt, Musik, wenn sie helfen solle, dürfe nie schneller sein als der eigene Herzschlag und es sei besser, wenn dazu nicht gesungen wird. Ja keine Stimmen! Die bringen nur durcheinander. Und gut seien unter 80 Notenschläge pro Minute und abfallende Melodie, Tonhöhe, Spannung, Rhythmik, Taktzahl. Ich habe keine Ahnung, wovon der redet. 20 Millionen Herzschläge im Mutterleib. Sind das die der Mutter? Daher kommt die Musikalität, heißt es. Das erklärt viel. Warum gibt es so viel Musik? Weil es so viele Mütter gibt.

*

Ein und derselbe Gehirnteil sei für Angst, Freude und das Hören zuständig. So sei das alles zu erklären, die Musik. Das Pfeifen und Singen zum Beispiel, wenn man Angst habe oder sich freue. Und eben mit dem Herzschlag der Mutter. Mit dem Herzen meiner Mutter zum Beispiel. Sie hatte ein gutes Herz. Das hat viel ausgehalten und sie war nicht musikalisch. Der Gehirnteil heißt Mantelkern. Bei meiner Mutter hieß der auch so. Man hätte ihr mit Musik helfen können. Sie hat ihre Mutter sehr geliebt. Die hatte auch ein Herz. Was macht das Herz, wenn rundherum Krieg, Armut und Not sind? Aber wenn doch der Krieg der Vater aller Dinge ist, dann ist er auch der Vater der Musik. Alles, was mir an Musik gefällt, ist, dass der Rednerdenker Cicero gesagt hat, der Gehörsinn sei der Ursinn des Menschen. Ich kann nur sehr schwer auf andere Menschen hören; ich gehorche auch nicht gerne. Das ist automatisch so bei mir, ich bilde mir nichts darauf ein. Die Stimme des Gewissens – ja, auf die höre ich. Es ist aber oft Blödsinn. Aber den anderen ist damit geholfen. Der Blödsinn ist bloß, dass mir nicht. Mein Gewissen ist mir gegenüber gewissenlos. Mein Gehirn auch. Liszts *Sursum corda*; als Kind waren für mich *Erhebet die Herzen* die schönsten Worte. Ja, und?

Tag, Monat, Jahr

Wenn Schizophrene Stimmen hören, ist das die Stimme des Gewissens? Die Wörter *Laut* und *lauter,* gehören die zusammen? Und *Leute?* Das Stimmenhören der Schizophrenen kommt jedenfalls daher, dass ein und derselbe Gehirnteil für die Angst und das Hören zuständig ist.

Tag, Monat, Jahr

Kultur, Hochkultur, die Kastraten. Die Frauen sollen außer sich geraten sein. Die Männer ähnlich. Die schönsten Arien. Die Buben kastriert zwischen neun und elf, mindestens eine halbe Million. Qualen, die Halsschlagader abgedrückt zur Schmerzlinderung. Kann sein, die meisten bei der Operation gestorben. Ein paar Multimillionäre dann, wenn erfolgreich. Die Kinder von Armen. Neapel zum Beispiel. Der Klerus schaute sich um, fand. Die schönsten Stimmen. Kultur eben. Die Eltern meinten es gut.

Tag, Monat, Jahr

In der Sozialarbeit soll man neuerdings nicht Klientin sagen, sondern Co-Produzentin. Und eigentlich sagt man nicht mehr Sozialarbeit, sondern Sozialmanagement. Die Manager sind sichtlich wichtiger als die Arbeiter.

Tag, Monat, Jahr

Spinoza selber hat sich nie ans *Caute* gehalten. Immer die anderen gewarnt. Dass man immer freundlich sein, verstehen wollen und zur Verfügung stehen müsse, hat er auch gesagt. Zur Verfügung zu stehen sei am wichtigsten.

Tag, Monat, Jahr
Ein junger Psychotherapieforscher sagt, er könne mit seiner Evaluierungsstudie belegen, dass Therapien nichts nützen. Es sei egal, ob welche angeboten werden oder nicht; manchmal sei es sogar besser, wenn nicht. Bei den Suchttherapien sei das auch so. Bei der Flüchtlingsarbeit auch. Mira, Samnegdis beste Freundin in der Firma, ist Therapeutin und Flüchtlingshelferin und außer sich über den Therapieforscher. Mir gefällt er. Und dass er für die Sozialarbeit ebenso recht haben wird, erfüllt mich mit einer Art von Genugtuung. Die hält aber nicht lange. Ein Statistiker erklärt nämlich, es komme darauf an, wann, also welche Etappen, welche Phasen, Stadien, Situationen man messe. In bestimmten helfen Therapien bestimmt, sagt der Statistiker. Und manches helfe eben im Akutfall und manches langfristig. Das sei gewiss so. Alles andere sei ein Mangel an Mathematik und Logik. – Die Helfer wollen nicht wahrnehmen, was wirklich los ist. Und der Statistiker deckt das zu deren Zufriedenheit wieder alles zu. Die ganze alltägliche Apokalypse verschleiert der. Und hat doch recht damit. Aber der junge Therapieforscher hat auch recht. Aber Mira auch. Und ich? Nie. Letzteres ärgert mich. Die Quadratur des Kreises fällt mir ein. Dass es die doch gibt. Wenn man zwei Ringe im rechten Winkel aufeinander klebt und in der Mitte zerschneidet, entsteht ein Quadrat.

Tag, Monat, Jahr
Einer sagt: *Das Leben ist immer mit den Menschen.* Eine Art von Stalking?

Tag, Monat, Jahr
Haydn mag ich wirklich, der ist immer gut für die Nerven. Nämlich, weil die üblichen Geschichten nicht stimmen. Die *Abschiedssymphonie* zum Beispiel, dass da jeder aufgestanden und fortgegangen sein soll, wenn er fertig war – das wäre ein Affront sondergleichen dem Fürsten gegenüber gewesen und hat daher mit Sicherheit nicht stattgefunden.

Tag, Monat, Jahr
Einer sagt, nur wer sich kurz fassen könne und nicht alles sage, sei wirklich Künstler; alles andere sei nicht Kunst, sondern Geschwätz. Soll sein; ich bin gern so jemand.

Tag, Monat, Jahr
Das Volkseinkommen ist um 1/3 höher als vor 15 Jahren. Die Kapitaleinkünfte sind weltweit um 60 % gestiegen, die aus Arbeit gleichgeblieben. Warum also soll man sich den Sozialstaat nicht mehr leisten können, sagt

einer. Und dass der Kündigungsschutz, die Arbeitslosenversicherung und die Mindestlöhne die Arbeitslosigkeit nicht verursachen, sondern die Gesamtwirtschaft stabilisieren. Ich glaube nicht, dass ihm jemand wirklich glaubt. Ich glaube ihm schon. Ich wünsche mir, dass er Minister wird. Und ich, ich wäre dann gern in seinem Sekretariat. Im Moment ist er Wissenschafter. Ich gar nichts. Vielleicht wird er wenigstens Staatssekretär.

Tag, Monat, Jahr

Ein Therapeut sagt, Musik helfe bei narzisstischen Störungen. Denn für viele Menschen sei sie eine Geliebte. Sapperlot! Alles bloß weiblich?

Tag, Monat, Jahr

Im Zug die zwei jungen Burschen, einer sagt über den Ort, an dem sie gerade vorbeifahren, es sei hier schön, so ruhig, hier würde er gerne bleiben. *Lange leben,* sagt er. Er sei hier oft. Aber jetzt einmal sei er vom Wirt aus dem Gasthaus, dem Jugendtreff im Ort, geworfen worden. Habe jetzt Lokalverbot. Daher sei er jetzt selten im Ort. Dann reden die beiden über ihre finalen Schulprobleme und welche Tabletten sie einnehmen und was sie am liebsten trinken. Samnegdi ist irritiert, gerührt, erzählt mir dann von der Fahrt, ahmt ein paar Mal nach, wie der Bursche *So ruhig* gesagt hat. Ein anderes Mal erzählt sie von der Diskussion über afrikanische Kindersoldaten. Eine zuständige hohe Beamtin habe gesagt, man dürfe kein Mitleid haben, sich nichts vormachen. Müsse durchgreifen. Samnegdi fragt irritiert, ob man dann hierzulande die Jugendarbeit aufgeben müsse, die Resozialisierung, die Antiaggressions- und Antirassismustrainings. Alles zwecklos? Und wie das denn hierzulande mit der Kriegs- und Nachkriegsgeneration gewesen sei. Mir fällt ein, dass ich tatsächlich seit Jahren nicht mehr das Wort *Resozialisierung* gehört habe. Aber von jeder Menge Trainings. Hat das was zu bedeuten?

Tag, Monat, Jahr

Ich glaube, dass straffällige Jugendliche immer aus dem Krieg kommen, immer im Krieg sind oder zwischen den Kriegen. Bei Bourdieu steht das irgendwo. Es müsste eine Bourdieuschule geben. Eine wirkliche Bourdieuvolksschule, Bourdieuhauptschulen, Bourdieumittelschulen. Was wäre dann? Keine Ahnung, was dann wäre, aber geben müsste es so etwas und dann würde man schon sehen, ob es etwas nützt.

Tag, Monat, Jahr

In den 70er Jahren, in der Zeit der psychiatrischen Zwangsbehandlungen und Zwangsanhaltungen, hat David Rosenhan seine berühmten Experimente installiert, die zeigten, dass Anstaltspsychiater nur unzulänglich zwischen Gesunden und Geisteskranken unterscheiden konnten und dass die Psychiatrie selber psychisch krank war. Damit traf Rosenhan die existenzzerstörenden Diagnosen und Prognosen, die defekten Rehabilitationen und Resozialisierungen vorübergehend im Zentralnerv.

Tag, Monat, Jahr
Kriminalitätsprävention. Das Perry-Preschool-Programm: Seit den 1960ern läuft in den USA eine Langzeitstudie mit Vorschulkindern. Sie besagt, dass es sich für das ganze Leben bezahlt macht, wenn man gefährdeten Kindern im Alter von 3 bis 5 Jahren gezielt Entwicklungsförderung samt intensiver Betreuung der Familie angedeihen lässt. 2 Jahre lang 2,5 Stunden pro Wochentag plus wöchentlicher Hausbesuch, Kosten 16.000 Dollar. Dem stehen staatliche Ersparnisse von 195.000 Dollar bis zum 40. Lebensjahr gegenüber.

*

Schutzfaktoren gegen Kriminalität: 1. die sichere Bindung an eine Bezugsperson; 2. emotionale Zuwendung, aber auch Kontrolle in der Erziehung; 3. Erwachsene, die positive Vorbilder trotz widriger Verhältnisse sind; 4. die Erfahrung, selber etwas tun zu können und zustande zu bringen; 5. Unterstützung durch nichtstraffällige Personen, 6. Intelligenz; 7. unkompliziertes Temperament. 8. usw. – 6 und 7 sind zum Lachen, 8 ist am wichtigsten.

Tag, Monat, Jahr
Das Gewissensgetue, lächerlich. Aber erfunden hat den Begriff, das Wort, Demokrit. Und der war gottlos! Also gefällt mir das Gewissen. Die Atome, die Freundschaft, das gemeinsame Lindern der Schmerzen und der Furcht; sich verbergen, um leben zu können. Mehr ist nicht notwendig; es reicht vollauf. Da kommt, historisch, das Gewissen her. Demokrit soll dann im Übrigen so viel gelacht haben, dass man ihn für verrückt hielt.

Tag, Monat, Jahr
Grundexperimente der Sozialpsychologie: Lichtpunkte und Farben. Die Ergebnisse sind nicht trivial: Menschen geben zwar ihre eigene Wahrnehmung und ihr eigenes Wissen auf, sehen Dinge, die gar nicht da sind, oder solche nicht mehr, die es wirklich gibt. Sehen und sagen einfach dasselbe wie die anderen. Aber wenn einer widerspricht, nützt das was. Und in den Milgram-Experimenten waren oft diejenigen, die sich dem Auftrag widersetzten, keineswegs stolz darauf, sondern schämten sich dafür und hatten Schuldgefühle, obwohl und weil sie das Richtige getan hatten. Gibt es bei den Milgram-Experimenten aber mehrere angebliche

Versuchsleiter und widersprechen diese einander und widersetzt sich einer der Versuchsleiter dem anderen, so widersetzen sich deutlich mehr Versuchspersonen den Anweisungen, die eine Folter und lebensgefährlich sind. Die Farbexperimente von Moscovici zeigen in diesem Sinne, dass nur ein paar Menschen oder gar nur einer der Wahrnehmung und dem Urteil der anderen offen, klar, deutlich und beharrlich zu widersprechen braucht und ausreichend viele dadurch ihre Ansicht ändern. Das ist ein erstaunliches Experiment. Der social change erfolgt, meint Moscovici, so. Ist also durchaus realistisch. Diese Experimente sind alle uralt. Und von den gegenwärtigen linken Alternativpolitikern vergessen oder gar nie gewusst worden. Daher der Mangel an alternativem Mut und linker Entschiedenheit.

Tag, Monat, Jahr
Angeblich ist bei Burschen und Männern die Krankheitsanfälligkeit höher, auch die Sterberate ist höher, desgleichen die Selbstmordrate; letztere ist dreimal so hoch wie bei Mädchen und Frauen; bei Mädchen ist die Zahl der Selbstmordversuche aber viermal so hoch wie bei Burschen. Seit Jahren soll das alles schon so sein. Es kann aber nicht so schlimm sein, sonst hätte man schon längst etwas dagegen getan.

Tag, Monat, Jahr
Feuerbach wollte, dass Kultur einzig der Überwindung von Armut und Not diene und dazu, das Himmelreich auf Erden zu errichten. Und von der Natur sagte er, sie sei kommunistisch, nämlich freisinnig und freigebig.

Tag, Monat, Jahr
Wie kann eine Partei glauben, Arbeitgeber- und Arbeitnehmerinteressen zugleich vertreten zu können? Staatstragend nennen sich solche Parteien. Aber nicht Sozialstaatsparteien. Eine solche Sozialstaatspartei müsste das alles aber auch sein und das alles tun. Den Staat tragen und alle vertreten. Angeblich betragen die Chancen für eine Sozialstaatspartei bei einer Wahl 5 %. Aus dem Stand. Jedenfalls kann nur eine Sozialstaatspartei wirklich staatstragend sein. Das heißt also, dass es zurzeit im Parlament keine einzige staatstragende Partei gibt.

Tag, Monat, Jahr
Einer sagt über Weitblick, es sei, wie wenn jemand nur ruhig dasitze und mit den Augen den Zeigefingern seiner Hände zur Seite folge. Er sehe dann plötzlich, was hinter ihm vor sich gehe, obwohl er nur nach vorne schaut und den Kopf nicht bewegt. Japanische Übung, Zen, Samurai. Das stört mich an der Sache, ansonsten funktioniert sie.

Tag, Monat, Jahr

Die Vorhaltung an mich, dass ich zu schwarz sehe, nur schwarz. Ich! – Als die Dinosaurier ausstarben, war das der Weltuntergang. Die Säugetiere hat es damals aber bekanntlich schon gegeben. Die wurden bis dahin aber naturgemäß eher bloß gefressen. Die sollen wie Wiesel gewesen sein. Und wie kleine Äffchen. Ich weiß nicht, ob das damalige Wiesel und der damalige Affe miteinander ident waren. Die einen Forscher sagen so, die anderen so. Das Lebewesen damals, der Wieselaffe, hat Purgatorius geheißen. Naja, damals nicht. Heute heißt es so. Weil es im Fegefeuer war. Es war nachtaktiv gewesen, um nicht so leicht gefressen zu werden. Und als dann aber der Weltuntergang da war, überlebte der kleine Purgatorius, weil er die Finsternis so gut kannte. In gewissem Sinne war er also ein Lichtwesen. Allein schon die Finsternis hat die meisten anderen Lebewesen umgebracht. – Insofern Jesus Mensch war, stammt er also von Purgatorius ab. Sagt die Naturwissenschaft. Na ja, wenn man mitdenkt; so wie ich.

Tag, Monat, Jahr

Die gerichtsmedizinische Computersimulation von Jesu Gesicht. Jesus sah aus wie ein Neandertaler. Sein Schädel, seine Augen. Eine historische Rekonstruktion ist das, eine Verallgemeinerung – aber so soll es ja ohnehin sein unter Christen. Denn wir tragen ihn ja alle in unserem Herzen.

Tag, Monat, Jahr

Die Hustlers, immer auf der Suche nach einem Schwächeren. Wenn sie einem leid tun, ist man verloren. Die Geschäftsführer sind Hustlers. Nein?

Tag, Monat, Jahr

Einer sagt, die Supervisoren supervidieren den Sozialstaat. Aber durch ihre Schweigepflicht sei alles nutzlos.

Tag, Monat, Jahr

Die Volksschullehrerin, die jahrzehntelang immer nur die erste Schulstufe unterrichtet und auch nie befördert werden will; keine Lehrkraft ist so ausgeglichen wie sie und bei niemandem lernen die Kinder so schnell und leicht und viel und behalten es auch. Am ersten Tag schreibt sie ein kurzes Gedicht an die Tafel, das den Kindern gefällt und das sie sofort auswendig lernen. Und wenn die Kinder am ersten Tag von der Schule heimkommen, können sie sagen, dass sie schon lesen können. Und das ist wahr. Ein Bürokratieforscher sagt, man werde immer mindestens eine Stufe zu weit hinaufbefördert, dort sei man dann unfähig, habe aber Karriere gemacht und die gehe dann oft auch weiter und man sei weiterhin unfähig. Die Volksschullehrerin macht keine Karriere, aber die Kinder können sich auf sie verlassen. Der Schlüssel für ein besseres Schulwesen ist sie, lesen können nach 4 Stunden. Samnegdis Freundin Isabelle zum Beispiel ist eine solche Lehrerin, glaube ich.

Tag, Monat, Jahr
Ein liebevoller, lustiger, erfolgreicher Schriftsteller sagt, Traumaforschung sei nichts; die Traumaforscher machen alles falsch, die Traumanalytiker auch, alles falsch. *Weg damit, verdrängen, zensurieren. Weg, weg!* Er sagt das wirklich so. Und dass er einfach nicht mit Schreckensgeschichten dienen könne. Wenn jemand eine schreckliche Kindheit gehabt habe, dann weg damit, so schnell wie nur möglich. Aber doch um Gottes willen keine Traumaforschung. Ich glaube, dass er sich irrt. Er ist einem Bekannten von mir, dem Belletristen, sehr ähnlich. Der schimpft auch oft, zum Beispiel über Literatur aus der Arbeitswelt. Er sagt, er werde doch nicht über Pendler schreiben, über ihren in aller Frühe vollgekotzten Zug. Das nütze doch niemandem. Und das Unbewusste sei Blödsinn, das gebe es gar nicht. Mir fällt ein, dass er in den letzten Jahren meistens in die Abteile erster Klasse eingeladen ist, wenn er zu seinen Lesungen fährt. Ich glaube, dass die Optimisten zu weit gehen und dadurch opportunistisch werden. Die tun außerdem so, als ob Meinesgleichen nicht optimistisch wäre, sondern ein Grausen. Diese Mischung aus militanter Gleichgültigkeit und herzlicher Lebensfreude bei den beiden veritablen Schriftstellern macht mich fertig.

Tag, Monat, Jahr
Der Präsident des Volksgerichtshofes beschimpft einen der Stauffenbergleute: *Gehen Sie zum Teufel.* Der Angeklagte antwortet: *Ich gehe Ihnen nur voraus.* Ein anderer Angeklagter sagt, er empfinde die Treuepflicht dem Führer Adolf Hitler gegenüber nicht mehr, denn dieser sei der Vollstrecker des Bösen. Und ein anderer Angeklagter sagt, dass so viel gemordet worden sei. Daraufhin schimpft ihn der Präsident einen Lumpen. – Hitler soll die langsame Strangulation der Verurteilten filmen haben lassen und sich diesen Film angesehen haben. Ich weiß nicht, ob es diesen Film noch gibt. Der Film über den Gerichtsprozess wurde nie öffentlich vorgeführt. Es war unmöglich. Sogar im Kreis der Nazielite. Man war im Volksgerichtshofprozess der Menschen von Ehre nicht Herr geworden, obwohl man alle Macht gehabt hatte. Ein Propagandafilm, der nicht gelang.

Tag, Monat, Jahr
Von der Macht ausgeschlossen und daher ihren Illusionen nicht verfallen sein, bei Bourdieu steht das so. Die Zahl von 5 % für eine Sozial-

staatspartei stammt auch von ihm. Bourdieusche Lehren sind: Mechanismen erkennen und zerstören; befreien könne man sich nur gemeinsam; fliegen können, weil man weiß, wodurch man nicht vom Boden kommt oder abstürzt; die eigenen individuellen Möglichkeiten nicht überschätzen, die kollektiven Möglichkeiten nicht unterschätzen; weder sich einsperren lassen noch sich aussperren lassen, schon gar nicht sich selber ein- und aussperren, sondern gemeinsam mit anderen und mithilfe elitärer Mittel Krawall machen. Die gegenwärtigen sozialen Bewegungen seien kostbar und kleine Wunder; und ihr höchstes Gut sei die Glaubwürdigkeit. Also ihre Verlässlichkeit, das Vertrauen. Und sie dürfen sich durchs Hin und Her und Auf und Ab zwischen Sich-Widersetzen und Nichts-Tun-Können nicht kaputtmachen lassen. Der neoliberale Umbau des Staates sei eine Zeitbombe. Das Heimtückische an der gegenwärtigen politischen Situation sei, dass sich die verantwortlichen Eliten selber mit einem übermenschlichen mathematisch-ökonomisch-technischen Geheimwissen umgeben. Und dass die Folgen ihrer Entscheidungen nicht unmittelbar, sondern erst in der Zukunft sichtbar werden. Die Gesetze der sozialen, politischen Schwerkraft verstehen, den Priester- und Herrschertrug.

Tag, Monat, Jahr
Die Foltererformel lautet: *Du bist Scheiße. Seit wir dich hierher gebracht haben, bist du ein Nichts. Draußen erinnert sich schon niemand mehr an dich. Du existierst nicht mehr.* Eine Frau sagt, jeder Gefolterte sei eine Frau.

*

Coelho hat, glaube ich, das Gefängnis und die Folterandrohung nicht ertragen und alle verraten, auch seine Frau. Die war zur selben Zeit im selben Gefängnis und wurde wirklich gefoltert und hat niemanden verraten. Und dann konnte sie nie mehr etwas mit ihrem Mann zu tun haben wollen.

Tag, Monat, Jahr
Jules Verne, eine Art Zukunftsforscher, wurde, glaube ich, von seinem Neffen angeschossen und von seinem Sohn schlecht nachgelassen. Er war auch weder fürsorglich noch Demokrat. Was hat er also den ganzen Tag gemacht? Viel Geld und ab und zu Pleite und zwischendurch hohe Politik. Er hat auch nichts wirklich vorausgesehen. Es war alles schon irgendwie da gewesen. Die Zukunftsforscher heutzutage sind noch blöder. Nur Robert Jungk war ok.

Tag, Monat, Jahr
Ein wichtiger Christ, Katholik, sagt immer zu seinen Leuten, ein Christ müsse strahlen; Menschen zum Strahlen bringen sei das Schönste, was es gibt. Die wichtigste Pflicht. Strahlende Kindergesichter. Er ist auch Politiker. In der Kirche und in der Welt. Ich kann nicht glauben, dass christliche Strahlung ungefährlich ist.

Tag, Monat, Jahr
Der Maler Georges de La Tour, der arme Menschen darstellt von niedrigem Stand und auch deren Niedertracht und gemeine Kämpfe untereinander. Die Bilder hängen dann bei erlauchten Potentaten, Mäzenen. Aber nicht aus Respekt, Kunstsinn oder Mitleid, sondern aus Proletenverachtung. Da sehe man eben, wie das Volk wirklich sei, der Feind.

Tag, Monat, Jahr
Ein Sadu sagt, er habe keine Illusionen mehr, denn am Ende haben alle nichts; er kenne seine Familie nicht mehr, sie ihn nicht, sie sei glücklich, er auch. Er hat nicht mehr viele Zähne. Mit seinen Kumpeln zusammen raucht er sein Haschisch und alles ist gut. Schiwas Asketen sind die Sadus. Die haben nichts. Absolut nichts. Nur einander. Und das Haschisch. Es verbindet sie wie die Christen die Liebe. Wie der Leib Christi.

*

Einer hat einmal gemeint, Jesus habe nie wirklich gelebt; er sei der Name für eine Pflanze, eine Droge. Die sei gemeinsam genossen worden.

Tag, Monat, Jahr
Habe ich richtig verstanden, Klaus Mann hat nach Kriegsende öffentlich dazu aufrufen wollen, dass sich die Prominentesten, die Wertvollsten aus der Elite, aus Protest umbringen, damit endlich eine andere Politik gemacht wird? Das soll seine Hoffnung gewesen sein. Das geht zu weit, gebe ich zu. Aber ich kann mir schwer vorstellen, dass wirklich jemand Klaus Mann zu helfen versucht hat. Abgesehen von der Zwillingsschwester. Ich halte hochgebildete Menschen für oft sehr dumm, wenn es darum geht, jemandem wirklich zu helfen.

Tag, Monat, Jahr
Die Sozialministerin, die ihr Amt niederlegt und geht und dann sagt, dass der Sozialismus ganz sicher wiederkommt.

*

Die rote Ministerin ist des roten Kanzlers wegen ausgeschieden. Dessen Art von Sozialismus wegen.

*

Lebensläufe, die nicht erzählt werden, weil sie zu niederschmetternd, zu schicksalsartig sind, für die Leser zu belastend. Leben, die also verschwiegen werden. Bleiben sie dadurch auch erspart?
*
Der Zukunftsforscher Naisbitt prognostizierte Anfang 2000, dass ein sogenanntes soziales Europa den Unternehmern und damit Europa schaden würde und dass massive Klimaschäden genauso ausbleiben werden wie Rohstoffknappheit.

Tag, Monat, Jahr
Haydn soll gesagt haben, wer bei ihm Schutz suche, brauche keine Angst mehr zu haben. Es soll gestimmt haben.

Tag, Monat. Jahr
Mein guter Freund der Anachoret will, scheint mir, manchmal immer alles sofort anzeigen. *Anzeigen! Anzeigen! Anzeigen! Sofort!*, sagt er. Und dann sagt er, wenn jemand bereue und verspreche, es nicht mehr wieder zu tun, müsse man sofort alles verzeihen. Auch das Schlimmste, denn sonst höre es nie auf. Diese Güte ist mir sehr sympathisch und ich habe mich in meinem Leben nie anders verhalten als versöhnlich, aber es ist oft sehr falsch so.

Tag, Monat, Jahr
Der erste Elfte September war 1973, als Allende ermordet wurde. Ein Kinderarzt bloß, der sich mit einem Babynahrungsmittelkonzern wegen Milch angelegt hatte.

Tag. Monat, Jahr
Bei Amartya Sen geht es immer ums lebenswichtige Minimum. Jetzt hier. Um die Verwirklichungschancen von Menschen; um Verwirklichungsgerechtigkeit. Die sei wichtiger als Verteilungsgerechtigkeit. Weil wirklicher. Überlebenswichtig eben. Kein langes Gerede, keine leeren Versprechen. Sondern so schnell wie möglich wirklich eine Wahl haben, jetzt nämlich. Nicht für nichts und wieder nichts Unterdrückung, Qual und Gefahren erleiden und dann doch plötzlich bloß tot sein, vor jeder Zeit.

Tag, Monat, Jahr
Sens Kindheitserfahrungen, der eigene Reichtum; der fleißige, elende Mann hingegen, der bei Unruhen zufällig erschossen wurde, sozusagen verunfallte, weil er zur Arbeit musste, weil er von etwas leben musste und der Gefahr nicht ausweichen hatte können, weil er seine Familie ernähren musste; und dass Tausende Arme einer Seuche, Epidemie erlagen, die die Gegend der Reichen verschont ließ. Sens Verwirklichungsgerechtigkeit hat nichts mit luxuriöser Selbstverwirklichung zu tun, sondern ganz

im Gegenteil viel mit Paolo Freire und Ivan Illich. – Dass man sehr schnell sehr viel tun kann, wenn man nicht kaputtgemacht würde.

Tag, Monat, Jahr
Das gläubige Gerede von absoluter Musik ist meines Erachtens reine Dummheit. Denn Haydn zum Beispiel wollte immer genau wissen, wer das Publikum sein werde. Mit »absolut« ist aber immer auch »autonom« gemeint; Autonomie und das Kämpfen darum sind natürlich kein Quatsch. Aber ohne Autarkie gibt's die nicht. Beides muss man erkämpfen, sich das eine mittels des anderen. Haydns *whim* und *wit*, seine lustigen plötzlichen Launen – das ist autonom. Aber ein bisserl nur.

Tag, Monat, Jahr
Ich glaube, *glauben* kommt von *kleben* und *Leim*.

Tag, Monat, Jahr
Heute sagt man *sich vernetzen*. Früher *sich solidarisieren*. Es ist nicht dasselbe. Auch wenn man sagt, man müsse *die Kräfte bündeln*, ist das etwas anderes. Ich glaube, letzteres kommt von den Faschisten her, von den *fasces*, den Rutenbündeln. Von dort haben es die italienischen Kommunisten übernommen. Der arme Gramsci wohl. Von dem kommt, glaube ich, der Begriff *Zivilgesellschaft* her. Warum die Rutenbündel der hohen römischen Staatsbeamten, also das Herrschaftszeichen über Leben und Tod, auch ein Symbol der Französischen Revolution waren, weiß ich nicht. Und auch nicht, warum das Vernetzen eigentlich so leicht ist und alles andere so schwer.

Tag, Monat, Jahr
Eine alte Frau, deren Sohn sich vor Jahren umgebracht hat, mustert mich oft lange, wenn wir uns zufällig irgendwo begegnen. Ich glaube, sie verträgt meine Stimme nicht. Vielleicht auch das nicht, was ich sage. Sie schaut auch heute lange und dann finster. Sie schreibt jetzt seit Jahren Kinderbücher, glaube ich, und ist auch Übersetzerin. Sie hat auch ein Buch über ihren Sohn geschrieben. Sie will Menschen damit helfen. Ich habe das Buch gelesen. Ein seltsamer Zufall. Sie und ich kennen einander eigentlich überhaupt nicht. Einmal wollte ich sie zu ihrem Buch interviewen. Aber ich habe mit ihr noch nie ein einziges Wort gewechselt. Wir sehen uns immer nur zufällig und ich ignoriere sie.

Tag, Monat, Jahr
Arafats Ministerin Hanan Ashrawi hat im Jahr 2000, als Scharon den Frieden zunichte machte, für die Palästinenser sofort den Schutz durch UNO-Truppen erbeten. Ich weiß nicht, ob das eine offizielle Position war oder ob Ashrawi bloß klüger und mutig, aber allein war. Ich weiß nicht,

was aus ihr wurde. Und Farhat-Nasers mobile Geburtenstationen, weil doch die Infrastruktur, die Straßen, die medizinische Versorgung, die Spitäler, den Palästinensern kaputtgemacht worden sind – *Safe motherhood safe childhood* und *Frauen ohne Grenzen* heißt das, was Farhat-Naser mitbewerkstelligt. Immer die Frauen, niemand sonst. Warum ist das so?

Tag, Monat, Jahr
Ein Polizist sagt, ein Polizist erlebe in einem Jahr mehr als andere Menschen in ihrem ganzen Leben.

Tag, Monat, Jahr
In Bourdieus Augen ist das Berufsgeheimnis das größte Problem. Denn dadurch ändere sich nie etwas. Für die Ausübenden der helfenden Berufe zum Beispiel.

*

Bourdieu: *Die Lähmung der Gesellschaft funktioniert über das Berufsgeheimnis*. Dass man sich weder ein- noch aussperren lassen darf, sagt er auch. Das ist die Lösung für das Paradoxon des Widerstandes, welcher das Gegenteil von Mittäterschaft ist.

Tag, Monat, Jahr
Bourdieu war in allem durch und durch Spinozäer.

Tag, Monat, Jahr
Voltaire, wie viel hat der verleugnet, was doch von ihm war. Ich muss unbedingt die Anonymität der Menschen in meinem Buch herstellen und wahren. Am besten wäre, wenn ich als Urheber nicht identifizierbar bin. Und die Personen dadurch auch nicht. Früher, wie oft sind da anonyme Schriften erschienen und wurden trotzdem noch und noch gelesen und sorgten für trefflichen Wirbel. Heute ist das sehr selten. Bei Sexualia sowieso. Da läuft der Markt auch ohne.

Tag, Monat, Jahr
Man glaubt denen nicht, die sagen, Chancengleichheit sei eine Illusion. Denn man will ja Chancengleichheit wirklich – nicht.

Tag, Monat, Jahr
Einer sagt, dass er nicht klettern könne, weil ihm nach 5 Metern schwindelig werde. Aber in Höhlen kann er klettern, hoch hinauf und weit hinunter. Das komme daher, dass er in den Höhlen nicht weit sehe, sagt er. Er bleibt oft tagelang in einer Höhle. In eine ist er dreißigmal eingestiegen und beim letzten Mal hat er stundenlang den Ausstieg nicht gefunden. Das sei das einzige Mal gewesen, dass er Angst gehabt habe. Seine Freundin sagt, man könne ihm das alles ruhig glauben, der sei wirklich

so. Keine drei Meter könne der sehen, die Lampe nütze nichts, aber der sei völlig ruhig und glücklich. Am liebsten geht er in stillgelegte Bergstollen. Sein Selbstheilungsversuch gegen die Todesangst, Lebensangst.

Tag, Monat, Jahr
Der GF Gemüller, der sich auf den Boden wirft und wie ein Baby schreit, die anderen sollen gehen, er werde bleiben. In der Absinthbar. Er strampelt tatsächlich. Sich ab für die Firma. Er hat ein wenig Absinth auf den Boden verschüttet. Auf dem Tisch auch. Den Absinth dort entflammt er. Die Flamme ist schön. Sie macht ihm Freude. Er hilft Hilfsbedürftigen. Ich kann es nicht besser erklären.

*

Die sogenannte Helferhilflosigkeit, das sogenannte Helfersyndrom, sei Säuglingsart, heißt es. Und ein paar eben sagen, das sei diffamierend. Und ein paar, dass es stimmt. Der Rest weiß nicht einmal, worum es geht.

Tag, Monat, Jahr
Bonhoeffer, geschunden, umgebracht, Märtyrer, KZ. Und dann nach dem Krieg, als die Republik floriert, werden die Nazi-Opfer klassifiziert. Die Leiden und Rechtsansprüche der KZ-Überlebenden werden vom Staat vorschriftsmäßig überprüft, rechtsverbindlich beurteilt. Das Schema dafür, die Kriterien sind extrem restriktiv, schmerzvoll, stammen von Bonhoeffers Vater, der Arzt war. Es ist bloß ein Zufall. Und nichts ist daraus zu lernen. Oder doch?

Tag, Monat, Jahr
Ein Hormonforscher sagt, dass Männer sich einfach nicht zusammen in einem Raum aufhalten können, es krampfe ihnen das Herz zusammen, sie laufen Gefahr, einen Herzinfarkt zu bekommen; das heiße Azetylcholinumkehr und komme aus der Evolution. Jetzt habe ich endlich eine Erklärung dafür, warum Männer zusammen trinken. Ich habe immer geglaubt, da ginge es bloß um den Urin und das Sperma. Jetzt habe ich kapiert, dass es gegen die Azetylcholinumkehr ist. Der Hormonforscher ist sehr seriös, er sei, sagen ein paar, der Sohn eines Kardinals.

Tag, Monat, Jahr
Change the team! Ein Chefmathematiker stellt ein lustiges Rätsel. Früher hat es, glaube ich, bloß das Ziegenproblem geheißen. 3 geschlossene Türen. Hinter einer ist eine weiße Ziege. Man muss erraten, hinter welcher. Mit einem Auto geht das auch. Das gewinnt man dann. Die Lösung ist, dass man möglichst oft raten soll. Naja, so oft geht das ja nicht. Den Standpunkt soll man eben jedes Mal wechseln. Der bewunderte Chefmathematiker nennt das *Change the team!* Das sei die Problemlösung,

sagt er. Möglichst oft soll man das machen. Flexibel sein eben. Ein rasend Macher! *Change the team!* Immer neu entscheiden, so vervielfacht man seine eigenen Gewinnchancen. Der GF Gemüller zum Beispiel macht das so, ganz unbewusst. Vielleicht ist er ja wirklich ein Genie.

*

Der Mathematikboom, den Mathematikern wird das Beste zugetraut, alles anvertraut. Die Ökonomie sowieso. Der freie Markt. Die Aktien. Die Betriebe. Der Sozialstaat. Die Hochkultur. Alles, was man nicht versteht. Die Intellektuellen, Künstler, Literaten schwärmen zurzeit noch und noch von der Mathematik. Die Intellektuellen von der Intelligenz.

Tag, Monat, Jahr

Wer vom Helfen redet, muss sich gefallen lassen, schnell und süffisant gefragt zu werden, ob er, ob sie an einem Helfersyndrom leide. Der Begriff stammt bekanntlich vom Psychoanalytiker Wolfgang Schmidbauer, desgleichen die Formel von den hilflosen Helfern. Schmidbauer verwahrte sich wiederholt dagegen, dass man seine Worte so verstehe, als seien Menschen, die anderen selbstlos und bedingungslos zu helfen bereit sind, in Wahrheit bloß infantil neurotisch, narzisstisch und destruktiv oder lebensunerfahren und unprofessionell, und dass die, die nicht entschieden zu helfen gewillt sind, eigentlich die seelisch Gesunden seien – und professionell, weil sich abgrenzen könnend. Laut Schmidbauer ist Helferhilflosigkeit nämlich unter anderem dadurch verursacht, dass die HelferInnen ihre Schwäche nicht zugeben können oder dürfen. Sie können sie nicht zugeben, weil die Hochleistungsgesellschaft und militarisierte Arbeitswelt, in der die HelferInnen leben und arbeiten müssen, auch in ihrem Inneren herrschen und sie selber wie hilfsbedürftige, abhängige, gehorsame Kinder sind. An dieser Hilflosigkeit aber und an dieser Gehorsamsbereitschaft nehmen andere Menschen Schaden, KlientInnen, PatientInnen, Schutzbefohlene. Für Schmidbauer kommen die, die helfende Berufe ihren Schutzbefohlenen gegenüber gewissenhaft ausüben wollen, nicht umhin, sich politisch einzusetzen. Der politische Einsatz wird somit zur Berufspflicht eines jeglichen Helfers. Der keineswegs linke Philosoph André Glucksmann hat den HelferInnen bekanntlich vorgeworfen, dass sie zwar unmittelbar und kurzfristig helfen, dafür aber, als eine Art Gegenleistung, den Mund halten. Sie akzeptieren untragbare Situationen und Strukturen, wenn ihnen seitens der jeweiligen Machthaber ermöglicht wird, ihren Job zu tun und ihren Beruf auszuüben. Die HelferInnen verpflichten sich sozusagen zum Stillschweigen, dadurch aber machen sie sich mitschuldig und perpetuieren die untragbare Situation, schützen und stützen schadhafte und Schaden stiftende Strukturen anstatt die ihnen anvertrauten Menschen. Gerade solchen Komplizen-

und Mitwisserschaften samt Gewissenskonflikten will Schmidbauer ein Ende setzen. Dasselbe wollte Bourdieu.

Wie auch immer, es könnten, folgt man Schmidbauer, gerade aus den helfenden Berufen kraft der gewissenhaften Erfüllung der Berufspflicht menschenfreundliche politische Aufstände zum Besseren erwachsen, schlichtweg im Interesse der Schutzbefohlenen und Hilfesuchenden. Würde beispielsweise die Medizin wirklich alle anderen Interessen für das Wohl der Kranken zurückstellen, wäre sie, so Schmidbauer, eine radikale Macht, deren Forderungen über das hinausgingen, was etwa Alternativgruppen verlangen, sowohl im Umwelt-, Patienten- und Konsumentenschutz als auch im Verkehrs- und Erziehungswesen. Zumeist jedoch schweige die Ärzteschaft, dulden und unterstützen BerufshelferInnen somit das, was ihre Schutzbefohlenen krank mache, meint Schmidbauer in etwa, dem es, wie gesagt, nicht darum geht, Helferinnen und Helfer abzuwerten oder verächtlich zu machen, sondern darum, dass selbige ihre Chancen auf Selbstbefreiung und Systemveränderung innerhalb ihrer Institutionen wehrhaft wahrnehmen und ihre Rücksichtnahme, Selbstlosigkeit, Hilfsbereitschaft kreativ, ehrlich und uneingeschüchtert zu entfalten vermögen. Selbstredend verlangt Schmidbauer weit verstärkter psychologische Betreuung und Super- und Intervision in Hilfseinrichtungen sichergestellt zu sehen, im Herzen und Gehirn, nicht an der Hautoberfläche der von Menschen geschaffenen Institutionen, wie er sagt, doch warnt er zugleich vor der Fürchterlichkeit, Mineralwasser, also PsychotherapeutInnen und Super- und IntervisorInnen zu empfehlen, weil man auf das Trink- und Leitungswasser einfach nicht mehr vertrauen könne.

Tag, Monat, Jahr
Der Demokratiegegner Platon hielt einen öffentlichen Vortrag über das Gute. Der Vortrag handelte für die Zuhörer einzig von Mathematik. Soll völlig unverständlich gewesen sein. Für die meisten Zuhörer enttäuschend. Man hatte Platon zuvor vorgeworfen, er führe eine Verschwörung an, unterweise im geistigen Waffengebrauch gegen die Demokratie. Und deshalb eben hielt Platon seine öffentliche Vorlesung über das Gute, damit alle im demokratischen Staat sehen, was er seinen Schülern und Anhängern in Wahrheit beibringe. Nämlich etwas völlig Harmloses. Unpolitisches. Auf dass kein Argwohn mehr gegen ihn herrsche und man ihm nicht etwa gar die Schule schließe. Diejenigen, die Platon nicht mögen, erzählen das so und dass es ein Trick von ihm gewesen sei. Und ich glaube eben, dass das stimmt und heute auch so ist. Man redet über Mathematik, aber gegen die Demokratie. Man ist BWLer, Finanzminister,

Börsenanalyst, Trendforscher und redet über Zahlen und mathematische Zusammenhänge, aber gegen die Demokratie.

Tag, Monat, Jahr
Ein paar Rechnungen: In den letzten 50.000 Jahren lebten, schätzt man, 106 Milliarden Menschen auf der Erde. In dieser Minute werden in den Industrieländern gerade 25 Menschen geboren, in den sogenannten Entwicklungsländern 235, und es sterben in dieser Minute in den Industriestaaten statistische 0,2 Säuglinge, in den Entwicklungsländern in dieser Minute 15. Die weltweite Zahl der jeden Tag im Elend sterbenden Kinder ist 20.000. Die jährliche Zahl der Kinder, die vor ihrem 5. Lebenstag sterben, ist 14 Millionen. Die Zahl der jährlich verhungernden Menschen ist 30 Millionen. Die Zahl der täglich verhungernden Menschen ist 100.000. Die jährliche Zahl der an chronischer Unterernährung und in der Folge an schweren Behinderungen Leidenden ist 820 Millionen. Die jährliche Zahl der durch Unterernährung Erblindenden ist 7 Millionen. Die Zahl der Kinderarbeiterinnen und Kinderarbeiter ab dem 5. Lebensjahr ist 250 Millionen. Ein hochindustrialisierter westlicher Mensch verbraucht bis zu seinem 75. Lebensjahr 195 Millionen Liter Wasser und hat bis dahin 52 Tonnen Müll produziert. Jede Minute stirbt eine Frau bei einer Geburt.

Tag, Monat, Jahr
Die Überbevölkerung, die angebliche Dummheit in den Entwicklungsländern – die satten Forscher, die sagen, daher kommen die unlösbaren Probleme und der unbesiegbare Tod, verstehen nicht, dass die Überbevölkerung im Gegenteil der Versuch ist, das Problem zu lösen und daher nicht sterben zu müssen. Es ist ein natürlicher Teufelskreis: Bei derart gewaltiger Kindersterblichkeit werden derart viele Kinder in die Welt gesetzt, damit wenigstens ein paar überleben. Je mehr sterben, umso mehr werden geboren, damit wenigstens ein paar überleben und damit es doch ein Leben geben kann. Daran ist nichts dumm. Es ist durch und durch rational. Man bekämpft den Tod nicht mit dem Tod, sondern mit dem Leben.

Tag, Monat, Jahr
Der junge Mann, dem eine Frau aus der Hand liest; er nimmt daraufhin ein Messer und schneidet sich die Lebenslinie neu hinein. So muss man das machen.

Tag, Monat, Jahr
Die Frau, die einen Laib Brot um 70 Milliarden Euro einkaufen muss, ein paar Tage später fällt der Brotpreis auf 40 Milliarden Euro. Ihr Mann

ist ein hilfsbereiter, idealistischer, selbstloser Arzt, und sie, sie glaubt, dass das Leben der Menschen ein ständiges Gesundwerden sei, eine Art Übung, der zur Folge die Menschen einmal leben können werden. Die Arbeiterfamilien haben, sagt sie, nur ihre Gesundheit; die ist ihre Arbeitskraft; wenn sie die verlieren, seien sie verloren. Aber einmal werde das alles anders sein.

Tag, Monat, Jahr
Die Frau ruft nach ihrem Kind, sagt, sie wisse doch, dass es da sei; es solle sich ihr doch zeigen. Vor ein paar Wochen ist es im Krieg zugrunde gegangen. Als der Krieg Jahre später zu Ende ist, fragt sie, wer jetzt in diesem Krieg der letzte Gefallene ist, bekommt keine Antwort. Jahrelang bearbeitet sie dann dieselben Steine. Die stellt sie dann in einem anderen Land ins Feld, wo ihr Kind unter Tausenden gestorben ist. Und immer bildet sie Mütter ab, die Kinder schützen. Die regierenden Politiker schimpfen sie Rinnsteinkünstlerin und sagen, dass die Gesichter in ihren Werken die von Affen und allerlei Tieren seien, aber nie und nimmer von Menschen. Die Nazis bedrohen die Frau mit dem Konzentrationslager, sagen, die Kinder brauchen nicht den Schutz der Mütter, denn die Kinder schütze der nationalsozialistische Staat. Einmal hört sie von einem dreizehnjährigen Buben, der sich im Fluss ertränkt hat, zuvor an der Uferstelle ein Holzkreuz errichtet und sein Gewand dorthin gehängt hat; und einmal sieht sie im Fluss vor sich eine tote Mutter, die wie eine schwimmende Insel auf dem Wasser treibt, und ein dahintreibendes Kind sitzt auf ihr in Sicherheit.

Tag, Monat, Jahr
Einmal stellte die Frau sich vor, wie das wäre, mit den Füßen nach oben hoch fliegen zu können. Und dass die Kommunisten das vielleicht können. Und dass man endlich losbrechen müsse, sagte sie. Als ihr Freund einen Engel bildete, gab er ihm unabsichtlich das Gesicht der Frau.

*

Ich weiß von niemandem, der losbricht. Das ist alles anders heute. Die sind alle sehr erwachsen. Außerdem muss man alles Geld mal 2 rechnen. Es waren ja Mark. Und dann muss man alles nochmals multiplizieren, weil es schon lange her ist. Immer mehr wird dadurch. Und nichts anders. Der Losbruch der Käthe Kollwitz, bis heute nicht erfolgt, einzig ihrerseits.

Tag, Monat, Jahr
Ein Film darüber, dass jemand, seit er geboren ist, nicht unter dem Schutz des Gesetzes steht. Es gehe darum, heißt es, dass der, der sich dem Gesetz nicht unterwirft, von ihm auch keinen Schutz und Nutzen

erwarten dürfe. Das wird doch wohl hoffentlich nur Blödsinn sein. Ein Film über mich.

*

Als Kind der Film, den ich dann nie mehr gesehen habe und nach dessen Titel ich immer wieder suche; es geht um einen blutjungen Polizisten, der in die größten Schwierigkeiten kommt, weil er das glaubt, was er sieht oder ihm gesagt wird. Sein älterer Kollege sagt zu ihm, er dürfe nichts glauben von all dem. Aber der junge kann das nicht. Aber es ist immer das Gegenteil wahr, aber er schafft es trotzdem.

Tag, Monat, Jahr

Die gängige Psychoanalyse des Kinofilms besagt, dass man im dunklen Saal wie ein Baby sei, das bei der Mutter sicher ist und von ihr gefüttert wird und in die Welt hinausschaut. Die Ursituation sei das so irgendwie; das Gute.

Tag, Monat, Jahr

Einer, der Behindertenlehrer ausbildet, redet dauernd von Quantenphysik. Dadurch könne man behinderte Jugendliche und Kinder am besten verstehen, ihre Zustände, ihre Energie, ihre Devianz. Und alle Hoffnungsgründe kämen auch von da her. Aber mir fällt ein, dass der Begriff Quantensprung im Alltag falsch verwendet wird; denn er bedeutet ja eigentlich das Gegenteil, nämlich etwas Minimales und völlig Zufälliges. Der Behindertenlehrer verwendet den Begriff richtig – und aus dem Zufall und der Geringfügigkeit wird bei ihm mit Recht etwas Wichtiges, Bedeutsames; das zukünftige Leben eben, die Chancen, plötzliche, kleine. Ein flimmerndes Bewusstsein, das zwischendurch hell und glücklich ist. Ich glaube, dass er mit der Quantenphysik die *scintillae animi* meint. Die Seelenfünkchen. Realmystik.

Tag, Monat, Jahr

Homers Heldenpsychologie: Homers Helden sind behindert, werden ständig von außen und innen überwältigt, plötzlich, kein Teil passt zum anderen. Krämpfe. Homers Helden sind aber gemeingefährlich. Kulturgut (Hermann Schmitz). Kampftrauma, Persönlichkeitsverlust (Jonathan Shay: *Achill in Vietnam*).

Tag, Monat, Jahr

Der schwere Alkoholiker, in dessen Familie so viel getrunken wurde und dessen Frau auch schwere Alkoholikerin war und der auch beruflich viel trinken musste, sah keinen Ausweg mehr. Da wurde ihm geraten, er solle sich regelmäßig in den botanischen Garten zu den Kakteen setzen. Die Kakteen gehen nämlich nicht zugrunde, obwohl sie dürsten und darben.

Der Mann und die Frau gingen zu den Kakteen sitzen und es half den beiden wirklich. Sie wurden und blieben trocken.

*

Die Männer, von denen jeder behauptete, er sei Jesus Christus. Sie wurden dazu gebracht, sich nebeneinander zu setzen und miteinander zu reden. Es kam ihnen dann sehr seltsam vor, dass jeder von den anderen sich selber für Jesus hielt. Und weil Jesus ja Zimmermann war, wurde jeder Jesus zu Zimmermannsarbeiten geholt. Die hätte er dann können müssen. Das machte die Jesusse nachdenklich und ziemlich gesund.

*

Das junge Mädchen, Kind, das dauernd Wutanfälle hat, Menschen attackiert. Als sie wieder einmal tobt und auf der Station die Tapeten von den Wänden reißt, macht ihr Arzt plötzlich dasselbe und sie beginnen gemeinsam die Zimmer zu demolieren. Der Arzt attackiert auch, genauso wie das Mädchen das tut, das Personal körperlich. Das Mädchen sagt plötzlich, dass er das nicht tun darf. Und ist geheilt. Reißt auch niemandem mehr die Kleider vom Leib.

*

Die Lehrerin, deren Leben festgefahren ist; ihr wird geraten, von nun an jeden Morgen einen anderen Weg zur Arbeit zu nehmen. Und auf einen Berg am Stadtrand zu steigen und hinunterzuschauen. Ihr Leben wird sehr bunt und neu.

*

Und die fettsüchtige Frau, die nicht abnehmen kann und die leidet, weil sie immer schwerer und unbeweglicher wird; ihr wird geraten zuzunehmen, so viel sie nur irgend kann. Dadurch nimmt sie dann ab und kann sich rühren. Das erste Mal in ihrem Leben.

*

Der Arzt, der auf solche Weise therapierte, war farbenblind und unmusikalisch und tat sich mit dem Lesen schwer, war mit 17 Jahren an Kinderlähmung erkrankt. Hatte als aussichtsloser Fall gegolten. War im Koma gewesen, hatte sich nach dem Erwachen nicht rühren können, konnte nur die Menschen in seinem Zimmer beobachten und aus dem Fenster schauen – nur sich die Bewegungen vorstellen, sich an sie erinnern, die er sich auszuführen wünschte. Wurde wieder gesund. Was er in der Krankheit gelernt hatte, brachte er dann anderen Menschen bei. Von der Kinderlähmung blieben ihm das Hinken und die Schwerhörigkeit. Ich weiß nicht, wie das mit der Musik und den Farben und dem Lesen und Schreiben war. Aber er konnte alles gut genug. Zwischendurch erkrankte er in späteren Jahren wieder an Polio. Aber er war trotzdem Kanufahrer und bezwang weiterhin seinen Berg. Der Arzt hat sich wohl durch nichts und von niemandem behindern lassen, am wenigsten von sich selber. Eine Kommunikations- und eine Gesellschaftslehre hat man aus seiner Therapie gemacht. Und einer von seinen Nachfolgern fragt, wie das ist, wenn man sich schlafen legt und am nächsten Morgen aufwacht und die quälendsten Probleme plötzlich nicht mehr da sind. Es gibt sie gar nicht mehr. Wie lebt man dann? Dieses Leben müsse man sich vorstellen. – Wenn ich jemandem helfen habe können, dann immer nur so: die sogenannte Wunderfrage.

Tag, Monat, Jahr
Wenn ich richtig gehört habe, ist der Belletrist wieder für einen Preis vorgesehen – und er hat sogar einen Wunsch frei. Er nützt ihn nicht für mich. Das spricht nicht für mich.

Tag, Monat, Jahr
Ein Spitzenphysiker sagt, dass die Solarzellen auf dem Prinzip beruhen, für dessen Entdeckung Einstein den Nobelpreis bekommen hat. Photoelektrischer Effekt heiße das. Der Spitzenphysiker sagt, immer wenn es um das Licht gehe, werde er fromm. Denn man könne es naturwissenschaftlich nicht fassen. Bewegte elektrische Ladungen, das sei keine ausreichende Beschreibung. Man müsse sich nur einmal vorstellen, wie unglaublich es sei, dass das Licht überhaupt die Sonne verlassen kann, die ja viel zäher als Blei sei; und dass wir alle ja, sagt er, irgendwie aus Sonnenlicht seien, weil ja die Photosynthese das Leben ermögliche und die Pflanzen zum Leben nur das Licht und das CO_2 brauchen. Und dass das Licht wie eine Meereswelle sei, die sich an den Felsen und am Strand in unendlich viele Teilchen breche, sagt er auch. Ich verstehe an der Sache nicht, wieso man des Lichtes wegen fromm wird, aber nicht des Kohlendioxyds wegen. Warum ist das CO_2 nicht genauso heilig? Und was mich am Licht überhaupt langweilt, ist die Geschwindigkeit. Was für eine Gottheit soll das sein, die man in Metern und Sekunden messen kann. Derartig berechenbar. Naja, ein verlässlicher Gott.

Tag, Monat, Jahr
Was ich von Einstein verstehe: Er hat Charly Chaplin einen *Nationalökonomen* genannt. Ein Filmkritiker schrieb zur selben Zeit über Chaplin, dieser sei wie ein Loch, in das alles hineinfalle, aber aus diesem Loch strahle reine Menschlichkeit, breche Treue hervor und stete Hilfsbereitschaft. Er sei der Beweis, dass gerade die Ohnmächtigsten die Welt bewegen werden, von unten her. Chaplin sei durch das Geld nie verändert worden, sondern habe seinerseits das Geld verändert. Als der amerikanische Justizminister ihm 1952 die Wiedereinreise in die Wahlheimat USA verwehrte, und zwar unter Berufung auf das Einwanderungsgesetz,

welches besagte, dass Ausländer aus Gründen der Moral, Gesundheit oder Unzurechnungsfähigkeit sowie wegen Betreibens kommunistischer Ziele abgewiesen werden, verkündete Chaplin, der Picassos kommunistische Freunde unterstützt hatte, er würde niemals in die USA zurückkehren, selbst wenn Jesus Christus dort Präsident werden würde.

Tag, Monat, Jahr
Die Sache mit den Hypochondern, Molières *Eingebildeter Kranker*, Molière stirbt im Stück dann aber einmal wirklich. Auf der Bühne. Vor allen Leuten. Obwohl ihm nichts fehlt. Man weiß also nie. Und eigentlich ist es ja ein Stück gegen die schlechten Ärzte.

*

Die schlechten Ärzte und Spitäler heutzutage: keine M&M-Konferenzen, kein Simulationstraining, keine Checklisten, keine Fehlermeldungen. M&M-Konferenzen: M1 = Morbidität, M2 = Mortalität; man analysiert gemeinsam unerwartete Verläufe, Komplikationen. Unglaublich eigentlich, dass das alles keine Selbstverständlichkeiten sind, sondern die Ausnahme.

Tag, Monat, Jahr
Ein paar namhafte GlobalisierungsgegnerInnen sagen, es werde zu einer Verdrittweltlichung der Ersten Welt kommen. Die Verdrittweltlichung sei hier bei uns schon weit fortgeschritten. Es glaubt ihnen niemand. Man hält, was sie sagen, sogar für unmoralisch, narzisstisch. Für irgendwie dumm. Für verwöhnt. Mein Bekannter der Belletrist zum Beispiel gerät außer sich, weil auch ich von der Verdrittweltlichung der Ersten Welt rede. Die ist aber allgegenwärtig, in der Kranken- und Altenpflege, in der Jugendarbeit. In der politischen Korruption. Er ist über mich empört. Freire hat auch davon geredet. Es gebe eine Erste Welt in der Dritten und eine Dritte in der Ersten. Bei Bourdieu steht das auch. Wahr ist es sowieso.

Tag, Monat, Jahr
Eine Arbeitspsychologin sagt, das Schlimmste, was man Menschen antun könne, sei, sie handlungsunfähig zu machen. Wenn die Geschäftsleitung absichtlich oder gleichgültig in einem fort Undurchsichtigkeiten produziere, sei das so. Gemüller.

Tag, Monat, Jahr
Zum Treibhauseffekt: Das Magnetfeld der Erde habe sich, heißt es, in den letzten 35 Millionen Jahren über 80mal völlig geändert, umgepolt, ist davor jedes Mal zusammengebrochen. Die 35 Millionen Jahre zuvor habe es sich kein einziges Mal geändert. Die Änderungen des Magnet-

felds könne man nämlich, was die letzten 200 Millionen Jahre anlangt, genau nachvollziehen. Und zwar auf dem Meeresgrund. Im Meeresboden sieht man angeblich eingeschrieben, wie oft sich die beiden magnetischen Pole vertauscht haben. Die tun das angeblich, um das Erdinnere abzukühlen. Jedenfalls wechseln die Pole ab einem bestimmten Hitzegrenzwert, und in der Folge dann kühlt die Erde ab. Aber bis dahin steht alles still, jede Meeresströmung zum Beispiel, und das die Erde schützende Magnetfeld bricht völlig zusammen. Und dann wird aber wieder alles neu auf der Erde und das Leben geht weiter. Das ist angeblich tatsächlich Wissenschaft. Und beruhigend. Für die Erde. Für mich nicht. Diese Dinge sind beruhigend und erschreckend zugleich. Nichts für Menschen. Aber ihre Lebensgrundlage.

Tag, Monat, Jahr
Es gibt keine annähernd verlässlichen Zahlen über die Erdölreserven der Welt. Das kommt daher, dass die Erdölstaaten immer gelogen haben. Hätten sie innerhalb der OPEC niedrigere Zahlen genannt, hätten sie weniger fördern dürfen. Sie nannten daher falsche Zahlen, weil sie das Geld wollten. Die Araber zum Beispiel machten das immer so. Es wurde auf diese Weise auf dem Papier nie weniger Erdöl auf der Welt.

*

Die russischen Permafrostböden so groß wie die USA; weil sie auftauen, gehen die Leitungen kaputt und es wird von allem in Wahrheit bald viel weniger geliefert werden können. Vom Gas, vom Öl. Man kühlt die Frostböden, indem man in kurzen Abständen etwas hineinsteckt, das wie ein riesiger Fieberthermometer aussieht. Durch das Auftauen wird auch permanent das Methan, das im russischen Permafrost gespeichert ist, freigesetzt; und das verursacht ein Vielfaches der CO_2-Belastung. Und daher schmilzt noch mehr Eis.

Tag, Monat, Jahr
Ein kleiner Musiker, der auch körperlich ein kleiner Mann war und von sich sagte, er sei gar kein Musiker, schrieb an die einzige Geliebte seines Lebens, er küsse sie aufs Herz. Und einem mächtigen Kritiker, der ihm freundlich ins Gesicht gelogen und ihn dabei ausgehorcht, dann hinterrücks öffentlich geschmäht hatte, schrieb er auf ein paar hundert offene Postkarten, dieser sei ein Arsch, und zwar ein Arsch ohne Musik, sodass der kleine Musiker in der Folge zu einer Bewährungsstrafe auf fünf Jahre verurteilt wurde. Zu einer Rauferei kam es gleich nach dem Gerichtsurteil auch, da die Freunde des kleinen Musikers dagegen aufbegehrten. Sie bewunderten ihn, weil er ihnen die Schlichtheit beigebracht habe. Denn schlicht zu sein sei das Einzige gewesen, was man sich zuvor als

Musiker und Dichter nicht getraut habe, sagten sie. Seine Erinnerungen schrieb er auch auf und zugleich, dass er sich an nichts erinnern könne, und dabei notierte er jedes Mal, dass er hier jetzt im Bericht einfach weitergehe und später aber auf den jeweils näher auszuführenden Punkt gewiss zurückkommen werde, aber das tat er dann nie, sondern er hörte stets auf zu erzählen, wo und wann es ihm beliebte, und fing von neuem an, wie und womit er wollte. Er machte sich zeit seines Lebens über alles und jeden bald mehr, bald weniger lustig. Ein Freund sagte über ihn, er sei verschlagen. Ich glaube das nicht, sondern dass der Freund verschlagen war.

Tag, Monat, Jahr
Einmal komponierte der kleine Musiker ein winziges Stück, das ein paar Hundertmal hintereinander gespielt werden muss. Das dauert dann tagelang. Immer wieder dasselbe. Die Unwichtigen und Überflüssigen behaupten sich selber genauso wie er, wenn man sie lässt. Mich lässt man nicht. Das winzige Stück des Musikers ist meines Wissens noch kein einziges Mal aufgeführt worden, obwohl es inzwischen schon recht alt ist.

Tag, Monat, Jahr
Die junge Sozialarbeiterin, die an Wunder glaubt, jeden Tag in die Kirche geht und Kerzen anzündet, nicht für die Kirche arbeitet. Sie braucht das für ihre Arbeit.

Tag. Monat, Jahr
Wie banal wir denken. Die Bananen der Affen sind nicht so banal wie unser Getue und Gerede. *Banal* ist das falsche Wort, weil es ja *gemeinnützig* bedeutet. Und gemeinnützig denken wir ja nicht. Wer *wir*?

Tag, Monat, Jahr
Ein Hypnotiseur: Die Leute sollen ein Wasserglas nicht zu Munde führen können. Anderen wieder sollen die Lippen am Wasserglas kleben bleiben. Ein paar sollen bis 30 zählen, dabei aber die 25 und 26 auslassen. Funktioniert alles. Die können und wissen es dann gar nicht anders. Bourdieus Reden davon, dass Macht und Herrschaft die Menschen hypnotisieren. Ganz automatisch. Es entkommen nur die, die an der Macht in keiner Weise beteiligt sind. Samnegdi erzählt von ihrem Kurs, von der Übung darin. Menschen werden im Rollenspiel ungerecht behandelt, ein paar nehmen sie in Schutz und begehren gegen das System auf; die paar Aufrührer werden vom Machthaber freundlich berührt, sofort von ihm befördert und öffentlich belobigt, an der Macht beteiligt und so auf der Stelle beruhigt; begehren nicht mehr auf. Fühlen sich selber vermutlich als Garanten, dass das System offensichtlich zum Guten reformierbar ist.

Schützt. Hilft. Fair ist. So schnell geht das. *Divide et impera.* Der GF, der das am besten macht, ist mein Freund Gemüller. Ich glaube, er hat es am leichtesten. Das hängt mit der Hilfsbedürftigkeit der Klientel und des Personals zusammen. Ich bin kein guter Freund? Doch. Bin ich. Man muss die Hypnose wegbekommen.

Tag, Monat, Jahr
Lili Boulanger, ich weiß nicht, wie jung und wie schrecklich sie zugrunde gegangen ist. Knapp über 20. Sterbend soll sie ihrer Schwester ein Lied diktiert haben, *Pie Jesus.* Noten und Worte reichen für fünf Minuten, glaube ich. Aber so schnell und so sanft ist sie nicht entschlafen, sondern unter den schlimmsten Schmerzen. Mit sieben Jahren hat sie ein Gebet geschenkt bekommen, das sie dann immer bei sich gehabt haben soll. Jedes Lebewesen solle ungehindert, frei und glücklich und ohne Schmerz und ohne Tod sein können und die Toten auch. Atmen sollen alle können. Sie tat sich jahrelang schwer mit dem Atmen, glaube ich. Buddhistisch ist dieses Herz- und Lungengebet.

*

Ein Buddhist hat mir vor Jahren gesagt, wenn man eine rituelle, heilige oder bloß auch nur eine völlig gewöhnliche Handlung vollführe wie zum Beispiel Zusammenkehren oder Kochen oder Einheizen und sie verändere aber nichts in einem selber und man sei nachher wie vorher – so etwas dürfe nicht sein. Und er, er sei ganz gewiss nicht tolerant. Er freue sich über alles und jeden, die und der anders sei als er, und er sei immer neugierig, was Gutes daraus werde. Manche würden wahrscheinlich sagen, das sei Toleranz, was er praktiziere, lebe, aber es sei, sagte er, besser, klüger als Toleranz. Und dass Buddhas einzige Frage das *Kim kusala* sei, also *Was ist gut? – Muss ich auch so werden?*, habe der hochgeborene Herr gefragt. *Ja, Herr, du und jeder,* habe sein niedergeborener Diener ihm geantwortet. Alt, krank und tot. Niedrig eben. Die Leute hierzulande verstehen nicht, wie Buddha zu fragen, sagte der Buddhist damals und er erzählte, dass der Buddhist Ambedkar Ghandis Justizminister gewesen sei und die Kasten abschaffen und an deren Stelle einen indischen Sozialstaat errichten habe wollen. Die Unberührbaren sollten, so Ambedkars Idee, die Religion wechseln, um materiell und politisch frei zu kommen. Ich weiß nicht, was aus dem damaligen hiesigen Buddhisten geworden ist. Er leitete irgendetwas. Ich weiß auch nicht, wie viele Jahre, vielleicht Jahrzehnte es her ist. Es war draußen heiß und er saß drinnen im Schatten neben ein paar Blumen. Freute sich sichtlich des Lebens. Das wird man so sagen können.

*

Vor kurzem einmal habe ich eine Frau aus Indien nach Ambedkar gefragt. Nach dem Theravadabuddhismus. Es war Smalltalk. Andere Arten davon sind mir wesensfremd. Die Frau war entgeistert, nahm mich nicht ernst. Sie ist hochgeboren, aber auf der Flucht. Muss für ihre Familie aufkommen. Hier und dort. Ihr Vater war aber Arzt. Sie sagt, sie habe nie verstanden, warum er zu seinen Patienten so grob war. Er sei so ein guter Arzt gewesen, aber so unfreundlich und verächtlich. Die Frau hat ständig gewaltigen Stress, weil sie hier mit ihrem Mann und ihren Kindern nicht standesgemäß leben kann und sie im Vergleich nichts und niemand sind. Sie hat aus Liebe weit unter ihrem Stand geheiratet. Für die Ehre der Familie ist sie zuständig. Also für die Bildung und den Beruf. Sie macht dauernd irgendjemandem Vorschriften, was richtig sei und was falsch. Sie ist, obwohl sie mich zuerst fast ausgelacht hat, dann sehr freundlich zu mir. Das ist wohl Samnegdis wegen. – Vielleicht gibt es in Wahrheit überhaupt keine Smalltalks auf der Welt und es liegt nicht bloß an mir.

Ambedkar gilt als Boddhisattva und als Zuflucht wie Buddha selbst. Das war der Inderin egal. Und dann habe ich mit ihr auch darüber geredet, dass Buddhas Leute ohne Frauen nichts geworden wären und Jesu Leute auch nichts. Das hat ihr dann gefallen. Sie war beruhigt. Jedenfalls sah sie es genauso. Aber das heißt dann eben, dass auf den Frauen alles lastet. Auf ihr zum Beispiel. Das ist wirklich so. Sie kommt da nicht raus. Manchmal bricht sie zusammen. Ist sehr wütend. Sucht Hilfe. Bekommt die wohl. Ist eben hochwohlgeboren. Das hilft. Aber es frisst sie trotzdem auf, glaube ich. Sie redet immer in einem fort oder gar nicht. Schreibt Gedichte.

Tag, Monat, Jahr
Ein Komponist gibt als Beruf *Tonsetzer* an und die Finanzbeamten glauben, es handle sich um einen Töpfereibetrieb.

Tag, Monat, Jahr
Ein Psychoanalytiker sagt, Psychoanalyse nütze nichts im Chaos und bei Psychopathen, also nicht viel in der Politik und bei Politikern.

Tag, Monat, Jahr
Die Fibonacci-Zahlenreihe ist zurzeit trendy. 1, 1, 2, 3, 5, 8, 13, 21 … Bartók soll ein Stück mit ihr komponiert haben. Das ist alles, was mich an den Zahlen interessiert. Und eventuell, ob es eine Mathematik des Clusters gibt. Den soll ja auch Bartók erfunden haben. Und Cowell hat den Ungarn gefragt, ob er den Cluster verwenden darf. Cowell kam aus der Gosse und war, glaube ich, ein paar Jahre in Saint Quentin eingesperrt. Wegen Homosexualität. Nicht wegen Vergewaltigung oder Pädophilie. Bloß wegen Homosexualität. Und er soll nicht einmal homosexuell

gewesen sein. Was ist da die dazugehörige Mathematik? Ich habe keine Ahnung, aber eine der ersten Anwendungen der Wahrscheinlichkeitsrechnung war auf das Verhalten von Gerichtsgeschworenen und von Wählern, und zwar ein paar Jahre vor der Französischen Revolution. Ein wichtiger Ideologiekritiker hat da damals herumgerechnet. Keynes war auch ein wichtiger Wahrscheinlichkeitsrechner, vor dem Ersten Weltkrieg noch. Und er hat vor den Konsequenzen des Versailler Vertrages gewarnt.

*

Ich würde sehr gerne ausrechnen, ob mir mein Leben glückt. Nein, ich will das alles nicht wissen. Frankl hat einmal einen Sinnquotienten erstellt. Lauter Ziffern. Seltsam!

*

Bartók ist mir wichtig. Sein Orchesterkonzert. Eines seiner allerletzten Werke. Ein Auftrag. Bartók war sehr glücklich, befreite sich durch die Arbeit. Starb dann aber bald darauf doch.

Tag, Monat, Jahr

Kästners Jesusgedicht: *Du gabst den Armen ihren Gott ... Du warst ein Revolutionär und machtest dir das Leben schwer ... Du hast die Freiheit stets beschützt und doch den Menschen nichts genützt. Du kamst an die Verkehrten! Du kämpftest tapfer gegen sie und gegen Staat und Industrie und die gesamte Meute ... Es war genau wie heute.* – Stell dir vor: Die Revolution ist da und niemand kann mit ihr etwas anfangen. So wie immer.

*

Kästner über die Bankiers: *Sie schwängern ihr eigenes Geld ... Doch einmal macht jeder bankrott.*

Tag, Monat, Jahr

Das verpflichtende Sozialjahr, das Bürgergeld für Arbeitslose bei als niedrig angesehenen Arbeitsverrichtungen in Sozialeinrichtungen. Was soll das – diese unentgeltliche, unterbezahlte, erzwungene Arbeit im Sozialbereich? Man müsste einmal 10 Zivildiener ihre Memoiren schreiben lassen. 10 x 9 Monate. Das alleine würde schon reichen, die Politik neu zu erfinden.

Tag, Monat, Jahr

Ashoka. Ein Felsenedikt berichtet von 150.000 Verschleppten und 100.000 Getöteten, die er auf dem Gewissen hatte, und davon, dass er angesichts des Leides, das er verursacht hatte, umkehrte, Buddhist wurde. Es heißt auch, ein buddhistischer Mönch, den er foltern hat lassen, habe ihn bekehrt, sodass er nicht mehr grausam und tyrannisch war. Durch Ashoka, der einst alle seine Angehörigen töten hatte lassen, soll der

Buddhismus zur Weltreligion geworden sein. Denn Ashokas Sohn brachte die Lehre nach Ceylon. Man weiß nicht, wie Ashoka geendet hat; man sagt unter anderem, er sei verarmt, weil er sein Eigentum an buddhistische Mönche verschenkte. Als Ashoka noch ein Mörder und Räuber war, soll er aus einer kriminologischen Schrift gelernt haben, die ein früherer Kanzler für Ashokas Herrscherdynastie verfasst hat. Der Autor hatte zu Deutsch den Namen *Falschheit* und wollte erreichen, dass seine Könige gleichsam gegen jedes Gift immun sind. Gerade so wie der geläuterte Ashoka dann war, beschreibt der Kanzler, dass man sein muss, um Menschen beherrschen und die Erde in Besitz nehmen und in Besitz behalten zu können. Buddhismus also als Trick. Ashokas bekannteste Worte lauten: *Alle Menschen sind meine Kinder.* Das ist der Trick eines buddhistischen Machiavellisten.

Tag, Monat, Jahr
Kästner über große Zeiten: *Nicht mal das Herz im Leib ist echt ... Was ist denn bloß?* Die heutige große Zeit.

Tag, Monat, Jahr
Der alternative, bestens vernetzte Journalist Baberl, der von mir sagt, ich lähme ihn, und sich darüber ärgert, wenn ich mich über Politiker lustig mache. Chomskys Wort von den grotesken Katastrophen. Becks Wort von der organisierten Verantwortungslosigkeit. Ich bin also in bester Gesellschaft, gelte dem Journalisten Baberl aber nicht viel. Bin in Baberls Augen Konkurrenz, habe keine Ahnung, warum; nie gehabt.

Tag, Monat, Jahr
Parteien funktionieren laut Bourdieu wie Kirchen. Es schwinden zwar die Mitgliedszahlen, aber nicht die reale Macht, welche auf ökonomischen Abhängigkeiten beruht und darauf, dass leitende Positionen nur an sich im System bewährt habende Systemerhalter vergeben werden. Es erweisen sich laut Bourdieu gegenwärtig Politiker als Kleriker, Parteien als Kirchen, angeblich mündige Bürger und Bürgerinnen als in Wahrheit sehr schnell zerknirschte, weil in Abhängigkeit befindliche und dort gehaltene Gläubige, die durch ihre Lebensverhältnisse und Lebenshistorien dazu gezwungen sind, sich ihren Seelsorgern, Fürsorgern, Geldgebern, Arbeitgebern anzuvertrauen, welche über überwältigend mehr Vermögen an Ansehen, Finanzen und Wissen verfügen. Schutzbedürftig glauben angeblich mündige Bürger und Bürgerinnen wie Kinder notgedrungen denen, von denen sie glauben, dass sie sie schützen können, schützen wollen und schützen werden. Staatsbürger seien also wie kirchliche Laien und Politiker wie Kleriker. Politiker funktionieren zugleich wie Bankangestellte. Bourdieu spricht von Menschenbankiers. Nicht

zuletzt linke Gewerkschafter bezeichnete er so. Als Menschenbankiers. Die Parteien seien heutzutage wie Banken, die Parteisekretäre wie Bankiers. Rechte Bankiers, linke Bankiers, Banken, Bankiers und kleine Bankangestellte.

Tag, Monat, Jahr
In den Bergwerken wurden die Bruchmeister, die selber Zwangsarbeiter waren, aber den anderen zu sagen wussten, wo trotz allem die Gefahr am geringsten ist und die Überlebenschance am größten und wie die Arbeit am einfachsten vorwärts gehe, Philosophen genannt. Das war ein Arbeits- und Ehrentitel. Die Philosophen schützten und retteten Leben, indem sie wichtige Stellen, Linien und Zusammenhänge erkannten.

Tag, Monat, Jahr
Das südafrikanische Apartheidsystem, der Faschismus, ist am Untergang der UdSSR zerbrochen und an den Kubanern in Angola; hat sich sozusagen zu Tode gerüstet, hatte weltweit erhebliche Zahlungsschwierigkeiten bekommen, insbesondere mit amerikanischen und britischen Banken. Und durch Gorbatschow fiel die Kommunistenangst fort. Und die Kubaner hatten zuvor gegen das südafrikanische Militär gewonnen und in völliger Übereinstimmung mit einer UNO-Resolution die Freiheit Namibias erkämpft. Die Weißen konnten sich die Apartheid finanziell nicht mehr leisten. Und dazu kam eben all das Sentimentale seitens der Schwarzen: das Menschsein – *Ubuntu*, die Wahrheits- und Versöhnungskommission und zum Beispiel die Mandela-Universität. Die höchsten Werte der Menschheit. Und dann kam ganz offiziell der Neoliberalismus über Südafrika. Der kam den Weißen billiger als die Apartheid und erfüllte denselben Zweck.

Tag, Monat, Jahr
Glück kommt von Gluckern. Aber ich trinke nicht.

Tag, Monat, Jahr
Der erste Afrikaner, dem es gelang, eine europäische Kolonialmacht zu besiegen, war Menelik, der äthiopische Kaiser. In der Schlacht von Adua 1896. Die gesamte europäische Kolonialarmee wurde versklavt und musste die Straßen der Hauptstadt bauen. Die Italiener waren die Opfer ihrer eigenen Waffengeschäfte mit Menelik geworden. Erst Mussolini stellte die koloniale Ordnung wieder her. Mit Bomben und Giftgas.

Tag, Monat, Jahr
Elementare Fragen stellen und über die eigenen Fehler lachen, ein Bourdieurezept, nirgendwo einlösbar; Bourdieu, der von sich sagte, er sei wie ein alter Arzt, der die Abläufe und Fehler kenne.

Tag, Monat, Jahr

Der Maler, der immer mit verschiedenen Namen unterschrieb, mit seinem wirklichen, mit dem eines Grafen und mit dem eines Arztes, war des Öfteren seines Lebens nicht sicher, denn ein paar von denen, die er zeichnete, wollten ihn umbringen. Auf ihn wurde auch geschossen. Deshalb hatte er zwischendurch einen Leibwächter, und Boxen und Judo erlernte er auch und machte sich über die Maler lustig, die unter den gegenwärtigen politischen Verhältnissen nicht arbeiten können, weil ihnen vor Angst die Hände zittern.

*

Man sagte, er hasse die Menschen, und später einmal, als er schon in Sicherheit und angesehen war, sagte er selber, er habe in seinem Leben viel zu viel gehasst. Aber das sei deshalb so gekommen, weil er als Kind mitten unter den Menschen deren Gesetze der Schadenfreude entdeckt habe, während er doch selber die Gräser und Halme und den Wind und den Sand und die Wiesen und die Außenseiten der Häuser und das Wasser liebgehabt habe.

*

Mit aller Lieblosigkeit zeichnen können wollte er, heißt es, und er befand die Menschen rundum als mögliche Mörder. Gegen ihn wurde viel prozessiert. Um die Freiheit der Kunst ging es dabei; in einem Prozess wurde er zuerst schuldig gesprochen, dann frei, dann wieder schuldig, dann wieder frei. Als er außer Landes ging, nannte er sich dort dann Maler des Lochs. Und als er wieder zurückkam und seine Heimatstadt nur mehr aus Ruinen bestand, hatte er die Idee, sie alle mit Gold- und Silberfarbe zu besprühen. Und später dann hätte er sich am liebsten von Marilyn Monroe tätowieren lassen.

*

Der Vater des Malers war Wirt gewesen, und als Kind hatte der Maler in der bunten Gaststube des Vaters zeichnen gelernt, bis der Vater am Schnaps starb. Beim Begräbnis trank das Kind dann seinen ersten Schnaps und blieb zeit seines Lebens beim Alkohol; und als es erwachsen war, erstickte es am Ende am eigenen Erbrochenen. Es war sehr liebesbedürftig. Seine Frau hatte durch es ein schweres Leben. – Sucht als Liebesbedürftigkeit. Die Erbarmungslosigkeit denen gegenüber, die man angeblich liebt, wie unterscheidet sie sich von der, mit der man seine Feinde verfolgt? Der Maler arbeitete jedenfalls immer und auch, wenn ihm die Hände zitterten. – Ich trinke nicht, meine Hände zittern oft und meine Frau hat ein sehr schweres Leben mit mir. Süchtig bin ich nicht.

Tag, Monat, Jahr
Ein Schriftsteller sagt zu mir, die Dialoge müsse man ganz zum Schluss schreiben, weil sie das Schwerste seien. Da könne man am meisten falsch und alles kaputt machen. Und niemals dürfe man die Personen denunzieren oder gar als minderwertig darstellen. Und wenn man sich einbilde, unbedingt schreiben zu müssen, und es sei dann aber bloß therapeutisch, dann habe man sich aber doch immerhin etwas von der Seele geschrieben und sei irgendwie ausgesöhnt mit der Welt. Am besten sei, man wirft dann alles weg und fängt ein neues Leben an. Und dann erzählt er von einem Regisseur, der filmen wollte, wie jemand am Scheiterhaufen verbrannt wird. Plötzlich sei das aber fast zur Wirklichkeit geworden. Aber der Regisseur habe trotzdem nicht aufgehört, in einem fort weiterzudrehen. Dranbleiben, draufbleiben, das sei eben wichtig.

Tag, Monat, Jahr
Nach über dreißig Jahren begegne ich zufällig einer freundlichen Cellistin wieder, kein Quadratzentimeter von ihr scheint älter geworden zu sein. Unterrichtet. Sie wollte mir früher immer irgendwie zu Hilfe kommen. Schulzeit. Zugfahrten.

Tag, Monat, Jahr
Faktor Vier, Club of Rome: Doppelter Wohlstand bei halbiertem Naturverbrauch, beides bewerkstelligt durch Vervierfachung der Ressourcenproduktivität. Kein Mensch macht das, wie gibt's das? Weizsäcker sagt, ohne Halbierung des Naturverbrauchs seien die Lebensgrundlagen nicht zu sichern und ohne weltweite Verdoppelung des Wohlstandes können die Armut und die bedrohlichen politischen Konflikte nicht überwunden werden. Und niemand tut's. Das kommt nicht vor, weder in der Öffentlichkeit noch bei den Alternativlern. Jedenfalls nicht dort, wo ich – was? Vom Faktor Vier merke ich nirgendwo das Geringste. Nicht einmal geredet wird davon.

Tag, Monat, Jahr
Du kannst dich nicht beklagen! Es gibt Schlimmeres, weißt du? – Gegen solche Sätze bin ich machtlos. Ich würde nie gestatten, dass so etwas jemand zu jemandem sagt. Aber zu mir darf es jeder sagen. Gemüller zum Beispiel. Naja, das hat er zu mir nie gesagt. Aber die Sätze mag er, sagt sie gern. Zu den zwei BetriebsrätInnen zum Beispiel, wenn sie sich für jemanden einsetzen. Sie sind dann oft verwirrt. Und dann nehmen sie es mit Humor. Das ist aber falsch. Außerdem ist verwirrt das falsche Wort.

Tag, Monat, Jahr
Es heißt, dass man das Magnetfeld der Erde in 4000 Jahren nicht mehr messen wird können. Es wird also nicht mehr da sein.

Tag, Monat, Jahr
Der Schwarzfarbige geht über den Zebrastreifen, zwei lange Fußgängerübergänge hintereinander. Er bedankt sich bei jedem Autofahrer einzeln, verneigt sich, winkt. 2 x 2 Autos und die Warteschlangen dahinter, kein Fahrer dankt zurück.

Tag, Monat, Jahr
Einer sagt, dass Erzählen Leben rettet. Und Nichterzählen bedeute Auslöschung. Und Nicht-wirklich-Zuhören Entseelung des Erzählenden. Erzählen rettet Leben, dagegen ist schwer etwas zu sagen, außer dass es nicht stimmt. Erzählen kann einen aber auch, weiß ich, umbringen.
*
1001 Nacht, von Kind an konnte ich das nicht leiden. Das Mädchen in der Gewalt des Tyrannen muss ihm erzählen, damit es von ihm nicht umgebracht wird. Die Vorstellung war mir unerträglich. Dieses Ausgeliefertsein auf Leben und Tod. Sich in jedem Augenblick fügen müssen. Den Willen im Voraus erkennen müssen. Ihn erahnen. Das reden müssen, was der Dreckskerl hören will. Ich kann die Schriftsteller, Literaturwissenschafter nicht verstehen, die den Dichterberuf so sehen, den Erzähler, auch den Leser so; männlich, weiblich, egal. Die reden über *1001 Nacht* nicht wie ich, kommt mir vor. Die verniedlichen die Sache. Wahrscheinlich, weil sie in ihren Augen gut endet. Aber sie endet nicht gut. Diktatoren muss man eliminieren, nicht masturbieren.

Tag, Monat, Jahr
Die arme kleine Sheherazade Mutzenbacher.

Tag, Monat, Jahr
Als Kind war ich immer über die Entfesselungskünstler überglücklich. Houdini war wunderschön. Aber *1001 Nacht* machte mir nur blanke Angst. Übelkeit.

Tag, Monat, Jahr
Die Münchner Räterepublik, die Intellektuellen der bayrischen Revolution, von überall her, wurden von der Thule-Gesellschaft ermordet, also von der Vorläuferorganisation der NSDAP, oder sie wurden von den Reichswehrtruppen der Berliner Sozialdemokraten umgebracht et cetera. Der heutige schwarze Freistaat Bayern verdankt der roten Räterevolution aber immerhin seine Freistaatlichkeit. Die Bayern sind ein sehr munteres, undankbares Völkchen.

Tag, Monat, Jahr
Der Alternativmediziner ärgert sich über mich, sagt freundlich, ihn interessieren nicht die Konflikte zwischen den Menschen, sondern die Menschen. Das heißt vermutlich, dass er für die Menschen da zu sein versucht. Aber wie geht das eine ohne das andere? Wie sehr ich mir doch wünsche, dass er recht hat! Den Menschen helfen – und dann gibt es keine wichtigen, keine wirklichen Konflikte. Er sieht das wirklich so. Und es kann ja sein, dass er recht hat. Er mag sein Fahrrad nicht absperren, es wird ihm gestohlen, er sperrt das nächste trotzdem nicht ab. Stellt es mitten unter die vielen anderen.

Tag, Monat, Jahr
Der Konzern, der Menschenrechtspreise vergibt und mit NGOs kooperiert, in Wahrheit vom Leid in der Dritten Welt profitiert, dann bei eigener schlechter Presse die Zulieferer beschuldigt und fallen lässt und dadurch die Existenz der Arbeiterinnen vernichtet anstatt ihnen Schadenersatz zu leisten.

Tag, Monat, Jahr
Kreiskys Spruch an den kleinen Gerhard Bronner, immer wenn der auf dem Topf saß, war: *I bin ka Jud, i bin ka Christ, i bin a klana Sozialist.* Den sagte der dem jedes Mal vor. Der war ernst gemeint. Sozialismus als Identität. Da scheißt man sich dann nicht immer gleich in die Hosen.

Tag, Monat, Jahr
Kreiskys Ärzte: Als der Arzt Viktor Adler zu Ziegelarbeiterinnen gerufen wurde und sie ihn anflehten, er solle ihnen doch um Gottes willen helfen, antwortete er: *Madeln, euch kann kein Arzt helfen!* An genau dem Tag begann Viktor Adlers politische Existenz. So hat Kreisky das erzählt und dass der Austromarxismus der Arzt am Krankenbett des Kapitalismus sei und dass die österreichische Sozialpartnerschaft sich weltweit vorbildlich verhalte. – Aber was geschieht, wenn sich der Arzt ansteckt. Das kommt bei Kreisky nicht vor, was man dann zu tun hat. Doch, denn im Alter, in den letzten Lebensjahren, da forcierte Kreisky die Arbeitslosigkeitsforschung wie niemand sonst. Die Arbeitslosigkeit sei die bevorstehende Zukunft. Er verlangte deshalb das allgemeine bedingungslose Grundeinkommen als rechtzeitiges Gegenmittel. Niemand sonst hat das dann getan. Keiner gegeben. Kein roter Kanzler und kein roter Parteivorsitzender in den 10, 15 Jahren nach Kreisky. Ganz im Gegenteil. Man lehnte es als völlig indiskutabel ab. Als blödsinnig. Jahrelang. Jahrzehntelang.

Tag, Monat, Jahr
Der Mann, der bei der Straßenbahnhaltestelle steht, eine Bekannte sieht, ihr zuruft, damit sie zu ihm herschaut. Ganz leise ruft er ihren Namen, lautlos fast. Haucht den Namen. Wohl 100 Meter ist sie weg und so viele Menschen sind dazwischen. Er haucht dreimal. Sie hört ihn. Schaut auf, lacht, winkt. *Morphogenetisches Feld* nennt man so etwas, hat mir mein Freund der Anachoret einmal erklärt. Er ist Metaphysiker und versteht manchmal nicht, wenn sich Leute beklagen; da sagt er freundlich zu ihnen, sie sollen spazieren gehen oder die Himmelswolken betrachten oder ein paar Zigaretten mehr rauchen. Gottesgegenwärtig.

Tag, Monat, Jahr
Der sogenannte Bericht der Kreisky-Kommission Ende der 1980er, Titel *Zwanzig Millionen suchen Arbeit*. Einzig die Zahl hat er unterschätzt. Der Bericht der Kreisky-Kommission wurde von der Partei abgemurkst.

Tag, Monat, Jahr
Papst Pius IX, dessentwegen ein Teil der Katholiken dann ihrer eigenen Wege gegangen ist, hatte die Verehrung Mariens und seine eigene Unfehlbarkeit mit aller Macht durchgesetzt und war aber bloß rauschgiftsüchtig. Sah schöne Bilder. Dann ein Piuspapst nach dem anderen. Ein Kirchenvater, Laktanz, später Häretiker, hat gesagt, dass manchmal jemand nicht wie üblich *pius*, sondern *verbrecherisch* genannt werden sollte.

Tag, Monat, Jahr
Zapata, sein Fehler war, seinen Bauernsoldaten nachzugeben, die zurück nach Hause wollten, um endlich wieder ihre Felder zu bestellen. Dadurch war Villa allein auf sich gestellt, unterlag chancenlos und zwei Jahre später, 1917, ging dadurch auch für die Zapatisten alles verloren, ihr Staat. Den Verbündeten im Stich gelassen hatten sie.

*

Und Tupac Amaru unterschätzte völlig die terroristische Macht der Kirche über die Indianer. Der Bischof drohte mit ewiger Seelenverdammnis und versprach andererseits Amnestie. Letzteres zumindest fruchtete. Der verratene und gefangene Tupac Amaru wurde zuerst öffentlich exkommuniziert und dann auf offenem Platz zusammen mit seiner Frau und den Kindern gefoltert, und dann wurde ihm, weil er immer noch widersprach, die Zunge herausgeschnitten. Man begann ihn zu vierteilen, schlug ihm aber dann den Kopf ab; dieser und die Gliedmaßen und die Ohren wurden an verschiedene Orte in Peru gebracht, der Rumpf wurde verbrannt, die Asche in einen Fluss geworfen; alle Verwandten bis zum vierten Grad wurden ausgerottet.

Tag, Monat, Jahr
Die mexikanischen Landarbeiter, die als Lohn bloß Zettelchen bekamen, die sie nur bei ihren Herren, in deren Geschäften, auf deren Gehöften, einlösen konnten. Zapatas Leute machten für eine Zeit lang Schluss damit. Aber die jetzige sogenannte angebotsorientierte Wirtschafts- und Finanzpolitik allüberall in der EU, was ist die denn sonst als eben dieser Zettelchenlohn, den wir nur bei unseren Arbeitgebern einlösen können.

Tag, Monat, Jahr
Das voraussetzungslose verlässliche Grundeinkommen gilt den Befürwortern als Stein der Weisen und als größte Erfindung der Menschheit seit dem Rad. Skeptische vehemente Sympathisanten, denen zum Beispiel ich zugehöre, weisen jedoch angesichts der realpolitischen Machtkämpfe darauf hin, dass die neoliberalen Zukunftsforscher der befürwortenden Unternehmerseite das Grundeinkommen mit massiven Lohnkürzungen (zusätzlich zu Kürzungen der Lohnnebenkosten!) junktimieren. Das Ganze nach dem Motto, die Wirtschaft zahle dem Sozialstaat das voraussetzungslose Grundeinkommen für alle, daher seien Lohnsenkungen politisch recht und billig und ökonomisch zwingend notwendig. Nochmals der neoliberale Deal im Klartext: Voraussetzungsloses allgemeines Grundeinkommen plus mindestens zwei Jobs = jetziger Lebensstandard. Etwas anderes wird nicht eingeführt werden. Das ist so. *Stalinismus der Reichen* haben Globalisierungsgegner das vor Jahren genannt. Aber alle anständigen Leute aus dem Wahlvolk verstehen sofort, dass es, wenn überhaupt, dann nur so gehen könne. Alles andere wäre in ihren Augen schamlos und ungerecht. Es wird in der Realität also nur diese beiden Varianten des Grundeinkommens geben: das working-poor-Grundeinkommen und/oder das Hartz-IV-Grundeinkommen. Kreiskys Vorstellung hingegen war, dass das allgemeine voraussetzungslose Grundeinkommen, also der Wohlfahrtsstaat, den allgemeinen Wohlstand, also die Wirtschaft, sichert. Und umgekehrt. Und das wäre dann tatsächlich die größte Erfindung der Menschheit nach dem Rad gewesen. Eine Art perpetuum mobile. Sozialdemokratie eben. Der Sozialstaat nämlich. Hodafeld hat mir das einmal so erklärt. Hodafeld ist Menschenwissenschafter. Oder, wie man noch dazu sagt, Wirklichkeitswissenschafter. Hodafeld sagt immer, dass das voraussetzungslose Grundeinkommen die größte Erfindung der Menschheit seit dem Rad sei. Aber es würde den Kapitalismus aufheben. Also wird es das nie wirklich geben. Immer nur Attrappen davon. Aber Kreisky würde, glaube ich, sagen, das wirkliche voraussetzungslose Grundeinkommen sei beste österreichische Sozialdemokratie. Und dann würde er sagen, dass es das Medikament sei, damit der Kapitalismus genesen kann. Das würde Kreisky sagen? Ja.

Tag, Monat, Jahr
Hitler, die Rede, der Befehl an die Kinder, Mädchen, Buben, keine Muttersöhnchen zu sein, nicht verdrießlich dreinzuschauen, sondern in die Welt hineinzulachen, denn die Welt sei durch sie, die Nazikinder, schön geworden. *Lacht, lacht. Lacht in die Welt hinein!* So ungefähr hat Hitler zu ihnen gesagt. Eine seltsame Sache ist das Lachen. Man kann also auch ruhigen Gewissens dagegen sein. Gegen das Lachen. Mussolini andererseits hat das Lachen auf öffentlichen Plätzen verboten. Man kann also auch ruhigen Gewissens dafür sein. Mir ist es egal, ich mache ohnehin immer das jeweilige Gegenteil. Mit dem Lachen der Menschen ist es wie mit deren Genitalien. Ich nehme es nicht ernst.

Tag, Monat, Jahr
Masaryk hat mich immer fasziniert. Die Selbstmordschrift. Ich habe es nie verstanden, wenn man die lächerlich gemacht hat. Die Selbstmordepidemien – die Armut, die zerstörerische Brutalität der Schulen, des Militärs und der Religion hat er als Ursachen dafür genannt. Und heutzutage macht man sich lustig über ihn. Aber Masaryk war wirklich Soziologe, und der Selbstmord war bei ihm nicht schöngeistig, elitär, Sache der Besseren. Auch nicht Lebensuntüchtigkeit. Masaryk ist von der Schule geflogen, weil er sich widersetzt hat. Und als Kind hat er nicht ertragen, dass sein Vater von einem Verwalter geschlagen wurde. Ein Leibeigener war der Vater, obwohl die Leibeigenschaft abgeschafft gewesen war. Und der erhängte Knecht auf dem Gut, der Selbstmörder. Und der Mensch, von dem er las, dass er sich selber ein Leben lang eingesperrt hatte. Nein, Masaryk war nie trivial. Und jeder dazumal hat von ihm gesagt, dass er kein Lügner ist. Masaryks tiefe Abneigung gegen das Lügen. Die hat mich beeindruckt. Und die Dummheit der ihn heutzutage kritisierenden Philosophen und Wissenschafter ist mir unverständlich. Lügen war für Masaryk das Wesensmerkmal von Gewalttätern. Und wenn Menschen andere bedienen mussten, war ihm das ein Greuel; die Cafés, die Restaurants – all das Angenehme, das Bedientwerden. Und dann das Leben seines Sohnes, der Politik erbarmungslos unterworfen, ihr ausgeliefert, also der Lüge, den Gewalttaten und dem Tod. Ich weiß nicht, wie viel Masaryk von all dem selber noch miterleben musste. Und was der Sohn anstellen hat müssen als Politiker. Ich weiß nicht, ob der Sohn sich selber umgebracht hat oder von den Kommunisten umgebracht wurde.

Tag, Monat, Jahr
Durch das Reden ersparen wir uns das Sterben. Wir lassen da nämlich unsere falschen Sätze an unserer Statt untergehen. Sind wie Affen, die

von Baum zu Baum springen; ist der Satz, den der Affe tut, falsch, dann ist der Affe auf der Stelle tot oder bald. Für Sir Popper ist das die Funktion der Sprache. Ich sehe das auch so. Im Übrigen geht mir Popper aber auf die Nerven. Das Getue um die Popperschulen auch.

Tag, Monat, Jahr

Popper, der eine Teil seiner Freunde hat den Neoliberalismus erfunden und weltweit durchgesetzt und der andere Teil hat nichts dagegen unternommen. Die Popperianer sind so. Bourdieuschulen müssen her, sonst wird sich nie etwas ändern.

Tag, Monat, Jahr

Man, ich, kann ein paar hundert Jahre lang schlafen und dann wacht man auf und kennt sich überhaupt nicht aus und die Leute kennen einen auch nicht mehr und die ärgern sich über einen und dann werfen sie einen irgendwo runter und rein und man muss herumschwimmen, bis man alles wieder versteht. Und dann, dann ist man wieder da und es ist nichts los oder zu viel und alles geht wieder von vorne los und man schläft ein. Verstanden hat man nie etwas.

Tag, Monat, Jahr

Soros habe ich vergessen, der tut gegen den Kapitalismus, was er kann. Soros ist Popperianer. Und seine Stiftung *Open Society Fund* war tief in die Auflösung der UdSSR verwickelt. Vielleicht sogar mitbeteiligt. Man verdankt ihm also viel. Und die USA will er auch offener machen. Bush zum Beispiel will er weghaben. Und er unterstützt finanziell die Sozialhilfe für Migranten, Sterbe- und Schmerzforschung und die rechtliche und medizinische Hilfe für Suchtkranke. Spendet für das UNO-Flüchtlingswerk. Gegen den Jugoslawienkrieg der NATO war er auch.

*

Angeblich einer der fünf mächtigsten Männer der Welt ist er. Zumindest vor kurzem noch gewesen. Soros ist Popperianer und zugleich Keynesianer. Angefangen hat er an der Börse mit 250.000 Dollar. Innerhalb von zehn Jahren war er ein Gigant. Er kann mit der Tobinsteuer, der Aktienspekulationssteuer, überhaupt nichts anfangen und mit Lafontaine auch nicht. Und er nimmt die Hedgefonds vor jeder Kritik in Schutz. Und er ist für die Stärkung von Weltbank, WHO und IWF. Er ist Popperianer.

*

Das erste Weltsozialforum in Porto Alegre. Die Frau, die Soros öffentlich einen Heuchler und ein Monster und ihren Feind nennt, und dann nennt sie ein paar Zahlen. Señora de Bonafini. Die Bonafini-Zahl ist 20000. Sterbende. Pro Tag.

Tag, Monat, Jahr
Auch ein Paranoiker kann wirklich verfolgt werden. Der jüdische Witz dazu lautet: *Schon möglich, dass ich paranoid bin, aber sie könnten trotzdem hinter mir her sein.* Ich für meine Person kann seit über dreißig Jahren davon ausgehen, dass niemand hinter mir her ist. Gänzlich egal zu sein ist aber manchmal auch nicht angenehm.

Tag, Monat, Jahr
Bin heute erschöpft. Mark Aurel hat gesagt, selbst im Schlaf sei man noch für die Welt da, aber erstens bin ich nicht Mark Aurel und zweitens war der ja Opiumesser. Hatte also leicht reden. Muss wirklich immer high und fleißig gewesen sein. Christen soll er auch verfolgt haben. Einmal war ich dabei, wie zwei miteinander stritten, ob er das wirklich getan habe. Die beiden anmutigen Frauen, eine jüngere und eine ältere, waren selber aber gar keine Christen, sondern seit längerem aus der Kirche ausgetreten. Aus dem Schlaf kann man jedenfalls nicht austreten. Aus dem Aufwachen auch nicht. Denn man muss immer seine Pflicht tun. Es schläft ja außerdem wirklich ein Lied in allen Dingen, aber ich zum Beispiel treffe nie den richtigen Ton. Ich glaube aber, dass genau das meine Pflicht ist. Das Absurde. Der falsche Ton. Die Taktlosigkeit.

*

Halt dich fern und halte durch, hat Mark Aurel auch gesagt. Daran halte ich mich. Und was ist, wenn er nur den Entzug gemeint hat? Was heißt da *nur*! Sich entziehen ist schwer, man bekommt ziemliche Schwierigkeiten. Auch mit sich selber.

Tag, Monat, Jahr
Tupac Amaru sagte zum Schlächter seiner Frau und seiner Kinder, er, der Schlächter, müsse sterben so wie er, Tupac Amaru; denn sie beide haben Gewalttaten begangen. Sie beide müssen aus der Welt verschwinden. Ich war ja nicht dabei, aber so in etwa sagte das Tupac Amaru. Aber es funktioniert nicht so. Einer bleibt immer übrig. Dessen Gewalttaten erschaffen die Zukunft. Ebnen den Weg. Man müsste es also einmal damit versuchen, dass beide am Leben bleiben.

Tag, Monat, Jahr
Die MAI-Abkommen, immer wieder neue Varianten, kein Mitgliedsland, auch keines aus der Dritten Welt, darf Sicherheitsvorräte, buffer stocks, gegen Hungersnöte anlegen. Die Anti-MAI-AktivistInnen verlangen einen internationalen Wirtschaftsgerichtshof, eine Wahrheitskommission angesichts ökonomischer Kriegsverbrechen und die Einrichtung eines UN-Weltsicherheitsrates für weltwirtschaftliche Krisen. Angeblich hätte der Weltsicherheitsrat solche Befugnisse vom Statut her schon längst, auch

im Umweltbereich. Die Anti-MAI-Leute haben in allem recht gehabt. Ich weiß aber nicht, ob es die buffer stocks überhaupt noch gibt. Wenn nicht, ist die Grundversorgung, Lebensmittelversorgung eines jeglichen Staates über kurz oder lang im Arsch. Vor ein paar Jahren schon hat es geheißen, die USA halten nur mehr Vorräte für 40 Tage. Wahrscheinlich hat man die Sicherheitsvorräte inzwischen tatsächlich international minimiert. Damit man schöne Gewinne hat.

Tag, Monat, Jahr
Ein großer Dichter, der stets in allem ein großer Redner gewesen sein soll, meinte, das Wichtigste sei, im Leben die Kraft aufzubringen, alleine dastehen zu können, und in der Schule werde einem der Mut dazu aber ausgetrieben. Er hasste von Kindheit an die Armut und wollte sie für immer ausrotten, damit sie sich der Menschen niemals mehr bemächtigen könne. Den Sozialismus nannte er *die Gleichheit der materiellen Existenzsicherung.* Das war irgendwie wie das allgemeine voraussetzungslose Grundeinkommen. Jedenfalls sah er im Sozialismus das intensivste Leben, das irgend möglich sei, und ist auch deshalb sozialistischer Redner geworden. Einer der publikumswirksamsten. Er erachtete den Sozialismus als die Grundbedingung dafür, dass das Gottesreich auf Erden entstehen kann. Konkurrenz bedrückte ihn, da er weder andere Menschen demütigen noch selber seiner Selbstachtung beraubt werden wollte. In seinen Garten stellte er eine Statue der Heiligen Johanna, welche seines Glaubens in der steten Freundschaft Gottes gelebt habe. Jeden Tag ging er zu der Gestalt und verweilte bei ihr. Mit der Frau, die er liebte und heiratete und die ihm treu war und er ihr, vollzog er, weil sie es so wollte, niemals die Ehe. – Sozialismus also als reine Liebe. Konkurrenzlos.

*

Shaw.

Tag, Monat, Jahr
Einer sagt, dass man lernen muss, über alles lachen zu können. Dann gehe man nicht zugrunde. Dann die Frage nach dem kürzesten Witz. Antwort *Auschwitz.* Dann zur Beruhigung, dass Tabori den Witz auch gemacht habe.

Tag, Monat, Jahr
Wenn ich richtig verstanden habe, hat die Weltöffentlichkeit während des Vietnamkrieges nahezu nichts vom Krieg der Amerikaner gegen die Laoten mitbekommen. Die Amerikaner sollen allein über Laos mehr Bomben abgeworfen haben als im Zweiten Weltkrieg insgesamt. Sie haben dabei ein Jahrtausende altes Kulturvolk ausgelöscht. Ich habe keine

Ahnung, wie es geheißen hat. Einen Genozid haben die Amerikaner in Laos veranstaltet. Und der Drogenkonsum der US-Soldaten im Vietnamkrieg soll höher gewesen sein als der damals in den USA insgesamt. Mein Freund der Anachoret hat mir diese Dinge erzählt. Kissinger sei für all das verantwortlich. Und dass der den Friedensnobelpreis bekommen habe, desavouiere Mutter Teresa, die ihn ja auch bekommen hat.

*

Einmal war jemand sehr freundlich zu mir, der die laotische Politik erforscht. Ein Ethnologe. Historiker. Ich habe ihn aber nichts gefragt. Er ist überhaupt sehr freundlich. Lacht gern. Mehr weiß ich nicht.

Tag, Monat, Jahr

Ein Berliner Schlosserlehrling bringt sich um, weil er die Misshandlung durch den Lehrmeister nicht mehr erträgt. Dieser Selbstmord ist der Anfang der Arbeiterjugendbewegung, Berlin 1904. Wenige Jahre später gründet ein Tischlergeselle die Kinderfreunde. Den Sozialisten ist nämlich klar, dass ihnen ihre Kinder geraubt und umgebracht werden, von der herrschenden Klasse. Vor ihr sollen die Kinderfreunde die Arbeiterkinder beschützen. Genauso vor den eigenen Eltern. Der Arbeiterschaft, der Unterschicht. Also vor oben, vor unten, vor Ihresgleichen. Das waren die pädagogischen Ziele. – Was heißt das heute? Zum Beispiel, dass die Helfer und ihre Hilfseinrichtungen für die Hilfsbedürftigen nicht so gut sind, wie geglaubt wird. Auf so etwas Plakatives will ich hinaus? Ja. Mit aller Gewalt und Willkür? Ja, weil es die Wahrheit ist: Die Hilfseinrichtungen helfen nicht. So ein Blödsinn! Nein, das ist so. Ja, aber nicht immer. Nein, aber nichts ist immer.

Tag, Monat, Jahr

In Graz sind die Kinderfreunde gegründet worden. 1908. Was ist das, Graz? Eine uralte Stadt in Österreich. Die ist vermutlich sehr kinderfreundlich. Und sehr rot. In der Steiermark eine Stadt. Die Literaturmetropole. Bei Berlioz habe ich einmal von einem Musikanten gelesen, der aus der Steiermark nach Paris gewandert ist, um dort sein Glück, seine Karriere zu machen. Ein Konkurrent im französischen Kunstbetrieb sagte daraufhin zu ihm, es sei eine steirische Idee, so etwas zu wollen. Das muss wohl so viel wie *Das ist Blödsinn* bedeuten. Berlioz ist naturgemäß kein Maßstab für mich, die Kinderfreunde schon. Ich müsste mit Samnegdi zusammen einmal nach Graz reisen, nachschauen wegen der Kinderfreunde, vielleicht haben die dort irgendwo heute noch eine Zentrale. Es hat sich erledigt, ich werde zu Hause bleiben. Alles zu viel Aufwand. Ich glaube, David Hume war auch einmal in Graz. Er war nicht begeistert.

Tag, Monat, Jahr
Die *Shell Jugendstudien* verstehe ich überhaupt nicht. Habe durchgeschaut, was mir zugänglich war. Zuletzt die jetzige Jubiläumszusammenfassung aller Shellstudien von Anfang an; das Resultat lautet, dass die überragende Mehrheit der Jugendlichen in Wahrheit nie rebelliert habe, sondern immer fleißig, zukunftsfreudig, verantwortungsbewusst, anpassungswillig war, ist. Ein halbes Jahrhundert Shell-Jugend ergibt, dass es keine wirklichen Probleme gibt. Nie gegeben hat. Das steht da so. Ich muss mich irren. Wie oft soll ich die Sache noch durchschauen? So, und jetzt habe ich den Jubiläumsband unauffindbar verlegt.

Tag, Monat, Jahr
Die Pisajugend halte ich für alle Male besser als die Hitlerjugend. Und Koma-, Kampf- und Orgasmustrinken sind, finde ich, durchaus Leistungen. Man erholt sich, findet zueinander und Geschäfte schließt man auch ab. Die Erwachsenen machen das so. Und die Kinder üben das eben auch schon, spielerisch, wie man so sagt.

Tag, Monat, Jahr
Im Frühjahr 1943 leben 800.000 Juden in Ungarn, im Frühjahr 1944 kommt Eichmann nach Budapest und die Abtransporte nach Auschwitz beginnen. Binnen drei Monaten werden fast 500.000 ungarische Juden in die KZs deportiert und dort ermordet. Im Juli 1944 trifft Roul Wallenberg in Budapest ein. Als Sekretär der schwedischen Gesandtschaft, auch im Auftrag der Amerikaner. Er hat 100.000 Dollar zur Verfügung und eine lange Namensliste. In einem Keller in Pest beginnt er mit seiner Rettungsarbeit. Kreiert schwedische Schutzpässe. Der Inhaber eines solchen Passes stehe unter dem Schutz der Krone, muss keinen Judenstern tragen, ist von Zwangsarbeit befreit und müsse schnellstens nach Schweden ausreisen dürfen. 5000 solche Pässe anerkennt die ungarische Regierung tatsächlich. Wallenberg stellt aber doppelt so viele aus, einen großen Teil davon als Familienpässe, also für drei, vier, ja fünf Menschen zugleich. In Wallenbergs Büros kommen täglich Hunderte, Tausende. Er kauft und mietet zusätzliche Häuser als schwedische Schutzzone mitten in Budapest. In ihr leben dann die Juden, werden vor der Verschleppung bewahrt und mit Lebensmitteln und Medikamenten versorgt. Und Wallenberg holt Menschen aus den Transportzügen, leert einmal einen ganzen Zug, täuscht die SS und die Gestapo, brüllt mit den ungarischen Pfeilkreuzlern. Die schießen auf ihn. Er besticht in den Hierarchien, wen er nur kann. Rettet mindestens 100.000 Menschen das Leben. Keine drei Monate hat er dafür Zeit. Eichmann erklärt Wallenbergs Pässe für ungültig. Als Eichmann die Todesmärsche befiehlt, fährt Wallenberg mit

LKWs neben den Todgeweihten her, verteilt weiterhin an sie Pässe, rettet nochmals Hunderte und Tausende Juden, bringt sie nach Budapest zurück. – Es ist also nicht wahr, dass man nicht helfen kann.

Tag, Monat, Jahr
Dass bis 1943/44 in Ungarn 800.000 Juden überlebten, hängt, heißt es, auch damit zusammen, dass die ungarische Wirtschaft auf die jüdischen Arbeitskräfte angewiesen war. So einfach ist also alles. Wenn es stimmt. Das Helfen ist einfach. Die Erbarmungslosigkeit auch. – Als ich die Wallenberggeschichte einem Historiker vorhalte, sagt der, es sei noch einfacher. Angeblich hätten die Nazis, namentlich Eichmann, auch später noch ungarische Juden freikaufen lassen wollen. Geiseln gegen Geld, aber die Alliierten hätten nicht gezahlt. Nicht einmal LKWs hätten die Alliierten gegen jüdisches Leben getauscht. Nicht einmal Treibstoff. Ich glaube davon zuerst kein Wort. Der Historiker gibt daraufhin zu, dass es nur Hörensagen sei. Aber dann fragt er mich: *Was ist, wenn es stimmt?* Ich habe keine Ahnung. Er auch nicht. Die KZ-Zubringer, die Geleise, Schienen, die von den Alliierten nicht zerbombt wurden. Die Menschen, die daher nicht gerettet wurden. Andererseits, ohne LKWs und ohne Sprit kein Abtransport nach Auschwitz. Doch, die Todesmärsche dorthin!

*

Wallenberg hat das Budapester Ghetto geschützt; Eichmann wollte, dass man ihn erschießt; Stalin hat das dann vermutlich getan. Wallenberg stammt aus einer reichen Familie, sein Vater starb vor Wallenbergs Geburt. Die Mutter heiratete dann einen hohen schwedischen Geheimdienstoffizier. Der junge Wallenberg arbeitete eine Zeit lang in Palästina.

*

Von Wallenbergs Schicksal weiß man nicht viel. Ab 1947 soll er verschwunden sein. Er ist wohl nach Moskau entführt worden. Dort bald umgebracht. Vielleicht. Aber es gibt angeblich Leute, die ihn noch Ende der 1980er Jahre in einem sibirischen Lager gesehen haben wollen. 1990 minus 1912 ergibt ein Lebensalter von 78 Jahren. Er soll ja für die Russen kostbar, wertvoll gewesen sein. Die westlichen Geheimdienste sollen ihn aus unerfindlichen Gründen nicht zurücktauschen haben wollen. Auch die schwedische Regierung nicht. – Man kann also immer helfen. Ich sage das ohne jeden Spott. Denn an den Unterlassungen und Verweigerungen erkennt man die reellen Chancen. Das also, was in der Wirklichkeit möglich gewesen wäre.

*

Mein Widerwille, wenn über die Nazizeit geredet wird. Denn wir hier jetzt leben in einer Demokratie – und versagen permanent. Reden über die Nazis statt über uns. Über die Bösen statt über die Systeme. So viele

Chancen und wir nützen sie nicht, lassen so viel geschehen. Sind immer zu langsam und zu halb. *Wir* ist nicht fair. Doch. Denn keiner glaubt, dass es irgendwann zu spät sein kann.

Tag, Monat, Jahr
Viktor Frankl, Haider beruft sich auf dessen Freundschaft. Eine peinliche, vergessene Episode. Frankl war zusammengebrochen, Haider brachte ihn ins Spital und wartete vor der Intensivstation auf ihn. Frankl war, heißt es, gerührt und dankbar, schrieb Haiders Frau in ihr Exemplar von *Trotzdem Ja zum Leben sagen* eine Widmung. Nämlich *meinem Freund Jörg Haider*. Letzteres ging damals durch die Presse. War irgendwie schrecklich. Peinlich sowieso. Aber wenn sogar Frankl erlegen ist, wie kann man sich da als Linker und Alternativler einbilden, nur die Dummköpfe und das Gesindel gehen auf den Leim. Und wie lange man linkerseits doch geglaubt hat, die Rechten verfügen über keine Intellektuellen! Als ob Intellektualität etwas mit Intelligenz zu tun hätte. Und Intelligenz mit Moral.

Tag, Monat, Jahr
Graz, die großen Namen, die mich jetzt interessieren: Schumpeter, Gumplowicz, Mach, Schroedinger, Innerhofer. Die haben dort gelebt, gewirkt. Ein bisschen. Gelebt. Innerhofers *Ganz unten* ist nie erschienen, glaube ich. Was da wohl über Graz, die Leute drinnen steht? Vielleicht ein bisschen wie Capote, nur besser.

Tag, Monat, Jahr
Bei den Sioux der Clown, der Donnerträumer, der macht alles falsch, vertauscht Lachen und Weinen, Vorwärts und Rückwärts, Hoch und Niedrig, Oben und Unten. Dadurch bringt er dort, wo er gerade ist, die Dinge in Ordnung. Manchmal bildet er sich ein, er sei unverwundbar. Manchmal stimmt das, aber manchmal auch nicht. Da kann es dann auch sein, dass er sterben muss. Ein Geisterhemd hat der an, wenn er tanzt. Und mit ihm ist nicht zu spaßen, wenn man Böses will. Ich mache auch immer alles falsch.

Tag, Monat, Jahr
Die Aktienmärkte und die Pensionen: Ein Forscher sagt, wenn die Pensionsfondsgelder in 15 Jahren dann den Pensionisten ausbezahlt und von denen ja auch gebraucht werden, werde es zu einer Inflation und Rezession kommen. Und einer sagt, wenn das Geld dann der Börse entzogen werde, werde die Börse große Schwierigkeiten bekommen. Und beide sagen, dass aber sowieso niemand sagen könne, ob es früher schon zu einem Börsencrash komme, und was sei dann mit den Pensionen. Die

Pensionsgelder seien für die Aktienmärkte gut, aber die Aktienmärkte nicht für die Pensionsgelder.

*

Jemand sagt, Privatisieren bedeute Enteignen; Staatsbürger werden enteignet, sowohl was ihre Rechte als auch was ihre Finanzen und ihre Lebenschancen überhaupt betrifft.

Tag, Monat, Jahr

Schon wieder so viel Homergetue! Die Seele, der Mensch dazu, kein Wort davon. Wie man überwältigt wird von den Situationen, Gefühlen; wie man zerfällt. Das ist Homer. Kein Wort davon heutzutage, nur Getue von Intellektuellen und Künstlern und von halbgebildeten Politikern. Spitzen.

Tag, Monat, Jahr

Innerhofer, irgendetwas von einer erhängten und demolierten Puppe, einem Ausweis und einer Eintrittskarte auf dem Sterbetisch lese ich; und die Verpflichtung zur Fabrik- und Feldarbeit, dann würde man einander nicht mehr geringschätzen. Was, wenn es stimmt?

Tag, Monat, Jahr

Der Komponist, der Orpheus, Eurydike nicht zugrunde gehen lässt, sondern deren Tragödie umdichtet, sodass die beiden Liebenden gerettet werden und ihre Chance im Leben haben. Er verliert sein Adoptivkind plötzlich an den Tod, ist verzweifelt, bittet um ein Trauergedicht auf das Kind, das seine Frau und er von klein auf aufgezogen haben. Aber die Dichter, bis auf einen, antworten ihm gar nicht oder sie lehnen ab. Für den Komponisten ist mit dem Tod des Kindes die Musik sinnlos geworden. Der Komponist war ein cholerischer, beleidigender Mensch und machte sich oft verhasst. In der Musik soll er ein Revolutionär gewesen sein, wiewohl er zu Hofe diente. In seiner Jugend hatte er sich sein Brot mit der Maultrommel und mit einer Glasorgel verdient. Die Kaiserin soll seine Werke nicht gemocht haben. Sie sang selber lieber in den Opern der anderen. Es war den hohen Herrschaften, der Kaiserin, jedenfalls nicht zumutbar, dass das Liebespaar Orpheus und Eurydike ein schlechtes Ende nimmt. Also darf es leben. Aber das ist eben nur bei hohen Herrschaften so. Trotzdem ist das Happyend schön. Dass es überhaupt eines gibt. Es müsste für alle so sein dürfen.

Tag, Monat, Jahr

Die wenigsten wissen wohl, dass Orpheus in der Antike als Erfinder der Päderastie galt. Was ist aus diesem Umstand zu lernen? Ich habe keine Ahnung. Aber vielleicht doch, dass die wenigsten wahrhaben wollen, was wirklich los ist. Und dass nichts so sein muss, wie es ist. Und dass alles gut ausgehen kann und dass alles verhindert werden kann. Und wenn dann das eine Schlimme nicht geschieht, geschieht das andere Schlimme auch nicht. Man darf eben nicht immer alles geschehen lassen.

Tag, Monat, Jahr
Narziss ist so seltsam wie Orpheus. Die Christen glaubten, Narziss treibe Gottesdienst, und mochten ihn. Wer sich in ihn verliebte, den und die wies er ab; die behinderte Nymphe Echo erstarrte seinetwegen zu Stein; einen Jüngling trieb er in den Selbstmord. Es kann also schon sein, dass Narziss sehr liebesbedürftig war, liebevoll war er aber ganz sicher nicht. Es kann auch sein, dass er im Wasser gar nicht sein eigenes Spiegelbild sah, sondern das Gesicht seiner Schwester. Das wollte er liebevoll berühren. Denn sie war nicht mehr auf der Welt. Trotzdem, Narziss bringt den Tod. Kommt zu Tode. Die Christen hat das nicht gestört. Narziss kommt jedenfalls von narkan und narkan heißt Krämpfe haben, erstarren, gelähmt sein, das Bewusstsein verlieren. Narzissmus bedeutet somit Lähmung und Erstarrung. Soviel zum unnahbaren und ertrinkenden Sohn einer Nymphe und eines Flussgottes. Das Kind aus einer Vergewaltigung.

Tag, Monat, Jahr
Das Segnen der Waffen. Jetzt erst habe ich verstanden. Als die spanischen Eroberer die südamerikanischen Indianer massakrierten, haben die christlichen Priester den Soldaten *Tötet! Eure Sünden werden euch vergeben sein!* zugerufen. Die Amerikaner machen es im Irak im Prinzip genauso, aber eben juristisch moderner.

Tag, Monat, Jahr
Ein wirklich unabhängiger staatlicher Wirtschaftsforscher, der gleichermaßen für Rot und Schwarz arbeitet, gleichsam ein hoher Staatsbeamter, sagt zufällig zu mir beim Buffet im Vorbeigehen, die einzige Lösung gegenwärtig wäre Eucken. Ich schaue dann zu Hause nach. Der liberale Walter Eucken, ihm verdankt man den funktionierenden Wohlfahrtsstaat mehr noch als Ludwig Erhard. Eucken hat aber nicht liberal genannt werden wollen. Und mit der Ölwirtschaft, glaube ich, hat er sich auch angelegt. Kann aber sein, dass das Röpke war. Eucken jedenfalls hat 1946 sowohl den Kapitalismus als auch alle Sozialismen für gescheitert erklärt. Er verlangte die Arbeiterselbstverwaltung, die Gewinn- und Verlustbeteiligung der Arbeiter und dass sich der Rechtsstaat nicht in einen Wirtschaftsstaat verwandeln dürfe, sagte, dass der aber gerade im Begriffe sei, das zu tun. Der Staat müsse wirtschaftliche Machtgruppen, Monopole, auflösen und einschränken. Das sei die oberste Aufgabe. Ewig

her ist das. Ewig wahr. Euckens Vater war Philosoph, Ethiker. Eher langweilig, aber Literaturnobelpreisträger.

*

Ein drittklassiger Parlamentspräsident wollte jetzt einmal die staatlichen Wirtschaftsforscher durch die Chefanalysten der Banken ersetzen. Allen Ernstes.

Tag, Monat, Jahr
Unmittelbar vor dem ersten Bombardement Afghanistans sagte ein amerikanischer Soldat: *Wir müssen den Toten zu Hilfe kommen.* Er meinte die vom 11. September.

Tag, Monat, Jahr
Ein Mann in einem Spital, in einem Film, Drehbuch, sagt, Millionen Indianer seien in Südamerika und zig Millionen Indianer seien in Nordamerika umgebracht worden. Aber nirgendwo in den USA gebe es ein indianisches Holocaustmuseum. Ganz sicher keines in Washington und New York. Schaut aus dem Fenster hinaus, hinunter. Auf Ground Zero.

Tag, Monat, Jahr
Vor mir in der Straßenbahn ein Mädchen. Es holt ein kleines Notizbuch aus der Tasche, blättert. Dann eine vollgeschriebene Seite. Sehr leserlich. Aber Kinderschrift. *Scheiß auf alles,* steht da mit Tinte geschrieben. Dann Bleistiftnotizen. Sie schaut die Seite kurz an, wird wütend, dreht ihre Kopfmusik ganz laut auf. Die Musik aus ihren Ohren heraus hört man noch in einiger Entfernung. Das Mädchen wippt sich immer mehr in Wut. Wut ist Mut. Früher sagte man eben Glückauf, heute Scheißauf.

*

Bourdieu wollte, dass Jugendliche aufschreiben, was an ihren Schulen falsch läuft. Und dass sie keine politischen Wortführer zulassen dürfen, die an ihrer Stelle reden. Sie sollen sich von niemandem Ideen aufzwingen lassen, niemandem die eigenen aufzwingen. Und wenn sich Jugendliche völlig verweigern, sei das, weil sie sich wie Abfall fühlen, weil sie wie Müll behandelt werden. Er verglich die Jugendkrawalle mit den Bauernkriegen.

Tag, Monat, Jahr
Der große Egon Erwin Kisch und die großen politischen Fotografinnen. Er war tätowiert, mehr weiß ich von ihm nicht. Bloß, dass er viel erfunden hat. Tina Modotti, Gisèle Freund, Dorothea Lange, Helen Levitt, Lee Miller haben nichts erfunden. Letztere soll nach dem Krieg in Hitlers Wanne gebadet haben und es soll ihr eine Genugtuung gewesen sein.

Igitt! Die Ermordeten der Pariser Kommune Ende des 19. Jahrhunderts, wer hat die fotografiert? Grässliche, dumme Bilder damals. Bezweckt als Abschreckung.

*

Modottis *Hände des Puppenspielers*. Mit der Kahlo teilte sie sich Diego Rivera. Ihre Fotos sind wie mexikanische Wandmalereien. Herzinfarkt mit 45. Stalinistin oder Stalinopfer? Freund, ihr Foto von Virginia Woolf; alle Geistesmenschen des 20. Jahrhunderts und die Arbeitslosen. Die Lange, Kinderlähmung. Selber eine schlechte Mutter, wie man so sagt, ihre *Migrant Mother*, die Wanderarbeiterin auf einer Briefmarke, die Arbeitslosen im Arbeitsamt, die Erbsenpflücker; die Regierung reagiert auf ihre Fotos, schickt Soforthilfen; die Mutter, die ihre Kinder mit abgefrorenem Feldgemüse und toten Vögeln ernährt. Helen Levitt, die Straßen Schlachtfelder, die Kinder sind Krieger, Poeten und Tänzer. Millers Dachaureportage; alle ihre KZ-Fotos, Buchenwald; das Foto der Nazifamilie, die sich selber gerichtet hat. Kischs Tätowierung, auf dem Rücken mit dem Kopf nach unten in Richtung Gesäßbacken der Regimentskommandeur mit weit herausgestreckter Zunge, Anzeige; der Mensch könne sich erst ändern, wenn die Verhältnisse geändert werden, zu dem Zweck Journalist.

Tag, Monat, Jahr
François Genoud, ich weiß nicht, ob er noch lebt, er wäre jetzt gegen hundert. Er soll einer der Wenigen gewesen sein, die jederzeit zu Hitler vorgelassen wurden. Kennengelernt haben Hitler und Genoud einander 1932. Er soll dann für den Nachrichtendienst gearbeitet haben und Hitler unmittelbar unterstellt gewesen sein. Nur einen einzigen hat Genoud noch so bewundert wie Hitler, den Terroristen Carlos. Ende des Zweiten Weltkrieges organisierte Genoud die Flucht namhafter Nazis und er verwaltete noch Jahrzehnte nach dem Krieg die schriftlichen Nachlässe Hitlers und Goebbels'. Eichmann und Barbie finanzierte Genoud die Anwälte der Verteidigung. Und andererseits, schrecklich zu sagen, war er einer der wichtigsten Financiers des algerischen Befreiungskrieges. Und des palästinensischen Widerstandes. Und in der Hochzeit des Terrorismus soll er Flugzeugentführungen finanziert haben. Für Genoud war der Nationalsozialismus großartig, weil er ein Sozialismus gewesen sei, der Linke und Rechte vereint habe. Unheimlich ist, wie die freie Welt mit Genoud umging. Wie sie ihn in allem gewähren ließ. Sogar einen Präsidenten von Interpol soll er zu seinen Freunden gezählt haben, die ihm ihrer SS-Vergangenheit wegen tätigen Dank schuldeten. Genoud war Schweizer Bankier geworden; und die Schweiz war ja dann ab 1943 die einzige Devisenquelle der Nazis und ohne die dortige Gold- und Geld-

wäsche wäre der Zweite Weltkrieg für die Nazis, wie es heißt, schon 1943 verloren gewesen. Mithilfe dieses in der Schweiz weißgewaschenen, den Juden geraubten Geldes sollen dann viele Nazibonzen fliehen haben können. Namhafte argentinische Politiker sollen in der Folge davon profitiert haben. Evitas Mann zum Beispiel. Der Bankier Genoud war im Übrigen wie gesagt für die Palästinenser seit jeher sehr wichtig; zurzeit des Großmuftis von Jerusalem schon, der ja im gesamten arabischen Raum Freiwilligenverbände für die SS rekrutierte und die Juden ausgemerzt sehen wollte. Husseini wollte, dass Tel Aviv bombardiert und dass Tripolis von Juden gesäubert wird; die Juden des Nahen Ostens und Nordafrikas sollten vernichtet werden. Und kein Jude sollte mehr aus Europa nach Palästina gelangen können. Genoud führte die Geldtransfers für den Großmufti durch, dessen Kriegskasse dann der Reichsmarschall und das Reichswirtschaftsministerium verwalteten. Der Großmufti ist gegen Kriegsende übrigens auch in Österreich untergetaucht, in Bad Gastein.

Tag, Monat, Jahr
Manche sagen, nach dem Aufstand von Bar Kochba 135 nach Christus seien ja viele Juden vor den Römern in die Hügelketten nördlich und südlich von Jerusalem geflohen. Und seien später islamisiert worden. Die heutigen Palästinenser könnten deren Nachkommen sein.

*

Die Geschichte von den kaukasischen Chasaren – viele Leute sagen, die sei antizionistisch, manche, sie sei auch antisemitisch. Arthur Koestler hat sie auch erzählt und der war weder das eine noch das andere, sondern bloß ein schwieriger Mensch und ein Antirassist. Aber heutzutage sagt man, Koestlers Chasarengeschichte sei durch genetische Untersuchungen widerlegt. Das Reich der Chasaren wurde im 7. Jahrhundert nach Christi Geburt gegründet. Zwischen Kaspischem und Schwarzem Meer. Und ab dem 8. Jahrhundert bis zum 13. soll es das Judentum als Staatsreligion gehabt haben. Das Chasarenreich war mit Byzanz verbündet. Wer dem Chasarenreich ein Ende bereitete, ist unklar; ob die Russen oder der Mongolensturm. Jedenfalls vertraten einige Forscher mit großer Vehemenz die Theorie, dass die osteuropäischen, insbesondere die ungarischen Juden nicht aus Israel, Zion, Palästina stammen, sondern Chasaren seien.

*

Herzl, gestorben mit 44. Es ging sofort das Gerücht, er habe sich umgebracht. Seine Frau und seine Kinder blieben mittellos zurück. All ihr Geld hatte er in den Zionismus gesteckt. Herzls Frau stirbt drei Jahre später, keine 40 wird sie. Die Kinder haben schreckliche Schicksale vor sich. Eine Tochter wird morphiumsüchtig, tötet sich in Frankreich. Am Tag ihres Begräbnisses bringt sich in England ihr Bruder, Herzls einziger Sohn, um. Die jüngste, mit einem Industriellen verheiratete Tochter wird bis 1942 in der Psychiatrie von Steinhof angehalten, 1943 von den Nazis in Theresienstadt ermordet. Ihr Sohn, Herzls Enkel, begeht 1946 in den USA Selbstmord. Damit ist Herzls Familie völlig ausgelöscht. Herzls Judenstaat war ein offener, toleranter Wohlfahrtsstaat. In Jerusalem hätten alle Völker dieser Erde einen gemeinsamen Friedenspalast haben sollen. Lange Zeit sah Herzl im Sozialismus die einzige sinnvolle Antwort auf den europäischen Antisemitismus. Mit den Führern des österreichischen Antisemitismus wollte er sich auf Leben und Tod duellieren, dem Antisemitismus damit ein Ende bereiten.

Tag, Monat, Jahr
Eine Meinungsforscherin, Zukunftsforscherin, Trendforscherin, sagt, heutzutage herrsche die Tyrannei des Kindes. Die Kinder seien die Mächtigsten in der Familie. – Diese Äußerung ist unglaublich! Und dass niemand widerspricht! Sie sagt weiter: *Wenn sich Gewerkschafter und Politiker dem wirtschaftlichen Zeitgeist entgegenstellen, werden sie untergehen.*

*

Einer erklärt den Unterschied zwischen Lebensstandard und Lebensqualität. Auf den müsse man immer achten. Früher habe er für die UNO in New York gearbeitet und im 27. Stock bei hohem Lebensstandard gelebt, jetzt lebt er mit hoher Lebensqualität auf einem Bauernhof in der Toskana und die Kinder gehen in eine UNO-Schule für UNO-Mitarbeiter und es gebe überhaupt keine fremdenfeindlichen Schwierigkeiten. Er ist auch Zukunftsforscher. Sehr beliebt. Wirkliche Elite. Geistige. Und ich, ich verstehe eigentlich kein Wort.

Tag, Monat, Jahr
Einer sagt, das beste Mittel gegen Haider sei, ihn einfach zu ignorieren. Alles andere bringe nichts. Spitzendenker, Topphilosoph. Wissenschafter erster Klasse. Und so weiter und so fort. Eine Volksschullehrerin stimmt ihm zu. Und ja nicht immer schimpfen solle man, da werden die Kinder dann so wie Haider.

Tag, Monat, Jahr
Wie sehr ich Eisler immer bewundert habe. DDR-Hymne hin oder her. Zu wissen, dass Musik eine moralische und politische Handlung ist, Folgen hat, so oder so. Aber dann habe ich erfahren, dass Eislers Schwester seinetwegen in Todesangst war. Mit gutem Grund. Für sich und ihren Geliebten. Die beiden Eisler-Brüder haben die eigene Schwester Stalin

ausgeliefert. Zum Kotzen das Ganze. Und der Pädagoge, den ich so bewundert habe, Stalinist, zuständig für die brutalsten Erziehungslager. Aber schöne wahre Sätze, Makarenko: *Widerwille und Zorn packten mich bei den Gedanken an die pädagogische Wissenschaft ...Wieviele Jahrtausende gibt es sie schon! ... Was für Namen ...! Wieviel Bücher, wieviel Papier, wieviel Ruhm! Und zugleich eine Leere, es gibt gar nichts, ... einfach nichts. Eine seit Jahrhunderten währende Scharlatanerie!* Und der Dirigent, der sich auf Tschaikowsky und Schostakowitsch spezialisiert hat und den ich so bewundere – ein Stalinist, der alle im Stich gelassen hat, Mrawinski. Meine Vorlieben sprechen nicht für mich.

Tag, Monat, Jahr
Der letzte Wahlkampf in der Stadt war lustig. Hitzigste Zeit. Am meisten zu tun. Zufällig gerate ich in das Hinterzimmer eines Lokals. Da sitzen alle, Wahlveranstaltung. Zehn Funktionäre. Mit sich allein. Die sind nicht draußen irgendwo und reden mit den Leuten. Die Wahl ist dann verloren gegangen. Kann sein, in dem Hinterzimmer damals. Ja, doch.

Tag, Monat, Jahr
Sofort nach der Machtübernahme sagte Goebbels, sie werden das Regierungsgebäude nie mehr verlassen, es sei denn mit den Füßen voraus.

Tag, Monat, Jahr
Sergej Prokofjew glaubte von sich, er werde, weil er Künstler, also von unerschöpflicher Lebenskraft erfüllt sei, nicht zugrunde gehen. Sagte, er sei Leben, also göttliches Tun, Schaffen, Geist. Und Geist sei Widerstandskraft. Und er, Prokofjew, sei, weil ja Künstler, treu, fähig zur Wahrheit, liebevoll, also immer imstande, zu arbeiten und die Schönheit den Mitmenschen gewahr zu machen. Er sei, weil ja Künstler, ehrlich und voller Lebensfreude. Er beweise, dass das Leben, nicht der Tod, die Wirklichkeit ist. Der redete so, dachte so. Lachte, scherzte, spottete. Das war für ihn Ausdruck seiner Lebenskraft. Seine Arbeit und seine Lebendigkeit waren für ihn seine Schutzmächte. So werde er von der Politik unbeschadet bleiben können. Depressionen seien nur ein Betrug des Gehirns, sagte er. Denn jeder Mensch trage in Wahrheit das Reich Gottes in sich. Stalin machte mit Prokofjew dann bekanntlich, was er wollte. Verlieh ihm seine höchsten Preise. Erniedrigte und bedrohte ihn gleich daraufhin. Einmal so, einmal so. Und Stalin ließ Prokofjews erste Frau demütigen, verhaften, verurteilen, in ein sibirisches Lager verschleppen. Und Prokofjew war wie immer gelähmt. – So viel zum gewaltigen Irrtumspotential der sogenannten Positiven Psychologie. Zum Flow. Und zu Viktor Frankls Trotzmacht des Geistes. Natürlich haben wir das Reich

Gottes in uns. Und das muss natürlich reichen. Es ist aber nicht sehr viel. Die Positiven Psychologen überschätzen das.

*

Man hat Prokofjew vorgeworfen, er habe seine Frau nicht zu schützen und nicht zu retten versucht, habe sie durch die Scheidung sogar gefährdet und preisgegeben. Seine Frau hat das Lager überlebt und ihrem toten Mann öffentlich nie Vorwürfe gemacht, ganz im Gegenteil. Er und sie waren in ihren Augen nie geschieden worden. Sie habe ihn immer geliebt und ihm die schönste Zeit ihres Lebens zu verdanken. Max Ernst, dem Maler, hat man auch vorgeworfen, dass er seine Frau nicht gerettet habe. Aber er hatte ihr angeblich die rettenden Papiere beschafft. Sie soll seine Hilfe nicht angenommen haben. Sie wird ihre Gründe gehabt haben. – Den einen rettet die Liebe und den anderen bringt sie um. Das gilt für Frauen und Männer. Aber eigentlich glaube ich nach wie vor, dass die Liebe die Menschen rettet. Jeden.

Tag, Monat, Jahr
Ein beliebter Mystiker sagt, man müsse sich getrauen, zugrunde zu gehen, und so sei das Leben dann plötzlich Mystik. Ich habe zu viele Menschen so zugrunde gehen sehen, dass das nicht Mystik war. Ich kann daher nicht glauben, was er sagt.

Tag, Monat, Jahr
Ein begehrtes Erasmus-Stipendium und die Erasmusprogramme gibt es in der Öffentlichkeit. Sonst nichts. Über Erasmus wird nicht einmal blöd herumgeredet. Wenn es mir schlecht geht, fällt mir dann zumeist etwas von ihm ein. Das *transformabimur* zum Beispiel. Oder *Semper patet alia via*. Und dass das Ganze eben ein *bellum sine lacrimis* ist. Das ist der Sinn von Büchern; man muss nicht leiden und nicht sterben daran. Und das *stat pro se* fällt mir ein. Und *de libero arbitrio*. Und die Kälte des Erasmus. Und das *vir fugiens denuo pugnabit*. Mein Comeback ist also gesichert.

Tag, Monat, Jahr
Erlernte Hilflosigkeit, Lebewesen, die lange eingesperrt waren und dann den offenstehenden Ausweg nicht nehmen können. Oder Lebewesen, die allein schon aus Furcht vor übermächtigen, übergeordneten Genossen zugrunde gehen, ohne dass man ihnen körperlich auch nur ein Haar krümmen müsste. Englische Fabrikarbeiter, italienische Bauern, Babys in Pflege, Heiminsassen, amerikanische Slumbewohner, deren aller plötzliche Tode. Menschen, die gerade im Begriffe waren, das Schreckliche, das sie in ihrem Leben erlitten hatten, abzuschütteln, frei davon zu kommen und ein neues Leben zu beginnen. Keine Chance, sie gehen

zugrunde – gerade im Augenblick der lang ersehnten Befreiung. Infolge lebenslanger Überanstrengung, Überforderung. Eine Welt, die unberechenbar ist, irrational, ein Leben, das chancenlos ist; nichts tun können. Armut. – Der ursprüngliche Seligman, erlernte Hilflosigkeit. Und dann nach Jahrzehnten das Gegenteil, Positive Psychologie. Hat er tatsächlich Jahrzehnte für die paar Erkenntnisse gebraucht, was man tun muss, damit man nicht hilflos ist? Das gibt's doch nicht!

Tag, Monat, Jahr

Der Dichter, der sich umgebracht hat. Alle haben ihm helfen wollen, er habe sich nicht helfen lassen. Ich kenne keinen einzigen Menschen, der sich nicht würde helfen lassen.

Tag, Monat, Jahr

Die Bombe auf Nagasaki hieß *Fat Man*. Die auf Hiroshima *Little Boy*. Die eine war aus Plutonium und explodierte, die andere war aus Uran und implodierte. Beide Mechanismen, auch der zweite, mussten ausprobiert werden. Daher 2 x 200.000 Tote. Das sei deshalb so gewesen, weil Japan nicht kapitulieren wollte und die Amerikaner bei einer Invasion mit 1 Million toter US-Soldaten rechnen mussten, heißt es. Die Japaner wollten, heißt es aber auch, bereits nach der ersten Atombombe kapitulieren. Aber darum ging es nicht. Es geht im Leben immer nur um die Mechanismen.

Tag, Monat, Jahr

Ich habe jemanden kennen gelernt, der eine Alternativbank gründen wollte. Sich jahrelang darum bemühte. Ich hatte nicht den Eindruck, dass die Grünen begriffen, worum es ihm ging; auch nicht, dass sie für die Bank kämpften. Er sagte zu uns, in ein paar Wochen werde er die Genehmigung der EU bekommen und wir dann unser Geld. Daraus wurde nichts. Mir war das egal, weil ich ohnehin kein Geld von ihm wollte. Ich hatte gar nicht verstanden, warum er zu mir sagte, ich werde jetzt bald Geld bekommen. Er ist spurlos verschwunden. Aber ohne Geld. Ein wirklich lobenswerter Bankier.

Tag, Monat, Jahr

Brahms. Man weiß, dass er als Kind mit dem Vater zusammen nachts in den Hamburger Lokalen aufspielen musste. In St. Pauli. Ein paar Leute sagen, seine Verschlossenheit komme da her. Und sein lebenslanger Widerwille gegen die Gosse und gegen alles Irre, Dumme und Mindere. Aber auch seine Grundstimmung des Trotzes und der Sehnsucht. In einem Gespräch, das Brahms mitstenographieren, aber für 50 Jahre sperren ließ, eröffnet er seine Parapsychologie. An das Johannesevangelium hat er geglaubt, aber auch, dass es Menschen gibt, die durch die Luft laufen können. Eine Säuferleber ist auch nach ihm benannt. Wie sehr mich Brahms fasziniert, ist mir unbegreiflich. Die Kindheit, die Verschlossenheit, das Gängeviertel, die Unausweichlichkeit. Das Entkommen. Das Sich-Herausarbeiten.

Tag, Monat, Jahr
Hat Brahms andere an seiner Statt für minderwertig und für verrückt erklärt und verrecken lassen? Diesen Rott zum Beispiel. Er hat zu dem gesagt, er soll mit dem Komponieren aufhören. Daraufhin ist Rott verrückt geworden, hat sich umzubringen versucht; die Anstalten dann waren sein Tod. Mit 26 war Rott dann tot. Bruckner, dieser Dummkopf, hatte ihn zu Brahms geschickt. Brahms glaubte nicht, dass die guten, schönen Passagen in der Symphonie wirklich von Rott selber seien, weil ihm der Rest so miserabel erschien. Gustav Mahler aber hat dann von Rott genommen. Aus Respekt und Überzeugung. Aber das war für Rott zu spät. Gegen Mahler war Brahms nie. Sie waren fast Freunde, glaube ich. Seltsam.

*

Ein paar namhafte Verrückte respektive Genies haben Brahms unbegabt, hohl, leer, langweilig, duckmäuserisch geschimpft. Er fasziniert mich daher einmal mehr. Ich halte – wie man so sagt – menschlich sehr viel von ihm und zugleich gar nichts. Er ist das System, wie man auf Kosten der anderen überlebt. – Wie oft hat zu mir schon jemand gesagt: *Wie kannst du so etwas sagen! So etwas kann man doch nicht sagen!* Aber wenn es doch wahr ist!

Tag, Monat, Jahr
Das Blöde an Rott ist, dass auch ich seine Musik für außerordentlich betrüblich halte. Aber Brahmsens Reaktion darauf ist es auch. Nur Mahler war in Ordnung. Der wollte einmal alle seine Symphonien gleichzeitig am selben Ort aufführen. Das sei dann die wirkliche Wahrheit. Die Symphonien dazumal sollen ja die allerreinste Metaphysik gewesen sein. Alle Symphonien zugleich aufzuführen wäre wohl unrein gewesen und dem Dr. Brahms tatsächlich unangenehm. Und Bruckner, dieser Wagner-Dummkopf, hatte solche Angst, dass er nach seiner 9. Symphonie sterben müsse, dass er sie jahrelang nicht schrieb und dann wirklich gleich danach starb. Und der erste Sänger des Nibelungenringes, der erste Siegfried, ist auch an der Musik gestorben, an den Gesangsmassen. Es nützt jedenfalls alles nichts, mir ist Brahms wirklich lieber als all die anderen zusammen. Nein, Mahler ist mir lieber. Der ist erst an der 10. Symphonie gestorben. Und wenn Bruckner anders nummeriert hätte, wäre sich für

ihn auch alles anders ausgegangen. Man muss sich nur zu helfen wissen. Ich weiß nicht, wem alles Bruckner geholfen hat.

Tag, Monat, Jahr
Ich glaube, Bruckner hat Rott zu Brahms geschickt, weil er es seinem Schüler nicht selber sagen wollte, dass aus ihm nichts werden wird. Oder Bruckner hat geglaubt, es sei bloß etwas Persönliches zwischen Brahms und ihm selber und wenn Rott selber zu Brahms gehe, sei es etwas ganz Anderes. Solche Dinge beschäftigen mich. Oder zum Beispiel, warum Rott in Brahms' Augen und Ohren unbegabt war, aber E.T.A.Hoffmann nicht, sondern lebenslang innerer Gefährte und Vorbild. Hoffmanns Musik klingt aber beileibe nicht besser als die Rotts. Brahms hätte zum Komponisten Hoffmann gewiss nicht dasselbe gesagt wie zu Rott. Das ganze *Einsam, aber frei-* und *Frei, aber einsam*-Getue Brahms' kommt von Hoffmann her. Aber Rott, Rott ist an der Einsamkeit zugrunde gegangen.

Tag, Monat, Jahr
Mahlers angeblich & vorgeblich seichte Vierte Symphonie, die so süß ins Gemüt geht und die ich am liebsten höre, und dann singt ein Kind, wie alles wirklich ist, nämlich umgekehrt. Also mörderisch.

Tag, Monat, Jahr
Einer sagt, Mahler verstehe man nur dann richtig, wenn man über dessen Musik innerlich weine, wie jemand, der wisse, was wirklich bevorstehe und nichts dagegen tun könne.

Tag, Monat, Jahr
Brahms und Mahler, zwei Gasthauskinder. Und Bruckner? Eher wie ich. Mein Horror vor Gasthäusern, wenn ich länger als eine halbe Stunde bleiben muss. Monumental und devot zugleich soll Bruckner gewesen sein, und alles soll so ewig gebraucht haben bei ihm. Sehr sympathisch.

Tag, Monat, Jahr
Ich weiß von einem Gasthaus, das seit 250 Jahren an keinem einzigen Tag zugesperrt hat.

Tag, Monat, Jahr
Ein Journalist schreibt, wer Christ sei, aber ein Feigling, sei ein Dreckskerl. Und dass er, der Journalist, einen Glauben brauche, der ihn im Sterben am Leben halte, sodass er nicht in einen Abgrund stürzt. Er ist ein guter Journalist. Einmal sind die einen böse auf ihn, einmal die anderen, manchmal alle. Und dann sagen sie, er sei ein Opportunist.

Tag, Monat, Jahr
Eine Viktimologin sagt, die Politik, die Unternehmen, die dynastischen Familien, die Mafia und unsere Gesellschaft als ganze funktionieren ganz gleich, nämlich dadurch, dass sie Menschen in ihrem Alltag dazu bringen, zu lügen, zu quälen, zu demütigen. Der narzisstisch Perverse, maligne Narziss, löst eine Katastrophe aus, die er dann, sich selber als Retter aufspielend, den erschöpften Opfern anlastet. Der Peiniger will als Retter in der Not gelten. Der Gepeinigte soll dem Peiniger dankbar sein, weil dieser die Tortur beendet. Die Opfer werden durch harmlose Gespräche verwirrt; ihre Schwachpunkte, die aus der Kindheit kommen, versucht der Peiniger zu finden und dann dazu zu verwenden, die Selbstzerstörung seiner Opfer in Gang zu setzen. Gewaltigen Stress zu erzeugen, bewegungsunfähig zu machen. Durch Demoralisierung zu demobilisieren. Das Opfer soll die Identität verlieren, jederzeit wegwerfbar werden, so denken, empfinden und handeln, wie der Täter es will. Es ist unter Schock, kann das Unrecht benennen, aber nichts dagegen tun. Die Widerstandsfähigkeit eines Menschen ist nämlich nicht unbegrenzt, sondern erschöpft sich, sagt die Viktimologin. Der maligne Narziss, der perverse Aggressor, gibt seinen permanenten Kampf nur dann auf, wenn das Opfer ihm zeigt, dass es sich von nun an nichts mehr gefallen lassen wird. Das ist das Einzige, was hilft; öffentlich die Wahrheit sagen, so schnell wie möglich. Eine französische Viktimologin sagt das, Hirigoyen. – Das Perverse daran: Ihr Buch steht dann plötzlich in einer Parteibibliothek im Handapparat. Ein paar der manipulativsten, rechtesten europäischen Politiker lesen demonstrativ die Viktimologin, *Die Masken der Niedertracht*. Die rechtesten hiesigen Politiker und ihre Partei wollen nicht länger, sagen sie im Fernsehen, das Opfer der gegnerischen politischen Niedertracht sein. Sie, sie seien die Opfer. Die Viktimologin kann überhaupt nichts für das, was da mit ihrem Buch getan wird. Und sie kann nichts dagegen tun. Doch, dasselbe wie alle anderen Opfer. Aber erst, wenn sie weiß, dass sie Opfer ist.

Tag, Monat, Jahr
Ich erzähle ein paar BeamtInnen des Arbeitsamtes, dass in einem beliebten Lehrbuch für Ökonomie fälschlich folgende wirtschaftliche Zusammenhänge als wahr behauptet werden: Der volkswirtschaftliche Vorteil des sogenannten Bauernsterbens liege darin, dass die Bevölkerung gut ein Drittel weniger für ihre Lebensmittel ausgeben müsse, dass die Grundstückspreise fallen, dass das Wohnen billiger werde und dass neue Erholungsgebiete entstehen. Auch die Verwendung von Pestiziden sei nicht per se schlecht. Denn es könne zwar sein, dass dadurch Früchte, Boden und Grundwasser mit Krebserregern verseucht werden, aber

durch Pestizide werden Früchte auch billiger; dadurch können die Menschen mehr davon kaufen und essen. Das reduziere erwiesenermaßen das Krebsrisiko. Was radikale, ökonomiefeindliche Umweltschützer nicht verstehen, sei, dass sie Umweltschutz verhindern. Und was die Gegner der Privatisierung von Gemeinschaftseigentum nicht verstehen, sei das, was Ökonomen die Tragödie des Gemeinschaftseigentums nennen, nämlich dass im Gegensatz zum Privateigentum Gemeinschaftseigentum per se dazu tendiere, vergeudet, verschleudert, vernichtet zu werden. Und dann erzähle ich, dass einer der prominentesten Lebensberater über Arbeit heutzutage sagt: *Love it or leave it.* Liebe es oder lass' es sein und geh' fort. – Die BeamtInnen des Arbeitsamtes sind nicht erbaut. Nicht einmal belustigt. Außerdem glauben auch alle anderen Anwesenden, von Wirtschaft mehr zu verstehen als ich.

Tag, Monat, Jahr
Wortwörtlich habe ich denen vom Arbeitsamt folgende Absurditäten referiert: *Ökonomen machen über Ökonomen gerne Witze, vor allem wenn die Bewitzten nicht der eigenen ökonomischen Glaubensgemeinschaft angehören. Ein sozialpartnerschaftlich-pragmatischer Ökonom beispielsweise wird gefragt, wie viel die Rechnung 2 plus 2 ergibt. Er antwortet: »Wie viel soll es denn sein?« Ein auf die Selbstheilungs- und Selbstorganisationskräfte des freien Marktes vertrauender neoliberaler Ökonom soll eine kaputte Glühbirne auswechseln. Er verweigert diese Aktivität und rät auch Kollegen davon ab. Denn, so seine Worte: »Wenn die Glühbirne da hier wirklich kaputt wäre, wäre sie schon längst von jemandem ausgetauscht worden.« Eine Motivvariante desselben Witzes lautet, ein neoliberaler Ökonom, der Alternativökonomien für kontraproduktiv erachtet, findet beim Spazierengehen plötzlich eine größere Menge Geldes vor sich auf dem Weg liegen. Er ignoriert seinen Fund völlig. Auch winkt er seinem mitspazierenden Bekannten neben sich heftig ab, als der das Geld aufheben und an sich nehmen will. Die Begründung des die Alternativökonomien ablehnenden neoliberalen Ökonomen lautet: »Täusch dich ja nicht. Würde da wirklich Geld liegen, hätte es schon längst jemand aufgehoben.«* Kam nicht gut an, ist aber wahr. Ökonomen denken so. Aber die vom Arbeitsamt verstehen das nicht. Doch. Aber die müssen tun, was ihnen gesagt wird. Wenn ich ihnen etwas sage, tun sie es nicht.

Tag, Monat, Jahr
Die vom Arbeitsamt tun nur, was die Ökonomen ihnen sagen. Die Unternehmer. Der schwarze Wirtschaftsminister. Also die ökonomische Vernunft. Auf panem et circenses ist der ganze Betrieb aufgebaut. Und ich war als Referent ein Zirkusclown. Blöderweise der weiße. Der ist nicht

wirklich lustig. Lustig hingegen war zum Beispiel der Wiener Altbürgermeister Zilk, gleich nach dem Wahlsieg Haiders und als die vielen Demonstrationen waren und die sogenannten EU-Sanktionen gegen Österreich. Zilk sagte damals: *Haider kann gar kein Nazi sein. Dafür ist er viel zu jung.*

Tag, Monat, Jahr
Canetti, glaube ich, erzählt von einem Stamm, der seinen Häuptling einfach dadurch absetzt, dass er ihn allein zurücklässt. Die Leute sagen, er solle regieren, und gehen weg. Lassen sich nichts mehr von ihm sagen. Das ist, wie wenn man die Firma oder die Partei verlässt. Nein, eben nicht, bei der Firma und der Partei funktioniert das nicht so. Da ist man dann erledigt.

Tag, Monat, Jahr
Die Tobinsteuer ist fast so lustig wie das Arbeitsamt und der sozialdemokratische Sozialminister. Eine Art Mehrwertsteuer, Umsatzsteuer ist das, mehr nicht. Die verhindert keine Spekulation, sondern der Staat profitiert davon. Wie von den Zigaretten und dem Alkohol und dem Sprit. Ich verstehe auch überhaupt nicht, inwiefern die Spekulationssteuer Spekulationen verlangsamen oder gar regulieren, d. h. einschränken, können soll. Also ungefährlich machen. Ich glaube das nicht, bin aber natürlich dafür. Jemand erzählte mir zum Beispiel, dass die riesige Londoner Börse, selber ein Global Player, längst schon eine solche Steuer einhebe. Das sei doch ein starkes Argument, dass man die Tobinsteuer sehr wohl europa- oder gar weltweit einführen könne! Ja, gewiss, aber ich verstehe nicht, warum. Denn wenn die Briten so etwas seit Jahrzehnten oder noch länger praktizieren, ist es nur ein Argument dafür, dass die Sache nichts nützt, sondern für die falschen Leute lukrativ und dem Neoliberalismus konform ist, also überhaupt kein Hindernis bedeutet. – Daraus folgt, dass man es beim nächsten Mal richtig machen muss.

*

Mir wurde erzählt, dass früher einmal die amerikanischen Banken nicht so riesengroß sein haben dürfen und dass die Spekulationsbanken von den Kreditvergabebanken getrennt waren. Zumindest waren diese Geschäftsbereiche in ein und derselben Bank strikt voneinander unabhängig. Hörensagen.

*

Der Autokonzern, der zugleich einer der größten Glücksspielkonzerne der Welt ist.

Tag, Monat, Jahr
Man kann auch Herzen kaufen. Feministische Erkenntnis.
*
Bourdieu & Ziegler: Eine peinigende Bestandsaufnahme des eigenen Lebens, sonst Auslöschung, kein Überleben. Ich kenne keinen Nonprofitbetrieb, keine Sozialbewegung, die das wirklich tut. Das heißt also, ich kenne nicht viel und habe von nichts eine Ahnung. Das wäre sehr schön, wenn das so wäre. Mir wäre leichter.

Tag, Monat, Jahr
Bourdieu sagte, was als Schicksal gelte, als schicksalhafter Verlauf, seien in Wirklichkeit Gewalt und Willkür.

Tag, Monat, Jahr
Dem Belletristen, meinem Bekannten, gehen die Leute auf die Nerven, die in meinem Roman vorkommen. Die sind ihm einfach unsympathisch. Und die vielen Namen, die man sich merken soll. Und das sei ja kein Buch, sondern Steine. Tolkien fällt mir ein, so viele Namen, so viele Seiten, so viel Angst und Schrecken, aber alle lesen das und wollen nicht aufhören, aber meine Leute in meinen Büchern werden nicht gelesen. Der erzrechte Tolkien in Massen. Seine brutalen und idiotischen Helden in Massen. Und das Ganze soll Phantasie sein! *Nicht alle Dummköpfe stehen auf der Gegenseite*, soll Tolkien einmal gesagt haben. Da hat er recht. Im Übrigen sind seine Bücher Messbücher, und den Leuten gefällt es aber und sie gehen in die Kinokirche und blieben dort am liebsten in alle Ewigkeit.

Tag, Monat, Jahr
Am Bahnsteig der Spitzenbeamte außer Dienst, von dem der GF dazumal wichtige öffentliche Aufträge für die ALEIFA lukrierte. Der GF hat mir über den netten Herrn damals erzählt, der sei aus Liebeskummer aus dem Fenster gesprungen und der GF habe ihn dann im Spital getröstet. Das sei die wichtigste Wende gewesen. Zuerst habe der Spitzenbeamte so oft mit dem GF geschrien. Halbe Stunden lang. Und einmal ein paar Monate lang nicht mit ihm geredet. Das war wegen der Aufträge schlecht. Der GF erzählte mir dann auch von einer für die Firma wichtigen roten Politikerin, die mit dem GF ein Jahr lang nicht geredet habe. Aber dann ab irgendwann vertrugen sich immer alle gut miteinander. Der GF hat für die Firma viel gelitten. Die Geldgeber waren oft alle böse auf ihn, bis er verstand, wie ihnen ums Herz war und was sie von ihm eigentlich wollten. So erzählte er mir das.

Tag, Monat, Jahr
Ich verstehe nicht, wie die Tobinsteuer die Spekulation verlangsamen, verringern, regulieren können soll. Wäre diese Verlangsamung die positive Folge der Bürokratie? Oder muss man sich das Ganze wie Schwundgeld vorstellen? Also so, dass in einem fort Geld aus der Spielbank genommen wird, sodass die Lawine nicht so verheerend ausfallen kann? Erklärt hat den Mechanismus öffentlich noch nie jemand. Dass das Geld aus der Tobinsteuer der Dritten und Vierten Welt, der Entschuldung, zugute kommen soll, ist wirklich gut. Aber warum soll das die Erste Welt so machen, wenn sie nichts davon hat.
*
Die Schulden, die die Erste Welt hat, zerstören den Sozialstaat. Diese Schulden sind das neoliberale Instrumentarium dafür. Die gehören also auch getilgt. Bezahlt mithilfe der Tobinsteuer. Aber das redet niemand.
*
Wenn man als Staatsbürger erfahren könnte, bei wem alles namentlich der eigene Staat verschuldet ist, wäre das auch sehr lustig. Eine staatliche Auskunftspflicht dieser Art müsste es geben. Daran würde man sehen, von wem die Politiker und Regierungen abhängen. Das wäre gut gegen Korruption. Das wäre wirkliche Transparenz. Ein Staatsgeheimnis, das allen StaatsbürgerInnen per Mausklick zugänglich ist. Vielleicht ist das ohnehin jetzt schon so, das Geheimnis interessiert aber niemanden. Wie nämlich der Strom aus der Steckdose kommt, so kommt das Geld aus dem Bankomaten, mehr braucht man als Staatsbürger nicht zu wissen.
*
Ich habe gehört, dass alle Zahlungen zur Tilgung der deutschen Staatsschulden an eine Bank in München gerichtet werden.

Tag, Monat, Jahr
Der Schriftsteller, der für seine Intelligenz gelobt wird und dafür, wie packend er sei und wie er zu Herzen gehe; er sagt allen Ernstes, er hätte alles werden können, weil er so intelligent sei. Er überlege sich nach wie vor, in die Wirtschaft zu gehen. Der schreibt mir alle Bücher weg. Alleine schon seine Titel! Der schreibt so gut, dass ihn jeder Mensch lesen kann und will. Der glaubt offensichtlich wirklich an die Intelligenz der Unternehmer. Schreibt das aber so nicht in seine Bücher rein. Es würde aber niemanden stören. Er schreibt immer über Menschen wie dich und mich. Der kann das. Jedes seiner Manuskripte wird ruckzuck angenommen. Er geht mir auf die Nerven. Er ist ja tatsächlich jetzt schon Unternehmer und seine Ästhetik ist unantastbar. Sein Erfolg nicht endend. Er ist aber ein einfacher Mensch geblieben.

Tag, Monat, Jahr
Brahms ist mir wie gesagt nicht geheuer, aber seine Schumannvariationen berühren mich. Schumann hat sich eingebildet, Mendelssohn und Schubert hätten ihm das Thema anvertraut, gebracht, damit er, Schumann, Variationen davon verfasse. Tat Schumann auch. Auch noch kurz, bevor er ins Wasser ging. Brahms hat das Thema dann zu Ende und weitervariiert.

*

Schumann ist in den Fluss gesprungen, den er eigentlich komponiert hatte. Der Fluss war seine Gottheit. Ich bilde mir ein, derlei einmal gelesen zu haben. Wenn nicht, erfinde ich es hiemit. Die Schumann-Biographie verstehe ich ohnehin nicht, zum Beispiel warum Clara Schumann nicht syphilitisch wurde. Oder geht das niemanden etwas an?

Tag, Monat, Jahr
Einer erzählt, dass möglichst viele Vulkanausbrüche das Beste für die Erde wären. Die könnte dadurch abkühlen und wäre nicht länger ein Treibhaus.

Tag, Monat, Jahr
Charlys junger Hund hört am liebsten Ravels Klaviertrio in a-Moll. Der hört da zu und wird sehr freundlich. Schon bei den Anfangstönen. Mehr höre ich mir ja nie an von etwas. Musik ist gut, wenn ich davon gut schlafen kann.

*

Jemand sagt, Sucht sei, wenn man glaube, man könne ohne etwas nicht leben. Dann sei man danach süchtig. Und dass die meisten Leute das ja offen sagen: *Ich kann ohne nicht leben.* Ich habe derlei noch nie von einem Menschen oder einer Wesenheit oder einem Ding gesagt. Es ist mir völlig fremd. Ohne Samnegdi könnte ich leben? Nein. Ohne andere Menschen? Ja. Nein. Ja. Aber nicht ohne Samnegdi.

*

Wie können Menschen sich für auserwählt halten oder der Gnade Gottes teilhaftig? Wie können sie zufrieden sein, dass Gott ihnen hilft, aber denen, die leiden und verrecken, nicht? Wie können sie zulassen, dass er ihnen hilft, aber den anderen nicht? Das ist meines Erachtens das wirkliche Theodizeeproblem. Die Gläubigen in Gottes Gnade sagen dann, er helfe durch sie, sie helfen mit seiner Hilfe. Er helfe ganz gewiss. Das glaube ich ja auch. Aber warum sind die einen in der Gnade und die anderen in der Qual und im Elend? Und die in der Gnade bilden sich etwas darauf ein und sind etwas Besonderes. Sie weisen Gottes Geschenk nicht zurück, damit er es jemand anderem gebe, der die Hilfe nötiger hat. Ich glaube, dass Gott alle korrumpiert.

Tag, Monat, Jahr

Gemüller würde sagen, ich soll ihn ja nicht in den Roman hineinschreiben. Ich würde mein ganzes Buch damit verderben. Er hat recht, genau so ist es. Man redet über solche Dinge nicht, wenn man Stil und Geschmack hat. Daher kann Gemüller tun, was er will. Niemand, der bei Trost ist, schreibt wie ich.

Tag, Monat, Jahr

Ein kleinkarierter, aber berühmter Künstler, dem viele aus Neid und Besserwisserei Seicht- und Plumpheit vorwerfen, sagt plötzlich, er sei wie Mozart. Auch bei Mozart werde das Schwierigste einfach und das Hässlichste schön. Und so bringe er, wie Mozart, die Menschen dazu, über Dinge nachzusinnen, die sie sonst verweigern, weil nicht ertragen würden. Er hat recht, ist aber trotzdem kleinkariert, plump und seicht.

Tag, Monat, Jahr

Die hiesige kirchliche Armenausspeisung, ich erfahre zufällig, dass sie eine Sachspende der Stadt ist, nicht der Kirche. Es wäre schrecklich, ein staatliches Verbrechen, wenn es das Armenessen nicht gäbe. Aber wie es läuft, ist es typisch. Die Kirche stellt die Räumlichkeiten und das billige Personal und die Idealistinnen, die ohnehin nichts kosten. Die Kirche wird also für etwas gelobt, was ihre ureigenste, selbstverständlichste Pflicht ist, und es wird in Wirklichkeit nicht mit Kirchengeld bezahlt. Es kostet die Kirche also nichts. Vielleicht bekommt sie sogar noch Miete vom Staat. Wahrscheinlich versteht niemand, worüber ich mich aufrege.

*

Dieses Getue, wenn Christen ihre Pflicht tun! Die christlichen Flüchtlingsheime, das Gerede, wie furchtbar das für alle anderen sei, wenn jemand von dort zur Abschiebung abgeholt werde. Die BetreuerInnen, die MitbewohnerInnen, alle für Tage dann verzweifelt, bedrückt. Mir geht das auf die Nerven. Die Menschen werden ausgeliefert. Es wäre aber Christenpflicht, sie nicht auszuliefern. Das ist meine Sicht der Dinge.

*

Ich kann nicht verstehen, warum die Kirche nicht Asyl gewährt, in jedem Kirchengebäude und in jeder kirchlichen Einrichtung. Das tut sie nicht. Aber ich bin überzeugt, dass sie es vom Konkordat und vom Kirchenrecht her tun darf. Und vom Gewissen her sowieso tun muss. Die Kirche tut nicht, was sie könnte und müsste. Obwohl sie ein Staat im

Staat ist. Eine Welt in der Welt eben. *Die wahre in der falschen.* Ich kann das alles nicht verstehen. Und dass sich die Gläubigen im Kirchenrecht nicht auskennen, ist auch fatal. Sie kennen dadurch ihre Rechte nicht. Also die Mittel nicht, Jesus durchzusetzen.

Tagebücher
2005

Tag, Monat, Jahr
Die pensionierten Polizisten, die einmal pro Woche zusammensitzen, über Kochen, ihre Krankheiten und Weltgeschichte reden. Der Wortführer sagt, dass der österreichische Kaiser Franz Joseph seit Jugend an unvorstellbar viele Menschen auf dem Gewissen gehabt habe. Es sei nämlich im 19. Jahrhundert üblich gewesen, für Grenzverschiebungen, Bereinigungen, Bagatellen eigene Truppen sich aufreiben zu lassen. Das sei die Ehre der Herrscher gewesen. Es sei alles immer schon klar ausverhandelt gewesen, aber man habe jedes Mal noch Tausende Soldaten geopfert. Symbolisch, aber wirklich. Da seien im wahrsten Sinne des Wortes stolze Summen zusammengekommen. Und dass die Russen auch im Ersten Weltkrieg die schwersten und größten Verluste gehabt haben, sagt der Polizist, und dass die Österreicher und sogar die Deutschen den Ersten Weltkrieg sehr früh schon beenden wollten, aber einzig der Zar nicht. Der habe Menschen und Material in Massen vernichtet. Als ob das eigene Volk der Feind sei. Und dass nach dem Zweiten Weltkrieg die russischen Soldaten nicht alleine die deutschen und österreichischen Frauen vergewaltigt haben, sagt der Polizist, sondern genauso die vielen Tausenden Russinnen und Ukrainerinnen, die zur Zwangsarbeit hierher verschleppt worden sind. Die Soldaten der Roten Armee sollen keinen Unterschied gemacht haben. Wenn sich Frauen darüber beschwerten und vorbrachten, ihre Männer oder ihre Brüder oder ihre Söhne dienten doch auch in der Roten Armee oder seien Offiziere, wurden sie daraufhin von den kommunistischen Offizieren vergewaltigt. Und dass Stalin im Gegensatz zu Hitler sich nicht in die Kriegsführung eingemischt habe, sagt der Polizist. Aber wenn Stalins Militärs gesiegt haben, habe Stalin diese Siege und die dazugehörige Generalsgenialität ausschließlich für sich beansprucht. Am Anfang des Krieges, als die Deutschen alles zu überrennen schienen, habe Stalin gefürchtet, von seinen Leuten wegen seiner schweren Einschätzungsfehler abgesetzt und eingesperrt zu werden. Aber er habe eben im Gegensatz zu Hitler aus seinen schwersten Fehlern schnell gelernt. Allerdings habe man Hitlers Kriegsfehler zuerst ja nicht gesehen, weil die Deutschen ja so schnell so siegreich waren. Der Polizist ist eben Hobbyhistoriker, redet immer über alles. Die anderen hören zu. Geben das Thema vor, fragen. Widersprochen wird selten und meistens erfolglos. Er sagt, in Sibirien seien die jungen Burschen sterblicher gewesen als die älteren Männer. Den Grund verstehe ich

nicht. In der Früh das erste Atmen vor der Baracke, sagt er nämlich, da seien die jungen Burschen tot umgefallen.
*

Der pensionierte Polizist hat den anderen Vieren, Fünfen einmal erzählt, Strauss' *Fledermaus* sei mitten in einer Weltwirtschaftskrise und in der Zeit von Missernten entstanden; in Wien habe die Cholera gewütet und die dortige Weltausstellung sei kein Erfolg gewesen. Die Weltwirtschaftskrise damals sei durch Börsenspekulationen verursacht worden, aber eben auch durch die europaweiten Missernten. Die seien daher gekommen, dass irgendwo – ich glaube, er hat gesagt, in der Südsee – ein Vulkan ausgebrochen sei. In dieser verheerenden Situation sei die *Fledermaus* gar nicht gut angekommen. Und es sei eigentlich eine Gesellschaft von Vampiren gewesen. Und über Josephine Baker hat der Polizist einmal erzählt, dass bayrische und sonstige arische Nazibonzen ihr hordenweise beigewohnt haben sollen und dass sie eine Spionin der Alliierten gewesen sei und immer vielen Kindern geholfen habe und wie schlecht es ihr im Alter gegangen sei. Und einmal hat er erzählt, dass Stalingrad gar nicht so kriegsentscheidend gewesen sei, wie man glaube. Und einmal, dass Hitler geglaubt habe, der Frankreichfeldzug werde Jahre dauern. Alle seien völlig überrascht gewesen, dass es dann ein Blitzkrieg war. Die deutschen Soldaten haben, erzählte der Polizist, für den Frankreichfeldzug Drogen verabreicht bekommen, seien auch deshalb so euphorisch gewesen. Ich weiß nicht, was für Polizistenpensionäre das sind. Wenn sie über ihre frühere Arbeit erzählen, verstehe ich das nie. Nicht einmal akustisch. Klar, laut, deutlich und langsam redet immer nur der Hobbyhistoriker. Es ist, als ob er jeden Satz herausboxt. Einen zweiten Polizisten verstehe ich zwischendurch auch einigermaßen, der erzählte einmal von glasierter Leber. Und der neben ihm von der Leberkrankheit eines Kollegen. Der Hobbyhistoriker war Chefinspektor, hatte drei goldene Sterne. Heute seien die Uniformen ja anders, sagt er, weil ihn die Kollegen nach den Sternen fragen, er kenne sich da nicht mehr aus.
*

Manchmal erschrecke ich, denn der Chefinspektor a. D. hat Hodafelds Stimme. Und manchmal freue ich mich darüber. Der Chefinspektor hat manchmal auch die gleiche Weste wie Hodafeld an. Ich sollte Hodafeld einmal davon erzählen, dass er nicht allein auf der Welt ist. Hodafeld denkt immer in Kollektiven und immer in Konsequenzen. Durchdenkt Situationen. Er ist ein sehr guter Schachspieler. Ich kann das nicht. Mit Hodafeld habe ich noch nie Schach gespielt. Er hat mich auch noch nie dazu eingeladen. Wenn ich ab und zu in Hodafelds Gegenwart *wir* sage, fragt er mich, ob das mein Majestätsplural sei und ich es also schon geschafft habe. Und ich sage dann, dass es der Plural der Bescheidenheit ist, aber das glaubt er mir nicht.

Tag, Monat, Jahr

Der Musiker, den eine Freundin Eichhörnchen nannte und der zeitlebens wie ein Kind gewesen sein soll, nahm eine hohe Staatsauszeichnung nicht an, weil er dem Staat und der Regierung nicht zugestehen wollte, über ihn zu urteilen; beide lehnte er ab anzuerkennen. Als einmal jemand, ein einziger Mensch, aus seinem Konzert fortlief und um Hilfe schrie, war der Musiker sehr zufrieden, weil er sich verstanden sah. Er sagte selber, das Stück sei nicht Musik. Aber man hört es ständig irgendwo. Ist ein Evergreen, flottes Kulturgut. Die Staatspreisverweigerung ist nicht Kulturgut geworden. Die Begründung des Musikers auch nicht.

Tag, Monat, Jahr

In einer lustigen Studie über Solidarität steht, die Angst lähme die Seele, und man sei dadurch nicht mehr bereit, mit anderen Menschen die eigenen Lebenschancen, das eigene Geld, die Zeit, die Gefühle, die eigenen Posten, Ansprüche, Rechte zu teilen. Schutzlosen und Schwachen im Alltag oder in Extremsituationen zu helfen mache viele Menschen selber von Grund auf schutzlos und schwach, panisch. Man sei solidarisch nur, wenn man müsse, aus Gehorsam sozusagen, nicht freiwillig. – Sold, Soldaten, Solidarität, alles dasselbe und daher nichts, sage ich zu so etwas.

*

Ein Resümee der lustigen Studie lautet, die Politik müsse ein angstfreies Leben ermöglichen, wenigstens den Kindern. Die müssen angstfrei aufwachsen können. Dann sei eine solidarische Gesellschaft möglich. Sonst nicht. Beeilen müsse man sich damit. Aus dem Jahr Dingsbums ist die Studie. 1. Studienteil 1996, 2. Studienteil 1999.

Tag, Monat, Jahr

Thomas Bernhard hat geschrieben, dass *Sozialdemokrat* früher einmal ein Ehrenwort gewesen sei, und einen Psalm, dass er, Bernhard, nach Kräften arbeiten, lieben, mit den Unbeschützten eine neue Heimat gründen wolle. – Die Leute, die ihn für unerträglich gehalten und einen Faschisten geschimpft haben, Männer und Frauen, können nicht recht haben.

Tag, Monat, Jahr

Der Caritaspräsident, der eine Befreiungstheologie für Europa verlangt, und dann bald keiner mehr ist. – Die Caritas ist das Alibi des Klerus, finde ich. Die Alternativler vertrauen den Caritaspräsidenten aber mehr als dem Papst. Mit Recht, aber vergeblich.

Tag, Monat, Jahr
Descartes' *Ich denke, also bin ich* wurde ideengeschichtlich mit dem heiligen Augustinus und gar mit dem Gründer der gehorsamen Jesuiten in Zusammenhang gebracht. Es verhält sich aber auch wie folgt: Sosias, *Gesund, Unversehrt* also, ist der Name eines griechischen Sklaven in einer bekannten Doppelgängerkomödie des römischen Dichters Plautus aus dem zweiten vorchristlichen Jahrhundert. Der Sklave Sosias wird zum Gaudium des Publikums zur Strafe immer wieder geschlagen und mit noch mehr Schlägen bedroht. Die ihn züchtigen, verwechseln ihn, beschuldigen ihn, und daher wird er für Dinge bestraft, die er gar nicht getan hat. Sosias ist daher verständlicherweise völlig verwirrt. Um der Misshandlung zu entgehen, denkt Sosias über den verwirrenden Eigennamen *Ich* nach, mit dem jeder Mensch sich selber benennt. Und da spricht der angeblich dumme, unnütze Sklave Sosias mehr als einenhalb Jahrtausende vor Descartes dessen erstaunlichen Satz. Mein Ich ist aber nach wie vor sklavisch.

Tag, Monat, Jahr
Sosias – Richard Sennetts Grundbegriff der *Sophrosyne*, der Vernunft eben, ist zusammengesetzt aus *sozein* und *phren*. Denken und Schützen sind da eins. Sich und andere schützen und retten, das ist vernünftig. Für Ernst Bloch war Sosias für die Beschreibung des menschlichen Bewusstseins wichtig. So, und weil ich das alles weiß, bin ich auch wichtig.

Tag, Monat, Jahr
Sennett und sein Freund Foucault über Einsamkeit: Eine Einsamkeit sei von der Macht aufgezwungen und eine andere sei Isolation, das seien die Einsamkeiten der Opfer; die rebellische Einsamkeit hingegen mache den Mächtigen Angst. Diese Einsamkeit sei das Gespür, ein inneres Leben zu haben und nicht bloß Spiegel unter Spiegeln zu sein.

*

Sennett über die Kirche, über den Schutzraum, draußen die Hölle. Und nach der Messe geht man wieder hinaus und ist ein Teil davon.

Tag, Monat, Jahr
Hodafeld interessiert sich für Judo. Dass man die Bewegungen des Gegners mitmachen müsse, um ihn im richtigen Augenblick außer Kraft zu setzen. Er stellt sich vor, dass man als Wissenschafter so vorgehen müsse, wenn man nicht untergehen wolle. Angesichts der Kollegen, des Publikums und der Politiker.

*

Feldenkrais hat das Judo nach Europa gebracht. War Spezialist für die israelische Nahkampfschulung. Hoher Rüstungsoffizier. Die kleinen

Bewegungen, wenn man behindert ist. Meine Tante hat, als sie überlebt hatte, dann alles von Feldenkrais gelesen, was man bekommen konnte. Immer etwas tun können, auch wenn es noch so wenig ist, und das macht dann aber doch etwas aus. Um sein Leben kämpfen müssen und gegen die Behinderung kämpfen müssen und es geht immer irgendwie weiter. Allen Ernstes überlege ich mir, ob Feldenkrais etwas für die Sozialbewegungen wäre. Erzähle das Hodafeld, der lacht.

Tag, Monat, Jahr
Ein berühmter Schlagersänger, ich grüße und halte ihm die Tür noch ein wenig auf, er dankt nicht und grüßt nicht; ich lasse die Tür aus und es kracht. Er hat Stil und beklagt sich nicht. Ist durchtrainiert.

Tag, Monat, Jahr
Leonardo Boff: *Sentio, ego sum*. Bei mir ist das auch so. Ich kann gar nicht denken. Das sollte ich besser nicht zugeben.

Tag, Monat, Jahr
Einer sagt, mitteleuropäische Miniröcke seien nicht weniger ein Disziplinierungsmittel als türkische Kopftücher und dass mitteleuropäische Krankenhäuser Orte männlicher Gewalt seien.

Tag, Monat, Jahr
Das Naturschutzgebiet brennt. Es wird nicht gelöscht. Die Baumleichen werden dann nicht weggeräumt. Ist das ökologisch oder neoliberal oder blöderweise beides?

Tag, Monat, Jahr
Lafontaines Solidaritätssatz *Teneo quia teneor*. Ich halte, weil ich gehalten werde. Man kann nicht halten, wenn man nicht gehalten wird.

*

Bourdieus Gewalterhaltungssatz: *Gewalt geht nie verloren, die strukturelle Gewalt, die von den Finanzmärkten ausgeübt wird, der Zwang zu Entlassungen und die tiefgreifende Verunsicherung der Lebensverhältnisse, schlägt auf lange Sicht als Selbstmord, Straffälligkeit, Drogenmissbrauch, Alkoholismus zurück, in all den kleinen und großen Gewalttätigkeiten des Alltags.*

Tag, Monat, Jahr
Einer sagt, Liebe müsse immer draußen gebilligt werden und erfolgsträchtig sein. Die intimsten Gefühle und selbstlosesten Werte seien immer auch berechnend und von außen bestimmt. Natürlich gehe das alles anders auch. Aber wie, sagt er nicht.

Tag, Monat, Jahr
Der Politikberater und Psychoanalytiker Vamik Volkan beschreibt erfolgreiche maligne Narzissten – Politiker. Heilung ausgeschlossen.

Tag, Monat, Jahr
Meine hinfällige Tante, ihr Lieblingsbuch und ihr Lieblingsfilm *Das Leben ist schön*. So berührend sei das, sagt sie. Der GF Gemüller, mein bester Freund, hat sich einmal das Buch von ihr ausgeborgt. Sie war glückselig.

Tag, Monat, Jahr
Für Turner war das Licht Gott. Aber Turners Kritiker sagten, seine Lichtbilder glichen den Ausscheidungen eines Hundes.

Tag, Monat, Jahr
Die Biotechnologie ist Teil der New Economy; die ist ja kollabiert. Aber das nützt nichts. Die Versprechen der Gentechniker seit 30 Jahren: den Krebs besiegen, Aids heilen, aus dem Hungertod erretten durch wüstenresistente Züchtungen, die Müllberge von Mikroorganismen auffressen lassen, Erbkrankheiten verhindern, Transplantationsorgane züchten. Aber immer wenn man nachfragt, kommen Jahrzehnte dazu und heißt es, die Forschung dürfe nicht behindert werden, obwohl sie ja in Wirklichkeit nicht behindert wird. Chargaffs Kritik ist nach wie vor gültig, dass man die Folgen nicht abschätzen könne und in den Experimenten falsche und unzureichende Fragen stelle, daher zu wenige Antworten über die Funktionsweisen bekomme. Chargaffs Kritik ist nicht trivial. Denn Gentechniker sagen heutzutage über Genabschnitte, Chromosomeninformationen, die sie nicht deuten können, frech, die haben gar nichts zu bedeuten, seien Spams und Junks. Biologisch überflüssig wie der Blinddarm. Oder eben dass ja auch nicht das gesamte Gehirn tätig sei. Schutzbehauptungen, die gegen Widerlegungen immunisieren sollen. Das CO_2 solle am besten auch von genetischen Mikroorganismen aufgefressen werden, sagen die Biotechniker neuerdings, aber nicht, wie.

Tag, Monat, Jahr
Der erbarmungslose Intelligenzforscher Eysenck – sein erbarmungsloser Lehrer Cyrill Burt war ein Betrüger. Dessen Zwillingsforschung war frei erfunden. Auch die Mitarbeiter. Auch seine Forscherkollegen, die seine Ergebnisse kontrolliert und überprüft haben sollen. Auch die kritischen Diskussionsteilnehmer in den wissenschaftlichen Fachorganen, die seine Studien seriös besprachen. Alles selber erfunden, frei. Freiheit der Wissenschaft. Burt und Eysenck haben das Schul- und Erziehungssystem in den

USA und in Großbritannien geprägt. Und überhaupt die Politik gegenüber den niederen Bevölkerungsschichten.

*

Das Gerede von der emotionalen und sozialen Intelligenz geht mir auch auf die Nerven, wohl weil ich da völlig blöde bin. Betrüger verfügen über eine sehr hohe soziale Intelligenz. Bin zum Betrügen eher zu dumm. Spricht das für mich?

Tag, Monat, Jahr

Watson und Crick, die Chargaff den Nobelpreis wegschnappten. Mit ihrer vergleichsweise unwichtigen Entdeckung. Jahrzehnte später, 2001, Watson wortwörtlich: *Hitler sagte: Tötet alle, die diese Chance [als gleichberechtigt akzeptiert zu werden, sobald man einen Raum betritt] nicht besitzen. Ich meine, sie sollten erst gar nicht geboren werden. Niemand kann einer Frau vorschreiben, etwas zu lieben, das sie nicht liebt [z. B. ein Spastikerkind]. Aus wissenschaftlicher Sicht handelt es sich in solchen Fällen um Nichtexistenz. Die Evolution hat uns nicht dazu gemacht, ein Baby zu lieben, das einen nicht anblicken kann. Wir sind dazu gemacht, uns um Menschen zu kümmern, die eine Chance haben. Man sollte bis zwei Tage nach der Geburt warten, bevor man etwas als Leben deklariert. [Und man sollte] keine öffentlichen Mittel für Menschen über achtzig verwenden. Ich meine, man liebt Menschen, weil sie menschlich sind.* Watsons Spitzname ist seit jeher *ehrlicher Jim*. Er hat nämlich seine Schwester prostituiert, um leichter Zugang zu den wichtigen Labors, Kommissionen und Geldgebern zu bekommen. Watson schrieb viel über die angebliche Verlogenheit des Wissenschaftsbetriebs – und wurde kein einziges Mal verklagt.

Tag, Monat, Jahr

Früh am Morgen vor mir der alte Mann. Wie er auf den Schienen vorm Bus herumtanzt. Zappelt vergnügt. Gebrechlicher Komiker a. D. Immer noch sehr beliebt. Im letzten Wahlkampf hat er für die Sozialdemokraten geworben. Im vorletzten auch. Einmal soll er den Leuten von einem Clown erzählt haben, der so verwirrt war, dass er nicht mehr wusste, wie man Menschen grüßt, und deshalb habe der Clown verzweifelt so schnell so viele Blumen eingesammelt. Und dass der Clown sein Visavis immer fragt: *Soll ich sagen?* Und die großen und kleinen Leute rufen: *Ja!* Und der Clown sagt: *Nein*, weil er sich geniert und auch gar nicht weiß, was. Und er selber, der alte Komiker, fühle sich vor Publikum oft auch so. Und einmal erzählte er vom gemeinsamen Streckenteil zweier Staaten. An der Grenze sind aber über Nacht die Geleise gestohlen worden. Zehn Kilometer. Man braucht nun zwei Züge statt eines. Niemand sei für das

Schienenloch zuständig. Es bleibe daher, wie es ist, und jeder muss selber schauen, wo er bleibt. Und einmal, habe ich gehört, von einem Lokführer, der jede Woche einen Zug ins KZ gefahren habe. Bei jeder Fuhr habe der einen anderen Menschen bei sich versteckt. Gerettet. Und einmal von einem Briefträger, der zu Fuß jeden Tag kurz durch ein Meer auf eine Insel geht, um dort die Post auszutragen. Er muss sich immer beeilen, damit ihn nicht die Flut einholt. Zwischendurch fahre der Briefträger mit seinem Fahrrad auf dem Grund des Meeres von der Insel aufs Festland zurück.

*

Manchmal steht der alte Komiker vor Straßenmusikanten und freut sich offenkundig. Stampft den Takt mit. Einer der russischen Musiker verabschiedet sich vom Publikum immer mit den Worten: *Ich wünsche euch alles, was ihr mir wünscht.* Da strahlt der Komiker dann, ruft laut *Bravo! Bravo, du Zigeuner!* Und einmal hat der alte Komiker seinem Publikum von einem Leibwächter erzählt, der glaubt, Gott sei Leibwächter und dass in dessen Kursen zuallererst gelernt werden muss, über jeden und alles mindestens eine Stunde lang zu lachen. Und einmal, dass man anderswo Hubschrauber einsetzt, damit die Rotorblätter den Stadtsmog durchschneiden, damit es wieder frische Luft gibt. Und dass man das hier in der Stadt auch schon längst hätte tun müssen. Und einmal von einem, der sei Autodidakt, weil der so viel mit dem Auto fahre. Dadurch habe der alles gelernt, was der könne. Der stelle sich oft auf der Straße auf eine Leiter und schreie: *Ich bin ein höheres Wesen!* Die Frau des alten Komikers ist Malerin.

*

Die Frau des alten Komikers habe ich vor ein paar Wochen zu ihrer Tochter sagen hören, wie sie unter der Vergesslichkeit ihres Mannes leidet. Er sperre sich oft selber ein und finde dann den Schlüssel nicht. Die Frau rang mit den Tränen, wie plötzlich das alles über ihren Mann hereingebrochen sei. Und dass sie die letzten beiden Male durch ein Fenster zu ihm hineinklettern habe müssen. Und dass sie auch anfange, so viel zu vergessen. Und dass ihr jemand gesagt habe, dass man sich umso besser erinnere, je verliebter man sei. Die Tochter lächelte.

Tag, Monat, Jahr
Die Bustür ist offen. Eine Frau fragt den Busfahrer wütend, was für einer er denn sei, weil er so viele Haltestellen nicht kennt und den Leuten ständig eine falsche Auskunft gibt. Sie schmäht ihn. Und er fragt sie, ob sie verrückt sei. Ich gehe zur Straßenbahnhaltestelle weiter. Drüben werden gerade Spielautomaten vor die Tür gestellt. Ein Mann rutscht daran vorbei. Rechts von mir weint jemand. Eine junge Zigeunerin. Sie

ist klein und in Schwarz gekleidet. Sie schaut zu Boden, mir dann von der Seite in die Augen. Die Stimme fleht. Ich reagiere nicht. Die Frau hört nicht auf, auf mich einzureden. Dann zuckt sie zusammen und läuft weg. In bestem Deutsch hat sie gejammert: *Haben Sie kurz Zeit, mit mir über mein Problem zu sprechen? Es wird Sie nicht das Leben kosten. Können Sie bitte versuchen, mir zu helfen?* Nein, sie hat nicht gejammert, sondern Feststellungen getroffen und Fragen gestellt.

Tag, Monat, Jahr
Vierzig Minuten bleibe ich noch hier. Dann wechsle ich das Lokal. Dann sind es noch zwei Stunden. Am Nebentisch sitzt seit ein paar Minuten eine Frauengruppe. Die wird immer riesiger und klingt therapeutisch. Das sind Psychologinnen. Oder die Frauen waren gerade in einem Kurs, Seminar, Workshop. Reden über Affen, Hunde, Männer und Hodenschläge, Wirtschaft. Zwanzig Minuten wären hier noch abzusitzen. Reden über Ehebruch und Oralverkehr. Am anderen Tisch drüben beginnt ein Paar zu streiten, lauter und lauter. Die Frau ist wütend. Sie nimmt seine Hand, hebt sie ein Stück hoch und schlägt sie dann auf den Tisch. *Du hast ein Herz aus Stein*, sagt sie zu ihm und beginnt zu weinen. Sie rauchen gegengleich. Sie wischt sich mit dem letzten Stück des Pulloverärmels ihre Tränen weg, während sie die Zigarette zum Mund führt. Sie will den Mann heiraten, aber nicht mit ihm zusammenziehen. In der Frauenrunde jetzt ein Scherz über Sexualia im Altersheim. Das Paar bestellt zwei Glas Wasser, die Frauenrunde Schnaps. Lustiger wird's hier nicht mehr. Seit wann bin ich jetzt da? Versuche, mich zu konzentrieren. *Eine Dialysezeit lang,* denke ich mir plötzlich. Erschrecke über das Zeitmaß. Eine aus der Frauenrunde sagt, wie man immer freundlich bleiben kann, wenn man einen Freundlichkeitsberuf hat: Man müsse sich vorstellen, dass man ein Fenster schließt. Den Mann vorm Fenster sehe man dann artikulieren und Grimassen schneiden und mit den Händen fuchteln, hört ihn aber nicht. Man lächele ihn an, lache freundlich beim geschlossenen Fenster hinaus. Zeige, dass man ihn leider nicht verstehe. *Wenn man das Fenster imaginiert*, sagt sie, *muss man sich nicht aufregen und ist nicht hilflos. Man hebt die Hände freundlich, weil man nichts ändern kann, und zuckt bedauernd mit den Achseln. So einfach geht das.* Die Frauen feiern, glaube ich, oder sie bereiten sich vor. Eine sagt, man müsse lächeln und ein echtes Interesse für sein Gegenüber entwickeln; jeder höre gern seinen eigenen Namen. Den müsse man dem Gegenüber sagen. Man müsse gut zuhören und die anderen ermutigen, über sich selber zu sprechen. Man müsse genau die Worte des Gegenübers benützen und ihm das Gefühl geben, wichtig zu sein. Und eine sagt, dass man die Menschen revitalisieren müsse, wenn man ein Unternehmen innovativ

umzugestalten habe. Und dass jeder Unternehmensstandort seinen eigenen Geruch habe und dass ein gutes Unternehmen wie ein schöner Wald in Frankreich sei. Und eine, dass die Mitarbeiter das größte Kapital seien, aber ein Tritt in den Hintern sei immer noch die beste Motivation. Eine sagt, in ihrer Firma herrsche an allen Ecken und Enden eine Art Eltern-Kind-Verhältnis und die Firma sei eine *Vielzweckorganisation* und vom Generaldirektor bis zum Schreibbüro sei man gedankenlos. Und die mit dem Fenster sagt, dass ein Unternehmen funktionieren müsse wie die katholische Kirche und wie Caesars römische Legionen. Die aus der Vielzweckorganisation sagt, jeder Mann solle täglich jeden seiner Hoden so oft drücken, wie er Jahre alt sei. Eine sagt, dadurch werde es den alten Trotteln wenigstens nicht langweilig.

Sitze im türkischen Lokal weiter fest. Gehört einem Kurden, der dauernd in die Heimat zurückfährt, und dessen Schwester. Er wahrt in der Heimat seine Rechte. Manchmal ist er sehr freundlich und sagt zu seinen Gästen: *Sie haben uns gefehlt. Sie sind mir abgegangen.* Er ist aber selber oft nicht da. Das Lokal kämpft auch ums Überleben. Vielleicht würde er gerne von seinen Gästen hören, dass er ihnen gefehlt habe. Manchmal sagt er auch: *Wir haben uns schon Sorgen gemacht um Sie.* Um mich zum Beispiel. Manchmal kommt ein Migrantenfunktionär her zum Essen und schimpft dann zu seinen inländischen Gästen über das Essen im Lokal. Das Lokal sei in letzter Zeit immer knapp vor dem Zusperren, weil der Chef ja unbedingt zum Politisieren heimmüsse; der Funktionär lädt Gäste ins kurdische Lokal und schimpft dann darauf und wie schlecht das Essen sei. Heute sitzt er ohne Gäste da. Und ich will heute nicht in die Nacht hinaus. Sonst bin ich immer zu Mittag hier.

Tag, Monat, Jahr

Die Veranstaltung wegen der Selbstmorde. Man will retten, helfen, lindern. Man brauche dazu endlich Medikamente, die eigens für die Kinder und Jugendlichen hergestellt seien, sagt ein Vertrauensarzt. Daran verdiene die Pharmaindustrie wirklich nichts, das müsse man auch einmal sagen. Ich rufe ihm daraufhin *So ein Blödsinn!* hinaus. Der Arzt wird sehr gemocht und ist sehr gut. Ich bin mir daher peinlich. Und so viele junge Leute sind hier und die reden aber genau denselben Quatsch wie ihre Erwachsenen. Wenn das meine Mitschüler wären und das meine Eltern, ich würde mich umbringen. Die meinen es aber alle gut. Die machen deshalb zu allem gute Miene. Da kommt aber der Tod her. Aber das sehe offensichtlich nur ich so. Zum Zweck der besseren Zukunft für alle findet die liebevolle Veranstaltung statt. Gelebte Menschlichkeit. – Ein Schulpsychologe redet jetzt. Das Publikum ist schon wieder hellauf begeistert. Ich kann mir nicht vorstellen, dass unter den Leuten hier wirklich

Selbstmordgefährdete sind. Der zweite Schulpsychologe sagt auf einmal: *Die Frage nach dem Warum hilft nicht weiter. Ein gutes Medikament schon.* Ich kann mir vor Schreck ab sofort fast nichts mehr merken. Was soll seiner Meinung nach helfen? Ich kann es weder aufnehmen noch behalten. Jetzt nennt er ein paar Bücher über Schul- und Kinderprobleme; Standardlevel, populär, schon älter, er auch. Wie soll man, damit man nicht sterben muss, ein solches Leben wollen können, wie der Schulpsychologe es einem einreden will, frage ich mich. Aber die Anwesenden sind allesamt hellauf begeistert. So viele Menschen guten Willens können nicht irren. Stimmungsaufheller unter sich da hier.

Bei der letzten Veranstaltung von den Fachleuten, hier vor zwei Jahren, warnte ein Psychiater vom Redepult aus das Publikum: *Glaubt nicht den Propheten des Nihilismus!* Da habe ich mich auch sehr aufgeregt. Der Psychiater war von weit auswärts extra für seine Rede hierher gekommen. Seinen kleinen Buben hatte er mit, die zwei waren beide sehr lieb und in kurzen Hosen. Mein Irrtum von klein auf war, dass ich geglaubt habe, alle Menschen seien gleich arm, weil ja jeder Mensch irgendwann in extremer Not leben müsse. Das bleibe niemandem erspart. Irgendwann erwische es jeden. Und dass die Menschen da alle raus wollen. Und daher verstehen sie einander. So habe ich mir das immer vorgestellt. Von Kindheit an. Das ist aber nicht so, wie ich immer geglaubt habe. Sonst hätte der Psychiater dazu nicht Nihilismus gesagt.

Manchmal sagt ein Vater oder eine Mutter bei solchen Veranstaltungen, das geliebte Kind, das sich getötet hat, habe ihn, sie getäuscht, hintergangen, habe ein Versprechen gebrochen. Das regt mich auch jedes Mal auf. Obwohl es stimmt, was sie sagen. Aber wer hat wann das Versprechen gebrochen, wer wirklich? Das Kind nicht, die Eltern nicht. Niemand von denen. Ich meine das ernst. Von der Beratung und Prophylaxe an den Schulen wird hier jetzt wieder geredet. Eine Idealistin sagt, sie fahre jederzeit überall hin, um zu beraten und zu helfen. Mit einem Male empfinde ich das Ganze hier als Gefühlsduselei und Wichtigmacherei. Was bin ich für ein Mensch! Ein Nihilist. Auf die Nihilisten kommt es zum Glück nicht an. Da käme man zu nichts. Der Vertrauensarzt sagt dann in der Pause zu Samnegdi und mir, dass wir ihm das ruhig glauben können, dass die Pharmaindustrie an solchen spezifischen Medikamenten für Kinder und für Jugendliche wirklich nichts verdiene und dass aber solche Psychopharmaka ganz wichtig seien, aber in der Dosierung bislang gewiss falsch verabreicht werden, weil sie einzig und allein an der Erwachsenenphysiologie entwickelt wurden. Und dass es nun einmal sehr oft keine andere Hilfe gibt als die Medikamente. Und dass die eine Wohltat sind. Die Medikamentencocktails auf den psychiatrischen Stationen lehne er jedoch kategorisch ab. Der Unkontrollierbarkeit und der Wechselwirkungen wegen.

Trotzdem glaube ich nicht, dass mich mein Gefühl täuscht. Selbstmord ist Gefühlssache. Ich glaube, dass diese Eltern und dass diese Lehrer sich nicht wehren können. Daher können sie auch den Tod ihres Kindes nicht abwehren. Ich weiß aber, dass diese Menschen hier um das Leben von Kindern kämpfen. Wie niemand sonst tun sie das. Obwohl sie an schweren Schuldgefühlen leiden, fällt kein einziges Mal das Wort Schuld. Auch wenn sie und ihre Kinder selber nicht schuld waren, beschuldigen sie niemanden sonst. Aber sie machen dabei immer wieder dasselbe falsch.

*

Unverschämt und zutiefst unfair bin ich! Nein, bin ich nicht. Ich weiß, dass sie nicht helfen können. Das ist doch nicht wahr, die helfen und helfen! Nein. Doch. Ja. Nein, die Medikamente helfen. Die Helfer sagen das doch selber so! Nein. Doch. Die geben eigentlich zu, dass nicht sie helfen, sondern die Medikamente. Außerdem weiß ich wirklich nicht, was das ganze Veranstaltungsgerede hier soll. Denn psychiatrische Medikamente speziell für Kinder gibt es ja sehr wohl. Für die Hyperaktiven, für die ADHSler. Als ob nicht unsere ganze Gesellschaft ADHS bekommen hätte! Unsere ganze Gesellschaft, die Erwachsenenwelt sowieso, hat ADHS, finde ich. Ritalin wird auch hierzulande von Erwachsenen als Dopingmittel genommen, der beruflichen Karriere wegen. Und in den USA ist, wie ich weiß, die Verschreibung von Psychopharmaka für Kinder und Jugendliche binnen kurzem um ein paar tausend Prozent gestiegen. Statt ADHS diagnostizieren die Amis manisch-depressiv, bipolar. Und mit den Psychiatriemedikamenten fangen sie bei den Vierjährigen bedenkenlos an. Mit Bedenken bei Dreijährigen. Der Nachwuchs bekommt von klein auf jede Menge von Medikamentenmixen. Das ist so. Das sind sehr wohl Experimente. Die Ärzte geben die Verläufe ganz gewiss an die Pharmafirmen weiter, die Pharmafirmen wissen dann, was los ist. Und dass die Psychopharmaka nicht offiziell eigens für Kinder entwickelt werden, hängt, vermute ich, damit zusammen, dass die Pharmaindustrie an den Ergebnissen überhaupt kein Interesse hat. Denn dann käme vielleicht schlichtweg eine enorme Schädlichkeit zutage. Offiziell, per Studie.

*

Wieder die lustigen Schulpsychologen, klasse Burschen. Jeder von denen ist nett und bemüht sich. Sie gehen mir immer mehr auf die Nerven. Die Schule, in die das Mädchen ging, das vom Kran in den Tod sprang, die Violinspielerin, die Nichte der Frau Ministerialrat – als ich heute, auf dem Weg zu dieser Veranstaltung hier, an der Schule des Mädchens vorbeigegangen bin, wurde gerade gesungen, dass ein kleines Männchen im Wald ganz still und stumm herumsteht. Roter Purpur. Es gibt, meine ich, bei diesen Dingen kein Geheimnis. Alles ist ganz klar: Wer das exekutiert, was die Gesellschaft will, exekutiert, wenn er Pech hat, ein Kind. Bei noch mehr Pech ist es sein eigenes Kind.

Keine einzige dieser Veranstaltungen, die helfen wollen, sollen, habe ich als lebendig empfunden, und die teilnehmende wissenschaftliche und politische Prominenz erscheint mir schal und leer. Nur die Wirklichkeit hilft einem Menschen. Wirkliche Menschen sind wirklich da. Wer nicht wirklich da ist, ist unwirklich, also keine Hilfe. Nur wer lebendig ist, ist wirklich. Die Leute hier, viele von ihnen, haben sehr Schreckliches, Unvorstellbares ertragen und miterleben müssen und sind gebeugt und gebrochen und können selber fast nicht mehr, und ich, ich bin anmaßend und daher sicher nicht hilfreich. Doch, bin ich. Auch ich. Die Unwirklichkeit ist der Tod. Die Menschen raus- und runterholen, davon redet heute auch kein Mensch. Ich bin außer mir. So schnell geht das, ein paar Stunden Selbstmordprophylaxe reichen dafür.

So, jetzt meldet sich einer zu Wort, der schon zigmal in seinem Leben zig Menschen das Leben gerettet hat. Er soll, habe ich unlängst von einem Kollegen von ihm gehört, ein sehr ehrlicher Mensch sein und vielen Berufskollegen auf die Nerven gehen, weil er ihnen viel abverlangt, damit sie ja wirklich helfen. Dauereinsatz nahezu, jederzeitige Erreichbarkeit, Nachschulungen und was weiß ich, was noch alles. Ich verstehe aber nicht, was er sagt. Ich weiß, dass er einmal einen Menschen daran gehindert hat, sich zu erschießen, und einmal einen daran, vom Dach zu springen. Das ist jetzt wohl der Erwachsenenteil der Veranstaltung. Wie redet man mit Menschen in äußerster Not so, dass es ihnen hilft, ist jetzt sein Thema. Aber darüber redet er dann doch nicht. Er geht mir daher auch auf die Nerven. Die Veranstaltung heute ist offensichtlich nicht der Ernstfall. Sie soll aber prophylaktisch wirken.

Tag, Monat, Jahr

Die Jugendstudien zur Amygdala und zum Cortisol fallen mir ein, und wie die Kinder in den Spielexperimenten durch Unfairness massiv, permanent, chancenlos zur Weißglut getrieben werden. Zeitgenössische Spitzenwissenschafter sagen, es zeige sich in den Experimenten, dass diese Kinder später Berufsverbrecher werden, weil sie keine Frustrationen ertragen, weil sie zu wenig Cortisol produzieren oder weil die Amygdala anders beschaffen sei. Das sehe man schon alles beim Spielen. Im Experiment. Heutzutage forschen die erfolgreichsten Kinderpsychologen so impertinent! Im dritten Jahrtausend nach Christi Geburt.

Tag, Monat, Jahr
Als kleines Kind habe ich das Foul beim Fußball nicht und nicht verstanden. Ich habe geglaubt, derjenige ist schuld, der hinfällt und liegt und nicht aufsteht. Der wird deshalb vom Schiedsrichter gerügt oder dann eben bei Wiederholung ausgeschlossen. Der Konkurrenzkampf ist mir von klein auf immer von neuem ein Mirakel. Das Boxen verstehe ich. Da ist der Kopf die Hauptsache.

Tag, Monat, Jahr
Schwer erziehbare Kinder und Jugendliche, die nie nachgeben und sich, wie man so sagt, nicht wirklich helfen lassen und sozusagen nicht gesund werden wollen, als ob sie beweisen müssen, dass etwas Schreckliches geschehen oder noch immer im Gange ist. Ein Jugendpsychiater erklärt das öffentlich so. Sie müssen, glauben sie, diesen Beweis erbringen, weil alle anderen so tun, als sei nichts Böses geschehen.

Tag, Monat, Jahr
Der 16jährige, jahrelang vom Vater geschlagen, jetzt erlöst. Er kommt der Mutter zu Hilfe, als der Vater sie zusammenschlägt, sticht auf den Vater ein. Hilft ihm dann. Rettet ihm das Leben. Die Journalistin fragt den Arzt nach der Gewaltbereitschaft solcher Kinder. *Solche Kinder*, sagt sie. Der Arzt antwortet: *Sie haben nur die Wahl zwischen Verschlagenheit und Duckmäusertum einerseits oder Aggressivität andererseits.* Sie fragt, ob eine liebevolle Begegnung solchen Kindern helfen könne. Er antwortet: *Ja, wenn sie beharrlich ist.* Damit ist alles gesagt, alles getan.

*

Dass der junge Mann den geliebten Menschen, die Mutter, schützen wollte und deshalb den gewalttätigen Vater niedergestochen hat, sagte gestern der Arzt auch, und dass solche Kinder nicht zwischen sich selber und den Eltern unterscheiden können. Und dass Traumatisierung den völligen Zusammenbruch des Selbstbildes bedeute. Und dass Leben für solche Kinder heißt, die anderen zu schützen.

Tag, Monat, Jahr
Vier Handvoll Technikstudenten, junge Studentinnen, haben eine Erfindung gemacht. Die Wassergewinnung aus der Luft, nämlich aus der minimalen Feuchtigkeit der Himmel über den extremen Wüsten. Und die Energie zur Wassergewinnung kommt dabei von der Wüstensonne. Was für Folgen diese Erfindung überall auf der Welt haben wird, ist noch nicht absehbar. Ich bin seit Jahren von nichts so beeindruckt worden. Das ist Ingenieursethos, Ingenieursgenialität. Das ist wirkliche Hilfe. Das ist Leben!

Tag, Monat, Jahr
Der Polizeijurist aus der Hauptstadt. Offizier. Er ist aus einer Offiziersfamilie. Seit Generationen ist die das. Seine größte Freude ist seine Arbeit, er hat die besten Karriereaussichten. Dann wird er zur Fremdenpolizei versetzt. Die Abschiebungen erträgt er nicht. Seine Unterschrift entscheidet, sagt er, über Leben und Tod und über Freiheit oder Qual. Das will er nicht mehr entscheiden müssen. Zur selben Zeit, als er bei der Fremdenpolizei dem Staat dient, stirbt seine Schwester bei einem Verkehrsunfall. Da will er dann auf der Stelle weg von der Polizei und stattdessen zur städtischen Straßenbahn. Dort wird der Oberst wegen Überqualifikation nicht aufgenommen, fängt an, sich auf der ganzen Welt für Tramlinien zu interessieren, bewirbt sich überall, findet einen weltbekannten Experten, der sich für ihn einsetzt und ihn ins Ausland bringt. Der Polizist wird dann wirklich Straßenbahnfahrer. Aus Gewissensgründen vom hohen Beamten zum Straßenbahnfahrer und er malt. Er träumt eine Zeit lang jeden Tag, eines Tages steige die Frau seines Lebens zu ihm in seine Straßenbahn ein. Er sagt, dass das gewissenhafte Vorausschauen die wirkliche Kunst beim Fahren sei. Das Fahren ohne besondere Vorkommnisse, Vorfälle sei sogar anstrengender, weil man ja immer gefasst sein müsse, und dann falle aber nichts vor. Seine zweite Schwester, die, die noch lebt, kenne ich auch von früher. Er sei zerbrechlich, sagt seine Schwester über ihn. Mit seinem Zug fährt er im Ausland Tag für Tag dieselbe Strecke durch die Millionenstadt und ist sehr zufrieden. Dann kommt er trotzdem wieder zurück hierher und ich weiß nicht, warum.

Tag, Monat, Jahr
Das Liebeswunder des Spitzenpolitikers. Ich freue mich von Herzen, dass er überlebt hat. Ein Interview mit ihm höre ich. Er habe sich durch seine Hilflosigkeit erniedrigt gefühlt. Er lebt, weil seine Frau mit aller Kraft wollte, dass er lebt. Die Frau erzählt von der alten Frau im selben Spitalszimmer, einer pensionierten Französischlehrerin. Die Krankenschwestern sagten, die alte Frau bekomme nichts mehr mit. Sie konnte dann aber übersetzen. Einen Brief an den Politiker. Das sei manchmal so, sagte daraufhin eine Krankenschwester, dass die alten Menschen solche Kästchen in sich haben, obwohl sonst von ihnen nichts mehr da sei.

Die Frau des Politikers soll jedenfalls wahre Wunder gewirkt haben bei ihrem Mann. Sie hat alles gesehen, was die alte Frau im selben Zimmer noch konnte. Aber lässt alles beim Alten. Ich erinnere mich wieder an den ersten Heimskandal, Martyrium, Totschlag, Mord. Der Politiker soll damals schriftlich davor gewarnt geworden sein, aber trotz Zuständigkeit nichts dagegen getan haben. Eine fachmännische Warnung war das gewesen. Von einem Supervisor. Von ihm weiß ich es. Die Welt bleibt, wie sie ist. Jetzt auch. Wunder hin, Wunder her. Ich habe heute zu Samnegdi gesagt, jetzt, wo der Politiker und seine Frau wissen, wie das wirklich ist in den Heimen, wird das für die Menschen in den Heimen sehr hilfreich sein. Für alle, die aufgegeben sind und kaputt, weil dort, wird die Französischlehrerin zum Präzedenzfall werden. Aber offenkundig irre ich mich. Der Politiker ist wieder glücklich unter Menschen. Seine Frau ist überglücklich und sagt von sich, ihr Leben sei von Kindheit an *Disziplin! Und lernen, lernen, lernen!* gewesen. Was die Frau des Politikers erzählt, vermag tausendmal mehr zu helfen als das, was ich erzähle. Denn was ich erzähle, hat so viel Böses an sich. Das Ihre nur Gutes. Aber sie erzählt jetzt nicht.

Tag, Monat, Jahr
Der gerettete Politiker, sein Gespräch vor Jahren mit einer gefeierten Schauspielerin, Grande Dame. Die sagte ihm, wie sie aufgewachsen sei. In der Gosse. Unter kleinen Leuten. Und dass man solchen Menschen helfen und diese integrieren müsse. Da sei noch viel zu tun. Und der sozialdemokratische Politiker sagte sofort: *Ja, aber jetzt zurück zur Wirklichkeit.* Die Schauspielerin erwiderte, das sei aber die Wirklichkeit. Der Politiker winkte ab. Ich habe mich oft gefragt, was er damals meinte. Die Gegenwart, die Schönheit, den Elan vital? Die Gosse jedenfalls war nichts Wirkliches für ihn. Die kleinen Leute auch nicht, obwohl er bei denen so beliebt ist.

Und jetzt, jetzt sagte er, er habe im Spital seine erwachsene Tochter sicherheitshalber um Gift gebeten. Seine Frau hat das nicht gewusst, ist entsetzt, liebt. Will, dass er lebt, egal, welchen Preis sie dafür bezahlen müssen. Früher einmal hat mir ein Spruch von ihm sehr gefallen: *Eine Gemeinschaft ist ein Ort, an dem man fehlt, wenn man ihn verlässt.* Damals hat er zu den Journalisten auch gesagt: *Geliebt wird man nur, wenn man Schwäche zeigen kann, ohne Stärke zu provozieren.* Das hat mir auch sehr gefallen. Aber in der Zeit war er immer für die Altenheime zuständig. Und als vor Jahren ein Freund des Politikers an Krebs starb, hinterließ der schriftlich, dass der Politiker ihm dauernd die Ideen gestohlen habe und unerträglich sei, eitel, leer und hohl. Und dass er den Politiker nicht bei seinem Begräbnis haben wolle.

Tag, Monat, Jahr
Eine Frau sagt, sie werde nicht ausgenutzt, sondern gebraucht; das sei ein großer Unterschied. *Überausgebeutet*, sagt einer daraufhin. *Nein*, sagt sie.

Tag, Monat, Jahr
Die idyllische Inselgruppe. Die Menschen dort leben ganz schlicht, und zwar vom Regenwasser. Und mit Internet. Und finanziell davon, dass die Touristen, die mit dem Flugzeug auf die Insel kommen, dafür Strafe zahlen müssen. Sie leben von der Zerstörung der Insel und vom Brechen der Gesetze. Genau so stellt man sich, glaube ich, auch hierzulande den Umweltschutz und den Klimawandel vor. Man müsse nur sein Geld zahlen und dann könne man leben wie immer. Genau so weitermachen. Das Kyoto-Protokoll und der Emissionshandel sind auch genauso. Egal, ob es eingehalten wird oder nicht.

Tag, Monat, Jahr
Haemaccel, nach Jahren fällt mir plötzlich dieses Wort ein. Gestern in der Aufführung. Wir sind mit Charly da, damit sie, was weiß ich, was. Das fremde junge Ehepaar mit Schwiegermutter, Mutter, das zufällig neben uns sitzt. Die Schwiegermutter, Mutter hat Schnupfen und Husten, und man hört auch deshalb schlecht. Die Aufführung ist aber ohnehin schade ums Geld und die Zeit, und der Komponist kann nicht so gut sein, wie die alle tun, sonst könnte ihm diese miserable Aufführung nichts anhaben. Ich schaue zu Charly, höre nichts, sitze da, plötzlich fällt mir das Haemaccel ein. Ich versuche mich dann an ein paar Namen von damals zu erinnern. Es ist mir unmöglich. Früher habe ich immer geglaubt, ich habe ein Gedächtnis wie ein Elefant, wenn es um Menschen geht. Nichts da.

Tag, Monat, Jahr
Das Mädchen mit tätowiertem Gesicht, Kirschen auch an der Halsschlagader, in den Kirschen Totenköpfe, verkauft Kinderbücher und ist sehr nett. Dann der verschwundene Obdachlose, sein Hab und Gut, ein großer Packen, steht seit Tagen allein am Straßenrand. Der Mann war verschwunden, ist aber heute wieder von den Toten auferstanden. In einem Künstlerlokal dann ein paar Mal die aufgeregte Frage: *Wo manipulierst du?* Mit weit ausholender Handbewegung fragt die Frau den Künstler und alle am Tisch lachen mit der Frau gemeinsam. Sie ist eine Mäzenin. Sie besprechen eine Lesung, der Künstler ist Musiker und freut sich auch. Die Mäzenin ist, weiß ich, oft selbstlos. Am anderen Nebentisch sitzt ein Verfassungsrechtler, er wird zu einem Vortrag in einem Hotel in die Provinz eingeladen, ist billig, redet von Ministerlisten und wo er wann schon war in der Welt, bekommt einen Anruf aus einer Ministerkanzlei. Wie das mit Ministerweisungen an die hiesigen Spitzenpolitiker sei, ob die befolgt werden müssen, wird er gefragt. Er sagt, was seiner Meinung nach geschieht, wenn sie nicht befolgt werden, nämlich nichts.

Tag, Monat, Jahr
Ich lebe sehr gerne. Sollte ich einmal tot sein, will ich hiermit festgehalten haben, dass es nicht freiwillig war. Man muss also Ermittlungen anstellen.

Tag, Monat, Jahr
Der sozialdemokratische Politiker, der beim Augenlicht seiner kleinen Kinder schwört, dass seine Partei sich nichts zuschulden kommen hat lassen, seit er seine Funktion inne hat. Solche Schwüre mag ich nicht. Ohne die hätte ich ihm vertraut.

Tag, Monat, Jahr
Das Schnupftabakfläschchen, der Händedruck darauf und der Spruch *Freiheit, Gleichheit, Brüderlichkeit*. Auf der anderen Seite ein Maikäfer auf dem Rücken liegend und strampelnd. Aufschrift: *Hoch der Erste Mai!* Datierung 1889. Jeder bei der Sitzung anno dazumal musste daraus schnupfen. Solidarität war das. Und dann das Trinkglas mit Blasen. Man kann das fälschen. Wenn es zu viele Blasen hat, ist es eine Fälschung. Die Sozialdemokratie kann man nicht fälschen. Es gibt Börsenblasen, aber keine Sozialismusblasen. Mit den Politikern zu bläsern ist für die Geschäftsführer wichtig. Gemüller hat mir das erklärt.

Tag, Monat, Jahr
Die Shakespeareaufführung heute. Mir passt die Schauspielerei nicht. Nur der Narr rettet die alle. Die Schauspieler in diesem Theater spielen zu viel, sind überarbeitet, ein Stück wird wie das andere. Die Shakespearenarren vertrage ich ohnehin allesamt schlecht. Den Coriolan und den Timon von Athen kapiere ich, aber die da hier oben spielen angeblich etwas Lustiges. Die arme Firma, der arme Gemüller, kein Wunder, dass die mit mir nicht zu Rande gekommen sind, wenn ich in Wahrheit so hasserfüllt bin. Der Geschäftsmüller, Quatsch, Geschäftsführer Gemüller würde das sofort so sagen: dass ich ein Coriolan, ein Timon, ein Menschenfeind sei, der verbittert ist und auf seine eigenen Leute losgeht. Und dass ich doch so liebenswert sei, würde er dann aber sofort auch sagen. Und dass ich ja selber sage, dass mein Vorname *Terror* bedeute, sagt er auch manchmal zu mir. Allen Ernstes sagt er das und lacht. Gemüller würde zu mir sagen, dass das die Erklärung für alles ist. Es liege nur an mir. Man ist jedenfalls, habe ich vor kurzem kapiert, immer unter Freunden. Der Narr auf der Bühne ist in der Wirklichkeit ein unschuldiger Mensch. Ein erstklassiger Schauspieler, sehr liebevoll. Er veredelt jeden Schmarren. Wenn er spielt, kann nichts schief gehen. Insofern ist er Systemerhalter und die anderen in der Truppe müssen nie etwas anders machen. Ohne ihn sind alle aufgeschmissen und er lässt es zu. Aber so etwas kann nur ich mir denken, weil ich misanthropisch bin.

Einmal hat der Schauspieler auf Gemüllers Einladung hin stundenlang ein und dieselbe politische Rede gegen die neue schwarz-braune Regierung gehalten. 48 Stunden lang hat er zuvor nicht schlafen können und in einem fort schwarzen Kaffee getrunken. Zwischendurch war während der Rede ein paar Leuten langweilig. Mir gefiel die Rede durch und durch. Sie war spannend. *Trennen und neu verbinden,* kam darin auch vor, lateinisch, Alchemistenwort. Ich wollte dann mit dem Schauspieler darüber reden, war neugierig. Aber ich habe den Ton nicht getroffen, obwohl mir seine Rede so gut gefallen hat. Mit den anderen, die sich damals über die ihres Empfindens miserable Kabarettleistung mokierten, mochte er an dem Abend lieber reden. Denn er wollte sein Geld wert sein. Ich kenne keinen besseren Schauspieler als ihn. Er spielt alles und jeden und das Gold aus dem Urin heraus. Sein Pflichtgefühl und seine Menschlichkeit rühren mich jedes Mal. Er ist sehr lustig.

Tag, Monat, Jahr
Ich bin so selbstvergessen. Das ist ganz schlimm. Auf mich selber schaue ich überhaupt nicht. Ich muss das lernen, auf mich aufzupassen. Ich bin zu idealistisch. Alles tue ich immer nur für die anderen, nie etwas für mich selber. Und ich merke das gar nicht. Der GF Gemüller schüttelte den Kopf über sich selber, blickte mich fest an. Mein bester Freund ist er. In seiner Arbeit ist er pragmatisch, realistisch, possibilistisch, sagt er, und dass er die Fanatiker nicht mag. Wenn ihm jemand auf die Nerven geht, sagt er, der oder die sei monoman und *Ich mag ihn ja* oder *Ich mag sie ja* und nennt sie beim Vornamen und ist sehr freundlich. *Work in progress* sagt er auch oft und dass überall der Kannibalismus herrscht. Er ist Vegetarier. Er klagt auch oft, dass die Menschen vergewaltigt werden. Plötzlich sagt er: *Die Politiker vergewaltigen ununterbrochen. Nicht zum Aushalten ist das.* Seine Firma vergewaltige nicht, das sei ihm wichtig.

Die Firma ist eine Familie. Fritz, der Betriebsrat, mit dem Samnegdi zusammen arbeitet und befreundet ist, hat das ganz am Anfang vor Jahren aufgebracht, damit die Leute die Firma besser verstehen. Fritz ist überhaupt ein Familienmensch, hat viele Geschwister. Von Fritz kommt der Name der Firma, ALEIFA. *Alle eine Familie.*

Samnegdi und ihre Arbeitskollegin Mira haben mir früher, als ich selber noch nicht mit der Firma zu tun hatte, oft erzählt, dass sie Gemüller bewundern und wie wirklich anders als die übrigen Vereine und Firmen und Arbeitgeber die ALEIFA in dem Metier und Milieu sei. Und wie gut hier im Gegensatz zu anderswo in der Branche die Kommunikation funktioniere und wie offen und wie viel und wie gern alle miteinander reden. In der ALEIFA lege man Wert darauf, im Interesse der Klientel das Beste aus allem zu machen und für die Schutzbefohlenen das Beste herauszuholen. Und man wolle eben untereinander unter den Kolleginnen und Kollegen in der ALEIFA keine unnötigen Missverständnisse und schon gar keine Missstimmigkeiten zulassen. Samnegdis Arbeitskollegin Mira kannte viele Hilfseinrichtungen, hatte jahrelange Erfahrung mit anderen NGOs, hat in vielen gearbeitet. In die ALEIFA hingegen war und ist sie seit Jahren verliebt wie Samnegdi auch. Mira träumt manchmal davon, dass sie im Lotto gewinnt. Das Geld schenke sie dann der ALEIFA, damit die Firma den Menschen besser helfen kann.

*

Ein paar Minuten vor einem Termin, vor ein paar Jahren einmal, 2003, mit einem durch die sich überschlagenden politischen Ereignisse hilflosen, durch seine Stellung in der Partei für Gemüllers ALEIFA außerordentlich hilfreichen sozialdemokratischen Politiker sagte Gemüller zu mir: *Der ist ein ziemlicher Dampfplauderer.* Aber die ALEIFA sei in ihrer Existenz bedroht, man müsse um die Zukunft fürchten, brauche den Politiker. Und dann erzählte Gemüller mir, wie schrecklich die heutige Nacht für ihn gewesen sei. Seine zwei kleinen Buben haben nicht schlafen können. Die ganze Familie habe Todesangst ausgestanden. Die ältere Tochter hatte sich plötzlich Sorgen gemacht, dass die jüngere Tochter sterben müsse. So habe in der Nacht alles angefangen. Schlaflosigkeit und Todesangst der ganzen Familie die ganze Nacht lang. Die vier Kinder wollten dann in ihrer Sterbensangst bei den Eltern schlafen. Und wie viel Angst dann die Kleinste aber immer noch gehabt habe. Und niemand habe wirklich ein Auge zutun können. Mondsüchtig und Schlafwandlerin sei die Jüngste, die Kleinste, auch. Alle haben Angst um sie. Ich weiß nicht mehr, was Gemüller mir an dem Morgen in den kurzen Minuten noch alles erzählte. Er tat mir der Todesangst wegen leid. Durch und durch ging mir seine Angst. Und dass die Firma immer zu kämpfen hat, war mir ja auch klar. Der sozialdemokratische Politiker Hummel kam dann pünktlich bei der Tür herein und sagte ein paar Sätze über den bevorstehenden Gewerkschaftsstreik. Wie schwierig der finanziell, rechtlich und organisatorisch sei und dass der nicht wirklich lange werde dauern können. Und dann ein paar Worte über Rosa Luxemburg. Und dann, wie wichtig unsere Veranstaltung sei.

Tag, Monat, Jahr

Als ich Gemüller zum ersten Mal in meinem Leben sah, haben meine kleine Tochter und ich Samnegdi gerade von der Arbeit abgeholt. Wir holten Samnegdi manchmal oben im zweiten Stock ab oder warteten vor der Firma unten auf der Straße. Charly war drei oder vier Jahre alt. Als Elisabeth, die Journalistin in der Firma, Charly damals zum ersten Mal auf der Straße vor der Firma sah, strahlten Elisabeth und Charly einander an. Sie mochten einander auf den ersten Blick. Sie kannten einander überhaupt nicht und wussten nicht, dass die Firma uns alle beschützt. Lachten beide übers ganze Gesicht. Charly und ich gingen dann hinauf. Gemüller war an dem Tag sehr stolz und sehr bescheiden. Die Räume im Büro waren hell und die Firma und die Menschen waren es auch: hell, nett, klar und freundlich. Die Räume waren sehr hoch. Und die Menschen waren hochherzig.

Tag, Monat, Jahr
Jemand erklärt, warum sich im Vergleich so unverhältnismäßig viele Österreicher im NS-Vernichtungssystem betätigten, sozusagen ihrer Beschäftigung nachgingen. – Weil die anderen Karrierestellen von den deutschen Nazis schon besetzt gewesen waren.

Tag, Monat, Jahr
Der fürchterliche Traum, dessentwegen ich das Buch hier, diese Bücher, geschrieben habe. Das tun musste. Der hat mich jahrelang verfolgt. Es ist finsterste Nacht. Ich gehe durch die Stadt. Komme an einem Autohaus vorbei. Ein Überfall ist dort. Fünf Männer haben eine Frau in ihrer Gewalt. Ich will helfen. Laufe hin. Drei haben ihre Messer gezückt und grinsen mich an. Einer hat einen Schlagring. Einer sagt, ich solle nur herkommen zu ihm, er warte schon auf mich. Ich weiß nicht, was ich tun soll. Ich bin der einzige Zeuge an dem Ort und der einzige Helfer. Wenn sie mich fertig machen, hilft der Frau niemand. Ich muss hin. Aber ich kann nicht. Die drei warten mit ihren Messern. Ich denke mir, ich rufe vom nächsten Telefon aus die Polizei und laufe dann sofort zurück, der Frau zu Hilfe. Da ist aber kein Telefonhäuschen. Nirgendwo. Ich laufe ins nächstgelegene Lokal, sage, sie sollen die Polizei rufen, und ich will sofort wieder raus aus dem Lokal und der Frau zu Hilfe kommen. Aber die Leute dort rühren sich nicht. Die rufen niemanden an. Ich bitte sie nochmals. Sie reagieren nicht. Dann will ich selber telefonieren. Die lassen mich nicht telefonieren. Ich laufe raus. Das nächste Lokal ist weit weg. Das kann ich nicht mehr riskieren. Ich muss der Frau helfen. Ich laufe zurück zum Ort des Überfalls. In dem Augenblick werfen sie die Frau in ein Auto und rasen davon. – Irgendwie ist mein Leben so, ich kann nicht helfen. Den Menschen, von denen ich weiß, dass sie in Lebensgefahr sind, kann ich nicht helfen. Ich mache mich schuldig. Ich! Ich lebe nicht so, dass ich helfen kann. Also mache ich mich schuldig. Die, von denen ich abhängig bin, tun nicht ihre Pflicht, und ich, ich bin schuldig. Ich laufe und schreie, flehe, es nützt nichts. Sie tun nicht ihre Pflicht, und ich, ich lasse mich hindern. Helfe nicht. So wollte ich nicht mehr leben. Will ich nicht.

Tag, Monat, Jahr
Der Pfleger, der sich verzweifelt an den Verwaltungsdirektor gewandt hat, weil die Station Hilfe brauchte. Der Direktor antwortete ihm: *Was, Sie machen gefährliche Pflege? Das muss ich anzeigen, wenn das nicht sofort aufhört. Hören Sie auf der Stelle auf, gefährliche Pflege zu machen.* Und der Pfleger, der bei einer Demonstration für erträglichere Pflegebedingungen in Tränen ausbrach und *Wir kämpfen doch für den Sozialstaat* schluchzte. Und die Pflegestationen, auf denen die Leute in die Stationswindeln und ins Stationsbett gezwungen und völlig hilflos gemacht werden, weil die Sanitäranlagen auf den Pflegestationen defekt sind oder weil es gar keine Sanitäranlagen gibt.

Tag, Monat, Jahr
Der Zukunftsforscher ist wieder da und macht die Leute ungestraft dumm. Samt Frau und Kind ist er da. Ein Publikumsliebling, dem man alles verzeiht. Komme, was wolle. Dem kann nichts passieren, weil ihn die Wirtschaft zahlt. Er sagt das selber. Das ganze New-Economy-Börsendesaster, in das die Leute auch auf sein Anraten hin ihr Geld gesteckt haben, verzeihen sie ihm auf der Stelle und ohne Vorbehalt. Er sammle Daten, Fakten, Zahlen, Ideen und Gewissheiten, sagt er wie eh und je. Abgebrüht seien er und seine Frau, sagt er. In einem Schloss wohnt er. *Die Armen muss man dynamisch nach oben trainieren*, sagt er auch. Einzig das sei die Lösung. *Finanzielle Umverteilung ist sinnlos*, sagt er. *Die Veränderung des weiblichen Geschlechts ist im Gange*, sagt er auch. Das klingt, als ob sich die Genitalien ändern. Die Sozialsysteme müssen sich, sagt er, von Grund auf ändern, weil die Menschen viel älter werden, und dann redet er gegen das Rauchen und den Alkohol. Er hat in seinem Schloss nur eine winzige Bibliothek. Vielleicht kann der also gar nicht wirklich lesen. Ein Grüner war der auch einmal. Die hiesigen sozialdemokratischen Frauen haben ihn vor ein paar Wochen hierher eingeladen. Ich weiß nicht, ob sie dann mit ihm gestritten haben. Ich glaube es aber nicht.

Erst unlängst haben die sozialdemokratischen Frauen von hier eine andere Veranstaltung abgehalten, eine gegen sexuelle Gewalt; die Veranstaltung fand in einem Pornokino statt. Ich glaube aber, dass das einfach Zufall war, weil das Pornokino gerade auch ein neues Veranstaltungszentrum für Kultur wird; in den Stunden, in denen keine Filme aufgeführt werden. Gegen Pornographie ist meines Erachtens beileibe nichts zu sagen. Aber das Dilemma der hiesigen sozialdemokratischen Frauen erstaunt mich trotzdem. Dass die sich das antun. Den Veranstaltungsort nämlich. Aber ich irre mich gewiss. Niemand tut sich etwas an. Und das Kino werden die sozialdemokratischen Frauen kurzerhand zugesperrt haben. Oder bewusst gemacht. Bewusstmachung ist sehr wichtig, schon seit über vierzig Jahren, in der Ökologie zum Beispiel. Das Wirtschaftswachstum ist aber auch wichtig. Es ist mir heute ein für alle Male erklärt worden: Die Wirtschaft müsse wachsen wie ein Garten, jedes Jahr. Das sei das schönste Bild für die Vereinbarkeit von Ökologie und Ökonomie. Und es gebe einen Staat, in dem es mehr Banken als Arbeitslose gibt. Es sei also nicht immer schrecklich, wenn die Gesellschaft zum Spielcasino werde.

Tag, Monat, Jahr

Auf der Straße im Vorbeigehen lächelt mir eine Frau in die Augen. Bin irritiert, dann erinnere ich mich. Eine Dialyseärztin, eine Lungenärztin, die Tochter eines Lungenarztes. Sie war immer freundlich gewesen. Meine Mutter hat nie etwas von ihr gebraucht. Fast nie. Die Ärztin war gewissenhaft und genau. Und ab und zu hat die Ärztin alleine visitiert. Kann sein, dass sie manchmal Blutkonserven für meine Mutter bestellte oder sie an sie anhing. Einmal vor ein paar Jahren sah ich sie wieder, sie saß in einer Buchhandlung und blätterte Kunstbücher durch, suchte ein Geschenk. Wir schauten einander kurz an, ich grüßte nicht, setzte mich neben sie, blätterte ebenfalls. Ich erinnere mich nicht gerne zurück, aber ich glaube, sie wollte immer gut sein, war verlässlich, redete viel mit den Patienten. Sie wollte alles verstehen. Ihr Vater war ihr wichtig und sie war unaufdringlich. Ich glaube, sie war immer schnell gekränkt. Der Asthmatikerin wollte sie immer besonders helfen und einer jungen Epileptikerin auch. Sie wollte, fand ich damals, dass jeder Mensch ruhigen Mutes sein könne, wenn er hilflos daliegen muss und sie zugegen ist und aufpasst. Sie ließ niemanden ausgeliefert sein. Sie versuchte es, ist klein. Man sah ihr sofort an, wenn etwas über ihre Kräfte ging. Sie ließ es sich aber nie anmerken.

Tag, Monat, Jahr

Mein Freund der Anachoret sagt, dass die Engel immer wach sein müssen, und glaubt aus tiefstem Herzen an das Sakrament der Wandlung. Und ist überzeugt, dass ein paar wichtige serbische Kriegsverbrecher auf Athos versteckt werden.

Tag, Monat, Jahr

Ich halte Gemüller für schwer suchtkrank und seine Firma für schwer co-abhängig. Und er und sie funktionieren deshalb so gut, weil die Politik so ist. Abhängig machend. Das Geld eben ist so. Geld kommt von Opfern.

Tag, Monat, Jahr

Im Bus setzt sich der Mann mit den zwei Einkaufssäcken freundlich zu mir, als ich ihm Platz mache. Plötzlich fragt er die wildfremde junge Frau ihm gegenüber: *Entschuldigen Sie. Wissen Sie, wer hier die Psychotherapien macht? Mein Name ist Walter Simon. Ich komme aus Schweden. Ich bin ein weltberühmter Mathematiker. Haben Sie schon gehört, dass die Österreicher ihre Kinder umbringen? Wenn Sie davon hören, dass so etwas geschieht, zeigen Sie es an! Sie können mich auch anrufen. Ich suche eine Zeitung, damit die darüber schreibt. Haben Sie auch gehört, dass Hitler eine Maschine erfunden hat, mit deren Hilfe man mit den Gedanken machen kann, was man will? Der CIA hat die Maschine nicht mehr gefunden. Interessiert Sie das? Unheimlich, oder?* Die junge Frau bleibt freundlich, sie nimmt ihn die ganze Zeitlang ernst, glaubt das, was er sagt. Bis zum Schluss. Sie steigt erst nach ein paar Stationen aus, verabschiedet sich freundlich, geht in den Medizinertrakt der Uni. Er schaut dem Mädchen nach. Er schaut mich an und setzt sich weg von mir. Bin ich vielen Menschen so unangenehm und unheimlich wie ihm? Den Normalen gewiss.

*

Stunden später, in der Straßenbahn, schon wieder derselbe weltberühmte Mathematiker aus Schweden. Die Straßenbahn fährt los und in dem Moment fängt er an zu schreien, der Staat hier sei nie mit den Nazis fertig geworden. Er sei einer der zehn besten Logiker der Welt und vor kurzem erst in seine Heimat zurückgekehrt, habe sich jetzt hier vor kurzem erst eine Wohnung genommen. Die hiesige Polizei gehe ihm zum Glück aus dem Weg. Interpol auch. Er habe Anzeigen gemacht, wie die Nazis in Brüssel und Stockholm wüten und die Kinder umbringen. Er sei jetzt gerne wieder hierher zurück in die Heimat und werde aber hier vom ersten Moment an nur behindert. Die Polizei, sagt er noch einmal, und Interpol haben aber Gott sei Dank Angst vor ihm. Die Nazis haben aber alle gegen ihn aufgehetzt. Er kann plötzlich nicht aufhören zu lachen: *Die sollen was arbeiten, statt mich dauernd zu denunzieren. Jetzt bin ich gerade erst wieder da, und die haben alle schon solche Angst.* Der hört nicht auf zu lachen. Meine Geschichten, die ich erzähle – sind die wahrer als seine? Ja, sind sie. Die sind sogar wahr. Aber unheimlich sind sie und beleidigend. Aber das muss so sein.

*

Vor ein paar Tagen erst die resolute, fröhliche Frau. Eine Kärntnerin. Sie ging polternd zum Fahrer zum Kartenlösen vor. Hinter ihr ein heftiger Disput. Sie muss jemanden beschimpft haben, er solle sich schämen. *Pfui! Ruhig bist du jetzt! Ich kenn dich nicht!*, schimpfte sie, lachte. Dann redete sie mit dem Fahrer, sagte, die neuen Fahrscheine schauen aus wie Brieflose. Er lacht auch, sagt: *Ja, ich weiß*. Die Frau kann daraufhin nicht mehr aufhören. Er hat ihr nun einmal recht gegeben. Das war falsch gewesen. Sie geht jetzt alle Politiker durch in ihrem Geist. Zuerst ist, was sie sagt, witzig. Der Fahrer hatte auch offensichtlich den Eindruck, sie kenne viele wichtige Leute und sei wichtig. Er war verblüfft und neugierig. Sie tratscht mit ihm über die Frau des Bundeskanzlers und über Bagdad. Ich weiß lange nicht, ob es der Fahrer wirklich nicht merkt, dass die Frau verrückt ist. Er redet jedenfalls viel zu lange freundlich mit ihr. Vielleicht weiß er sich nicht anders zu helfen. Sie sagt ihm, wo sie in London lebe. Und zum Schluss sagt sie, wo überall in Kärnten die Mörder die Leichen in den Jauchengruben versteckt haben. Und dann fragt sie den Fahrer noch, wo sie jetzt Plastikwürmer kaufen könne, die brauche sie. Und sie schreit ein paar Politiker- und Bankernamen und: *Das sind alles Weiberficker. Die können nur das.* Und dann erzählt sie beim Aussteigen noch von der ärztlichen Untersuchung eines Politikerafters. Aber die müsse geheim bleiben. Und dann über ein paar wichtige Kärntner Politikerfamilien. Interna. Arcana. Der Fahrer bleibt höflich und wünscht ihr noch einen schönen Tag, aber sie steigt jetzt bei der Endstation einfach nicht aus, redet weiter, bleibt in der Tür, blockiert die. Er kann nicht losfahren. Zehn selbstgebastelte Tüten hat die Frau in der Hand. Heute habe man sie schon für eine Bankräuberin gehalten, sagt sie. Und wie viel Rentennachzahlung ihr nach ihrem Mann zustehen. Sie habe ihn nicht umgebracht, beteuert sie. Sie ist sehr gepflegt angezogen. Dann steigt die Frau endlich doch aus, weil der Fahrer nichts mehr mit ihr redet. Das verträgt sie nicht. Die Straßenbahn wendet und ich schließe die Augen. Ich glaube allen Ernstes, dass zwischen meinen Ausführungen und denen der oben genannten Persönlichkeiten wesentliche Unterschiede bestehen.

Tag, Monat, Jahr
Der Alptraum, der mich seit Jahren verfolgt; von dem ich erzählt habe. Ich laufe um Hilfe und kann nicht helfen. Ich habe den ja wirklich erlebt. Die Dialysestation. Die sterbende Frau. Aber immer wieder war es später so. Es ist ein Mechanismus der Menschen. Den habe ich kapiert.

*

Der Alptraum hat mich gezwungen, endlich den Roman zu schreiben, egal was die Folgen sind. Denn nicht davon zu erzählen, wovon ich weiß, hat die schlimmsten Folgen. Es war eine Gewissensentscheidung. Endlich. Und die Tage zuvor damals ein Bericht im Fernsehen über hilflose alte Menschen. Und wie hilflos, selbstlos die Angehörigen sind, die sie pflegen. Eine liebevolle Frau hat gefleht: *Was wollt ihr noch von uns!* Aber nicht bei ihren hinfälligen Angehörigen, die sie pflegt, hat sie sich beklagt, sondern zu den Menschen draußen hat sie gefleht, die ihnen, ihr nicht helfen. In keiner Weise helfen die. Nicht einmal mit Geld. Die

Menschen in dem Bericht waren entsetzt, geschunden, alle. Ich habe das nicht ertragen. Die Schuld, nicht zu schreiben. Nicht öffentlich zu machen, was ich weiß. Zur selben Zeit auch kam das Buch eines Pathologen heraus, machte Unruhe. Es ging um die Qualen in Spitälern und Pflegeheimen. Und um die Vertuschungen. Da habe ich dann alles andere sein lassen. Endlich! Aber ich habe zum Beispiel den GF Gemüller weiterhin bedient, die Firma. Und ich habe Herrn Ho herausgeholt. Aus der Hölle? Ja. Ich habe weiterhin immer alles zugleich machen müssen. Was ich dem GF vorwerfe, ist, dass er mich handlungsunfähig gemacht hat. Systematisch. Notorisch. Nein, das sind die falschen Vokabeln. *Fleißig* ist das richtige Wort. Und *tüchtig*. Und *intelligent*. Und *harmlos* wäre auch gut. Geld heißt, dass man opfern muss, Opfer bringen. In einem fort hat er mich belogen.

*

Mich stößt ab, dass ich den GF herabsetze.

Tag, Monat, Jahr

Das Theaterstück, in dem einer aus riesengroß aufgeblasenen Puppen die Luft rauslässt. Aus dem General. Dem Kardinal. Dem Kanzler. Dem Generaldirektor. Und so weiter. Ich glaube, *böse* kommt von *aufgeblasen*.

Tag, Monat, Jahr

Der Mann fragt in der Tür seine Begleiterin sehr laut, ob sie sein Viagra dabeihabe. Sie nickt heftig. Er fragt es wütend noch einmal und schaut mich sehr wütend an.

Tag, Monat, Jahr

Ein paar Mal habe ich das Folgende vorgetragen. Das erste Mal Anfang Frühjahr 2002, im zivilgesellschaftlichen Wahlkampf, als die Volksabstimmung stattfinden sollte, damit die Verfassung geändert wird:

<Er habe gerade weder Zeit noch Lust zu sterben, sagte Leopold Kohr, als es soweit war. Dem Ökonomen Leopold Kohr hat man gerne vorgeworfen, er wolle die Welt ins Mittelalter zurückkatapultieren. Mit derartigen Vorwürfen überschüttet zu werden, das freilich gefiel dem österreichischen, durch seine Arbeit in einem kanadischen Bergwerk bereits in jungen Jahren nahezu taub gewordenen Alternativnobelpreisträger Kohr überaus. Denn Mittelalter und Altertum schätzte er in der Tat. Kreisky und unterm Strich wohl die österreichische Sozialdemokratie insgesamt, egal ob Frau oder Mann, schätzten ihn ganz und gar nicht, sondern urteilten ihn als Sozialromantiker und als reaktionär ab. Der gelernte Jurist Kohr jedenfalls, der Anfang der 30er Jahre in der London School of Economics bei englischen Sozialisten die Nationalökonomien studierte und während dieser Zeit enge persönliche Kontakte zur damaligen

englischen Arbeiterpartei knüpfte, hing weder dem Keynesianismus an noch Marx noch dem kapitalistisch-freien Markt, sondern nannte sich selber vielmehr einen sanftmütigen Anarchisten und fand als solcher die viel belächelte Weltformel »Small is beautiful«.

Seinen Anarchismus definierte Kohr wie folgt: »[Es heißt], man muß als Mensch entweder Hammer oder Amboß sein. Aber es gibt Menschen, und das sind wir Anarchisten, die sind weder Hammer noch Amboß. Wir lassen uns nicht schlagen. Und wir schlagen nicht.« Weder Hammer noch Amboß sein, weder schlagen noch sich schlagen lassen, klein als schön empfinden – in diesem Sinne also trat der höfliche und fröhliche Anarchist Kohr zeit seines langen Lebens beherzt und massiv gegen gigantische internationale, globale Gebilde wie Sowjetkommunismus, Warschauer Pakt, USA, NATO und EU auf. Dadurch war er dazumal in den Augen seiner Kontrahenten ein Schocker ähnlich etwa wie der österreichische Biotechnologiekritiker Erwin Chargaff. Kohr meinte, wenn er irgendwo in Österreich zwischen einer Stadt und einer ihrer Vororte rund 20 Kilometer weit spazierengehe, erlebe er mehr, als wenn er in einer Concorde von London nach Australien fliege. Was ihm prompt die üble Nachrede, er denke wie ein Gartenzwerg, eintrug. Die unmittelbare tagtägliche Nähe biete in Wahrheit erstaunliche und ausreichende Vielfalt, meinte er. Eine neue Maßeinheit wollten Kohrsympathisanten daher gar einführen ins internationale Normensystem. Diese Maßeinheit sollte Lebensqualität versinnbildlichen und garantieren und »1 Kohr« heißen. Das sind vier Geh- oder eineinhalb Fahrradstunden. Daß sich der westliche durchschnittliche Lebensstandard in den letzten Jahrzehnten ganz eklatant verbessert habe, ließ Kohr jedenfalls nie und nimmer gelten. Der durchschnittliche Verbrauch an allem und die durchschnittlichen Kosten von allem seien ganz eklatant gestiegen, nicht der Lebensstandard, meinte er. Kohr jedenfalls dachte keineswegs wie ein Gartenzwerg, sondern notgedrungen welterfahren.

1937 im spanischen Bürgerkrieg beispielsweise traf sich der Kriegsberichterstatter Kohr in Valencia eine Zeitlang fast täglich mit dem späteren Verfasser von *1984*, mit George Orwell, zum Erfahrungs- und Meinungstratsch. Kohr und Orwell hatten, heißt es, dieselbe antitotalitäre Wellenlänge und Chemie. Und später dann beriet der Freundes-, Schüler- und Kollegenkreis rund um Kohr Staatsmänner der Vierten und Dritten Welt, beispielsweise den 26 Jahre lang im Amt befindlichen, ebenso legendären wie heftig umstrittenen ersten Präsidenten von Sambia, Kenneth Kaunda, welcher die südafrikanischen Befreiungsbewegungen und insbesondere Mandelas ANC tatkräftig unterstützte. Auch wurde der wohl namhafteste Schüler Kohrs, Fritz Schuhmacher, von der dazumal demokratischen Regierung von Burma in wirtschaftspolitischen Fragen eifrig konsultiert. Vor allem auf US-Präsident Jimmy Carter setzte man im Kohrkreis große Hoffnung und viel Vertrauen. Es mag zwar sein, daß man heutzutage in der westlichen Welt in Jimmy Carter nicht mehr als eine gescheiterte Witzfigur zu erkennen vermag. Der Friedensforscher Galtung sieht, wie Sie vielleicht wissen, Expräsident Carter jedoch nicht so. Galtung hat wenige Tage nach dem 11. September gemeint, einzig und allein der verhandlungserfahrene, in den Ländern der Dritten und Vierten Welt hochangesehene Expräsident Carter könne nun eine weltweite Katastrophe verhindern.

Wie auch immer, der oft zitierte, aber wohl kaum realisierte Kritiker der westlichen Eliten, der westlichen Erziehungssysteme und der westlichen Entwicklungspolitiken Ivan Illich, seinerseits ein vertrauter Freund Erich Fromms und Paulo Freires, war einer der treuesten Weggefährten Leopold Kohrs. Bereits 1955 wetterten Kohr und Illich, einander gerade kennenlernend, gemeinsam in Davos lautstark gegen den sadomasochistischen Lauf der großen weiten Welt und waren allen Ernstes somit vor vierzig, fünfzig Jahren die ersten aktiven Antiglobalisierer von Davos.

Kohr lebte und lehrte in New Jersey, Cambridge, Wales, Mexiko und am liebsten in Puerto Rico. Dort entging er nur zufällig einem Bombenanschlag auf die Universitätsabteilung, der er angehörte. Er ging nämlich aus Bequemlichkeit nicht nochmals zurück, um das Licht auszuschalten, das er versehentlich hatte brennen lassen. Daß sein tatsächlich unermüdliches Sicheinsetzen für eine Welt der Kleinstaaten ein gewaltiger Rückschritt sei, bestritt Kohr schlichtweg. Seine Vorstellungen seien nicht rückschrittlich, vielmehr verhalte es sich, wie folgt: »Wenn man den Rand des Abgrundes erreicht hat, dann ist das einzige, was Sinn hat, zurückzugehen.« Nebstbei bemerkt, Sie haben es vielleicht bemerkt, der altmodische Kohr gehörte nicht zu denen, die von *Liebe machen* oder von *Sinn machen* redeten. Er sagte, etwas hat Sinn oder es hat keinen Sinn. Das Machengerede war für ihn eine Sache von überschnappenden Managertypen und von denjenigen, die vor überschnappenden Managertypen in die Hosen zu machen sich angewöhnt haben.

Kohr hat sich zeit seines Lebens mittels seiner oft überraschenden Gags vor allem um Prophylaxe bemüht, just damit man als Durchschnittsmensch und Normalsterblicher von Weltwirtschaft, Weltpolitik, Weltmilitärs und Welteliten erst gar nicht an den Rand des Abgrundes gedrängt werden könne. Kohrs Weltformel »Small is beautiful« will nämlich ausdrücklich große Übel verkleinern und ausdrücklich erreichen, daß die größten und gefährlichsten politischen und ökonomischen Bösewichte der Welt – vermutlich würde Kohr sie heutzutage kurzerhand Globalplayers nennen – nur mehr, wie er sagte, »Kleingewichtler« zu sein vermögen. Kleingewichtler statt Bösewichte. Das ist der Sinn von »Small is beautiful«. Die Großen sollen keine großen Katastrophen mehr verbrechen können. Das ist der Sinn von »Klein ist schön«. Die Menschheits- und Weltprobleme können laut Kohr durch Größe und Vergrößerung nicht gelöst werden, sondern es werden ganz im Gegenteil die ökonomischen, sozialen, ökologischen, militärischen und politischen Probleme durch Größe und Vergrößerung garantiert unlösbar, da sie so zu gigantischen Lawinen werden. Die permanenten Fusionen führen laut Kohr in die permanente Konfusion. In *Die überentwickelten Nationen* schrieb er: »Konjunkturschwankungen an sich sind für eine dynamische Wirtschaft ebenso unschädlich wie das Atmen für den Menschen. [...] Was diese Schwankungen problematisch macht, ist nicht ihr Vorkommen, sondern die Größe der Zerreißkraft, die sie entfalten können, wenn die Wirtschaft, die sie erzeugt, über bestimmte Proportionen hinauswächst, [...] Größe ist ebenso wirtschaftsfremd wie Sonnenflecken [...]. Das Element, das zur Zerstörung des Kapitalismus führt, ist [...] nicht [...] der innere Mechanismus einer freien Marktwirtschaft, sondern die Größe, [...] die aus unproblematischen Erscheinungen schwerwiegende Probleme macht.« Kohr spricht in diesem Zusammenhang von kritischen Größen und schwerkranken Riesen. Hätte Kohr recht, dann ginge der gegenwärtige Kapitalismus an der neoliberalen Globalisierung zugrunde. Megakapitalismus führt also laut Kohr dazu, daß die sozialen und ökonomischen Probleme ins Gigantische wachsen und urplötzlich mit Urgewalt zu nicht mehr bewältigbaren Katastrophen explodieren.

Kohr hat dem österreichischen Bundespräsidenten Kirchschläger den »Small is beautiful«-Gedanken übrigens einmal als eine Abwandlung des Paracelsuswortes, daß die Dosis das Gift ausmache, erklärt. Dosis facit venenum. Und wieder ein anderes Mal verstand eine Frau, die vor dem Faschismus fliehen hatte müssen, bei einem Vortrag Kohrs sofort, was Kohr meinte. Vergnügt klatschte sie plötzlich in ihre Hände: Kohrs Kleinstaatenkonzept »Small is beautiful« sei ein Segen sondergleichen, rief sie, das müsse man sich einmal vorstellen, zwanzig Kilometer weit müsse man nur mehr fliehen, dann sei man schon außer Gefahr, in Sicherheit, im Exil, im Asyl, außer Gefahr, in Sicherheit. Staatengebilde, wie Kohr sie sich wünschte und für wirklich existenzfähig hielt, sollen nicht mehr als 10 bis 15 Millionen Einwohner haben. Die Stadtstaaten, die Kohr vorschwebten, waren noch viel kleiner, das sagenhafte autonome und autarke antike Sybaris beispielsweise oder das antike Athen, wie es Aristoteles beschreibt. Überhaupt wies Kohr, wenn er

Kleinheit und Überschaubarkeit predigte, gerne auf seine Wahlverwandtschaft zum Politik-, Autonomie- und Autarkieverständnis des Aristoteles hin. Kohr half mit, einen solchen autonomen, autarken kleinen Staat zu gründen, 300 Kilometer entfernt von Puerto Rico, und zwar irgendwo zwischen Haiti und Trinidad. Anguilla heißt die Insel. Sie hat drei Delphine in der Flagge und damals, als sie versucht, die britische Kolonialoberhoheit abzuschütteln, 6.000 Einwohner. Die Briten setzten groteskerweise alles daran, die Unabhängigkeit der sanft revoltierenden Anguillaner vom United Kingdom zu verhindern und ließen daher die damals durchaus friedlich-paradiesische Insel durch Fallschirmspringerkommanden flugs zurückerobern. Das war natürlich reichlich komisch. Auch Onassis wollte die Insel für sich. Vergeblich. Nicht zuletzt dank Kohr. Dieser leistete seit 1967 von Anfang an und fast zwanzig Jahre lang, wenn ich richtig gerechnet habe, seinen Teil dazu, daß Anguilla zeitweise ein selbständiger Staat zu sein vermochte. Spätestens 1986 jedoch, drei Jahre, nachdem Kohr in Stockholm den Alternativnobelpreis erhalten hatte, ging das Experiment Anguilla endgültig in die Binsen. Coca-Cola et cetera und der Tourismus siegten über Autarkie, Autonomie und Aristoteles. Kohr erklärte anderen und sich selber das mit der ständigen Unterwerfungsbereitschaft, die den Menschen nun einmal zu eigen sei. Nicht nur Kohrs Anguilla scheiterte, sondern, so heißt es, auch Kohrs Sambia, letzteres angeblich an der Weltbank und angeblich nicht an Präsident Kaundas autoritären Tendenzen. Was Kohr in einer Schrift mit dem Untertitel *Die überschaubare Gesellschaft* entworfen hatte und was unter anderem in Anguilla, Puerto Rico, Burma und Sambia Anwendung gefunden hatte, unterlag spätestens seit Mitte der 80er Jahre zusehends den Globalplayers. Im keltischen Wales allerdings hatte der Minderheitenschützer Kohr in einem Konflikt mit Margaret Thatcher durchaus politischen Erfolg und war dortselbst in den Augen der Bevölkerung und Sozialisten genauso eine verläßliche, amüsante und bescheidene Miniheldenfigur wie einst lange Zeit in Puerto Rico und auf Anguilla gegen britischen und gegen US-amerikanischen Kolonialismus.

Kohr deklarierte sich selber als Sozialist. Sein Sozialismus reichte jedoch nicht weit, gerade jeweils 20 km, wie gesagt. Das mag ein Ärgernis sein. Kohr meinte es auch durchaus so. Als Ärgernis. »Wo jeder jemand ist«, sagte er in bereits erwähnter Anarchistenmanier, »ist niemand irgendeiner.«

Trotzdem: Man muß nicht alles mögen, was Kohr von sich gab. Als läppisch und unbrauchbar kritisieren mag man unter anderem auch seine idealisierende Vorliebe für die Antike und das Mittelalter, etwa für Aristoteles und dessen überschaubaren Stadtstaat oder für den Sophisten

Protagoras und dessen menschliches Maß oder für den Kyniker Diogenes, der das Herr-Knecht-Verhältnis frech, gleichgültig und kurzerhand umzukehren pflegte, oder für den radikal demokratischen athenischen Politiker Themistokles aus dem 5. vorchristlichen Jahrhundert, weil dieser am Höhepunkt seiner Macht gesagt haben soll, in Wahrheit werde er, der de facto Griechenland regiere, von seiner Frau und seinem Kind beherrscht, und werde daher also Griechenland in Wahrheit von einer Frau und einem Kind regiert. Ivan Illich schätzte den Leopold Kohr sehr, wie gesagt, ebenso der Zukunftsforscher Robert Jungk. Letzterer aber wollte Kohr davon überzeugen, daß »Small is beautiful« in der Realität keineswegs immer zutreffe. Kohr war nicht zu überzeugen. Allerdings habe er, sagte Kohr von sich, zumeist nicht 100%ig, sondern nur zu 85 % recht. Das reiche vollauf.

Kohr hatte, sagen seine Freunde, steten Sinn für Schönheit und Humor. So verstand er beispielsweise nicht, warum die US-Amerikaner sich ausgerechnet einen kahlköpfigen Adler zum Staatswappen gewählt haben und nicht eine liebliche Nachtigall, die ja ihrem Wesen gemäß den anderen immer zusinge und einfach nur glücklich sein wolle. Kohr tendierte vehement zum Pazifismus, sogenannte Präventivkriege waren ihm daher ein Greuel, Präventivkriege seien so, als würde jemand einen lebensfrohen Menschen töten, um ihm die Last des Sterbens abzunehmen, sagte Kohr. Großstaaten und Großmächte sind in seinen Augen zwangsläufig undemokratisch. Er war felsenfest davon überzeugt, daß es in einer Welt der Großmächte keinen wirklichen Frieden und keine solide Weltordnung geben könne. Großmächte waren für ihn Bösewichte und dem Untergang geweiht. Und in diesen größenwahnsinnigen Untergang reißen sie, so seine Überzeugung, so viele andere Staaten mit, wie sie nur können. Heutzutage will so etwas kaum jemand hören. Geschweige denn argumentieren. Was aber nichts zur Sache tut, will mir scheinen. Kohr ist und bleibt beautiful. Heutzutage, wie gesagt, hat ja nichts mehr Sinn, sondern macht alles nur mehr Sinn, und heutzutage, will mir jedenfalls allen Ernstes scheinen, gibt es ja infolge korrekten, hochintelligenten und erfolgversprechenden Sprachgebrauchs und gewiß wohl auch, weil man nicht unnötig Opfer eines Freund-Feind-Stereotyps werden will, gegenwärtig bald fast keine deklarierten Globalisierungsgegner mehr, sondern einzig und allein engagierte, kluge, kosmopolitische Menschen, die für eine andere, verantwortungsvolle, weltgewissenhafte Globalisierung sich öffentlich einsetzen und öffentlich abplagen. Der alte Knacker Kohr, wie gesagt, war und dachte da anders. Und da Pierre Bourdieu dazu rät, ja stets über die Dinge zu reden, über die öffentlich partout nicht geredet wird, habe ich mir hiemit erlaubt, Ihnen heutzutage Kohr ein wenig in

Erinnerung zu rufen und – bitte sehr – nahe ans Gemüt zu legen. Der Österreicher Paul Feyerabend übrigens dachte nicht sonderlich anders als Leopold Kohr. Obgleich der eine österreichische Anarchist an einem Gehirnkrebs starb und der andere österreichische Anarchist in hohem, senilitätsverdächtigem Alter, so waren sie beide alles andere als blödsinnig. Vielmehr mißfielen ihnen Geplapper und Gemache wie das gegenwärtige bald gewissenlose, bald gewissenhafte Globalisierungsgetue und Globalisierungsgerede. Das war zeit ihres Lebens so. Im übrigen hat bekanntlich niemand Geringerer als Maria Mies in ihrer Schrift *Globalisierung von unten* vor kurzem schlicht und einfach Leopold Kohrs ebenso klaren wie ignorierten Standpunkt eingenommen. »Small is beautiful« heißt bei Maria Mies jetzt ein wenig anders, nämlich »Bewegung der Lebensdemokratie« respektive »Protect the local, globally!« – auf Deutsch in etwa: »Schützt überall auf dieser Welt das Lokale«. Lokalisierung statt Globalisierung – das also ist der Grundsatz von Maria Mies und von Leopold Kohr und nie und nimmer Schnee von gestern. Lokalisierung statt Globalisierung. Oder um es deutlich und unangenehm zu sagen und Bourdieuisch: Der Alltag ist der Kampfort. Davonlaufen ist nicht mehr möglich. Hier und jetzt werden kleine soziale Wunder zustande gebracht oder gar nicht. Was schön ist, vermag entweder hier und jetzt zu bestehen oder aber es zerbricht hier und jetzt.>

Immer wenn ich Kohr referiert habe, war ich den Leuten sympathisch. Das war angenehm. Dem GF Gemüller, meinem besten Freund, ist Kohr immer absurd erschienen. Das sagte er mir dann jedes Mal, wenn mich irgendein Funktionär in der Pause kritisierte, dass Kohr überhaupt nichts bringe. Das war wohl auch, weil damals die ALEIFA noch nicht so groß war wie jetzt. Jetzt ist alles anders, glokal eben. Die ALEIFA hat inzwischen ihre optimale Größe. Die verdankt sie wie das meiste dem GF und dessen genialen sozialdemokratischen Freunden, weil von denen das gute Geld kommt, damit man Gutes tun kann und alles so gut wird wie nur möglich. Kohr war, als ich ihn 2002 hier in der Stadt zum ersten Mal referierte, unter den hiesigen alternativen und linken Politik- und NGO-FunktionärInnen tatsächlich völlig unbekannt. Auch unter den Grünen. Man kannte nicht mehr als den Namen und war dagegen. Für mich war es eine sehr vergnügliche Zeit. Verlorene aber. Aber ich war, wie gesagt, ein Publikumsliebling. Sozusagen an den Funktionären vorbei. Funktionärsliebling war ich jedenfalls keiner. Allen Ernstes auch glaubten in den Jahren damals ein paar grüne und rote Funktionäre, ich wolle eine Konkurrenzpartei gründen, und waren aufgeregt. Es war wirklich sehr vieles sehr lustig. Aber dringlich eben auch. Und vergebens eben. Aber das Publikum wie gesagt hatte mit Kohr eine große

Freude. Sie hatten schon eine Ewigkeit nichts mehr von ihm gehört. Alles vergessen oder es nie gewusst.

Tag, Monat, Jahr

Aus der Goldschmiedekaste werden Kinder zu Göttinnen auserwählt. Sie müssen folglich die Opferungen miterleben. Die Finsternis, den Gestank, das Geschrei, Hektoliter Blut fließen, Tausende Tonnen von Tierkörpern stürzen. Da es eine Göttin ist, darf das kleine Kind kein Wort sprechen. Die Göttin spielt mit Legobausteinen. Aber ab der Menstruation ist das Kind dann keine Göttin mehr.

*

Die Blechdosen der Bettlerkinder sind der Gott, dem jeden Samstag geopfert werden muss. Kindergottheiten sind die Blechdosen, kleine schwarze Schutzgötter sind die Blechdosen. Manchmal geht eine kaputt. Die darf nicht jeder reparieren, das kann nicht jeder.

*

Die indische Familie ist arm, der Jüngste muss das Begräbnis bewerkstelligen. Er darf nicht weinen. Die Frauen weinen an seiner statt. Die Mutter, dürr und tot, hat auf den Augen Scheiben einer Frucht liegen.

Tag, Monat, Jahr

Bourdieu sagt, ein Wissenschafter, der sich partout nicht in die Politik einmischen wolle, sei wie ein Meteorologe, der trotz besseren Wissens nicht vor einem bevorstehenden Lawinenabgang warnt, oder wie ein Ingenieur, der nicht darauf aufmerksam macht, dass eine Brücke falsch konstruiert sei.

Tag, Monat, Jahr

Ich glaube NGOs nur, wenn sie annähernd so sind wie Cap Anamur. Schnell, konsequent, unnachgiebig, nicht aufzuhalten, sich durch nichts und niemanden trennen lassend von den Hilfsbedürftigen, Schutzbedürftigen.

Tag, Monat, Jahr

Sünde kommt von *scindere*, von *trennen,* sagt ein Theologe. Ich glaube, dass es Sünden gibt, egal ob es Gott gibt oder nicht. Selektionen, Triagen, niemand kann etwas dafür, aber es ist Sünde.

*

Die Päpste aller Art, die Guten und Gescheiten, die Entscheidungseliten, die *ich kann nicht* statt *ich will nicht* sagen. *Es ist nicht möglich* klingt nämlich objektiv und realistisch, menschlich auch, ist aber bloß Sünde.

Tag, Monat, Jahr
Ein Topliterat sagt, man müsse denken und schreiben, wie Bachs *Kunst der Fuge* sei: kalt, erfrischend und glasklar. Unerträglich ist mir so etwas. Einer seiner vielgelobten Freunde, der auf die Musikalität seines Schreibstiles wert legt, sich dessen rühmt, redet auch so seltsam über den alten Bach. Hohlheiten sind das, finde ich. Carl Philipp Emanuel Bachs *Hamburger Symphonien* wären auch wunderschön. Aber die sind ganz anders als das, was der Vater komponiert hat. Sprunghaft, stürmisch. Was sind das für Intellektuelle, die heutzutage den Ton angeben? Die geben den nämlich wirklich an. Es gibt kein Entkommen. Totalbeschallung.

Tag, Monat, Jahr
Der Gang durch die Seziersäle einer städtischen Pathologie. Sozialarbeiter gehen mit Jugendlichen da durch. Damit die zur Vernunft kommen.

Tag, Monat, Jahr
Bach, dessen Gesang über die höchste Not die namhaftesten Tonsetzer nach ihm im Munde führten, wenn sie in Not waren, starb schwer und blind. Der Arzt, der ihn operierte, behauptete später fälschlich, ihn geheilt zu haben. Zwar konnte Bach eines schönen Tages wirklich wieder sehen, aber bald darauf erlitt er einen Schlaganfall, an dem er dann starb. Eines seiner Kinder war behindert, ein anderes nannte er missraten. Ein Bachsohn fand, dass die Musik dem Romane ähnle.

Tag, Monat, Jahr
Von Carl Philipp Emanuel Bach waren Haydn, Mozart, Beethoven sehr angetan. Nicht von dessen Vater.

Tag, Monat, Jahr
Einmal hat C. Ph. E. Bach eine Harfensonate geschrieben. Die Harfe war für ihn ein Tasteninstrument und nichts für Frauen.

Tag, Monat, Jahr
Für die Bachsöhne und für Haydn soll der *Tristram Shandy* wichtig gewesen sein, ästhetisch, wie man so sagt. Das Abenteuerliche. Das Drunter und Drüber. Das Entkommen. Diese Art des Erhabenen. Also dass man nicht gehängt wird zum Beispiel.

Tag, Monat, Jahr
Die sibirische Freundin meines Freundes Broda nennt mich immer Fisch. Mein Freund sagt jedes Mal, da habe ich Glück, sonst beschimpfe sie die Leute immer wüst, wenn sie sich über die ärgere. In 1000 Metern Tiefe lastet auf jedem Lebewesen ein Gewicht von 100 Kilogramm je

Quadratzentimeter, hat Charly jetzt einmal in der Schule gelernt. Daraus folgt, dass ich noch nicht wirklich weit unten bin. Also Hoffnung, also Aufatmen. Es geht mir objektiv gut. Die Zahlen sind der Beweis. Charly hat auch erzählt, dass Fische hören, reden, singen können. Einen Ferntastsinn haben die auch. So etwas interessiert mich mehr als sonst was. Ich habe den nämlich nicht, kann die Menschen nicht erreichen. Das war nicht immer so. Manchmal ist mein Problem, dass ich viel zu wenig Angst habe. Nicht zu wenig Humor, sondern zu wenig Angst. Ein Mangel an Angst ist ein Mangel an Intelligenz.

*

Charly sagte heute zu mir, dass ich nicht lache. Sie fragt Samnegdi. Samnegdi sagt auch, dass ich nicht lache. Als ich dann sage, ich habe alles falsch gemacht, sagt Charly, dann soll ich ab jetzt nichts mehr machen. Sie sagt, ich schaue heute aus wie einer von der Straße und mein Gewand sei mir viel zu groß. Charly will heute in eine Tierhandlung. Der behinderte Bub dann dort. Er sitzt nur da und freut sich. Er hört, glaube ich, die Vögel. Er sitzt vor den Fischen und hört die Vögel. Er lauscht und lacht. Auf der Straße mussten wir auf der Hinfahrt im Auto warten. Ein Begräbnis. Der Leichenzug. Vor dem Sarg ein Mann mit einem Kissen. Mehr als zehn Medaillen. Die Ehrenzeichen. Die Männer gehen im Takt. Samnegdi sagt, man könne nicht einmal spotten.

Tag, Monat, Jahr

Charly hat einmal in der Volksschule gesagt, sie wolle kein Geld mitbekommen, sondern einen Apfel, denn das Geld könne sie nicht essen; und einmal sagte sie zu mir, als ich nicht wusste, was ich über den Sozialstaat vortragen soll, ich solle über wirklich soziale Wesen referieren, zum Beispiel über einen Hund, der nicht stinkt und nicht bellt; und einmal sagte sie, sie verstehe die Amerikaner nicht, dass die Krieg führen, um Frieden zu machen. Das sei, wie wenn sie zu ihrer Freundin ganz hässlich und gemein wäre, wie solle da Freundschaft herauskommen können dabei. Was die kleine Charly zu mir gesagt hat, habe ich immer öffentlich referiert. Das war mir politisch wichtiger als irgendetwas sonst; sie war für mich Theodor Lessings guter Geist. Den interessierten die Schicksale der bei der Eroberung von Lüttich zertretenen Veilchen, die Leiden der Kühe beim Brand der Stadt Löwen, die Wolkenbildung vor Belgrad. Das war für ihn Politik, Wirklichkeit. Seine *Geschichte als Sinngebung des Sinnlosen* hatte Lessing eigentlich *Philosophie der Not* nennen wollen und ein anderes Werk nannte er *Meine Blumen* und eines *Meine Tiere* und seine Autobiographie heißt *Einmal und nie wieder*. Und Tat, das war für Lessing ein Mitgefühl, welches so schnell wie möglich konsequent Abhilfe schafft. Die Nazis setzten ein Kopfgeld auf ihn aus. Das wirkte schnell. Goebbels beschimpfte dann den eben erst ermordeten Lessing. Lessing wird auf Charly aufpassen, so sehe ich das.

Tag, Monat, Jahr
Den alten Komiker außer Dienst habe ich heute wieder gesehen. Er trägt jetzt ein Hörgerät und eine Blindenarmbinde. Er geht schnell und gerade. Neben ihm eine jüngere Frau. Sie redet auf ihn ein. Er gibt ihr in allem recht. *Selbstverständlich*, sagt er ein paar Mal hintereinander. Die Nonnenstudie fällt mir ein, als ich an den beiden vorbei bin. Snowdon heißt der Forscher. Die Gehirne seien, zeige die Obduktion, völlig kaputt gewesen. Trotzdem waren diese Frauen geistig unbehelligt. Waren hell, klar und geschickt. Zeigten keine Demenzsymptome, obwohl das Gehirn voller Plaques war. Kaputt sozusagen. Daraus folge, dass die Plaques nicht die Ursache von Demenz sind und dass die Pharmaindustrie die falschen Mittel herstellt. Die helfen angeblich aber trotzdem. Musik und Schach sollen auch helfen. Und Gott eben et cetera. Und die körperliche Bewegung. Aber eben das geordnete, gemeinsame, geborgene, geistige Leben. Die Medikamente hingegen sollen wie gesagt die falschen sein. Die Behandlung sei also falsch. Aber sie wirke. Alles sehr seltsam.

Tag, Monat, Jahr
Warum gibt es keine Mönchsstudie? Keine Ahnung. Und was schützt diese Frauen, die Nonnen, wirklich? Naja, vielleicht das Leben ohne Männer. Dadurch werden sie nicht von der Dummheit angesteckt. Geschmacklos, mein Scherz! Aber wer weiß. Außerdem soll Alzheimer allen Ernstes ansteckend sein. Aber nicht von Mensch zu Mensch. Aber doch eine Ansteckungskrankheit, eine Infektion von außen.

Tag, Monat, Jahr
Oboedio, ergo sum. Der Jesuitenspruch. Ignatius. Seine Art von *Cogito, ergo sum*. Als der Orden vom Papst auf Betreiben des französischen Königs aufgelöst wurde, war das in der Folge verheerend für die französische Monarchie. Die Jesuiten konnten sie nicht mehr beschützen, die Revolution nahm ihren Weg. Das heilige Experiment auf Paraguay soll in Wahrheit übrigens ganz anders gewesen sein, als man glaubt. Nicht sonderlich humanitär und nicht sonderlich sozial. Und schon gar nicht tolerant.

Tag, Monat, Jahr
Ich suche und suche, wo ich die Kritik am heiligen Experiment der Jesuiten gelesen habe. Finde nichts, keinerlei Kritik. Muss geträumt haben. Nicht einmal Marx' kreolischer Schwiegersohn kritisiert die Jesuiten auf Paraguay nennenswert. Ich lese sogar in einer progressiv theologischen

Studie, wenn man die Jesuiten damals nicht aufgelöst hätte, hätte Südamerika eine ganz andere, eine gute Entwicklung genommen. Und das alles damals sei für heute vorbildlich, wie Globalisierung im besten Sinne aussehen würde. Ich verstehe kein Wort. Tagelang schon suche ich meine Bibliothek durch. Habe mir nämlich auch eingebildet, vor längerer Zeit nichts Gutes über Meister Eckhart gelesen zu haben. Aber ich habe das damals gleich weggelegt. Wollte es gar nicht wissen. Und jetzt finde ich die Bücher nicht mehr. Vielleicht habe ich wirklich geträumt. Finde in einem Lexikon zufällig nur, dass *Staatsräson* recht ursprünglich die Kirche gemeint hat; und eine übelwollende alte Übersetzung von *Free-thinkers*, nämlich *starcke Geister*, finde ich. *Starker Geist* als Schimpfwort, das interessiert mich. Und über Nikolaus von Kues lese ich, dass er einen Kreuzzug organisiert hat. Aber Eckhart kann man nichts anhaben. Aber damals, bilde ich mir ein, war ich sehr erschrocken, weil ich mich an die Nazisympathien erinnert habe und dass die vielleicht doch in Eckhart selber ihre Gründe hatten. Aber ich muss mich irren, finde nichts. *Liquidieren* sei ein Wort Eckharts, ein Begriff der Mystik, lese ich dann. Aber das Wort ist nicht schlimm, glaube ich, weil anders gemeint. Von Angelus Silesius weiß ich, dass er magersüchtig war und ein Eiferer, aber das ist auch nicht schlimm. Und ein unnachgiebiger Gegenreformator. Ich muss wirklich geträumt haben. Das macht mich nervös. Andererseits bin ich froh, denn kein Denker ist für mich so wichtig gewesen wie Erich Fromm. Und der redet nur gut von Meister Eckhart. Bei Fromm und bei Friedrich Heer habe ich immer nur Gutes erfahren über ihn. Bin heilfroh, wenn das wirklich so ist bei Eckhart. Und dann finde ich plötzlich doch etwas über die Jesuiten und die Guarani-Indianer. Die Jesuiten waren nicht wirklich nett zu denen. Die Indianer konnten nicht fliehen, steht da. Durften nicht einmal wirklich lernen. Arbeiteten in Knechtschaft. Wer weiß, ob ich das Unrecht verstanden hätte, wenn ich selber – sagen wir einmal, als Theologe – dabei gewesen wäre. Dabeisein bedeutet nicht, dass man versteht, was vor sich geht. Ein antiker griechischer Historiker freilich, ich weiß nicht mehr welcher, vielleicht Polybios, hat gemeint, wer bei den Taten der Großen zugegen war, kann sie nicht mehr groß nennen. Der hat recht.

Tag, Monat, Jahr

Mit Meister Eckhart war alles in Ordnung. Amartya Sen hat den Meister-Eckhart-Preis bekommen. Hätte den sonst nicht angenommen.

Tag, Monat, Jahr

Jean Améry, sein KZ-Buch: Geist als irreal, weil Ludus und Luxus. Der polnische Priester, der zu Améry sagt: *Voluntas hominis it ad malum.* Und über den Suizid schreibt Améry, dass dieser ein Nachgeben und Rechtgeben sei. Oder man bricht zusammen und sagt zum anderen Menschen, er soll weitergehen, man selber könne nicht mehr. *Continua viam tuam!*, sagt man zum Mitmenschen. Dadurch nimmt man ihm jede Schuld. Améry war für unseren Lehrer Piel wichtig, Samnegdis und meinen. Für mich auch. Aber ich glaube, Améry hat durch seinen Suizid sowohl seine Frau betrogen und im Stich gelassen als auch seine Geliebte. Die Geliebte ist dann elendiglich zugrunde gegangen. Ihre Kinder sagten, Améry habe ihnen die Mutter genommen. Zwei Mal habe er das getan.

Tag, Monat, Jahr
Der Musiker, der sagt, dass man Musik nicht erklären könne, weil sie dort anfange, wo die Worte enden, und wie Schmetterlinge sei, die kaputtgehen, wenn man sie anfasst. Und der Musiker, der sagte, man müsse immer ehrlich arbeiten, egal, ob man unterliege; denn die Arbeit getan zu haben sei der einzige Lohn und Sieg für das Gefühl und den Verstand und das reiche aus, egal, was geschieht. Und der Musiker, der sich beklagte, man müsse immer erst tot sein, damit die Leute einen leben lassen. Und der Musiker, dessen Partiturblätter die schönsten Kalligraphien waren und der es nicht ausstehen konnte, wenn die Leute bei seiner Musik sitzen blieben; er bat das Publikum aufzustehen und all das zu tun, wonach diesem beliebe; aber die Leute blieben sitzen und er geriet darüber in Rage; er forderte das Publikum auf, künftig mit Ohropax und schwarzen Sonnenbrillen in sein Konzert zu kommen, damit es ja nichts sieht und hört.

Tag, Monat, Jahr
Der GF Martin Und will immer über Glück reden. Solche Projekte will er initiieren und finanziert bekommen. Das sei das Thema der Zukunft. Dass Lafontaine gleich nach seinem Rücktritt aus Regierungsamt und Parteispitze *Glück auf!* gesagt hat, versteht der GF Und nicht, als ich es ihm erzähle.

*

Man gab Lafontaine die Schuld am schwachen Euro. Er hatte die Regulierung der Finanzmärkte, die Kontrolle der Spekulation, die Erhöhung der Sozialleistungen verlangt, Steuersenkungen abgelehnt, mehrmals öffentlich von der EZB verlangt, die Zinsen zu senken. Und musste also gehen. Ging eben. Und Kanzler Schröder sagte derweilen, er, Schröder, wolle mit aller Macht verhindern, dass die Gesellschaft vor die Hunde gehe; nur das Sparen stelle die Handlungsfähigkeit des Staates wieder her, denn gerade die Armen können sich einen armen Staat nicht leisten. Ich erzähle das dem GF Und so, und er versteht Schröder sofort.

*

Der GF Und ist nicht gerne links, es eigentlich überhaupt nicht, eine vernünftige Politik will er. Einen Sozialstaat eben und nicht blöd sparen. Er glaubt mir nicht, dass man heutzutage nicht liberal sein kann, ohne zugleich neoliberal zu sein. Er kommt aus einer Handwerkerfamilie, einem Familienbetrieb, ist sehr stolz darauf, leitet erfolgreich eine volksbildnerische NGO, ist aber eben nicht links, sondern bürgerlich, wie man so sagt.

Tag, Monat, Jahr
Immer nur, wie alles gut ausgeht, würde ich gerne erzählen. Eigentlich tue ich nichts anderes. Aber das merkt niemand. Schon gar kein professioneller Schreiber, Leser, Helfer.

Tag, Monat, Jahr
Von folgenden Menschen hätte ich ohne ALEIFA nicht Kenntnis:
Der Boxer zum Beispiel hat in seinem ganzen Leben keinen einzigen Wettkampf gewonnen, sondern verdiente den Lebensunterhalt für seine Familie einzig damit, dass die anderen Boxer ihn zu Boden schlugen. Fast jeden Tag taten sie das. Als ihn einmal jemand fragte, wie das sei, wenn man andauernd bewusstlos geschlagen werde, antwortete er freundlich: *Nichts Besonderes. Wie Sterben.*
*
Das Mädchen irrte jahrelang allein durch den Krieg, fand erst zu Kriegsende in einem kleinen Kloster Zuflucht und Schutz, musste aber, bevor es die Welt verlassen und in die Brautschaft Christi aufgenommen werden durfte, schwören, über alles, was es als Kind unter Menschen erlebt hatte, für immer zu schweigen. Das war die Bedingung der ehrwürdigen Schwestern, der Oberen, auf dass es dem Kind wohl ergeht. Mehr als ein halbes Jahrhundert später hat der Staat der geistlichen Frau für ihr Lebenswerk einen Preis für tätige Menschenliebe verliehen. Die Frau freute sich und wurde aber sehr traurig, beklagte öffentlich, um welchen Preis sie am Leben bleiben hat dürfen und Menschen eine Hilfe sein hat können. Aber was sie als Kind erleiden und hören und sehen hat müssen, erzählt sie immer noch niemandem, da sie an ihren Schwur gebunden ist.
*
Von der Stadt werden ein Straßenbahnfahrer, ein Polizist und ein Schäferhund für Mut und Tapferkeit im Dienste ausgezeichnet, weil die drei mit vereinten Kräften einer Frau zu Hilfe gekommen sind, als diese von einem Mann auf der öffentlichen Bedürfnisanstalt des Hauptbahnhofes vergewaltigt wurde. Zur gleichen Zeit, als die im öffentlichen Dienste stehenden Männer für ihre Courage ausdekoriert werden, fängt eine junge Frau gerade wieder mit dem Gehen an, als sei sie ein ganzes Kind. Sie ist

wochenlang im Koma gewesen, hat seit dem Erwachen unerträgliche Schmerzen, da überall Brüche, Risse, Quetschungen. Sie wird noch monatelang im Spital und dann in der Rehabilitation zubringen müssen, und ihr Gesicht wird entstellt bleiben. Sie war allein mitten in der Nacht einer ihr völlig unbekannten Frau zu Hilfe gelaufen, die aus Leibeskräften schrie, weil sie vergewaltigt wurde. Die hilfsbereite junge Frau, deren Gesicht es jetzt nicht mehr gibt, sprang aus ihrem Wagen, rannte ohne zu zögern vom Parkplatz der Autobahnraststätte los und den Vergewaltiger mit aller Wucht über den Haufen. Der Mann ließ von seinem schwer verletzten ersten Opfer ab, schlug die hilfsbereite junge Frau zusammen, entkam unerkannt. Auf die Hilferufe der beiden Frauen reagierte in der Raststätte niemand. Die blutüberströmte junge Frau schleppte sich deshalb über die Straße und über den Parkplatz auf das Gasthaus zu, um endlich Hilfe zu bekommen. Wurde aber auf dem Parkplatz von einem Auto überfahren. Der Lenker flüchtete unerkannt. Wahrscheinlich war der Lenker auch der Vergewaltiger. Die vergewaltigte Frau und die hilfsbereite Frau lagen jetzt hilflos und unhörbar jede auf ihrem Platz, wimmerten mehr als eine Stunde lang, bis sie zufällig Hilfe erfuhren. Keine öffentliche Einrichtung in Stadt, Land oder Staat zahlt der beherzten jungen Frau Schmerzensgeld oder hat sie bislang belobigt oder ausgezeichnet.

*

Der Zivildiener, der in jeder pflegerischen und in jeder sozialarbeiterischen Hilfseinrichtung, der er zugeteilt wird, zusammenbricht, sagt zu seinen jeweiligen Vorgesetzten, er sei doch ein Mensch und die hier in den Heimen und Hilfsvereinen seien doch alle Menschen, und wird in der Folge für den Zivildienst für untauglich erklärt.

*

Der Millionär geht einmal im Monat auf alle Friedhöfe der Stadt und beschenkt da die Toten, indem er ihnen auf ihre Gräber Geldscheine zwischen die Blumen legt.

*

Eine Frau sagt von sich: *Meine Gefühle sind tot, ich spüre überhaupt nichts mehr.* Eine Anästhesistin auf Partnersuche. Sie kenne das Gefühl der Liebe noch, aber es gehe ihr verloren, sagt sie, und das tue weh. Sie wolle es wieder spüren und nicht zulassen, dass sie es verliert.

*

Der gesichtsblinde Übersetzer erkennt keinerlei Emotionen aus dem Gesicht, er erkennt seine eigene Mutter auf der Straße nicht.

*

Die junge Frau, die seit fünfzehn Jahren nicht mehr in dem Land lebt, in dem sie als Kind gewesen war. Sie weiß nicht mehr, wo sie daheim ist.

Auf dem Flug erst versteht sie, wo sie daheim ist: dort, wo sie keine Angst hat. Zum ersten Mal seit fünfzehn Jahren hat sie keine Angst. Und dann kommt sie hierher wieder zurück und hat auch hier keine Angst mehr.

*

Der Journalist, der monatelang nicht mit den Augen blinzeln konnte, ohne eine Leiche zu sehen. Er geht immer dorthin, wo die anderen nicht sind, und er ist den anderen dadurch im Beruf fast immer voraus.

*

Der junge Zivildiener erträgt die Schlamperei im Heim nicht mehr. Weil er dem behinderten Mädchen helfen will, das sich nicht rühren kann und dem alles wehtut, versteckt er eines Tages alle im Zimmer befindlichen Suppenlöffel. Denn die ärztliche Vorschrift lautet, dass das Mädchen nur mittels kleiner Teelöffelchen gefüttert werden soll, weil der Mund schon so wund ist. Weil die Pfleger und Pflegerinnen das aber nicht befolgen, weil es für sie zu viel Zeitaufwand bedeutet, und weil sie auch nicht auf den jungen Zivildiener hören und der sich nicht auf seiner Ansicht zu beharren getraut, muss der junge Zivildiener alle Suppenlöffel verstecken. Am folgenden Tag versteckt er dann aber nur mehr den Suppenlöffel des Mädchens, in der Hoffnung, dass man dann zum Füttern den kleinen Kaffeelöffel nimmt, der auf dem Tischchen liegt, anstatt lange nach einem Suppenlöffel zu suchen oder sich die Mühe zu machen, einen neuen in der Küche zu holen. Jeden Tag versteckt er diskret den Suppenlöffel von neuem, legt ihn dann aber auch jeden Tag wieder auf seinen Platz zurück. Sobald der Zivildiener nicht mehr in dem Heim arbeitet, wird das Mädchen wieder mit dem Suppenlöffel gefüttert. –

Der Boxer zum Beispiel, man ist so als misshandelter Mensch, glaube ich. Die Klosterschwester, die so vielen Menschen helfen hat können, ihr Eid, alles Schreckliche zu verschweigen, ist für jeden Menschen die Überlebensbedingung, wenn die Stützen der Gesellschaft etwas Schreckliches getan haben; wer sich ihnen nicht unterwirft, bringt es zu nichts und kann überhaupt nichts tun. Die überfahrene Frau, die geholfen hat, während hingegen die Männer ausgezeichnet werden: Ich glaube, dass das Funktionärswesen so funktioniert. Und der Zivildiener, der überall zusammenbricht, sieht, bin ich überzeugt, die staatlichen und privaten Hilfseinrichtungen richtig. Und der zweite junge Zivildiener ist, wie Menschen sind, die schon seit Jahrzehnten in defekten Hilfseinrichtungen arbeiten und die dann trotz ihrer Machtlosigkeit jeden Tag im Kleinen tun, was sie können, und aus allem das Beste machen, aber doch alles genauso falsch belassen, zwangsläufig, wie es von Grund auf falsch ist. Und so weiter und so fort.

Tag, Monat, Jahr
Mafioso heißt *mutig, schön*. Die Regeln sind: *Benimm dich wie ein Mann, schweige! Wenn dir jemand ins Gesicht schlägt, schweige! Jammere nicht, schlage selber zurück!* Beim Schwur wird auf eine Heiligenfigur, am liebsten auf Maria, Blut getropft. Anschließend wird die Figur verbrannt. *So sollst du brennen, wenn du uns verrätst*, spricht man dazu. Ein Mann erzählt das einem anderen Mann. Der andere Mann lacht, sagt, das sei in seiner Firma die Burnout-Formel. Die stehe sogar in seinem Arbeitsvertrag. Den habe er unterschrieben.

Tag, Monat, Jahr
Von Kindheit an mein Widerwille gegen Krimis. Es gibt keine Krimis, in denen es um wirkliche Unfälle geht. Solche Krimis sollte es geben. Nicht in einer Tour die vielen Morde, sondern die vielen Unfälle, die Fahrlässigkeiten und die Überforderungen, die Banalitäten, aus denen die Extremsituationen erwachsen. Das ganze kleine Alltagszeug. Die kleinen üblichen Betrügereien. Die vorsätzlichen Morde hingegen gehören weg. Die lenken ab. Es geht auch so auf Leben und Tod. Ich will Krimis, in denen man sieht, was täglich in Kauf genommen wird. Die Lässlichkeiten, die Unterlassungen, die Kollateralschäden, die Zufälle, die plötzlich zum Schicksal werden. Die Leute, die dazwischengehen. So jemanden, so etwas will ich sehen. Die Polizisten in den Krimis sind alle für A und F, weil sie immer erst daherkommen, wenn es zu spät ist. In Wahrheit würden die Polizisten in den Krimis gar nicht mehr gebraucht, weil sie einem ja nicht helfen. Was nützt es einem Toten, wenn der Fall aufgeklärt wird.

Tag, Monat, Jahr
Hitchcock sagte anlässlich einer Preisverleihung, das Publikum solle jetzt schnell nach Hause gehen und seinen Mord verüben. Die Leute haben gelacht. Ich kann so etwas überhaupt nicht witzig finden.

*

Umberto Ecos *Der Name der Rose* soll das Lebensende des entführten Aldo Moro, also den terroristischen Angriff auf das Herz des Staates, aufarbeiten und wie die Täter, die Eliten, den Verdacht auf die Falschen lenken. Der Krimi soll ein politisches Antidepressivum sein. Ein Kulturgut eben.

*

Kracauers Analyse des Detektivromans; der Detektiv sei ein kleiner Gott inmitten der Unwirklichkeit und die personifizierte Vernunft; die bringe alles an den Tag und das Ende sei gar keines, da es ja nur die Unwirklichkeit beendet. Es sei also eine Art guter Anfang. Und der Himmel werde auf die Erde gezwungen. Aber es könnte sein, dass es ihn trotzdem nicht gibt.

Tag, Monat, Jahr
Ein Polizeibeamter sagte einmal über mich, wenn er mich verhören würde, bräuchte er keine fünf Minuten, um mich zu überführen. Das war im Scherz und freundlich, traf mich aber, als ich davon erfuhr. Ich habe den Mann nämlich nie angelogen. Weswegen will der mich erwischen. Er erwischt viele. Er ist ein guter Polizist. Er lacht viel. Viele Kleine erwischt er und ärgert sich, dass das die Kleinen sind. Obere und Bessere erwischt er aber auch viele und wurde schon mehrmals als vorbildlich belobigt. Er macht auch viele Hausdurchsuchungen. *Hausbesuche* nennt er die und sagt, dass er so etwas nicht gerne mache und wie peinlich die oft für alle seien; der Familie und der Nachbarn wegen, wenn da plötzlich überall Polizei sei. Einmal sagte er zu mir, dass Leute, die kriminell geworden sind, oft überhaupt kein Unrechtsbewusstsein haben und dass ihn das jedes Mal von neuem irritiere. Manche seien stolz auf das, was sie getan haben, und reden eben auch ohne Scham und Scheu davon. Und manche brauchen Hilfe, einen Menschen, und die gestehen deshalb. Er soll, weiß ich, dafür bekannt sein, dass man bei ihm schnell gesteht. Man findet in ihm einen Menschen. Ich suche keinen.

*

Einmal erzählte er mir, er habe sich überlegt, einem Journalisten einen Tipp zu geben, sei dann jedoch zu langsam gewesen. Deshalb sei der Ehrenmann, den er überführen hatte wollen, tatsächlich in sämtlichen Zeitungen für seine Verdienste im Interesse der Öffentlichkeit hochgeehrt worden, und der mache jetzt unter Politikerschutz und Publizistenapplaus weiter wie bisher. Der Polizist erzählte auch von den Wutausbrüchen des Innenministers, wie oft dieser den Laptop auf den Boden oder an die Wand geschmissen habe, sodass der Rechner in hundert Trümmer zerbarst. Und wie der Innenminister mitten auf der Autobahn seinen Dienstwagen anhalten ließ und seinen Berater aus seinem Auto warf, sodass der ganz verdattert und alleine eine Zeit lang auf dem Pannenstreifen herumirrte, bis ihn ein Polizeiauto abholen konnte. Immer wieder habe der Minister seine höchsten Polizeioffiziere im Staat völlig überraschend in aller Frühe schon zu sich zitiert, sodass ein paar um halb zwei Uhr in der Nacht aufstehen und um halb sechs Uhr in der Früh vor der Ministertür warten mussten. Dort wartete der jeweilige Offizier dann bis Mittag. Um zwölf oder dreizehn oder vierzehn Uhr ließ ihm der Minister dann mitteilen, dass er heute doch keine Zeit für ihn habe. Auch auf diese Weise ordnete der Minister den Polizeiapparat neu.

*

Von einem Kriminalpsychologen habe ich auch erfahren, der die psychologischen Gutachter kritisiert, was die bei einer Entlassung alles übersehen: Viele Inhaftierte würden im Gefängnis dadurch noch gefährlicher, dass die richterliche Verurteilung nicht wegen eines Sexual- oder eines anderen Gewaltverbrechens erfolgt ist, sondern wegen eines simplen Eigentumsdeliktes, und weil daher die notwendige psychiatrische Behandlung unterbleibt und die Entlassungsbeurteilung falsch ist. Ein Richter fälle ein falsches Urteil, damit überhaupt eines zustande kommen könne oder damit die Sache möglichst schnell und einfach erledigt ist. So aber komme es dann eben zu einer falschen oder gar keiner psychiatrischen Diagnose, damit zu einer falschen oder gar keiner Behandlung, daher zu keiner Heilung, geschweige denn Resozialisierung. Daher sei dann aber die vorzeitige Entlassung falsch. Die Richter machen es sich nun einmal zu einfach, sagt der Polizist, suchen den einfachsten Weg, weil sie arbeitsüberlastet seien. Und dass es eben nicht allein die Polizei, sondern den Staatsanwalt und den Richter im Prozess auch noch geben müsse; die hätten auch ihre Pflicht zu tun, sagt der Polizist. Denn dass man als polizeilicher Ermittler automatisch Ehrgeiz entwickle, sei klar. *Kopfgeil* heiße das, wenn man unbedingt jemanden zur Strecke bringen wolle. Bei den Leuten müsse man immer schauen, was sie tun, nicht, was sie reden, und dass das überhaupt nicht trivial sei, sondern im Alltag das Wichtigste.

*

Der Polizist ist lustig. Es nehme einen alles sehr mit, sagt er. Manchmal müsse man zu sich selber ein paar Mal sagen, dass man zu den Guten gehöre und auf der richtigen Seite sei, sonst glaube man es plötzlich selber nicht mehr. Man müsse einen robusten Realitätssinn haben. Den behalten, komme, was wolle. Und dass er immer nach einem Grund zum Lachen suche, sagt er. Er finde den aber auch immer. Die Disziplinarverfahren beispielsweise seien zum Lachen, obwohl sie zum Weinen wären, weil sie heutzutage wegen Lappalien eingeleitet werden oder um jemanden loszuwerden. Wenn es hingegen um etwas wirklich Wichtiges gehe, komme nur schwerlich etwas heraus. Aber wegen Kleinigkeiten werde man fertig gemacht, egal wie anständig man sich sonst verhalte. Ich weiß, dass er auch schon ein, zwei Disziplinarverfahren hatte, und zwar weil er ein paar Mal in der Dienstzeit mit anderen Beamten zusammen etwas getrunken haben soll. Aber der Vorgesetzte, der die Verfahren gegen ihn und gegen noch ein paar andere betrieben hatte, musste dann gehen. Vorzeitig in den Ruhestand. War fertig.

*

Der Polizist sagte zu mir auch, dass man bei einem Verhör in Wahrheit niemals etwas zugeben dürfe, da gebe es kein Ausverhandeln und keine

Kompromisse. Man dürfe sich keine derartige Schwäche erlauben. Und dass das die Polizisten selber natürlich wissen, wenn sie verhört werden. Und einmal eben erzählte er von den Leuten, die unbedingt gestehen wollen. Und dann von denen, die gestehen, obwohl sie nichts getan haben. Bei Einsätzen gegen die Mafia war er auch dabei. Dann nicht mehr, weil die seiner Frau unerträglich waren. Einmal ermittelte er gegen einen Politiker; der ging deshalb aus der Politik und wurde dann noch reicher, als er es vorher schon gewesen war. Und international war der plötzlich auch. Wer ihn vor der Wahl angezeigt hatte, ein politischer Gegner oder ein Parteifreund, wollte ihn aus der Politik entfernt haben. Das gelang und zugleich überhaupt nicht. Die Ermittlungen ergaben jedenfalls gar nichts. Nicht einmal in der Presse gab es eine winzige Mitteilung. Der Politiker verschwand sang- und klanglos aus der Politik und war dann als Privatier und Geldgeber sehr erfolg- und einflussreich.

*

Der Polizist ist ein Sunnyboy und soll auch deshalb sehr gut verhören. Die Leute mögen ihn, obwohl er sie ins Gefängnis bringt. Wenn gegen Polizisten ermittelt wurde, war er manchmal Teil der Sonderkommissionen. Das mochte er aber überhaupt nicht. Und seiner Frau war es auch nicht geheuer.

*

Einmal fragte er mich, ob ich noch an Gerechtigkeit glaube. Und ich sagte: *Ja, sicher* zu ihm. *An den Rechtsstaat kannst du auch noch glauben?*, fragte er mich dann. *Warum nicht?*, fragte ich. Er sagte, er müsse sich ernstlich überlegen, ob sein Misstrauen eine Berufskrankheit sei. Er müsse sich immer klar machen, dass das, was man im Beruf erlebe, nicht die ganze Welt und das ganze Leben sei. Er sei glücklich, dass seine Familie ihm das jeden Tag klar macht. Sozialarbeiter bewundert er. Das wundert mich jedes Mal. Der Polizist schätzt bei jeder Wahl gut ein, wie sie ausgehen wird. Das kommt daher, weil er so viel unter den Leuten ist. Manchmal erschreckt er, weil er merkt, wie die Stimmung ist und dass der Siegeswille bei den Rechten ist und wie eisern der ist. Ein wichtiger, mächtiger Spitzenpolitiker umwirbt auch ihn jedes Mal, wenn er ihn sieht, und der Polizist lacht dann immer und es gruselt ihn und er sagt dann, dass den Politiker niemand aufhalten könne und der wirklich auf alle Leute zugehe und sie anrede wie ein Drogenhändler; und jeder braucht etwas und nimmt etwas.

*

Und einmal erklärte mir der Polizist, wie man erkennen könne, dass jemand lügt, nämlich daran, dass derjenige immer dieselben Worte verwende und von seiner Version des Sachverhaltes möglichst mit keinem Wort abweiche. Aber das sei, sagte der Polizist dann, auch kein eindeutiges Kriterium. Und warum solle jemand, der eine einfache Wahrheit sagt, die immer wieder mit anderen Worten sagen müssen, nur damit man ihm glaubt. Nur weil etwas immer dasselbe sei, sei es deshalb noch nicht falsch. Und einmal sagte er lachend, dass eine Uniform nichts Falsches sei. Er trägt seine aber nie.

*

Einmal fragte er mich, was ich in den letzten zwanzig Jahren getan habe. Das tat mir weh. Die müssen, meinte er, spurlos an mir vorübergegangen sein. Es klang nicht nett. Wenn man ihn auf Widersprüche aufmerksam macht, wird er ungehalten. Die will er immer sofort aufklären. Bei sich selber auch. Für ihn ist das sehr wichtig, dass er nicht widersprüchlich redet. Ich kann mich tatsächlich an keinen Widerspruch erinnern. Er weiß sofort, was worauf hinausläuft. Ich glaube, dass ich ihm ab und zu auf die Nerven gehe, weil er mich für albern hält. Ich kenne ihn nur beiläufig. Er ist in die Parallelklasse gegangen. Wir haben uns später zufällig bei einem gemeinsamen Bekannten besser kennen gelernt. Er ist schnell von Begriff. Wurde, glaube ich, auch immer schnell befördert.

Tag, Monat, Jahr

Regelmäßig versuche ich, grün und ethisch zu investieren, gehe in jede Bank in der Stadt. Es geht nicht. Ich verstehe nicht, wie das die anderen machen, die ALEIFA zum Beispiel, die haben ja das Firmenkonto dort und eine Betriebsratskasse müssen sie dort anlegen. Alles ethisch und grün und rot, so gut es nur geht. Und ich weiß, bei welcher Bank die sind. Aber wenn ich bei der nachfrage, ist dort nichts. Zweimal in jedem Jahr probiere ich die hiesigen Banken durch, seit drei Jahren. Immer andere Filialen. Da ist nichts. Ethisches Geld ist bei den Banken hier Quatsch.

Tag, Monat, Jahr

Der Sänger Quasthoff sei ein schöner Mann, obschon er ein Contergan sei, sagt eine Frau im Bus. Aber in der Rolle des Liebhabers wolle sie Quasthoff nicht auf der Bühne sehen. Und dass er blutig geschlagen werde im *Parsifal*, nein, nein, so wolle sie ihn auch nicht sehen. Den Rigoletto solle er singen. Der sei ja behindert. In Spanien bekommen die Kinder, sagt die Frau dann, sofort nach der Geburt Ohrringe. Ihre Mausi auch. Dann redet sie über Geld. Dann sticht sie mich mit der Schirmspitze. Dann noch einmal. Ich gebe Laut. Ein Sprichwort sagt, dass ein einziger Ton das ganze Leben eines Menschen erzählen kann. Ich bin mir aber nicht sicher, ob mir so ein Ton gefällt, der das kann. Der alte Operettenstar gefällt mir, der hat vor kurzem gesagt, er habe dem Publikum sein ganzes Herz gegeben. Jetzt komme alles zurück, und er sei so glücklich. Ich freue mich, weil es ihm gutgeht. Von dem hat die Frau mit dem Schirm auch geredet und auch zwei Mal zugestochen.

Tag, Monat, Jahr
Das Theaterstück mit den aufgeblasenen Puppen, den Stützen der Gesellschaft, denen die Luft ausgelassen wird, hat mein Freund der Anachoret geschrieben, als er noch ganz jung war. Es ist durchgefallen. Aber so wie im Stück muss man es machen.

Tag, Monat, Jahr
Der sympathische Komponist, von dem ich gestern erfahren habe, hellt meine Seele auf. Der will nämlich immer nur eine einzige Aufführung machen von jedem seiner Stücke. Und Opern hat er immer für geschmacklos gehalten, hat aber sehr gute geschrieben, weil er von etwas leben musste. Der wurde von seinem Lehrer zu Schönberg gezwungen. Unglaublich. Schönbergs Leute haben das angeblich oft so gemacht. Furchtbar. Gestern war dann auch eine Werbesendung für die Hospizbewegung. Einen schönen Tod in Würde wollen sie den Leidenden bereiten und spielen Mozart, die *Zauberflöte*. Das wäre der schwerste Tod für mich. Bin überzeugt, dass Mozart sehr geschmacklos gestorben ist. Unter Mozartmusik möchte ich nicht sterben.

Tag, Monat, Jahr
Schönberg hat Schüler und Mitarbeiter oft in den körperlichen und seelischen Zusammenbruch getrieben. Engste Vertraute. Wozu dieser Aufwand? Ein Mensch, der unter den Tönen Gleichberechtigung schuf, in der Realität aber Monarchist war. Jedenfalls kein Demokrat.

Tag, Monat, Jahr
Anton Webern sah in der Zwölftonmusik Goethes Urpflanze. Aus allem werde alles. Zwölftonmusik als eine Art Stammzellenforschung.

Tag, Monat, Jahr
Schönberg sagte von seiner Musik, sie sei wie ein aufrichtiger und intelligenter Mensch, der etwas sagt, das er zutiefst empfinde und das für alle von Bedeutung sei. Und der ganz einfach daherkomme.

Tag, Monat, Jahr
Vor ein paar Jahren hat man hierzulande versucht, Komapatienten, auch Apalliker, mithilfe alter mongolischer Instrumentalmusik aufzuwecken. Die Musiker haben am Bett gespielt. Man habe positive Körperreaktionen messen können. Aufgewacht wurde auch ab und zu. Aber ich habe nie mehr davon gehört. Ein paar Leute sagen, das gehe mit jeder Musik. Ich glaube das nicht. Seit damals suche ich nach diesen mongolischen

Musikern und ihrer Musik. Ich halte diese Musik für die wichtigste auf der Welt.

Tag, Monat, Jahr

Das Rugbyspiel England – Frankreich in den 1990ern. Das genaue Jahr weiß ich nicht mehr. Die Franzosen haben verloren und von dem Tag an jahrelang jedes Spiel. Die Engländer haben in dem Match damals von der ersten Minute an gefoult, wie sie nur konnten; sich auch von der ersten Minute an auf den Mannschaftskapitän der Franzosen gestürzt. Alle auf den einen. Ihn innerhalb von fünfzehn Minuten total zermürbt, zerstört. Er stand dann alleine und schief, zitterte am ganzen Leib. Die anderen französischen Spieler wurden auch bei jeder sich ergebenden Möglichkeit gefoult. Und der Schiedsrichter war zweifellos unfähig oder er war vielleicht sogar bestochen. Allerdings haben die Briten die meiste Zeit über so gefoult, dass es der Schiedsrichter nicht sehen konnte. Die Franzosen andererseits wurden durch die ständigen Fouls permanent provoziert, schlugen im Reflex zurück. Das aber ahndete der Schiedsrichter dann jedes Mal. Denn das sah er immer.

Die Briten spielten also falsch und unfair, foulten und provozierten permanent, doch die Franzosen wurden in einem fort wegen aggressiven Spieles bestraft. Die verloren dadurch völlig die Nerven. Wenn die britischen Spieler heutzutage nach fast zwanzig Jahren davon erzählen, sind sie noch immer stolz auf ihre damaligen Methoden und nennen diese Selbstdisziplin. Es haben sich sozusagen die Täter mit Hilfe des dummen oder korrupten Richters zu Opfern gemacht und in der Folge zu ewigen Gewinnern. *Gutes Spiel*, sagten die Engländer dann die Jahre über zu den bei jedem Spiel von neuem unterliegenden Franzosen.

Tag, Monat, Jahr

Bei Gemüller und mir war das so wie in dem Rugbyspiel England – Frankreich in den 1990ern. Ich glaube, dass das oft so ist beim Verlieren. In politischen Institutionen ist das so. In sozialstaatlichen Hilfseinrichtungen auch. In den NGOs, GONGOs. Im Großen und im Kleinen ist es so. Überall, wo man es nicht für möglich erachtet, ist es so. Und gerade dort, wo es eigentlich geächtet, geahndet, sofort in Ordnung gebracht werden müsste. Die Helfer konkurrieren ums Geld, und die Politiker sind die Schiedsrichter. Hodafeld hat mir erklärt, dass es in etwa so ist und *Looping* heißt und *Unterleben*.

Tag, Monat, Jahr

Mein Freund Nepomuk musste jetzt einmal zum Begräbnis eines Achtzehnjährigen und dort von der Schule aus eine Rede halten. Nepomuk war dann am Boden zerstört, konnte ein paar Wochen lang nicht arbeiten.

Es war ihm, als sei es das Begräbnis des eigenen Kindes, seines ältesten Sohnes gewesen, der immer in größter Gefahr ist. Die Rede war sehr gelungen gewesen.

Tag, Monat, Jahr
Wenn ein aidskranker Afrikaner hier in der Stadt unwiederbringlich zu sterben anfängt, kommen plötzlich welche, die er gar nicht kennt, und sagen, er muss schnell von hier fort, zurück heim. Keine Weißen von hier sind das, sondern Schwarze, die das zu ihren Brüdern und Schwestern sagen. Die wollen den Leuten helfen. Manchmal sorgen die dann auch wirklich für ein Begräbnis in der Heimat. Denn hier gab es ja kein Heimatrecht. Und die Seele müsse zurück. Und der hiesige Aidsarzt, der so viel in den Medien ist und gelobt wird, mag in Wahrheit keine Schwarzen behandeln. Wenn er nur irgendwie kann, behandelt er sie nicht. Er will sie immer nur loswerden. Knappe Ressourcen, Triage.

Tag, Monat, Jahr
Kohr soll bei Veranstaltungen schnell eingeschlafen sein und dann beim Aufwachen nicht gewusst haben, an welchem Ort der Welt er gerade ist. Leicht zu vertreiben war er auch. Als zum Beispiel sein nächster Nachbar, ein kleiner Ladeninhaber, ein Freund, Kohrs kleinen Lebensraum nicht mehr respektierte, ging Kohr auf und davon, obwohl er dort lange und gerne und in Freundschaft gelebt hatte.

Tag, Monat, Jahr
Die junge Frau vor mir im Bus ist die von gestern aus der Straßenbahn. Gestern hat sie sich so über ihren Studienplatz gefreut. Physiotherapeutin will sie werden. Sie war zuerst abgewiesen worden. Sie ruft ein paar Leute an, jedes Mal erzählt sie von ihrem Studienplatz wie von einer Bagatelle, obwohl sie sich so freut. Sie strahlt. Da vorn ist die Dialysestation. Die beste, glaube ich, in der Stadt. Zwischen dem Industriegebiet und dem Einkaufszentrum liegt die Station. Ein paar junge Burschen im Bus schauen durch die Gegend, einer sagt, wenn er eine Freundin hätte, würde er ihr jeden Tag Blumen schenken. Die anderen sagen, dass er doch überhaupt kein Geld habe. Er sagt, das Geld für die Blumen würde er trotzdem jeden Tag zusammenbekommen, er brauche ja nicht viel für sich. Eine Freundin wäre das Schönste auf der Welt. Die Burschen nicken und schauen zu Boden.

Tag, Monat, Jahr
Christi-Himmelfahrts-Tag 2003, Irakkrieg:
<Das Paradies wie bekannt liegt seit Menschengedenken zwischen Tigris und Euphrat. Über Gedeih und Verderben wurde im 1. Jahr-

tausend vor Christi Geburt an besagtem paradiesischen Ort wie folgt berichtet: Das Schwein, das geschlachtet werden soll, fängt in Todesfurcht zu schreien an. Der Metzger, der darangeht, seine Arbeit zu tun und sein Schwein zu schlachten, belehrt es daher und weist es wohlmeinend zurecht. Schon dem Vater nämlich und dem Großvater des Schweins sei es so ergangen wie dem Schwein jetzt, also solle es sich doch fassen, beruhigen und fügen. Die antityrannische Fabel vom brüllenden Schwein, das sich nicht schlachten lassen will und dem die Angstschreie und Hilferufe vom gutmütigen Schlächter dadurch ausgeredet werden, daß die Sache doch schließlich und endlich immer schon so gewesen sei und der Familie des entsetzten Schweins seit Generationen widerfahren und daher auch nun diesem Schweinesproß durchaus zumutbar, ist altirakisch. Um 700 vor Christus hat selbige Geschichte ein griechischer Bauerndichter verwendet und in die Fabel von Habicht und Nachtigall umgeformt, um in einem Prozeß vor korrupten, aristokratischen, kriegerischen Richtern und Grundherren zu bestehen und zu gewinnen: Ein Raubvogel packt eine Nachtigall, zerrt sie in den freien Himmel hinauf, verletzt sie mit seinen Krallen. Der Singvogel wimmert, jammert und schreit. Da herrscht der Habicht die Nachtigall an, sie solle nicht schreien, sondern sich ruhig verhalten, er sei der weitaus Stärkere, habe sie völlig in seiner Gewalt, wenn er es wolle, werde er sie auffressen. Oder aber er lasse sie frei. Auch das sei möglich, es stünde ganz in seinem Belieben, sagt der Habicht zur Nachtigall. Nur Narren, so lautet die Warnung des Habichts, kämpfen gegen ein stärkeres, so übermächtiges Wesen an. Gegenwehr bringe nur noch mehr Schmerzen ein, zur unabänderlichen, unabwendbaren Schande noch die unnötigen Schmerzen. Wozu denn?
– Kennen Sie Martin Eden?

Martin Eden war, soll der Name wohl sagen, der, der ums Paradies kämpfte, es mit anderen zu teilen im Sinne hatte, und vor allem war Martin Eden Jack Londons zweiter Name. Und Jack London, das ist der, der so viele Hunde und Hundeartige zu den Helden dieser Welt gemacht hat. Er habe immer unter freiem Himmel gelebt, sagte er. Und daß niemand davor gefeit sei, zum Dreck der Gesellschaft zu werden. Wie an einer glitschigen Wand versuche er Halt zu finden, um nicht wie seinesgleichen im Abgrund umzukommen. Im 41. Lebensjahr tötete er sich mittels einer Mischung aus Morphium und Atropin. Er war Sozialist, einer der wichtigsten, weil publikumswirksamsten, verdiente, veröffentlichte und vertrank enorme Mengen. Am Ende glaubte er niemandem und nichts. Er sei der erfolgreichste Schreiber seiner Zeit gewesen, heißt es. Und daß die amerikanische Gesellschaft ihn außer Kraft gesetzt und unbrauchbar gemacht habe. Lenin übrigens hat über ihn bloß gelacht.

Doch wurde Jack London in der Sowjetunion zu Millionen verkauft, in den USA soll jeder lesende Arbeiter dazumal ihn gelesen haben. Jack London berichtete von Menschenwesen, die, wie er sagte, zu hilflosem »Schlachtvieh« gemacht und dann auf den »Müllhaufen« geworfen wurden. Zugleich redete er vehement davon, daß in Bälde die menschliche Güte und Selbstlosigkeit die Oberhand über die Gegenwart gewinnen werden. Alle seine Reden waren Konfrontationen und Provokationen sondergleichen. Seit jeher wird ihm vorgeworfen, er verherrliche den brutalen, darwinistischen, rassistischen, frauenverachtenden Kampf ums Dasein. Es war aber trotz allem etwas wesentlich anderes, was Jack London bis zur völligen Erschöpfung unter die Leute brachte, nämlich Klassenkampf. Mit jedem könne er es aufnehmen, er werde nicht kampflos vor die Hunde gehen und die Arbeiterschaft sei in Wahrheit der herrschenden Klasse in jedem Sinne überlegen. Das war sein Credo. Das war alles. Und so schrieb er von kämpfenden Tieren, die »ihr Elend den Sternen zuheulen«, von Bäumen, die in kalten Schneewintern bis »ins innere Herz erstarren«, und daß Gut und daß Böse unter freiem Himmel einfach seien. Böse sei, was Menschen Schaden zufügt, sie entstellt, verstümmelt, hilflos macht, ihnen Lebenszeit, Lebenschancen, Lebenskraft, Lebensmut, ihr Leben nimmt. Gut sei, was ihnen hilft, daß sie leben können und leben wollen. Ausdrücklich verkündete er, die sozialistischen Revolutionäre haben nun die Weltarena betreten und fordern das abgewirtschaftete Weltkapital heraus. Öffentlich erklärte deshalb Theodor Roosevelt, republikanischer Präsident von 1901 bis 1908, Jack London für verachtenswert. Bei dieser öffentlichen Ächtung Jack Londons durch den amerikanischen Präsidenten ging es aus guten Gründen auch darum, welches Tier welches besiegen könne. Die Tiere, die Jack London beschreibe, können, meinte der Präsident in aller Öffentlichkeit allen Ernstes, die anderen Tiere nicht besiegen. Ein solcher Sieg, wie ihn Jack London in seinen Tiergeschichten erzähle, sei völlig ausgeschlossen. Irreal. Jack London sagte von sich, er habe immer schon lesen und schreiben können, als kleines Kind schon, es habe ihm niemand beigebracht. Sein leiblicher Vater wirft Jacks Mutter aus Haus und Ehe, weil sie ihre Leibesfrucht, Jack London nämlich, nicht abtreiben will. Die Mutter unternimmt daraufhin zwei Selbstmordversuche, wird gerettet, das Kind mit ihr. Später dann nimmt dieses Kind vor seinen Eltern Zuflucht bei einer gütigen schwarzfarbigen Nachbarsfrau.

Wer heute von amerikanischer Wirtschaftskrise redet, meint entweder die gegenwärtige weltweite oder die ab dem Schwarzen Freitag 1929 oder beide. Schwere Wirtschaftskrisen gab es in den USA aber zuvor schon in Permanenz. 1893 beispielsweise war ein Jahr tiefer wirtschaftlicher

Depression. Hunderte Banken machten folgenschwer bankrott. 1893 war Jack London 17 Jahre alt. Vom Schulalter an hatte er beständig gearbeitet, um seine Eltern und Geschwister mitzuernähren, als Zeitungsjunge etwa oder in einer Konservenfabrik. 1893 schaufelte Jack London Kohle in einem Kraftwerk, weil er Elektrotechniker werden wollte. Jung und kräftig, wie er war, arbeitete er für zwei, ersetzte zwei andere Männer. Sie wurden seinetwegen entlassen. Jack London war stolz auf sich. Als er dann erfuhr, daß einer der beiden Männer, ein Familienvater, sich aus Verzweiflung umgebracht hatte, befiel Jack London Selbstekel. Er gab seine Lehrstelle im Kraftwerk auf, vagabundierte, schloß sich der sogenannten Armee des Gemeinwohles an, welche sich aus Arbeitslosen etlicher Bundesstaaten rekrutierte und auf Washington zumarschierte. Am 1. Mai 1894 wurde der General dieser Armee verhaftet. Damit war die Sache erledigt und Jack London vagabundierte alleine weiter. Und so weiter und so fort.

– Der Roman *Martin Eden* hätte ursprünglich *Erfolg* heißen sollen. *Success.* Am Ende seines Lebens soll der erfolgreiche und reiche Jack London nur mehr für Geld geschrieben haben, sein Grund und Boden und sein Vieh sollen ihn weit mehr interessiert haben als vorgeblicher Sozialismus und vorgebliche Revolution. Das war, als er sich umbrachte. 1916. »Kein Toter aufersteht«, steht in Jack Londons nahezu unverschlüsselter Selbstbiographie *Martin Eden* aus dem Jahre 1909. 1906 hatte Jack London in einer enthusiastisch bejubelten Rede an der Yale Universität vor 3.000 Zuhörern hinausgeschrien, der Kapitalismus sei dumm, unfähig und am Ende. Nichts müsse mehr so sein, wie es ist. In der Folge riefen die wichtigsten Zeitungen amerikaweit dazu auf, Jack London, den, wie sie sagten, Feind der amerikanischen Verfassung, und alle, die ihm Publikationsmöglichkeit geben, zu boykottieren. 1906 auch hat er den Roman *Die eiserne Ferse* veröffentlicht. Darin wird unter anderem erzählt, daß es 1912 zu einem Weltkrieg komme. Doch den Arbeitern der Krieg führenden Länder gelinge es, durch Generalstreik den Krieg zu unterbinden. 1916 dann in der Wirklichkeit begrüßt Jack London den Eintritt der USA in den Ersten Weltkrieg und bringt sich um. In *Martin Eden* nahm er vorweg, was er tun wird. Denn Martin Eden tötet sich. Dazumal freilich, 1909, hatte Jack London diesen Suizid grimmig damit kommentiert, daß Martin Eden sich nicht getötet hätte, wäre er Sozialist gewesen. Sozialismus statt Verzweiflung. Sozialismus als Liebe zum Leben. 1916 tritt Jack London also aus der sozialistischen Partei aus, bringt sich dann erst um. Seine Frau und seine beiden Töchter beschuldigen sofort die USA, sowohl die Rechten wie Linken dort, Jack London durch Markt und Zensur vernichtet zu haben. Kein Toter aufersteht.

– Sie wissen vermutlich, was Zombies sind. Zombies sind der Sinn von Ostern, Christi Himmelfahrt et cetera. In Bantusprachen und Bantureligionen war Nzambi der gute Schöpfergott und sodann der sakrale Stammeskönig. Die christlichen Missionare haben sich auch so genannt: Nzambi. Und auch den Christus Jesus so: Nzambi. Es verhält sich wie folgt: Die schwarze Königin Nzinga im Angola des 17. Jahrhunderts wehrte sich immer wieder erfolgreich und legendär klug gegen die portugiesischen Invasoren und gegen das Versklavt- und Verschlepptwerden ihrer Stammesgeschwister nach Brasilien, etwa indem sie sich taufen ließ oder etwa indem sie sich mit den Holländern verbündete. Sobald aber die Sklaven einmal verschifft waren, konnte es keine Hilfe aus der Heimat mehr geben. Der Tod der Einzelnen in Massen wurde für die Sklaven de facto zur einzigen Widerstandsmöglichkeit: Selbstmord durch Nahrungsverweigerung, Selbstmord durch Schlammessen, erweiterter Selbstmord durch Abtreibungen und durch Tötung der neugeborenen eigenen Kinder. Selbst diese Selbsttötungen verstanden die Plantagenherren durch ihren Terror zu verhindern, indem sie nämlich die Körper der Toten verstümmelten, enthaupteten, damit die Toten nicht zu ihren Ahnen zu entkommen vermögen, nicht zu ihren Ahnen in die Heimat zurückkehren können. So mußten die Sklaven den Tod wieder mehr fürchten als das Leben. Von neuem also gab es keinerlei Entkommen. Revolten respektive Flucht auf und von den Plantagen gelangen am Anfang der brasilianischen Plantagenwirtschaft deshalb nur äußerst selten, weil das Überwachungssystem ausgeklügelt war und vor allem weil die Schwarzafrikaner auf der Flucht im Gegensatz zu den vielen versklavten Indios völlig auf sich allein gestellt waren und daher auch außerhalb der quälenden Plantagen keine menschliche Hilfe, keine Stammesgeschwister finden konnten, in der qualvoll errungenen Freiheit somit nur äußerst selten überlebten. Schnell freilich ersannen und errichteten gemeinsam entflohene Sklaven gemeinsame Flucht-, Überlebens- und Widerstandsorte. Sogenannte Quilombos. Allein das bloße Wissen um die reale Existenz solcher verborgener Quilombos irgendwo im brasilianischen Hinterland ermutigte zu Aufstand und Flucht. Die brasilianischen Quilombos von Palmares im 17. Jahrhundert beispielsweise sind trotz brutalster Vernichtung und Verstümmelung der Schwarzen durch die Weißen damals nach wie vor eines der wichtigsten historischen Symbole mutigen, tapferen schwarzen Widerstandes und für glückende schwarze Befreiung in aller Welt. Genauso der damalige dortige Anführer Nzambi. Im realutopischen Rebellenreich von Palmares lebten auf fast 30.000 Quadratkilometern fast 30.000 der Sklaverei und Gefangenschaft entkommene indianische, weiße und schwarze Fluchtmenschen miteinander. Im Laufe der Jahrhunderte ist das Widerstandswort »Quilombo« unter weißer Herrschaft vielerorts allerdings zu den alleinigen Bedeutungen »Bordell«, »Chaos«, »Straßenumzug« herabgewürdigt worden. In all den gegenwärtigen Straßenfesten somit, die ganz offen von den Sklavenaufständen, von den Quilombos des 17. Jahrhunderts handeln, wird der getötete schwarze Rebellenkönig Nzambi, als er gerade aus dem Tode aufzuerstehen versucht, aus dem Tode aufzuerstehen versucht, von den Weißen sofort von neuem gefangengenommen – die Demütigung und die Ausweglosigkeit erschienen und erscheinen als unüberwindlich, und der geschändete gute Held Zambi wurde vielerorts dabei zu einem bösen Geist mit Namen Zumbi. Doch ist und bleibt ungeachtet aller weißer Zombie-Deformationen und aller schwarzer Voodoospektakel der gegenwärtige »Quilombismo« eine der wichtigsten politischen Bewegungen nicht alleine der schwarzen Bevölkerung zur Errichtung neuer Gesellschafts- und Verfassungsformen in Brasilien und anderswo in der Welt. Der gefolterte Augusto Boal hat in einem seiner Stücke die Geschichte des Sklaven- und Rebellenkönigs Nzambi von Palmares erzählt. Boals Theater der Unterdrückten fußt wortwörtlich auf folgendem Grundsatz: »Der Mensch ist das Schicksal des Menschen. Alles ist veränderbar.« In diesem Sinne versucht Boal, zusammen mit dem Publikum Zambis Lebensgeschichte hartnäckig so zu erzählen, daß Zambi nicht enthauptet wird, sondern endlich auferstehen, entkommen und gewinnen kann.

Christus lacht bekanntlich nirgendwo in der Bibel, er lächelt nicht einmal. Der suspendierte Priester Adolf Holl, sofern ich meinen Fernsehapparat richtig verstanden habe, soll sich auf die Suche nach dem lachenden Christus gemacht haben. In einer apokryphen Schrift aus dem zweiten Jahrhundert, in einer der vielen Petrus-Apokalypsen hat er diesen lachenden, in der Kirchen- und Dogmengeschichte jedoch hinwegzensurierten, hinwegkanonisierten Jesus Christus gefunden. Dieser Jesus lacht, als er Menschen um ihn jammern und trauern sieht, Jesus sagt lachend zu Petrus, er, Jesus, sei nie und nimmer am Kreuz gestorben, er sei überhaupt nicht gestorben, er sei den Gewalttätern entkommen. Sie haben keine Gewalt, keine Macht über ihn und sein Lachen gehabt und sie werden niemals Gewalt, niemals Macht über ihn und sein Lachen haben. Er sei entkommen und werde immer entkommen. Dem Rebellenkönig Zambi gelingt das seit Jahrhunderten nicht, er wird immer wieder gefangen und immer wieder getötet und immer wieder gefangen und seine Geschwisterleute werden verstümmelt, so daß sie nicht zu ihren heimatlichen Ahnen entkommen können, sondern auf ewig ihren Herren unterworfen bleiben. Missionare, wie gesagt, nannten oft ihren Christus Jesus so: Nzambi.

Zugleich mit der Arbeit am lachenden Christus hat Holl sich, sofern ich meinen Fernsehapparat richtig verstanden habe, um eine Art von Kirchengeschichte der Frauen bemüht. Und in dieser Kirchengeschichte der Frauen erzählt er wohl von den in vielerlei Hinsicht matriarchal anmutenden Hopi-Indianern, von deren langem Widerstand gegen die Zerstörung ihrer Lebensgrundlagen und vom jetzigen völligen Rückzug aus der Welt der Weißen, von der jetzigen völligen Verweigerung der weißen Welt durch die Hopi. Holl erzählt vom Initiationsritus der pubertierenden Kinder. Die Familien, Frauen, Männer, Kinder begeben sich in unterirdische Räume, leben dort, warten. Zu ihnen steigen sodann Maskenwesen herab. Mächtige Götter. Plötzlich aber nehmen die Familien, die Frauen, die Männer, die Kinder in den unterirdischen Räumen den Maskenwesen die Masken vom Gesicht. Und die Kinder erkennen, daß all die übermächtigen, furchterregenden Wesen, freilich auch die freundlichen und gütigen Maskenwesen Menschen sind, nur Menschen. Wer auch immer Herrschaft und Gewalt ausübt und wer auch immer gütig und gut ist, er, sie ist ein Mensch. So lernen das die Kinder und so lernen die Kinder, sich nicht zu fürchten und sich nicht zu beugen, genauso aber lernen sie zu wissen, daß das Gute, auf das sie hoffen, ihnen nur von Menschen getan wird und sie selber es Menschen tun müssen, so sie wollen, daß es geschieht.

Angenommen, Sie hier jetzt wären, Sie erinnern sich, Nachtigallen, Nachtigallen, was werden Sie tun?

(Publikum klatscht.) Danke schön. Ich fürchte nur, Klatschen wird nicht viel ausrichten gegen Habichtsregierungen und Metzgerwirtschaftsherren. *(Publikum lacht und klatscht.)*>

Ein paar Mal habe ich diese Dinge erzählt, jedes Mal war ich guten Mutes. Die Leute waren immer nett. Einmal nahm das Autogrammschreiben gar kein Ende. Man vertraute mir. Das tat mir gut und ich bemühte mich sehr. Einmal eben trug ich das an einem kirchlichen Feiertag im Frühling 2003 in einer kirchlichen Einrichtung vor. Ein Paar war tatsächlich erstaunt, dass ich eingeladen war und über solche Dinge reden dürfe. Frei eben. Aber die waren schon lange aus der Kirche ausgetreten. Die wussten also nicht, dass ohnehin alles egal ist. Eine Art Sozialbeamte waren die beiden auch. Sie glaubten wohl wirklich nicht, dass man sonderlich frei sein könne. Sie erleben ja jeden Tag das Gegenteil. Aber ich weiß, wie gewissenhaft und hilfsbereit sie sind. Auch einfallsreich. Der Tag damals war jedenfalls gut.

Tag, Monat, Jahr
Habicht und Nachtigall: Die Feministin, vergleichende Literaturwissenschafterin, Professorin, die mir einreden wollte, das kleine Vogerl sei

selber schuld. Es gefalle ihm, ihr so. Die Feministin sagte das wirklich so zu mir. Wir vertrugen uns nicht miteinander.

Tag, Monat, Jahr
Wo ist dein Bruder? – Bin ich der Hüter meines Bruders? Ich kenne keine elementareren Fragen.

Tag, Monat, Jahr
Ein Topintellektueller, sehr publikumswirksam, sagt, Lügen sei ein Beweis von Intelligenz. Und man merke das schon bei den Kindern. Je früher und je mehr sie lügen, umso intelligenter seien sie. Ich bin fix und fertig. Dieses Gleichsetzen von Phantasie mit Lüge verstehe ich nicht und halte es für dümmlich und verwöhnt. Aber ich weiß, dass viele Leute so reden wie er. Ich habe mir immer viel vorstellen können, denn als ich ein Kind war, war immer alles plötzlich anders. Da musste ich vorausdenken. Ich war nicht gerne gehorsam. Und ich habe nicht gerne gelogen. Lügen war nicht wirklich befreiend. Der Betrüger, Sozialarbeiter Fröhlich-Donau, von ihm haben alle gesagt, er sei so intelligent. Ich habe alle für saublöd, faul und verantwortungslos gehalten, die von Fröhlich gesagt haben, er sei hochintelligent und hochanständig. Er hat notorisch gelogen. Es wäre aber mit der Wahrheit alles viel einfacher gewesen und für alle gut ausgegangen. Für Fröhlich auch. Betrüger haben eine hohe soziale Intelligenz und sind trotzdem saublöd. Aber über diese Dinge redet der Spitzenintellektuelle nicht. Ein Medienintellektueller. Heutzutage, wo alles virtuell ist, also simuliert, also hochintelligent, ist das kein Thema für ihn. Er ist hochbezahlt.

Tag, Monat, Jahr
Die Sammelklage im Namen von 35 Millionen schwarzfarbigen Amerikanern wegen Sklavenhaltung. Es ging gegen die Firmen, die es noch gibt und die von der Sklaverei profitierten. Das Geld sollte in einen Hilfsfonds kommen, um die Lebensbedingungen von Schwarzfarbigen zu verbessern. Die Klage hatte infolge Verjährung keine Chance. Aber die Anwältin versuchte es trotzdem. 2002 war das.

Tag, Monat, Jahr
Im Zentrum von Namibias Hauptstadt Windhoek trug bis vor kurzem eine der Hauptstraßen den Namen Görings. Die Goering-Street war zwar nicht nach dem NS-Reichsmarschall benannt, wohl aber nach dessen Vater Heinrich, der Reichskommissar der Kolonie Deutsch-Südwestafrika gewesen war und zu Beginn des 20. Jahrhunderts den kolonialen Vernichtungsfeldzug gegen die Hereros geführt hatte, welcher der Brutalität und Grausamkeit wegen in die Geschichte der Menschheit eingegangen

ist. Fast zeitgleich mit Heinrich Görings Massaker an den aufständischen Hereros sind Conrad sowie sein Freund Casement mittels der wirklichkeitsgetreuen Novelle *Heart of Darkness* sowie mittels umfassender journalistischer Dokumentation mit tatsächlichem geopolitischen Erfolg gegen die kolonialen Massenmorde in Belgisch-Kongo vorgegangen. Der für einige wenige Momente gewissenhaft empörten Weltöffentlichkeit wurde für diese einigen wenigen Momente lang klar, welch ein Völkermord im Gange war und dass dieser gewaltige Völkermord von den weltweit Verantwortlichen, von den weltweiten Mithelfern, von den weltweiten Mitwissern als eine Art erregender königlicher Jagdausflug geführt wurde. An die zehn Millionen Kongolesen sollen damals umgebracht worden sein. Das Militär war dabei zur Sparsamkeit aufgerufen. Zum Beweis, dass die Soldaten keine Munition verschwenden, sondern jeder Schuss ein Treffer ist, werden den schwarzfarbigen Opfern der Massaker die Hände abgeschnitten. Für den Holocaust keine 40 Jahre später und für das heutige abermillionenfache Verrecken in Afrika und für das heutige abermillionenfache Verrecken in der Dritten und Vierten Welt insgesamt ziehen aus dem, was um 1900 unter Reichskommissar Göring einerseits, andererseits unter König Leopold II. gegen die Menschheit und Menschlichkeit verbrochen worden ist, unbequeme Kritiker unserer gegenwärtigen Gewissen und unserer gegenwärtigen Moralitäten folgende Konsequenz: *Wir sind entsetzt und sammeln Geld. Könnte es nicht dennoch so sein, dass wir heimlich mit dem Massenmord dort fern auch einverstanden sind? Und was geschähe, wenn es denen [in Afrika und überhaupt in der Dritten Welt] plötzlich gut ginge? Wenn sie unsere Waffen, unsere Kräfte, unsere Ressourcen, unser Geld hätten? Dann wären die morgen schon bei uns und machten uns den Garaus. Es könnte also besser sein – und ist das nicht der Generalbass aller Afrikapolitik der sogenannten Ersten Welt? –, das aktuelle mörderische Elend so zu belassen. Dass die sich gegenseitig umbringen. Natürliche Selektion.*

Tag, Monat, Jahr
Robert Koch, wie ein Militärarzt! Sein Malariafeldzug in Afrika. Die Menschen starben an seiner Medizin. Die Schwarzen. Am Arsen. Die riesigen Isolationsstationen hießen Konzentrationslager. Nur für Schwarze waren die. Und das Ziel war, die afrikanischen Kolonien für die Deutschen bewohnbar zu machen, malariafrei.

Tag, Monat, Jahr
US-amerikanische Schwarzfarbige, denen die Syphilisbehandlung vorenthalten wurde, damit man beobachten konnte, wie sich das Gehirn auflöst. Ärztliches Experiment Mitte des 20. Jahrhunderts.

Tag, Monat, Jahr

Die Veranstaltung im Frühling 2001. Mit der hatte der GF Gemüller überhaupt keine Freude. Den Hauptreferenten, einen renommierten, publikumswirksamen Wirtschaftswissenschafter, wollte Gemüller nicht bezahlen, obwohl der Ökonom nur das Geld für seine Zugfahrkarte zurückerstattet haben wollte. Der Ökonom war sehr vorausschauend. Gerade, was die künftige Zerstörung des Sozialstaates anlangte. Im Anschluss an die Veranstaltung hat mich ein Gewerkschafter, ein Ökonom aus der Stadt hier, beschimpft, mir dann aber bei seinem dritten, vierten Bier erzählt, dass die Gewerkschaft in Wahrheit ganz gewiss nicht streiken könne, weil die Streikkasse leer sei, weil das ganze Geld in der Gewerkschaftsbank stecke. Die müsste zuerst verkauft werden. Der sagte das wirklich so. Und dass er das gewiss nicht machen könne, und da lachte er. Im Frühsommer 2001 war das. Unwichtig war der Gewerkschaftsökonom nicht, sondern Berater eines der hiesigen Präsidenten. Der Präsidentenberater sagte das alles genau so zu mir, ganz einfach. Er war extra zur Veranstaltung des Ökonomen aus der Hauptstadt in die ALEIFA gekommen. Und ich war die Vorband des Sozialstaatsökonomen gewesen, und der virtuose Sozialstaatsökonom aus der Hauptstadt und ich mochten einander seit längerem gut leiden. Gemüller fand das alles irgendwie blöd und wollte eben nicht zahlen. Und jetzt Jahre später ist der Sozialstaatsökonom berühmt. Der Ökonom war fachlich und institutionell bekannt und wirklich rot und dazumal sozusagen ein Geheimtipp. Gemüller und auch jeder sonst sind jetzt auf ihn versessen, weil der Ökonom gut für die Publicity ist und an ihm kein Weg vorbeiführt.

*

Ein paar Wochen nach der Veranstaltung war auf meinen Vorschlag und meine Vorbereitung hin dann ein anderer Ökonom Gast in der ALEIFA, ein ausländischer, internationaler, namhafter. Gemüller moderierte, weil er gehört und verstanden hatte, dass der berühmt sei, zahlte daher sofort alles und mehr noch als ausgemacht. Ich überließ Gemüller den Veranstaltungsvorsitz, weil ich Gemüllers Position in der hiesigen Alternativ- und NGO-Szene stärken wollte, damit der Wert der ALEIFA endlich klar zu Tage treten könne und die ALEIFA und Gemüller endlich die Anerkennung und Hilfe erfahren, die sie längst schon verdient hätten. Und *Jeder nach seinen Fähigkeiten, jedem nach seinen Bedürfnissen* ist außerdem wirklich mein Lebensprinzip. Deshalb überließ ich dem GF den Vorsitz. Und der GF Gemüller lud damals grüne und rote Spitzenpolitiker zu sich in die Wirtschaftsveranstaltung ein, im Besonderen eine wichtige rote Frauen- und Sozialpolitikerin, die Gewerkschafterin ist und damals schon für ein hohes Staatsamt oder für eine prominente Gewerkschaftsfunktion in Frage kam. Die wichtige Frau fragte ich dann beim Zusammensitzen nach der Veranstaltung, wie das denn wirklich sei. Ich erzählte ihr, was mir neulich erzählt worden war. Und die Sozialdemokratin trank ihr kleines Bier und sagte zu mir vor vier, fünf, sechs Leuten: *Wenn die Streikkasse der Gewerkschaft wirklich leer ist, dann ist es sehr gut, dass das niemand weiß. Das Beste ist es dann.* Genau so sagte die sozialdemokratische Spitzenpolitikerin das.

Gemüller war das alles egal, mir nie. Der alternative Journalist Baberl war auch dabei gewesen, als der Gewerkschafter, der Präsidentenberater, ein paar Wochen zuvor zu mir beim dritten, vierten Bier gesagt hatte, wie das mit den Streiks und der Kassa und der Bank sei. Der Journalist Baberl war dann damals schnell mit dem Gewerkschaftsökonomen zusammen fortgegangen, mit dem Präsidentenberater, und ich war alleine sitzen geblieben, und Gemüller lachte mich an, und der Journalist Baberl hat nie ein einziges Wort über damals geschrieben und hat dann viele kritische Veranstaltungen mit der Gewerkschaft zusammen bestritten. Über damals wurde meines Wissens dabei aber nie geredet. Ich glaube, der Gewerkschafter hat mir damals von der Streikkasse und der Bank, die verkauft werden müsse, erzählt, weil er auf etwas hoffte. Hat mir einen Hinweis gegeben, damit ich es recherchiere und publik mache. Zuerst beschimpfte er mich hinterrücks als Chaoten und lachte mich aus. Eine Frauenrechtlerin erzählte mir das. Ich redete ihn darauf an. Dann erzählte er mir aber das mit der Streikkasse und sagte, dass so viele Leute zu meiner Veranstaltung gekommen seien. Zu ihren, denen der Gewerkschaft, kommen nicht so viele. Aber ich rede falsch, sagte er dann. Ihrem Präsidenten haben sie, er, beibringen können, wie man richtig redet. Der Gewerkschaftsökonom redete damals, meiner Seel', so seltsam mit mir. Es kann sein, dass er mir vertraute. Oder es war eben das Bier Nr. 4. Jedenfalls redete er Vertrauliches, vertraute mir damals etwas Wichtiges an. Vielleicht, damit ich daraus etwas mache, wie man so sagt. Ich glaube nicht, dass er ein Wichtigmacher war. Übers Lumpenproletariat redete er auch. Dass es das eben so nicht mehr gebe. Und dass das Folgen habe. Und über seinen Schwager, der ein Eisenbahner sei und gewiss nie streiken werde, weil der doch alles habe und viel zu viel. Es gebe keinen Grund für die Eisenbahner, mit anderen Bevölkerungsgruppen mitzustreiken. Früher sei der Staat ein Gewerkschaftsstaat gewesen, sagte der Gewerkschaftsökonom an dem Abend auch, und es sei dadurch alles leicht gewesen. Ganz leicht. Jetzt aber funktioniere die Gewerkschaftsarbeit deshalb nicht mehr, weil der Staat kein Gewerkschaftsstaat mehr sei, und die Betriebsräte können die Arbeiter nicht mehr rundum versorgen, vom Firmeneintritt bis zur Pensionierung.

Ich glaube, irgendwann bekam der Gewerkschafter dann doch Angst vor dem, was er erzählte. Als ich ihn genauer fragte, was er denn gegen mich habe, ging er sofort erschrocken weg. Das Bier hat er stehen gelassen.

*

Alles hatte seine Ordnung. Gegen die kam ich nicht an. Auch Gemüllers wegen. Er blockierte, was er nur konnte. Und ich, ich verstand nicht, dass er das tat. Es war, finde ich, heimtückisch. Den Sozialstaatsökonomen aus der Hauptstadt wollte Gemüller zuerst wie gesagt nicht bezahlen. Das war eher lustig, fand ich zuerst. Erst als ich sagte, dann werde eben ich den Sozialstaatsökonomen aus der Hauptstadt bezahlen, zahlte er ihm das Minimum, das wirklich nicht viel war, weil der Ökonom ja von Anfang an auf alles verzichtet hatte bis auf die Zugfahrkarte. Für Gemüllers Veranstaltungen war jedenfalls immer genug Geld da, und er war da großzügig und gab mehr, als verlangt wurde. Dazumal habe ich das alles wirklich nicht verstanden, das System. Ich war also sozusagen selber schuld, weil zu dumm. Eine Veranstaltung über Banken und Gewerkschaft lehnte Gemüller dann ein paar Mal ab. Stellte mich als Dummkopf hin. Lachte. Weil ich ihm und der Firma gegenüber loyal und solidarisch war, konnte er das tun.

Tag, Monat, Jahr

Eine Trainerin sagt, man müsse sich die Menschen von den Philippinen zum Vorbild nehmen, die seien immer positiv, klagen nicht, jammern nicht, sind bescheiden und freundlich. Für jeden Betrieb sei das wichtig. Für die Angestellten. Auch in den NGOs, für die HelferInnen. Die philippinischen Frauen fallen mir ein, die von den europäischen Männern geordert, geheiratet usw. werden.

*

Ein philippinisches Begräbnis: Die Leute krümmen sich dabei vor Lachen. Familien, die aus Armut auf den Friedhöfen wohnen, in den Gräbern leben. Alle lachen und essen, einer endlich steht auf, sagt, er sei ein wirklicher Freund des Toten gewesen und dass sie zusammen gefischt und getanzt haben. Dass der Freund schwer krank geworden war und kein Geld für Medikamente hatte. Er sei blind geworden und Gott habe ihm auch nicht mehr geholfen. Einmal soll der jetzt Tote im Dunkeln gefischt haben, da sprang ihm eine Katze ins Gesicht und zerkratzte es, seither aß er keine Katze mehr.

Tag. Monat, Jahr

Neuerdings wird der GF Gemüller von den Politikern und Journalisten immer dann als Experte gefragt, wenn es um Armut, um Kinder und Jugendliche oder um Integration geht und wie das alles weitergehen soll und was zu tun sei. Er muss da offenkundig sehr richtige und wichtige Dinge sagen, sonst würde er von den Politikern und Journalisten nicht so oft zu allem gefragt werden. Ich spotte nicht, sondern ich habe Angst.

Tag. Monat, Jahr

Schamane soll von *herumspringen* kommen; *Mensch* von *manus* und *manere*, von *Hand* und *bleiben*.

Tag, Monat, Jahr

Ich lese zufällig von den Freizeitmöglichkeiten und Wohnverhältnissen der SS-Leute in Auschwitz. Von ihren Angehörigen, Familien. Bin erschrocken, zittere, glaube kein Wort mehr von dem, was Nepomuks Mutter meinem Freund Nepomuk erzählt hat.

Tag, Monat, Jahr

Ich vergesse immer, dass Menschen sich ändern, sich weiterentwickeln und wachsen, wie man so sagt. Früher habe ich immer gesagt, Menschen ändern sich nicht, sie stellen sich nur heraus. Aber da habe ich mich geirrt. Dieses menschliche Wachstum jetzt überall und von jedem, ist das das Wirtschaftswachstum?

Tag, Monat, Jahr

Dass die Kinder und Jugendlichen möglichst schnell selbständig werden und sich jung selbständig machen sollen, ist das die neue unternehmerische Selbständigkeit? Die Pädagogik dazu und die wissenschaftliche Psychologie liefert zurzeit wer? Alle, gerade auch die linken Selfempowermentleute. Wie kann das sein? Es ist so. Verlust der Kindheit.

Tag, Monat, Jahr

Frühjahr 2001, kleines 1x1 des Neoliberalismus. Propagiert wurde von Regierungsseite damals gerade eine wortwörtlich *neoliberale ökosoziale Marktwirtschaft*:

<Eine soziale Demokratie sei keine Demokratie, ein sozialer Rechtsstaat sei kein Rechtsstaat, eine soziale Marktwirtschaft sei keine Marktwirtschaft, soziale Gerechtigkeit sei keine Gerechtigkeit und ein soziales Gewissen kein Gewissen, also sprach der Neoliberale schlechthin, nämlich Friedrich August von Hayek. Hayek, seines Zeichens, wie Karl Poppers Autobiographie zu entnehmen ist, der seit jeher vielleicht beste, weil förderndste Freund Poppers, schreibt in *Der Weg zur Knechtschaft* wortwörtlich: »Wahr ist nur, daß eine soziale Marktwirtschaft keine Marktwirtschaft, ein sozialer Rechtsstaat kein Rechtsstaat, ein soziales Gewissen kein Gewissen, soziale Gerechtigkeit keine Gerechtigkeit – [...] soziale Demokratie keine Demokratie ist.« Punktum. Der Österreicher

Hayek blieb bekanntlich zeit seines Lebens unnachgiebig bei dieser seiner Ansicht und schockierte mit selbiger durchaus die Freiburger Liberalen, die ja an die Möglichkeit und die Realität einer sozialen Marktwirtschaft feste glauben. Den entsetzten Freiburger christlichen Liberalen erteilte er beispielsweise 1979 vor Ort eine unmißverständliche Abfuhr: Wie solle er, fragte Hayek, sozial denken können, er wisse doch gar nicht, was das sei. Der Neoliberalismus ist vermutlich zumindest so alt wie Hayeks eingangs zitierte Schrift *The Road to Serfdom* aus dem Jahr 1943, die in etwa zeitgleich mit Poppers *Die offene Gesellschaft und ihre Feinde* erschienen ist. Wie auch immer, der vor allem in der London School of Economics gewirkt habende, freiheitsliebende Hayek wird aus rein geographischen Gründen natürlich nicht den sogenannten Chicago-Boys zugezählt. Hayeks freiheitsliebender Intimus Milton Friedman hingegen, der ehemalige getreuliche und gewissenhafte Berater von Diktator Pinochet, ist einer der vier Chicago-Boys, neben Coase, Becker und Stigler. Aus Gründen des Zeitdruckes, unter dem wir hier jetzt sitzen, stelle ich Ihnen nur zwei der vier sozioökonomischen Lausbuben aus Chicago vor.

Da wäre zum einen Nobelpreisträger Ronald Coase, der unermüdlich die Natur von Firmen und das Problem der sozialen Kosten reflektiert. Als Beispiel seiner Schaffenskraft diene hiemit die Luftverschmutzung durch eine Fabrik. Die Leidtragenden sind, sollte man meinen, die Bewohner rundum. Eine Umweltsteuer muß also eingehoben werden, sollte man meinen, und unter anderem dadurch die Fabrik gezwungen werden, sollte man meinen, Filter einzubauen. Oder es seien ähnliche den Schaden stiftenden Mißstand zumindest eindämmende Maßnahmen zu ergreifen. Coase mit seiner Transaktionskostenökonomie sieht das jedoch wesentlich anders und typisch neoliberal. Denn nicht die Verschmutzer, nicht die Fabriken sollen laut Coase zur Verantwortung gezogen und zur Kassa gebeten werden, das würde laut Coase ja die Wirtschaftsleistung drosseln und die Arbeitsplätze gefährden. – Nein also, nicht die Industrie soll vom Staat durch Gesetze und Steuern zur Schadensbegrenzung oder gar zur Unschädlichkeit gezwungen werden, nein, sondern es können und sollen die anrainenden Bewohner rund um die jeweiligen Industriestandorte die Kosten für die Industriefilter übernehmen. Das sei erstens im Interesse besagter besorgter Bewohner vor Ort, zweitens im Interesse der Volkswirtschaft insgesamt und drittens lediglich eine Verhandlungssache zwischen den jeweiligen Wirtschaftsherren vor Ort und der Bevölkerung vor Ort. Sich da einzumischen, verbietet der angesehene Unternehmenstheoretiker Coase seinem Staat entschieden. Das Coase-Theorem jedenfalls handelt von sozialen Kosten, Umweltschutz und Verursacherprinzip. Nehmen wir an, eine Lok verursacht durch Funkenflug den Brand eines Weizenfeldes. Laut Coase soll sich der Staat in den daraus entstehenden Konflikt zwischen Farmer und Eisenbahnunternehmen ja nicht einmischen. Die beiden Kontrahenten, also der Getreidebauer und die Bahngesellschaft, sollen sich die Problemlösung untereinander aushandeln. Denn warum soll eigentlich, meint Coase, die Bahn dem Bauern den Schaden, die Ernte ersetzen. Warum bezahlt nicht der Bauer der Bahn die Technologie, damit es zukünftig zu keinem Funkenflug mehr kommen kann? Außerdem hat ja der Farmer den Weizen angebaut. Hätte der Farmer das nicht getan, hätte es zu keinem Schaden kommen können. Sonderlich viel Freude mit Politikern, die neoliberal, also à la Coase denken, rechnen, regieren und kassieren, werden Bauern wohl nicht haben – und schon gar nicht die Lebensmittelkonsumenten. Was ist das also, was so schön und zukunftsträchtig, weil grün und schwarz zugleich klingt – eine neoliberale ökosoziale Marktwirtschaft? Wer nicht Schaden nehmen will an Leib und Leben, der muß zahlen. Das, mit Verlaub, ist neoliberal. Neoliberalismus ist etwas ganz Einfaches. Ronald Coase schenkt da dankenswert reinen Wein ein. Coases neoliberale Transaktionskostenanalyse ist salopp gesagt das Bezahlen von Schutz- und Lösegeld durch die potentiellen Opfer.

Gary Stanley Becker ist der jüngste der vier Schelme aus Chicago und treibt Pierre Bourdieu in dessen *Gegenfeuer 2* wohl am meisten zur Weißglut, wohl weil sich der Nobelpreisträger Becker ökonomisch über den Alltag hemmungslos hermacht – und der Alltag sowohl mit seinen Ohnmachtsfallen als auch mit seinen durchaus vorhandenen Befreiungsmöglichkeiten ist wiederum Bourdieus soziologisches Hauptthema seit Jahrzehnten. Von Gary Becker übrigens stammt der dem Pierre Bourdieu Grauen einflößende Begriff »Humankapital«. In Beckers Ökonomie der Liebe sind beispielsweise Kinder zuvorderst langlebige Konsumgüter, Kinder langlebige Konsumgüter, deren Produktion einerseits von den elterlichen Kosten für Lebensunterhalt, Erziehung etc. und andererseits vom erwarteten Nutzen für die Eltern und die Familie abhängt. Und Kriminalität hat in Beckers Augen rein gar nichts mit Kindheit, Milieu und Sozial- oder sonstiger Psychologie zu tun, sondern ist durchaus rational und folgt einem schlichten Kosten-Nutzen-Kalkül. Der Beckersche Mensch nämlich wird dann zum Straftäter, wenn der erwartete Nutzen aus dem jeweiligen Verbrechen höher ist als der Nutzen aus einer legalen Tätigkeit. Also muß der Beckersche Rechtsstaat dafür sorgen, daß die Verbrechen den Bürgern möglichst teuer zu stehen kommen. Der Volkswirtschaft insgesamt allerdings schadet, meint Boy Becker, weniger die jeweilige Straftat, sondern weit mehr der Umstand, daß der Verbrecher keinen Beitrag zum Sozialprodukt leistet. In amerikanischer Gefängnishaft tut er das dann aber. Selbstverständlich erfolgt auch Rassendiskriminierung in Beckers Sicht der Dinge rational über ein Kosten-Nutzen-Kalkül. Es gibt, wie gesagt, keinen Lebensbereich, der der Beckerschen neoliberalen Analyse zu entgehen vermag. Und gerade diese angebliche Auf-alles-Anwendbarkeit des Beckerschen neoliberalen Paradigmas war ein Grund für den Nobelpreis anno 1992.

Chicago am Michigan-See ist übrigens auch der Sitz der Börse für landwirtschaftliche Grundnahrungsmittel, also des Chicago Commodity Stock Exchange. Der Preis fast aller natürlichen Lebensmittel auf dem freien Weltmarkt wird bekanntlich durch Spekulation mitbeeinflußt, und diese Spekulation über den Preis von Reis, Gerste, Weizen, Hafer, Hirse, Mais, Soja, Maniokwurzeln, Süßkartoffeln, Bohnen etc. findet vor allem an der Chicagoer Grundnahrungsmittelbörse statt, welche ihrerseits von einer Handvoll Bankiers beherrscht wird und ein überaus beträchtliches Hindernis für das gegenwärtige Welternährungsprogramm der UNO darstellt. Die Zahl der jeden Tag im Elend sterbenden Kinder ist 20.000. Die jährliche Zahl der Kinder, die vor ihrem 5. Lebenstag sterben, ist 14 Millionen. Die Zahl der jährlich verhungernden Menschen ist 30 Millionen. Die Zahl der täglich verhungernden Menschen ist 100.000. Die jährliche Zahl der an chronischer Unterernährung und in der Folge an schweren Behinderungen Leidenden ist 820 Millionen. Die jährliche Zahl der durch Unterernährung Erblindenden ist 7 Millionen. Die Zahl der Kinderarbeiterinnen und Kinderarbeiter ab dem 5. Lebensjahr ist 250 Millionen. Die Zahl der täglich aussterbenden Tierarten ist 10. Die Zahl der täglich aussterbenden Pflanzenarten ist 50. In der Tat spielen all die eben genannten Zahlen in den Kalkülen und Kalkulationen der Chicago-Boys nicht die geringste Rolle. Ich muß der Redlichkeit halber eine wichtige Einschränkung machen und einräumen, daß Ökonomen wie Gary Becker allerdings sehr wohl auch mit Menschenleben rechnen. Sie kommen dabei beispielsweise zum Ergebnis, daß jeder Jugendliche, der abrutscht, die Gesellschaft, auf sein ganzes Leben hochgerechnet, etwa eine Million Dollar an Gerichts- und Wohlfahrtsspesen kostet. Wenn auch nur die Hälfte der gefährdeten Kinder abrutscht, belaufen sich besagte Kosten Mitte des 21. Jahrhunderts daher auf sieben Billionen Dollar. Ökonomen wie Gary Becker folgern nun daraus, daß die staatliche Wohlfahrt unfinanzierbar, ineffizient und drastisch zu reduzieren sei. Ein kaputtgehender junger Mensch also kostet bis zum Ende seines Lebens 1 Million Dollar. Investitionen in soziale Prophylaxe jedoch kommen besagten Chicago-Boys partout nicht in den Sinn. Das ist keine Unterstellung meinerseits, sondern Neoliberalismus. Neoliberalismus ist etwas ganz Einfaches. Neoliberale sagen ganz offen, was sie vorhaben. Wie Leute, die verbal vergewaltigen. Daß ihnen Sozialdemokraten, Grüne und Christen darauf nicht nach Gebühr und nicht mit Entschiedenheit antworten, sondern statt dessen mittels Darmakrobatik, das, mit Verlaub gesagt, scheint mir persönlich die Perversion dieser unserer Gegenwartsgesellschaft zu sein. Neoliberale Ökonomen haben übrigens ein Optimum an Arbeitslosigkeit errechnet. Die sogenannte natürliche Gleichgewichtsarbeitslosigkeit möge optimalerweise zwischen 8 % und 10 % liegen. Bis zu 10 % Arbeitslosenrate sind neoliberal optimal.

Gestatten Sie mir bitte noch zwei profitable Zahlen zu nennen, eine kongolesische und eine rumänische. Die eine bezieht sich auf Handys, die andere auf Gold. Computer, Mobiltelefone, die meisten High-Tech-Erzeugnisse, nahezu alle elektronischen Geräte benötigen heutzutage für ihre Kondensatoren das Metallpulver Tantal. Das überaus kostbare Erz dafür, Coltan, wird im Kongo unter unmenschlichsten Bedingungen abgebaut. So werden Kindersklaven von Kindersoldaten in die Bergwerke und Gruben gezwungen. Der Sold dieser Kindersoldaten besteht einzig und allein in der täglichen mickrigen Essens-, Drogen- und Munitionsration. Der Pharmakonzern Bayer, der Hersteller von Aspirin, treibt mit dem kongolesischen Coltan lukrativen Handel und trägt dadurch wesentlich zur Finanzierung des Krieges im Kongo bei. Dieser Krieg hat in den letzten drei Jahren 2,8 Millionen Menschenleben gekostet. Das scheint mir der Erwähnung wert. Unsere Handys trällern und unsere PCs summen 2 Millionen 800 Tausend Tote vor sich hin. Wem meine Information Kopfzerbrechen, Ärger oder ähnliche Schmerzen bereitet, bei dem kann ich mich nur entschuldigen und ihm aufgrund eigener Erfahrung zur Einnahme von Aspirin raten. Aber bitte ja aufzupassen und nicht Coltanstaub und nicht Tantalpulver zu schlucken anstatt Aspirin-C-Brause!

In Rumänien wurde anno 2000 der zweitgrößte Fluß Ungarns, die Theiß, vergiftet und vernichtet, und zwar durch das Zyanid für die Goldgewinnung im rumänischen Baia Mare. Die Umweltkatastrophe von Baia Mare hatte dazumal eine deutsche Bank, nämlich die Dresdner Bank mitfinanziert. Negative juristische oder negative finanzielle Konsequenzen für die Bank selber hatte die Katastrophe nicht. Mitfinanzierung ist nicht dasselbe wie Mitverschulden. Die freigesetzte Giftmenge damals, 120 Tonnen Zyanid, hätte gereicht, um eine Milliarde Menschen zu töten. Man hat Glück gehabt: Denn bloß 2 Millionen Menschen haben ihr Trinkwasser verloren. Insgesamt 770 Euro mußte die Betreiberfirma dafür an Schadenersatz leisten. Euro 770 kostet derlei und ist es wert. 120 Tonnen Zyanid, Lebensgefahr für eine Milliarde Menschen, ohne Trinkwasser 2 Millionen Menschen. Dafür zu zahlen von Rechts wegen summa summarum Euro siebenhundertundsiebzig.

Bourdieu nun meinte einmal über den Zweck seines Riesenwerkes *Das Elend der Welt*: Wenn man die radikalliberalen Chicago-Boys mit Fallschirmen in den Chicagoer Ghettos absetzte, kämen sie, wie sie da allesamt heißen: Friedman, Stigler, Coase und Becker, als predigende, radikale Vertreter des Sozial- und Wohlfahrtsstaates wieder heraus. Die Neoliberalen soll man laut Bourdieu also durch das Elend schicken, das sie anrichten, ohne es zu kennen und vor allem ohne es jemals kennen zu wollen. Die Neoliberalen würden die Dinge dann anders sehen und die Dinge zu ändern beginnen. All die windhundartig flinken Politiker, die medienwirksam durch die Gegend joggen und sich bei den diversen Marathonläufen publikumswirksam exhibitionieren, die gehören, laut Bourdieu, in Wirklichkeit statt dessen in den Slum geschickt, sozusagen auf ein Sozialjahr dort festgesetzt. Bourdieu jedenfalls hofft beharrlich darauf, daß Sich-an-die-Stelle-des-Anderen-versetzen-Müssen Solidarität, also die Fähigkeit, für einander einzustehen und gemeinsam Abhilfe zu schaffen, erzeugt. Worauf Bourdieu da hofft, ist, scheint es, ein klein wenig von dem, was im griechischen Neuen Testament an der viel strapazierten Stelle vom barmherzigen Samariter steht: daß der Mann aus Samarien das Leid des Überfallenen und Liegengelassenen wahrnahm und es ihm augenblicklich in den eigenen Eingeweiden weh tat, das fremde Leid ihm in den eigenen Eingeweiden weh tat, sodaß er das Leid des Zerschundenen und damit zugleich sein eigenes lindern und beheben mußte. Bourdieusches Denken versteht sich ausdrücklich als Gegenmittel gegen das Verweigern und Unterlassen von Hilfeleistung, gegen Narzißmen, gegen Grausamkeiten, egal ob diese Unterlassungen, Narzißmen und Grausamkeiten von Politikern oder von Wissenschaftern oder von sonstigen Mitmenschen praktiziert werden.>

Fast immer, wenn ich irgendwo eingeladen war, habe ich zwischendurch dieses kleine 1x1 des Neoliberalismus vorgetragen. Auch an dem Abend, als mir von der leeren Streikkasse erzählt wurde und dass zuerst die Gewerkschaftsbank verkauft werden müsste, damit gestreikt werden kann, hatte ich dieses 1x1 vorgetragen. Der Gewerkschaftsökonom war über meinen ganzen Vortrag aufgebracht gewesen.

Tag, Monat, Jahr
Ich schreibe viel zu viel, ganz objektiv gesagt, sagt jemand über mich. Wer solle diese Masse kaufen, lesen, verlegen. – Ein hoher Politiker schreibt ein dickes Buch, verschenkt alle Exemplare, jedes bekommt eine handschriftliche Widmung und Ziffer. An der erkennt jeder Beschenkte, wo er in der Gunst und Hierarchie steht. Mafia. Jeder ist froh, überhaupt ein Exemplar zu bekommen, würde sonst nicht dazugehören.

Ich gebe zu, dass so ein Buch nicht erstrebenswert ist. Andererseits ist es besser, als dass ein Schriftsteller der letzte Dreck ist.

Tag, Monat, Jahr
Ein Roman einer Frau, einer Physikerin, ist schon vor längerem erschienen. Der hat den Titel, den ich meinem Misshandlungsroman geben wollte, *Erlkönig*. Das geht jetzt nicht mehr. Aber die Schriftstellerin gefällt mir. Erlkönig war auch, glaube ich, der Name einer SS-Einheit in Frankreich. Auch deshalb würde er für meinen Roman passen.

Tag, Monat, Jahr
Ein Schauspieler, Musiker erzählt mir von Michel Tournier. *Erlkönig*, Frankreich im Zweiten Weltkrieg. Habe mich offensichtlich beim Namen der SS-Einheit geirrt. Eine ungenaue Erinnerung an Saul Friedländers *Reflets du Nazisme*, auf Deutsch: *Kitsch und Tod. Der Widerschein des Nazismus*. Friedländer geht von Tourniers Roman, von den Initiationsritualen der Waffen-SS in Frankreich aus.

Tag, Monat, Jahr
Ein indischer Musiker, als junger Mensch hat er sich vor das Fahrzeug eines wichtigen Politikers geworfen; wollte sich umbringen, weil er von dem Lehrer, dessen Schüler er zu werden begehrte, seit Jahren nicht angenommen wurde. Es wird Zufall gewesen sein, dass er gerade an den Politiker geriet. Und der verschaffte ihm dann die Schülerschaft. Und der Musiker wurde glücklich, berühmt und alt.

Tag, Monat, Jahr
Um 8 Uhr in der Früh mitten auf der Straße kommt uns eine Entenmutter mit drei Jungen entgegen. Samnegdi ist gerührt. Die Straße hinter uns ist voller Autos. Die vier Enten marschieren vom Park zum Fluss oder auf den Gemüsemarkt oder zu den Essensresten bei der Armenausspeisung. Samnegdi will noch einmal um den Block herum zu den Enten zurückfahren, ich rufe derweilen bei der Feuerwehr an. Allen Ernstes erinnert mich die Entenmutter an Samnegdi. Sie würde das auch so tun, mitten durch, weiter, schnurstracks, egal, was rundherum los ist. Augen zu und durch und so weiter. Sie könnte gar nicht anders. Als ich später von den Enten erzähle, sagt jemand, wer umkomme, könne nicht mehr erzählen, was los gewesen sei. Und das wisse dann niemand und es ginge so weiter. Mit anderen.

Tag, Monat, Jahr
Im Sommer 2000, in Frankreich, in Givet und Straßburg, die Arbeitskämpfe. Die Kunststoffspinnerei soll geschlossen werden. Das Werk wird von Arbeitern besetzt, mit Sprengung wird gedroht. Die Belegschaft und

die Ortsbevölkerung von Givet kooperieren, die Bevölkerung wird evakuiert. Arbeiter und Gewerkschafter leiten Tausende Liter Schwefelsäure durch einen Kanal in den Fluss. Die Feuerwehren sind verständigt, beobachten, begleiten, verhindern eine Katastrophe. Das Unternehmen gibt nach. Die Belegschaft und die Bevölkerung haben gewonnen. Das hat Vorbildwirkung für die Arbeiter einer Straßburger Brauerei. Die Arbeiter besetzen ihr Werk, entleeren täglich demonstrativ Unmengen aus den Biertanks, bringen Sprengsätze an, drohen mit dem betriebseigenen Ammoniak. Als ich dem Gewerkschafter, dem Präsidentenberater, zwischen seinem dritten und vierten Bier davon erzähle, scheint er mir plötzlich zu vertrauen. Und dann erzählt er mir, was alles warum unmöglich ist. Und dann vertraut er mir sofort nicht mehr.

Tag, Monat, Jahr
Hodafeld lebt nicht mehr. Ich kann ihn nichts mehr fragen. Bitten auch nicht. Er hat sich für Sport interessiert. Er soll so früh gestorben sein, weil er früher zu viel getrunken habe. Er war aber der nüchternste Denker, den ich je kennengelernt habe. Nur seine Menschenfreundlichkeit war irrational. Sein Glaube an den gesunden Menschenverstand. Und daran, dass die Menschen soziale Wesen seien und daher einen Sozialstaat wollen. Insbesondere die hiesigen. Er hat das alles wirklich geglaubt. Aber geschimpft hat er immer so viel mit den Leuten, sodass die nie geglaubt hätten, dass er gut von ihnen denkt.

Tag, Monat, Jahr
Von wem alles ich nicht wüsste, wenn es die ALEIFA nicht gäbe:
Die junge Frau aus Ruanda sagt, von den hundert Tagen Genozid lasse sich nicht ihr Leben auffressen. Sie habe davor ein Leben gehabt und dann eines während der Massaker und der Vergewaltigungen und jetzt habe sie eines danach. Und sie werde glücklich werden. Die Frau sagt, sie werde dorthin zurückgehen, von wo sie geflohen sei und mit den Menschen dort ihr Glück teilen. Nicht vergewaltigt werden, nicht umgebracht werden, am Leben sein, das sei Glück. Eine Zukunft haben. Ich schäme mich zutiefst vor der jungen Frau. Die Überlebenden, sagte sie, verstehen sie, ihre Lebensfreude, ihren Lebensmut.

*

Die Sonnenstrahlen. Ein Kaukasusvolk inmitten von Schnee und Eis. Über Jahrtausende haben die Leute ihre Ahnenschätze im Eis versteckt, jetzt haben sie die in der Kirche verschweißen müssen. Die Leute beten zur Sonne, durch drei runde Brotscheiben mittendurch. Beim Beten halten sie die Scheiben in den Händen. Seit Tausenden von Jahren beten die so. Beim Melken sind die weißen Milchstrahlen Sonnenstrahlen.

*

Er sei ein Mensch, sagt die Frau. Ihr Sohn sei er. Die Leute kommen zu ihm, damit er sie heilt und damit die Wünsche in Erfüllung gehen. Die Menschen tragen ihn wie ein Kind, streicheln und küssen ihn. Sie trinken mit ihm dasselbe Wasser aus demselben Glas, beträufeln mit dem Wasser, von dem er getrunken hat, einander ihre Augen. Von überall her kommen die Leute. Die Frau habe ihn geboren, sagen die alle. Bald nach der Geburt sei der Sohn dann plötzlich verschwunden. Dreizehn Jahre später sei dieser Waran in den Ort gekommen. Die Menschen haben mit Steinen und Spießen nach ihm geworfen, um ihn zu vertreiben. Er sei aber nicht aus dem Ort fortgeflohen, sondern zu seiner Mutter, in deren Haus. So haben alle endlich begriffen, wer er wirklich war. Ein Mensch. Der Sohn. Er war zurückgekommen. Seit zwanzig Jahren lebt der Waranmensch jetzt im Ort. Die Menschen nennen ihn *Heiliger Gottes* und lieben ihn. Sie sagen, Gott selber habe ihn gesandt, weil Gott immer so viel zu tun habe und nicht alles alleine machen könne. Der Waranmensch heilt jetzt daher an Gottes Stelle. Jedes Jahr wird er einmal im Fluss ausgesetzt und die Menschen hoffen und bangen, ob er wohl ja wieder zurückkommt oder ob er für immer im Meer verschwindet und mit ihm ihr aller Glück. Doch bis jetzt ist er noch jedes Jahr wieder zurückgekommen. Man weiß aber niemals, ob der Heilige Gottes wiederkehrt, wenn er ins Meer hinausschwimmt. Wer sich aber mit dem Flusswasser wäscht, in dem der Waran schwimmt, hat ein Jahr lang nichts im Leben zu befürchten. Und wenn er ins Wasser getragen wird, warten dort schon die Frauenmänner, Priester, die sich selber ihre Messer an Gurgel und Schläfe setzen. Die ausgemergelten, wirren Frauenmänner beten zu ihm und weisen ihm den Weg ins Meer. Sie beten dann weiter, damit er ja wiederkehrt. Moslems sind das, Ali heißt das Tier, ist Indonesier und der Heilige Gottes.

*

Das Dorf in Kenia, die Frauen sind von britischen Soldaten vergewaltigt und deshalb von ihren Männern misshandelt und verstoßen worden. Die Frauen haben dann an einem anderen Ort ein eigenes Dorf gegründet, die Männer anderswo auch ein eigenes. Die Frauen ziehen die Kinder auf, und die Männer haben jetzt große Angst vor ihren Frauen und ziehen, von den Frauen getrennt, auch die Kinder auf, die Söhne. Das ursprüngliche Dorf von Männern, Frauen und Kindern gibt es aber auch noch.

*

Die israelischen Grenzsoldaten, die den palästinensischen Arbeitern in die Schuhe urinieren. Der palästinensische Arbeiter, der den israelischen Grenzsoldaten in den Tee uriniert.

*

Das bosnische Kind, das um zwei Monate zu früh auf die Welt kommt und aufgegeben wird. Der Arzt gibt es den Eltern mit. Die Eltern geben es der Großmutter. Die Großmutter beschmiert es und wickelt es ein und das Kind überlebt und überlebt und wird erwachsen und flieht aus dem Jugoslawienkrieg und hier im Fluchtland bringt sie dann ihr Kind zur Welt.

*

Die tschetschenischen Bäuerinnen, denen von den russischen Soldaten die Wirbelsäulen zerschossenen wurden, die elfjährigen Tschetscheninnen, die von russischen Soldaten vergewaltigt wurden und der kleine tschetschenische Bub, der seine Mutter ohne Kopf daliegen sieht und seither nicht mehr gehen und seinen Kopf nicht mehr heben kann. Und die Tschetschenin, die sagt, ihre Kinder werden nie vergessen, was die Russen getan haben, und sie werden sie rächen.

Tagebücher
2006

Tag, Monat, Jahr
Mein Freund, der Maler, sagt, er sei ein Jongleur, der selber falle wie ein Ball, aber niemals auf dem Boden aufkommen dürfe. Er würde dort in seine Stücke zerbrechen. Er redet mit mir über mein Buch, zeichnet jeden Satz daraus, über den er mit mir redet. Der kann das.

Tag, Monat, Jahr
Mein Freund, der Maler, sagt, man müsse immer so sein, dass einen die anderen lieben können. Er hat recht. Aber ich kann das nicht mehr.

Tag, Monat, Jahr
Der Taxifahrer tippt ein paar Mal kurz auf seine Stirn. Er bekreuzigt sich schnell und heimlich vor jeder Kirche, an der er vorbeifährt. Nach der fünften Kirche frage ich ihn, ob wirklich. *Ja, ich mache ein Kreuz. Ist das denn so schlimm?*, fragt er zurück und bekreuzigt sodann vor jeder Kirche den ganzen großen Oberkörper. Sagt, er sei orthodox, aber jedes heilige Gebäude, egal welcher Religion, sei der Ort Gottes. *Gott will nie etwas Falsches von den Menschen. Glauben Sie nicht?* Ich widerspreche. Dann sagt er, dass sie in Rumänien das Sprichwort haben: *Mach, was der Priester sagt. Aber mach ja nicht, was der Priester macht.* Das schöne an seiner Religion sei, dass jede Messe zwei, drei Stunden dauere, die Priester verheiratet sein müssen und er keinen Kirchenbeitrag zu zahlen brauche, wenn er nicht wolle oder nicht könne. Ich fahre noch zehn Minuten mit ihm mit, bin baff, wie viele gottesgegenwärtige Orte es hier in der Stadt gibt. Als Kind habe ich mich auch so gern so oft bekreuzigt, wenn ich unterwegs war oder etwas Schönes sah. Das wäre was, wenn es wirklich so viele Zeichen des unaufdringlichen Gottes gäbe, wie der Taxler sie sich einbildet. Die Stadt wäre binnen Sekunden aufs beste verwandelbar.

Tag, Monat, Jahr
Es gibt ein Entspannungs- und Gymnastiktraining für Manager, das *Fliegen* heißt. Ich lese im Kursangebot über dieses *Flying for Managers.* Sehr uninformativ. Aber man scheint wirklich durch die Gegend zu fliegen wie ein Vogel und sich alles von oben anzuschauen. – Die Beute?

Tag, Monat, Jahr
Mit dem Maler, meinem Freund, habe ich heute ein paar Sekunden lang über den Dichter geredet, der gelernter Elektriker, Installateur und Goldschmied war und einmal in der ALEIFA gelesen hat und der sich umgebracht hat. Der Maler, mein Freund, war nämlich auch einmal Gold-

schmied. Wir reden kurz über Glücksschmiede. Mein Freund, der Maler, redet heute nicht gerne. Wir lassen es. Es ist bloß der Name des Dichters gefallen und wir reden nicht weiter. Samnegdi hat der Dichter einmal ein bisschen über sich erzählt. Er freute sich, dass er übermorgen in der Firma lesen werde. Es war gerade niemand da gewesen. Im Sekretariat hatten sie geglaubt, er sei ein betrunkener Bettler. Damals wusste nur sie, wer er war, tratschte mit ihm, führte ihn herum. Er sagte, dass er hier früher oft gewesen sei. Hier seien früher Amtsräume gewesen und hier habe man ihm von Amts wegen sein ganzes Geld abgenommen. Die größten Schwierigkeiten habe er hier gehabt. Und jedes Mal habe er sich, wenn er den ermittelnden Beamten Rede und Antwort stehen musste, gedacht: *Ihr könnt mir gar nichts tun. Was wollt ihr denn. Ich bin Goldschmied, Installateur und Elektriker. Das habe ich gelernt. Das könnt ihr alle nicht. Ich habe die Abendschule gemacht und studiert. Ihr bringt das nicht zusammen. Ihr hättet das nie geschafft, was ich zusammengebracht habe in meinem Leben. Ich habe zwei Hände. Auf die kann ich mich verlassen.* Samnegdi und er haben sich damals gut verstanden. Er hatte einen Bekannten, einen Freund, in der Firma, sagte zu Samnegdi: *Der wird hier überglücklich sein.* Der hatte vor kurzem Konkurs gemacht. Als Samnegdi mit dem Kollegen dann über den Dichter redete, sagte der nichts Gutes über ihn. Der Arbeitskollege muss in seiner Zeit in der ALEIFA unter Schock gestanden sein. Er hat ein großes Musikzentrum gemanagt und damit bankrott gemacht. Er war Berufsdenker, Marxist.

Als der verzweifelte, versoffene Dichter dann in der ALEIFA vorlas oder eben in seiner Anwesenheit jemand an seiner Stelle, war ich krank und konnte nicht dabei sein. Ein paar Tage später regte sich ein Firmenkollege, der dauernd viel trank und bei sich daheim zu Studienzwecken Hitlers *Mein Kampf* in Illustriertenpapier, das voller offener Vulven war, aufbewahrte, bei Tisch darüber auf, was aus dem Dichter in den Jahren geworden sei. Völlig versoffen habe sich der. Alle Chancen habe der gehabt. Die einflussreichsten Kritiker hätten ihn hofiert. Der Dichter sei selber schuld. Und der gute Bekannte des Dichters, der bankrotte Denker und gefeuerte Musiktheaterdirektor, wollte mit mir am selben Tag über Blaise Pascal und über Bertrand Russell streiten und schwärmte plötzlich von nordischer Mythologie. Wie schön die sei und dass die Nazis alles kaputtgemacht haben; jetzt dürfe man sich gar nicht mehr damit beschäftigen, weil man sonst sofort fälschlich unter Verdacht gerate. Er war wirklicher Antifaschist und sozial und hilfsbereit. Ehrenamtlich auch in der Behindertenarbeit. Der Freund, der Dichter aus dem Volk, hat sich jedenfalls erhängt. Dass das so hat sein müssen! Die Leute sagten, der Dichter sei am Ende so gewesen, habe sich nicht helfen lassen. Ich glaube ihnen das nicht. Denn Samnegdi hat mir erzählt, wie er sich gefreut hat. Und das reicht. Mehr braucht einer nicht zum Leben.

Tag, Monat, Jahr

Der Dichter aus dem Volk, der sich umgebracht hat, war wie gesagt in die ALEIFA gekommen. Er wollte sich den Ort anschauen, an dem er, weil er eingeladen war, lesen wird. Die Firma sei wunderschön. Der kaputte berühmte Dichter war gut und empfand den Ort und die Menschen als gut. Ich war sehr gerührt.

*

Als ich den Dichter in den sozialpolitischen, populärwissenschaftlichen Dingsbums-Verein holen wollte, den ich mit meinem besten Freund Gemüller zusammen gegründet hatte, weil die linke Hand des weltberühmten linken Dingsbums es so gewollt hatte, dass die kleine, einflussreiche europaweite Dingsbumsbewegung auch hier in der Stadt ein Verein sein soll, war es Gemüller nicht recht. Der wollte den Dichter nicht. Ein Jahr nach der Dichterlesung war das. Gemüller wiegte den Kopf hin und her, lächelte und wiegte den Kopf wieder zurück. Und ich, ich verlor Zeit. Schnell einen Brief schreiben. Abgeschickt den Brief. Keine Antwort. Dem Dichter war ich zu blöd. Das Leben wie gesagt blöderweise auch. Mit Gemüller hätte er sich vielleicht besser verstanden, das kann wirklich gut sein. Aber der wollte ihn nicht dabeihaben. Dass der Dichter auf meinen Brief nicht antwortete, kann am Dichter, am Brief, an mir oder an der ALEIFA gelegen haben. Es hätte des Briefes nicht bedurft, weiß ich heute. Ich hätte den verreckenden Dichter auf der Straße anreden können. Dort ging er oft herum, weil er ja kaputtging. Das wollte ich nicht mitansehen und tat es doch. Zwar sah ich ihn nach dem Brief nur mehr ein einziges Mal auf der Straße, in der Früh einmal, aber das wäre meine Chance gewesen. Er schaute zu Boden und torkelte. Auf seinem Hemd klebte Erbrochenes.

Tag, Monat, Jahr

Die Frau, die jahrelang ihre Schulden zurückzahlen musste und immer Angst hatte, dass man ihr die Kinder wegnehmen wird; eine insolvente kleine Geschäftsfrau. Sie sagt, man dürfe nie an das denken, was man verloren habe. Nur an das, was einem unbeschadet geblieben ist. Die Kinder, das Lachen. Ein Obdachloser sagt, er habe alles verloren, durch seine Krankheit die Arbeit und dadurch die Familie, es sei wie Selbstmord gewesen. Aber nicht von eigener Hand.

Tag, Monat, Jahr

Der energische, traurige, fromme, freundliche Mann, der sagt, die Kasperlfrage *Kinder, seid ihr alle da?* sei dasselbe wie *Kain, wo ist dein*

Bruder? Ich glaube, dass das stimmt. Der Kasperl passt wirklich auf die Kinder auf, dass keines verloren geht und keinem etwas Böses geschieht. Der Mann ist Therapeut, ich weiß nicht, ob er lustig auch ist. Aber Christ ist er, glaubt an die Frohbotschaft. Insofern ist er sicher lustig. Manche nehmen ihn überhaupt nicht ernst, andere zu sehr. Er sagt oft Sachen, die niemand hören will.

*

Mir hat ein Soziologe einmal gesagt, der Kasperl sei eigentlich Gott. Wenn der Kasperl da und gleich wieder weg sei, sei das eben wie mit Gott. Ich glaube, dass in der Nazizeit der Kasperl sehr wichtig war.

Tag, Monat, Jahr
Himmlers Interesse für die Inquisitionsakten und die Protokolle der Hexenfolterungen. Die SS hat daraus gelernt.

Tag, Monat, Jahr
Egon Friedell war alkoholkrank und fettsüchtig, von seinen Mitschülern fast vergewaltigt worden, in jungen Jahren von seinen Verwandten fast entmündigt und um sein Erbe gebracht. Man hat ihn später jaculator Dei genannt, Spaßmacher Gottes. Sein Gott soll der des Marcion gewesen sein, des von der Alten Kirche bis ins 4. Jahrhundert hinein meistbekämpften Häretikers. Eines Gnostikers, der sich auf Paulus und Lukas berief, die sich als Mitarbeiter Gottes wussten. Der Marcionit Egon Friedell nannte Christus den guten Fremden und den unbekannten Gott, glaubte, das Gute, die Barmherzigkeit sei nicht von dieser Welt, aber kämpfe inmitten der Welt gegen das Böse, das nur von dieser Welt sei und vom Schöpfergott stamme. Der grausige Gott des Alten Testaments kämpfe gegen den sanftmütigen Sohn, den Erlösergott der Frohbotschaft. Und das menschliche Ich beweise durch seine Kreativität und sein Mitgefühl, dass der liebe, gute Gott in der Welt trotz allem überall zugegen, da erahnbar sei. Menschliche Kreativität als Gottesbeweis und Theodizee, der Mensch als Mitarbeiter Gottes, die Schöpfung als creatio continua, als Erlösung der unter dem Vater leidenden Welt durch den Sohn. Werfel soll auch Marcionit gewesen sein. Kafka auch. Viele namhafte Tschechen waren Marcioniten. Für Friedell war alles in der Welt magisch, die Genies aber oft irr und latente Verbrecher. Und das Denken, wenn es gut sein solle, müsse daher alle, alles verspotten können. Den menschlichen Geist zum Beispiel. Das Ich war für Friedell der Miterlöser der Welt, Gottesbeweis, das Wirken des Christus, zugleich aber nicht zu retten, und der menschliche Geist war Verhöhner all dessen und seiner selbst. Mein Ich ist nicht so. Aber wenn ich einen Glauben habe, dann bin ich Marcionit.

Tag, Monat, Jahr
Das Vermächtnis der Mütter ist die Kapitulation. Von wem ist das? Ich glaube, von Frau Mitscherlich. Das Ich werde nicht älter, nur der Körper, sagt sie auch. Kann das wirklich so sein mit dem Ich? Mein Ich zum Beispiel ist so wie jetzt immer gewesen. Von klein auf. Ich war immer so. Wer soll mir das glauben?

*

Bilde mir ein gelesen zu haben, Feuerbach sei außer sich gewesen und habe auf Schubert geschimpft, weil der gesagt haben soll, sein Ich sei von Kind an immer gleich geblieben.

Tag, Monat, Jahr
Für Alexander Mitscherlich war der Hitlerfaschismus eine Art Liebeskrankheit. Hörigkeit wäre der falsche Ausdruck. Hitler war geil. Aber es war wahre Liebe. Doch darüber konnte nach dem Krieg nicht geredet werden. Wenn doch darüber geredet worden wäre, hätten Haider und so weiter heutzutage vielleicht nicht eine derartig effiziente Performance. Die Liebe hätte sich aufgehört.

Tag, Monat, Jahr
Kierkegaards Zirkusclown, dem niemand glaubt, dass der Zirkus abbrennt, weil er ja nur der Clown ist. Er kann tun, wie er will, seine größte Not steigert nur die Heiterkeit. Mit 42 hat Kierkegaard der Schlag getroffen. Für nichts und wieder nichts.

*

Buster Keaton, das versteinerte Gesicht. Er hat sich das als Kind zugelegt, weil die Leute dadurch mehr gelacht haben. Er ist mit seinem Vater und seiner Mutter auf der Bühne gestanden und sein Vater hat ihn geschlagen, damit die Leute lachen. Die Leute lachten viel mehr, wenn er keine Miene verzog, wenn er misshandelt wurde.

Tag, Monat, Jahr
Es macht keinen guten Eindruck, dass ich den GF Gemüller nicht mag. Aber bei mir macht es keinen guten Eindruck, wie viele Leute ihn mögen. Außerdem mag ich Gemüller. Bin sein Freund.

Tag, Monat, Jahr
Ein Musiker erzählt, Hitler habe Karajan gehasst, weil der Wagners *Meistersinger* aus dem Gedächtnis dirigierte. Hitler hielt das für menschenunmöglich und für zwangsläufig fehlerbeladen. Goebbels hingegen habe Karajan protegiert und Furtwängler immer mit Karajan erpresst, wenn Furtwängler sich nicht fügen wollte. Und dann erzählt der Musiker, dass er einen großen indischen Musiker kennen gelernt habe, der Mozart beim

ersten und zweiten Mal Hören und auch später noch für Unterhaltungsmusik halte und bei Jazzstücken den Rhythmus jedes Mal völlig falsch wiedergebe. Aber doch eben richtig.

Tag, Monat, Jahr
Der dicke Suchttherapeut, Psychiater, der gesagt hat, dass Magersucht eine Liebeskrankheit sei und eine Art Hochleistungssport und dass Schizophrene die Gewalt schneller und früher wahrnehmen, als ihre Mitmenschen das tun, und dass das der einzige Unterschied sei. Der Psychiater war für misshandelte und missbrauchte Menschen sehr wichtig. Ist aber zugrunde gegangen. Die vielen beruflichen Kämpfe und das eheliche Unglück und das des Kindes; das Versagen in der eigenen Familie. Ich habe aber immer geglaubt, was der gesagt hat. Es war alles zu viel für ihn. Glaubte aber, als Arzt könne er immer etwas tun.

Tag, Monat, Jahr
Das Kommunistenfest heute, einer sagt: *Die Kommunisten – die Partei für das tägliche Leben.* Das Fest gefällt mir. Bei den hiesigen Kommunisten ist es immer wie bei den Simpsons. Und bei der Tombola sind zu gewinnen: ein Zuckerstreuer, ein Fernseher, ein Kleiderbügel. Und ein Funktionär singt dazu mit verdrehten Augen, dass er Geld will. Von den Kapitalisten. Aber das geben die hiesigen Kommunisten wirklich nicht für sich selber aus, sondern sie sparen, sammeln und spenden für Menschen ohne Chance im Leben. Ein schwer nierenkranker Mann, der so hilfsbereit und zugleich sehr misstrauisch ist, redet mich auf dem Fest an, sagt, er sei in dem Jahr jetzt zum Sterben gewesen. Aber er lebt wieder und ist glücklich. Er schreibt an einem Roman über die Weltwirtschaftskrise, die Zwischenkriegszeit, weil er glaubt, dass wir in einer solchen Zeit leben, und weil er Angst um seine Kinder und seine Lebensgefährtin hat. Er will in Frühpension gehen und hält auch den Arbeitsstress in seiner Firma, einem großen Konzern, für den er ein kleiner Vertreter ist, nicht mehr aus. Er ist zum Kommunistenfest gekommen, um den Kommunisten singen zu hören. Und er lacht und lacht. Jahrelang habe ich den nierenkranken Mann nicht mehr gesehen, habe oft an ihn denken müssen, er regt sich schnell über alles auf, hat aber recht.

Mein bester Freund, der Geschäftsführer Gemüller, fällt mir mitten in meiner besten Laune ein. Seine Firmenpolitik. Und dass die hiesigen Kommunisten ihm immer zuwider gewesen waren. Aber dann hat er sie aus geschäftlichen Gründen gebraucht. Deshalb waren sie ihm dann nicht mehr zuwider. Momentan hat er wieder keine Verwendung für sie. Sie sind ihm aber immer sehr dankbar, wenn er jemanden von ihnen zu einer Veranstaltung einlädt.

*

Das Gespräch vor ein paar Jahren zwischen Gemüller und mir; Bach, *Das wohltemperierte Klavier*, hat der GF aufgelegt. Wir reden darüber, wie es weitergehen soll. Ich gebe nach. Freundschaft. Samnegdi kommt später auch dazu. Er hat mich an dem Abend der guten Sache wegen viel belogen und übervorteilt, und ich habe es ein, zwei Jahre lang nicht wirklich gemerkt. Die Musik war so schön gewesen. Am nächsten Morgen nach unserem Treffen sagte er zu Samnegdi, er habe unseretwegen ein schlechtes Gewissen, weil er keine Pizza bestellt habe. Er hat also ein Pizzagewissen. Den brasilianischen Staatspräsidenten wolle er interviewen, hat er an dem Abend gesagt. *Das wäre endlich wirklich was! Das möchte ich, ich,* sagte der GF damals zu mir, und dass meinen Interviews für die Firma nun einmal jemand wie Lula da Silva fehle. Ein wirklicher Prominenter wäre der. Als der GF dann ein, zwei Jahre später Delegierter in Brasilien war, war er anderwärts beschäftigt. Er erzählte mir, mit wem von hier er dort getrunken habe. Das war damals das Wichtigste. Der Beziehungen wegen. Gemüller sagte mir das genau so: Gemeinsam trinken ist das Politischste, Solidarischste, Vertrauensförderndste, Ehrlichste, Existenziellste, was es gibt. Menschlichste. Und professionell ist es auch. Von den hiesigen Kommunisten war damals nur einer dabei, der jüngste. Gemüller maß in Brasilien den Leuten von hier auf Punkt und Beistrich genau die Wichtigkeit zu, die der hiesige sozialdemokratische Chefpolitiker Pötscher ihnen zuschrieb. Wer Pötscher sympathisch war, war für Gemüller wichtig. Auch das sagte er mir genau so. So funktioniert Freundschaft. Dort sind dann alle Freunde geworden. Pötscher ist der Geldgeber und damit der wichtigste sozialdemokratische Politiker für die Alternativszene.

*

Bach – der verwunschene Christ, den ich einmal interviewt habe, weil er als Kind in eine NAPOLA gegeben worden ist und dann so oft umlernen hat müssen in seinem Leben, ein wirklicher Antifaschist wurde und der den Faschismus in- und auswendig kennt und daher weiß, was man wirklich gegen die Faschisten tun muss, sagte einmal zu mir, er kenne einen Orgelstimmer, der gehe stundenlang im Freien spazieren, irgendwo außerhalb der Stadt, bevor er seine Arbeit anfange, weil er den Gehörsinn sonst nicht freibekomme. Diesen verwunschenen Christen mag ich. Denn er hat sein Lebtag immer wieder von vorne anfangen müssen. Die viele Musik mag ich nicht wirklich, nur Krimis sind für mich noch schrecklicher. Doch wenn dieser verwunschene Christ zum Beispiel eine Musik mag, mag ich sie dann doch auch. Allerdings nur ein paar Töne und Takte. Mozart mag er von Herzen und Mendelssohn und Bach. Ich mag die Dinge eben nur, wenn ich ihre Menschen mag. Nur Pizza mag ich immer. Aber nur, wenn Samnegdi sie bäckt. Und solche Musiktage wie mit dem GF Gemüller damals will ich so bald nicht wieder erleben müssen.

Tag, Monat, Jahr
Der nierenkranke Mann von vorgestern hat Samnegdi und mich zum Essen eingeladen. Seine Freundin und er kochen. Die Kinder sind schon groß. Irgendwie will er ein neues Leben anfangen. Er schreibt den Roman über die Zwischenkriegszeit, weil er Angst hat, dass wieder eine Weltwirtschaftskrise und ein Weltkrieg kommen. Es wird Möhrensuppe geben.

*

Der nierenkranke Mann will endlich frei schreiben können. Er sagt, seine Kinder seien jetzt erwachsen. Er brauche keine Rücksichten mehr zu nehmen. Sterbenskrank sei er ja auch. Und er sagt weiter, dass jede Organisation so gestaltet sein müsse, dass sie keine Helden brauche, sondern dass ein Durchschnittsmensch seine Pflicht und Arbeit tut, und damit sei den anderen ausreichend geholfen. Ohne Überforderung, aber mit Konsequenz. Er sagt, diese Idee sei von Brecht. Eine Gesellschaft, die keine Helden brauche, sei besser als eine, die viele habe.

Tag, Monat, Jahr
Goebbels soll einen Werbemanager in- und auswendig gekannt haben. Domizlaffs *Propagandamittel der Staatsidee* aus dem Jahr 1932. Gelernt ist gelernt.

*

Eine Tagebucheintragung von Goebbels handelt davon, wie dumm die Menschen seien, dass sie Krieg führen. Ich mag keine Tagebücher dieser Art. Luis Trenker hat das Tagebuch der Eva Braun erfunden; sie soll es ihm anvertraut haben. Und er soll ihr ein paar Mal auf den Hintern gegriffen haben. Warum hätte er so etwas erfinden sollen? Warum nicht. Die Wirklichkeit hat es damals nicht gegeben. Die haben alles erfunden. Trenker sowieso. Goebbels detto. Alle alles. Fesche Faschisten eben.

Tag, Monat, Jahr
Dass die Streikkassen der Gewerkschaft leer sind; dass es existenzbedrohend werden kann, wenn eine Gewerkschaft bei einem Börsencrash eine Bank besitzt; dass das Streikrecht hierzulande keineswegs gesichert ist, trotz und wegen der jahrzehntelangen sozialdemokratischen Kanzlerschaft; und dass auch hierzulande mitten in Europa die Verdrittweltlichung voll im Gange ist, der Pflegenotstand herrscht, die Grundversorgung in der Jugendarbeit nicht gegeben ist; dass die Hedgefonds eine gewaltige Gefahr darstellen, am besten gar nicht erlaubt werden oder aber gleich wieder verboten werden sollten; dass der Aktienmarkt das Pensionssystem, die Pensionen gefährde; dass eine Arbeitslosenrate

von 10 % seitens der neoliberalen Ökonomen erwünscht ist und für völlig normal erachtet wird; dass das Platzen der Immobilienblase bevorstehe; dass der weltweite realwirtschaftliche Kapitalanteil nur 5 % beträgt, das Spekulationskapital hingegen 95 %; dass Europa nur knapp über 10 % aus seinem Binnenmarkt hinausexportiere, daher der globale Konkurrenzdruck bloß Panikmache sei und so zwingend nicht sein könne – das alles habe ich nachprüfbar unter die Leute, Politiker, Wähler, zu bringen versucht. In einem fort, so gut ich konnte. In Gemüllers Augen war ich damit ein Kindskopf. Lachte mich aus. Gab aber öffentlich mit meiner Arbeit an und sie später dann als seine aus, wo er nur konnte. Machte mich jahrelang mit mir selber fertig. Machte mich zu meinem eigenen Konkurrenten. War mein Freund. Ließ mich meine Arbeit nicht tun. Ich war mitfühlend und freundschaftlich. Verstand nicht.

Tag, Monat, Jahr
Ich fürchte Gemüller, nicht, weil er mich getäuscht und übervorteilt hat, sondern dafür, was er mit seinen Leuten macht. Mithilfe der Guten, der besten Politiker, verhindert er, was er nur kann. Gutes, Wichtiges. Leben. Gemüller ist ein sehr verwöhnter Mensch. Denn man gibt ihm viel, weil man den Menschen in der Firma und damit der Firma helfen will. Meine Schmerzen verzeihe ich ihm auch nicht. Ich habe sie jeden Tag. Und ich weiß auch sonst nicht ein noch aus.

Tag, Monat, Jahr
Gestern der Krimi im Asylwerberheim. Der Drehbuchautor und der Hauptdarsteller müssen von einem Tag auf den anderen total plemplem geworden sein. Der Star, der den Kommissar spielt, sagt von sich, er sei ein Gutmensch und er sei das gerne. Er arbeitet nämlich für Hilfsprojekte und sammelt Geld für Menschen in größter Not. Der Schreiber ist auch sehr gut, rührt seit Jahrzehnten jedes Herz und hilft Menschen in Not. Einmal vor Jahrzehnten, als er zu schreiben anfing und die ersten großen Erfolge hatte, hat er gesagt, dass er sich zum Glück habe retten können, er sei nicht zugrunde gegangen wie die vielen anderen. Und dass das so ist, vergisst er sein Lebtag nicht. Ich glaube ihm seit Jahren jedes Wort. In seinem Krimi gestern aber waren die Tschetschenen die Mörder und die Schwarzafrikaner die Verrückten; und die helfenden Inländer aus dem Asylwerberheim sind kriminell. Der Krimi stört aber niemanden, weil der Schauspieler und der Schriftsteller gute Menschen und links und christlich sind. Publikumslieblinge. Der Schwachsinn ist dadurch gar keiner. Außerdem ist es ja nur ein Film. Unser Ort hier ist in Wirklichkeit nie wie in dem Film, denn der junge sozialdemokratische Bürgermeister ist stolz darauf, das Asylwerberheim verhindert zu haben. Er

schickt Flugblätter aus, was er geleistet hat und bedankt sich für die Mithilfe der Bevölkerung. Ein Bordell hat er auch verhindert. Auch eine Fabrik. Er ist sehr umweltfreundlich. Er ist noch so jung und man verdankt ihm jetzt schon so viel. Weil es bei uns kein Asylwerberheim gibt, kann es nicht so sein wie im Krimi. Im Nachbarort gibt es ein Asylwerberheim mit vielen Tschetschenen und ein paar Schwarzfarbigen. Dort ist also alles wie im Krimi gestern. Nein, denn das war ja nur im Fernsehen so. Eine Tschetschenin und ihre zwei kleinen Kinder aus dem Asylwerberheim im Nachbarort sind vor ein paar Wochen auf der Straße tödlich verunglückt. Von zwei Autos sind sie totgefahren worden, waren auf die Straße gelaufen, einander zu Hilfe. Der Ehemann kehrte dann sofort dorthin zurück, wo sie alle hergekommen waren.

Tag, Monat, Jahr
Ich mag keine Krimis. Die kriminalisieren nämlich. Ich kriminalisiere nicht? Nein. Ich unterscheide. Zwischen richtig und falsch.

Tag, Monat, Jahr
Ein Krimi: Ein junges Mädchen, noch keine 18 Jahre alt, erinnert sich nach einem Jahr Therapie, dass ihr Vater sie zwischen ihrem 5. und 9. Lebensjahr missbraucht hat. Ihr Therapeut bringt sie zu einer Anwältin. Am Ende dann aber erkennt die Anwältin im vollen Gerichtssaal, dass der Therapeut dem Mädchen eine falsche Krankheit antherapiert hat. Hat er. Er zeigt außer sich vor Wut und Schmerz seine eigenen Narben her, von den Zigaretten seines Vaters stammen die, und er schreit, dass er zum Glück als Kind diese Beweise gehabt habe und man ihm deshalb geglaubt habe; dass aber jedes Jahr hundert Tausende Kinder missbraucht werden und da gebe es keine Hilfe und keine Beweise. Die Tochter der Anwältin ist gleich alt wie das Mädchen, kifft und hat sofort von Anfang an, als sie das Mädchen zum ersten Mal sah, spöttisch gesagt, sie selber sei auch vergewaltigt worden. Und zwar von Außerirdischen. Das Mädchen glaubt dem anderen Mädchen von Anfang an kein Wort, sagt das der Mutter Anwältin genau so. Vor Gericht berichtete das andere Mädchen dann sehr viele Details des Verbrechens, zum Beispiel von einer Kirchturmuhr. Die gibt es aber gar nicht. Der Therapeut hatte ganz am Anfang zur Anwältin vertrauensvoll gesagt: *Das Wichtigste ist, Sie müssen ihr völlig glauben. Diese Kinder wissen nicht, wohin sie sollen und halten die ganze Welt für böse.* Die Anwältin hatte da die Sätze des Therapeuten weitergeführt mit: *Die Kinder sind in einem Alptraum, der nicht endet.* Der Therapeut hatte daraufhin größten Respekt vor der Anwältin. Vor Gericht dann, als die Anwältin ihn plötzlich beschuldigt, seiner Patientin den Missbrauch suggeriert zu haben, bestreitet er, dass es das

False-Memory-Syndrom überhaupt gibt, sagt, wie viele Hunderte Male er Gerichtsgutachter war. Zeigt die Narben, die sein Vater ihm zugefügt hat. Doch die Anwältin gibt nicht nach, bringt die Welt in Ordnung. Meine nicht.

Tag, Monat, Jahr

Auf einer Zugfahrt sitze ich versehentlich im Frauenabteil. Habe nicht gewusst, dass es so etwas gibt. Es war als einziges noch leer gewesen. Eine schwangere Frau setzt sich dann nach freundlicher Frage ins Abteil, später will mich der Schaffner prinzipiell entfernen. Die Frau erklärt mir, warum; ich will gehen und darf sitzen bleiben. Habe die Zeit über Tennessee Williams' Autobiographie gelesen. Habe nichts sonst über ihn gefunden. Halte ihn für den wichtigsten Autor überhaupt, aber weiß nichts von seinem Leben – und glaube nicht, was da steht. Fange mit der Frau zu tratschen an. Ist Theologin. Spezialisiert auf Globalisierung. Ich werde zwischendurch ungeduldig, frage höflich und neugierig; sie gibt freundlich Auskunft. Offizieller Wissensstand. Standard. Institutionell. Das Gespräch habe ich zufällig damit begonnen, dass ich mich über das Künstlergetue und den hiesigen Kirchenumbau lustig machte. Die schwangere Frau widersprach freundlich und dann erfuhr ich eben allerlei. Zum Schluss fragte sie mich freundlich und verständnisvoll, ob ich wirklich zufällig im Frauenabteil sitze. Himmel! Ich muss aufdringlich gewesen sein. Geschwätzig. Oder unverhohlen. Ich halte die Kirche für blödsinnig global. Und für keine Hilfe. Und dann gibt mir die Frau ihre Visitenkarte, weil ich mich für ihre Studien interessiere. Ich sage, ich dürfe, werde ich mich melden und sowieso alles nachlesen. Sie freut sich freundlich. Ich hätte sie fragen sollen, wieso sie fragt, ob ich wirklich nicht gewusst habe, dass das das Frauenabteil ist. Sie war sehr ehrlich. Effizient. Standard. Institutionell.

Tag, Monat, Jahr

In die Augen eines Menschen schaut die ganze Welt hinein und die ganze Welt schaut aus ihnen heraus. Hodafeld hat das gesagt. Hodafeld. Er brachte die Leute oft zum Lachen, ein paar eben hatten dabei Angst vor ihm. *Die Leute reden dauernd vom Totschweigen. Aber das Totreden gibt es genauso*, sagte er zu mir, damit ich mich beruhige. Beim Begräbnis sagte einer seiner besten Freunde, Hodafeld sei eine reine Seele gewesen. *Liebe die Welt und die Welt wird dich lieben* oder so ähnlich, hat Hodafeld auch einmal gesagt, und dass Gott gewiss ein Sadist sei und dass er, Hodafeld, aus der Kirche ausgetreten sei. Jetzt, wo er tot ist, sagen viele Leute, dass sie seine guten Freunde waren und berufen sich auf ihn. Ich mache das wie die. Sein wirklicher Freund sagte beim Begräbnis, dass ihm keine einzige Niedertracht bekannt sei, die von Hodafeld ihren Ausgang genommen habe. Hodafeld habe sich zu so etwas nie hergegeben. Er sei ein unschuldiger Mensch gewesen.

Eine sozialdemokratische junge Frau ganz hinten unter den Trauergästen weinte von Herzen und schaute zu Boden, eine Frauenrechtlerin, die neue hiesige Frauenchefin in Bälde war das, und sie wird bald eine wichtige Spitzenpolitikerin sein. Wird Wahlen gewinnen. Müssen. Sie läuft nie davon, sondern kämpft, ist fürsorglich. Ihre Tränen beim Begräbnis waren ein Trauerschleier und Hodafeld wäre erstaunt und gerührt gewesen. Ich weinte keine Tränen, ich schwitzte endlos. Hodafelds Lieblingsmelodie wurde aufgespielt. Der junge Sohn sagte dann in der Dankesrede, sein Vater sei ein schwieriger Mensch gewesen und hätte nie geglaubt, dass er so viele Freunde habe, wie heute hier versammelt seien. Er hätte sich von Herzen gefreut.

*

Man hatte gewusst, dass der Tod in seinem Falle jederzeit eintreten kann, hatte es aber nicht geglaubt. Hodafeld wurde tatsächlich, obwohl er schwer krank war, mitten aus dem Leben gerissen. Er war am Ende gewesen, aber man hatte das anders gesehen, weil er in einem fort lebendiger gewesen war als die meisten anderen im Metier.

*

Viele Redner waren beim Begräbnis und taten ihre Pflicht. Hodafeld hätte es genauso gemacht. Nein, er hätte vor lauter Tränen nicht reden können, wäre jemand von seinen Freunden gestorben. Er wäre wie die junge Frauenrechtlerin Franziska gewesen. Hodafeld hatte gerade jetzt den beruflichen Erfolg gehabt, den er sich gewünscht hat, und Hodafeld hatte gerade jetzt wieder mit seiner Familie zusammenziehen wollen. Der Beruf trennte sie nicht mehr. Sie hatten sich alle gefreut.

Tag, Monat, Jahr

Herbst 2004: <»Alles muß sich ändern, damit alles so bleiben kann, wie es ist.« Der amtierende Parlamentspräsident pflegt sich neuerdings in der Öffentlichkeit lächelnd so zu äußern, etwa bei der staatsmännischen Angelobung anderer Präsidentschaften, insbesondere wenn es medial um das sogenannte Amtsverständnis und um die künftige Staatsverfassung unseres Wirtschaftsstandortes und Sozialstaates geht. »Alles muß sich ändern, damit alles so bleiben kann, wie es ist«, das sei, redet der Parlamentspräsident in volks-, parlaments- und bundesratsbildnerischer Manier, ein Wort des sizilianischen Fürsten Salina aus dem Roman *Der Leopard* von Tomasi di Lampedusa und habe auch für unsere Republik Gültigkeit. Meine Damen und Herren, gestatten Sie mir der Rede des Parlamentspräsidenten wegen bitte einen kurzen Ausflug in die Belletristik und Kineastik. Lampedusas adelsstolzes Lebenswerk wurde Ende der 1950er Jahre mit großem kommerziellem, völlig unerwartetem, weil dem damaligen angeblich demokratischen, angeblich egalitären Zeitgeist angeblich zuwiderlaufendem Erfolg und unter heftigsten kulturpolitischen Reaktionen zum ersten Male veröffentlicht. *Il Gattopardo* handelt von einer bürgerlich-adeligen Zweckheirat samt Ehevertrag und zugleich von menschlichem Absterben auf der feudalherrschaftlichen Insel Sizilien der 1860er Jahre. Indem also der Parlamentspräsident in öffentlichem, feierlichem Staatsakt für die Zukunft unseres Landes die Losung der sizilianischen Hochadeligen Salina und di Lampedusa ausgibt, versetzt der Parlamentspräsident unser Land seltsam in sizilianische Verhältnisse und zwar um 140 Jahre zurück in eine Zeit der damals dort von neuem siegenden Feudalherren und der damals dort dann letztlich doch scheiternden linken republikanischen Revolution von Garibaldis Rothemden. 1860/61 wird der italienische Staat gegründet. »Die Erde bleibt trotzdem schön«, sagt der menschlich zweifellos sympathische Patriarch Salina. Ausdrücklich freilich ist es für den Fürsten Don Fabrizio Salina Zeichen und Beweis von Schönheit und Eleganz, ein Dutzend Erbschaften verschwendet und die Überzeugung zu haben, ein Palast, in dem man alle Räume kenne, sei es nicht wert, bewohnt zu werden. Für die wirklich Mächtigen ändere sich nichts. Die bisherige Adelselite regiere auch weiterhin, und zwar mittels des Vermögens, welches von der reichen, aufstrebenden, gefälligen, neuen Bürgertumselite zur Verfügung gestellt werde. Die Revolution dringe nicht bis zum Palast vor. Das sind die unaufdringlich charmanten Lehren des weltmännischen, abgeklärten, sternen- und himmelskundigen, philosophisch gebildeten, bordellfreudigen Fürsten Salina. Luchino Visconti, Sohn eines lombardischen Herzogs und einer reichen Mailänder Industriellentochter, Sozialist, Partisan, von den Nazis malträtiert, hat Lampedusas Leopardenroman um die Zweckheirat zwischen einem jungen, berechnenden Altadeligen und einer von Herzen gern lachenden, schönen, neureichen Bürgerlichen durchaus in Respekt vor der Gestalt des alten Fürsten Salina verfilmt. In den Hauptrollen Lancaster, Cardinale, Delon. Viscontis Film hat den das Geld beschaffenden Produzenten trotz des europäischen Erfolges finanziell ruiniert und eine Länge von 3 Stunden und 25 Minuten. Allein die legendäre Ballszene, an deren Anfang man für Sekunden Bauern auf den Feldern in der Abenddämmerung arbeiten sieht und an deren Ende man für Sekunden hört, wie Rothemden im Morgengrauen erschossen werden, nimmt 50 Minuten in Anspruch. Gedreht wurde die Ballszene mit echtblütigen sizilianischen Adeligen als Statisten 48 Tage lang, jeweils von 7 Uhr abends bis etwa 5 Uhr in der Früh. Viscontis völlig unökonomisch anmutende Echtzeitüberlängen kommen, heißt es, nicht daher, daß er als Kind im Überfluß in einem Mailänder Familienpalast aufgewachsen war, welcher so viele Fenster hatte, daß ein Diener alleine nur dafür eingestellt war, diese zu öffnen und zu schließen, sondern weil Visconti gegen Ewigkeiten – politische, soziale, religiöse, seelische, zwischenmenschliche, institutionelle, finanzielle, rechtliche, fatalistische Ewigkeiten – anfilmte. Im Falle von Lampedusas *Il Gattopardo* gegen eine Ewigkeit von mehr als 2.000 Jahren sizilianischer Geschichte der Chancenlosigkeit. Gegenwärtig ist Lampedusa, wie Sie wissen, die Insel der hilflos sterbenden Flüchtlinge.

In Zusammenhang mit der Losung des Parlamentspräsidenten für unsere Republik, daß sich alles ändern muß, damit alles so bleibt, wie es ist, darf ich Sie daran erinnern, daß der Parlamentspräsident in seiner Funktion als hoher Parteifunktionär vor vier Jahren im Frühherbst 2000 – übrigens am Tag nach dem Bekanntwerden der Aufhebung der EU-Sanktionen gegen Österreich – freudestrahlend wortwörtlich erklärt hat: »Wir regieren neoliberal.« Wenn vor kurzem ein legendärer sozialdemokratischer Finanzminister a. D., seines Zeichens ein Unternehmergigant sondergleichen, harsch verkündet hat, Oskar Lafontaine sei nicht links und hierzulande gebe es keinen Neoliberalismus, so steht diese rote Verkündigung schlichtweg im Gegensatz zur freudigen Verkündigung des schwarzparteiigen jetzigen Parlamentspräsidenten »Wir regieren neoliberal.« Nahezu synchron mit »Wir regieren neoliberal« hat im Frühherbst 2000 der jetzige, damals blutjunge Finanzminister unserer Republik freudestrahlend wortwörtlich die Verkündigung getätigt: »Ich baue an einem Staat mit New-Economy-Strukturen.« Die Blase ist bekanntlich geplatzt. Wie viel von unserem Staat dadurch mitgeplatzt ist, entzieht sich meiner Kenntnis. Fest steht, nebstbei bemerkt, daß die Kriege der gegenwärtigen US-Regierung unbestritten ein ökonomischer Segen für die geplatzte New Economy sind und daß der jugendvorbildliche Bill Gates, mit dem zusammen eben dieser unser Finanzminister hierzulande so gerne auftritt, entgegen eigenen Angaben sein High-Tech-Reich in Wahrheit nicht in der Garage seiner Familie erbastelt hat. Bill Gates' Eltern hatten nämlich gar keine Garage.

Von der Losung der jetzigen Regierung »Wir regieren neoliberal« / »Ich baue an einem Staat mit New-Economy-Strukturen« zurück nun in die Kinogeschichte der Chancenlosigkeit. 1969 hat Sydney Pollack *Nur Pferden gibt man den Gnadenschuß* gedreht mit Jane Fonda in der weiblichen Hauptrolle als Gloria. Jean Paul Sartre lobte diesen Film als existenzialistisches Meisterwerk über den Kapitalismus. 1930er Jahre, Chicago, Weltwirtschaftskrise. Ein K.-o.-Tanzmarathon für Paare findet statt. Das Preisgeld und damit endlich die Chance auf ein Leben bekommt entsprechend dem K.-o.-System dasjenige Paar zugesprochen, das sich bis zuletzt auf den Beinen halten kann. Alle zwei Stunden gibt es 10 Minuten Pause, ansonsten wird in einem fort getanzt, auch während der Nahrungsaufnahme. Der Showmaster wählt aus, wer überhaupt mitmachen darf. Eine hochschwangere Frau bekommt ihre Chance, darf aus humanitären Gründen trotz ihrer Schwangerschaft mitmachen. Jane Fondas Tanzpartner, ein hustender Mann, wird nicht zugelassen, weil er ja die anderen anstecken und gefährden könnte. Jane Fonda ist jetzt also allein, daher wieder chancenlos, bekommt jedoch vom Showmaster ganz überraschend ihre zweite Chance, nämlich einen jungen Herumtreiber zugeteilt. Der spektakuläre Tanzmarathon, an dem an die vierzig Paare teilnehmen – unter ihnen genauso junge Leute, die entdeckt werden möchten, wie ein alter, schwerkranker Matrose und eine alternde, verzweifelnde Prostituierte –, hat nichts mit tänzerischer Schönheit, Freude, Anmut zu tun. Spätestens nach 400 Stunden finden die Tanzpartner aneinander keinen Halt mehr, sondern irren alleine auf dem Parkett herum. Nach 600 und nach 1200 Stunden wird dann vom Veranstalter ein Wettrennen um die Tanzfläche angeordnet, bei dem jeweils die langsamsten drei Paare aus dem Wettbewerb ausscheiden. Völlig verwirrte, völlig erschöpfte, zutiefst gedemütigte, sogar sterbende, jegliche Hoffnung auf ein neues Leben verlierende, wohl immer abstoßender, vulgärer, ordinärer werdende Menschen müssen in diesem Marathon immer weiter laufen, sich immer weiter bewegen, immer weiter taumeln, egal, was den anderen geschieht. Wenn ein Partner zusammenbricht, wird mit einem anderen, frei gewordenen weitergetanzt, weitergerannt, weitergetaumelt. Geheiratet wird auf Anweisung des Showmasters auch während des Tanzmarathons. *Nur Pferden gibt man den Gnadenschuß* war für 9 Oscars nominiert; ein einziger Oscar nur wurde daraus, der ging für die beste Nebenrolle an den Darsteller des Mitgefühl heuchelnden, quälenden, lächelnden, lachenden, allmächtigen Showmasters. Letztgenannter mit dem Oscar ausgezeichneter Schauspieler hat dann ein paar Jahre später im wirklichen Leben zuerst seine Frau erschossen und dann sich selber. Heutzutage versteht man, heißt es, besagten Film weit weniger als existentielle Wiedergabe kapitalistischer Seelenökonomie, sondern weit eher als künstlerisch-kritische Beschreibung des gegenwärtigen Fernsehshowbusineß. Wie auch immer, im Pollack-Film wie im dazugehörigen Roman wird das eine nicht getrennt vom anderen erzählt. Was die österreichischen Fernsehmarathons *Taxi Orange, Starmania* oder was die deutschen Fernsehspektakel *Tausche Familie, Frauentausch, Big Brother, Deutschland sucht den Superstar, Starsearch* mit *Nur Pferden gibt man den Gnadenschuß* zu tun haben, meine Damen und Herren, mag jedermensch von Ihnen für sich selber entscheiden. Überhaupt nichts habe das eine mit dem anderen zu tun, werden Sie vielleicht meinen. Zumal es beispielsweise im österreichischen Fernsehen – im Gegensatz zu oft aggressiven deutschen Sendungen – bei solchen Marathons sehr menschenfreundlich und sehr spendenfreudig zugeht. Man ist in solchen Fernsehshows überhaupt sehr demokratisch, sehr erwachsen, sehr nett, sehr fair, sehr Chancen gebend zueinander, und man verschenkt dann gar das Preisgeld in Millionenhöhe an behinderte österreichische Mitmenschen oder sammelt für Menschen in akuter Lebensgefahr, die in Katastrophengebieten sonst wo auf der Welt leben. Angesichts von *Nur Pferden gibt man den Gnadenschuß* würden linke Leute wie Jean Paul Sartre oder Pierre Bourdieu das gegenwärtige Fernsehshowgeschehen inklusive der allseits beliebten *Millionenshow* aber dennoch als nichts sonst verstehen denn als eine seelische, geistige und körperliche Einübung in den neuen Kapitalismus, und diese gegenwärtige Einübung, Einfügung, Eingliederung in den realexistierenden Kapitalismus gehe nun einmal umso leichter vonstatten, je unschuldiger, je menschenfreundlicher, je fairer, je sportlicher, je demokratischer, je wahlfreier, je verläßlicher und je regelmäßiger (also je realer), je vergnüglicher, je großzügiger, je chancenreicher, je sorgenlöserner der Showspaß vor sich geht, wahrgenommen wird, empfunden wird, erlebt wird, erfahren wird.

Sie kennen vielleicht den mehrfach prämierten Film aus dem Jahr 1998 *Lola rennt*. Lola, die Tochter eines Bankdirektors, rennt um das Leben ihres Freundes, eines kleinen Ganoven, der jemandem Geld schuldet und gekillt werden soll, wenn er seine Schulden nicht pünktlich begleicht. Lola rennt zu ihrem Vater um das Geld für ihren Freund und weiter zu ihrem Freund. Der Film hat drei völlig verschiedene Enden. Einmal kommt der Freund zu Tode, einmal Lola, und einmal haben sie beide gemeinsam ein Leben. Wie Sie gewiß sehen, meine Damen und Herren, gehöre ich der von der Mobiltelefonwerbung so bezeichneten »Spezies Gemeiner Speck« an und ähnle dem monströsen Maskottchen namens »Innerer Schweinehund«, das die schwarzparteiige Frau Gesundheitsministerin vor einem Jahr künstlerisch anfertigen ließ und öffentlich in, wie sie sagte, megatittenaffengeiler Manier an den Pranger stellte. Ich muß zugeben, daß meine folgenden kurzen unsportlichen Ausführungen gekränkter Eitelkeit entspringen und daher vielleicht nicht ganz der allgemeinen Wahrheit entsprechen. Auch bei allen Sympathisanten des schwarzparteiigen Sportstaatssekretärs entschuldige ich mich prophylaktisch. Aber, mit Verlaub, immer wenn ich jemanden laufen sehe, muß ich an Lola denken. Und denke ich an Lola, denke ich, verzeihen

Sie mir, an Thomas Hobbes. Der lebte im 17. Jahrhundert, war überzeugt, die Quadratur des Kreises entschlüsselt zu haben und daß der Mensch dem Menschen ein Wolf sei und unter Menschen der Krieg aller gegen alle herrsche. Hobbes war Spitzensportler. Jogger. Und er wurde 90 Jahre alt dadurch. Und das bei guter Gesundheit. Trotzdem: Immer, wenn ich jemanden laufen sehe, denke ich an Lola und die Wölfe. Sportphilosophisch, sportpsychologisch, sportsoziologisch statthaft ist es jedenfalls, habe ich mir sagen lassen, zu fragen, ob das Freizeitverhalten von Menschen ihr Berufsleben widerspiegelt, vielleicht gar verdoppelt und verdreifacht. Sei dem, wie es sei, ich Gemeiner Speck und Innerer Schweinehund vertraue den Sympathisanten des Herrn Sportstaatssekretärs und der Frau Gesundheitsministerin blindlings, daß es um Volksgesundheit geht und nicht um Volksdisziplinierung. Konkurrenz heißt aus dem Lateinischen übersetzt bekanntlich, daß man miteinander läuft. In den antiken Heldenepen lesend werden Sie übrigens dort kaum ein faires Konkurrieren antreffen. Im römischen Nationalepos wie auch bei Homer werden Wettläufe regellos, brutal, betrügerisch, einander schwer behindernd, einander schwer verletzend ausgetragen, gar nicht wie unter den allerorts laufenden Gentlemen heutzutage. Noch so ein irgendwie lateinisches Wort ist »Konsum«. Jeremy Rifkin hat in seinem jüngsten USA-kritischen Buch *Der europäische Traum* die Wortgeschichte von »Konsum« zu klären versucht. Konsum bedeutete bis ins 19. Jahrhundert – unter anderem auch in der medizinischen Sprache – Vernichtung, also schwere Krankheiten wie Krebs. Im 20. Jahrhundert haben, so Rifkin, irgendwelche Werbeleute den Begriff völlig ins Gegenteil verkehrt und gar mit Demokratie gleichgesetzt. Meine Damen und Herren, Sie kennen Jesu Christi letzte Worte am Kreuz. Auf Deutsch: »Es ist vollbracht.« Im Lateinischen steht da: »Consummatum est.« Nimmt man Rifkins Hinweis philologisch ernst, dann wird man ohne Religionsfrevel dessen gewahr, daß in diesem »consummatum est« aufgrund des griechischen neutestamentlichen Wortes »synteleo« »consumptum est« steckt und man die letzten Worte Jesu am Kreuz vielleicht besser nicht übersetzt mit »Es ist vollbracht«, sondern »Kaputt. Aus«. So viel zu den Begriffen »Konkurrenz« und »Konsum« und »Konsummation«. Rifkin bringt sie mit dem sog. Todestrieb in Zusammenhang und nennt das Bedürfnis nach Bewußtlosigkeit als eine Spielart des Todestriebes. Konkurrieren bis zur Bewußtlosigkeit. Konsumieren bis zur Bewußtlosigkeit.

Sei dem, wie es sei. Ich bin keineswegs gegen Bewegung. Gandhi beispielsweise machte viel Bewegung. Als er in Südafrika ein Heim für die Angehörigen der in Gefangenschaft befindlichen Widerständler stiftete und selber auch dort lebte, ging er jeden Tag, wenn er Rechtsfälle zu bearbeiten hatte, zu Fuß über 20 km von dieser seiner gestifteten Farm in die Stadt und über 20 km wieder zurück aus der Stadt auf die Farm. Und 1919 dann in Indien sein legendärer Salzmarsch zum Meer im Süden, der dauerte immerhin 24 Tage. Als er das Meer schließlich erreicht hatte, hob er ein klein wenig Salz auf, das die Brandung zurückgelassen hatte – und brach damit das Salzmonopolgesetz der Briten. Und wenn er zu einem befristeten Streik oder gar zum landesweiten Hartal aufrief, also zur völligen Verweigerung jeglicher Kooperation mit der britischen Besatzungsmacht, fastete er und spann, als Zeichen der Autonomie und der Autarkie, Wolle. Spinnradbewegung heißt das unter Geschichtsinteressierten. Der kleine Mann Gandhi mit den vielen Löchern in seinen Zähnen, der seinen Nachttopf immer selber entleerte und die Nachttöpfe seiner Familie dazu, weil er nicht wollte, daß ein Unberührbarer das für ihn tun muß – Gandhi war jedenfalls sehr fit, und zwar ohne unseren rechten Sportstaatssekretär und ohne unsere rechte Frau Gesundheitsministerin. Gandhi-Fitneß hatte auch einen Namen, nämlich Satyagraha. Der Name kam aus einem Preisausschreiben, das Gandhi veranstaltet hatte, und bedeutet »Seelenstärke« oder auch »treue Liebe zur Wahrheit«. Ho Chi Minh übrigens versuchte sich in Vietnam gegen die Franzosen anfangs in Gandhis passivem, gewaltlosem Widerstand. Vergeblich. Ohne Demokratie wäre Gandhi nicht möglich gewesen, heißt es oft. Gandhis Erfolg wäre ohne die hohen Werte der Briten nicht möglich gewesen, heißt es. Freilich hat umgekehrt Gandhi gezeigt, wie viel die Demokratie vermag und wie viel man mit gewaltlosen Mitteln der Demokratie erreichen kann, wenn man es nur wirklich vorhat. Hierzulande weiß man derlei, will mir scheinen, heutzutage sehr oft nicht, sondern hat Angst davor, deklassiert, isoliert und als Verlierer dazustehen, wenn man sein simples Demonstrationsrecht ausübt. Solche Willensangst, wie gesagt, kannte der Mahatma beileibe nicht, sondern er war imstande, sich Gewalten auszusetzen und diese Gewalten demokratisch zu durchkreuzen. Das mag zwar kitschig, banal und pathetisch klingen, ist aber ein Willensstärkelehrstück der Menschheitsgeschichte. Gandhis selbstlose Willensstärke, Gandhi-Fitneß ist meines Wahrnehmens heutzutage hierzulande politisch unbekannt.

Der Gewerkschafter Saul Alinsky machte auch viel Bewegung. Als Alinsky auf Bitten und mit Geldern amerikanischer Kirchen in Oakland in einem Ghetto den Widerstand gegen die Lebensbedingungen zu organisieren sich bereit erklärte und Oakland betreten wollte, ließen ihn die Stadtväter von Oakland nicht einreisen, sondern schickten ihm ein 17 Meter langes Seil, auf daß er sich am nächsten Baum aufhängen möge. Möglichst hoch und für alle sichtbar solle er das tun. Alinsky schickte der Stadtregierung als Antwort auf ihre versteckte Lynchdrohung eine große Packung Windeln und betrat, den Verfassungsbruch der Stadtregierung symbolisch verspottend, Oakland höchst medienwirksam mit seiner amerikanischen Geburtsurkunde in den Händen. Eine von Alinskys Organisationen hieß FIGHT, die Buchstaben standen für: Freedom, Integration, God, Honor, Today. Alinsky galt zu Lebzeiten als einer der radikalsten und zugleich durchsetzungsklügsten Gewerkschafter der USA. Er war studierter Archäologe und Kriminologe, letzteres mit den stipendierten Forschungsschwerpunkten Jugendkriminalität und organisiertes Verbrechen. Der junge Alinsky beforschte während der Weltwirtschaftskrise in öffentlichem Auftrag für einige Jahre Al Capone und dessen Bande aus nächster Nähe. Zeitgleich sammelte Alinsky privat Geld für die Internationalen Brigaden des Spanischen Bürgerkrieges. Nach seinen Jahren bei Al Capone wurde Alinsky Berater des Präsidenten des Dachverbandes der nordamerikanischen Gewerkschaften. Gleich nach dem 2. Weltkrieg baute Alinsky seine eigene Organisation auf, nämlich die der Chicagoer Schlacht- und Hinterhöfe. Man wird Alinsky Mafianähe und Mafiamethoden vorwerfen wollen, insbesondere was seinen Zugriff auf die Chicagoer Bauwirtschaft und Lebensmittelindustrie betrifft. Erhoben wird dieser Vorwurf in der Literatur meines bisherigen Wahrnehmens allerdings nicht. Alinskys Befürworter bewundern vielmehr nach wie vor seine Fähigkeit, politisch Machtlose dazu zu bringen, den Spieß umzudrehen und sich erfolgreich zur Gegenmacht zu entwickeln. Allein Alinskys banal anmutende öffentliche Ankündigung, man werde die amerikanischen Nichtwähler ständig dazu ermutigen, ihr demokratisches Recht wahrzunehmen und sich für die Wahlen regelmäßig als Wähler registrieren zu lassen, versetzte die amerikanischen Politiker seiner Zeit in Schrecken und machte sie sehr schnell kooperationsbereit. Ein Chicagoer Warenhaus – damit ich ein weiteres Beispiel für Alinskys politische Aktionen nenne – wurde von Alinsky dazu gebracht, endlich auch Schwarzfarbige einzustellen. Ansonsten werde er dafür Sorge tragen, daß jeden Samstag 3.000 einkaufende Schwarzfarbige die Kassen des Warenhauses und damit die Konsumfreude der Weißfarbigen blockieren würden. Man stelle sich für heutzutage einmal vor, wie das wäre, wenn all die, die zu wenig Geld und zu wenig Arbeit bekommen, plötzlich und regelmäßig dort, wo ihnen Geld und Arbeit verweigert werden, die Kauflust oder die Arbeitslust blockieren. Geldmacht könne und müsse durch Menschenmacht gebrochen werden, gegen viel Geld können viele Menschen viel ausrichten, das war Alinskys Prinzip, genauso wie daß man das eigene gesellschaftliche Verachtetwerden und das eigene gesellschaftliche Der-Gewalt-Ausgesetzt-Sein gegen die verachtenden Gewalthaber wenden könne und müsse. Wie weit Alinskys demokratischer und rechtsstaatlicher Radikalismus von europäischen Gewerkschaftern strategisch aufgearbeitet wurde, entzieht sich völlig meiner Kenntnis. Rund um das Jahr 1968 war Saul Alinsky sowohl in den Protestbewegungen der USA als auch Mittel- und Westeuropas eine der kleinen Ikonen fürs Wesentliche.>

*

Vor sozialdemokratischen Gewerkschaftern, die seit Jahr und Tag gejammert hatten, dass gewerkschaftlicher Widerstand, Demonstrationen, Streiks, eine soziale Bewegung faktisch nicht organisierbar seien, und vor linken wie rechten Arbeitsamtsfunktionären, die aus regierungspolitischen Gründen zwangsläufig oder begeistert die Arbeitnehmerinteressen den Arbeitgeberinteressen unterordneten, auf die Automobilindustrie schworen und vom Fitmachen der Arbeitslosen und von den vielen Zukunftsarbeitsplätzen im Gesundheits-, Wellness- und Pflegebereich schwärmten, redete ich im Herbst 2004 öffentlich genau so. Und dann weiter von der bevorstehenden 10%-igen neoliberalen Gleichgewichtsarbeitslosigkeit, von den psychiatrischen Problemen der Durchschnittspolitiker, von deren üblichen Besäufnissen, von den gegenwärtigen gesellschaftlichen Rauschzuständen und davon, dass namhafte deutsche Wirtschaftswissenschafter prognostizieren, die Wirtschaftskrise werde gewiss noch 10 Jahre anhalten. Und dass neoliberale Betriebswirte verlangen, gerade die roten Regierungschefs in Europa sollten weiterhin, so wortwörtlich, *das Blut spritzen lassen*, denn damit sei der Bevölkerung am besten gedient. Damals also habe ich öffentlich gegen diese monströsen Dinge geredet und geschrieben. Und davon, wie der Neokapitalismus den Schulunterricht in Besitz nimmt. Und von einem bevorstehenden Platzen der Immobilienblase. Mein Vortrag damals verursachte ungewohnten Aufruhr. Man empörte sich aber bloß über mich. Nachher waren aber ein paar kleine FunktionärInnen sehr freundlich zu mir. Neugierig. Kann sein, sie waren leichteren Herzens, weil ich in ihrem Sinne gesprochen hatte. Wie weiter, wollten sie wissen. Ich schied für kurze Zeit die Geister. In meinem ganzen Leben war ich entgegen entgegengesetzter Behauptungen noch nie größenwahnsinnig. Aber vielleicht bin ich kleinheitswahnsinnig.

*

<Wellness ist zum Glück eine Wachstumsbranche. Im Moment ist Barfußgehen und vor allem das Beklopfen der eigenen Meridiane sehr gesund und preiswert. Menschen wie du und ich, aber auch Manager treffen sich zu solchen Erholungsseminaren, gehen barfuß und beklopfen. Da sitzen dann 10, 15, 20 Leute und klopfen sich mit dem Mittelfinger schnell,

heftig und in einem fort an die Brust und abwechselnd dazu schnell, heftig und in einem fort an Kopf, Schläfenbein, Stirn. Wer solches zufällig sieht und nicht weiß, daß es gesund ist, wird vermutlich meinen, die Leute deuten verzweifelt IchIchIch oder bekennen in einer Art von christlicher Messe gerade ihre Schuld oder zeigen einander ganz einfach den Vogel. Meine Damen und Herren, Sie sehen vielleicht schon, worum es in unserer folgenden recht langen gemeinsamen Sitzung meinerseits gehen wird, nämlich um wunderliche, wundersame Auswege raus aus diesem gottverdammten Absurdistan>, habe ich damals in dem Vortrag an dem Tag auch gesagt. Ein Funktionär hat sogar versucht, mich zu verteidigen. Das war sehr mutig von ihm, weil er ja doch ein Funktionär war.

Tag, Monat, Jahr

Charlys Firmung war heute. Meinerseits buddhistische Geschenke für Charly, weil sie vom heutigen Tag an Buddhistin werden will. Ich überreiche ihr: die Gebetsmühle, die Glocke, den Donnerkeil. Ich bringe ihr auch den Zufluchtsspruch bei. *Meine Zuflucht nehme ich zum Buddha. Meine Zuflucht nehme ich zur Lehre Meine Zuflucht nehme ich zur Gemeinde.* Der Betriebsrat Fritz scherzt: *Ja, aber ja nicht zum Bürgermeister!* Ich sage den Spruch noch zweimal. Die vielen Geschenke für Charly von ihren Gästen! In der Kirche vorher, die kurze Auseinandersetzung mit einem frommen Herrn von hier, der nicht will, dass meine erschöpfte Tante auf einem der Sessel der Honoratioren sitzt. Ich weise ihn zurecht. Der Abt redet dann in der Predigt über die Wirtschaftsregeln und daher über Kinderwurstsemmeln. Er sagt auch, wie die Bauarbeiter stehlen, wenn man nicht aufpasst. Nägel, Bretter. Der Abt muss immer viel renovieren und bauen lassen und weiß daher, wovon er redet. Über das Leuchten redet er dann, wer alles leuchtet. Durch die Firmung jetzt. Dem alten Pfarrer neben ihm geht es nicht gut. Er ist seit über einem Jahr in Dauerbehandlung. Eine Therapie um die andere. Der junge Pfarrer neben ihm trinkt aus dem Kelch und bohrt anschließend sofort in seinem rechten Nasenloch. Den Leuten hat das Fest gefallen. Ich war für einen Augenblick wegen der Wirtschaftspredigt des Abtes sehr traurig geworden. Kommunion, Kommunikation, Kommunismus, common sense, das hat alles nie funktioniert bei mir. Habe es mein Lebtag lang wirklich versucht. Der Priester zum Beispiel, der mich gefirmt hat, ist später als Betrüger eingesperrt worden. Das Firmsakrament ist trotzdem gültig. Kann man aus der Kirche überhaupt wirklich austreten, wenn alles von Anfang an für immer ist? Durch die Taufe, welche ein Sakrament ist. Das Ganze ist ein sakro-logisches Problem, wie der Kreter, der sagt, dass alle Kreter lügen. Da kommt man auch nicht raus. *Die Wahrheit wird euch frei machen.* Mein Leben lang habe ich daran geglaubt. Es hat bei mir nie funktioniert.

Tag, Monat, Jahr
Die beste Freundin von Charly, mit der zusammen sie aufgewachsen ist und mit der zusammen sie gestern gefirmt wurde, sieht, finde ich seit Jahren, genauso aus wie die junge Dame mit dem Hermelintierchen, welche Leonardo da Vinci gemalt hat. Vor ein paar Tagen sind sie draufgekommen, dass ihre Familie italienische Vorfahren hat. Genau in den Gegenden dort. Charlys Freundin mag von der Ähnlichkeit nichts hören. Und Charly ist mir auch schon gram, wenn ich es sage. Da wäre man dann nämlich furchtbar alt. Meine Tante ist gestern zufällig neben der Großmutter des Mädchens gesessen, und die zwei Frauen haben einander auf der Stelle gemocht. Der Vater des Mädchens konnte nicht zur Firmung kommen, weil er schwer krank ist. Vor ein paar Tagen noch schien es, als komme er nie mehr aus dem Spital heraus. Wir sind heute alle bei den Eltern von Charlys Freundin, der wiedergeborenen jungen Dame mit dem Hermelin, eingeladen. Ihnen ist vor ein paar Jahren das Haus abgebrannt. Die Versicherung hat nur einen Bruchteil des Schadens bezahlt. Daher haben sie wieder bei Null anfangen müssen und deshalb so lange für das Bauen gebraucht und sind noch immer nicht fertig. Kurz vor dem Kabelbrand hatte der Vater die eisernen Gitter von den Fenstern entfernt. Sie hatten das fertige Haus gekauft und die Gitter mochte er nicht. Hätte er die nicht weggegeben, wäre er verbrannt. Er schlief tief und fest. Nur die Katze war da, die hat ihn gerettet, geweckt. Er hat seit mehr als zehn Jahren einen Tumor. Nach dem Brandunglück war Charlys Freundin schwer krank geworden. Konnte nicht mehr gehen, war wie gelähmt. Aber übers Baumklettern erlernte sie wieder das Gehen. Sie ist ganz gesund geworden.

Tag, Monat, Jahr
Im Park, auf den die Leute schimpfen, sehe ich die Dialyseschwester mit ihrem winzigen Hund. Vor einer Woche habe ich in der Straßenbahn eine andere Dialyseschwester von früher gesehen. Ich war beim Grab des Menschenwissenschafters Hodafeld gewesen. Ich habe Hodafelds Grab zuerst lange nicht gefunden. Ohne Namen ist das. Keine Tafel. Nichts. Bin dann in die Straßenbahn eingestiegen. Habe die Schwester gegrüßt. Und vorher habe ich zufällig den kleinen Mann gesehen, der auf der Dialyse immer geputzt und mir geholfen hat. Nach fast fünfzehn Jahren sah ich ihn jetzt zufällig wieder, er stockte im Vorbeilaufen auf der Straße, ging zwei Schritte zurück, sah mich an. Ich grüßte zu langsam, er war schon wieder fort. Er hat sich überhaupt nicht verändert. Die Schwester

heute im Tschuschenpark, ihr kleiner strubbeliger Hund, sie schaut immer zu Boden oder zur Seite. Das hat nichts mit mir zu tun. Die Station hat sie auch immer so betreten. Den Park mag ich sehr. Der gefällt mir von allen Anlagen in der Stadt am besten. Mit Isabelle und ihren Kindern waren wir einmal dort, Samnegdi, Charly und ich. Isabelle hat es im Park nicht ausgehalten. Das Mischmasch machte ihr Angst. Die unteren Schichten von hier und die Ausländer und die Kinder von denen allen waren ihr zu viel. Isabelle wurde zornig und wir verweilten nicht. Der Park war Abschaum für sie, Gefahr. Ich mag den Park wie gesagt sehr. Mein vietnamesischer Freund Ho sitzt hier auch oft.

Tag, Monat, Jahr

Die Schwestern, Pfleger, Ärzte der Dialyse habe ich immer wieder gesehen, kurz, ein paar von ihnen. Unheimlich ist mir der Zufall, dass ich jedes Mal gerade dann jemanden von denen irgendwo sah, wenn meine Familie oder auch ich in großer Gefahr war. Wie Freunde sah ich die wieder, aber es war unheimlich. Die Schwester. Der Unfall. Das Unglück. Es war nicht ihre Schuld. Ich mag mich nicht erinnern. Der neue Dialysechef damals war fehl am Platze gewesen, da nie da. Sie war eine der besten Schwestern, versuchte aus allem das Beste zu machen.

Tag, Monat, Jahr

Was sind Gefühle? Sind die alle noch auf der Dialyse? Die Menschen, meine ich, nicht die Gefühle. Aber was ist, wenn die wirklich dort sind, meine Gefühle, jetzt noch immer.

Tag, Monat, Jahr

<*Niemand verläßt den Raum. Alle Ausgänge sind versperrt. Sie kommen hier erst wieder raus, wenn Sie die Probleme, derentwegen Sie hergekommen sind, gemeinsam gelöst haben. Es ist mir völlig egal, ob Sie dafür 2 Sekunden, 2 Minuten, 2 Stunden, 2 Tage, 2 Wochen, 2 Monate oder 2 Jahre brauchen. Ob Sie durch mich wieder zu Geld kommen oder ob Sie jetzt mitsamt Ihren Familien Ihrer Existenz verlustig gehen, hängt einzig und allein von Ihnen ab. Wenn Sie charakterlich etwas taugen, haben Sie nichts zu befürchten.* – In etwa auf diese Art und Weise pflegte Pierpont Morgan, zu seiner Zeit wohl der mächtigste Bankier der Welt, wirtschaftliche Extremsituationen zu bereinigen und politische Katastrophen abzuwenden. Im Oktober 1907 bewahrte Morgan auf diese Art und Weise die Stadt New York vor dem sofortigen Bankrott, im November 1907 die Wallstreet und damit die amerikanische Volkswirtschaft vor dem Zusammenbruch, 12 Jahre zuvor, 1895, rettete er mit seinen Manieren und seinem Geld die Londoner Börse. 1929, angesichts des Schwarzen Freitags, trafen sich die mächtigsten Bank- und Konzernchefs der USA von neuem in

Morgans Bankhaus. Diesmal blieb das Wunder von 1907 aus. Außerdem war der Wundertäter von 1907, John Pierpont Morgan, 1929 schon lange tot. Gelernt hat Morgan sein Vorgehen von seinem Vater, der als junger Londoner Bankier von plötzlich ins Strudeln geratenen, bis dahin bestens lukrierenden amerikanischen Geschäfts- und Kreditpartnern der implodierenden Eisenbahnbranche beinahe mit in den Ruin gerissen wurde. Seither ging Pierpont Morgans Vater kein wirkliches Risiko mehr ein, heißt es, wählte für das Bankhaus der Familie die Strategie und das Motto »slow and sure«. Vater und Sohn Morgan mieden und verhinderten ruinösen Wettbewerb, verlangten, heißt es, von Unternehmern und Geldleuten worttreue Integrität. Pierpont Morgan, der Sohn, starb 1913, ein Jahr nach dem Untergang der Titanic. Er hatte die Titanic finanziell ermöglicht und das Schiffsunglück quälte ihn menschlich zutiefst. Er litt von Jugend an an tiefen Depressionen und schweren Ausfällen des Bewegungsapparates. Pierpont Morgan ertrug sein Äußeres kaum, ließ alle seine Pressefotografien retouchieren, wollte als Kunstsammler und als Gentleman bewundert werden. Seine Kritiker allerdings verweigern ihm – ob zu Recht oder zu Unrecht, entzieht sich meiner Kenntnis – die Bewunderung und den Respekt. Morgan habe nämlich in Wahrheit die amerikanischen Unternehmen, die Wallstreet, die amerikanischen Gemeinwesen, die US-Volkswirtschaft nicht aus gewaltigen Notsituationen gerettet, sondern jahrzehntelang immer wieder ganz bewußt in solche Notsituationen manövriert und daraus seine Kartelle, seine Trusts, sein Imperium lukriert, seine Banken, seine Eisenbahnen, seinen Stahlkonzern US-Steel, den größten damals der Welt. Gerade auch vom Crashjahr 1907 habe Morgan eiskalt profitiert, denn der damalige amerikanische Präsident ließ, sei es aus ökonomischer Vernunft, sei es als Dankesgeschenk, illegale Konzernübernahmen durch Morgans US-Steel zu. Außerdem habe durch Morgan die Wallstreet 1907 endgültig die Macht über die US-Volkswirtschaft übernehmen können. 1912 mußte sich Morgan vor einem parlamentarischen Untersuchungsausschuß für seine Kreditvergaben, Kreditverweigerungen, Fusionspraktiken und Trustverflechtungen verantworten. Freilich völlig folgenlos für ihn. In der Einvernahme blieb er dabei: Geld habe er immer nur nach dem Charakter verliehen, denn der Charakter zähle für ihn weit mehr als sonst etwas auf der Welt. Trust, Vertrauen zwischen vertrauenswürdigen Gentlemen, sei Morgans Lebens- und Geschäftsmaxime gewesen. Die einen glauben das, die anderen können sich nicht halten vor Lachen. In Erinnerung an das Schreckensjahr 1907, in dem die amerikanische Wirtschaft plötzlich ohne Geld dagestanden war und die Zukunft Amerikas von einem einzigen Mann, nämlich dem siebzigjährigen John Pierpont Morgan abgehangen war, wurde die amerikanische Notenbank geschaffen. Zuvor hat es keine ähnliche staatliche Institution gegeben. Die Wallstreet zu Beginn des 20. Jahrhunderts bis zur Finanzkatastrophe anno 1929 soll ein zumindest so gefährliches Pflaster gewesen sein wie heutzutage die völlig undurchsichtige Börse von Shanghai. Erst der Demokraten-Präsident Franklin Roosevelt installierte 1933 eine staatliche Börsenaufsicht für die Wallstreet. Und auch diese Börsenaufsicht soll die erste Zeit über nicht viel zustande gebracht haben. Roosevelt beauftragte mit besagter Börsenaufsicht nämlich den Vater des späteren US-Präsidenten John F. Kennedy. Und Kennedy sen. war nun einmal ein Freund der Nazis, Hitlers und vor allem der Mafia. Gerade angesichts der wirtschaftlichen Schwierigkeiten der USA und der Welt erinnert man sich heutzutage jedenfalls wieder an Morgans Geschäftsmoral als Gegenmittel gegen monströse Wirtschaftskriminalität und gegen globalisiertes, ruinöses Konkurrieren. Ohne Rockefellers Unterstützung wäre es Morgan 1907 nicht in solchem Ausmaße möglich gewesen, eine Börsenkatastrophe von den USA abzuwenden.

1912, wie gesagt, versuchte man vergebens, gegen Morgan parlamentarisch vorzugehen. Ein Jahr zuvor, 1911, war durch Gerichtsbeschluß bereits Rockefellers Kartellimperium zerschlagen worden. Rockefeller profitierte ganz zu Beginn seiner Erfolgsstory vom amerikanischen Bürgerkrieg. Über seinen Gemischtwarenhandel für Soldaten und für Bauern kam er dann ins gerade erst beginnende Erdölgeschäft und kaufte von Anfang an jede neu gebaute winzige, aber vielleicht einmal konkurrierende, florierende Pipeline und jede neu gebaute winzige, aber vielleicht einmal konkurrierende, florierende Raffinerie auf. Wer Öl fand, es transportierte, raffinierte, mußte ganz automatisch bei Rockefeller anschließen. Dessen feste Überzeugung war es, daß im Konkurrenzkampf der Große durch seine Größe gewinnt, also wurde Rockefeller so groß wie ihm nur möglich. Er war der erste amerikanische Milliardär und galt bekanntlich als großer Wohltäter, verabscheute freilich Gewerkschaften, war der Sohn eines Hausierers, der sich wiederholt als Arzt ausgab, wurde, wie seine Geschwister, als Kind viel geschlagen und sehr vernachlässigt. Vor allem Rockefellers fromme Mutter war gewalttätig. Arbeit wurde für Rockefeller, heißt es, so etwas wie ein Gottesdienst und vor allem eine Befreiung zu einer neuen Identität. Er galt zeit seines Lebens – er wurde 97 – als bedürfnislos, sparsam, extrem risikobereit, gefühlskalt. Sein Konzern, Standard Oil, »Der Krake«, wurde nach jahrzehntelangen Prozessen, wie erwähnt, in zig Unternehmen zerschlagen, u. a. zu Exxon und Mobil. Kritiker von Bill Gates verweisen gerne darauf, daß dieser beim Aufbau des Microsoftmonopols nicht anders vorgegangen sei als Rockefeller bei der Schaffung von Standard Oil. Und daß Microsoft dasselbe Schicksal erwarte, nämlich die Konzernzerschlagung. Was wäre gewesen, wenn, was wäre gewesen, wenn nicht – das sind Fragen, die man historisch bekanntlich nicht stellen darf. Neuerdings stellt man solche Fragen doch und nennt das dann virtuelle Geschichte. Was Rockefeller anlangt, entwerfen virtuelle Historiker beispielsweise folgende Alternativszenarien: »Wäre Rockefeller zehn Jahre früher geboren worden, wären es die Eisenbahnen gewesen, zehn Jahre später hätte er sich wahrscheinlich auf die Elektrizität verlegt, noch später hätte [...] Chemie [...] sein Spielfeld werden können. [... Die Ölwirtschaft würde wahrscheinlich eine weit kleinere Rolle in der Weltwirtschaft spielen], wenn sich nicht John F. Rockefeller ihrer angenommen hätte. Wäre die Elektroindustrie sein Geschäft geworden, würden vermutlich auf der ganzen Welt die Autos oder das, was es stattdessen gäbe, mit Strom fahren – und hätte er die Chemie gewählt, führe heute jeder mit Wasserstoff.« Statt des Monopolisten Rockefeller heutzutage also alternativenergetische Elektro- und Wasserstoffautos. Das mag zwar Spekulation sein, fest steht aber, daß die Monopolisten Rockefeller, Morgan und der als junger Mensch nahezu analphabetische spätere Schiffahrts- und Eisenbahnenkönig Vanderbilt (der finanziell vom amerikanischen Bürgerkrieg in hohem Maße profitiert hatte, durch Politiker- und Beamtenkauf übermächtig wurde, Bilanzen und Aktien fälschte, aber als großer Wohltäter galt) – fest steht also, daß die drei wohltätigen Herren Rockefeller, Morgan und Vanderbilt den Vereinigten Staaten Kartelle, Trusts und Monopole in bis dahin nie da gewesenem Ausmaße aufzwangen. Und zwar über Jahrzehnte hin. Kritiker sehen in derlei eine ständige Gefährdung der Volkswirtschaft und des Staates, Befürworter hingegen meinen nach wie vor, man hätte die Börsenkatastrophe von 1929 sehr wohl in den Griff bekommen können, wären nicht in den Jahren zuvor durch die staatlichen Letztentscheidungen der obersten amerikanischen Gerichte so viele Konzerne zerschlagen, zersplittert, entmachtet, handlungsunfähig gemacht worden. Meine Damen und Herren, ich überstrapaziere Ihre Geduld beim Mitanhörenmüssen von aporetisch und irrational anmutenden Wirtschaftsgeschichten deshalb bedenkenlos, weil meiner Meinung nach in selbigen aporetisch und irrational anmutenden Wirtschaftsgeschichten menschliche Grundgedanken und menschliches Grundverhalten sichtbar werden, scheinbare menschliche Auswegslosigkeiten und scheinbare menschliche Absurditäten, die gerade auch jetzt zur Zeit ihr Unwesen treiben und für Verwirrung sorgen. Ich bitte Sie, mir nun auch zu gestatten, die liberale vorgebliche Wirtschaftslinke bei ein wenig mehr Licht zu betrachten. Ohne Henry Ford beispielsweise hätte es der Kapitalismus nicht leicht gehabt, sagen virtuelle Wirtschaftshistoriker. Der Demokrat Ford verstand es nämlich, die Gewerkschafter in die Tasche zu stecken. Er galt ja lange als eine Art Volksheld, weil er hohe Löhne zahlte und billige Autos verkaufte. Beides zusammen, so meinte man, also hohe Löhne und niedrige Preise, führe nach und nach zu Massenwohlstand. Man nennt das in etwa Kaufkrafttheorie und im Falle Fords »weißen Sozialismus«. Den praktizierte Ford, weil er Leute brauchte, die sich seine Autos leisten können. Mit anderen Worten: Er wußte, daß man die Kuh, die man melken will, nicht schlachten darf, sondern füttern muß. Daß er zusammen mit Taylor und McKinsey die perfekt rationalisierte Fließbandarbeit erfunden hatte, hat man ihm von Gewerkschafts- und Demokratenseite des verlockenden Wohlstandes wegen gar nicht so übel genommen. Die Fluktuation der Arbeitskräfte an Fords Fließbändern war allerdings gewaltig. Die Arbeiter hielten es dort nicht lange aus. Ford war gezwungen, dem mittels höherer Löhne entgegenzuwirken. Ausgerechnet in einem Chicagoer Schlachthof, wo Rinderhälften mit Hängebahnen transportiert wurden, kam Henry Ford die Idee, seine billigen und einfachen Autos für nichtreiche, einfache Leute billig und einfach am Fließband herzustellen. Auf seine Idee war er in der Öffentlichkeit auch mit der Begründung besonders stolz, daß nun auch Behinderte viel leichter Arbeit finden. Die Fließbandarbeit sei ideal für sie und eine Wohltat. Der weiße Sozialist Ford war übrigens ein Freund Hitlers und wurde von diesem in Freundschaft ausgezeichnet. Diese Freundschaft hatte auch noch während des Zweiten Weltkrieges Bestand.

Zwar nicht der Fordkonzern, aber doch die Autoindustrie, namentlich General Motors, immerhin der größte Autokonzern der Welt, hat Ende der 1940er Jahre die Pensionsfonds ersonnen. Der staatstragende Zweck war damals ausdrücklich, die konstante, verläßliche, ausreichende Geldbeschaffung für die Wallstreet zu sichern. Die Gewerkschaft der Automobilarbeiter gehorchte und errichtete 1950 den ersten Pensionsfonds der USA. So viel zur Errichtung und Bewahrung des Systems durch Morgan, Rockefeller, Ford, General Motors und die zuständigen Gewerkschafter dazumal.>

Das habe ich damals auch vorgetragen, im Herbst 2004, vor den autogeilen, regierungsdevoten, unternehmerhörigen Gewerkschafts- und ArbeitsamtsfunktionärInnen, sodass dann ein ziemlicher Wirbel war.

Tag, Monat, Jahr
Im Winter 1983/84 war Hodafeld gerade aus Schweden zurückgekommen. Ein paar Jahre lang war er fort gewesen, hatte dort Angewandte Philosophie und Politikwissenschaft fertig studiert. War jetzt wieder zuhause, und er rauchte eine Packung nach der anderen, weil er alle Marken

durchprobieren wollte. Ich konnte nicht mithalten. Bei seiner Lehrveranstaltung auch nicht. Zur Nachbesprechung im Gasthaus kam dann niemand, nur der Gastprofessor, den Hodafeld mitbrachte, und eine halbjapanische Studentin, der Hodafeld zuerst als arrogant und als im Leben zu kurz gekommen erschien, die dann aber fast alle ihre Zeugnisse bei ihm machte. Und ich, weil ich wissen wollte, worum es in der LV gegangen war. Der Gastprofessor war frisch geschieden, ein Spezialist für die Kirchenväter, für den Frauenhass und für die Ideengeschichte in den Metropolen der Moderne. Er litt gewaltig an seiner Einsamkeit. Seine Frau fehlte ihm, aber sie wollte nicht mehr.

*

Ich ärgerte Hodafeld an dem Abend, weil ich ihn fragte, ob er manchmal Fehler mache. *Nein, nie*, erwiderte er blitzschnell. *Nur die Frau des verstorbenen Philosophen, den ich gerade übersetze, sagt, dass ich Fehler mache und dadurch das Lebenswerk ihres armen Mannes völlig entstelle. In seinem ganzen Leben habe ihr Mann nie ›impliziert‹ gesagt.* Der Philosoph, den Hodafeld in drei dicken Bänden gerade herausbrachte, war weltbekannt und dementsprechend wichtig; ein Enzyklopädist, Volksbildner und Revolutionär. Hodafeld bestand an dem Abend darauf, keine Fehler zu machen. Und dass ihm das Übersetzen kein Geld bringe, sagte er. Sachbücher bringen aber immerhin mehr als die Belletristik. In der habe er sich auch versucht. Da würde er verhungern. Zwischendurch sagte er zu mir: *Sie sind auffallend nervös.* Ich antwortete: *Ja, aber ich habe mich damit abgefunden.* Das brachte ihn vollends auf: *So jung und sagt: Ich habe mich abgefunden.*

Dann redeten der Gastprofessor und er über Trakls Ohnmachtsanfälle und über Wittgenstein und Bernstein. Hodafeld war von Wittgensteins Großzügigkeit gerührt; so einen Mäzen würde er brauchen, sagte er. Und von Bernsteins Tratschsucht war er begeistert, weil er ja selber immer neugierig und vertratscht war. Mit Trakl hatte er großes Mitgefühl, der habe einen servierten Kalbskopf für den abgetrennten Kopf Jesu gehalten. Und die schweren Substanzen. Und der viele Schnaps. Und die Angst. Ich wollte wissen, welches Evangelium Wittgenstein so sehr gemocht habe, bekam keine Antwort: irgendetwas mit Tolstoj dann stattdessen. Dann beharrte Hodafeld darauf, dass ein Orchester keinen Dirigenten brauche, was der Gastprofessor aber weiter bestritt. Hodafeld war Demokrat, der Gastprofessor nicht so sehr. Ich zweifelte dann an der Musiksoziologie überhaupt, und Hodafeld gab mir dann die schlechteste Note, die ich je bekommen habe. Ich dachte mir damals aber wirklich, dass er recht habe, ich sei ja wirklich antisozial und verstehe nichts. Ich hatte in seiner Lehrveranstaltung das mir aufgetragene Thema total verfehlt und statt über paradoxe Konstellationen, groteske Systemfehler und bürokratische, hierarchische Aporien über Extremsituationen referiert. Über die Ik in Uganda. Das Volk ohne Liebe. Und Hodafeld sagte am Schluss zu mir: *Sie sind selber eine Extremsituation.* Von verhungernden Afrikanern eben und von KZlern hatte ich zwei, drei Stunden lang vorgelesen. Es muss ausweglos auf die Zuhörer gewirkt haben. Sie erklärten mir daher ein paar Dinge. Zuerst das Leben, dass das alles nicht so sein müsse. Sie nannten mir ein paar Vorbilder. Solschenizyn zum Beispiel. Ich verstand damals wirklich nicht. Und einmal fiel mir in der Veranstaltung der Kleiderständer um, was Hodafeld amüsierte, weil mich das seiner Meinung nach auf den Boden der Realität zurückholte. Hodafeld und ich verabschiedeten uns dann in der Nacht auf der Straße vor dem Gasthaus bloß per Kopfnicken. Wortlos. Es war naturgemäß finster. Ich wäre damals sehr gerne sein Freund geworden, aber ich wusste nicht, wie man das macht. Er drehte sich um und ging. Ich machte es ihm nach. Es ging bei mir aber nicht. Ich blieb stehen und schaute auf das Regenwasser und dann ihm im Finstern kurz nach, aber er war da schon nicht mehr zu sehen.

*

Ich habe dann fünfzehn Jahre lang nichts mit ihm zu tun gehabt, hörte nur immer über ihn, wie sehr er von den Studenten gelobt wurde. Manchmal wurde ich von einem jungen Fernsehjournalisten zu den regelmäßigen Treffen mit Hodafeld eingeladen, ging aber nicht hin. Was Hodafeld damals in seiner ersten Lehrveranstaltung geredet hatte, ich mir die Jahre über gut gemerkt, weil es mir fremd gewesen war und ich es dann aber oft gut brauchen konnte. Es war etwas Grundsätzliches gewesen. Es war um Maschinerien, Fußball, Aussteiger und Risiken gegangen und um Krimis. Und ein Student referierte über Arten des Reichtums und über Position und Exklusivität. Und dass, wenn eine Situation als real definiert werde, deren Folgen real seien; Hodafeld sagte, man solle daher immer tun, was man für richtig halte; und nicht zu vieles auf der Welt als real gelten lassen solle man, weil das die falschen Konsequenzen haben würde. Er mochte damals alle, die fleißig und kooperativ waren. Mit einer Frau im Seminar geriet er damals offen in Streit, einer jung verheirateten Studentin um die Dreißig, zweiter Bildungsweg. Sie sagte, wer im Altersheim sei, sei selber schuld daran. Solche Menschen seien, als sie jünger waren, gewiss herzlos gewesen. Da dürfen sie sich nicht wundern, wenn die Kinder sie nicht haben wollen. Wenn alles in Ordnung gewesen wäre, als ihre Kinder noch Kinder gewesen waren, kämen die Eltern nicht ins Heim. Die im Heim seien gewiss keine guten Eltern. Hodafeld geriet außer sich, als sie solche Sachen sagte, sie blieb aber dabei. Bekam auch eine gute Note. Ich ging manchmal aufs Klo, wenn mir in der LV welche zu sehr stritten.

Tag, Monat, Jahr
Hodafeld erzählte in seiner ersten Lehrveranstaltung, dass er, bevor er ins Ausland gegangen sei, am Institut keine Zukunft gehabt habe, weil er aus Scheu und Schüchternheit eine Politikereinladung ignoriert habe und nicht zum Politikervorsprechen mitgegangen sei. Er sagte, wir sollen uns das fürs Leben merken und uns ja nie genieren. Schon gar nicht vor Politikern. Er sei damals als junger Mensch viel zu unruhig gewesen. Und dass aber das Herz vielleicht doch die besten Entscheidungen fälle, sagte er. Von Jesus redete er auch in der Veranstaltung, und zwar als ob Jesus der beste Politiker und Jurist sei. Und zwar wenn es um wirkliche Entscheidungssituationen gehe. Wir sollten uns das einmal gut überlegen. Man solle im Leben nichts verkomplizieren, sagte er, weil so viele Dinge ja ohnehin schon schwer genug seien. Und dass Jesu Moral oft die beste Antwort auf die schwierigsten Situationen sei, sagte er. Man solle sich bei Entscheidungen so von seinen Gefühlen leiten lassen wie Jesus. Ich weiß nicht, wann Hodafeld aus der Kirche ausgetreten ist, aber damals redete er solche Sachen. Glaubte die. Das Thomastheorem und Jesus waren damals in der Veranstaltung für ihn am wichtigsten. Naja, nach *Catch 22* von Joseph Heller eben. Das war für ihn der wirkliche Schlüssel für alles. Das wäre mein vorgeschriebenes Referatsthema gewesen, aber ich habe stattdessen von den Ik geredet. Das war nicht lustig. Das Lachen war sehr wichtig für Hodafeld. Niemand hat sich so gut lustig machen können wie er. Später einmal auf einem Unifest sah ich ihn mit seiner Frau und seinen kleinen Kindern und freute mich. *Er hat es geschafft, er ist glücklich,* dachte ich, als ich ihn so mit seiner Familie sah. Dass er darauf bestanden hatte, keine Fehler zu machen, war ein Versprechen, ein Ehrenwort gewesen.

Tag, Monat, Jahr
Bei der Bushaltestelle spucken zwei Mädchen in einem fort, sonst sehe ich dort immer nur die Burschen spucken. Die Haltestelle ist vollgekleistert mit weißem Schleim. Die Busfahrerin schimpft bei offenem Fenster einem Autofahrer nach: *Du Trottel! Du Arschloch! Blödes Schwein! Gell, da schaust.* Und in einer Kurve zwingt sie ein Militärfahrzeug zurückzufahren. Mit abfälligen Handbewegungen verscheucht sie die Militärs. Das Gesicht der Fahrerin muss ich mir merken. Auf meiner Seite ist in der Buswand ein kleines Loch. Durch das zieht es herein. Ein kleines Mädchen sagt zu seiner Mutter: *Mama, ich hab' dich so lieb, dass ich dich gar nicht ganz aufessen kann.* Vor zwanzig, dreißig

Jahren habe ich das von einem Kind schon einmal gehört. Auf dem schmalen Gehsteig kommt ein Radfahrer entgegen, schreit auf, weil plötzlich der Bus vor ihm auftaucht. Die Busfahrer hier sind allesamt sehr unwirsch und machen, was sie wollen.

*

Auf der Rückfahrt im Bus auf dem Behindertensitzplatz dann der blinde junge Mann, dem man noch ansieht, wie schwer er sich tut, und der manchmal von den Kindern ausgelacht wird, weil er überall dagegenläuft. Gegen Plakatständer zum Beispiel. Oder er strumpft vom Gehsteigrand. Oder er schnorrt eine Zigarette und verfehlt sie dann. Ein rüstiger alter Mann setzt sich neben ihn. Sie haben fast keinen Platz nebeneinander. Und dann noch die vielen Kurven auf dem Straßenstück. Der alte Mann sagt nach einer Weile zu dem Blinden, den er offensichtlich gar nicht kennt: *Gell, tust mir eh nichts.* Der Blinde lacht. *Wir kennen uns eh,* sagt der alte Mann. Der Blinde schüttelt den Kopf, lacht, erwidert: *Das Rauchen wird immer teurer. Und das Busfahren auch.* Der alte Mann schimpft, das Rauchen müsse noch viel teurer werden. *Die Leute bringen sich sonst um damit,* sagt er. Eine Frau mischt sich ein: *Nein, wenn, dann muss der Alkohol teuer sein. Mit dem bringen sie die Jungen um.* Der alte Mann duzt die Frau, die er gewiss auch gar nicht kennt: *Ja, der Alkohol sowieso. Und hast du es ihnen schon gesagt? Musst du ihnen sagen.* Die Leute rundherum lachen. Die Frau erwidert: *Ich sag's eh immer schon.* Und der Mann sagt: *Ja, und, hilft's nichts?* Der halbe Bus lacht. Die Frau wird noch lauter: *Die Politiker saufen ja auch so viel. Deshalb machen sie nichts gegen den Alkohol. Und wie die saufen! Man sieht's eh immer im Fernsehen.* Der Blinde sagt: *Die Politiker saufen mehr als alle anderen.* Jetzt lachen schon fast alle im Bus und drängen sich, um auf die Runde schauen zu können. *Die Politiker versaufen unser ganzes Geld!*, ruft eine Frau von weit hinten nach vorne. So gut gelaunt war man in dem Omnibus noch nie. Am Streckenende befindet sich eine Autofabrik, dazwischen wohnen die Menschen. Ich bilde mir in dem Moment, als im Bus am lautesten gelacht wird, ein, dass Politik so sein muss wie im Bus.

Tag, Monat, Jahr

Zu Hodafeld: *Catch 22* ist ein stehender Begriff geworden, bedeutet in etwa *gemeiner Trick*. Der zur Normalität gewordene Irr- und Schwachsinn in hierarchischen Systemen. Der rebellische Hauptmann Yossarian kann in Lebensgefahr aus seinem Flugzeug nicht abspringen, weil jemand Yossarians Fallschirm verkauft hat; Yossarian kann einem Sterbenden kein Morphium geben, weil sich im Notfallkoffer statt Arzneien Aktien befinden; und um im Krieg an den Gegner, der zugleich zahlungskräftiger Wirtschaftspartner ist, gut verkaufen zu können, wird der eigene Stützpunkt bombardiert. Yossarian will keine Bombeneinsätze und keine Feindflüge mehr fliegen, soll endlich krank und fluguntauglich geschrieben und heimgeschickt werden. Das ist aber nur möglich, wenn ihn der Stabsarzt für verrückt erklärt. Das tut der nicht, denn dass Yossarian weder töten noch getötet werden will, weder verstümmeln noch verstümmelt werden will, beweist, dass Yossarian normal ist, also muss er weiterhin in einem verrückten Krieg verrückte Einsätze fliegen. Wer normal ist, muss seinen gesellschaftlichen Beitrag dazu leisten, den allgemeinen Schwach- und Irrsinn aufrechtzuerhalten. Joseph Heller hat den Roman Jahrzehnte später weitergeschrieben, aus *Catch 22* wird *Endzeit*, handelt von der rapiden Selbstzerstörung der Linken. Aus Yossarian, der nackt auf einem Baum sitzt, weil in seinem Bomber ein Kamerad verblutet ist, und der sich weigert, nochmals zu fliegen, wird 30 Jahre später ein Geschäftsmann, der in eine Krankenschwester verliebt ist, Traumhochzeiten verkauft, aber auch Bombenflugzeuge, letztere an die US-Regierung. Für Joseph Heller gab es da den jungen Yossarian nicht mehr. Der wäre heutzutage niemandem mehr sympathisch, meinte Heller, und dass der junge Yossarian heutzutage nicht einmal mehr glaubwürdig wäre. Heller war verzweifelt, durch einen Schlaganfall gelähmt.

*

Hodafeld hatte damals im Winter 1983/84 gemeint, dass Hellers *Catch 22* die anschaulichste Einführung in Goffmans Soziologie sei. Die schätzte Hodafeld sehr. Von Goffman erzählte er dann aber, der habe, als der Selbstmordversuch seiner Frau gescheitert sei, nur gesagt: *Sogar dafür ist sie zu dumm!* Hodafeld hielt Goffman für ein Genie und für ein Arschloch zugleich; für hilfreich und erbarmungslos. Man dürfe sich von Denkern und Forschern nicht viel erwarten, über das intellektuelle Werk hinaus gar nichts. Das war, glaube ich, die Lehre, die Hodafeld aus dem Wissenschaftsbetrieb gezogen hatte.

Tag, Monat, Jahr

Im Caféhaus sitzen sich zwei Männer gegenüber und zappeln ununterbrochen. Auf der Straße auf der Bank vor dem Café sitzen wieder die zwei Mädchen, die nicht zur Schule gehen, die beiden, die so viel spucken. Das eine putzt seinen Kragen sauber, das andere schaut sich den Schwangerschaftstest in seiner Hand an und schaukelt ihn wie ein Baby. Das eine Mädchen lächelt und isst dann eine Nusskrone. Die zwei Männer diesseits der Glasscheiben reden über Rhetorik. NLP-Leute sind das von Beruf, die reden auch privat über NLP. Sie merken beim Reden gar nicht, wie sie zappeln. Der eine bringt's dem andern bei. Der redet dann vom Tangotanzen. Ursprünglich sieben Männer auf eine Frau, dahinter die Schlachthöfe. Der eine sagt dann, warum er den Tango will: *Kein Gesülze, kein Alltagsgeschwätz, keine Probleme, die ich mir anhören muss.* Und einmal sagt er: *Die Legionärsgeschwindigkeit beträgt 88 Schritt in der Minute.* So, und jetzt will ich versehentlich mit dem Schokoladestück meinen Bleistift spitzen.

Tag, Monat, Jahr
<Elternabend. In der Ferienzeit 2003 zwischen erstem und zweitem Gymnasialjahr außerordentlich einberufen. Versammlungsgrund: Die meisten Mädchen in der Klasse können die meisten Buben nicht leiden und umgekehrt die meisten Buben die meisten Mädchen nicht ausstehen. Die zwei Geschlechter, elf, zwölf, dreizehn Jahre alt, wollen miteinander nichts zu tun haben, möchten nicht einmal reden miteinander, schon gar nicht nebeneinander gehen oder nebeneinander sitzen, geschweige denn im Schul- und Unterrichtsalltag miteinander auch nur ein bißchen zusammenarbeiten. Ein paar Buben bewerfen ein paar Mädchen, ein paar Mädchen verspotten ein paar Buben. Und so weiter. Am Elternabend dann reden die Eltern nett miteinander darüber, lernen einander besser kennen. Wenn es Schwierigkeiten zwischen den Kindern gebe, solle man das doch offen sagen, die Eltern sollen einander immer sofort anrufen und die Dinge schnell und unkompliziert in Ordnung bringen. Soweit die Lösung. Auf die einigt man sich nach ein paar gemütlichen Stunden kurzerhand, entschlossen, freundlich und ganz selbstverständlich. Ganz wichtig sei es auch, daß die Kinder, die Mädchen und die Buben, in Zukunft ganz einfach mehr miteinander unternehmen. Daß Kinder grausam sein können, sagt auch jemand, und daß das Leben eben so sei und daß man sich im Beruf seine Arbeitskollegen und die Kolleginnen ja auch nicht aussuchen könne und daß die Lehrerinnen und Lehrer sich ja sehr bemühen und auch sehr gute Einfälle haben und daß man sie eben unterstützen müsse, wenn es trotz allem Schwierigkeiten gebe. Und daß die Kinder auch lernen müssen, Gruppenzwängen zu widerstehen. So zivilisiert und erwachsen also ging die Elternversammlung vonstatten.

Gegen Ende der Sitzung hat eine Mutter plötzlich die lebhafte Idee, die Kinder könnten ja gemeinsam an Wochenenden Kommunikationsseminare für Bankangestellte besuchen, wie sie, die Mutter, es beruflich machen müsse. Einem Vater gefiel diese Idee spontan so gut, daß er begeistert hinzufügte: »Ja, oder Survivaltraining für Unternehmensmanager.« Da sei man in der Natur, bestehe Abenteuer, schwimme durch Flüsse, fahre in Kanus, klettere, sichere sich gegenseitig. Als ich unmittelbar darauf freundlich gefragt werde, ob auch mein Kind mit den andersgeschlechtlichen Kindern Schulschwierigkeiten solcher Art habe, antworte ich erschrocken mit heftigem Kopfschütteln bei gleichzeitigem permanentem Achselzucken. Den Vornamen meines Kindes will man dann freundlicherweise auch noch wissen. Als ich den nuschelnd murmelnd preisgebe, ist der überhaupt kein Begriff. Ich bin darüber zwar erleichtert, werde aber in der Folge zu genauerer Personenbeschreibung gedrängt. Aus Höflichkeitsgründen und nach nochmaligem Nachgefragtwerden gebe ich die Identität meines Kindes preis, murmle: »Klein, unauffällig, keine Probleme, braucht das alles nicht.«

Irgendwann ist die freundliche Versammlung zu Ende. Es ändert sich in der Folge nicht viel im Klassenkampf der Geschlechter. Das Überlebenstraining und die Wochenend-Kommunikationsseminare braucht kein Kind zu besuchen. Ein ganzes Schuljahr lang bin ich daher ideologisch rundum glücklich und zufrieden. Zu Beginn der heurigen Ferien lese ich dann völlig perplex einen freudigen Zeitungsbericht über besagte gute, humanistisch orientierte Schule. Schlagzeile: »Gymnasium ›züchtet‹ nun auch Jungunternehmer«. »Züchtet« steht da. Ich bitte Sie, mich nicht falsch zu verstehen. Wirtschaftspädagogik ist meines Empfindens etwas Amüsantes, Sinnvolles, Wünschenswertes, zumal wenn die Kursbesuche auf Freiwilligkeit und die Kursinhalte auf wissenschaftlichem Weltauffassungspluralismus beruhen. Aber was geht vor, insbesondere in Menschen, in diesem Fall in einem Journalistenmenschen, der in bester Absicht »züchten« schreibt. Und was geht vor, insbesondere in Menschen, wenn Elternmenschen in bester Absicht meinen, daß Kommunikationsseminare für Bankangestellte und Survivaltrainings für Manager elfjährigen, zwölfjährigen, dreizehnjährigen Mädchen und Buben ihr Leben leichter, lebenswerter, abenteuerlicher, schöner, gemeinschaftlicher, elitärer, zukunftssicherer, chancenreicher, faszinierender machen? Und was ist andererseits los mit meschuggenen, antiquierten Eltern, zu denen ich gehöre, denen derartige Unternehmerzüchtungen, Managersurvivaltrainings und Kommunikationsseminare für die eigenen Kinder nicht geheuer sind. Ich bitte Sie nochmals, mich nicht falsch zu verstehen. Jeder soll nach seiner Fasson glücklich werden, und es geht mir nicht darum, Elternwünsche und Kindersorgen oder Unternehmersinn zu verunglimpfen. Von Unternehmern zu lernen, schadet gewiß nicht, wenn es die richtigen sind. Hohner zum Beispiel war sehr nett. Die Mundharmonika wurde bekanntlich in Wien erfunden, und wie sie herzustellen ist, war zuerst ein gut gehütetes Uhrmachergeheimnis. Weil der junge schwäbische Uhrmachergeselle Hohner ein junges Mädchen liebte und weil die beiden Verliebten heiraten wollten, das aber von Amts wegen nur durften, wenn der Brautwerber der Behörde eine sichere Existenz glaubhaft machen konnte, begann er, Mundharfen zu bauen. Und weil zufällig gerade in Hohners Lebensgegend viele Menschen nach Amerika auswanderten, brachte er mit deren Hilfe seine ebenso preiswerten wie handwerklich wertvollen kleinen, sehr individuell anmutenden Mundharfen, Mundharmoniken, als erster nach Amerika. Und sehr schnell immer mehr davon. Im Ersten Weltkrieg dann waren seine Mundharmoniken die Musikinstrumente der Soldaten in den Schützengräben auf beiden Seiten der Fronten. Nicht internationaler Waffenhandel, sondern internationale Musikalien waren Hohners Geschäft. Solange es Kinder gebe, meinte Hohner, werden sie Mundharmonika spielen und genauso lange werde seine Firma bestehen, ewig also. Hohner irrte sich gewaltig. Der alte Hohner war übrigens bekannt dafür und darauf stolz, für die Menschen, die für sein Unternehmen arbeiteten, zu tun, was er konnte. Ist das der Unternehmertypus, der gezüchtet werden soll, Hohnertypen? Oder sollen die Typen gezüchtet werden, von denen die Firma Hohner übernommen wurde?

Das Quäkerehepaar Cadbury war auch sehr nett und in Großbritannien führend in der Herstellung von Trinkkakao und von Schokolade. Die Cadburys bauten eine eigene kleine Stadt. Die Stadt mitsamt der Fabrik soll eine paradiesische Idylle gewesen sein voll Kinderschutz, Sport, Freizeit, Festen, Feiertagen und Betriebsräten. Die Cadburys sollen die kleine Stadt gebaut haben, damit die Menschen den Slums von Burmingham entkommen konnten. Sollen solche Unternehmer gezüchtet werden, Cadburytypen? Oder sollen die Typen gezüchtet werden, von denen die Firma Cadbury übernommen wurde?

Daniel Goeudevert, jahrzehntelang Spitzenmanager und Vorstandsdirektor verschiedenster Firmen der Autoindustrie, hat sich, wie Sie vielleicht noch in Erinnerung haben, öffentlich Gedanken gemacht über Lebens-, Wirtschafts-, Energie- und Automobilalternativen und hat derlei Forschungen auch finanziell massiv gefördert. Als der VWler Piech kam, mußte der VWler Goeudevert gehen. Welcher Typus soll gezüchtet werden? VW-Piech? VW-Klima? VW-Goeudevert? Goeudeverts Frau übrigens erzählt gutgelaunt und bedrückt zugleich, daß die Ehefrauen von Goedeverts VW-Kollegen sie rügten, denn es gezieme sich nicht für sie als Frau eines VW-Vorstandsmitgliedes, in einem Park zu sitzen und ein Eis zu schlecken. Meine Damen und Herren, Sie möchten mir vielleicht vorwerfen, ich stilisiere zu parteiisch, denn Viktorianischer Cadburykakao stammte auch aus Sklavenarbeit, die Firma Hohner habe sich jahrzehntelang wider alle ökonomische Vernunft zu überspezialisiert gehalten und Daniel Goeudevert habe nichts vom Ingenieurswesen verstanden. Außerdem sei alles, was ich Ihnen bislang erzählt habe, ein alter Hut und schmutziger Schnee von gestern. Ökonomisch, ökologisch und sozial verantwortungsbewußtes, zukunftsorientiertes Unternehmertum, darum gehe es. Das sei möglich. Das sei realisierbar. Dafür gebe es in der Wirklichkeit Beispiele genug. Aus denen sei zu lernen. Davon solle ich gefälligst erzählen und nicht mit Unnützem Ihre Zeit verschwenden. Nun, mit Verlaub, ich habe ja von Goeudevert, Cadbury, Hohner, Ford, Vanderbilt, Rockefeller und Morgan Ihnen erzählt. Die sind, waren verantwortungsbewußt und nützliche Menschen. Jeder auf seine Art. Was wollen Sie mehr?

Auch der Unternehmensgründer Siemens tat für seine Arbeiter, was er nur konnte. Zugleich wollte er ausdrücklich ein zweiter Fugger werden. Die Fugger freilich verdienten ihr Geld mit Sünden und Seelen, genauer gesagt: mit dem Ablaßhandel. Der Papst beauftragte die Fugger mit selbigem. Vor allem waren die Fugger die Bank der Habsburger und entschieden so über Krieg und Frieden und auch, wer Kaiser wurde und wer nicht. So jemand, ein Fugger, wollte der alte Siemens werden. Insofern ist er gescheitert. Denn ein solcher Globalplayer, der über Krieg und Frieden und die obersten Ämter im Staat entscheidet, ist seine Firma gewiß und zum Glück nicht geworden. Was der Siemens-Firmengründer z. B. für die jetzigen, österreichischen VA-Tech-Arbeiter getan hätte, besser gesagt: tun würde, das zu fragen, ist wohl blöd und wiederum bestenfalls virtuelle Geschichte. Ich frage es trotzdem. Seine Arbeiter dazumal waren ja hochqualifiziert. Er brauchte sie. Zumal der Staat 1870 das Recht auf freie Berufswahl eingeführt hatte. Aber das soll eben nicht der einzige Grund von Siemens' tätiger Menschenfreundlichkeit gewesen sein. Übrigens: Gibt es menschenfreundliche Übernahmen? Hätte der alte Siemens so etwas zustande gebracht für unsere hiesigen, von feindlicher Übernahme bedrohten technischen Betriebe? Eine menschenfreundliche, nicht wegrationalisierende Übernahme?

Ich weiß nicht, wie sehr Sie sich bereits über mich ärgern. Vielleicht werfen Sie mir vor, meine Darstellungen werden immer fruchtloser und es lohne sich nicht, weiter zu verweilen.

Kennen Sie übrigens den? Zwanziger hieß er. Er war der gefürchtete Eigentümer einer schlesischen Weberei. Seine Arbeiter revoltierten gegen ihn, als er ihnen sagte, wenn sie wirklich Hunger haben, sollen sie doch Gras fressen. Die heutigen Unternehmer hier zu Eurolande sind von Zwanziger natürlich milchstraßenweit entfernt. Aber reicht diese Entfernung? Verglichen mit und gemessen an Zwanziger sind alle Unternehmen hier zu Eurolande und heutzutage ökosozial. Aber wie steht es damit, wenn man die Cadburys und die Hohners und die Goeudeverts zum Maßstab nimmt, also Unternehmer, die sehr verantwortungsbewußt waren und untergegangen sind, muß man sich dann nicht fragen, ob der jetzige angebliche soziale, ökologische Fortschritt in ökonomischem Bewußtsein und in ökonomischer Realität überhaupt der Rede wert ist?

In den heurigen Sommerferien sind ja allerlei Sauregurkenzeitstudien publiziert worden, die ich zugegebenermaßen nur vom Hörensagen kenne. Eine Studie soll behaupten, daß immer mehr Unternehmensmanager als seelisch krank, aggressiv antisozial und narzißtisch erotoman zu klassifizieren seien. In einer anderen Studie werden die massiven seelischen Probleme von Politikern beforscht, deren Erschöpfungszustände, Panikattacken, Alkoholabusus, Depressionen. Seit Jahren geistert in der Sauregurkenzeit immer wieder auch eine Studie durch die Medien, die besagt, daß Erwachsene zigmal am Tag lügen, je nach Beruf bis zu zweihundert, dreihundert Mal täglich. Gewiß kein Produkt der Sauregurkenzeit ist Kathrin Rögglas jüngstes Buch. Die Österreicherin hat heuer durch ihre Quasidokumentation *wir schlafen nicht*, also durch ihre verdichteten Interviews mit deutschen Unternehmensberatern, Programmierern, Managern der New Economy sowie mit sonstigen e-workers der Internet- und Kommunikationstechnologiebranche für Aufhorchen und Erschrecken gesorgt ob der beschriebenen gespenstischen Lebensdeformation in dieser zentralen Zukunftsbranche unserer Gesellschaft. Vor mehr als 25 Jahren hat der im heurigen Sommer verstorbene Hans Pestalozzi sehr ähnliches Insiderwissen über Unternehmensmanager publik gemacht. Wenn ich damals und heute richtig wahrgenommen habe, waren dazumal die Reaktionen auf Pestalozzis alarmierende, verpfeifende Veröffentlichungen heftigst. Um Rögglas *wir schlafen nicht* sind – obgleich wohl ein Bestseller, der seinesgleichen sucht – solche Diskussionskämpfe bislang nicht entbrannt. Ob das gegen oder für unsere Zeit spricht oder schlichtweg ein Lethargiezeichen ist, vermag ich nicht zu sagen, nur, daß es vielleicht sicherheitshalber auffallen sollte. Apropos Lethargiezeichen: In Rögglas Buch ist oft und prototypisch von der traditionsreichen, gefürchteten Unternehmensberatungsfirma McKinsey die Rede. In den letzten Wochen sind die Herren von McKinsey, wie Sie vielleicht wissen, auch in das österreichische öffentlich-staatliche Fernsehen, in den ORF, einmarschiert, um ein paar hundert ORF-Leute wegzurationalisieren. Ford, Taylor und McKinsey sind seinerzeit, wie bereits erwähnt, die Erfinder der perfekt rationalisierten Fließbandarbeit gewesen. In Österreich ist zum Glück alles anders, dort will ja zum Glück der Autozulieferergigant Frank Stronach, wenn ich richtig gehört habe, in Bälde der Welt größter Anbieter an elektronischer Unterhaltung werden. Die dazugehörigen österreichischen e-workers werden gewiß keine Angst vor McKinsey haben müssen oder ähnliche geistige, seelische und zwischenmenschliche Zustände fürchten, wie sie Frau Röggla recherchiert hat. Denn Österreich ist gewiß anders.

Bei Pestalozzi war auch alles anders. Er berichtete beispielsweise von Managern, die ihm freudig und auf sein anerkennendes Lob wartend allen Ernstes erzählten, ihrem Unternehmen und ihnen selber gehe es sehr gut. Der beste Beweis dafür sei, daß sie mitten in der Arbeit für ihr Unternehmen schon den ersten Herzinfarkt gehabt hätten. Ebenso berichtete Pestalozzi von einem deutschen Manager-Magazin und einer Schweizer Unternehmensberatungsfirma, die gemeinsam in Florenz bestbesuchte Kurse unter dem Titel »Machiavelli für Manager« abhielten. *Der Kurs gipfelte im Auftrag: Wie treibe ich meinen Kontrahenten in der Firma in den Herzinfarkt. Mit anderen Worten: Wie bringe ich ihn um. Antwort: Ein Anfang ist, daß ich in sein Privatleben eindringe und dann mit Intrigen sukzessive seine Ehe und damit seine Familie kaputtmache.* Pestalozzi empörte sich darüber, daß ein solcher Managerkurs die Vorbereitung eines Verbrechens sei. Der Kurs in Florenz sei, so Pestalozzi, allgemein bekannt, auch in der medialen Öffentlichkeit, werde aber als selbstverständlich und normal angesehen. Angesichts solcher und ähnlicher »Na und«-Reaktionen zweifelte Pestalozzi, man sollte meinen, verständlicherweise, an der soliden Normalität sowohl der demokratischen Öffentlichkeit als auch der Managerschulungen, Managerkarrieren, Managerentscheidungen. Pestalozzi kannte viele dieser Entscheidungsträger als erschöpfte und süchtige Menschen, meinte, sie bilden sich oft ein, bei einem Arbeitstag von 16, 17, 18, 19 Stunden selbstlos und verantwortungsvoll im Interesse des Unternehmens und der Mitarbeiter zu handeln, in Wahrheit seien sie, meinte Pestalozzi, bloß glücklich, wenn sie in ihrer Arbeit untergehen können. Untergehen wohlgemerkt. Viele seien oft ebenso gefühls- wie bewußtseinsgespalten. Denn das, was im Privatleben für sie Sinn und Wert habe, das machen sie im Berufsleben kaputt oder verunmöglichen es. Pestalozzi zitierte als Beispiel einen überaus ehrenwerten und erfolgreichen Generaldirektor der Schweizer Bankgesellschaft. Der äußerte nämlich in einem öffentlichen Interview ganz ungeniert, würde seine Bank mehr ethische Verantwortung bei ihren Geschäften übernehmen, hätte das für die Schweiz Massenarbeitslosigkeit zur Folge. Moral führe zu Massenarbeitslosigkeit. Und der in der BRD dazumal wichtigste Headhunter für Manager sagte zu Pestalozzi in einem öffentlichen Streitgespräch wortwörtlich: »Die Wirtschaft hat keine Aufgabe mehr. Es braucht wieder einen Krieg, damit die Wirtschaft weitermachen kann.« Besagter Headhunter nannte sein eigenes Büro ausdrücklich eine psychotherapeutische Praxis. Denn viele Spitzenmanager seien den modernen wirtschaftlichen Realitäten psychisch nicht gewachsen und müssen von ihm erst den Realitäten angepaßt werden. Einmal war Pestalozzi von der Deutschen Bundesregierung zu einem Gespräch mit den Generaldirektoren von einem Dutzend deutscher Großkonzerne eingeladen. Das Sitzungsthema, Ende der 1970er Jahre, war die Ökologie. Alle anwesenden Herren aus der Wirtschaft waren verständnisvoll und bekundeten ihre Kooperationsbereitschaft. In einer Pause dann erzählte der Generaldirektor des damals größten Konzerns für Unterhaltungselektronik seinen Kollegen gutgelaunt wortwörtlich folgendes: »Es ist ein Wahnsinn, was die Leute kaufen. Nur 2 % der Bevölkerung hören den Unterschied zwischen den teuren Anlagen und den normalen billigen Stereo-Geräten. Aber die kaufen alle die teuersten Anlagen. Uns soll es recht sein. Warum denn nicht. [Unser Geschäftsplan bis 1990 ist fix. Jetzt] kommt der Walkman. Kein großes Geschäft. Dann wird die Video-Welle kommen. Sie wird 85/86 ihren Höhepunkt erreicht haben. Bevor die aber abzuflauen beginnt, werden wir bereits die Compact-Disc auf den Markt gebracht haben. Und jetzt stellen Sie sich einmal vor, meine Herren, wenn Hunderte von Millionen Plattenspieler auf der Welt vernichtet werden müssen, wegen unserer Neuentwicklung.« Für Pestalozzi waren diese Eröffnungen des Sony-Konzernchefs in Deutschland eine Art Demokratieschock und der Beweis für die völlige, chancenlose Ausgeliefertheit der Konsumenten an die Wirtschaftsherren. Die Werbeindustrie rechnete Pestalozzi übrigens der Zuhälterei zu. Pestalozzis Gegner nannten ihn tollwütig, linksextrem, einen zweiten Jean Ziegler und warfen ihm vor, er mache die Menschen unglücklich mit seinem undurchdachten Alternativtrip. Es gab freilich auch staatstragende Spitzenpolitiker, die ihn gern zitierten und gern mit ihm zu tun hatten. Pestalozzis Freunde sahen in ihm ein unbeirrbares, laut aufschreiendes Kind wie das aus Andersens Märchen vom Kaiser mit den neuen Kleidern. Pestalozzi war 25 Jahre lang selber Manager und bildete 15 Jahre lang Manager aus. Als Pestalozzi noch eine der renommiertesten Managerschulen Mitteleuropas leitete, zu deren Veranstaltungen regelmäßig Nobelpreisträger der verschiedensten Sparten und Orientierungen eingeladen waren und auch gerne kamen, war übrigens eine der Übungen, daß den anwesenden Hunderten von Topmanagern gesagt wurde, es müsse jetzt einer nach dem anderen aufstehen. Als dann alle standen, wurden sie gebeten, sich wieder zu setzen. Und als sie wieder saßen, wurden sie von neuem ersucht, auf das Kommando »Los« nochmals aufzustehen, was sie auch willig taten. Und dann wurde ihnen gesagt, daß ein solches Experiment bei Jugendlichen nicht funktioniere, die würden nämlich schreien: »Wozu denn das? Was machst du mit uns?« Eine impertinente Frage, die Hans Pestalozzi in Sympathie zu Erich Fromm Lehrern und Eltern permanent stellte, war: »Erziehen wir unsere Kinder zur Liebe?«

Was Hans Pestalozzi zu verhindern mithelfen wollte, war ausdrücklich, daß von Jugend an die Angst vor dem Verlust des Arbeitsplatzes die Grundlage unseres Zusammenlebens wird. Und er meinte, daß bestverdienende Manager, die immer groß von ihrer großen Verantwortung reden, von den schlecht verdienenden Frauen lernen müßten, wie die für ihre Kinder Verantwortung tragen, und von den schlecht verdienenden Ausübenden helfender Berufe, wie die für ihre Klientel arbeiten und kämpfen. Kreuze mochte Hans Pestalozzi nicht leiden. Mit denen mache man die Christenmenschen von Kindheit an gefügig und leidensbereit. Den lachenden, fröhlichen, herzlichen, nicht umzubringenden, nicht unterzukriegenden, den wohlgemuten, widersetzlichen Jesus Christus solle man den Kindern stattdessen in den Schulen beibringen. Pestalozzis Institut wandte als erste Einrichtung der Schweiz bei der Managerausbildung Wirtschaftsspiele an, die auch Schulkinder und Jugendliche gerne spielten. Monopoly zum Beispiel oder DKT oder Risiko. Auch Computerspiele, die die Wirtschaft simulieren. Aber bei Pestalozzi lernten die Manager, daß Wirtschaft gerade so nicht sein dürfe und daß solche Spiele nichts für Kinder seien. Auch nichts für Erwachsene. Und schon gar nichts für Manager. Denn in all diesen Kinder- und Gesellschaftsspielen rund um Ökonomie kommen, meinte Pestalozzi, niemals fühlende, freie Menschen vor, sondern immer nur Sachzwänge, Verlierer und Sieger.

Ich weiß nicht, ob es Ihnen in einer Diskussion schon einmal passiert ist, daß vor Ihren Augen jemand blau geworden ist, weil ihm das, was gerade geredet wurde, zu nahe gegangen ist. In den letzten Zeiten des österreichischen Club 2 war so jemand medial anzutreffen. Hans Pestalozzi eben. Damals in der Club-2-Debatte Ende der 1980er Jahre empörte er sich mit seinem ganzen Körper über das politisch-ökonomische Establishment und zugleich über die Alternativbewegungen mit ihren Alternativdenkern. Über die Gewalt der lernunwilligen und lernunfähigen Eliten müsse man reden, nicht über Yin und Yang. Namentlich war es Fritjof Capra, der Pestalozzi damals aus der Fassung brachte. Capra meinte nämlich, sein jüngstes Buch vorstellend, in Politik, Wirtschaft und Alltag sei ein Umdenken zum Guten hin ganz offenkundig wahrnehmbar. Und wenn sich das neue Denken, das er, Capra, in seinen Büchern beschreibe, nun Stück für Stück durchsetze, habe man allen Grund für Hoffnung. Pestalozzi geriet außer sich. Denn was hier jetzt Ende der 1980er Jahre öffentlich geredet und gedacht werde, werde seit Jahrzehnten, spätestens seit den Jugend- und Alternativbewegungen der 60er Jahre unter die Menschen gebracht. Was Capra gefunden oder gar erfunden zu haben glaube, sei nichts Neues und werde nichts ändern. Denn Capra habe das wirkliche Geschehen verschlafen und nehme die

Gegenwartsgesellschaft falsch wahr, ebenso die realen Probleme der engagierten, couragierten Protestbewegungen der letzten Jahrzehnte. Was Capra jetzt unter die Leute bringe, sei bequem, beliebig und sehr verkaufstüchtig. Worüber Capra jedoch nicht nachdenke, das seien die Gründe des Scheiterns. »Es hat nichts gebracht. Es hat nichts geändert. Es ist alles schlimmer geworden«, pflegte Pestalozzi über Alternatives Bewußtsein und Alternativbewegungen zu sagen. Man sei immer nur der Hofnarr der Wirtschaft. Wer glaube, daß die gegenwärtigen Manager umdenken und die Gesellschaft zum Besseren bringen, der irre gewaltig. Sie können das einfach nicht, meinte Pestalozzi. Und das Reden von Bewußtseinsbildung sei völlig fruchtlos. Manager beginnen zwar, so Pestalozzi, zu meditieren (an allen unmöglichen und möglichen Orten, auch am Klo), und Manager öffnen sich für New-Age-Trips und für Esoterik, laufen über glühende Kohlen, atmen wie gebärende Frauen, gehen zu Gurus und werde selber Gurus, aber das alles tun sie, um ja nichts stattdessen und derweilen in der Realität ändern zu müssen. Es sei einfach nicht wahr, daß die Marktwirtschaft gerade im Begriffe sei, ökosozial zu werden, sondern ganz im Gegenteil werde leeres Ökologiegerede und werde leeres Ökologiegetue von der Bewußtseinsindustrie immer lukrativer vermarktet. Qualitatives Wachstum beispielsweise sei ein ganz dummer Begriff. Man meine damit unter anderem, daß das Verursacherprinzip zu gelten habe, daß die Schadstoffgrenzwerte heruntergesetzt werden müssen, daß mit den Ressourcen sorgsam umzugehen sei, daß sinnvolle Produkte hergestellt werden sollen, daß Leben kostbar sei. Und so weiter und so fort. Aber wenn man so schwärme und hoffe, verstehe man nicht, so Pestalozzi, wie moderne Wirtschaft in der Realität funktioniere, nämlich gerade nicht wie autonome und autarke Subsistenzwirtschaften. Der moderne Markt sei etwas völlig anderes als die Small-is-beautiful-Idyllen eines Silvio Gesell oder Leopold Kohr. Denn Erhalten und Bewahren, das sei für moderne Ökonomen finanziell wertlos. Die moderne Wirtschaft lebe stattdessen vom Kaputtmachen. Die moderne Wirtschaft lukriere ihren Profit aus dem Kaputtmachen.

Hans Pestalozzi war gelernter Wirtschaftswissenschafter, eine Zeitlang Assistent am Institut für Außenwirtschaft der Universität St. Gallen. 1955, im Alter von 26 Jahren, wurde er Assistent, rechte Hand, Vertrauter, Ziehsohn von Gottlieb Duttweiler, dem Gründer und Chef des Schweizer Migros-Genossenschaftskonzerns. Nach Duttweilers Tod war Pestalozzi Vizedirektor des Konzerns und leitete eine der dazumal bekanntesten Denkfabriken Europas, nämlich das Duttweiler Institut für wirtschaftliche und soziale Forschung, welches Manager und Unternehmer schulte und Bürgerinitiativen unterstützte. Glaubt man Pestalozzi, so waren der

Duttweiler Konzern und das Duttweiler Institut von Anbeginn an Unternehmungen, die ökosoziale Marktwirtschaft nicht plapperten, sondern realisierten. Duttweiler und auch Pestalozzi haben bereits vor 50, 40, 30 Jahren das mit aller Kraft und großen Schwierigkeiten zu verwirklichen versucht, was heute als Zukunftshoffnung angeblich wieder groß im Kommen ist. An ihrem Scheitern kann man daher, will mir scheinen, etwas für heute und morgen lernen – über die realen Hindernisse. Duttweilers erklärtes Ziel war es, daß der Migroskonzern wortwörtlich ein »menschliches und soziales Korrektiv in einer unmenschlichen und unsozialen Wirtschaft und Gesellschaft« sein müsse. Sein Schweizer Genossenschaftskonzern sollte, so Duttweiler ausdrücklich, den Dritten Weg zwischen Kapitalismus und Staatssozialismus gehen. Verantwortliche Wirtschaftspolitiker des Prager Frühlings und der Dubcek-Ära waren von Duttweilers Vorhaben und Realisierung beeindruckt. Gerade dadurch, so Pestalozzis Darstellung, daß Migros elementare gesellschaftliche Probleme lösen wollte, wuchs der Konzern sehr schnell zu einem der größten der Schweiz und der Welt dazumal. Für Duttweiler sei jedoch nicht Wirtschaftswachstum der vorrangige Wert gewesen, sondern daß die Wirtschaft der Schweiz demokratisch werden müsse. So jedenfalls stellte Pestalozzi Duttweiler und sich selber dar. Nach Duttweilers Tod war Pestalozzi im Dauerstreß, weil im permanenten Kampf mit den neuen Managertypen im Konzern. In der letzten Zeit vor seinem erzwungenen Ausscheiden aus dem Konzern gründete Pestalozzi in Übereinstimmung mit den Migrosstatuten einen Verein mit Namen »M-Frühling«, M für Migros in Analogie wohl zum Prager Frühling. Umweltgruppen, Dritte-Welt-Organisationen, kirchliche Verbände, Tierschützer, Zukunftsforscher und ähnliche schlossen sich darin zusammen. Pestalozzi wollte durch den M-Frühling im Konzern unter anderem gleiche Löhne für Frau und Mann, das Recht auf Bildungs-, Mutterschafts- und Vaterschaftsurlaub, den Abbau der Spitzeneinkommen, das Recycling, den Verzicht auf Einweg- und auf Mehrfachverpackungen, die besondere Kennzeichnung für sozial und ökologisch wertvolle Produkte, die lückenlose Warendeklaration und die Existenzsicherung der beliefernden Familienbetriebe durchsetzen. Das Programm des M-Frühlings wurde den Konzernstatuten gemäß den Genossenschaftern in einem Wahlvorgang unterbreitet. Die Zustimmung war zwar beachtlich, gemäß natürlich dem Mehrheitswahlrecht ging die Sache für den M-Frühling und für Pestalozzi aber zur Gänze verloren. Pestalozzis M-Frühling ist von seinen Gegenspielern im Konzern niemals als unrealistisch bezeichnet worden, sondern als im Konzern längst realisiert, was aber laut Pestalozzi überhaupt nicht der Wahrheit entsprach. Sei dem, wie es sei, das leitende

Konzernmanagement änderte gleich nach der Niederlage des M-Frühlings die Genossenschaftsstatuten so ab, daß in Zukunft keine derartigen Wahlinitiativen mehr möglich waren. »Wenn Wahlen etwas verändern könnten, wären sie längst verboten«, pflegte Pestalozzi aufgrund dieser Erfahrungen zu sagen. In Pestalozzis Augen ist Wirtschaft militärisch-hierarchisch bis zum Kadavergehorsam. Zum Kadavergehorsam seien sowohl die Manager als auch die Konsumenten bereit. Auch Katastrophen, meinte Pestalozzi, ändern im Bewußtsein der kadavergehorsamen Menschen nichts.

Das Ende meines Referates ist fast erreicht. Sie schauen gewiß schon seit langem auf Ihre Uhren. Unser schwarzparteiiger Herr Kanzler sagt ja immer, man müsse hinschauen, man dürfe nicht wegschauen. Vom Schauen werde ich Ihnen heute trotzdem nichts mehr erzählen, nichts von Ivan Illichs christlicher, Jahrhunderte alter Augenschule, nämlich daß man das, was falsch und zerstörerisch sei, nicht in sein Inneres lassen dürfe. Ich erzähle Ihnen auch nichts von der Barmherzigen-Samariter-Stelle, wo es im lateinischen und im griechischen Neuen Testament in Wahrheit heißt, daß dem Helfenden das fremde Leid, das er sah, in den eigenen Eingeweiden weh getan habe, per viscera misericordiae heißt es dort, durch die Eingeweide des Mitleides. Ich erzähle Ihnen nichts vom Blick des Dr. Pannwitz, der als KZ-Arzt Menschen auf Leben und Tod selektierte. Primo Levi hat diesen Blick beschrieben. Diesen Pannwitzblick, der über die Lebenschancen von Menschen entscheidet, konstatiert der Psychiater Klaus Dörner als allgegenwärtig in unserer Menschengesellschaft. Gerade auch unter Ökonomen. Gegen diesen Blick setzt Dörner ein Wort des jüdischen Philosophen Lévinas über das menschliche Gesicht: »Der Mord bleibt machtlos vor dem Gesicht. Das Gesicht kann nicht vergewaltigt, nicht zerstört werden. Das schutzlos angebotene Gesicht reizt zu einem Akt der Gewalt, aber es verhindert mit seinem Erscheinen zugleich die Gewalt.« Frauen – um ein Beispiel zu nennen – seien schlechte, unbrauchbare Gutachter bei der objektiven Prüfung von sozialer Bedürftigkeit und gesetzlichen Ansprüchen, hieß es lange in der deutschen Bürokratie. Man sprach in diesem Zusammenhang gar von der Gefahr des Feminismus. Man traute Frauen in Deutschland von Amts wegen nicht über den Weg, nämlich ihnen die angebliche Fähigkeit nicht zu, Hilfesuchende durch Hilfsverweigerung zur Selbständigkeit zu erziehen. Die Gefahr des Feminismus sah man vor allem aus England und Amerika kommen. Die Empfänger von öffentlichen Sozialunterstützungen gingen dort oft noch bis spät ins 19. Jahrhundert zugleich mit der Inanspruchnahme der Unterstützung ihres Wahlrechtes verlustig. Ihre Namen wurden am Rathaus angeschlagen und in den Lokalzeitungen veröffentlicht. Ihre Arbeitswilligkeit wurde durch die Einweisung in Arbeitshäuser überprüft, wo beispielsweise in Tretmühlen gelaufen werden mußte oder, zur reinen Schikane, alte Schiffstaue zu zerzupfen waren. In manchen US-Staaten mußten Bedürftige in der Öffentlichkeit stets den Buchstaben P für pauper, poor, arm auf der rechten Seite ihres Ärmels tragen. Versteigerungen Weißer waren ebenfalls üblich, genauso Zwangszuweisungen von Weißen als Sklavenarbeitskräfte auf Farmen. Von Schottland ausgehend wurde in Großbritannien, den USA und Deutschland der quälende Arbeitshaustest auf Arbeitswilligkeit mit der Zeit ersetzt durch das Sammeln möglichst umfassender Lebensinformationen vor Ort. Verwandte, Freunde, Nachbarn der hilfesuchenden Familie oder eventuelle Spender wurden kontaktiert und nach Möglichkeit veranlaßt, sich um Waise, Alte, Kranke und Behinderte zu kümmern. Erst wenn dies nicht gelang, war die öffentliche Hand zuständig. In etwa hieß dieses Verfahren »friendly visit« und »soziale Diagnose«. Und obwohl bzw. weil friendly visits von Frauen seit Jahrzehnten, seit Jahrhunderten in ihrer Mitarbeit in privaten und kirchlichen Hilfseinrichtungen praktiziert worden waren, wollte man Frauen in Deutschland zumindest bis in die Zeit der Weimarer Republik hinein nicht in der staatlichen Sozialbürokratie als Entscheidungsträger haben. Sozusagen traute man ihnen den Pannwitzblick nicht zu.

Apropos Schauen – Hinschauen – Wegschauen – Zuschauen: Sich abgrenzen ist selbstverständlich psychologisch ganz etwas Wichtiges und etwas, das man für den Helferberuf unbedingt lernen muß. In einem durchaus maßgeblichen Supervisorenlehrgang ist allerdings gerade eine nachrechnende Studie über Systemfehler im Abschluß, die besagt, daß die Zeit und Mühe, die man als Helfer durch das unbedingt nötige Sichabgrenzen aus Gründen des unbedingt nötigen Selbstschutzes für sich einspart, um nicht am System zugrunde gehen zu müssen, auf Kosten und zu Lasten der Patientinnen, Patienten, Klientinnen und Klienten geht. Die gegenwärtige ministerielle, arbeitsamtliche Dauerwerbekampagne an junge idealistische Menschen, den die Berufshelfer viel zu oft verheizenden Pflegeberuf zu ergreifen, dieser andauernde unwahre Schnulzen-Singsang »Es steckt in jedem von uns. Mach einen Beruf daraus« hat freilich einen ganz anderen Sound, als ihn die juristischen Begriffe »Organisationsverschulden« und »gefährliche Pflege« haben. Ich weiß nicht, wie Sie das sehen. Wie sehen Sie das?›

Wortwörtlich habe ich das so referiert. Im Herbst 2004. Vor den Gewerkschaftern. Vor den Arbeitsamtsfunktionären. Den sogenannten Betreuern. HelferInnen. Vor den anwesenden Unternehmervertretern. Im Herbst 2004. Habe dann aus Zorn kein Geld genommen. Was ein Fehler war. Denn Geld ist das einzige Verständigungsmittel. Statt das Veranstaltergeld zu verweigern, hätte ich das Dreifache oder Vierfache verlangen müssen.

Tag, Monat, Jahr
Mir fällt ein, wem alles ich schon auf die Nerven gegangen bin. Und dass das gar nicht für mich spricht. Günther Anders zum Beispiel. Dem lieben, herzensguten Anders. Er hat mich jedenfalls nicht gemocht. Er sei fassungslos über meine Egozentrik, hat er mir geschrieben. Nach fünf Minuten hat der mich durchschaut gehabt. Ich glaube aber, es war ein Missverständnis. Natürlich habe ich es verursacht. Das weiß ich. – Frankl hat mich einmal angerufen und sich über eine Stunde lang am Telefon sehr bemüht. Ich habe keine fünf Sätze geredet. Ich solle ihm erzählen. Tat ich nicht. Ich hatte es ja geschrieben, er sagte aber, er sehe so schlecht, könne fast nicht mehr lesen, ich müsse ihm erzählen. Ich konnte so nicht, weigerte mich tatsächlich. Über mich sollte ich erzählen. Wie hätte das gehen sollen. 1993 oder 1994 muss das gewesen sein. Und das mit Anders Ende der 80er Jahre. – Erwin Ringel habe ich einmal einen Brief geschrieben, Ringel ist bald darauf gestorben und ich habe statt eines Antwortbriefes eine Einladung zu seinem Begräbnis bekommen. Ringel zu ärgern hatte ich keine Gelegenheit. Frankl und Ringel hatte ich zeitgleich wegen der Spitalsgeschehnisse angeschrieben, von denen ich Mitwisser war. Blieb das. Es gäbe da noch ein paar, die ich geärgert habe, von noch früher. Es spricht alles nicht für mich.

*

Als meine Mutter sterbenskrank war, blind geworden war, größte Schmerzen hatte, sich nicht rühren konnte, habe ich einen Logotherapeuten, Existenzanalytiker angerufen, ihn um einen Hausbesuch gebeten. Um Hilfe eben. Er war nicht freundlich am Telefon, redete über das Honorar. Und wie weit weg der Ort sei. Er kam dann nicht. Meine Mutter war aber mit dem Versuch zufrieden, war erstaunt. Sagte, sie verstehe, dass alles einen Sinn habe. Das sagte sie dann sehr oft. Es half ihr. Das war nicht lächerlich. Es muss ein Missverständnis gewesen sein, warum der Logotherapeut so aufgebracht war und nicht kam. Es kann auch bloß sein, dass mein Anliegen damals unüblich war.

*

Günther Anders, sein Aufruf, die Eliten, die Politiker, zu liquidieren. Sozusagen in Notwehr. Seltsam. Tyrannenmord. Er mochte jedenfalls nicht, was ich ihm geschrieben hatte. Ich solle meine Maschine putzen lassen. Ich verstand das damals nicht, denn ich hatte ja geglaubt, bei mir stünden die Apokalypsen der Kinder aufgeschrieben. Es lag an meiner Art. Ich muss ihm rücksichtslos erschienen sein. Zu Tötungen habe ich nie aufgerufen. Ja, und? Ist das schon etwas Bemerkenswertes? Woran liegt es, dass ich wirklich immer die wichtigsten, anständigsten, klügsten Menschen gegen mich aufbringe? Dem GF Gemüller habe ich einmal davon erzählt, was Anders mir vorgeworfen hat. Der GF war sehr angetan davon. Lachte und freute sich. Meine Egozentrik in Anders' Urteil! Es war wohl eine Erleichterung für den GF. Genaueres weiß ich nicht. Einmal habe ich die Tagebücher gelesen, die Anders' Vater, der Psychologe, Intelligenzforscher Stern, über seine Kinder geführt hat. Da dachte ich dann zwangsläufig an meine Kindheit, kurz. Dass es vielleicht doch einen Unterschied macht, ob man beschützt war oder nicht. Was sie können, was sie tun, sie freut, sie ärgert, ihre Gefühle, die kleinsten Kleinigkeiten stehen in Sterns Forschungstagebüchern über die eigenen Kinder. Aufgezeichnet mit größter Zuneigung und Aufmerksamkeit.

Tag, Monat, Jahr
Erwin Ringels Streitschrift *Ich bitt' Euch höflich, seid's keine Trottel*. So ein Libell würde ich gerne zustande bringen.

*

Der Arzt Werner Vogt verstand nicht, warum Ringel nicht auf seiner Seite war, als Vogt die lebensgefährdenden, quälenden Experimente mit wehrlosen Migrantenkindern, Babys, Kleinkindern aufdeckte, publik machte. Ich kann das nicht verstehen, dass Ringel nicht auf Vogts Seite war. Es ist mir, als ob man niemandes wegen, der einen großen Namen hat, nachfragen darf. Die Vorwürfe an Frankl zum Beispiel, dass er in Wahrheit nur kurz im KZ gewesen sein soll und in Wahrheit nicht in Auschwitz. Und dass es ihm vergleichsweise gutgegangen sein soll. Und dass er Suizidanten ins Leben gezwungen hat, wissend, dass die sofort in die KZs verschleppt werden. Und dass er Gehirne auseinandergeschnitten haben soll, Psychochirurg. Ich habe keine Ahnung, was davon wahr ist. Ich würde gerne den Grund für das alles wissen. Egal, was die Wahrheit ist, ich will den Grund dafür wissen.

*

Ich verdanke Frankl, Ringel, Anders in gewissem Sinne mein Leben. Dem nämlich, was sie vorgetragen und geschrieben haben. Es ist, glaube ich, genauso, wie Hodafeld sagte: Das Werk zählt, das Werk hilft, mehr darf man sich nicht erwarten. Aber irgendetwas stimmt da nicht.

*

Frankl, ich erinnere mich an den fleißigen, gescheiten Medizinstudenten, der immer hilfsbereit war. Er verstand nicht, was Frankl helfen können soll. Er, der angehende Arzt, wisse selber, dass das Leben immer Sinn habe und alles durchgekämpft werden müsse. Aber was nütze einem da Frankl? Wie gehe das denn in der Wirklichkeit weiter, ganz konkret? Ihn enttäusche das, was Frankl sage. Ich verstand den Mediziner damals nicht.

Tag, Monat, Jahr
Liebe zur Arbeit und zu den Menschen muss man haben, sagt die Chefin. Sie leitet den ganzen Betrieb und ist selber gelernte Kindergärtnerin. Die Frauen, die sie anstellt, seien im Hauptberuf Krankenschwestern, Sozialpädagoginnen, Erzieherinnen, Kindergärtnerinnen, sagt sie, und müssen eine Unzahl von Büchern studieren, vor allem medizinische Lehrbücher, insbesondere solche der Anatomie. Bei den ersten hundert Sitzungen der jeweiligen Mitarbeiterin sei sie, die Geschäftsführerin, immer selber dabei. Eine Sitzung koste 110 Euro, und Sadomasochismus sei Vertrauen und Hingabe. Die Kundschaft wie das Personal seien allesamt sympathische, liebenswerte Menschen, und das Ganze sei wie Joga und Joggen. Man entspanne sich, lasse sich fallen, komme runter. Die Männer geben sich, sagt die Domina, den Frauen und deren Wünschen liebevoll hin. Man wolle als Mensch deshalb kräftig gepackt werden, weil die Schmerzendorphine, die dabei freigesetzt werden, glücklich machen. Und für jeden einzelnen Menschen sei in ihrem Betrieb Zeit genug da. Ein Pfarrer wünsche sich immer, in Frischhaltefolie eingewickelt zu werden. Das sei sein besonderes Ritual, ohne Orgasmus und ohne Ejakulat. Seine Erlösung sei das.

Die Geschäftsführerin sagt, die Masochisten seien heutzutage leider sehr arm, weil sie im falschen Jahrhundert leben. Dann redet sie von vielen, vielen Jahrhunderten und dann von Indien. Dort habe sie auch gelebt. Dort sei sie zuerst sehr alleine gewesen und habe auf der Welt nur ihren Rucksack gehabt. Sie redet über indische Religion und über die künftige Bildung hier und dass es bei SM immer um die Ekstase zur Gottheit hin gehe. SM sei vielleicht gar nichts Sexuelles, vermutet die Geschäftsführerin. Es sei nicht Gewalt, sondern wahre Sanftmut. Sie erzählt auch von den Managern in ihren Anzügen und dann von den Latexanzügen und dass 80 % der Kundschaft akademische Bildung habe und zwischen dreißig und vierzig Jahre alt sei. Die Gesellschaft sei heutzutage nämlich schon sehr weit, sagt die Geschäftsführerin. Manchmal begegne man sich dann zufällig auf der Straße und grüße einander gar nicht. So diskret und dezent sei man. Die Frauen im Betrieb kommen, sagt sie, auch keineswegs aus zerrütteten Familienverhältnissen, sie haben keine gewalttätige Kindheit hinter sich, sondern haben nur gute Erfahrungen gemacht, seien behütet aufgewachsen und haben ein tiefes Verständnis für Menschen und ein großes Interesse an Besonderem und Außergewöhnlichem und suchen das Glück. Über hundert Frauen habe sie angestellt. Drei Jahre Ausbildung haben sie und ihre Peitschen dürfen keine Spuren hinterlassen. Die Schmerzen fügen die Mitarbeiterinnen normalerweise gar nicht körperlich zu, sondern suggerieren die Qualen und versetzen ihre Schutzbefohlenen dabei in Trance. *Schmerztrance* nennt die Chefin die. Die Frauen, die für die Geschäftsführerin arbeiten, haben oft Kinder. Kundinnen gebe es auch. Manche von ihnen habe man schon seit 20 Jahren. Und die Männer hängen oft von der Decke und singen Kinderlieder, sagt die GF. Und jetzt sagt jemand, der GF gehe es nur ums Geld, man dürfe einer solchen geldgeilen Domina doch kein Wort glauben. Die GF lacht den Mann aus, sagt freundlich: *Der Mann kennt sich aus in der Welt. Dem macht man nichts vor.*

*

Die Frau des Schweizer Bankdirektors erzählt von ihrem Leben an der Seite ihres geliebten Mannes. Umbringen hätte sie ihn plötzlich können und wollen, weil er sie jahrelang schwerst misshandelte, quälte, einsperrte. Erniedrigte, belog, betrog und, als er ihr den Kiefer brach, beinahe auch das Genick gebrochen hätte. Sie kenne viele Frauen, unter ihnen auch Ärztinnen und Juristinnen, die von ihren Ehemännern regelmäßig misshandelt werden, darüber aber stillschweigen, um nicht zugleich mit der Karriere ihres Gatten ihre eigene in Gefahr zu bringen. Das Verhalten ihres Ex-Mannes erklärte die Frau damit, dass er unter großem Konkurrenzdruck gestanden sei und ständig, stand er doch unmittelbar vor der Übernahme des Generaldirektorats, seine mächtige Intelligenz unter Beweis stellen musste. Immer also habe er intelligenter sein müssen als die anderen, daher marterte er seine Frau. Die brutale und raffinierte Tortur und der körperliche und der seelische Terror an der Gattin haben ihn die eigene Power und Cleverness einüben, erleben und perfektionieren lassen. IQ-Training durch SM. Dass ihr ehemaliger Mann ein Sadist sei, weist die Frau aber zurück. Intelligenz und Beruf haben, meint sie, sein Verhalten verursacht. Er habe ihr versprochen, in Psychotherapie zu gehen, gegangen sei er in Wahrheit in die Rotlichtviertel, auch das habe sie geduldet, hätte man ihm dort doch nur helfen können. Seine Frau jedenfalls sperrte er ein, setzte sich vor die Tür derweil und aß, fragte seine eingeschlossene, hungrige Frau, ob sie endlich einsehe, was sie falsch gemacht habe, und sich endlich bei ihm entschuldige. Nach Jahren der Tortur und als er seine Frau in einem Hotelzimmer gerade wieder an die Wand würgte, geriet die Frau in Rage und stach mit einem stumpfen Gegenstand auf ihren Mann ein, verletzte ihn schwer am Oberschenkel und versuchte, ihren Generaldirektor aus dem 5. Stock zu werfen. Er schrie um sein Leben, ihr war plötzlich alles egal, nur ein Ende machen wollte sie.

Tag, Monat, Jahr
Ein paar der hiesigen sozialdemokratischen Politikchefs, Gemüllers potentester Freund, der Mäzen Pötscher zum Beispiel, sagen in letzter Zeit andauernd: *Die Kultur muss mehr sexy werden. Die Kultur ist nicht sexy genug.* Die sagen das so. *Kunst* haben sie auch gesagt. Die muss auch sexy werden. Vor der letzten Wahl hat einer der hiesigen christlich-sozialen Politikchefs über Jugendpolitik gesagt: *Die Politik muss wieder sexy werden. Die ist nicht sexy genug. Geil* dürfen die hiesigen neuen Politiker nicht sagen, *geldgeil* auch nicht. Also sagen sie *sexy*. Das ist dann kein Problem. *Die Kultur muss geiler werden. Die Politik muss geiler werden. Die Künstler sind nicht geil genug. Die Politiker sind nicht geil genug* dürfen sie deshalb nicht sagen, weil sie entweder Sozialdemokraten oder Christen oder beides zugleich sind und auf die *Geiz-ist-geil*-Kampagnen schimpfen müssen, weil so etwas ganz abscheulich und gegen die Menschenwürde und gegen die tätige Nächstenliebe sei. Neoliberal eben. Und der eine hiesige grüne Engel mit Binnen-I, die hat, als die Jelinek den Nobelpreis bekam, gemeint, dass Jelineks *Lust*buch duftende Erotik sei, und wollte damit Werbung für sich, ihre grüne Partei bei der kommenden Wahl machen.

*

Die Prostituierte, die sich bei ihrem neuen Kunden nach der Spermafarbe erkundigt, um zu entscheiden, ob sie es schlucken wird oder nicht. Ist daraus etwas zu lernen? Politisch sozusagen? Ja – die Freiheit des Menschen. Dass man nicht alles schlucken muss. Und dass man in der Demokratie selber entscheiden kann. Die Gegend zum Beispiel, durch die man geht. Aus dem Puff auf meinem Weg ist eine Stimme laut herausgestürmt. Als ich mich umdrehe, hochschaue, lange Beine, der kurze Rock, das nackte Genital der Frau lugt hervor. Ist plötzlich da. Ich schaue sodann in das Gesicht. Die Frau mit dem Genital telefoniert, beschimpft auf offener Straße den am anderen Ende des Telefons, wie viel Geld er ihr schulde. *Messerstechergasse* hat die Gegend früher geheißen und ist eine Abkürzung, wenn man weiß, wo man hin will. Eine alternative Gegend ist die jetzt auch. Wird das immer mehr. Die hiesige jetzige neue Politik will das so und hat das Know How. Man macht aus allem was. Immer das Beste. Rot und grün wird die Gegend dadurch. Braun blöderweise auch. *Kiez goes culture* ist das Vorbild. Ganz offiziell. Mein Vater ist hier aufgewachsen. Früher wurden hier Männer und Frauen erstochen, Briefträger zum Beispiel und Prostituierte sowieso und ab und zu eine Kundschaft. Ein Fleischhauer zerhackte einen Briefträger und fror ihn ein. Das Geld brauchte der Fleischhauer geschäftlich und sexuell. Ich weiß nicht mehr genau, was in seinem Laden heute drinnen ist, der karitative Laden oder die Alternativbuchhandlung oder das Keramikgeschäft oder eine Sozialwirtschaft oder doch die kleine Sexbar. Als Kind hatte mich mein Vater in das Lokal da immer zum Kakaotrinken gebracht. Mein Vater ist gleich neben dem großen Bordell dort drüben aufgewachsen; aus dem Bordell hat man jetzt eine Art Kulturcafé gemacht. Man lacht und macht gerne damit Werbung, was es früher war. Ich halte nach wie vor diese ganze Gegend für gar nichts. Durch die musste ich als Kind immer mit dem Vater gehen, wenn er nicht arbeiten musste. Frei hatte. Hier wird nie Freiheit sein. Die hier werden die nie zustande bringen. Die kennen und können die Freiheit nicht. Nichts wollen und nichts können, das ist Politik. Hier in der Gegend ist die Politik so supersexy wie nirgendwo sonst in der Stadt.

Tag, Monat, Jahr

Die junge Jüdin sagt aufgeregt, sie verstehe nicht, warum es bei den katholischen Hochzeiten heiße: *Bis dass der Tod euch scheidet*. Man solle doch *Solange ihr lebt* sagen. Das sei doch viel schöner. Und statt *Und führe uns nicht in Versuchung* sollen die Christen doch *Und lass uns nicht untergehen in der Versuchung* beten. Und Jesus habe sicher nicht aus einem Fisch und einem Brot wundertätig Tausend gemacht, sondern alle werden etwas mitgebracht haben und dadurch sei es viel mehr und so viel geworden und dadurch haben alle genug gehabt, weil sie alles miteinander geteilt haben. Jesus werde den Tausend oder wie viele es waren, nicht einmal sagen haben müssen, dass sie alle Nahrung zusammentragen und teilen und also mehren sollen. Man wisse das als Jude selber, tue es ganz selbstverständlich.

*

Die junge Jüdin sagt, man solle nicht vom Statthalter, sondern vom Gauleiter Pontius Pilatus reden.

Tag, Monat, Jahr

Der Mann isst auf dem Weg vom Buffet zur Kassa seinen Teller zu Dreiviertel leer. Das Essen wird dann gewogen, und er muss fast nichts mehr zahlen. Er hat nicht mehr viel Geld, glaube ich. Hat sich selbständig gemacht. Ein paar Jahre durchgehalten. War auch in den Medien. Gilt als ehrlich, liebevoll, hilfreich. Aber der ist wirklich hungrig. Am Ende eben. Selbiges sieht man ihm aber nicht an.

Tag, Monat, Jahr

Die von einer Gesellschaft präferierte Art des Geschlechtsverkehrs bilde die Machtverhältnisse ab, sagt ein Sexualwissenschafter. Aber ist, wenn jemand dauernd *sexy* sagt, das politisch betrachtet schon ein Geschlechtsverkehr? Oder so viel wie gar nichts? Also Impotenz, politische.

*

Eine Prostituierte sagt zu ihrem Freier, er müsse sie jetzt aber ordentlich rannehmen, denn er müsse endlich ein Sieger werden. Der Mann ist daraufhin völlig fertig, erzählt die Sache sogar seinen Freunden weiter. Die Prostituierte auch und ist vergnügt. Sagt allen, sie mache aus jedem Mann einen Sieger. So viel zur Stadtplanung.

Tag, Monat, Jahr
Auf der Straße vom Firmenparkplatz weg in der Früh begegne ich täglich einer geschundenen Prostituierten, die manchmal gar nicht mehr gehen kann. Man sieht, dass ihr alles weh tut. 8 Uhr morgens ist es, sie lächelt manchmal, wenn sie mich sieht, im Vorbeigehen, schaut mir aber nicht ins Gesicht. Sie fährt fast jeden Morgen um diese Zeit entweder heim oder aber an einen anderen Arbeitsplatz. Sie ist kaputt. Wer auf und in ihr war, wer nicht und ob mit oder ohne Migrationshintergrund die Herren – es macht keinen Unterschied; die Gegend hier ist so. Ich weiß wirklich nicht, warum man jetzt Alternativszene zu dem ganzen Schwachsinn sagt. Die Frau ist immer gleich gekleidet. Schwarz und zerfetzt. Wer bringt diesen Menschen jeden Tag um? Sie selber, wer denn sonst. Und die vielen kleinen Tode, wie man so schön sagt. Die haben ausgereicht, sie braucht den letzten Tod gar nicht mehr. Als Herr Ho viel Hilfe brauchte, in der Zeit, seine erste eigene Wohnung, ist die Prostituierte in der Früh manchmal auch in Hos Gegend gefahren, ihre andere Absteige hatte sie dort wo. Ihren zweiten Arbeitsplatz. Ich kann nicht glauben, dass sie noch Geld verdienen kann. Nebenan das Spiellokal. Die Frau torkelt dort hinein. Ihre Strümpfe sind immer zerfetzt.

Und jetzt einmal habe ich die Prostituierte unter einem Baum gesehen. Die Frau war so erschöpft und so verzweifelt wie in der Früh. Ich habe nicht gewusst, dass sie tagsüber zwischendurch unter einem Baum lebt. Sie sieht nicht aus wie jemand, der noch lange lebt. Ihr Gesicht, ich kann nicht sagen, wie alt sie ist. Es ist immer entstellter geworden und zwischendurch unglaublich hässlich. Alles verfällt ihr. Aber plötzlich jetzt einmal ging sie Hand in Hand mit ihrem Freund. Der hat sie gewiss rausgeholt, aber ihr Gesicht ist so fürchterlich geworden, aber sie ging mit ihrem Freund Hand in Hand und ist glücklich gewesen. Man hat gesehen, dass die Marter ein für alle Male zu Ende ist. Das ist jetzt ihre Chance im Leben. Das muss einfach so sein. Der Freund liebt diese Frau sehr, das hat man gesehen, und sie liebt ihn. Man begreift es nicht, dass er sie liebt. Aber sie kommt frei. Ganz gewiss. Dann sah ich sie aber doch wieder so sein wie immer. Und dann war sie wieder weg. Dergestalt muss die Kultur hier werden, finde ich, dergestalt die Politik: Wie der Freund der Frau ist und auch wie die Frau ist. Der Freund wird sie wieder herausholen. Da bin ich mir sicher. Es geht gar nicht anders. Sie kann nicht mehr. Sie kann gar kein Geld mehr einbringen. Das ist ganz gewiss ihre Chance und die ihres Freundes auch. Sie ist unbrauchbar. Er kann sie freibekommen. Heute habe ich die unbrauchbare Frau aber gesehen. Ich habe Angst.

Tag, Monat, Jahr
Die Politiker lassen leichter die Subventionen springen, wenn etwas sexy ist. Denn da wissen sie, dass es dafürsteht. Aber der wichtigste Grund, dass sie sagen, die Politik müsse mehr sexy werden, ist, vermute ich, dass die roten und schwarzen und grünen Politiker und -innen *Anmut und Würde* meinen, aus Schamgefühl und Bescheidenheit aber *Sex* sagen. Beim Sex sind sie sich außerdem sicher zu wissen, wie das geht. Bei Anmut und Würde hingegen sind sie ratlos. Sie meinen, wenn sie gut Sex können, können sie gut Politik machen. Aber ich glaube, dass sie das eine gleich schlecht können wie das andere.

Tag, Monat, Jahr
Die Sängerin wird mit *ehrlich und edelmütig* beworben. Sie singt Stöhnlieder und sagt, sie sei von ihrem Vater missbraucht worden. Sie stöhnt in letzter Zeit immer sexueller, wird aber während des Singens nicht sichtlich missbraucht, sondern hat einen Freund, der sie liebt. Einmal ist sie auf der Bühne mit einem Schlaganfall zusammengebrochen. Die meisten haben geglaubt, das sei ein Gag. Aber es war keiner. Im Moment steht sie vor dem Konkurs.

*

Ein paar große Menschen mit großen Gefühlen singen auf großer Bühne große Opernarien, und die große Sängerin ist sexy und wird weltweit übertragen, und einer sagt wieder, die Musik sei eine Geliebte, und ich verstehe kein Wort, aber ich glaube ihm nichts. *Gesungen wird in der Oper das, was so dumm ist, dass man es nicht mehr reden kann*, einzig das glaube ich, das Librettistenwort. Ich fühle bei denen allen nichts, ich bin impotent in musicis. Das ist prima.

*

Im Kaufhaus las ich heute in einer Schundzeitschrift. Eine beliebte Schauspielerin ist auf der Titelseite abgebildet. *Hilflos und verarmt – für sie ist die Welt zusammengebrochen*, steht da. Zwei Schriftstellerinnen, die solche Hefte lesen, damit sie gut schreiben, habe ich kennen gelernt. Die sind wirklich gut und schreiben gut. Die eine schreibt auch sexy. Die sind beide, glaube ich, wirklich sehr hilflos, und die Welt ist ihnen oft zusammengebrochen. Die brauchen die Heftchen wirklich. Ich auch.

*

Mitternacht. Im Fernsehen schleckt eine Frau gerade ein Kreuz ab und reibt dann ihren Busen daran. Ein Kreuz zum Kreuzigen ist das. Jetzt hängt sie an dem Kreuz. Die Augen. Was sieht man in den Augen? *Die ganze Welt schaut rein, die ganze raus.* Hodafelds Spruch ist das gewesen. Hodafeld hat ein bisserl geflunkert, dass der Spruch in gewissem Sinne von Kant sei. Aber vielleicht hat er doch recht damit gehabt und die Dame da am Kreuz ist Kantianerin. So, und was macht die mit dem Vorhang? Animismus. Animierend eben. Eine Priesterin eben. Und dass man sich mit allem begatten kann und vice versa sich alles mit einem selber, ist kosmisch, Pantheismus. Jedenfalls sind das alles sehr religiöse Vorgänge. Die mit den Vorhängen wird gerade sehr lebhaft. Der Geist ist es, der lebendig macht.

Tag, Monat, Jahr
Die hiesige angeblich veraltete sozialdemokratische Politikerin, die vor ein paar Jahren sang- und klanglos untergegangen ist. Ich lerne aber nichts daraus. Nicht einmal, dass man immer freundlich bleiben muss, damit einem nichts Schlimmes passiert. Einmal ein schwarzparteiiger Politiker, ich glaube, Vizekanzler war der, der hat gesagt, sein politisches Motto sei stets *nil appetere, nil recusare* gewesen. Deshalb sei er nicht untergegangen. Ich glaube, die rote Politikerin hatte Angst, dass viel kostbare Zeit vergeudet wird und für die Partei plötzlich alles zu spät sein wird. Und wer wird dann für die schutzbedürftige Klientel da sein. Ich habe nichts von dieser Frau gelernt. Ich weiß nicht, warum nicht. Sie hat alles sehr ernst gemeint. Das geht aber nicht. Und auch das will und kann ich nicht verstehen.

Tag, Monat, Jahr
Die Nichtchristen unter den Arbeitssklaven fürchteten sich, wenn die Christen sich bekreuzigten oder Kreuze auf die Steine oder ins Holz ritzten. Denn das Kreuz war ein Unglücks- und Todeszeichen.

*

Eine Frau, die nach der Wende in der ehemaligen DDR unterrichtete, hat erzählt, dass die jungen Leute das Kreuz nicht mit Jesus, sondern mit Spartakus verbunden haben. Die sollen das gar nicht anders gekannt haben. Wie kann das sein, wo doch immer so viel von der Kirche die Rede ist, wie wichtig die war, und vom kirchlichen Widerstand in der DDR, und dass die Kirche auch dann in der Wende so wichtig war, für die Deutsche Revolution. Aber die Frau sagt, dass das Kreuz in der DDR das Zeichen des Spartakus, nicht des Jesus war.

*

In den Katakomben, die ersten 400 Jahre, dort ist nirgendwo Gott Vater abgebildet. Auch Jesus am Kreuz ist dort nirgendwo abgebildet. Kein einziges Kreuz angeblich. Stattdessen der gute Hirte.

Tag, Monat, Jahr
Das Gerede von Sexarbeit und Sexarbeiterinnen. Wenn's auch nichts nützt, schadet's doch nichts. Die Regelungen für Nacht-, Schicht- und Schwerarbeit.

Tag, Monat, Jahr
Hodafeld mochte das nicht, wenn jemand sagte, die Leute wissen nicht, was sie tun. Er glaubte, glaube ich, die Menschen seien gut und klug, wenn man sie es nur sein lasse. Er sagte aber auch, die Leute glauben, dass immer jemand das Opfer sein müsse und sie selber die Hoffnung haben können, verschont zu bleiben, wenn sie sich fügen. Vom Milliardär Carnegie erzählte er auch oft öffentlich. Der hat ja alles verschenkt. Denn wenn man reich sterbe, habe man falsch gelebt.

Tag, Monat, Jahr
Der Kulturjournalist, der sich bei öffentlichen Diskussionen auszuziehen begann und deshalb vom Fernsehsender gefeuert wurde und der, wenn er mit einer Frau zusammen war, zuerst ihr Geschlecht mit einem Kreuzzeichen segnete. Wenn Kellner Kondome in ihren Geldtaschen hatten, widerte ihn das an. Er glaubte an die Liebe zwischen den Menschen. Zuvor war er politischer Journalist gewesen.

Tag, Monat, Jahr
Die Lesung des preisgekrönten Dichters und der preisgekrönten Dichterin. Der eine kleine Prominente im Publikum hat dabei gefurzt vor Vergnügen. Die Dichterin ist sehr intellektuell und der Dichter sehr human. Beide sind amüsant. Die Themen waren Mösen, Internet und Sodomie. Die umsichtige sozialdemokratische Journalistin, die früher sehr freundlich war zu mir und einmal auch mich interviewte, hat moderiert. Den Dichter habe ich dann um ein Interview gebeten. Er ist mir gegenüber aber immer misstrauisch. Er schlägt mir statt des Interviews einen Briefwechsel vor. *Einen Briefroman,* sagt er lachend. Wir verschieben es.

*

Jetzt einmal nach einer Diskussion mit einem anderen preisgekrönten Dichter – Samnegdis und Miras Veranstaltung war das gewesen – sagte selbiger andere Dichter zu mir: *Das ist geil, was du sagst.* Das war nett. Geil ist nett. Er hatte gesagt, er wolle keine Krisenkreatur sein. Ich hatte daraufhin zu ihm gesagt, dass Schreiben doch auch Schreien sein könne. Und da sagte er dann, dass das geil ist, was ich sage. Und dass Erbarmen für ihn der höchste Wert sei. Aber dass sich niemand erbarme. In der Diskussion war ich damals nicht zu Wort gekommen, weil ich mich nicht zu Wort gemeldet hatte. Aus Demonstrationsgründen meldete ich mich erst, als der renommierte Moderator, ein Journalist, der das Publikum und den Veranstaltungsort, die ALEIFA, erklärtermaßen als minder empfand, die Debatte für beendet erklärte. Ich war damals über den Journalisten sehr aufgebracht. Geil eben.

Tag, Monat, Jahr
Geil ist, glaube ich, ein Wort aus dem *Parzifal,* der ist ohne Schuld und geil. Aufs Heiligtum. Der zieht in die Welt, weil er geil ist.

*

Die Legenden, in denen ein verfluchter Ritter von einem herzensunschuldigen Mädchen gerettet, nein: geheilt wird. Ist *geil* also dasselbe wie *heil davongekommen?*

Tag, Monat, Jahr
Jemand fragt mich, ob ich heute am Abend in die große Literaturzentrale zur Lesung mitgehe. *Was soll ich dort?*, frage ich. *Scheißen?* Ich finde keinen Verlag für mein Buch, kein Interesse, niemanden, also was soll ich mir dort vorlesen lassen? Benommen bin ich wieder, wirklich benommen, und vergesse von einem Augenblick auf den anderen so viel. Als Kind war ich zwischen den Schlägen oft so. Aber der Grund jetzt ist nicht die Vergangenheit, sondern die Gegenwart. Ich getraue mich heute nicht ins Literaturcafé. Ich würde dort verzweifeln. *Das eingebildete Ich* ist bei denen heute nämlich das Thema. Wenn mir mein eingebildetes Ich auch noch flötengeht, wäre das nicht gut für mich, aber einzig mein Problem. Ich bin heute nicht geil genug, um zur Lesung zu gehen. Aber es wird schon wieder werden. Und dann schaffe auch ich wieder mittels Pornoheftchen große Kultur. Und die Politik und der GF Gemüller schaffen mich dann nicht. Im Eifer habe ich mich heute übrigens verhört, unser Kanzler habe bei der Europahymne nicht *Ode an die Freude* gesagt, sondern *Hode.* Das würde aber gut passen.

Tag, Monat, Jahr
Das SM-System der Firma kann ich nicht beschreiben. Ich habe nicht die Nerven und tatsächlich auch nicht die nötige Intelligenz. Ein paar Personen kenne ich, das ist alles. Es kann aber sein, dass die paar zusammen das System sind.

*

Die Firma insgesamt ist sozial und humanpolitisch. Und weltweit. Ja, doch, weltweit. Der GF Gemüller hat das geschafft. Das ist sein Verdienst. Die Firma gehört jetzt überall dazu. Glokal ist sie. Glokal ist geil. Eigentlich hätte das jetzt alles ein guter Witz werden sollen. Aber auf diesem Niveau geht das nicht.

Tag, Monat, Jahr
Der Trommler sagt, wenn er trommle, fühle er sich zwei Meter hoch und drei Meter breit und unüberwindbar. Der Metallgießer dann, Künstler, er sagt, er schöpfe ja wirklich. Denn sein Gießen bewirke, dass sich etwas bewegt in der Welt. Er arbeitet auch mit Behinderten, gibt ihnen die Figuren, die sie selber gegossen haben, in die Hände. Die behinderten Männer freuen sich aber nicht. Sie haben recht damit, finde ich. Denn die Figuren sind Material geblieben, schauen nicht menschenfreundlich aus, machen keine Freude. Das Gegossene ist nicht liebevoll. Denselben Fehler mache ich beim Schreiben. Na und? Und die behinderten Künstler da jetzt gießen nicht Metall, sondern malen christliche Dinge, sind sehr beeindruckt von den Kirchenräumen, haben Aufträge, schaffen die Auferstehung und das Leben. Mein Geschenk für meinen Freund, den Anachoreten in der Hauptstadt, kommt von diesen behinderten Künstlern und ist wunderschön, finde ich. Der Autist hat auf seine Holzarbeit für den Anachoreten *Vos autem amicos. Nova creatura* hinaufgeschrieben. Besser entziffern kann ich's nicht.

Tag, Monat, Jahr
Im Nachkriegsdeutschland wurden die Banken nahezu nicht entnazifiziert. Und die Deutsche Akademie für Führungskräfte der Wirtschaft leitete nach dem Krieg jahrzehntelang ein ehemaliger SSler und Geheimdienstler, Höhn mit Namen. Mindestens eine Viertelmillion und indirekt wohl mehr als eine halbe Million deutscher Manager bildete er in den Jahrzehnten nach dem Krieg aus. Das Wort *delegieren* stammt von ihm. Die Arbeitgeber, die Präsidenten, haben ihn als Humanisten geschätzt.

Tag, Monat, Jahr
Dort drüben sitzt ein Mensch, den ich von Herzen mag. Ein herzensguter Journalist, ein Freund des Dichters, der sich erhängt hat. Der herzensgute Journalist weinte, als er an den toten Freund dachte und weil ich ihn, den herzensguten Journalisten, falsch beschuldigt habe. Habe ich das? Nein, ich habe ihn nicht beschuldigt. *Falsch* ja, aber nicht *beschuldigt*. Jetzt steht er auf von den Freunden. Und jetzt sitzt der herzensgute Journalist wieder bei einem Bier und seinen Freunden. Der Journalist ist wirklich herzensgut. Ich wäre gerne sein Freund. Einmal habe ich mich bei ihm entschuldigt. Wusste, wofür. Seine Rede nämlich am Grab seines Freundes, der sich umgebracht hat, ich habe das Begräbnis – was? Verspottet? Das ist das falsche Wort. Ich wusste bloß nicht, wovon ich schreibe. Doch, wusste ich genau. Aber es hat den Unschuldigsten getroffen. Den herzensguten Journalisten. Er freut sich immer, wenn jemand anderer sich freut oder wenn er jemandem helfen kann, der nie-

manden oder nichts hat, oder wenn er etwas Schönes sieht oder hört. Sein toter Freund, der Dichter, war auch so wie er. Hilfsbereit. Einmal habe ich den Dichter zu jemandem sagen hören, er brauche keine Angst zu haben. Die Angst sei für nichts gut. Die Angst sei nur zum Fürchten. Da kommen alle Probleme her im Leben.

*

Was ist, wenn der Dichter sich zu wenig gefürchtet hat und deshalb zu Tode gekommen ist. Jedenfalls soweit es an ihm lag. Sein Freund, der herzensgute Journalist, hat zu mir gesagt, es sei nicht in Ordnung von mir, dass ich so schlecht recherchiert habe. Und dann wollte er immer von mir wissen, wer was gesagt hat. Und dann sagte er, dass sie alles versucht, alles getan haben. Und dann zählte er auf, wer alles. Und weinte. Ich schämte mich. Aber ich würde kein Wort ändern. Aber ich weiß, dass der Freund ohne jede Schuld ist.

Tag, Monat, Jahr

Schon wieder: *Die Politik muss mehr sexy werden.* Es bleibt also dabei. Das ist Programm. Die junge Prostituierte z. B. ist neu im Geschäft, will ihr Studium finanzieren, zögert; ihre fette alte Zuhälterin lobt alles, was anal ist. Das sei das Schönste. Für 25 Euro befriedigt die junge Frau oral. *Es war sehr schön,* sagt sie danach. Und zu ihrer Zuhälterin, dass sie nicht weiß, ob sie das weiter machen werde. *Du lebst ja noch. Es kann nicht schlimm gewesen sein,* sagt ihre Zuhälterin zu ihr und dass sie für den Beruf geboren sei.

Tag, Monat, Jahr

Die japanischen Verschnürungen: Die Verstrickten behaupten, sie fühlen sich dadurch sicher, die Frauen. Keine japanische Erotik ohne Vergewaltigung gibt es angeblich. Und jung müssen alle Frauen sein, und ab 13 ist es kein Verbrechen. So ist die Welt, die Kultur. Die japanischen Frauen, die ihre Kinder im Mutterleib schon mit Mozart bespielen, um die Intelligenz zu fördern. Und die vielen Selbstmorde japanischer Kinder. Der angeblich mangelnden Intelligenz wegen. Und das Penisfest. Das ewige wirtschaftliche Vorbild Japan, das ist lange vorbei. Aber die Geistigkeit, die nicht. Zen zum Beispiel – SM, nichts sonst. Die zweit- oder drittgrößte Wirtschaftsmacht der Welt, 100%-ige Staatsverschuldung (habe ich gehört). Eine zenbuddhistische Liturgie höre ich zufällig, eine Messe sozusagen, den Anfang. Mir unerträglich diese Art Lärm. Herrisch.

*

Louis Armstrongs Mutter war Prostituierte und einer von Armstrongs Stiefvätern hat ihr ins Gesicht geschlagen und sie in den Fluss geworfen. Aber sie hat überlebt. Und sie ist ihrem Sohn von New Orleans nach

Chicago nachgefahren, weil ihr berichtet worden ist, dass er verhungert, und hat ihm Essen gebracht. Er hat sie vergöttert, weil sie voller Mitleid mit allen war. Als Kind hat er das Heizmaterial den Prostituierten auf die Zimmer gebracht. Armstrongs erste Frau war auch Prostituierte und hatte Wutanfälle und schlug ihn und er musste immer Angst haben, dass sie ihn so kaputtmacht dabei, dass er nicht mehr musizieren kann, und schließlich ist er ihr für immer auf und davon. Später sagte er einmal, dass die Regierung zur Hölle fahren soll und dass der Schöpfer einen Plan habe, nämlich Frieden und Glück für jeden. Ein paar Leute glauben, Armstrong habe einen großen ghanaischen Hornbläser als Vorfahren. Das wird schon so sein. Die, die sagen, dass Jazz Nächstenliebe sei, Brüderlichkeit, gegenseitige Hilfe, irren sich aber, glaube ich. Jedenfalls da hier in der Gegend ist er es nicht. (Gemüllerjazz ist das hier.)

Tag, Monat, Jahr
<Der renommierte US-Keynesianer Paul Krugman müht sich seit spätestens 1998, also noch vor dem Platzen der New-Economy-Blase und vor dem Ausbruch der jetzigen amerikanischen Kriegswirtschaft, durch seine wissenschaftlichen und publizistischen Arbeiten öffentlich mitzuhelfen, eine weltweite Rezession abzuwenden. Wie soll das funktionieren – die Rezession verhindern, der Rezession entkommen? Krugmans Antwort seit Jahren: Durch das künstliche Erzeugen einer Inflation. 4 % ist die Zahl, die man da von Krugman oft zu hören bekommt. Im gegenwärtigen medialen, politischen und finanzwirtschaftlichen europäischen Alltag würde ein solcher ökonomisch devianter Handlungsvorschlag wie der Krugmans nahezu als geistig abnorm und als gemeingefährlich eingestuft und vor der Öffentlichkeit in einen Hochsicherheitstrakt weggesperrt werden. Zumal weil Krugman ja allen Ernstes vorschlägt, zum Zwecke der möglichst schnellen Herstellung einer Inflation Geldscheine einzuführen, die jeweils bis zu einem bestimmten Datum von den Geldscheinbesitzern ausgegeben werden müssen, da die Geldscheine ansonsten nach diesem Ablaufdatum einen Teil ihres Wertes verlieren. Schwundgeld nannte man das zwischen den beiden Weltkriegen. Eingefallen ist das Schwundgeld, besser gesagt: Freigeld, einem gewissen Silvio Gesell. Von Gesell werde die Welt einmal mehr gelernt haben als von Karl Marx, meinte Keynes. Gesell nannte sein Schwundgeld, sein Freigeld Wära. Es wurde in einigen kleinen Landstrichen Deutschlands, der Schweiz und Österreichs sozusagen privat eingeführt, aber von den Staatsregierungen nach 1, 2, 3 Jahren verboten. Erzählt wird freilich, daß die Wäragebiete von der Weltwirtschaftskrise sozusagen verschont geblieben seien, solange dieses Schwundgeld zirkulierte, dem sehr viele Menschen

mehr vertrauten als der lädierten Mark und als dem Schilling. Der japanischen deflationären Finanzwelt jedenfalls rät Paul Krugman seit Jahren zur raschen Einführung von Yen-Schwundgeld und zu einer in seinen Augen wirtschaftsbelebenden Inflation von 4 %. Krugmans Ratschläge an die EZB seit Jahren sind übrigens nicht annähernd so radikal. Kein Euroschwundgeld für Europa kommt da vor bei Krugman, nicht einmal eine Inflation von 4 %. Wohl aber seit Jahren die Forderung nach Rechtzeitigkeit. Damit Europa nicht in japanische Verhältnisse gerate. Rechtzeitig also von der Politik des knappen Geldes Abstand nehmen, rechtzeitig also die Kaufkraft stärken, rechtzeitig einen neuen New Deal versuchen, sprich: in den Sozialstaat von neuem investieren. Meine Damen und Herren, ich erzähle Ihnen heute natürlich von Dingen, von denen ich natürlich nahezu nichts weiß. Was ich aber weiß, ist, daß man durch die gegenwärtige geschwätzige Schweigsamkeit von Journalisten, Gelehrten, Politikern, Katholiken und Gewerkschaftern in breiter Öffentlichkeit noch immer Null-Ahnung vom neoliberalen Ziel einer angeblich optimalen Arbeitslosigkeitsrate von 10 % hat. Und erst recht Null-Ahnung von den Keynesianisch-Krugmanschen Versuchen, der Welt das japanische Wirtschaftsdesaster zu ersparen.>

Auch das habe ich den Arbeitsamtsleuten und den Gewerkschaftern und den dazugehörigen Wissenschaftern und Unternehmern referiert. Anno 2004. Hodafeld sagte beim Mittagessen nach dem Wirbel zu mir, ich sei zu hart am Wind gesegelt. Und ob es nicht ein klein wenig anders auch gegangen wäre. Man habe das meiste davon gewiss noch nie zuvor gehört. Und angeberisch sei ich ein, zwei Mal auch gewesen. Ich erwiderte: *Gut, dass du das nie bist.* Und seinen mir lieben Assistenten frage ich dann, weil Hodafeld meinte, warum ich nicht einfach mehr über junge Leute geredet habe, ob er glaube, dass ein einziger Mensch im Saal gewusst hätte, von wem der Spruch *Trau keinem über 20* ist. – Nämlich von Marx.

Tag, Monat, Jahr
In der Handtasche der jungen Frau steckt ein kleiner gefleckter Dackel. Sie gibt ihm mit einem kleinen Löffel von ihrem Eis, schleckt dann selber mit dem Löffel weiter. Ein schwarzfarbiger Straßenkehrer schaut eine Straßenkarte an, um seine Arbeit tun zu können. Ein Straßenkehrer auf dem Dach der Haltestelle kehrt währenddessen etwas Unkenntliches hinunter; die Leute weichen nicht, schimpfen. Der schwer behinderte Mann, der die schwer behinderte Frau im Rollstuhl fährt; fast jeden Tag sehe ich die beiden. Sie dreht ihren Kopf zu ihm zurück. Sie schauen einander zärtlich an und dabei aus, als ob sie Krämpfe haben, lieben einander. Der Chemotherapieoberarzt, auf der Straße, ich grüße ihn nicht

nach so vielen Jahren. Man sieht, dass er viel zu hohen Blutdruck hat. Habe den auch. Vergesse vielleicht deshalb so schnell so viel. Die Frau mit der Spindel, sie geht mit einer Spindel mit Fadenzeug durch die Stadt. Die Spindel hält sie mit spitzen Fingern, die Riesenspindel pendelt von der Hand. Zwischendurch stellt die Frau sich in eine Schuhschachtel. Auf dem Platz mit den Essständen dann die alte Frau, die schwer geht. Sie entschuldigt sich vielmals beim stumm da knienden Bettler, sie könne ihm nichts geben, sie habe so eine kleine Pension. Monatsende sei auch.

Der Sandler dann, der mich täglich um Geld anredet und mir jedes Mal einen schöneren Titel gibt. Oberstaatsanwalt war ich auch schon. Ingenieur ist das mindeste. Der Sandler, der mir immer alle mir zustehenden Titel gibt, erzählt mir an jedem Geburtstag, dass er heute Geburtstag habe und wohin er fahren werde. Manchmal zu einem Marienheiligtum. Wenn er von dort zurückkommt, macht er mich wieder jeden Tag von neuem zum Professor, Staatsanwalt, Richter, Kommissar, Ingenieur, Doktor. Auf ihn kann man sich verlassen, er gibt einem große Sicherheit im Leben und weiß, was sich gehört. In der Festung, in die Herr Ho verschleppt worden war, in dem Schloss, im Pflegeheim, war einer, der wie der Bruder dieses Sandlers aussah.

Ein anderer Sandler hat seit kurzem ein Rad. Auf das ist er stolz. Jetzt bettelt er mich nicht mehr an, sondern fährt bei schönem Wetter die Stadt ab. Als er über die Straßenbahngeleise fährt, ruft ihm der Brezelverkäufer lachend *Grüß Gott, Herr Bürgermeister! Herr Bürgermeister, Grüß Gott!* zu. Der auf dem Rad antwortet im Davonfahren: *Ich bin der Kanzler. Ich bin der Kanzler. Der Kanzler bin i.* Einmal vor Jahren wollte der Kanzler mit mir um meinen Schirm raufen, von dem ich aber nicht ließ. Dann war der Kanzler aber immer freundlich die Jahre über und fragte jedes Mal, wenn er mich sah, wie es mir geht. *Wie geht es dir, alter Krieger,* fragte er mich manchmal, antwortete dann selber: *Gell, es geht noch.* Wer ihm das Fahrrad geschenkt hat, hat ihm das Leben wiedergeschenkt.

Tag, Monat, Jahr
Ernest Bornemann hat sich, während seine junge Freundin, Frau, gerade fremdging, umgebracht. Überschüttet mit Büchern statt mit Liebe lag er da. Was ist daraus zu lernen? Gar nichts. Nur dass man manchmal nicht mehr kann. Im Buch *Sexuelle Marktwirtschaft* hat er Geld mit Sperma, Potenz, Stuhlgang, Sauberwerden und Sadomasochismus assoziiert und den Kapitalismus, die freie Marktwirtschaft, damit, dass erwachsene Menschen wie Säuglinge an der riesigen Mutterbrust Verhungernsängste leiden und davon ohnmächtig, besinnungslos werden. Pornographie sei, steht bei Pornomann, stets beides gewesen, das Betäubungsmittel des

Volkes und der Volksaufstand gegen die Herrscher. Als Aufstand wurde sie von diesen mit allen Mitteln bekämpft. Immer wenn Bornemann Pornograph war, meinte er den Aufstand, die Zärtlichkeit der Revolutionäre. Geld ist für Pornomann nie etwas Mystisches gewesen, nie Lebensenergie. Aber wozu hat er sich umgebracht?

Tag, Monat, Jahr
Der alte Mann, der eine eigene Partei gegründet hat und bei jeder Alternativveranstaltung dabei ist und so gerne tratscht, aber immer kränker wird, ist plötzlich an den Rollstuhl gefesselt. Der alte Mann ist in einem Tauschring und er will seit Jahren das Wesen des Geldes erforschen, bevor alles zu spät ist. Ruft mich auch an. Schreibt mir. Interessiert sich, ist vital, freundlich. Es nützt ihm nichts, dass er tut, was er kann.

Tag, Monat, Jahr
Der GF Gemüller wollte mir immer das Trinken beibringen. *Schau, so macht man das*, sagte er. *Ich zeig's dir.*

Tag, Monat, Jahr
Ein Bettler, eine Frau will ihm helfen, sie schreit ihm nach: *Reden Sie doch mit mir! Ich will Ihnen doch helfen.* Er will nur fort. Die Frau schreit weiter. Auf der Straße sammeln die Braunen Unterschriften gegen die Bettler. Die betteln gleich neben ihnen. Ein Schwarzfarbiger in weißem Anzug unterschreibt bei den Braunen gegen die Bettler.

*

Die Bettlerin im Rollstuhl verlangt ihr Geld zornig von den Leuten und bedankt sich dann aber unerwartet freundlich bei ihnen. Ihr Gesicht ist dabei immer verzerrt, sie spielt das nicht. Ihre Hände sind schön. Manchmal ist sie zu den Leuten unfreundlich, obwohl sie ihr etwas gegeben haben. Sie hat ein Schema, Prinzip, das ich nicht verstehe. Zu mir ist sie oft freundlich, ich habe aber nur Glück. Bin stolz auf den Zufall.

Tag, Monat, Jahr
Vergangen ist gar nichts. Ottomeyers Haideranalysen. Sozialdemokratie-Supervisor war Ottomeyer auch. Rekapituliert die Sexualia allesamt und die Narzissmen, Haiders Attraktivität eben. Und diejenigen Sozialdemokraten, die das alles kopieren wollen. Alles dürfen, nichts müssen, ja kein schlechtes Gewissen haben, kein Schuldbewusstsein, keine Angst. Den Ausländern Feind sein und den Geschwistern alles neidig.

*

Haiders Plakat: Einer, der uns schützt. Die Werbeplakate mit den nackten Kinderhintern. Politik. Und der Kampf gegen Kinderschänder. Auch Politik. Ein- und dieselbe Partei.

Tag, Monat, Jahr
Die Gegenwart erklären mittels Identifikation mit dem Aggressor und mittels polymorpher Perversion. Aber wie den Rest? Gibt keinen.

Tag, Monat, Jahr
Die Ziehharmonikakinder mit Hund und ohne Hund werden immer mehr; sie schauen glücklich aus. Aus dem Schönheitsartikelgeschäft, nur Markenware, stürzt eine Kauffrau, schimpft, das Mädchen dürfe nicht mehr spielen. *Nein!*, schreit die schöne Frau. Den ganzen Tag immer dasselbe Lied, das sei nicht auszuhalten. *Du kannst nichts,* sagt die schöne Frau wütend zum Mädchen. Das lacht. Die Frau schaut mich an. Ich gebe dem Mädchen Geld. *Ihr vertreibt meine Kunden. Alle Leute!*, zischt die Frau und läuft schnell in ihr Geschäft zurück. *Gar nichts könnt ihr!* Ein Bub nimmt aus dem Becher des Mädchens Geld für ein Eis, weil ich dem Buben kein Geld gegeben habe. Das Mädchen nickt ihm freundlich zu. Der Geigenspieler gegenüber ist stolz auf sein Spiel. Vor Jahren hat eine Zeitung auf sein Geigenspiel geschimpft. Beschimpft wurde er auf der Straße für sein Spielen früher auch, weil er total unmusikalisch sei. Der Bettler ohne Beine winkt und der Geigenspieler freut sich und winkt ihm zurück. Und der kniende Bettler neben den Schienen, als er vor ein paar Wochen von einem Mann beschimpft wurde, habe ich mit dem Mann gestritten. Dem knienden Bettler war das nicht recht, weil daraus zu viel Lärm wurde. Ich störte, weil sich die Sache durch mich in die Länge zog und der Bettler hier ja weiter knien und seine Arbeit tun muss. Den Mann habe ich damals vertrieben, im Gehen sagte er mir ein paar Wahrheiten über mich. Der Bettler war froh, dass er uns beide los war, und kniete sich wieder in seine Arbeit hinein.

Tag, Monat, Jahr
Die Frau, die gestern aus dem Geschäft gestürmt ist und mit der kleinen Ziehharmonikaspielerin geschimpft hat, hat heuer im Winter mit einem alten Politiker vor ihrem Geschäft geredet, als ich daran vorbeiging. Sie redeten freundlich. Als er sich gerade verabschieden wollte, zuckte sie zusammen, als ob eine Dachlawine auf sie stürze. Mir war da gewesen, als habe sie plötzlich Angst vor dem alten Mann. Waffen-SSler ehemals.

*

Auf der Straße die Frau, die jeden Tag ein anderes Gewand anhat und einen großen Sack trägt. Sie bettelt nie, hat nichts, kein Obdach. Ich habe sie vor ein paar Wochen auf dem Bahnhof gesehen, zusammen mit einem Bettler. Er bettelte, ob sie nicht mit ihm und wo. Sie war daraufhin verzweifelt. *Bitte, bitte,* jammerte er, und sie weinte. Sie schämt sich immer sehr schnell. Sie hält dann schnell eine Hand vor ihr halbes Gesicht. Ich glaube aber, dass es ihr seit ein paar Wochen von Tag zu Tag besser geht. Sie muss irgendwo untergekommen sein. Sie ist nicht mehr so erschöpft. Jetzt einmal habe ich sie vor der Auslage einer Apotheke gesehen. Sie schaute hinein und überlegte lange. Jemand hilft ihr, glaube ich. Ich freue mich. Man sieht, dass ihre Qual weniger wird. Ein andermal habe ich sie lächelnd ein Caféhaus betreten und es aber sofort wieder verlassen gesehen. Ich glaube, dass das bei jedem Menschenraum so ist, den sie betritt. Einen Mann habe ich auch unlängst zu einem anderen sagen hören, jeder könne diese Frau für zwei Euro haben, das sei ihr Preis, er kenne sie in- und auswendig, und der andere solle sich getrauen, und dann hat er sie freundlich gegrüßt und sie hat sich gefreut und zurückgegrüßt. Immer ist alles anders. Nur das Leben nicht. Die Frau ist ständig auf der Flucht, aber es gibt keinen Ort für sie. Doch, ganz gewiss gibt es den. Man sieht ihn ihr an. Sie hat Hilfe gefunden.

Tag, Monat, Jahr
<Frau Röggla las unlängst in erlauchter Gesellschaft aus ihrem *wir schlafen nicht*. Das Fernsehen war zugegen. Und das Publikum bescheinigte ihr, daß ihre Darstellung zutreffe; jemand sagte, das sei so, da müsse man durch, das müsse man aushalten, es sei dann gar nicht so schlimm. Ein renommierter Wirtschaftsforscher und Politikberater freilich meinte, Rögglas *wir schlafen nicht* mute ihn an wie ein »Polizeiprotokoll«, das »Verbrechen gegen die Menschlichkeit« festhalte. Der Kriminalpsychologe Thomas Müller widmet, obwohl kein Wirtschaftsforscher von der Profession her, in seiner viel gelesenen *Bestie Mensch* ein paar Schlußkapitel der »workplace violence« und beschreibt dabei Sadomasochismen der gegenwärtigen Wirtschafts- und Arbeitswelt wie folgt: Man sei um den Verstand gebracht. Eine vorgebliche Reform jage die andere. *Wir prostituieren und halten Ausschau nach neuen Opfern. Wir suchen die Schwachen und mißbrauchen ihr Vertrauen. Den Starken heben wir hoch, indem wir ihm lechzend und bettelnd die Stärke zuschreiben, und zugleich wünschen wir ihm den Niedergang und Absturz. Wir erfreuen uns am Leid des anderen und verschnüren unsere Schadenfreude mit dem Band des falschen Lächelns.* Es werde nach Erfolg, Reichtum, Sieg auf Kosten von Untergang und Armut der anderen gegiert. *Wir versklaven unsere Kinder und brechen den Willen anderer Menschen. Wir demütigen andere im Gespräch. Es gibt Grenzen, die wir nicht überschreiten sollten.* Was Müller gegen die gewaltige Gegenwart vehement setzt, ist eine Art von, wie er sagt, Luxus, nämlich ausdrücklich kindliche Unschuld und nie und nimmer abbrechende Kommunikation. Und Menschen klarzumachen, daß sie ununterbrochen selber Entscheidungen treffen. Müllers oben zitierte Worte über Wirtschafts- und Arbeitsgewalt könnten genauso gut von

Röggla stammen oder von Hans Pestalozzi. Letzteren allerdings hat man seinerzeit leer- und auflaufen lassen. Im heurigen Sommer hat er sich, heißt es, getötet. Das Wort »selber« sollte man in diesem Zusammenhang tunlichst vermeiden. Einmal schrieb er, er werde sich, solange er lebe, gegen die Verrückten und Verbrecher wehren, von denen er der Öffentlichkeit berichte. Am 14. Juli 2004 hörte er offensichtlich auf damit. Aber was ist das eigentlich, soziologisch und psychologisch gefragt, daß über die Fernseher und Kinoleinwände unserer Zivilisation tagtäglich Krimifilme sonder Zahl laufen. Und vor allem: Warum sind es immer Morde samt ständig hemmungsloser, grausamer, zynischer werdenden Pathologen, warum jedoch nie auch nur eine einzige Serie, die von alltäglichen Wirtschaftskriminalitäten handelt? Wirtschaftskrimis im Fernsehen, das würde Hans Pestalozzi gut gefallen und sein Andenken ehren. Und würden nicht nur die allgegenwärtigen Spitzensportler, wenn sie vor der Kamera stehen, mit den Logos der sponsernden Firmen nahezu vollständig beklebt sein, für die sie Werbung machen und von denen sie bezahlt werden, sondern trügen auch Politiker und Politikerinnen auf ihren Anzügen und Kleidern die Logos der sponsernden Firmen, die ihnen Geld einbringen, würde Pestalozzi Freudensprünge vollführen heraus aus seinem Grab.

Beim verstorbenen Pierre Bourdieu war die Sache so: Menschen erzählen einander ihr Leben und machen dadurch die wirklichen jeweiligen Schadensverursacher in Politik, Wirtschaft und Wissenschaft unschädlich. Demokratie sei: einander die Leben berichten. Bourdieus et al. sagenumwobener Wälzer *Das Elend der Welt* ist zu diesem Zwecke recherchiert und genau das Gegenteil von dem, was die jetzige Regierung vor ihrer letzten Neuwahl überall plakatierte und durch die Medien propagierte: *Das Elend der Welt* ist alles andere als eine der neoliberalen »Nichtraunzerzonen« allerorten, sondern will Menschen ihr Recht auf ihr Leben wiedergeben. Daß es nicht weggeworfen wird im politisch und ökonomisch erzwungenen Alltag. Leben statt Wegwerfleben. Die Oppositionspolitiker waren im letzten Nationalratswahlkampf auch sehr regierungsfolgsam, sie raunzten auch nicht.

Bourdieu freilich meinte, man müsse stets der Anwalt des Allgemeinen sein und ohne Angst vor Deplaziertheit über die Dinge reden, über die sonst nicht geredet wird. Den Neoliberalismus verglich er mit dem überall eindringenden Sand von Wüstenstürmen. Und er sprach von einer gegenwärtigen Revolution von rechts und von umgedrehten Linken. Die neoliberale Revolution setze den Staat mittels des Staates außer Kraft und wolle ihn im Interesse der Großwirtschaft gar aufheben. Das hieße freilich, will meiner Wenigkeit scheinen, daß die nächsten Regierungswahlen – es ist nämlich noch viel (von Opposition und Gewerkschaften ungenutzt bleibende) Zeit bis dahin – de facto nicht mehr viel ausrichten werden können, denn ein bis dahin privatisierter, verkaufter Staat ist demokratiepolitisch de facto entmachtet. Die Revolution von rechts und von korrumpiert links wird sich bis dahin in Ermangelung oppositioneller und gewerkschaftlicher Gegenwehr durchgesetzt haben. Reverstaatlichungen hingegen werden nach der nächsten Wahl nicht stattfinden. Diese Wette wird man leicht gewinnen können. Neoliberale reden da freilich ganz anders als ich. Befreiter. Freudiger. Lediglich den autonomen, autarken, undurchsichtigen Gewerkschaftsstaat wollen sie nicht, sagen sie. In diesem Sinne also allen Beteiligten: Viel Vergnügen bei und nach der nächsten Wahl.> Den Arbeitsamtsleuten und Gewerkschaftern habe ich das 2004 so geschrieben, geschickt, damit sie ja keine Ausrede haben. Ich war ja dazu eingeladen gewesen. Die Leute vom Arbeitsamt wussten zwar alle nicht, was tun, aber wenigstens ein paar von ihnen hätten es gerne gewusst. Für die war das. Und für die anderen eine Beleidigung.

Tag, Monat, Jahr
Vielleicht meinen die Politiker, die wollen, dass die Politik mehr sexy wird, dass die Politikerinnen zu wenig sexy seien. Und dass man miteinander Sex machen sollte, die Politiker und die Politikerinnen. Ich glaube, jetzt habe ich es verstanden.

Tag, Monat, Jahr
Am Abend auf dem Weg zurück zur Firma gehe ich über die Hauptbrücke. Plötzlich werde ich eines Mannes gewahr. Zigarette im Mund, Bier in der Hand, schaut er in den Fluss. Ich bleibe stehen, lehne mich mit dem Rücken an das Geländer. Warte lange. Er redet mit sich selber. Ich warte. Er geht weiter. Ich auch. Ich gehe über die Straße auf die andere Seite, warte. Er stellt sich an ein anderes Geländereck. Er schaut hinunter. Ich warte. Dann gehe ich weiter. Warte wieder. Er geht weiter, kommt auf mich zu, ich warte in der Nähe der Haltestelle. Er redet mit sich, schüttet sich den Bierrest in seinen Mund, dreht sich eine Zigarette, redet in einem fort mit sich. Jetzt wird der Gang leichter. Ich weiß nicht, wie ich den Mann anreden soll. *Gut aufpassen, bitte!*, könnte man sagen. Ich bringe es nicht zustande. Ich wäre froh, wenn er, jetzt wo das Geleise leer ist, darüber geht und stolpert und ich ihn auffangen kann. Ich komme ihm immer näher, warte, eine Straßenbahn kommt. Er lächelt, steigt ein, ist fort.

Die finstere Nacht heute. Die finstere Nacht hat mir als Kind nie Angst gemacht. Mir ist als Kind auch nie kalt gewesen. Auf der Brücke heute war es finster und kalt. Ich habe diesem Mann nicht geholfen. *Ja, und?*, würde der Belletrist sagen, der dauernd Preise macht und jetzt jedes Jahr ein neues Buch schreibt. Ich weiß nicht, warum ich zu dem Mann auf der Brücke nichts gesagt habe. Und warum unterscheide ich nach all den Jahren immer noch zwischen betrunken und verzweifelt? Der Mann, sein Lächeln, das war es! Der Erhängte, den ich vor Jahrzehnten gefunden habe, hat auch so gelächelt. Gott verdammt noch einmal, wie hat das passieren können! Warum habe ich mich heute nicht eingemischt? Ich hatte Angst vor ihm. Vor mir. Nein, um mich. Ich kann nicht mehr, habe zugeschaut wie die, vor denen ich von klein auf Angst habe.

Tag, Monat, Jahr
Der Anruf heute am Abend vom Millionenquiz. Die Tante bittet die Frau am Telefon, lauter zu sprechen. Die Tante ist schon oft vom Millionenquiz angerufen worden. Immer lernt sie tapfer weiter. Seit Jahren, jeden Tag. Die wollten heute ohne Auswahlmöglichkeiten von ihr wissen, wie die kambodschanische Einwohnerzahl ist und wie der berühmteste italienische Torwart heißt. Die Frau am Telefon vom Quiz sagt, sie werde sich wieder melden. Die Tante erwidert, sie glaube das nicht, und dann, dass sie 1993 einen Schlaganfall gehabt habe. Vorher sei sie Landwirtin gewesen. So viel wisse sie, sagt sie dann zu uns, aber das fragen die sie nicht. Die Himalajaberge wusste sie, nach denen sie heute gefragt wurde. Die Tante ist jetzt traurig. Jeden Tag lernt sie den ganzen Tag. Es macht ihr Freude. Die Reise zum Quizort würde sie gern machen. Die Tante ist resolut und abenteuerlustig. An ältere Leute und an Behinderte kann ich mich beim Millionenquiz nicht erinnern. Dort sind die nicht. Die Tante nannte der Frau noch ihr Geburtsdatum, wurde dann traurig. Den Jakobsweg würde sie gerne gehen und zum Millionenquiz eben möchte sie. Jeden Tag liest sie ein, zwei dünne Bücher. Ja, und? Die Frau wird nicht noch einmal anrufen.

Tag, Monat, Jahr
Von dem Mann auf der Brücke habe ich nichts in der Zeitung gelesen und es sind inzwischen drei Tage vergangen. Glück gehabt. Er und ich.

Tag, Monat, Jahr
Ein Felsenabgrund, das Kind rutscht ab. Ich kann es nur mit einer Hand erreichen, nur mit der einen halten. Das Kind ist schwer, mich verlässt die Kraft. Ich komme aus dem Gleichgewicht, drohe mitsamt dem Kind hinunterzustürzen. Ich rufe, schreie. Man hört mich nicht. Ein paar hören mich dann doch. Die scherzen vergnügt. Kapieren die Situation nicht. Ich kann nicht mehr weiterschreien. Es würde mir die letzte Kraft, die Konzentration rauben. Ich brauche alle meine Kraft, damit das Kind nicht zu Tode stürzt. Es zerrt an mir, will an meinem Arm hochklettern.

Reißt mich ein Stück weiter in den Abgrund, schreit. Ich nehme alle meine Kraft zusammen. Das Kind hält meinen Arm ganz fest. Gegen alles Gleichgewicht. Ich bringe mit letzter Kraft eine Bewegung zustande, werfe das Kind in hohem Bogen auf den sicheren Boden hinter mir. Im selben Augenblick ist mir klar, dass ich nach vorne in den Abgrund stürze. Oben, unten, vorne, hinten, links, rechts, die Mitte, nichts ist an seinem Ort. Samnegdi kommt lachend daher, fragt mich, was mein Neffe und ich da Lustiges machen. Mein kleiner Neffe ist das Kind! Mein kleiner Neffe kann immer alles umdrehen, sodass es schließlich die Wahrheit wird. Vermutlich hat er mich gerettet, nicht ich ihn. Liege plötzlich rücklings auf sicherem Boden. So war der Traum. Vor ein paar Tagen hat der Neffe mit seinem abhanden gekommenen Vater telefoniert und ihn nicht erkannt. Mein Neffe kann das. Und wenn jemand auf etwas schimpft, das der Neffe mag, dann sagt der Neffe dasselbe zu dem, der ihn beschimpft, nur ärger als das, was der andere gerade gesagt hat. Also, wenn wer sagt: *Das ist nichts,* dann sagt er: *Du bist nichts.* Er lässt sich durch nichts und von niemandem kaputtmachen. Bitte!

Tag, Monat, Jahr
Der Anruf aus Berlin. Der Dozent ist nett. Die fünfte Einladung zu einem Vortrag. Der Dozent ruft wie immer ein paar Mal hintereinander an und tratscht jedes Mal ewig. Es ist mir nie recht, dass er mich einlädt. Er sagt, es gebe doch das Wissenschafternetz noch und wir sollen uns doch alle untereinander austauschen und wen alles er eingeladen habe und wer kommen werde und wie er sich freuen würde und wie viel man von mir halte. Er müsse mir das sagen, denn ich wisse das offensichtlich nicht. Und meine Frau solle doch auch mitkommen und was wir gemeinsam unternehmen würden.

Dann erzählt er von einer Krankenschwester, Tagesarbeit für monatlich 800 Euro, Zweitjob in der Nacht als Kellnerin um 400 Euro. Bei einer Kindergärtnerin, die er kennt, sei es genauso. Die hat nur drei Stunden Schlaf. Die neuartigen Kontrollen der Arbeitslosen. Die Hartz-IV-Bezieher werden in ihren Wohnungen kontrolliert, müssen, sagt er, täglich zwölf Stunden lang in der Wohnung bleiben, da sie jederzeit erreichbar, weil für den Arbeitsmarkt verfügbar zu sein haben. Dann erzählt der Dozent, dass ein deutsches Gericht darüber entscheiden soll, ob Terrorismus ein normales Lebensrisiko wie eine Krankheit oder wie ein Unfall sei. Und von einem Wahlwerber, den er seit Tagen beobachte: *Wehrt euch. Ihr macht das Kreuz. Wir machen den Rest,* sage der immer. Ein bekannter Neonazi sei das und der werde viel dazugewinnen. Aber Motto haben die demokratischen Parteien alle dasselbe wie der Neonazi, sagt der Dozent aufgebracht: *Ihr macht das Kreuz, wir machen den Rest.*

Das sei ja die Katastrophe. Und die Neonazis, sagt er, kläffen und heulen zurzeit und schluchzen, dass die im Nürnberger Prozess zu Tode Verurteilten im KZ Dachau verbrannt wurden und dass dann deren Asche in einen Bach neben dem KZ geworfen worden sei. Und Bilder, die von Hitlers Hand gemalt sind, werden bei einer Auktion versteigert, und er verstehe nicht, dass so etwas in Europa erlaubt sei. Ihn interessiere, ob die Bilder aus der Sammlung Morgenstern seien. Morgenstern sei Hitlers Mäzen gewesen, habe ihm aus Mitleid hunderte Bilder abgekauft, als der nette junge Hitler am Verrecken war. Hitler habe ihn dann zum Verrecken ins KZ geschickt.

Und die Knef sei auch unheimlich. Ihr Geliebter sei ja ein hoher Kulturnazi gewesen. Mit dem Seite an Seite habe sie vor Berlin Russen erschossen und den hohen Kulturnazibonzen dann aber an die Russen ausgeliefert. Der Dozent sagt, er halte Knefs Selbstbiographie seit jeher für eine glatte Fälschung.

Und dann erzählt er von einer Siedlung in Ostdeutschland, Fliegengasse, seit Wochen gibt es dort täglich nur zwischen 18 Uhr und 20 Uhr Wasser. Das ist dann braun und für die Babys gefährlich. Und die Leergutsammler überall, ein neuer Beruf für Arbeitslose und Arme sei das jetzt. Für die ganze Familie. Flaschensammler. Von Generation zu Generation werde der Beruf vererbt werden. Wie bei den indischen Kasten werde das sein. Bei den Fußballspielen und Events, überall verdienen jetzt die Leute ihren Lebensunterhalt auf diese Weise. Und dann erzählt er von einer Berliner Polizistin, wie vorbildlich diese seit Jahren für die ganze BRD sei und wie sie vergeblich für die Kinder kämpfe. Die schrecklichsten Misshandlungen werden jetzt gerade öffentlich diskutiert. Ein Bub wurde von der Mutter erschlagen, weil er ihren Freund beim Koitus stört, ein Faustschlag der Mutter in das Gesicht des Babys und das Baby ist tot. Es heißt, sie lüge. Es könne nicht allein dieser eine Schlag gewesen sein. Das verhungernde Mädchen, ebenfalls ein Baby, die Eltern befehlen der ältesten Tochter, dem verhungernden Kind das Essen zu bringen, weil es sie selber graut, was sie dem Kind antun. Und dann der Vater, der seine Kinder zwingt, auf ihr kleinstes Geschwisterchen, wieder ein Baby, mit Boxhandschuhen einzuschlagen. Die Fenster seien mit Totenköpfen geschmückt gewesen. Glasverzierungen. Und er habe gehört, dass der neue Papst so intelligent sein soll. Was brauchen die Christen einen intelligenten Papst, frage er sich. Ein Papst müsse sicher nicht intelligenter sein, als Jesus war. Der Dozent glaubt aber nicht, dass Jesus intelligent war. Und die Schöpfung sei auch nicht intelligent. Er habe eine Computerrekonstruktion von Jesu Gesicht und Kopf gesehen. Jesus sah aus wie ein Neandertaler. Britische Gerichtsmediziner haben sich das ausgedacht. – *Ja, ich weiß*, sage ich. *Mich fasziniert das auch.* Darauf sagt er, dass ich es mir ja noch einmal überlegen kann, ob ich zur Veranstaltung komme, ein bisschen Zeit sei ja noch. Er selber werde über Glück referieren. Was das sei. Kinder zum Beispiel seien ein Glück. Und die Politiker ein Unglück. Putin zum Beispiel sei kinderfreundlich. Der sei jetzt einmal vor ein paar Kindern gestanden. Eine Art Parade war das. Ein kleiner Bub hatte die Haare wie Putin geschnitten und auch sonst war seine Gestalt dem Präsidenten sehr ähnlich. Putin sieht ihn lange an. Legt beide Hände auf die Schultern des Jungen. Schaut ihm in die Augen. Hebt plötzlich dessen Hemd hoch und küsst den Jungen auf den Bauch, zwischen Nabel und Brust. Erhebt sich wieder und geht, und der Bub rennt weinend davon. *Der Bub war nicht glücklich*, sagt der Dozent, *das hat man gesehen.* Und ob ich gehört habe, dass sogar Gorbatschow und Solschenizyn gesagt haben, dass Putin ein wirklicher Demokrat sei, will er wissen. *Ja*, sage ich. Und das ist beinahe mein einziges Wort beim Telefonat. Naja. Was kann Glück sein in dieser Zeit, werde sein Tagungsthema sein. Auswege würde ich referieren wollen, sage ich. Dass ich aber keine Zeit haben werde. Seit zwei Stunden telefonieren wir jetzt. Er ist so, bleibt so, zum Glück. Sagt, er rufe bald wieder an und dass ich ja noch Zeit habe, mir die Sache zu überlegen. Es geht mir gut nach dem Anruf.

Tag, Monat, Jahr

Nach mehr als einem Jahrzehnt sah ich den Wirklichkeitswissenschafter Hodafeld zum ersten Mal wieder. Und bald darauf sagte er vor großem Publikum in vollem Saal, dass ich sein Schüler sei. Das war sehr nett von Hodafeld, und er tat das aus Stolz. Ich hatte nur eine einzige Lehrveranstaltung bei ihm besucht. Und jetzt sagte er, ich sei sein Schüler. Er hatte ja wirklich recht damit. Aber seltsam war es doch. Ich mochte ihn sehr, seit jeher, das war alles. Und wieder ein paar Jahre später sagte Hodafeld zu mir, wenn ich etwas brauche, soll ich ja zu ihm kommen und es ihm sagen. Denn er könne es nicht von selber wissen. Und dass er um mich Angst habe und auf mich aufpassen wolle, müsse, und dass ich ein, zwei Wünsche frei habe bei ihm. Jetzt ist er aber tot. Dort kann ich nicht hin, damit er auf mich aufpasst. Dass die Leute im Helfermetier erbarmungslos seien, hat er mir ein paar Mal gesagt. Rücksichtslose Gutmenschen und, wo sie die Chance darauf sehen, zuvorderst auf ihren persönlichen Vorteil bedacht, bestenfalls Gruppenegoisten. Er ärgerte oft jemanden und kränkte viele, wenn er derlei öffentlich sagte. Die NPOs, sagte er zu mir, konkurrieren schamlos untereinander, seien aber nach außen nett, freundlich, hilfsbereit. Was aus ihm werde, sei für sie sowieso ohne Belang. Es interessiere sie ganz einfach nicht. *Ich arbeite für die. Ich bin denen aber völlig egal,* sagte er von den kleinen und großen Chefs der kleinen und großen NGOs und staatlichen Stellen, mit denen er es von Auftrag zu Auftrag zu tun hatte und von denen er abhing. Man sei ihm gegenüber erbarmungslos. Ich fand, dass er übertreibt und verbittert ist. Und er erwiderte, dass die hiesigen NPO-Chefs neuerdings von sich selber sogar sagen, sie seien Menschenrechtsarbeiter. Er halte das für lächerlich, und ich widersprach ihm wieder. Und er erwiderte, mit Menschenrechten habe das alles nichts zu tun. Denn sonst würde man sich anders anstrengen. Dann nannte er meinen und seinen Freund Michael Gemüller, der rede jetzt dauernd von Menschenrechtsarbeit. Er, Hodafeld, glaube das einfach nicht. Ich erwiderte, was Gemüller jetzt versuche, sei der Anfang von etwas ganz Neuem. Hodafeld gefiel das, und er sagte lachend, es sei nicht leicht zu verstehen, dass die guten Menschen einem das Leben so schwer machen, wenn man nichts Böses im Sinn hat.

Tag, Monat, Jahr
Einmal hat Hodafeld gesagt, er wolle berühmt werden und müsse sich beeilen, sei nicht mehr so jung. Er hat ein paar Jahre später ein berühmtes Buch fertiggeschrieben. Hat es aber nicht überlebt. Man muss verstehen, wie glücklich er war, und der hat das Buch nicht überlebt! Tod infolge Freude. Die Freude hat ihm zu viel Kraft gegeben. Er ging dadurch über seine körperlichen Grenzen. Zu viele Verpflichtungen hatte er, die ihm alle am Herzen gelegen waren. Sein Tod war sinnlos, wie das Metier und Milieu es sind, insofern sie sinnlos sind. Hodafeld sagte zuletzt, man müsse schnell eine Geschichte des menschlichen Scheiterns schreiben. Er wolle das tun. *The winner takes it all,* sagte er zuletzt oft. Das sei zurzeit die wichtigste politische und ökonomische Wahrheit. Die einzige. Und vom *point of no return* redete er. Das einzige, was vielleicht helfe, sei, wenn die Leute anfingen, über ihre Sehnsüchte zu reden.

Tag, Monat, Jahr
Der Dozent aus Berlin wieder. Er erzählt mir von einem nomadisierenden Ehepaar, das auf Straßen und Wiesen lebt. Seit fast zwanzig Jahren der Mann, die Frau ist knapp über zwanzig. Der Mann pinkelt auf der Straße in eine Plastikflasche und dann nimmt er die Flasche aus der Hose und schüttet den Urin unter einem Baum aus. Die Plastikflasche hat er sich eigens dafür zurechtgeschnitten. Der Mann demonstriert oft für etwas. Stundenlang tut er das. Der Mann sagt, alle glauben, er demonstriert, aber in Wahrheit pinkelt er in die Plastikflasche. Sie haben ein kleines Kind, fast noch ein Baby. Wenn die Mutter gefragt wird, was sein wird, wenn das Kind in die Schule muss, antwortet sie, es mache keinen Unterschied zu jetzt. Sie betteln jeden Tag um Lebensmittel und

um Wasser. Ein Leben ohne Geld ist das, sie tauschen alles. Ein paar Leute aus der Nachbarschaft sagen, sie würden das Paar gerne erschießen. Manchmal, wenn die beiden in Lokalen betteln, spült man das Essen, anstatt es ihnen zu geben, vor ihren Augen in das Klo runter oder sagt ihnen, dass das jetzt getan werde und sie nichts bekommen. Ein paar Nachbarn sagen, das Paar lüge, wenn es den Mund aufmache. Die Nachbarn regen sich über das verwahrloste Haus auf, in dem Alkoholiker, Obdachlose und Aussteiger gegenseitige Gastfreundschaft genießen. Ein Leben ohne Geld und Papiere führen die alle. Als das Kind krank ist, fragt die Mutter eine asoziale Frau aus dem asozialen Haus, was man tun soll. Es fehle dem Kind nicht viel, sagt die ehemalige Hilfskrankenschwester. Und der Mann legt seine junge Frau vor allen bloß, will sie überall nehmen. Er geht oft für Monate fort, lässt die Frau allein zurück. Der Dozent fragte, was man mit solchen Menschen tun soll. Solche Fälle seien zurzeit oft in den Medien, weil man das Herz der Linken von Grund auf diskreditieren wolle. *Umbringen.* Es seien solche dokumentarische Geschichten oft auch bloß erfunden und geschauspielert. Und in die Journalistenschulen haben sich, sagt er, die Neoliberalen eingekauft, die seien die neuen Lehrkräfte überall.

Dann sagt er, dass ihm etwas gut gefallen habe, was er bei mir vor Jahren über den Streit um Schröders neue Mitte gelesen habe, nämlich dass einer der Lafontaineleute gegen Schröder gesagt habe, die SPD sei von der neuen Mitte gegründet worden, denn Engels sei ja Fabrikant, Marx Intellektueller und Bebel Handwerksmeister gewesen. Ich erinnere mich nicht, und mein Kreislauf beendet das Telefonat. Bin parterre. Sage dem Dozenten das. Der redet trotzdem vom Radfahren weiter. Und wie mir das Radfahren gefallen würde mit ihm und seiner Familie zusammen. Und dass der brasilianische Präsident in einer Rede zu seinen Massen gesagt habe, es müsse mehr Akademiker geben und weniger Banditen. Das sei witzig gewesen. Denn der Dozent habe es zuerst falsch verstanden. Es habe für ihn geklungen, als ob für Lula da Silva prinzipiell kein Unterschied bestehe und Lula Banditen zu Akademikern machen wolle. Ich kann nicht mehr. Aus. Eine Seele von Mensch ist der Dozent, aber ich kann nicht mehr. Er braucht Hilfe. Er schätzt mich völlig falsch ein, glaubt, ich kenne Leute, die Aufträge für ihn bewerkstelligen können. Das ist zum Lachen. Aber er ist wirklich ein Glücksfall. *Unkaputtbar.* Die Brücke in Berlin heißt so. Es war schön in Berlin, mit Samnegdi zusammen, es war Samnegdis wegen schön, vorvorletzten Sommer waren wir dort. In Amsterdam waren wir damals auch, Samnegdi und ich, und als wir wieder zurück waren, rief Hodafeld mich an, machte mir einen Vorschlag; sagte dann, wenn ich jetzt aufstehe und bei der Tür rausgehe, wisse er nicht, was er tun solle. Er brauche mich. Also tat ich ihm einen Gefallen und es verging wieder viel Zeit, ein Jahr, und dann war er tot. Und ich kann nirgendwo mehr hin, zurück. Doch, kann ich. Überallhin.

*

Als ich den Berliner Dozenten vor Jahren hierher in die Firma eingeladen hatte, konnte er sich nicht im Geringsten entfalten. Ich machte mir Sorgen, weil er zwischendurch blau im Gesicht wurde. Mitsamt seinem Sessel ist er vom Podium runtergefallen. Seine Frau und er lieben einander und sind eine Forschergemeinschaft. Und sein Sohn gehört auch schon dazu. Das gefällt mir sehr. Unterschätzt wird der Dozent ziemlich, glaube ich. Er schreibt sehr abstrakt und sicherheitshalber im Jargon. Er hat immer um alles sehr kämpfen müssen. Und vor dem Fliegen hat er fürchterliche Angst. Seine Frau muss ihm da immer gut zureden. Er sagte zu mir bei den beiden Telefonaten, dass doch alles noch Bestand habe. Er ist wirklich nett, und ich bin jedes Mal sehr müde. Ich fahre nicht hin.

*

Einmal hat mir der Dozent erklärt, ein und derselbe Betrieb koste pro Arbeitskraft pro Jahr in der BRD 40.000 Euro, in Ungarn 6.000 Euro, in China 1.200 Euro. Wenn die Schwellenländer also in ein paar Jahrzehnten – höchstwahrscheinlich weit früher, etwa in zehn Jahren – unsere Sozial- und Umweltstandards erreichen, werden sie trotzdem immer noch um gut die Hälfte billiger produzieren als wir im Westen und Norden. Es werden sich dann aber die Importe aus den jetzigen Schwellenländern massiv verteuern, und das heißt, dass sich dadurch unsere Kaufkraft massiv verschlechtern wird, weil wir diese Waren ja brauchen. Und wenn unser Lebensstandard der der ganzen Welt werden würde, bräuchten die Menschen fünf Erden, sagte er auch. Mir fällt wieder ein, dass Lafontaines Vertrauter, der das mit Engels und Bebel und Marx und der neuen Mitte gesagt hat gegen Schröder, bald darauf wegen Korruption sein Amt verloren hat. Ich weiß nicht mehr, was er war, Minister oder Ministerpräsident. Die Caritas wird es schon nicht gewesen sein. Das Rote Kreuz auch nicht.

*

Ich kenne nicht viele Leute, die so trefflich vom Hundertsten ins Tausendste kommen wie der Dozent aus Berlin. Nur Hodafeld konnte es besser. Mein Freund der Anachoret kann es auch, tut es aber aus Prinzip nicht. Ich verstehe das Prinzip aber nicht. Es ist, glaube ich, tatsächlich eine Art geistiger Übung. Vom Nullpunkt zum Beispiel redet der Anachoret oft. Und auf seinem kleinen Tisch hat er an die 10, 20 Uhren, von denen jede eine andere Zeit anzeigt. Ich weiß nicht, ob jede stillsteht oder alle intakt sind oder ein paar. Er hat auch viele verschiedene Käppchen. Alle wie zur Tarnung oder damit er von Gott behütet ist, wenn er hinaus ins Leben muss. Aber das sehe nur ich so. Er ist in allem sehr diszipliniert. Ich weiß gar nicht viel von ihm, obwohl er sehr vertratscht ist. Sprudeln können ist das Wichtigste. Wie bei einem Kind. Er sagt, das Wichtigste sei, die Menschen zu segnen.

Tag, Monat, Jahr
Verletzung der Vertrautheit des Wortes, sagt heute jemand auf der Straße, ich höre die Seltsamkeit im Vorbeigehen. Die Stimme sagt weiter: *Wirkliches geistiges Interesse ist eine existenzielle Leidenschaft.* Ich sehe den Quatschkopf nicht. Verflixt, wo kommt das her. Drüben, der muss das sein. Ich gehe die paar Schritte in seine Richtung. Hole ihn ein. Jetzt sagt er zu dem neben ihm: *Einen Newton des Grashalmes wird es nie geben.* Ich gehe nicht weiter mit.

Tag, Monat, Jahr
Ein alter Mann läutet heute bei uns an der Haustür, sagt, dass er eine Chronik und ein Buch schreibt. Er zeigt mir ein paar Fotos. Will Auskunft. Später dann frage ich meine Tante nach ihm. Sein Bruder hat sich seines Vaters wegen, welcher ein hoher Nazi war, zu Kriegsende umgebracht. Der Ortschronist hat eine Lebensgefährtin. Ihr Mann hat sich auch umgebracht, und zwar war sie da mit Lehrerkollegen unterwegs, sexuell. Er erschoss sich derweil, sein kleiner Sohn und sein kleiner Neffe mussten zum Arzt laufen.

Tag, Monat, Jahr
Am Abend gehen Samnegdi und ich über den Platz vor der Kirche zum Auto zurück. Eine Wahlveranstaltung der Sozialdemokraten findet auf dem Platz gerade statt. Die Politikerin, die uns seit langem helfen will, ist sehr freundlich, als sie uns sieht. Wir gehen aber sofort wieder. Sie hat uns vor langem einmal eingeladen. Und dann immer wieder. Habe es nicht angenommen, Und einmal hat sie uns erzählt, wie sie die Wahlkämpfe aushält, wenn sie auf der Straße mit so vielen Menschen reden muss und wenn welche rabiat werden oder ekelhaft und widerlich sind. Sie stelle sich einen Kreis um sich herum vor, ziehe den im Geist ganz fest. Über diese Grenze lasse sie niemanden. Sie ist beliebt, gilt als ehrlich, herzlich, hilfsbereit, freundlich, gütig. Seit ich sie kenne, liest sie schwedische Krimis. Das ist ihre Lieblingsfreizeitlektüre, glaube ich. Heute grüßt sie wie ein Fernsehkommissar. Die neuen roten Chefpolitiker sind, weiß ich, nicht alle so beschaffen wie sie. Ich bräuchte mit meinen Vorhaben nur zu ihr zu gehen. Sie würde mir selber weiterhelfen. Aber ich habe nichts vor. Es ist nichts mehr da. Mein bester Freund, der GF Gemüller hat alles schon verwertet. Und ohnehin für die

Partei, gewissermaßen in deren Auftrag. Im Übrigen werden die Sozis die kommende Wahl gewinnen. Ich wette alles darauf. Die braun-schwarze Regierung will niemand mehr. Meine Angst aber vor dem neuen Sozialismus nach der Wahl ist gewaltig. Warum? Weil mein Mangel an Lügen mein Mangel an Intelligenz ist. Die neuen roten Herren werden sehr intelligent sein. Und die Frauen, was werden die tun? Die rote Politikerin ist die Frauenrechtlerin, die bei Hodafelds Begräbnis so viel geweint hat, Franziska. Gemüller hatte immer Angst, sie spioniere ihn aus. Das war Unsinn. Und einmal hat sie mich verteidigt, das war gegen den Präsidentenberater, der mir dann die Sache mit der Gewerkschaftsbank erklärte. Als er das tat, war sie nicht dabei, sondern brachte den Hauptreferenten der Veranstaltung, den Sozialstaatsökonomen, zum Bahnhof. Ich habe ihr dann nie von der Sache erzählt. Einmal hat sie Samnegdi und mir etwas getöpfert, eine große Schale, und einmal hat sie uns Arbeiterlieder geschenkt. Aus einer Art etwaiger Freundschaft. Sie singt gerne. Durchs Singen ist sie zur Partei gekommen. Von der KJ zur SJ. Ich habe sie oft öffentlich den Parteigranden widersprechen gehört. Sie hat die zur Rede gestellt. Immer für jemanden gekämpft. Ich weiß nicht, wer sonst noch so ist. Sie mischt sich auf der Stelle ein. Die Parteiämter, die sie inne hat, werden immer wichtiger. Allerdings kann ich mir nicht vorstellen, dass es überhaupt wichtige Parteiämter gibt. Sie arbeitet fleißig, hat Familie. Ideale sowieso. Sie kommt aus einer Frauenfamilie. Sie war, glaube ich, die einzige, die sich sofort nach mir erkundigt hat. Sie wollte mir helfen, als ich verschwunden bin, glaube ich. Seit ich sie kenne, hat sie vor Verelendung Angst. Sie glaubt nicht, dass Menschen vernünftiger oder besser werden, wenn es ihnen schlecht geht. Sie ist sehr mitfühlend, erträgt fremdes Elend nicht, läuft nicht davor davon, ist hilfsbereit. Ich meide sie.

Tag, Monat, Jahr

Dass der Mann von der Brücke nicht in der Zeitung steht – ich habe heute erfahren, dass das überhaupt nichts bedeutet. Denn man berichtet über die Selbstmörder nicht mehr. Damit will man andere Selbstmorde verhindern. Ich verstehe das nicht, denn trotzdem explodiert die Selbstmordrate. Man will medial jede Identifikation mit dem Opfer – genau so sagt man das – verhindern. Genau das war aber wohl immer das Problem der Selbstmörder – und jetzt ist es das noch über den Tod hinaus. Totgeschwiegen ein Leben lang, daher die Selbsttötungen. Man redet nicht über die vielen kleinen Chancen, die sie gehabt hätten, wenn man sie ihnen gegeben hätte.

Tag, Monat, Jahr

Die Frau in der psychologischen, psychiatrischen Betreuung, Spitalsbetreuung, die Frau sagte, dass man ihr wirklich helfe. War erleichtert, freute sich. Sie war ein Pflegekind gewesen. Missbraucht. Auf und davon ist sie den Pflegeeltern aus dem gemeinsamen Bett. Sie ging gern in die Schule und hatte als Jugendliche die besten Chancen, in der Lehrerausbildung, abgebrochen hat sie die aber, aus Verliebtheit. Blutjung war die Frau da und ein paar Wochen vor dem Abschluss. Hat sofort geheiratet, ihre Kinder bekommen. Einmal trafen Samnegdi und ich die Frau bei Samnegdis Mutter, die beiden Mütter waren von Herzen befreundet. Samnegdi übersetzte gerade Ciceros Pflichtenlehre für eine Prüfung bei Piel. Die Frau las ein bisschen mit, Latein hatte sie gerne gehabt; freute sich über ein paar Vokabel, die sie noch wusste. Die Frau ging putzen, zwar bei sogenannten besseren Leuten und in den Büros der Stadtgemeinde, aber es war trotzdem schlimm für die Frau. Nur auf ihre Kinder war sie stolz, aus denen ist etwas geworden, und der Mann war auch jemand Braver und Lieber. Aber plötzlich wollte sie fort. Von einem Tag auf den anderen. Einen jungen Liebhaber hatte sie später auch und mit dem floh sie nach Italien. Durch das ganze Land und in jede Richtung. Die Familie machte sich Sorgen um sie, flehte sie an, dass sie zurückkomme. Die Sache mit dem Liebhaber erledigte sich nach zwei Jahren von selber. Sie kam daher wieder heim. Ich glaube nicht, aus Liebe zu ihrer Familie. Zwei Jahre war sie dann wieder bei den Ihren. Wurde dann plötzlich wieder immer unruhiger. Diesmal hatte der Mann eine Geliebte. Und die Söhne hatten ihre Freundinnen und lebten nicht mehr zu Hause. Die Frau suchte wieder ihr Fortkommen. Ist wieder auf und davon. Ihre Familie suche sie diesmal nicht mehr, hieß es eines Tages. Sie hätten genug von ihr, der Mann, die Söhne, die Schwiegertöchter, es reiche ihnen, sie können nicht mehr, haben alles getan, sie wolle nicht. Ich dachte mir, dass das diesmal für alle zusammen wirklich gefährlich sei. Samnegdis Mutter war gerade zu Besuch bei uns und erzählte, dass die Freundin jetzt seit ein paar Monaten hier in der Stadt lebe. Die Mutter wusste die Adresse nicht, nur die endlose Straße, war unruhig. Ich wollte daher am nächsten Tag anfangen die Straße abzusuchen, jedes Haus, bei den Hausmeistern fragen und bei der Polizei, wollte bei jeder Wohnung anläuten. Bis ich die Frau gefunden habe. Wollte die Mutter damit überraschen. Und dann war ich aber an dem Tag erschöpft, völlig erledigt, hatte stundenlang vergeblich mit dem Öffentlichkeitschef von Hominibus Cor geredet. Der Scheißprozess. Ich vergaß auf die Frau an dem Tag und am nächsten, und drei Tage später hieß es, dass die Frau tot ist. Ich weiß nicht mehr, ob sie sich vergiftet oder erhängt hat. Vergiftet wohl. Für irgendetwas müssen die Tabletten ja gut sein.

Tag, Monat, Jahr
Der Politiker, Sozialdemokrat, dessen Sakko ich gestern auf der Straße von weitem schon glänzen sah, ist Gemüllers bester Freund. Im Fernsehen glänzte das Sakko dann nicht. Ich habe zu viele Vorurteile und habe ihm daher Unrecht getan. Er verteidigte die Arbeitslosen. Sie seien nicht schuld. Das Sakko glänzte wirklich nicht. Er sagt immer, wie intelligent der GF Gemüller sei und was für ein guter und tüchtiger Mensch, und er bürgt für ihn, macht ihn dadurch unantastbar, weil der Politiker selber über jeden Zweifel erhaben ist. Ohne diesen Politiker wäre es hier schrecklich. Er wird gebraucht. Und weil er ihnen allen ihr Geld gibt und noch dazu fair, konkurrieren die Hilfseinrichtungen nicht mehr so schlimm wie früher, sondern halten besser zusammen und werden immer besser zu einer Bewegung. Sie bekommen ihr Geld, wenn sie das tun. Die Solidarität lohnt sich per Saldo. Ich spotte nicht, sondern es ist so. Es ist auch die einzige Hoffnung. Er. Durch ihn wird die Politik sexy.

Tag, Monat, Jahr
Das neue Schaufenster, weltweite Urnenreisen. Eine Kreuzfahrt für eine Urne. Ein Flug für eine Urne. Auch zum Mond. Die Beratung im Institut erfolgt durch einen Universitätsprofessor. Die Straße nimmt heute kein Ende. Das ist schon eine Weltreise. Ich soll ein Straßeninterview geben, wie mir die Stadt gefällt. Die junge Frau glaubt nämlich, ich sei hier auf Urlaub. So entspannt schaue ich aus. Ein Kind, das zu einem der Gasthäuser gehört, isst draußen am Tisch Schnitzel mit Pommes und Ketchup. Das Kind schaut denen, die vorbeigehen, zornig nach, will ihnen plötzlich das Messer und die Gabel nachwerfen. Der Vater hält schnell seine beiden Hände dazwischen. *Sag einmal!*, schreit er. Die Hände werden dem Vater jetzt weh tun.

Tag, Monat, Jahr
Das Geo-Engineering als Rettung der Meere, Lüfte und Klimata. Gegen die Umweltkatastrophen pumpt man Gase ins Meer, schiebt Schirme vor die Sonne und in die Wolken schießt man auch allerlei. All diese abkühlenden Vorhaben sind noch unheimlicher als die Ingenieurspläne in der Zwischenkriegszeit, das Mittelmeer abzusenken, um gewaltige Landmassen, Kontinentverbindungen zu schaffen. Im Übrigen soll es in Russland, den USA und in der EU riesige strategische Strahlenzentren geben, die weltweit die Stratosphäre durchlöchern können. Sie dienen der Kriegsführung mittels Wetter und Klima. Angeblich können sie auch Dürrekatastrophen und Erdbeben auslösen.

Tag, Monat, Jahr

Für zwei Wochen kein Straßenbahnverkehr, nur Ersatzbusse, die die Schienen entlang fahren. Eine Radfahrerin ist im Weg, kann aber nicht ausweichen, weil sie über die Schienen stürzen würde und sie auch nicht über die hohen Gehsteigkanten kommt. Aber der Busfahrer hinter ihr hupt und hupt und für einen Moment ist es, als fahre sie um ihr Leben. 5 italienische Touristen sehen das und laufen auf den Bus zu, drohen dem Fahrer mit den Fäusten, schreien.

Tag, Monat, Jahr

Winter 2001/2002, Hodafeld meinte, mich vor meinem besten Freund, dem GF Gemüller, mit dem er weit länger und weit besser als mit mir befreundet war, warnen zu müssen. Er arbeitete ja als Wissenschafter oft für Gemüllers Firma und brauchte das Geld, war Gemüller dankbar, blieb aber immer er selber, autonom eben. Er sagte zu mir, Gemüller, das Ganze mache ihm Angst. Gemüller sauge einem das Blut aus, bis man umfalle. Er vertusche das aber durch Herzlichkeit, Freundlichkeit und sein familiäres Getue. Manchmal würde er Gemüller am liebsten ohrfeigen. Verbal, intellektuell habe er das schon getan. Aber Wirkung habe es bei Gemüller noch nie gezeigt. Der bleibe rücksichtslos. Das sei sein Beruf. Der GF habe daher nie Bedenken. Der Zweck heilige für ihn die Mittel. Bei der großen Geburtstagsfeier Gemüllers, zu der auch Samnegdi und ich eingeladen waren, sagte Hodafeld das zum ersten Mal zu mir. Den Vergleich mit dem Vampir fand ich damals gar nicht lustig, erschrak ziemlich, Hodafeld gehe zu weit. In einem fort merke man es Hodefeld an, dass er von den Menschen hier verletzt worden sei. Es sei aber unangebracht, dass er die Leute dauernd gegen sich aufbringe. Er mache den anderen und sich selber das Leben unnötig schwer.

*

Für das geplante Gemeinschaftsbuch mit Gemüller und mir, für das Firmenbuch, zitierte mich Hodafeld dann ein paar Monate nach Gemüllers großer Geburtstagsfeier in sein Büro, fragte, von wem die Ideen seien. Doch wohl von mir, sagte er sofort, und ich solle ja darauf aufpassen, und nochmals, dass man vor einer Freundschaft mit dem Geschäftsführer Angst haben müsse. Und wieder, dass Gemüller ein Vampir sei. Da dürfe man sich nichts vormachen. Und wer von Gemüllers Freunden in der Firma ihm noch Angst mache, weil denen alles egal sei. Allein, was sie öffentlich reden, sei zum Fürchten.

Und auf Gemüllers Geschimpfe neuerdings auf die Eliten schimpfte Hodafeld dann. Man dürfe doch nicht wirklich glauben, dass die Eliten schuld sind. Die Untertanen seien genauso das Problem wie die Herr- und Damschaften. Und dann seien da noch die vielen Gutmenschen wie zum Beispiel Gemüller, die ein bisschen aufgestiegen seien und weiter nach oben kommen und mehr haben wollen. Ich glaubte Hodafeld kein Wort. Seine Verbitterung tat mir jedes Mal weh, war mir ein Rätsel und gar nicht lustig. Hodafeld gehe verständlicherweise oft jemandem auf die Nerven, weil er viel zu weit gehe und die Leute wegen nichts und wieder nichts heruntermache, dachte ich mir an dem Tag wieder, und das müsse alles gewiss nicht sein. Die Menschen können auch ganz anders sein. Jeder von denen hier. Und ich dachte mir wieder, dass Hodafeld alles wehtun müsse. Sonst würde er nicht so verletzend sein. *Der Michael bemüht sich jetzt wirklich,* sagte ich zu Hodafeld und noch ein paar sehr freundschaftliche Dinge über den GF, die Hodafeld gern hörte, weil Hodafeld ja in Wahrheit ein großer Menschenfreund war und Gemüller sehr mochte und die Firma und die Menschen dort bewunderte, die Helferinnen und Helfer genauso wie die Klientel. Er war ihnen gerne behilflich. Und für die alle solle das gemeinsame Firmenbuch ja sein; eine rechtzeitige, wirkliche Hilfe, also wirklich wahr, was darin steht. *Wir werden ja sehen,* sagte Hodafeld daraufhin zu mir, und dass diejenigen, die Hilfe brauchen, von den Helfern aus finanziellen, beruflichen, psychischen Gründen oft genug in Abhängigkeit gehalten werden. Sozusagen aus Prinzip. Entgegen allen entgegengesetzten Behauptungen. Und dass die jeweils Neuen in diesem Geschäft verheizt oder zum Sündenbock gemacht werden. Das Ganze habe System. Die Helfer seien nicht für diejenigen da, die die Hilfe brauchen, geben das aber nicht zu. Vor den anderen nicht, vor sich selber auch nicht. *Darum geht es jetzt in unserem Buch ja gerade, damit das alles nicht geschieht,* erwiderte ich. Man solle endlich frei reden dürfen. Und dass alle Kolleginnen und Kollegen, von denen ich weiß, dass sie mitmachen werden, die besten Absichten haben.

Hodafeld nickte. Freute sich. Sagte dann plötzlich, dass er noch lange arbeiten werde müssen, bis er in Pension gehen kann. Er brauche das Geld, seine Kinder müssen einmal studieren können, das sei er ihnen schuldig. Einen Liviustext hatte Hodafeld von mir verlangt. Ich hatte ihm den damals ins Büro mitgebracht. Ein paar Wochen vorher hatte ich ihm ein kleines antikes Tragödienbuch geschenkt. Das hatte er sich auch gewünscht. Und wir redeten jetzt über *kalokagathia* und *magnanimitas*, weil ihn die Ästhethik von Alternativbewegungen interessierte, wie die sein müsse, damit Widerstand tatsächlich zustande kommen kann und Menschen wirklich zueinander finden und, komme, was wolle, zusammenhalten und niemand geopfert wird. Das Gute müsse, sagte Hodafeld damals allen Ernstes, wahr und schön sein. *Fairness,* in dem Wort stecke das alles drin.

*

Hodafeld verwendete dann die lateinischen und griechischen Dinge, die ich ihm mitbrachte, für seine Arbeiten. Ich dachte mir damals, es gehe ihm nicht allein um die antiken Texte und die Sekundärliteratur, wenn er mich danach fragte. Ich fühlte mich nämlich jedes Mal wieder ein bisschen wie ein Altertumswissenschafter, wenn Hodafeld solche Dinge von mir wissen wollte. Besser gesagt: er sie mir erzählte. Das antike Zeug war mir, weil mein Lehrer Piel nicht mehr da, sondern tot war, abhanden gekommen, die Zuneigung, die Freundschaft. Hodafeld half mir durch sein Interesse. Dadurch war nicht alles verloren, was ich früher gern gewusst hatte. Getan hätte.

*

Einmal eben nach diesem Gespräch mit Hodafeld in dessen Büro und als ich dann zuhause bei meinem besten Freund, dem Geschäftsführer Michael Gemüller, eingeladen war, Bach spielte er da wie gesagt, sah ich ein Geburtstagsgeschenk herumhängen. Von einer Freundin. Ein Vampirchen. Eine kleine Fledermaus, die orientierungslos ist, hilflos, sehr lieb und auf einen so wirkt, dass man ihr sofort helfen will, helfen muss. Eine wirkliche Freundin schenkte ihm das Tierchen. Hodafeld und sie hatten denselben Wesenszug gesehen. Der Freund Hodafeld im Zorn die Gefährlichkeit, die Freundin Clarissa liebevoll die Hilfsbedürftigkeit. Der kleine liebe Vampir, der sich in seine Arbeit verbeißt. Hilfsbedürftig, klein, lieb, herzig, herzlich, immer im Kampf, angestrengt, immer das Letzte gebend, bis tief in die Nacht, ins Morgengrauen fleißig, dann den ganzen neuen Tag lang sich abquälend, damit die Firma ja nicht untergeht. Hunderte Arbeitsplätze. Tausende hilfsbedürftige Klienten, Männer, Frauen, Kinder. Das Leben sei nun einmal so, sagt Gemüller manchmal. Er könne nichts dafür, weder für das Leben noch für die Politik. Die Gesellschaft sei so. Er gibt sein Herzblut für die Firma. So muss man sich das Ganze vorstellen, wenn man es verstehen will, glaube ich. Vampire sind sehr soziale, selbstlose Wesen. Der GF ist kein Vampir, sondern ein Pelikan.

Tag, Monat, Jahr

Die zwei neugeborenen Kälbchen bei uns auf der Weide, fast ein Tag liegt zwischen ihren Geburten, aber dieselbe Mutter haben sie. Die wollen aber beide bei der falschen Mutter trinken. Die wirkliche Mutter geht einfach ihrer Wege, schleckt ihr zweites Junges nicht einmal ab. Ich will die zwei Kälbchen kaufen, damit sie nicht geschlachtet werden. Unverkäuflich. Der junge Mann, der mich auslacht, trägt das Kälbchen zärtlich und hat seine Freude damit wie ein kleiner Bub. Ich glaube nicht, dass es ein Jahr alt werden wird. Charlys wegen wollte ich es kaufen und den Stall wieder herrichten. Ich hätte besser verhandeln müssen. Ginge jetzt ja noch immer.

Tag, Monat, Jahr
Im Park gibt ein Mädchen einem Burschen einen ewigen Kuss auf die Stirn. Der Parkweg ist lang. Ich sehe den Kuss den ganzen Weg lang. In der Straßenbahn dann hinter mir eine Frauenstimme: *Mit dem Messer da erwische ich das Herz und die Lunge zugleich. Das ist geil! Das ist so geil!* Eine Männerstimme sagt, wie teuer das Messer war. Die Frau sagt: *Ich werde ganz geil.* Beim Aussteigen dann sehe ich, dass es zwei junge Frauen und ein junger Mann sind. Die geile junge Frau hüpft aufgeregt. Die zwei Mädchen sind vermutlich hübsch. *Gib's mir,* sagt das zweite Mädchen. *Nein,* sagt er. Es ist ein schmales Samuraischwert. Er hält es mit beiden Händen auf seinem Rücken fest. Ist verärgert. Die Mädchen lachen. Das zweite Mädchen sagt: *Mit dem kann ich einem die Kehle durchschneiden.* Und dann sagt sie: *Das ist gut.* Dem einen Mädchen entwindet er das lange schwarze Messer wieder. Das andere greift es sich lachend, entreißt es ihm wieder und springt damit durch die Straßenbahntür. Er knurrt. Die Mädchen lachen in einem fort. Die zwei verrückten Mädchen sind außer sich. Und jetzt bin ich verwirrt in den falschen Bus eingestiegen. Schöne Gegend, die Villen unerschwinglich. Retour. Habe mich aber schon wieder verfahren, muss wieder irgendwie zurück.

Tag, Monat, Jahr
Will mir in dem kleinen Lebensmittelgeschäft Taschentücher kaufen. Das ist das Geschäft eines Mannes, dem ich vor mehr als fünfzehn Jahren des Öfteren begegnet bin. Auf der Dialyse. Der Mann lebt. Ich freue mich. Möchte plötzlich mit beiden Händen klatschen. Er muss eine Niere bekommen haben. Er ist kurzärmelig. Ich sehe seinen Shunt, als er mir Geld herausgibt. Auf dem Handrücken hat er einen Tropfanschluss, verklebt, orange. Er sagt, er sei heute ganz durcheinander. Zuerst hat er die Taschentücher nicht gefunden und dann wollte er das Wechselgeld nicht herausgeben. Er schaut dauernd auf einen Zettel, der zu drei Viertel mit Computerbuchstaben beschrieben ist. Der Zettel irritiert ihn, und ich, ich freue mich, dass dieser Mann noch lebt. Ich weiß nicht, ob er mich wiedererkannt hat. Ich glaube es nicht. Wir hatten nie viel miteinander zu tun. Er beobachtete immer genau, war Vereinsobmann, und er stand in der Zeitung. Mit vergleichsweise Unwichtigem, fand ich damals. Naja, weil plötzlich Patienten aus Raumnot auf dem Gang dialysiert werden mussten, ein Mensch jeweils pro Schicht. Ich hielt das für das geringste Problem. Es war bloß das auffälligste. Ich fand sogar, dass draußen vor der offenen Tür die Sicherheit größer war, weil das Personal größere

Aufmerksamkeit für den jeweiligen Patienten draußen aufbrachte. Für die drinnen war es gefährlicher. Der Obmann war jedenfalls fuchsteufelswild geworden, als man ihn vor der Tür in Position gebracht hatte.

*

Der Sozialdemokratiestand, ein Mann steht davor und ruft herum, und er lobt die Frauen und eine rote Gewerkschafterin ist sein Stargast. Ein Tombolarad dreht sie. Der Hauptpreis ist eine Eintrittskarte für eine Volksmusiksendung im Radio. Die Gewerkschafterin ist die, der ich von der leeren Streikkasse berichtet habe. Auf dem Platz sehe ich im Vorbeigehen ein paar Leute, die ich kenne. Ich grüße nicht. Einen schon, der bleibt dann mit dem Rad stehen. Er ist aus einer Arbeitslosenselbsthilfegruppe, Jurist, organisiert die mit und hat mir eine Melodie versprochen. Ein paar Noten, die man sich leicht merkt. Aber er findet die nicht.

Tag, Monat, Jahr

Angeblich eine der mitfühlendsten Stellen in der antiken Literatur: beim Materialisten Lukrez. Eine Tiermutter sucht ihr einer Gottheit geopfertes Junges. Bei unseren Kälbchen vor ein paar Tagen war da überhaupt nichts. Die Natur ist nicht so gut wie Lukrez. Und ich nicht so gut wie er. Mag mir die Arbeit nicht antun für das Tier. Überlasse es seinem Schicksal. Bin Vegetarier. Die Vegetarier sind für gar nichts. Nur die Tierbefreier sind in Ordnung.

Tag, Monat, Jahr

Zwei Wochen vor seinem Tod begegneten Hodafeld und ich uns zufällig auf der Straße. Hodafeld glaubte, ich habe sein nagelneues Buch eingesteckt und trage es immer mit mir herum; er wollte darin eine ärgerliche Passage finden und sie mir erklären. Der Witz an der Sache war, dass ich sein Buch tatsächlich tagelang, wochenlang fast, mit mir herumgetragen hatte, weil ich nicht dazu kam, es in einem durch zu lesen. Er schimpfte; die Passage nämlich über den Uniprof, der ihn einmal beleidigt habe, Hodafelds Entgegnung auf den Uniprof, habe ihm der Verlag wegzensuriert. Hodafeld schimpfte in einem fort: *Der Kerl hat mich diskreditiert. Eingeladen und dann als Nazi hingestellt. Verdanke ich den Arsch dir?* Ich schaute Hodafeld groß an, lächelte irritiert, schüttelte den Kopf. Hodafeld lächelte. Tatsächlich habe ich Hodafeld stets und in aller Öffentlichkeit gelobt. Als ich des weltberühmten linken Dingsbums wegen Erfolg und ein gewogenes Publikum und eine große Öffentlichkeit hatte und daher ein Multiplikator war, war ich auf meine Art eine gute Werbung für Hodafeld. Ich nannte ihn oft. Und er nannte mich öffentlich seinen Schüler. Auch bei dem von Hodafeld als Arsch apostrophierten Uniprof hatte ich Hodafeld, als ich vom weltberühmten Dings referierte, öffentlich gelobt. Viel Publikum war damals bei meiner Veranstaltung gewesen. Bestes, wie man so sagt. So kam damals wohl der Uniarsch auf Hodafeld. Und später gerieten die zwei in Streit. Der Dozent Hodafeld hatte zwar recht und war auch gewiss kein Nazi, aber der Uniprof hatte das letzte Wort.

Tag, Monat, Jahr
Ein paar Tage nach unserer zufälligen Begegnung auf der Straße winkte er mir in aller Früh aus seinem Auto und ich freute mich. Und ein paar Tage darauf in der stundenlangen Diskussion auf dem hiesigen riesigen rechts- und wirtschaftsphilosophischen Institut brillierte er. Er allein. Griff an, gewann. Hatte alle im Griff. Es ging um viel. Nein. Ja. Drei Tage später war er tot. Ich hatte mir in seinem letzten Lebensjahr jedes Mal, wenn ich ihn sah, hörte, *Wie schafft er das alles?* gedacht. Und dass er offenkundig in guter Obhut sein und auch selber ein gutes Gefühl für seinen Körper, die Möglichkeiten, Grenzen haben müsse. Auch da merke man einmal mehr Hodafelds Intelligenz, Disziplin, Umsicht, Fürsorge, sein Verantwortungsbewusstsein. Seinen Weitblick. Und das war auch so.

Tag, Monat, Jahr
Ich wollte Hodafeld möglichst bald zu seinem jüngsten Buch interviewen, und zwar für das Firmenbuch, für einen Abschnitt, der *Auswege* heißen sollte. Ich wollte Hodafeld aber jetzt nicht stören, denn er hatte viel Arbeit, Termine. Einen hatte er krankheitshalber einmal an mich abgegeben, das war nett gewesen. Ich wollte mit meiner Bitte um das Interview warten, bis er seinen Konferenzstress los sei. In einer Konferenzpause wollte ich ihn bitten, ob er in der nächsten Woche Zeit habe. Ich freute mich, weil er es geschafft hatte, sein Buch, der Erfolg; für Hodafeld wurde endlich viel gut. Man spürte, sah, dass jetzt alles, wofür er jahrzehntelang gearbeitet und gekämpft hatte, anfing, ausreichend Frucht zu tragen. Es war der Durchbruch. Sein Leben lang hatte er für den gearbeitet. Allen Bürden und Hindernissen zum Trotz. Jetzt fing das Leben an. Endlich. Er lief und lief. Stürmte, Tor! Seit er tot ist, fällt mir fast jeden Tag etwas ein, was er gesagt, getan hat. Und auf der Straße erschrecke ich manchmal über die Männer, die wie er gehen. Oder das Gesicht auf seine Weise heben. Er hatte durch den Erfolg, der sich auftat, plötzlich zu viel Kraft und Kampfesmut, glaube ich. Ich glaube, er wollte sein Leben lang geliebt werden, ein Publikumsliebling sein. Er beschimpfte zu dem Zweck die Leute und wollte dafür von ihnen geherzt werden. Er ging mit der Zeit sehr schwer, denn sein Herz ging schwer. Manchmal war er sehr kurzatmig, redete in jeder Sprache schnell.

*

Am riesigen Institut die letzte Diskussion, ohne den Menschenwissenschafter Hodafeld wäre der Tag todlangweilig gewesen. Hodafeld redete vom *Den-Bogen-Überspannen*. Das gehe jetzt überall vor sich, sagte er, und in der Wirtschaft sowieso. Stritt mit den in- und ausländischen Fachleuten über deren grundfalsche Zahlen, war im Recht. Er hätte gerne eine Pause gemacht, sagte das aber nicht, weil er keine Schwäche zeigen wollte. Er wollte daher, dass das Publikum gefragt wird, aber das war seinetwegen viel zu gespannt und neugierig und wollte pausenlos weitermachen. Zwischendurch eben war er kurz atemlos. Sein Reden war für alle atemberaubend. Hodafeld hätte damals wohl nur einen einzigen Menschen gebraucht, der eine Unterbrechung wollte, und er hätte seine Pause gehabt. Ich bat um keine. Seine schwache Stimme. Als ich vorzeitig aus der Veranstaltung ging, schauten er und ich einander in die Augen. Das war wirklich der letzte Blick. Rein, raus. Hodafeld schaute verärgert, kämpferisch, ich grüßte aus Scheu nicht, brauchte frische Luft. Am Abend und dann am Wochenende wollte ich ihn anrufen, tat es aber nicht, weil ich ihn nicht stören wollte, denn er hatte ab Montag ja sein europaweites Symposium, das er und sein Assistent zwei Jahre lang vorbereitet hatten.

Tag, Monat, Jahr

Charly bringt heute einen riesigen Schmetterling mit. Er sitzt auf ihrer Schulter, flattert, kann nicht fort, die Flügel haben Löcher. Charly sagt, dass die Müllabfuhr über ihn gefahren ist. Hier im Buch steht, dass diese Schmetterlingsart nicht fressen kann. Die leben nur von Luft und Licht und müssen zur richtigen Zeit am richtigen Ort sein. Charly pflückt Blumen und legt sie zum Schmetterling. Schmetterlinge, die zufliegen, sich auf die Menschen setzen, und wieder fortfliegen, gibt es ja wirklich. Und es gibt wirklich Menschen, für die es selbstverständlich ist, dass Hunderte Schmetterlinge sie täglich berühren. Einen sehr jähzornigen Mann, vor dessen Wutanfällen und Beschimpfungen seine Kollegen immer Angst hatten, habe ich einmal lachen und ganz ruhig werden gesehen, weil ein Schmetterling mit ihm spielte. Früher hat Charly Schnecken gesammelt.

Tag, Monat, Jahr

Mit Charlys Hund wird es immer einfacher. Unsere Bücher sollte er aber nicht fressen und das Wohnzimmer auch nicht. Der Sinn des Lebens ist also etwas ganz Einfaches. Aber weil der Hund das noch nicht weiß, hat er zum Beispiel Küngs *Weltethos* zerfetzt und einmal das griechische Neue Testament angefressen und einmal eine Molièrebiographie fast ganz verschlungen. Mein Freund der Anachoret sagt zu mir, das mache alles nichts, denn das meiste im Neuen Testament sei textwissenschaftlich unhaltbar. Außerdem habe die Welt kein Ethos, das werde nie anders sein, sonst wäre er ja nicht Anachoret geworden. Und Charlys kleine weiße Katze glaubt, glaube ich, sie sei ein Hund. Charlys Hund lässt sie in dem Glauben.

*

Ein Hund, den ich vor ein paar Tagen gesehen habe, glaubt, dass er ein Schaf ist, und schleckt den Widder ab. Dem wiederum gefällt das sehr. Der Hund beschützt die Schafe, ist mit ihnen von Geburt an aufgewachsen. Auf die Felsen wird Salz gestreut für die Schafe. Und für den Hund auch.

Tag, Monat, Jahr

Charly muss heute für die Schule klassische Physik lernen. 08/15, mir aber unverständlich wie eh und je. Aber Trägheit ist Beharrungsvermögen und eine Art von Widerstand, wiederholt sie. Das beruhigt mich. Charly lernt heute auch wieder, dass das Gewicht die Kraft ist, mit der man von der Erde angezogen wird. Vor Freude oder vor Zorn oder Erschöpfung bin ich oft plötzlich sehr laut. Charly mag das nicht, wenn ich so bin. Also nehme ich mich ein wenig zusammen.

Tag, Monat, Jahr

Vor Jahren hatte mich die Sozialpsychologieprofessorin, die mit Hodafeld befreundet war und der ich zu viel Stress machte, zu ihm geschickt, nachdem sie auf ihn geschimpft hatte, weil sie seit ewigen Zeiten in nichts mehr derselben Meinung waren. Er solle, könne, werde mir helfen, sagte die Sozialpsychologin aber. Er brauchte aber immer Geld und verlangte es auch sofort, und zwar auch aus Selbstschutz, damit er nicht ausgenützt wird. Das sagte sie mir nicht. Und ich hatte kein Geld für meine erste Veranstaltung. War selber nur eingeladen, war auch gar nicht meine, sondern die der Sozialpsychologin. Er wäre dann aber auch ohne Geld gerne dabei gewesen, glaube ich. Ich war jedenfalls bei der Veranstaltung ziemlich allein, hatte aber Erfolg. Was Hodafeld und ich damals zuvor geredet hatten, als ich ihn nicht zu bezahlen vermochte, der ja sowieso unbezahlbar war, war wie folgt: Er fragte mich lächelnd, was ich bislang gemacht habe, ob ich denn Totengräber gewesen sei. Ich war nicht zu provozieren, und er regte sich dann darüber auf, wie er in meinem Buch dargestellt sei. Ich erwiderte, ich habe gewusst, dass er sich ärgern wird. Es sei Absicht gewesen. Er schaute mich groß an, lachte und erzählte von seinen Forschungen und wer ihm alles was versprochen habe. Und dass das meiste davon überhaupt nicht eingehalten worden sei. Und wie schwer er jeden Tag arbeiten muss im Vergleich zu den anderen auf der Universität und in den 08/15-Forschungseinrichtungen. Und wem alles es egal sei, was aus Hodafelds Arbeiten werde. Und warum ich mich offenkundig in Dinge einmische, die mich nichts angehen, fragte er dann und erzählte mir von den sinnlosen Kantstudien eines Taxifahrers, den er kenne. Ob ich auch so ein komischer Vogel sei. Was er über mich bisher gehört habe, lasse ihn das vermuten. Ich mochte jedes Wort von ihm. Seit Jahr und Tag wie gesagt. Den weltberühmten linken Dingsbums, über den ich mein Buch geschrieben hatte, möge er überhaupt nicht, sagte Hodafeld dann. Der Dingsbums lasse die Leute in den Interviews überhaupt nicht zu Wort kommen, wisse selber alles immer besser und schreibe einen zeitraubenden Wälzer nach dem anderen. Das Leben sei zu kurz, um diesen machtbewussten Herrn zu lesen. Außerdem wisse man bei solchen Giganten nie, wer wirklich die ganze Arbeit mache. Bei den *Arbeitslosen von Marienthal* zum Beispiel habe gewiss die Frau die Studie geschrieben. Er sage das ganz im Ernst. Prinzipiell machen die Frauen die Arbeit. Und die Wissenschaftsgeschichte sollte man überhaupt einmal nach den Ghostwritern abklopfen. Wie viele Übervorteilte da zu Tage kämen. Einen Amerikaner, der Bücher über Narzissmus und über Freundschaft geschrieben hatte, nannte Hodafeld dann seinen Freund und wollte mir sofort die beiden Bücher dieses amerikanischen Freundes mitgeben. Ich borgte mir aber nichts aus.

Nach exakt einer Stunde beendete er das Gespräch. Die Interviews, die er für seine politischen Studien regelmäßig zu führen pflegte, dauerten nämlich nie länger. Er hatte die Zeit genau so in sich. Er erklärte mir dann noch seine eigene Interviewmethode und die diversen berühmten Schulen, die es anders machen als er und falsch. Stets stelle er am Ende seiner Interviews den Gesprächspartnern die Frage, ob sie noch etwas sagen wollen, das ihnen wichtig sei. Auf diese letzte Frage war er sehr stolz. Das war für ihn die wichtigste bei jedem Interview. Die wirklichste. Denn da können, meinte er, die Menschen wirklich sagen, was sie ein Lebtag mit sich tragen, die Last, ein Geheimnis, ihre Sehnsucht, Herzensanliegen. Die Frauen und die Männer, jeder, jede. Und dann nannte er mir eben noch seine Honorarvorstellung. Die war zwar sehr freundlich und entgegenkommend, aber ich hatte wie gesagt überhaupt kein Geld, bekam auch keines, sagte ihm das aus Scham nicht. Diese Unterrichtsstunde damals war wirklich unbezahlbar. Ich vergaß anschließend bei Hodafeld noch ein Werbeplakat für Gemüllers Firma, das ich zu kleben hatte, und musste noch einmal zurück. Hodafeld war noch immer freundlich. Sein Assistent sagte zu mir, wie sehr sich Hodafeld in der Bewährungshilfe engagiere. Hodafeld hatte wie gesagt immer Geldprobleme, weil er ja selbständig war und sich außerdem für seine Mitarbeiter verantwortlich fühlte, für den Assistenten, für die Assistentin, für deren Familien. Die Sozialpsychologieprofessorin, die mich zu ihm geschickt hatte, um mich loszuwerden, hatte geschimpft, er habe in seinem ganzen Leben nie seinen Mund halten können und so viel getrunken habe er und zu wenig links sei er und überhaupt nicht feministisch. Er sei selber schuld, dass er nicht die Karriere gemacht habe, die er sich gewünscht hatte. Vor allem hatte er sie beleidigt. Das wusste er. Er hatte gesagt, sie sei ein Systemerhalter. Im Nachhinein tat Hodafeld das leid, er blieb aber dabei.

Tag, Monat, Jahr
Hodafeld erkundigte sich nach unserem Gespräch bei ein paar Leuten sofort genauer über mich, und ein paar Wochen später sind wir zusammen zu einer Diskussion eingeladen gewesen. Aber ich mochte dort nicht hin, weil meine Familie gerade eben eine Morddrohung bekommen hatte. Der Telefonterror gegen mich hatte ein paar Monate gedauert. Und dann plötzlich die Morddrohung an meine Familie, wohl weil mir die Anrufe bis dahin völlig egal gewesen waren. Eine Frauenstimme rief, als ich in der Früh allein zuhause war: *Hilfe! Hilfe! So hilf mir doch!* Und dann: *Einer von euch wird sterben. Es wird ein Unfall sein. Mach dich bereit.* Ich hatte keine Lust auf die Veranstaltung. Bald darauf hat Hodafeld mich auf der Straße für eine Veranstaltung in zwei Jahren angesprochen. Die plane er jetzt schon und da müsse ich dann aber wirklich hinkommen. Er sei ein Profi und verlange von mir Professionalität. Ein paar Wochen später, als die linke Hand des weltberühmten Dingsbums, für den ich Spezialist geworden war, auf meine Einladung hin hierher kam, bat ich den GF Gemüller, dass er Hodafeld mit aufs Podium einlädt. Das tat der GF sehr gerne, weil sie wie gesagt sehr gut befreundet waren, Gemüller und Hodafeld. Außerdem hatte Gemüller damals gar niemanden sonst als Hodafeld. Ich freute mich jedenfalls. Ich bewunderte Hodafeld und Gemüller und die Firma ALEIFA und den weltberühmten linken Dingsbums und dessen Stellvertreter, und die saßen jetzt da irgendwie alle zusammen in der ALEIFA. Ich freute mich, weil da jetzt wirkliche Hilfe herauskommen muss, wenn so viele interessante, bemühte Leute sich zusammensetzen. Hodafeld fragte mich im Vorraum, auf dem Gang, warum er heute hier eingeladen sei und ob man jemanden brauche, über den man sich lustig machen könne und warum gerade er das sein müsse. Später dann referierten Hodafeld und ich des Öfteren gemeinsam. Das gefiel mir, war mir die größte Ehre. Eine Hilfe sowieso. Eine gute Werbung war es für mich und für ihn. Ich lernte viel durch ihn, verstand schnell, dass er in der Tat meistens recht hatte. Und wo nicht, waren seine Fehler sehr lehrreich, interessant.

*

Die linke Hand des weltberühmten linken Dingsbums war derjenige Mensch, dem der weltberühmte linke Dingsbums am meisten vertraute. Also sozusagen eigentlich die rechte Hand. Konstantin mit Familiennamen. Seines Zeichens Spezialist für weltweite vergleichende Familienforschung. Konstantin erkundigte sich dann genauer nach Hodafeld. Gemüller beschrieb den Freund auf der Stelle falsch. Redete von den vielen Schwierigkeiten, die Hodafeld hatte und machte. Die linke Hand des weltberühmten Dingsbums investierte daher, glaube ich, nicht sonderlich gerne in Hodafeld. Denn Konstantin suchte strategisch nach Multiplikatoren, die im System gut positioniert waren, nicht nach problematischen Leuten. Außerdem hatte der engste Vertraute des linken Dingsbums fachlich Angst vor Hodafeld, sagte mir das auch so und dass er vorsichtig sein müsse, weil er repräsentiere. Sowohl fachlich wie sprachlich war Hodafeld vielen seiner Kollegen überlegen. Philosophisch und in der Empirie. Die linke Hand hatte das sofort gemerkt. Es mir ehrlicherweise gesagt. Professor Konstantin hat den Dozenten Hodafeld zuerst falsch eingeschätzt, als einen, durch den man unnötig noch mehr Schwierigkeiten bekommt. Später hat er immer viel von ihm gehört, weil Hodafeld ja gut vernetzt und an vielen wissenschaftlichen Projekten beteiligt war, auch an internationalen.

*

Hodafeld konfrontierte die linke Hand des weltberühmten Dingsbums vor allen Leuten in einem fort mit der Wirklichkeit. Das irritierte den Professor Konstantin. Das Publikum wollte das mitunter auch nicht hören. Nein, nicht schon wieder Hodafeld. Der sei zu grob und zu pessimistisch und über alle mache er sich lustig und mache alles runter. Einmal kurz vor einer weiteren Veranstaltung mit der linken Hand des weltberühmten Dingsbums hatte sich Hodafeld um eine Professur beworben, hat sie nicht bekommen. Und die Frau, die sie an seiner Statt bekommen hätte sollen, nahm sie nicht an. Da war er fassungslos. *Das ist ja eine Soziopathin*, schimpfte er und galt daher einmal mehr als frauenfeindlich. Seine Analysen waren aber in hohem Maße zutreffend, egal, wen sie betrafen. Außerdem wurde besagte Professorenstelle dann gänzlich abgeschafft. Sofort eingespart.

Tag, Monat, Jahr

Einmal kam Hodafeld zu uns auf Besuch, zu Samnegdi, Charly und mir, um mich als Referenten zu einer Veranstaltung in die Hauptstadt einzuladen, zu Gewerkschaftern, Wirtschaftsleuten, Wissenschaftern, NGO-Vorständen. Er erzählte herum, erfuhr ich später, er sei sehr oft bei uns heroben auf Besuch. Das war aber nicht so, sondern nur ein einziges Mal. Wahrscheinlich wäre er gerne öfter gekommen. Das freute mich. Jedenfalls nahm er mich als Referenten in die Hauptstadt mit. Es war eine gemeinsame wissenschaftliche Veranstaltung der Sozialpartner. Der Tag war sehr gut besucht. Hodafeld und ich waren, bevor alles anhub, essen gegangen, indisch neben der türkischen Botschaft. Er erzählte vom türkischen Botschafter, dass er sich mit dem fast ein wenig befreundet hätte, war stolz darauf, gab unwillig Trinkgeld, sagte zur Chefin und zum Chef, das Geld müssen aber die Leute in der Küche bekommen, denn die haben in Wahrheit die ganze Arbeit, nicht sie. Im Auto hin und retour fragte er mich die zweimal zweieinhalb Stunden lang aus, redete von einem Selbstmörder, der in Italien eine Assistentenstelle bekommen hatte und sich plötzlich für Hodafelds Tucholsky-Arbeiten interessierte, ihn um die bat. Dann habe Hodafeld nichts mehr von ihm gehört und später habe er erfahren, dass der sich umgebracht habe. Vom Fußball redete Hodafeld auch viel auf der Fahrt damals. Mein Roman gefiel ihm. Der Titel. *Turlitunk*. Einem beliebten Fußballer sei, erzählte mir Hodafeld, vom Publikum immer *Turli, Turli, tunk an!* zugerufen worden.

An dem Tag waren wir Freunde. Hodafeld duzte mich in einem fort vor den anderen. Ich war verdutzt und tat nichts dergleichen. Aus dem Auto rief er mir dann zu Hause nach dem Abschied ganz unerwartet *Danke* zu. Mürrisch, aber freundlich, und er lachte dabei auf. Einen Karton überflüssigen Werbematerials für Kulturveranstaltungen hatte er mir auch mitgegeben, hatte gesagt, ihm sei es unerträglich, etwas wegzuwerfen. Ich hatte an dem Tag in der Hauptstadt nämlich vom Wegwerfleben und von Wegwerfmenschen referiert und wer von wem wozu gemacht wird. Ich nahm den Karton mit heim, freute mich über sein Geschenk, das ich absolut nicht brauchen konnte. Seine Habilitationsschrift schenkte er mir an dem Abend auch. Ein paar Minuten, nachdem wir uns voneinander verabschiedet hatten, hörte ich im Autoradio, dass sie heute in der Wohnung in der Nähe der Firma den Dichter tot aufgefunden haben, den Elektriker, Goldschmied, Installateur. Suizid. Sozusagen. Und am nächsten Tag war auch der weltberühmte linke Dingsbums tot. Krebs. Ein paar Tage später sagte Hodafeld zu mir: *Einmal machen wir zwei etwas zusammen und dann ist gleich wer tot. Zu viel dürfen wir nicht machen, schaut aus.* Er lachte. Und gleich darauf versuchte ich, die linke Hand des toten weltberühmten linken Dingsbums dazu zu bringen, dass er Hodafeld zu einem Verlag verhilft. Der jahrzehntelangen Studie wegen, für die Hodafeld keine Publikationsmöglichkeit fand. Eine über eine Stadt. Hodafeld hatte mich um Hilfe gebeten. Ich ließ nicht locker, aber es nützte nichts. Konstantin sagte, es sei nicht zu glauben, aber sie selber bekommen ihre eigenen Publikationen nicht unter, obwohl der linke Dingsbums weltberühmt und ein großer Verkaufserfolg sei. Der Dingsbums habe selber viel auf eigene Kosten herausbringen oder vorfinanzieren müssen, auch die jetzt wichtigsten, aktuellsten, folgenreichsten publikumswirksamsten Schriften seien so auf den Markt gebracht worden. Und Hodafeld sagte hierauf, er, Hodafeld, werde niemals dafür bezahlen, dass er publizieren dürfe. Und dann erzählte er mir von einem berühmten hiesigen Sozialstaatsforscher, auf den sich die neoliberale Regierung ununterbrochen berief. Die Sozialdemokratie aber auch. Mit ihm, Martinschek, hatte Hodafeld vor Jahren viel zu tun gehabt, und er war Hodafeld unerträglich. Der wetterwendige Sozialstaatsforscher Martinschek soll, sagte Hodafeld, eines der wichtigsten, seriösesten Nachrichtenmagazine regelmäßig dafür bezahlt haben, dass es ihn möglichst oft erwähnt.

Tag, Monat, Jahr
Man hätte nicht geglaubt, dass die Sozialpsychologieprofessorin, die mich zu Hodafeld geschickt hatte, ihn mochte. Sie mochte ihn aber wirklich. Und er war treuherzig, obwohl immer misstrauisch. Einmal sagte er, man müsse in dem ganzen Universitäts-, Kultur- und Sozialbetrieb ein Kind sein, es bleiben, sonst sei alles nichts und bringe man nichts zustande. Vor lauter Neid komme niemand zum Arbeiten. Und einmal hat er um ein Haar gegen seinen hiesigen Verleger prozessieren müssen, weil der ihm das Honorar schuldig blieb. Hodafeld verstand nicht, dass sich Konstantin nicht mit ihm zu kooperieren getraute. Ich verdankte Konstantin alles.

Tag, Monat, Jahr
Ich höre in den Lokalen zu viel. Es fängt an, mich gewaltig zu stören. Das Zuhören ist für mich zu einer Sucht geworden. Ich schäme mich auch dafür. Der ehemalige Ärztepräsident zum Beispiel, der während seiner Amtszeit andauernd mehr Selbstbehalte und Selbständigkeit und Eigenverantwortung verlangte, redete heute mit einer alten Freundin über seine Frau, wie verloren und unzugänglich die sei. Und dann sagte er, dass die Medizin keine Wissenschaft sei. Ich erinnere mich wieder, wie ich mich als Kind immer über den Ärztepräsidenten geärgert habe. Ich glaubte, dass seinetwegen die Bauern und Bäuerinnen nicht rechtzeitig zum Arzt gehen. Sie mussten ja alles zuerst selber zahlen und bekamen es dann erst zurück. Das hat mich immer zornig gemacht. Und heute saß der da, erzählte von seiner hilflosen Frau, die alles selber machen will und ihm unnahbar ist, und dass die Medizin keine Wissenschaft sei.

Die Menschen in einem Lokal sind seltsam. Die reden dort mitten unter fremden Leuten die vertraulichsten Dinge, als ob sie wollten, dass die publik werden. Vor zwei Jahren haben im kurdischen Lokal zwei Frauen über die hiesige rechte Politikchefin geredet. Wenn die in ihrer Partei wirklich aufräume, sei sie schnell nicht mehr die Chefin, sagten die zwei Frauen. Der Sohn der einen Frau arbeitete in nächster Nähe der Politikerin und erzählte der Mutter immer sehr viel. Und es hat dann ja wirklich gestimmt. Wenn man in einem Lokal ist, hat man, glaube ich, einen Ort, wo man frei heraus reden kann und wichtig ist und einander irgendwie hilft.

Tag, Monat, Jahr

Wieder ein Kaffeehaustag. Der ungeschickte Mann mit Sonnenbrille, der geerbt hat und sich als Sponsor mit einer halben Million in den Fußballklub einkaufen will, wird hinter seinem Rücken ausgelacht, setzt sich auch nicht gerne zu den anderen Fans. Und dann der ehemalige sozialdemokratische Minister, am Klo läutet sein Handy und er telefoniert dort während der Verrichtung geschäftlich und politisch. Im Kaffeehausgarten dann das Handgemenge um den Besen. Ein paar Punks müssen im Park aufräumen. Keine Ahnung, warum. Einer der Punks will im Kaffeehaus zusammenkehren. Der Kellner gerät mit ihm in ein Handgemenge, nimmt ihm den Besen weg. Der alte Punk schaut den Kellner wütend an. *Raus aus unserem Garten, ich hol die Polizei*, schreit der Kellner erschrocken. Der Punk sagt, er müsse zusammenkehren, hier auch. Ein älterer Gast ruft zum Kellner hin, er werde sich beim Bauamt erkundigen, ob man das kleine Parkstück nicht abzäunen könne gegen die Punks, und zwar mit Stacheldraht. Der Kellner ist betreten, und der Punk will einen Kaffee. Geht dann aber.

Tag, Monat, Jahr

Viele Sozialdemokraten. Bestens gekleidet. Den ehemaligen Studentenvertreter, Psychologie, sehe ich auch. Er muss etwas geworden sein. Damals war er Kommunist gewesen. Ich glaube, er ist Kinderarzt geworden. Fernsehen ist auch da. Macht Aufnahmen. Am Nebentisch erzählt ein alter Mann seinem Bekannten von seiner paranoiden Ehefrau und von der katholischen Burschenschaft, der er angehört, und von den Widerstandskämpfern aus der Burschenschaft, welche er persönlich kannte. Dann wieder über seine Frau. Die Frau sehe im Spiegel und an der Decke Fratzen. Dann reden die zwei Männer von den alten Herren in der Verbindung. Dann von Ehre und von Fußballvereinen. Dann von Fußballspielen vor vierzig Jahren. Der eine sagt, er habe heute zu seiner Frau, als er sie kämmte, gesagt: *Verzeih ihm doch.* Sie verzeiht ihrem Vater aber nicht. Der andere Mann mag nicht mehr zuhören. Einer ihrer Freunde geht zufällig am Gastgarten vorbei. Der eine Mann sagt zum anderen: *Der läuft dauernd wo herum. Der hat kein Daheim.*

Tag, Monat, Jahr
Zwei Journalisten am Nebentisch reden über Autonomie und ihre Zeitung, über Serien, Innovationen, Konstanz. Der eine will, sagt er, vom Business weg zur Alltagswelt, suche Leute mit Überblick, gute Beobachter, junge Leute. Er wolle, dass seine Zeitung Spuren setzt, nicht bloß reagiert. Der ist anscheinend Herausgeber. Eine Gegenpolitik müsse endlich her. *Leute, die jung sind, mitdenken, draufbleiben.* Er selber sei fünfundvierzig und zu alt für alles. Vielleicht ist er auch bloß nur ein Geschäftsführer. Der gefällt mir aber. Doch was ich höre, ist so simpel, dass es mir Angst macht, weil, was er will, in dieser Zeitung bislang offenkundig nicht geschieht. Die Zeitung ist aber groß und wichtig und einflussreich. Auf der Toilette rempelt mich dann ein schwarzparteiiger Politiker an und entschuldigt sich nicht. Und der Fernsehreporter da wäscht sich am Klo nie die Hände, auch diesmal nicht. Überhaupt sind Klos interessant. Denn ich glaube inzwischen, dass das Gute und das Böse Stoffwechselprodukte sind. Mehr nicht. Das Gewissen.

Gegenüber dann am Nebentisch die Lektorin, die ist sehr nett. Das Buch über den hiesigen Kulturbetrieb, wie er früher war, nämlich europaweit vorbildlich, wird heuer noch fertig. Wie sich das alles ausgehen soll, wird geredet. Und dann erzählt wieder am selben Tisch ein sportlich eleganter Herr mit Bart, dass er sich nach der Monarchie zurücksehne, und dann, dass seine Tochter sein Enkelkind gerade eben für Eton angemeldet habe. Drei Jahre sei der Bub alt. Man müsse das jetzt schon tun, die dort wollen das so. Das sei üblich. Sonst komme man ins Hintertreffen.

Tag, Monat, Jahr
Die linken und alternativen NGO-Funktionäre in der Stadt, die Alphas, wollten, dass ich den weltberühmten linken Wissenschafter Dingsbums zu Propagandazwecken hierher bringe. Des Prestiges wegen. Ich sagte damals zu einem wichtigen Grünen wahrheitsgemäß: *Was braucht ihr den linken weltberühmten Dingsbums, wenn ihr eh den Hodafeld habt.* Der grüne wichtige Funktionär wusste gar nicht, wer Hodafeld war, obwohl sein Bruder mit ihm zusammen studiert hatte. Hodafeld hat sich also zu Recht nie viel vorgemacht. Berühmt und beliebt wäre er aber gerne gewesen. Wirklich wie ein Schlagerstar. Schnulzensänger. Jetzt, wo er tot ist, hat er es eine Zeit lang geschafft. Mir jedenfalls war es immer egal, ob der weltberühmte Dingsbums hierher kommt. Habe mich aber trotzdem wirklich mit aller Kraft darum bemüht. Nie meinetwegen. Aber in einem fort habe ich der anderen wegen darum gekämpft. Als aber Konstantin, die linke Hand des weltberühmten linken Dingsbums, sagte, der weltberühmte linke Dingsbums wolle jetzt hierher kommen, riet ich ab.

Ich würde auch Jesus abgeraten haben. Ich hätte nicht gewusst, was es bringen soll, wenn er kommt.

Ich hatte Gründe abzuraten. Zum Beispiel glaubte ich nicht, dass der linke weltberühmte Dingsbums wirklich kommen werde. Es sei bloß ein neuerlicher Werbegag Konstantins, fand ich und machte nicht mit. Außerdem wusste ich wirklich nicht, wozu die hier den Dingsbums brauchen, wenn sie schon mit Hodafeld nichts anzufangen wissen. Aber bald darauf war der weltberühmte Dingsbums tot. Aber gerade da hätten ihn dann alle wirklich brauchen können, weil die Volksabstimmung um den Sozialstaat, also eine Art Wahlkampf, im Gange war. Ich habe mich bemüht, monatelang, jahrelang, dass der Dingsbums hierher kommt. Ich hatte auch das Versprechen Konstantins, sich um das Kommen des menschenfreundlichen Dingsbums, der der Inbegriff des wissenschaftlichen Sozialismus war, wirklich zu bemühen. Aber der Dingsbums war dann plötzlich voller Schmerzen und dann im Spital und voller Krebs und konnte aus dem Spital nicht mehr raus. Und seine Leute waren dann sofort zerstritten und kamen nicht hierher, um bei der Volksabstimmung zu helfen, obwohl es sozusagen laut Vereinsstatuten ihre Pflicht gewesen wäre.

*

Ein knappes Jahr zuvor hatte Konstantin gesagt, der weltberühmte Dingsbums würde vielleicht im Mai kommen wollen, also in knapp zwei Wochen. Ich sagte, das sei knapp und das bringe jetzt nicht viel. Es würde jetzt keinen Unterschied machen, ob er komme oder ob nicht. Es würde verpuffen wie nichts, denn es sei für alle und alles zu früh; keine wirkliche Hilfe. Es sei noch niemand so weit. Ich bat die linke Hand daher um einen fixen Termin für den September. Absurd war das nicht, was ich da sagte und tat, sondern es ging um die richtige Zeit, damit der Besuch hier etwas bewirken kann und für etwas gut und nicht bloß Angeberei ist. Der Besuch des weltberühmten Dingsbums wäre zwar die beste Werbung gewesen. Für mich auch. Für mich zählte aber nur der richtige Zeitpunkt. Der wäre im September gewesen. Vor allem kam der Dingsbums erklärtermaßen immer nur einmal wohin. Und das war dann die Chance, die man dann einmal gehabt hat. Für Anfang September 2001 wurde mir der Termin dann von der linken Hand Konstantin fix zugesagt. *Du kannst dich darauf verlassen*, sagte er.

Tag, Monat, Jahr

Einmal fragte mich Hodafeld, ob ich im Gefängnis gewesen sei, einmal, ob ich auf den Strich gegangen sei, einmal, ob ich Drogen genommen habe, einmal, ob ich einmal sterbenskrank gewesen sei. Einmal gegen Ende schenkte ich ihm ein Buch über Moby Dick, weil er den für lebenswichtig hielt. Er las es aber nicht, schrieb gerade sein eigenes fertig. Und einmal sagte er, er und ich auch seien Gestalten aus einem kleinen Steinbeckroman, Gralsritter, lächerliche. Und einmal versuchte er ein wissenschaftliches Großprojekt, die Analyse der heimischen Fußballdebakel, finanziert zu bekommen. Er wollte das System erforschen, glaubte, das sei in aller Interesse. Verstand nicht, dass mich das nicht interessierte, glaubte mir das nicht. Als er jung war, hatte er einen Fußballroman geschrieben. Wie es zu den falschen Beurteilungen von Fußballspielen kam, hatte ihn damals interessiert. Die Absprachen und Beeinflussungen. Der Gruppenzwang. Die Kantine. Auf der gemeinsamen Fahrt damals in die Hauptstadt und dann bei der Veranstaltung dort referierte ich, dass Kick Blut und Sperma bedeute und beim Fußball ein Gott eine Göttin umzubringen versuche. Damit beeindruckte ich ihn wohl und er wollte mich daher bei seinem Fußballprojekt dabei haben. Und auf der Rückfahrt aus der Hauptstadt damals erklärte er mir Oscar Wildes Sozialismusschrift und Tolstojs Bauernschule und dann lobte er unseren gemeinsamen Freund Gemüller, weil der sich in so gefährlichen politischen Zeiten so viel getraue mit seiner Firma, obwohl die ALEIFA doch von den Regierungsgeldern abhängig sei. Ich fragte Hodafeld erschrocken, ob er wirklich glaube, dass Gemüller viel riskiere. Ob das wirklich ein so großes Risiko sei. Das war ein Anflug von Schuldgefühlen bei mir. Hodafeld antwortete, nein, es bleibe Gemüller wohl nichts anderes übrig, es sei die Flucht nach vorn. Es gehe im Interesse der Firma gar nicht anders, sagte Hodafeld, und dass ich ein Glücksfall für Gemüller sei. Aber Gemüller gewiss auch einer für mich. Er, Hodafeld, blicke da nicht durch bei uns. Aber ihm scheine, dass Gemüller und ich gut und gern zusammenarbeiten und wirklich ein Team seien. So etwas sei selten genug. *Vorbildlich*, sagte er. Das Looping erklärte Hodafeld dem GF Gemüller und mir dann ein paar Monate später schriftlich. Looping ist, wenn man in Systemen zugrunde geht. Helfer an Helfern. Ich habe mit dem GF dann darüber geredet. Der sagte dann trotzdem, Looping sei etwas Schönes. Er sagte das wirklich; allen Ernstes tat er das und unschuldig.

Tag, Monat, Jahr
Eine blinde Frau erzählt von den blinden tibetischen Kindern. Die Kinder sind oft blind wegen des Höhensonnenlichtes und wegen des Dungrauches in den Hütten. Ein blindes Kind gelte bei den Tibetern aber als böser Dämon, als besessen, und werde angebunden und könne sich nicht bewegen und nicht fort und sei dann dadurch auch ganz verwachsen. Seelisch und körperlich schwer behindert. Ich könnte weinen. Was ist das für ein Buddhismus, wo ist da der Dalai Lama? Überhaupt, mit jedem geht der Dalai Lama Hand in Hand, die linken und grünen Politiker freuen sich, wenn er kommt und freundlich ist, aber Hand in Hand geht der

Dalai Lama mit Jörg Haider auch. Mit den Rechtesten; mit den Rechten sowieso. Mit Reagan. Mit allen ist der Dalai Lama schon Hand in Hand gegangen. Hat sie auf den rechten Weg zu bringen versucht. Mir scheint der Scherz gelungen.

Tag, Monat, Jahr
Der Buddhismus ist in Tibet mithilfe von Mord, Totschlag, Raub und Vertreibung eingeführt worden. Das ist natürlich Geschichte, aber die tibetischen Meditationen, in denen über die Häutung einer Frau nachgesonnen wird, sind gegenwärtiges Kulturgut. Sozusagen unvergänglich. Tagtägliche Übungspraxis.

Tag, Monat, Jahr
Der Freund, der vor dem Sarg als erster die Ehrenrede hielt, ist immer ohne jede Arroganz gewesen. Hodafeld hatte mir bei der Fahrt in die Hauptstadt erzählt, der Freund habe Blut ausgeschieden und dem Tod in die Augen sehen müssen. Der Freund habe seit jeher vor dem Tod der anderen Menschen weit mehr Angst als vor dem eigenen. Und was sie früher alles mit wem zusammen vorgehabt haben, sagte Hodafeld damals auch. Dass es Schlimmeres als den Tod gebe, trug Hodafeld oft irgendwo vor. Und eben, dass das Leben ein Fußballspiel sei. Die Leute lachten wie gesagt oft auf oder aber sie ärgerten sich sehr, wenn er öffentlich ihre alltäglichen Situationen und Hilfssysteme analysierte.

Tag, Monat, Jahr
Ein Glöckchen läutete und dann war Hodafeld fort. Ich hatte geglaubt, die Trauernden, wir, die Überlebenden, gehen alle zusammen zum Grab. Immer dem Glöckchen nach. Dem Sarg. Hodafeld. Aber jeder Mensch ging woanders hin. Das Glöckchen war schwer auszuhalten. Dass Hodafeld fort war und niemand ihn begleitete, war schwer. Sein ganzes Leben war so gewesen, glaube ich. Aber ich habe keine Ahnung. Das Ende schien mir am Friedhof so zu sein, wie Hodafeld leben hat müssen. Er ging vorbei, weiter. Man kam nicht mit.

Tag, Monat, Jahr
Die vorbildlichen Schweden: Astrid Lindgren hat den Alternativnobelpreis bekommen. Und sie hat für die erstmalige Abwahl der schwedischen Sozialdemokraten gesorgt. In den 1970er Jahren. Palme musste ihretwegen gehen, glaube ich. Und ganz am Anfang ihrer Karriere wollte man ihre Bücher verbieten, weil ihre Heldin Pippi Langstrumpf schwachsinnig oder geisteskrank sein müsse. Ich weiß nicht, ob die Lindgren jemals für eine eigene Frauenpartei in Schweden war, aber in den 1990ern wurde in Schweden ein Rechtsruck verhindert und der Sozialstaat dadurch

gerettet, dass schwedische Feministinnen mit der Gründung einer eigenen Frauenpartei drohten. Man sagt das so. In Österreich hat in den 1990ern die damalige Frauenministerin Dohnal die Gründung einer Frauenpartei vorgeschlagen. Ich habe keine Ahnung, warum nichts daraus wurde. Jedenfalls wurde die österreichische Frauenministerin abgesetzt. Die Ministerin sagte einmal auch, wie wichtig die Hausmeisterinnen und überhaupt die angeblich unwichtigen Frauen für den Erfolg der politischen Arbeit seien und dass Politiker und Politikerinnen sehr viel erreichen könnten, wenn die eigenen Prestigeansprüche nicht aufgeblasen wären.

Tag, Monat, Jahr

Und wieder: *Die Politik muss sexy werden.* Dagegen Susan Sontags Aufsatz über die Riefenstahl. Über den sexy Hitler. Er habe die Massen kommen lassen. Die sexy schwarzen SS-Uniformen und die schwarzen schönen kämpfenden Männer im Sudan, die die alte Riefenstahl fotografierte. Die sexy Starken. Die sexy Herren. Die Politik muss also sexy werden. Sontag würde, wie man so sagt, Pötscher in die Eier treten.

Tag, Monat, Jahr

Die vorbildlichen Schweden: Der Friedensforscher Gunnar Myrdal ist ja der Sozialstaatstheoretiker schlechthin. In der 1960ern hat Myrdal gewarnt, der Wohlfahrtsstaat laufe Gefahr, bloße Gruppeninteressen zu bedienen und undemokratisch und manipulativ zu werden. Der schwedische Wohlfahrtsstaat habe in Wahrheit nur aufgrund seiner historischen Freiheitserfahrungen gedeihen können. Schweden habe beispielsweise niemals die Invasion fremder Armeen erdulden müssen und nahezu keine bäuerliche Leibeigenschaft; der Feudalismus sei stets gemäßigt gewesen und die schwedische Nation sei früh alphabetisiert worden; die Bürgerbewegungen seien seit jeher stark gewesen. Die intensive demokratische Beteiligung sei die Grundlage des Wohlfahrtsstaates und das wichtigste Mittel gegen Korruption, also gegen den Systemverfall. Als der Liberale Keynes in den 1930er Jahren nach Stockholm kam, war alles, was er dort erzählte, für seine schwedischen Kollegen selbstverständlich. Durch die Schweden wurde Keynes bestärkt und gefestigt.

*

Die Keynesianer beeindrucken mich immer, weil sie hell und hochgebildet sind. Sraffa, der Gramsci im Gefängnis nicht im Stich ließ und der Wittgenstein mittels einer alltäglichen Handbewegung dazu brachte, den *Tractatus logico-philosphicus* zu verwerfen. Sraffas Schüler Schefold, der sich gegen die deutsche Plutoniumwirtschaft und gegen die Wiederaufbereitungsanlagen stellte; Hankel, der vor den Telekomaktien warnte, diese seien anders als behauptet keine Volksaktien und durch Spekulation auf 40 Jahre hin zurzeit völlig überbewertet; und die Einführung des Euro beeinspruchte Hankel beim deutschen Verfassungsgerichtshof. Tobins Spekulationssteuer ist auch keynesianisch. Und Krugman, der vor einer bevorstehenden Weltwirtschaftskrise warnt. Alle werden sie neoliberal lächerlich gemacht, und alle haben sie recht. Das Grundproblem, das die Keynesianer in jeder Weltzeit zu lösen sich verpflichtet wissen, ist die unglaubliche, unverständliche Armut inmitten all des Überflusses. – Die wirklichen Linksalternativler im Publikum waren bei unseren Dingsbums-Veranstaltungen oft entrüstet, wenn öffentlich im Sinne Keynes' geredet wurde. Der Keynesianismus erschien vielen Alternativlern dumm und unanständig, weil ja die sozialdemokratischen Betonköpfe, korrupten Bonzen sich alle immer auf Keynes beriefen. Man ließ mich aber immer ausreden und beanstandete mich nie. Es war, als glaube man, ich wüsste nicht, wovon ich rede.

Tag, Monat, Jahr
Lilli ruft an. Sie sind seit ein paar Wochen schon von der Weltreise zurück, wolle sie mir mitteilen. In ein paar Tagen fahren sie wieder anderswohin. Sie schreibt einen Kinderroman, und Otto erforscht fröhlich und fleißig Spiel- und Malkulturen. Sie will mir von ihrem Roman erzählen. Dem schwerkranken Kind haben sie wirklich das Leben gerettet. Mitgeholfen. Otto hat das getan. Das Kind haben sie zu ihrem eigenen Kind dazuadoptiert. Ottos eigene Schwester aber klagt wieder in einem fort, dass er ihr nicht geholfen habe, als sie als Kind vom Vater missbraucht wurde. Es ist wahr, und sie ist deshalb zwischendurch verrückt geworden. Ihr Kind ist schwierig. Dafür ist Otto nicht zuständig. Aber Otto und Lilli haben sich überlegt, ob sie nicht die Schwester entmündigen lassen und das Kind bei sich aufnehmen. *Ihr wegnehmen*, sagt Lilli. Die Schwester will Otto seit Jahren schon verklagen, ihr Leben gelingt ihr nicht. Lilli sagt immer, sie verstehe nicht, wie man auf so eine verrückte Idee kommen kann, die Geschwister zu verklagen. Dass die Geschwister für einen selber verantwortlich sein sollen, das sei doch Unfug. Ottos Schwester sagt immer, sie sei doch noch ein Kind gewesen, die Geschwister aber seien alle erwachsen gewesen. Die Brüder alle. Die haben doch gewusst, wie der Vater sei und was er tue. Mein Herz rast beim Telefonieren; Lillis koreanischer Reisefreund will etwas über das Blut Christi wissen, und sie frage deshalb mich, was das Herzblut auf einem bekannten Kirchengemälde bedeute. Habe keine Ahnung.

*

Ein paar Stunden später dann gehe ich an zwei sitzenden Bettlern vorbei. *Grüß Gott, Herr Direktor*, sagt der eine, springt auf, läuft mir nach, sagt: *Ich sehe Sie eh jeden Tag. Wo gehen Sie heute hin? Geben Sie uns etwas? Wir sitzen immer nur herum, aber wir teilen eh immer alles.* Er bekommt Geld, will weiter mit mir mit. Ich habe ihn noch nie in meinem Leben gesehen. Lilli ist plötzlich auf der anderen Straßenseite, lacht, winkt. Bleibt stehen, stockt, beobachtet mich ernst. Sie findet, dass ich zu den zwei Bettlern zu freundlich bin, mir nicht zu helfen weiß und nicht fertig werde mit ihnen. Die beiden kommentieren dann Lilli und mich. *Die sind ein Liebespaar!*, sagen die Bettler über uns beide. Sie geht gerade zum Frauenarzt. Bin von dort gekommen, habe sie dort gesucht. Sie ist sehr ernst. Otto hat heute zu mir gesagt, Lillis Schwester habe Lilli krank gemacht. Ich war heute in Ottos alter Wohnung gewesen, welche sich gegenüber Gurkis Wohnung befindet, welcher sich erhängt hat. Dort im Haus ist jetzt ein Zentrum für Lebensberatung. In ein paar Tagen werden Otto und Lilli wieder auf Reisen gehen, fliegen und schiffen, rund um die Welt. Lilli macht sich dafür fit. Die Kinder auch. Wenn die in die Schule müssen, werde alles ganz anders sein, sagt sie. Nächstes Jahr fange das ältere an, das adoptierte Kind, das Mädchen. Otto gibt begabten Kindern privat Malunterricht. Wenn er wieder sesshaft ist, will er wieder wie früher gymnasialer Zeichenlehrer sein. Zwei Manuskripte hat er auch fertig; Verleger kein Problem.

Tag, Monat, Jahr
Hodafeld hat über die Glücksspieler gesagt, man sei durch das Glücksspiel gesellig, habe eine Arbeit, sei nicht einsam und weil, genauso wie in ein ordentliches Bordell, nicht jeder, jede hineindarf, sei man auch etwas Besonderes. Und dass diese Spielleute alle sehr fleißig seien. Und welche Fähigkeiten und Tugenden da in Wahrheit brachliegen. Und dass man endlich darauf Augenmerk legen müsse, was solche Leute wirklich wollen und was sie alles können. Nicht bloß auf die Defekte und Defizite. Die müsse man ihnen gestatten. Für die dürfe man sie nicht bestrafen. Zum Beispiel mit Arbeitslosigkeit. Er hat nie idealisiert, glaube ich. Doch, andauernd. Die Menschen. Weil er ein Realist war, war er aber so vielen Menschen zuwider! Außerdem hat er ja dauernd jemanden beleidigt. Manchmal sagte er, dass die gegenwärtige Politik höfisch und feudal sei und dass die Politiker, insbesondere die linken und alternativen, Etikette mit Ethik verwechseln. Und manchmal sagte er, was er rede und schreibe, sei alles nur Perlen vor die Säue werfen. Und wenn ich dann zu ihm über das Publikum sagte: *Ihr seid das Salz der Erde! Ihr seid das Licht der Welt!*, gefiel ihm das gut, aber einmal erwiderte er, ich solle zu Ende zitieren. Das Salz werde nämlich weggeworfen und von den Menschen zertreten. Dass er genug Salz in sich haben und nicht schal werden solle, brauche er sich sicher nicht sagen lassen. Das wisse jeder. Er lächelte.

*

Manchmal erzählte er von der Rache der kleinen Leute, die sich für Hungerlohn schinden und demütigen lassen müssen. Zum Beispiel spucken und urinieren sie in den großen Gasthausküchen und Bäckereien ins Essen, das sie zubereiten oder servieren. Am liebsten erzählte er von Großzügigkeit und Großmut. Die grünen PolitikerInnen hierorts und landesweit hielt er allen Ernstes und ohne jeden Spott für großmütige, großzügige, hochanständige, selbstlose Menschen, für moralischen und geistigen Adel. Die wussten das nicht und hätten das auch nie von ihm geglaubt. Er tat das aber. Aber er hat ihnen das nie gesagt. Und sie kannten ihn gar nicht alle oder sie waren wie alle anderen Funktionäre beleidigt. Er bekam auch nie Aufträge von ihnen. Keinen einzigen. Und einmal sagte er, er sei überzeugt, dass die Menschen hierzulande sehr sozial eingestellt seien. Man müsse sie nur sozial sein lassen, aber die Politiker, die rechten wie die linken, verhindern das.

Tag, Monat, Jahr

Die hiesigen alternativen und linken Funktionäre glaubten, dass man durch den weltberühmten linken Dingsbums berühmt wird. Und dass Hodafeld nicht wichtig sei, weil er nicht weltberühmt sei.

Tag, Monat, Jahr

Der Antiglobalisierungsabend, ich ärgere mich grün und rot. Die Berichte aus dem Publikum waren, finde ich, das einzig Wichtige. Ein paar junge Leute haben nämlich plötzlich kein Vertrauen mehr und beklagen sich über die Unglaubwürdigkeit und Unverlässlichkeit der großen und kleinen Sammelbewegungen, von denen sie wissen. In Indien beim großen Treffen haben Gruppen gegen die eigenen Leute demonstriert. Alternative gegen Alternative, Bewegungen gegen Bewegungen, soziale gegen soziale. *Wir glauben euch nicht!*, haben sie gerufen. Das sei erschütternd gewesen, sagt ein junger Mann. Er sehe jetzt vieles ganz anders als vorher. Und auf der Busfahrt von Paris hierher zurück haben ein paar sozialdemokratische Gewerkschafter ein paar Kommunisten verprügelt, sagt ein anderer, und dass ihm das schwer zu schaffen mache. Die anwesenden Repräsentanten, Funktionäre, Delegierten, Aktivisten der glokalen Bewegungen rührt das überhaupt nicht. Die sagen dazu nichts. Einer, Punkterer, sagt: *Ah so?* Und einer der vortragenden Aktivisten, Delegierten, schwärmt von den Gipfelstürmen, bei denen er dabei war. Er setzt sich immer ein, gibt alles, das weiß ich, achte ihn. Doch mir ist der Abend nicht geheuer. Ich bemerke keine Lebensfreude, keine Hilfsbereitschaft, keine Liebe. Keine Sanftmut. Keine Großmut. Der Gipfelstürmer redet dann auf einmal von den kleinen Diebstählen der Arbeiter in der hiesigen Autofabrik, die seien Widerstand. Mich zerfetzt so etwas innerlich. Er ist mit Recht vieler Leute Vertrauensmann, erforscht die Alternativbewegungen jeweils vor Ort und arbeitet überall mit, was und wo er nur kann, ist immer freundlich, lächelt. So muss der Revolutionär sein. Da sind sie also doch, die Liebe und die Hilfsbereitschaft. Was mich dennoch wütend macht und stutzig, ist, dass die Aktivisten und Repräsentanten kein Wort zur Irritation sagen, die die jungen Leute vorbringen. Die Aktivisten und Repräsentanten sagen nicht einmal, dass sie selber dafür Sorge tragen, sich zumindest darum bemühen, dass solche Dinge wie die berichteten dort, wo sie selber verantwortlich sind, nicht vorkommen. Sie sagen auch nicht, dass niemand enttäuscht zu sein braucht, da es doch in Wirklichkeit um wesentlich anderes gehe.

Tag, Monat, Jahr

Maria und der Engel, Maria mag den Engel nicht, sie ist angewidert. Der Engel schaut verärgert drein. Maria verweigert sich ihm offensichtlich. Will nicht empfangen. Das zweite Bild, ebenfalls fünfzehntes Jahrhundert, der heilige Augustinus stürzt sich vom Balkon, um ein vom Balkon stürzendes Kleinkind aufzufangen und so vor Schaden zu bewahren. Farzad, unser persischer Freund, der das jugoslawische Kind nicht retten konnte, weil die Rettung und der Arzt nicht kamen. Vom Balkon gestürzt ist das kleine Kind. Farzad fällt mir jetzt fast jeden Tag ein. Ich kann ihm nicht helfen. Ich weiß nicht, wo er ist.

Tag, Monat, Jahr

Das Lebenswerk des mittellosen zahnlosen Mannes ist seine Bibliothek. Mindestens zehntausend Bücher. Er will sie nicht verkaufen. Sie sind sein Stolz. Seine Würde. Seine behinderte Frau will nicht, dass er sie verkauft. Die beiden haben kein Geld, wollen aber die Bücher nicht verkaufen. Verschenken schon. Er will, glaube ich, seine Bibliothek Gemüllers Firma schenken, dort dann Bibliothekar sein, um dadurch endlich wieder eine Arbeit zu haben. Die Idee ist sehr gut. Und die Bibliothek ist ein Schatz. Er will ihn öffentlich machen.

Tag, Monat, Jahr

Dass meine zwei Bücher ein paar Menschen geholfen haben, macht mir immer noch große Freude. Der Mann, der zu mir einmal gesagt hat, dass er durch mein Buch leben wird können. Wenn er es fertig gelesen habe, werde er leben könne. Das habe er nicht mehr geglaubt. Der Mann hat mir sehr geholfen. Und einmal sagte jemand über meine Bücher: *Das war wirklich genau so, wie du schreibst und sagst.* Und einer sagte: *Das Buch hat mich aus einer schweren Depression geholt.* Und einer, der durch einen Schlaganfall teilweise gelähmt war, hat gesagt: *Wie ein erstklassiges Fußballspiel war Ihr Vortrag!* Und eine Frau meinte, es seien durch den Vortrag plötzlich Blumen im Raum. Und eine hat einmal gesagt, nach meinen Veranstaltungen gehe man fort, als sei man ein anderer Mensch geworden; und eine sagte, man fühle sich, als sei man ein guter Mensch. Das war mir beides nicht geheuer. Aber was jemand irgendwann einmal freundlich zu mir gesagt hat, hilft mir trotzdem noch heute. Immer, wenn ich am Ende bin, fällt mir ein, dass ich einmal für etwas gut war.

Tag, Monat, Jahr
Eine schizophrene Frau, die sich sehr schämte und unaufdringlich war und infolge ihrer Krankheit ihre Kinder verloren hatte, redete mich einmal in der Pause einer Buchpräsentation an. Ich traf mich dann mit der Frau. Die Frau erzählte mir ihr Leben. Sie wollte nur, dass ich weiß, dass man seelisch Kranke nicht dem bürokratischen Lauf überlassen darf. Es sei wichtig, dass sie nicht allein sein müssen. Denn wenn sie allein sind, gehen sie zugrunde. Auf die Einrichtungen und Betreuer könne man sich in der Bürokratie als seelisch kranker Mensch nicht wirklich verlassen. Die Routinen und Leerläufe seien schadhaft. Der Rechtsstaat zu lückenhaft. Darüber solle ich schreiben, bat sie. Es kann sein, dass ich Herrn Ho auch deswegen helfen habe können, weil sie mir erklärt hat, wie ausgeliefert man ist. Ich weiß von dieser Frau nichts mehr, keine Adresse, keine Telefonnummer, nicht einmal den Namen. Sie hatte wie gesagt durch ihre Krankheit ihre beiden Töchter verloren, schämte sich dafür. Die beiden wollten nichts mehr mit ihr zu tun haben. Sie war noch im Beruf, wäre gerne krankheitshalber in Pension gegangen, aber das war nicht möglich. Sie musste sehr weit zur Arbeit fahren, hatte Angst, dass sie jetzt bald ein neues Auto braucht. Sie hatte kein Geld und auch Angst, dass ihr geschiedener Mann ihr die Wohnung wegnimmt, denn die gehörte zur Hälfte ihm. Sie sagte, sie habe sie ihm mit ihrem Geld gekauft, aber das sei nicht zu beweisen. Sie sei froh, dass sie wenigstens noch darin wohnen könne, müsse aber ihrem Mann Miete zahlen und habe nicht die geringste Sicherheit, in der Wohnung bleiben zu können. Sie unterrichtete auch ein paar Stunden. Das tue sie gern, sagte sie. Sie sagte, ihre Töchter und ihr Mann haben sehr unter ihr gelitten und ihre Töchter seien jetzt ganz auf der Seite ihres geschiedenen Mannes und dass sie wisse, dass sie an vielem schuld sei. Aber sie sei wirklich krank gewesen. Es tue ihr alles furchtbar leid. Aber es sei nicht mehr zu ändern. Ich fragte sie, wie ich ihr helfen könne. Aber sie sagte nur, ich solle es aufschreiben.

Tag, Monat, Jahr
Charly hat heute beim Zahnspangenarzt zufällig Nepomuk und dessen Tochter getroffen, die Sozialarbeiterin werden will. Sie haben Charly

zuerst nicht erkannt. Sie fahren von weit her zu dem Arzt. Nepomuk lässt mir ausrichten, dass sie sich über unseren Besuch vor ein paar Tagen sehr gefreut haben und dass es ihm leid tue, dass er selber nicht daheim war. Er war bei einem Seminar gewesen. Ich hatte ihm eine Freude machen wollen und ihm ein religionswissenschaftliches Buch über Schamanismus mitgebracht. Ein paar Wochen zuvor hatte ich mit Nepomuk des Schamanismus wegen gestritten, wobei es meiner Meinung nach bei unserem Streit in Wahrheit um den Sohn gegangen war. Wo der Unterschied sei zwischen Nazigewalt und schamanistischer, hatte ich gefragt. Und dass ich nicht glaube, dass der Tod das Problem ist für die Menschen, sondern das Leben, hatte ich gesagt. Das müsse man lernen und können. Nicht den Tod. Der sei einfach und schnell getan. Für Nepomuk ist die schamanistische Psychotherapie eine große Hilfe. Der Sohn will aber nichts mit dem zu tun haben, was dem Vater hilft. Ist immer ganz woanders. Nimmt nichts an. Nepomuks Ältester ist Tag für Tag mitten im Tod. Es ist für die Familie die Hölle, wie er ist. Der Sohn kann nicht mehr leben, will nicht mehr, kann nicht, will nicht. Die Schmerzen, das Saufen, der Satan, die Skelette, die Schwäche durch und durch. Der Sohn, sagt der Vater, fühle nicht, dass er lebt, schneide sich deshalb. Das Schneiden sei aber das geringste Problem. Nepomuk hat zu ihm jetzt einmal gesagt: *Ich lasse dich nicht meine Familie kaputtmachen.* Mitunter will ihn der Sohn umbringen. Wenn Nepomuk es überhaupt nicht mehr aushält, gibt er ihn ins Spital und besucht ihn nicht. Dem geschundenen Christen Nepomuk sagte ich im Streit dann Christensprüche: *Das Hauptfach des Christen ist es, Menschen aus der Hölle zu holen.* Und: *Die Schöpfung ächzt und stöhnt.* Warum wehre ich mich so gegen Schamanismus, wo er doch hilft und auch gut fürs Herz ist? Wogegen wehre ich mich? Gegen die falschen Ursachen.

Ich will Nepomuks Sohn erzählen, wie sein Vater sich auf seine Geburt gefreut hat. Und dass Nepomuk damals gesagt hat, jetzt habe er die Welt verändert und alles erreicht im Leben. Mehr brauche er nicht mehr und dass das jetzt das Glück sei. Und Nepomuk will ich auch daran erinnern, dass er das gesagt hat.

Tag, Monat, Jahr
Wir sind heute nochmals zu Nepomuk gefahren. Der war aber wieder nicht da. Und der Sohn war auch wieder woanders. Der Sohn hat sich in seinem Zimmer eine Höhle an die Wand gemalt. Die ist ein finsteres Loch. Er säuft auch wie ein Loch. Aber das sind nicht die Ursachen. Aber ein gewaltiges Problem mehr. Habe Nepomuk bei unserem letzten Gespräch eine Adresse genannt. Aber die Beraterin, Betreuerin dort kennt Nepomuk von seiner eigenen Arbeit her. Er weiß, dass sie nicht

helfen kann. Er kennt diese helfenden Leute, viele, weiß, wie hilflos sie selber sind. Peinlich ist ihm das alles auch. Nepomuk sagte zu mir, als der Sohn klein war, habe er, Nepomuk, ihm ein paar Mal das Leben gerettet. Das Kind sei fast unter einen LKW geraten. Und einmal sei es in einen See gefallen, konnte noch nicht schwimmen. Der Sohn sei immer so impulsiv gewesen. Habe nie darauf geachtet, was wirklich los sei, habe es gar nicht wahrnehmen können. *Ich lasse mir helfen, damit ich helfen kann.* Den Spruch sage ich Nepomuk. Ist von meinem liebsten Christen. Es gibt nicht viele, denen ich so vertraue. Ich frage Nepomuk, ob er nicht zu dem will, weil der sich doch mit so vielem so gut auskennt, weil er selber viel durchgemacht hat. Den Glauben. Die Einrichtungen. Die Nazis. Die Kirche. Therapeut. Die Schamanen mag er auch. Aber Nepomuk will nicht zu ihm. So viel Arbeitslast werde Nepomuk aufgeladen, die mache seine Familie kaputt; die Priester, für die er arbeite, seien ihm die Frau und die Kinder neidig, sagt Nepomuk. Er entkommt dem Broterwerb nicht. Die Kirche ist sein Leben.

Tag, Monat, Jahr
Nepomuk ruft mich am Abend an, erzählt mir einen Traum: Nepomuk werde zwischen zwei hohen Klerikern hin und her geschickt, als er ein Buch sucht. Jemand sagt etwas Lateinisches zu Nepomuk. Er wacht in der Wirklichkeit auf, geht zum Lateinbuch das Wort nachschauen. Im Buch sind lauter Zettel und Notizen von mir, fast dreißig Jahre alt. Dem Sohn gehe es besser, der sei wieder in Ausbildung, habe Freude daran und eine Freundin habe er und er verfertige schöne gute handwerkliche Arbeiten, und die schamanistische Psychotherapie helfe dem Sohn jetzt auch wirklich, der Sohn tue das gerne. Die Höhlen und Hütten und schamanischen Zusammenkünfte tun ihm gut. Gruppen. Und Nepomuk schreibt jetzt und malt viel und musiziert und tut seine kirchliche Arbeit, Pflicht, schwerste. Auch dadurch ist er andauernd in Extremsituationen.

Tag, Monat, Jahr
Als ich mitten in der Nacht aufschrecke, läuft der Fernseher. Drinnen sagt einer, Depressionen habe man, wenn man nicht sagen könne: *Ich liebe den Menschen, mit dem ich zusammen lebe, die Arbeit, die ich tue, den Ort, wo ich wohne.* Ich habe die Gewissheit, dass ich meine Frau liebe. Meine Arbeit tue ich. Und einen Ort habe ich auch.

Tag, Monat, Jahr
Es geht mir gut. Bis auf das, dass ich das Wort *gut* nicht mehr hören kann. Handke, sein schönster Satz, die Mutter: *Sie war menschenfreundlich.*

Tag, Monat, Jahr

Dieses seltsame Bedürfnis der Leute, in der Musik Bedeutung, Botschaften, Geheimnisse zu erkennen. Auch wenn da gar nichts ist. Eine Große Terz zum Beispiel soll Freude bedeuten, eine als Verminderung der großen Terz empfundene kleine Terz Tragödie. C-Dur Sieg. Und die russischen Kompositionen sollen in jedem Detail ein bestimmtes Ethos haben – seit Byzanz schon. Das muss man angeblich immer mithören, wenn man verstehen will, worum es wirklich geht. Und Alban Berg soll in seine Kompositionen mittels der Zahlenbeziehungen seine Lebensgeschichten hineingeschrieben haben. – Bei dem, was ich schreibe, sucht kein Mensch nach verborgenen Botschaften oder schönem Sinn. Alles ist bei mir grässlich real und zugleich bedeutungslos, banal.

*

Ein indischer Musiker hat geträumt, er gehe über einen Acker, plötzlich schreien da Kinder; der Acker ist übersät mit Leichenteilen. Eine Gottheit erklärt dem Musiker dann, das seien die vielen falschen Musikstücke, die er komponiert habe; der Musiker misshandle dadurch also Menschen. Angeblich ist bei den Indern ja alles fix; man weiß, was was bedeutet und welche Gefühle man dazu haben muss. Und dagegen soll der Musiker verstoßen haben. Und ich mache das auch so.

Tag, Monat, Jahr

Schriftsteller und Intellektuelle, die es für peinlich und lächerlich halten, wenn Intellektuelle und Schriftsteller über sich selber oder gar über ihre Schwierigkeiten mit ihrer Arbeit schreiben. Aber ich bin so peinlich und lächerlich und auch insofern kein guter Schriftsteller. Mir doch egal!

Tag, Monat, Jahr

Der Kreole Gottschalk. Es hat ihn aufgefressen, dass er in die USA zurückgekehrt ist, seinem Vater zuliebe, und dass er dann dort nicht bleiben und dann auch nicht wieder zurück konnte. Ständig war er überallhin unterwegs, brauchte Geld. Bürgerkrieg war auch. Eine Zeit lang lebte er am Rande eines Kraters, eines erloschenen Vulkans. Dort hatte er sein Klavier stehen, in der Tat zwischen Himmel und Erde. Seine Konzerte wurden gegen Ende seines Lebens Riesenschmusemonster. Tagebuch hat er geführt. Und fast an jedem Tag ein Konzert gegeben. Sein Vater eben hatte gewollt, dass Gottschalk zurück nach New Orleans kommt. Und das war der Anfang vom Ende, trotz aller Erfolge. Und in gewissem Sinne der Anfang des Jazz.

Tag, Monat, Jahr

In den Nachrichten Verzweiflungstaten. Ein 18jähriger hat einen Unfall mit seinem Auto, geht in die Garage zurück, bringt sich dort um, wo er kurz vorher mit seinen Freunden gefeiert hat. Ein 63jähriger Pensionist hat sich selber erstochen. In seiner Küche. Durch zwanzig Messerstiche. Und die anderen sagen dann *Schicksal* oder *Idiotie* oder *tragisch*.

Tag, Monat, Jahr

Samnegdi und ich, vor Jahren, fünfzehn, mehr noch, haben wir in der Hauptstadt einen Freund von ihr besucht. Seine Freundin wollte uns dann plötzlich die Karten legen. Die lagen dann schlecht. *Aber das Wichtigste ist: Ihr liebt euch*, sagte sie. *Da ist das andere dann nicht so schlimm.* Wir tranken Yogitee. Sie hatte ein kleines Kind und war in unseren Gastgeber sehr verliebt. Der hatte gerade sein Ökonomiestudium abgeschlossen und wir blätterten in seiner lustigen, bunten Arbeit. Einer seiner Bekannten erzählte uns von den künftigen Bankfusionen und wie viele Leute europaweit entlassen werden, das sei alles unaufhaltsam. Und mich hielt er für einen Kabarettisten. Ob ich mir das schon einmal als Beruf überlegt habe, fragte er. Er ging mir auf die Nerven und ich ihm. Er traute sich aber nicht zu sagen, er halte mich für lächerlich. Also sagte er, ich sei lustig. Er war höflich. Es waren jedenfalls interessante Leute dort, viele, nette. *Aber das Wichtigste ist, dass ihr einander liebt.* Die beiden blieben nicht zusammen. Und einer beim Fest damals war ein guter Bekannter des renommierten Journalisten, der meine Briefe über die Dialysestation nicht beantwortete; meine Hilferufe. Meine Mutter lebte noch, als das Fest war. Der Journalist förderte den Bekannten. Der wurde dann auch Journalist, glaube ich. Und Samnegdis Studienfreund, der das Fest gab, wurde dann ein beliebter Ökonom. Alternativökonom auch. Er hatte früher im Schlaf oft geträumt, im Parlament eine Rede zu halten. Und einmal meinte er, ich glaube, es sei mit dem Leben und der Arbeit wie mit den Lilien auf dem Felde im Evangelium und wie mit den Vögeln des Himmels. Er hat mir dann ein kleines Buch geschenkt, das hieß: *Wir leben mitten in der Weltrevolution.* Und ich ihm ein Innerhoferbuch und eines über Schach. Er machte sich meinetwegen oft Sorgen um Samnegdi. Inzwischen ist er glücklich verheiratet und Vater, liebevoll, und erfolgreich eben im Beruf. Verliert nie die Nerven. Ich oft. Aber Schicksal und Nerven sind Quatsch. Morgen kommt er uns mit seiner kleinen Tochter besuchen. Samnegdi hat seine Adresse herausgefunden und mit ihm telefoniert, ich habe ihn zuvor zufällig im Fernsehen gesehen. Er ist alternativer Wirtschaftsberater und hat eine eigene Firma. Sein Firmenpartner, Freund, hat zufällig hier im Ort ein Haus. Bin aufgeregt.

Tag, Monat, Jahr

Mit meinem Freund, dem Maler, haben wir heute dann etwas getrunken. Ich kann ihn nicht dazu bringen, wieder zu malen. Er erzählt Samnegdi und mir von einer Skulptur vor Jahren, die den Himmel hätte zerschneiden sollen, in Silber eine. In Indien malte er Schmuck. Dazu war er von seiner Firma, die Aufträge für die Rüstungsindustrie, für Flugzeuge, übernommen hatte, dorthin geschickt worden. Er beschreibt uns dann die Zenskulptur, die er realisieren möchte, einen Ochsen mit einem Hirten. Zufällig war mein Freund einmal in die Rüstungsindustrie geraten. Er sagt immer, die Rüstungsindustrie habe sein Leben über den Haufen geworfen. Hat gekündigt.

Tag, Monat, Jahr
Der Hochzeitstag heute. Charlys Fürbitte bei der Hochzeit war: *Lieber Gott, pass auf uns alle auf, wenn du kannst.* Ein Geigenspieler, ein Akkordeonist und eine Sängerin waren auch zugegen. Ein Zauberer auch. Entfesselungskünstler konnte ich keinen ausfindig machen. Schnellzeichner auch keinen. Und Gott konnte nicht auf uns aufpassen, und der Pfarrer ging gleich nach der Messe zu einem sterbenden Bettler. Während der Messe hielt der Priester mir eine falsche Heiratsformel vor das Gesicht und ärgerte sich über mich wie immer. Aber die Formel war nicht für die Heirat, also sprach ich die nicht. Lilli hielt er für meine Schwester. Er versuchte zu begreifen, wie wir alle zusammengehören, die wir in seiner Kapelle zur Hochzeit waren. Und wie es kommt, dass ich so bin. Aber es war nicht zu verstehen. Isabelle sagte dann eben, wie absurd das sei, wie jeder von ganz woanders herkomme. Kein Gast passe zum anderen. Ich weiß nie, wie Isabelle etwas meint. Sie hat meistens recht. Und den Priester, den Priester habe ich früher in größter Not oft um Rat gefragt. Er hatte sich dabei oft über mich auf aufgeregt, war aber eine große Hilfe gewesen – weil er mir von Herzen gerne geholfen hätte, wenn er gekonnt hätte. Er hat mir geglaubt, aber nicht gewusst, was tun.

Tag, Monat, Jahr
Charly arbeitet seit ein paar Tagen bei der Tierärztin und freut sich. Die Schnupperlehre tut ihr gut. Ich weiß von einem Tierarzt, der sagt, ein Veterinär müsse fünfmal so viel lernen wie ein Humanmediziner. Der Tierarzt ist ein Gelehrtensohn. Der Gelehrte war Kaukasusforscher gewesen. Die Kindheit hat der Veterinär in einem Paradies aus Wald und Himmelstieren verbracht, alles gleich ums Haus herum. Nach dem Vater, dem Gelehrten, ist eine Pflanze benannt. Zuerst wollte der Veterinär Humanmediziner werden, weil der Vater so jäh und so jung gestorben war. Der Sohn wollte einen solchen Tod verhindern können. Im achten Semester war dann das Pflegepraktikum. Neurologisches. Auf der geschlossenen Psychiatrie. Ein paar Todesfälle. Der junge Mann machte publik, dass diese völlig unnötig gewesen waren. Machte ein paar Leute

namhaft und verantwortlich, wurde daraufhin der Uni verwiesen, musste in eine andere Stadt an eine andere Uni. An der hatten sie mindestens ein halbes Jahr lang keinen Platz für ihn. Ihm wurde aber stattdessen angeboten, dass er doch ein Pflegeseminar für Tiermedizin absolvieren solle, das ihm dann für sein Humanmedizinstudium angerechnet werde. Das tat er so. Sagt heute, erst auf der Veterinärmedizin habe er es zum ersten Mal mit menschlichen Ärzten zu tun gehabt. Die seien keine Nazis gewesen, die Humanmediziner schon.

Tag, Monat, Jahr
Ich suche Herrn Ho. Gleich das erste Spiellokal beherbergt ihn. Zuerst sehe ich ihn nicht. Im hintersten Eck sitzt er. Wieder am Automaten. Herr Ho sieht mich, springt auf und weg, kommt schnell auf mich zu, sagt, er höre gerade auf und er habe gewonnen. *Kredit 40 Euro* steht auf der Maschine. Er ist gut gelaunt, trinkt im Stehen genüsslich sein zuckersüßes Cola aus und sagt dabei zum Kellner, dass er 40 Euro zu bekommen habe, wartet. Ich schaue auf die Monitore. Der Kellner zahlt und sagt *Baba* zu Herrn Ho. Herr Ho ist heute andauernd guter Dinge und plappert. Geht in den Park. Ich mit. Ich frage ihn ein paar Dinge. Ein Ventilator ist ihm viel zu teuer, sagt er und jammert über die Hitze, dass er sie nicht aushalte, nur hier im Park könne er bei der Hitze sein. 40 Euro koste ein billiger Ventilator, sage ich zu Herrn Ho. Er beharrt: *Das kann man nicht kaufen. So viel Geld ausgeben.* Ich rede ihn daher noch einmal auf die Automaten an. Er jammert, statt dass er mir antwortet, über die Hitze in der Nacht, verabschiedet sich lachend. Er sagt, er will hier im Park noch ein paar Stunden verbringen. Was soll's. Samnegdi und ich werden gewiss etwas für Ho finden. Den Ersatz, für den der Automat der Ersatz ist, werden wir finden. Hauptsache ist, dass es Ho gutgeht. Es geht ihm ja wirklich gut. Es geht, bitte, gut aus.

Tag, Monat, Jahr
Der tätowierte Zugschaffner. Beim Aussteigen, die junge Frau mit dem Handy in der Hand fängt zu weinen an, sitzt dann zerstört auf der Bahnhofsbank, er tröstet sie. Der Zug verspätet sich dadurch. Dem Schaffner ist das völlig egal.

Tag, Monat, Jahr
Vor dem Fenster wird ein Flügel verfrachtet, alle freuen sich. Das Geschäft drüben soll bis zum Winter, bis Weihnachten zusperren. Der Kellner hier sieht aus wie der dicke Mathematiklehrer, der oft eine Mönchskutte trägt und so schnell in der Nase bohrt. Den GF Gemüller ekelt es, fällt mir ein, vor Zombies, Vampiren und Ostereiern. Damit hat es Folgendes auf sich: Ostern vor ein paar Jahren hat der Kellner hier Eier verschenkt.

Mein bester Freund, der Geschäftsführer, saß damals mit mir im Lokal. Weil der GF Vegetarier ist und es nicht aushält, wie die Tiere leiden, hat er die Ostereier dann weggeworfen. Im Freien in einen Müllkorb hundert Meter weit weg vom Lokal, nicht gleich in den Müllkorb vorm Lokal. Weil Gemüller Vegetarier ist, ist er sehr reinlich. Ich weiß nicht, wie das genau funktioniert, aber es ist so bei ihm. Er ist Vegetarier und daher ist das richtig, was er macht. Er sagte zu mir, der Kellner sei immer so freundlich und höflich, deshalb habe er das Ei nicht ablehnen können. Er zahlte schneller als ich, meinen Kaffee auch mit, und dann nimmt er meine zwei Ostereier und wirft sie angeekelt weg. Als ich sage, ich hätte sie meinem Hund geben können, sagt Gemüller: *Willst du ihn vergiften?* Der GF bewahrte uns alle, die ALEIFA, immer vor Übel, mich auch. Er macht, was er will und für richtig hält, und wenn er zahlt, sowieso. Und wenn er bezahlt wird, tut er das, was der will, der zahlt. Der Politiker, die öffentliche Einrichtung. Das ist professionell.

Einen kleinen Streit hatten wir in dem Lokal gehabt. Im Nachhinein glaube ich zu verstehen, dass der darum gegangen war, was wem gehört. Mein Vorwurf in dem Streit war, in der ALEIFA werden die Menschen verramscht, verwurschtet. Werden so behandelt, als könne man sie beliebig austauschen. Wegschmeißen. Der GF sei dafür verantwortlich. Ich hatte im Streit nicht nachgegeben. Und jetzt warf er meine Eier weg. Zuerst hatte ich gesagt, das gemeinsame Unterfangen, unseres, seit Jahren jetzt, sei wie eine schwierige Zirkusnummer von Akrobaten. Welche stehen, welche fangen, welche springen, und ein paar unterhalten die Leute derweil mit Schabernack. Die gemeinsame Figur sei immer sehr schwierig, gefährlich für die Springer; man müsse sich sehr gut konzentrieren, alle. Man müsse einander vertrauen können und sich aufeinander verlassen können, alle, jeder, jede. Und dann, wenn der andere gerade eben losgesprungen ist, sage aber plötzlich immer irgendeiner, er müsse schnell eine Kleinigkeit essen gehen oder eine kurze Zigarette rauchen oder er brauche einen neuen Parkschein oder er habe aufs Telefonieren vergessen, und läuft mitten im Sprung des anderen weg. Und der andere schlägt hart auf den Boden auf und je nachdem noch ein paar dazu. Es laufe andauernd so, seit Jahren, habe ich zu meinem besten Freund, dem GF Gemüller, damals gesagt, weil es wahr war. Mein bester Freund, der Geschäftsführer Gemüller, erwiderte sofort: *Ja, genau, ich bin der, der immer springt. Ich mache alles für die anderen, damit die gut dastehen können. Ich bin der in der Firma, der alles machen muss.* Und ich sagte verdutzt zu ihm, dass das so ganz gewiss nicht stimmt. Er lasse die anderen dauernd ins Leere springen. Und wer da alles kaputtgehe und was, sagte ich ihm. Ich war dabei sehr freundlich, glaube ich, freundschaftlich. Er blieb bei seiner Version, und dann erst sagte ich das von der Wurstfabrik. Und er sei der Direktor dort. Und dann warf er die Eier weg. Er hat seit Jahren eine Abneigung gegen Eier, nämlich seit er seine Frau kennen gelernt hat. Damals habe ihm zum ersten Mal vor Eiern geekelt. Ich weiß nicht, wie er die Jahre davor gehandhabt hat und ob die Eier da auch schon ein Problem waren.

Tag, Monat, Jahr
Bis in die 1980er Jahre waren Mediziner von der Schmerzunempfindlichkeit der Säuglinge überzeugt, weshalb diese auch bei schweren Eingriffen ohne Betäubung operiert wurden. Chirurgen behaupteten, noch niemals beim Operieren Schmerzreaktionen bei einem Baby wahrgenommen zu haben. Für viele Psychologen war das auch so mit den Babys. Ging bei denen auf Freud zurück. Angeblicher Semistupor, primärer Narzissmus des Säuglings. Kein Schmerzempfinden, Kommunikationslosigkeit. – Ein Säuglingsforscher, der Supervisor, Therapeut Petzold erklärte ihnen dann ein für alle Mal, dass, wer so etwas glaube, keine Ahnung vom Säugen und Stillen und Babys habe. Was haben die Medizinerinnen, Psychologinnen, Kinderschwestern bis dahin von den kleinen Kindern geglaubt, gewusst, frage ich mich. Es wird so sein, wie Bourdieu gesagt hat, dass Spitäler Orte männlicher Gewalt sind.

Tag, Monat, Jahr
Ich lese, der Dalai Lama habe einmal eine Hornisse erschossen, die eine Wespenlarve fressen wollte. Er sei der Beschützer der Schutzlosen und ein sehr guter, sozusagen leidenschaftlicher Schütze. Und er habe eine Schwäche für Action- und Kriegsfilme. Für Schwarzenegger z. B. Und der Dalai Lama habe als Kind schon immer so viel gelacht. Und als sein Koch, der für ihn von klein auf gesorgt hat, gestorben ist, hat er geweint. Als seine Mutter starb, nicht. Ihr habe er gesagt, dass es eben so sei und sie nicht anhaften dürfe. Aber er hat seine Mutter sehr geliebt. Natürlich. Aber Weinen ist Egoismus, der darf nicht sein, soll der Dalai Lama sich gesagt haben. Ich verstehe beim Dalai Lama immer nur die Hälfte.

Tag, Monat, Jahr
Gemüller sagte wieder einmal, ich sei privilegiert und: *Die Firma kann nichts tun. Wenn schon die Gewerkschaft nicht ...* und redete nicht weiter. Und dann spontan, dass er Menschen nicht vergewaltige. Nach diesem Treffen hätte ich mit Gemüller besser nie mehr reden sollen. Ich habe Gemüller nie vertrauen und mich nie auf ihn verlassen können. Die Kellnerin brachte mir an dem Tag mein liegengelassenes Notizbuch nach, wirkte angewidert. Schaute auf das Notizbuch, dann mir ins Gesicht. Dann lächelte sie zum Glück. Im Weitergehen erzählte mir Gemüller

schon wieder einmal über Mandelstam und Schostakowitsch und Robert Walser und dann über die Idioten bei Dostojewski. Ich überlegte mir, ob die auf meiner Seite oder auf der von Gemüller wären. In der Nacht dann konnte ich nicht schlafen und hatschte mit Charlys Hund von hier zum Kloster, in dem sie zur Schule ging, und retour. Das ist aber alles Vergangenheit. Die Guten sind aber immer noch mein Problem. Und das wird sich nicht ändern. Dass das so ist, werde ich nie verstehen.

Tag, Monat, Jahr

Der liebe sanfte Gemüller hat eines Tages mit mir über Vergewaltigungen geredet, wieder einmal, und dass er das niemals tue, Menschen vergewaltigen, Menschen missbrauchen. Die ALEIFA sei der Ort, an dem so etwas nicht geschieht. Er redete derlei immer von selber, von sich aus. Und sein Gewerkschaftsgetue ewig. Ich hatte wie gesagt erfahren, dass es hierzulande kein wirkliches Streikrecht gibt und dass die Streikkassen leer sind. Ich hatte mit ihm darüber geredet. Ich schrieb es auch in mein zweites Buch und kurz in einen grünen Zeitungsartikel. Und ich wollte wie gesagt auch eine Veranstaltung über Banken bewerkstelligen; wie gefährlich es sei, wenn eine Gewerkschaft eine Bank besitze, und später dann eine darüber, warum die Gewerkschaft denn den verstaatlichten Konzern nicht gekauft, sondern es zugelassen habe, dass der privatisiert wird. Gemüller machte sich jedes Mal darüber lustig, was ich daherrede und wie absurd das sei, und wiederholte, eine Gewerkschaft könne niemals Pleite gehen. Beim Streik dann sagte ein Gewerkschaftsredner auf der Straße – ein Bankangestellter war das oder einer von einer florierenden Versicherung, das weiß ich nicht mehr –, dass er ein Nacht-, Schicht- und Schwerarbeiter sei. Sie alle hier, die Bank- und Versicherungsangestellten seien Schwerarbeiter. Das sehe man ganz objektiv alleine schon daran, wie teuer ihnen ihre Wohnungen kommen. Gemüller stimmte ihm heftig zu. Und ein anderer flammender Gewerkschaftsredner auf der Straße, ein Arbeiterführer, sagte, dass man, weil man ja nicht in der Regierung sei, jetzt ein paar Jahre lang nichts tun könne. Ich war aber weiterhin loyal und solidarisch und fleißig und tat, was ich konnte.

Tag, Monat, Jahr

Der Festlärm aus dem Ort herauf. *Marmor, Stein und Eisen bricht* wird gesungen. Den ganzen Tag über schon sind meine Nerven schlecht. Und der Holzhändler macht meine Tante so nervös. Mich hat er dadurch auch erwischt. *Wo das Leben noch lebenswert ist* wird jetzt gesungen. Hoffentlich hängt der Nachbarssohn sich im Suff nicht auf. Seine Schwester hat mich vor ein paar Tagen angerufen, ich solle nach ihm schauen, er gehe nicht ans Telefon. Sie hatte Angst, denn sie will ihr Haus verkaufen, in dem er lebt, er hat dann nichts. Der Holzhändler heute hat meiner Tante eine Flasche Wein gebracht. Sie hat nie in ihrem Leben Alkohol getrunken. Er sagt: *Wenn Sie die Flasche trinken, werden Sie glücklich sein.* Er lacht nie. Ich habe ihn noch nie lachen gesehen. Am Montag habe er eine Herzuntersuchung. Er habe im Winter eine Grippe übergangen. Von einem Holzfäller weiß ich, dem zum Weinen ist, wenn er einen Baum umschneidet. Hundert Jahre alte Bäume. Ein paar Bäume lichtet er aus, damit die noch ein paar Jahre leben können. Die erholen sich dann. Aber von selber könnten die nicht mehr leben. Meine Abneigung von klein auf gegen den Geruch von geschnittenem Holz. Als Kind wünschte ich mir eine Zeit lang, dass ich nicht wachse und dass ich allein im Wald leben und immer so klein bleiben kann. Ich habe mich nie für großartig gehalten, sondern immer für kleinartig. Im Wald bei uns lebte einmal wirklich einer. Der war unberechenbar, bildete sich ein, alle Bäume gehören ihm. Die Grenzen seien alle falsch. Er versetzte die daher. Unsere natürlich auch. Der arbeitete in einer Papierfabrik und hat sich mitten im Wald eine Hütte mit Rauchfang und Weinflaschen gebaut. Meine Mutter hatte vor dem Mann Angst. Ich nicht. Einmal in einem Streit sagte er zu mir: *Was willst du von mir, ich bin kein Heiliger!* Er ist dann einmal im Gasthaus umgefallen und auf der Stelle tot gewesen. Sein Wald war immer in bestem Zustand. Der Mann trank am liebsten im Wald und man hätte ihn in seinem Wald begraben sollen.

Tag, Monat, Jahr

Die Tante muss heute das Essen für ihre Damenturnrunde bereiten und ist sehr aufgeregt. Seit Tagen schon. Ihre Freundin ruft sie an, sagt, sie solle sich doch wegen dieses Blödsinns nicht so aufregen. Dann sagt die Freundin zu mir, sie habe vergessen mir zu erzählen – und es sei jetzt auch schon ein paar Wochen her –, dass die Tante sie zeitig in der Früh angerufen und gesagt habe, die Freundin habe angerufen und ihr ausrichten lassen, sie solle diese zurückrufen. Ich soll das gesagt haben, sie mitten in der Nacht aufgeweckt haben, weil mitten in der Nacht der Anruf gewesen sei. Das hat die Tante nur geträumt. Das ist nicht schlimm, dass sie das geträumt hat. Die Tante, immer wieder erkundigt sie sich nach Farzad, wie es ihm wohl gehe. Heute fragt sie auch nach ihm. Sie hat damals versucht, ihm das Leben zu retten. Was können kleine Leute schon groß tun? Sehr viel. Und er hat ja auch versucht, ihr das Leben zu retten.

Tag, Monat, Jahr

Am 29.10. will ich alles fertig geschrieben haben. Da ist der Todestag der über alles geliebten Mutter meiner Frau. Vor zwei, drei, vier Jahren habe ich eine Telefonnummer geträumt. Ich konnte sie mir fast nicht merken. Ich musste die Nummer schnell wählen. Meine Finger waren schwer, die Hände unbeweglich. Aber ich musste die Nummer wählen, musste mir die einprägen und dann schnell wählen. Das Telefon konnte ich im Traum nur mit großer Mühe halten. Und dann beim Aufwachen fiel mir ein, dass das die Telefonnummer meiner geliebten Schwiegermutter war. Eine Nummer von viel früher. Samnegdi kannte die Telefonnummer gar nicht mehr, als ich ihr die nannte. Und ich habe mir den Traum so gedeutet, dass ich das Buch so schnell wie möglich fertigschreiben muss. Denn es handelt auch vom Tod dieser Frau, die ich sehr geliebt habe. Wir haben ihr nicht helfen können. Es war ein Unfall. Der hätte nicht sein müssen. Und nach dem Traum war ich sicher, dass ich das Buch bis zum 29.10. fertig haben muss. Damit anderen geholfen ist. Und Gemüller jammerte immer, jammerte, versprach, log. Und ich schaffte es nicht, meine Pflicht zu tun, meine Arbeit. So einfach war das. Nein, ich mag die Guten nicht. Die Guten machen mich krank.

Tag, Monat, Jahr
Die Guten gehen mir auf die Nerven. Ich habe ihr Alibi nicht. Ich habe überhaupt kein Alibi.

Tag, Monat, Jahr
Die behinderte Frau im Musikgeschäft. Vor der Tür ein Plakat mit vielen Flöten. Die Frau will eine kaufen. Hat keine Ahnung. Man zeigt ihr eine Griffvorlage. Die Kosten für ein durchschnittliches Instrument betragen 400 Euro, sagt man der Frau. Sie weint daraufhin fast, sagt, sie habe nur 100. Das sei ihr schon viel zu teuer. Man schenkt ihr die Griffvorlage und sagt, dass Spitzeninstrumente 1500 Euro kosten.

Tag, Monat, Jahr
In den Bus steigt eine junge Frau zu. Auf dem Handrücken hat sie neben dem Daumen eine kleine Tätowierung, die ich nicht entziffern kann, drei, vier kleine Zeichen. Die Frau trägt eine Sonnenbrille und schnürt sich Gürtel und Sandalen. Der junge Mann, der sie dabei betrachtet, vor ihr steht, schaut ihr ins Gesicht und lacht. Sie sieht ihn an und verzieht keine Miene. Ihr Gesicht ist völlig regungslos, sein Lachen hört auf. Weiß im Gesicht ist der Mann jetzt. Er hat seinen Blick abgewandt, aber sie hat seinen Kopf weiter fixiert. Sie fixiert den jungen Mann, bis er aussteigt. Ich glaube nicht, dass es irgendetwas auf dieser Welt gibt, das diese Frau sich gefallen lässt. Als der junge Mann ausgestiegen ist, setzt sie sich sofort.

Tag, Monat, Jahr
Ich war jetzt gerade mit Charly vegetarisch essen. Gestern haben wir zufällig zusammen einen Film angeschaut. Der gelähmte Mann im Rollstuhl sagte im Film: *Lebe.* Zur Tochter sagte er das: *Lebe.* Er hat eigentlich nicht sprechen können. Schlaganfall. Das Wort, das der gebrochene Mann ihr zuliebe schaffte, mit äußerster Kraftanstrengung, war: *Lebe.* Er konnte nur dasitzen und sie anschauen: *Lebe.* Sie war am Boden zerstört gewesen, weil sie seine Firma nicht retten konnte. Die Tochter gestand dem Vater den Konkurs. *Lebe!*, antwortete ihr der Vater daraufhin. Ich weiß nicht, wann der Film eine Komödie war. Ich bin gegen den Film. Bin ich gegen das Leben? Die Filmkomödie ist mir auf die Nerven gegangen. Die Menschen in dem Film sind einander nie behilflich, machen sich auch nie Sorgen umeinander. Die sind alle sehr selbständig. Und das Bedrohliche und das Gefährliche sind nur Lappalien, so nehmen die im Film das Leben. Ich kann das nicht so nehmen. Aber *Lebe!* ist, finde ich trotzdem, für alles das Zauberwort, weil es so schön ist.

Tag, Monat, Jahr
Hodafeld hat nicht geglaubt, dass die Hälfte aller US-Bürger Aktien besitzt und dass deren mögliche Verluste oder Gewinne die Wahlentscheidungen beeinflussen, etwa wenn man weiß, dass ein Kandidat gegen die Interessen eines bestimmten Öl- oder Nahrungsmittelkonzerns, von dem man Aktien hat, agieren will. Über die Aktiengewinne müssen ja die Altersversorgung, der Versicherungsschutz und der zukünftige Bildungs- und Lebensweg der Kinder finanziert werden. Ich weiß nicht, warum Hodafeld das nicht geglaubt hat. Um die von der hiesigen Regierung verlangte Umstellung des Pensionssystems ging es da immer. Er war dagegen. Er wollte die USA in keiner Weise als Vorbild gelten lassen. Es sollte niemand auf zu viele blöde Ideen kommen. Daher war Hodafeld so stur zu sagen, dass in Amerika in Wahrheit gar nicht so viele Menschen ihr Leben mithilfe von Aktien sichern. Ihm ging es um die, die das nicht tun.

*

Die hohen Zahlen des Kindesmissbrauchs und der Kindesmisshandlung hierzulande glaubte er auch nicht. War aufgebracht, als ein Journalist ihn auf die Zahlen anredete. Die seien falsch, sagte Hodafeld. Ich verstand auch das nicht, denn er war ein wirklicher, konsequenter Menschenfreund und ein guter Mathematiker, Analytiker. Er hielt viele Leute für verwöhnt und meinte, dass die Verwöhnten den Misshandelten alles wegnehmen und für sich beanspruchen. Das fremde Leid missbrauchen. *Es jammern die Falschen,* sagte er oft. Er wollte nicht, dass sich die Täter, Komplizen und Profiteure als Opfer ausgeben oder als Retter und Beschützer. Er war immer, wenn es um Zahlen ging, seinem Beruf entsprechend misstrauisch; verstand seine Aufgabe als Wissenschafter auf Ehr' und Gewissen darin, Manipulationen, sich selbst erfüllende Prophezeiungen zu durchkreuzen, unschädlich zu machen. Einmal habe ich zu ihm gesagt, dass wir in einer noch und noch missbrauchenden und misshandelnden Gesellschaft leben. Und er hat daraufhin gesagt, dass das stimmt. Ich glaube, er hatte vor den Zahlen Angst. Vor den Konsequenzen daraus. Er wollte, glaube ich, die Menschen lieben können und ihnen helfen, nicht vor ihnen Angst haben müssen.

Tag, Monat, Jahr
Ich glaube manchmal allen Ernstes, dass alles nur daher kommt, dass ich mit 1, 2, 3, 4, 5, 6, 7, 8, 9, 10, 11, 12, 13, vierzehn aus purem Zufall nicht gestorben bin. So jemanden wie mich dürfte es normalerweise nicht geben. Das ist kein Gejammere von mir, sondern ich behaupte ein soziologisches, sozialpsychologisches Gesetz.

*

Statt des Pannwitzblicks Lévinas' Ethik des Gesichts. Als ich ein Kind war – wer mich betrachtete, mir nicht half, die hatten den Blick des Dr. Pannwitz. Das ist keine Deutung im Nachhinein, sondern man wird angeschaut und es wird entschieden und sie lassen alles mit einem geschehen, helfen nicht. Ich sah sie sehen, es war furchtbar, von Mensch zu Mensch SS. Es ging eben nicht anders. Man muss im Leben immer schauen, was geht und was nicht, was dafür steht, was nicht. Das ist normal. Jeder muss das so machen. Es sind reifliche, rationale Überlegungen. Z. B. was man alles zu verlieren hat oder in welche Unannehmlichkeiten man gerät, wenn man es anders macht.

Tag, Monat, Jahr
Mozarts *Sinfonia Concertante* in Es-Dur, komponiert angesichts des beruflichen und familiären Nichts, war Günther Anders' Lieblingsmusik. Meine ist die auch. Daher weiß ich es. Anders' Musiksoziologie, die wäre wirklich interessant. Über die redet niemand. Ich finde auch keine Literatur dazu. Immer nur den geschäftstüchtigen, die Konkurrenz eliminierenden Adorno!

Tag, Monat, Jahr
Wie hängt »Delegieren« mit dem »Führerprinzip« zusammen? So, dass es im Dritten Reich von kleinen Führern, also von Hitlervasallen, nur so wimmelte. Die hatten alle von klein auf, Kind an den Wortbestandteil »Führer« in ihren Funktionsbezeichnungen. Die etlichen kleinen Führer damals, Lehensnehmer – und dann nach der Befreiung bis heute der Spruch *Nur so ein kleiner Hitler gehört her, nur so ein kleiner!* Was hat das mit dem Managerausbildner Höhn zu tun?

Tag, Monat, Jahr
Dieser Pannwitz, bei den einen steht, er sei selektierender Lagerarzt gewesen, bei den anderen, Chemiker, der Arbeiter für die Chemiefabrik außerhalb des Lagers ausmusterte. Und einen Pannwitz gibt es, der war Kosakengeneral, SA, SS. Adeligste Familie.

Tag, Monat, Jahr
Gemüllers Vertrauensbrüche immer wieder haben mich fast kaputtgemacht. Mit Neid meinerseits hat das nichts zu tun, was ich gegen den GF jammere, sondern ich habe manchmal große Schmerzen und weiß oft nicht aus und nicht ein. Ich halte das nicht für infantil, dass ich mich gegen mein Zugrundegehen wehre.

Tag, Monat, Jahr
Zahlen sollen für Alban Berg immer lebenswichtig gewesen sein, eine habe seine Erstickungsanfälle bedeutet und zugleich Zensur.

Tag, Monat, Jahr
Der 56jährige, der im Altersheim verbrennt. In seinem Bett. Wegen der Zigarette. Seit 6 Jahren halbseitig gelähmt nach einem Schlaganfall war er.

Tag, Monat, Jahr
Gestern im Park die Messerstecherei zwischen zwei Banden, tschetschenisch, dominikanisch.

Tag, Monat, Jahr
Meine Krankheit ist das Gute. Die Guten haben diese Krankheit nicht. Die Herrschaft der Guten – ich bin dagegen. Ich habe keine Chance gegen die Guten. Die Guten gewinnen immer. Das ist, bin ich überzeugt, nicht gut so. Die Guten gehen mir auf die Nerven. Ich habe ihr Alibi nicht. Ich habe überhaupt kein Alibi.

Tag, Monat, Jahr
Du weißt gar nicht, wie viel ich von dir gelernt habe, sagte Gemüller zu mir. Es war mir nicht recht, dass er das sagte. Das war ein paar Jahre, nachdem ich ihn zum ersten Male gesehen hatte, und ich wehrte mich seit Monaten gegen meine Verramschung. Nannte die ALEIFA wie gesagt eine Wurschtfabrik. Gemüller hatte eben einem der hohen roten Stadtpolitiker, Bildungspolitiker, dem Hummel, eine Veranstaltung versprochen, den Termin entweder verschlampt oder verheimlicht, ihn mir erst im letzten Augenblick gesagt, obwohl er selber ihn seit langem wusste. Man brauchte von roter Seite dringend eine Alternativveranstaltung, damit man sagen konnte, man tue etwas, habe Niveau, die

besten Informationen, sei immer mit dabei und in gewissem Sinne allen voran und zugleich besonnen und vernünftiger. Man zahlte von dieser Seite. Daher also die Veranstaltung. Man hatte bis zu selbiger keine Ahnung von nichts, wollte sich die Szene an- und in ihr umsehen, sich in sie einkaufen, da sie ja ein Zukunftsmarkt war. Es war, weiß ich heute, eine Geschäftssache. Wohlfeil.

Ich wehrte mich. Nicht meinet-, sondern der anderen und der Sache wegen. Gemüller machte daher einen Besprechungstermin aus. Ich sollte es dem roten Politiker selber sagen, dass ich nicht will. Gemüller hatte dem Politiker zwar, ohne je mit mir darüber zu reden, die Veranstaltung zugesagt, brauchte mich aber. Der GF hatte schon sehr oft Veranstaltungen gegen meinen Willen und ohne mein Wissen verabredet, die dann für mich sehr anstrengend waren, weil ich sie selber bestreiten oder wirksam besetzen musste. Und alles, was ich für den GF, für die ALEIFA nämlich, in den Jahren trotz aller meiner Proteste und Unbill doch tat, war für den GF immer bloß die nachträgliche Bestätigung und selbstverständliche Erlaubnis, und er machte weiter wie bisher, weil es ja immer exzellente Veranstaltungen waren und sie der Firma Ansehen brachten.

Und wir, er und ich, warteten eben an dem Morgen, dass der Stadtpolitiker endlich anklopft, und der GF Gemüller erzählte mir die paar Minuten bis dahin von seinen finanziellen Sorgen und Nöten, von der ALEIFA, von seiner Todesangst und der seiner Kinder und wie arm seine Familie sei, und dann kam der Stadtpolitiker Hummel, sagte, dass aus dem Streik nicht viel werden könne, dass aber gestreikt werde. Und dann sagte Hummel, dass die Veranstaltung wichtig sei und wir dadurch ja auch etwas lernen. Ich widersprach ihm ärgerlich, zornig, und machte mich ein wenig lustig, und plötzlich redete der Politiker genau wie Gemüller sonst immer von *work in progress*. Und ich erwiderte: *Work in progress ist, wenn man nicht weiß, was man tut. Und es auch gar nicht wissen will. Und wenn man nie etwas ordentlich und rechtzeitig machen muss. Und nie wirklich.* Doch gleich darauf gab ich nach, weil es ja eine gute Sache war und der Streik unbedingt sein musste und jeder immer alles tun muss, was er kann. Und so wurde die Veranstaltung beschlossen.

Tag, Monat, Jahr
Ich gab damals nach, weil ich meinte, jemand anderer bei der Veranstaltung, ein Spezialist für weltweite Alternativprojekte, mache es besser als ich, also machte ich dem Gast Platz. Ich habe den öffentlichen Raum, der mir bei den Veranstaltungen nahezu uneingeschränkt zur Verfügung stand, nie gegen meinen Freund Gemüller verwendet. Dass ich es diesmal doch tue, davor hatte er plötzlich große Angst. Ich habe mich aber auch da nicht in der Öffentlichkeit gegen ihn gewehrt, nutzte die Öffent-

lichkeit nicht und meinen guten Ruf nicht. Ich hätte damals darüber reden müssen, wie meiner Meinung nach mein bester Freund, der GF Michael Gemüller, Menschen manipuliert und Gemeinschaftsprojekte sabotiert. Ich schwieg damals nicht aus Feigheit, sondern weil der Streik wichtig war, weil es seit Jahrzehnten keinen gegeben hatte. Und weil die Regierung heimtückisch war und gestoppt werden musste. Ich gab prinzipiell immer nach. Denn aufgrund der permanenten Mangelsituation, in die den GF Gemüller diejenigen Politiker zwangen, die der Firma das Geld geben oder wegnehmen können, könne der Geschäftsführer Gemüller oft nun einmal nicht anders handeln, meinte ich. Er selber sei ganz anders und wünsche sich alles anders. Die Realität sei schuld, und die Realität sei die Politik, und die Regierung sei jetzt die Politik. Der Spezialist für die wichtigsten Alternativprojekte auf der Welt sagte damals in der Veranstaltung, dass man nichts tun könne. Man müsse warten. Bis die Katastrophe da sei. Trottel. Er sagte nicht einmal, dass man bis dahin die Alternativen wirklich gefunden haben müsse.

Tag, Monat, Jahr
Ein Musiker, der meinte, dass das Wichtigste sei, die Welt zu überstehen, sagte, ein Musiker habe das Bedürfnis, die Dinge in Ordnung zu bringen, zum Beispiel einen Bach, einen Baum, einen Vogel. Die Musik sei immer der Kampf gegen den Tod. Der Schreibtisch des Musikers schaute aus wie der Arbeitsplatz und wie die Werkzeuge eines Chirurgen. Die erste Musik, die er gehört hatte, war ein Bauer gewesen, der auf einem Baumstamm saß und Körpergeräusche von sich gab, seine Achselhöhlen schmatzen ließ und dabei in einem fort zwei Silben summte. Einmal später soll der Musiker ein Wunder erlebt haben und dadurch und durch den heiligen Franz von Assisi soll er gläubig geworden sein. Fremde Interpretationen seiner Werke wollte er nicht, sondern einzig und allein selber bestimmen, wie seine Musik richtig zu verstehen und richtig zu spielen sei. Und einmal schenkte ihm ein Maler Zeichnungen von Menschengestalten und Gesichtern, und als der Komponist Krieg und Not entkommen und in ein anderes Land fliehen wollte, wollten ihn die Grenzbeamten nicht hineinlassen, weil sie mutmaßten, die seltsamen Zeichnungen von Menschen seien militärische Geheimkarten. So wichtig war Kunst früher einmal und ein wirkliches Geheimnis.

Tag, Monat, Jahr
Li Zhi, chinesische Romantik, 16. Jahrhundert nach Christi Geburt. Er lehrte das kindliche Herz und dass Menschen die Wahrheit sagen sollen. Er bekämpfte den Staat und die Moral der Konfuzianer, nannte diese Schinder, Heuchler und Henker, war Taoist, kleidete sich wie ein Buddhist.

Eines seiner Bücher hieß *Das unbefleckte Herz*, eines *Buch zum Verstecken*, eines *Buch zum Verbrennen. Fengshu*. Die Menschen sollen sich beim Lesen glücklich wie Fische im Wasser oder leicht wie Federn im Wind gefühlt haben. Er lobte den hohen Wert des Lernens und predigte eine egalitäre Gesellschaft. Sein eigener Lehrer soll prächtig gekleidet gewesen sein, um dem Kaiser offen Konkurrenz zu machen und die Massen an sich zu ziehen. Li Zhi selber lebte mit zwei Nonnen, Töchtern des Provinzgouverneurs, zusammen, im hohen Alter warf man ihn auch deswegen ins Gefängnis, wo er dann eben Selbstmord beging. Die Taoisten haben den Staatsdienst verweigert. Wie haben die das überlebt?

*

Laotse, das Wuwei, das heißt nicht Nichtstun, sondern das nicht tun, was falsch ist. *Die Menschen sind wie Strohpuppen, die ins Feuer geworfen werden.* Ein taoistischer Satz. Wirkungslos bis heute. Sie werden weiter verheizt. Fengshu und Fengshui sind eben nicht dasselbe.

*

Der Streit um Li Zhi im Politbüro, insbesondere nach Maos Tod. Die Reformer, Maokritiker, beriefen sich auf Li Zhi. Der einzige Europäer, von dem ich weiß, dass er Lizhiist war, war Bourdieu.

Tag, Monat, Jahr

Ein paar Tage vor der Veranstaltung des Hummel saßen Gemüller und ich irgendwo draußen in der Stadt, die Sonne schien. Gemüller sagte aus heiterem Himmel zu mir: *Du Uwe, das habe ich selber auch schon erlebt, dass mir einer freundlich ins Gesicht lacht und reinlügt. Das ist für mich das Schrecklichste im Leben.* Ich sah ihn irritiert an, er lächelte freundlich. Ich fragte ihn, ob er mir etwas neide. *Nein*, sagte er sofort, *denn wir zwei sind gleichwertig.* Und dass ich einen winzigen Vorsprung im Wissen habe. *Durch meine viele Arbeit für die ALEIFA kann ich nicht so viel lesen wie du. Ich muss ja arbeiten. In sechs, sieben Wochen Urlaub könnte ich das leicht aufholen. Aber ich komme wegen der vielen Arbeit nie zum Urlaubmachen.* Ich verstand wirklich kein Wort von dem, was er sagte, sagte aber verdutzt zu ihm, dass ich bitte nicht angelogen werden will. Auch, dass ich das Ganze nicht mehr aushalte. Denn es sei falsch und völlig unnötig. Und er sagte dann das mit dem Gesicht. Und wie selbstlos er sei, ohne es selber überhaupt zu merken. Und wie oft ihm das schade. Und dass er immer allen alles erzähle, niemals einen Informationsvorsprung ausnütze, sondern immer alles schnell unter die Leute bringe, damit jeder etwas davon hat. Er log und ich verstand nicht. Und er, er vertauschte sich und mich. Ich habe damals den unerbittlichen Machtkampf noch immer nicht verstanden gehabt, nicht einmal, dass der im Gange war, sondern habe meinem besten Freund wie immer wieder von neuem geglaubt. Denn von Mensch zu Mensch haben er und ich damals miteinander geredet, fand ich. Offen, ehrlich, vertrauensvoll haben wir geredet, habe ich mir eingebildet. Ich glaubte, all das, was falsch lief, seien nur Versehen und Missverständnisse und Zwanghaftigkeiten. Ich verzieh ständig. Irgendwie vergaß ich immer wieder von neuem, was schon geschehen war. Ich schaute nur nach vorn.

Ich konnte mich auch deshalb nicht gut gegen den GF wehren, weil ich meinem aufbrausenden, sturen Charakter und meinem Jähzorn die Schuld am monatelangen, jahrelangen Konflikt mit dem GF gab. An dem Tag an der Sonne damals sagte Gemüller auch, dass er die Wahrheit über sich selber gar nicht wissen möchte. Ich wusste nicht, wie er plötzlich darauf kam. Er sagte, er glaube, er müsse dann sterben. Und da sagte ich wieder, dass ich nicht angelogen werden möchte. Seine Hilflosigkeit machte mich jedes Mal hilflos. Seine Todesangst machte mich sofort hilfsbereit.

Tag, Monat, Jahr
Sexy Politik: Warum ist Delacroix' *Die Freiheit führt das Volk* zu dem Bild der Französischen Revolution geworden, obwohl es doch so viele andere auch gegeben hat, von anderen Malern? Weil die Freiheit barbusig ist.

Tag, Monat, Jahr
Arendts Wort von der Banalität des Bösen wird meistens falsch verstanden. Gemeint war doch, wie bösartig das Banale sein kann, nicht, dass die KZs banal waren. Eine Banalität des Guten gibt es, meine ich, auch. Die bedeutet nicht, dass das Gute banal ist, sondern dass man mit banal Erscheinendem sehr viel Gutes tun kann.

Tag, Monat, Jahr
Ein Schwerkranker erzählt, dass er beim Arzt, auf der Ambulanz, fast 6 Stunden warten musste, bis er drankam. Aber er hat sich jedes Mal gefreut, wenn jemand anderer drangekommen ist, weil er geglaubt hat, dadurch komme er dem Ziel immer näher und endlich auch einmal dran.

Tag, Monat, Jahr
In der Zeit von Hummels Veranstaltung sagte Gemüller zu Samnegdi, er werde mich anrufen und sich bei mir entschuldigen und mir natürlich helfen. Samnegdi hatte nämlich zu ihm gesagt, er solle sich doch endlich einmal fragen, ob ich denn nie Hilfe brauche. Er rief dann wirklich an, entschuldigte sich nicht, sagte, wenn ich Hilfe brauche, wäre ihm die Zeit zwischen 23 Uhr, 24 Uhr oder ein Uhr in der Nacht oder um zwei oder drei oder vier, da jederzeit, am liebsten. Vier Uhr bitte. Da habe er am besten Zeit, weil er da immer noch arbeite, aber ein bisschen weniger

als sonst. Und was er mir denn überhaupt helfen können solle, fragte er mich im nächsten Augenblick. Lachte. Erstens sei ja nichts Besonderes los, denn es sei ja nicht viel etwas zu tun für mich, und es gebe nun einmal Dinge, die müsse ich tun, nicht er. Damals in den Tagen vor der Veranstaltung sagte er spontan zu mir, weil ich ja trotz allem jederzeit zu Verfügung stand und auch durch und durch kostenlos war: *Bei mir ist das alles viel, viel ärger. Was glaubst du, wie viel Zeit und Arbeit ich der Firma tagtäglich unentgeltlich schenke. Das kann man gar nicht rechnen. Das ist unbezahlbar. Du kannst es dir nicht vorstellen.* Und ein paar Tage später sagte er, dass ich gar nicht wisse, wie viel er von mir gelernt hat. *Von mir ganz sicher nicht,* erwiderte ich. *Doch,* sagte er. Seine größere Tochter sage auch oft zu ihm, wie sehr ich ihn beeinflusse. Sie merke das. Ich verstand ihn auch an diesem Tag nicht. Er hatte zu mir meistens nur Dinge gesagt, auf die ich ihn nicht angesprochen und nach denen ich ihn nicht gefragt hatte und die mir selber nie in den Sinn gekommen sind. Für mich war er ein guter Freund gewesen, der in Schwierigkeiten war, und die ALEIFA war, ist, in meinem Empfinden der beste Ort auf der Welt.

Tag, Monat, Jahr

Erasmus von Rotterdam beschrieb einen Maler, der die Realität darstellen wollte und seine Bilder daher in einem fort ummalen musste und nie fertigstellen konnte, weil die Wirklichkeit sich ja ständig verändere.

Tag, Monat, Jahr

Ein Drogenhändler sagt, er habe sich immer als Sozialarbeiter verstanden und benommen.

Tag, Monat, Jahr

Der Chefinspektor a. D. erzählte heute seinen Freunden, dass hohe Generalstabsoffiziere Hitlers nicht als Nazis oder Kriegsverbrecher kategorisiert wurden, weil sie dann die US-Armee ausbildeten. Strategisch. Im Partisanenkrieg. Und das haben die Amerikaner dann in Vietnam gegen die Vietkong verwendet. Den Vernichtungskrieg. Wie in Russland die Deutschen. So habe ich das verstanden. Er sagte, dass es wahrscheinlich keine schlagkräftige Armee der Welt gebe, die nicht von der deutschen Wehrmacht gelernt habe. Große Aufregung am Tisch.

Tagebücher
2007

Tag, Monat, Jahr

Ich verstehe nicht, wie die Buddhisten, die Tibeter, der Dalai Lama den Tod betrachten. Mir ist das nicht geheuer. Über den christlichen Märtyrerkult empört man sich mit Recht, aber den Buddhisten, dem Dalai Lama schert man nicht den Kopf. Was mir gefällt, ist, dass der Dalai Lama sagt, er sei schon ein wenig aufgeregt und wisse nicht, ob er beim Sterben alles richtig machen werde. Unsereiner denkt sich ja, das Sterben habe noch jeder zusammengebracht. Aber der Dalai Lama meditiert täglich ein paar Todesgottheiten an, damit er es dann kann. Die Sache mit den 49 Tagen verstehe ich auch nicht, das Zwischenreich. In dem könnte ich jetzt zum Beispiel gerade sein, und niemand meint es gut mit mir und redet auf mich ein und erklärt mir, was los ist.

Tag, Monat, Jahr

Dass sich der Dalai Lama unseren Papst zum Vorbild nimmt, ist zum Lachen und zum Weinen. Die katholische Vatikandemokratie als Vorbild für Tibet!

*

Ehemalige Leute des Dalai Lama sagen, man dürfe nicht frei reden. Beim geringsten Versuch werde man im Namen des Dalai Lama ausgeschlossen. Und dass er dermaßen als Heiligkeit glorifiziert werde, verhindere, dass man über Vergangenheit und Zukunft offen und ehrlich nachdenken könne.

*

Bei uns ist es genauso wie beim Dalai Lama. Besser gesagt, überall, wo die Guten sind, ist es so. Man kann sich nicht gegen sie wehren. Egal, was falsch läuft.

Tag, Monat, Jahr

Das Mädchen heute, vor ein paar Jahren habe ich es zweimal gesehen, einmal mit seiner Freundin im Bus und einmal mit seiner Mutter auf dem Gehsteig. Man sah, wie sehr es an der Mutter hing. Zwölf, dreizehn wird es gewesen sein. Es schaute von der Seite zur Mutter auf, lachte. Hielt mit ihr Schritt. Im Bus hatte es während der ganzen Fahrt mit der Freundin laut über Sex geredet. Einen schwarzfarbigen Buben aus ihrer Gegend, der bei einer Haltestelle zustieg, fragte sie, wie groß sein Penis sei und welche Farbe er habe. Der Bub war verlegen, sie redete ihn ein paar Mal an. Dann redete das Mädchen ein fremdes Mädchen an, das zwei Stationen später zustieg. Die beiden Mädchen fragten, wo es in die Schule gehe, und dann, ob es Sex auch so gern möge. Das dritte Mädchen ging in eine gute Schule, kam wohl aus guten Verhältnissen. Die beiden Mädchen erzählten ihm, dass die Lehrerin zu ihnen beiden immer sage, dass sie asozial seien und ihre Mütter zu ihr kommen müssen. Die sangen dann ein lautes Spottlied auf das, was die Lehrerin zu ihnen zu sagen pflegte. Der hintere Busteil, in dem die Mädchen diese Dinge redeten, die meiste Zeit über Geschlechtsorgane und Praktiken, war mit vielen älteren Frauen besetzt, nur von Frauen – und die lachten und lächelten alle und betrachteten die Mädchen neugierig. Das war damals wirklich so und es machte mir Angst. Ich dachte, was aus diesem Kind werden wird, die Mutzenbacher, was sonst. Freude am Geschäft. Nein, liebesbedürftig. Unglaublich war das damals im Bus. Ich glaube, dass das da das Mädchen ist. Aber ich habe mir ihr Gesicht nicht wirklich gemerkt. Damals im Bus zu Herrn Hos Notwohnung immer die vielen Schulkinder: Ein Bub, auch um die 13, sagte, dass er jeden zusammenschlage, auch wenn der schon am Boden liege. Denn der kann ja sonst wieder aufstehen und ihn fertig machen. Das war keine Angeberei von dem Buben. Ein paar haben da mit ihm über die Schule geredet und wie es um sie selber stehe. Der Bub war kein Angeber, er machte das wirklich so. Anders hätte er viel zu viel Angst haben müssen. Einen großen Türkenbuben hatte er auf seine übliche Weise erledigt, hatte jetzt Angst vor dessen Freunden in der Schule und vor der Familie. Die anderen Kinder im Bus sagten von dem schnellen Buben respektvoll, er sei der Stärkste in der ganzen Schule. Der Bub schaute weder groß noch stark aus, er war wohl bloß stets entschlossen und schnell genug. Und ein anderes Mal damals in der Gegend glaubte ich, ein paar machen sich darüber lustig, wie die Leute sagen, dass die heutige Jugend sei. Aber die meinten das ernst. Wer wen am liebsten niederschlagen würde und dann dessen Begleiterin vergewaltigen. Je mehr sie darüber redeten, umso aufgeregter wurden sie. Beim Wortführer müsse jeder, sagten die anderen Burschen, aufpassen; wenn der jemanden zufällig anschaue und der gefalle ihm nicht oder dessen Begleiterin gefalle ihm, werde er es so machen. Blitzschnell. Ich glaube, darum ging es immer; blitzschnell müsse man sein, sonst ist man erledigt oder geht leer aus, was auf dasselbe hinausläuft. Ich fragte mich die ganze Zeit, was das für eine Zeit sein muss und warum hierzulande in den Zeitungen nichts darüber steht und warum die Politiker und ihre Wissenschafter ganz andere Dinge über die Jugend reden. Und eigentlich sowieso gar nichts. Hier in der Stadt auch nicht. Natürlich war mir klar, dass das da die Gosse ist. Aber es waren Kinder. Und ich verstand die Zeit nicht. Es brauchte dann tatsächlich Jahre, bis medial alles explodierte. Ich glaube nicht, dass es viele Menschen gibt, die so wenig an die Sozialarbeit glauben wie ich. Besser gesagt, den Sozialarbeitern glaube ich nicht viel. Ich weiß, sie können wirklich für nichts etwas, sind immer zu wenige und subaltern. Aber deswegen glaube ich ihnen ja nichts.

Tag, Monat, Jahr
Man kann nicht erwarten, dass weisungsgebundene, subalterne, materiell abhängige Polizeibeamte oder Krankenschwestern, dass Patienten oder Schubhäftlinge oder Migranten Staatsprobleme mutterseelenallein lösen und dabei aufrechten Herzens Kopf, Hals, berufliche und familiäre Zukunft aufs Spiel setzen. Aber wie soll es sonst funktionieren, als dass diejenigen, die der Sozialstaat schützt, den Sozialstaat schützen?

Tag, Monat, Jahr
Frühjahr 2003, Gewerkschaftsstreik: <»Ich bin bereit, vor meinen Schöpfer zu treten und mich für diejenigen zu verantworten, die als Ergebnis meiner Entscheidungen gestorben sind«, sagte vor kurzem der britische Premierminister rund um die Feier und die Festlichkeit seines 50. Geburtstages. »Ich bin bereit, vor meinen Schöpfer zu treten und mich für diejenigen zu verantworten, die als Ergebnis meiner Entscheidungen gestorben sind.« Nochmals in aller Vollständigkeit und Deutlichkeit: Der Premierminister sagte, vor Gottes Angesicht sei er bereit zu treten und für die Getöteten, Verstümmelten und Verlorenen Rechenschaft abzulegen, vor Gottes Angesicht. Der aus der Sozialistischen Internationale nicht ausgeschlossene Premier redete, wie Sie bemerkt haben werden und wie Ihnen in der *Times* vom 3. Mai nachlesbar, von Gottes Angesicht, nicht von Menschengesichtern. Der Premier sagte nicht, daß er bereit sei, sich im Angesicht Gottes vor den infolge britischen Regierungsbeschlusses und Blairscher Willensentscheidung getöteten, gequälten, entsetzten, der Zukunft beraubten Menschengesichtern zu verantworten. Am Tag der Kriegserklärung war der Premierminister laut *Times* gut gelaunt und guter Dinge. Ein Beispiel ungebrochenen britischen Regierungshumors sei hiermit genannt: Der Premier wollte seine den Kriegsbeginn verkündende Fernsehansprache mit »God bless you« beenden. Seine medialen und politikrationalen Berater allerdings erschraken prophylaktisch über dieses »God bless you«-Vorhaben Blairs, worauf der britische Premier seine Berater charmant scherzend als gottlose Bande titulierte und sodann deren Rat folgend das »God bless you« am Ende seiner Ansprache ungesagt ließ. Blair sagte, wie Sie wissen, laut und deutlich auch, daß das ein Präventivkrieg sei und zum Schutze der Weltwirtschaft geführt werden müsse. Zurück nun, wenn Sie gestatten, zum Gesicht.

Einer der wichtigsten, weil folgenreichsten geopolitischen Entscheidungsträger, dem wir für die Abschaffung der totalitären Systeme im

Osten ewigen Dank wohl tatsächlich schulden, ist neben Globalplayern wie Papst Johannes Paul II. oder wie Friedensnobelpreisträger Gorbatschow oder wie Demokratiestifter George Soros zweifellos Ronald Reagan gewesen. Reagan zeichnete bekanntlich sehr gerne und bei jeder ihm sich bietenden Gelegenheit. Am liebsten und am öftesten zeichnete er sich selber, und zwar als verstümmelten Menschen. Auf seinen Selbstdarstellungen fehlen ihm die Beine und die Hände. Mit Vorliebe hat Reagan sich als ständig blutend beschrieben. Er vergieße sein Blut für die Arbeitslosen, sagte Reagan und er behauptete von sich allen Ernstes, daß niemals in der Zivilisationsgeschichte der Menschheit ein Kämpfer so geblutet habe wie er. Lloyd de Mause hat in seinen psychohistorischen Arbeiten zu den kollektiven Ursachen und kollektiven Folgen von Kindesmißhandlung und von Kindesmißbrauch neben vielen anderen Politik-Erscheinungen auch Reagan und *Reagans Amerika* untersucht.

Reagan jedenfalls hat, wenn ich de Mause richtig verstehe, in der Öffentlichkeit nahezu nichts verheimlicht und nahezu nichts verschwiegen von dem, was er vorhatte, und von dem, was er wirklich tat, und wohl nicht viel von dem, was sich in ihm innerlich abspielte. Reagan war überdies für viele internationale, verdienstvolle, durchaus human gesonnene Politiker wohl nicht zufällig »a nice guy« – und, ob es einem gefällt oder nicht, Reagan war offen und ehrlich. So erzählte er in aller Öffentlichkeit durchaus offen und ehrlich, daß er den klaren Haß von Männern genoß, und er berichtete als Präsident etwa von seiner ständigen Angst, plötzlich in gefängnisartige, einsperrende Räume zu geraten. Ebenso ungeniert erzählte der in Staatsmänneraugen nette, offene, ehrliche Kamerad, der nette Kerl Reagan unter anderem in seiner Autobiographie mit dem Titel *Wo ist der Rest von mir?* von seinem lebenslänglich alkoholkranken und lebenslänglich gewalttätigen, unausweichlichen Vater. Sei dem, wie es sei, de Mause nun beschreibt die Wirtschafts-, Sozial- und Militärpolitik Reagans als kollektives sadomasochistisches Opferungs- und Verstümmelungsritual. Die amerikanischen Medien haben laut de Mause besagten Reaganschen Neoliberalismus zwar durchaus kritisch und spöttisch wiedergegeben, aber eben bloß nur wiedergegeben. Sie haben laut de Mause die permanente Perversion Reagans und der Seinen dargestellt, aber sich nicht dagegengestellt. Sie haben diese Perversion erlaubt, zugelassen, befördert, unter die Leute gebracht. Die amerikanischen Medien haben laut de Mause durch die permanente offene Darstellung ganz offen geäußerter und ganz offen praktizierter Reaganscher Perversionen, Absurditäten und Grausamkeiten die amerikanische Bevölkerung in besagte Reaganche Perversionen, Absurditäten, Grausamkeiten, Verwirrungen verwickelt und verstrickt. Die politische, gemeingefährliche Perversion und verstörende Absurdität wurde so ganz selbstverständlich, ganz alltäglich und unausweichlich. Und die Kritik an der Grausamkeit bloß zu einem cleveren Grinsen darüber. Als Reagan in Zeiten überaus florierender Wirtschaft Jimmy Carter im Amte ablöste, sagte er ausdrücklich, durch Carters Schuld lösen sich die USA auf und seien nunmehr in weit größerer Gefahr als am Tag nach Pearl Harbor. Außerdem explodiere die Staatsverschuldung, die Inflation gerate außer Kontrolle, Investitionen würden nicht mehr getätigt, 6.000 Jahre menschlicher Kultur und Zivilisation stünden vor der Auslöschung. Sie sehen, wie sich die Zeiten ähneln.

Den 1. Irakkrieg, den Golfkrieg, hat de Mause sofort als Geistesstörung analysiert und hat sogleich prognostiziert, daß dieser Krieg ein zweites Mal geführt werden wird. Das US-Kollektiv fantasiere nämlich von Wiedergeburt und brauche Wiederbelebung, Leben also, neues Leben. Wie ein Moloch. De Mause beschrieb damals 1990/91 nicht allein die gewaltsamen Bestrafungs- und Demütigungspraktiken innerhalb der Bushfamilie, sondern er konstatierte rund um den 1. Irakkrieg in den amerikanischen Medien, insbesondere auch in den Wirtschaftsmedien, eine plötzliche, ganz ungewöhnliche soziale Sorge um die Zukunft von Kindern. Die plötzliche amerikanische soziale Aufmerksamkeit für die Kinder Amerikas und der Welt sei daher gekommen, meinte de Mause, weil man im wahrsten Sinne des Wortes das Leben von Kindern dem wirtschaftlichen Erfolg amerikaweit und weltweit opferte. Und zugleich aber machte man sich laut de Mause nicht selber verantwortlich für die systematische Zerstörung von Kinderleben daheim und rund um den Erdball, sondern den Irak, der, so verkündeten es bekanntlich die amerikanischen und westlichen Medien, vor Säuglingsmorden und Frühchenmassakern nicht zurückschrecke. De Mause ruft übrigens auch eine vergessene Begebenheit während des Vietnamkrieges in Erinnerung. Präsident Johnson nämlich rühmte sich nach einer trefflich gelungenen Bombardierung, Ho Chi Minh nunmehr anal vergewaltigt und sodann kastriert zu haben. Reagan, wie gesagt, empfand sich zeit seines Lebens als verstümmelt und als Präsident gehörte »Abhacken« zu seinen sozial- und wirtschaftspolitischen Lieblingswörtern. Blair hat, wie gesagt, zur Zeit und in Zukunft eigenen Angaben zufolge kein Problem mit dem Angesicht Gottes.

Würde nun jemand zu Ihnen hier jetzt sagen: »Der Mord bleibt machtlos vor dem Gesicht. Das Gesicht kann nicht vergewaltigt, kann nicht zerstört werden. Das schutzlos mir angebotene Gesicht reizt zu einem Akt der Gewalt, aber es verhindert mit seinem Erscheinen zugleich die Gewalt«, würden Sie ihn vermutlich für blödsinnig halten. Es könnte aber leicht sein, daß Sie sich da in Ihrem Urteil irren und Sie es in Wirklichkeit mit einem der wichtigsten Gegenwartsdenker zu tun bekommen haben. Richard Sennetts Formel *Der flexible Mensch* nämlich wird nach wie vor viel von halbbelesenem Mund zu halbbelesenem Mund gereicht. Die Quintessenz aus besagtem Werk bekommt man aber in öffentlicher Diskussion fast nie zu hören. Die Quintessenz ist kurz und bündig gesagt das Lebenswerk des Emmanuel Lévinas, welcher Mitte der 1990er Jahre gestorben ist und den viele Kritiker der Gegenwart bei aller Skepsis Lévinas' blinden Flecken gegenüber als den wichtigsten Ethiker des 20. Jahrhunderts erachten. Von Lévinas stammen die gerade zitierten, vielleicht befremdlichen, vielleicht gar reflexartig abstoßenden Worte, daß das Gesicht nicht vergewaltigt und nicht getötet werden kann, sondern daß das Gesicht die Tötung und die Vergewaltigung verhindert. In *Der flexible Mensch* nennt Richard Sennett gerade Lévinas' zwischenmenschliche Verhaltensfundamente als wichtigstes Gegenmittel gegen die seelischen Wirkmechanismen des neuen Kapitalismus.

Lévinas wäre verrückt geworden, heißt es, hätte nicht mehr leben können, heißt es, hätte er anders empfunden, wahrgenommen, gedacht, geredet, als er es tat. Er habe empfunden, wahrgenommen, gedacht, geredet wie jemand, der zwar der Zerstörung entkommen sei, der aber innen und außen immer noch inmitten allgegenwärtiger Zerstörung und ständiger Bedrohung lebt, leben muß. »Verfolgung«, »Besessenheit«, »Geiselnahme« – diese seltsam anmutenden Begriffe aus Lévinas' Ethik der bedingungslosen Nächstenliebe, aus Lévinas' Moral des menschlichen Angesichtes, Antlitzes, haben verhindert, heißt es, daß der selbstlose Lévinas angesichts der Erinnerung an die Mörderwelt – an die Menschenwelt – psychotisch wurde. Lévinas' Ethik der Selbstlosigkeit sei die gleichermaßen verzweifelte wie tapfere, liebevolle Antwort eines (andere Menschen überlebt habenden) Menschen, eines Menschen, der der völligen Entstellung des Lebens, der Gefühle, Werte, Körper, Häute preisgegeben war, nach wie vor preisgegeben ist, dem Verlust aller Menschen, die er liebte und liebt. Lévinas habe angesichts der Vernichtung, der Qualen, der Unentrinnbarkeit, der völligen Sinnlosigkeit, welcher die Menschen, die er liebte, erbarmungs- und endlos ausgesetzt waren, keinen anderen Sinn mehr fühlen können als den, von dem er berichtet. Mitte der 1930er Jahre verfaßt er auf Französisch zwei Essays, die seine Lebensthemen seltsam ankündigen, einen über und gegen die Philosophie des Hitlerismus und einen über das Entkommen. Es bestehe die Gewissenspflicht eines jeden Menschen, das Leiden eines jeden anderen Menschen auf sich zu nehmen, zu tragen und zu beheben. Die jeweiligen Eliten freilich, meint Lévinas, neigen zu einem heuchlerischen Verständnis von

Gewissen, Nächstenliebe, Gott. In Wahrheit sei, meint Lévinas, nicht der andere Mensch ›mir‹ verpflichtet, sondern bin ›ich‹ ihm verpflichtet; ein jeder sei an jedem und allem schuldig, ›ich‹ aber schuldiger als alle anderen. Davon also war Emmanuel Lévinas überzeugt, der als französischer Soldat in fünfjähriger Kriegsgefangenschaft, in einem ostpreußischen Lager, wohl weit geschützter gewesen war als seine Angehörigen. Von dem, was ihnen geschehen ist, alle umgebracht, einzig seine Frau von Freunden versteckt am Leben, erfährt er erst nach seiner Befreiung. Deutschen Boden betritt er nie mehr. Niemand dürfe einen anderen in Tod und Einsamkeit alleine lassen, lehrt er.

Man mag in Lévinas' Moral nichts als zwar verständliche, aber unsinnig quälende Schuldgefühle eines Überlebenden erkennen wollen, permanente Überforderungen, kompensatorischen Größenwahn. Oder man erkennt in Lévinas' Moral, den alltagsirren Täter das Gesicht des Opfers sehen zu machen und dadurch die Mißhandlung, die Tötung zu verhindern, die einzige Chance gegen Gewalt und Entstellung. Man mag meinen und zugestehen, Lévinas rede von Extremen, gegen Extreme sei er vielleicht gut. Doch Lévinas redete, wie gesagt, von jedem Tag, vom Alltag, von Alltagsmenschen, von alltäglichem Leben. Jetzigem. Lévinas' seltsames Denken will Menschen unbeirrt und unnachgiebig vor der Gewalt schützen, die sie einander antun. Foucault stimmte in vielem ausdrücklich mit dem litauischen Juden überein, Derrida ausdrücklich gar in allem. Lévinas hat die Soziologie bei Maurice Halbwachs erlernt, der im KZ Buchenwald umgebracht wurde und dessen Lehrstuhlnachfolger später dann nicht ganz zufällig Pierre Bourdieu war. Halbwachs' Denken wurde vom späten Bourdieu als dem seinen wahlverwandt immer mehr unter die Leute zu bringen versucht.

Für den Soziologen, Musik- und Humanwissenschafter, engen Freund Foucaults Richard Sennett jedenfalls ist Lévinas vielleicht das wichtigste, wenn nicht gar das einzige Gegenmittel gegen die Gegenwart mit ihrer neuen Wirtschaft, neuen Politik, neuen Kultur und ihrem neuen Seelenleben. Lévinas erscheint bei Sennett letztlich als Inbegriff von Zuneigung, Verläßlichkeit, Unnachgiebigkeit, Tapferkeit und der Fähigkeit, sich nicht täuschen, nicht ablenken, nicht irre machen zu lassen. Liebevolle Blicke, identitätsstiftende Blicke statt Neoliberalismus – so könnte man ernsthaft über Lévinas und Sennett scherzen. In Sennetts Augen jedenfalls sind Lévinas' Werte alles andere als paranoid, sondern die einzig mögliche Antwort auf den neuen Kapitalismus, so man gegen eben diesen wirklich zu bestehen, wirklich vorzugehen und wirklich zu gewinnen wirklich im Sinne hat. Die Unverletzlichkeit des menschlichen Antlitzes und die absolute, rückhaltlose Hingabe an den Anderen, darauf beruht diese seltsame Ethik des Emmanuel Lévinas. Lévinas' Verständnis von Identität bedeutet, »daß ich verantwortungsvoll handeln muß, selbst wenn ich mir meiner nicht gewiß bin und egal, wie verwirrt oder gar zerstört mein eigenes Identitätsgefühl ist«, denn »andere müssen sich auf mich verlassen können«. Im Greuel der NS-Zeit und des Lagers habe Lévinas die »Treue zu sich selbst« und die »Aufrechterhaltung des Ich« an anderen und durch andere erfahren, nämlich gebraucht zu werden und daher verläßlich sein zu müssen. Für den Soziologen Sennett und seinen Theologen Lévinas ist Solidarität und ist Charakter möglich, weil Solidarität und Charakter möglich sein müssen.

Lévinas' Ethik des menschlichen Antlitzes, seine Moral der Visage, bildet im übrigen ein gutes Gegenmittel gegen das, was Bourdieu in *La Distinction* beschreibt, nämlich gegen das, was Ethologen, aber auch Psychoanalytiker (wie der Friedens- und Kriegsforscher Vamik Volkan) Scheinartenbildung nennen. Wahrnehmung ist ja bekanntlich nicht bloß ein philosophisches Problem der Erkenntnistheorie, sondern eines des Überlebens, der Moral und der Gesellschaften. Der Mensch, so die Vergleichenden Verhaltensforscher, habe die schreckliche Fähigkeit, unter anderem gerade durch Sprache und Werte Mitglieder derselben Gruppe, also Menschen, zu Mitgliedern einer fremden zu machen, Menschen zu Nicht-Menschen. Auf diese Weise vermöge der homo sapiens, der schmeckende Mensch – sapientia, Weisheit, Intelligenz, heißt eigentlich so viel wie Geschmack –, durch Scheinartenbildung also vermöge der homo sapiens die innerartlichen Aggressions- und Tötungshemmungen zu unterlaufen. Diese Scheinartenbildungen also müsse man beständig kenntlich machen und beständig durchkreuzen. Man darf sie nicht zulassen. Man läßt sie nicht zu, indem man unnachgiebig das Gesicht der Menschen und das Leben der Menschen einander kenntlich macht. Bourdieu meinte in *La Distinction,* im Deutschen wie gesagt verniedlicht zum Buchtitel *Die feinen Unterschiede,* man definiere, indem man negiere, bestimme, indem man ausschließe. Menschen, so Bourdieu, fassen Gefühls- und Geschmacksfragen als solche von wahr und falsch, Leben und Tod auf. Geschmack sei zunächst einmal Ekel, Widerwille, Abscheu, tiefes Widerstreben gegenüber dem anderen Geschmack, also dem Geschmack des anderen Menschen und der anderen Menschenkollektive. Man meine, man müsse erbrechen, halte selbigen fremden Geschmack für widernatürlich und sei bereit, zur Gewalt zu greifen. Dagegen also steht Lévinas' Ethik des menschlichen Gesichtes. Man hat Lévinas' Denken auf den Talmud zurückgeführt, beispielsweise auf den dortigen Satz, daß derjenige, der das Gesicht seines Mitmenschen vor anderen Mitmenschen zum Erbleichen bringt, in Wahrheit so handle, als ob er

Blut vergieße, und zugleich aber hat man Lévinas ein völlig verrohtes Unverständnis dem Leben und Leiden von Palästinensern gegenüber vorgeworfen. Ob es wirklich Dokumente und Belege für eine so gewaltige und gewalttätige Lebenslüge des Emmanuel Lévinas gibt, entzieht sich meiner Kenntnis. Dennoch, was Lévinas – verlogen oder ehrlich, sei dahingestellt – unter die Leute brachte, war nicht bloß irgendeine Metaphysik mehr in der Welt, sondern, wie gesagt, eine Sozialpsychologie, die nicht zuletzt an Maurice Halbwachs geschult war und mit der Bourdieu heftig sympathisierte und auf der Richard Sennett genauso aufbaut wie der in den weltweiten Konflikten sich abmühende Friedenspsychologe Vamik Volkan.>

Das und ein gutes Stück mehr habe ich wortwörtlich so vorgetragen im Frühjahr 2003, als die Gewerkschaft zum ersten Mal seit Jahrzehnten gestreikt hat – zum ersten Mal seit dem Bestehen des Staates – und als mich Gemüller und Hummel zu ihrer Veranstaltung mit aller Gewissensmacht verpflichtet hatten. Ohne den Streik hätte ich mich besser gewehrt. Gegen Gemüller. Und gegen den Stadtpolitiker. Und der Streik dann war bloß lächerlich. Ein Alibi. Ein Bluff. Aber das war nun einmal so und, glaube ich heute, den meisten höheren Funktionären egal. Damals auch verlangten Arbeiter, die Gewerkschaft solle sich in den größten Staatskonzern einkaufen, damit der nicht völlig privatisiert werden könne. Die Gewerkschaft tat das nicht, unter anderem wohl weil sie in Wahrheit überhaupt kein Geld mehr hatte. Aber sofort, nachdem der Konzern verkauft war, legten sich Gewerkschaftsfunktionäre und andere Idealisten aus Protest aufs Betriebsgelände und blockierten die Zufahrten aufs entschiedenste. Da war aber eben schon alles verkauft und vorbei. Da wurden sie tätig. Und das Fernsehen war dabei.

*

Ein, zwei Jahre später an einem 1. Mai zogen dann hier in der Stadt alle Gewerkschafter einem kleinen Auto nach. Das kam nagelneu gefertigt aus der Autoindustrie und alle Sozialdemokraten marschierten diesem Fahrzeug hinterdrein. Alle. Das war das Parteisymbol, an vorderster Spitze. Die Avantgarde – ein Autoprototyp.

Tag, Monat, Jahr

Die Sache mit dem Auto an der Spitze der Sozialdemokratie war wie folgt: Der Autokonzernchef entließ Anfang der 2000er Jahre zwei unbescholtene Männer zusammen mit einer jüngeren Frau, die in seiner Firma einen Betriebsrat einrichten wollten. Er erklärte seiner Belegschaft und der Öffentlichkeit, dass weder die Regierung noch die Gewerkschaft ihnen Arbeitsplätze geben und sichern könne; und er ließ betriebsintern eine Abstimmung durchführen, ob er die entlassenen Kollegen und die

Kollegin wieder einstellen solle. 80 % stimmten mit Nein. Aber das Arbeitsgericht hat keinerlei Verfehlung der Entlassenen feststellen können und die Entlassung daher für ungültig erklärt. Der Konzernchef hat den Gewerkschaftsspitzen hierzulande außerdem vorgeworfen, sie haben in ihrem Leben nicht gearbeitet, nie selbständig Löhne verdienen, nie ein Unternehmen leiten, nie Löhne bezahlen müssen und die Gewerkschafter seien mafiös, Mitgliedsbeiträge seien Schutzgelderpressungen; er verlangte öffentliche Einsicht in die Gewerkschaftsbücher, das Offenlegen der Gewerkschaftsbuchhaltungen. Er hat ja hierzulande Milliardenbeträge investiert, wofür ihn rote und schwarze Politiker hofieren, und dann aber mit der Abwanderung gedroht. Die Gewerkschaft ihrerseits drohte hierauf mit Klagen wegen Rufschädigung und sich international mit den Gewerkschaften aller Standorte des Konzerns zu solidarisieren und, so nötig, gemeinsam mit diesen überall Kampfmaßnahmen zu ergreifen. In Nordamerika, in der BRD, im United Kingdom, in Osteuropa. Der Konzernchef freilich hat im Großen und im Kleinen die besten Kontakte zu allen Parteien, wichtigen Politikern des Landes, insbesondere auch zu den Sozialdemokraten. Sozusagen von Mensch zu Mensch. Er stellt auch viele politische Leute ein, Köpfe sozusagen. Manchmal duzt er Gewerkschafter in der Öffentlichkeit, die verbieten sich das dann, aber ich weiß nicht, vielleicht machen sie das nur in der Öffentlichkeit. Jedenfalls führte sein Auto dann bald einmal die Partei an. Es wird, soweit ich weiß, auch weiterhin ohne Betriebsrat gefertigt, und er gibt Tausenden Menschen Arbeit und Brot. Eigentlich Zigtausenden.

Tag, Monat, Jahr
Einer sagt, Musik sei wirklich seine Geliebte. Sie labe ihn, er lebe durch sie. Einer sagt, beim Dionysoskult sei draußen laut musiziert worden, während drinnen im Tempel die Frauen vergewaltigt wurden. Und beim Tanz der Derwische gehe es ums Geld und um die Befehlskette. Beides werde angebalzt.

Tag, Monat, Jahr
Der Auto-Ford, der Wirtschafts- und Nationalheld der Amerikaner, war Demokrat, Keynesianer. Einer der von den Republikanern am meisten gehassten Sozialstaatsökonomen ist ebenfalls Demokrat und Keynesianer und nennt Ford seit jeher einen Hochstapler, Betrüger, Versager, Sadisten. Der Wohlfahrtsökonom, der so redet, hatte während des Krieges die Aufgabe, als US-Preiskommissar die Inflation der täglichen Gebrauchsgüter niedrig zu halten; nach dem Zweiten Weltkrieg verhörte er dann Nazibonzen, unter anderem Albert Speer. Und später dann war er während

Kennedys Präsidentschaftswahlkampf dessen freundschaftlicher Berater, bekam aber kein Regierungsamt. Wurde Botschafter in Indien. Hat immer den Herrscher- und Priestertrug der Wirtschaftseliten der Welt bloßgelegt, die Überflussgesellschaften und ihren schweren Mangel an Demokratie. Der Begriff der Überflussgesellschaft stammt von ihm – so viel zu Galbraith. Henry Ford war Hitler jedenfalls innig zugeneigt, schrieb ein berühmtes Pamphlet mit dem Titel *Der internationale Jude: Das drängendste Problem der Welt* und schenkte Hitler im April 1939 zum Geburtstag Geld. 35.000 Reichsmark. Und auch nach der Kriegserklärung der USA versorgte er die Nazis weiterhin mit Werkmaterial, weigerte sich zugleich, die Produktion zu Gunsten der USA und der Alliierten zu erhöhen. 1938 hatte ihn Hitler mit dem höchsten Orden für Ausländer ausgezeichnet. Deutscher Adler. Diese Art des Keynesianismus mag ich nicht. Und die Leute machen mir Angst, die sagen, dass die Nationalsozialisten die Massenkaufkraft und die Frauenemanzipation gefördert haben wie niemand sonst. Und dass die USA den Zweiten Weltkrieg wirtschaftlich gebraucht haben. Und dass Roosevelts New Deal nicht ausgereicht hätte. Und dass Deutschland und Österreich nach dem Krieg beim Aufbau der eigenen verstaatlichten Industrie von der Verstaatlichung der Industrie durch die Nationalsozialisten massiv profitiert haben. Ich mag das alles nicht. Was daran wahr sein könnte, ist ohne jeden Belang. Außer dass offensichtlich immer die Falschen die Sozialisten sind.

Tag, Monat, Jahr
Detroit ist keine Autostadt mehr, alles abgewandert, das Fordmuseum ist noch dort. Die Stadt hat die höchste Kriminalitätsrate der Welt. Dass die dortigen Gewerkschaften, überhaupt die amerikanischen Autogewerkschafter, kaputtgemacht worden sind, ist ohne jeden Belang für unsere Gewerkschaft hierzulande. Es ist aber egal, die können so oder so nicht anders, weil sie so sind, wie sie sind. Ich glaube den Leuten nicht mehr, die sagen, dass man die Verhältnisse bessern muss, damit die Menschen gut sein können. Die Leute kommen aus guten Verhältnissen und sind nicht gut. Wahr ist aber, dass man die Verhältnisse verändern muss, damit es den Menschen gutgeht. Doch wenn es ihnen gutgeht, heißt das nicht, dass sie gut sind oder dass sie Gutes tun.

Tag, Monat, Jahr
Beim simulierten Gewerkschaftsstreik 2003 habe ich in Hummels ALEIFA-Veranstaltung, in die mich der GF Gemüller hineinmanövriert hatte und derentwegen ich nicht in die Hauptstadt zu den ehrlicheren Spitzengewerkschaftern fahren konnte, welche verzweifelt waren und

eine neuartige Vorgangsweise aufbauen wollten und auch mich als Vortragenden – zeitgleich zum hiesigen Spektakel – eingeladen hatten, wie folgt weitergeredet:

‹In der wiedererstandenen *Arbeiterzeitung* wurde vor 2, 3 Wochen getitelt: »Der Aufstand der Schwerarbeiter. Gewerkschafter kämpfen um die Republik als Sozialstaat«. Da ich kein Schwerarbeiter bin, halte ich es für heikel, wenn sich Leute wie ich einbilden, sich mit Gerede und Getue einmischen zu dürfen oder zu sollen in diesen Aufstand für die Republik als Sozialstaat. Meine Angehörigen sind allerdings nicht alt geworden, die Männer zwischen 58 und 62, die Frauen sind ums 57. Lebensjahr gestorben oder früher. Die haben alle gehackelt, hatten meines Wahrnehmens ein schweres Leben und ein schweres Sterben. Auch letzteres war bei den Frauen schwerer. Und wer nicht gestorben ist, war ums 53., 54., 55. Jahr plötzlich vom Tod oder von schwerer und schwerster Behinderung, Aussichtslosigkeit, Auswegslosigkeit bedroht oder war zumindest vom Verlust ihrer Liebsten, seiner Liebsten gezeichnet. So war das. Die haben schwer gearbeitet und sind schwer gestorben. Also fühle ich mich auch zuständig in diesem angeblichen Aufstand, zumal ich mich sozusagen notgedrungen angesichts des bedrohten Lebens von mir lieben Menschen jahrelang über die tagtäglichen Katastrophen in Hilfssystemen des Sozialstaates sehr aufgeregt habe. Denn beispielsweise hieß es meistens, da sei keine Hilfe mehr möglich. Das war schrecklich, aber zum Glück unwahr. Wie auch immer, Sie werden vielleicht verstehen, daß es weh tut, wenn man Defekte und Defizite von Hilfssystemen am eigenen Leib oder am Leib eines Menschen, den man liebt oder für den man zu sorgen hat, wahrnehmen, ertragen und kompensieren muß. Und da sozusagen ich dazumal tatsächlich in Permanenz, in Permanenz mit der schäbigen Hilflosigkeit von großmäuligen Hilfssystemen konfrontiert war, mit Helfern, die nicht wirklich halfen, sondern stupid im Stiche ließen, erlaube ich mir heute angesichts dieser sozusagen unserer Veranstaltung über Alternativen und Auswege ein, zwei Handvoll meines Erachtens lebenswichtiger Fragen an Sie und an mich selber zu stellen, sowohl jetzt im Referat als auch später in den Diskussionsgesprächen des heutigen Abends. Leute wie der redliche, niemals wetterwendische, sowohl von der gegenwärtigen neoliberalen Regierung als auch von der oppositionellen Sozialdemokratie angehimmelte Immer-und-Überall-Experte Gerd Martinschek werden meine Lévinasfragen vermutlich dem Sozialkitsch und den Milchmädchenrechnungen zuordnen. Martinschek hat allerdings bekanntlich des Öfteren Realitätsschwierigkeiten. Im Frühjahr 2001 verkündete der Fernsehwissenschafter Gerd Martinschek, die Zeit der Vollbeschäftigung sei nun endgültig angebrochen und somit sei das mutige Vorhaben des Regierungschefs, das reale Pensionsantrittsalter zu erhöhen, überaus redlich. Auch ältere Arbeitnehmer, sagte damals der Für-alles-Experte Martinschek, müssen sich nun nicht mehr fürchten. Alte Maurer werden den jungen beibringen, wie man sichere Gerüste baut, und alte Kellner jungen, wie man Weine verkostet. Denn der unermeßliche Erfahrungsschatz der Älteren sei zu achten und zu nützen. Was man übrigens im Fachjargon *Humanressourcenrecycling* nennt. Derlei seriöse Prognosen also über Vollbeschäftigung und Alterssicherheit gab Martinschek vor zwei Jahren von sich. Und seriöse Leute lauschen Martinscheks Worten und lesen Martinscheks Expertisen daher nach wie vor und werden an meinen und an anderer Leute Lévinasfragen wohl keinen rechten Gefallen finden. Mag sein, auch keinen linken Gefallen.

Am Ende der französischen Dezemberstreiks des Jahres 1995, die auch mit dem Namen Pierre Bourdieus verbunden sind, sagte ein Arbeiter der U-Bahn: »Streiks verändern den Menschen völlig. Die Leute leben [sonst immer] in ihrer kleinen Ecke. Sie selbst zuerst, um die [anderen gleich daneben] kümmert sich keiner. Während der Streiks [aber] hatte [... Egoismus] keine Chance. Keine! Die Ketten waren gesprengt. Spontan. Weil wir ständig miteinander diskutierten, lernten wir uns gegenseitig kennen. Den ganzen Tag waren wir zusammen im Betrieb. Bei unserer Arbeit dagegen sind wir total voneinander getrennt und sehen uns nur in der Zehnminutenpause. Hier aber lernten wir, zusammen zu leben.« »Hier aber lernten wir, zusammen zu leben.« Ist das jetzt hier bei uns, in unserem Staat, auch so durch die Streiks? Lernen wir jetzt, zusammen zu leben? Ist das schon erlaubt und erwünscht von Gewerkschafts- und Genossenseite, daß wir das lernen? Sollen und dürfen, geht es nach den Gewerkschafts- und sozialdemokratischen Eliten, Sozialbewegungen – egal ob groß, ob klein – überhaupt mitmischen? Es heißt, die welt- und europaweiten globalisierungskritischen, verblüffenden, phantasievollen, nicht und nicht versiegenden Protestbewegungen befreien aus dem Gefühl der Ohnmacht und der Ausweglosigkeit. Nur, mit Verlaub gefragt, was setzen sie durch? Besser gefragt, warum wirklich haben sie es so schwer, etwas wirklich durchzusetzen, etwas wirklich zu verhindern? Gewiß, die Demonstrationen versiegen nie und nimmer, aber wann endlich obsiegen sie denn? Was und wer verhindern bislang ein wirkliches, ein rechtzeitiges, ein anhaltendes Gelingen? Natürlich ist es befreiend, daß die Gewerkschaften hierzulande endlich streiken. Doch, mit Verlaub und mit allem Respekt gesagt, im Moment ist das eher noch streikeln als streiken. Man sollte, meine ich, trotz Hagel, Sturm, Blitz, Donner und Wolkenbruch die Relationen nicht aus den Augen verlieren. In Kolumbien, heißt es, werden jährlich 150 Gewerkschafter umgebracht. Stabile US-Gewerkschaften haben deshalb Coca Cola angezeigt. Aber auch Nestlé und British Petrol sollen sich ebenso wie Coca Cola krimineller Paramilitärs bedienen, um die kolumbianischen Gewerkschafter umzubringen. Kolumbianische Gewerkschafter werden zur Abschreckung beispielsweise mit Motorsägen zerstückelt oder bei lebendigem Leibe an Tiere verfüttert. Also, im Vergleich, bei allem gegenwärtigen, nicht hoch genug zu lobenden Mut der hiesigen Gewerkschaftseliten, sie könnten ruhig mutiger sein. Sie werden nicht daran sterben.

Ich bitte Sie, diese meine Worte nicht als Beleidigung oder Unverschämtheit aufzufassen. Mir steckt nun einmal der Schrecken über den mißlungenen letzten Nationalratswahlkampf von Rot und Grün nach wie vor in allen Knochen. Übrigens nicht nur mir. Viele sind bei all ihrem respektvollen Dank an und ehrlichem Lob für den Gewerkschaftsbund bekanntlich empört darüber, daß der Sozialstaat im letzten Wahlkampf kein Thema, kein Thema war. Und manch ein sozialdemokratischer Ökonom weiß zu berichten, daß auch die Wirtschaft nicht wirklich Wahlkampfthema war. Das heißt aber: Der Neoliberalismus war im verlorenen brav rot, brav grünen Nationalratswahlkampf des Jahres 2002 kein Problem von Wichtigkeit. Das heißt, mit Verlaub gesagt, nicht nur die jetzige und damalige Regierung tat und tut uns den Neoliberalismus an, sondern Rot und Grün haben ihn uns nicht vom Halse geschafft und haben ihn uns nicht erspart. Es wäre, meine ich, fürchterlich, würden die jetzigen Streiks für den Sozialstaat von den Verantwortlichen mit ähnlicher lahmer Besinnungslosigkeit geführt wie der letzte Nationalratswahlkampf.

– Bourdieu redete in seinen *Gegenfeuern* davon, daß demokratische Politik neu erfunden werden müsse, weil die gegenwärtigen Politiker zusehends immer weniger dazu imstande seien, demokratische Politik zu bewahren und zu betreiben. Gegenwärtige Politik, insbesondere die gegenwärtigen Linksparteien seien gerade im Begriffe, sich selber abzuschaffen. Wegen dieser seiner Ansichten geriet Bourdieu um die Jahrtausendwende anläßlich einer von der Deutschen IG-Metall veranstalteten Tagung in Konflikt mit dem wegen seiner Integrität hochangesehenen SPD-Bundesminister außer Dienst Erhard Eppler, der in den 80er Jahren der Vorsitzende der SPD-Grundwertekommission war. Eppler bezweifelte auf der IG-Metall-Tagung die gegenwärtige eventuelle Kraft von Friedens- und von Ökologiebewegungen und daß handlungsfähige, stabile Bündnisse zwischen Gewerkschaften einerseits und Sozialbewegungen andererseits überhaupt möglich seien. Eppler verwies darauf, daß im Zuge der neoliberalen Globalisierung auch innerhalb der

EU sehr vieles politisch durchgesetzt wurde, das sich in Wahrheit von linker Seite politisch nie mehr werde abschaffen lassen. Anstelle von Bourdieus Idee einer großen gemeinsamen, geeinten europäischen sozialen Bewegung vertrat Eppler für die Zukunft das Europamodell des katholischen Sozialisten Jacques Delors, das vor allem bei den damaligen amtierenden europäischen Regierungschefs auf großes Echo stieß. Bourdieu antwortete auf Eppler, Delors' Europamodell sei nicht Sozialismus, sondern Katholizismus. Daß überaus mobile und zugleich überaus stabile Sozialbewegungen in einer bislang unbekannten, beeindruckenden, tatkräftigen Form möglich seien, und zwar sehr wohl gerade auch in Kooperation mit Gewerkschaften, habe, sagte Bourdieu, die französische Dezemberstreikbewegung des Jahres 1995 ein für alle Male bewiesen. Bourdieu also mißtraute Delors samt den europäischen Regierungschefs und Eppler war Bourdieu samt Sozialbewegungen gegenüber skeptisch. Gewiß, angesehene und durchsetzungsfähige Gewerkschaften wie beispielsweise Ver.di sind inzwischen längst schon Mitglied von Sammelprotestbewegungen wie etwa Attac-Deutschland. Einmal abgesehen von solchen Glücksfällen wie Ver.di und wie Lafontaine, der ja eben Präsident von Attac-Deutschland ist, erlaube ich mir für die hiesigen Verhältnisse hierzulande trotzdem im Falle von Kooperationen zwischen Sozialbewegungen einerseits, institutionellen Arbeitnehmervertretungen und Parteiinstitutionen andererseits wie folgt zu fragen, nämlich: Was ist daran Ethik, was ist daran Etikette und was ist Etikettenschwindel bei derlei Kooperationen? Bourdieu jedenfalls traute dem Katholizismus nicht über den Weg, schon gar nicht dem linken.

Karl Homann beispielsweise ist kein Nichts und Niemand, sondern gelernter katholischer Theologe und gelernter Volkswirt, der als Philosoph an der Münchner Ludwig-Maximilians-Universität Wirtschaftsethik forscht und Wirtschaftsethik unterrichtet, und zwar vielbeachtet und einflußreich. Auch unter Caritasleuten. Seine Botschaft an all die aufbegehrenden NGOs ist: »Wir dürfen keine Maßnahmen gegen die Wirtschaft ergreifen. […] Vor allem erweisen wir mit […] Skandalberichten dem marktwirtschaftlichen System einen ganz schlechten Dienst.« Die Aufgabe der NGOs und der Sozial- sowie Protestbewegungen sei es, meint Homann, aufmerksam zu sein und rechtzeitig Angst zu haben und rechtzeitig Alarm zu geben. Das sei es dann aber auch schon. Alarm geben und sodann Ruhe geben, das ist die Aufgabe der NGOs laut Homann. Um eine alternative, bessere Ökonomie samt dazugehöriger Gesellschaft durchzusetzen, brauche man in Wahrheit die jetzigen Wirtschaftsunternehmer und zumindest 50 Jahre, vielleicht auch 500 Jahre, also ein halbes Jahrhundert oder vielleicht ein halbes Jahrtausend.

Die alternative, bessere Ökonomie müsse überdies von einer neuen Ethik getragen werden, nicht von der alten abendländischen, vormodernen Ethik der Kleingruppen, der Mäßigung und der Bescheidenheit. Der nötige Alarm sei dankenswerterweise gegeben worden, nun müsse endlich Ruhe einkehren. Moralischer Protest löse nämlich keine Probleme. So lehrt das der Katholikenökonom Homann allen Ernstes. Mit Verlaub nun sei hiermit daran erinnert, daß des französischen Faschisten Le Pen publikumswirksamer Wahlspruch lautet: »Im Sozialen links, in der Wirtschaft rechts«. Aber mit Verlaub gefragt, ist dieses »Im Sozialen links, in der Wirtschaft rechts« in Wahrheit zwischenzeitlich nicht schon längst der neoliberale Wahlspruch aller Parteien? Beispielsweise daß man nur das spenden und verteilen könne, was man sich zuvor erwirtschaftet und verdient hat, ist das nicht eine offiziell immer wieder geäußerte karitativ christliche Binsenweisheit? Im Sozialen links, in der Wirtschaft rechts, summa summarum ergibt das, will mir scheinen, nicht eine ökosoziale Marktwirtschaft, sondern Neoliberalismus, roten, grünen, christlichen. Im Sozialen links, in der Wirtschaft rechts, das ist pragmatischer Neoliberalismus. Und Leute wie die realwirtschaftlichen Attacis und realwirtschaftlichen, lebenswirtschaftlichen Sozialforumis dürfen sodann zwar in der Öffentlichkeit immer wieder Alarm geben und Alarm laufen. Aber das war es dann auch schon.

Bekanntlich beginnt zur Zeit eine ernsthafte Diskussion aller Verantwortungseliten zum Zwecke der Verfassungsänderung und am Ende wird es angeblich zu einer Volksabstimmung über die neue Verfassung kommen. Ob der Sozialstaat und ob die Sozialverträglichkeitsprüfung in diesem neuen Verfassungsentwurf stehen werden, über den das Volk in 2, 3 Jahren abstimmen wird, steht noch in den Sternen. Die Betreiberinnen und Betreiber des Sozialstaatsvolksbegehrens werden freilich gewiß darum mit allen ihren Mitteln kämpfen wollen und kämpfen müssen. Sozusagen um ihre letzte reelle Chance. Vielleicht könnte man bei der Gelegenheit gleich noch für etwas anderes vielleicht Sinnvolles mitstreiten. Auf dem Weltsozialforum von Porto Alegre nämlich hat Noam Chomsky im Feber 2002 in seiner Rede über eine andere mögliche Welt unter anderem darauf aufmerksam gemacht, daß Regierungen zwar alle paar Jahre sich einmal dem Volk zu einer Wahlentscheidung stellen müssen, aber in der Zwischenzeit beständig von Augenblick zu Augenblick von Großkonzernen respektive von Finanzspekulanten gewählt werden oder aber eben nicht gewählt werden, Regierungen sich also, egal ob sie es wollen oder nicht, permanenten Wahlentscheidungen durch Wirtschaft und Finanz zu stellen haben anstatt der Wahl durch das Staatsvolk. Mit Verlaub und allen Ernstes gefragt, vielleicht also

Chomskysch, wäre es nicht sowohl für Politiker als auch und erst recht für die jeweilige Bevölkerung eine mächtige Erleichterung, ein rettender Ausweg heraus aus der permanenten, ebenso quälenden wie korrumpierenden wirtschaftlichen Erpreßbarkeit, wenn man in so entscheidungsschnellen, entscheidungsdichten, entscheidungsschweren und konsequenzenreichen Zeiten (wie den jetzigen im negativen Sinne globalisierten) sicherheitshalber sozusagen die vorzeitige Neuwahl zum Prinzip erhebt, die vorzeitige Neuwahl zum Prinzip erhebt, die Verfassung sicherheitshalber dahingehend ändert und nicht alle 4, 5 oder 6 Jahre Regierungen und Oberhäupter wählt, sondern maximal alle 3 Jahre? Vielleicht übrigens ist hierzulande anläßlich des Pensionenkonfliktes gerade etwas eingetreten, worauf Chomsky immer hoffte, nämlich daß Menschen in westlichen Demokratien den Regierenden dann Gehorsam, Gefolgschaft und Vertrauen strikt und konsequent verweigern, wenn sie plötzlich merken, daß den Regierenden gleichgültig ist, was aus dem Leben der Regierten wird.

In seinem letzten langen Pressegespräch behauptete unser Kanzler, niemand in seiner Partei trage den Neoliberalismus hoch. »Wir regieren neoliberal«, sagte allerdings sein Klubchef im Frühherbst 2000 programmatisch. An dieses wortwörtliche »Wir regieren neoliberal« fügte er sodann den Begriff der ökosozialen Marktwirtschaft. Was ist das, wozu der damalige Klubchef und jetzige Parlamentspräsident sich da regierungsprogrammatisch bekannt hat, was ist eine »neoliberale ökosoziale Marktwirtschaft«? Wer nicht Schaden nehmen will an Leib und Leben, der muß zahlen. Das, mit Verlaub, ist keine Übertreibung meinerseits, sondern neoliberal. Neoliberalismus ist nämlich etwas ganz einfaches: Die Opfer nämlich müssen den Tätern Schutz- und Lösegeld zahlen. Nobelpreisträger Ronald Coase, einer der neoliberalen Chicagoboys, schenkt da dankenswert reinen Wein ein. Unermüdlich reflektiert er die Natur von seriösen Firmen, das Problem der sozialen Kosten, den Umweltschutz und das Verursacherprinzip. Als Beispiel Coasescher Schaffenskraft diene hiermit die Luftverschmutzung durch eine Fabrik. Die Leidtragenden sind, sollte man meinen, die Bewohner rundum. Eine Umweltsteuer muß also eingehoben werden, sollte man meinen, und unter anderem dadurch die Fabrik gezwungen werden, Filter einzubauen, oder ähnliche den Schaden stiftenden Mißstand zumindest eindämmende Maßnahmen seien zu ergreifen. Coase mit seiner Transaktionskostenökonomie sieht das jedoch wesentlich anders und typisch neoliberal. Denn nicht die Verschmutzer, nicht die Fabriken sollen laut Coase zur Verantwortung gezogen und zur Kassa gebeten werden, das würde nur die Wirtschaftsleistung drosseln und die Arbeitsplätze gefährden. Nein also, nicht die

Industrie soll vom Staat durch Gesetze und Steuern zur Schadensbegrenzung oder gar zur Unschädlichkeit gezwungen werden, nein, sondern es können und sollen die anrainenden Bewohner rund um die jeweiligen Industriestandorte die Kosten für die Industriefilter übernehmen. Das sei (1) im Interesse besagter besorgter Bewohner vor Ort und (2) im Interesse der Volkswirtschaft insgesamt und (3) überhaupt schlichtweg lediglich eine Verhandlungssache zwischen den jeweiligen Wirtschaftsherren vor Ort und der Bevölkerung vor Ort. Sich da einzumischen, verbietet der angesehene Unternehmenstheoretiker Coase seinem Staat entschieden. Nehmen wir als weiteres Exempel für neoliberale Transaktionskostenanalyse an, eine Lok verursacht durch Funkenflug den Brand eines Weizenfeldes. Laut Coase soll sich der Staat in den daraus entstehenden Konflikt zwischen Farmer und Eisenbahnunternehmen ja nicht einmischen. Die beiden Kontrahenten, also der Getreidebauer und die Bahngesellschaft, sollen sich die Problemlösung untereinander aushandeln. Denn warum soll eigentlich, meint Coase, die Bahn dem Bauern den Schaden, die Ernte ersetzen. Warum bezahlt nicht der Bauer der Bahn die Technologie, damit es zukünftig zu keinem Funkenflug mehr kommen kann? Außerdem hat der Farmer den Weizen angebaut. Hätte der Farmer das nicht getan, hätte es zu keinem Schaden kommen können. In derselben Woche, als der Klubchef der Regierungspartei sich dazu bekannt hat, neoliberal zu regieren und »neoliberale ökosoziale Marktwirtschaft« zu betreiben, hat der Finanzminister ausdrücklich verlauten lassen, er baue an einem Staat mit New-Economy-Strukturen. Und im Frühsommer 2001 erklärte er bei einem Parteikonvent, warum man das Nulldefizit brauche. Dann nämlich haben die 3,5 Millionen Arbeitstätigen pro Monat 500 Euro mehr in der Geldbörse. Das Nulldefizit wurde laut regierungseigenen Angaben ja kurzzeitig erreicht, man sollte als arbeitender Mensch also seine Geldbörse kontrollieren und bei Fehlen des genannten Betrages beim Finanzminister flugs vorstellig werden, zumal dieser in seinem jugendlichen Übermut ja gerade wieder das Füllhorn auszuschütten im Sinne hat, 1.000 Euro jährlich, sagt der Finanzminister, werden jetzt demnächst die arbeitenden Bürgerinnen und Bürger hierzulande mehr in der Geldtasche haben, diesmal nicht durch das die Konjunktur erwürgende Nulldefizit, sondern durch die Steuerreform des kommenden Jahres.

Zu hoffen bleibt jedenfalls, daß mit der New Economy letztlich nicht zugleich doch auch Riesenstücke unseres New-Economy-Staates mit in die Binsen gegangen sind. Der MIT-Prof und hochdekorierte Cambridger Ökonom Paul Krugman hingegen befürchtete öffentlich vor mehr als drei Jahren bereits, und zwar durchaus inmitten der Börsianereuphorien, daß durch die, wie er es einschätzte, hochgradig undurchsichtige New Economy urplötzlich eine schwere Weltwirtschaftskrise ausgelöst werden wird. Statt für überflüssige, Geld verschwendende Hightech, sagte der Keynesianer Krugman damals, sollten die Politiker gefälligst dafür sorgen, daß die Kinder lesen und schreiben tatsächlich lernen und daß sie gesund aufwachsen können. Die neoliberalen Ideen, sagte er weiters, verbreiten sich von Gehirn zu Gehirn wie Viren von Wirt zu Wirt. Die neoliberalen Wirtschaftslenker und Politiker der Gegenwart gleichen, meinte er, einem Autofahrer, der einen Fußgänger überfahren hat und den Fußgänger dann, um ihn wieder auf die Beine zu bekommen, gleich noch ein zweites Mal überfährt.

Ich möchte Ihnen im Folgenden noch einige Beispiele für die bestechende Funktionsweise des Coase-Theorems mit in Ihr Leben geben, egal nun, ob Sie Fußgänger oder Autofahrer sind:

1. Österreich: Der von einigen österreichischen Politikern unterschiedlichster Couleurs getätigte Vorschlag, Tschechien das AKW Temelín abzukaufen und damit unschädlich zu machen, mag ein glänzender gewesen sein, ist aber zugleich, mit Verlaub gesagt, Coase pur, neoliberale Transaktionskostenanalyse, salopp gesagt: das Bezahlen von Schutz- und Lösegeld durch die potentiellen Opfer.

2. Zu Recht werden die Nichtverwirklichung der Klimarahmenkonvention von Kyoto und vor allem die fürchterliche, unnachgiebige US-amerikanische Destruktion beklagt. Aber, mit Verlaub gesagt, bereits das Kyotoprotokoll ist eigenartig nutzlos. Denn es sieht bis zum Jahr 2012 bloß eine CO_2-Reduktion von knapp über 5 % vor. Nötig sind aber bis 2050 optimalerweise 80 %. Greenpeace hat ausgerechnet, daß die Realisierung von Kyoto lediglich 1,8 % CO_2-Reduktion bewirken würde, was also weit entfernt von 5 % wäre und auf Lichtjahredistanz zum zu erreichenden Optimum von 80 %. Bekanntlich will das Kyotoabkommen, daß Emissionsrechte zukünftig an der Börse gehandelt werden. Wenn ein Land oder ein Unternehmen, ein Staat oder ein Konzern, also mehr CO_2 reduziert, als ihm vorgeschrieben ist, kann es den Überschuß mittels nationalen und internationalen Zertifikathandels verkaufen. Es gibt bei diesem Handel mit Emissionen keinerlei Maximalbeschränkung. Staaten können daher die ihnen vorgeschriebenen Emissionsreduktionen ganz einfach einkaufen, sich von ihnen freikaufen, ohne selber nennenswerte Emissionsreduktionen vornehmen zu müssen. Wenn irgendein wirtschaftsschwacher Staat durch den Zusammenbruch seiner Industrie CO_2 reduziert, wie beispielsweise Rußland in den 1990er Jahren zwangsläufig 30 % weniger Emissionen verursachte, dann könnte ein solcher wirtschaftsschwacher Staat diesen seinen Überschuß an Klimaschutz

und Umweltschutz an der Börse verkaufen, und ein solcher Staat würde damit schlichtweg die Gesamtreduktionsmenge der EU zur Gänze decken, ohne daß die EU selber die klimaschützenden Maßnahmen verwirklichen müßte. Das ist kein an den Haaren herbeigezogenes Horrorszenario, sondern Klimaschutz mittels freier Marktwirtschaft. So einfach ist das in Wirklichkeit. Das Kyotoprotokoll folgt dem Coase-Theorem.

3. Der Aufsichtsratschef der Deutschen Bank, Rolf-Ernst Breuer, wurde vor wenigen Monaten von einem Gericht spektakulär und zugleich hierzulande seltsam unbemerkt dazu verurteilt, den Pleitier Leo Kirch schadlos zu halten, und das zur Gänze. Kirch hat meines Wissens mehr als 7 Milliarden Euro Schulden. Ausgelöst wurde die schwere Krise recht eigentlich durch den Axel Springer Verlag, der seine Beteiligung rückgängig machen und sein Geld von Kirch zurückhaben wollte. Daraufhin hat besagter Chef der Deutschen Bank in aller Öffentlichkeit die Kreditwürdigkeit Leo Kirchs in Frage gestellt. Die Deutsche Bank muß daher, meines Wissens nach dem Urteil der Ersten Instanz, zur Gänze für die Kirch-Pleite haften, da sie Kirchs Kreditwürdigkeit und damit sein Unternehmen zerstört hat. Dieses Haftungsurteil sollte man wegen der Folgen im Zusammenhang sehen, meine ich. Den Kritikern neoliberaler Konzepte und neoliberaler Praktiken wird nämlich nach wie vor entgegengehalten, sie müßten realistische, praktikable Alternativen nennen und könnten das aber in Wirklichkeit nicht. Die Neoliberalen haben sich zwar weltweit eklatant verrechnet und verspekuliert, haben versagt und betrogen, machen gerade weltweit bankrott, weltweit Krieg, weltweit Naturkatastrophen neuer Art – und sprechen aber dennoch denen, die vor der neoliberalen Gewalt lautstark und tatkräftig gewarnt haben, nach wie vor die Glaubwürdigkeit und die Intelligenz ab. Und verlangen nicht alleine Alternativen, sondern ebenso, und zwar nicht bloß in der BRD, Staatshaftungen für die gegenwärtigen und künftigen massiven Verluste von Banken und Konzernen. Sozusagen Sozialhilfe für Konzerne und Banken. Der Sozialstaat hingegen sei nicht zu bezahlen und mache unfrei, hieß es und heißt es nach wie vor. Zugleich wurde und wird durch die Aktienmärkte Geld in den letzten Jahren in unvorstellbarem Ausmaße vernichtet. Irrational und chaotisch. Die Irrationalität und das Chaos will man dessen ungeachtet nach wie vor den sogenannten Sozial- und Alternativbewegungen anlasten. Die neoliberalen Diebe schreien also laut: »Haltet den Dieb!« und meinen, auf diese Weise die Menge aufhetzen und in ihr untertauchen zu können. Wem dieser Vergleich zu ehrenrührig ist, der möge sich damit begnügen, daß ein Ausweg aus dem Falschen und daß eine Alternative zum Falschen schlichtweg darin besteht, das Falsche nicht zu tun. Wie auch immer, daß Banken und Konzerne wollen,

daß der Staat für ihre Fehlentscheidungen und Verluste haftet, folgt dem Coase-Theorem. Die für den Neoliberalismus typische Privatisierung der Gewinne, Verstaatlichung und Sozialisierung der Schäden folgt dem Coase-Theorem. Desgleichen BRD-Kanzler Schröder beispielsweise im Falle der Atomenergielobby. Die deutschen regierungsunfähigen Grünen behaupten ja nach wie vor, den Ausstieg aus der Atomenergie erfolgreich und unumkehrbar in die Wege geleitet zu haben. In Wahrheit vereinbarte im Juni 2000 Schröder mit der Stromwirtschaft den ungestörten Weiterbetrieb der Atommeiler auf unbestimmte Zeit, nämlich für so lange, daß noch einmal so viel Atomstrom produziert werden kann wie bisher. Die Gewinne, wie gesagt, werden privatisiert, die Schäden und Verluste verstaatlicht und sozialisiert. Das ist purer Coasescher Neoliberalismus.

Gestatten Sie mir an dieser Stelle bitte ein paar Worte zu Oskar Lafontaines Auswegen.

Lafontaine, der seinen Genossen bei seinem Weichen ausdrücklich ins Stammbuch geschrieben hat, daß der, der nicht gehalten wird, nicht halten kann – Man kann nicht halten, wenn man nicht gehalten wird –, diskutierte vor kurzem auf Einladung und zum Glück der sozialdemokratischen Gewerkschaft auch hier in der Stadt. Ich möchte dennoch einiges vielleicht nicht Überflüssiges zur Realität, für die Lafontaine steht, anmerken. Hans-Olaf Henkel war Europachef von IBM und bis zum Jahr 2000 Deutscher Industriellenpräsident, heute hat er in Mannheim eine Professur für BWL inne und ist Präsident der in vielen Landen ebenso patenten wie potenten Wissenschaftsgemeinschaft Gottfried Wilhelm Leibniz. In seinem bislang jüngsten Buch *Die Ethik des Erfolges* erklärt er unumwunden und wortwörtlich: »Nimmt man das beliebte Bild von den Starken und den Schwachen, so lehrt die Erfahrung, daß [den Schwachen] umso besser geholfen werden kann, je mehr man [die Starken] gewähren läßt.« Henkel meditiert im weiteren über den gegenwärtigen und zukünftigen Sozialstaat wie folgt: »Man wird in eine Gesellschaft hineingeboren, den silbernen Löffel einer Grundversorgung im Mund – statt Wohlstand für alle werden wir [daher] Elend für alle haben.« – »Gleichheit im Elend«. Über das Projekt Weltethos des Theologen Hans Küng macht Henkel sich in seinem Buch verärgert lustig, ebenso über diejenigen Unternehmer, die sich von Hans Küng Moral predigen und die Leviten lesen lassen. Globalisierungskritische, globalisierungsnachdenkliche Gruppen, wohlgemerkt auch Attac, erinnern Henkel ausdrücklich an die braunen SA-Horden seiner Kindheit. Im Sozialstaat sieht er nicht viel mehr als, wie er sagt, den »autarken Gewerkschaftsstaat«. Die ehemals engsten Berater des ehemaligen Finanzministers Lafontaine nennt Henkel Verrückte und memoriert als Zeitzeuge,

Lafontaine habe versucht, Deutschland mit allen Mitteln aus dem internationalen Wettbewerb herauszulösen. Wettbewerb sei für Lafontaine ein Schimpfwort gewesen. Zum Glück sei Lafontaines, in Henkels Worten, »sozialistische Variante der Marktwirtschaft« bei der EU glatt durchgefallen, und zwar bei den damals mehrheitlich sozialdemokratischen Finanzministern der EU. Lafontaine sei ein weltfremder Ideologe, dem die Zukunft Deutschlands gleichgültig war. Lafontaine habe Henkel gegenüber rundweg abgestritten, daß die Unternehmenssteuer in Deutschland höher sei als anderswo. In einem Vieraugengespräch, um das sich Henkel verzweifelt bemüht habe, habe Lafontaine wiederholt klargestellt, über höhere Löhne und über weitere Staatsschulden die Wirtschaft ankurbeln und die Abschottung Europas betreiben zu wollen, und zwar durch eine Unternehmensbesteuerung, durch welche in ganz Europa identische Wettbewerbsbedingungen geherrscht hätten. Also deutsche finanzpolitische und deutsche wirtschaftspolitische Regeln in ganz Europa im Gegensatz zum Rest der Welt. Henkels Konzept im Gegensatz zum, wie *The Sun* schrieb, gefährlichsten Mann Europas lautet wortwörtlich: »durch niedrige Arbeitskosten – also den fast Verzicht auf staatliche Absicherung – wettbewerbsfähig werden und Investitionen ins Land holen«. Henkel weiter: »Mit Lafontaines Abgang hat sich in ganz Europa das Ja zur Globalisierung durchgesetzt.« Folgt man Henkels Darstellung der Ereignisse, dann muß die Angst vor Lafontaine auf Unternehmerseite wohl gewaltig gewesen sein, und man muß von Unternehmerseite auch allen Ernstes geglaubt haben, daß Lafontaine sein Vorhaben realisieren, realisieren kann. Obgleich die spärlich rötlichgrünliche Koalition in Deutschland nun Schröders Agenda 2010 unter Berufung auf reale, reale Notwendigkeiten wohl demnächst und in großer Ähnlichkeit zu den Vorhaben unserer Regierung hierzulande Gesetzeskraft verleiht, so sollte man dennoch nicht vergessen, wie sehr die Unternehmer Lafontaines Realität gefürchtet haben.

Bourdieu beschrieb die geistige Situation der Zeit als »Wegwerfdenken« und das Leben, das Menschen einander gegenwärtig antun und zumuten, als Wegwerfleben. Bourdieus Recherche *Das Elend der Welt* ist bewerkstelligt worden, damit in der Folge entsetzliche, entsetzte Menschen einander ohne Unterlaß mitten im angeblich banalen Alltag – welcher angeblich unter einigermaßen erwachsenen Menschen durchaus zumutbar ist und aufgebrachter, enttäuschter, weinerlicher Rede angeblich nicht wert – durchaus schwatzhaft und oft auch witzig ihre Geschichten zu erzählen beginnen und damit so aus jedem dieser einander respektvoll und beharrlich erzählten Leben ein politisches Argument zu werden vermag, und zwar das einzige politische Argument, das es wirklich geben kann, nämlich der Wert und die Schönheit eines Menschenlebens. Und auf daß auf besagte Weise die alltäglichen Schadensverursacher in Politik, Medien, Wirtschaft und Wissenschaft Stück nach Stück die Macht über ihre angeblich banalen Mitmenschen verlieren. Ein solches Unterfangen nannte Bourdieu soziale Bewegung. Selbige ist der Sinn von *Das Elend der Welt*. Selbiges ist ein Werk, das Menschen in erlernter, erzwungener Hilflosigkeit beizuspringen sich bemüht und das unterlassene, verweigerte Hilfeleistung als das benennt, was verweigerte, unterlassene Hilfeleistung ist, nämlich ein tägliches Verbrechen, Mitwisserschaft, Mittäterschaft. *Das Elend der Welt* gibt Menschen, denen ihre Lebensgeschichten gegenwärtig im Alltag schlichtweg weggenommen werden, abhanden kommen und die um ihre Leben, ihre Lebenschancen, ihre Lebensgefühle, ihre Lebensgeschichten ganz alltäglich, ganz selbstverständlich gebracht werden, diese ihre Lebensgeschichten, diese ihre Lebenschancen, ihre Lebensgefühle zurück, sozusagen ihr ureigenstes Eigentum. Ihr Leben. Leben statt Wegwerfleben.

In Rumänien wurde anno 2000 der zweitgrößte Fluß Ungarns, die rumänische Theiß, vernichtet, und zwar durch das Zyanid für die Goldgewinnung im rumänischen Baia Mare. Die Umweltkatastrophe von Baia Mare hatte die Dresdner Bank mitfinanziert. Negative juristische oder negative finanzielle Konsequenzen für die Bank hatte die Katastrophe nicht. Die freigesetzte Giftmenge damals, 120 Tonnen Zyanid, hätte gereicht, um eine Milliarde Menschen zu töten. Man hat Glück gehabt. Denn bloß 2 Millionen Menschen haben ihr Trinkwasser verloren. Insgesamt 714 Euro muß die Betreiberfirma dafür an Schadenersatz leisten. Euro 714 kostet derlei und ist es wert. 120 Tonnen Zyanid, Lebensgefahr für eine Milliarde Menschen, ohne Trinkwasser 2 Millionen Menschen. Dafür zu zahlen 714 Euro. Ein hochindustrialisierter westlicher, nördlicher, US-amerikanerartiger Mensch wird bis zu seinem 75. Lebensjahr 195 Millionen Liter Wasser verbrauchen und bis dahin 52 Tonnen Müll produziert haben.

Laut Weltgesundheitsorganisation haben weltweit eine Milliarde Menschen keinen Zugang zu sauberem Trinkwasser. Die Kosten, diesen Zustand zu beheben, werden auf 50 Dollar pro Mensch geschätzt, insgesamt also auf 50 Milliarden Dollar. – Zum Vergleich: Bislang wurden für das Reagansche Star-War-Projekt 60 Milliarden Dollar ausgegeben, in den nächsten 15 Jahren sind für Star-War-Projekte nochmals 60 Milliarden Dollar vorgesehen.

Bourdieus letzte Schrift, seine posthum erschienene Anti-Autobiographie *Ein soziologischer Selbstversuch*, verfaßt im letzten Sommer, letzten Herbst seines Lebens, unter starken Schmerzen, jedoch, wie es heißt, nicht im Wissen um den bedrohlichen Krankheitszustand, erzählt von Bourdieus lebenslanger, reflexartiger Verweigerung und Abneigung gegen alle Formen des Sadomasochismus, des sozialen und politischen ebenso wie des intellektuellen, von der Nähe und Distanz seiner Soziologie zur Psychoanalyse, von seinem empirischen Antworten auf philosophische Fragen, von seinen Erfahrungen als junger Mensch angesichts des algerischen Befreiungskrieges, von der tiefen Zuneigung zu seinem Vater, der, wie Bourdieus Mutter auch, aus bäuerlichen Verhältnissen stammte und der Briefträger war, kleiner Gewerkschafter, bedürftigen Menschen in seiner Umgebung stets half, so schnell er konnte, Widerstandskämpfer bei sich versteckte, am liebsten in seinem Garten arbeitete – politische Gärtnerphantasie sei wirklich revolutionär, lehrte Pierre Bourdieu übrigens in *Die verborgenen Mechanismen der Macht*, denn die politische Gärtnerphantasie schaffe dem Alltagsleid der kleinen Leute wirklich Abhilfe. In *Die verborgenen Mechanismen der Macht* auch nennt Bourdieu das auflachende, aufschreiende, laut hinausbrüllende, nicht einzuschüchternde, unbeirrbare, unverdrossene Andersensche Kind aus *Des Kaisers neue Kleider* als vorbildlich für die Gegenwehr gegen die neoliberale Gegenwart. Gärtner und Kinder also. Für das Kind Pierre Bourdieu war das Internat eine Qual. Hier, so Bourdieu, erlernte er mit elf, zwölf Jahren, was Gesellschaft wirklich sei: nämlich ein ständiger demütigender Kampf ums Überleben, »Klassenrassismus«. Der Vater freilich unterstützte das Kind und den jungen Menschen bei jeder kleinen und großen Rebellion. Rebellionen des Rugby spielenden Musterschülers gab es noch und noch. Selbstverständlichen Systemgehorsam allerdings auch. Bourdieu erzählt von seinem gespaltenen Habitus von Kindheit an, von seiner Sozialisierung durch Herkunft und Erziehungssystem, von erlernter Hilflosigkeit und von den Überwindungsversuchen erlernter Hilflosigkeit. Er schreibt sich selber in seiner Anti-Autobiographie von Kindheit an bis zuletzt Bescheidenheit und zugleich übertriebenen Stolz, Zur-Schau-Stellen von Männlichkeit zu sowie Streitlust, die aber nur gespielt sei, schreibt sich provokante Gehemmtheit und zugleich aufmüpfige, wütende Grobheit zu und vor allem die seltsame Sehnsucht, alle Leben von Menschen zu leben, und die Fähigkeit, sich im wahrsten Sinne des Wortes an die Stelle eines anderen Menschen zu versetzen, dessen Zwangslagen vielleicht aufzubrechen, somit ein wirkliches alter ego zu sein – und so gemeinsam Möglichkeiten zu finden, auf andere Weisen zu leben. Denken statt Wegwerfdenken. Leben statt Wegwerfleben. Ich bitte Sie, keine Geduld mehr zu haben.>

Tag, Monat, Jahr

Ein unbeschwertes Leben ist uns nicht möglich, Samnegdi und mir, seit Gemüller mich fertiggemacht hat. Die Guten, die Besten haben mich fertiggemacht. Ich ertrage die Guten nicht mehr, von denen ich weiß, weil ich dann sofort an Gemüller denken muss, weil Gemüller mit so vielen Guten so gut Freund ist. Die machen Bussibussi und Gluckgluck. Die Guten, empfinde ich inzwischen, kriegen nie genug. Jetzt einmal zum Beispiel habe ich auf der Straße ein paar Rote und Rotinnen *Wir wollen alles* skandieren hören, weil Wahlkampf ist. Die skandierten, dass sie *die Erde und den Himmel* wollen. Gemüller sang mit und freute sich und tanzte Hand in Hand. Ich freue mich immer noch, wenn er sich freut und ich so etwas Schönes sehe, dass Menschen sich freuen. Aber ich glaube, dass das Ganze eine Sucht ist. Durch die Politik entsteht die Lebensnot. Aus der Lebensnot kommt die Todesangst. Aus der Todesangst die Sucht. Aus der Sucht die Geschäftsführer. Von den Geschäftsführern kommt das Gute. Anders kann ich mir das Gute nicht mehr erklären.

Tag, Monat, Jahr

Gemüller ist der Geschäftsführer. Was er tut, ist seine Aufgabe. Er erhält die Firma am Leben. Es geht um Tausende und Hunderte von Menschen. Die Parteien haben jetzt auch Geschäftsführer. Seit langem schon. Bei denen geht es jeweils um Hunderttausende und Millionen. Menschen und Euros.

*

Ich habe mit dem GF oft stundenlang darüber geredet, was er denn will. Er wollte oder konnte es mir nicht sagen. Ich sagte dann immer, sobald er es wisse, solle er es doch endlich tun. Ab und zu in den Jahren damals sagte er, was er alles nicht wolle: Menschen verletzen zum Beispiel oder Abmachungen brechen und alles über den Haufen werfen oder Menschen hintergehen. Und ich sagte zu ihm, dass er es nicht tun solle, wenn er es nicht will. Und dass es nicht wahr sei, dass er zu allem gezwungen sei. Er tue, was falsch ist, obwohl er andere Möglichkeiten hätte. Auch wenn er die freie Wahl und die besseren Alternativen habe, tue er das, was falsch ist. Er erwiderte, er sei immer offen und ehrlich. Ich hatte ihm damals mit keinem Wort das Gegenteil vorgeworfen.

Tag, Monat, Jahr

Als Gemüller mich, mein Gewissen, zur Veranstaltung für den roten Stadtpolitiker Hummel zwang, war Gemüller gerade Trainer bei der maroden roten winzigen Bildungseinrichtung geworden und sagte, als ich es zufällig las und ihn darauf ohne jeden Spott anredete, *Trainer* klinge so lächerlich und er geniere sich so. Gemüller machte, seit ich ihn kannte, einen sehr schamvollen, zurückhaltenden, bescheidenen Eindruck auf mich. Auch deshalb fand ich immer, dass ich nicht unverschämt sein darf; das stehe mir nicht zu. Es gehe nicht um mich, sondern um die Menschen, denen die Firma helfe und für die sie dazusein habe. Und um die Helferinnen und Helfer in der Firma, und dass die ja selber Hilfe brauchen. Der GF tue, was er könne. Ich müsse die Notsituationen verstehen. So sah ich das trotz allem immer von neuem. Und es war ja auch so. Aber ganz anders war es in Wahrheit auch. Verheerend.

Tag, Monat, Jahr
Der Supervisorenvortrag heute Vormittag. Man ist begeistert. Bin bedrückt. Von der Co-Referentin werde ich gelobt. Das ist, weil sie vorsichtig ist. Sie redet sehr humanistisch sehr gegen den Neoliberalismus. Man ist gerührt und ihr dankbar. Der Hauptreferent dann ist ein hochanständiger, hoher Beamter. Was er vorträgt, ertrage ich aber nicht. Eine Qual für mich. Das Publikum glückselig. Es ist gerne gut. Das ist es ja oft auch wirklich. Der hohe Beamte ja auch.

Der Betreuerunfall. Die schwersten Folgen. Das Baby vom Vater fast umgebracht, es überlebt, das Kind ist aber sein Lebtag lang schwerst behindert. Es war ein Fehler der Betreuer. Im Sicherheitsnetz ein Fehler. Es gab, vermute ich, überhaupt keines. Der Supervisor sagt das aber nicht. Redet stattdessen von *Tapferkeit* und von *Achtsamkeit*. Sagt: *Hut ab!* Redet von der Einstellung der Helfer und von unprofessionell falschen Einstellungen, sagt *Voyeurismus* und dass die Menschen glauben, wenn sie jemanden verwahrlosen und zugrunde gehen sehen, eine alte Frau zum Beispiel, ihnen selber könne das nicht passieren.

Ich weiß ja nicht, es kann ja sein, dass der Vortrag des Supervisors ein Hilfeschrei ist, ein Warnruf oder sogar ein öffentliches Schuldeingeständnis, ein Wiedergutmachungsversuch, tätige Reue. Denn der Vortragende selber war vor etlichen Jahren der Betreuer des mörderischen Kindsvaters gewesen. Der betreute böse junge Mann war ins Betreuerloch gefallen und ist dann für zehn Jahre ins Loch gekommen. Und das Baby, das Baby blieb sein Lebtag ein Babygehirn. Niemand hat damals wirklich aufgepasst, damit der böse junge Mann nicht sein eigenes Kind umbringt. Davon bin ich überzeugt. Der Vortrag ist, bin ich mir jetzt sicher, ein Hilfeschrei. Aber niemand hilft. Ich auch nicht. Am liebsten würde ich ein paar Leute beschimpfen. Wie die fürchterliche Lebensgeschichte des jungen Verbrechers vom Supervisor im Vortrag erzählt worden ist, ist sinnlos, finde ich. Denn keine Ursachen, keine Folgen, keine Korrekturen wurden genannt. Als ob es sie damals nicht gegeben hätte oder als ob sie auch heute unmöglich wären, ist der Vortrag. Der Supervisor schreit um Hilfe, sagt bloß die Wahrheit. Mehr darf er nicht. Warum, weiß ich nicht.

Er redet über den Helferunfall, über den Hergang, ringt mit den Tränen, aber redet nicht wirklich darüber, was war. Er nimmt nicht einmal das Wort *Unfall* in den Mund. Nicht einmal das Wort *Grund*. Oder *Ursache*. Hat der in seinem Vortrag überhaupt ein einziges Mal *weil* gesagt? Glaube nicht. Statt Ursachen, Konsequenzen, Alternativen, Hilfsmöglichkeiten zu nennen, sagte er, dass man kein Michael Kohlhaas sein dürfe, mit dem sei nämlich niemandem geholfen. Ein Schwejk Josef, ja, so wer müsse man sein oder vielleicht ein Eulenspiegel, und einen guten Schmäh müsse man drauf haben.

*

Die Diskussion dann hat nichts geändert. Berauscht vom Guten war das Publikum und vom Leid. Ich mag den Supervisor seit jeher sehr. Einmal, in meiner Erfolgszeit dazumal, hat er mich zwecks Kooperation angesprochen. Und einmal habe ich ihm geschrieben. Und einmal habe ich mit ihm telefoniert. Und einmal habe ich ihn eingeladen. Und einmal hat er mich angerufen. Er ist von höchster Vorsicht und tut aber stets, was er kann. Ich war ihm dazumal sympathisch gewesen, glaube ich. Als er mich dazumal nach einem Vortrag von mir anredete, tauschten wir Bekannte aus. Den Supervisor zum Beispiel, der vor Jahren wegen eines Pflegeheims den verantwortlichen Politiker angeschrieben hatte, bevor in dem Heim dann so viel Mord und Totschlag war. Da erschrak der hohe Beamte und sagte, das sei heutzutage ganz anders. Aber ich sah seine Angst.

*

Der Supervisor redete heute andauernd darüber, dass nicht genug geredet wird und wie viel er reden muss bei Ämtern und Behörden. Man sei als Helfer so oft ganz allein. Jeder wolle, dass man den Mund halte, oft auch der Klient selber. Und doch müsse man reden. Er sagte, dass man mit den Menschen, mit denen er zu tun habe, oft nur mehr reden könne, reden, reden. Sonst könne man nichts mehr für sie tun, weil sie am Ende seien. Das erzeugte die meiste Begeisterung im Publikum; die Rede davon, dass man nur reden kann, machte die Leute glücklich. Eine Intellektuellenveranstaltung. Aber eine solche Sozialarbeit bringt einen, wenn man Pech hat, vor der Zeit um. Das weiß ich. Auch durch Herrn Ho weiß ich das. Man kann nichts mehr sonst für diese Menschen tun, nur reden, reden, reden, sagte der Supervisor immer wieder. Aber ich will das nicht hören, weil es nicht wahr ist. Er sagte dann, das erste Ziel der Helferinnen und Helfer müsse sein, dass die Helferin, der Helfer überlebt. *Ja, gewiss, ja*, denke ich mir. *Aber, bitte, warum soll der Helfer sterben müssen?*

Verflixt noch einmal, warum. So, jetzt falle ich mir ein. Auch das noch. Jetzt kommt alles durcheinander. Die Reaktionen der Menschen auf die unerträglichen Dinge machen mir die Menschen unerträglich. Der Supervisor redete eineinhalb Stunden vom Reden, aber sagte nicht, worum es geht. Und doch habe ich noch nie jemanden so viel und so gut über das reden hören, was wirklich los ist. Aber das ist Sterbebegleitung, nicht Sozialarbeit, was er redet. Ich kann es nicht anders empfinden.

*

Herrn Ho die Hand halten und mit ihm reden, während er zugrunde geht, nein, das möchte ich nicht. Herrn Ho rechtzeitig bei beiden Händen nehmen, damit ihm nichts passiert und er nicht kaputtgeht, das hingegen halte ich für richtig. Aber der Supervisor meint das gewiss auch so, aber er sagt es nicht.

*

Eine junge Frau beim Vortrag, eine Sozialarbeiterin, die entweder beim Supervisor gerade in Supervisorenausbildung ist oder diese frisch hinter sich hat, hat dem Supervisor widersprochen. Sie hat gesagt, dass das Überleben des Helfers und das viele Reden und der gute Schmäh doch nicht der alleinige Sinn und Zweck von Hilfe sein können. Von Sozialarbeit beispielsweise seien sie das bestimmt nicht. Weder im Spital noch in der Sozialarbeit noch in der Schule dürfe das ihrer Meinung nach so sein, wie der Supervisor es sage. *Da muss doch noch etwas sein!*, sagte sie. Der Supervisor hat daraufhin heftig und freundlich genickt. Er wirkte froh und neugierig. Ich glaube, dass er manchmal schnell nervös wird. Aber das ist, weil er die Begrenztheit der Leute kennt und immer viel Verantwortung hat und immer etwas durchkämpfen muss, auch wenn es aussichtslos ist. Schicksalhaft, wie man so sagt. Und dann ist es durch den Supervisor aber plötzlich nicht mehr schicksalhaft, sondern geht besser aus. Er ist selber eine Institution geworden. Aber es gibt in der Politik immer jemanden, der einen abschaffen kann. Der Supervisor bildet auf seine Weise Berufshelfer aus. »Mein« Supervisor, der Freimaurer, ist mir lieber. Ich glaube, er hat weniger Angst. Einmal hat der da hier nämlich gesagt, es sei heutzutage alles viel besser geworden und nicht mehr so, wie der Freimaurer es erlebt hatte. Aber da hatte der da unrecht. Man muss die Zeit immer in Menschenleben messen. Wenn man Zeit verliert, verliert man Leben, Menschen.

Tag, Monat, Jahr

Gemüller ist einen halben Kopf größer und drei Jahre jünger als ich, schwarzhaarig, Brillenträger, Kettenraucher, Hobbyschwimmer, Vegetarier, kinderlieb. In der Jugend trug er immer einen Aktenkoffer. Jetzt trägt er nur mehr Umhängetaschen. Ist sehr belesen. Mein Problem mit ihm war, dass ich tat, was er wollte.

Tag, Monat, Jahr
Das bisschen Freiheit, das Herr Ho jetzt hat, störe ich ihm jetzt wieder. Immer wenn ich ihn wegen seiner Zuckerkrankheit drangsaliere, werde ich für diese Momente sein schlimmster Verfolger. Wenn er sich ein Eis bestellt, halte ich das nicht aus, muss aufstehen und gehen. Ich weiß nicht, ob die anderen Verfolger das auch so machen würden. Zurzeit hat Herr Ho, glaube ich, nur mich zum Verfolger. Damit kann er leben. Einzig zum Zwecke der Erziehung des Herrn Ho gehe ich erbost auf und davon. Aber ohne Erfolg. Er schleckt sein Eis trotzdem. Hos Hausarzt hat Angst, dass Herr Ho plötzlich in ein Zuckerkoma umfällt und niemand da ist. Die Extreme können aber, glaube ich, nicht mehr wirklich geschehen. Denn zum Beispiel Samnegdi und ich gehen rechtzeitig dazwischen. Herr Ho muss nicht mehr im Extremen leben. Ich glaube auch nicht, dass er in so ein blödes Koma fällt. So blöd ist er nicht. Wahrscheinlich sind wir wirklich Freunde und er merkt gar nicht, dass ich ihn verfolge. Es ist bislang alles gut ausgegangen. Ich habe Ho nicht verloren. Ich weiß jetzt aber nicht, zu wem ich Herrn Hos wegen um Hilfe gehen kann. Zum Supervisor von gestern? Das getraue ich mich Hos wegen nicht. Hodafeld hätte mir helfen können. Hodafeld hätte Ho geholfen. Hodafeld ist aber tot. Hodafeld war auch in der Supervisorenausbildung tätig. Wenn er mir jemanden genannt hätte, hätte ich gewusst, dass es das Beste ist, was ich für Ho tun kann. Ich weiß nicht, an wen ich Herrn Ho abgeben kann. Wem ihn anvertrauen. Der Zucker und die Automaten, beides war plötzlich da bei Ho. Ein paar Wochen nach seiner Befreiung war das plötzlich da. Vorher hat es das nicht gegeben. Aber wir kommen da raus. Wir schaffen das. Es muss möglich sein. Wir haben keine andere Wahl. Wie gern würde ich den hochrangigen Supervisor um Rat fragen. Ihm Ho anvertrauen. Es nützt nichts, ich muss zuerst Herrn Ho in Ordnung bringen, weg vom Zucker und von den Automaten, dann erst kann ich Herrn Ho abgeben. Mir sind die Hände gebunden. Nein, das Herz schnürt es mir zu.

Tag, Monat, Jahr
Mein bester Freund Gemüller grinste oft, was alles wie leicht sei, und schaute verächtlich. Das brauchte er zwischendurch. Wenn andere in der Firma sich mit etwas schwer taten oder etwas nicht zusammenbrachten oder einen Fehler machten, gefiel ihm das. Er lachte dann. Die können das nicht, obwohl es doch so leicht sei. Haben keinen Durchblick. Ich habe mich nicht gewehrt? Doch, habe ich. Deshalb habe ich verloren.

Nein. Sondern ich habe verloren, weil ich meiner Wege gegangen bin. Aber wenn ich geblieben wäre, hätte ich alles verloren, mein Innerstes. Na und? So etwas wächst ja nach. Wie bei den Krabben. Charly und Samnegdi haben mir heute die Krabben erklärt. Wenn die Krabben sich häuten, tauschen sie ihre inneren Organe aus. Vielleicht sogar das Gehirn. Ein paar Mal im Leben machen sie das so. Aber es ist immer lebensgefährlich, wenn die Krabben sich häuten. Aber nur für die jeweilige Krabbe selber.

Tag, Monat, Jahr

Fußballspiele mag Herr Ho. Er würde gerne einmal wirklich zu einem Fußballspiel gehen. Selber Fußball spielen würde er auch gerne, getraut sich aber nicht. Aber wie die Leute miteinander laufen, macht ihm sichtlich Freude. Er möchte mitlaufen. Herr Ho muss heute einen Lebenslauf schreiben. Er schreibt: *Ich bin 57 und habe noch keine Kinder. Ich bin Pensionist.* Herr Ho hat heute zu mir gesagt: *Dann muss ich fort.* Er hat dann seine Wohnungstür aufgesperrt und wollte auf und davon. Ich hätte ihm den Blutzucker messen müssen. Herr Ho lässt sich den nicht messen. Herr Ho, wie er war, mit Hausschuhen und vorm Schlafengehen, wäre aus seiner eigenen schönen neuen Wohnung fort. Ich weiß nicht, ob er jemals wiedergekommen wäre. Bin ich auch so? Meine Gewissensentscheidungen, die sind manchmal so.

Tag, Monat, Jahr

Dieser Tage der Bericht über Dresden, die Frau, der zuvor in der anderen Stadt bei einem Bombenangriff der guten Alliierten das Kind verbrannt worden war, und dann in Dresden war sie mit einem Chinesen aus dem Zirkus beisammen. Rassenschande war das dort und sie musste als Hure die Straße auf und ab gehen, damit alle guten Deutschen sehen, was mit ihr ist und ihresgleichen widerfährt. Und beim Bombenangriff auf Dresden ist ihr chinesischer Geliebter von den guten Alliierten verbrannt worden. Lichterloh verschmort ist er. Sie ist trotzdem nicht verrückt geworden. Das Gute muss man sehen, sagt sie, und wie gut alles ausgehen kann. Ho, das Foto des Chinesen, der in Dresden verbrannt ist, ich erschrecke, weil der Mann Ho so ähnlich sieht.

Die Medikamente sind so bitter, hat Herr Ho früher oft gesagt, jetzt sagt er es nicht mehr. Er nimmt jetzt seine Medikamente. Er merkt, dass sie ihm helfen. Wenn Herr Ho aber aufgibt, werde ich nicht um ihn kämpfen. Daher werde ich ihn dann verlieren. Aber warum sollte er aufgeben. Sein Zucker ist der süße Tod. Herr Ho begreift das nicht. Als die Tabletten so bitter geschmeckt haben, hat er mit dem Zuckeressen angefangen. Ich sage heute zu ihm: *Sie können vom Zucker sterben. Blind* werden. Das Herz kann vom Zucker kaputt werden. Der Kopf. Die Nieren. Die Füße. – *Ja,* sagt er, liest in der Zeitung weiter und trinkt seinen Kaffee und zuckert ihn noch einmal nach. Herrn Hos Hausarzt bekommt vor dem Krankheitsverlauf immer mehr Angst und hat mir die auch gemacht. Herr Ho will aber endlich ein unbehindertes Leben führen. *Ich will normal leben*, hat Herr Ho heute gesagt.

*

Habe ich alles falsch gemacht? Wenn Ho früher schon Zucker gehabt hätte, hätten wir ihn vielleicht nicht aus dem Pflegeheim herauszukämpfen versucht. Aber genau das wäre grundfalsch gewesen!

Tag, Monat, Jahr

In der Hausübung von Herrn Ho heute steht: *Sie wollte um/ohne/gegen die Welt reisen.* Er lässt mir keine Chance. Die Blutabnahme in ein paar Tagen beim begutachtenden Arzt, das wird ein Zirkus werden. Die Befunde bislang sind hilfreich und gefährlich zugleich. Er braucht die für die Pension. Aber wenn ich die Diagnosen lese, wird mir bange. Es geht ihm weit besser jetzt als früher und die schreiben aber solche Sachen. Aber es ist die Wahrheit. Nein, ja, nein. Die Monate, Jahre, ihm zu helfen, waren sehr anstrengend. Nein. Doch. Aber die Jahre waren nicht Herrn Hos wegen anstrengend. Er ist nicht das Problem. Und die Befunde jetzt, die müssen sein. Doch wenn Herr Ho an den Falschen gerät, dann führen die Befunde in eine Katastrophe. Außerdem schweigt er sich immer um Kopf und Kragen. Etwas Nettes steht aber auch da. *Nesteln* heiße das, was er tut. Das Wort habe ich nicht gekannt. Er zupft an seinem Gewand, um sich einen Unterschlupf zu bauen.

Tag, Monat, Jahr

Herr Ho ist vorgestern überfallen worden. Am Sonntagmorgen um 10 Uhr. Auf dem kleinen Marktplatz. Er hat Glück gehabt. Er ist sehr gefasst. Er wird als chronisch schizophren, als paranoid und als psychotisch befunden. Er wurde aber tatsächlich überfallen. Er habe mich nach dem Überfall nicht anrufen können, sagt er, weil sein ganzes Geld in der Börse war. Dann sagt er, die Telefonnummern seien auch drinnen gewesen. Er schläft jetzt schlechter. Herrn Ho aus der Festung herauszuholen – daran war nichts falsch. Rechtzeitig war es auch. Aber wer hilft Herrn Ho jetzt in der Freiheit? Wir, ja. Aha. Ja, wir, nach wie vor. Und wenn wir, wie man so sagt, einmal nicht mehr sind? Wann soll das sein! Ich gebe ihn ab, wenn es in seinem Interesse ist. Keine Minute früher.

Tag, Monat, Jahr

Jedes Mal, wenn man Angst um Herrn Ho hat, weil er sich verschließt, redet er dann am nächsten Tag sehr viel mehr, und man erfährt sehr viele

Dinge, die man vorher nicht gewusst hat. Bisher war das immer so. Er verschließt sich, aber am nächsten Tag ist er offener und ruhiger und sehr freundlich. Beim Flüchtlingsarzt will er nicht über den Überfall reden. Er sagt nur, dass er jetzt seit zwanzig Jahren hier sei und ihm hier noch nie ein Unglück widerfahren sei. Ich bin beeindruckt. Zu Mittag werde ich mich dann noch einmal mit Herrn Ho treffen. Er hat seinen Deutschkurs in der Firma. Ich brauche zwar meine Ruhe, habe viel zu tun, aber ich will nicht, dass er wegen der Pensionsuntersuchung in zu große Unruhe gerät. Daher verstärke ich weiter den Kontakt, die Anwesenheit, damit ich den Tag über immer wieder sehe, wie es Herrn Ho geht. Ich will Unbill rechtzeitig abfangen können. Es kommt vor, dass ihn eine Ungewissheit, ein Termin, tagelang, wochenlang quält. Das darf man nicht zulassen. Er hat eine sehr schöne Handschrift. Schade, dass man daraus keine Arbeit machen kann. Er sagt, im Vietnamesischen gebe es kein Wort für Hobby, nur für Arbeit. Beim Flüchtlingsarzt, Psychiater, lagen auf dem Tisch die Papiertaschentücher zum stückweise Herausziehen gegen die Tränen. Massenabfertigung. Aber ohne die Hilfseinrichtung wäre alles viel schrecklicher. Und ohne Papier auch. Es sieht aus wie das auf den Puffzimmern.

Tag, Monat, Jahr

Ich habe heute Herrn Hos Befunde doch abgeschickt. Ich habe ihm etwas ersparen wollen dadurch. Ich hoffe, sie schaden ihm nicht. Er spaziert jetzt seit Tagen und Wochen von selber in den Park, einmal in diesen, einmal in jenen, setzt sich an die kleinen Wasser, die plätschern, hört auf die Vögel. Hier will er heute warten, bis der Deutschkurs anfängt. Er schlenkert mit den Beinen beim Sitzen, schaut. Ich gehe meiner Wege, winke, er ruft: *Auf Wiedersehen.* Ich freue mich. Die Deutschübung heute in der Früh, schriftliche Mülltrennung, er hat mehr Ahnung als ich, obwohl er das alles nicht hat, was man wegwerfen muss. Er hat heute schon im Hof vor der Haustür auf mich gewartet. Dass er seit jeher in den Park gegangen ist, ist jedes Mal ein großer Fortschritt und zugleich ganz selbstverständlich für ihn. Man muss die Menschen nur leben lassen. Heute ist Herr Ho wieder glücklich gewesen. Aber ihm wird nach wie vor von den Situationen Gewalt angetan. Der Regen, allein dass der Regen aufhört, macht Herrn Ho schon glücklich. Er hat seine Pension und er lernt Deutsch und ist dabei unter Menschen. So einfach ist das Ganze und heißt Glück.

*

Die Übung da drüben. Vier Feuerwehrautos. Ein Mann sei aus dem Fluss zu retten. Herrn Ho gefällt die Übung nicht. Aber gerettet wäre er gerne. Wenn er das doch nur wirklich wissen könnte, dass er gerettet und in

Sicherheit ist. Ich weiß es aber auch nicht. Wir sagen ihm immer, es sei alles in Ordnung und es könne ihm überhaupt nichts Schlimmes widerfahren. Allmählich glaubt er es. Wann glaube ich es?

Tag, Monat, Jahr
Die Firma hätte einmal anders heißen sollen. Man überlegte sich das dann aber noch einmal, weil der bisherige Name sehr gut und sehr bekannt war. Ein tolles Logo hat sie wie gesagt auch. Fünf große und kleine Menschen bilden eine Kette, einen offenen Kreis, und halten die Hände hin, damit noch jemand dazu kann und Hilfe bekommt. Die Logik zum Logo ist meines Erachtens aber so: Wenn es dem Geschäftsführer gutgeht, geht es der Firma gut, und wenn es der Firma gutgeht, geht es allen Mitarbeiterinnen und Mitarbeitern und allen Klientinnen und Klienten gut. Einer für alle, alle für einen. Die Rechtsform hat man inzwischen dann doch geändert, man ist kein Verein mehr, sondern eine Ges. m. b. H. wegen der Haftungen. Aber alle Sympathisanten, die gut über die ALEIFA reden, sagen spontan nach wie vor, sie sei ein Verein. So merkt man den Idealismus besser. Und die Selbsthilfe auch. Und die Selbständigkeit. Und den Einfallsreichtum. Und die Uneigennützigkeit. Den Gemeinschaftssinn.

Tag, Monat, Jahr
Manchmal, wenn mein bester Freund, der GF Michael Gemüller, sehr glücklich war, erzählte er mir, wer alles zusammensaß und die Namen der Getränke und wer mit wem trank. Die Helden. Er mitten drinnen. Und wie sie nacheinander rücklings mitsamt den Sesseln umfielen. Wer als erster, wer als letzter. Die Politiker, die Revolutionäre, die alten, die jungen, die hiesigen, die von weit weg, die Berühmteren, die Prominenten eben, und der Nachwuchs. Aus aller Welt waren sie dorthin zusammengekommen. Mein bester Freund, der Geschäftsführer, sei nicht umgefallen. Er habe alle unter den Tisch getrunken. Habe genau geschaut, wer mit wem. Mein bester Freund schaute mir in die Augen. Es beeindruckte mich nicht, was er mir stolz berichtete. Er hat jedenfalls viele Freunde gewonnen. Sie dienen alle der guten Sache. Politiker, Intellektuelle, Journalisten, Künstler. Die besten Beziehungen hat er aus Indien mitheimgebracht. Aus Brasilien auch. In Paris war er auch gewesen. Er war überall gewesen. London. Bin verbittert und neidisch. Nein, verzweifelt bin ich und erschöpft. Er war auf Urlaub dort überall als Delegierter, während ich verzweifelte, weil er zum Beispiel den Bericht der Hilfsorganisationen nicht haben wollte, der jetzt so ein Erfolg ist. Man mag den GF für diesen vorausschauenden Bericht sehr. Den ersten solcher Art hierorts. Der war meine Idee, und der GF war dagegen gewesen. Und dann später, heuer,

brachte Gemüller den Zustandsbericht der hiesigen Hilfsorganisationen heraus. Drei, vier Jahre lang hatte ich Gemüller auch darum gebeten. Nichts tat er. Wirklich nichts. Von allen Seiten jetzt größtes Lob an Gemüller für den Bericht. Dass so etwas einmal gemacht werde! Dass einem so etwas einfalle! Mit Gemüller reden, das hat das Reden kaputtgemacht in mir. Ich habe ans Reden wirklich geglaubt, ans arglose, unbefangene, freundschaftliche Reden.

Tag, Monat, Jahr
Hurra! Freundschaft! Prost! Jemand erzählt mir, dass mein bester Freund, der Geschäftsführer Gemüller, einmal mitten in voller Fahrt aus dem fahrenden Auto aussteigen wollte, weil er in großer Freude war. Damals war Gemüller noch nicht Geschäftsführer und nur Beifahrer gewesen und die anderen im Auto, Freunde, haben ihn fest- und zurückgehalten. Er ist ein wirklicher Aussteiger; immer schon.

Tag, Monat, Jahr
Die Firma ist Gemüllers Lebenswerk. Sie ist sehr schön und sehr gut, und er kann sehr stolz auf sie sein. Dort wird vielen Menschen geholfen. Ich sage das im Ernst und freue mich.

Tag, Monat, Jahr
Herr Ho ist heute sehr vergnügt. Am Samstag war im Park ein Fest. Dorthin ging er und kaufte sich eine neue Hose. Er lacht, er hat die neue Hose an, als wir uns heute treffen. Aber er erzählt nichts. Wenn ich ihn nicht gefragt hätte, hätte er mir nicht erzählt, dass er im Park beim Fest war und sich gefreut hat. Die Angst um Ho lähmt mich ab und zu. Sogar Samnegdi hat schon ein wenig Angst bekommen. Sie wird zur Untersuchung in ein paar Tagen mitgehen, ist institutioneller als ich.

Tag, Monat, Jahr
Heute der Schock, weil es sein kann, dass Samnegdi bald arbeitslos ist. Der Geschäftsführer Gemüller hat ihnen gesagt, dass heuer 70 Leute nicht weiter bezahlt werden können von den 370. 70 Arbeitsplätze werden verloren gehen. Wenn Samnegdi ihre Arbeit verliert, war wirklich alles vergeblich. Bin zittrig. Gemüller hat mich gehäutet und Samnegdi ist arbeitslos. Nein, er kämpft um jeden Arbeitsplatz. Und heute am Nachmittag dann Charly, das Eltern- und Schülerfest. Die anderen Eltern sind bemüht und freundlich, Samnegdi sowieso. Ich habe Schmerzen und weiß nichts zu reden. Ho fällt mir beim Fest ein, wie sparsam er immer ist.

Tag, Monat, Jahr
Vor morgen habe ich Angst, die Untersuchung. Herr Ho, dieser Greis, dieses Kind, das nicht leben kann, aber so gerne leben würde. Samnegdi kommt uns heute in den Park besuchen und Herr Ho ist glücklich. Es geht ihm gut, das darf nicht sein, man muss ihm von Herzen wünschen, dass es ihm schlecht geht, damit er sein Geld bekommt, damit es ihm gutgeht.

Tag, Monat, Jahr
Geschafft! Geschafft! Herr Ho ist beurteilt, und diesmal ist es gut für ihn. Er ist sicher und er ist frei. Herr Ho kann leben. Der Staat lässt es zu. Die Untersuchungsstelle hat zu seinen Gunsten entschieden. Als Samnegdi und ich gestern für die Beschau des Herrn Ho zusammenschrieben, was jeden Tag mit ihm gemeinsam zu tun ist und wovor er Angst hat und was alles gewesen war und was er kann und was nicht, haben wir erst verstanden, wie schwer und wie viel es war, was wir gemeinsam geschafft haben und was er selber allein geschafft hat. Samnegdi sagt oft, wie schnell und sauber und genau Herr Ho früher gearbeitet habe. Daran sehe man im Vergleich, wie krank er jetzt sei. Und wie gut er früher Deutsch gesprochen habe. Trotzdem glaube ich, dass vieles besser geworden ist. Früher hat er ja nie Medikamente genommen. Das tut er jetzt ganz gewiss. Er hat die Gewissheit, dass sie ihm guttun. Er lebt in Sicherheit, hat Wohnung und Pension und uns. Früher, wenn er unterwegs war, war ihm, als öffne sich plötzlich der Erdboden vor ihm. Wir haben ihm helfen können, können es noch immer. Es geht ihm immer besser. So sehe ich das.

Für die Beschau des Herrn Ho musste ich wie gesagt die Defekte notieren, die er jetzt hat. Dass man da sein muss, damit er die selbstverständlichen Dinge tut zum Beispiel. Nur wenn er nicht alleine ist, tut er das Wichtige selber. Ich bin mir ganz sicher, dass er sich mit dem Zucker nicht umbringen wird. Er hat die Defekte und Defizite, für die er sein Geld bekommt, alle, aber wenn er nicht alleine ist, kann er leben. Das ist das ganze Geheimnis. Er kann leben, wenn man ihn nicht kaputtmacht. Nur wenn man ihn seinem Schicksal überlässt, ereilt es ihn. Müsste er wieder von seiner Arbeit leben müssen, würde er verrückt werden. Er kann nicht mehr arbeiten. Aber leben kann er. In jedem Augenblick ist es möglich, dass der Augenblick gut endet.

Tag, Monat, Jahr
Durch Herrn Ho habe ich den Unterschied zwischen »selber« und »allein« begriffen.

Tag, Monat, Jahr

Jedem australischen Eindollarschein ist ein Bild aufgedruckt, das David Malangi gemalt hat. Von Kind an malt Malangi immer und immer und immer wieder sein Heimatland, Arnhem Land, im tropischen Norden Australiens, die Totems, das Wasserloch. Das Wasserloch wurde, heißt es, vor fünfzigtausend Jahren, als die Aborigineskultur dort begann, von Schöpferahnen, von den Djangkawu-Schwestern, mit Hilfe von Stöcken freigegraben. Malangi malt von Kind an den Jäger Gurrumurringu, der einer bösen Schlange im Kampf auf Leben und Tod unterliegt, sodann die Zeremonien der Beisetzung des Gurrumurringu. Vom heiligen Wasserloch, das inmitten des Salzwasserüberschwemmungsgebietes Süßwasser spendet, träumt und malt Malangi von Kind an immer und immer und immer wieder und nennt es sein Eigentum. Auch seinen Kindern malte Malangi das heilige Wasserloch auf die Brust. Und jetzt, wo Malangi alt und krank ist, kommen seine Kinder zu diesem heiligen Wasserloch, um das Wasser des Lebens für ihn zu holen: Milmildjarrk. Das Wasserloch ist der heilige Ort des Mondtraumes. Die gute Regenbogenschlange hat ihn zusammen mit dem Mond geschaffen. Die Regenbogenschlange und der Mond wollten und mühen sich, dass die Menschen ewig leben können wie der kluge, ruhige, immer und immer und immer wieder auferstehende, leben, nicht sterben wollende Mond, der immer und immer und immer wieder von neuem an den Himmel und in die Mondtraumhöhle zurückzukehren vermag. Die Figuren, die Malangi malt, sind mit weißen Linien umgrenzt. – Die Bilder der Maler, die Malerei, die Plastiken auch, kommen, hieß es in der griechischen, römischen, indischen, tibetischen, mongolischen Antike genauso wie in der hellenistisch-jüdischen, von den Schatten her. Das erste Buddhabild etwa soll dadurch entstanden sein, dass der Erhabene seinen Schatten umreißen und mit Farbe ausfüllen ließ. Die Schattenlinien seien die Lebenslinien, sagt man, erretten aus dem Tod, bewahren die Dargestellten, entreißen die Dargestellten dem Schicksal.

Masaccio, der Schöpfer des Florentiner »Trinità«-Freskos von Santa Maria Novella, hat am Ende seines jungen Lebens, zur Zeit, als auch die »Trinità« entstand, das biblische Wunder der Schattenheilung als Fresko gemalt: Im Vorübergehen, nur durch Berührung mit dem Schatten des Petrus, werden Kranke und Behinderte gesund. So also soll die Kunst entstanden sein, aus den Schatten. Die Dargestellten gehen nicht zugrunde, ihre Lebenslinien bleiben unbeschadet und unversehrt. Und die Maler seien wie Zauberer, bergen Geheimnisse, hieß es. Oft galten die Zauberer als kinderartig und manchmal dann geheimnisvoll wie das Jesuskind, das sich darauf verstehe, Tonvögel zu verfertigen und diese Vögel dann voller Leben wegfliegen zu lassen. – Kaputtgegangene Vogelnester hat der wohl epileptische, mit seinen durch die schwere Arbeit und von den hohen Herren geschundenen Mitmenschen unsäglich mitleidende, von der unerfüllten Sehnsucht nach Freunden, gemeinsamem Leben, gemeinsamem Arbeiten gemarterte, christliche Revolutionär van Gogh als Kind und junger Mensch heimgetragen, betrachtet, wieder zusammengebaut. Vielleicht ja sind seine Bilder wie kaputtgehende Vogelnester und ist van Goghs »Sternennacht« ein Vogelnest. Den Werken und dem Leben ihrer Schöpfer erkennt man dann ein Geheimnis zu, wenn man sie anerkennt. Und umgekehrt: Dann, wenn man ihnen ein Geheimnis zuerkennt, anerkennt man sie. Je geheimnisvoller (meinen Kunstsoziologen), umso wertvoller. Und je wertvoller, umso geheimnisvoller. Und diese Geheimnisse enträtselt man dann, bald mehr, bald weniger banal. – Bei mir ist das anders; jeder ist froh, wenn ich meine Geheimnisse für mich behalte. Also bin ich kein Künstler. Deshalb verstehe ich den Betrieb nicht.

Tag, Monat, Jahr
Die Hunderte Kilometer langen Geschichten, die auf den Felsen aufgezeichnet werden, so schreibe ich. Immer wird weitergezogen, wenn jemand gestorben ist. Da kann es kein Bleiben mehr geben. Die Aborigines erzählen das Leben so. Ich auch.

*

Der Felsen, über den Hunderte in den Tod getrieben, gejagt, gestürzt wurden. Die Weißen nennen ihn *Selbstmordfelsen*. Aber das ist gelogen, denn es war Mord.

*

Bei den australischen Djangkawu-Schwestern muss ich immer an die Weiberwirtschaften denken, die ich als Kind kennen gelernt habe und die so gut funktionierten. An meine Mutter und meine Tante z. B.

Tag, Monat, Jahr
Ich weiß nicht, wie die Aborigines wirklich heißen. Das ärgert mich. Allein schon das Wort. Es kommt von Vergil her. Aus der *Aeneis*. Aus dem Kolonialismus, Imperialismus.

Tag, Monat, Jahr
Ich lebe inmitten von Krüppeln, sagte der GF Gemüller oft zu mir. Die MitarbeiterInnen, Frauen, Männer, die Klientel, Kinder – Krüppel. Er meinte es gut. *Ich lebe in der ALEIFA unter lauter Krüppeln*. Oder auch: *Ich sehe immer nur Krüppel*. Das war furchtbar für mich. Ich habe in der ALEIFA keinen einzigen Krüppel gesehen. *Jeder nach seinen Fähigkeiten, jedem nach seinen Bedürfnissen*, sagte ich zum GF. Seit Jahren. Und dass

er die Fähigkeiten und Bedürfnisse der Klientel und des Personals doch endlich zulassen müsse. Und dass das einfach sei. Und wie sich das für die Firma rentieren werde. Er klebte sich den Spruch daraufhin an die Wand. Dort hing der dann eben. Jetzt bin ich fort aus der Firma, und er redet über die Fähigkeiten und Bedürfnisse seither in allen Interviews und dass das wahrhaft radikal sei, was er da sage. Er wird sehr gelobt und geehrt dafür. Offizielle Ehrungen, beste Presse. Er war sehr gegen den Spruch, solange ich da war. Ich hatte zum GF auch gesagt, dass die Helfer sich nie selber entstellen dürfen, sich durch nichts und niemanden entstellen, heruntermachen lassen dürfen. Krüppel nahm ich aber niemals welche wahr in der ALEIFA. Weder unter der Belegschaft noch unter der Klientel. Ich selber habe in der ALEIFA auch niemals Todesangst empfunden. Was aber ein Fehler war. Ich war dadurch falsch motiviert. Und unvorsichtig im Umgang. Dass die Menschen in der Firma, die meisten Flüchtlinge, in Situationen auf Leben und Tod geraten waren und oft immer noch waren und folgenschweren Behinderungen ausgesetzt gewesen waren und es oft immer noch waren, war mir natürlich immer klar und gegenwärtig. Dass es für die Menschen auf Leben und Tod geht, weiß ich, seit ich auf der Welt bin. Aber was der GF sagte, war etwas wesentlich anderes. Er sah da wirklich nur Krüppel. Und ich, empfand die ALEIFA im Laufe der Jahre dergestalt, dass sie viel zu wenig gegen den Tod tue. Die Firma wisse nicht, was die Firma vermöge. Im Schlechten wie im Guten wisse die Firma es nicht. Dafür machte ich den GF verantwortlich. Er macht die Menschen zu Behinderten. Aber den Vorwurf mache nur ich ihm. Wie kommt das?

Tag, Monat, Jahr
Gemüller ist die verkehrte Welt. Die macht mich kaputt. So kann ich nicht leben. Aber ich freue mich wirklich von Herzen, wenn es Gemüller gutgeht. Ich glaube aber nicht mehr daran, dass die Menschen Gutes tun, weil es ihnen gutgeht. Auch glaube ich nicht mehr daran, dass gute Menschen Gutes tun. Die tun etwas anderes. Ich weiß nicht, was. Die Güter, Werte, die Gemüller für die Firma und die Menschen geschaffen hat, sind gut. Daher ist er gut. Er ist daher ein guter Mensch. Daher ist alles, was er tut, gut. Die Menschen seien so zerbrechlich, sagt er jetzt auch oft.

Tag, Monat, Jahr
Was Gemüller redet, ist meistens Mundraub.

Tag, Monat, Jahr
Isabelle ist mit einem Teil ihrer Familie bei uns auf Besuch. Sie hat zwei hochbegabte Zwillingstöchter, zweieiig, und einen Sohn, der, glaube ich,

leicht autistisch ist. Aber liebevoll und wach. Alles wird von den Eltern und Geschwistern getan, die Behinderung auszugleichen. Sport. Lesen. Musik. Es ist zwischendurch tatsächlich, als werde die Behinderung demnächst wie von selber verschwinden, als hätte es sie nie gegeben. Das autistische Kind geht in die Mittelschule und hat keine nennenswerten Schwierigkeiten. Isabelles Mann ist ein höherer Beamter in der Finanzverwaltung, sehr umgänglich, steigt weiter auf, ist sehr korrekt. Isabelle ist eine hervorragende Lehrerin. Wir hören oft irgendjemanden zufällig von ihr erzählen. Bester Ruf. Nur für die Kinder ist sie da und für ihre zwei, drei, manchmal vier Fächer. Sie lässt sich in der Schule nichts gefallen. Das ist auch sonst so. Sie verlangt sehr viel. Setzt es durch, sich. Wenn sie von der Schule erzählt, gruselt es mich jedes Mal. Die Unfähigkeiten, Intrigen, Politik, die Isabelle mit Eiseskälte wiedergibt, bedrücken mich. Sie schimpft auf die meisten Lehrerkollegen. Ist fürs rechtzeitige Eliminieren derselben. Für das der Kinder aber auch. Nein, ist sie nicht, ja, ist sie doch. Sie ist aber herzensgut und hilfsbereit. Eine Spitzenkraft. Sie ist erbarmungslos, wenn man sich nicht unterwirft. Dann aber bis zum äußersten gütig. Isabelle sagt zu mir, bei mir sei alles verkehrt. Und dass ich mich nie ändere. Ich vergesse, sie zu fragen, ob ich pervers bin. Und später dann sagt sie, dass ich mich immer entziehe. Und dann ärgert es sie, weil ich ihr nicht erzählen will, was ich schreibe. Wenn Samnegdi und sie miteinander tratschen, stundenlang, halte ich mich fern. Isabelle hat sich wirklich alles erarbeitet und erkämpft. Ihr Mann auch. Und sie hatten schwerste Krankheitsfälle in der Familie. Ich schäme mich. Sie hält mich für verloren. Das macht mir zwischendurch Angst. Manchmal lacht und weint sie zugleich, wenn ich einen Witz mache.

Tag, Monat, Jahr

Das Arbeitsamt, gegenüber das Bordell samt Straßenstrich, unmittelbar anschließend der Arbeitsstrich. Die Männer stehen dort von ½ 6 bis 15 Uhr. Unternehmer rufen in die Taxizentrale an, man solle jeweils 3, 4, 5, 6 Männer in Sammeltaxis dort- und dorthin bringen. Die Auswahl überlässt man den Taxifahrern. Alles unter den Augen des Arbeitsamtes, als ob es selber der Zuhälter wäre.

Tag, Monat, Jahr

Einmal vor ein paar Jahren, ganz am Anfang, saß ich unter freiem Himmel bei einem Fest der ALEIFA. Der GF kam daher, schlug mir von hinten auf den Rücken und redete mich im Vorbeigehen, Weitergehen mit *Fremder* an wie in einem Western. Jemand am Tisch sagte zu mir sofort, Gemüller meine das nicht so. Einmal ganz am Anfang auch ging ich durch eine große Tür in einen großen Saal; drinnen lasen welche aus ihrem Leben vor oder machten für ihr Leben gerne gute Musik und ich freute mich über ihr aller schönes Fest. Gemüller sagte, als ich die große Tür zu ihnen aufmachte, plötzlich zu meinem Rücken: *Der ganze weltberühmte linke Dingsbums wird dir nichts nützen, Fremder.* Der Dingsbums war wie gesagt der, über den ich meine Bücher schrieb und dessentwegen ich für sehr vieles Spezialist war und von Anfang an bis zu meinem Ende sehr gut beim Publikum ankam und Gemüllers Firma viel einbrachte. Gemüller wurde jedenfalls mein bester Freund und behielt recht. Ihm nützte der weltberühmte Dingsbums. Dafür habe ich gesorgt. Einmal später dann nach einem, wie ich es empfand, schweren Vertrauensbruch seitens Gemüllers und nach einer der vielen Versöhnungen meinerseits hat Gemüller mir, der ich ja militant unmusikalisch bin, zu meinem Geburtstag Schuberts *Winterreise* geschenkt und mir von den himmlischen Längen vorgeschwärmt. Ich habe mich über das Geschenk und die Aussöhnung sehr gefreut. *Fremd bin ich hier eingezogen, fremd zieh ich wieder aus* wird da gesungen. Das Ganze hat mich irritiert, weil Schubert für den GF so wertvoll war, und ich wusste nicht, ob die Musik aus GFs Innerstem komme und er mir dieses damit offenbare, glaubte das, war gerührt. Dann beim allerletzten Reden, Zusammensitzen mit dem besten Freund Gemüller Jahre später hätte ich besser nichts sonst sagen sollen als *Fremd bin ich hier eingezogen. Fremd ziehe ich wieder aus.* Habe ich nicht. Habe bis zuletzt zu viel geredet. Der GF hat auch daraus Geld gemacht, aus unserer allerletzten Unterredung. Er hat auch deshalb Erfolg, weil er mir immer geglaubt hat, dass und wie es geht.

Tag, Monat, Jahr

Tschusch kommt, habe ich gehört, von den slawischen Grenzbauern her, die Wache hielten, damit ihre Familien und Dörfer nicht von anstürmenden, raubenden Scharen niedergemacht werden. Die Bauern haben einander über große Entfernungen *Hörst du mich?* zugerufen, es im Finstern geflüstert. – So schreibe ich.

Tag, Monat, Jahr

Der Trainer für Sozialdemokratie Gemüller war in meinem Empfinden ein miserabler Trainer, ein letztklassiger Agent, der seinen Boxer verheizt. Allem, jedem ausliefert. Für Null Geld für mich selber war ich zu haben, denn immer war es ja für einen guten Zweck, und ich bereitete mich auf jede Veranstaltung wochenlang gewissenhaft vor, und daher wurde es von Veranstaltung zu Veranstaltung immer besser, obwohl es von Anfang an schon sehr gut war. Bei einer der vielen erzwungenen und erschwindelten Veranstaltungen damals redete der GF dann etwas ganz anderes in seiner Einleitung, als ich ihn gebeten hatte und als es ausgemacht gewesen war und er mir fest versprochen hatte. Ich hatte zu ihm gesagt, ansonsten würde ich die Veranstaltung für ihn nicht bestreiten. Er hätte mir in seiner Einleitung Schwierigkeiten prophylaktisch vom Hals schaffen sollen. Es war ihm dann völlig egal, er hätte mich auf der Stelle fallen lassen, hat er ja auch. Er und das Publikum konnten mir damals aber nichts anhaben. Ich nahm dem GF die Sache an dem Abend nicht übel, stellte Gemüller nachher auch nicht zur Rede, sondern glaubte, er habe jetzt endlich kapiert, dass er nicht so agieren könne. Es war aber eben immer falsch, wenn ich versöhnlich war. Denn meine selbstverständliche Konzilianz bedeutete für ihn, dass er sich durchgesetzt hatte, problemlos so weitermachen kann. Damals an dem Abend, an dem ich meine Arbeit gut gemacht hatte und bei den Menschen dafür gut angekommen war, gingen wir nebeneinander, er und ich. Er zischte mir plötzlich zu: *Wie gibt es das. Jemand wie du kommt so gut an bei den Leuten. So was gibt's nicht.* Es gab mir damals nicht zu denken, was er da sagte.

*

Das Instrument mit dem schönsten Namen ist das Trautonium. Da denke ich immer, man muss sich etwas getrauen. Aber das gibt es fast nicht mehr.

Tag, Monat, Jahr

Nietzsches Schreibmaschine hat ausgeschaut wie ein Igel. Er hat sich aber viel getraut. Einmal hat er sich den europäischen Buddha genannt. Das ist schon was. Und als Paris im Deutsch-Französischen Krieg brannte, Nietzsche das in der Zeitung las, hat er geweint: *Die armen Menschen!*, hat er gesagt. Wenn er verzweifelt war, hat er Lateinisch geschrieben.

Tag, Monat, Jahr

Der Berufsspieler, der mit dem Schachspielen seinen Lebensunterhalt verdiente. Und mit dem Komponieren. Aber mit dem Schachspielen mehr. Da hatte er auch, in Frankreich und in England, die Kontakte her. Unter anderem z. B. zu Voltaire. Aber ich weiß nicht, ob die beiden nicht bloß Gegner waren. Eine Oper auf den *Tom Jones* hat der Berufsspieler komponiert. Und Horaz hat er vertont. Letzteres schlecht, scheint mir.

Tag, Monat, Jahr

Karl Valentin: *Fremd ist der Fremde nur in der Fremde.*

Tag, Monat, Jahr

Jetzt einmal sagte der Betriebsrat Fritz plötzlich von sich aus zu Samnegdi, es komme ihm vor, als habe der GF mich immer nur ausspionieren wollen und schauen, was er kaputtmachen kann. So ein Gedanke wäre mir nie gekommen. Es stimmt aber, glaube ich, Gemüller würde ein jegliches kaputtmachen, wenn ihm das Kaputtmachen nützt. Er würde sagen, er tue es für die Firma. Ich war Gemüller nicht gewachsen. Fritz war es auch nicht.

Tag, Monat, Jahr
Herr Ho lebt jetzt im Park hier. Bei schönem Wetter in der Wohnung, bei schlechtem im Park. Das ist logisch. Denn schön ist für ihn, wenn es kühl ist, obwohl es heiß ist. Ich bin heute erschöpft. Das Gespräch vor ein paar Jahren mit dem Hausarzt und dem Psychiater und mit der jungen Dolmetscherin und Herrn Ho. Die war unzufrieden, glaubte, er gehörte besser versorgt. Ich hatte zwei Minuten später schon vergessen, was sie für ihn haben wollte. Essen auf Rädern oder so. Ho sagte zu ihr, er habe bis zu diesem Augenblick nicht gewusst, dass er Zucker hat. Es sei ihm nicht gesagt worden, sagte die Dolmetscherin. Ich fragte ihn dann vor allen auf Deutsch. Es ging lustig zu. Die Verständigung passte. Der Hausarzt und der Psychiater lernten ihn besser kennen. Er war ihnen gegenüber weit weniger verschlossen als sonst. Die Vietnamesin brachte das zustande. Und dass so viele Leute sich mit ihm zusammensetzten, gab ihm sehr zu denken. Dass er ihnen so wichtig ist. Er freute sich. Wir lachten alle. Essen auf Rädern wäre aber ein Fehler gewesen. Denn Ho will raus, kann raus. Muss raus; alles andere wäre falsch. Und er muss selber tun dürfen, was er kann.

Tag, Monat, Jahr
Herrn Ho geht es heute ausgesprochen gut. Zucker ist auch keiner angezeigt auf dem Teststreifen. Bin sehr beeindruckt. In der Besprechung mit den beiden Ärzten und der jungen, hübschen Dolmetscherin hatte er vor allen gesagt: *Ich werde mich langsam umstellen.* Er hat das sofort getan. Ist oft bester Laune. Heute ist das der helle Tag. Es ist ihm, glaube, ich, als ob er arbeite, damit er gesund wird und ein normales Leben führen kann. Er ist glücklich, der Herr Ho.

Tag, Monat, Jahr
Keinen Tropfen Blut kann man Ho abnehmen. Fingerstechen ist ausgeschlossen. Die Harnzuckerkontrollen will er auch nicht mehr. Fragt mich: *Wozu?* Ich erkläre es ihm unfreundlich. Er sagt: *Okayokayokayokayokay!* Ich rede wieder über das Zuckeressen und Zuckertrinken. Er tut so, als habe er verstanden. Bei Hos Hausarzt ist ein Spruch montiert. Der geht so: *Gehört ist nicht Verstanden. Verstanden ist nicht Einverstanden. Einverstanden ist nicht Angewandt. Angewandt ist nicht Beibehalten.* Sich ein

Herz fassen. Ho kann das. Der kann das wirklich. Er ist zwischendurch bloß vergesslich, das ist alles.

Tag, Monat, Jahr

Herrn Ho geht es auch heute gut. Hat viel Schwung. Will gar nicht aufhören, mir Deutsch vorzulesen. Hat den vielen Kuchen gegen viel Obst eingetauscht. Das ist wieder ein guter Anfang. Jetzt findet Ho seine Vietnamesischbücher nicht, stattdessen den Lottotipp von voriger Woche. Er könne eine Insel gewinnen, sagt er. Dann will er von mir wissen, was das ist, eine Insel. Mozarts Spielsucht fällt mir ein und dann, dass ein paar Suchttherapeuten sagen, dass Gott die Sucht stoppt. Nur Gott. Nur der allein. Der befreiende, feste Glaube, der feste Halt, durch und in Gott, das Du dadurch, das Wir dadurch, die Befreiung, die Erlösung. Alles aber nur Hörensagen meinerseits – Mozart, Gott. Jedenfalls werden wir die Sache in den Griff bekommen. Ich sehe seit Tagen, Wochen jetzt, dass Herr Ho es wirklich versucht und dass es wirklich besser geworden ist. Es wird weiterhin besser. Woher weiß ich das? Es geht gar nicht anders. Und ich zum Beispiel lasse ihm auch gar keine andere Wahl als wirklich zu überleben. Weil er wirklich leben will, muss er es. Weil er es muss, kann er es. Herr Ho ist einer der verlässlichsten Menschen, die ich kenne. Es ist mit ihm ausgemacht, dass er es schafft. Und wir lassen ihn nicht im Stich. So einfach ist das, wenn man 1 und 1 zusammenzählt. Ich glaube nicht, dass Herr Ho betet. Die kleine Buddhastatue auf seinem Küchentisch ist ihm völlig egal. Trotzdem ist es besser, dass sie dort ist.

Tag, Monat, Jahr

Ein französischer General lacht: *Töten ist etwas sehr Vielfältiges, da lernt man nie aus.* Der hat seine Ausbildner nach Algerien, Chile und Südafrika geschickt. Und dann der deutsche Oberst, der sagt: *Politik ist Dreck; deshalb habe ich Stiefel an.* Und dann der US-Major, der sagt, er bringe seinen Leuten das Wichtigste bei: Schadenfreude und Vernichtungswillen.

Tag, Monat, Jahr

Die liebesbedürftigen Fritz Heer und Meister Eckhart, die Zuflucht ist eben immer weiblich; Heer von der Mutter erzogen, immer Frieden stiften und das Schlimmste verhindern wollen; die ständige Angst vor den alten Nazis, wer von ihnen ihm gegenüber übel gesonnen und intrigant sein werde. Heers unerschöpfliche Arbeiten galten als unwissenschaftlich. Universitätshierarchie.

Tag, Monat, Jahr
Zum ersten schweren Bruch mit Gemüller kam es im Winter 2001/2002. Denn da ging es um etwas wirklich Wichtiges. Eigentlich um alles. Die Volksabstimmung. Gegen die Regierung ging die Volksabstimmung und um einen wesentlichen Zusatz zur Verfassung. Wie Gemüller in Zusammenarbeit mit den Sozialdemokraten und Gewerkschaftern und ein bisschen mit den Grünen seinen Teil der Arbeit dabei tat und die Dinge plante, machte mir Angst, mich fassungslos. Ich hielt sein Verhalten für unverantwortlich, für einen Abusus des Vorhabens, für eine schwere Unterlassung. Und zugleich gab ich ihm überhaupt keine Schuld, sondern meinte, er habe bloß zu viel Angst; wisse nicht, was tun. Denn das Vorhaben sei ja wirklich außerordentlich. Die Vorbereitungsarbeit für die Volksabstimmung, sozusagen der Wahlkampf, damit sie überhaupt stattfinden könne, sei, fand ich jedoch, für den Geschäftsführer Gemüller und seine Firma ALEIFA gut, für das Prestige, Renommee, Image, die Finanzen, aber umgekehrt sei der Geschäftsführer Gemüller nicht so gut für die Volksabstimmung. Er leitete aber den ganzen hiesigen zivilgesellschaftlichen Zirkus diesbezüglich. Tat aber wie gesagt meines Erachtens bei weitem nicht, was er hätte tun können, sondern bloß, was die hiesigen und sonstigen sozialdemokratischen Berufspolitiker mitorganisierten respektive zuzulassen geruhten. Ich blieb damals immer höflich und freundschaftlich Gemüller gegenüber, wollte nur, dass wir unsere Möglichkeiten wirklich ausschöpfen. Zugleich hielt ich die ganze hiesige Vorbereitung für verantwortungslos und verfehlt, glaubte aber, dass sie alle nicht anders können und der GF schon gar nicht. Und ich wusste, wie leicht es weit besser ginge. Und wen wir beiziehen und ganz einfach seine, ihre gewohnt gute Arbeit tun lassen sollten. Der GF wollte das nicht. Und wir kamen bei der Volksabstimmung nicht einmal in die Nähe eines guten Ergebnisses. – Und schon wieder sage ich wir, obwohl es völlig falsch ist. Denn Gemüller hatte mich zu keiner einzigen Vorgangsbesprechung eingeladen. Wollte mich nicht dabei haben. Den roten Granden und Grandessen in Stadt und Land reichte das Ergebnis vollauf, den roten Gewerkschaftern sowieso. Das Ergebnis war lausig, aber niemand war schuld außer – so sagten dann die hiesigen roten Verantwortlichen, auch Gemüller –, außer der Bevölkerung und dem, wie ich freilich meine, gewissenhaften Initiator selber, der sich zu viel vorgenommen habe. Gemüller war ja nicht der Initiator der Volksabstimmung, daher vollauf zufrieden und erklärte, warum es nicht besser gehen hatte können, dankte herzlich der sozialdemokratischen Gewerkschaft, ohne die nichts möglich gewesen wäre.

In der Zeit der Vorbereitung auf die Volksabstimmung machte der GF wieder, anstatt dass er mich zu den vielen Planungsbesprechungen beigezogen hätte oder wenigstens auf die realen Möglichkeiten der internationalen, renommierten Dingsbums-Organisation zurückgegriffen hätte, ohne mein Wissen und gegen meinen Willen einen läppischen Veranstaltungstermin für mich aus. Ich hatte aufzutreten. Nur ich. Allein das schon war Unfug. Es war wieder anstrengend, das Publikum war sehr zufrieden, der Applaus groß, die Zuwendung herzlich. Wozu?

Tag, Monat, Jahr
Gemüller hätte nie die organisatorische Leitung zur Volksabstimmung bekommen, hätte ich nicht die linke Hand des weltberühmten linken Dingsbums in die ALEIFA gebracht. Der weltberühmte linke Dingsbums hatte solche Volksabstimmungen europaweit zu initiieren versucht. Der gewissenhafte Initiator der Volksabstimmung hierzulande, der Volksschullehrer, hatte sich unabhängig vom linken Dingsbums seit Jahren um die Volksabstimmung bemüht.

Tag, Monat, Jahr
Ich weiß nicht, ob ich Gemüllers Brief noch habe. Der klang gefährlich. Denn das ganze Gegenteil war wahr von dem, was Gemüller mir schrieb; zugleich war der Brief unwiderlegbar, unantastbar, sehr offiziell, wie ein Dokument. Aber falsch. Gemüller kann das. Man muss sehr viel selber wissen, damit man sehen kann, was nicht wahr ist. Der Brief meines besten Freundes damals machte mir Angst. Ich hielt aber sogar Gemüllers unverschämten Brief für ein unnötiges Missverständnis. Für eine Fehleinschätzung. Den gekränkten Brief schrieb er mir im Winter 2001/2002, als ich wütend war, weil ich die Volksabstimmung misslingen sah. Da kam dann also sein Brief daher, grundfalsch und unverschämt. Bei den Vorbereitungen zur Volksabstimmung tat der GF damals meines Wissens jedenfalls nicht, was ganz leicht möglich und sogar gratis gewesen wäre. Er tat es einfach nicht. Log mich an, er selber habe angefragt. Man wolle nicht. Und sein Ersatzprominenter damals sagte in der Diskussionsveranstaltung zu einem verdutzten Bewunderer im Publikum: *Die ganze Kapitalismuskritik geht mir aber schon so etwas von am Arsch vorbei! Den Kapitalismus wird es immer geben. Der ist das Wesen des Menschen. Um den Kapitalismus geht es mir nicht.* Im Nachhinein betrachtet, war das eigentlich alles sehr lustig, zumal man mir heutzutage nicht glauben würde, wer das damals öffentlich gesagt hat.

Tag, Monat, Jahr
Der Philosoph Feyerabend redete vom Seelentod im Schul- und Bildungswesen und im Spitals- und Gesundheitswesen. Und dass er als Lehrer kein Sklavenhalter sein und die Eliten, die er ausbilden solle, nicht zu

Sklavenhaltern machen wolle. Die Bildungs- und Wissenschaftspolitiker nannte er Ideenfaschisten. Das Gesundheitssystem Medicofaschismus. Und er sagte, dass so viel aus der Welt verschwinde, niemand mehr wisse, was es alles auf der Welt gibt, gegeben habe, geben kann. Vom Seelentod und der Sklavenhalterschaft in gewissen Hilfseinrichtungen für MigrantInnen hat er nichts gesagt und nichts geschrieben, davon wusste er nichts. Aber was auch immer er öffentlich gemacht hat, gilt für diese Hilfseinrichtungen genauso.

Tag, Monat, Jahr
Van Gogh soll am liebsten Menschenaugen gemalt haben.

Tag, Monat, Jahr
Ich verstehe die Leute, Politiker nicht, die nicht merken, was der GF macht. Und die Leute, Politiker, die es merken, aber nichts dagegen haben, geschweige denn tun, sind mir zuwider.

Tag, Monat, Jahr
Das Herz eines Menschen schlägt einhunderttausend Mal pro Tag, 40 Millionen Mal pro Jahr, zwei, drei, vier Milliarden Mal – vielleicht – pro Leben. Die meisten Säugetiere vollziehen in ihrer Lebensspanne eine Milliarde von Herzschlägen. Das lateinische Wort *tempus* bedeutete sowohl Zeit als auch Schläfe. Das Herz eines Kolibris wiegt 90 Milligramm.

Tag, Monat, Jahr
Gemüller tut, was er kann. Wenn er einem leid tut, ist man verloren. Es sei denn, man bezahlt nicht mit eigenem Geld, eigener Zeit, eigener Kraft. Wenn es nicht um die eigenen Finanzen und die eigenen Lebenschancen geht, die kaputtgehen, dann ist Gemüller optimal. Das ist dann Politik. Denn die in der Politik zahlen alle nicht mit ihrem eigenen Geld. Sondern die bekommen ihr Geld von denen, die sie im Bedarfsfall abmurksen.

Tag, Monat, Jahr
Der Alternativaktivist Punkterer Ferdl, der immer eine verstopfte Nase hat, mich nicht ausstehen kann und Spezialist für die Stadtindianer aus aller Welt ist, und mein bester Freund, der GF Gemüller, konnten einander immer gut leiden. Denn beide sind Idealisten, Vegetarier, lieben die Musik und sind sehr tolerant. Der Alternativaktivist hat jetzt einen Alternativladen aufgemacht, einen Allzweckladen, der in seiner Art wirklich selten ist. Es gibt dort alles, aber ein jedes nur ein einziges Mal. Ich bin vor ein paar Jahren Punkterers wegen aus einem Privatissimum für Diplomanden und Doktoranden fort, in dem ich vorher ein bisschen ein Zuhause gefunden hatte. Dem Alternativaktivisten sei es immer egal,

ob es wahr ist, was er erzählt, fand ich mit der Zeit. Er hatte mich von Anfang an attackiert. Ich ihn kein einziges Mal. Ich war nur interessiert, neugierig, wollte mehr erfahren. Fragte einzig deshalb nach. Er redete ja immer über Rebellen, Revolutionäre, Ureinwohner, Orgasmen. Und dann ging ich eben ohne jedes Aufsehen fort. Blieb fort. Bin so. Ich hatte ihn zuletzt nach den Hopis gefragt, weil ich gehört hatte, dass bei den Hopikindern immer eines auf das andere wartet und dass keines von den anderen zurückgelassen wird. Daraufhin verspottete Punkterer mich, was ich mir alles einbilde. Mehr war damals nicht. Ich hatte nichts sonst angestellt. Er, gebe ich zu, auch nicht. Ich hatte ihn gutmütig auch ein paar Mal zu einer Veranstaltung und zu Kooperationen eingeladen, aber er wollte nicht, sagte, die Leute seien alle nichts, fragte, worauf ich da denn hoffe; das sei doch absurd. Ich hielt ihn lange für einen verbitterten Idealisten. Und dann nach der Sache mit den Hopis ging ich aber, weil ich das Gefühl hatte, im Privatissimum sei plötzlich alles völlig egal. Ein paar Jahre bevor ich Ferdl Punkterer kennen gelernt habe, war er Gemüllers Angestellter in der ALEIFA gewesen. Die beiden redeten dann immer nur gut voneinander. Mir gefiel das damals. Freute mich sogar. Hielt das meiste, was mir an Punkterer unangenehm war, für ein Missverständnis und einen Lernprozess meinerseits. Für einen behebbaren Mangel an gegenseitigem Vertrauen.

Später dann gleich in der Pause der letzten von mir bestrittenen ALEIFA-Veranstaltung, der des Sozialdemokraten Hummel, fragte mich nach meinem Referat einer aus der riesigen weltweiten Bewegung, zu welcher der Alternativaktivist mit seinem neuen alternativen Allzweckladen wesentlich gehörte, ob ich bei ihnen mitarbeiten will. Und ich, ich wollte gerade *Ja, gerne, danke* sagen; bevor ich mich aber bedanken und von Herzen ja sagen konnte, war der idealistische Ferdl zu seinem vorschnellen Kollegen geeilt, unterbrach ihn, sagte: *Ah nein, weißt, das machen eh alle, den weltberühmten linken Dingsbums. Den brauchen wir nicht. Der würde nicht viel bringen. Gar nichts.* Der linke Dingsbums war freilich nun einmal europa- und tatsächlich weltweit wichtig, auch der Kontakte wegen. Aber die Guten hierorts ja alle selber auch und ihrer Meinung nach oft wichtiger. Gleichheit, Freiheit, Geschwisterlichkeit. Der Geschäftsführer Gemüller flog in diesem Sinne bald darauf auf Einladung der riesigen weltweiten Bewegung, die hierorts nicht zuletzt der Ferdl vertrat, überall hin und war dann auf Firmenkosten sofort ein sogenannter Delegierter in der riesigen weltweiten Bewegung und war bei den großen wichtigen Menschen und bei den größten Treffen in aller Welt immer dabei und wurde dadurch noch großmütiger und großherziger. Bei jedem wichtigen Umtrunk war er wie gesagt dabei. Und er erzählte mir tatsächlich, dass die Umtrünke, die großen und kleinen, die große und kleine Gemeinschaft schaffen, zusammenhalten. Der soziale Zusammenhalt sei sehr wichtig. Die gelebte Zwischenmenschlichkeit. Die Solidarität. Allen Ernstes hat Gemüller mir die Welt so erklärt. Auch die andere, die möglich ist. Das sind keine Gehässigkeiten, die ich da von mir gebe, sondern das war Gemüllers damalige Sicht der Dinge und der Menschen. Jedenfalls redete er damals so. Ich muss das Ganze, vermute ich, wissenschaftlich, ethnologisch sehen: Spirituosen geben spirituelle Kraft. Und auch in den Fällen, in denen die Heiligen heucheln und die Schamanen bei ihren Ritualen allen etwas vorlügen, tun sie das doch nur, um sich möglichst schnell in die wirkliche Gegenwart Gottes versetzen zu können.

Tag, Monat, Jahr
Chagall soll zeit seines Lebens sehr geizig gewesen sein, weil er sich alles hart erarbeiten hat müssen. Heraus aus der Not seiner Kindheit und der seiner Eltern. Sein Sohn soll ihm von klein auf egal gewesen sein. Von den ersten Tagen an. Warum kann ich dergleichen nicht für mich behalten? Weil sonst gar niemand darüber redet.

Tag, Monat, Jahr
Die Diskussion in einer Selbsthilfegruppe. Einer sagt, was Menschen tun müssen, die wirklich helfen wollen: *Voran, hin zu den Opfern. Nicht warten und sagen: Geh aufs Amt.* Eine Frau sagt, sie habe als einzige einen Amokläufer überlebt und dass einem Opfer später dann der Täter fehlt. Die Geschäftsführer machen mir Angst, auch wenn sie links und alternativ sind. Es sind Geschäftsleute. Sie machen Geschäfte, mehr nicht.

*

Mir kann so etwas nicht passieren. Du warst sicher mitschuldig, bekomme man dauernd zu hören, sagt ein Opfer. Ich jedenfalls brauche den Täter nicht. Keinen einzigen. Denn es waren meine Gewissensentscheidungen, mein Gewissen hat es nie gut gemeint mit mir, es entscheidet oft gegen mich, die Firma war mir wichtiger als ich selber. Weil Samnegdi dort ist? Nein, ich glaube nicht. Sie war nicht der einzige Grund. Aber es ist dort gut, wo Samnegdi ist. Also ist die ALEIFA gut. ALEIFA, der Name ist schon so schön. Ich mag die Firma sehr und den Geschäftsführer mag ich auch sehr. Aber ich hätte *ich* sagen müssen zu Gemüller, wenn etwas geglückt ist. Ich sagte da aber dauernd *wir*. Und *du* hätte ich immer sagen müssen zu ihm, wenn etwas Wichtiges misslungen war. Aber so redete ich nie. Ich sagte *wir*, wenn es gut war, und *ich*, wenn es falsch war.

Tag, Monat, Jahr
Zu Gemüller habe ich bei unserer allerletzten Unterredung gesagt: *Es war schäbig. Es war dir egal, ob ich verrecke.* Er sagte kein Wort dazu.

Und dann ging ich. *Ich teile alles immer mit der Firma*, sagte er einmal zu mir. So ist es aber nicht. Er verteilt, aber er teilt nicht.

Tag, Monat, Jahr

Allen Ernstes hatte ich im Jahr 2000 einen Traum, dessentwegen ich dem Geschäftsführer gegenüber so lange loyal und solidarisch blieb: Ich war zu weit weg. Gemüller hingegen riss die Frau, die stolperte, vom Geleise und dem Zug weg. Er kann Menschen das Leben retten, ich aber könne das nicht, träumte ich. Deshalb gehorchte ich. Wenn ich jetzt gegen meinen besten Freund Gemüller schreibe, schreibe ich gegen die Geschäftsführer, die auf seine dumme Weise Gutes tun, und gegen die Politiker, die dasselbe tun wie er. Und gegen die Künstler und Forscher, die ihnen bei ihren Blödsinnigkeiten helfen. Ich tue mir selber nichts Gutes mit dem, was ich schreibe. Dass ich gegen sie schreibe, ist mir aus Gewissensgründen nicht recht. Aber ich schreibe aus Gewissensgründen. Denn Gemüllers Leute, Schutzbefohlene, bekommen in Wirklichkeit nicht, was ihnen zusteht. Dafür trägt, meine ich, niemand sonst die Schuld als der GF Gemüller. Aber seine Leute finden sich ab, und die Politiker und die Künstler finden ihn toll. Gemüller sagt oft, wenn er von ALEIFA-Leuten kritisiert wird, die Welt sei schuld; die mache nun einmal vor der ALEIFA nicht halt, und dennoch sei die ALEIFA eine Oase. Auch das Gerede von der Oase hat er von mir. Es macht sich gut bei ihm. Aber wenn man die Fata Morgana mit der Oase verwechselt, ist man verloren. Der GF macht aus der Oase eine Fata Morgana.

Tag, Monat, Jahr

Mein Freund der Anachoret sagt, man müsse ohne Angst und Andacht auf die Welt schauen und die Mächtigen als Spielball nehmen. Und dass das Glück ein Vogerl ist. Ersteres verstehe ich, zweiteres nicht.

Tag, Monat, Jahr

Das *Schwarzbuch Markenfirmen*, so etwas darf kein stilles Lesebuch sein, sondern die fünfte Grundrechnungsart. Die Konsumentendemokratie, -streiks. Die Aktionärsdemokratie, -streiks. Wo bleiben die?

Tag, Monat, Jahr

In den letzten Tagen unserer gemeinsamen Zeit sagte Gemüller zu mir: *Gell, du glaubst mir überhaupt nichts?* Da habe ich mich dann wieder kurz geschämt. Und bei unserem allerletzten Gespräch sagte er zu mir: *Gell, du bist nicht korrupt.* Das Ganze ist so lächerlich und unglaublich, dass ich mich, wenn ich es erzähle, lächerlich und unglaubwürdig mache. Wenn man Dummes erzählt, wird man für dumm gehalten. Wenn Größenwahnsinniges, für größenwahnsinnig. Wenn Verlogenes, für verlogen.

Wenn Gemüller auf die Verlogenheit der anderen schimpft, halten ihn die Politiker für ehrlich.

Tag, Monat, Jahr
Sterbehilfe. In einer amerikanischen Comedyserie über George Bush jun. findet die statt. Die Republikaner und der Präsident wollen auf keinen Fall Sterbehilfe gestatten. Es ist dann aber plötzlich die alte Katze des Präsidenten schwer leidend. Sie sprengt sich daher selber in die Luft. Der Präsident selber hat ihr zu dem Zweck eine Selbstmordmaschine gebaut. Der Auslöser ist ein roter Knopf. Der Präsident bringt es nicht über sich, den für die Katze zu drücken. Die Katze kann es lange selber aber auch nicht. Aber dann fliegt die Katze doch in Fetzen, und anschließend redet das Ehepaar Bush im Bett über Oralsex, und er erzählt seiner Frau, wie er seinen Kot absetzt. Am Anfang der Comedyfolge hatte ein Alptraum den Präsidenten fest im Griff: Bush liege unter unerträglichen Schmerzen im Sterben und flehe um Sterbehilfe. Ein Clown platze herein und verbiete sie ihm. Und am Ende der Comedyfolge ermitteln irgendwelche kleine Streifenpolizisten gegen den Präsidenten. Wegen der Sterbehilfe. An der Katze. Einmal setzt der Präsident dem Tier einen Einlauf und einmal eine künstliche Besamung, beides versehentlich statt der Todesspritze. So, und dann wird die Präsidentin noch von schamanistischen Indianern vergewaltigt, dass der Same nur so aus der Schlange spritzt. Und eigentlich hat die Katze gar nicht wirklich sterben wollen. Sie hat in dem ganzen Irrsinn die Nerven verloren und sich aus Verzweiflung in den Willen des Präsidenten gefügt, sich mit Hilfe seiner Maschine in die Luft zu sprengen. – Das Ganze ist abstoßend. Wer denkt sich so etwas aus? Schaut sich so etwas an? Ich. Warum? Damit ich kapiere, was los ist. Weiß ich es jetzt? Nein. Bin bloß durcheinander. Durch den Film. Durch den Kanzler auch. Der hat vor ein paar Monaten realiter zum amerikanischen Präsidenten gesagt: *America fed us with food and with economical development. So it's grotesque to say America disturbs world peace.* Diese schwarzparteiigen Herren ertrage ich nicht. Und die neuen roten Herren nach der Wahl dann? Gegen die habe ich jetzt schon verloren. Gegen die kleinen und die großen. Gegen die Gemüllers.

Tag, Monat, Jahr
Der Alternativaktivist Punkterer Ferdl hat mich heute freundlich gefragt, ob ich schon einmal Max Weber gelesen habe. Er fange gerade an, sei ganz erstaunt. Darwin lese er auch gerade, sei beeindruckt. Punkterer will mir seit ein, zwei Wochen eine überbrauchte Alternativaktivistentasche schenken. Er ist wie gesagt ein wichtiger Organisator und Multiplikator. Klein, fein; glokal eben. Ich war die Konkurrenz gewesen.

Hatte wegmüssen. Jetzt würde er mir sogar etwas schenken. Eine Tragtasche. Wie oft ich von Weber öffentlich geredet habe, vom Linksweberianismus und dass Max Weber einem österreichischen Revolutionär das Leben rettete und dass Weber sagte, niemand werde den Sozialismus ausrotten können. Und dass Weber wollte, dass die Wissenschafter helfen, dass Menschen eine freie Wahl haben. Und dieser neue Mensch da, der Punkterer Ferdl fragt mich, ob ich schon einmal Weber gelesen habe! Und Darwin, Darwin war in Regenwürmer vernarrt. Darwin glaubte, sie haben eine Seele, weil sie ununterbrochen aufmerksam seien. Ihm war immer schwindelig. Entweder weil er von seinen Reisen her Viren gehabt hat, Parasiten, Würmer, oder aber schreckliche Angst vor seinen eigenen Entdeckungen und Schlussfolgerungen. Die Schwindelanfälle hatte er das ganze Leben lang. Denn es war für ihn, als ermorde er Gott. Und dass es fleischfressende Pflanzen gibt und Darwin die entdeckt hat, war für seine Zeitgenossen zwischendurch ein größerer Skandal, als dass der Mensch vom Affen abstamme. Das alles erzähle ich dem Ferdl heute sehr freundlich. Wie immer eben. Und die Diagnose beim arbeitsunfähig gewordenen Max Weber lautete *psychische Impotenz,* sage ich zu Punkterer. Zehn Jahre lang hatte Weber das. Burnout. Der Ferdl zuckt mit keiner Wimper. Er bringt mich seit Jahr und Tag zur Weißglut. Meines Erachtens ist er so beschaffen, dass er jederzeit, wenn ihm danach ist, behaupten würde, dass es in Wahrheit gar keine fleischfressenden Pflanzen und auch keine Impotenz gibt. Und begründen würde er das damit, dass er selber ja Vegetarier ist und dass es sehr wohl politische Alternativen zum Neoliberalismus gibt und er eine Freundin habe. Er ist so unglaublich. Er gibt jetzt mit den Ton an.

*

Das einzig Schöne am heutigen Tag war dann das Fahrrad auf dem Kirchturm. Samnegdis Arbeitskollegin, die Charly so mag, Elisabeth, und wir, wir sind alle zusammen schwimmen und Bootfahren gewesen. Das war gut für die Nerven. Für meine zumindest. Die Kartoffelpuffer. Die Kassiererin an der Kassa sagt zu mir: *Gell, das ist Ihr Lieblingsessen.* Stimmt. Die sind gut für die Nerven. Kakao und Kartoffelpuffer. Das könnte ich jeden Tag essen und trinken. Sonst bräuchte ich nichts. Das hält Leib und Seele zusammen.

Tag, Monat, Jahr

Wir leben in einem Rechtsstaat, und ein Roman ist ein Roman. Wir leben nicht in einem Romanstaat. Ich bin auch kein Wir. Ich rede nur für mich. Ich muss den Roman reden, reden. Jemand hat zu mir gesagt, man muss so lange reden, bis man seine eigene Stimme wieder hört. Die Leute, die sich freischreiben können, das muss ein schönes Wunder sein, wenn so etwas möglich ist. Ich schreibe aus Liebe oder gar nicht. Woher kommt dann aber das viele Hässliche in dem, was ich schreibe? Ich getraue mich nicht weiterzuschreiben – mir ist, als ob ich mein Leben kaputterinnere. Und mich selber auch. Das gibt's doch nicht!

Tag, Monat, Jahr

Ich habe vor Gemüller Angst wie vor selten jemandem. Er ist das System. Ohne ihn würde es genauso funktionieren.

Tag, Monat, Jahr

Gemüller sagte zu mir ein paar Mal, er komme aus einer armen Landarbeiterfamilie und ich sei ja doch auch vom Land, aber ich ein Bauernsohn eben, er nicht. Seine Familie sei arm gewesen, besitzlos. Er erzählte mir einmal von seiner armen lieben kleinen Großmutter mit dem Herzschrittmacher. Und wenn die das ausgehalten habe, werde es auch für meine Tante nicht schlimm werden. Und als jemand im Koma, in Agonie war, sagte er, der sei in Trance, und lächelte. Das gefiel mir an Gemüller. Gemüllers Frau sagte auch oft zu mir, wie arm Gemüllers Familie gewesen sei, einzig er habe es geschafft.

Tag, Monat, Jahr

Mein Schreiben früher war wie folgt: Wenn ich das und das geschrieben haben werde, werde ich leben können, wir werden leben können. Meine unsagbare Freude, dass es einmal so sein wird, in spürbarer Zeit. Was für ein Glücksgefühl. So war das früher. Dann ist viel geschehen. Dieses Glücksgefühl hat mich aber lange gehalten.

Tag, Monat, Jahr

Ich tratsche zu viel über meinen Roman herum. Eine wirklich nette Kollegin in der Firma sagt, lacht, sie will darin nicht vorkommen. Als ob sie Angst bekommen hat. Ich glaube, in meinem Roman will niemand vorkommen. Die wirklich nette Kollegin sagte früher manchmal zu mir: *Du wirst dich nicht schützen können.* Und einmal ganz am Anfang, dass ich mich von Gemüller nicht missbrauchen lassen soll. Eigentlich hat sie gesagt, dass ich mich von ihm missbrauchen lasse.

Tag, Monat, Jahr

Der Freimaurer hat mir vor ein paar Wochen erzählt, dass Darwin nicht mehr an Gott glauben habe können, weil seine Tochter so jung gestorben war. Die medizinische Behandlung, die Darwin geholfen habe, habe der Tochter nicht geholfen, vielleicht gar geschadet. Der Vater hatte ihr dazu besten Wissens und Gewissens geraten.

Tag, Monat, Jahr
Der offene Brief des weltberühmten linken Dingsbums an die ALEIFA. Der GF las ihn in einer riesigen Veranstaltung vor. In mir war kein Anflug von Neid. Ich hatte den Brief bewerkstelligt. Es war sehr aufwendig gewesen. Ich hatte sehr kämpfen müssen. Und dann kam er genau zur richtigen Zeit. An alle. Endete mit *In Freundschaft.* Der Brief war an unseren Dingsbumsverein gegangen und an die Firma ALEIFA Ges.m.b.H., richtete sich aber an die ganze Stadt. An alle NGOs und Sozialbewegungen. Der GF hat ihn auch später noch gewiss sehr gut brauchen können. *Ich wünsche mir angesichts der massiven Bedrohung durch den Neokapitalismus, dass es an so vielen Orten wie möglich in der Welt ähnliche Vorhaben wie Eure geben kann und ich wünsche Eurer Veranstaltung viel Erfolg. In Freundschaft.* Der weltberühmte Dingsbums hat den offenen Brief so unterschrieben. Der Brief machte sich gut.

Tag, Monat, Jahr
Zwölf Prozent Hoffnung haben wir noch, sage ich zu Samnegdi. Samnegdi sagt, es seien mehr Prozent; dass aber die zwölf Prozent schon ausreichen. Sie hat recht. Mehr ist unberechenbar. Der Regenbogen. Der wunderschöne doppelte Regenbogen. Samnegdi hat ihn heute gesehen, ist immer ohne Arg.

Tag, Monat, Jahr
Mein Größenwahn, Loyalität hieß der. Solidarität. Jedes Mal, wenn ich während meines Streikvortrages Hummel im Publikum zufällig ansah, schaute er schnell zu Boden und hatte einen hochroten Kopf. Das ist mir keine Genugtuung, und als ich es damals sah, habe ich es wirklich nicht verstanden. Ich weiß nur, dass er mich zwei Tage nach dem Vortrag gar nicht mehr kannte.

Tag, Monat, Jahr
In einer anderen Hilfseinrichtung und in noch einer putzt dieselbe Putzfrau wie in Gemüllers ALEIFA. Die Frau redet mich heute an, lacht, sagt: *Ich bin überall. Wie der Teufel.* Ich sage: *Nein, wie ein Engel.* Sie sagt: *Danke, aber das ist eben so. Ich bin allein, habe drei Kinder, ich muss alles arbeiten, was nur geht, überall.* Ich weiß nicht, ob ihr Mann für immer fort ist oder wiederkommt und was sie fürchtet. Um ihre Kinder fürchtet sie und ihren Mann fürchtet sie. So viel hat sie noch nie mit mir geredet. Warum ist der Himmel der Ort für die Engel, wo die doch in der Hölle gebraucht werden?

Tag, Monat, Jahr
Mein Gott, als ich ein Kind war, war der gute Berggeist Rübezahl. Auf den konnte man sich immer verlassen. Der gute Geist wusste immer von

sich aus, was zu tun ist. War nie zu sehen, aber sofort zur Stelle, wenn man ihn brauchte. Der gute Geist legt sich mit jedem an, der anderen Schaden zufügte. Der Herr Rübezahl ist vermutlich noch immer mein einziger Gott.

Tag, Monat, Jahr
Hugo Wolf und Gustav Mahler haben gemeinsam an einer *Rübezahl*-Oper geschrieben und sich darüber für immer entzweit. Wie ist so etwas möglich? Sie haben, vermute ich, nicht an ihn geglaubt.

Tag, Monat, Jahr
Samnegdi gibt mir einen Kuss. Ich mache gerade einen Witz, sage: *Hoffentlich bekomme ich heute bei der Veranstaltung kein Tourettesyndrom.* Samnegdi muss lachen, spuckt mich versehentlich an. Es ist dann eine sehr soziale Veranstaltung. Von überall her kommen die Verantwortlichen und die Gäste. Alle Gegenden, alle Schichten. Die NPOS, die GONGOS, die Bewegungen. Und ein paar Tage lang. Die Hölle ist die Veranstaltung für mich. Das liegt an mir. Nein, es liegt an der Hölle. Das Essenszelt auf dem Veranstaltungsgelände ist riesig und das Ganze ist lustig. Man will mich nicht reinlassen, einer rettet mich, sagt: *Er gehört zu uns.* Das habe ich mir in der Firma oft gewünscht, dass das jemand sagt. Der Flüchtling aus Ägypten bringt das zustande, sonst nie jemand, sozusagen der geringste der Brüder und bald nicht mehr in der Firma. Ein berühmter anarchistischer Schriftsteller aus Spanien liest dann und diskutiert. In seinem Heimatland ist er persona non grata. Offiziell wohl und von Staats wegen. Ich finde nicht, dass der Anarchist viel redet. Geschweige etwas Wichtiges. Er muss vermutlich vorsichtig sein. Daher die Langeweile. Den Spanier hat, erfahre ich, Gemüller miteingeladen. Was der Spanier sagt, hält er für mutig und für intelligent. Gemüller sehe ich oft an diesen Tagen. Am ersten Tag gleich schimpft er auf die Gewerkschaften, dass es unglaublich sei, dass die Streikkassen leer seien. Man habe der Gewerkschaft vertraut und auf sie gehofft und dann das. Das habe niemand wissen können. Und die Leute seien zu Recht empört. Ich rase, sitze. Rase. Innerlich. Wie oft habe ich mit Gemüller über die leeren Streikkassen geredet! Jahrelang. Er war selber dabei gewesen, als mir davon erzählt wurde. Vor Jahren. Und wie der mich deswegen immer ausgelacht hat! Und der sitzt jetzt da, dieser Gemüller, und gibt seiner Empörung Ausdruck, während er sein kleines feines Buch vorstellt. Offiziell. Der Presse sozusagen. Noch eines. Ganz neu. Fast. Eine Gemeinschaftsarbeit. Die Idee dazu ist von mir. Vor drei Jahren habe ich ihn angefleht darum und dann fast noch zwei Jahre lang. Das war anstrengend für mich. Zermürbend. Jetzt bin ich fort und er hat das Büchlein getan. Als

er es vorstellt, deutet er an, woher die Idee dazu gekommen ist, aber nur für mich verständlich, er sagt nicht meinen Namen. Es hätte jemand anderer auch sein können. Jedenfalls halten ein paar wichtige NGOs und Hilfseinrichtungen im kleinen Buch fest, was falsch läuft und den Schutzbefohlenen schadet und was in Wirklichkeit zu tun wäre. Nein, das steht nicht wirklich drinnen. Aber Gemüller sagt, das Buch handle genau davon, obwohl es das nicht tut. Aber gedacht war es von mir so gewesen, dass es drinnenstehen soll.

Gemüller wird für das Buch sehr gelobt. Die anwesenden Politikerinnen sind vor Entzücken aus dem Häuschen. Die Journalistin auch. Renommiertes Blatt. Renommiertestes. Plötzlich meldet sich eine Frau resolut zu Wort, sagt, dass die anwesenden GFs immer von Politik reden, aber nicht darüber, was in ihren NGOs intern und untereinander falsch laufe, sie lächelt. Den GF Gemüller sieht sie dabei an, er verzieht keine Miene. *Es fehlt an Achtsamkeit*, sagt die Frau zu ihm. Sie ist engagiert, eine Beauftragte, Beamtin, lebensgefährlich krank, tapfer, mutig, charmant. Der GF sagt, das nächste Mal werden sie und ihre Beratungsstelle selbstverständlich eingeladen werden, und von einer der anwesenden Politikerinnen, der ranghöchsten, wird sie laut und lieb gelobt. Und das war es dann, das Aufbegehren. Ich glaube aber nicht, dass die achtsame Beauftragte Lob wollte. Aber sie nickt. Aus Höflichkeit vielleicht. Oder aus Hoffnung und Zuneigung. Menschen lächeln, wenn sie Menschen mögen. Zum Schluss sagt der GF, weil er das letzte Wort hat, die Revolution habe wieder nicht stattgefunden. Und wieder kapiere ich zu spät meinen Fehler, nämlich dass ich den GF wieder nicht bloßgestellt habe. Dem kleinen Buch selber merkt man meines Erachtens sofort an, wie willkürlich der GF agiert. Man sieht das allein daran, wer bei der Präsentation nicht zugegen ist und wer im Büchlein nicht vorkommt. Und doch scheinen seine Unterlassungen für die Leute hier ohne Belang zu sein. Aber wer will, sieht sofort, was los ist. *Wirklich. Rechtzeitig. Zusammen*, dagegen verstößt Gemüller jedes Mal und es ist überhaupt kein Problem für ihn, dass er heuchelt und übervorteilt. Denn jeder ist zufrieden, der dabei sein darf, Arbeit hat, Geld bekommt.

*

Ich habe auch heute alles zugelassen. Also habe ich mitgemacht. Es ist wie immer gewesen, es war eine gute Sache. Die achtsame Frau Beauftragte hat, weil sie nicht eingeladen gewesen war, protestiert und wurde hierauf honoriert und integriert. Und ich, ich bin ja wirklich nie krepiert. Alle dort haben harmoniert; und auch sonst ist nichts Böses passiert. Auch hat niemand auf irgendetwas insistiert. Die Ideale wurden alle realisiert. Das Leben floriert. Neue Geschäfte werden lukriert. Ich habe kapiert. Es hat allen imponiert, wie der GF publiziert. Alles hat pariert.

Habe derweilen in einem Buch über Gartengeschichte gelesen, ein Kapitel über Albertus Magnus. Warum ich geschwiegen habe? Weil ich ja eben gerade etwas Wichtiges lesen musste und nicht bei der Sache war. Nein, der Firma wegen. Wegen der Menschen in der Firma. Der GF ist die Firma. Bei solchen Anlässen wie heute ist er die ganz und gar. Die Firma dient den Menschen, also der guten Sache. Aber so, wie der GF das macht, ist die Sache nicht gut! Doch, denn die einen sind begeistert und die anderen bekommen das Geld, das sie dringend brauchen. Geld, Hilfe, Leben sind ein und dasselbe. Der Geschäftsführer bringt der Firma das Geld. Das heißt, dass er den Menschen wirklich hilft. Davon, dass die Kindheit einem angetan werde und man die sein Leben lang nicht losbekomme, hat der GF heute auch geredet. *Wir alle,* hat er gesagt. Dass man erstickt werde, dass man misshandelt werde, sagt er in letzter Zeit oft öffentlich. Den NGOs widerfahre das oft. Der ALEIFA im Besonderen. Und *unterlassene Hilfeleistung* sagt er jetzt auch oft. Die NGOs seien die Opfer, niemand helfe. Diese Dinge hat er von mir. Und es tut mir unendlich weh. Er ist schamlos – es ist ohne jeden Belang.

Vor dem Hauptgebäude dann, als Gemüller mit ein paar anderen dort steht, die Bewegungen, ich bin irritiert. Die Offiziere aus meiner Kindheit, die haben sich so bewegt und die sind so gestanden. In den Offizierskasinos die. Aber von denen hier war nie einer beim Militär, glaube ich. Aber sie bewegen sich so. Ich wische mir über die Augen. Die Bilder gehen nicht weg. Ich schüttle den Kopf. Die Bilder gehen nicht weg.

Tag, Monat, Jahr

Ein Gewerkschaftsökonom sagt im kleinen Kreis treuherzig, dass internationale Solidarität schwer zu bewerkstelligen sei. Eigentlich überhaupt nicht. Sie scheitere allein schon daran, dass man als Gewerkschafter meistens keine Fremdsprachen spreche. Als Gewerkschaftsfunktionär. Daher schon sei derartiges nicht organisierbar. Der Universitätsökonom ist ihm gegenüber treuherzig. Beide sind Spitzenökonomen. Eine Frau, die kurz in Irland gelebt hat, bezweifelt den irischen Aufschwung und will auch sonst über etwas anderes reden. Der Uniökonom serviert sie in jeder Hinsicht ab. Der Gewerkschaftsökonom hatte zu mir gesagt, er lasse sein Referat ausfallen. Er wollte nicht für zwei Leute referieren. Dann waren plötzlich doch sechs Personen anwesend. Es war ein sehr gutes Referat, völlig nutzlos. Die blanke Wahrheit. Sehr lehrreich. Der Uniökonom hat auf es bestanden, in voller Länge. Die beiden Ökonomen lernen einander dabei kennen und schätzen. Die Gewerkschaften mag der Universitätsökonom, die Alternativbewegungen mag er nicht. Die hält er für lächerlich. Sagt ihnen das öffentlich. Hat keine Ahnung von ihren Leistungen. Ich wusste beim Gewerkschafter und beim Universitätslehrer nach einer Minute, was los sein wird. Und habe nichts gesagt? Kein Wort. Es gab nichts Gemeinsames mit ihnen. Der ehrliche Gewerkschaftsökonom, der sagt, dass es keine internationale Solidarität geben kann, ich glaube ihm das. Er ist ein Spitzenmann. Wirklich. Unglaublich ist das Ganze. Ich habe dazu nichts zu sagen. Es war so banal, wie es eben ist. Da ist nichts. Die Gewerkschaft gibt's nicht.

Tag, Monat, Jahr
Vor Jahren einmal war in der ALEIFA Gemüllers Konflikt mit einem Firmenkollegen eskaliert. Der Firmenkollege war gewissermaßen der stellvertretende Geschäftsführer gewesen. Gemüller sagte später zu mir, der Supervisor habe damals zu ihnen beiden gesagt, der andere, der halboffizielle GF, müsse gehen. Anders sei die Situation nicht zu lösen. Der andere, der halbe GF, Martin Und, habe daher gehen müssen. Viel später dann habe ich erfahren, dass das gelogen war von Gemüller. Die Kindergärtnerin in der Firma hat mir das erzählt. Nie und nimmer habe der Supervisor damals gesagt, der zweite, der inoffizielle Geschäftsführer Martin Und müsse die ALEIFA verlassen. Außerdem habe Gemüller sich damals, als der Konflikt eskalierte, von der Firma Geld nachzahlen lassen, seine viele Arbeitszeit, von der er immer sagt, er schenke sie der ALEIFA. Es soll eine beträchtliche Summe gewesen sein. Vermutlich hatte er Angst gehabt, dass er die Firma verlassen müsse. Martin ist mittlerweile anderswo Geschäftsführer. Ist erfolgreich. Er sagte zu mir jetzt einmal, ohne dass ich auch nur im Geringsten das Thema darauf gebracht habe, Gemüller akzeptiere kein Nein und wenn etwas blau sei, sage er, es sei rot, und wenn es weiß sei, sage Gemüller, es sei schwarz; und jedem, mit dem Gemüller rede und von dem er etwas wolle, gebe Gemüller das Gefühl, etwas ganz Besonderes zu sein und der wichtigste, wertvollste Mensch auf der Welt. Martin sagte zu mir sogar, Gemüller sei genial; und Gemüller finde immer jemanden, der ihm weiterhilft, obwohl ihm viele Leute böse seien oder ihn für einen Lügner halten. Egal, ob man Gemüller mag oder nicht, müsse man zugeben, dass er Tag und Nacht für die Firma laufe, sagte Martin. Gemüller sei eben ein Pionier. Und wie geschickt er das Riesenschiff ALEIFA tagtäglich mit Sprit versorge und durch die schlimmsten Klippen führe, sei bewundernswert. Martin hat früher nicht immer so gut über den GF geredet, er soll ihn ein Monster geschimpft haben und gesagt haben, man müsse verhindern, dass immer alles Innovative über Gemüller laufe. Denn wegen des GFs würden wichtige Dinge einfach nicht oder zu spät getan.

Gemüller hat sich jetzt tatsächlich wieder jemand Wichtigsten auf der Welt gefunden und noch einen und noch eine und lauter wichtigste Einrichtungen und wichtigste Bewegungen und wahrhaftigste IdealistInnen und Künstler und Politiker und Forscher, Frauen, Männer, und die halten ihn allesamt für einen genialen Sozialjazzler, weil er so gut improvisieren und so gut organisieren könne.

Tag, Monat, Jahr
Zur sogenannten kognitiven Dissonanz, Theorie der unvereinbaren Ideen: Festinger entwickelte sie zuerst im Umgang mit Sekten. Später fand er heraus, dass Menschen, die für wenig Lohn, also unrentabel gelogen hatten, eher bei ihren Lügen blieben als diejenigen, die gut damit verdient hatten. Die Erklärung verstehe ich nicht, sie hängt vermutlich damit zusammen, dass man sich vor sich selber rechtfertigen, kognitive Dissonanzen vermeiden will, muss.

Tag, Monat, Jahr
Der rote Politikchef Pötscher öffnet dem ALEIFA-GF Gemüller weiterhin, so gut er nur kann, alle Türen, räumt ihm jedes Hindernis aus dem Weg. Das freut mich für Gemüller und die ALEIFA. Wer soll mir das glauben und worüber rege ich mich denn eigentlich auf? Darüber, dass das meiste falsch läuft, weil sie es falsch machen. Einzig darüber.

Tag, Monat, Jahr
Die Gewerkschaft ist alles, was wir haben, sagt einer – das ist ja das Schreckliche. Die Erpressung. Die Ausweglosigkeit.

Tag, Monat, Jahr
Herr Ho will plötzlich nicht mehr in den Deutschkurs gehen. Wir brauchen Tage, bis er sagt, was los ist. Der Test für die Staatsbürgerschaft wird gerade durchgenommen und die Lehrerin erzählt viel vom Ersten und Zweiten Weltkrieg. Herr Ho will das nicht hören. Sagt: *Unterricht ist Liebe, nicht Krieg. Der Krieg ist schon so lange vorbei. 70 Jahre, 90 Jahre.* Herr Ho ist den Tränen nahe.

Tag, Monat, Jahr
Das Problem des GF Martin Und war, ist, dass er immer aufpassen musste, muss, dass er das Geld für seinen Verein zusammenbekommt. Martins NGO ist viel kleiner als die ALEIFA. Winzig im Vergleich. Der GF Martin Und getraute sich trotz allem oft sehr viel. Einmal sagte er bei einer unserer Dingsbumsvereinsveranstaltungen, bei der sehr viele Leute und Politiker zugegen waren, dass er wie alle anderen anwesenden NGO-Geschäftsführer von den Politikern hierorts immer wieder erpresst werde. Ich glaube nicht, dass sich das irgendjemand anderer zu sagen getraut hätte. Er wollte damals die Chance nutzen. Die Redefreiheit bei der Veranstaltung. Für die Redefreiheit habe ich immer gesorgt, so gut ich konnte. Die und die Wirklichkeit waren mir das Wichtigste. Bei den ersten Demonstrationen gegen die neue schwarz-braune Regierung damals

hatte sich aber Martins Verein nicht mitzumarschieren getraut. Das war der Überparteilichkeit und des knappen Geldes wegen gewesen. In der finanziell lebensgefährlichen Zeit damals fragte Martin mich nach einem potenten roten Politiker in meinem ersten Buch, ob der die Stelle kenne, wo er vorkomme. Der sei genau so, wie ich ihn beschreibe. Aber Geld würde ich von dem gewiss keines bekommen für eines meiner Projekte. Ein damals sehr hoher sozialdemokratischer Politiker war der gewesen. Und unter anderem für die Wissenschaft zuständig. Parteiobmann sowieso. Und vor der Ärztekammer warnte Martin Und mich auch, und zwar wegen zweier anderer Buchstellen. Um den Pflegenotstand ging es da, und wer was wisse. 2000 und 2001 und 2002 war das. Ich sah Martins von außen aufgezwungene Grenzen stets ein, verstand die gut, respektierte sie, ihn.

Gemüller jedoch habe diese Grenzen nicht, bildete ich mir damals ein. Gemüller sei mutiger; ihm bleibe auch gar nichts anderes übrig, da die neue faschistoide Regierung solchen Hilfseinrichtungen wie der ALEIFA den Kampf angesagt hatte. Martins Firma ist der Größe nach wie gesagt nur ein Bruchteil der Firma von Gemüller. Martin musste wirklich vorsichtig sein. Er und sein neuer Verein unternahmen jedenfalls viel Wichtiges, Unparteiisches, Überparteiliches. Auch mit Schulen, für Kinder und Heranwachsende tat Martin viel; für verfolgte Erwachsene und für alte Menschen auch. Für ehemalige WiderstandskämpferInnen sowieso. Und für die Wirtschaft. Er versuchte nun einmal wirklich, überparteiisch zu sein. Und der Dingsbums-Verein, den ich mitversuchte, die Plattform, war sowohl wissenschaftlich als auch links. Links sein mochte der Geschäftsführer Martin damals überhaupt nicht. Aber der weltberühmte Dingsbums selber war ja links. Den weltberühmten Dingsbums wollten damals alle, weil er ein weltberühmtes Prestigesymbol war. Es war das Ganze hierorts ein Durcheinander von Banalitäten und Kleinlichkeiten noch und noch, von Aufgeblasenheiten und Unterlassungen, und das alles hatte Konsequenzen.

Ich meinerseits wollte damals mit dem Dingsbums-Verein, der vom Dingsbums als schnelle linke Eingreiftruppe gedacht war, eine kleine Institution zustande bringen, die nicht lügen muss und zugleich menschenfreundlich und mutig und tapfer und rechtzeitig ist. Der Dingsbums-Verein sollte eine wirkliche Hilfe sein, für möglichst viele Leute. Für die Bevölkerung.

Tag, Monat, Jahr
Ein beliebter Schauspieler sagt, er mache sich keine Illusion. Das Theater mache keinen Menschen besser. Aber während die Menschen im Theater sitzen, können sie, sagt er, wenigstens nichts Böses tun. Samnegdi lacht: *Wer weiß, welche Ideen denen während einer Vorstellung kommen.*

Tag, Monat, Jahr
Ich gehe an einem Inder vorbei. Er kommt mir schnell nach, redet mich an: *Excuse me, Sir, may I tell you, you are a very lucky man.* Zeigt auf sein Drittes Auge, dreht sich weg und geht in seinem eleganten Anzug in ein Geschäft. Ich habe zuerst geglaubt, er will Geld. Er wollte mir aber nur mitteilen, dass ich glücklich bin.

Tag, Monat, Jahr
Wie wichtig das Gesicht beim Verkaufen sei, sagte mir der GF Martin Und auch einmal. Er lese jetzt meinetwegen seit Wochen schon Lévinas. Ein paar Funktionäre angeblich tun das jetzt meinetwegen. Ins Gesicht schauen müsse man bei Geschäftsverhandlungen, das sage er seinen Leuten fortwährend, und wie schwer das sei. Das trifft mich auch hart. Kann leicht sein, der meint das anders. Aber ich verstehe es nicht. Jemandem ins Gesicht schauen können, weil man ein anständiger Mensch ist. Das meint er. Dann sagt er, dass Gemüller auch Lévinas lese. Auch meinetwegen. Das war mir lustig. Gemüller redete damals auch einmal übers Gesicht, sagte, was ich gesagt habe. Warf mir vor, dass ich mich nicht daran halte. Das ist, weil ich Gemüller nicht ins Gesicht freundlich bin. Das kann ich nicht mehr. Daher sagte Gemüller, dass ich mich nicht an Lévinas' Ethik halte, weil ich ihn, Gemüller, zum Erbleichen bringe oder zum Erröten. Mir ins Gesicht sagte Gemüller das. Das Hirn kann einem stehen bleiben, wenn man mit dem GF zu tun hat, das Hirn. Zu mir sagte er oft, auf wie viel er sofort verzichten würde, damit seine Angestellten zu Arbeit und Geld kommen. Und es war einfach nicht wahr.

Tag, Monat, Jahr
Samnegdi und ich stehen auf dem slowenischen Bahnhof. Auf der Fahrt dann sehen wir zwei Hasen und zwei Rehe. Der Kellner im Zug ist ungehalten, weil die Leute nichts kaufen. Er zeigt auf seine Ware, sagt, dass sie gut genug sei. Keine Bettler waren in der slowenischen Stadt. Dann doch welche. Bin beruhigt. Im Museum die Büsten zweier Mädchen. Wie Zwillinge. Sie haben aber ganz verschiedene Familiennamen. Der Fluss ist schön. Samnegdi hat mich auf die kleine Reise eingeladen, mein Geburtstagsgeschenk war das. Das kleine slowenische Städtchen, Samnegdi und ich sind gern da, friedlich scheint es. Ich bemerke keinerlei Feindschaft in der Stadt. Das Parlament, die vielen Nackten davor. Drinnen auch? Die vielen Banken dann. Nur ausländische, bis auf die eine nationale. Im Zug zurück reden ein Mädchen und ein Bursch über Hermann Hesses *Kinderseele*. Jemand sagt, dass Spielen im Zug verboten ist. Ab der Grenze laufe es unter Glücksspiel. *Zurückgeworfen von einem*

Meer von Spiegeln, zitiert das Mädchen irgendwen. Sie steht auf und geht. Ich drehe mich um, der Bursche hebt ratlos die Hände, schreibt etwas in sein Notizbuch, zündet sich eine Zigarette an, das Mädchen kommt nicht wieder. Es hatte kleine Augen. Sie und er haben einander gar nicht gekannt.

Tag, Monat, Jahr
Wir haben uns durch die Firma voneinander trennen lassen, Samnegdi und ich, immer wieder. Ich habe es zugelassen, dass das geschehen konnte. Ich hätte mich fügen müssen. Samnegdi zuliebe. *Stell dich mitten in den Wind. Stell dich mitten in das Feuer. Stell dich mitten in den Regen.* Das Rauschen, die Firma, der Wind, das Feuer, der Regen. Ihr Borchert-Gedicht.

Tag, Monat, Jahr
Samnegdi möchte gerne zu meinem Klassentreffen. Ich möchte nicht gerne zu meinem Klassentreffen.

Tag, Monat, Jahr
Einer sagt: *Wenn man einem das Leben rettet, wird man ihn so schnell nicht mehr los.* Samnegdi wird mich nicht los. Sie schmiegt sich fest an mich, als ob sie nicht schlafen kann. Die Grausamkeit da draußen. Eine Welt in der Welt waren wir immer. Waren wir. Sind wir nicht mehr. Samnegdi hat jetzt immer Angst, wenn ich nachts wieder aufstehe, während sie schläft. Zwanzig Jahre sind wir zusammen. Irgendwer redet von Capri. *Schön ist es auf der Welt zu sein, sagt die Biene zu dem Stachelschwein,* singt auch wer. Woran Samnegdi glaubt? Dass die Menschen lieb sind und die Welt gut ist. Natürlich hat Samnegdi recht. Samnegdi hat mir nie Vorwürfe gemacht.

Tag, Monat, Jahr
Samnegdi spottet meine Bewegungen nach. Sie steht vor der Tür, macht sie nur einen Spalt weit auf, wartet, als wir sie fragen, fragt sie, ob sie hier zu Hause sei. *Ja,* sagen Charly und ich, und Samnegdi fragt, wie lange schon. Es stimmt, ich mache das so. Sie geht zum Fenster, langsam, schleppend, wieder zurück, schaut, es stimmt, ich mach' das so. Sie sagt, ich mache das noch viel langsamer. Da müsse ich doch verstehen, dass sie sich sorge. Ich erschrecke, Samnegdi liebt mich.

Tag, Monat, Jahr
Heute steige ich wieder mit aus aus der Tram. Samnegdi geht in die Arbeit, in die Firma. Ich gehe in die andere Richtung, Samnegdi und ich winken einander zu. Eine junge Frau mit Mütze rennt vor mir zum Briefkasten, ich weiche aus, bleibe stehen, gehe weiter. Die Frau überholt mich noch-

mals, schreit mich an: *Sie brauchen den ganzen Gehsteig beim Gehen!* Ich bin aber nicht besoffen. Ich gehe immer so. In der Apotheke dann sehe ich die Frau wieder. Ihr Disput mit der Apothekerin. Die junge Frau will ein Psychopharmakon. Sie sagt, es sei für sie und ihren Mann, weil sie einen schwerkranken Dementen betreuen müssen. Sie will es ohne Rezept. Man einigt sich stattdessen auf Tees verschiedener Sorten, die dann in der Apotheke zusammengemischt werden.

Tag, Monat, Jahr
Heute in der Früh beim Frühstück sagt Samnegdi erschrocken, Arafats Gesicht in der Zeitung erinnere sie an das ihres Vaters. Ich mochte ihren Vater nicht. Sie hat aber recht, die Augen, der Mund, das geschlagene Gesicht, das lachende Gesicht. Bevor Samnegdizimzums Vater starb, wollte er noch nach Ägypten. Das war die letzte Reise. Mit seiner Leukämie reisten sie den Nil entlang. Sein Leben lang hatte er dorthin gewollt. Einen schweren Busunfall hatten sie auch, ihnen ist nichts passiert, aber ihr Kind war voller Angst. Ein paar Monate später dann starb er im Spital, hatte keine Chance. Als er nach Ägypten reiste, glaubte er noch, dass er eine habe. Vor ein paar Jahren ist er gestorben, ich weiß nicht mehr, wie oft er verheiratet war und wie viele eheliche und uneheliche Kinder er hatte. Samnegdizimzum ist das älteste Kind, das allererste. Samnegdizimzums Mutter ist ein paar Monate nach ihm gestorben; er zu Frühjahrsbeginn, sie am Herbstanfang. Sie hatten seit Jahrzehnten nichts mehr miteinander zu tun gehabt, sie mied ihn, starb dann aber plötzlich aus heiterem Himmel mir nichts dir nichts im selben Jahr. Den Leuten fiel es auf, als seien die beiden doch füreinander bestimmt gewesen. Samnegdi hatte ihres Vaters wegen kein Stipendium bekommen, obwohl sie gute Noten hatte und das Geld wirklich gebraucht hätte. Auf den Lohnzetteln standen so hohe Beträge, aber bekommen hat sie nichts davon. Und die Mutter hat nie etwas eingeklagt. Samnegdi auch nicht. Im roten Supermarktbetrieb, in dem Samnegdis Mutter arbeitete, wurden die Leute mehr ausgenützt als sonst wo. Denn der gehörte ja der Gewerkschaft. Die Mutter ist immer in die Arbeit gegangen, auch wenn sie krank war.

Im Jahr nach dem Tod der Mutter und des Vaters flogen Samnegdi, Charly und ich nach Tel Aviv. Blieben ein bisschen. Ich hatte ja für immer nach Israel fortwollen. Samnegdizimzum wollte das nicht. Wir schauten uns daher nur um. Der israelische Taxler aus dem Ghetto von Lodz, der uns damals nach Bethlehem brachte. Die palästinensische Kaufmannsfamilie dort. Der Israeli sagt, die sei groß und in der ganzen Welt, in Neapel, Palermo, New York, Amsterdam. Der Palästinenser nickte freundlich und gab mir seine Visitenkarte für seine ganze Familie. Mir war alles unheimlich und wie schnell wir aus einem Auto ins andere und dann in noch eines verfrachtet wurden. Ein Ägypter aus Kairo war dann zuständig für uns, sagte, ich brauche keine Angst zu haben, fragte, ob wir ihm von hier weghelfen können. Und verkaufen wollte man uns jede Menge Edelsteine, Gold. Mafia war das, wirklich Mafia. Palästinensische Mafia. Die mächtigste Familie. In Bethlehem war gerade viel Wirbel an dem Tag, weil Arafat da war und eine Rede hielt. Und in der Geburtskirche stritten ein paar Touristen miteinander vor dem Geburtsflecken des Jesuskindes, wer zuerst rein und hin darf. Die Leute pfauchten einander an dabei. Wenn Platz gewesen wäre, sich ein klein wenig mehr zu bewegen, wäre es zu einem Raufhandel gekommen. Es roch auch nicht gut in der Geburtskirche.

Der Taxler aus Lodz war ein alter Mann und sehr nett, sagte, er fange an zu frieren, wenn er in Jerusalem sei, weil sein Bruder dort im Häuserkampf gefallen ist. Der Bruder habe eine Zukunft vor sich gehabt, war Ingenieur und Offizier. Dem Bruder habe der Kibbuz gutgetan und geholfen, dem Taxler nicht. Er sei eine andere Art Mensch. Zur Klagemauer beten gehen wollte er auch nicht. Er sang während der Fahrt das Lied von den Fischern von Capri, war traurig, nachdenklich, immer sehr freundlich. Dann in Yad Vashem das Monument der Helden und die Kinder von Lodz; das habe er selber erlebt, sagte er, er sei eines von den Kindern von Lodz gewesen. Sei weggerannt, habe sich versteckt, habe vom Dachboden aus gesehen, wie die anderen weggebracht wurden, seine Mutter sei auf einen LKW geworfen worden. Er ist sehr bedrückt. Immer und überall scheint er ein Fremder im eigenen Land, egal wohin er uns bringt. Jedes Mal zögerte er, als sei er nicht wirklich da. Mit den Leuten, die er zufällig wiedertraf, redete er aber herzlich, war neugierig, was aus wem geworden war. Ein kleiner jüdischer Händler, der in der Nähe des Damaskustores Fruchtsaft verkaufte, machte ihn wieder traurig, er gab ihm Geld. Die beiden lachten auf. Es heiße, die Palästinensergebiete seien ein Gefängnis, das größte Gefängnis der Welt, und die israelischen Soldaten die Gefängniswärter, sagte der Taxler zu uns, aber das sei ganz sicher nicht so. Sie erschienen uns aber so. Wir redeten mit ihm auch über Schindlers Frau; er glaubte sofort, dass in Wahrheit sie, sie den Menschen weit mehr geholfen habe als Schindler. In Yad Vashem redeten wir das mit dem Taxler, vor dem Gedenkbaum, weil Schindlers Frau keinen hatte. Der Taxler lächelte oft, für ihn war nichts absolut. Eine Frau und einen Sohn hatte er. Ich weiß nicht mehr, warum ich dem Taxler kein Trinkgeld gab. Er gab uns zum Abschied für immer seine Visitenkarte. In Bethlehem fieberte man damals dem Millennium entgegen. Alle Plakate hofften. Und wenige Wochen später dann entfachte Sharon die zweite Intifada. Die russischen Zuwanderer mochte der Taxler überhaupt nicht und von der Inflation erzählte er und von den Katzen in Tel Aviv und davon, dass so viele Menschen, welche die Nazis, die KZs überlebt haben, jetzt in die Altersheime müssen. Und dort drehen sie durch, weil es für sie wie damals ist. Plötzlich wieder völlig hilflos und kein Entkommen. Und von den Streitereien und Schlägereien infolge des Wüstenwindes. Der sei bei Gericht strafmildernd. Ein bisschen wie schwere Föhntage bei uns, aber ganz anders. Der Taxler machte einem kontrollierenden Polizisten gegenüber den Witz, ich schaue ein bisschen aus wie ein bekannter israelischer Spion, der von den Amerikanern eingesperrt worden ist. Wahrscheinlich sei ich der wirklich, die Amerikaner müssen mich freigelassen haben. Der Polizist schaute mich verdutzt an und die beiden lachten dann laut. Dann ließ uns der Polizist passieren. Die Visitenkarte des Taxlers habe ich noch, die der Mafiafamilie nicht mehr.

Tag, Monat, Jahr
Einmal sagte Gemüller zu Samnegdi und mir leise: *Ich bin überfordert.* Das habe ich kapiert und er tat mir leid, ich war sofort hilfsbereit und unaufdringlich wie immer, machte ihm keine Vorwürfe. Samnegdi sagte damals zu mir, dass Michael Gemüller so etwas sonst nie zugeben würde, niemals. Ich hielt das daher für Vertrauen und Ehrlichkeit und glaubte, wir seien wirklich Freunde. Als er zu uns sagte, dass er überfordert sei, war Winterszeit und es schneite; wir kamen gerade aus der Erstveranstaltung für die Volksabstimmung und ich hatte zu dem pensionierten Volksschullehrer, der die Volksabstimmung initiiert und jahrelang dafür gekämpft hatte, nur Gutes über Gemüller gesagt. Und Gemüller hielt mich dann, wie gesagt, von allem fern, so gut er nur konnte. Und ich kapierte das nicht wirklich, weil ich seine Gründe falsch verstand. Er hatte jedenfalls zu uns gesagt, dass ihn die Vorbereitungen zur Volksabstimmung überfordern. Und so war es ja auch. Man habe alles getan, was möglich gewesen sei, sagte man dann. Und so schlecht sei das Ergebnis ja gar nicht, weil ja nicht mehr möglich gewesen sei. Und das ist wahr und falsch zugleich, weiß ich heute wie damals. Nur der, der jahrelang für die Volksabstimmung gekämpft hatte, der Volksschullehrer, war bitter enttäuscht. Aber unverdrossen.

Tag, Monat, Jahr
Einer sagt, das österreichische Hainburg sei doch die Sache von Konrad Lorenz, verwöhnter Kinder und verwöhnter Damen und der Kronen Zeitung gewesen. Und dass die österreichischen Grünen das nicht zugeben können, was sie der Kronen Zeitung verdanken. – Ich glaube, dass es umgekehrt war. Die Kronen Zeitung ist Dank schuldig. Und Konrad Lorenz wäre eigentlich auch Dank schuldig, ist aber eben schon tot. Er

hat den Dank aber zu Lebzeiten ein klein wenig abgestattet, glaube ich. Hatte immer auf junge Demonstranten geschimpft, die seien schwachsinnig; war auch dafür, dass man Kinder schlägt, damit sie später nicht missraten. Aber für Hainburg hat er sich bei den jungen Leuten bedankt. Hat gesagt, dass er sich geirrt hat. Jedenfalls bilde ich mir ein, dass er das gesagt hat. Gemocht habe ich ihn nie. Aber dass er gesagt hat, dass die Menschen lernen werden müssen, dass man goldene Nockerl nicht fressen kann, hat mir gefallen. Und dass er gesagt hat, niemand könne so viel für die Zukunft tun wie die Biologielehrer an den Schulen, auch. Aber ich glaube, die haben das dann einfach nicht getan. Haben goldene Nockerl gefressen. Die Grünen auch.

Tag, Monat, Jahr

Der Betriebsrat Fritz sagte einmal, als ich zwar schon kaputt war, aber man es mir noch nicht ansah: *Den Gemüller wirst du nie ändern.* Da war es schon spät, sozusagen aus und vorbei. Außerdem wollte ich Gemüller gar nie ändern. Fritz ist wie gesagt Künstler, Fotograf. Als Künstler schaut er viel und wartet auf den richtigen Augenblick. Der Zuschauer von Fritzens Art darf aber selber nicht eingreifen. Der darf nichts ändern. Ich glaube, dass das zwischendurch so funktioniert bei Fritz. Seine Fotokunst bringt ihn manchmal durcheinander. Und der GF Gemüller ist nicht zu ersetzen. Das ist zwar meines Erachtens nicht wirklich gut so, aber der GF will das so haben. Und es ist dann so. Man braucht ihn, ohne ihn geht nichts. Das war immer sein Ziel. Man musste von ihm abhängen. Fritz und ich wollten Gemüller nie irgendetwas wegnehmen oder ihn gar ersetzen. Das haben wir falsch gemacht. Wir haben nicht verstanden, dass es nichts nützt, den GF zu achten und wertzuschätzen. Er jammerte, sagte in etwa: *Das könnt ihr doch nicht mit mir machen! Ich will doch nur dabei sein! Ich bringe doch das Geld!* Fritz und ich waren verdattert.

Tag, Monat, Jahr

Arafat selber soll den Frieden von Oslo mit dem berühmten Frieden von – was weiß ich, wo – verglichen haben. Den soll Mohammed mit seinen Feinden nur geschlossen haben, um sie zu täuschen. Die Israeli sagen das über Arafat. Den Rest lassen sie weg beim Reden: kein Rückkehrrecht für die Palästinenser, keine Reparationen; das Heute und das Morgen.

Tag, Monat, Jahr

Hippiekolonien nannten sich Diggers und auch zuvor viele Anarchisten und Sozialisten des 19. Jahrhunderts. Das Ganze geht auf das 17. Jahrhundert zurück, auf den Religionskritiker Winstanley, einen Bauern, der das Geld, das Privateigentum und die Lohnarbeit abschaffen wollte. Er lebte zur Zeit der englischen Revolution und des Bürgerkrieges und scheiterte daran, dass er die Londoner Besitz- und Arbeitslosen nicht auf seine Seite bringen konnte und weil er seine eigenen, ihm zugetanen Gemeinden nicht miteinander verbünden konnte, sozusagen an der Infrastruktur, an der Geographie. An Mangel und Not eben. Warum funktioniert es heute immer noch nicht?

Tag, Monat, Jahr
Was auch immer ich tat, es war Gemüller – entgegen all seinen Beteuerungen – nicht recht. Denn er meinte, es nicht zu können. Was er nicht konnte, Kunst zum Beispiel, durfte nicht sein. Das war sozial in seinen Augen. Weder spotte ich noch übertreibe ich. Es war so. Er war so. Alles in der Firma durfte nur so sein, wie er es konnte. Ich glaube wirklich, dass der Geschäftsführer, mein bester Freund, ein guter Geschäftsführer ist. Er bringt wirkliches Geld. Ich weiß nicht, wie viel andere Geschäftsführer bringen. Der GF hat alles aufgebaut. Die Firma. Ja, gewiss, aber ich glaube das nicht mehr. Ich weiß nämlich, dass seine Leute das auch getan haben und zwischendurch taten sie das mehr als er. Denn sie waren verlässlich, berechenbar, fleißig. Die neue sozialdemokratische Politik und die neuen sozialdemokratischen Gönner, Förderer Gemüllers machen jetzt endgültig alles gut. Und das ist ja auch gut so. Für die Firma eben. Jeder gute Geschäftsmann muss es so machen wie der GF. Wem schadet Gemüller damit? Ich weiß es nicht mehr. Bin selber schuld; denn wer fortgeht, ist nicht dabei. Dafür kann Gemüller nichts. Er integriert die Menschen noch und noch und alle sind glücklich. Und dafür, wie gut er integriert, bekommt er Lob, Ehre, Funktion und Mandat. Demnächst auch ein, zwei, drei Preise. Die Anzahl der Preise wird sich direkt proportional zur Potenz seiner politischen Gönner verhalten. Was geschehen ist, ist meine Schuld. Es liegt an mir. Ist nur mein Problem. Denn der Geschäftsführer ist erwiesenermaßen eine Spitzenkraft. Fachlich, moralisch, intellektuell. Alle von Fach loben ihn und die verstehen etwas davon. Und wer etwas anderes sagt, ist bloß ein neidischer Konkurrent. Mich nannte der GF früher öffentlich des Öfteren liebenswert. Ich habe mir das gefallen lassen. Gefallen hat mir das nie. Ich dachte aber, dass es vielleicht in der Sache hilft und den Leuten. Gemüller sagte privat oft zu mir, dass ich privilegiert bin. *Du mehr, um Hausecken mehr,* erwiderte ich dann doch einmal. *Nein, aber ich auch, natürlich,* sagte er und nahm mir weiterhin jedes Recht, das er hatte. *Du bist privilegiert,* jedes Mal, wenn die drei Wörter fielen, hatte ich innerlich keine Chance mehr.

*

Integrationsfachmann ist er auch. Seine eigenen Leute sagen, dass er nichts davon verstehe. Das Ganze macht mir Angst.

Tag, Monat, Jahr
Gemüller ist mir unheimlich, weil ich weiß, was er alles verhindert und unterlassen hat und dass das aber niemanden stört. Auch wenn die Linken und die Alternativen es wüssten, würde es ihnen nicht wirklich etwas ausmachen. Denn durch Pötscher jetzt läuft alles prima, da man Anerkennung erfährt, Geld bekommt, dadurch Aktivitäten setzen und helfen kann. Auch hätten sie selber vielleicht nie etwas anders, geschweige denn besser gemacht als der GF. Sie alle lösen keine Probleme, sondern sie nützen Chancen, so ist das Spiel. Aber ich glaube nicht, dass sie die Chancen wirklich nützen. Sie sind sozusagen zur Unwirklichkeit verdammt.

Tag, Monat, Jahr
Chance bedeutet eigentlich bloß Zufall. Wenn man sich Chancen erarbeitet, erarbeitet man sich also Zufälle. Sagt man das überhaupt so, *sich Chancen erarbeiten?*

*

Wenn man zu jemandem sagt: *Du hast deine Chance gehabt,* heißt das so viel wie *Du hast deinen Zufall gehabt?*

Tag, Monat, Jahr
Am Anfang und jetzt immer noch ist eine wichtige Werbung, sozusagen international, dass die Firma in einem Grundwerk der Alternativ- und Sozialbewegungen namhaft vorkommt. Die einzige Werbeeinschaltung dort, eine ganze Seite. Es hat Tage und Wochen gedauert, bis ich Gemüller dazu bewegen habe können. Die Werbung war gratis. Etliche bittflehende Telefonate meinerseits mit der linken Hand des weltberühmten linken Dingsbums. Das war damals unglaublich gewesen. Die Gleichgültigkeit, die Dummheit Gemüllers, und man kannte firmenseits so etwas Zukunftsreiches und Einfaches einfach nicht. Ich habe den GF und die ALEIFA damals zu ihrem Glück gezwungen. Ich habe ihnen gut zugeredet, bitte den Mund aufzumachen, damit die gebratene Taube endlich hineinfliegen kann. Eigentlich war es dann einzig die liebe Elisabeth, die das Ganze in Ordnung gebracht hat, sie hat die Werbeseite aufgesetzt, dann haben wir sie abgeschickt. Das Geld für die vielen Telefonate, weiß ich heute, hätte ich mir zurückerstatten lassen sollen. Es war gewiss kein lächerlicher Betrag und vor allem ist das Geld die einzig verständliche Sprache. Die Werbeseite ist wie ein Dokument gewesen, eine unbezahlbare Eintrittskarte. Gratis. Ein Pass überallhin. Grotesk war das Ganze. Und auch später immer, wirklich immer, ist es mir mit dem GF genauso ergangen. Dass ich so lange bei der Firma blieb, spricht nicht für meine

Intelligenz. Aber es war meine Pflicht. Ich habe das dort so tun müssen. Damit es die Chance gibt.

Tag, Monat, Jahr

Die rote und grüne Alternativszene, hier, hierzulande: Sturm im Wasserglas; Hamster in ihren Laufrädern. Ich weiß nicht, warum das so sein muss. Ich glaube, es ist, weil sie zum Politikmachen immer jemand anderen brauchen als sich selber. Und daher bringen sie nichts zusammen. Jeder Politiker braucht irgendjemanden, dem er etwas anschaffen kann und der das dann an dessen Stelle tut.

Tag, Monat, Jahr

Bourdieu über Algerien: *Die Großzügigkeit, sagt man, ist ein Freund Gottes. Gott gibt den Reichtum, wem immer er will, aber wer ihn empfängt, muss sich seiner würdig zeigen, indem er ihn nutzt, um das Elend der anderen zu mildern, andernfalls geht er seiner verlustig.* Oh mein Gott, so sagt man auch, gib mir, auf dass ich geben kann.

Tag, Monat, Jahr

Mein Kaufhausgerenne heute Nachmittag. Bin jetzt ganz dumm im Kopf. Ich lese zur Beruhigung vom Maler Waldmüller Unheimliches. Da steht dann auch: *Gut lebt nur, wer sich gut versteckt hat.* Das ist die Wahrheit! Samnegdi liest derweilen einen Aidssoziologen. Ein Klient von Samnegdis Freundin Mira hat nämlich Aids. Ein Sterbender ist er. Um ihn loszuwerden, weil er zu viel Arbeit machte, hat das Spital sein Nichtessenkönnen nicht dem Aids zugeschrieben, sondern einer Psychose und war daher nicht mehr zuständig und hat ihn verlegt. Und auf der Psychiatrie blieb er nicht freiwillig, was dieser nur recht war. Aber Gott sei Dank hat ein Hospiz ihn aufgenommen. Was er bis jetzt gedichtet hat, wird veröffentlicht werden. Ich freue mich. Mira weigert sich, in ein bestimmtes kirchliches Flüchtlingsheim zu gehen, weil die Verhältnisse für die Insassen und die Betreuer unzumutbar sind. Es ist, als ob sie sich nicht mitschuldig machen will. Mira phantasiert immer noch von einem Sechser im Lotto und den Großteil des Geldes werde sie dann eben der Gemüller-Firma schenken, damit die gut arbeiten und besser helfen kann. Mira mag die Gemüller-Firma immer noch sehr, weiß nun einmal, wie gut die im Vergleich zu anderen ist.

Tag, Monat, Jahr

Ich erinnere mich plötzlich an Weihnachten zurück, Neujahr. Bei der Weihnachtsfeier in der ALEIFA haben viele geweint, der Lieder wegen, aus größter Not waren die Menschen hierher entkommen, sangen jetzt die Lieder.

*

Zu Silvester damals vertrieben Charly und Samnegdi mit ihren Raketen gerade die Dämonen. Der freundliche Nachbar kam mit seinem winzig kleinen Sohn dazu. Die beiden lachten. Und dann luden sie uns ein. Ihre kleine Tochter war gestorben. Das war nach Jahren des tapferen Kämpfens und der zärtlichsten Liebe. Die innige Liebe dieses Ehepaares zum krebskranken, behinderten, sterbenden Mädchen. Das Kind. Nur das Kind. Mehr können Menschen nicht tun. Aus tiefstem Herzen und mit aller Kraft waren sie da für ihr Kind. Wegen meiner Unzugänglichkeit wurde die Silvestereinladung nicht angenommen. Ich wollte nicht unter Menschen.

Tag, Monat, Jahr
Samnegdi ärgert sich immer, wenn ich nicht weiter fertigschreibe und stattdessen sage, dass ich auf ein Wunder warte. Ich warte wirklich auf ein Wunder. Mehr kann ich nicht. Ich kann nicht mehr. Ich sehe keinen Ausweg mehr. Das Du und das Wir, es gibt keine anderen Auswege. Du und Wir. Nichts sonst.

Tag, Monat, Jahr
Samnegdis roter Kopf gestern im Streit mit mir wegen der Firmenleute. Ich halte die Firma für eine Suchtkrankheit. Die geht vom Geschäftsführer aus. Samnegdi hat es früher immer schwer getroffen, dass ich gesagt habe, wir beide, Samnegdi und ich, konkurrieren gegeneinander. Aber es ist wahr. Die Firma ist so. Wenn wir nicht zusammenarbeiten, konkurrieren wir. Und jetzt ist es für mich wirklich zu spät. Ich habe zu Samnegdi oft gesagt, dass es so sein wird, wenn wir es zulassen. Und Gemüller hat, wenn ich über das Konkurrieren geredet habe, immer gesagt, das stimme doch nicht. Es werde nicht konkurriert in seiner Firma und er tue das schon überhaupt nicht. Zu anderen in der Firma sagte er aber oft, er müsse immer aufpassen, dass die Projekte der Firma nicht miteinander konkurrieren. Das wäre ein Schaden für die Firma. Und es gab dann oft ein Projekt nicht, damit das nicht geschieht. Als ob so etwas nicht Konkurrenz ist, dieses Abwürgen! Insbesondere durfte es kein Projekt geben, das mit seinen eigenen Projekten konkurrierte. Aber mir gegenüber bestritt der GF wie gesagt immer, dass das alles so sei. Sagte, er konkurriere nicht. Innerhalb der Firma gebe es kein Konkurrieren. Der GF redet so, als ob im Ernstfall jedes Projekt von jedem profitieren könne, da die Gelder teilweise von Projekt zu Projekt und von DienstnehmerIn zu DienstnehmerIn verschiebbar seien. Sind sie ja auch. Das ist korrekt und wird ein paar Mal pro Jahr von unabhängigen Institutionen überprüft. Trotzdem wird konkurriert. Samnegdi war immer ohne Arg. Die

Firma war, ist für Samnegdi das Leben, eine wirkliche Hilfe, ein Halt. Auch als ihre Mutter gestorben ist, war die Firma ein wirklicher Halt, eine wirkliche Hilfe, die Menschen dort, das wirkliche Leben. Ihre Mutter hätte das auch so gesehen wie sie.

Tag, Monat, Jahr
Eine Politologin sagt, es bestehe kein großer Unterschied zwischen Politik und Überfällen. Einzig Cicero nimmt sie aus; der würde heutzutage das Unrecht von Kriminellen genauso anklagen wie das der Beamten und Eliten und genauso das der unterlassenen Hilfeleistungen seitens der Mitbürger. Wir leben, meint sie, in einer Tätergesellschaft und die Täter beschuldigen die Opfer. Niemand könne zugeben, dass es eine Tätergesellschaft ist, denn es wäre nur mehr Horror und zum Verrücktwerden. Man würde die Angst nicht aushalten.

Tag, Monat, Jahr
Ein Kommunikationsphilosoph warnte Mitte der 1990er Jahre, jegliches Land der westlichen, hochindustrialisierten Welt sei in den kommenden Jahren faschismusfähig, faschismusgefährdet. An Argumente glaubte er nicht, eher an Comics. An alles, was das Herz rührt. Oder wenn man zusammen etwas unternimmt.

Tag, Monat, Jahr
Ein Streiktagebuch, einer notiert, es sei ein Streik für das Leben und deshalb ein sehr harter und sehr langer Streik. Nicht von hier. Natürlich.

Tag, Monat, Jahr
Eine Gegend, die von den Sozialarbeitern aufgegeben wird. Eine Straße. Ein Beamter macht da aber nicht mit. Und die Straße wird ein Juwel. Die Menschen machen nicht kaputt, was sie selber aufgebaut haben. Der Beamte hatte selber schon aufgegeben, war versetzt worden, ist dann in sein kleines Amt zurück. War vom Fach. Mochte keine Politiker.

Tag, Monat, Jahr
Gemüller hat die Firma nicht aufgebaut, sondern vor zehn, elf, zwölf Jahren übernommen. Sie war damals ein kleiner Selbsthilfeverein gewesen.

*

Der GF selber bringt die Dinge in der Firma nicht in Ordnung. Das machen die anderen. Vor allem die Frauen. Er bringt das Geld. Aber das ist eben auch nicht wahr. Die gute Arbeit bringt das Geld. Gemüllers Leute arbeiten gut, daher das Geld. Samnegdis wirklich nette Firmenkollegin Hermi hat ja vor ein paar Jahren zu mir einmal gesagt: *Der Uwe lässt sich vom Geschäftsführer missbrauchen.* Sie hat nicht *Geschäftsführer* gesagt, sondern Gemüllers Vornamen. Damals habe ich mich geärgert, dass sie zu mir so etwas sagt. Denn ich habe mich nicht missbrauchen lassen. Die Kollegin Hermi wird vielleicht einmal die stellvertretende Geschäftsführerin. Aber es ist unwahrscheinlich. Der GF würde es nicht zulassen. Sie mischt sich oft ein. Und wo sie verantwortlich ist, ist dann vieles wirklich besser. Samnegdi und Hermi haben zusammen ein firmeninternes Projekt durchgezogen. Haben die Mitarbeiterinnen, die Angestellten gefragt, die Männer, die Frauen, Inländer, die Migranten, was sie glauben, dass in der Firma falsch läuft, und was sie wirklich brauchen und was sie können und wie sie durch Systemfehler behindert oder gar in Mitleidenschaft gezogen werden und Schaden erleiden oder solchen zufügen. Die Klientel haben sie aber nicht gefragt. Jedenfalls nicht systematisch. Geschweige denn alle.

Im Betriebsrat hat Samnegdi auch mitgearbeitet. Die dort haben auch so etwas Ähnliches gemacht und versucht, endlich bessere Firmenregeln durchzusetzen. Ein neues inneres Statut. Beide Vorhaben liefen jetzt über Jahre und gehen gewiss gut aus. Intervisorisch war das alles. Die Intervisionen beeindrucken mich, weil sie genützt haben werden. Das neue Firmenstatut ist so gut wie fertig. Man hat mein Vorhaben nicht gebraucht, es war sehr ähnlich gewesen. Der GF hat es aber gebraucht. Er hat es genutzt. Es ihm. Ich war keine Konkurrenz für Samnegdi und für Hermi und für den Betriebsrat. Sie waren es aber doch, und ich, ich habe am Ende aber bloß den Geschäftsführer beliefert. Das ist seltsam. So waren die Jahre. Meine Arbeit hat mitgeholfen, dass der GF jetzt über jeden vernünftigen Zweifel erhaben ist und tun kann, was er will. Zwangsläufig war das alles so.

*

Ein drittes Projekt gab es, da ist Samnegdi auch dabei gewesen und Hermi auch. Das dritte Projekt war auch etwas, was ich mir so sehr gewünscht und worüber ich mit Gemüller öfter gesprochen habe, nämlich die intervisorischen Schulungen anderer NGOs und öffentlicher, staatlicher und kirchlicher Hilfseinrichtungen durch die Firma – und damit die Umkehrung von Oben und Unten, Draußen und Drinnen, Groß und Klein, Ich und Du, Ihr und Wir, Nichtig und Wichtig. Das Vorhaben macht ziemliche Freude und bringt der Firma Anerkennung.

*

Hermi sagte früher oft, dass ich den Menschen einen Spiegel vorhalte. Was ich aber nicht tue. Das Wort *Projekt* macht mich rasend, früher sagte man Vorhaben. Projekte waren Sache der Techniker und der Bauwirtschaft. Jetzt sind Projekte nichts, was bleibt, sondern die Produktion von

Wegwerfware. Und erst recht in der Firma. Mit den Ideen in der Firma ist es so, dass viele sie haben. Man weiß dann oft nicht mehr, woher sie kommen. Am Ende gehören sie dem GF. Das ist nicht gut so. Es macht ihn unentbehrlich.

Tag, Monat, Jahr

Lächerlich: Ich verabscheue Spiegel. Wie der Mann aus La Mancha. Es ist wirklich so. Wenn ich das Wort *Spiegelneuronen* höre, werde ich ungehalten, wie wenn ich mitbekomme, dass jemand schwindelt. Und das Lacan-Getue allüberall empfinde ich als schamlos hohl. Sowieso die Therapeutenphrase *jemanden spiegeln*. Ich bilde mir ein, Feuerbach, Buber, Jaspers, Lévinas wären in dieser Sache auf meiner Seite. Im Altägyptischen waren Spiegel und Leben dasselbe Zeichenwort. Und auch sonst gehen mir die alten Ägypter seit jeher auf die Nerven.

Tag, Monat, Jahr

Der Virtuose, der überall und zu jeder Zeit die Konzertsäle füllte und dem die Kirche nach seinem Tod jahrzehntelang das Begräbnis verweigert und zugleich aber verhindert, dass er von einer anderen Glaubensgemeinschaft oder vom Staat oder von privaten Gönnern oder in einem anderen Land begraben werden kann, stieß zeit seines Lebens, auf sein Können und seine öffentliche Wirkung vertrauend, Politiker, Regenten und mächtige Familien vor den Kopf und verweigerte ihnen Gehorsam und Gefolgschaft. Jahrelang dann konnte er infolge seiner schweren Krankheit nicht sprechen. Nur sein kleiner Sohn verstand ihn, sprach für ihn. Als der Vater starb, war das Kind dann vierzehn, und niemand sonst war beim Virtuosen. Oft hatten die Leute Angst vor dem Musiker gehabt, weil die Krankheit seine Erscheinung entstellte. Oft aber auch trieb der Kranke Menschen in Ekstase, Frauen wie Männer, spielte, was niemand erwartete oder kannte. Und einmal verschenkte er, obwohl er selber vor dem Bankrott stand, öffentlich sehr viel Geld an einen anderen Komponisten, der auch vor dem Bankrott stand. Seine Feinde sagten von ihm, man wisse nicht, woher er komme, er sei im Gefängnis gewesen, ein Mörder, und sein Musikinstrument sei aus seinem Opfer gefertigt. Für die Zuhörer, die ihn mochten, war es aber, als könne er alles auf dem Instrument spielen, jedes Lebewesen. Gelernt hat er als Kind sein Musikinstrument, als man ihn für todgeweiht erachtet, in ein Leintuch gewickelt und zum Sterben weggelegt hatte. Vier Jahre war er damals alt. In der Zeit, in der er ins Leben zurück und wieder zu Kräften kam, waren in dem Raum nur die Musikinstrumente seines Vaters. Allein mit denen und dem Tod war er und ist nicht gestorben, sondern hat zu lernen begonnen. – Ein bisschen von all dem wird schon wahr sein.

Tag, Monat, Jahr
Diejenigen in der Firma, sehr viele, fast alle waren das, mit denen Hermi und Samnegdi für das Gleichbehandlungsprojekt geredet haben, waren froh, dass sie endlich einmal gefragt wurden, und redeten frank und frei. Es gefiel vielen, dass man jetzt endlich Durchblick bekomme und sich auskenne, was in der Firma geschehe und wie sie funktioniere. Der Witz ist, dass das nur der GF wirklich weiß. Und das will er auch so haben. Und eigentlich weiß er es oft selber auch nicht, wie die Firma funktioniert. Sie tut es meistens von selber und man muss gar nicht wissen, was und wie. List und Gewalt sind seltsame Dinge, denn man kann sie oft nicht dingfest machen. Den GF daher auch nicht. Er schreibt und redet viel gegen das, was falsch läuft in der Welt und hierzulande und hierorts. An dem, was er den anderen vorwirft, kann man genau ablesen, was er selber tut. Er beschreibt es selber genau. Aber so verkehrt, als ob die anderen falsch und verwerflich handeln und dadurch alles wirklich Gute verunmöglichen. Es macht mir Angst, was er sagt, weil es wahr und falsch zugleich ist.

Tag, Monat, Jahr
Der Betriebsrat Fritz sagt manchmal, jeder sei selber schuld, wenn er sich ausnützen lasse, alle seien erwachsene Menschen. Da ärgere ich mich. Er sagt das aber fast nie über die Firmenangestellten und schon gar nicht über die Klientel, sondern wohl sich selber zur Beruhigung. Mich beruhigt es nicht. Man darf im Übrigen, weiß ich inzwischen, die Liebe nicht mit der Arbeit verwechseln und Freundschaft mit gar nichts.

Tag, Monat, Jahr
Ich bin oft um Hilfe gebeten worden und mir ist auch oft gesagt worden, dass ich die Firma nicht im Stich lassen darf. Ich habe mich daran gehalten. Es stimmt, dass ich jetzt verbittert bin. Samnegdi liebt mich aber wirklich. Sie hat aber einfach nicht gesehen, was geschieht. Sie hat die Gefahr nicht gesehen. Sie hat mir auch nicht geglaubt, was ich über die internen Zusammenhänge und den GF gesagt habe. Die gewissenhaften, moralischen, hilfsbedürftigen Menschen, hinter denen der Geschäftsführer – was?

Tag, Monat, Jahr
Samnegdi und ich, wir kommen nicht raus aus dieser Falle. Die große weite Welt, das wirkliche Leben, das Gute – die Firma ist das. Die ist die Falle. Allen Ernstes hat unlängst jemand geglaubt, der GF sei für den Friedensnobelpreis im Gespräch. Sakrosankt und tabu ist der GF. Und die Firma mit ihm? Ja. Das ist das Gute an dem Ganzen. Denn die Firma ist schutzbedürftig. Aber hilfreich ist sie nicht so, wie sie sollte und

könnte. Dafür ist der GF verantwortlich. Aber keiner seiner Politiker-, Künstler- und Journalistenfreunde würde ihn jemals dafür zur Verantwortung ziehen. Sie alle würden sagen, man tue alles, es gehe nicht anders. Und das bringt mich außer Rand und Band.

Tag, Monat, Jahr
Ich bin überflüssig geworden. Früher hätte ich mich darüber gefreut und es war mein Ziel. Man sagt das doch so, dass dergestalt das Ziel sein muss, wenn man hilft.

Tag, Monat, Jahr
Gemüller, mein bester Freund, der Geschäftsführer, redete dauernd über Finanzielles mit mir, jammerte. Ich habe ihm immer geglaubt, was der Firma finanziell und politisch alles unmöglich sei. Jetzt bin ich fort und alles ist möglich. Er ist jetzt immer flüssig. Zumindest was das Geld für Kultur, Kunst und die alternativpolitischen Informationsveranstaltungen, Publikationen anlangt. Er hat jetzt wie gesagt Mäzene, ist selber ein bisschen Mäzen, die Firma hat die Mäzene jetzt durch ihn, er hat die Mäzene auch durch mich, durch meine Arbeit. In Samnegdis Büro hing lange eine Zeichnung von mir. Untertitelt ist die mit *Der Glasperlenspieler wird zusehends überflüssig, leichten Herzens.* Jetzt ist die Zeichnung in einer Schublade in Samnegdis Büro. Und ich bin nicht mehr ich selber. Gemüller bleibt er selber.

Tag, Monat, Jahr
Meine Tagebücher. Als Samnegdi, Charly und ich ein paar Tage in Rom waren, fiel mir ein, dass ich als Kind ein Tagebuch geführt habe, wenn ich mit dem Vater unterwegs war. Ich habe auf diese kleinen Tagebücher völlig vergessen. Als ich mit ihm für einen Tag in Rom war, habe ich mir auch Notizen gemacht. Die Katzen, Samnegdi hat den Katzenplatz gefunden, Charly war in Rom deshalb überglücklich. Und ich war es unter den Tiberbrücken. Charly durfte nicht in den Petersdom, weil sie kurze Hosen anhatte. Verstand die Welt nicht. Und Samnegdi empfand den Petersplatz als Liliput. Wir wohnten dort irgendwo in der Nähe. Exorzistenportraits hingen an den Wänden. In der Firma ist im Vergleich alles in Ordnung. Sie ist ein guter Ort, weil es keinen besseren gibt. In der Firma bin ich lieber als in Rom. Das Schönste in Rom war die edle alte Zigeunerin, der wir begegnet sind; wunderschön tätowiert war sie. Über und über. Das Kolosseum ist ein hässlicher, riesiger Termitenhügel, gehört geschliffen, und das Forum Romanum ist unglaublich belanglos. Und das Marcellus-Theater auch; ist das der Marcellus, der schuld an Caesars Sieg ist? Durch und durch verächtlich und dumm war dieser Marcellus. Drängte seinen Pompeius zur Schlacht. Und dadurch verloren

die Republikaner, obgleich sie den Sieg schon in Händen hatten. Und dann siegte der Demokratendiktator Caesar. An Caesar gefällt mir nur Sallust, weil der sah, dass alles verkehrt ist und Oben und Unten nicht aufhören und alles korrupt ist und man keinen Wert und kein Wort mehr versteht. Ich rede so groß von unseren Reisen, in Wirklichkeit kommen wir fast immer nur zwei, drei, keine vier Tage weg. Müssen vorsichtig sein, wollen nicht, dass der Tante etwas zustößt oder dass die Leute, die derweilen bei ihr sind, Schwierigkeiten haben.

Tag, Monat, Jahr

Das hässliche Forum Romanum, der Althistoriker Niebuhr sah in dem nur Erbärmlichkeit und Herzenskälte. Über die Altertumswissenschafter hat er gesagt, dass sie kalt und dumm sind und in einer Second-hand-Welt leben.

Tag, Monat, Jahr

Alles ist schon so lange her für mich. Bin kein klassischer Philologe mehr. Tut mir manchmal leid. Dass Sophokles den *Oedipus auf Kolonos* geschrieben hat, damit er beweisen konnte, dass er noch zurechnungs- und geschäftsfähig sei und nicht entmündigt werden dürfe, weiß ich noch. Bei Cicero steht das. Von Cicero weiß ich noch viel. Aber das ist nichts Besonderes. Aber früher einmal kam auf der Welt Cicero gleich nach der Bibel. Für mich kommt Erasmus gleich nach der Bergpredigt.

*

Mein Bekannter der Musiker, der Schauspieler sagt mir, dass das Marcellus-Theater nach des Augustus Neffen und Schwiegersohn und designiertem Nachfolger benannt sei. Noch ärger also! Mein Romfuror! Das Kolosseum: 700000 Menschen wurden dort umgebracht.

Tag, Monat, Jahr

Der rote Chefpolitiker Pötscher sagt heute im Fernsehen, dass wir alle Menschen sind und deshalb auch ganz anders sein können. Er beeindruckt mich. Weil er Gemüllers bester Freund geworden ist, hat Gemüller mich nicht mehr gebraucht und konnte tun, was er wollte. Das dicke Buch meines besten Freundes, des Geschäftsführers, das allererste, liegt da drüben im Geschäft. Das Firmenbuch. *So ein gutes Buch*, sagt dauernd irgendwer, und wie es anrühre. Was für eine Qual das Buch für mich war, damit es das geben kann, und dass Gemüller mich hemmungslos ausgeweidet hat, weiß niemand. Ich schlage das Buch meines besten Freundes, des Geschäftsführers, auf und es beginnt noch immer mit meinem Innersten. Es endet auch damit. Kein Dank dazwischen und keine Herkunftsvermerke. Aus Schlamperei wohl ist das erste Foto in dem Buch mein Arbeitszimmer, unser Wohnzimmer. Mein Arbeitszimmer ist da in dem Buch drinnen und meine Arbeit ist aber – wie sagt man? – futschikato, und ich bin aus allem draußen und man ist sofort in meinem Zimmer, wenn man das Buch aufschlägt. Am Anfang ein läppisches Zitat von mir. Der Abusus meiner Arbeit über Jahre, die endlose Mühe mit dem GF quält mich immer wieder von neuem. Man darf die vielen Zufälle nicht persönlich nehmen. Es ist ja alles nicht böse gemeint. Das Firmenbuch des Geschäftsführers ist gut, sehr gut, so menschlich, sagen alle. Die Menschlichkeit des Buches wird tatsächlich andauernd gelobt. Die ist aber nicht dem GF Gemüller zuerst eingefallen und schon gar nicht bis zum Schluss. Die Menschen sind seltsam, sie merken nie etwas.

Tag, Monat, Jahr
Nach dem Gefühl, einmal noch leben zu können, sehne ich mich zurück.

Tag, Monat, Jahr
Angeblich ist der Markt eine Höhle, der Uterus. Und die Einkaufswaren sind Zaubergegenstände und die Verpackung Zaubertücher und die Werbesprüche sind Wandlungsformeln in heiliger Sprache. Was das Einkaufen ist, habe ich nicht verstanden. Etwas Gutes wohl. Und Geld eben heißt Opfer. *Etwas gelten* heißt dann sprachgeschichtlich wohl *etwas opfern*, jemanden. Oder ist das ein Passivum?

Tag, Monat, Jahr
Gemüllers Freund, der rote Politikerchef Pötscher, sagte gestern im Fernsehen, dass es so sein muss, dass der, der sich bemüht hat und immer da war und gearbeitet hat, dann den Lohn und Posten bekommt. Er sagt, anders sei es unfair. Um die Posten der Sekretäre ist es gegangen und was aus den Sekretären wird, weil die ja zu versorgen sind. Als Hohn und Spott empfinde ich dieses Gerede. Es ist aber ehrlich gemeint. Der GF ist nicht immer ehrlich, das ist das Problem. Dem ist nicht beizukommen. Pötscher ist immer im Fernsehen, fast jeden Tag.

Tag, Monat, Jahr
Die meisten Kraftwerke haben nach wie vor einen Wirkungsgrad von nur 30 %.

Tag, Monat, Jahr
Pro Jahr fallen pro AKW 30 Tonnen radioaktiver Spaltprodukte an, die entsorgt werden müssen. 30 % der Brennelemente müssen jährlich ausgetauscht werden.

*

Die Betriebsdauer eines AKWs beträgt nicht mehr als 40 Jahre. Nachrüstungen sind Kosmetik.

Tag, Monat, Jahr
Amygdala wird allmählich mein Lieblingswort. Die Amygdala ist ein Gehirnzentrum, das für die Emotionen wichtig ist. Sehr empfindlich. Die Amygdala ist sehr stark mit dem Entscheidungszentrum verbunden, aber umgekehrt ist das Entscheidungszentrum kaum mit der Amygdala verbunden. Evolutionsbiologisch soll dieser eher einseitige Zusammenhang sinnvoll gewesen sein. So wurde nämlich die Aufmerksamkeit aufrechterhalten.

Tag, Monat, Jahr
Die alte südamerikanische Frau ist verfolgt worden. Aus religiösen und ethnischen Gründen. An einem der gefährlichsten Orte der Welt hat sie ihre Angehörigen zurücklassen müssen. Die Verzweiflung, dass sie ihnen nicht helfen und sie nicht zu sich holen kann, quält sie. Und hier ihre Familie ist alt und krank. Die junge Frau in einem der gefährlichsten Orte der Welt fleht die alte Frau an, wenigstens die kleinen Kinder hierher zu holen, aber die alte Frau kann nichts tun. Hat kein Geld, keinen Platz. Pflegt ihre alte Mutter und ihren kranken Mann. Fürchtet um das Leben der beiden. Und vor kurzem ist der Bruder in einem der gefährlichsten Orte der Welt an Krebs gestorben. Das Leben an einem der gefährlichsten Orte der Welt ist unerträglich, die ständige Angst um die Kinder ist eine Tortur. Wenn die Kinder außer Haus gehen, weiß man nicht, ob sie in ein paar Minuten tot sein werden. Die Liebsten sind in permanenter Lebensgefahr. Und hier, hier in Sicherheit nicht helfen können! Kein Geld, nichts. Die alte Frau verzweifelt darüber. Ihre alte Mutter will ihr helfen und ihr die Last abnehmen. Die Tochter solle sie weggeben. Die alte Tochter tut das nicht. Und ihr alter Mann hat vielleicht auch Krebs und ihr Sohn auch. Die alte Frau hier kann nichts tun. Nur tapfer, fleißig, freundlich und gläubig sein. Die alte Frau in der Firma, die niemanden hierher einladen kann, damit er nicht sterben muss, ist völlig verzweifelt. Die alte Mutter sagt zur alten Frau, sie solle sich nicht so quälen. Die alte Mutter will jetzt ein für alle Mal im Spital bleiben. Aber die alte Tochter leidet dann noch mehr. Denn wenn sie die Mutter im Spital lässt, wird die Mutter dort nicht lange leben. Sie haben alle Angst. Die ALEIFA ist aber eine Familie. Und Arbeit ist Leben. Alle mögen die alte Frau und einander, und sie und jeder ist stolz darauf, in der Firma zu arbeiten. Es ist für jeden eine Ehre. Und jetzt hat der GF Gemüller die alte Frau weit besser angestellt und sie hat wirklich Arbeit und man zollt ihr den gebührenden Respekt. Ist wirklich stolz auf sie. Aber wie viel Zeit und Leid hat das gebraucht bis dahin. Der GF hat es in Ordnung gebracht. In solchen Augenblicken mag ich ihn sehr. Aber die vergehen schnell wie das Geld und dann ist alles wie vorher. Es ist

aber wahr, dass die Firma das Leben ist. Das schönste, das ich mir vorstellen kann. Die alte Frau bekommt jetzt jede Hilfe, die die Firma geben kann. Man kann wirklich stolz darauf sein, in der Firma zu arbeiten, und die Firma ist auf die stolz, die bei ihr arbeiten. Das ist so und zugleich aber überhaupt nicht so. Darüber entscheidet der Zufall oder der GF. Ich weiß nicht, wer noch alles. Das Arbeitsamt bestimmt die Förderdauer. Aber die alte Frau ist glücklich, zufrieden und dankbar. Sie ist eben sehr gläubig und betet auch jeden Tag für den GF und die ALEIFA. Sie ist in ihrer Heimat immer eine Art Lehrerin für Kinder gewesen.

Tag, Monat, Jahr
Bourdieu hat den Sozialstaat als Erzeugnis der Evolution erachtet, sozusagen als das Beste, was es bisher unter Menschen gab. Entstanden durchaus aus Zufällen, Glücksfällen, die als solche erkannt, geschätzt, geschützt wurden und zugleich aber das Ergebnis unglaublicher, schrecklicher Kämpfe waren. Daher dürfe der Sozialstaat ja nicht von neuem dem Zufall preisgegeben werden. Ja nicht diesen furchtbaren Preis von neuem zahlen müssen, nämlich das Insgesamt der menschlichen Qual, seit es uns gibt. / Die sogenannte Gaiahypothese besagt, dass die Erde ein Lebewesen sei, das für seine Kinder zu sorgen versuche. Wohl eine Art Göttin. Das glaubte Bourdieu nicht. / Kleine soziale Wunder, Kostbarkeiten – Bourdieu nannte die NGOs, die für den Sozialstaat kämpfen, so.

Tag, Monat, Jahr
Heute habe ich nach 15 Jahren zufällig einen Studienkollegen und dessen Frau wiedergetroffen. Sozialdemokratischer Lehrer. Bester Ruf, menschlich, fachlich. Sehr nett auch zu mir immer schon. Er fragt nach Samnegdi und Charly. Erzählt von seiner Tochter. Dass die gerade ausgezogen sei. Und dann erzählt er mir, weil ich es selber nicht tue, mein Leben in den letzten Jahren. Ich habe, sagt er, ein Buch geschrieben und wegen eines zweiten, weil es mir gestohlen worden sei, einen Prozess geführt. Ich schüttle den Kopf, habe keine Ahnung, woher er solche Sachen hat. Er hat mir zeigen wollen, dass er an meinem Leben interessiert ist. Seine Frau lächelt verständnisvoll. Und was ich mache, wollen sie wissen. Ich könne doch nicht die ganze Zeit hin- und herlaufen. *Ich gehe gerade essen*, sage ich. Im nächsten Herbst werde ein Buch von mir herauskommen, sage ich, damit Ruhe ist und ich nicht peinlich bin.

Tag, Monat, Jahr
Ich war heute zu früh auf dem Parkplatz. Ich setzte mich ins Auto und wartete eine Viertelstunde lang. Der kleine Parkplatz der Firma gefällt mir. Da sind alle lieb zueinander und helfen einander raus und machen

einander Platz. Der Parkplatz spiegelt entweder die Firma wider oder etwas vor.

Tag, Monat, Jahr
Eine Kollegin wollte den GF kritisieren und sagte deshalb über ihn: *Er versteht sehr viel nicht, aber er hat die Firma aufgebaut. Er hat viele Freunde und kennt die wichtigen Leute. Er bringt das Geld und er schafft die Arbeitsplätze und erhält sie uns. Da muss man schon was können, wenn man das zusammenbringt. Sicher ist er chaotisch. Aber das Als-ob ist auch wichtig, wenn man das kann. Er macht am Ende immer alles wieder gut. Glaubst nicht?* Ich bin nicht dieser Ansicht. Die Kollegin beklagte seit Jahren die Entwertung der Menschen in der Firma und versuchte dagegen ein Projekt, redete mit mir darüber, wollte aber alles durchfinanziert haben. Ich weiß nicht, ob sie deshalb zum GF ging. Wahrscheinlich schon. Es wurde ja auch etwas realisiert. Ich habe mich beim GF sehr für das Projekt eingesetzt. Ich weiß nicht, ob es ihr dann entwendet worden ist. Und ob vom GF oder von sonst jemandem. Oder wem er es dann gab. Ich weiß, dass sie sehr gekränkt war. Wer zahlt, schafft an. Also Gemüller. Das Problem in der Firma ist, dass immer nur das getan wird, wofür Geld bezahlt wird. Die Aufträge kommen immer von außen. Wofür kein Geld da ist, das wird von der Firma nicht getan. Aber es wird auch intern verhindert, dass jemand anderer es intern tut. Gemüller hat auch mich so gehandhabt. Er hat mich als Konkurrenz ausgeschaltet. Extern und intern. Das war sehr einfach, weil ich in keinem Augenblick konkurrieren oder jemandem etwas nehmen wollte oder etwas haben, was ein anderer braucht. Die Sache mit dem neuen Statut und mit den neuen Firmenregeln und mit den durch allgemeine Belegschaftswahl zu bestimmenden Kontrollorganen ist jetzt aber tatsächlich anders, denn das alles geschieht ohne Geld, und es geschieht trotzdem. Und nicht von oben. Aber mit Geld wird der GF die Sache wieder in den Griff bekommen. Oder mit Posten oder mit Reputation oder durch Sabotage. Darauf wette ich. Der GF nutzt jede Chance, die er nicht selber erarbeitet und nicht selber erkannt hat.

Tag, Monat, Jahr
Dich kann man leicht zum Schweigen bringen, sagte Isabelle heute zu mir und lachte. Und dass ich immer schon so war. Natürlich hat sie recht. *Das Schweigen brechen,* die Fügung mag ich überhaupt nicht. Samnegdi glaubt, die sei von Schiller. Schiller mag ich am meisten von allen. Die Fügung ist sohin gut. Aber ich werde mich nicht brechen lassen. – Warum schweige ich immer? Weil ich nicht mag, dass die Leute das nicht tun, was ich sage. Nein. Ich mag nicht, was sie mit dem tun, was ich sage.

Tag, Monat, Jahr

Im Traum heute ist mir Gott begegnet. Macht nichts, war nicht schlimm. So ein gottverdammtes Lichtwesen. Sehr angenehm. Nein, überhaupt nicht. Wir werden aber gemeinsam entkommen. Hoppla, davon war im Traum aber nicht die Rede. Das Lichtwesen im Traum heute geht mir im Nachhinein auf die Nerven, ich brauche es nicht. Wohin geht meine Seele? Meine Seele geht niemanden etwas an. Warum begebe ich mich nicht mitten ins Leben? Jedem wird dort geholfen. Seit wann? Es ist neu.

Tag, Monat, Jahr

Im Psychologiebuch, in dem ich im Geschäft blättere, steht, dass jugendlicher Selbstmord Sadomasochismus und Narzissmus sei. Das ärgert mich. Isabelle hat recht, man kann mich sehr leicht zum Schweigen bringen. Als Kind schwieg ich, damit das Schöne im Leben nicht kaputtgemacht werden kann.

Tag, Monat, Jahr

In der ALEIFA die Frauenbeauftragten und die Gleichstellungsbeauftragten und dann die intervisorischen Weiterbildungen für die anderen Firmen, öffentlichen Einrichtungen, NGOs; und der Betriebsrat – Samnegdi ist da wie gesagt überall dabei. Nicht aus Gier und nicht aus Angst, das weiß ich gewiss, sondern weil die Firma schön ist, weil nämlich die Menschen dort schön sind. Die haben alle etwas auf die Beine gestellt. Gemüller ja auch, wirklich viel und Wichtiges. Aber das neue Firmenstatut haben sie ohne den GF Gemüller zustande gebracht; die Weiterbildner, der Betriebsrat, die Frauen- und Gleichstellungsbeauftragten waren das. Es hat aber Jahre gedauert. Dauert Jahre. Aber bald ist alles gut. Die kaschierte Diktatur ist dann zu Ende. Die Willkür. Die Unfairness. Die permanenten Übervorteilungen. Und auch die Gehälter werden transparent sein. Ein paar wichtige Leute, Politiker, loben jetzt schon wieder Gemüller. Für das neue Firmenstatut. Der GF wird für etwas gelobt, das er so nicht haben wollte und das er zu verhindern versuchte und das er immer wieder blockiert hat. Jetzt ist es wieder sein Verdienst.

Tag, Monat, Jahr

Die Familienhelferin, als ihr die Frau zugeteilt wird, waren der Frau bereits fünf Kinder nach der Geburt weggenommen worden. Jedes Mal wurde die Frau sofort wieder schwanger. Das sechste Kind wurde der Frau gelassen. Die Familienhelferin setzte das durch. Kein siebentes, kein achtes, kein neuntes Kind bislang. Dem sechsten Kind geht es sehr gut.

*

Der 60jährige, das Arbeitsamt zwingt ihn, sich eine Arbeit zu suchen. Er hat vor zwei Jahren einen Schlaganfall erlitten, spricht schwer, geht schwer, muss sich bewerben. Vor einem halben Jahr hat er seinen Sohn verloren. Der hat sich umgebracht. Ein Türke.

*

Auf der Straße die Frau, sie fällt mir auf, weil sie mit sich selber spricht und so mager ist. Die Rumänin ist das. Geschieden von ihrem hiesigen Mann, zurück nach Rumänien, auch wegen der Überschwemmungen. Jetzt ist sie wieder da, hat viel Angst und ist sehr allein, in sich gekehrt. Sie hat früher in einem Einkaufszentrum gearbeitet. Jetzt arbeitet sie in einem Gasthaus auf einem Berg und ist zufrieden. Sie sieht aber nicht so aus. Doch sie sagt, es gehe ihr gut.

Tag, Monat, Jahr
Überfall! Der Geschäftsführer! Jawohl, das ist ein Überfall. Ich sitze, lese, schreibe, bin versunken, plötzlich von der Seite hinten steht der da. Sagt irgendwas. Ich erwidere weder den Gruß noch sage ich etwas. Er steht da, ich schaue weg. Er gibt mir die Hand. Ich nehme sie nicht. Er verabschiedet sich. Ich nicke. Er ist nicht allein, hat einen Zeugen. Darum tut er es ja. Damit man sieht, dass er alles tut und wie ich bin. Wenn er keine Zeugen hat, ist er nicht so nett. Auch beim Grüßen nicht. Ich bin erschrocken und überrumpelt gewesen. Ich konnte gar nicht reagieren. Er setzt sich wieder an den anderen Tisch. Die zwei Männerseelen dort reden über Texte und Veranstaltungen. So, soll ich jetzt auf und davon? Ich will nicht. Ich rufe Samnegdi an, lade sie zum Eisessen ein. Sonst hätten wir einander anderswo getroffen. Ich habe die Firma verlassen. Ich denke nicht daran, jetzt auch noch aus dem Cafégarten zu verschwinden. Lese weiter. Bin zittrig. Die Lieben kommen zum Eisessen. Die Besprechung des Geschäftsführers im Café geht weiter, meine Unversöhnlichkeit auch. Denn ich bin ein schlechter Verlierer. Das macht einen schlechten Eindruck. So, Eisschlecken, endlich ist das Eis da! Nein, doch nicht. Samnegdi will, dass Charly den Geschäftsführer freundlich grüßt. Die tut das sowieso. Jetzt gibt's bald Eis. Ich kann mich nicht beruhigen. Der Überfall, der Geschäftsführer sagte: *Uwe! Servus! Jetzt habe ich dich gar nicht gesehen im Schatten.* Ich bin seit Monaten wirklich verzweifelt. Ja, und, was? Mein bester Freund, der GF, ist ein sehr feiner Mensch, sanftmütig, freundlich, hilfsbereit. Mir ist in der Firma niemand wirklich zu Hilfe gekommen und mein bester Freund, der GF, hat keine gebraucht, weil er meine hatte. *Servus, grüß dich, mach's gut,* sagte er heute zum Abschied. Nein, Gemüller hat mir nichts getan, ich bin ja kein Kind mehr.

Tag, Monat, Jahr
Man hätte nur korrekt zu sein brauchen, das wäre alles gewesen, mehr Hilfe hätte ich nicht gebraucht. Nur die Grundversorgung. Keine Extras. Keinen Luxus. Keine Privilegien. Der GF sagt aber zur Grundversorgung Luxus und Privileg.

Tag, Monat, Jahr
Eine Berufsoptimistin sagt, wenn man in einem finsteren Tunnel sei, müsse man eben das Licht einschalten. Sie sagt auch, man lüge meistens aus purer Höflichkeit, also nicht aus niederen Motiven, sondern damit man einander das Leben leichter mache; außerdem wollen die Menschen ja an das Gute glauben und das Schöne genießen können. Zwar seien sie dadurch sehr leicht zu betrügen, bewiesen aber gerade dadurch ihre Humanität und ihren Sinn für Ästhetik und ihr Niveau. Sie trägt bei Geschäftsbesprechungen nie Schmuck, Ringe sowieso nicht und stets kurze Röcke. Sie will wohl zeigen, dass sie intellektuell und emotional und auch sonst ungebunden ist, also zu haben. Ist Letzteres dann aber nicht. Hat aber immer gute Verhandlungsergebnisse vorzuweisen.

Tag, Monat, Jahr
Gemüller hat mich in den letzten Monaten immer nur gegrüßt, wenn andere dabei waren. Wenn wir uns zufällig begegneten, grüßte er nicht. Ich habe immer zurückgegrüßt, um ihn nicht bloßzustellen. Vorgestern aber, das war ein Überfall, ich habe Gemüller nicht gesehen, war erschrocken, und er, er tat, als sei nie etwas Schlimmes geschehen. Ich bin immer versöhnlich gewesen, jahrelang habe ich mich immer wieder versöhnt, aber so geht das jetzt nicht. Nein, ich gebe Gemüller nicht die Hand. So nicht. Meine Unnahbarkeit vorgestern war unvermeidlich, Gemüller ist nicht als Freund gekommen. Er ist notorisch. Er hat sich nie entschuldigt und immer so weitergemacht wie vorher. Sportgeschichte war das Ganze, das vermaledeite Rugbyspiel Frankreich – England.

Tag, Monat, Jahr
Ein namhafter Literaturkritiker sagt in einer hochkarätigen Diskussionsrunde, er möge keine Bücher, die damit anfangen, dass jemand Krebs habe und blind sei, und in denen private Probleme zu Riesenthemen des Staates aufgeblasen werden.

Tag, Monat, Jahr
Der namhafte Literaturkritiker sagte, es bringe nichts, Vorwürfe zu machen. Vorwürfe machen immer nur die Mächtigen. Wenn Ohnmächtige sie machen, wirke das bloß peinlich.

Tag, Monat, Jahr

Samnegdi hat mich vor Jahren gefragt, ob ich eifersüchtig sei und ihr die Firma neide. Und dass ich sie in große Loyalitätskonflikte bringe, sagte sie zu mir auch einmal. Sie schien mir damals zornig und enttäuscht von mir zu sein. Aber weder war ich eifersüchtig und neidisch noch wollte ich, dass sie durch mich Schwierigkeiten hat in der ALEIFA. Ich freute mich, dass es ihr dort gutging. Die Firma war für Samnegdi das Leben und eine wahre Erlösung von all dem Furchtbaren, das wir erlebt haben. Und das ich mitverursacht habe. Ich habe Samnegdi, glaube ich, das Leben kaputtgemacht gehabt, die Zukunft – dadurch, dass wir zusammen sind. Die ALEIFA aber war wunderschön und die Menschen dort waren das wirkliche Leben. In den Jahren, in denen ich für die ALEIFA arbeitete – doch, das tat ich –, versuchte ich, unaufdringlich und nützlich zu sein. Ich habe niemandem etwas genommen, sondern die Chancen der Firma gemehrt. Und immer, wenn der GF die guten Chancen nicht nutzte oder zunichte machte, schaffte ich prompt neue und mehr und bessere Chancen herbei. Doch, das tat ich so. Und ich wollte fort, endlich meine eigenen Dinge tun, aber die Lieben aus der Firma ließen mich nicht. Ich konnte nicht fort, weil ich um Hilfe gebeten wurde, immer von neuem. Das nannte Gemüller *work in progress.* Ich bin erst fortgegangen, als ich gesehen habe, dass alles gut ausgegangen ist, für die Firma und den GF. Der GF sagt zu ein paar Leuten das Gegenteil. Aber ich bin bis zuletzt geblieben. Ich habe gewusst, jetzt kann nichts mehr schief gehen für die Firma und das Firmenbuch. Und da dann habe ich meinen Platz geräumt. Ich hatte meine Pflicht getan. Der GF hat mir noch ein Angebot gemacht, aber das konnte ich nicht annehmen, auch weil es einer Kollegin gegenüber Unrecht gewesen wäre. Er wollte ihr etwas wegnehmen, was ihr zugesagt gewesen war, und es mir geben. Diese seine Art war mir zuwider. Ich wollte die Leute in der Firma nicht belügen, sie nicht übervorteilen. Ich habe, als ich fortging, gewusst, dass das Firmenbuch in Sicherheit ist und ein Erfolg sein wird. Und ich habe mich wirklich darüber gefreut, weil wir alle ein wichtiges Stück weitergekommen waren.

Der GF sagte mir damals auch, dass er jetzt der Freund des neuen roten Politikerchefs sei und so weiter und so fort. Also konnte ich fort. Ich ging aber auch deshalb fort, weil ich dadurch den GF dazu zwingen wollte, keine Fata Morgana und keine Potemkinschen Dörfer mehr zu produzieren, sondern mit den anderen alternativen Gruppen und den anderen Hilfseinrichtungen wirklich zusammenzuarbeiten. Er wollte das vorher nie, und wenn er es tat, dann simulierte er nur. Die anderen Vereine und Bewegungen waren nur Konkurrenz in seinen Augen. Der neue rote Spitzenpolitiker Pö wollte das jetzt anders, zahlte dafür dem GF und den anderen auch, und die taten dann alle und zusammen das Richtige. Damals fing das endlich an.

Tag, Monat, Jahr

Ich bin fort, weil der GF mich jahrelang gehindert hat, meine Arbeit zu tun. Mein ständig wiederkehrender Alptraum: das Opfer, dem ich nicht sofort helfen kann, weil ich für ein paar Augenblicke selber Hilfe brauche, damit es nicht mit mir zusammen verloren ist, weil nur ich da bin und beim Helfen zu Tode kommen werde.

*

Ich wollte nicht mehr Gemüllers Alibi sein und mein Monopol hatte ich nie gewollt. Ich wollte durch mein Fortgehen die Wirklichkeit erzwingen. Ich kann's nicht anders sagen.

Tag, Monat, Jahr

Gemüller sagte oft zu mir, er habe sieben Leben. Ich vergönne ihm siebzigmal sieben und noch ein paar Wiedergeburten dazu.

Tag, Monat, Jahr

Wenn Kinder erzählen, fangen sie damit eben an und hören auf, wo es ihnen passt. Reden dann etwas ganz anderes. Und dann irgendwann einmal fangen sie wieder beim Schlimmen, Betrüblichen an, hören aber wieder auf und reden vom Guten, jauchzend, himmelhoch, und dann sind sie wieder betrübt oder vorsichtig und schweigen. Je nachdem, wie der Mensch ist, dem sie erzählen, erzählen sie selber. Zum Beispiel, wie schlimm die Sache ist. Sie schauen zwischendurch immer, ob sie dem, dem sie berichten, vertrauen können oder ob sie ihn in Schwierigkeiten bringen oder Schmerzen oder Schaden zufügen. Da hören sie dann sofort auf. Ich glaube, dass auch ich immer so erzähle. Zum Zwecke der Wahrheitsfindung mache ich das so.

Tag, Monat, Jahr

Die Traumareale, eines knapp über den Ohren, eines direkt hinter den Augen. So simpel das Ganze?

Tag, Monat, Jahr

Einer sagt, unsere Gehirne seien so, dass wir Zufälle nicht akzeptieren können.

Tag, Monat, Jahr

Einer sagt, Rache sei nur der Tausch von Toten.

Tag, Monat, Jahr

Ein paar Literaturkritiker sagen, Hašeks *Schwejk* beschreibe zwar die Etappe, die idiotischen Offiziere dort, klage aber in Wahrheit den Krieg nicht an, sei gar nicht pazifistisch. Hašek selber sei ja Offizier gewesen, Kriegsfreiwilliger, sei für seine Tapferkeit ausgezeichnet worden.

Tag, Monat, Jahr
Angeblich haben bei den berüchtigten Milgramexperimenten viele Leute Lachkrämpfe bekommen, aus Angst. 65 % der Versuchsteilnehmer waren bereit, tödliche Elektroschocks zu verabreichen. Das nannte Milgram moralische Unzurechnungsfähigkeit. Dennoch – 35 % sagten irgendwie Nein. Katholiken sollen gehorsamer gewesen sein als Juden, und je länger jemand beim Militär gewesen war, umso weniger widersetzte er sich im Experiment. Milgram konnte keine eindeutigen Korrelationen zwischen Misshandlung in der Kindheit und Gehorsam erkennen. Viele der ungehorsamen Versuchspersonen waren in der Kindheit geschlagen worden. Einer der Verweigerer begründet sein Verhalten damit, dass er Angst gehabt habe, einen Herzinfarkt zu bekommen. Im Krieg freilich hat er auf Menschen geschossen.

*

Die Milgramexperimente zeigen natürlich, wie leicht die Situationen stärker sein können als die Menschen. Ehrenwerteste Forscher und Intellektuelle haben Milgram der Manipulation und Schändlichkeit geziehen. Ein leichtes Leben hatte er nicht.

Tag, Monat, Jahr
Charly würde mir nicht glauben, glaube ich, was ich über Michael Gemüller und die ALEIFA erzähle. Charly sagt oft, ich tue im Nachhinein immer so, als hätte ich gewusst, was wirklich sein wird. Aber Charly irrt sich, denn ich errate die Verläufe sehr oft im Voraus. In Menschen hingegen täusche ich mich oft.

*

Einmal rief Charly, ich solle schnell kommen, Gemüller sei im Fernsehen. Sie war da noch klein und irrte sich. Einer redete, sie glaubte, Gemüller. Es war ein Film über fromme Heuchler. Und die Figur, die gerade redete, war im Film ein Exempel dafür. Charly mochte Gemüller und wusste von nichts. Einmal fragte er mich, ob ich zu Hause Charly von unseren Differenzen erzählt habe. *Nein*, sagte ich wahrheitsgemäß. Die Kinder spielten manchmal miteinander.

Tag, Monat, Jahr
Die Firma ist die Welt, die Firma ist das Leben. Alles ist intern zu regeln und zu lösen. Es gibt Dinge, über die redet man nicht, wenn man die Firma, also die Menschen dort, mag. Ich weiß, dass ich sehr loyal war. Gemüller hat mir zuletzt die Herausgeberschaft des Firmenbuches angeboten und dann ein paar Wochen später die Ehrenrede auf den toten

Hodafeld, nämlich bei der Buchpräsentation in Anwesenheit von Hodafelds trauender Frau. Beide Offerte habe ich freundlich zurückgewiesen. Die Herausgeberschaft, Erstnennung, weil sie einer Kollegin versprochen gewesen war und wir beide freundlich miteinander geredet hatten und sie mir ihre Ängste und ihren Ärger mitgeteilt hatte. Und die Gedenkrede in Anwesenheit von Hodafelds Frau, weil ich nicht wusste, wie ich die Wahrheit sagen soll. Es war ein Buch, eine Feier für die Flüchtlinge und HelferInnen; und es war eine feierliche Rede für Hodafelds Frau und zugleich aber eben die öffentliche Präsentation des Firmenbuchs, das ich aber für dolus und vis halte. Wie soll ich da öffentlich die Wahrheit sagen können.

Aber zwei Tage später ist es mir eingefallen, wie es gegangen wäre. Aber da war es schon zu spät. Ich hätte in meiner öffentlichen Rede aus dem Firmenbuch des Herrn Gemüller und aus Hodafelds Lebenswerk ein für jeden Menschen in der Firma ab sofort und jederzeit einklagbares Versprechen machen müssen. Das wäre die Lösung gewesen. Sie fiel mir nicht rechtzeitig ein. Wie ich die Situation rette. Statt der Kritik am Betrug das öffentliche, für Gemüller verbindliche Realisierungsversprechen vor all der hiesigen Prominenz, Belegschaft, Klientel, sodass der GF an das Buch tatsächlich gebunden und zur sofortigen Verwirklichung verpflichtet gewesen wäre. Zu allen Konsequenzen. Heute weiß ich, dass mir damals, ohne jeden Größenwahn, in der ALEIFA eine Art Staatsstreich gelungen wäre.

Tag, Monat, Jahr

Hodafeld hatte immer gesagt, das Lobbying der Hilfseinrichtungen nütze in Wirklichkeit nur den Funktionären, die das Lobbying betreiben, nicht der hilfsbedürftigen Klientel. Und dass das Erzählen der eigenen Lebensgeschichten den Hilfsbedürftigen in Wirklichkeit nicht nütze. Die können reden und reden und berichten und klagen und man hört ihnen freundlich zu und redet über alles und es hilft ihnen nichts und niemand, meinte er. Und es sei unerklärlich, wie so viele gute Menschen so schlechte Politik machen. Und, dass Widerstand nicht organisierbar sei, weil die Einzel- und Gruppenegoismen und der Narzissmus viel zu groß seien. Überhaupt könne man nur dann Widerstand leisten, wenn man es sich leisten könne. Oder nichts zu verlieren habe. Und dass man über die Gründe des Misslingens endlich öffentlich nachdenken müsse, wenn man wirklich will, dass die Dinge ein besseres Ende nehmen, sagte er. Mit solchen öffentlichen Reden ärgerte Hodafeld in Wirklichkeit alle. Er insistierte auch darauf, dass jeder, jede seine, ihre eigene Stimme haben müsse, genau so müssen die Interviews und Übersetzungen gemacht werden. Jeder Mensch müsse selber reden dürfen und keiner an der Stelle eines anderen. Über all die Aporien redete Hodafeld, damit es endlich wirkliche Auswege gibt. Der GF Gemüller hingegen redet über die Ausweglosigkeit, damit er selber seine Ruhe hat und nichts wirklich tun muss, weil man ja nicht wirklich etwas tun könne und daher das, was er tue, schon toll und exorbitant sei, weil er ja – wie für alle offenkundig – nichts unversucht lasse. Ich habe mich grundfalsch gewehrt gegen den GF. Ich hätte wie ein Kind schreien müssen und dorthin fortlaufen, wo viele Leute sind, damit mir jemand hilft. Nein, ich verwechsle da nichts. Weder die Zeiten noch die Menschen. Habe mich nicht gewehrt? Habe nicht um Hilfe geschrien? Habe mich nicht anderen Menschen anvertraut? Nein? Doch. Habe ich. Gottverdammt noch einmal! Vom Erstickt-Werden redet der GF jetzt andauernd und davon, dass die Helferinnen und Helfer von der Politik misshandelt werden, und vom Den-Menschen-eine-Stimme-Geben. Man schätzt ihn dafür. Das ist seltsam. Es kann wirklich sein, dass Gemüllers Freund Pö den Menschen am meisten hilft.

Tag, Monat, Jahr
Die Firma ist momentan nicht liquid. Ein paar Gehälter werden erst in ein paar Tagen ausgezahlt werden können. *Nicht liquid,* der Geschäftsführer schreibt das so in die Mails. *Nicht liquid,* das klingt, wie wenn nichts mehr zu trinken da wäre.

Tag, Monat, Jahr
Die Not und der Mangel sind Gemüllers Lebenselixier. Er sagte oft zu mir, er habe immer nur die Wahl zwischen dem größeren und dem kleineren Übel, alles andere sei ein Privileg und Luxus. Und dann eben sagte er jedes Mal: *Du bist privilegiert.* Und ich, ich sagte irgendwann zu ihm, dass er ohne jede Not das größere Übel wählt statt gar keines. Im Gespräch damals mit dem Betriebsrat Fritz und mir sagte der GF plötzlich ohne ersichtlichen Grund und ohne jeden Zusammenhang: *Ich bring' euch doch das Geld! Ich! Ich will ja nur dabei sein. Ich will nicht ausgeschlossen werden. Mehr will ich doch nicht. Das müsst ihr doch zulassen!* Was er damals sagte, war für mich nicht zu verstehen, für Fritz auch nicht. Denn es gab keinerlei Not und keine Feindschaft. Bei der Unterredung damals habe ich dann auch für Ho geredet. Es war gerade die schwerste Zeit. Der Kampf um sein Leben. Ich wollte, dass die ALEIFA, wenn es juristisch hart auf hart geht, die Sachwalterschaft übernimmt. Das war mein Geschäft. Mein Lohn. Der GF zögerte, wand sich, ich ärgerte mich über ihn, ließ nicht locker, weder beim GF noch im Pflegeheim.

Tag, Monat, Jahr
Ich weiß nie, was die Therapeutin meint. Reine Abhärtung ist das, was die mir beibringt. Lauter zenbuddhistische Übungen, die mir ja an und für sich gestohlen bleiben können, sind das meines Empfindens. Die Therapeutin hat mir den Termin in zwei Wochen auf einen Zettel geschrieben. Den Zettel habe ich verloren. Das ist auch Zen. Immer wenn ich irgendwo sitze, ist das Zen, und wenn ich fortgehe, ist das auch Zen. Und wenn ich mich langweile, alles Zen. Mein Freund der Maler sagt zu mir, mein alter Hof schreie dauernd: *Ich geh' kaputt. Ich geh' kaputt. Bitte hilf mir. Ich bin so kaputt!* Das trifft mich. Nein, überhaupt nicht. Denn die Therapeutin hat mich abgehärtet. Zen. / Warum gehe ich mit Herrn Ho nicht zu der Adresse, die mir die Therapeutin für ihn genannt hat? Es ist eine der ersten Adressen, besten. Viele Zukunftspläne haben die dortigen Verantwortlichen, ich habe schon früher einmal davon gehört, sehr human soll es sein. Wir werden sehen, was morgen ist. Ich werde jemanden finden für Herrn Ho.

*

Die Therapeutin ist sehr munter; ich sagte jetzt einmal: *Abhilfe schaffen.* Sie sagte: *Sie wollen die Hilfe abschaffen?* In der Therapiestunde lerne ich den gesunden Menschenverstand kennen. Deshalb gehe ich dorthin. Sie sagt, es sei Coaching und Supervision, nicht Therapie. Das ist sehr freundlich von ihr, aber es ist Therapie. Ich bestehe darauf. Wir reden über soziale Kälte. Ich bin wie immer dafür bei der Hitze. – Einmal sagte die Therapeutin, niemand könne aus seiner Haut heraus. Aber ich kann jederzeit aus meiner Haut heraus.

*

Die Therapeutin fragt freundlich, was es denn heutzutage geben könnte, worüber man nicht reden und schreiben kann. Sie will mir nicht glauben, dass ich beträchtliche Schwierigkeiten bekommen werde.

*

Es gibt Türen, die darf man nicht aufmachen. Die Therapeutin hat das einmal vor Jahren zu mir gesagt. Das war mir damals nicht recht. Ich glaube, sie wollte damals, dass ich mich in Sicherheit bringe. Über die Double Binds sagte die Therapeutin damals, wenn man in so etwas verstrickt worden sei, könne man es sich selber aussuchen, auf welche der widersprechenden Botschaften man denn reagieren wolle. Das helfe einem aus der Situation heraus. Es hat mir damals gefallen, was sie gesagt hat. Einfach weitermachen, wie man es als richtig weiß. Und solange ich weitergemacht habe, ist es gutgegangen. Man darf sich nicht irritieren lassen.

*

Der Telefonterror damals: Als ich wochenlang, monatelang anonym angerufen wurde und nicht reagiert habe, weil es mir egal war, und dann plötzlich an einem Morgen eine Frauenstimme: *Hilfe! Hilfe! Bitte!* Ich hätte sonst aufgelegt. Aber das erste war der Hilferuf, und dann aber: *Einer von euch wird sterben. Mach dich bereit!* Das hat mich sehr getroffen damals, weil ja dauernd jemand gestorben ist in unserer Familie. So viele Todesfälle, so viel Bedrohung. Die Qualen. Das schwere Leben. Lebensbedrohlich war immer schnell irgendetwas, ganz plötzlich. Und wir waren ja irgendwie immer noch in Gefahr und froh, dass wir überhaupt leben. Und dann der Terror, der war mir zuerst völlig egal, aber dann die Drohung gegen meine Familie. Das hat sehr wehgetan. Eine Gehässigkeit. Man wusste, wie schwer das Leben für uns war. Man wusste es. Und gerade eben noch waren wir ja alle in einem wirklichen Krimi gewesen, und ich hatte ja wirkliche Feinde. Das wussten die anonymen Anrufer. Die Therapeutin fragte mich damals, warum ich nicht gefragt habe, was der am Telefon denn gegen mich habe; ich hätte sagen sollen, der am Telefon brauche nichts gegen mich zu haben, meinte sie. Auch keine Angst vor mir. Das war mir zuerst ein Ärgernis, was sie sagte, aber ich habe verstanden, was gemeint ist. Man darf sich nämlich nicht unterkriegen lassen, sondern man muss die Verhältnisse umkehren. Entmachten muss man diese Leute. Man darf ihnen keine Macht geben.

*

Und einmal erzählte ich der Therapeutin, dass die Ökonomen sagen, Henry Ford habe zu Recht davor gewarnt, sich darauf zu verlassen, einen fixen Hauptabnehmer für seine Waren zu haben. Das sei in Wahrheit die gefährlichste Abhängigkeit. Denn wenn dieser einzige große Käufer wegfalle, breche der Verkäufer sofort zusammen. Das sei so bei den Monopolen. Die Therapeutin entgegnete, das gelte für die Ökonomie, aber nicht für die Liebe und die Freundschaft. Auch das gefiel mir. Vor zehn Jahren war ich bei ihr und dann Jahre nicht. Jetzt gehe ich wieder in Therapie. Damals war mir alles zu viel geworden, der jahrelange Prozess, der plötzliche Krebsverdacht.

Tag, Monat, Jahr
In den ALEIFA-Jahren bin ich nie zur Therapeutin gegangen. Eine gemeinsame Supervision habe ich dem GF ein paar Mal vorgeschlagen. Aber er geht prinzipiell in keine Supervision.

Tag, Monat, Jahr
Die Therapeutin will, glaube ich, dass ich endlich zugebe, als Kind hilflos und ohnmächtig gewesen zu sein. Aber solche Dinge werde ich nie sagen. Wenn ich der Therapeutin nachgebe und meine Ohnmacht zu-

gebe, geht's mir dann besser? Bin ich's dann nicht mehr? Die Therapie ist für meinen Blutdruck gut. Ich gehe wieder in Therapie, damit ich nicht kaputtgehe, bevor ich fertiggeschrieben habe. Die Therapeutin behauptet, nichts zu wollen.

Tag, Monat, Jahr
Musste heute mit dem Taxi nach Hause zurückfahren. Die Tante hob zwei Stunden lang das Telefon nicht ab. Ich wusste nicht, ob etwas passiert ist. Der Taxifahrer war Bosnier, ein Musiker. Der konnte überhaupt nicht rechnen, der wollte nur leben. Er ist ein Saxophonspieler und schreit, wenn ich richtig verstanden habe, oft auf seinem Balkon, aber das verstehen die Leute falsch. Die wissen nicht, dass das seine Atemübungen sind. Der Taxler sagte, dass auf der Fahrbahn ein Schuh liegt, der gehöre zu dem Mann, der dort liegt. Ein Polizist habe ihm gesagt, wenn jemand bei einem Unfall die Schuhe verliert, ist das das Zeichen, dass der Verunfallte nicht überlebt. Ich erwiderte, dass da aber nur ein Schuh ist. Beim Taxistand dann beim Aussteigen ein Streit, eine schöne schwarze Frau, Taxifahrerin, sagt laut zur weißen Taxlerin, die auch sehr laut ist: *Ich bin schon seit achtzehn Jahren hier. Ich darf hier sein. Ich darf hier arbeiten. – Ja, ja*, schreit die Weiße, *schrei du nur*. Beide schreien weiter. Es beginnt zu regnen.

Tag, Monat, Jahr
Hoffnung ist wie folgt: Im KZ der Mann, der sich ein Datum festlegt. Da werde der Krieg zu Ende sein. Bis dahin müsse man aushalten, dann sei die Befreiung. An dem Tag war dann nichts. Der Mann legte sich hin und starb. Der Jüngste Tag fand aber nicht statt, es war bloß die Apokalypse; bei der blieb es.

Tag, Monat, Jahr
Samnegdis Schwester erzählte gestern von dem Haus, in dem es jedes Jahr brennt. Eine Familie von Kriminellen und Behinderten. Das letzte Mal ist es fast ganz abgebrannt. Ein Behinderter lief wieder ins Haus ins Feuer zurück. Vor Jahren bedrohte die Mutter der Familie im Fernsehen alle im Ort, schrie, dass die Söhne, wenn sie wieder aus dem Gefängnis draußen sind, die Mutter rächen werden, weil die Nachbarn so gemein zu ihr seien. Es war eine Unterhaltungssendung für die ganze Familie und man war sehr zufrieden.

Tag, Monat, Jahr
Das ist für mich ein Himmelfahrtskommando, was du da von mir verlangst, sagte ich zum GF. Ein paar Mal. Von Anfang an, als er das Firmenbuch, das ich ihm vor Jahren vorgeschlagen und das er immer wieder von

neuem blockiert hatte, nun endlich doch wollte. Und ein paar Mal auch, dass ich Angst vor ihm habe und dass er alles gefährde, was ich tue, wenn er so weitermache. Mein Freund der Anachoret sagt manchmal: *Non confundar*. Das heißt, dass man sich nicht ausschütten lassen darf.

Tag, Monat, Jahr
Dass der GF mich aufgefressen und ausgeschieden hat, wäre mir vielleicht selber nie aufgefallen. Aber er sagt dauernd, dass die anderen Kannibalen sind. Daher habe ich am Ende begriffen.

Tag, Monat, Jahr
Der Titel des Firmenbuches war Fritz eingefallen und er hatte eine große Freude mit dem Buch gehabt. Fritz wusste, wie wichtig das Buch für die Firma sein würde. Die Betriebsratswahlen sind für Fritz und sein Team immer eine Qual, am liebsten würden sie nicht mehr kandidieren. Sie können tun, was sie wollen, die Leute gehen nicht zur Wahl oder vertrauen ihnen nicht. Das ist sehr seltsam, wo doch die Mitglieder des Betriebsrates persönlich sehr beliebt sind. Man gibt aber dem Betriebsrat an vielem die Schuld statt der Geschäftsführung.

*
Ein Mitarbeiter schrieb jetzt einmal einen offenen Brief, was der Betriebsrat alles unterlasse. Was der Mitarbeiter dem Betriebsrat vorwirft, ist die Verantwortung der Geschäftsführung. Es würde die Entmachtung des GF bedeuten und eine autonome, autarke, im besten Wortsinn autokratische Belegschaft. Der Mitarbeiter ist ein Held oder ein nützlicher Idiot.

Tag, Monat, Jahr
Ein paar Experten sagen, es sei hirnphysiologisch völlig unmöglich, dass sich Menschen an ihre Kindheit vor dem 4. oder gar 3. Lebensjahr zurückerinnern, und sind beruhigt. Vergesse vor Aufregung immer, ob sie 3. oder 4. Jahr sagen. Keine 2 Minuten lang kann ich mir ihre Ziffer merken und die Namen auch nicht. Egal, ob es Gehirnphysiologen oder Literaturkritiker sind.

Tag, Monat, Jahr
Die Überlebenden von Hiroshima und Nagasaki sind, entgegen allen westlichen Nachrichtenspots, stets personae non gratae im eigenen Land gewesen. Man hat sie nie gewollt, sie immer ignoriert. Die Gedenkfeiern sind bloß für das Ausland da. Das Ganze hängt mit der Mitschuld des damaligen Kaisers zusammen, der so lange bereit war, alles und jeden zu opfern.

Tag, Monat, Jahr
Der Komikzeichner Nakazawa wurde 1939 in Hiroshima geboren und überlebte im Alter von 6 Jahren die Atombombe. Wuchs inmitten von Trümmern und Armut auf. Die Geschichte davon hat er auf 2000 Seiten gezeichnet: *Barfuß durch Hiroshima*. Er sagt von sich, er hasse die Amerikaner, aber genauso den Kaiser, der Japan in diese Tragödie getrieben habe. Nakazawas Mutter war im 9. Monat schwanger und brachte ihr Kind, ein Mädchen, inmitten der Hölle zur Welt. Für eine Lebensdauer von 4 Monaten.

Tag, Monat, Jahr
Mein bester Freund, der Geschäftsführer, rief mich Ende Mai 2002 an, sagte zu mir: *Zuallererst soll es um die Bedürfnisse von uns beiden gehen, von dir und von mir. Um nichts und niemanden sonst.* Das Angebot damals nahm ich nicht an. So etwas war nicht das Firmenbuch, das ich mir wünschte. Ich wollte wissen, wer die Menschen in der Firma sind, weil ich sie als schön empfand, und was sie brauchen, möchten, könnten, wollten, fühlten, sich überlegten und was ihnen einfiele und was sie versuchen und was sie ertragen müssen, wollte ich in Erfahrung bringen und öffentlich machen, damit sie es endlich auch voneinander wissen. Und damit es geachtet wird.

Tag, Monat, Jahr
Der andere Geschäftsführer, Martin Und, spottete Gemüller oft zu mir, habe als Kind zu wenig Zuwendung gehabt, deshalb müsse der Arme jetzt andauernd kommunizieren und moderieren und vernetzen. Martin machte das aber immer sehr gut und hatte bei den Leuten großen Erfolg damit, und ich denke mir, Martin wird früher einmal den schweren Fehler gemacht haben, Gemüller in gewissem Sinn das eigene Leben anvertraut zu haben.

Tag, Monat, Jahr
Bevor ich den blöden Traum hatte, dass Gemüller helfen kann und ich aber nicht, sagte ich einmal zu ihm, was mein Lebensprinzip ist: *Denk bei allem, was du tust, daran, ob und wie es dem ärmsten Menschen, dir in deinem Leben begegnet ist, helfen kann.* Ich habe den Spruch in meinem Leben nicht oft gesagt. Ich geniere mich immer für den. Ich mag auch nicht sagen, von wem er ist. An den Spruch halte ich mich aber, sooft ich nur kann. Gemüller verzog sein Gesicht. Und dann, als der Ekel weg war, nickte und lächelte Gemüller heftig. Ich wäre nach wie vor gerne Gemüllers bester Freund. Ja. Und ich würde von Herzen gerne bei der Firma arbeiten. Ja. Ich hätte dort auch gerne wieder Freunde? Habe ich. Ich würde gemeinsame Sache mit Gemüller machen? Nein. Niemals.

Denn Durst ist zwar der Beweis für die Existenz von Wasser und eine Fata Morgana der Beweis für die Existenz einer Oase. Aber die Fata Morgana ist nicht die Oase und der Durst ist nicht das Wasser.

Tag, Monat, Jahr
Der von seiner Kirche fristlos entlassene Sozialarbeiter Fröhlich-Donau und ich waren, als die Prozesse alle vorbei waren, zufällig auf demselben Fest in der ALEIFA und ich erschrak sehr. Er suchte Arbeit und einen Ort. Hatte Kontakte in die Firma. Er und ich standen uns plötzlich gegenüber, schauten einander in die Augen. Ich hatte ihn vorher nicht gesehen, schaute auf und plötzlich in seine Augen. Fröhlichs seltsame Augen wichen nie. Auch diesmal nicht. Der GF Gemüller sagte damals von selber zu mir, er würde Fröhlich nie einstellen. Das sei für ihn ausgeschlossen. Er wundere sich immer über die Leute, die auf Fröhlich hereinfallen. Fröhlich machte dann anderswo seinen Weg. Und wieder wie immer. Medien. Jugendarbeit. Immer bei denen, die sonst niemanden haben. Immer die letzte Hoffnung, immer die letzte Chance war er. *Der Fröhlich hat dir viel Schlimmes angetan, gell? Ausgerechnet dir,* sagte Gemüller damals auf dem Fest zu mir. Ich hatte an dem Abend kein Wort über Fröhlich zu ihm gesagt, überhaupt hatte ich mit ihm noch nie über Fröhlich-Donau geredet. Ich schaute Gemüller erstaunt an und verstand nicht, was er meinte. Er lächelte, schaute zu Boden. In der Zeit damals habe ich ihm eine alte Ausgabe von Christine Lavants Gedichten geschenkt, weil er immer von der armen Lavant schwärmte und von Pasolini.

Tag, Monat, Jahr
Erste Seite, Schlagzeile: *In New York, Venedig, Paris – jeder will helfen. Lesen Sie, wie auch Sie Natascha helfen können.* Voriges Jahr war das, im August. Diese Hilfsbereitschaft! Damit ein Mensch wirklich ein neues Leben beginnen kann. Ganz von vorne. Endlich ein Leben. Mich beeindruckt das alles sehr. Zugleich schäme ich mich. Frau Kampusch will die ganze Welt helfen, und ich beschuldige die ganze Welt, dass sie meinesgleichen nicht hilft. Es wäre besser, ich hielte mein Maul. Tu' ich ja eh. Ich hörte von Frau Kampusch im Radio und im Fernsehen viel und frage Samnegdi allen Ernstes, ob ich überhaupt noch schreiben soll. Zuvor sagte ich zu ihr, dass jetzt ja alles in Ordnung gekommen sei. *Es ist immer alles in Ordnung, Uwe. Das ist immer so. Seit Jahren. Jeden Tag,* antwortet mir Samnegdi, ärgert sich über mich. Sie hat recht, es ist immer alles in Ordnung gewesen und wird es immer sein.

Tag, Monat, Jahr
Ein paar Psychologinnen redeten über Frau Kampusch. Es gehe ums feste Halten und ums Festgehaltenwerden, sagen sie, Hänsel und Gretel,

Rotkäppchen, Gott und die Natur des Menschen und um das wunderbare Widerstandsvermögen des Menschen. Ich habe Frau Kampusch nie von Gott reden hören. Ich glaube, es ist gut, dass man den weglässt. Frau Kampusch wird wissen, warum sie von Gott nicht redet.

Tag, Monat, Jahr

Frau Kampusch bewundere ich, aber was geredet wird, das ist zwischendurch Unrecht. Blödheit. Einer von Frau Kampuschs Interviewern sagte, wir müssen kapieren, dass ein Opfer nicht vor uns zusammenbrechen muss. *Wir müssen kapieren, dass ein Opfer nicht vor uns zusammenbrechen muss.* Und in der Zeitung stand: *So stark war Natascha Kampusch.* Aber ich finde, das Ganze ist grausam. Das kann doch nicht der Sinn des Präzedenzfalles der wunderbaren Frau Kampusch sein! Ich lege keinen Wert darauf, dass vor mir jemand zusammenbricht. Aber wenn der Mensch nicht mehr kann, dann soll er es dürfen. Denn besser ist zusammenbrechen als tot sein. Der Interviewer sagt, wir können uns das alle nicht vorstellen. *Wir können uns das alle nicht vorstellen.* Das alles ist unverschämt von ihm, finde ich. Man darf zusammenbrechen, bitte ich mir aus. Ich jedenfalls breche zusammen, wann ich will und wenn ich nicht mehr kann. Es ist mein Recht. Kann sogar sein, es wäre manchmal meine Pflicht. Da wird mir niemand Vorschriften machen, gottverdammt noch einmal! Man muss rechtzeitig zusammenbrechen können. Ich mag es nicht, wenn man mich stark haben will und dass ich nicht zusammenbrechen darf. Faschistenart ist das, die Menschen so haben zu wollen. Unzumutbar ist das. Noch und noch darf man, finde ich, zusammenbrechen, wenn einem danach ist, weil man nicht mehr anders kann. Ihr schlagt uns brutal zu Boden und verachtet uns dann, weil wir zusammenbrechen. *Wir alle können uns das nicht vorstellen,* sagt der Journalist. Das ist ein Scheißwir von ihm. Wie hält der Kopf den Fußball aus?

Tag, Monat, Jahr

Der Schriftsteller, der über einen Mann schreibt, der zugrunde gegangen ist. Alle wollen dann vom Schriftsteller wissen, wie man hätte helfen können, während doch seine Nächsten zugeschaut haben; das dürfe so doch nicht sein. Aber der Schriftsteller beharrt darauf, dass dem, der krepiert ist, auf Erden nicht zu helfen war. Solche Menschen gebe es nun einmal. So eine Schweinerei, was der Schriftsteller sagt!

*

Die Schriftstellerin, die sagt, sie schreibe, um die Leute zu beschwichtigen, weil die immer so aufgeblasen und bedrohlich sind. Und damit die Gegenden und der Raum nicht so gewaltig und übermächtig sind und damit man in ihnen nicht umkommt als kleiner Mensch. Man müsse die

Menschen und Sachen beruhigen, damit die nicht andauernd so außer sich geraten. Die Schreiberin mag ich.

Tag, Monat, Jahr
Menschen, die Schreckliches überlebt haben, in Sicherheit sind, aber nach Jahren oder Jahrzehnten doch, wie man so sagt, von eigener Hand sterben. Die Leute sagen dann, das seien die Spätfolgen, ich sage: Es sind die Leute. Es gibt einen automatischen Tod, wenn die Leute um einen herum so sind, wie sie immer waren. Der Suizidant ändert sich sein Lebtag. Am Ende ist er erschöpft, weil er alles versucht hat; die Leute um ihn hingegen ändern sich nicht. Er hat dazumal nicht durch ihre Hilfe überlebt. Und jetzt auch nicht. Die Menschen hier sind, wie die dort waren. Die Menschen jetzt wie die damals. Sobald das so ist, ist man verloren. Man selber darf nie so sein wie damals, sonst ist man verloren. Der Arzt, der seinen Bruder verloren hat. Alles für ihn getan hat. Der Arzt hat geglaubt, der Bruder habe jetzt ein neues Leben begonnen. Aber in dem Moment hat sich der Bruder das Leben genommen.

Tag, Monat, Jahr
Ein Kirchenpolitiker sagt, die Kirche mache auf die Probleme aufmerksam, aber die Politik reagiere nicht. Die Kirche tue, was sie könne. Sie laufe sich die Füße wund und rede sich den Mund wund. *Seit Jahren schon machen wir mit aller Kraft darauf aufmerksam, dass.* So etwas kann ich von mir nicht sagen. Ich habe für das Gute viel zu wenig gekämpft. Trotzdem: Die Katzen werden, damit sie sich besser miteinander verstehen, mit Thunfisch eingerieben. Und die Menschen mit organisierter Nächstenliebe. Ich glaube dem Kirchenpolitiker nicht alles, was er sagt. Es gibt etwas, das ich besser weiß. Sie sind nicht ununterbrochen gelaufen. Aber es stimmt, es lag nicht an ihm. Er war gezwungen zu gehorchen. Wegen Amt und Funktion. Er war nicht befugt gewesen. Aber wie kann das unter Christen so sein? Ich glaube ja immer, dass da einzig das Gewissen entscheiden muss. Und dann ist aber stattdessen – was? Politische Vernunft kann man dazu nicht sagen, denn es ist nicht vernünftig.

Tag, Monat, Jahr
Gibt's das alles wirklich – kirchliche Flüchtlingsheime, die unzumutbar sind; kirchliche Pflegeheime, in denen passive Sterbehilfe durch Austrocknen erfolgt? Und dass die Angehörigen nicht gefragt werden, ob sie zustimmen. Gibt's das? Ja. Ja. Trotzdem: Wer ist denn sonst da für die Flüchtlinge und für die Menschen am Ende als die kirchlichen, christlichen Leute? Wer sonst verhindert, lindert den Tod und die Grausamkeit. Es geht also nicht besser als christlich, kirchlich, karitativ. Aber wenn man von karitativ katholischer, kirchlicher Seite sagt: *Alles Helfen*

ist leider Gottes nur zum Verschnaufen da. Aber vielleicht ergibt sich in der Zeit eine Chance. Uns fehlt einfach das Geld, ist mir in einem fort zum Explodieren. Denn das Geld ist nicht die Ursache, sondern die Folge.

Tag, Monat, Jahr
Der Zölibat, die zwei Gründe dafür: 1. das Kircheneigentum, 2. die heilige Wandlung. Ersteres musste gesichert werden, Letztere konnte nur ein unbefleckter Priester vollführen. Der dritte Grund ist die Leibeigenschaft. Und eigentlich haben die alle sowieso nur mit Gott Geschlechtsverkehr, so wie sie alle eigentlich nur Gott lieben. Nur die gemeinsame Liebe zu Gott verbindet die Menschen miteinander in Liebe. Das ist so, z. B. bei Augustinus.

*

Die Mystikerin Caecilia, sie war in ihrem Kloster jahrelang vogelfrei, das war die Prüfung, der letzte Dreck im Kloster musste sie sein. Sie soll auch vergewaltigt worden sein. Dann wurde sie Äbtissin. Fälschte ein bisschen, war intrigant. Schaute weiterhin Gott und liebte ihn inniglich wie eh und je.

*

Lindern ist nicht Verhindern, und die Caritas ist immer das Alibi. Ich kann das nicht anders sehen. Zum Beispiel hat die österreichische Caritas das österreichische Sozialstaatsvolksbegehren nicht unterstützt. Wie kann das sein?

Tag, Monat, Jahr
Ein paar Mal hat mir der Belletrist den Strick gewünscht. Aus Angst wohl. Ich soll den nehmen, hat er zu mir gesagt. Er verwechselt da immer etwas. Das Leben sei mörderisch, sagt sich der Belletrist, und dass er das wisse und nichts tun kann. Und das Wenige, was er tun könne, tue er, nämlich schreiben, und dafür bekommt er Preise. Und da freue ich mich wirklich jedes Mal. Denn er schreibt und sagt sehr wichtige Dinge. Den Linken glaubt er nichts. War Sozialarbeiter. Zwischendurch Berufsrevolutionär. Dass ich in den schrecklichsten Zeiten nie den Strick nahm, obwohl das vielleicht das Einfachste gewesen wäre, hat, glaube ich, folgenden Grund: Als Kind, die Kälber, die Kälbchen, für mich war der Strick immer, damit die leben können. Ziehen, herausziehen. Nicht zum Aufhängen, sondern zum Herausziehen. Zum das Leben Retten. Die Tante fütterte die Kälbchen. Ich auch. Ihnen die Milch mit den Händen geben. Der Strick war also eine gute Sache, als ich ein Kind war. Deshalb nahm ich ihn nie für den falschen Zweck. Denen, die sagen, der Selbstmörder nehme das einfachste, naheliegendste Werkzeug, glaube ich nicht ganz. Ich glaube zum Beispiel, man erhängt sich, wenn man

nicht fortkann. Wenn ich sterbe, will ich aber fort und nicht bleiben. Also werde ich mich nicht erhängen.

*

Der Erhängte, den ich fand – das wirkliche Handanlegen an sich finde ich albern. Es war albern, wie er hing. Die Kälbchen hingegen waren schön. Die Tante sorgte gut für sie. Dann wurden sie verkauft, dort dann umgebracht. Und dann hingen sie doch wo. Die haben sich nie selber erhängt. Auch dass mein Vater mich erwürgen wollte, hat mir den Strick erspart. Ich tue nichts, was mein Vater tat, sofern es an mir liegt. Ich habe dem Belletristen nie den geringsten Grund gegeben, dass er mir den Strick wünscht. Es verdrießt mich heute, wenn ich an den Belletristen denke. So ein schöner Tag heute, klar, und atmen kann man. Manchmal ist der Belletrist ein Dreckskerl. Würde ich ihn wirklich brauchen, wäre ich so gut wie tot. Er ist ein guter Schriftsteller. Sozialdemokrat. Atheist. Humanist. Realist.

Tag, Monat, Jahr

Ich glaube, der Erhängte, den ich fand, starb mitten in einem Orgasmus. Der war irgendwie wirklich eine blöde Sau. Ich habe keine andere Erklärung für dieses Lächeln. Vielleicht hätte es damals allen geholfen, seiner Freundin, wenn ich ihr vom Lächeln erzählt hätte. Nein.

Tag, Monat, Jahr

Gemüllers Gewissen ist, meine ich, sehr seltsam. Über ihn nachzudenken würde sich daher lohnen, wenn man die sozialen Dinge wirklich anders haben will als bisher. Denn er ist der GF einer NGO. Ein Sozialkapitalist. Deshalb berichte ich davon und so weit steht es mir zu. Ich habe Gemüller die Alibis geliefert. Und die Politiker geben ihm in einem fort welche dazu und Macht. Weil es ja um das Gute geht.

Tag, Monat, Jahr

Niemandem hilft es jetzt, dass ich gegen die Guten schreibe. Was ich schreibe, hilft den Bösen? Nein, sondern niemandem. Also jedem, der ansonsten an den Guten zugrunde geht.

Tag, Monat, Jahr

Mein Freund der Anachoret kennt einen Heiler, den sehe ich heute zufällig auf der Brücke, der steht dort mit einer Freundin und einem Freund. Die Augen des Heilers gefallen meinem Freund dem Anachoreten so gut. Ich sehe den Heiler oft wo. Seine Jacken sind immer schön und bunt. Auf der Straße jetzt einmal, er ist mit seinem Rad dahergefahren. Im Fahrradkorb saß ein Stoffhase, und auf der Jacke waren Montgolfieren gemalt. Ich war auf dem Weg zu Herrn Ho gewesen. Der Heiler und ich schauen uns jedes Mal lange in die Augen. Er weiß nicht, woher ich ihn kenne. Seine Augen, ich sehe nichts in denen.

Tag, Monat, Jahr
Mein lieber Freund der Anachoret sagt manchmal zu mir: *Sie schauen dem Bösen in die Augen. Ich hingegen tue das nicht.* Einmal sagte er *dem Teufel*, sonst immer *dem Bösen. Nur vor Tinte fürchtet sich der Teufel, nur mit Tinte verjagt man ihn.* Den Spruch muss ich mir merken, habe den heute wo aufgeschnappt. Kann mich überhaupt nicht erinnern, wo. Den sage ich dem Anachoreten das nächste Mal. Das Schlimme an mir war immer, dass ich aus der Hölle bin, aber nicht der Teufel. Die Leute verwechseln das.

Tag, Monat, Jahr
Der Vorwurf, dass ich autobiographisch schreibe. Das tue ich nicht. Was soll das, was ich erzähle, mit mir und meinem Leben zu tun haben, was denn? Ich komme in dem Buch überhaupt nicht vor.

*

Der Vorwurf, autobiographisch zu schreiben: Aber wie kann jemand, der weder ein Leben noch ein Selbst hat, autobiographisch schreiben? Ich gebe allerdings zu, dass ich über beides verfüge. Beides hat für mich nur Vorteile.

*

Therapeutisches Schreiben ist auch schlecht, heißt es. Tue ich nicht. Aber behilflich wäre ich Menschen schon sehr gerne.

Tag, Monat, Jahr
Zum Wohle des Kindes – in der ALEIFA eine anonyme Meldung an das Jugendamt. Gegen eine Migrantenfamilie gerichtet. Wegen Kindesmisshandlung. Die Geschäftsführung war für diese Anzeige. Die Anschuldigung ist aber falsch. Man hätte sehr viel Wahres und Wichtiges erfahren, wenn man mit denjenigen sehr sorgfältigen ALEIFA-MitarbeiterInnen gesprochen hätte, die die Familie seit Jahren kennen. So hätte man der Familie helfen können. Jetzt ist das Vertrauen kaputt, die Demütigung gewaltig. In solchen Dingen empfinde ich Abscheu vor den Verantwortlichen in der ALEIFA. Das Kindeswohl über alles, heißt es in der Geschäftsführung wie gesagt. Es war aber bloß Bequemlichkeit, Feigheit und völlige Unkenntnis. Diskriminierung und Wichtigmacherei. Und man ist aber sehr stolz auf sein professionelles Vorgehen, hat nämlich einen Anruf getätigt an die zuständige Stelle.

Tag, Monat, Jahr
Manchmal möchte ich mir meine Augen und mein Herz waschen. Manchmal tue ich das auch. Ich nehme meine Augen und mein Herz heraus und wasche sie. Derweilen bin ich blind und herzlos.

Tag, Monat, Jahr
Gemüller wollte sich unbedingt mit mir treffen, sagte am Telefon schon: *Ich brauche deine Hilfe, bitte, Uwe.* Wir trafen uns im vegetarischen Restaurant. Er ist Vegetarier, damit er die Ketten zerbrechen kann, die Befehlsketten zum Mord. Er sagt das so. Also sitzen wir dort. Dort sind auch viele Politiker. Das nützt aber nichts. Der sportliche, schlanke Wirtschaftspolitiker, mit dem Martin Und, der andere Geschäftsführer, immer läuft, sucht einen Sitzplatz. Schwarzparteiig ist der Herr Politiker und der hiesige Finanzchef. Viele Grüne sind auch oft im Lokal. Nützen auch nichts. Rote sehe ich keine. Die sind nicht da. Das nützt aber auch nichts. Doch einer ist dort, der koordiniert die anderen in der Partei und hat immer rote Schuhe an. Aber damals war der noch nicht da. Gemüller grüßte einen schwarzparteiigen Chefpolitiker freundlich. Er grüßt jeden Politiker freundlich und überhaupt jeden Menschen. Das Wichtigste ist das Menschsein. Manchmal geht er hin und gibt einem die Hand. Er hat eine besondere Art des Handgebens. Er steht ganz nah bei einem, macht die Hand auf und geht mit seiner Hand ganz nah am eigenen Körper und dann auf den anderen Menschen zu, dem er sie gibt, schaut ihm dabei immer in die Augen. Die ganze Strecke lang. Als er die Hand auch mir später einmal so gab, hörte ich auf, ihm meine zu geben.

Damals beim Essen im vegetarischen Lokal war aber alles in Ordnung. Und dann plötzlich Gemüllers flehentliche Bitte. Kostenlos wie immer hatte ich auch zu sein. Völlig ungelegen kam mir das alles. Gemüller sagte, er habe einen unverschiebbaren Termin letzte Septemberwoche. Der Verlag, bei dem die Firma ALEIFA immer ihre Koch- und Kinderbücher herausbringe, sagte er zu mir, wolle unbedingt das Buch, über das wir beide jahrelang geredet hatten, herausbringen. Es sei alles abgemacht und fix terminisiert, könne nicht mehr verschoben werden, und er, Gemüller, habe dadurch den größten Stress und sei völlig ratlos. Was ich jahrelang versucht hatte, Gemüller klar und leicht zu machen, jetzt endlich wird es Wirklichkeit. Ich freute mich für die Menschen in der Firma und hatte in Wirklichkeit keine Zeit. Jetzt war Mai 2002. Anfang Oktober müsse alles fix und fertig beim Verlag sein, Verschiebungen seien völlig ausgeschlossen, unmöglich, sagte Gemüller zu mir und bat mich wie gesagt um Hilfe und sagte, dass das nicht einmal mehr ein halbes Jahr und so viel Arbeit sei.

*

Zuvor, die Jahre über, war alles schief gegangen, fand ich. So viele Konflikte hatte ich mit Gemüller gehabt und nichts, was ich mir für die Leute in der Firma gewünscht und worum ich mich bemüht hatte, war Wirklichkeit geworden. Ich hatte aber doch aus meiner bisherigen Arbeit für mich herübergerettet, was ich konnte. Mein zweites Buch zum Beispiel. Das hatte ich ja Gemüller auch schon als kostenloses Gemeinschaftsbuch für die Firma vorgeschlagen gehabt. War ihm nicht möglich. Gemüller wollte damals nicht. Er wollte die anderen Geschäftsführer aus dem Metier nicht dabeihaben. Die anderen Hilfseinrichtungen nicht. Also machte ich es alleine ohne jemand anderen. Das Buch also hatte ich mir gerettet und es mich. Ziemlich viele Leute mochten mich damals. Ich hatte gute Kontakte und zum Glück ein freundliches Publikum. War glücklich. Und ich hatte kapiert, dass es mit Gemüller und der Firma nicht geht, weil sie noch nicht so weit waren und Angst hatten. Und ich hatte die Menschen auch ein wenig verstanden, wie sie waren; ihre Wünsche und ihre Grenzen und die Gefahren, denen sie ausgesetzt waren. Es war eine gefährliche Zeit für alle. Mein zweites Buch war wie gesagt gerade herausgekommen und erfolgreich, und da war jetzt plötzlich wie eine Entschuldigung und wie ein neuer Anfang die Bitte Gemüllers. Es kam mir völlig ungelegen. Ich hatte ein neues Leben anfangen wollen und endlich meine Dinge tun. Die hatte ich Gemüllers und der Firma wegen nicht getan. Einen Roman über die Institutionen, über Misshandlung und Missbrauch. Zeitgleich wollte ich auch ein weiteres, ein Bildungs- und Kulturbuch schreiben, darin die Leben sammeln von Flüchtlingen, wer sie sind, was aus ihnen wird. Und zugleich sollte es ein Kulturbuch sein, eines von der Wunschkraft, von den Auswegen. Ost, West, Nord, Süd, jetzt gerade und Hunderte und Tausende Jahre zurück. Durch die Zeiten und Länder. Und wie sich die Flüchtlinge die Zukunft, ihr Leben eben vorstellen. Die Fülle des Seins sah ich. Und die furchtbare Not. Das erzwungene Schweigen war mir klar geworden. Und die Konkurrenz-, Status- und Existenzängste der Funktionäre. Das Leben freute mich sehr, denn es gab keinen Grund, gegen das Leben zu sein. Es war alles gut geworden für mich.

Aber jetzt saß ich plötzlich mit Gemüller im vegetarischen Lokal und hatte aber keine Zeit für und auch keine Lust auf das Firmenbuch. Ich brauchte Gemüller nicht, die Firma nicht und den Verlag auch nicht. Ich hatte alles, was ich brauchte. Aber Gemüller sagte: *Ich bin in den größten Schwierigkeiten. Ich muss dich um Hilfe bitten. Ich wäre sehr froh, wenn du mir hilfst. Ich weiß nicht, wie ich das ohne dich machen soll. Ich brauche dich. Ich weiß nicht ein und aus. Ich kann das nicht.* Die Situation war mir nicht recht, ich sagte ihm das. Und im übernächsten Augenblick dachte ich an die Menschen. An die in der Firma und an die, um die es in den Bewegungen ging. Jeder muss seinen Teil tun, wo er gerade ist, ich auch. Das Buch musste daher realisiert werden. Schnell, rechtzeitig. Den Menschen in der Firma zuliebe. Eine Dokumentation der Fähigkeiten und der Bedürfnisse sollte das Buch werden. Das Gewissen, meines, entschied; nichts sonst in mir entschied, keine Angst, keine Gier. Aufgrund von Gemüllers Lügen tat es das. Ich weiß nicht, warum er log, aber er tat es einfach, und mein Gewissen entschied. Es gab den fixen Verlagstermin in Wirklichkeit gar nicht. Mein Gewissen gab es. Ich sagte in meinem Innersten: *Die Menschen! Ich darf nicht egoistisch sein.* Ich saß da, und mein Gewissen entschied auf der Grundlage von Gemüllers Lügen. In einem vegetarischen Lokal saß mein Gewissen herum und tat, was der Geschäftsführer ihm sagte.

Tag, Monat, Jahr
Eine junge Kassiererin zittert am ganzen Körper, ist weiß wie die Wand, sie hat 2 Euro zu wenig herausgegeben, der Kunde reklamiert freundlich, aber das nützt ihr nichts; denn sie hat sich heute schon zweimal vertan und es ist erst 8 Uhr 45. Sie sagt zur Kollegin, die immer mit dem Kassenschlüssel kommen muss, sie halte das nicht mehr aus. Alle lachen freundlich, wollen ihr behilflich sein. Aber es ist klar, dass sie die Stelle nicht bekommen wird. Ist heute nur auf Probe da.

Tag, Monat, Jahr
Ein Theoretiker des Kapitalismus und des voraussetzungslosen Grundeinkommens erklärt, historisch lasse sich zeigen, dass stets die Todesangst der Motor des Kapitalismus war.

Tag, Monat, Jahr
Kafka sagte, die Angst vor dem Tod und dem Sterben sei eine Folge und Art von Untreue. Wenn man immer tue, was man könne, habe man eine solche Angst nicht.

Tag, Monat, Jahr
Bis 1980 war die Diagnose *Panikstörungen* unbekannt. Dann entdeckte, erfand die Pharmaindustrie ein Mittel dagegen. Seither gibt es *Panikstörungen*.

Tag, Monat, Jahr
Smetanas *Moldau* ist ein bisschen wie *Alle meine Entchen*. Smetana hat sie in den letzten Lebensjahren komponiert, als er taub geworden war und große berufliche, existenzbedrohende Schwierigkeiten hatte. Man sagt, es sei wie eine Urmelodie. Ein Ur-Wir. Hodafeld mochte sie sehr.

Tag, Monat, Jahr
Isabelle, der Mann und die Töchter und der Sohn sind wieder kurz auf Besuch; Isabelle und ihr Mann sagen, sie glauben Frau Kampusch die Geschichte nicht. Da werde ganz gewiss viel verschwiegen. Eine Tochter sagt aufgebracht, sie verstehe nicht, was die Kampusch denn schon Großes erlebt und geleistet haben soll. *Ich weiß nicht, was das Besonderes sein soll,* sagt die Tochter, die Rechtsanwältin werden will. Die andere will Ärztin werden. Der Sohn Geographielehrer. Bald nachdem Frau Kampusch sich selber befreit hatte, hat hier im Nachbarort bei einer Tankstelle ein Mann gesagt, er müsse schnell wieder hinaus, er habe die Kampusch im Auto und müsse sie heim in sein Verließ bringen. Die Tankstellenpächterin hat darüber gelacht und gesagt, sie glaube der Kampusch kein Wort. Ich war dann schweißgebadet. Und als Isabelles ältere Tochter voller Zweifel ist, fange ich auch zu schwitzen an. Ich erwidere beide Male, dass wir alle bald wissen werden, was wirklich war. Ist das alles Neid? Wie kann das sein? Ich schwitze und zittere.

Tag, Monat, Jahr
Ein Komponist hat eine Freundin mit grünen Augen. Sie heißt Gaby und ist Verkäuferin, kann auch sein, Putzfrau. Sie sind seit Jahren zusammen. Sie gibt ihm Geld. Er führt sie manchmal in den Zirkus aus, weil sie gerne lacht. Sie wohnen auf einem Dachboden mit Klavier. Er widmet ihr seinen ersten großen Erfolg; es heißt, solche Musik habe man noch nie gehört. *Der kleinen Gaby in treuer Liebe,* schreibt er. Er hat ab und zu Liebeleien mit anderen Frauen, die malen oder dichten oder bildhauern oder aus Künstlerfamilien kommen, will eine der Frauen heiraten, bekommt seine Abfuhr, ist verzweifelt, denkt an Selbstmord, schreibt an einer Liebesoper über Leben und Tod, und Gaby wird ihm immer lästiger. Er arbeitet nicht, ist nicht zuhause, lässt sie allein, sooft er nur kann. Die Geldnot drückt ihn. Gaby schießt sich eine Kugel in die Brust, als sie einen fremden Liebesbrief findet, wird aber gerettet. Er verlässt sie, heiratet eine Freundin von Gaby, die kleine Lily. Von ihr war der Liebesbrief aber nicht gewesen; zehn Jahre lang schreibt der Komponist an seiner Liebesoper. Seine Lily wird derweilen krank, ist unfruchtbar. Er verliebt sich in die Frau eines Bankiers. Diese wird von ihm schwanger. Als der Komponist zu ihr fährt, schießt sich auch Lily in die Brust, wird gerettet, will wieder zu ihm, ihn wiedergewinnen. Er lässt sich aber scheiden. Die Bankiersgemahlin heißt Emma und lässt sich auch scheiden. Die beiden heiraten und werden glücklich und haben immer Geld.

Tag, Monat, Jahr
Das Aufsammeln von Leben und Werten musste getan werden. So war meine Idee. Denn die Leute, von denen ich wusste, litten Not, waren wie

weggeworfen. Daher die Dokumentation, das Firmenbuch. 2000, 2001, 2002, 2003, 2004, 2005 war es nicht möglich mit Gemüller. Aber jetzt ist das alles kein Problem für ihn. Das sind die Wahlfolgen. Demokratie ist etwas Wunderbares.

Tag, Monat, Jahr

Ich verstehe nicht, warum diese verflixte sogenannte Positive Psychologie wirklich etwas Neues auf der Welt sein soll. Denn wenn die Psychologen und Therapeuten, noch dazu in so großer Zahl, jemals andere Ziele gehabt haben als die positiven, dann waren besagte Helfer und Wissenschafter, finde ich, immer für A und F. Das ganze 20. Jahrhundert lang z. B.

Tag, Monat, Jahr

Die einzige Positive Psychologie, die ich verstehe, ist: Ein Flugzeug sackt hunderte Meter ab. Unter den Passagieren bricht Panik aus. Eine Mutter spielt mit ihrem kleinen Kind, wirft es in die Luft, fängt es auf. *Hey, hey, das ist lustig*, sagt sie und das Kind lacht. Und das Flugzeug stürzt nicht ab.

Tag, Monat, Jahr

Gemüller sagte *Dramaturgie* und *roter Faden* und *publikumswirksam*. Das sei meine Aufgabe. Ich mochte diese Wörter nicht. Und laufend Ideen sollte ich liefern fürs Buch; und die Leute, die gemeinsam daran schrieben, bei ihrer Arbeit beraten. Ich sagte Gemüller beim ersten Treffen im Vegetarierlokal: *Das ist jetzt ein Himmelfahrtskommando für mich. Wie wird das alles zusammengehen? Bis jetzt hat es noch nie funktioniert. Die Leut' in der Firma haben untereinander so viele Diskrepanzen. Und das ist das geringste Problem. Ich weiß nicht, wie ich das schaffen soll. Solange wäre Zeit gewesen und du wolltest das Buch nicht, und jetzt, wo ich überhaupt keine Zeit mehr hab', soll's wieder von vorn losgehen.* Das war ihm egal. Kann sein, mir auch. *Jeder nach seinen Fähigkeiten, jedem nach seinen Bedürfnissen. Eine freie Assoziation freier Individuen.* Das sagte ich zu Gemüller, und dass ich das jetzt so tun werde fürs Buch. Der Sinn des Buches sei, dass die Belegschaft der Firma und die Klientel frei reden dürfen. Die Probleme beim Helfen laut und deutlich benennen. Die wirklichen Defizite und Defekte und die schönen Erfolge. Und die von mir zugelieferte wissenschaftliche, politische, kulturelle Prominenz sollte der Schutz für die Firma sein, für die, die sich frei zu reden getrauen. So dachte ich mir das. Sehr konkret war das alles und von Anfang an sehr weit gediehen. Über die wirklichen Probleme wirklich reden, wirklich gemeinsam und wirklich rechtzeitig, das wollte ich ermöglichen. Aber immer nur, wenn es von den Befragten und den BeiträgerInnen gewollt ist. Wie die Schwierigkeiten in der Firma von außen durch die

Geldgeber erzwungen sind, sollte klar gesagt werden. Das Ganze ein Buch. Das Werden des Buches als gute Veränderung der Firma einzig gemäß dem Willen, den Nöten, Bedürfnissen und Fähigkeiten der Klientel und der Belegschaft. Die gemeinsame Arbeit an dem Buch hätte die Firma innerlich verändern sollen und das Leben leichter machen. Alles, was da war, sollte als Wert erkannt und genutzt werden können. So war das Buch von mir gedacht. Nicht vom GF. Er wollte ein unwirkliches Buch. Eines ohne Folgen. Aber das wusste ich damals nicht, als er mir meine Aufträge gab.

Tag, Monat, Jahr
Mein Freund der Maler sagt: *Die Menschen haben sich etwas Besseres verdient als die Wahrheit.*

Tag, Monat, Jahr
Der Stalinismus der Reichen, alles verkehrt zurzeit: Denn die Rechten sind heute die Revolutionäre. Haiders permanente Revolution.

Tag, Monat, Jahr
Den Neoliberalismus, das Wirtschaftswachstum, die Wegwerfgesellschaft einzig erklären durch den *Potlatch*! Durch die demonstrative, öffentliche Verschwendung und Vernichtung all dessen, woran andere, Rivalen, Untergebene, großen Mangel leiden, ja sogar man selber, seine eigene Macht einschüchternd unter Beweis stellen.

Tag, Monat, Jahr
Ich habe kein Burnout, nicht einmal ein Burnouti. Aber fix und fertig bin ich zwischendurch. Das Wort Burnout mag ich nicht. Denn das ist, als ob es von innen käme. In Wirklichkeit wird man verheizt. Das Bild von der Kerze, die an beiden Ende brenne, halte ich auch für blöd. Ich glaube nicht, dass es solche Kerzen gibt. Wenn, dann hat sie jemand angezündet.

Tagebücher
2008

Tag, Monat, Jahr

Das Spitalsärzteleben im Film: Die Spitalsärzte sind lustig, professionell, offen, ehrlich, kommunikativ, kooperativ und kopulativ, retten die Leben. So muss man sein, wenn man erwachsen ist, solcher Sinnesleistungen fähig. Eine Patientin zum Beispiel hat zehn Mal am Tag spontane Orgasmen, die sie quälen und für die sie sich schämt, weil sie die nicht kontrollieren kann, weil die ihr immer und überall kommen. Und ein Patient hat einen Gehirn- und Gesichtstumor, will sein schönes Gesicht wiederhaben, riskiert die lebensgefährliche kosmetisch-plastische Operation, stirbt daran, wird als Toter nochmals zu Ende operiert, ist dann nicht mehr entstellt, sondern so, wie er es sich gewünscht hat. Und ein Patient mit Lungenkrebs ist in einer aussichtslosen Lage. Man operiert den Mann. Er ist dann gerettet. Man hatte sich zum Glück geirrt. In seiner Todesgewissheit hat er im Spital in den Tagen vor der Operation aber etliche Videoaufzeichnungen von sich drehen lassen und an seine Familie, Lieben und Freunde verschickt. Sein Leben erzählt er darin und beschimpft alle, was sie ihm angetan haben. Die Hasstiraden wurden mit der Post abgeschickt. Seine letzten Worte an seine Vertrauten, seine Abrechnungen mit den Kollegen. Er stirbt dann aber nicht. Seine Freunde und Lieben haben seine Videos zugestellt bekommen und er ist erledigt. Ich bin es auch.

Tag, Monat, Jahr

Mutter Teresa errichtete in einem der Chicagoer Ghettos einen Kindergarten, eine Volksküche und eine Zufluchtsstätte für obdachlose Frauen, Kinder. Meinen Freund den Anachoreten beeindruckt das nicht. Er mag die Mutter Teresa nicht. Das bringt mich durcheinander. Detto, dass ihre ehrwürdigen Schwestern in Indien den Eltern die Kinder weggenommen und zur Adoption in die Erste Welt verschickt haben. Ich verstehe auch nicht, warum Mutter Teresa in jedem Sterbenden, Gequälten, in jedem Alten, in jedem elenden Kind Jesus Christus sieht, nicht das Kind und den Sterbenden. Warum den Gott, nicht den Menschen. Jeden Einzelnen. Gewiss: Jesus ist ja doch Mensch und Gott in einem. Aber warum reicht Mutter Teresa das Menschenkind nicht, warum muss es Jesus sein?

Tag, Monat, Jahr

Helmut Schmidt erklärt den Leuten immer, dass die Goldene Regel das Wichtigste auf der Welt sei. *Was du nicht willst, dass man dir tu', das füg' auch keinem anderen zu.* Daraus müsse man Politik machen. Im Sinne

Kants. Natürlich hat er recht. Was Schmidt da immer sagt, tut meiner Seele gut. Aber war seine eigene politische Seele dazumal wirklich kantianisch? Und dass er immer so demonstrativ auf Kanzler Schröders Seite war, war das eines Kantianers wirklich würdig?

*

Der Schröder-Getreue Müntefering, angesichts einer riesigen Demonstration versteckte er sich einmal in den Parteiräumlichkeiten, schaute aber aus Neugier aus dem Fenster, ging in die Hocke, schob den Vorhang für ein paar Zentimeter zur Seite, schaute so aus seinem Balkonfenster, wollte nicht gesehen werden.

Tag, Monat, Jahr

Dass ich Gemüller vertraut, mit ihm kooperiert habe, war der folgenschwerste Fehler meines Lebens. Zugleich der unausweichlichste.

Tag, Monat, Jahr

Einer (A) sagt, er habe ein Jahr lang auf seine dementen Eltern geschaut, aber es wäre für alle besser gewesen, er hätte sie früher ins Heim gegeben, denn dort gehe es ihnen jetzt gut. Er beschönige überhaupt nichts, aber Demenz sei einfach nicht die schrecklichste Katastrophe, denn jeder Profi werde bestätigen, dass es da eben Ups and Downs gebe. Und dass die dementen Menschen sich immer wieder erfangen. Und man eben den Humor, die Zärtlichkeit, die Menschlichkeit hochhalten müsse. Der andere ihm gegenüber (B) ist zornig und den Tränen nahe. Widerspricht gefasst. Er habe für seine Eltern über viele Jahre alles zu tun versucht, habe sie dann aber ins Heim geben müssen, weil er für zuhause keine Hilfe gefunden hatte. Im Heim dann sei es sehr schlimm gewesen. – Beide Diskutanten halte ich für Optimisten, Realisten, Possibilisten. Aber A vertrage ich ganz schlecht, verstehe nämlich nicht, warum er sagt, dass die Leute, die ihm widersprechen, nicht vom Fach seien und bloß Schwarzmalerei betreiben. Halte A für unverschämt. Das Publikum ist aber auf seiner Seite. Er macht ihnen das Leben leichter. B macht nur Stunk. (Wie ich eben.) C, D und E reden auch etwas.

Tag, Monat, Jahr

Gemüller setzte immer alles daran, dass er der Geldgeber ist. Ich hielt das lange für Fairness.

Tag, Monat, Jahr

Mein Antlitzzeug hat Gemüller im Firmenbuch dem berühmten, herzensguten metaphysischen Dichter zugeschrieben, mit dem er befreundet war; mir weg, dem zu. Gesichter sind für mich jedenfalls wichtig. Ich starre Menschen an. Könnte ein Gesicht ewiglich betrachten. Ich war schon immer so. Das Gesicht meines Vaters, wenn er mich würgte. Schlug. Quälte. Die Gesichter der Menschen, die mir halfen, und das Gesicht der Menschen, die mir nicht halfen. Gesichter sind mir sehr wichtig. Ich glaube, ich könnte ein menschliches Gesicht tagelang betrachten, versinken darin. Jegliches Gesicht.

Tag, Monat, Jahr
Von den Journalisten sagt man, wenn sie jung sind, schreiben sie nur über Dinge, von denen sie nichts wissen. Und wenn sie alt sind, schreiben sie nichts von dem, was sie wissen. Überhaupt sei Journalistik ein Charakterfehler, mit dem sich Geld verdienen lasse, sagt man. Ein Journalist, der schwere Depressionen und Krebs hatte, hat das gesagt. Die anderen Journalisten haben von ihm gesagt, dass er einer der besten Journalisten sei, weil er immer nachgefragt und nicht damit aufgehört hat.

Tag, Monat, Jahr
Mäzen kommt von Maecenas, dem altadeligen Propagandaminister und steinreichen Verfassungsbeauftragten des Juntaführers Augustus. Horaz machte aus beiden Männern Gedichte, sagte von sich selber, er sei ein zappelndes Stück Holz an einer Schnur, tue alles, was man ihm sage. Dass er die Wahrheit sage, sagte er allerdings auch über sich. Lachend tue er das. Horazens allerletztes geschriebenes Wort war *canam, ich werde reden.* Hat er dann aber nicht. *Gestorben muss werden,* ist das bekannteste vergessene Wort des Augustus, seine Tötungsaufträge gab er so aus. *Moriendum est.* – Horaz machte Mätzchen. *Ich werde singen,* wie bei einem zappeligen, kleinen, nervösen Mitwisser, Ganoven klingt das. Nein?

Tag, Monat, Jahr
Ich schreibe wie in einer Pfeifsprache. Wenn geantwortet wird, berichte ich weiter. Sonst schweige ich still.

Tag, Monat, Jahr
Ein Polizist sagt, ihm sei es leid, dass die Demonstranten immer die Polizisten schlagen anstatt die Politiker. Er wisse nicht, wie er dazu komme, den Prügelknaben abzugeben.

Tag, Monat, Jahr
Heute das Firmenfest. Ein Freund in der Firma, ein lieber Bekannter aus der Studienzeit, erzählt mir auf dem Fest, dass der GF jetzt wieder ein neues Buch so gut wie fertiggestellt hat, als Herausgeber eines. Und wer da alles beiträgt. Weltnamen. Das wird das zweite, dritte, vierte Buch, das ich dem GF dazumal vorgeschlagen hatte, *Auswege* hieß es bei mir.

Jetzt ist es seines und heißt anders. Er hat mich nicht eingeladen. Jedem ist klar, dass das an mir liegt. Mir nicht. Als Gemüllers erstes Firmenbuch präsentiert wurde, hatte Herr Ho plötzlich siedeln müssen. Aus der Notwohnung fort. In die schöne, sichere. Aber alles ganz anders als gesagt. Alles ungewiss und schnell. Er musste umlernen. Sehr anstrengend für Samnegdi und mich. Ging gut aus für Ho. Aber ich wurde dann sehr krank. Grippe übergangen. Zeitgleich mit Gemüllers Erfolg wurde mein Buchmanuskript, 1. Roman, der Kindheitsteil, ganz verworfen. Und meine Tante war auch wieder bedrohlich krank geworden. Für mich war das alles plötzlich zu viel, das viele Verlieren, die Bedrohlichkeiten. Ich konnte mich ein halbes Jahr lang nicht gut rühren, war zwischendurch wie aus Eisen und Beton. Große Schmerzen. Wurde schnell immer voluminöser, monströser. Schreiben konnte ich nur mehr mit dem Bleistift, mühsam. In der Zeit hörte ich zufällig, dass vor ein paar Hundert Jahren einer gesagt hat, man schreibe mit drei Fingern, aber es sei eine Qual für den ganzen Körper.

*

Zu Hodafelds und Piels Gräbern ging ich damals zweimal. In gewissem Sinne auf allen Vieren. Hodafelds Grab ist namenlos. Piels war zwischendurch auch namenlos, weil der Querbalken des Kreuzes heruntergefallen war. Damals im Winter hat der von Herzen freundliche Studienkollege aus der ALEIFA gesagt, ich habe ein Gemüller-Trauma. Und da sei ich nicht der Einzige. Und jetzt am Firmenfest setzt er mir auseinander, wie hochanständig der GF stets agiere, redet das alles von sich aus. Es sei sein und Gemüllers Verdienst, dass das Firmenstatut geändert werde und die Mitarbeiterrechte sichergestellt, permanent optimiert werden. Er, mein herzensguter Kollege, habe die Idee dazu gehabt und der GF realisiere sie. Dem Betriebsrat sei das nicht eingefallen und der Betriebsrat mache auch sonst seit jeher so viel wie nichts. Ich weiß, dass Letzteres nicht so ist. Sondern ein paar Leute in der Firma haben wieder einmal pseudosynchron ähnliche Ideen gehabt. So ist das mit der Kooperation.

*

Früher habe ich manchmal gesagt, es gebe eine Krankheit, die heiße ALEIFAitis mikra. Das war nämlich, weil ein paar dort so schnell so viel vergessen haben, im Alltag, und sich darüber beklagten. Ich gehöre nicht mehr zur Firma und erinnere mich daher leichter.

*

Vor ein paar Monaten auf der Straße, der GF sah mich, blieb stehen, kramte in seiner Tasche und ging weiter. Der GF ist imstande, sich einzubilden, das sei eine Einladung ins jetzige neue Buch mit den vielen Weltnamen gewesen. Der hat auch kein Problem, den Leuten zu erzählen, er habe mich in es eingeladen. Wahr ist's nicht, aber wozu auch.

Tag, Monat, Jahr
Ich hatte mich aufs gestrige Fest gefreut. Die Firma ist von den anwesenden roten und grünen Spitzen für paradiesisch, heroisch und genial erklärt worden. Genau genommen nur Gemüller. Er selber tat so, als ob er alleine die Firma sei. Die anwesende rote Spitze tat auch so. Pötscher. Bei niemandem in der Firma hat sich Gemüller in seiner Jubiläumsrede bedankt. Ein paar haben sich darüber sehr aufgeregt. Aber alleine, unter sich.

*

Das Fest gestern war für mich die Hölle, aber ein paar aus der Firma waren sehr nett zu mir. Die MigrantInnen beim Fest waren Dienstboten. Wenige Leute waren beim Fest und viele Dienstboten arbeiteten. Alle Politiker und Funktionäre sagten beim Fest, dass sie glücklich und zufrieden seien. Und der GF Gemüller zitierte beim Fest einen hohen Katholiken, Kirchenpolitiker, der gesagt haben soll, der GF Gemüller und er, der Kirchenpolitiker, haben den direkten Draht zum Himmel. Und Pö, Pö, Pö sagte freundlich und bewundernd, wie intelligent der GF sei, und verglich ihn mit einem kleinen Raubtier. Sagte dann, dass er, Pötscher, der Firma immer gezahlt habe und weiter zahlen werde. Machte in seiner Rede allen klar, dass die Firma dieses öffentliche Geld seiner Freundschaft mit Gemüller verdankt. Derlei ist mir, egal von welcher Seite es kommt, zuwider.

Tag, Monat, Jahr
Das Problem für mich dazumal, als ich noch dabei war, war jahrelang auch gewesen, dass Gemüller sagte, dass er in der glokalen Dingsbumsbewegung, unserer, keine Sozialdemokraten dabeihaben wolle, überhaupt keine Politiker. Auch von den hiesigen kleinen und grünen Politikern niemanden aus dem Machtapparat. Überhaupt niemanden aus einer Partei. Die würden alle nur die Firma und ihn ausspionieren, sagte er zu mir. Das galt auch für Gemüllers jetzigen wichtigsten Freund Pötscher. Und für die mir liebe rote Frauenrechtlerin Franziska. Die spioniere für Pötscher, sagte Gemüller. Gemüller sagte: *Keine Kontakte!* Keine Kontakte meinerseits gab es daher, seinerseits daher alle. Und dann eben kam die Hummelzeit, 2003, und jetzt ist die Pötscherzeit seit 2004, 2005, und, was weiß ich, wer noch alles von den Sozialdemokraten die jetzigen Läufe mitbestimmt. Der GF wollte auch keine Künstler in unserem Dingsbumsverein. Keine Kulturleute. Z. B. von seinem Freund, dem herzensguten metaphysischen Antlitzdichter, sagte er, der wolle und könne so etwas nicht. Habe gar kein Interesse.

Tag, Monat, Jahr
Ein Hund, der Krebs schnüffeln kann, Hautkrebs. Blasenkrebs und Prostatakrebs sollen Hunde auch wittern. Auch Lungenkrebs und Brustkrebs. Früher als jede Maschine. Der Arzt erzählt mir das heute. Und dass er jetzt einmal in der Ordination von einem Patienten zusammengeschlagen wurde, den und dessen Familie er seit Jahren kenne. Der Arzt erstattete keine Anzeige, bekommt jetzt aber nur schwer Luft, hat gebrochene Rippen. Er fragt mich, wann es mir gutgegangen sei in meinem Leben. *Als ich meine Frau kennen gelernt habe.* Dann solle ich das von neuem tun, sagt der Arzt, und er, er fahre jetzt nach Südamerika. Dort die Anden ab mit dem Fahrrad. Er sagt mir ein Nerudagedicht auf Spanisch auf und stampft mit dem Fuß dazu. Dann schenkt er mir den kleinen Plastikschlumpf aus seinem Wartezimmer. Wenn der doch wieder gesucht werde von dem Kind, das ihn vergessen hat, wisse er ja, wo der Schlumpf jetzt sei.

Tag, Monat, Jahr
Hodafeld hat zu mir gesagt, ich sei ein Felsen, auf mich könne jeder bauen. Das habe ich ganz vergessen. Das war nett von Hodafeld. Aber dann bin ich ja wieder gesund geworden. Und das bin ich jetzt. Das ist auch nicht schlecht.

Tag, Monat, Jahr
Die Kollegin Hermi hat einmal geträumt, Hodafeld sei mit einer Kinderschar am Meer; sie gehen durch den Ufersand. Man sieht Hodafeld fast nicht vor lauter Kindern, aber er leite sie. Sie träumte das, als Hodafeld oft in der Firma war. Hodafeld war sehr kinderlieb. Hatte viele Kinder. Eigene und die aus der ersten Ehe seiner Frau. Wollte auch Unterschichts- und Flüchtlingskinder adoptieren, um ihnen zu helfen. Man müsse Menschen, Inländer, Ausländer, de facto in die eigene Familie aufnehmen, so helfe man ihnen am besten, schnellsten, einfachsten, war Hodafelds Idee. Hermi hat luzid geträumt.

Tag, Monat, Jahr
Quia sumus non consumpti, mein Freund der Anachoret sagt mir den Spruch gerne. Ich merke mir die Stelle nie. Früher, als er noch Priester war, hat er den Vers oft gesungen. Die Davidpsalmen auch. Den einen, quietistischen, pietistischen, dass man sich nicht gegen die Oberen empören soll, am liebsten. Der Anachoret hat sich aber gegen die Machthaber empört. Mit allen Konsequenzen. Der Anachoret ist mir ein Rätsel. Ich glaube, er will immer, dass man in Gott ruht. Wenn man das nicht könne, sei alles, was man tue, nichts.

Tag, Monat, Jahr
Bin in einem Symposium über »Feudalismus in der Gegenwartsgesellschaft«. Die reden jeder, jede fünf Minuten lang über irgendetwas und sind den Rest der Zeit sehr freundlich zueinander. Das Symposium ist angeblich der Anfang für ein riesiges schöngeistiges soziokulturelles Wissenschaftszentrum. Spitalswesen, Justiz, Wissenschaft, Literatur, Kunst und Dokumentationsjournalismus soll das Vorhaben aber auch umfassen und die letzten 150 Jahre Geschichte aufarbeiten. Weil das alles so viel ist, gibt es jetzt nur fünf Minuten Referatszeit für jeden. Einen renommierten linken Schriftsteller frage ich vor dem Sitzungszimmer, ob er bitte in meinen Sozialstaatsroman reinschaut. Er ist augenblicklich empört über mich. Es dürfe keinen Protektionismus geben. Er interveniere nie. Werde daher sicher nicht in mein Manuskript schauen. Das Feudalismussymposium missfällt ihm sichtlich, er ist aber den Gastgebern freundschaftlich verpflichtet, sagt kein Wort gegen die Veranstaltung. Einmal verspricht er sich in seinem Vortrag im kleinen Saal; statt *non servio* sagt er *non servo*. *Ich rette nicht* statt *Ich diene nicht*. Er ist vor zwei Jahren in einer verheerenden Massenkarambolage nur knapp dem Tod entkommen, seine Familie auch nur knapp, Frau, Kind. Autobahngau, Tunnelbrand im Winter. Er hat viele Menschen auf einen Schlag sterben sehen. War selber schwer verletzt. Sagt seither, dass die Menschen sich nur etwas vormachen, *wir alle*, sagt er.

*

Der weltberühmte linke Dingsbums, über den ich meine zwei Bücher geschrieben habe, war Feudalismusspezialist gewesen. Der Name fällt daher oft beim Symposium. Der Dingsbums solle für das Zentrum zukünftig zentral sein, heißt es. Dem GF Gemüller hätte es gefallen, wie ich heute wieder ins Leere gelaufen bin. Beim GF funktioniert der Feudalismus gut. Einmal wird der große Schriftsteller, der sich heute über mich aufgeregt hat, gewiss auch beim GF in der Firma lesen. Ich wette darauf. Und es wird ihm dort gefallen. Der große Schriftsteller redet in seinem Vortrag viel von Musikalität. Jeder Schriftsteller müsse die haben, sonst sei er keiner. Kafka fällt mir ein. Der war gewissenhaft unmusikalisch. Musik stieß ihn ab.

*

Mir fällt mitten im Symposium der Leberkrebs der Frau Ministerialrat ein. Über den Dichter wird nämlich eine Zeit lang geredet, dessen Sohn die Frau Ministerialrat nicht heiraten wollte; Vater und Sohn haben sich umgebracht. An das letzte Sterben der Frau Ministerialrat erinnere ich mich, während die hier im Symposium über den Vater ihres adeligen Geliebten reden und was der alles in der Welt exzellent beschrieben habe. Ich habe, als die Frau Ministerialrat im Sterben war, ihre Familie zu ihr ins Spital gezwungen. Es kann sein, dass das die größte Qual im Sterben war für die Frau Ministerialrat, dass dann ihre Familie da war, mit der sie für immer gebrochen hatte. Ein paar Jahre später hat sich die kleine Großnichte, der die Frau Ministerialrat alles vererbt hatte, umgebracht. Das Mädchen ist, soweit ich weiß, nach dem Tod der Frau Ministerialrat nie in das feudale Haus der Frau Ministerialrat gegangen, das es geerbt hatte. Ich habe zufällig mit dem Mädchen telefoniert, als ich wollte, dass sie alle zur Frau Ministerialrat ins Spital gehen. Um die fünfzehn, sechzehn war das Mädchen damals gewesen. Man schenkte mir ein paar Bücher, als man das Haus leerte, Statikersachen, 19. Jahrhundert, unbrauchbar, und den Kant und den Schopenhauer. Ein Stamperl Schnaps wollte man mir geben. Man sagte zu mir, ich sei wie mein Großvater, der habe sich auch immer über alles lustig gemacht. Das fand ich nett. Zwei, drei, vier Jahre später war das Mädchen tot. Man kann nicht retten, wenn man nicht dient? *Non servio* sagt immer der Teufel. Die Menschen, die einem nicht helfen wollen, sagen, es gebe Menschen, die sich nicht helfen lassen wollen. So steht also Wille gegen Wille.

Tag, Monat, Jahr

Ein Foto von der Mutter Teresa, sie hält ein Kind in den Armen, läuft damit los, als ob sie das Kind in Sicherheit bringen muss, will. Hält es sicher. Wie eine Affenmutter ein Affenjunges. Daher vertraue ich ihr. Nur deshalb. Der Anachoret irrt sich in ihr, weil er Johannes Paul II. nicht gemocht hat und Mutter Teresa dem Papst gegenüber devot war. Der Anachoret mag keine Erpressungen. Auch das Gewissen darf niemanden erpressen. Aber die Affenmutter Teresa verstehe ich. Ein Mensch ist ein Tier, daher die Würde.

Tag, Monat, Jahr

Ein Geisteswissenschafter, erfolgsverwöhnt, sagt, er habe als junger Mensch die psychologischen Tests am Arbeitsamt durchschaut, wie simpel die seien, und verachte seither die Psychologie. Jeden Tag, wenn er in der Früh aufwache, sei das für ihn wie ein neues Leben und ein Wunder und die Entdeckung der Welt. Und wenn er an Liebe denke, fallen ihm alle Liebesschriften und Liebesdenker der Weltgeschichte ein, sagt er. Oft, wenn ich in der Früh aufgewacht bin, war ich glücklich, dass ein Mensch noch lebt und aufgewacht ist, oder ich schlief in der Nacht nicht, damit der Mensch nicht stirbt. Ich kann mir nicht leisten, die Psychologen zu verachten. Auch das Arbeitsamt nicht. Beim Lieben, sagt er, helfe es sehr, wenn man die Geistesgeschichte der Welt parat habe. Mir hilft die Weltgeschichte, die Ideengeschichte, überhaupt nicht. Nie.

Herrn Ho auch nicht, obgleich auch Mozart und Paganini spielsüchtig waren. Liebende eben. Herr Ho ist sehr konzentriert beim Spielen. Das ist etwas Gutes. Wenn man spielt, ist man im Zustand der Gnade. Die Opernhäuser waren früher Casinos. Und Risiko ist arabisch und heißt, dass man in der Hand Gottes ist, der barmherzig ist. Auf den Spielsteinen der Christen der ersten Jahrhunderte stand, dass Jesus siegen wird. Und heutzutage gehören die rentabelsten Casinos nicht mehr der Mafia, sondern den Rentenfonds, und aus denen kommen sehr wohl die Renten für die alten Leute heraus.

Tag, Monat, Jahr
Zur Tante waren und sind immer alle sehr nett im Ort, zu uns allen. Ich lebe gern hier, auch wenn man mir das nicht ansieht.

Tag, Monat, Jahr
Die Therapeutin nennt mich lachend eine Grauzonenseele. Als ich nachfrage, verneint sie dann aber.

Tag, Monat, Jahr
Was ich mir erarbeitet habe, ist kaputt, und ich muss bei Null anfangen. Ist das wirklich so? Ja. Aber die meisten Leute, die ich kenne, würden lachen und sagen, so schlimm sei das nicht, daran sterbe man ja nicht.

Tag, Monat, Jahr
Bei einer Schulfeier: Ein junger Priester sagt, die Jugendlichen lernen hier an einem erlauchten Ort, wo über Jahrhunderte Kaiser und Könige aus und ein gegangen seien. Der Abend ist lang, das Bier geht aus. Der Schuldirektor schaut im Vorbeigehen bei den Flaschen, die herumstehen, ob irgendwo noch ein Bierrest drinnen ist, findet sich eine viertelvolle, nimmt sie mit, trinkt sie leer. Charly sagt, sie höre dem Priester einfach nicht zu. Ich höre ihm schon zu. Von demokratischen Kanzlern, demokratischen Präsidenten redet der kein Wort. Einmal scherzt er etwas von Tätern und Opfern. Die Kinder in der Schule seien, was weiß ich, was. Jetzt Opfer, künftig Täter. Er erklärt es nicht weiter, kommt bestens an beim Publikum. Bei den Kindern auch. Charly hört ihm wirklich nicht zu. Ein anderer Theologe bei der Feier sagt von den Schulnoten, Zeugnissen, die seien weltliche Sakramente. Und dass einem die niemand wegnehmen kann. Eine Schwangere klopft während der ganzen Zeit fest auf ihren Spitzbauch, das macht mich nervös. Einmal noch und ich sage, sie soll Ruhe geben. Wahrscheinlich hat sie Hunger. Der Witz fällt mir ein, dass ein kleines Mädchen seine schwangere Mutter fragt, warum sie denn ihr Baby aufgegessen habe.

Tag, Monat, Jahr
In Skandinavien kann man sich in den öffentlichen Bibliotheken nicht nur Bücher entlehnen, sondern auch Randgruppenmenschen. Das ist als Sozialprojekt für die ganze EU geplant. Und in den mitteleuropäischen Altersheimen gibt es jetzt Tierroboter, Tamagotchi-Computer, für Demente, gegen die Demenz. Die streicheln die. Eine Robbe zum Beispiel. Die hat einen Schnuller. Durch den kommt der Strom, damit sich die Robbe bewegt. Und die alten dementen Frauen freuen sich dann und streicheln alle gemeinsam das antibakterielle Fell. Hunde- und Katzenattrappen nimmt man dafür deshalb nicht, weil diese Tiere zu bekannt sind. Da weiß man als behinderter Mensch, wie die sich wirklich anfühlen. Das soll nicht sein. Die Dementen wissen und können offensichtlich noch immer zu viel. Kann man sich Demente auch einmal ausborgen in den europäischen Sozialbibliotheken, damit man von ihnen lernt? Von einem Musikstück habe ich vor Jahren gehört, das soll *Dementia Praecox Angelorum* geheißen haben. Sonst weiß ich nichts mehr davon.

Tag, Monat, Jahr
Meine selbstmörderische Selbstlosigkeit. Quatsch, die war nie selbstmörderisch.

Tag, Monat, Jahr
Einer erzählt von Donna Leon. Ihrer Händelbegeisterung. Die Wahlverwandtschaft der Opern zu ihren Krimis. Mir ist jeder Krimi auf der Welt unerträglich und jede Händeloper ein Greuel. Der Hendeln und überhaupt alles fressende Händel war ein gewaltiges Monster, *I am myself alone* lautete sein Spruch. Habe keine Ahnung, wie man das übersetzt. Aber es ist unheimlich. *We by ourselves alone,* die IRA-Losung, hingegen verstehe ich, Händel nicht. Aber er hat allen deutschsprachigen Komponisten den Weg bereitet, die nach London kamen. Purcell war durch ihn völlig vergessen. Purcells halbe Opern. Diese Höflinge nerven mich alle, egal, wie sie heißen, Händel, Purcell. Und John Dowland? Der auch, ein Nervenbündel und Denunziant.

*

Die jungen Leute, die Devianten, die Bettler, Drogensüchtigen, die systematisch mit klassischer Musik von öffentlichen Plätzen und aus Einkaufsgegenden vertrieben werden sollen. Und das gelingt auch. Mit Vivaldi zum Beispiel. Mit Höflingen eben. Ich weiß nicht, ob man mit Bach die hinfälligen Menschen, die keinen Ort haben, vertreiben kann. Alle Klassiker, mit denen es nicht gelingt, sind gut. Das möge hinkünftig das Kriterium sein! Das verordne ich hiemit.

*

Léonins und Pérotins Gesänge, waren die auch von Höflingsart? Angeblich überhaupt nicht, sondern sie sollen die Herrschenden herausgefordert haben. Das *Sederunt principes* zum Beispiel.
*
Die erste Komponistin des Abendlandes, abgesehen einmal von Sappho usw., lebte in Byzanz. Auch zu Hofe. Verschmähte den werbenden Herrscher. War sehr furchtlos und stolz. Hat ihn herausgefordert. Wie sie heißt, habe ich vergessen.

Tag, Monat, Jahr
Kassia! Kassia! Sie hat Jesus Christus geliebt.

Tag, Monat, Jahr
Im Sommer 2002 habe ich wie folgt geredet. In Österreich, Vorarlberg. In Österreich standen wegen Haider Neuwahlen bevor, das österreichische Sozialstaatsvolksbegehren jedoch war gescheitert:
<Unlängst wurde in meiner Heimatstadt vor Geschäftsleuten, Bankleuten, Werbeleuten und lauter ähnlichen wichtigen Leuten die sogenannte Cannes-Rolle präsentiert. Cannes ist, habe ich mir erklären lassen, ein Ort in Frankreich, und die Cannes-Rolle beinhaltet die zur Zeit weltweit besten Werbespots. Ein praktizierender Psychotherapeutenmensch war bei besagter Präsentation auch zugegen. Die Therapeutenwesen sind ja zur Zeit allüberall, sei es in diversen Ministerämtern, sei es in Generalsekretariaten, sei es in regierungsrelevanten Ehegemeinschaften. Ohne Therapeuten, ohne Sozial- und Lebensberater, ohne Veränderungscoaches funktioniert ja anscheinend rein gar nichts mehr in unserer Republik. Und so also war auch bei der besagten Präsentation der Cannes-Rolle ein Psychotherapeutenwesen zugegen. Das Psychotherapeutenwesen wurde vom öffentlich-staatlichen Fernsehsender interviewt. Und bei der Gelegenheit sprach es lächelnd in die Kamera, sie alle, die sie hier zugegen seien, bräuchten die Werbung für ihre Sparten, auch es, das Psychotherapeutenwesen, und zwar für die Praxis, die es betreibe. Naturgemäß wurde, wie Sie sich vielleicht lebhaft vorstellen können, angesichts der Cannes-Rolle viel und vergnügt und herzhaft gelacht. Da ich, soweit mir mit meinen bescheidenen Mitteln nur irgend möglich, auch Sie hier am globalen Amüsement der zivilisierten Welt teilhaben lassen möchte, seien hiemit einige der größten Lacherfolge der Werbebranche getreulich greulich wiedergegeben:

Spot Nummer 1: Mütter holen mit ihren Autos ihre Kinder von der Schule ab. Ein Mädchen steigt in ein Auto. Die Frau am Steuer dreht sich nach hinten um zum Kind, lächelt es an und fragt es erstaunt, wer es denn sei. Denn das Kind muß offensichtlich sowohl Mutter als auch Auto verwechselt haben. »Wer bist denn Du?« »Who are you?« Das Kind schnallt sich an, bekommt harte blaue, strahlend-stechende Augen wie in einem Horrorfilm und antwortet bloß mit einem: »Shut up and drive«. Die Automarke, die mit diesem mädchenhaft charmanten »Shut up and drive« beworben wird, ist mir entfallen, weil ich vor dem kleinen Monster so erschrak.

Spot Nummer 2: Ein Blinder geht schwer dahin mit seinem weißen Stock. Plötzlich fängt der Blinde zu schnuppern an. Am Weg steht eine attraktive und gepflegte Frau, sie wartet auf den Bus. Der Blinde läßt vor ihren Füßen den schwarzen Sack fallen, den er mit sich schleppt, und geht weiter seinen Weg schweren Schrittes. Es ist ein Müllsack offensichtlich. Denn ein paar Meter von der Frau entfernt steht ein Müllcontainer und davor liegen solche schwarzen Säcke. Die Frau hat wohl gestunken und daher hat der blinde Mann den Müllsack ihr einfach vor die Füße geworfen, blind eben, wie er ist, wirft er Gestank zu Gestank. So ist das. Da also die stinkende schöne Frau, dort das haßerfüllte liebe Kind. Die eine Werbung da für eine namhafte Automarke, wie gesagt, die andere Werbung dort, wenn ich mich recht erinnere, für ein namhaftes Parfum.

Gemerkt habe ich mir namentlich bloß Spot Numero 3. Eine IKEA-Werbung. Ein Mann umarmt eine Frau auf dem Kanapee. Er sinkt auf sie, hebt sie zu sich hoch dann in der Umarmung. Die Frau ist plötzlich leblos. Eine Gabel steckt in ihrem Rücken. Die Frau ist zu Tode gekommen an dieser Gabel. Der Witz dabei kam schriftlich dazugeliefert, wenn ich mich recht erinnere, nämlich daß immer jemand dafür sorgen muß, daß aufgeräumt ist. Und das macht irgendwie IKEA. Durch IKEA-Möbel ist immer alles aufgeräumt. Die bei der Präsentation anwesende Psychotherapeutin, wie erwähnt, amüsierte sich sehr, ebenso die dazugehörige, die Landesnachrichten wiedergebende Fernsehmoderatorin, welche ein Publikumsliebling ist. Kindermonster, stinkende Frau, getötete Frau. Man war, wie gesagt, sehr amüsiert. Egal ob Männchen oder Weibchen. Es gibt bekanntlich, Cannes-Rolle hin, Cannes-Rolle her, noch vielerlei Kreativwerbung der soeben geschilderten Art.

Da befinden sich beispielsweise ein Mann und eine Frau auf dem Dach eines Hochhauses, die Frau stolpert vom Dach, der Mann kann sie mit seiner rechten Hand noch halten, sie hängt in der Luft, schreit. Der Mann hält sie, soll sie hochziehen, könnte sie hochziehen. Er schaut plötzlich auf die Uhr und läßt die Frau zu Tode stürzen. Es ist nämlich Fernsehzeit. Der inzwischen bankrott gegangene Stoiberfreund Kirch samt Konzern hat für seinen Kanal »Premiere« so werben lassen. »Zeit für Premierefernsehen« hieß das damals. Karlheinz Böhm und »Menschen für Menschen« haben sich übrigens über Kirch stets gewaltig und lautstark geärgert, weil Kirch alle Rechte auf alle Sissifilme Böhms erworben hatte, aber nicht zur geringsten Spende für Böhms »Menschen für Menschen« bereit war. Gestatten Sie mir bitte, noch ein wenig bei Frau und Kind zu verweilen: McDonald's plakatierte, wie Sie wissen, Babykinder, die an einer Mutterbrust saugen, welche in Wirklichkeit irgendein McDonald's-Burger ist. Und für Toyota-Autos wird auch mit Mutter und Kind Werbung gemacht. Eine Frau bekommt eine Frühgeburt, weil der Kindesvater auf den Frauenbauch einredet, mit dem noch ungeborenen Kind im Bauch seiner Frau spricht, ihm sagt, wenn es zur Welt komme, werde es schon von einem Toyota Corolla erwartet. Also kommt das Kind viel früher zur Welt. Eine Frühgeburt. Die Lutzwerbung ist übrigens offenkundig auch lustig und lustvoll. Da bringt die Frau, man schaue und staune, mit von blauem Spitalstuch bedeckten, naturgemäß gespreizten Beinen einen billigen Sessel zur Welt. Einen billigen Sessel zur Welt. Soviel zum Wunder der Geburt und den dazugehörigen Geheimnissen. Einen billigen Sessel zur Welt. –

»Anmut sparet nicht noch Würde / Leidenschaft nicht noch Verstand«. Selbige Gedichtverse sind bekanntlich die Antwort eines umstrittenen, dazumal nomadischen linken Lyrikers, welcher kurz auch in Österreich verweilend übrigens für die Salzburger Festspiele einen neuen *Jedermann* verfassen wollte, auf die Frage, wie man denn das Land, in dem man leben möchte, künftig zu beschirmen vermag. »Anmut sparet nicht noch Würde«, heißt es also in der linken *Kinderhymne*, »Anmut sparet nicht noch Würde / Leidenschaft nicht noch Verstand«. In etwa ist das auch der Ratschlag eines gewissen Pierre Bourdieu an gegenwärtige soziale Bewegungen. Daß ich dieses Gebot der Anmut und der Würde, der Leidenschaft und des Verstandes am heutigen Abend einhalten werde, kann ich Ihnen ebenso wenig versprechen wie, daß Ihnen meine Berichte Nutzen bringen werden. Lediglich einen sehr langen Abend kann ich Ihnen zusichern, weiß aber nicht, ob das und sein Verlauf, soweit er an mir liegt, in Ihrem Sinne sein werden.

Der freundliche Herr, der mich dennoch beharrlich für heute hierher einlud, versicherte mir, als ich am Telefon wiederholt zögerte, wortwörtlich: »Sie kommen ja zu Freunden.« An diese vertrauenserweckende, verlockende verbale Versicherung fügte er noch das Ihnen allen vertraute vorarlbergerische »Oder«. »Sie kommen ja zu Freunden, oder?« Da ich des Vorarlbergerischen jedoch nicht kundig bin, erschrak ich im Moment, denn besagtes »Oder« kann ja vielleicht auch heißen, daß etwas in Wahrheit ganz anders ist, als es zu sein scheint und als es beredet wurde. Sie werden mir dieses Ihr »Oder« im Laufe der kommenden Stunden wohl noch ganz genau erklären. Einstweilen jedenfalls vermute ich einmal als sprachhistorischer und sprachpsychologischer Laie, daß dieses Ihr ganz selbstverständliches vorarlbergerisches »Oder« ein bemerkenswert renitentes, resistentes und realistisches Wörtchen ist. Sozusagen eine gegenseitige Demokratieversicherung.

Der Geschmack, der gute wie der schlechte, die ureigene innere Empfindung, der seelische Widerwille bis hin zum körperlichen Kotzen, ist ja, folgt man Bourdieus Sicht der Dinge, eine sehr eigenartige Sache. Der Erfolg von Bourdieus Schrift *Die feinen Unterschiede* soll durchaus auch damit zusammenhängen, daß dieses Buch absurderweise als eine Art Knigge von Leuten verwendet wurde, die gesellschaftlich reüssieren wollten. In Wahrheit jedoch sind *Die feinen Unterschiede* letztlich ein Werk über Gewalt, gegen Mißhandlung, gegen Mißbrauch, gegen Täuschung, gegen Einschüchterung. Bourdieu beschreibt in *Die feinen Unterschiede* de facto das, was Verhaltensforscher Scheinartenbildung nennen. Wahrnehmung ist ja bekanntlich nicht bloß ein abstraktes Problem für Erkenntnistheoretiker und für Ästhetiker, sondern zuvorderst eines des Überlebens und des Zusammenlebens. Der Mensch nämlich, so meinen oft durchaus linke Verhaltensforscher, verfüge über die schreckliche Fähigkeit und Fertigkeit, unter anderem gerade durch Sprache und Werte Mitglieder derselben Gruppe, also Menschen, zu Mitgliedern einer fremden zu machen, Menschen zu Nicht-Menschen. Auf diese Weise vermöge der homo sapiens, der schmeckende Mensch – sapientia, also Intelligenz, heißt eigentlich soviel wie Geschmack –, durch Scheinartenbildung also vermöge der homo sapiens die innerartlichen Aggressions- und Tötungshemmungen geschickt zu unterlaufen. Diese Scheinartenbildungen müsse man daher konsequent kenntlich machen, konsequent durchkreuzen, konsequent außer Kraft setzen. Das sei durchaus möglich, könne durchaus glücken. Bourdieus Schrift *Die feinen Unterschiede* handelt letztlich von nichts sonst, sondern ist ein solcher Versuch, alltägliche Quälereien, alltägliches Verreckenlassen, alltägliche Tötungen, alltägliches Über-Leichen-Gehen zu verhindern. In diesem Sinne meinte Bourdieu in *Die feinen Unterschiede,* man definiere, indem man negiere, bestimme, indem man ausschließe, nehme wahr, indem man ignoriere und eliminiere. »Omnis determinatio negatio« nennt er das lateinisch. Omnis determinatio negatio. Menschen also, so Bourdieu, fassen Gefühls- und Geschmacksfragen zwangsläufig als solche von wahr und falsch, Leben und Tod auf. Geschmack sei für Menschen zunächst einmal Ekel, Widerwille, Abscheu, tiefes Widerstreben gegenüber dem anderen Geschmack, also gegenüber dem Geschmack des anderen Menschen und dem Geschmack der fremden Gruppe. Man meint, man müsse erbrechen, man hält selbigen Geschmack der anderen für widernatürlich und ist bereit, zur Gewalt zu greifen.

Sie mögen, was ich Ihnen da berichte, für ziemlich abstoßend, für ziemlich abgedroschen, für trivial, für unwahr und für unnütz erachten. In Bourdieus Augen allerdings gibt es nicht viel Selbstverständliches. Und ich meine eben, daß er mit dieser Ansicht recht hat. Wenn Sie und ich, um ein vielleicht unverfängliches Beispiel zu nennen, morgendlich ohne Harm und ohne Arg ihrem Radio schlaftrunken lauschen, sind Sie oft mit Straßenbefragungen konfrontiert, bei denen Leute wie Sie und ich ganz blöde Fragen gestellt bekommen, und Sie und ich, wir entkommen der offensichtlich vom Befrager verordneten Blödheit nicht. Etwa wenn der von uns wissen will, ob wir dafür oder dagegen sind, daß die Achselhöhlen jetzt endlich unter Naturschutz gestellt werden, oder wenn wir gefragt werden, wie viele Sekunden eine Minute hat. 30 Sekunden übrigens hat eine Minute, und natürlich sollen die Achselhöhlen möglichst schnell unter Naturschutz gestellt werden. Und selbstverständlich ist man dafür, daß demnächst vegetarisches Gemüse im Handel erhältlich sein wird. Selbstverständlich auch ist man strikt dagegen, daß jetzt die Anonymität des Reisepasses aufgehoben wurde.

Wie auch immer, es ist keineswegs selbstverständlich, daß Menschen gemeinsam ihr Essen, ihre Mahlzeiten einnehmen und es sich gemeinsam schmecken lassen. Es ist keineswegs trivial, daß die einen essen, was die anderen gekocht haben, es sich gar schmecken lassen, ohne zu kotzen. Türkisch, indisch und chinesisch, afrikanisch, österreichisch, tschechisch, irakisch, persisch, amerikanisch et cetera zu essen ist so gesehen keine Selbstverständlichkeit, sondern in der Tat eine zivilisatorische, kulturelle, soziale Leistung von Menschenwesen, wenn man so will, allen Ernstes Friedensarbeit, und zwar sowohl was fremde Nationalitäten betrifft als auch was fremde Milieus, fremde Schichten, fremde Gesellschaftsgruppen innerhalb der eigenen Nationalität anlangt. Wenn bekrittelnde Zeitgenossen belächeln und beklagen, daß multikulturell im Alltag erbärmlicherweise zumeist auf Essen, Trinken, Tanzen und quasimusikalisches Lärmen reduziert werde, um nicht zu sagen, auf die primären Körperfunktionen sich beschränke, so haben besagte Kritikaster oft recht, doch gehen Liebe und Zusammenleben wohl tatsächlich durch den Magen und ist bekanntlich selten etwas so lebenswichtig, wie die primären Körperfunktionen es sind. Ihre wie meine. Und Tanzen ist, wie Sie wohl selber viel besser wissen als ich, in der Tat soziale Bewegung, sozusagen Sozialbewegung. Soviel nebstbei allen Ernstes zur sogenannten multikulturellen Gesellschaft aus Bourdieuscher Sicht, sei es, was das Zusammenleben von verschiedenen Nationalitäten betrifft, sei es, was das Zusammenleben, also das Einander-Schmecken-Können von verschiedenen Schichten, Klassen und Milieus ein und derselben Nationalität betrifft. Bourdieu wollte übrigens, und das ist vielleicht der wichtigste Sinn des Werkes *Das Elend der Welt*, daß Menschen anfangen, einander respektvoll ihre Leben zu erzählen, und daß so das Leben von Menschen anfängt zu zählen und daß so aus jedem dieser haßfrei erzählten Leben ein politisches Argument zu werden vermag. *Das Elend der Welt* ist, wie gesagt, ein Werk gegen den Haß. Dadurch, daß Menschen einander ihre Leben erzählen, entmachten sie beharrlich die Schadensverursacher in Politik, Medien und Wirtschaft. Soziale Bewegung, Sozialbewegung, beispielsweise zum Schutz des Sozialstaates, könnte in diesem Sinne vielleicht auch heißen, zu Fuß bei Zeiten beharrlich von fremder Wohnung zu fremder Wohnung, von fremdem Lebensraum zu fremdem Lebensraum, von fremdem Mitmenschen zu fremdem Mitmenschen zu hatschen. Zu Fuß von Mitmensch zu Mitmensch, nicht bloß von Zeitung zu Zeitung, von Fernsehsendung zu Fernsehsendung, von Medium zu Medium kriechen, sondern zu Fuß von entsetztem, entsetzlichem Mitmenschen zu entsetztem, entsetzlichem Mitmenschen und dabei Lebensgeschichten erfahren und Lebensgeschichten mitteilen, auch das ist soziale Bewegung, sofern ich Bourdieu nicht zur Gänze falsch verstanden habe. *Respekt* nennt Richard Sennett derlei Vorgehen in seinem neuen Buch. Von Anmut und Würde, von Wirklich und Nichtwirklich, von Selbstverständlichkeit, Zerbrechlichkeit und Brüchigkeit, vom Schmecken, Zusammenleben und Kotzen sowie vom Erzählen von Lebensgeschichten und vom Beharren auf sozialer Bewegung habe ich Ihnen bislang kurz berichtet, und zwar aus Bourdieuscher Sicht der politischen Dinge und der ernstlichen Gegenwehrmöglichkeiten.

Apropos, daß für Bourdieu nichts selbstverständlich war: Auf dem Gang einer Hilfsorganisation in meiner Heimatstadt hängt ein Foto, auf dem einige Jugendliche, sitzend auf einer Wiese, abgebildet sind, mehr nicht. Sie lächeln nicht einmal sonderlich. Ein junger Flüchtling, der sich zu einem Deutschkurs anmeldet, steht allein vor dem Foto, sieht es lange an, weint plötzlich. Was er auf dem Bild sieht, ist für ihn alles andere als selbstverständlich. Es ist ihm abhanden gekommen. Und ein polnischer Jude, der das KZ überlebte, versuchte nach der Befreiung ein normales Leben zu führen so gut, wie nur möglich, war fröhlich. Aber immer wenn irgendetwas Negatives ihm oder seiner Frau oder seinem Kind im neuen Alltag plötzlich widerfuhr, versuchte er erschrocken die Fassung zu bewahren, indem er sagte: »Das ist selbstverständlich.« Wo andere Schimpf- und Fäkalwörter fluchen, sagte der das KZ überlebt habende polnische Jude noch Jahrzehnte nach der Befreiung erschrocken und in der Situation um Fassung bemüht: »Das ist selbstverständlich.«

Mein wichtigster Bezugspunkt zu Vorarlberg ist neben »oder« die Erinnerung an eine überaus engagierte Vorarlberger Krankenschwester, die sich vor einigen Jahren über mich sehr geärgert hat, deren Name, Adresse und Telefonnummer mir aber abhanden gekommen sind. In etwa warf sie mir zwischenmenschlich enttäuscht mangelnde Zivilcourage und antisoziales Verhalten vor. Kurz sei jetzt hier rekapituliert, worum es damals ging: Vor 3^1/$_2$ Jahren, im März 1999, als gerade der Kosovokrieg ausbrach, fand in einem katholischen Bildungshaus eine gemeinsame Veranstaltung besagten liberal-katholischen Bildungshauses mit dem Sozialreferat der Landesregierung, dem Krankenpflegeverband, dem Hospiz, der Berufsgemeinschaft der Altenhelfer, dem Universitätsinstitut für Pastoraltheologie, dem Berufsverband der Diplomierten Behindertenpädagogen sowie der kirchlichen Lehranstalt für Sozialberufe statt. Symposiumsthema war Zwischenmenschlichkeit in helfenden Berufen. Durch die Vorträge und Diskussionen kam es am letzten Tag dazu, daß man sich plötzlich und aufgebracht fragte, ob in unmittelbarer Gegenwart und absehbarer Zukunft der Schutz von Patienten in Spitälern in Wirklichkeit überhaupt gegeben sei. – Ob in unmittelbarer Gegenwart und absehbarer Zukunft der Schutz von Patienten in Spitälern in Wirklichkeit überhaupt gegeben sei.

Auslöser war der Fall eines Pflegeheimes, dessen Nachtdienst einen Schlüssel 3 zu 150 aufwies, das bedeutet eine verantwortliche Schwester und zwei Hilfspflegerinnen für 150 Insassen. 3 Helfer für 150 Hilfsbedürftige. Erwähnte Vorarlberger Krankenschwester beklagte nun aufgrund und anhand des von einer anderen Krankenschwester erzählten Beispielsfalles die quälende, gemeingefährliche Absurdität, wie sensibilisierend die Ausbildung sein soll und auch ist, wie unerträglich hingegen, wie unverantwortbar die Realität. Die andere Krankenschwester, die in meiner Heimat in diesem verantwortungslos geschlüsselten Pflegeheim arbeitete, versuchte in der Veranstaltung und durch die Veranstaltung, den bedrohlichen Gefahrenzustand publik und dadurch unschädlich zu machen. Und als einige höherrangige Krankenschwestern der Pflegeschwester widersprachen und die Aufregung im Saale zu legen versuchten und das von der Pflegeschwester Vorgebrachte durchaus pflichtbewußt abzuschwächen sich bemühten, kam der Pflegeschwester just die Vorarlberger Krankenschwester zu Hilfe. Und diese wollte sodann auf Biegen und Brechen, daß ich aus meiner seltsamen Sicht ein paar seltsam wahre Geschichten erzählen soll, sozusagen mir bekannte Lebensgeschichtenstücke von Patienten, pflegenden Angehörigen und von Ausübenden medizinischer bzw. pflegender Berufe. Da ich das nicht tat, meinte die Vorarlbergerin von mir menschlich enttäuscht, man müsse sich doch vor

Augen halten, daß man ja selber einmal Patient sein wird, und dann habe man nichts unternommen und sei selber in einer solchen unzumutbaren Situation. Oder gar die Menschen, die man am meisten liebe.

Ich erzählte damals die Lebensgeschichtenstücke dem Veranstaltungspublikum samt Veranstaltern nicht, weil ich überzeugt war, daß ich in der momentanen Situation allesamt damit überfordern würde (mich eingeschlossen) und daß andererseits vor allem bereits allein das, was in der Veranstaltung öffentlich besprochen und allen Anwesenden zur Kenntnis gebracht wurde, bereits vor 3½ Jahren wie gesagt sofortige Konsequenzen haben muß, so wir in einem Rechtsstaat und in einem Sozialstaat und unter couragierten Amtschristen leben. Ich meldete mich schlichtweg auch deshalb nicht zu Wort, weil das, was ich in der zufälligen Schwesterngruppe erzählt hatte, für helle Aufregung und empörte Verwirrung gesorgt hatte. Was da geschehen sei und wovon ich berichtete, sei eine Gemeinheit sondergleichen gewesen und ein Unrecht sondergleichen. Unvorstellbar. Unzumutbar. Unglaublich. Und als ich zurückfragte: »Aber das muß doch auch Ihr Alltag sein, Ihr Alltag sein, nach wie vor auch Ihr Alltag sein, Sie erzählen ja doch auch von solchen Dingen«, verneinten das sowohl meine Landsfrau als auch die Vorarlbergerin entsetzt und ich weiß nicht mehr, wer noch alles. Die Vorarlberger Krankenschwester und Gewerkschafterin berichtete aber sodann – mir dabei unentwegt ins Gesicht schauend –, daß sie als junge unwissende Schwester in Mißstände, Mitwisserschaft und Mittäterschaft involviert worden sei, diese aber öffentlich gemacht habe und dadurch beheben habe können. Um Vorarlberger Multiple-Sklerose-Patienten sei es gegangen, die in einer Klinik chronisch unterversorgt und völlig unnötigem, weil vehinderbarem und vermeidbarem Leide ausgesetzt waren. Die Krankenkasse sparte, das war alles, das war in Wahrheit das patientenschädigende große Übel, welches aber von den Ärzten und Schwestern der Klinik akzeptiert, also hingenommen, wurde – bis, wie gesagt, besagte junge Vorarlberger Schwester das einfach nicht mehr ertrug. Gewissen nennt man das vermutlich.

Bei besagter Veranstaltung war als Berater der anwesenden Ausübenden helfender Berufe ein Psychotherapeut eingeladen, welcher einerseits ein Schüler Michel Foucaults, andererseits ein Schüler des christlichen Dialogphilosophen Gabriel Marcel ist. Daß 1999 bei der Veranstaltung er der Berater der Schwestern, Pfleger, Betreuer, aber durchaus auch der Ärztinnen und Ärzte war, hatte seinen Sinn und seinen Grund. Denn er hatte vor Jahren in seiner Funktion als Supervisor rechtzeitig einen mörderischen Pflegeskandal den politisch Verantwortlichen gemeldet, ohne daß diese reagierten. Sein schauderlicher schriftlicher Unfallbericht der damaligen Katastrophe zeigt auch, daß trotz aller hierarchischen Zwänge ein System, das anvertraute Mitmenschen schädigt, von Helfern, die ihre Berufspflicht couragiert ausüben, sehr wohl unschädlich gemacht werden könnte, könnte, und erst recht von Politikern, so diese ihre Verantwortung wahrnehmen würden, würden. Ist es denn daher nicht hoch an der Zeit, daß die unzähligen Therapeuten und die unzähligen Supervisoren helfender Berufe aus Gewissensgründen öffentlich zu erzählen beginnen und gegen schädigende, fahrlässige Sozial-, Gesundheits- und Erziehungspolitiker konsequent einschreiten, weil sie, die Supervisoren der Menschen und Systeme, erfahren, was wirklich los ist und was gefährlich im argen liegt? Und wenn sie nicht so handeln, machen sie sich dann nicht, ja, mitschuldig? Bourdieus Sozioanalytiker und Bourdieus Praxeologen haben es da mitunter leichter: Sie machen den Mund auf.

Wie auch immer, Fazit: Das Vertrauen in das Helfersystem der Supervisoren und Intervisoren ist vielleicht gar nicht sonderlich gut begründbar. Infolge der Spitalskatastrophe im oberösterreichischen Freistadt im Jahr 1999 beispielsweise wurde das dortige Krankenhauspersonal ein Jahr lang hospitiert – und legt sodann im Frühjahr 2001 nicht mehr den geringsten Wert darauf. Der Grund: Die Spitalsleitung, die Spitalsverwaltung, also die politische Bürokratie wird nicht mitsupervidiert. Ärzte, Pfleger, Betriebsräte verweigern daher eine weitere Supervision, können in einer solchen keinerlei Hilfe erkennen; um die zermürbenden Probleme wissen sie ohnehin besser Bescheid als die Supervisoren, die ihnen, wie gesagt, keine Hilfe, keine politische Hilfe zu sein vermögen. Daß Politik die Helfer zum Schaden der Schutzbefohlenen hilflos macht, dagegen ist zum Beispiel Bourdieu ein Gegenmittel. Dazu freilich müßten Helfer öffentlich erzählen, von denen, die ihnen anvertraut und in Gefahr sind, und von sich selber.

Der erwähnte Therapeut und Supervisor jedenfalls antwortete damals in besagter Veranstaltung in meiner Heimatstadt auf das konkrete Problem der Überforderung Einzelner durch obrigkeitliche, schadhafte und Schaden zufügende Strukturen grundsätzlich und konkret zugleich, also so, wie es Bourdieu von Praxeologen und Sozioanalytikern erwartet: Der Fall sei sofort rechtlich zu prüfen, und es seien rechtliche Maßnahmen zu ergreifen. Damit die Schwester nicht allein und ungeschützt vorgehen müsse, müsse sie sich überdies an die Schwesternverbände wenden. Prinzipiell aber seien die Schwesternverbände selber aufzuwerten. Im Interesse der Schwestern und Pfleger selber dürfen die Schwestern und Pfleger den Schutzauftrag, den sie ihren Patienten gegenüber haben, nie und nimmer aus den Augen verlieren. Er betonte wiederholt, daß im gesundheitlichen Bereich genug Geld vorhanden sei, und wenn es wirklich an Geld mangele, dann solle man doch gefälligst die medizinische, die pharmazeutische Industrie verstärkt besteuern. Für ihn ist, der Wichtigkeit wegen sei es wiederholt, die gewissenhafte Ausübung des jeweiligen helfenden Berufes, also z. B. des Patientenschutzes, zugleich der Schutz des Helfers und ist eben diese Berufsausübung trotz aller Hindernisse der einzige Weg aus dem jeweiligen Dilemma. Sowohl die rechtlichen als auch die finanziellen Möglichkeiten seien in Wahrheit durchaus gegeben. Sowohl die den besagten Mißstand ansprechenden Krankenschwestern als auch der Therapeut und Supervisor argumentierten, wie auch Bourdieu argumentiert hätte: Daß man unausweichlich selber betroffen sei und deshalb einem allgemeinen Mißstand vernünftigerweise solidarisch abhelfen müsse, ist nämlich Bourdieus Kant und Machiavelli miteinander mixende Grundregel für Moral. Das Einfordern von Berufsethik und das Aufrechterhalten des Schutzes der Schutzbefohlenen ist Bourdieus politische Hoffnung auf die Sozialarbeiter und alle helfenden Berufe als die linke Hand des Staates, auf den, wie er noch sagte, niederen Staatsadel.

Große kirchliche Hilfsorganisationen und ebenso alternative Sozialbewegungen werden neuerdings gerne das Gewissen der Nation oder gar der Welt genannt. Warum man katholischerseits so langsam und zögerlich und verspätet vor dem Pflegenotstand warnt, vor kurzem nämlich erst und nicht schon vor Jahren, entzieht sich meiner Kenntnis. Es mag sein, daß ich mit derlei scheinbar rabiaten und scheinbar unfairen Bemerkungen chancenlos die Sympathien verwirke, die Sie meinen Ausführungen bislang eventuell entgegengebracht haben. Doch, mit Verlaub, ich kann aus sogenannten Gewissensgründen nicht verstehen, warum man sich so gern das Gewissen der Nation nennen läßt oder mitunter gar das Gewissen der Welt. Das müssen doch in Wahrheit Gewissensqualen sein sondergleichen.

Vielleicht sollte man, anstatt solche Worte wie das Gewissen der Nation und das Gewissen der Welt zu gebrauchen, wirklich über ganz andere Dinge reden, äußerst unangenehme Dinge, beispielsweise über die wirklichen Chancen und über die wirkliche Bereitschaft, der tagtäglichen Hilflosigkeit zu entkommen und dem Looping. Looping ist ein durchaus gefährliches Unterfangen: Das Flugzeug samt Pilot dreht sich im Kreis, überschlägt sich nach oben und nach unten. Der Erforscher von systematischen Ausweglosigkeiten Ervin Goffman, dem Bourdieus Soziologie in Wesentlichem wahlverwandt ist, verwendet den Begriff »looping«, um zu veranschaulichen, daß und wie Menschen in unausweichliche Zwangslagen gebracht werden, denen sie unmöglich entkommen können. Was auch immer diese Menschen, diese Gruppen, diese Institutionen tun und versuchen, es ist falsch. So oder so. Es gibt plötzlich nur mehr falsche Lösungen. Einzelne Menschen, einzelne Gruppen, einzelne Einrichtungen werden für Systemfehler bestraft. Werden dafür bestraft, daß man ihnen unlösbare Aufgaben gestellt und zugemutet hat. Dafür, daß man sie in die Hexenkessel und Teufelskreise getrieben und gelockt hat. Ich behaupte nun vermutlich zu Ihrer aller Empörung, Caritas, Attac, die Grünen und so weiter und so weiter loopen wie brave, gelobt werden wollende kleine Buben und wie brave, gelobt werden wollende kleine Mädchen in Teufelskreisen und Hexenkesseln, loopen in Teufelskreisen und Hexenkesseln. Die Strafe wird dem Lobe auf dem Fuße folgen. Das ist so beim Looping.

Ich bitte Sie hiemit stehenden Fußes um Entschuldigung für diese meine Behauptung. Selbige ist zwar ernstgemeint, aber alles andere als abfällig gemeint, sondern entspringt einer gewissen Form von heller Verzweiflung. Natürlich weiß ich, daß ich demnächst mein Wählerkreuzerl flugs bei Rot oder Grün unerschütterlich deponieren werde. Und beim Liedvers »Ubi caritas, ibi Deus«, »Wo Nächstenliebe, dort Gott«, wird mir regelmäßig nach Beten, Weinen und Dienen zumute. Und ohne Attac wäre die Welt beträchtlich ärmer an Auswegen und an Chancen. Und ich noch beschränkter, als ich es ohnehin bin. Und als karitative kirchliche Menschen werden Sie mir die Hospizbewegung entgegenhalten und all die bitteren Kämpfe angesichts der Flüchtlingsnot und angesichts des gegenwärtigen Innenministers. Sie haben natürlich recht. Sie haben wirklich recht.

Aber darum, daß Sie wirklich recht haben, geht es ja nicht bei meiner unverschämten Behauptung, sondern ums reale Looping, um die realen Teufelskreise, um die realen Hexenkessel, also um die realen Unverläßlichkeiten, Zumutungen und Hilflosigkeiten, die Menschen einander gegenseitig alltäglich antun und anorganisieren. Der neoliberale, globale Kapitalismus, der vor unser aller Augen gerade Konkurs und Bankrott macht, der ist jedenfalls nicht an den Roten, nicht an den Grünen, nicht an den karitativen Christen, nicht an den Hilfs- und Menschenrechtsorganisationen, nicht an den klugen, mutigen Attacmenschen zerschellt. Nicht die Roten, nicht die Grünen, nicht Attac, nicht die Caritas, nicht die Hilfs- und Menschenrechtsorganisationen haben den neuen digitalen Kapitalismus beizeiten in die Schranken gewiesen, beizeiten mittels Judowurf behutsam zu Fall gebracht, beizeiten unschädlich gemacht. Ganz und gar nicht. Und die jetzige österreichische Regierung ist nicht an Rot, nicht an Grün, nicht an der Caritas, nicht an Attac, nicht an den Hilfs- und Menschenrechtsorganisationen zerschellt. Ganz und gar nicht.

Und diejenige österreichische Partei, die von vielen – ob zu Recht oder zu Unrecht, soll jetzt nicht mein Thema sein – für faschistisch gehalten wird, besagte Partei ist nicht an Rot, nicht an Grün, nicht an der Caritas, nicht an Attac, nicht an den Hilfs- und Menschenrechtsorganisationen zerschellt. Ganz und gar nicht.

Uns allen, so ich feiges Kasperlwürstchen mich diesem Wir überhaupt zurechnen darf, uns allen ist das Auseinanderbrechen der Regierungskoalition, die Notwendigkeit der schnellen Neuwahl, dieser Erfolg, nur zugefallen. Wir haben nichts für ihn getan. Er ist nicht unser Verdienst. Wir haben ihn nicht erkämpft. Es ist fraglich, ob wir die neue Situation und die neue Chance überhaupt alternativ nützen können und alternativ nützen wollen. Weit eher ist ein gigantischer, irr- und schwachsinniger Koloß auf uns gestürzt und wir können uns nicht aus seinen Trümmern befreien. Oder?

...

Apropos Unterlassungen und Grausamkeiten: Bayerns weltoffene Gesellschaft bietet wunderbare Beispiele für gelebten großmütigen Liberalismus und für gelebte christliche Moral. Seit zwei Jahren schulen im High-Tech-Wunderland Bayern keineswegs kleine Unternehmen ihre künftigen Manager in sozialer Intelligenz, sozialer Kompetenz, Führungsverantwortung et cetera, indem sie sie zum Lernen in öffentliche Sozialeinrichtungen und vor allem in private Sozialvereine, sprich: in NPOs und NGOs, verschicken. Besagte öffentliche, halböffentliche und private Institutionen und Institutiönchen sind selbstredend erfreut über die sich daraus ergebenden Kontakte zu potentiellen Sponsoren. Crashkurse nennen die Firmen diese Schulungen ihrer Eliten im Sozialbereich. Die Sache klingt gut. Crashkurs ist aber vermutlich das falsche Wort, Schnuppern wäre das weit bessere. Denn sage und schreibe eine Woche lang, eine simple Woche lang, dauert dieses soziale Lernen in NPOs und NGOs. Die Unternehmer sagen, das sei ausreichend, besser und kompakter könne man Verantwortung gar nicht mehr erlernen und üben. Mit Verlaub, das ist denn dann doch wohl eine unverschämte Beleidigung sondergleichen NPOs und NGOs gegenüber. Eine Woche Sozialdienst, eine Woche Sozialarbeit für Manager und die wissen dann genug, wenn nicht gar alles. So schnell können die das erlernen, wofür die anderen Dummköpfe vor Ort Jahre brauchen. Aber die Sache funktioniert angeblich bestens zur beiderseitigen Zufriedenheit. Schön so. Schade nur, daß es nicht auch umgekehrt funktioniert und daß NPOs und NGOs in den Unternehmen und deren Manager-Etagen nicht einmal für eine Woche, nicht einmal für einen Tag, nicht einmal für eine Stunde crashen und inspizieren dürfen. Die Projekte funktionieren, wie gesagt, bestens zur Zufriedenheit aller Beteiligten.

Ob bayrische Unternehmer ihre intelligenten künftigen Manager zu Crashkursen in die an Sparsamkeit und Unmenschlichkeit kollabierten Pflege- und Altenheime schicken, davon weiß ich nichts Genaueres. Im Februar 2001 freilich sprach man in Stoibers Bayern in aller Öffentlichkeit entsetzt über das Elend der Altersheime und der Pflegekräfte. Die zuständige Ministerin der Regierung Stoiber widersprach den öffentlichen Schilderungen des Elends und der Helferhilflosigkeit nicht. Regierungschef Stoiber übrigens lehnt eine allgemeine voraussetzungslose Grundrente, ein Grundeinkommen für alte Menschen ab, da eine solche voraussetzungslose Grundrente für alte Menschen das Prinzip der Eigenvorsorge konterkariere und ein Privileg sei. Der von der verantwortlichen Ressortpolitikerin unwidersprochene Inhalt der öffentlichen Debatte nun war, daß Heiminsassen aus Geld- und Personalmangel, allein was die Zufuhr von Nahrung und Flüssigkeit betrifft, sehr oft Ärgeres erleiden müssen als Menschen in Eritrea. Für die Grundversorgung, für die Grundversorgung ist im schwarzen katholischen Bayern anno 2001 unwidersprochen kein Geld vorhanden. Daß Menschen selber, im eigenen Kau- und Schlucktempo, essen und trinken dürfen, einmal in der Woche in den Garten geführt werden und man ihnen beim Sterben die Hand hält, ist erklärtermaßen Luxus. So viel zum Sozialstaat unter sparsam christlich-sozialer Regierung. Und zu schweigsamer Helferhilflosigkeit. Vielleicht sollten die Ausübenden der helfenden Berufe auch hierzulande endlich öffentlich zu erzählen beginnen, was sie in ihren Verantwortungsbereichen an Grundversorgung, an Grundversorgung denn überhaupt erbringen können, in Wahrheit, aus Gewissensgründen, in Ausübung der Berufs- und Schutzpflicht.

...

Sollten Sie das, was ich Ihnen bis jetzt erzählt habe, als unsachliche Gehässigkeiten empfinden und verwerfen, mit denen niemandem in seinem Berufs- oder Privatleben auch nur annähernd geholfen ist, täte mir das wirklich leid, denn ich habe Ihnen nach bestem Wissen und Gewissen berichtet. Ich habe Sie ein klein wenig von Wirklichkeiten informieren wollen, von denen die gegenwärtige Wissensgesellschaft nicht viel wissen will und vor denen die gegenwärtige Intelligenz Reißaus nimmt. Bourdieu spricht auch in diesem Zusammenhang vom Wegwerfdenken der Wegwerfgesellschaft, sprich: vom Wegwerfdenken der Informationsgesellschaft, von fast food für fast thinkers, von Narzißmus, von struktureller Korruptheit und davon, daß in der Öffentlichkeit in Permanenz und folgenschwer über die falschen Probleme geredet wird.

Folgt man Klaus Ottomeyers Analysen der Shows des Dr. Haider allüberall im deutschsprachigen Raum, dann ist m. E. just das von Bourdieu beklagte Wegwerfdenken samt Narzißmus und samt struktureller Korruptheit durchaus eine Erklärung dafür, warum in medialen Diskussionen dem ehemaligen Parteiobmann der FPÖ für gewöhnlich nicht beizukommen ist, und zwar nicht einmal, wenn es um Verfassungsrecht und Verfassungsrichter geht. Diskussionsshows mit chronisch mangelhaft vorbereiteten Diskussionsteilnehmern, die mit ihren Argumenten nicht einmal gewinnen wollen, sondern bloß gut aussteigen, gut dastehen und bald wiedereingeladen werden möchten. Diskussionsshows mit chronisch mangelhaft vorbereiteten Moderatoren, die aus Eitelkeit und Bequemlichkeit nicht in der Lage sind, auf Wahrheitsbeweisen zu insistieren, sondern verbale Gewalt akzeptieren und auch selber ausüben. Nachrichtenshows – ab und zu mit redlichen Journalisten, die auf Wahrheitsfindung mutig insistieren und deren berufliche Existenz aber in der Folge schnell beschnitten und gefährdet wird. Sowohl Ottomeyer als auch Bourdieu beschreiben Fernsehdiskussionen und Journalismus auf diese Art und Weise. Als Unterhaltungsshows. Es wäre wert, will mir aufgrund Ottomeyers und Bourdieus Analysen scheinen, Haider in eben diesem Entertainment-Kontext des Wegwerfdenkens der Wegwerfgesellschaft dingfest zu machen. Das Problem wäre dann allerdings nicht die angebliche moralische Verwerflichkeit und die angebliche hohe Intelligenz Haiders, sondern die moralische und intellektuelle Gefügigkeit seiner Kontrahenten, sprich: deren mangelhafte Widerstandskraft. Gefügig gemacht und der Widerstandskraft beraubt werden sie aber nicht zuvorderst von Haider, sondern vom beruflichen und privaten Alltag. So viel zu Dr. H Punkt Jot Punkt, Wegwerfleben, Wegwerfwissen, Narzißmus und Infotainment.

Den Begriff Wegwerfgesellschaft hat übrigens Vance Packard in den 60er Jahren ersonnen, um einem US-Österreicher namens Ernest Dichter das Handwerk zu legen. Sein Buch *Die geheimen Verführer* hat Packard zum selben Zwecke geschrieben, nämlich um Leute wie den mit der Psychoanalyse bestens vertrauten Dichter unschädlich zu machen. Doch war die empörte intellektuelle und moralische Kritik durch Packard die beste Werbung für den Werbepsychologen, Motiv- und Zukunftsforscher aus Österreich. Die Konzerne und Regierungen rissen sich weltweit um ihn. Schluß machen endlich mit der Vergangenheitsbewältigung, Liebe und Liebesakt als Selbstbefriedigung erkennen, weibliches sexuelles Werben als kaufmännische Werbung nutzen, den Menschen die Angst nehmen und dadurch Konsum und Wirtschaft vorantreiben, unter anderem das sind Dichters denkerische und forscherische und bestens bezahlte Leistungen gewesen, übrigens auch der Begriff Image. Der kommt auch von Dichter. Die Werbung mit Sexualia, vor allem mit dem nackten weiblichen Körper, das war dazumal zuvorderst Dichters zukunftsweisende

Entdeckung und Erfindung. Beispielsweise die Ähnlichkeit zwischen Coca-Cola-Flasche und Mädchenkörper, Dove-Seife, Duschen und Striptease. Dichter sah die Menschenseele ausdrücklich als ständig konsumierendes kleines Kind, dem man nichts verbieten darf. Menschliche Bedürfnisse können laut Dichter ständig von neuem erzeugt werden. Was man zur Erziehung des Menschengeschlechts auch tun müsse, denn ansonsten gäbe es keinerlei Fortschritt. Seele, Ich, Identität vergleicht Dichter im übrigen mit einer Zwiebel. Es spricht der alte weise Dichter zu seinem Enkelkind wortwörtlich: »Weißt du, du bist wie eine Zwiebel. Da ist eine Schicht, und wenn du die Schicht abnimmst, sind da eine zweite Schicht und eine dritte Schicht, zwischendurch wirst du vielleicht ein paar Tränen vergießen. [Zum Schluß ...] bleibt nichts übrig.« Es muß nicht jedem Enkel ein solcher Großvater, wie Dichter einer gewesen ist, sympathisch sein. Dichter freilich will mit seinem Zwiebelvergleich seinen Zwiebelenkel fit machen für diese Welt und dieses Leben. Ausdrücklich spricht Dichter dabei von einer »multiplen Welt«. In dieser multiplen Welt sollten wir, so Dichter, »auch unser Leben in dieser multiplen Weise gestalten«. Die zwei naheliegenden Wörtchen »multiple Persönlichkeit« verwendet Dichter niemals. Nicht von kranken multiplen Persönlichkeiten erzählt er liebevoll seinem Enkelchen, sondern von erfolgreichen, lebensbejahenden, hochintelligenten, zukunftsorientierten Menschen. Zwiebelmenschen. Dichters Eliten sind Zwiebelmenschen. Dichters erfolgreiche Eliten üben sich in, wie er sagt, professioneller Promiskuität. In professioneller Promiskuität. Was in Dichters Terminologie aber angeblich nicht Prostitution bedeutet, sondern daß jemand viele Berufe erlernt. Professionelle Promiskuität. Dichters erfolgreiche Eliten denken vorgeblich in höchstem Maße frei. Sie denken nämlich, so Dichter ausdrücklich, umgekehrt, denken umgekehrt. Sie stellen, so Dichter ausdrücklich, die Dinge auf den Kopf. Freud hat da ja einen trefflichen Begriff geprägt, den Dichter natürlich in- und auswendig kannte, nämlich den der polymorphen Perversion. Und gegen eben diese polymorphe Perversion hat Packard sein berühmtes Buch *Die geheimen Verführer* geschrieben. Gegen die Perversion und Irrtumsführung des umgekehrt Denkens, wie Dichter es in Packards Sicht der Dinge unzähligen Wissenschaftern, Politikern, Managern und Wirtschaftsherren beibrachte.

Die unzähligen Trend- und Zukunftsforscher der Gegenwart, die den Neoliberalismus mit groß und übermächtig gemacht haben, haben nicht zuletzt vom Österreicher Dichter gelernt, wie sie es machen müssen. Das Informieren von Menschen. Der Zukunftsforscher Matthias Horx beispielsweise.

...

Zum Schluß nun gestatten Sie mir bitte, das, was uns geschehen ist und weiterhin geschieht, mittels der Experimente von Dörner auf den Begriff zu bringen. Für das, was Dörner seit Jahrzehnten klarzumachen trachtet, wird heuer der Nobelpreis für Ökonomie verliehen. Natürlich nicht an den Nichtökonomen Dörner, sondern an die experimentellen Ökonomen Kahneman und Smith.

Der Katastrophenpsychologe Dörner ist der Überzeugung, daß Tschernobyl in der Realität genau nach den Mustern explodiert sei, wie sie Jahre zuvor an Dörners Versuchspersonen, die in Computersimulationen einzugreifen hatten, sichtbar geworden sind, nämlich nach psychischen Reaktionsmustern der völligen Überforderung durch komplexe dynamische Abläufe. Die Tschernobyler Reaktorexperten 1986 sollen sich vor dem GAU ähnlich überfordert und verfehlt verhalten haben wie Dörners Versuchspersonen 1975 und 1983. Das Szenario des sogenannten Dörnerexperimentes 1, Tanaland, ist eine afrikanische Entwicklungsregion, das Szenario des sogenannten Dörnerexperimentes 2, Lohhausen, ein deutscher Ort. Die Namen sind fiktiv, die Probleme jedoch Alltagsrealität. Der Jugendarbeitslosigkeit, Wohnungsnot und der schlechten technischen Ausstattung der ortsansässigen Fabrik war in Lohhausen abzuhelfen. In Tanaland sollten sinnvolle Bejagung, Düngung, Bewässerung, Dammbau, Elektrifizierung, Geburtenkontrolle, medizinische Versorgung erreicht und gewährleistet werden. Die Versuchspersonen waren in der Rolle eines afrikanischen Diktators und eines deutschen Bürgermeisters mit nahezu uneingeschränkter politischer Macht. Beide hatten also weitreichendste Befugnisse und verfügten über jederzeit bereitgestelltes wissenschaftliches Know-how. Sowohl Lohhausen als auch Tanaland wurden von den Versuchspersonen jedoch ins leidvolle Debakel getrieben. Alles per Computer. Die für die Afrikaner lebensbedrohlichen und quälenden Interventionsfolgen wurden vom fiktiven Entwicklungshelfer, vom Computertäter, als notwendige Durchgangsphase deklariert. Die Versuchspersonen agierten ziemlich brutal, egal, ob sie männlichen oder weiblichen Geschlechtes waren: Die Hungernden müssen eben, hieß es beispielsweise, für ihre Enkel leiden. Es sterben, meinte man auch, ja wohl hauptsächlich die Alten und Schwachen, was gut sei für die Bevölkerungsstruktur. Je gefährlicher die Situation für die afrikanischen Menschen wurde und je mehr warnende Informationen, negative Rückmeldungen die es gut meinenden, immer nervöser werdenden Computertäter bekamen, umso gleichgültiger und rücksichtsloser agierten sie und fanden gute Gründe für ihr eklatant falsches, großen Schaden stiftendes Vorgehen. Und im fiktiven deutschen Ort gelang es nicht, Jugendarbeitslosigkeit, Wohnungsnot, zu niedriges Industrialisierungsniveau, Gesamtarbeitslosigkeit und das virulente Gefühl mangelnder Lebensqualität zugleich zu beheben. Tschernobyl nennt besagter Kognitions- und Katastrophenpsychologe das Dörnerexperiment 3. Laut Dörner ergab sich der furchterregende Ablauf wesentlich daraus, daß die unmittelbaren Reaktorverantwortlichen vor Ort ursprünglich auf Moskauer Anweisung ein Experiment durchzuführen hatten, diesen Auftrag erfüllen mußten, dabei unter Zeit- und Leistungsdruck in Kauf nahmen, Sicherheitsregeln zu mißachten, und dann weiter, mitten im immer gefährlicher werdenden Geschehen, sich auf ihr Expertengefühl verließen und gerade nicht nach den Sicherheitsvorschriften handelten, sondern meinten, es besser zu wissen, da sie Experten seien und mit der alltäglichen Praxis bestens vertraut. Die Experten gehorchten also einerseits dem Auftrag einer übergeordneten, weisungsgebenden Instanz, brachen zu diesem Zweck, sozusagen in Eigenverantwortung, die Sicherheitsvorschriften, mißachteten die sehr wohl strikten offiziellen Vorsichtsregeln, meinten, im Vertrauen auf das eigene durchaus elitäre Können und auf den Kraftwerksalltag, der bis dahin ja auch stets voller kleiner Regelverstöße gewesen war, an die man sich schadlos gewöhnt hatte, auch die zusehends entgleitende Situation vor dem GAU noch im Griffe zu haben, als wäre sie nichts Außergewöhnliches und als müsse man die Abläufe nicht sofort stoppen. Was laut Dörner relativ lange noch möglich gewesen wäre, hätte man die Sicherheitsregeln nicht außer Kraft gesetzt sein lassen, um einen Auftrag zu erfüllen. Gehorsam, Selbstüberschätzung und gewohnheitsmäßiger, zur Routine gewordener Regelverstoß waren laut Dörner wesentliche Ursachen der Tschernobyler Katastrophe mit all ihrem menschlichen, unsagbaren, aber in Wahrheit bekanntlich sehr wohl vermeidbaren Leid. Wie Milgrams Experimente sind auch die Dörners nicht auf totalitär-autoritäre gesellschaftliche Systeme beschränkt, sondern es verhalten sich durchaus Menschen in der freien Welt so wie politisch unterdrückte und von der Situation schwerst überforderte Menschenwesen in 2., 3. oder 4. Welt. Dörner-Experiment 1 und 2 sind vielleicht ja gar gruseliger als die Milgrams, denn die jeweilige Versuchsperson handelt frei und ungezwungen, keine beigestellte Autorität zwingt sie weiterzumachen, egal wie es den ihnen überantworteten Menschen dabei ergeht. Eine durchschnittlich zynische Dörner-VP handelt freiwillig wie eine Milgram-VP. VP wohlgemerkt steht nicht für Volkspartei. Wie auch immer, Bourdieu riet angesichts solcher Eliteintelligenz, wie sie Dörner beschreibt, ausdrücklich dazu, unbeirrbar aufzuschreien wie ein Kind, nämlich so wie das Kind in Andersens Märchen schreit, der Kaiser ist ja nackt, und Bourdieu riet angesichts solcher Eliteintelligenz, wie sie Dörner beschreibt, zu politischer, durchaus grüner Gärtnerphantasie.

Und Bourdieu nannte solche Elitenintelligenz, wie sie Dörner beschreibt, Illusion und Betrug. Eine einzige Person übrigens in den Dörner-Experimenten richtete das Entwicklungsland nicht zugrunde, sondern half ihm nachhaltig, und die war – so ich mich richtig erinnere – weiblichen Geschlechtes. An Dörners Experimenten werden Wirtschaftsmanager zur Zeit unter Schweiß und Tränen weltweit nachgeschult. Dörner wird zusehends immer mehr Teil der offiziellen Managerausbildung. Allerdings kommt die ohnehin zaghafte Managererkenntnis, daß die neoliberale Weltwirtschaft so kolossal irr- und schwachsinnig funktioniert wie in einem Milgram- oder Dörnerexperiment, reichlich spät, sehr spät. Auch hier im Saal ist es spät geworden. Der Lyriker, von dem dieses jenes »Anmut sparet nicht noch Würde, Leidenschaft nicht noch Verstand« stammt, hat noch allerlei Derartiges verschriftlicht, unter anderem auch, daß die Nacht nur 12 Stunden hat. »Am Grunde der Moldau wandern die Steine / Es liegen drei Kaiser begraben in Prag / Das Große bleibt groß nicht und klein nicht das Kleine. / Die Nacht hat 12 Stunden, dann kommt schon der Tag.« Diesmal kommt der Tag sogar schon früher, in etwa in 7 Stunden, wenn ich richtig rechne. Und vielleicht kommen dann beim Kaffee auch die Auswege. Es wäre wohl schon viel erreicht, wenn die vertrottelten nackten Kaiser sich endlich davonschleichen müßten und wenn sodann von den vom Volk neu erkorenen Kaisern nicht dieselben kaiserlichen Trotteleien von neuem begangen würden.

Es mögen, wünsche ich mir daher, die demnächst hoffentlich neuen Kaiser trotz der bankrotten Banken und bankrotten Staaten auf diesem gegenwärtigen Globus jetzo nicht in Furcht geraten und nicht in Gehirnstillstand verfallen, sondern jetzo endlich an den Kostbarkeiten und Schätzen der zahllosen Alternativnobelpreisträger Gefallen und Zutrauen finden und in diesen kostbaren Schätzen ohne Unterlaß wühlen und das Beste daraus dem Volk zum Geschenke mit vollen Händen zuwerfen. Ich bedanke mich, daß Sie mich eingeladen und mir geduldig zugehört haben.>

Tag, Monat, Jahr
Einer sagt, Jazzimprovisationen seien Orgasmen, und einer sagt, er könne nur forschen, wenn er Mozart höre. Er ist ein linker Historiker. Chilene, erforscht die Allendezeit.

*

Ein Kolumnist ist glücklich und die Leute, die ihn lesen und hören, freuen sich. Eine Art Kabarettist. Was er sagt, ist mir unsympathisch, aber er, er gefällt mir. So weit kommt es noch, dass ich neidig werde. Nein, niemals. Aber eine Kolumne hätte ich gerne. Die Helden, die mich zur Strecke gebracht haben, die haben alle Publikationsmöglichkeiten, und ich seit ewigen Zeiten nicht mehr die geringste. Das ist nicht recht. Es ist Politik. Freundschaft. Nächstenliebe. Professionalität. Die sagen so dazu. Ich war nicht professionell. Bin weggegangen. Ich könnte Feuer speien vor Wut. Ich wäre gerne wie der kleine liebe Grisu. Aber dafür bin ich viel zu alt. Ich kann auch nicht mehr Feuer und Flamme und freundlich zugleich sein.

Tag, Monat, Jahr
Auf die Straßenbahnen hier in der Stadt sind Gesichter gemalt. Ab und zu kenne ich welche von ihnen. Parteien sind auch auf die Straßenbahnen gemalt. Aber die Sprayer hier dürfen nichts. Es würde ihnen auch nichts einfallen, die Leute hier sind so, sogar die Sprayer.

Tag, Monat, Jahr
Bettelheim, nach seinem Tod die schweren Vorwürfe, er solle Schutzbefohlene misshandelt, systematisch tyrannisiert, terrorisiert haben; und seine eigenen KZ-Erfahrungen seien erlogen. In einem Interview mit ihm am Ende seines Lebens habe ich heute gelesen. Seine Verzweiflung. Seinen angekündigten Selbstmord. Es ist trotz aller berechtigten, schweren Vorwürfe alles wahr, was Bettelheim geschrieben hat. Er hat den Schlüssel geschmiedet. Mit dem kann man den Menschen aufsperren. Ihn hätte man auch aufsperren müssen. Er hat es einem gesagt, wie man das macht, helfen.

Tag, Monat, Jahr
Gemüllers Freund Pötscher hat den GF einer großen roten NGO mir nichts dir nichts abserviert. Dieser Tage endgültig. Zuerst kriminalisiert. Man hat seitens der Polizei und der Staatsanwaltschaft aber absolut nichts gefunden. Besagter GF war mir zwar immer unsympathisch, sehr eitel, machtbesessen, aber er hat sich nichts zuschulden kommen lassen. Pötscher hat das aber behauptet und dass besagter GF Geld veruntreut habe. Das ist aber eben nicht zu beweisen, hat er also nicht, wurde aber abgesetzt, weil er Geld verschwendet habe und seine Buchhaltung völlig intransparent sei. So, und jetzt, jetzt ist besagter GF bei vollen Bezügen dienstfrei gestellt und seinen GF-Posten haben sich jetzt zwei andere GFs aufgeteilt und die NGO muss also drei GFs voll bezahlen statt eines. Das wird noch lange so sein und ein kleines Vermögen kosten. Dass besagter GF gehen musste, soll damit zusammenhängen, dass ein roter Stadtpolitiker a. D. versorgt werden musste, welcher seinerseits zuvor als Spitzenkandidat die Wahl verloren hatte. Und weil der nicht vom Fach ist, gibt es eben zwei GFs. Und weil der ursprüngliche GF unbescholten ist, bekommt er eben seine vollen Bezüge, aber keine Arbeit. Besagter GF ist zusammengebrochen. Soll auch suizidgefährdet gewesen sein. Natürlich war er größenwahnsinnig gewesen. Aber das tut nichts zur

Sache. Er hat sich bloß nichts zuschulden kommen lassen, sich Pötscher widersetzt, einen schönen Posten gehabt. Er war auch immer ein sehr schöner Mann.

Tag, Monat, Jahr
In gewissem Sinn hat Pötscher die Existenz dieses Menschen zerstört. Natürlich bekommt der GF Geld. Aber gewiss nicht, wenn es nach Pötscher gegangen wäre. Der GF findet keine Stelle mehr. Woher diese Erbarmungslosigkeit? Ein Politiker weiß vom anderen, dass ihnen allen in Wahrheit nichts passieren kann. Ihre Existenz ist immer gesichert. Ihre Finanzen nämlich. Aber dieser GF ist kein Berufspolitiker.

Tag, Monat, Jahr
Paul Krugman redet von den *obskuren Österreichern der Jahrhundertwende*. Den historischen österreichischen Anteil am Neoliberalismus meint er. In Österreich gibt es nämlich seit jeher viele weltweit berühmte Genies.

Tag, Monat, Jahr
Im Vortrag in Vorarlberg im Sommer 2002 habe ich vergessen, von der österreichischen Hedgefondswerbung zu berichten, die damals immer unmittelbar vor den Hauptabendnachrichten ausgestrahlt wurde, sohin zur besten, objektivsten, sozialsten, vertrauenswürdigsten Sendezeit. Spitzensportler und Publikumslieblinge machten diese Werbung, und zwar vor Volksschulkindern in Schulklassen. So einfach und sicher sind Hedgefonds, war die Botschaft. Außerdem wurden in Österreich die Einstiegsbeträge in die Hedgefonds zu der Zeit damals stark gesenkt, so dass jedermann leicht mitspielen konnte.

*

Was ich durch meinen Vortrag in Vorarlberg klarmachen wollte, war: Man muss Zeit immer in Menschenleben rechnen. Zeit verlieren ist Menschen verlieren. Sie in Not lassen. In der Qual. Man darf das nicht. Ich war zur Zeit des Vortrages auch deshalb sehr aufgebracht, weil ich mitbekommen hatte, dass die österreichische Caritas aus kirchen- oder sonstigen politischen Gründen nicht willens und nicht in der Lage war, das österreichische Sozialstaatsvolksbegehren zu unterstützen. Das Publikmachen des österreichischen Pflegenotstandes seitens der österreichischen Caritas dauerte meines Wahrnehmens ebenfalls ewig. Und der ranghöchste grüne Spitzenpolitiker, Van der Bellen, sagte damals angesichts der neoliberalen Veränderungen, man könne das Rad der Zeit nun einmal nicht zurückdrehen. Das alles hielt ich für verantwortungslos und sehr beschränkt. Die Stadt des Vortrags damals war ganz in der Nähe, wo mein Vater, als ich ein Kind war, eine Zeit lang gearbeitet hatte. Ich hatte ihn zwischendurch besuchen müssen. Er hatte eine Militärausstellung geleitet oder begleitet. Dort war ich jetzt wieder. Anstatt Referent beim Symposium der Weltspitzenleute. Gemüllers wegen war das so. Aber die Leute in der Stadt in Vorarlberg damals waren sehr nett zu mir. Mir schien daher, ich sei für etwas gut. Ich war aber krank, hatte starke Schmerzen, konnte nicht weiter fahren. Dass ich krank war, war nicht wirklich lächerlich; ich hatte damals eben sehr viele sterbende Menschen in mir. Schwerkranke auch. Unser Leben war so gewesen, Samnegdis und meines.

Tag, Monat, Jahr
Die Händelbegeisterung; Händel spreche so vielen Menschen aus der Seele, seine Musik verkörpere den gegenwärtigen Zeitgeist. Genau das ist mir unheimlich, der gegenwärtige Seelen- und Geisteszustand. Fetischismus.

*

Über Händel sagt man, er habe sich von den Politikern und Machthabern nichts gefallen lassen. – Lächerlich!

*

Händels Musik sei großzügig und man werde von ihr genommen und komme nicht mehr aus, sagt man auch. – Ja, genau darum geht es, dass man von Händel begattet werden will, vom emotionalen Eroberer, geistigen Machthaber.

*

Jedes von Händels Musiktheatern rühre zutiefst, sagt man auch. – Was mich einzig interessiert, ist, dass er sämtliche Erlöse seines *Messiah* Kindern und Armen zur Verfügung gestellt haben soll; und dass diejenige letzte Musik, die er als seine wertvollste, hilfreichste empfand, auch noch heutzutage von seinen Liebhabern als geringfügig erachtet wird. Ich möchte wissen, wie die *Messias*erlöse über die Jahrhunderte gehandhabt wurden; ob diese gegenwärtig von der Musikindustrie Bedürftigen systematisch zur Verfügung gestellt werden. Oder gar dem Sozialstaat. Von Händels allerletzter Musik möchte ich am meisten wissen. Und über die berauschende Erfolgsstory von Händel und dessen Kastraten wüsste ich gerne, wer wen in dem ganzen Kastratengewerbe zur Strecke gebracht und fertiggemacht oder raufgepuscht hat.

Tag, Monat, Jahr
Wen alles der GF nicht bei den Kooperationstreffen der Dingsbumsbewegung und wen alles er später dann nicht im Buch haben wollte, ich hingegen schon (und deshalb sind sie drinnen), weiß niemand von ihnen. Es wäre ihnen egal. Und welche Gratisveranstaltungen und Gratisvorhaben mit welchen wichtigen und prominenten Leuten der GF nicht

wollte und daher verhinderte, weiß auch niemand. Und auch das wäre jedem egal. Ich habe keine Erklärung dafür. Aber ich war jetzt doch wieder ein paar Mal in der Firma, einmal z. B. bei einer Vernissage und einmal bei einer Theateraufführung.

Tag, Monat, Jahr
Ein paar junge Hausbesetzer haben Angst, weil sie vom Hauseigentümer auf Schadenersatz verklagt worden sind. Sagen, sie haben nichts kaputtgemacht, sondern das sei die Polizei gewesen, als sie das Haus gewaltsam geräumt habe. Sie können die Summen niemals bezahlen, sagen sie; sind tatsächlich nervös. Ich verstehe die Sache nicht, habe immer geglaubt, es sei ein leer stehendes baufälliges Haus in öffentlichem Eigentum. Sie müssen sich in der Adresse geirrt haben. Ich meine das fast ernst. Es hat nämlich wirklich immer geheißen, das Haus gehöre der Stadt.

Tag, Monat, Jahr
Völlig unverständlich, dass namhafte Forscher und Politiker auf die Kernfusion hoffen. Denn 1. ist so etwas, wenn überhaupt, erst frühestens in 50 Jahren versuchsweise möglich. Und 2. ist das Gefahrenpotential noch gigantischer als bei der Kernspaltung; vergleichbar ist die Sache mit dem Verhältnis zwischen Wasserstoffbombe und Atombombe: Die H-Bomben zeitigen eine vielfache Wirkung und um sie zu zünden braucht man Atombomben. Ende der Durchsage.

Tag, Monat, Jahr
Eine sagt, Serotonin sei die Droge der Ruhe und Vernunft. Gewiss. Aber ist Ruhe vernünftig?

Tag, Monat, Jahr
In fortgeschrittener Planung: das persönliche Medikament, exakt zugeschnitten auf die individuellen Bedürfnisse des jeweiligen Patienten. Maximale Wirkung, minimale Nebenwirkungen. In Planung: Tissue Engineering. Künstliche Organe aus körpereigenem Gewebe. Am weitesten real fortgeschritten ist die Züchtung von Haut- und Knorpelgewebe, auch von Herzklappen.

Tag, Monat, Jahr
Gemüllers Absurdität, Destruktivismus kann ich niemandem klarmachen. Es ist in etwa, als hätte er verhindert, dass Lafontaine, Ziegler und Bourdieu gemeinsam auf eigene Kosten hierher zu einer Veranstaltung zur rechtzeitigen Bewahrung des Sozialstaates kommen. Wenn man das begreift, begreift man Gemüller.

*

Meine Aufgabe bei dem Firmenbuch war gemäß Gemüllers Wunsch –
und diese Aufgabe war seelisch, moralisch, geistig das Schwerste für
mich –, dass ich warten musste, bis alle Beiträgerinnen und Beiträger
sich zu Ende geäußert haben. Das wollte Gemüller so. Und ich hielt das
damals aber auch für richtig, da es, dachte ich mir, ja nicht um mich und
meine Meinungen und Sichtweisen gehe und es mir nicht zukomme,
Vorschriften zu machen, sondern weil es ja wirklich das Buch der Befragten und BeiträgerInnen und der Gesprächsteilnehmer sein soll. Aber
ich musste daher also warten. Warten. Warten. Warten. Auf die anderen
warten und niemandem etwas wegnehmen. Es war ganz selbstverständlich für mich gewesen, aber dann wurde es eine Qual. Denn es wurden
dann Jahre.

Tag, Monat, Jahr
Zwei Einladungen hatte ich damals bekommen, im Frühjahr 2002. Die
waren mir aber nicht recht, weil ich ja den vom GF dahergelogenen un-
aufschiebbaren Firmentermin einzuhalten hatte, für den er mich um
Hilfe gebeten hatte. Die Einladungen kollidierten damit. Die Einladung
damals in die ausländische, respektable Universitätsstadt – als Referent
zu einem Symposium der Weltspitze. Ich bin nicht hingefahren. Gottverdammt noch einmal. Gewiss war ein anderer, freilich kein ausschlag-
gebender Grund mein Ärger und meine Verzweiflung über den Zusammenbruch der Dingsbums-Bewegung und über den Erbschaftsstreit unter den
engsten Dingsbums-Vertrauten. Der weltberühmte linke Dingsbums ist
tot, und die in der Dingsbums-Bewegung tun nicht, was sie den Leuten
versprochen haben. Mir schien damals sogar, dass die Sieger im Nach-
folgestreit ihrer selbst oder der Finanzen wegen den Rest der Dingsbums-
Bewegung kaputtgehen lassen. Wenn ich dorthin gefahren wäre, hätte ich
darüber reden müssen. Hätte ich auch getan. Wäre hingefahren, wenn
nicht der GF mich belogen und um Hilfe gebeten hätte.

*

Im Feber und März 2002 waren die Koryphäen und Aktivisten aus der
Dingsbums-Bewegung einfach nicht zu uns hierhergekommen. Das hatte
mich damals sehr getroffen. Mitten in den Vorbereitungen zur Volksabstimmung und zur Verfassungsänderung war man hierzulande, in größter Anstrengung war man, und die aus der internationalen Dingsbums-
Bewegung sind nicht hierhergekommen, um uns zu helfen. Eine Termi-
nisierung mit ihnen war nicht möglich gewesen, Gemüllers wegen nicht.
Alles war plötzlich null und nichtig, die ganze Bewegung. Gemüller war
damals froh, dass niemand kam. Mich hingegen traf es schwer. Dass
Gemüller damals den Termin mit den Leuten aus der Dingsbums-Bewegung
wieder umgeworfen hatte – ganz nebenbei wie eine Nebensächlichkeit –,

führte zu einer Art Vertrauensbruch mir gegenüber, denn Professor Konstantin, die linke Hand des weltberühmten linken Dingsbums, ärgerte sich gewaltig über mich. *Die Kommunikation funktioniert nicht bei euch*, schimpfte er mit mir, und das war es dann. Ich widersprach. Mehr war nicht drinnen. Der liebe Gemüller hatte das ganze Schlamassel fabriziert. Ich war der Vermittler, musste Gemüllers wegen den Termin, der mir von Gemüller selber genannt und in Auftrag gegeben worden war, umdisponieren, und die linke Hand des weltberühmten Dingsbums war daraufhin nicht mehr kooperationsbereit, sagte, er habe unseretwegen Schwierigkeiten bekommen, er habe meinetwegen alles versucht und die namhaftesten Leute aus der Dingsbumsbewegung wären jetzt trotz aller internen Schwierigkeiten zu uns gekommen, und dann werfe ich den Termin um. Unzuverlässig!

Ich bat Gemüller dann, Professor Konstantin anzurufen. Tat er nicht, sagte zu mir aber, er habe es getan. Gemüller wollte nicht. Sagte aber auch da das Gegenteil.

Tag, Monat, Jahr

Seinen Freund Hodafeld hatte Gemüller gar nicht im Firmenbuch dabeihaben wollen. Ich hatte auf Hodafeld aber bestanden. Und auf den Beitrag des nordafrikanischen Flüchtlings. Seinen Migrantenkollegen hatte Gemüller überhaupt nicht gewollt. Ich schon, und durchgesetzt habe ich ihn. Die Beiträge der beiden waren da. Aber mehr nicht und Urlaub war. Man fuhr in die indischen Berge und auf schöne Inseln in Europa. Ich hatte weder die Beiträge noch Urlaub. Ich wurde ziemlich krank. Rückgrat, was sonst. Konnte mich nicht rühren. War erstarrt. Schmerzen. Als ich mit Gemüller am Telefon über das redete, was ausgemacht gewesen war, stritt er alles ab. Das war unheimlich.

Tag, Monat, Jahr

Sobald ich mich nach dem Schock wieder ein bisschen rühren konnte, nahm ich ersatzweise die zweite Einladung an, die ich bekommen hatte. Ein Theater an einem Fluss, Vorträge. Ein paar Leute haben miteinander über ein paar wichtige Dinge geredet. Das Theater war wirklich und gut und immer voll. Die Wahlkampfzeit wie gesagt war damals. Die Regierung war zusammengebrochen. Meine Referate am Fluss waren dementsprechend gut; ich tat damit meine EU-bürgerliche Pflicht. Ich war immer noch krank, wollte aber etwas kürzen von meinen guten Vorträgen im Theater am Fluss und mit den Kurzfassungen doch noch zum Weltklassesymposium in die Universitätsstadt weiterfahren. Die stundenlange Zugfahrt dorthin war mir physisch aber nicht möglich. Es war ein schwerer Schlag für mich.

Mitten rein in meinen entschiedenen Abschied von Gemüller im Herbst 2002 plötzlich ein Anruf eines Psychologen. Der Supervisor. Angesehen. Der diskrete Freimaurer. Ich achtete ihn sehr, weil er sich für Menschen zu kämpfen getraute. Als Supervisor war er sehr konsequent. Er bat mich am Telefon um eine Art von Zusammenarbeit. Ich wollte zuerst nicht, aber dann fiel mir das Gegengeschäft ein, eines für die ALEIFA, für das Firmenbuch. Meine Aufgabe nahm ich wieder sehr ernst. Den Menschen in der Firma helfen, aber sie nicht in Schwierigkeiten bringen dabei. Gemüller, habe ich geglaubt, habe es jetzt, jetzt endlich wirklich verstanden. Jetzt endlich! Jetzt wirklich! Neue, bessere Chancen für die Firma.

Tag, Monat, Jahr
Einer erzählt von den Anden. Man sage zueinander: *Wenn diese Straße an ihr Ziel gelangt, dann wir gewiss auch. Wir brauchen uns keine Sorgen zu machen.* Bevor man die Bergstraße befährt, betet und trinkt und raucht man noch in Ruhe und zu Ehren der Gottheiten, in deren Händen man jetzt dann sein wird.

Tag, Monat, Jahr
Die Sekretärinnen sind am wichtigsten. Die sind die Geheimnisträger in jeder öffentlichen Einrichtung und in jeder privaten Firma. Und beim Arzt und beim Rechtsanwalt. Wenn man etwas wissen will, muss man sich an die Sekretärinnen halten. Spionage läuft so, über die Herzen der Sekretärinnen. Die Sekretärinnen sind mir immer unheimlich. Und am meisten die wirklich verschwiegenen.

Tag, Monat, Jahr
Ein Prediger sagt über Güte und Glück, durch die Sakramente gebe man nie auf und mache immer weiter und fange nach einem Tiefschlag eben wieder von vorne an. Durch die Sakramente sei Gott immer anwesend und gehe alles gut aus; man verliere seine Kraft nicht.

Tag, Monat, Jahr
Gemüller händigte mir dann plötzlich schon wieder nicht die Beiträge aus. Die neuen, die dann da waren. Unglaublich war das. Ich verstand es nicht. Einmal sagte er, er könne sie nicht ausdrucken, sein Computer habe ein Problem. Ich glaubte ihm das damals. Es war aber nicht wahr. Denn ich bekam sie auch später nicht. Hielt das aber nicht für böse Absicht.

Tag, Monat, Jahr
Meine Interviews dann mit den Prominenten, schnell und gut, Sympathien, komplikationslos. Zukunftsweisende Gespräche. Innerhalb von

zwei Wochen und mit ein und derselben von der Firma bezahlten billigen Zugfahrkarte hatte ich meine Arbeit getan; ein publikationsfertiges kleines Buch. Und wieder musste ich jetzt warten, warten, wieder von neuem und in einem fort. Die Beiträge der KollegInnen und die Klienteninterviews durch die neue Kollegin hatte ich von Gemüller immer noch nicht bekommen. Die billige Zugfahrkarte damals war jedenfalls mein einziges Firmenhonorar in all den Jahren.

Tag, Monat, Jahr
Es war einmal ein Komponist, von dem wurde gesagt, seine Musik lüge nicht. Der war überzeugt, dass die Wahrheit an jeder Straßenecke zu finden sei. Er neigte zu Zornausbrüchen und großer Hilfsbereitschaft. Er nannte sich selber einen Menschenmusiker und die Kultur der Politiker einen Menschen- und Seelenmarkt. Er machte keinen Unterschied zwischen dem Organisieren eines Streiks und dem Schreiben einer Partitur. Sein Vater hatte ihn verstoßen, weil er von jemandem lernen wollte, den der Vater für einen Lumpen hielt. Die Töne, die der Komponist schrieb, explodierten in menschliche Urworte, Urlaute. Die Dichtungen, die er vertonte, wurden so zu Tausenden winzigen Fetzen und zu unkenntlichen, unverständlichen Trümmern und zugleich zu riesigen gewaltigen Räumen und Ewigkeiten, wie der Himmel und der Schnee und das Eis sie sind. Durch seine Musik wirken und leben die durch die Kriege und Diktaturen zerstörten Menschen an den zerstreutesten Orten der Welt und zu ganz anderer Zeit weiter; es stehen die Menschen wieder auf und wehren sich und kämpfen und werden nicht weniger, sondern mehr. Es ist, als ob die Menschen in ihrer Anstrengung einander über Tausende Jahre und Kilometer hinweg immer wieder von neuem etwas zurufen. Und sie verstehen einander und wissen, was tun, und keiner ist alleine.

Tag, Monat, Jahr
Ein Politiker, der auch Künstler ist, Schauspieler, sagt, durch die Kunst könne er seine Phantasien ausleben, wir alle, wo denn sonst; mit der Realpolitik habe das aber nichts zu tun. – Genau so ist es, glaube ich, für mehr ist Kunst nicht da. Hierorts und hierzulande jedenfalls nicht.

Tag, Monat, Jahr
Einmal habe ich zwei Gespräche, die die Kollegin mit Klientinnen und Klienten der ALEIFA führte, doch bekommen. Einen Bruchteil vom Ganzen und viel später. Da habe ich zu den zwei Interviews freundlich angemerkt, dass die Leute nicht reden wie wirklich. Ein paar Gesprächsteilnehmer waren ja, wie man so sagt, behindert und viele sehr fremd in der Welt oder hierzulande und waren unter hiesigen Menschen alleine und bildeten solche Sätze, wie sie da geschrieben standen, in der Wirk-

lichkeit gar nicht. Gerade ihre eigenen Worte waren aber sehr schön. Ich wünschte mir damals bloß, dass die Leute offen, ehrlich, lebendig, mutig reden dürfen, so, wie sie wollen und können. Unentstellt.

Tag, Monat, Jahr
Die Chronologie bringe ich oft, wenn ich von Gemüller erzähle, durcheinander, obwohl sie für die Ursachen wichtig wäre, weil sonst Ursache und Wirkung leicht verwechselt werden können. Ich erlaube mir jetzt aber, einfach nicht mehr zu können.

Tag, Monat, Jahr
In der Tram ein Geschwisterpaar knapp unter 20. Sie schimpft mit ihm, weil er von wildfremden Leuten Tabletten und Stoff annehme. Sie solle nicht schimpfen, er könne nicht anders, erwidert er. Sie lacht, sagt, er solle sie einfach für seine Entzugstherapeutin halten.

Tag, Monat, Jahr
Die Firma hat Samnegdi und mich in den letzten fünf Jahren immer wieder getrennt. Wir sind in jede Falle gegangen. Aber wir haben einander sehr lange sehr geliebt. Und wir sind jetzt noch da. Samnegdi und ich. Haben als Kinder die Rübezahlsagen und die Tarnkappengeschichten sehr gemocht, uns unsichtbar machen können und immer einen guten Geist um uns haben.

Tag, Monat, Jahr
Der Busfahrer beschimpft eine alte Frau im Rollstuhl, lässt sie zuvor ein paar Mal um Hilfe betteln und laut nach ihm rufen, reagiert nicht. Sie kommt nicht alleine aus dem Bus. Er sagt wütend, das sei nicht seine Aufgabe. Das habe er ihr schon einmal gesagt. Die Frau müsse eine Begleitperson mithaben, wenn sie mit dem Bus fahren will. Ich weise den Fahrer zurecht und er tut dann seine Pflicht. Aber wie er gegen die Frau gewütet hat, ist schrecklich gewesen. Sie hat, als er sagte, er sei nicht dazu da, ihr zu helfen, zu ihm gesagt, wer ihr denn sonst helfen solle als er. Auf dieser Buslinie sind die Fahrer und Fahrerinnen in der Tat extrem unfreundlich und werden schnell ausfällig. Ich kenne das von nirgendwo sonst in der Stadt. Es muss trotzdem ein Systemfehler sein. Es muss an der Zentrale und den Arbeitsbedingungen liegen.

Vor ein paar Tagen hat ein anderer Fahrer minutenlang eine ältere Frau beschimpft, die ihrem Hund keinen Beißkorb angelegt hatte. Der Fahrer hielt an, ging zur Frau nach hinten und hörte mit dem Beschimpfen nicht auf. Der konnte einfach nicht mehr, schrie, niemand kapiere, welche Verantwortung er habe. Er lasse sich von niemandem mehr verarschen. Und dann beschimpfte er wieder die Frau, ob sie schwachsinnig sei. Sie solle auf der Stelle aussteigen. Minuten ging das so. Ich rief dann etwas dazwischen. Er hörte daraufhin auf, ging nach vorn, konnte sich aber nicht beruhigen, konnte nicht losfahren. Wir standen dann eine Zeit lang da. Ein paar Männer neben mir lachten, nickten. Sie sagen zu mir, dass Tierliebe auch sein müsse. Sie kannten die Frau, glaube ich. Der Busfahrer redete vorne beim Lenkrad weiter in einem fort von seiner Verantwortung und konnte nicht mehr weiterfahren. Die Frau hatte den Beißkorb sofort angelegt, aber es hatte nichts mehr genützt. Er statuierte ein Exempel, verlor aber die Fassung dabei. Konnte tatsächlich nicht fahren. Es war kein Streik, sondern er konnte nicht mehr. *Wir haben es alle verstanden. Sie können jetzt aufhören,* habe ich zu ihm gesagt, und der hörte daraufhin mit dem Fahren auf. Es ging dann doch irgendwie weiter. Ein paar Häfenbrüder wie gesagt amüsierte das Ganze. Die wollten den Fahrer weghaben.

Tag, Monat, Jahr
Heute war der Bus seit Tagen wieder angenehm. Er konnte zwar nicht weiterfahren, weil eine Türe blockierte. Und dann konnte der Fahrer die Bremse nicht lösen. Das ist ein Automatismus. Der Fahrer entschuldigte sich aber dafür, sagte, er könne nichts dafür; die Leute waren dann alle sehr freundlich. Der Fahrer fährt sonst nie hier, glaube ich. Manchmal sagen die Fahrer zueinander, wo man auf der Strecke aufpassen müsse, und manchmal, dass denen in der Zentrale alles egal sei, man könne zu denen dort sagen, was man wolle, sie reagieren nicht. In letzter Zeit gibt es wieder weniger Frauen und Zuwanderer, die Chauffeure sind. Das war vor kurzem noch ganz anders, sehr fortschrittlich und vorbildlich war es. Auch auf dieser Linie. Gar keine Zuwanderer und Frauen als Chauffeure gibt es jetzt auf dieser Linie mehr, glaube ich. Jetzt einmal sagte ein Chauffeur, dass er kein Alkoholiker sei, er trinke immer nur am Wochenende. Ein junges Mädchen, das auf seiner Strecke wohne, tue ihm leid, weil es im Gegensatz zu ihm so viel trinke und krank davon sei und es keine Hilfe gebe. *Seien wir uns doch ehrlich,* sagte er.

Tag, Monat, Jahr
Es gibt Schadensforscher. Der Freimaurer ist einer. Der schaut sich bei allem, was ihm unterkommt, die Folgen an. Ja, und? Was dann? Er macht sie publik in der Republik. Und dann?

Tag, Monat, Jahr
Die junge hübsche Taxlerin mit der Boxernase quasselt ununterbrochen. Ein paar Mal gebrochen muss die Nase sein; die Frau tippt dauernd falsch in ihren Navigator ein und sie kann das Wechselgeld nicht herausgeben. Ich glaube, sie tut sich mit dem Lesen und Rechnen schwer.

Sie hat mir spontan viele Geschichten erzählt, was ihr alles ganz klar sei. Ich bekomme Angst, als ich merke, was sie alles nicht kann.

Tag, Monat, Jahr
Eine Attacveranstaltung war das, wo ich referiert habe. Man war freundlich. Die Stadt damals war voller Banken, aber eigentlich war es immer ein und dieselbe Bank. Der Vortragssaal gehörte auch der Bank. Ein freundlicher Lebensmittelunternehmer wollte freien Wettbewerb zugunsten der Dritten Welt und ja keine Wettbewerbsbehinderungen seitens der EU. Und die Künstlerleute dort wollten mit uns, den Dingsbumsleuten, kooperieren. Davon hielt Gemüller nichts, als ich es ihm erzählte. Auch mit seinen eigenen Künstlerfreunden in seiner eigenen Stadt, dieser hier, weigerte er sich ja zu kooperieren. Mit seinen besten Freunden. Die seien zu kompliziert. So ist das gewesen. Der rote Mäzen Pötscher hat dann Jahre später alles in Ordnung gebracht, als ob es nie anders gewesen wäre. Ich habe mir nie etwas anderes gewünscht, als dass die alle menschenfreundlich zusammenarbeiten können. Ein bisserl wie in Newe Schalom sollte es in unserer Demokratie sein:

<Newe Schalom ist ein kleiner israelischer Ort, eine Siedlung zwischen Tel Aviv und Jerusalem, ein seit Jahrzehnten praktiziertes Friedensexperiment, das von einem Benediktinermönch jüdischer Herkunft ins Leben gerufen und lange Zeit von israelischer Regierungsseite behindert wurde, dann als eine Art Auslandswerbung und Herzeigeprojekt für israelische Politik fungierte. Dazumal zu Recht freilich. Denn in Newe Schalom leben Muslime, Christen und Juden, Araber und Israelis zusammen, wachsen gemeinsam auf, haben gemeinsamen Unterricht in Arabisch und Iwrit, feiern vom Kindergarten an alle Feste gemeinsam bis auf den Gründungstag Israels, erklären einander aber, warum sie diesen Tag nicht gemeinsam feiern können. Das Friedensmodell Newe Schalom wurde im Laufe seiner Geschichte immer wieder auf Konfliktherde in aller Welt zu übertragen versucht, sowohl auf Nordirland als auch auf die Balkanstaaten. Newe Schalom ist ein Beispiel dafür, dass Zwischenmenschlichkeit inmitten von kollektiver Feindschaft und kollektivem Haß möglich ist.

Bei Newe-Schalom-Treffen außerhalb Israels versucht man die Kontakte damit zu beginnen, dass die Gegner einander erzählen: 1. Frage, 1. Tag: Wer bin ich, wer bist du. Die Emotionen des Anderen werden dadurch wahrgenommen, der Andere wird entdämonisiert. 2. Tag, 2. Frage. Die Gegner erzählen einander: Mein Trauma – dein Trauma. Die kollektiven Kränkungen und Katastrophen, denen sie ausgesetzt waren, werden verständlich, somit die kollektiven Verletzungen und warum sich wer wie verhält. Am 3. Tag fragt man, wie es weitergeht, wie man koexistieren wird können. Bourdieus Sozioanalysen sind im Vergleich zu den

Bemühungen von Newe Schalom vielleicht tatsächlich soviel wie nichts, die Sozioanalysen versuchen aber genau das: nämlich beizubringen, sich von der quälenden, ungewollten Situation zu befreien und sich an die Stelle des anderen zu versetzen. Dadurch, dass Menschen einander ihre Geschichten erzählen. In Bourdieus *Elend der Welt* freilich fehlen die Happy-Ends und erst recht fehlen sie im Rest der Welt rund um Newe Schalom.

Außerhalb von Newe Schalom tätige Newe-Schalom-Friedensaktivisten werden mitunter von anderen Friedensgruppen und Friedensaktivisten als zu ineffizient kritisiert, etwa vom Holocaustpsychologen Dan Bar-On. Seine Vorgangsweise geht auf die therapeutische Konfrontation von Nachkommen von Nazis mit den Nachkommen von Holocaustopfern zurück. Diese von erwachsenen Nazikindern und erwachsenen Holocaustkindern in den 90er Jahren geleistete psychische, zwischenmenschliche Schwerarbeit wurde in das Treffen von Israelis mit Palästinensern eingebracht. Ebenso in Treffen zwischen Südafrikanern und in Treffen zwischen Irländern. Wie bei Newe-Schalom-Treffen erzählen Menschen einander ihre Geschichten, und sie erzählen auch darüber, was ihnen ihre Eltern, Freunde und Bekannten erzählt haben. Israelis erfahren sich als Täter und können das, was Palästinenser ihnen erzählen, nicht mehr ignorieren und das, was sie selber an palästinensischem Leiden wahrnehmen, nicht mehr als Ausnahme- und Einzelfälle abtun. Und Palästinenser andererseits können nicht mehr überzeugt das behaupten, was sie von ihren Angehörigen gelernt haben, nämlich daß der Holocaust gar nicht stattgefunden habe und lediglich als betrügerische Legitimation des, wie sie meinen, Unrechtsstaates Israel fungiere, der die Palästinenser entrechte, vertreibe, quäle und vernichte. Auch Palästinenser erfahren sich durch das Einanderzählen und Einanderzuhören von Palästinensern und Israelis als Opfer des Holocaust.

Von Newe Schalom und von Dan Bar-On kann man rechtzeitig Demokratie lernen. Wie soll Demokratie sonst funktionieren als so, wie sie in Newe Schalom praktiziert wird. Newe Schalom ist ein Demokratiemodell, das weltweit seinesgleichen sucht. Attac ist auch ein solches Demokratiemodell, das weltweit seinesgleichen sucht. Attac ist Widersprüchen noch und noch ausgesetzt, äußeren wie inneren. Die einen wollen die demonstrierenden Attacis kriminalisieren und als Gewalttäter sehen, die nicht wissen, wovon sie reden und was sie tun. So in etwa argumentiert ein Spitzenmanager der Deutschen Bank, welcher schlichtweg bestreitet, daß kleine Staaten erpreßbar seien, wenn sie es nicht selber wollen. Und Leute wie Cohn-Bendit andererseits erachten Attac für harmlos und minimalistisch, unter anderem weil die Tobinsteuer in

Wirklichkeit nicht mehr sei als eine Mehrwert-, Umsatz- oder Erbschaftssteuer. Sollte Attac jedoch mehr zu realisieren versuchen als diese Tobinsteuer, mehr als ein Alarmieren und mehr als ein Informieren, dann sei Attac in Wahrheit sehr schnell von innerem Zerbrechen bedroht. Und wieder andere wie der Attacler Walden Bello, der den Weltsozialgipfel von Porto Alegre mitkoordinierte und in Manila und Bangkok Sozialwissenschaften lehrt, wollen, daß sich Attac auf das konzentrieren soll, was eint, und daß die kontrollierenden UNO-Institutionen aufgewertet werden müssen in Richtung hin zu einer demokratischen Weltregierung, in der jedes Land demokratisch eine gleichberechtigte Stimme hat. Und wieder andere, beispielsweise die französische Attaclerin Susan George, ehemals bei Greenpeace International, legen großen Wert darauf, daß Attac nicht links ist, sondern zuallererst demokratisch, menschenfreundlich und sozusagen ins Leben verliebt, nicht in den Tod. Vielleicht kann man Lebensdemokratie gut von Newe Schalom lernen. Deshalb habe ich mir von Newe Schalom Ihnen zu erzählen erlaubt. Und weil der auch von namhaften Sozialdemokraten hofierte neoliberale Zukunftsforscher Matthias Horx von einer Globalisierung Plus redet und davon, daß man sich die israelische Rationalität zum Vorbild nehmen müsse. Und weil mir das unheimlich ist. Und das hat meinerseits weder mit Antisemitismus noch mit Antizionismus zu tun, sondern mit Horx.> Horx statt Marx ist bloß Murks.

Tag, Monat, Jahr

Auf dem Firmenparkplatz heute in der Früh fragt mich der Kollege, den ich mag und der fleißig am neuen Firmenstatut schreibt und dem seiner Meinung nach ganz allein die Idee dazu gekommen ist, wie ein lieber, guter Freund: *Uwe, gehst du fort?* Ich zucke mit den Achseln, nicke. Es hat nichts zu bedeuten, aber es ist sehr nett, dass er mich das fragt. Ich wäre sehr gerne in der Firma. Ich glaube wirklich, dass die Firma und der GF das Beste sind, was es auf dem Markt gibt. Sie verdienen jegliche Hilfe und Förderung. Ich sage das im vollsten Ernst. Es ist dort besser als sonstwo. Aber ich kann nicht mehr. Und warum er mich das jetzt fragt, wo ich doch schon so lange fortgegangen bin, verstehe ich auch nicht.

Tag, Monat, Jahr

Geschmacklos von mir, aber was Frau Kampusch vom Helfen erzählt hat, genau so ist es. In einem Baumarkt fragte sie ein Verkäufer neben ihrem Entführer, ob sie Hilfe brauche. Was für Hohn und Spott ist all dieses Gerede vom Helfen! Lächerlich, heuchlerisch und dumm. Mehr Hilfe gibt es nicht als die der Verkäufer. *Brauchen Sie Hilfe?* Darauf ist keine ehrliche Antwort möglich.

Tag, Monat, Jahr
Die Therapeutin sagt, ich erinnere sie an jemanden, der ein Geschenk mitgebracht hat, es nicht hergibt und es beim Gehen wieder mit sich nimmt und sagt, das tue er, weil nicht hineingeschaut worden sei, und dass er es das nächste Mal wieder mitbringen werde. Dann erzählt sie von ihrer eigenen Therapie. Dass sie nach jeder Stunde geschrieben habe und nach drei Jahren alles weggeworfen, als alles klar war und sie die Zusammenhänge verstand. So möchte ich aber nicht geschrieben haben. Das habe ich jetzt schon jahrzehntelang hinter mir. Da war ich schon einmal weiter gewesen.

Tag, Monat, Jahr
Eine grüne Politikerin, die einmal Spitzenkandidatin sein will, lobt in der Firma öffentlich den Geschäftssinn Gemüllers sehr und wie umsichtig und vorausschauend der GF all die Jahre gewesen und daher immer am Ball geblieben und so erfolgreich geworden sei. Aber es ist nicht wahr. So nicht. Der GF war die meiste Zeit über gegen das, wofür er jetzt über den grünen Klee gelobt wird. Und er hat verhindert, was er nur konnte. Mein Fazit: Die Menschen sind gut.

Tag, Monat, Jahr
Wäre ich Kulturstadtrat, würde ich sofort jeglichen Alkoholkonsum bei Kulturveranstaltungen unterbinden. Und zwar bloß, weil ich wissen möchte, was dann geschieht. Also, was von der Kunst und vom geistigen Leben übrig bleibt.

Tag, Monat, Jahr
Manchmal glaubt meine Tante, dass niemand gestorben ist und alle noch leben. Ein paar Minuten lang ist sie so, wenn es ihr nicht so gutgeht. Danach geht es ihr aber wieder gut.

Tag, Monat, Jahr
Mysterium liberationis. Es war nicht ich, was provozierte. Es war bloß das mysterium liberationis. Und das gefiel mir und ich machte weiter. Und es ging auch immer gut aus.

*

Der Abend im Café, meine erste Buchpräsentation, gelungen. Sehr viel Publikum. Von überall her und von unten und von oben. *Begeistert*, sagt man gemeinhin. Und dann ein paar Monate später, als wir Prof Konstantin hierher holten – ich, gottverdammt noch einmal, ich tat das, warum kann ich mir das nicht merken, ich muss ich sagen, nicht wir –, und als der Vertraute des weltberühmten Dingsbums dann eben da war bei uns und ich freudig und geduldig auf den guten neuen Anfang für alle von der

Politik malträtierten NGOs in der Stadt wartete, saß ich da und wartete, dass es endlich losgeht. Die erste Veranstaltung dieser Art war das in dieser Stadt, und ich dachte plötzlich an meinen schwerstbehinderten lieben Schulkollegen, Freund Seppi im Altersheim und ich weinte plötzlich. *Jetzt kann ich ihm endlich helfen*, dachte ich mir. Und eben, dass die linke Hand des weltberühmten Dingsbums uns allen helfen kann. Helfen wird. Die ALEIFA-Firma, die NGOs hier in der Stadt, die Wissenschaftergruppe, alle zusammen, das musste gut ausgehen. Das werde die Hilfe sein. Ich saß da, freute mich, dachte an Seppi und weinte.

Tag, Monat, Jahr

Ein Musiker sagt zu mir, Musik sei Atmen. Und dass man den Künstler immer vom Menschen trennen müsse, *das geniale Werk vom Arschloch.* – Aber die genialen Werke, von denen er redet, sind doch voller Menschen; die singen zum Beispiel! Wie soll das also funktionieren, was der Musiker sagt? Opern, Lieder, das ist alles voller Menschen.

*

Gemüller funktioniert genau so, wie der Musiker sagt, dass es sein soll, und die meisten Guten, die ich kenne, auch. Ich meine, die Guten, wie Gemüller einer ist, wollen nicht selber für das verantwortlich sein, was sie unter die Leute bringen. Für die Konsequenzen. Alles liege dann nicht mehr bei ihnen, sondern an den Leuten, wollen sie einen glauben machen. Das l'art pour l'art der sozial und politisch engagierten hiesigen herzensguten Künstler und Intellektuellen, die u. a. von Gemüller engagiert werden, ist mir ein Rätsel und ein Greuel. Denn die wirklichen Folgen dessen, was sie tun, sind für sie nicht wirklich von Interesse. Gemüllers Künstler und Intellektuelle dünken sich selber irgendwie rein und heilig, weil sie wirklich sehr sozial und sehr politisch sind und ja wirklich nur das Beste und Gutes tun wollen. Der ALEIFA sowieso. Sie denken nicht mit und nicht voraus, schauen nicht nach und sich nicht um.

Tag, Monat, Jahr

Die drei Kinofilme dieser Woche. Einer über eine Nazifamilie. Der Sohn dreht ihn über den Großvater. Denn alle leiden, die ganze Familie. Und bereuen. Aber ich weiß nicht, was. Darüber wird kein Wort geredet. Schwere Schuld scheinen die alle zu tragen. Aber woran? Die Mitgliedschaft in der NSDAP, das Mitwissen. Kann sein. Aber kein Wort darüber, was wirklich war. Oder es war vielleicht gar nichts. Der Nazi-Großvater wurde nämlich sogar aus der NSDAP ausgeschlossen. Ist es also menschliche Scham und menschliches Gewissens, was diese Menschen zwei Generationen später so quält? Die Kindeskinder, die ohne jede Schuld und ohne jeden Vorteil waren, sind genauso betrübt. Ein schlimmes

Geheimnis bleibt, oder da ist gar keines. Man redet viel und zugleich verschweigt man alles. Das ertrage ich nur schwer. Ich habe jedenfalls keine Ahnung, worum es in dem Film geht. Ich glaube nicht, dass irgendjemand weiß, was los ist. Warum wollen die im Film alle Nazis und schuldig sein, obwohl sie selber nichts getan haben? Das ist entweder Wichtigmacherei, also Größenwahn, also ein Minderwertigkeitskomplex, oder echter, ehrlicher, humaner Anstand. Der mir so fremd ist, dass ich ihn nicht verstehe.

Dann der Film über ein KZ, alles unhistorisch. Die Personen wurden vertauscht, die wirklichen Helden zu läppischen Figuren gemacht und umgekehrt. Und alles Interessante und Hilfreiche und Einfallsreiche wurde auf eine einzige Person konzentriert, und zwar die falsche. Als der Film besprochen wird, sagt der Mann, der ihn bezahlt hat, dass es im wirklichen KZ in Wirklichkeit nicht so dramatisch zugegangen sei. Ich rufe daraufhin hinaus: *Im KZ war's langweilig.* Und: *So ein Trottel!* Aber die Leute sind begeistert von dem Film. Der Trottel bin ich.

Dann der Reisebericht. Am Ende erzählt im Film eine Schamanin, die jeden Tag Angst haben muss, dass ihr Mann sie im Suff umbringt, dass sie Alkoholiker heilt. Aber ihren Mann nicht. Die Regisseurin macht den Fehler zu sagen, wie sie den Film gedreht hat. Dadurch wird alles trivial und die Dokumentation seltsamerweise zu einer Art Fälschung. Die Regisseurin merkt das selber aber gar nicht. Dort, wo sie war, hat sie auch nicht selber mit den Menschen reden können. Kann keine zehn Wörter aus deren Sprache. Es ist mir auch völlig ungewiss, ob ein Dolmetscher dabei war. Die Regisseurin hat vielleicht gar niemanden gehabt, der ihr übersetzt hat. Aber was für eine schöne Idee und was für ein schöner Film! Dennoch ist mir so, als ob die Regisseurin mitten unter diesen Menschen gelebt, aber überhaupt nichts verstanden hat. Aber das ist sicher nicht wahr, aber das scheint nun einmal so, weil sie über ihren guten Film redet und der durchs Reden schlecht wird. Weil er nicht mehr wirken kann. – Nichts wirkt mehr nach. Ist das der Sinn und Zweck jeder Diskussion? Und das viele Klatschen bezweckt, dass man, was man gesehen und gehört hat, unwirksam macht? Ja, das wird schon so sein. Die Entwirklichung der künstlerischen Wirklichkeit, die gerade noch am Werken und lebendig war, funktioniert über den Beifall. Man diskutiert und klatscht, und das Leben ist weg und das Werk ist wirkungslos. Man vertreibt die guten Geister statt der bösen, wenn man klatscht. Natürlich kann es auch sein, dass man bloß Bittebitte macht, wenn man klatscht. Aber ich glaube, dass man durch das Klatschen das Gute abwehrt.

Tag, Monat, Jahr
In der Zeit auch, als ich nicht zum Weltklassesymposium konnte, weil ich Gemüllers Bitte erfüllte, die zuständigen Kollegen und Kolleginnen in der ALEIFA dann aber alle auf Urlaub gingen und Gemüller selber auch, kam ein seinerzeit erfolgreicher Theatermacher und Maler zur Firma, den der GF nicht weiter kannte, nur dessen durchaus guten Ruf. Der Theatermacher hatte dann in der Firma kurz eine Anstellung. Und ich, ich wäre sehr froh gewesen, wenn er, sofern die befragten Menschen es wirklich wünschen, ihre Lebensberichte dramatisieren oder mit Unterstützung der Firma ein paar der weltberühmten Recherchen, die der weltberühmte linke Dingsbums angestellt hatte, im Interesse der Firma auf die Bühne bringen hätte dürfen. Hilfs- und Schutzbedürftige und die HelferInnen aus der Firma sollten die Darsteller sein, aber alles immer nur, so sie möchten. Ich bemühte mich und wieder war das Problem, dass ich nichts für mich wollte. Damals hat Gemüller auch gelogen, auch aus dem Urlaub, was alles schon mit wem besprochen sei, damit der Theatermacher seine Theaterarbeit tun könne, und wer schon was versprochen habe. Welche Einrichtungen, welche Leiter. Wer alles seine Mitarbeit zugesagt habe. Die Professorin, mit der geredet zu haben Gemüller behauptet hatte, wusste dann in Wirklichkeit von gar nichts. Sie hatte daher auch nichts zugesagt. Gemüller hatte nicht einmal mit ihr geredet. Damals dann sagte der alte Theatermann zu mir: *Ihr in der Firma behandelt die Menschen schlecht und ihr lügt. Und wie ihr die Lebenszeit der Leute handhabt, das ist Diktatur. Schäbig ist das.* Er hatte recht, ich redete ihm aber sofort dagegen, legte aufgebracht den Hörer auf, beschwerte mich dann aber sofort bei Gemüller. Stellte ihn freundschaftlich und ruhig zur Rede; es nützte nichts, änderte nichts. Er blieb dabei, dass er mit allen alles besprochen habe.

Tag, Monat, Jahr
Angeblich helfen Psychopharmaka nur 30 % der Menschen, der Rest erfährt entweder gar keine oder nur eine minimale Verbesserung. Insgesamt entwickeln bis zu 60 % eine Toleranz ihren Medikamenten gegenüber. Die Zahlen der Pharmaindustrie sind da andere: für 70 % Hilfe, bei 30 % keine Wirkung.

Tag, Monat, Jahr
Gemüller sagte nach Jahren plötzlich, als ich mich ein für alle Male verweigerte, es sei ja genug Geld zur Realisierung des Firmenbuches da. Ich müsse nicht sparen. Ich könne tun, was ich wolle. Das war mir aber egal. Es war wirklich ein großes Problem für Gemüller, dass das, was ich vorhatte, billig und einfach war. Und schnell. Man wird mir das nicht glauben, aber es war so. Es hing nicht vom Geld ab, war sohin ein Problem.

Tag, Monat, Jahr
Die Zugfahrt aus der Hauptstadt zurück. Der fröhliche Anachoret, mein Freund, gibt mir immer etwas mit, irgendeine Kleinigkeit. Er mag das nicht, wenn man zu ihm kommt und mit leeren Händen von ihm fortgeht. Mir gibt er immer irgendein Buch mit oder eine Zeitschrift. Manchmal sind es Dinge, die er nicht mag oder nicht brauchen kann, ich hingegen schon. Aber meistens sind es Dinge, die für ihn großen Wert haben. Heute hat er mir eine Soziologiezeitschrift mitgegeben. Es geht um Krankenhäuser. Er sagte, die Sprache mache das Heft unbrauchbar. Im Abteil dann eine Restauratorin, sie erzählt mir die Fahrt über von ihrer Arbeit und den Chemikalien und von Rodin. Wie leidenschaftlich der gewesen sei. Sie arbeite auch so leidenschaftlich. Eine Kapelle muss sie erneuern, großer Auftrag, über ihre Verhältnisse und Ressourcen, sie allein dafür. Sie steigt nicht gerne aus. Es werde sehr anstrengend werden, sagt sie, und dass sie die Atemmaske nicht ausstehen könne.

Tag, Monat, Jahr
Wie inständig Gemüller an der Geldnot und am Zeitmangel hing! Die waren die Ausrede für alles.

*

Die Komplizenschaft der Konkurrenten ist eine seltsame Sache. Ich weiß nicht, ob ich Gemüllers Komplize war. Ich glaube nicht. Weder Konkurrent noch Komplize.

*

Der Freimaurer, Psychologe, Supervisor, hat nach meinem Interview mit ihm gesagt: *Sie werden in der ALEIFA keinen einzigen Menschen finden, der auf Ihrer Seite ist.* Ich habe ihm das nicht geglaubt, sagte ihm damals, es sei für uns alle ein kollektiver Lernprozess, der nun einmal Zeit brauche. Der gute Wille sei, das wisse ich, wirklich da. Dem Freimaurer gefiel das. Und er sagte zu mir, wenn ich etwas von ihm brauche, würde er jederzeit in die Firma kommen. Gemüller mochte keine Psychologen. Er ließ mich keine einladen, bestritt dann aber vor anderen Leuten stets, dass er das verhindere und nicht wolle. Einen namhaften Konfliktforscher, Politologen, wollte Gemüller partout nicht und den wichtigsten Rechtsextremismusforscher hier im Lande auch nicht. Supervisor ist der Rechtsextremismusforscher auch und sehr wichtig für die Sozialarbeiterschaft. Unaufdringliche, hilfsbereite Leute waren die alle, und Gemüller wollte die nicht und bestritt das aber, sagte sogar, ich, ich habe die nicht gewollt. Sogar zu Samnegdi sagte er das. So war er. Und ich, ich war so, dass ich mich nicht rechtzeitig vor ihm in Sicherheit brachte.

Tag, Monat, Jahr
Ein Komponist hat als kleines Kind die Buchstaben und die Noten von seiner Mutter gelernt und er schrieb als erwachsener Mensch an seine Freundin, wie sehr er sich in seinem Beruf vor Lügen und Intrigen fürchte. Milchbubi. Ich auch.

Tag, Monat, Jahr
Einen Film über Affen habe ich gesehen. Eine Affenart, wenn da die Männchen kämpfen, hilft es ihnen, wenn sie sich schnell ein eigenes Junges schnappen und es auf den Rücken setzen. Das andere stärkere Männchen, das zu siegen droht, lässt dann sofort ab. Wenn nicht, wird die zornige Affenmutter auf den Kindesvater, der sich unter dem Jungen versteckt, teufelswild. Wirft ihn sofort raus. Lässt sich scheiden. Bin beeindruckt. Und dann die Fellpflege beim Anführer, der im Kampf gefallen ist. Alle betasten ihn freundlich, trauern sichtlich und die Mütter umarmen dabei die Kinder.

Tag, Monat, Jahr
Angeblich gibt es in Malaysia ein Haus, das mit riesigen Solarzellen bestückt ist, welche sich bei Tag wie Blütenblätter öffnen. Und in Simbabwe eines, das einem Termitenhügel nachgebaut ist. Biomimikry nennt man das, Bionik. Das ist wirkliches Hightech.

Tag, Monat, Jahr
Gegen Gemüller habe ich keine Chance. Ich notiere mir nur die Erinnerungen und ich kapiere dabei, dass ich keine Chance habe. In alle Zukunft nicht. Aber meiner Lebensfreude wegen erzähle ich so viel über ihn. Die hat er mir zerfetzt. Ich möchte die aber wiederhaben. Die Lebenschancen auch. Gemüllers Gerede über die Kinder, die zum Spaß mit Steinen auf einen Frosch werfen, der dann aber wirklich tot sei, ärgerte mich besonders. Er sagt den Spruch oft zu jemandem, damit man sieht, wie sensibel und verständnisvoll er selber ist. Und wie herzensgebildet. Das Friedgedicht. Und einmal mailte er es mir, damit ich verstehe, dass er mich versteht. Und machte weiter wie immer. Ich glaube, dass sehr viele Menschen glauben, Gemüller wisse nicht, was er tue; er sei sehr lieb und brauche Hilfe, weil er sich doch so einsetze und so vielen Bedürftigen und Notleidenden helfe. Ich weiß, dass er weiß, was er tut. Den Politikern gefällt er. Je besser der Politiker, umso besser gefällt ihm Gemüller. Daher erzähle ich so viel von ihm. Damit man versteht, was mit den Politikern los ist. Das Problem ist, dass das aber wirklich die Guten sind. Wenn es die nicht gäbe, wären die Welt und das Leben viel schrecklicher und die Not wäre unerträglich. Es gibt niemanden sonst, der hilft. Kein Wort mehr über Gemüller! Bitte!

Tag, Monat, Jahr

Die vertratschte Vortragende, die in ihrer Diversity-Management- und Selfempowerment-Veranstaltung euphorisch war und meines Empfindens nichts sonst durchexerzierte als Watzlawicks *Wir können nicht nicht kommunizieren*, zog mir den letzten Nerv wie eine Rosenkranzbeterin. *Wir können nicht nicht kommunizieren! Wir können nicht nicht kommunizieren! Wir können nicht nicht kommunizieren!* Lustig war das nur am Anfang. Ich jedenfalls kann das, ich kann nicht kommunizieren. Habe das gelernt. Ich bilde mir auch ein, so gelebt zu haben, wie Watzlawicks Ethik es verlangt, konziliant, verantwortlich, frei. Watzlawicks Ethik war mein Wettbewerbsnachteil. *Esse est percipi* ist nämlich die Voraussetzung für alles und immer eine Art Machtkampf. Auch bei Watzlawick steht das eigentlich so geschrieben. Denn wer oder was nicht wahrgenommen wird, existiert nicht. Darüber wird von den WatzlawickInnen aber fast nie geredet, die WatzlawickInnen sind bloß euphorisch. Es ist, als ob sie überglücklich wären, weil sie sich einer fundamentalen Fähigkeit ganz gewiss sein können. Mir gefällt ja der ganze Watzlawickismus wirklich, und der war ja, glaube ich, wirklich mein Lebensprinzip. Ist in die Binsen gegangen.

*

Berkeley, von dem der Satz *esse est percipi* stammt, ist oft mitten in der Nacht aufgewacht, hat seine Familie geweckt und alle mussten mit ihm zusammen musizieren. Immer wenn ich davon lustig erzählen will, regt sich irgendjemand auf. Und immer, wenn ich zu erklären versuche, dass der Satz *Wir können nicht nicht kommunizieren* falsch ist, wenn das Prinzip *Existieren ist Wahrgenommenwerden* nicht realisiert wird, renne ich gegen Mauern. Wie kann das sein? Wahrscheinlich renne ich offene Türen ein. Ganz so wie Watzlawick das lustig erzählt. Nein, eben nicht. Sondern von den Überlebenskämpfen heutzutage will niemand wirklich reden. Ich ja auch nicht. Tue es trotzdem. Die WatzlawickInnen lassen immer einen Teil weg. Meinen Teil. Man darf keinen Teil weglassen, sonst ändert sich nie etwas. Wirklich helfen habe ich Menschen aber wirklich immer nur können, wenn ich geWatzlawickt habe. Oder geEricksont. Oder geShazert.

Tag, Monat, Jahr

Watzlawick, der von einem Dolmetscher erzählte, der absichtlich falsch übersetzt, dadurch ein schlimmes Gemetzel verhindert und für eine Zeit lang ein klein wenig Ruhe stiftet. Wunderschön ist das. Und dass Watzlawick sagte, sein radikaler Konstruktivismus sei nicht Nihilismus, sondern ganz im Gegenteil wissen Menschen wie er, dass sie die Wirklichkeit in hohem Maße selber miterschaffen und daher 1. dass sie trotz allem jederzeit frei sind, sich eine andere zu erschaffen; und 2. dass sie selber verantwortlich sind und nicht den Sachzwängen und den Mitmenschen die

Schuld geben können; und 3. dass sie selber aus tiefstem Herzen konziliant, entgegenkommend, umgänglich, freundlich, humorvoll, verbindlich, verzeihend sein müssen! Das ist schön. Aber dass wir nicht nicht kommunizieren können, ist trotzdem falsch. Denn der Kontrahent, Konkurrent soll zum Schweigen und Verschwinden gebracht werden. Das ist der Kampf, das Ziel. Kommunikation ist nämlich nicht Gerechtigkeit und Solidarität, sondern oft bloß Blödsinn oder bösartig. Es ist einfach nicht wahr, dass wir nicht nicht kommunizieren können. Hunderttausende, Millionen, Milliarden können es nicht. Das ist dann der Tod.

Tag, Monat, Jahr

Wenn man sich gut verstecken kann und schön leise ist, kann man manchmal auch gut überleben. Es kommt immer auf die Situation an. Nicht zu kommunizieren kann einem das Leben retten.

Tag, Monat, Jahr

Gemüller warf mir immer sich selber vor, weiß ich heute.

Tag, Monat, Jahr

Die neuen roten reichen Chefpolitiker schätzen Gemüllers Intelligenz und Menschlichkeit sehr und tun, was sie können, damit er mehr Macht hat und mehr machen kann. Aber *besser* ist nun einmal nicht dasselbe wie *gut*. *Anders* ist auch nicht dasselbe wie *hilfreich*. Und *mehr* ist nicht dasselbe wie *richtig*.

Tag, Monat, Jahr

Dieses endlose Gerede von Opfern. Warum hält man sich nicht ans Strafrecht? Da ist von Verletzten die Rede und von Geschädigten.

Tag, Monat, Jahr

Die Engel des Paul Klee, ein paar Striche bloß, Andeutungen, lustig. Seine Bilder hat er getauft: *Wachsamer Engel; Engelüberfall; Engel, noch weiblich; Engel, noch tastend; Armer Engel; Engel, noch hässlich.*

Tag, Monat, Jahr

Das Tao ist dann erlangt, wenn ein Embryo den Kopf des Taoisten durch das oberste Zinnoberfeld verlässt. Ich hätte mir nie gedacht, dass Taoismus so schwer ist!

Tag, Monat, Jahr

Ein Politiker sagt: *Wir müssen sparen, koste es, was es wolle!* Ein alter Politikerwitz.

Tag, Monat, Jahr

Ein Chef sagt zu seinem gekündigten Mitarbeiter: *Unser Computer hat Sie entlassen, nicht ich.*

Tag, Monat, Jahr
Ich möchte nie etwas tun, ohne dass ich es vorher mit dir bespreche. Ich werde es immer so halten, sagte Gemüller plötzlich bei einem kleinen Fest in der Firmenkantine zu mir, schaute mich freundlich und groß an und lächelte. Das war damals, als er dann eine Veranstaltung für den roten Stadtpolitiker Hummel erzwang; mitten aus meiner Arbeit, aus meinem Herzstück war die. Als er so freundlich mit mir redete, wusste ich aber noch von nichts. Am übernächsten Tag erst erfuhr ich, was er vorhatte. Es war Gemüller völlig egal, was von meiner Arbeit verheizt, wirkungslos gemacht wird. Ich erschien Gemüller, glaube ich heute, unermesslich reich. Alles jedenfalls, was ich damals wollte, war, dass meine Arbeit nicht falsch verwendet wird. Als ich mich wehrte, hat er sie mir dann endgültig weggenommen. Aber der Anfang 2003 war harmlos, da sagte Gemüller eben freundlich und plötzlich zu mir, dass er nie etwas hinter meinem Rücken tun werde. Und macht es dann gleich am nächsten Morgen.

*

Das versteht niemand, mit heutigem Datum schon gar nicht, warum ich gegen die Veranstaltung, die Gemüller und der rote Hummel damals wollten, war und mich so gegen sie wehrte. Aber dann war ich ja auch nicht dagegen, denn es war ja gerade zufällig der lebenswichtige Gewerkschaftsstreik in Vorbereitung. Die Veranstaltung war dann aber gar nicht wichtig. Die war nichts für den Streik. Der war aber auch für nichts. Reklame und Alibi, mehr nicht. Ein Publicitygag der Gewerkschaft.

*

Mein Vortrag damals im Frühjahr 2003 irritierte die Leute aus den Bewegungen und das Publikum, war aber der letzte. Dass die Alternativbewegungen gar nicht dort gewesen wären, wenn ich es von Gemüller nicht so entschieden verlangt hätte, dass sie allesamt eingeladen werden, wussten sie nicht. Ich kam gut an, ging ihnen allesamt auf die Nerven. Mein Streit mit dem GF, dass sie ja ausreichend und viel mehr Redezeit bekommen – Gemüller sagte zu mir, dass er mit ihnen geredet habe, sie wollen nicht mehr Redezeit. Bei der Veranstaltung dann klagte die anführende Frau aus den Alternativbewegungen über die Kürze der Redezeit, die sie nur zur Verfügung haben. Ich hatte eine lange Vortragszeit gehabt, eine Stunde, geniere mich jetzt dafür. Sie hatten zu wenig Zeit, weil ich die verbraucht hatte. Die Dinge sind eben nicht, was sie scheinen.

Tag, Monat, Jahr
Charlys Aquarium ist strapaziös, zuerst hat sie geglaubt, sie muss aufhören damit, weil so viele Fische gestorben sind, aber jetzt kommen so viele Babys raus. Unlängst hat sie ein paar, die schon groß waren, ins

große Aquarium zurückgegeben. Die sind dort sofort gefressen worden. Das war schlimm. Man konnte nichts mehr tun. Die Wirklichkeit ist manchmal derartig simpel. In der guten Menschenwelt ist das zum Glück anders, da werden jetzt Millionen von Laptops an arme Kinder auf der ganzen Welt verschenkt. Da werden die Kinder dann groß und stark und müssen nicht sterben.

Tag, Monat, Jahr
Die Therapeutin bringt mir bei, dass man einen Ort haben muss und immer dieselbe Routine, dann kann man leben und tun, was man kann. Da ist man in Sicherheit und lässt sich durch nichts und niemanden aus der Bahn werfen und geht nicht kaputt. Das mit den fixen Routineabläufen machen aber ohnehin alle Funktionäre so, die ich kenne. Das ist aber das Problem. Die Funktionäre funktionieren oder gar nichts.

Tag, Monat, Jahr
Dieser Tage bin ich bei einer Veranstaltung zufällig neben einem von Hodafelds besten Freunden gesessen, und zwar neben dem, der ihm beim Begräbnis die Ehrenrede gehalten und ihn eine reine Seele genannt hat. Wir wechselten zufällig ein paar Worte und Winke. Ich wusste nichts zu reden, es war auch nicht nötig. Ich glaube nicht, dass er mich kennt. In der Diskussion wurde über den *homo clausus* geredet, über den *homo in se incurvatus*, über den Menschen, der in sich selber eingesperrt und in sich selber verkrümmt ist. Wir amüsierten uns beide. Sein Bruder hat vor langer Zeit in der ALEIFA gearbeitet. Einen wichtigen Bereich dort aufgebaut. Ist dann gegangen und nie mehr wiedergekommen. Hodafelds Freund schaut aus wie ein kleiner mittelalterlicher Knappe. Kann sogar sein, wie Prinz Eisenherz.

Tag, Monat, Jahr
Herr Ho erzählt mir heute erst, dass er vor ein paar Wochen im Kino war. Amerikanischer Film. Ho habe nicht gewusst, dass es ein Horrorfilm sein wird. Blieb nicht lange. So viel Regen sei überall gewesen, ich weiß nicht, ob im Film oder im Freien. Vor Wasser hat er Angst, weil er auf der Flucht fast ertrunken wäre. Aber als er vom Kino erzählt, lacht er. Ich glaube, er ist sehr gesund geworden.

Tag, Monat, Jahr
Geheimnisvolle Musik: Rossini zum Beispiel hat man als österreichischen Spion enttarnt, öffentlich. Die Österreicher haben das getan. Aber es ist nicht sicher, ob das nicht bloß eine Intrige war, eine Verleumdung. Jedenfalls hat er sich von da an völlig zurückgezogen. Nur mehr gefressen, gesoffen und komponiert. Aber gegen Rossini ist absolut nichts zu

sagen; der mitleidige Schopenhauer zum Beispiel war sehr angetan von ihm. Schopenhauer ist sein bester Bürge. / Schopenhauers Übersetzung des Gracián. Des Handorakels zur Menschenklugheit. Also Schopenhauers Verständnis von Machtpolitik. Und wie man sie überlebt. Rossinis Geheimnis ist das.

Tag, Monat, Jahr
Warum sagen die Leute *absolute Musik* und nicht *autonome Musik*? Weil sie das Absolute wollen. Das ist schade. An Autonomie glauben sie nicht. Tun nichts dafür.

Tag, Monat, Jahr
Der Mann, der in Karl-Marx-Stadt ein russisches Denkmal und einen Panzer gesprengt hat. Lebenslänglicher Freiheitsentzug war in der Folge die Strafe, denn die Russen waren seine Richter in der DDR. Sepp Kneifl heißt der Mann, glaube ich. Die Richter sagten, er sei ein Querulant, den man brechen müsse. Fünf Schritte groß war dann seine Zelle. Die Schritte ging er vor und zurück bei Tag und Nacht, in jedem Zustand. Er sah nichts, hörte nichts. Er hatte Schreib-, Lese-, Papier- und Postverbot, schrieb daher mit seinem Blut an die Wand in seiner Zelle. Er wurde regelmäßig aus seiner Zelle hinaus unter Kriminelle geworfen, damit die ihn a tergo penetrieren und ihm den Herrn zeigen. In der Bibel der Vers *Lieber ein lebender Hund als ein toter Löwe* war Kneifl immer zuwider. *Nichts für diesen Staat!*, pflegte Kneifl zu schreien und war fest davon überzeugt, dass man in der freien Welt erfahren werde, was er, Sepp Kneifl, Wichtiges getan habe und dass er dafür eingesperrt sei. Ich glaube, es war dann aber ein DDR-Oberst, der ihm nach Jahren zur Flucht verhalf. Nicht der Westen. Kneifl fährt jetzt immer mit dem Fahrrad spazieren. Des Schimmels in der Zelle wegen sind seine Nieren kaputt, Dialyse dreimal in der Woche. Seine Frau lebt jetzt auch nicht mehr. Für sie war alles schrecklich gewesen.

Tag, Monat, Jahr
Gemüllers Unart des Zukaufens ist mir seit Jahren unerträglich. In Wahrheit wäre alles in der Firma möglich, alles Menschenmögliche, durch die Menschen dort, aber Gemüller kauft zu. Das Zukaufen hilft den Menschen in der Firma nicht wirklich, glaube ich. Gemüller ist eine Art Kolonialherr durchs Zukaufen. Er verkauft seine Leute, deren Arbeit, und kauft aber draußen für ihn wichtige Leute zu, als ob seine eigenen Leute nicht so viel wert wären. Die Zugekauften bekommen dann das, was er seinen Leuten nicht gibt. Er tut so, als ob seine Leute das nicht können, wofür er die anderen trefflich entlohnt. Die draußen sollen helfen, weil die in der Firma hilflos sind. Aber die wären es nicht, würde

Gemüller sie das tun lassen, was sie können. Für sich kauft er draußen zu, nicht für seine Leute. Er ist ein Kolonialherr und die, die er von außen zukauft, sind es auch. Die wollen aber nur helfen, sagen sie, und sind Künstler und Wissenschafter und müssen ja selber auch von etwas leben und wollen dabei aber wirklich nur helfen und Gutes tun. Wie bei der falschen Entwicklungshilfe läuft die Sache dann.

Tag, Monat, Jahr

Die Sängerin hat *Ich bin nicht glücklich* zu singen. Aus dem Publikum rufen welche zurück: *Wir auch nicht.* Der Saal tobt sodann vor Lachen, es kommt zu Handgreiflichkeiten; die Musik ist unter den Pfiffen beinahe nicht mehr zu vernehmen, scheint ohnehin weder Melodie noch Rhythmus noch Tonart zu haben. Das Stück fällt auf der Stelle durch, der Dirigent weint. Weil sein Bruder gestorben ist, glauben seine Freunde und kondolieren ihm. Aber er winkt verdutzt ab, denn er ist der Buhrufe wegen so verzweifelt. Der Librettist hat sich die Tage zuvor schon mit dem Komponisten duellieren wollen und er soll die Krakeeler in die Vorstellung bestellt haben. Dafür gezahlt haben. Eine Agentur damit beauftragt. Später dann versucht sich der Komponist an einer Oper über den Teufel. Der pfeift darin immer nur, und die einzige singende Person ist die Menge, das Volk, die Öffentlichkeit.

Tag, Monat, Jahr

Mordechai Schuschani, der Name ist falsch, die Person ein Rätsel; wer ihn gekannt hat, schweigt. Schuschani war Universalgelehrter und Lehrer. Kam und ging und kehrte wieder und ging wieder. Las mit denen, die ihn darum baten, in der Heiligen Schrift, unwirsch und herzerfreuend. Lévinas war sein Schüler. Schuschani, der kreuz und quer durch die Kontinente vagabundierende Seher, gute Geist, mehr weiß man nicht. Nur dass sein Einfluss auf das Geistesleben groß war.

Tag, Monat, Jahr

Diese aggressive Ablehnung der Homöopathie in den besten Medien geht zu weit. Dieser lächerliche Spott über die angebliche Wirkungslosigkeit und Primitivität der Homöopathie! Was nie gesagt wird, ist, woher der Segen der Homöopathie historisch betrachtet kommt. Während nämlich dazumal die Schulmedizin aus wissenschaftlichem Erkenntnis- und Fortschrittsinteresse mit den Menschen experimentierte, sie quälte, unter die Erde brachte, hat Hahnemann diese Methoden nicht verwendet, sondern eben nur seine Kügelchen und Tinkturen verabreicht. Er hat sich im Gegensatz zu den damaligen Schulmedizinern ans *primum non nocere* gehalten. Die Homöopathie hatte dadurch ungleich weniger

Verkrüppelungen und Todesfälle zu verantworten. Weniger iatrogenes Leid. Dazumal war das so. Dadurch kann sie heute aber weniger.

Tag, Monat, Jahr
Nach dem Fiasko mit Fröhlich-Donau hatte ich ein Jahr nach Prozessende Gemüller meinen Hof angeboten; für die Firma. Es wäre für die ALEIFA ein gutes Geschäft gewesen. Ich hätte den Hof damals selber instandgesetzt auf meine Kosten, sie hätten ihn in jeder Hinsicht gratis nutzen können. Gemüller wollte nicht. *Die kapieren nicht*, habe ich mir gedacht. Und es war die Sache einfach erledigt für mich. 1999 war das. Gemüller hielt mich freilich in der Folge für steinreich. Das war sehr gefährlich, weiß ich heute. Dann war da auch noch meine Art von Erfolg mit meinen Büchern und bei den Leuten. Ich hatte, meinte Gemüller, alles.

*

Der Geschäftsführer hat mich gleich nach meinem ersten großen Erfolg (die Veranstaltung war groß und ich plötzlich völlig unerwartet eine Art Publikumsliebling) eingeladen, dass ich vier, fünf Seiten über die Firma schreibe; sozusagen mit dem Blick des weltberühmten linken Dingsbums solle ich mir die ALEIFA ansehen. Ganz am Anfang war das. Frühsommer 2000. Ich schlug ihm daraufhin das Firmenbuch vor. Gleich zu Anfang. Auch das war etwas, das die Firma nichts kosten würde. Von Anfang an nichts. Keine Reaktion von Gemüller. Wie auf den Hof. Ausgelacht hat er mich und gesagt, dass der Aufsatz doch nicht viel Arbeit sein könne.

Und ein paar Monate später meine Einladung an die linke Hand des weltberühmten Dingsbums. Als die linke Hand des weltberühmten linken Dingsbums sagte, sie sei bereit hierherzukommen, fragte ich den GF der ALEIFA einzig aus dem Grund, weil die Firma eine Hilfsorganisation ist und ich keine bessere kannte und der weltberühmte Dingsbums ihr eine wirkliche Hilfe sein konnte, ob denn die Firma an einer Veranstaltung mit dem Vertrauten des weltberühmten Dingsbums interessiert sei. Den linken weltberühmten Dingsbums im Interesse der Firma und sämtlicher Hilfseinrichtungen der Stadt hierher bringen wollte ich. Mehr nicht. Ich wusste auch, dass man keine Zeit verlieren durfte.

Dass Prof Konstantin, die linke Hand des weltberühmten linken Dingsbums, in die Firma kommen würde, war dann sofort etwas Tolles für Gemüller. Den Konkurrenten Martin Und, den Gemüller aus der Firma entfernt hatte und der jetzt seine eigene Firma hat, wollte der Geschäftsführer Gemüller aber nicht dabeihaben. Als ich Gemüller darauf anredete, sagte er, log, er habe mit Martin Und bereits geredet, der wolle einfach nicht. Außerdem sei Martin Und auf den verschickten Einladungen mit seinem Vereinslogo ohnehin dabei und alle anderen interessierten NGOs der Stadt auch. Ich hatte darauf bestanden, dass möglichst viele Sozial- und Kulturvereine der Stadt und des Landes als Veranstalter mit dabei sind. Sonst habe das Ganze keinen Sinn. Einen wichtigen Konkurrenzverein der ALEIFA gab es damals, gibt es noch, der wollte nicht. Von dem sagte jedenfalls der GF, der wolle nicht. Ich war erstaunt. Im Nachhinein weiß ich, dass er oft jemanden gar nicht einlädt.

*

Mein Streit dann sofort zu Beginn mit einem der vielen Grünenchefs; die Grünen hatte ich ja auch eingeladen gehabt. Von Anfang an. Der wichtige kleine Grünenchef war zuerst aber gar nicht dafür. Ich wusste nicht, warum, aber der war gegen alles. Der wollte, glaube ich, sich, nicht mich. Das war amüsant, denn ich wollte ja auch nicht mich, sondern die anderen Leute wollte ich dabeihaben. Wenn mich jemand aber weghaben wollte, habe ich damals gerade deshalb die jeweilige Veranstaltung per Vortrag mitbestritten. Das war etwas Prinzipielles, weil ich es für falsch hielt, dass und wie wer wen warum fernzuhalten trachtete. Was ich den Funktionären der NPO-Firmen in meinen Vorträgen erzählte, war damals wirklich nicht üblich, sondern wichtig. Doch ich machte jedes Mal gerne Platz, wenn jemand anderer etwas Wichtiges unter die Leute bringen wollte. Es war aber in der Zeit damals wirklich niemand da, der diese meine Arbeit tun hätte können. Es galt also, ein paar wichtige Dinge unter die Leute zu bringen, von denen die NGO-Chefs nicht redeten und die ihnen, ich weiß nicht, warum, von selber nicht einfielen. Ich wollte die Leute nur provozieren, damit sie das tun, was richtig, ihnen aber fremd geworden war. Ich erinnerte sie nur.

Tag, Monat, Jahr

Ich lese eine Blochbiographie. Mir vergeht die Hoffnung dabei. Ich glaube plötzlich, dass Bloch oft andere Menschen riskiert, im Stich gelassen oder sogar geopfert hat. Die Sandlerin in der Nähe von Hos Wohnung hingegen, die sich immer so schämt, die hat jetzt wirklich Hoffnung. Ich glaube, die Frau hat hier eine Wohnung bekommen. Man hat ihr helfen können. Das beeindruckt mich, dass da jemand war, der ihr gut geholfen hat. Sie trägt ihre Riesentasche nicht mehr mit sich herum und sie gähnt zufrieden.

Tag, Monat, Jahr

Der Taxler, mit dem ich öfter fahre, damit ich weiß, wie man denken kann. Nach der Scheidung hat er seine Kinder verfolgt, damit er sie sehen kann. Hass dann auf die Frau und die Töchter. Todeswünsche. Belehrbarer, behebbarer Hass aber. Der Taxler wählt meistens rechts. Aber die

Kommunisten hat er auch schon gewählt. Worum es bei ihm immer geht, ist der Hass. Es ist wirklich Hass. Man muss verstehen, woher der kommt. Man muss die Menschen schön sein lassen, schön machen. Das ist poetisch und dann politisch. Man darf selber niemanden entstellen. Sonst kommt man gegen die Minderwertigkeit nicht an. Er sagte heute plötzlich, er fühle sich oft minderwertig.

*

Der andere, der grün-rot gesinnte Taxler mit den beiden behinderten Buben, seine Frau arbeitet als Behindertenbetreuerin, er gibt den Beruf auf, muss mehr verdienen, geht in eine Werbefirma und unter. Die Schönheit hat ihn nicht gerettet. Die aus der Werbung nicht. Das Finanzamt hat ihn auch erledigt. Gehasst hat der niemanden. Sein Sohn war oft am Ersticken. Die Familie wollte nur leben.

Tag, Monat, Jahr

Es wird schon nicht so sein, wie ich mir eingebildet habe. Aber mich irritiert plötzlich so viel an Bloch, sein Verhältnis zu Harich, zu Benjamin, die Spionagetätigkeit seiner Frau, ein unwahrer Brief aus Amerika, seine beiden ersten Frauen. Aber ohne Bloch wären wir alle im anus mundi.

Tag, Monat, Jahr

Einmal meine heftige Auseinandersetzung mit Gemüller, weil er den renommierten, hochmoralischen, karitativen, metaphysischen Dichter, der ihn seit Jahr und Tag protegiert, dermaßen glorifiziert. Der Dichter ist ein Mystiker. Im Krieg, im Kellerbunker haben dem und dessen schwer kranker Frau Platon und Silesius geholfen, sagt Gemüller. Ich widerspreche dem GF. *Sie hatten reale Freunde, die halfen*, sage ich zum GF, wie es ja auch gewesen ist. Der GF ärgert sich daraufhin über mich. Immer, wenn es der Frau nicht gutgeht, helfen die realen Freunde. Das weiß ich. Der GF besteht hingegen auf die transzendentalen Kräfte und die unsichtbaren Mächte und auf die innere Stärke. Ich halte das für grausam. Für ständig unterlassene Hilfeleistung.

Tag, Monat, Jahr

Eine Frau kocht Kaninchengulasch, lacht in einem fort. Es ist ein Spitzenrestaurant. Sie fotografiert andauernd alles und jeden. Ihr Kaninchen holt sie beim Bauern ab. Wiegt es und streichelt es. Sie wird mit dem kleinen Tier zusammen fotografiert. Dann erschlägt man es. Es wird dem Kaninchen die Haut abgezogen, die Pfoten bleiben am Fell. Eine Pfote bekommt sie dann als Glücksbringer. Sie sagt, das Tier habe ihre Augenfarbe gehabt, und verkocht es. Der Kopf wird mitgekocht. Er soll das beste Stück sein. Mitsamt den Augen und dem Gehirn wird er gekocht und gegessen. Eine Jury belobigt die Köchin dafür. Man redet französisch, ist immer guter Dinge, weitgereist. Jemanden einkochen, woher kommt das?

Tag, Monat, Jahr
Heute am Nebentisch, ein paar potente hiesige Sozialdemokraten reden für sie wichtige Dinge über das künftige einheitliche Schulwesen hierzulande und wie sich ausgerechnet die roten Grund- und Pflichtschullehrer dagegen und gegen die progressiven Gymnasiallehrer wehren und wie unverständlich das alles sei. Man wolle aber seitens des hiesigen roten Regierungschefs keine Schwierigkeiten haben, machen. Was wirklich los ist, denke ich mir beim Zuhören, wird in der Öffentlichkeit nie und nimmer geredet. An einem Caféhaustisch schon. Wie gibt es so etwas? Und dann kommt die Rede auf Gemüllers Freund, den wirklichen Idealisten Pötscher, der für die Menschen, deren Würde, Rechte und Finanzen, kämpft. Und was alles geplant ist als Hilfe für Flüchtlinge. Und dass dem roten wirklichen Ehrenmann Pötscher vor Freude und Rührung und Dankbarkeit die Tränen in die Augen geschossen sind, als er davon hörte. Mich rührt das alles. Ich freue mich, für die Firma, für den GF. Ich freue mich wirklich. Für die Klientel. Die Zukunft wird gut. Der GF hat sie mitgeschaffen.

Tag, Monat, Jahr
Mann soll von *Mannus* kommen, einem läppischen Gott.

Tag, Monat, Jahr
Kollwitz' erste Arbeit war, glaube ich, ein Steinporträt ihres Großvaters. Sein Lebensspruch war gewesen: *Wer nach der Wahrheit, die er bekennt, nicht lebt, ist selbst der größte Feind der Wahrheit.*

Tag, Monat, Jahr
Begegne Nittlern auf der Straße. Wir gehen grußlos aneinander vorbei, kein halber Meter Abstand. Ich habe gehört, er ist eine Art Direktor geworden. Unser lieber Freund Nittlern. Einmal vor 10, 11, 12, 13 Jahren erzählte mir die Frau des Obmannes von Welcome! We Help You, Fröhlich habe einen lateinischen Brief nach Rom zum Papst geschickt. Nittlern soll den in Fröhlichs Auftrag in dessen Büro verfasst haben. Und an den übelsten, klerikalsten, rechtesten Bischof im Land hatte Fröhlich sich um Hilfe und zum Zwecke der Denunziation gewandt. Und jetzt bezichtige Fröhlich Nittlern krimineller Handlungen. Nittlern sei ein nervliches Wrack. Uns hat Herr Nittlern von diesen Dingen nie etwas erzählt. Zu mir sagte er einmal am Telefon: *Fröhlich ist mein Schicksal.* Und er getraue sich nicht, uns zu besuchen, weil er Angst habe, Fröhlich erkenne sein Auto. Er werde nie über das reden können, was geschehen

sei. Auch nicht, wenn seine Dienstzeit bei Hominibus Cor vorüber ist. *Niemals in meinem ganzen Leben,* sagte er. Er habe sich durch Eid verpflichtet und sei Hominibus Cor gegenüber an Geheimhaltung, strengstes Stillschweigen gebunden. Wir haben ihn aus Achtung nie auf die schweren Anschuldigungen angesprochen. Wir haben aus Freundschaft auch nie versucht, mit ihm über unsere Probleme zu reden oder gar ihn in die hineinzuziehen. Und einmal sagte er am Telefon plötzlich zu mir, dass wir einzig auf uns selber schauen sollen. Nur auf uns. Das müsse er uns sagen. Mehr dürfe er nicht. Als dann der Arbeitsgerichtsprozess zwischen Fröhlich und Hominibus Cor anstand, behauptete der Öffentlichkeitschef mir gegenüber, Nittlern verweigere jede Zeugenaussage, das sei ein großes Problem für Hominibus Cor.

Tag, Monat, Jahr

Keynes hat einmal sein ganzes Geld verspekuliert. Wenn das bekannt geworden wäre, wären seine Reputation und seine berufliche Zukunft ruiniert gewesen. Das war am Anfang seiner Börsentätigkeit und Freunde kamen ihm mit ihrem Geld zu Hilfe. Er soll später ein exzellenter Spekulant geworden sein. Und er wollte tatsächlich die Spekulation abschaffen.

Tag, Monat, Jahr

Folgendes ist eine Binsenwahrheit, durch die unser Wirtschaftssystem lebt und zugleich in die Binsen geht: Ohne den Keynesianismus wäre der Kapitalismus schon lange zu Ende und vorbei. In gewissem Sinne finanzieren die Keynesianer den Kapitalismus.

Tag, Monat, Jahr

Gestern sagte der GF in einem großen Interview, wie hilfsbereit er selber von sich aus immer schon gewesen sei, von Jugend an, und wie solidarisch seine Firma in dieser schrecklichen Welt sei. Aber diese Dinge sind alle wahr und falsch zugleich, finde ich, und ginge es nicht um Menschenleid, wäre alles bloß zum Lachen und ich würde mich nicht so aufregen. Es ist eine eigene Art von Diktatur, was der GF mithilfe seiner idealistischen Freunde errichtet hat.

Tag, Monat, Jahr

Ein Managementwissenschafter sagt, dass man mit dem *Wie du mir, so ich dir* sehr leicht betrügen könne. Wenn man es analysiere, sehe man das schnell. Denn Gegenseitigkeit sei, spieltheoretisch betrachtet, zwar allseits gut bei gutem Willen. Bei Misshelligkeiten und Destruktivität werde sich gewiss der freundliche und gutwillige Systemteil um Deeskalation bemühen. Aber ein gewiefter betrügerischer Gegenspieler, der weiß, wie das System läuft, werde vortäuschen nachzugeben, jedoch in

Wirklichkeit immer sofort wieder dasselbe tun wie bislang. Die Lösung des Problems weiß ich nicht, außer dass man das System benennt. Den Betrug. Ein Ausweg ist, meinte der Managementwissenschafter, dass man ein für alle Male festlegt, dass ab jetzt niemand mehr eine Ausrede haben darf. Denn ohne Ausrede kein Betrug. Man muss daher, folgere ich persönlich, all diese großen und kleinen Chefitäten im Gutgewerbe öffentlich und andauernd beim Worte nehmen. Das darf und kann jeder.

Tag, Monat, Jahr

Mein Freund der Maler sagte gestern zu mir, mein Gesicht sei in letzter Zeit manchmal wie das eines seiner Freunde, der in Italien plötzlich am ganzen Körper knallrot wurde und dann am Herzen gestorben ist. Der Maler sagt, es sei wichtig, dass in einem selber eine andere Landschaft erblühe. Man müsse immer anderswohin können. In sich selber, in ein anderes Leben, an einen anderen Ort. Dann könne man am Leben bleiben. Mein Freund der Maler weiß gar nicht, wie sehr er mir hilft. Die Linksalternativler hingegen, die sagen, eine andere Welt sei möglich, mag ich gar nicht mehr hören und sehen. *Zusammenhalt* sagen die statt *Zusammenhalten*. Und *eine andere Welt* sagen die statt *ein anderes Leben*.

Tag, Monat, Jahr

Der Sandler mit nur einem Bein wird jetzt oft fotografiert und man macht eine Ausstellung mit ihm. Die Fotos. Er wird ausgestellt. Ich habe mir ärgerlich gedacht, man bilde ihn nur ab, gebe ihm nichts dafür, helfe ihm nicht. Aber jetzt sieht er ganz anders aus, es geht ihm besser, das sieht man ihm an, er hat neue Kleidung und eine Gehhilfe. Ein paar Wochen lang habe ich ihn nicht gesehen. Er steht oft vor Buchhandlungen und blättert in Reiseführern oder streichelt CDs. Man sieht die Sehnsucht. In den letzten Wochen hat man ihm wirklich geholfen. Einmal, als er wochenlang verschwunden war, hatte ich Angst, dass ich ihm zuvor zu viel Geld gegeben habe und er dadurch zu viel getrunken und die Menge nicht vertragen und Schaden genommen habe. Eine Überdosis. Aber er ist wieder da und jemand hat ihm wirklich geholfen. Ich war es nicht. Wenn ich so jemanden sehe und dass ihm wirklich geholfen wird, schäme ich mich zutiefst für das, was ich an Bösem und Undenkbarem über die Guten schreibe.

Tag, Monat, Jahr

Die Fährtenleser, sagt man, verwandeln sich in das Tier, dessen Spuren sie verfolgen. Mystisch sei der Vorgang. Aber wozu ist der gut? Der GF ist auch so mystisch, fällt mir dann ein. Er verwandelt sich in alle, jeden, jede. Man hört dann immer die eigenen Worte aus dem Munde des Geschäftsführers. Das kommt daher, dass man von ihm aufgefressen worden ist.

Tag, Monat, Jahr
Die Schriftstellerin sagt, sie wolle die Schreibmaschine nicht verlassen, denn dort erreiche sie der Tod nicht. Die Frau ist seit Jahren sterbenskrank, in jungen Jahren schon war sie so krank geworden; sie ist sehr gläubig und sehr hilfsbereit. Ich würde sie sehr gerne interviewen, damit ich verstehen kann.

Tag, Monat, Jahr
Der Belletrist erzählt, er habe aus Hilfsbereitschaft sein letztes Buch einem kleinen Schuldirektor gewidmet, der sich jetzt umgebracht habe. Der Belletrist sagt das so, aber wahr ist das nicht. Der hat dem nichts gewidmet. Und jetzt seit Tagen versuche ich einen anderen seiner Freunde zu erreichen. Gelingt mir nicht. Vielleicht ist der inzwischen auch schon tot. Das klingt gehässig, ist aber bloß dramatisch. Ich weiß, dass der Belletrist tut, was er kann. Er sieht aber die Auswege nicht. Doch die Leute glauben ihm, was alles nicht möglich sei. Und dann ist es aus, weil sie aufgeben, denn wenn sogar er ihnen nicht helfen könne, gebe es keine Hilfe für sie. Niemanden. Und dann ist es aus. Der Belletrist sagt ihnen nicht, dass sie ihm nicht vertrauen dürfen. Insofern macht er sich schuldig. Denn da tut er nicht, was er kann. Er kann ja nur reden, aber er tut es nicht. Redet nicht offen mit ihnen.

Tag, Monat, Jahr
Der Musiker, der Schauspieler erklärt mir, woher die *Dementia Praecox Angelorum* kommt. Schreibt auf einen Zettel: *Gregorio Paniagua (fons vitae / dem.pr.ang.)*. Interessiert sich höflich für meinen Vortrag damals in Vorarlberg. Gebe ihm das Manuskript.

Tag, Monat, Jahr
Der Musiker kennt Brechts *Kinderhymne*. In Vorarlberg habe ich irrtümlich immer *Anmut sparet nicht noch Würde* statt *Anmut sparet nicht noch Mühe* gesagt. Peinlich ist mir das nicht. War besser so, war notwendig.

Tag, Monat, Jahr
Ein Literaturkritiker sagt, wie ein Buch sein soll: Er versinke darin, vergesse alles rundherum, wolle es gar nicht mehr verlassen. Und wenn er dann doch wieder in die Welt müsse, sei diese verwandelt. Er fühle und erkenne sie dann ganz anders. Alles sei auf eine eigene Weise schön.

Tag, Monat, Jahr
Die Vereinsgründung im Herbst 2000. Die Dingsbums-Sozialbewegung hatte laut des weltberühmten Dingsbums linker Hand ein Verein zu sein. Der linken Hand Prof Konstantin reichten drei Leute, mehr wollte Konstantin gar nicht, maximal fünf. Das sei mehr als genug, wenn sich ohnehin

nicht mehr Leute wirklich getrauen. Die paar dann eben sollen organisieren. So wollte ich das aber nicht, sondern dass der Verein wirklich offen ist. Und Gemüller wiederum tat lange nichts, sondern so, als ob er sich mit Vereinsgründungen nicht auskenne, was aber nicht möglich war, weil die Firma ALEIFA ja damals ein Verein gewesen ist und weil einen Verein zu gründen sowieso leicht ist. Oft, wenn der GF damals und auch Monate und Jahre später etwas Wichtiges end- oder sinnlos verzögerte, fragte ich ihn freundlich: *Du musst es mir bitte nur ehrlich sagen, entweder oder. Aber entscheiden musst du dich. Ich muss es nur wissen, weil ich wirklich etwas Wichtiges zu tun habe. So kann ich nicht. Entweder machen wir's oder wir machen's nicht.* Es geschah in der Zeit immer nur dann etwas Neues, wenn ich zu Gemüller wahrheitsgemäß und freundlich sagte: *Ich gehe jetzt, ich höre jetzt auf. Ich habe etwas Wichtiges zu tun. Ich kann so nicht. Ich brauche die Zeit.* Das war kein einziges Mal anders und nie Erpressung von mir, sondern ich hatte ein Leben. Er sagte: *Nein, so jemand bist du nicht, dass du uns im Stich lässt und alles liegen und stehen lässt und auf und davon gehst. Du nicht.* So einfach war das. Und dass er immer die Knochenarbeit habe, sagte er und tat mir leid. Ich habe ihm das nämlich lange Zeit geglaubt.

*

Gemüller lud nur einen einzigen Menschen zum ersten Vereinsgründungstreffen ein, den linksalternativen Journalisten Baberl, für den Gemüller ein Interview mit Prof Konstantin arrangiert hatte. Gemüller kam dann aber mit Baberl sofort überhaupt nicht zu Rande. Der wiederum wollte mit Gemüller alles, mit mir überhaupt nichts zu tun haben. Das war ein Krampf, den ich nicht verstand. Der Journalist Baberl wollte mich von Anfang an weghaben und Gemüller wollte Baberl weghaben, aber nicht meinetwegen. Und ich, ich wollte niemanden draußen- und weghaben und ich wollte mehr als drei Leute im Verein. Mir war überhaupt niemand im Weg. Auch Baberl wollte, dass mehr als drei Leute im Verein sind. Der Journalist kannte wirklich sehr viele, die sich gut auskannten. Die wollte er alle im Verein haben. Lieber eine Bewegung als einen Verein. Ich gab ihm in allem recht und dem GF Gemüller auch. Dass Gemüller niemanden dabeihaben wollte, hielt ich für Angst und Furcht und versuchte ihm klarzumachen, dass er die nicht haben muss. Ich habe damals nichts kapiert. Der Journalist sagte in der ersten Minute, wir beide, Gemüller und ich, würden uns lächerlich machen mit unserem Vorhaben; nahm mich zwar aus, weil er mich nicht so gut kenne, aber zählte ein paar andere Leute aus der Szene auf, die ganz gewiss unmöglich seien. *Die dürfen wir ja nicht dazunehmen!* Gerade die ALEIFA-Firma, die HelferInnen, die laut Gemüller in Frage kamen, und auch den Rechtsphilosophen Hodafeld, der jetzt tot ist und der den Journalisten Baberl sehr mochte, weil Baberl in seinen Augen sehr mutig, konsequent und auf Unabhängigkeit bedacht war, hielt Baberl für untragbar. *Hodafeld ist sozial unverträglich und frauenfeindlich ist er auch*, lachte er. *Hodafeld kann nicht dabei sein. Der bringt die Leute zu sehr auf.* Der Journalist nannte ein paar Handvoll Menschen, die gut seien. Mir gefiel das sehr. Er mir auch. Aber ich ihm wie gesagt nicht. Wegen Hodafeld widersprach ich ihm sofort und entschieden. Und wegen der ALEIFA auch. Gemüller tat das damals nicht, sondern sah die Sache mit Hodafeld ganz genauso wie er. Würde er, Baberl, bei uns mitmachen, würde er sich lächerlich machen, sagte Baberl dann und wollte also ordentlich umworben sein. Ich sagte zu Baberl, weil Gemüller zusammenzuckte, dass Lächerlichkeit meinerseits gewollt sei. Dass ich es für lebenswichtig hielt, sich über die paar Politiker lustig zu machen, ärgerte Baberl gewaltig. Sich über die Leute lustig machen sei kontraproduktiv, sagte er zu mir. Das alles sei überhaupt nicht zum Lachen. Man sei finanziell immer abhängig. Er wollte uns damit, dass wir uns lächerlich machen, Angst machen. Er war trickreich. Simpel. Er war irgendwann einmal Maoist gewesen oder wie oder was oder wer. Jetzt war er grün, rot aber auch, Maoist und so weiter auch noch, bekennender Marxist jedenfalls. Der weltberühmte Dingsbums, meinte Baberl, sei gewiss kein Marxist. Baberl hatte seine Erfahrungen und in vielem recht. Aber ich sah den Grund für die Konflikte nicht. Ich wollte alle Leute dabeihaben, die gerne dabei wären. Am Journalisten Baberl gefiel mir bloß nicht, dass er auf alle schimpfte, die ich mochte, und dass er von der ALEIFA nichts hielt und dass er mir im Gehen im Finstern mir nichts dir nichts von seiner heißesten Liebesaffäre erzählte. Ich hatte die Frau, eine Journalistin, in der Hauptstadt zufällig kennen gelernt. Hatte sie im Umgang beobachtet. Sie war wichtig, wurde dann, glaube ich, praktizierende Wissenschafterin, Leiterin. Partei war sie auch, die Farbe weiß ich nicht mehr. Grün oder Rot. Die Frau war für die Kontakte des Journalisten wichtig. Ich verstand es jedenfalls nicht, warum er mir wildfremd von seiner Amour erzählte. Die Journalistin hatte im Übrigen von nichts eine Ahnung gehabt. Schüchterte schnell Leute ein. Organisierte in einem fort. War nett und einfallsreich. Sehr entschlossen. Keine Ahnung, wozu.

Tag, Monat, Jahr

Elizabeth Loftus ist bei vielen Opfern und Opferschutzgruppen wegen ihrer Experimente, Publikationen und Gutachten zu den sogenannten falschen Erinnerungen, zum *impossible memory*, gefürchtet und verhasst. Konfabulation nennt man diese menschliche Grundeigenschaft, Einzelheiten und Zusammenhänge zu erfinden, weil man nun einmal automatisch ein sinnvolles, vollständiges, klares, sicheres Ganzes schaffen will.

In solchen Geschichten steht man dann oft nicht einmal als unschuldiges Opfer da, sondern gesteht Untaten, die man nicht begangen hat. Loftus hält nicht viel von Therapeuten und dem Unbewussten. Sie ist vielmehr der Ansicht, dass schwere Opferverletzungen nicht vergessen, nicht verdrängt werden können, sondern dass die wirklichen Opfer gezwungen sind, sich ständig mit ihren Erinnerungen auseinanderzusetzen. Dass Misshandlung und Missbrauch so oft im Verborgenen geschehen und dass die Opfer so oft kleine Menschen sind, die sich noch nicht artikulieren können, und dass später dann ihre Krankheiten und ihre sozialen Schwierigkeiten permanente Artikulationsversuche sind, lässt Loftus nicht gelten. In Loftus' Augen können wirkliche Opfer nicht verdrängen, nicht vergessen.

Tag, Monat, Jahr
Eine Frau ist mitten in eine Katastrophe geraten, hat einen Massenunfall nur knapp überlebt, Jahre später noch hat sie Angst. Ein paar Leute fragen sie, warum sie damals überhaupt dorthin gefahren sei. Und ein paar sagen, das damals hätten sie auch gerne gesehen. Und ein paar, sie solle sich nicht so gehen lassen.

Tag, Monat, Jahr
Was mich an Kant interessiert, sind eigentlich nur seine Schlafgewohnheiten. Er soll im Garten gesessen sein und im Sessel geschlafen haben. Ein Freund sei auf Besuch gekommen und habe sich auf den nächsten Stuhl gesetzt und habe auch geschlafen. Und dann sei wieder ein Freund gekommen und habe sich zu den zwei Schlafenden gesetzt und auch geschlafen und so weiter und so fort.

Tag, Monat, Jahr
Kant befürwortete und bewunderte die Revolution. Die Französische. Vielleicht wäre mit Hilfe Kants die Gegenwart nicht ein derartiges Wirrwarr.

Tag, Monat, Jahr
In der Hauptstadt im Spätherbst 2000 die Riesenveranstaltung mit dem weltberühmten linken Dingsbums. So viele Leute, naja, 1000 oder ein paar mehr. Die verlief meines Empfindens sinnlos und leer, genauso, wie Hodafeld, der jetzt tot ist, hierorts gewarnt hatte. Der linke weltberühmte Dingsbums war enttäuschend. Aber es war egal. Man war hierzulande nicht sehr anspruchsvoll und himmelte ihn an. Der weltberühmte Dingsbums gab uns die Hand, Gemüller war verzückt, und ich wurde an dem Wochenende zwei Mal zum Dingsbums eingeladen. In sein Hotel. Und ich wollte hin und mich dort mit ein paar von denen aus der Dingsbums-

Bewegung zusammensetzen, die aus der großen weiten Welt hierher in die Hauptstadt gekommen waren. Wollte nachfragen, wie es weitergeht und was wir zusammenbringen sollen und was hierzulande hierorts unsere Aufgabe ist. Gemüller reagierte auf die Einladung des Dingsbums überhaupt nicht und ging stattdessen mit einer Freundin, Clarissa, chinesisch essen, und ich bildete mir damals ja ein, dass wir zusammen, zusammen, ich weiß nicht, wie ich sagen soll, zusammen oder gar nicht. Also damals gar nicht. Das war ein schwerer Fehler von mir. Zusammen oder gar nicht. Wirklich oder gar nicht. Zusammen war wirklich, nicht zusammen war nicht wirklich. So habe ich mir das eingebildet. Außerdem war und blieb ich ohnehin auf dem Laufenden.

Tag, Monat, Jahr
Gemüller sagte zu mir, als ich mich damals an dem Wochenende in der Hauptstadt mit ein paar anderen am Dingsbums-Verein interessierten Leuten von hier zusammensetzen wollte: *Da mache ich nicht mit, ich steige sofort aus, wenn du die mitreinnimmst.* Das waren aber sehr gute Leute, der alternative Journalist Baberl und eine fleißige, zierliche, mutige grüne Gewerkschafterin, die wirklich in die Betriebe ging und bei den Leuten sehr gut ankam, weil sie ihnen, komme, was wolle, beistand. Gemüller verweigerte die beiden, und ich kannte beide nicht besser. Nur Gemüller kannte ich gut, bildete ich mir ein, weil Samnegdi und ihre Arbeitskollegin, ihre Freundin Mira, immer sehr gut von ihm geredet hatten und auch weil der aus Not und Tod hierher geflohene Dichter, der berühmt ist und alle Menschen hierorts rührt, der große, hilfsbereite Humanist und herzensgute Metaphysiker, der kluge Mystiker, Gemüllers guter Freund war. Den Dichter kannte ich zwar auch nicht gut, er imponierte mir aber, weil er seine Frau sehr liebte und sie ihn; sie hatte, wusste ich, ein schreckliches Leben hinter sich. Ich weiß, dass das Ehepaar im Krieg anderen Menschen das Leben gerettet hat. Auch sah ich den Dichter oft wo zufällig und wie wirklich liebevoll er zu anderen Menschen war und wie innglich seine Frau ihn liebte. Seine Meinungen teile ich deshalb so selten, weil er sehr religiös denkt und auf viele Leute schimpft, die nicht an Gott glauben können. Er sagt, sie wissen nicht, was sie reden. Mit Gottes Hilfe hat er, meint er, überlebt und ist nicht verrückt geworden. Und bei seiner Frau war das auch so. Der Dichter ist aus dem Ostblock und sehr hilfsbereit. Aber er glaubt nun einmal, alle, die nicht an Gott glauben, haben keine Ahnung vom Leben. Die haben nichts durchmachen müssen, glaubt er. Er ist aber sehr bescheiden. Es gab jedenfalls viele Gute, die für die Güte Gemüllers bürgten. Die Firma ALEIFA selber tat das.

Tag, Monat, Jahr
Baberl hatte bei unserem allerersten Zusammentreffen nur gesagt, dass ihm das Wichtigste sei, eine Gegenmacht gegen die braun-schwarze Regierung zu bilden, alles andere sei ihm egal. Es gehe nur um die Macht. Dem GF Gemüller Michael schauderte in dem Moment und mir auch. Heute weiß ich, dass Gemüller andere Gründe hatte als ich. Dass Baberl in politicis so humorlos war, kam daher, dass er es sich mit niemandem verscherzen durfte.

Tag, Monat, Jahr
Die Arbeitslosenschulung, ein junger Punk kommt mit Hund. Der wird ihm abgenommen und im Schulungsgebäude weggesperrt. Man werde gut auf das Tier aufpassen, nach dem Kurs könne er es um 12 Uhr abholen. Um 12 Uhr ist der Hund nicht in dem Zimmer, niemand kann sagen, wer ihn wohin gegeben hat. Der Punk ist verzweifelt und zornig und weint. Spät am Abend kommt die Polizei in die Wohnung des Punks und bringt ihm den Hund zurück. Der Punk hat heute viel gelernt.

Tag, Monat, Jahr
Gespräche über Philip Roths sexuelle Obsessionen. Dann über Yaloms *In die Sonne schauen*, die reden über sexuelle Erregung infolge Todesangst und wahrgenommenen Todes. Delacroix' *Die Freiheit führt das Volk*. Andererseits die Vergewaltigungen in den jugoslawischen Kriegen. Fromms Unterscheidung zwischen Liebe zum Leben und Liebe zum Tod. Unheimliches Gespräch. Was ist normal?

Tag, Monat, Jahr
Jemand will mich beruhigen, sagt daher, man werde beim Lesen in meinen Roman hineingezogen. *Es zieht einen hinein.* Für mich gehört das aber zum Schlimmsten, was man mir sagen kann. Ich will niemanden irgendwo mithineinziehen, sondern ganz im Gegenteil mithelfen, dass Menschen aus Notsituationen herausgeholt werden. Dass dabei ja nicht die HelferInnen selber in die größte Not geraten!

Tag, Monat, Jahr
Sapere aude, das stammt von Horaz. Kant hat die Aufklärung damit auf den Begriff gebracht. Sich getrauen, öffentlich von der eigenen Vernunft Gebrauch zu machen. Frei zu reden und frei zu publizieren. Unter Augustus war das nicht möglich. Kant wusste das. Ließ in seiner eigenen Zeit nicht locker damit. Horaz in der seinigen schon. (Augustus: *Moriendum est*. – Horaz: *Non omnis moriar*.)

Tag, Monat, Jahr
Dass ich nicht im Weg stehen werde, habe ich gleich beim ersten Treffen mit Baberl gesagt, damit er nicht Angst vor Konkurrenz haben muss. *Ich werde dann gehen*, sagte ich. *Das ist auch wieder so ein Blödsinn*, erwiderte Baberl. *Wer jetzt mitmacht, soll auch bleiben.* Ich meinte, er meine das der Verantwortung wegen. Nahm mir das zu Herzen. Heute weiß ich, dass es einfach um Kosten und Nutzen ging. Das muss dann alles so sein, wenn es darum geht. Es muss sich rechnen und auszahlen. Berechnung ist Pflicht. Im Verhältnis zu meiner Dummheit damals habe ich mich lange gut gehalten und habe es weit gebracht und allerhand auf die Beine gestellt. An Baberl störte mich damals gewaltig, dass er die ALEIFA nicht wollte. Die ALEIFA hielt ich deshalb für sehr wichtig, weil sie voller Hilfe und Hilfesuchender ist. Baberl liebte Astrid Lindgren und seine Frau und sein Kind und die Politik. Er ist dann ein paar Jahre später mit dem Präsidentenberater auf und davon, nachdem der mir von der leeren Gewerkschaftskasse erzählt hatte. Und ein paar Stunden vorher hatte Baberl in der Publikumsdiskussion zu mir gesagt, er glaube nicht, was ich sage. Mehr sagte der eigentlich nicht, nur das. Das war sein öffentliches Machtwort gewesen. Ich hatte die wichtigsten Axiomata des Neoliberalismus referiert, personifiziert, die Konsequenzen analysiert. Das Publikum war erstaunt. Baberl gefiel das alles aber nicht. *Nein*, sagte er, *Unternehmer sind nicht irrational.* Er sagte das so. Ein anderes Mal, früher, da waren wir zu zweit zusammengesessen und er sagte zu mir, dass die Szene mafiös sei, er könne es nicht anders sagen. Er müsse sich inmitten von Mafiafamilien behaupten. Die vielen kleinen und großen NPOs meinte er zum Beispiel. Die Politiker sowieso. Und als ich ihn darauf anredete, dass er Hodafeld nicht dabeihaben wolle, lachte er mich an, sagte: *Niemals habe ich das gesagt.* Ich lachte auf. Wir verstanden uns gut. Ich mochte ihn sehr, weil er wirklich immer an die anderen dachte.

Tag, Monat, Jahr
Charlys heftige Abneigung gegen Bücher, meiner Unart wegen, dass wir inmitten von Tausenden davon leben müssen. Und weil sie offensichtlich nichts nützen.

Tag, Monat, Jahr
Wenn Wahlkampfzeiten sind, sind da die Stände. Nur bei den Sozialdemokraten ist immer auch ein Laptop. Den kann man alles fragen. Nach jeder Einrichtung des Sozialstaates. Und nach den gesetzlichen Bestimmungen. Alle Kontakte sind da drinnen. In den letzten Jahren haben die Sozialdemokraten aber trotzdem meistens verloren, obwohl ihr Laptop alles intus hat.

Tag, Monat, Jahr

Bin zufällig in einer Gruppe Anonymer Alkoholiker. Bin zutiefst beeindruckt. Von den Leuten da. Diese Unaufdringlichkeit, Bescheidenheit, Hilfsbereitschaft, Verlässlichkeit! Die AAs erzählen einander ihre Leben und wer wofür gut war. Sie sind nicht zerstört worden. Von den Zufällen, den Augenblicken erzählen sie. Vom Glück statt vom Schicksal. Menschen, die schon alles verloren oder zerstört haben, plötzlich einen lieben Menschen nicht verlieren wollen, die Frau, das Kind. Oder die plötzlich nicht dermaßen entstellt aufgefunden werden wollen. Oder irgendjemand fällt ihnen plötzlich noch ein, ein Gesicht. Ein geliebter Mensch. Zwischendurch ist das Ganze religiös. Aber das ist gut so, nur so ist Religion gut. Die AAs helfen einander, sind da, wenn sie gebraucht werden. Da ist jemand, ganz sicher, immer, egal, was geschieht. Man ist nicht allein, nützt niemanden aus, bringt einander nicht um. Die anderen und der lebendige Gott und die Gewissenserforschung geben den Halt und alle Sicherheit. Die ersetzt, ersetzen die Sucht. Die AAs finden diese Art Gott wirklich plötzlich, die Erlösung, das Leben. Was mich besonders beeindruckt, ist das, was die AAs *furchtlose Inventur* nennen. Da erforschen sie, was sie selber anderen angetan haben. Antun, in der Sucht, durch die Sucht. Überlegen sich, wie sie das abstellen und wiedergutmachen können. Tun das dann auch. Aber unaufdringlich. Quälen niemanden mit ihrer Suchtvergangenheit, ihren Schäbigkeiten, wenn es den anderen, den früheren Opfern der Suchtkranken, von neuem Schmerzen bereiten würde; wollen niemandem neue Probleme machen. Sagen die volle Wahrheit denen, die sie hören wollen und denen sie vielleicht hilft. Jedenfalls haben mich die Anonymen Alkoholiker im tiefsten Herzen getroffen. Eine junge Frau, die nicht zugrunde gegangen ist, wird jetzt Jugendarbeiterin, ist überglücklich darüber. Glaubt, sie werde wirklich helfen können. Ich glaube ihr das auch. Sie wird von der Stadt angestellt. Wohl von Franziska. (Ich glaube weder an die Stadt noch an den Staat. Na ja, ein paar PolitikerInnen glaube ich. Einer wirklich. Der Frauenrechtlerin. Franziska. Die ist aber eine Teamspielerin und das verstehen viele ihrer SympathisantInnen nicht und sie hat es schwer dadurch. Würde sie wirklich die Chefin sein wollen, würde sie, glaube ich, ihre wirkliche Kraft schnell verlieren. Ihr Problem ist, dass sie in jeder Hinsicht wirklich Sozialdemokratin ist, also für andere da ist und andere braucht. Das ist ihre Stärke und Schwäche zugleich. Ich glaube überhaupt, dass es bei Menschen immer so ist, dass ihre wirklichen Werte zugleich ihre gefährlichsten Schwächen sind und umgekehrt.)

Eine Frau, die ihr Kind durch Suizid verloren hat, arbeitssüchtig gewesen war, hat die Anonymen Alkoholiker in die Veranstaltung eingeladen, bei der ich zugehört habe. Wirklich gelungen, weil durchdacht, weil durchlebt, war das Ganze. Das Beste, was ich je wahrgenommen habe. (Die Heilsarmee beeindruckt mich auch seit Jahren, Sozialarbeit statt Eucharistie, keine Zwangsmitgliedschaft von Babys und unmündigen Kindern, kein In-Abhängigkeit-Bringen. Habe aber keine Ahnung von der Heilsarmee.) Die AAs sind eine wirkliche Hilfe. Für mich, der ich wirklich nicht trinke. Aber meine Todessucht eben; nein, ich bin lebenssüchtig. Der Anstand, der Charakter der AAs, der hilft. Jedem Menschen, glaube ich. Zu wissen, dass es das doch gibt! Dass es möglich ist! Gott und die Mitmenschen und die eigene Kraft und die eigene Entscheidung, alles ein Können! Alles Sicherheit. Hilfe. Man muss nicht sterben. Will leben, kann es.

Tag, Monat, Jahr
Es ist wirklich alles besser geworden in den letzten Jahren. Zum Beispiel die aufsuchende Sozialarbeit für die Prostituierten. Das ist neu und hilfreich. Also habe ich den Politikern Unrecht getan; die Politik ist mehr sexy geworden und hat dadurch den Prostituierten geholfen. Nein, das war die Frauenrechtlerin, die neue rote Frauenchefin Franziska war das. Also doch die Politik. Nein, nur diese eine Politikerin. Und ihre Leute. Also doch die Politik. Nein, die MenschIn.

Tag, Monat, Jahr
Die Abneigung der Frauenrechtlerin Franziska, der sozialdemokratischen Politikerin, gegen die Dekadenz in ihrer Partei, gegen die seltsame rote Art der Korruption, von der man so schnell gar nicht zu sagen weiß, worin sie eigentlich besteht. Aber diese Korruption geht der Partei durch und durch. Liegt den roten Funktionären im Blut. Die Frauenrechtlerin ist immer vorsichtig gewesen, egal wie resolut sie auftritt; bleibt immer menschenfreundlich. Hat eine sehr ruhige und bestimmte Art, ist unaufgeregt. Nie fanatisch, zornig, hasserfüllt. Stets sachlich, herzlich, verlässlich, geduldig. Franziska ist die Ruhe in Person. Und die Unnachgiebigkeit in derselben. Wie ein guter Hirt, wie ein guter Wirt, der mit fürsorglicher Bestimmtheit weiß, wann es genug ist und wann die Gäste gehen müssen, weil es für alle das Beste und morgen auch noch ein Tag ist. Ich schwärme nicht von ihr, sondern ich weiß bloß, dass es kein Amt in dieser Republik geben wird, für das sie nicht in Frage käme. Ja und, wann wird das sein?

Tag, Monat, Jahr
Heute hat jemand gemeint, Selbstmord sei oft ein Akt der Selbstlosigkeit; geschehe irgendjemandem zuliebe, dem man etwas, sich, das Leid, die Last ersparen will. Das wird so sein.

Tag, Monat, Jahr
Eine Kollegin aus der Firma sagt, dass so viele von Gemüllers Freunden, neuen, alten, schwer narzisstisch seien. Ich widerspreche, sage, sie seien idealistisch, selbstlos, setzen sich immer für jemand anderen ein und sich dauernd an eines anderen Stelle. Müssen viel aushalten. Sage, sie seien schutzlos und liebesbedürftig. Und der GF sei eben der Freund. Die Kollegin schaut mich irritiert an, lächelt. Da fällt mir ein, dass Narziss selbstlos war. Er wusste nicht, wer wer ist. Wie in Grimms Märchen am Ende oft die Leute selber nicht wissen, dass von ihnen die Rede ist und dass sie über sich selber ihr Urteil sprechen. Aber das erzähle ich der Kollegin nicht.

Tag, Monat, Jahr
David Hume meinte, dass Macht sich aus Kleinigkeiten speise. Je mehr Kleinigkeiten, umso größer die Macht. Auf die Kleinigkeiten müsse man daher in den Kämpfen und im Alltag achten. Denn den normalen Leuten sind die vielen Kleinigkeiten zu langweilig, zu zeitraubend, zu wertlos oder zu schwierig. Die normalen Leute sind froh, wenn sie sich nicht mit den Banalitäten belasten müssen. Das tun dann andere für sie. Und das sind dann die Machthaber.

Tag, Monat, Jahr
Die Betrüger funktionieren so, wie Hume die Mächtigen beschreibt. Eigentlich ist das alles zum Lachen.

Tag, Monat, Jahr
Der GF stellt sich prinzipiell bei keinem Buffet an in der Firma. Bei keiner Feier und keiner Veranstaltung. Er tratscht und ist plötzlich von weit hinten ganz weit vorn und nimmt als einer der ersten vom gemeinsamen Essen. Wartet nicht. Macht, was er will. Das ist zum Lachen, aber er macht das bei allem so. Ein von der Politik anerkannter Experte für Respekt, Resilienz, Integration, Jugend, Alternativkultur, Empowerment, Selbsthilfe, radikal ehrliche, Politik, für alles eben, ist er geworden. Er sagt jetzt immer, er sage den Politikern die Wahrheiten, die sie nicht hören wollen. Er rede bei den Politikern auch dauernd gegen deren neue wissenschaftliche Experten, die keine Ahnung von der Praxis haben. Die Experten reden davon, dass alle gleich behandelt werden müssten, die Migranten untereinander und die Inländer und die Ausländer. Beiderseits. Der GF sagt, das gehe nicht. Und die Politiker verstehen das. Ich mache mich lächerlich, solche dummen Dinge zu erzählen, aber sie machen seine Macht aus. Die und das Geld. Und wenn aus der Firma jemand doch etwas tut, wozu der GF das Geld verweigert hat, und die Kleinigkeit geschieht dann doch und ohne Geldaufwand, ist der GF

schnell durcheinander und lügt jedem ins Gesicht, es sei nicht wahr, dass er nicht bezahlen habe wollen. Das ist seltsam. Es zeigt, wie schnell der GF entmachtet wäre. Zurzeit erzählt der GF jedem, wie billig sein Büro sei, verschenkt auch seine alten Möbel. Die beschenkten MitarbeiterInnen freuen sich. Er sagt, dass ja alle in der ALEIFA sparen müssen. Und dass er daher z. B. seine alten Sessel da hier bei ihm stehen lasse. Aber in Wahrheit ist der Rest eben affiger Luxus, und zugleich ist aber für so viel Wichtiges kein Geld da! Eine Art StellvertreterIn will er sich jetzt aber zulegen. Eine ist eine Seele von Mensch. Sagt über niemanden ein schlechtes Wort. Ist froh über ihren Arbeitsplatz. Ihr Bruder ist ein freundlicher Psychologe irgendwo. Sehr nett. Sagt auch über niemanden ein schlechtes Wort. Aber es ist noch nicht sicher, wer was wird. Der GF überlegt noch. Der Personalchef mit ihm zusammen. Sie meinen, ein Mann wäre vielleicht trotz allem passender, vielleicht auch mit psychologischer Ausbildung und mit Gemütsstärke und Ausgeglichenheit; ein Lebensberater käme auch in Frage.

Tag, Monat, Jahr
Die meisten im Metier wissen, dass es so läuft, wie ich es berichte. Und trotzdem darf es nicht wahr sein. Sie reden es aber selber so. Aber ich darf es nicht sagen. Früher immer der Vorwurf an mich, dass ich nicht wahrhaben will, wie es in den NGOs intern wirklich abläuft. Und wie untereinander. Was mich bei all dem beruhigt, ist, dass es nicht wahr sein darf, was ich sage. Denn das heißt, dass man im Prinzip noch weiß, was richtig ist und was falsch.

Tag, Monat, Jahr
Sehe ein Bild von Mutter Teresa. Das Kind in ihren Armen. Sie schaut es liebevoll an und genau. Ich würde alles darauf wetten, dass sie einen Menschen sieht, keinen Jesus. Es geht ihr einzig um das Kind; es soll nicht sterben müssen. Das winzige Bild hängt seit Jahren innen an meiner Haustür. Habe es vor 25 Jahren aus irgendeiner Zeitung ausgeschnitten und immer wieder woanders aufgeklebt, damit ich nicht vergesse, was meine Pflicht ist. Daneben hängt das Foto eines Maskenverkäufers. Im Bauchladen über dreißig Masken.

Tagebücher
2009–2011

Tag, Monat, Jahr
Weder die Grünen noch die Roten haben ein Konzept oder ein Team. Alles nur Bröselwerk. Lauter Politsternchen und Möchtegerne, oben über allen jeweils die eine starke MännIn. Mehr Substanz haben die Roten und die Grünen nicht, sage ich und ein paar Namen. Mein Gegenüber ist betreten, glaubt an die inneren Kreise der alternativen und linken Avantgarde. Nicht an die Basis. Ich bin überzeugt, dass beim nächsten Mal diejenige Partei gewählt werden wird, die Hand und Fuß, ein Konzept und ein Team hat. Und zwar vor der Wahl. Wie es sich gehört. Die WählerInnen müssen bei der Wahl genau wissen, was werden wird; die Ziele und die Schwierigkeiten kennen, die dabei bevorstehen; alle Politiker kennen, die Regierungsämter bekommen werden. Wer das so macht, wird gewinnen.

Tag, Monat, Jahr
Der Schuldner bemüht sich, muss man sehen, sagt ein Exekutor. Dann könne der Exekutor doch noch etwas machen. Ich glaube dem Exekutor kein Wort. Wo nichts zu holen ist, hat selbst der Kaiser sein Recht verloren; so einfach ist das. Im Übrigen schulde ich niemandem etwas. Der Exekutor hat einen guten Ruf bei den Leuten, weil er sich sehr bemüht. Er verzweifelt oft, wenn Leute kleine Beträge nicht zahlen und daraus dann im Laufe der Jahre Riesensummen werden. Er erklärt das den Leuten, tut auch sonst, was er kann. Trotzdem glaube ich ihm nichts. Manchmal muss ihm jemand einen schriftlichen Offenbarungseid leisten. Da zögern die Leute, er auch; er ist ein guter Mensch. Aber ich glaube ihm nichts; er soll sich einen anderen Beruf suchen. Er sagt, er versuche den Leuten zu helfen, immer allen Seiten. Er kenne die meisten Schuldner schon seit Jahren. Er hat aber, scheint es, noch nie jemanden zu einer Schuldnerberatungsstelle geschickt. Oder er will nicht darüber reden.

Tag, Monat, Jahr
Die durch und durch korrekte Politikerin, von der alle sagen, mit ihrer Karriere sei es für immer vorbei. Die Frau hat einen Mann geliebt und der hat durch sie Geld gemacht. Durch ihre Kontakte. Mehr war nicht. Aber es macht keinen guten Eindruck. Doch die Bücher stimmen. Dass Liebe ein Leben zerstören können soll, beeindruckt mich. Ich glaube es aber nicht. Die Frau hat im Moment eine schlechte Presse, hat sich aber im Übrigen streng an die Parteiweisungen und an den Parteivorsitzenden gehalten. Also was soll schon groß sein. Wer loyal und korrekt ist, hat nichts zu befürchten. Jedenfalls nicht das Schlimmste.

Tag, Monat, Jahr

Munch spielte in Monte Carlo nach dem System von Freunden und verlor alles und war verwundert, dass das so schnell geht. Hatte mit dem erhofften Gewinn anderen helfen wollen. Spazierte dann in der Nacht durch einen Park. Man machte sich Sorgen, sprach ihn an. Er erwiderte, er sei Maler und denke daher nicht daran, sich das Leben zu nehmen. Ich auch nicht.

Tag, Monat, Jahr

Charlys blöder Hund, die haben ihm gestern den gesamten Darm aus dem Bauch nehmen müssen und dann den Darm wieder zusammenfalten und in den Bauch zurücklegen. Zwei Tierärztinnen. Es ist gut ausgegangen. Darmlähmung, plötzlich. Ein blöder Pfirsichkern. Wir hatten große Sorge und Angst. Charly. Zu viel Leid und Tod immer. Und immer plötzlich.

Tag, Monat, Jahr

Samnegdi winkt einem kleinen Mädchen oder Buben, das, der mit dem Kopf in eine Ampel gerannt ist. Das Kind hatte andauernd zu Samnegdi hergeschaut, als es über den Zebrastreifen ging, und hat ihr in einem fort zugewinkt. Vor lauter Winken die Ampel übersehen und Boing gemacht! Aber das Kind hat dann gar nicht geweint, sondern mit der Mutter zusammen gelacht. Sie haben einen Kinderwagen geschoben, ein Geschwisterchen durch die Gegend. Migranten. Fremd.

Tag, Monat, Jahr

Bin gestern mit dem Bus gefahren statt mit der Tram. Baustellen überall. Die Endstation war dadurch ganz woanders, das wusste ich nicht. Große Hitze. Versäume meinen Termin, weil ich zu Fuß gehe. Dann doch noch ein Termin. Zurück fahre ich mit dem Taxi. Am Straßenrand ein Laufhaus. Das ist entweder neu oder mir nie aufgefallen. Das Taxi bleibt dreißig Meter weiter bei einer Ampel stehen. Zwei Mädchen kommen aus dem Lebensmittelgeschäft. Das eine schaut mich lange an und macht dann eine schnelle Bewegung auf mich zu. Wie Laufen. Ich denke mir zuerst nichts und nach Stunden fällt mir ein, wer sie war. Das Kind vor Jahren. Das sein Spottlied auf die Lehrerin sang. Alle unterhielt im Bus. Den Buben und die Mädchen verlegen machte. Ich glaube nicht, dass sie damals schon dreizehn gewesen war. Das Kind von damals, das war dieses Mädchen. An der jähen Bewegung auf die Menschen zu habe ich ihr Gesicht wiedererkannt. Derselbe Mensch. Jetzt ist sie dort, wo klar war, dass sie hinkommen wird. Gestern erschien sie mir schwachsinnig, damals intelligent und sensibel und am falschen Ort. Wahrscheinlich war sie gestern betrunken oder hatte etwas genommen. Aber diese jähen Bewegungen auf einen Menschen zu und das Verwechseln von Neugier mit den Genitalien! Sie war immer so. Das Kind wird in den nächsten Jahren endgültig sterben. Ich glaube, sie war immer bloß freundlich, alles andere war eine Verwechslung. Ihre Mutter hat sie sehr verehrt. Das sah man. Die wird sie in den Beruf gebracht haben. 18 wird die junge Frau jetzt sein, 19. Und das ist das Leben. Es ist sonst nichts. Ich frage mich, ob sie mich wiedererkannt hat. Unwahrscheinlich. Sie wird gestern auf Kundentour gewesen sein, zu jeder Zeit eben. Sie kann das nicht überleben. Und wenn sie schon als Kind betrunken war, wenn sie so war, so plötzlich und wie in einem Krampf? Als ob sie Menschen aus Freude anspringen will. Nennen wir es Liebe. Der Tod eben. Die hier machen die fertig wie nichts. Sie ist jetzt schon fertig. Scham, Schuld, Weinen meinerseits. Nein, keine Schuld. Und Scham wofür? Mein Weinen hilft diesem Menschen nicht. Es war alles absehbar. Man kann immer zusehen. In jeder Hinsicht. Lebenslauf. Ich habe damals niemanden gekannt, der dem Mädchen hätte helfen können. Ich wüsste auch heute niemanden, wenn es noch damals wäre. Die Frauenpolitikerin Franziska, ja, gewiss, die. Zu ihr würde ich dieses Kindes wegen gehen. Warum damals nicht? Warum jetzt nicht?

Tag, Monat, Jahr
Ein NGO-Chef sagt, er habe als junger Mann immer geglaubt, in unserer Republik sei eigentlich alles in Ordnung. Jetzt wisse er, das Gute sei nur eine dünne Schicht an der Oberfläche und darunter spiele sich alles andere ab. Er ist immer freundlich und gut gelaunt und hat immer eine gute Presse. Er sagt zu den Journalisten, überall müsse gelüftet werden. Die Journalisten fragen ihn nicht, ob in seinem Unternehmen auch.

Tag, Monat, Jahr
Einer sagt, Arschkriechen sei Innenpolitik, Arschkriecher seien Innenpolitiker. Ich glaube, das ist eigentlich von Georg Kreisler gesungen worden.

Tag, Monat, Jahr
Der Hausarzt, ohne dessen Hilfe Herr Ho nie mehr aus dem Pflegeheim herausgekommen wäre, hat plötzlich seine Ordination zugesperrt. Seine Frau ist schwer krank und er kann ihr nicht helfen, obwohl er Arzt ist. Sie wollen schnell Zeit haben zu leben. Alle, die davon wissen, sind am Boden zerstört. Er ist hilfsbereit wie selten jemand, arbeitet ehrenamtlich und unentgeltlich für Hilfsorganisationen, die kein Geld zahlen können. Früher hätte man gesagt, er sei ein Armenarzt.

Tag, Monat, Jahr
Ein Mathematiker sagt, es sei in der Mathematik wie in der Musik, sie ende nie; jeder Musiker wisse um diese Unendlichkeit, Unsterblichkeit.

Er strahlt über das ganze Gesicht. Und eine Kulturwissenschafterin, 35, 40, zwei Kinder, sagt, niemand könne sich den Tod vorstellen, sie selber zum Beispiel habe noch nie in ihrem Leben einen Toten gesehen. Diese Leute machen mir Angst. Nicht die Toten. Das Publikum ist von den Ausführungen des Mathematikers und der Kulturwissenschafterin angetan; sie hört auch nicht auf zu reden, obwohl sie nur Moderatorin ist. *Wir alle nicht,* hat sie gesagt. Ist oft Preisrichterin. Bin schon einmal so leer wie nur irgend möglich ausgegangen.

Tag, Monat, Jahr

Eine sagt, die Politiker reden über die Politikverdrossenheit der Wähler, in Wahrheit seien die Politiker politikverdrossen.

Tag, Monat, Jahr

Mein Freund der Maler hat einmal einen hohen Justizbeamten sagen hören, wenn man hierzulande keine Korruption wolle, müsse das Parlament das Gesamtbudget verdoppeln. Das sei das einzig Effiziente, was die Politik tun könne. Ein Scherz und doch keiner.

Tag, Monat, Jahr

Heute plötzlich zwei Zehneuroscheine auf dem Tisch statt des einen. Tue mir mit dem Zahlen kurz schwer, weil ich nach dem falschen greife. Mein kaputtes linkes Auge, aber nicht ganz kaputt eben. Dadurch Doppelbilder. Wenn ich jemanden aus der Ferne auf einem Weg gehen sehe, dann wären da mitunter zwischen ihm und ihm in der Wirklichkeit 50 Meter. Und manchmal, wenn ich wo sitze, habe ich drei Füße. Das ist ja eigentlich lustig. Wenn ich das linke Auge schließe, ist alles in Ordnung. Über Stufen hinunter kann ich nur mit geschlossenem linkem Auge gehen, sonst würde ich stürzen. Mein linkes Auge habe nie zu sehen gelernt, hat es beim Augenarzt geheißen. Ein treffliches Bild. Das mit den zwei Banknoten heute war eigentlich ein beruhigendes Erlebnis, denn so kann einem das Geld nie ausgehen. Bevor man es ausgibt, verdoppelt es sich. Wie mein Freund der Maler gestern erzählt hat, dass es in Wirklichkeit in der hiesigen Budgetpolitik sein sollte.

Tag, Monat, Jahr

Jeden Morgen grüße ich den Personalchef mit *Guten Morgen* und er antwortet *Morgen*. Und morgen dann macht er es genauso. Es wird also morgen vermutlich nie anders sein als heute. Ein russisches Sprichwort sagt, in Russland verändere sich alle fünf Jahre alles und alle zweihundert Jahre lang gar nichts. Ich glaube, das ist überall so auf der Welt.

Tag, Monat, Jahr
Ein Pflegeheim, das zehn Zivildiener auf einmal hat, wie kann das sein? Das kann nicht gut sein so.

Tag, Monat, Jahr
Die Verwechslung von Solidarität mit Promiskuität. Aber wenn es anders nicht geht?

Tag, Monat, Jahr
Wenn Hodafeld Projekte, Einrichtungen, deren Funktionäre kritisierte, sagten die oft, das tue Hodafeld nur, weil er nicht daran beteiligt sei und das aber gerne wäre und das Geld würde er auch dringend brauchen. Hodafeld erwiderte, das sei alles wahr, aber was er vorbringe, auch. Einzig um Letzteres gehe es.

Tag, Monat, Jahr
Eine Tschetschenin erzählt Samnegdi, dass sich die Frauen untereinander und die Männer und Frauen untereinander und die Männer untereinander mit *Komm frei* und mit *Bleib frei* grüßen. Nur die Männer einander auch mit *Salamaleikum*.

Tag, Monat, Jahr
Eine junge Theologiestudentin arbeitet in einem Asyl, wäscht die alkoholkranken Leute, die Männer und Frauen, und betet mit ihnen und sie lachen und stellen ihr lustige Fragen über die Gottkindschaft. Sie sagt, dass sie immer von Gott lernen habe wollen. All das Wunderschöne, aber die Menschen seien wichtiger, die tägliche Nächstenliebe.

Tag, Monat, Jahr
Ein Sänger sagt, wenn er nicht nervös sei, mache ihn das ganz nervös. Nervosität tue ihm gut, aber Angst sei schlecht für ihn. Ich habe nur Angst.

Tag, Monat, Jahr
Das Schuldrecht, die Schuldknechtschaft auf den XII Tafeln. Wenn der Schuldner nicht zahlen konnte, ging er in die Gefangenschaft und in das Eigentum des Gläubigers über. Dieser musste ihn an 3 Markttagen öffentlich anbieten; wenn den Schuldner niemand zur gerichtlichen Urteilssumme auslöste, war der Gläubiger auch berechtigt, den Schuldner zu töten oder ins Ausland zu verkaufen. Angeblich funktioniert das heute nicht mehr so, aber ich bin mir nicht sicher. Z. B. wenn ein Staat international verschuldet ist.

Tag, Monat, Jahr
Bei den neuen Häusern hier schimpft eine junge Frau mit ihren Enten und Gänsen im Garten, als seien sie Menschen. Sie hat sichtlich Angst vor ihnen.

Tag, Monat, Jahr
Jemand sagt, meine Romanfiguren seien viel zu viele und man könne sich mit ihnen nicht identifizieren. Aber genau das ist ja ihr Problem in der Wirklichkeit. Die Vielzuvielen, die Überflüssigen, die Mühsamen, die Unwichtigen, die Langweiligen. Seit den Zeiten des Faschisten Platon hat sich also bis heute nichts geändert. Schon gar nicht im Umgang mit der Demokratie. Und Roman kommt von Rom.

Tag, Monat, Jahr
Warum lässt man mich kein Happy End haben. Dann eben einen neuen Anfang! Einen guten neuen Anfang. Der wievielte wird das? Es ist immer alles gutgegangen, wenn ich neu angefangen habe.

Tag, Monat, Jahr
Lese in ein paar kleinen Büchern über Churchill, hoffe auf Nervenberuhigung. Verstehe nicht, warum die Franzosen und Engländer den Deutschen überhaupt den Krieg erklärt haben der Polen wegen, aber sie ihnen dann doch nicht zu Hilfe gekommen sind. Die Polen haben auf Hilfe gewartet, in Wahrheit noch lange gekämpft, die feindlichen deutschen Kräfte gebunden, aber die Engländer und Franzosen kamen nicht daher. Aber das war vor Churchills Verantwortung. Alles in allem scheint auch Churchill immer mehr Glück gehabt zu haben als Verstand.

Tag, Monat, Jahr
Interessiere mich für den Maler Churchill, z. B. für seine Buddhabilder. Den Literaturnobelpreis hat er bekommen, obwohl er mehr und dicker und Hässlicheres geschrieben hat als ich.

Tag, Monat, Jahr
Ein Maurer erleidet im Spital einen oder gar zwei Herzinfarkte, sagt zuvor ein paar Tage lang, er habe große Schmerzen und empfinde schlimme Enge. Die im Spital glauben ihm nicht, sagen, das sei die Wirbelsäule oder eine Magenverstimmung. Der Maurer hat nur ein Auge, das andere hat er vor vielen Jahren bei der Arbeit verloren. Er hat immer gute Nerven gehabt, seine Frau schlechte. Er musste immer für zwei ruhig und gefasst sein. Man rettet ihn im letzten Augenblick. Als er mir davon erzählt, wird er wütend; er könne nicht verstehen, wie das im Spital zugegangen sei, die haben ihn reden und jammern lassen. Dazu gibt es meines Wissens auch Studien. Nutzlose?

Tag, Monat, Jahr
Ich habe heute meinen Freund den Anachoreten besucht. Am Bahnsteig dann liest ein Mann mit Tasche im Schatten den Catull ohne Übersetzung. Habe mich in der Gegend völlig verirrt, keine gute ist das, aber ein Lokal heißt *Mittelpunkt der Welt*. Der Rest der Gegend wäre renaturierbar, der ganze Stadtteil sollte so gehandhabt werden. So darf man Menschen nämlich nicht halten, wenn man Anstand hat, wie die Stadtpolitiker das hier tun. Es ist aber ein sozialdemokratischer Bezirk. Ein junges Liebespaar erklärt mir dann freundlich und hilfsbereit, wo ich hin muss. Versäume aber fast den Zug.

Tag, Monat, Jahr
Das Konzert in der Synagoge. Die Sängerin, diese wunderschöne Stimme, dieser wunderschöne Mensch. Ich glaube, da war niemand, der nicht glaubte, hier sehe man durch die Stimme hindurch eine wunderschöne, mutige, klare, ungefangene Seele. Die saß zufällig zwischendurch neben uns. Ein paar glaubten, die gehöre zu uns. Dem war aber nicht so. Keine verwandte Seele.

Tag, Monat, Jahr
Es regnet. Ich muss mir einen Schirm kaufen. Im Großkaufhaus werden jetzt die Schirme gestürmt. Aber nur von Frauen. Bis auf mich eben. Auf der Straße dann schaue ich vom Boden hoch und ein kleiner Mann holt aus, springt hoch und will mir mit aller Kraft ins Gesicht schlagen. Ich halte den aufgespannten Schirm dazwischen. Hinter mir ein paar Burschen sind erschrocken, weichen weit aus, als der kleine Mann an ihnen vorbeigeht. Das gefällt ihm. Die Burschen und ich schütteln die Köpfe, lachen dann zusammen, weil wir Glück gehabt haben. Ich weiß nicht, ob ich auch so blass bin wie die. Und ob ich die Menschen so anfalle wie der. Es ist aber eher unwahrscheinlich.

Tag, Monat, Jahr
Vor ein paar Tagen mein Alptraum, Samnegdi werde von einer Lawine verschüttet. Ich spüre die Lawine vorher, bin unruhig, sehe dann die Lawine, schreie dagegen, die Leute laufen. Ich sehe Samnegdi nicht, laufe daher in die Hütte zurück, meine Frau suchen, bin aber erleichtert, weil sie ja gerade noch hinter mir war und nicht dort, wo die Lawine runterkommt. Aber wo ich glaube, dass Samnegdi ist, ist sie jetzt nicht. Als ich wieder rauswill, laufe ich mitten in die Lawine, aber die steht schon still.

Tag, Monat, Jahr
Ich würde am liebsten im Dual schreiben, nur in diesem. Aber das geht im Deutschen nicht. Der Musiker, Schauspieler, mein guter Bekannter,

sagt, auf Slowenisch ginge es. Ich möchte in einer grammatikalischen Person schreiben, die klarmacht, dass man nie allein ist.

Tag, Monat, Jahr
Kindheitsforscher sprechen von den heutzutage betrogenen Kindern, weil sie Kinder ohne Kindheit seien und kleine Erwachsene sein müssen. Aber ich habe noch keine von der Politik in Auftrag gegebene Jugendstudie gesehen, in der gegenwärtig davon die Rede wäre.

Tag, Monat, Jahr
Unser Schluckauf kommt daher, dass wir einmal Kaulquappen waren, also Amphibien, also Kiemen und eine Lunge hatten. Heißt das, wir sind immer noch Kaulquappen?

Tag, Monat, Jahr
Arthur Koestler hat, glaube ich, recht gehabt. Das Reptiliengehirn im Menschen ist die Erklärung für alles.

Tag, Monat, Jahr
Dem persischen Taxifahrer tun immer die drogenabhängigen Jugendlichen leid, die er hier in der Stadt sieht. Er sagt, er halte das nicht aus, würde ihnen so gerne helfen. Als ich einmal erwiderte, ich habe gehört, dass es im Iran so viele drogenabhängige Jugendliche gebe und dass die Regierung das so wolle, weil diese Jugendlichen ihr nicht gefährlich werden können, geriet er außer sich. Fast hätte ich zu Fuß weitergehen müssen.

Tag, Monat, Jahr
Für Samnegdi ist mein Buch eine Qual. Was ich über die Firma schreibe zum Beispiel. Ich hatte nie vor, auch über die Firma zu schreiben. Aber die letzten Jahre waren schrecklich für mich. Die Selbstverständlichkeit, mit der man mir beim Zugrundegehen zuschaute, mochte ich auch nicht leiden. Die schauen, finde ich, bei allem zu, sind aber wirklich liebenswürdig. Der GF Gemüller, der immer *wider* sagt statt *gegen*. Das klingt bei ihm wie *wieder*. Er tut ja auch immer wieder dasselbe weiter, das falsch war, und das Ganze nennt er aber Widerstand, und die Leute glauben ihm das auch und sind voneinander begeistert. Und die Künstler und die sozialen Menschen rufen jetzt alle seit Jahren schon zum Widerstand auf und plakatieren den und schaffen dementsprechend Werke und Werte. Aber gegen wen der Widerstand? Die roten Regierenden können es nicht sein, denn die sind ihnen gegenüber finanziell gut.

Tag, Monat, Jahr
Ein Wirtschaftshistoriker sagt, die öffentliche Meinung und die Politik glauben offensichtlich, dass jede Krise die Folge einer korrigierbaren

oder nachholbaren Handlung sei. Man habe bloß das Gleichgewicht durcheinander gebracht oder verfehlt. Aber was, wenn es ein solches Gleichgewicht gar nicht gibt? (Für Schumpeter war der gute Unternehmer ein Zerstörer.)

Tag, Monat, Jahr
Telefonat, man sagt zu mir, ich schreibe ja nur. Ein Schreiber sagt das zu mir. Er wolle Demonstrationen, Veranstaltungen, Bewegung.

Tag, Monat, Jahr
Der Parlamentarismus war in Bismarcks realitätsblindesten Regierungsjahren von einer Lebendigkeit, die unserem heutigen Parlamentarismus völlig fremd ist. Das macht mir Gegenwartsangst. Man kämpfte dazumal im Parlament mit allen Mitteln um den Sozialstaat und um die Sozialdemokratie. Heute tut man das nicht.

Tag, Monat, Jahr
Wie hätte ich mich damals gegen Gemüller wehren sollen. Gegen Menschen, die man sehr mag, und gegen Menschen, die hilfsbedürftig und unterprivilegiert sind? Ich hatte immer das Gefühl, jemandem etwas wegzunehmen. Bestand auf nichts. Ich habe Gemüller mit der Firma verwechselt, und er hat mich fertiggemacht.

Tag, Monat, Jahr
Eine wildfremde Taxlerin fragt mich mir nichts dir nichts, ob ich ein Callboy bin. Die Frage ist nett und ernst gemeint und für mich aber dann doch nicht sehr schmeichelhaft. Die Taxlerin würde mich zumindest vermitteln wollen. Jedenfalls will sie wissen, wie ich meinen Lebensunterhalt verdiene. Sie sagt, sie sehe mich oft irgendwo. Immer wo anders. Mache sich Gedanken. Ich jetzt auch, denn ich habe sie noch nie gesehen.

Tag, Monat, Jahr
Einer sagt: *Die Welt braucht unser Leid nicht, sie braucht leuchtende Beispiele.* Ist das ein Sadist? Nein, ein vorbildlich leuchtender Alternativler.

Tag, Monat, Jahr
Als Samnegdis Großmutter starb, in einer ländlichen Art Intensivstation war das, haben wir wieder ein paar Wörter Slowenisch gelernt, damit sie ihre Muttersprache hört, Kindheitssprache. Damit sie darauf reagiert. Weiß, was los ist und was tun. Wir haben geglaubt, wir bekommen sie nochmals aus dem Sterben heraus. Ihr Sohn und ihr Mann sahen das anders und wollten es nicht so. Sie redeten auch nicht so mit ihr, obwohl sie noch viel Slowenisch konnten. Und dann Jahre später, als die beiden selber starben – der Streit mit einer Ärztin; der Großvater wollte den Sauerstoff nicht; dem Großvater gut zureden, aber die Ärztin hatte nicht

die Nerven dazu, hatte vor ein paar Tagen einen Unfall, ihre rechte Hand werde jetzt wohl für immer kaputt sein. Die Ärztin sagte zu uns, er habe sein Leben gehabt, aber sie habe jetzt nur mehr eine Hand und werde ihren Beruf nicht mehr ausüben können. Das, das sei ein Schicksal, sagte sie. Daraufhin war ich sehr unfreundlich. Sagte, dass sie Ärztin sei und es jetzt nicht um sie gehe, sondern um ihren Patienten. Aber vor ihm stritten wir nicht. Der Großvater verstand dann mit der Zeit zum Glück die Sache mit der Sauerstoffflasche und lebte dann dadurch zuhause noch eine Zeit lang und nicht schlecht. Als er wieder ins Spital musste, unbedingt wollte, dann dort aber austherapiert war, kam es am Telefon zu einem Missverständnis. Kein Missverständnis seitens des Spitals, sondern meinerseits. Sie legten ihn in ein anderes Zimmer und er verstand das so, als müsse er sterben. So war es ja auch. Sie hatten ihn umgelegt, bevor wir hinkommen konnten. Das war nicht gut so. Ich hatte geglaubt, er könne im Zimmer bei den anderen Patienten bleiben, hatte den OA darum gebeten. Und der hatte *Ja* gesagt und wir wollten das ja bezahlen, dass er ohne jede Unruhe in dem Zimmer bleiben kann. Der Großvater explodierte, war mir böse. Starb so. Hatte mich gemocht. Gab mir die Schuld. Ich weiß bis heute nicht einmal, was er gemeint hat, wessen ich schuldig bin. Samnegdi und ich hatten getan, was wir konnten.

Samnegdis Familie, die Seite des Vaters, da hat nie jemand für den anderen gekämpft, immer irgendwer jemanden im Stich gelassen. Aber das waren alles noch die Folgen des Krieges und der Flucht gewesen, sich hier anpassen müssen, um leben zu können, koste es, was es wolle. Samnegdis Vater, sein Tod, tapfer war der Vater. Sehr geduldig. Er ging fort, wie er es immer gemacht hatte. Ließ einfach zurück. Ich glaube wirklich, dass diese Dinge vom Krieg hergekommen sind. All das eben, was ich als völlig unverlässlich empfinde. Als das Preisgeben von Menschen. Es ging schnell etwas über ihre Kraft, aber zugleich ist das überhaupt nicht wahr, sondern sie mussten so viel Kraft aufbieten, um normal, in Ruhe, in Frieden leben zu können.

Zur Normalität gehört es, andere aufzugeben. Zurückzulassen. Wie kann ich so etwas sagen! Doch, es ist so, die zwei Männer haben damals über das Leben einer Frau entschieden. Sie konnten nicht anders. Sie wählten die einfachste Variante. Die männliche. Gaben die Frau in der Endstation ab. Wollten nicht einmal ein anderes Zimmer für sie, damit sie bei ihr sein können. Es war normal so, wie das alles abgelaufen ist. Samnegdis Vater war sehr sanft und geduldig. Sehr ruhig. Immer. Ein Fluchtkind. Ja, aber da kann man dann auch ganz anders werden. Ich weiß nicht, was ihnen das Leben so schwer gemacht hat, dass jeder Windhauch sie umwerfen konnte, die Liebe zerstören. Die Liebe war nicht stark. Aber ich habe kein Recht, solche Dinge zu sagen. Ich gebe den Menschen die Schuld statt den Verhältnissen. Das ist aber grundfalsch. Ich glaube, den beiden Männern war verboten zu kämpfen. Ich habe kein Recht, so zu reden. Geliebt und gekämpft haben und sorgfältig waren immer nur die Frauen. Die Männer waren hilflos. Und durch sie die Frauen dann doch auch. Samnegdis Großvater, als der starb und wohl deshalb auf mich böse war, lag er plötzlich im Klassezimmer. Er teilte es mit einem viel jüngeren Mann, der noch ein paar gute Chancen hatte. Für den war das weder lustig noch gut, den alten Mann so zu sehen. Wenn der Großvater in dem anderen Zimmer hätte bleiben können, wäre er anders gestorben, ruhiger, unvermutet. Er wäre sanft gestorben, wenn man ihn in Ruhe gelassen hätte. Aber es war eine Verrechnungsfrage. Oberärztliche. Eine Sache der Klasse eben.

Tag, Monat, Jahr

Kleiner Eisenbahner der Großvater, ehemals kleiner Nazi, aus der Tschechei dann geflohen, war dort angesiedelt worden; die Großmutter und ihr Sohn aus Jugoslawien, Vater unbekannt, na ja, Serbe, Seemann, kann sein Offizier, sie wollte eine feine Dame sein, viele Affären, der Sohn bei der Eisenbahn gelernt, dann Maschinenführer in einer Fabrik, guter Fotograf. Sie waren nicht hilflos, sondern Männer. Aber der Sohn erst mit sechs Jahren hierhergekommen, von der Mutter ein paar Jahre zurückgelassen.

Tag, Monat, Jahr

Der Arbeitslose, der über seine Schulung überglücklich ist. Zugleich sagt er, dass es demütigend sei. Aber dann sagt er, dass er nie geglaubt hätte, dass er so etwas noch schafft. Dann kommt eine Sozialarbeiterin zu ihm und er ist glücklich und schenkt ihr ein Werkstück von ihm und die Sozialarbeiterin ruft ihn dann gleich wieder an und sagt, was sie für ihn tun wird. Tut es dann nicht. Er bekommt nicht einmal Heizmaterial, obwohl sie in seiner Wohnung so gefroren hat wie er.

Tag, Monat, Jahr

Ich möchte ein neues Leben anfangen. Von dem, was war, erzähle ich, damit es endlich vorbei ist, sodass wir leben können. Ich will, dass Samnegdi und ich endlich leben können, und Charly. Charly! Und die Tante. Aber damit die leben können, braucht es mich nicht. Ohne mich ginge es ihnen gut. Aber das geht auch nicht. Wenn ich wenigstens ein anderer Mensch wäre, ginge es ihnen besser als jetzt. Ich versuche mich zu ändern.

Tag, Monat, Jahr
Eine blöde Sendung über das Böse, heute Morgen, heute Nacht, ich kann nicht einschlafen, daher ist der Fernsehapparat gelaufen. Und darin das Böse. Ich schalte aber gleich zu Anfang der Sendung aus, weil es heißt, dass das Böse faszinierend sei, die menschlichen Grenzen erweitere und vieles im Leben der Menschen erst ermögliche. Die beiden Diskutanten lächeln, als sie das sagen. Das Böse, von dem hingegen ich meinen Mitmenschen berichte, ist bloß langweilig, dumm und macht einem das Leben kaputt. Ich werde, mein Böses wird nie ins Fernsehen kommen. Das öffentlich Gute und das öffentlich Böse und das öffentlich rechtliche Fernsehen sind so.

Tag, Monat, Jahr
Die Feudalismustagung vor geraumer Zeit. Der BWLer sagte damals, dass das Theater und alle künstlerischen Orte für einen Ökonomen irrational seien, insbesondere hierzulande, und dass die meisten von ihnen zugesperrt werden sollten. Trotzdem waren alle geistes- und kulturwissenschaftlichen ExpertInnen, ReferentInnen beim Symposium sehr nett zum BWLer. Es gefiel ihnen sichtlich, was er sagte. Nur eine ältliche, resolute Theaterwissenschafterin widersprach ihm und redete von Umwegrentabilität. Das ließ er gelten. Die sei aber nicht seine Aufgabe als Betriebswirt, sagte er. Alle anwesenden ExpertInnen schienen jetzt von neuem zufrieden. Der BWLer war ihnen sichtlich sympathischer als der weltberühmte linke Dingsbums, der einer der wichtigsten Wirklichkeitswissenschafter seit Menschengedenken ist und der ja angeblich für das neue Zentrum zentral werden soll. Der Dingsbums wurde in der Veranstaltung wirklichkeitsfremd und selbstmörderisch genannt, nicht der BWLer ein Dummkopf. Das Geld ist eben immer leichter zu verstehen als sonst etwas. Die im Symposium brachten damals alles unter einen Hut. Sie waren, schien mir, irgendwie leicht besoffen. Alle hatten sie dieselben guten Manieren und waren voll Enthusiasmus.

Tag, Monat, Jahr
Ich mache am Bahnsteig einen Witz, wie ich zum Autogramm des Wichtigsten von Gemüllers jetzigen Freunden komme. Ich sage: Durch Putin zu Ahmadi-Nedschad, durch Ahmadi-Nedschad zu Hugo Chavez, durch Chavez zu Michael Gemüller und durch Gemüller zu Pötscher. Einmal um die ganze Welt statt einen Kilometer schnurstracks in Pötschers Büro. Gemüller hat das so gemacht, einmal rund um die Welt. Dort haben die sich getroffen und sind Freunde geworden. Der kürzeste Weg zu sich selber ist seit jeher einmal um die Welt und der Freund ist das zweite Selbst. Italien, Berlusconi habe ich vergessen. Auch der ist Putins Freund. Die Welt ist also wirklich ein Dorf. Man kommt nicht weit.

Tag, Monat, Jahr
Der Maler, der unbedingt will, dass ein anderer Maler seinen Auftrag bekommt, weil er will, dass der andere Maler daran scheitert. Das tut der andere Maler aber nicht. Gegen die Gemüllers aller Zeiten und Orte gibt es kein anderes Mittel als nicht zu scheitern.

Tag, Monat, Jahr
Ein Maler sagt, er lebe in den Tag hinein, ein Bild jage das andere. Bei mir jagt eine Angst die andere.

Tag, Monat, Jahr
Die Tante, ein paar Tage lang jetzt, wie auf den Tod war sie, und jetzt ist sie wieder da und es geht ihr gut. Einmal, zweimal jedes Jahr hat sie das, meistens zur selben Zeit im Jahr, aber es ist trotzdem immer völlig überraschend. Sie ist da kurz, wie sie war, als man geglaubt hat, sie ist apallisch. Ich glaube, wenn sie sich überanstrengt hat, kann das geschehen. Es ist dann, als ob sie sich mit ihrem weißen Gesicht durch ihr ganzes Gehirn kämpfen muss. Jedes Mal noch hat sie es geschafft. Bin dann heute mit der Tante spazieren gegangen, die Gerüche, das Wasser, die Farben. Die Tante ist wieder lebendig. Sie hat auch wieder aufgehört, alles zu vergessen. Es ist wieder das meiste da. Alles kommt wieder. Das wirklich Gute aber nur.

Es stimmt nicht mehr, es ist viel öfter als ein-, zweimal im Jahr. Sie braucht dann Zeit, sich zu erholen, eine, zwei, drei Wochen. Schwächeanfälle.

Tag, Monat, Jahr
Immer wenn mir jemand die Schwächen meines Buches vorhält, tut mir das weh. Was wissen diese Herrschaften wirklich von Schwäche und Stärke. Gar nichts wissen die. Die hätten, was wir aushalten mussten, nicht ausgehalten, und was wir zustande gebracht haben, hätten die nicht gekonnt. Stärke und Schwäche sind faschistische Kriterien. Diese Herrschaften wissen nichts vom Leben und entscheiden über meines. Ist jeder, der über mein Leben entscheidet, ein Faschist? Ich also auch?

Tag, Monat, Jahr
Samnegdi ist sehr unruhig. Sie glaubt nicht, dass die Tante wirklich wieder gesund ist. Und auch wenn die Tante es wirklich wieder geschafft hat – es wird wieder kommen. Und einmal dann werden wir nichts mehr tun können. Alles bricht jetzt plötzlich wieder auf und zusammen. Samnegdi hat große Angst. So viel Schreckliches war in unserem Leben und wir wissen nicht, was uns noch bevorsteht. Ein paar Jahre Ruhe haben wir gehabt. Ja? Nein?

Tag, Monat, Jahr
Das Doping spiegle die Gesellschaft wider, sagt eine Juristin, und dass man rechtlich nicht viel ausrichten könne. Denn Betrug sei ein Vermögensschaden infolge von Täuschung. Aber wer soll da denn den Schaden haben, fragt die Juristin, und Täuschung sei es auch keine, weil ja alle wissen, dass es alle machen. Ich bekomme Angst, als die Rechtswissenschafterin die Dinge so erklärt. Es liege kein Betrug vor ohne Schaden und ohne Vorsatz; es sollen ja viele gar nicht gewusst haben, dass sie gedopt wurden. – Ich weiß von früher her, dass sich nichts beweisen lässt, der Schaden nicht, die Absicht nicht. Nicht einmal die Unterlassung, die Fahrlässigkeit auch nicht. Gar nichts lässt sich beweisen. Es ist nichts Schlimmes geschehen, weil es nicht anders geht.

Tag, Monat, Jahr
Eine sehr fromme Christin sagt, die Leute heutzutage müssen endlich einsehen, dass sie, die kinderlieben Christinnen, die mit all ihrer Kraft gegen die Abtreibung kämpfen, der Gesellschaft das Humankapital zur Verfügung stellen, indem sie Kindern das Leben schenken, sie zur Welt bringen, sie erziehen. Soviel zum Kapitalismus der Christen.

Tag, Monat, Jahr
Einer hat mir vor ein paar Tagen erzählt, dass ein paar Swingerclubs Happy End heißen. Und dann von Leuten, mit denen ich in gewissem Sinne aufgewachsen bin. Die sind um alles gekommen. Gebracht worden. Haben nichts gehabt. Das Bisschen auch noch verloren. Drei Brüder sind sie. Das Erbe waren ein paar schäbige Gebäude, aber das Zuhause eben. Nach dem Tod der Mutter hat der geschiedene Vater die Gebäude billig als Lokale verkauft und das war es dann.

Tag, Monat, Jahr
Hilfseinrichtungen neuer Art schaffen, die ein Lebensinteresse an moralischem Handeln haben. Das Konkurrenzprinzip konsequent ausschalten, damit die Hilfsorganisationen kooperieren können. Dadurch die Politik neu erfinden. So in etwa waren die Dingsbums-Richtlinien. *Wirklich, rechtzeitig und zusammen,* darum habe ich mich mit aller Kraft bemüht. Immer. Die realen Möglichkeiten dazu hatte ich dazumal, weil mich die linke Hand des weltberühmten linken Dingsbums öffentlich jedes Mal laut und deutlich belobigt und in gewissem Sinne immer wieder ins Prophetenamt eingesetzt hatte. Sozusagen als hiesige linke Hand der linken Hand des weltberühmten linken Dingsbums.

Tag, Monat, Jahr
Meinem Freund dem Anachoreten ist es mitunter nicht geheuer, was ich schreibe. Er sagt oft zu mir, gefallen habe ihm einzig ein Roman von

Klaus Hoffer und auch das sei Jahrzehnte her, *Bei den Bieresch*. So solle ich schreiben. Mit den Leuten in dem Buch von den Bieresch könne er viel anfangen, mit meinen, bei aller Freundschaft, nicht. Im Laufe der Jahre habe ich mir angewöhnt, dem Anachoreten zu antworten, dass es bei den Bieresch ja angeblich wie bei Kafka ist und dass Kafka ja angeblich Marcionit war. Ein Gnostiker eben, Häretiker, Ketzer; guter Sohn in einer bösen Welt. Jetzt einmal habe ich erfahren, dass es bei den Bieresch eigentlich um die wilde Wiener Kunstszene, Kulturszene anno dazumal geht, um die brutalen Kämpfe und Isolationen dort. Was weiß ich, wann, 1960er, 1970er Jahre. Der Anachoret glaubt mir weder die Marcioniten noch die Wiener Szene.

*

Ob etwas wahr ist oder nicht, entscheidet der Anachoret von Mensch zu Mensch. Ich glaube nicht, dass er mir misstraut. Er mag keine Belletristik. Keine Romane. Will wissen, warum ich keine Sachbücher schreibe. Ich auch.

Tag, Monat, Jahr

Der Leiharbeiter, der von einer Leiharbeitsfirma an die nächste und von der an eine dritte und von der an eine Fabrik ausgeliehen wird. In der Fabrik muss er einen Kessel putzen, bekommt keine Arbeitskleidung und dann den Gestank nicht aus seinem Gewand. Ein paar Tage später ruft man ihn an, er solle zwischen 4 und 5 Uhr in der Früh in einer anderen Fabrik sein; aber der Vermittler kommt dann nicht. Der Leiharbeiter fährt nach einer Stunde wieder heim. Der Vermittler ruft an, entschuldigt sich, der Leiharbeiter fährt wieder in die Fabrik, der Vermittler will den Vertrag aufsetzen und redet mit dem Vorarbeiter. Der braucht jetzt aber niemanden mehr. Der Leiharbeiter ist verzweifelt. Ein paar Tage später bekommt er dann aber für ein paar Tage Arbeit in dieser Fabrik. Wenn er Glück hat, sind es vielleicht ein paar Wochen. Er ist glücklich. Der Vermittler freut sich auch. Sagt, der Leiharbeiter müsse jetzt immer ein paar Kollegen im Auto zur Arbeit mitnehmen. Ein, zwei Stunden früher aufstehen, damit er alle rechtzeitig abholen kann. Der Leiharbeiter bekommt kein Geld dafür.

Tag, Monat, Jahr

Blöde Herumrennerei, das Einzige, was mich beruhigt, ist, dass ich vermutlich der Einzige bin, der zwischendurch in einem Buch über Cassiodor, über Lorenzo Valla, den älteren Plinius, über Varro, Boethius, Albertus Magnus und Erasmus und noch ein paar liest. Über lateinische Gelehrte eben. Meine Lektüre in den letzten zwei, drei Tagen hat realiter Altphilologen attrahiert, die ich seit Jahren nicht mehr gesehen habe.

Zufallsbegegnungen plötzlich. Sehr fremd. Obwohl Schüler von Piel. Aber ich lese die Gelehrten in dem Buch trotzdem weiter. Ich weiß, dass Piel stolz auf mich gewesen wäre und Angst um mich hätte. Und dass ich über seine Gelehrten ein Buch lese, würde ihm Freude machen. Was will ich mehr.

Tag, Monat, Jahr
Ein gewisser Johnston schreibt, die weltweit wirkende Genialität, Kreativität der Donaumonarchie komme zuvorderst vom komplexen Schulunterricht. Und zwar da her, wie Latein und Griechisch gehandhabt wurden. Die geistige Übung des schnellen Stegreifübersetzens, der ständige Umgang mit der Antike, also mit den bis damals wichtigsten Ideen der westlichen Menschheit. Die Beispiele, die Johnston bringt, sind faszinierend. Ich habe ihm sofort alles geglaubt. Nur – woher kam die hirnlose, herzlose Politik der Donaumonarchie? Aber allen Ernstes verdankt die westliche Welt Österreich, der Donaumonarchie, etliche ihrer besten Ideen und Erfindungen. Den Hitler und den Neoliberalismus blöderweise aber auch. Auch alles Antike?

*

Meine Abschlussarbeit bei Piel war angewandte Altphilologie. Ich wollte immer, dass sich Klassische Philologen öffentlich zu den Gegenwartsproblemen zu Worte melden. In Konfrontation gehen mit Gegenwartswissenschaften, Politikern, Journalisten, Lehrern, Künstlern, Zukunftsforschern.

*

Vor ein paar Tagen hat sich jemand in meiner Gegenwart eingebildet, Lateiner, auf jeden Fall die Universitätsprofessoren, könnten auf Latein Gegenwartsprobleme diskutieren. Der Vatikan liefere ja das moderne Latein dazu. Da bin ich an die Decke gegangen. Ich weiß, dass die das nicht können. Und zwar, weil sie es auf Deutsch nicht können. Im Denken nicht.

Tag, Monat, Jahr
Ein Onkel Samnegdis war im Krieg U-Boot-Matrose. Hat dann viel gemalt. War immer freundlich. Ich verstehe nicht, wie er eine solche Gefangenschaft ausgehalten hat. Das muss wie in einer Todeszelle gewesen sein. Einmal war er uns besuchen, glaube ich. Lachte immer viel.

Tag, Monat, Jahr
Was ist das für ein blöder Tag! Jemand erzählt mir, dass er schon wieder in eine Prostituierte verliebt sei. 15 Kunden pro Tag. Sie sei wie keine. Alle sagen das. Er will sie haben, ihren Selbstschutz durchbrechen. Es ist ihm egal, ob er sie und sich gefährdet. Er glaubt das nicht. Will alles

über sie wissen. Ihre wahre Existenz. Die gäbe es. Er hat die Frau im Laufhaus kennen gelernt, dorthin ist er gegangen, als seine Frau ihm sagte, zu wem sie jetzt gehe. Habe immer geglaubt, dass sie auch eine Prostituierte ist. Wird auch so gewesen sein. Er ist wie süchtig. Sagt, die Prostituierte jetzt wolle wirklich etwas von ihm wissen und sei ganz anders als seine Frau. Umarme ihn. Habe einmal aufgeseufzt. Es nützt nichts, was ich zu ihm sage, er ist wie ein zweiter Mensch. Die Prostituierte ist magersüchtig. Er will ihr helfen. Er glaubt wirklich, die Prostituierte habe keinen Zuhälter. Er gefährdet sie, versteht nicht. Will für sie sorgen. Ich könnte ihn ohrfeigen. Aber es würde nichts nützen. Er ist endlos einsam. Er bestreitet, dass er in die Prostituierte verliebt ist. Da werde ich zornig, denn wenn er nicht verliebt ist, soll er sie in Ruhe lassen. Ihn interessiere der Mensch, sagt er, die Geschichte; er wolle ihr doch helfen, aber das Lügen vertrage er nicht. Er sagt, ich verstehe nicht und sie werde ohnehin die Stadt verlassen, das sei das Beste für ihn. Stundenlang haben sie geskypt. Und so ehrlich sei sie. Ich weiß nicht, wie oft er das schon über eine Frau gesagt hat. Hundert Mal vermutlich. Ich bin sehr zornig, nehme mich zusammen, rede ihm gut zu. Er versteht nicht, dass er sie in Ruhe lassen muss. Er ist plötzlich, als gehe es ihm ans Leben. Er will von dieser Frau geliebt werden. Andere Frauen interessieren ihn nicht. Seine Traumfrauen sind immer Prostituierte. Er ist sehr leistungsorientiert. Sie sind verwunschene Prinzessinnen und er der Prinz, der sie erlöst, obwohl er selber auch verwunschen ist. Irgendwann will er immer, dass sie für ewig zusammenbleiben. Ich kenne ihn von früher her, seit vier Wochen jetzt haben wir nach Jahren wieder Kontakt. Er ist Chemietechniker. Er liebt diese Frau von ganzem Herzen.

Tag, Monat, Jahr

Das Schostakowitschkonzert damals in der Stadt, Jazz, Gemüller sagte zu mir, Hodafeld schreibe jetzt ein Buch über das Zugrundegehen. Hodafeld solle aber doch erst einmal Schostakowitsch studieren und Mandelstam und dann dürfe er erst so groß daherreden und die Leute so viel kritisieren. Das ärgerte mich; Gemüller verzerrt immer alles ins Extrem, damit alles hier und jetzt gar nicht schlimm ist im Vergleich. Damals, als Gemüller so redete, im Herbst, war es kalt, finster, und wir setzten uns auf den Balkon bei mir daheim. Das Überleben war unser Gesprächsthema, weil wir an dem Flüchtlingsbuch arbeiteten. (Wieder sage ich *wir* und es ist falsch.) Gemüller redete dann plötzlich von Schostakowitsch und von Hodafeld und von sich, und er hatte von mir jetzt ein paar Stunden lang erfahren, was er wissen wollte, nämlich wie das Firmenbuch, das Flüchtlingsbuch, am besten weitergeht. Ich hatte selbstlos Auskunft gegeben. Ich fragte Gemüller dann, weil mir plötzlich alles wehtat, sozusagen jeder Knochen einzeln: *Was ist mit meinem Überleben?* Gemüller stand daraufhin sofort auf und sagte: *Jetzt fängst du so etwas an, wo ich fortmuss*, und er ging. So war das damals. Fuhr schnell weg, beinahe grußlos. Am nächsten Morgen sagte er in der Firma auf der Stiege zu mir, wen er die Interviews mit den Betreuern und Helferinnen aus der Firma führen lassen will. Die liebe Clarissa. Kein Wort auf meine Frage von gestern. Und auch ich hätte die Interviews sehr gerne gemacht, die mit den Betreuungskräften. Auch sehr gerne gemeinsam mit jemandem. Auch mit Clarissa gemeinsam sehr gerne.

*

Was ich mit der Zeit nicht mehr ausgehalten habe, war die vollständige Verweigerung von Hilfe mir gegenüber und von Zusammenarbeit sowieso. Er quatschte mich voll und quetschte mich aus. Er wusste oft nicht, wie weiter. Dann suchte er jedes Mal die Gespräche mit mir. Sobald er weiterwusste und er, was er wollte und wissen musste, von mir erfahren hatte, weil ich nichts verbarg, sondern offen und hilfsbereit war, war er sofort wieder weg und machte weiter wie bisher. Und das war dann die Zusammenarbeit gewesen. Und die lieben Leute aus dem Firmenbuch arbeiteten auch nicht wirklich zusammen. Gemüller richtete das so ein. Gemüllers Phrasen waren besser geworden durch die Gespräche mit mir. Und auch durch meine öffentlichen Vorträge. Er wusste jetzt, wie man es richtig sagt und was gut ankommt. Sein Verhalten wurde nicht besser.

*

Ich fragte ihn an dem Abend damals deswegen nach meinem Überleben, weil ich verzweifelt war; aber ich war, worauf ich großen Wert lege, unaufdringlich. Am nächsten Tag gab er mein Herzensanliegen, die HelferInneninterviews, einer lieben Freundin von ihm, der lieben Clarissa. Das tat er der Hierarchie wegen. Und weil er Clarissa sehr mochte. Sie war im Firmenvorstand der ALEIFA, arbeitete aber sonst in der Hauptstadt in einer wichtigen Hilfsorganisation. Auch weil die Freundin Clarissa für ihn ungefährlich war, verteilte er die Aufgaben so, denn er konnte die kluge, herzensgute Clarissa leicht berechnen.

*

Gemüller realisierte meine Ideen, mit wem er wollte. Aber nie wirklich. Sagte, es seien seine eigenen Ideen oder die von irgendjemand Großem, Namhaftem. Hätte er damals jemand anders genannt als die liebe Kollegin Clarissa, hätte ich es nicht zugelassen, dass ich weichen soll. Aber sie mochte ich, weil sie sich sehr einsetzt für die Menschen, für die sie verantwortlich ist. Sie war optimal, ich wäre es auch gewesen, und gemeinsam wäre es auch nicht schlecht gewesen für die Firma. Aber dann fand auch ich, dass es einfach besser sei, sie macht das. Bei den Gesprächen komme mehr heraus, wenn sie die führt. Man vertraue ihr. Sie kenne die Leute besser. Es gehe im Buch ja einzig darum, dass den Leuten endlich die freie Meinungsäußerung ermöglicht wird. Meiner Meinung nach war Clarissa dafür die Garantin. Clarissa hat dann nicht wirklich viel gefragt, als sie so viel und so freundlich gefragt hat. Jeder hat gerne Antwort gegeben und war gern dabei. Das hat mich gefreut. Immer, wenn sich jemand freut, freue ich mich auch.

Tag, Monat, Jahr

Offensichtlich gibt es hierorts neuerdings Laufhäuser noch und noch. Anderswo gibt es auch Davonlaufhäuser. Die Leiterin eines Davonlaufhauses, eines Schutzhauses, habe ich einmal vorlesen gehört. Sie hat einen Roman geschrieben, der sofort eingestampft werden musste, infolge eines Gerichtsurteils. Aber es gibt Leute, die sagen, ein Roman ist bloß ein Roman, sonst würde er ja nicht so heißen. Und das gehöre endlich so in die Gesetzesbücher geschrieben. Ich sehe das auch so.

Tag, Monat, Jahr

Emanzipation, die ursprüngliche Bedeutung: Bis zum Tod des Vaters blieb man in seiner Hausgewalt, welche bis zur Tötung führen konnte. Die Verdingung des Kindes zu Arbeit war sowieso möglich. Bei dreimaliger Veräußerung des Sohnes verlor der Vater allerdings jegliches Verfügungsrecht. Der Sohn galt sodann nicht mehr als verwandt, aber dadurch auch nicht mehr als erbberechtigt. Bei den Töchtern führte schon eine einmalige Fremdüberlassung zur Freilassung.

Tag, Monat, Jahr

Einmal, gegen Ende damals, sagte der GF plötzlich von sich aus, ohne dass ich irgendetwas gesagt hätte: *Entschuldigen werde ich mich nicht bei dir. Ich geißle mich nicht.* Ich ärgerte mich sehr, denn die Geißelungen kamen einzig ihm in den Sinn. Ich sagte ihm das, wurde zornig.

Tag, Monat, Jahr

Schäme mich plötzlich für mein läppisches Gerede über Mozart. Flothuis' wegen. Präsident des Instituts für Mozartforschung in Salzburg. KZ-Opfer. Höre seit ein paar Tagen, sooft ich kann, in der *Encyclopedia of Music Composed in Concentration Camps (1933–1945)*, herausgegeben von Lottoro. Einen Komponistennamen habe ich vergessen, einen Prager Musikprofessor, von der GESTAPO eingekerkert und gefoltert. Er komponiert für die Tochter seines Wärters, der bringt ihm das Papier dafür, Klopapier, der Wärter wird entdeckt und selber eingekerkert.

*

Ich würde gerne wissen, was aus der Studentenbewegung Otpor geworden ist, die sich gegen den serbischen Diktator Milošević erhoben hatte. Ich glaube, es gibt ein Computerlernspiel, das von ihr entwickelt worden ist. Man spielt Strategien und Taktiken gewaltlosen Widerstands durch, Widerstandsbewegungen, Sozialbewegungen, Demokratie. CIA.

Tag, Monat, Jahr

Der Belletrist heute; als sich vor einem Jahr eine junge Dichterin ertränkt hat, sagte er, sie habe sich nicht helfen lassen. Das sei die ganze Wahrheit. Er bleibt auch heute dabei. Ich wette darauf, dass er es nie versucht hat. Oder die Sache nur schlimmer gemacht.

Tag, Monat, Jahr

Man verliere, ohne das Leben dabei zu verlieren. Deshalb spiele man, sagt ein Spieler. Es gehe einem alles verloren, aber es geschehe einem nichts Böses. Und man könne wieder von vorne beginnen wie ein neues Leben. Die Erklärung verstehe ich nicht, denn man verliert ja wirklich alles, die Existenz, die Lieben. Aber dieser Spieler meint offensichtlich ernst, was er sagt.

Tag, Monat, Jahr

Warum wird die *Mutzenbacher* nicht endlich als Kinderpornographie verboten? Warum ist das Buch für Intellektuelle und Künstler, Männer wie Frauen, kein Problem, sondern eine Freude? Weil man damit Geld und Karriere machen kann. Die Kindesmissbraucher sind eben immer die anderen.

Tag, Monat, Jahr

Jemand erzählt, dass man von Grippemitteln wie Tamiflu verrückt werden kann. Man glaubt, man könne ganz toll fliegen, und springt aus dem Fenster. Oder man wird extrem aggressiv und bringt sich in Ermangelung eines anderen um.

Tag, Monat, Jahr

Als die Roten und die Gewerkschafter 2003 gegen die schwarzbraune Regierung gestreikt haben, war das, bin ich mir sicher, Vorspiegelung falscher Tatsachen. Der Erste Mai damals im Jahr 2003 genauso. Am Ersten Mai konnten die Roten hier aus der Regierung von Land und Stadt und aus dem Nationalrat plötzlich *Die Arbeit hoch* nicht singen. Weder die Melodie noch den Text. Die konnten das einfach nicht. Die sangen vor allen und es ging nicht gut und die konnten das überhaupt nicht singen. Die Frauen auch nicht. Der stadtoberste Sozialdemokrat sagte damals, die Gewerkschaft sei die Speerspitze der Partei im Kampf um die Gerechtigkeit. Mitten drinnen sagte er plötzlich: *Fairness und Gerechtigkeit sind mir wichtig als Leerformeln.* Er vergaß, den Komparativ zu bilden, ist sehr wahrheitsliebend und kollegial und hierorts Freimaurer. Und bei den Streiks ein paar Wochen vorher hatte ein Gewerkschafter zu den Leutehäufen gesagt: *Etwas wirklich tun können wir nur bei der nächsten Wahl. Da müssen wir dann alle richtig wählen.* Die nächste Wahl war da aber erst in zwei Jahren. Der Streik wäre aber jetzt gewesen. Ein Streikführer war der Redner und Feuer und Flamme. Der verschob alles. Zu irgendeiner kleinen Geschirrfirma fuhren sie dann noch weit weg aufs Land zum Streiken. Dort war dann aber auch nichts. Und sonst wo in der Republik ließ man eine Art Regierungspolitikerin nicht zu- und nicht wegfahren. Zu ihrem eigenen entlegenen Betrieb nicht. Das war alles. Und eine Frage an eine der roten Frauenchefinnen in der Stadt, aber das war früher einmal gewesen, sagen wir einmal 1999 oder 2000 oder 2001, hatte gelautet, was denn die damalige hiesige rote Frauenpolitikerin, Chefpolitikerin, an der anwesenden legendären Frauenministerin a. D. bewundere. Die damalige Frauenchefin, hiesige, antwortete: *Am meisten bewundere ich mich.* Sie verspricht sich oft. Sie versprach auch viel und hielt es aber, glaube ich. Einmal in einer Veranstaltung über den Krieg in Jugoslawien redete sie versehentlich in der Begrüßung über das persische Volk statt über das serbische. Sie weinte manchmal in den Sitzungen oder am Ende. Bei Finanzverhandlungen weinte sie auch manchmal, und zwar weil sie ein gutes Herz hat. Das half auch vielen. Und den Gemüller mochte sie nach reiflicher Überlegung dann doch sehr. Ihr junger Sohn hat dann eine Zeit lang in Gemüllers Firma gearbeitet. Mit ihm zusammen hat Gemüller 2001/2002 sehr viel organisiert, was die Volksabstimmung anlangt. Die Politikerin ist jetzt völlig außer Dienst und Kraft und ohne Ehrenamt. Ich glaube, dass ihr viele Unrecht tun. Das Ganze ist ein trostloser Zirkus. Sie schaut manchmal aus wie die Frau in *La Strada.* Seit jeher. Man bräuchte sie nur leben lassen. Ich glaube wirklich, dass sie immer getan hat, was sie konnte. Ihr jüngster Sohn hat in der Firma einmal einen roten Teppich ausgerollt, weil Gemüllers Freund, der herzensgute metaphysische Dichter, vorlesen kam. Gemüller war damals fassungslos und dem Weinen nahe, weil der metaphysische Dichter zu jemand anderem als zu ihm in die ALEIFA kam und es nicht Gemüllers Veranstaltung war. Einmal vor Jahren hatte die Politikerin, als sie noch wichtige Ämter und Funktionen hatte, ein Jahr lang nicht mit dem GF Gemüller geredet, sodass er dann finanziell zerknirscht war. Jedenfalls hat er mir das so erzählt.

Tag, Monat, Jahr
Ich muss wieder mit der Tante spazieren gehen, sicherheitshalber. Denn ihre Erinnerungen müssen wieder sicher sein. Sie tratscht mit ein paar Leuten, die wirklich herzlich sind. Einem Geschwisterpaar. Ich werde gefragt, ob ich mich noch an den und den erinnere. Ob an den Vater von

ihnen. Ja. Und wer was verkauft hat. Jaja. Ich weiß genau, wer gütig und hilfsbereit war. Oder wer wen übers Ohr gehauen hat. Die Tante erzählt von dem kleinen Tal, das voller Erdbeeren war. Die Geschwister freuen sich. Die eine hat Spanisch gelernt, ich glaube, sie war mit ihrem Mann in Südamerika. Die Bilder südamerikanischer Kinder hängen im alten Bauernhaus der Frau. Die Familie mochte ich von klein auf, die war immer matriarchal, trotz allem. Und die andere Familie ganz in der Nähe im Nachbarort mochte ich auch, in der die Kinder die Eltern gesiezt haben. Die war auch matriarchal und wirklich hilfsbereit. Seltsam war das für mich als Kind, dass in denjenigen Bauernfamilien bei uns in der Gegend, mit denen meine Mutter und meine Tante am liebsten zu tun hatten, die Frauen das Sagen hatten. Die eine der beiden Schwestern heute sagt, Charly sei von klein auf so freundlich und höflich gewesen. Das stimmt. Das ist, weil Samnegdi so ist. Ich hingegen habe vor ewigen Zeiten aufgehört damit.

Tag, Monat, Jahr

Der weißhaarige Chemietechniker und die junge Prostituierte, angeblich ist sie in ihn verliebt. Schreibt ihm das in einem fort. Lobt seine Briefe. Sie ist jetzt anderswo, er fährt ihr dorthin nach; sie ist dort aber nicht, sondern doch hier; er fährt wieder zurück und ist überglücklich. Kommt nicht los, will gar nicht, wozu auch. Wenn er Pech hat, wird er sterben. Aber die Einsamkeit wäre noch schlimmer für ihn. Ich merke mir den Namen der Prostituierten nicht. Das ärgert ihn. Warum er mir diese Dinge erzählt, weiß ich nicht. Zu lange nicht gesehen gehabt. Ich weiß nicht, was mich an der Sache stört, er will die Frau ja loskaufen, erlösen eben, wie Jesus die Seinen. Der Chemietechniker ist ein sehr gläubiger Mensch. Sie wird ihn aber nicht erlösen, glaube ich, sondern verlassen. Man wird um sie also keine Angst haben müssen und er hat genug Geld, also hat alles seine Ordnung. Und er wird sich eine andere Frau loskaufen. Das ist in Ordnung so.

Tag, Monat, Jahr

Lustig: Der kleine Alternativfunktionär, Aktivist Punkterer Ferdl, der mich nirgendwo dabeihaben wollte und jedem etwas Alternatives aus aller Welt verkauft, zur Dekoration und zur Wohnungseinrichtung oder zum Spielen oder zum Lesen oder zum Anhören oder zum Anziehen oder Essen und Trinken, aber von allem immer nur ein Stück, Unikat, hat mir heute von den internationalen Bauernbewegungen erzählt, dass es die gibt. Der ist so. Für den ist das eine große Erkenntnis. Ich denke mir Folgendes: Wenn die Überlebensgrundlagen, die Grundversorgung des Staates, der Bevölkerung einmal wirklich wieder zuerst bei unseren

Bauern liegen, dann werden die Bauern aber trotzdem immer noch rechts und sehr rechts sein. Ich sagte ihm das. Er verstand kein Wort. *Wenn man Grün mit Schwarz mischt, wird*, sagte ich, *das Ganze schwarz. Das ist dann blöderweise die Zukunft. Darauf wette ich.* Aber derlei ist zu schwierig zu verstehen für Punkterer. Seine verstopfte Nase führt direkt ins Hirn. Allmählich auch in meines.

Tag, Monat, Jahr
Die Familie, bei der wir vorgestern waren, die Tante und ich, ist sehr liebevoll. Das waren die, die mir die Comics geschenkt haben, als ich ein kleines Kind war. Das Paradies verdankte ich ihnen und ich war als Kind dadurch nicht so verzweifelt. Lebenswichtig waren die. Und die andere Familie, der christliche Vizebürgermeister damals, der mit meinem Vater gut war und mir, als ich ein Kind war, bei jedem Wahlkampf ins zerschlagene Gesicht schaute, hat meine Mutter sehr gemocht. Sie ihn wohl auch. Bei ihrem Begräbnis sagte der Vizebürgermeister dann zu mir, dass ich jetzt ruhig sein kann, es sei alles vorbei. Er meinte das gut. Am Sarg war das. Offenen Grab. Die Frau des Vizebürgermeisters war immer sehr freundlich und liebevoll, auch zu Samnegdi und mir, und sie musste dann seine Eltern pflegen und hatte plötzlich selber Krebs und sie starb fürchterlich an dem Krebs. Sie bemühte sich sehr um Samnegdi und mich. Hatte sehr viele Kinder. Sie hatte mir gegenüber immer ein schlechtes Gewissen, glaube ich. War hilfsbereit und eine tiefgläubige Christin. Ein Martyrium das Ganze. Eine Marter. Bald nach ihrem Tod starb auch der Mann, der Vizebürgermeister. Plötzlich und unerwartet. Er schenkte meiner Tante immer eine Blume zu jedem Geburtstag. Er brach auf offener Straße zusammen. Obwohl er mitten unter Menschen war und der Arzt, der sein Freund war, sofort da war, war alles zu spät. Sein uralter Vater musste das alles überleben. In der letzten Zeit seines Lebens trafen Samnegdi und ich den christlichen Vizebürgermeister einmal bei einem Befreiungstheologen aus Südamerika, bei einer Veranstaltung. Bei der war er gern. Und einmal gratulierte er mir zu einem Leserbrief, den ich gegen die braunschwarze Regierung geschrieben hatte, einen Brief gegen seine Partei. Der Leserbrief war in ein paar Zeitungen abgedruckt worden. Über eine katholische Zeitung, in welcher der Leserbrief auch stand, sagte der Vizebürgermeister, die lesen im Ort nur er selber und der Schuldirektor. (Das war der mit der Widerstandskämpferkorrespondenz.) Beim Begräbnis des Vizebürgermeisters, das dem Schuldirektor sehr zu Herzen ging, konnte einer der Ehrenredner nur sagen, der Vizebürgermeister sei ein Ehrenmann gewesen, dann erstickten die Tränen die Stimme. Auch der Pfarrer war fix und fertig und wollte nichts mehr sagen müssen, weil er den Vizebürgermeister sehr gemocht hatte. Ich schwitzte

beim Begräbnis wie ein Schwein und um ein Haar, meiner Seel', wäre ich rausgesprungen zum Altar und hätte etwas sagen wollen, als die nichts sagten. Sie haben aber rechtzeitig Schluss gemacht. außerdem ist mir der, der sagte, der Verstorbene sei ein Mann von Ehre gewesen, zuvorgekommen. Der hat das auch nicht ausgehalten, dass niemand etwas sagte, sprang raus. Der uralte Vater des verstorbenen Vizebürgermeisters mochte mich nie, früher auch schon nicht, erwiderte meinen Gruß nie, starrte mich wütend an. Das ist unangenehm, wenn das ein so alter erhabener Mann tut. Bald dann musste er ins Heim. Es gab damals keine andere Hilfe. Die vielen Kinder verkauften nach den vielen Toden alles und teilten es auf.

Tag, Monat, Jahr

Mein Freund der Anachoret will mir beibringen, dass ein guter Mensch verzeiht. Aber es gibt nichts zu verzeihen.

Tag, Monat, Jahr

Wieder Spaziergehen mit der Tante. Wo früher die Mühle war, sitzt eine alte Frau. Ihr Mann ist vor einem Jahr gestorben. 60 Jahre waren sie verheiratet gewesen. Es war eine große und innige Liebe. Er war ein Nazi gewesen und dann rot. In Hitlers engsten Vertrautenkreis hinein verwandt war er gewesen und ein wirklicher Judenhasser; bis ins hohe Alter ekelte ihn vor Juden. Bis zum Schluss. Die Frau war immer freundlich zu den Menschen hier, er ebenfalls. Zu mir auch. Die liebsten Menschen waren die beiden. So war das. Und alle ihre Kinder liebten sie. Mit ihren Kindern habe ich, als ich klein war, gespielt. Einer der Söhne saß auf mir und ich erreichte mit meiner Hand den Hammer nicht, um auf ihn einzuschlagen. Und einen Sohn versteckte ich, weil er vor meinem Vater solche Angst hatte. Und einer band mich an einen Baum. Und einer wollte mich einmal anzünden, aber der war, glaube ich, nur ein Freund, der nicht zur Familie gehörte. Die Frau fährt aus Lebensfreude jeden Tag mit dem Bus durch die Gegend. Sie ist nicht verwirrt und nicht verloren. Die Leute sagen das aber von ihr. Alle ihre Kinder und Kindeskinder lieben sie wie eh und je. Zu Recht tun sie das. Wie hat das alles sein können, solche gütige Menschen. So also sehe ich die Welt und das Leben und jede Gewissensentscheidung. Diese alte Frau von Würde und Hilfsbereitschaft, seit ich sie kenne, diese Frau sehe ich so. Wie kann das alles so gewesen sein, will ich wissen. Geholfen hat sie mir nicht, als ich ein Kind war, aber sehr freundlich war sie immer, das war damals sehr wichtig für mich. Vor 15 Jahren oder mehr hat mir der Mann zum ersten Mal seine Vergangenheit erzählt, die immer noch seine Gegenwart war, weil er sehr stolz auf alles war. Samnegdi und ich waren sehr erschrocken gewesen. Das Ehepaar hat einander immer geliebt. Sie sind immer Hand in Hand gegangen. Die Mutter der Frau war Köchin bei einer adeligen Familie gewesen, und als die Mutter im Alter senil war, ging sie gut zwanzig Kilometer weit, um die adelige Küche wiederzufinden.

Tag, Monat, Jahr
Ich lese ein paar Sätze in einem der vielen Bücher, die Hodafeld geschrieben hat. Ich höre beim Lesen plötzlich seine Stimme, wie er geredet und vorgelesen hat, und seine Wucht, Schnelligkeit, Klarheit, seinen Mut, seine Beherztheit. Ich muss aufhören, weil er gegenwärtig ist wie im selben Raum. Er war jetzt am Leben. Da war der. – Naja. Nein. Der war nicht da. Aber es wäre wirklich gut, wenn er wieder da wäre. Aber das kann man weder erwarten noch erhoffen. Keine Ahnung, warum nicht.

Tag, Monat, Jahr
Ich lese in einer Physikgeschichte von einem italienischen Mitarbeiter Fermis. Der Mitarbeiter konnte noch besser auf einen Blick Situationen, Folgen und Ergebnisse einschätzen als der unglaubliche Naturwissenschafter Fermi, und er hat auch als erster vermutet, dass es Neutronen geben muss. Er war sehr verletzlich und in sich gekehrt. Eines Tages verschwand er spurlos. Er kaufte sich eine Schiffskarte nach Neapel und verschwand dort. Er hat einen Abschiedsbrief hinterlassen, aber darin ging es nicht um Selbstmord, sondern dass er kein Egoist sei. Der ist einfach fortgegangen, weil er kein Egoist war.

Tag, Monat, Jahr
Schon wieder steht Gemüllers Kinder- und Menschenfreundlichkeit in der Zeitung. Er hat keinerlei Publikations- oder Publikumsproblem, sondern einen fixen Verlag und fixe Freunde. Ein fixes Gehalt. Gemüllers kindliche Art, sympathische, unschuldige. Ich freue mich für ihn und die Firma wirklich. Aber auf andere Weise wäre es auch für alle gut ausgegangen, und für mich auch. Auch in letzter Zeit redet Gemüller nach wie vor so viel über Kinder. Wie krank das sei, was denen, den misshandelten Kindern, angetan werde. Und die Alternativbewegungen und NGOs seien auch Kinder in diesem Sinne. Wütend macht mich das.

Tag, Monat, Jahr
Chronobiologie: Angeblich kann die Dosierung von Chemotherapien auf ein Viertel reduziert werden, wenn man sie zur richtigen Tageszeit einsetzt (nämlich abends). Und Strahlentherapie sollte man mitten in der Nacht verabreicht bekommen. Und nachmittags empfinden wir weniger Schmerzen. Und jetzt ist Mittag und ich sollte ein bisschen schlafen.

Tag, Monat, Jahr

Es heißt, dass in Notsituationen die potentiellen Helfer erkennen müssen, dass es sich um wirkliche Not handelt und dass Hilfe gebraucht wird. Die Helfer müssen persönliche Verantwortung übernehmen und entscheiden, was zu tun ist. Und sie müssen dann wirklich handeln. Das Ganze ist zwar trivial, aber alles andere als einfach.

*

Bei den spektakulären Fällen unterlassener Hilfeleistung redet man davon, dass die passiven Zeugen durch den Schock wie gelähmt seien oder dass sie ihre Affekte verleugnen oder dass das Fernsehen schuld sei oder dass ihre Apathie ein Ausdruck von Aggression sei.

*

Die Experimente, in denen Personen um Hilfe flehten, ergaben für die Hilfsbereitschaft ähnliche Zahlen wie das Milgramexperiment. Außerdem stellte sich heraus, dass, wer nicht innerhalb der ersten 180 Sekunden handelt, es höchstwahrscheinlich auch später nicht tut. Je länger man abwartet, umso gelähmter wird man. Auch ist der Hilfsbedürftige in einer Notsituation keineswegs in großen Gruppen sicherer. Offensichtlich schützt die Herde den Einzelnen nicht, sondern man steckt sich gegenseitig mit Untätigkeit an. Fazit: Helfen muss man lernen und üben; an Beispielen und konsequent.

Tag, Monat, Jahr

Der GF Gemüller, der nicht gleichen Lohn für gleiche Arbeit zahlt, ist radikaler Feminist. Alle Politikerinnen wissen das und loben ihn dafür. Zwei Frauen mit einem behinderten Kind arbeiten in der Firma. Die Inländerin bekommt für die weit weniger verantwortungsvolle Arbeit in der Firma mehr Lohn bezahlt als die Migrantin, deren behindertes Kind nicht weniger vom Tod und Leid bedroht ist als das inländische Kind. Und noch ein Kind hat sie, für das sie sorgen muss. Einmal hat der GF zu mir gesagt, wie schwer diese Migrantin es habe im Leben, daher habe er sie angestellt. Alleine das Wohnen könne die Familie fast nicht bezahlen. Und im bejubelten Firmenbuch schreibt er, wie viel die Menschen wie sie erdulden mussten. Von der Nationalität her zum Beispiel. Wenn man also das Buch des GF liest, kann man nicht wissen, wie er entlohnt. So einfach ist alles. Wie das Leben. Leben gegen Leben. Der GF tut nur, was er muss. Er zahlt gut, wenn er einen guten Eindruck auf jemanden machen will. Manchmal will er wirklich nur helfen und zahlt aus Sympathie. Geringfügig und kurzzeitig. Bei Bessergestellten länger und mehr. Denn die bringen der Firma mehr. Und ihm, dem GF, die Kontakte. Gleicher Lohn für gleiche Arbeit wird bislang in der Firma sicher nicht gezahlt. Das neue Statut soll das ändern. Bei allen alternativen und linken

Veranstaltungen achtet der GF Gemüller jedenfalls immer darauf, dass ja auch ein oder zwei Frauen mit am Podium sitzen. Und weil er ja alternativ und links ist, hat er zwangsläufig einmal auch über einen Frauengeneralstreik nachdenken müssen, weil darüber geredet worden war. Für wahnsinnig hielt er so etwas unter vier Augen und war über die Frau, die Politologin, entsetzt, die so etwas vorgeschlagen hatte, und seine Frau sah das auch so. Er nennt seine Putzfrau *eine Freundin der Familie*, seine Frau nennt sie *unsere Putzfrau*.

Tag, Monat, Jahr
Der erste große Frauenstreik war, glaube ich, der von 30.000 Hemdenmacherinnen in New York 1909.

Tag, Monat, Jahr
Friendly societies – wer alles? Die ALEIFA zum Beispiel. Alle Sozial-NGOs. Kostbarkeiten, kleine Wunder. Bei Bourdieu heißen die so. Selbsthilfegruppen, die untereinander kooperieren, wollte der. Die geschäftliche Freundlichkeit der hiesigen Geschäftsführer halte ich nicht mehr aus, die freundlichen alles nieder, alle. Quatsch. Ja, gewiss, aber Gemüller macht das so.

Tag, Monat, Jahr
Am Anfang war die ALEIFA ein Selbsthilfeverein gewesen. Das geht jetzt nicht mehr.

Tag, Monat, Jahr
An einer Schulwand: *Fuck the system or the system fucks you.* Jemand anderer hat dazugeschrieben: *If you think you fuck the system, the system fucks you.* Und wieder sonst wer: *If you think that fuck is funny, fuck yourself and keep your money.*

Tag, Monat, Jahr
Biologische Gesetze sind erbärmlich, z. B. das Konkurrenzausschlussprinzip. Es besagt, dass Konkurrenten nicht nebeneinander existieren können. Also muss der Konkurrent aus dem Weg geräumt werden. Und dann gibt es da noch das Gesetz der Erhaltung der Durchschnittszahlen und das Gesetz der Störung der Durchschnittszahlen. Dieses Gesetz gefällt mir aber. Dabei geht es nämlich um das Zahlenverhältnis zwischen Räubern und Beute: Wenn die Räuber und ihre Beute von derselben Katastrophe heimgesucht werden, kann es geschehen, dass die Beutetierpopulation sich davon schneller und leichter erholt als die der Räuber. Denn Letztere haben und können ja nichts sonst im Leben.

Tag, Monat, Jahr

Ich lese ein paar unscheinbare Bücher, die ganz unglaublich sind. Eines heißt *Philosoph und Freier* und es geht um Walter Benjamin in Paris. Und eines heißt *Die soziale Farbe*. Der Autor war früher Konzipient. Alles wirkliche Seinsfülle. Und eines lese ich auch, das ist von einem Bourdieuaner, einem Prekaritätsforscher. Seit Jahren ist der das und Zeichendeuter. Scholastisch auf seine Art. Aber gute Scholastik. Soziologie nämlich. Das lese ich alles zugleich. Ist gut für die Nerven. Das Buch über Benjamin ist natürlich von einer Frau. Ich habe das Gefühl, das wären alles sehr gute Tagebücher geworden. Aber so, wie sie geraten sind, stimmt bei den Büchern das Genre zwischendurch nicht. Wie bei mir eben, meine Spoudaiogeloia. Hebestreits *Die Vielen, die Wenigen und die Anderen*.

Tag, Monat, Jahr

Ein paar kirchliche Flüchtlingsheime werden jetzt geschlossen. Aber nicht, weil man endlich zugibt, dass sie unzumutbar sind, und weil man die dortigen leidvollen Zustände in Ordnung bringen will und also konsequent tätig geworden ist und Abhilfe schafft, sondern weil keine Flüchtlinge mehr ins Land kommen. Die Situation ist somit absurd: Die rechten Rassisten und die Dreckskerle in der Regierung bringen die christlichen und linken Guten dazu, das zu tun, was schnellstens zu tun ist, nämlich die Schäbigkeit der Heime zu beheben. Diese kirchlichen Schäbigkeiten sind zwar von der Regierung verschuldet, aber der kirchlichen Finanzhierarchie eigen.

Tag, Monat, Jahr

Vor ein paar Tagen beim Spazierengehen mit der Tante grußlos an ein paar Leuten vorbei. Die freuen sich über Charlys Hund, die Augen: *Ein braunes und ein blaues,* sagt einer. Diese Leute sind von der Politik her braun und blau. Charlys Hund als potentielles Maskottchen. Der Maler, sein Haus, um das sie herumstehen, Nazimaler, wurde hierorts bagatellisiert, bekam eine Ehrenausstellung. Jetzt einmal aber haben Samnegdi und ich anderswo über ihn viel gelesen, zufällig. Über die Bilder auch. Entsetzlich. Aber hierorts stolze Kunstgeschichte. Ein paar der Bilder sind unmittelbar vor unserer Haustür gemalt worden, vor 50, 60, 45 Jahren. Ein Heiligenbild auch. Mutter mit Kind. Da wo ich aufgewachsen bin. Ein paar Meter davon entfernt. Ich werde bei dem Gedanken in jeder Hinsicht zornig. Die Ausstellung hierorts war wissenschaftlich begleitet. Nein, ja. Doch. Habe ja einem Wissenschafter zugehört. Universitätsprofessor. Der hat verschwiegen, was er nur konnte. Oder er hat schlecht oder gar nicht recherchiert.

Tag, Monat, Jahr
Unser Arzt erzählt Samnegdi und mir heute, wo er war. Die Menschen dort, er schäme sich, von wie wenig die leben. Und ohne jede Angst und Furcht sollen die gewesen sein. Und so freundlich. Die haben nie etwas gehabt in den Jahrhunderten, deshalb sind sie nicht erobert worden. Tausende Meter hoch in den Bergen leben die in Armut. Mit Stöcken brechen sie den Boden auf und setzen ein paar Pflanzen. Kein blödes Gerede, sagt der Arzt, bekomme man von denen zu hören. Als sie eine Narbe bei ihm sahen, wollten alle wissen, woher die sei. Die Geschichte der Narbe war dann wichtig wie nichts sonst. Und ob er sonst noch irgendwo verletzt sei. Und einmal fragte ihn jemand von ihnen nach der Stimme seiner Mutter. Er solle den Klang wiedergeben. So seien die Menschen dort, sagte der Arzt, und dass er fassungslos gewesen sei. *Wie ist die Stimme deiner Mutter?*, sei er gefragt worden.

Tag, Monat, Jahr
Heute war ich wieder beim Arzt, dort habe ich jemanden getroffen, den ich seit 25 Jahren nicht mehr gesehen habe. Ich sage seinen Namen und gehe ins Arztzimmer, der Wiedererkannte tratscht dann mit Samnegdi weiter, sagt: *Jetzt ist alles wieder da.* Er hatte ein herzliches Lachen. Wir waren befreundet. Er hat damals seine Abschlussarbeit über personae non gratae verfasst und ging dann zur Finanz, weil sein Vater dort war. Er war ein Familienmensch und immer höflich. Auf einmal war er verschwunden. Auch über den Dichter, der sich viel später dann umgebracht hat, schrieb er.

Tag, Monat, Jahr
Die alte Frau, die alle drei Monate zur Tante kommt, um ihr die Haare zu schneiden, wohnt seit ihrem vierten Lebensjahr in ein und demselben Haus. Ein Waisenkind war sie. Als ihr Mann vor Jahrzehnten so lange so todkrank war, durfte sie nie sagen, dass es ihr nicht gutgeht, er hätte sich zu große Sorgen gemacht, sagt sie. Sie bedankt sich allen Ernstes jedes Mal bei uns, dass wir für unsere Tante sorgen. Diese alte Frau bedankt sich dafür. Und sie bringt jedes Mal Geschenke mit für die Tante und für uns und sie nimmt aber kein Geld für das Haareschneiden. Als die Tante die Gehirnblutung hatte, hatte die Frau keine Hoffnung für sie. Dass die Tante überlebt hat und es ihr immer trotz allem gleich gut geht, ist für die alte Frau gut für die Nerven. Aber jetzt weiß sie plötzlich nicht, was aus ihr wird, sie bekommt keine Luft mehr. Sie kommt diesmal früher zu uns. *Wahrscheinlich zum letzten Mal*, sagt sie. Sie ist seit Jahren, seit einem Fahrradunfall um dreißig Grad nach vorne gebeugt. Sie will schnell noch einmal zur Tante kommen, weil sie das für ihre Pflicht er-

achtet und um sich zu verabschieden. Sie will immer alles korrekt und rechtzeitig erledigen, solange sie noch kann. Diese alte Frau ist der unaufdringlichste Mensch, den ich kenne, ihre Wohnung ist winzig, aber sehr hoch von den Räumen her. Die Frau kann nicht mehr. Es gibt keine Hilfe? Obwohl ihr Mann seit Jahrzehnten tot ist, trägt sie stets den Ehering.

Tag, Monat, Jahr

Gestern Absage vom Verlag X, dem xten, als ob ich überhaupt keine Chance habe. Der Lektor ist aalglatt, sagt am Telefon nichts wirklich und hat mir auch nichts wirklich geschrieben. Nur immer, was er nicht wolle. Mich kritisieren zum Beispiel. Rat geben mag er mir aber auch keinen, sagt er, und dass er auf seine Leute schauen müsse und ich nicht zu denen gehöre. Und dass mich niemand kenne. Vor zwei Wochen wollte er sich am liebsten morgen schon mit mir treffen und die beiden anderen Buchteile auch lesen. Auf ihn habe ich Dummkopf gehofft und ihm alle meine Teile geschickt. Als ich nicht aufhöre nachzufragen, sagt er, dass die Krankenhausgeschichten für ihn das Problem seien. Bekomme Angst vor mir selber. Aussichtslosigkeit.

Tag, Monat, Jahr

In der großen Buchhandlung ruft einer aus zwanzig Meter Entfernung zu mir herüber und dann, weil ich nicht reagiere, von der Treppe herunter in den Rücken. Der Mann ist freundlich und ein Familienvater und ein Altphilologe an einer Mittelschule, an der man als Lehrer gerne ist. Er ist noch immer durch den ganzen Raum laut, wiewohl ich jetzt neben ihm stehe. Will von mir wissen, wo ich jetzt was tue. Zu den Verkäufern ruft er auch etwas hinüber, weil er etwas wissen will. Er hatte sich über Horaz habilitieren wollen. Beim sterbenden Piel. Ging dann unverrichteter Dinge weg. Die lange Treppe rauf und in jedem Verkaufsraum fragt er mich laut und deutlich aus. Kein Entkommen. Ich armer Horaz ich. Der Mensch redet voller Mitgefühl mit mir, da ich keine Auskunft geben kann, die ihm passt, von den Katastrophen im Leben. Er sagt zum Beispiel: *Mir bleibt auch keine Katastrophe erspart. Ich habe dieser Tage fast mein ganzes Vermögen verloren. Ich habe den Kurssturz übersehen.* Dann sagt er, dass Latein offensichtlich wiederkomme. Ob ich denn nicht mehr wolle. Und was für gute Ideen ich denn hätte. Und wo überall jemand gebraucht werde, erzählt er. Mir fällt wieder ein, dass ich bessere Zeiten hatte und einen sehr guten Ruf. Der Mensch ist aus der Vergangenheit. Ich entkomme ihm, ihr, als er für seinen Sohn ein Buch sucht. Einmal vor Jahren suchte er einen kleinen Hund für den kleinen Sohn. Als ich raus will aus der Buchhandlung, treffe ich einen Rettungsfahrer von früher. Der ist nicht aufdringlich, weil ich schnell genug bin. Ich freue mich über die beiden freundlichen Menschen und habe eine gewisse Art von Schmerzen. So, und jetzt auch noch der alte Theatermacher von früher. Er hat überallhin gute Kontakte und ist freundlich. Das ist der, mit dem Gemüller nichts zu tun haben wollte. Zum Glück werde ich nichts gefragt. Der Theatermacher weiß sowieso, was los ist, aber glaubt vielleicht, dass ich es schaffe. Jedenfalls, dass man mich besser in Ruhe lässt.

Tag, Monat, Jahr
Christian Morgenstern hat behauptet, er habe ein verschollenes, unbekanntes Odenbuch des Horaz entdeckt, die Gedichte nach dem *canam*. Morgenstern hat natürlich gelogen, aber Horaz war ihm offensichtlich wichtig. Vielleicht so wie der *Weltkobold*, dem Morgenstern anhing und überallhin folgte. Ein mysterium ridiculum das Ganze.

Tag, Monat, Jahr
Frauenhausfrauen. Am Abend die Veranstaltung in der Firma. Die Veranstaltung ist sehr gut. Der GF verlässt sie vorzeitig und geht allein zum Buffet und fängt allein zu essen an. Eröffnet es von sich aus für sich allein. Das ist wirklich ein Zeichen, dass die Veranstaltung gut ist. Er geht immer, wenn er es nicht aushält, dass ohne ihn etwas sehr Gutes abläuft. Er hat schon fleißig gegessen, als die anderen fünfzehn Minuten später dazukommen und das Buffet eröffnet werden soll. Dann redet er mit einer Frau über Selbstläuferprojekte, bei denen niemand mehr selber wirklich etwas tun müsse, und dass er so etwas überhaupt nicht mag und dass da alle groß reden, obwohl sie selber nichts tun müssen bei solchen Projekten. Dann fragt er eine andere Frau über einen politischen Beamten aus. Was der GF Gemüller wirklich will und wirklich tut, kann man immer eins zu eins an dem ablesen, wogegen er redet.

Am Anfang der Veranstaltung wollte er sich nicht neben mich setzen. Einer seiner Freunde wollte sich zu mir setzen, setzte sich dann wieder schnell zurück zu ihm, gab mir aber en passant die Hand, war aber die linke, aber nicht absichtlich, sondern freundlich. In der Veranstaltung wurde der GF schnell unruhig. Es ging um die Fähigkeiten der Klientel in den Hilfsorganisationen. Diese Fähigkeiten sammeln und dokumentieren müsse man, sagten die Frauen. Das ist, was der GF nie tat. Trotz aller seiner großen und kleinen dokumentarischen Publikationen, die das simulieren. Die wirklichen Selbstäußerungen der Klientel würden ihn überflüssig machen. Davor hat er, glaube ich, panische Angst. Gleich darauf geht es in der Diskussion um das Unwissen und was alles an Informationen vorenthalten wird. Es ist wie gesagt eine Frauenveranstaltung und unaufdringlich. Der GF weiß, wie die Dinge laufen können, wenn man nicht auf der Hut ist. Er will, dass die Dinge ihm gehören.

Macht sich wieder daran, dass das so ist. Die Frauen in der Firma, in der Politik, in der Szene, im Metier machen es ihm oft leicht, er hat nichts zu befürchten, sie tun ihre Arbeit. Die Folgen der heutigen Veranstaltung müssen ihm gehören. Er wird alles daran setzen. Er ist geschäftstüchtig. Das ist seine Pflicht. Er redet mit hochrotem Kopf. Er lässt mich in Ruhe, kein Gruß. In zwei, drei Wochen kommt wieder ein neues Buch von ihm heraus.

Tag, Monat, Jahr
Ich kann mich nicht beruhigen.

Tag, Monat, Jahr
Bei der Frauenveranstaltung vor ein paar Tagen redete das Publikum spontan, sacht, klar, deutlich und ehrlich von der Konkurrenz zwischen Ausländern und Inländern, Ausländern und Ausländern, Inländern und Inländern, Helfern und Helfern und Hilfsbedürftigen. Und eben über das Können, die Möglichkeiten, Chancen. Wer wem was abspricht, wegnimmt, kaputtmacht. Ich war sehr beeindruckt von den Frauen, die sich zu Wort meldeten. Sie waren aber trotz allem, was sie kritisch und offen sagten, gutgläubig. Gutherzig. Und in der Folge dann gutgläubig. Während des Buffets dann ging ich in die Kirche, ein paar Mal. Denn Samnegdi hatte keine Zeit, hatte mit den Frauen viel zu reden. Hatten gemeinsam die Veranstaltung organisiert. Mit dem Frauenhaus zusammen. Ich kannte mich zuerst nicht aus in der Kirche, und wenn man drinnen war, wollten die einen gar nicht mehr rauslassen, so freundlich waren die Leute in der Kirche. Es saß auch ein Ehepaar aus der Firma da. Die Frau weinte kurz beim Agnus Dei. Und der Mann schaute sehr nachdenklich. Dann gingen sie. Er sah mich nicht und sie kennt mich nicht. Von überallher kamen in einem fort die Menschen in die Kirche. Drei Priester segneten. Nach geraumer Zeit, als ich zum vierten Mal den Kirchenraum betrete, gehe ich in dem Durcheinander auch nach vorne und bitte den Priester, dass er mir hilft, weil ich nicht verzeihen und nicht vergessen kann und weil ich verbittert bin. Als er betet und mich segnet, denke ich an ein paar Leute, denen ich von ganzem Herzen wünsche, dass sie nicht sterben müssen, sondern ein Leben haben. Um ihr Leben bin ich in Angst. Der Priester mit dem Hokuspokus hat Herrn Ho damals zu helfen versucht. Der Priester weiß meinen Vornamen, das wundert mich, und er ist freundlich. Gott könne mir helfen, sagt der Priester zu mir. Aber ich kann dann immer noch nicht verzeihen. Man muss den Guten verzeihen, sonst ist man erledigt. Die machen einen sonst fertig. Und damit ist auch niemandem geholfen.

Tag, Monat, Jahr
Ein Intellektueller erzählt, er habe in der Schulzeit einen Schwächeren und Dümmeren in der Hierarchie geschlagen; der habe aber nun einmal nicht aufgehört, ihm zu widersprechen, und da habe er nicht aufhören können, ihn zu schlagen, und habe regelrecht Panik bekommen. Es habe ihm selber das Schlagen gewiss mehr wehgetan als dem Geschlagenen. Diese Beschönigung ist fies, finde ich. Identifiziere mich im Übrigen mit dem renitenten Mitschüler. Der Intellektuelle hier ist ein großer Mann geworden. Kritiker. Einmal hat er mich angeschaut zehn Sekunden lang und schon gewusst, was mit mir los ist. Der Augenblick war ungünstig gewesen. Alle Augenblicke sind das. Auch war es ein sehr hierarchischer Ort. Auch hatte ich zuerst geglaubt, er meine das nicht ernst.

Tag, Monat, Jahr
Bei einem Volksfest in einem Behindertenheim sagt ein Politiker zu Samnegdi und mir, wir sollen das Volksfest genießen. *Genießt es.* Er verzehrt dabei sein Eis, ist aus Berufsgründen da. Wir müssen jemanden besuchen, suchen. Eine alte Frau. Vielleicht hat er eigentlich *Genossen* sagen wollen.

Tag, Monat, Jahr
Ein erfolgreicher, etablierter Schriftsteller sagt, es ärgere ihn und er empfinde Neid, wenn ein jüngerer Kollege großen, schnellen Erfolg habe und in den Medien gelobt werde. Der Schriftsteller macht mir Angst. Einmal habe ich einen seiner Kollegen über ihn sagen hören, wie gleichgültig der sei und gar nicht hilfsbereit, er lasse einen auf der Straße verrecken. Ich habe das damals nicht geglaubt und für geschmacklos gehalten. Und erst recht, als ich von den schweren Schicksalsschlägen in seiner Familie erfuhr und dass er Krebs hat. Aber der Schriftsteller sagte ja heute plötzlich selber, wie er ist. Er sagte es aber so, dass man es für Charme und Scherz nimmt. Ich nehme es aber für die Wahrheit.

Tag, Monat, Jahr
Buddhistische Übungen: 1. alle Körperverrichtungen wie Gehen, Sitzen, Zusammenräumen, das Zubereiten der Nahrung, das Verzehren der Nahrung, das Mienenspiel, das Handhaben der Hände, das Reden, der Erwerb des Lebensunterhaltes, das Riechen, das Sehen, das Heizen – lauter Befreiungsübungen. 2. Verwirrung, Widersprüche, Ausweglosigkeiten als Mittel sich davon zu befreien. 3. Dolly Buster ist auch Buddhistin. Sie hat gesagt, niemand habe so viel für die Emanzipation der Frau geleistet wie Beate Uhse. Einen Krimi hat Dolly Buster auch geschrieben. Da wird ein wirklicher Penis in einer Gummipuppe gefunden.

Tag, Monat, Jahr

Ein Komponist konnte, was seine eigenen Werke betraf, weder das Händeklatschen noch die Diskussionen ausstehen, baute ein Krankenhaus und ein Altersheim und war stolz darauf, dass sein Heimatort durch sein Anwesen und seine Anwesenheit von Arbeitslosigkeit verschont blieb; in der Not nach dem Krieg ließ er Geld und Nahrungsmittel an die Arbeiter verteilen. Er war auch selber Parlamentsabgeordneter, aber die Sitzungen und die Bürokratie mied er. Von seinem Staat und Heimatland sagte er, es sei eine Hölle fürs Herz, und von sich, er sei zeit seines Lebens immer nur ein kleiner Bauer gewesen. Er pflanzte, wenn er ein Werk vollendet hatte, jeweils einen Baum. Beim Komponieren war er oft traurig und verzweifelt, daraus rettete ihn aber das Komponieren, und die Aufführungen waren eine wirkliche Befreiung, der öffentliche Beweis, dass er noch da sei und ein freier Mensch. Leid und Tod haben für ihn in den Stücken nicht das letzte Wort, sondern die enden fast immer mit dem Himmel, nämlich dass der offen steht. Der Klerus jedoch ist dem Komponisten zeit seines Lebens zuwider, seinen Hunden gibt er kirchliche Amtstitel als Namen; den Priester, der ihn als Kind getreten hat, hat er als Kind verflucht, und der Priester wurde bald darauf wirklich vom Blitz erschlagen. Im *Buch Hiob* las der Komponist viel und das gab ihm Halt. Er wollte als Musiker durch seine Musik immer siegreich sein, was auch immer ihm geschieht. Daher erregten seine Stücke so oft großen Unmut. Zum Beispiel wenn er von Menschen aus der besten Gesellschaft erzählt, die grinsen, wenn andere im Unglück sind und Qualen leiden. Er gibt seinen Kindern die Namen von Freiheitskämpfern, dem Sohn, der Tochter. Die sterben klein. Und dann stirbt sofort auch die geliebte Frau. Und er ist am Boden zerstört und dann fällt sein Stück über Macht und Betrug durch. In dem Stück musiziert er von den Lügen des Machthabers. Und die Machthaber nehmen ihm das übel. Aber dass der Komponist am Ende ist, ist eben der Anfang, nicht das Ende. Heutzutage heißt eine anständige Gewerkschaft wie er. Vielleicht die einzige anständige.

Tag, Monat, Jahr

Sharon, kein Mensch fragt nach, was mit dem los ist. Die tun so, als ob der wirklich noch lebt. Das ist aber unglaubwürdig. Er ist bloß das Symbol dafür, dass Israel unbesiegbar ist. Man wird ihn einfach unauffällig begraben haben, damit kein Aufruhr entsteht und niemand frohlocken, jubeln, schmähen, schänden, triumphieren kann. Arafat war sterblich, Sharon, Israel, ist es nicht.

Tag, Monat, Jahr

Der freundliche Bestsellerdichter, ein Flüchtling, jedes Mal, wenn er hierher kommt und wir dann eine Zeit lang tratschen und er dann wieder in die Hauptstadt heimfährt, sagt er, er sei schon so froh, wenn er jetzt bald wieder in seinem eigenen Bett schlafen könne. Er ist lang und die Hotelbetten sind kurz. In seinem eigenen Bett ist er nicht auf der Flucht, glaube ich. Er sagt, als er sein Buch geschrieben habe, habe er geglaubt, er müsse sterben. Seine Freundin war damals sein einziger Halt, jetzt hat er geheiratet und wird Vater. An seine frühere Heimat denkt er nicht gerne zurück. Es bedrückt ihn, dass er dort nicht helfen kann. Er wird jetzt auch in seine Muttersprache übersetzt. Aber die Übersetzungen sind schlecht. Jetzt macht er sie selber. Er sagt, die Kommunisten, die Polizisten, haben ihn, als er jung war, von der Straße heruntergefangen und ihm die Haare geschoren, damit er weiß, was sich gehört. Ovid hat er immer sehr gemocht. Und Brecht. Deutsch hat er in der Schule gelernt und auf der Flucht und hier beim Arbeiten auf dem Bau und in der Küche. Wenn ich ihm von den Leuten in meinem Roman erzähle, ist er erstaunt, dass das Inländer sind und nicht Flüchtlinge.

Tag, Monat, Jahr

Ich kann mich nicht beruhigen.

Tag, Monat, Jahr

Ein Politiker erzählt von seiner Arbeit und wie gut es laufe. Ich will entgegenspotten, aber alle reden durcheinander und ich bleibe höflich. Man hat sich in einer Wohnung zum Gedankenaustausch getroffen. 15 Leute aus 4 Familien. Ich will spotten, dass das wie die Urkirche sei, eine christliche Hausgemeinde. Und fragen, ob die Genossinnen und Genossen jetzt noch Jahrhunderte bis zur Staatsreligion, Staatsmacht brauchen. Die Stimmung in der Bevölkerung sei zugunsten der Genossen, sagt er freudig. Er arbeite jetzt schon konsequent für die Wahl im Herbst 2011.

Tag, Monat, Jahr

Ich kann mich nicht beruhigen.

Tag, Monat, Jahr

Es heißt, es gebe eine Wissenschaft der Berührung. Begründet habe sie Harlow mit seinen Affenexperimenten. Er soll den Tieren die Herzen gebrochen haben, um die Herzen zu verstehen. Er entwarf Muttermaschinen, nannte seine Verfahren Human Engineering. Tierschützer nannten ihn einen Sadisten, die Experimente waren in der Tat tierquälerisch. Die Affen waren dann schwer gestört, schlugen mit den Köpfen gegen die Gitter, fraßen ihre eigenen Finger auf. Aber Harlow fand dadurch seine Faktoren der Liebe, nämlich: Berührung, Bewegung und Spiel. Dadurch seien die Bedürfnisse eines jeden Primaten erfüllt. Seine Forschungsergebnisse hatten gute Folgen. Z. B. achtete man fortan in der

Babypflege darauf, Babys möglichst viel Wärme und Körperkontakt zu geben, legte die Neugeborenen den Müttern auf den Bauch, verwendete die Tragetücher und Tragesäcke. Und man verstand endlich wirklich, was Hospitalismus ist. Mit Vergewaltigungsgestellen experimentierte Harlow auch. Fand heraus, dass ein Teil der vergewaltigten Mütter ihre Jungen umbrachte und so weiter. Auch einen *Brunnen der Verzweiflung* baute der tierquälerische Säufer Harlow, weil er wissen wollte, was Depressionen und Psychosen verursacht und was sie heilt.

*

Die Suchtforschung verdankt einem Schüler Harlows, Bruce Alexander mit Namen, wichtige Ergebnisse. Alexander baute Ratten optimale Lebensräume, sozusagen kleine Parks; die Ratten dort bevorzugten einfaches Wasser und mieden das Morphiumwasser. Sogar, wenn man diesem Zucker beifügte. Das süße morphiumhaltige Wasser naschten sie nur, wenn das neutralisierende Gegenmittel Naxalon beigemischt worden war. Die Tiere bevorzugten es offenkundig, nüchtern zu bleiben. Bei isolierten, in ihren Lebensmöglichkeiten reduzierten, gequälten Tieren jedoch war das Gegenteil der Fall: Sie liebten Morphium und Heroin über alles. Setzte man aber in den Experimenten die Herointiere in die schönen Parks, in die optimale Umwelt, verringerte sich der Heroinkonsum drastisch und gleichsam automatisch, und zwar trotz aller Entzugserscheinungen. – Alexanders therapeutischer Optimismus infolge dieser Experimente wurde jedoch heftig kritisiert. Alexander ignoriere völlig den Kausalzusammenhang zwischen der leichten Verfügbarkeit von Suchtgiften einerseits und der steigenden Suchtratenhöhe andererseits. Und vor allem ignoriere er, wie schwerwiegend die Abhängigkeiten seien.

Tag, Monat, Jahr
Die Angst und Wut der Betreuer Tschetschenen, den Männern, gegenüber. Ein Betreuer sagt in einer öffentlichen Diskussion aufgebracht, er könne sich diese lamentierenden Leidensgeschichten nicht mehr anhören. Man solle doch endlich wahrnehmen, zugeben, wie die Tschetschenen ihre Frauen behandeln. Aus den Deutschkursen zerren sie sie heraus, sagte er, und man wisse nicht, was tun. Mein üblicher Ärger. Ich bin dafür, dass jeder Betreuer, jeder Deutschlehrer ein Notfallvokabular intus haben muss. Aus jeder Sprache, naja, aus den 7 wichtigsten, gebräuchlichsten, 150 Notfallwörter. Oder wenigstens 100. Warum geht das nicht? Es wäre eine Hilfe. Eine Lösung. Alles andere ist bloß Gerede und Getue. In Wahrheit bin ich für 300 Wörter. Mit dem GF Gemüller habe ich jahrelang geredet, die MigrantInnen selber sollen doch Schulungskurse über ihre eigene Sprache abhalten dürfen. Man würde genug Publikum dafür haben. Man könnte auch Geld machen damit. Kurse für

Inländer eben. Natürlich gibt es solche Kurse inzwischen. In der ALEIFA nicht. Sonst schon. Gemüller ist wie gesagt dauernd in der Presse, weil er Integrationsspezialist ist. Die Sprachen sind ihm völlig egal. Er hat keine einzige Flüchtlingssprache gelernt, nicht einmal ansatzweise. Die besser gestellten Leute draußen stellen sich die Firma wie ein Juwel vor, und natürlich ist die Firma ein Juwel durch die Menschen darin, aber es ist trotzdem bloß Humbug. Die sympathisierenden Leute draußen schwärmen von Sprachen, Kulturen, Schönheit. Und trotzdem ist wahr, was ich sage: Die Firma bietet Deutschkurse an; aber die Firma lernt keine Sprachen. In jedem Deutschkurs könnten den inländischen Deutschlehrern assistierende MigrantInnen, die selber schon gut Deutsch gelernt haben und einander abwechseln, eine wirkliche Hilfe sein, damit ihre Landsleute schneller und leichter Deutsch lernen. Aber das findet alles nicht statt. Ich glaube, weil es Konkurrenz wäre. Es geht um das Geld und die Arbeitsplätze. Was die inländischen Leute in der Firma an den Inländern draußen für unmoralisch und lächerlich halten, nämlich die Furcht, mit Migranten konkurrieren zu müssen, praktizieren sie in Wirklichkeit selber. Natürlich rede ich Blödsinn, denn es gibt in der Firma ja in den letzten zwei, drei, vier Jahren auch Deutschlehrerinnen, die Migrantinnen sind. Ja, aber das ist Zufall. Wird nicht systematisch genutzt. Kommt nur den paar in den Kursen zugute, die zufällig dasselbe Herkunftsland haben. Nicht einmal das neue Statut hat der GF übersetzen lassen. Die sollen ihre Rechte nicht wirklich kennen. Schon gar nicht, wenn er mit ihnen redet. Er redet nämlich gern mit ihnen. Und doch ist viel Gutes geschehen in der Firma. Es hat sich viel geändert.

Tag, Monat, Jahr

Che Guevara hat einen 14-, 15jährigen erschießen lassen, ist Jugendidol. Der Bursche war ungehorsam und diebisch gewesen und aus Ches unmittelbarer Truppe. Der Che hielt die Disziplin durch die Liquidierung des Burschen aufrecht. Ich weiß nicht, ob das Feindpropaganda ist. Ich glaube nicht. Dass der Che ein kalter Mensch war, sagen auch die warmherzigsten, menschenfreundlichsten Bewunderer. Des jungen Burschen wegen, den der Che der Truppenmoral wegen eliminieren hat lassen, ist mir das ganze Chegetue zuwider. Und Ernesto Cardenal verstehe ich sowieso nicht. Die publizierte Biographie, 3 Teile. Gelesen. Wirklich nicht verstanden. Ich empfinde diese Art von Revolutionären als verantwortungslos den eigenen Leuten gegenüber. Erbärmliche kleine Unteroffiziere, die ihre paar Leute verheizt haben. Planlos und unüberlegt. Mehr war das nie. Lauter Heilige und Helden. Aber in Wahrheit bloß ein paar dumme Zugsführer. Das Opfern der eigenen Leute war für sie ganz selbstverständlich. Wie kann ich so etwas über Cardenal schreiben? Ich erschrecke selber. Aber was ist, wenn es stimmt? Außerdem schreibe ich es nur über die Revolutionäre, die bei ihm so beschrieben sind. Und ihn selber verstehe ich nicht. Denn immer haben in seinen Augen die anderen die Ideale der Revolution verraten. Im Übrigen weiß ich von der Revolution nur, dass sie Gott ist. Deshalb dauert sie ja so ewig.

Tag, Monat, Jahr

Der Che hat gesagt, dass jeder Revolutionär ein lebender Toter ist. Jeder Revolutionär muss wissen, dass er geopfert werden wird. So etwas mag ich nicht. Und dazu wird dann Jesus gemischt und der christliche Opfermut, die Eucharistie, das Gewissen, von Cardenal zum Beispiel. Und da braucht dann niemand viel zu denken und dabei kommen dann eben schlechte Zugsführer raus. Ich glaube, dass Ernesto Cardenal einzig darin recht hat, dass wir schon am Jüngsten Tag leben. Dass aus den Gewehrläufen das Brot, also das Leben kommt, glaube ich trotzdem nicht. Aber das ist bloß schöngeistig von mir. Er ist aber auch nur schöngeistig. Mehr ist nicht. Der Bub, den der Che erschießen hat lassen, von dem steht nichts beim Herrn Cardenal.

Tag, Monat, Jahr

Lévinas, ich denke genau wie er. Er hat alles gesagt. Das Gesicht und die bedingungslose Liebe. Nein, alles hat er nicht gesagt. Seiner Tochter hat er immer ins Gesicht geschlagen, damit sie Mathematik lernt. Sie ist eine sehr gute Ärztin geworden. Aber ihr Gesicht hat sie nicht vor ihrem Vater geschützt. Der Sohn wurde Musiker, glaube ich.

*

Meine Ethik des Gesichts; zugleich tendiere ich zur Gesichtsblindheit.

Tag, Monat, Jahr

Martin Seligman, die erlernte Hilflosigkeit. Es gibt nicht vieles, was für mich so wichtig war, wie zu verstehen, woher die Hilflosigkeit kommt. Und das Gegenteil habe ich dann von selber immer versucht. Das ist das, was Seligman Positive Psychologie getauft hat. Ich habe gehört, Seligman soll US-Soldaten für den Irak, für die Folter geschult haben. Das ist gewiss üble Nachrede. Aber wie man Menschen hilflos macht, also das Ziel der Folter am schnellsten erreicht, wird man schon von Seligman auch gelernt haben als amerikanischer Spitzenmilitär. Seligman soll vor Führungsoffizieren und Geheimdienstleuten diese Vorträge über Hilflosigkeit gehalten haben. Und die haben die dann eben verwertet. So ist das mit der Wissenschaft. Der Rest davon ist Positive Psychologie. Dadurch ist man nicht mehr hilflos. Und kann auch nicht mehr gefoltert werden. Zumindest nicht effizient. – Meine Witze sind schamlos? Nein, sondern die Realität ist ein Witz, eine grausame Geschmacklosigkeit.

Tag, Monat, Jahr
In der Nacht höre ich im Fernsehen einen weltberühmten Alternativenforscher reden. Der hat mir vor Jahren seine Freundschaft angeboten, aber Gemüller wollte ihn nicht hier haben. Weltberühmt und publikumswirksamst ist der Alternativenforscher. Jetzt würde ihn der GF Gemüller wohl mit allen Mitteln und für viel Geld hier haben wollen. Für den GF wäre es, als wenn Jesus Christus in die Firma kommt. Und das wird der wohl irgendwann tun, weil die Politiker hier jetzt sehr rot und sehr gut sind. Gemüllers Freunde eben. Wenn der dann wirklich zu ihnen kommt, der weltberühmte Jesus Christus da, dann ist der GF Gemüller in alle Ewigkeit heilig und tabu. Mitsamt seinen Freunden. Das läuft so hierorts. Die ganze Nacht hindurch geht's heute im Fernsehen darum, was die Künstler und Intellektuellen jetzt tun können und daher müssen. Das ist die ganze Nacht lang lustig. Einer sagt, dass man die Geistesgeschichte der Menschheit gegen die Gegenwart stellen müsse. Und der Weltberühmte, der Jesus Christus, den Gemüller nicht hier haben wollte, egal, wie kostenlos, redet gerade vom reinen Gewissen, von der Selbstlosigkeit und dem Mysterium des Geborenwerdens und dem des Sterbens. Und nach dem Sinn dürfe man nie fragen, sagt er jetzt, sonst sei man als Helfer verloren. Das halte ich aber für grundfalsch. Verzweifeln darf man nicht, das ist alles.

Tag, Monat, Jahr
Die neuerliche Verlagsabsage quält mich. Der Lektor hat gesagt: *Ich will Ihnen nicht die Hoffnung nehmen.* Tut es dadurch. Aber Hoffnung brauche ich nicht, zum Glück. Er sagte: *Ich kenne mich nicht aus.* Ich habe keine Chance, wenn es nach dem Lektor geht. Aber er sagt es nicht und schreibt es nicht und schreibt es doch und sagt es doch. Die Menschen, von denen ich erzähle, sind ihm nichts wert. Ich habe keine andere Erklärung. Wenn ich keinen Verlag finde, was kann ich dann noch tun? Helfen kann ich niemandem mehr. Doch. Nein, nicht wirklich. Es ist mir aber jedes Mal um die wirkliche Abhilfe gegangen.

Tag, Monat, Jahr
Die Guten tun, was für sie gut ist.

Tag, Monat, Jahr
Es ist gar nicht so lange her, da hatte Castros Kuba eines der besten Gesundheitssysteme der Welt. Heute ist nichts mehr davon da. Wie kann das sein?

Tag, Monat, Jahr
Der Anachoret hat mir heute wieder einmal erklärt, dass man zu den Wolken hinaufschauen können müsse und sonst nichts wollen.

Tag, Monat, Jahr
Bücherabverkauf, ich treffe dort zufällig das Ehepaar, das im Elend lebt. Der Mann erzählt mir, ich weiß daher jetzt wieder mehr aus seinem Leben. Er hat, sagt er mir dann beim Abschied, mein Buch in eine Auslage gestellt, um mir zu helfen. Er hat wirklich nichts, aber er hat so etwas für mich getan. Das Buch, er hat einmal gesagt, er werde durch es leben können. Das habe er nicht mehr geglaubt, dass ihm so etwas noch möglich ist. Was ich damals versucht habe, ist inzwischen aber kaputt. Ich schäme mich deshalb dem Ehepaar gegenüber. Dann auf der Straße treffe ich Gemüller und seinen besten Freund aus der Firma. Ich hebe erschrocken von weitem schon die Hand zum Gruß. Will mir etwas ersparen dadurch. Gemüller ist unsicher, freut sich aber sehr, will mehr. Ich telefoniere zum Glück im Vorbeigehen, bin ganz durcheinander beim Telefonieren, werde auf der anderen Seite des Hörers gefragt, wieso ich so verwirrt bin. – Freundschaft ist schön, tut gut und es versteht kein Mensch, wieso ich so abweisend bin. Sie haben mich aber im Stich gelassen, die Freunde. Das ist normal. So steht das bei Aristoteles. *Von deinen Freunden wirst du erhängt.*

Tag, Monat, Jahr
Der herzensgute, hilfsbereite Poet, von dem ich erfuhr; seine Frau ist zu Tode gekommen, weil er nicht zu ihr konnte. Er musste seinen Militärdienst ableisten, wurde schikaniert, bekam auf Monate keinen Ausgang. Derweil starb seine geliebte Frau. Ich glaube, seine Moral ist seither, seit Jahrzehnten, dass sich Menschen durch nichts und niemanden voneinander trennen lassen dürfen. Carusos *Die Trennung der Liebenden* und Sartres *Das Spiel ist aus* sind nichts im Vergleich zu dem, was er im Herzen trägt. Es ist auch meine Moral, dass man sich nicht trennen lassen darf. Wenn sich die Helfenden von denen trennen lassen, die die Hilfe brauchen, sind die Hilfsbedürftigen verloren. Ich weiß, dass das so ist. Es ist eine Falle. Man darf sich daher durch keinen Menschen und durch keine Institution voneinander trennen lassen. Der Poet hat zeit seines Lebens furchtbare Qualen gelitten, von denen ich nicht die geringste Ahnung hatte. Und seine Moral ist wirklich, sich nicht voneinander trennen zu lassen. Helfen, wirklich, rechtzeitig. Meine ist auch so. Aber seine ist besser wirklich.

*

Würde der Poet einmal den GF Gemüller kennen lernen und mich aber auch – er wäre für den GF Feuer und Flamme; darauf wette ich. Ein interessantes Experiment. Man müsste den Poeten einmal hierher in die Stadt, in die ALEIFA einladen und schauen, was passiert. – He! Mit Menschen experimentiert man nicht!

Tag, Monat, Jahr

Cardenals Gedicht auf den Che, der Präsident der Bank von Kuba war, aber kein Geld hatte, die Hotelrechnung für seine Gäste zu bezahlen, weil er so menschlich war, und dass es unmöglich sei, mit Geld oder Waffen das Universum aufzuhalten. Kein Wort verstehe ich von dem Gedicht; aber ich weiß, dass es wunderschön ist. Doch es ist Blödsinn. Ernesto Cardenal will wirklich, dass der Che heilig gesprochen wird. Ich bin dagegen, des ermordeten Buben wegen. Scheißuniversum.

*

Lumumba, Allende, Sankara, alle sind sie verehrungswürdig und alle verehrten sie den Che. Ziegler tut das auch in herzlicher Freundschaft. Ja, gewiss. Kein Wort kann ich, will ich dagegen sagen. Aber Sartres lächerliches Gerede davon, dass der Che der vollkommene Mensch sei. Und Ches Gerede davon, dass der sozialistische Revolutionär jeden Schlag, der einem anderen zugefügt wird, am eigenen Leibe spüre und der ihm unerträglich sei. Kein Wort glaube ich davon. Den Buben hat der Che umgebracht, wie kann er da der vollkommene Mensch sein? Was hat er am eigenen Leib gespürt, als er den Buben erschießen hat lassen? Alle Kugeln, jede; eine für alle, alle für einen.

Tag, Monat, Jahr

Man müsste einmal Ernesto Cardenal nach dem ermordeten Buben fragen, ob das Feindpropaganda ist. Oder Jean Ziegler müsste man fragen. Die Antwort würde ich aber nur Ziegler glauben. Der hat nämlich vom Che trotz aller Liebe zu ihm gesagt, dass der Che eigentlich ein kalter Mensch war.

*

Andererseits, warum soll ich dem *Schwarzbuch des Kommunismus* mehr glauben als Ernesto Cardenal? Einfach, weil ich ihn für einen schlechten Zugsführer halte. Und was weiß ich, vielleicht war der Che ein genauso schlechter Zugsführer.

Tag, Monat, Jahr

Jean Zieglers lebenslanger Kampf gegen die Thanokraten. Die vielen Prozesse. Natürlich auch gegen Linke. Gegen die Leute von Staatspräsident Mitterand. Sozialdemokraten und Gauner. Einmal verlor Ziegler in Genf einen Prozess, weil er gesagt hatte, Pinochet sei ein Faschist. Immer wieder verklagt auf Millionenbeträge wurde Ziegler von Banken, existenzbedrohend. Ich kann mich an renommierte linke Leute erinnern, die nicht mit Ziegler zusammenarbeiten wollten, ihn einen kleinen Gauner nannten und einen Salonmarxisten. Und was gar alles nicht wahr sei von dem, was er sage. Ich glaubte denen kein Wort, und als Ziegler wieder obenauf war, redeten sie dann ganz anders. Sozusagen freundschaftlich. Ich glaube, dass Ziegler im Gegensatz zum Che und zu Ernesto Cardenal ein guter Zugsführer wäre.

Tag, Monat, Jahr
Wenn Hilfsorganisationen mehr Zivildiener wollen oder gar das verpflichtende Sozialjahr, macht mich das wütend. Früher hat das Militär den 18jährigen beigebracht, wie das Leben ist und dass man nichts machen kann; die Gewalt eben. Jetzt machen das die Hilfsorganisationen, der Zivildienst. Gewiss, diese Art der Gewalt ist anders, richtet sich nicht, wie bei den Rekruten, zuerst gegen die jungen Leute, die ihren Dienst ableisten. Aber sie macht sie für ihr Leben kaputt. Wie kann ich so etwas sagen, ja auch nur denken? Doch, das ist so. Das Sozialjahr soll die jungen Leuten sozial machen; in Wahrheit macht es sie hilflos, wie die Erwachsenen sind.

Tag, Monat, Jahr
Churchill, die französische Seemacht hat er zerstört. Musste er. Viele Franzosen hat er dabei umgebracht. Die eigenen Verbündeten. Aber das waren sie da gar nicht mehr, sondern okkupiert und plötzlich Hitlers gefährlichste Ressource gegen England. Unschlagbar wären die Deutschen durch die französische Marine geworden. Was mir einzig gefällt, ist, dass Churchill den Franzosen bis zuletzt alle Möglichkeiten offen gelassen hatte. Die haben die nicht genutzt. Haben sich den Engländern nicht ergeben. Die Dummheit von Militärs ist unheimlich. Ebenso, wie lange die in ihrer Dummheit weitermachen können. Die Dummheit der Militärs kommt nicht von den Politikern her. Die kommt da nur dazu.

Tag, Monat, Jahr
Die Hartz-IV-Schule. Hauptschule. Lernbehinderte. Bis an ihr Lebensende chancenlos. Die LehrerInnen und der Direktor bringen den Kindern bei, dass sie niemals in ihrem Leben eine Arbeit finden werden, geschweige einen Ausbildungsplatz. Und wie sie mit den vom Wohlfahrtsstaat zur Verfügung gestellten spärlichen Mitteln sparsam haushalten und in Not und Mangel doch überleben. Ein paar SchülerInnen begehren auf, wollen hinaus in ein normales Leben. Wollen lernen, arbeiten. Das Mädchen mit dem vom Tod schon angefressenen krebskranken Vater zum Beispiel würde gerne etwas lernen und eine Arbeit finden. Die LehrerInnen sind aber stattdessen vollauf damit beschäftigt, den Kindern durch die tägliche Schulzeit materielle Grundversorgung zu sichern, den hungernden Kindern etwas zu essen zu beschaffen, den Kindern ohne Waschgelegenheit eine Waschmöglichkeit. Sie tun die Arbeit von SozialarbeiterInnen, weil es für diese Kinder von Seiten der öffentlichen Hand keine Sozial-

arbeit gibt. Die Hartz-IV-Schule löst oft Entsetzen aus. Bei mir nicht. Freirepädagogik ist das, glaube ich. Paulo Freire galt als Kind für schwachsinnig, in Wahrheit war er krank vor Hunger. David Hume galt als Kind auch für schwachsinnig. Einer der wichtigsten Denker der Welt! So wie diese Kinder.

Tag, Monat, Jahr
Freire, so viele in der Firma sagen, sie arbeiten mit Freire. Aus fast jeder NGO hört man das. *Mit Freire arbeiten wir. Ich arbeite mit Freire. Wir halten uns an Freire!* Und es ist einfach nicht wahr. Die ALEIFA jedenfalls macht so oft das ganze Gegenteil! Aber daran ist der GF schuld. Von Schuld rede ich immer nur in dem Sinne, dass er seinen Leuten viel schuldig ist. Der GF gilt wie gesagt als Experte für alles, auch für Bildung jetzt seit Jahren schon.

Tag, Monat, Jahr
Der Freudianer und Bewusstseinsbiologe Kandel, sein Training mit den Riesenmeeresschnecken. Daraus resultierten maßgebliche Erkenntnisse der Gedächtnisforschung. Z. B. die Entdeckung des CRP-Moleküls, ohne das langzeitiges Erinnern nicht möglich ist, einerseits und andererseits die Entdeckung des Kalzineurin, welches das Vergessen ermöglicht. Kandels Firma arbeitet auf Hochtouren an der Entwicklung einerseits von erinnerungsstärkenden, andererseits von erinnerungshemmenden, z. B. posttraumatischen Belastungsstörungen entgegenwirkenden Medikamenten. An Tabletten, durch die man alles vergessen kann. Muss.

Tag, Monat, Jahr
Die Veranstaltung, für die Mira und Samnegdi verantwortlich waren, das Fest vor ein paar Tagen, war ein großer Erfolg, weil die Flüchtlinge, die Frauen, das Programm bestimmt und die Gäste, Künstlerinnen, vorgeschlagen haben. Sich jemanden gewünscht haben. Die durften das. Berührend für wirklich alle war das Fest daher. Dann in der Zeitung gilt alles als Gemüllers Veranstaltung. Samnegdi hat sich aber gut gewehrt. Und die ALEIFA ist ihr Leben. Und sie wird gemocht und kann helfen. Weist den GF oft in die Schranken. Sie versucht es. Es ist nicht wirklich zu empfehlen. Die potenten Politiker, intelligenten Journalisten und die herzensguten Künstler sind nämlich das Problem. Die Wischiwaschis eben. Gemüller war sehr betrunken beim Fest, sagen ein paar Leute in der Firma. Mir ist es nicht aufgefallen. Er wollte mich umarmen, das ging meinetwegen nicht. Er stellte mir dann zwei freundliche Frauen vor, die sich über ihn freuten und tanzen wollten. Und zuerst einen stillen Koreaner. Wir seien alle so lieb, sagte der GF, und ich ganz besonders. Vom Koreaner sagte er allen Ernstes, der sei aus Sri Lanka.

*

Was mich jedes Mal rasend macht, sind die vielen Feministinnen, Politikerinnen, Künstlerinnen, die dem GF auf den Festen Bussibussi geben und mit ihm Gluckgluck machen. Mein Neid Gemüller gegenüber? Nein, das ist nicht Neid. Auch nicht Missgunst. Ich freue mich über alles, was ihm gelingt und was wirklich von Herzen gut ist. Aber es sind so oft nur Simulationen, was am Ende herauskommt. Doch wenn man die Flüchtlinge entscheiden und gestalten lässt, ist es wirklich gut und ein wirklicher Erfolg. Und dann ist es immer plötzlich Gemüllers Verdienst gewesen, obwohl man sich mit Händen und Füßen gegen Gemüller wehren hat müssen, damit ja alles gut ausgeht. Das ist eben Politik. Es ist nicht gut so. Mir ist das zuwider. Nicht Gemüller, sondern das System. Einmal hat er zu mir gesagt, er wolle es den Politikern zeigen, nämlich dass er genau wisse, was sie tun; sie sollen nicht glauben, er sei dumm.

Tag, Monat, Jahr
Liesls Parfüm, ich bin irritiert, die Frau lächelt, das ist Liesls Geruch, aber jemand anderer. Ein paar Minuten später sehe ich die parfümierte Frau mit einem jungen Mädchen flirten, mit einer Verkäuferin. Sie fragt sie, ob sie ihr sagen dürfe, wie hübsch sie sei. Sie will zwei völlig idente Kleiderstücke kaufen. Fragt, ob dem Mädchen das eine gefallen würde. Das junge Mädchen ist rot geworden, geschmeichelt. Die zwei Frauen sind sehr zärtlich zueinander, haben sich jedoch offensichtlich noch nie zuvor gesehen. Ich denke, es ist Liebe auf den ersten Blick. Ich kann mich nicht mehr erinnern, wie Liesls Freundin ausgesehen hat. Sie will dem Mädchen das zweite Gewand schenken.

Tag, Monat, Jahr
Einer sieht nur die Geliebte, eine Welt sonst gibt es nicht, die Geliebte ist sein Lebensglück; sie sagt, kein böses Wort habe es jemals zwischen ihnen beiden gegeben, sie erinnert sich an kein einziges, sondern ihr ist, als werde alles, womit er in Berührung komme, eben erst erschaffen durch ihn. In ein paar Monaten wird er aber tot sein. Ein paar sagen, er schlage die Geliebte, sooft er außer sich sei. Aber sie weiß von nichts, hat für ihn alle verlassen und er alles für sie auf sich genommen. Er sagt von ihr, sie sei seine Doppelgängerin; sie, er sei sie.

*

Einer sagt, er liebe die Frau und sie sei eine treue Seele und ihr Genital sei so groß wie ihre Seele, und sie sagt, er sei immer in ihrem Wesen, und sie gehen auseinander.

*

Und von einem Geliebten heißt es, sein Reden sei stets lauter. Der schickt seiner Geliebten Briefe, die nennt er Nachrichten aus der Unterwelt. Er küsst die Geliebte nur in den Briefen, und sie schreibt ihm zurück, sie werde ihn niemals küssen.

*

Einer sagt zu seiner Frau, er liebe sie sogar mehr als das viele Geld, das er verdiene und von dem er so viel und immer mehr brauche.

*

Einer stockt der Atem, als einer sie auf die Wange küsst, sie ist plötzlich ernst, aber er muss lachen, weil er meint, sie übertreibe wie immer, da sie ja andauernd jemanden küsse, weil das doch ihr Beruf sei und sie jeden Tag für jemanden posiere. Aber sie liebt den Mann wirklich, und sie heiraten, wollen Kinder, aber sie hat eine Fehlgeburt nach der anderen.

*

Einer sagt, der Körper seiner Geliebten sei für ihn der Weltuntergang, und sie betrinken sich jeden Tag und sind so lange glücklich, wie sie können und dann nie mehr im Leben.

*

Und für zwei Frauen ist das Leben nur Zittern, denn die Liebe auch nur Zittern; die eine Frau vergisst ständig alles, hat eine Stimme, die wie zwei klingt. Die eine Frau lernt von der anderen, dass sie Hände hat. Und die eine sagt, wenn Männer einander lieben, sei das ekelerregend, nur zwischen Frauen sei die Liebe schön und glücklich.

*

Der Mann und die Frau, die es endlich einmal so gut haben wollen wie andere Menschen, aber sie gehen dabei bankrott; sie sagt, sie sei eine fatale Kreatur, die nichts ausrichten kann, will ihn umarmen, und die Kinder wollen ihn küssen, aber er ist nicht da, sondern in der großen Welt, weil er Geld verdienen muss und sich nicht kleinkriegen lassen darf.

Tag, Monat, Jahr

Charlys Geburtstag ist heute und sie ist überglücklich. Samnegdi sagt dann zu mir, heute ist ihr zum ersten Mal, als ob auch sie selber Geburtstag habe. Der Tag war schön, der Himmel ruhig und das Gras und die Hügel rundherum waren auch so. Für einen Augenblick dachte ich wieder, alles sei aufgewogen. Dieser einzige Augenblick macht alles gut. Es ist dafür gestanden. Es war gut, geboren worden und am Leben gewesen zu sein. Es ist auch nach wie vor gut zu leben. Seit ein paar Tagen jetzt schon bin ich viel ruhiger. Denn Samnegdi ist da. Als ich Samnegdi kennen gelernt habe, war es dasselbe Gefühl wie heute. In der Nacht dann holen wir Charly und ihre Freundinnen aus der Disco ab und bringen sie heim, Berg, Wald. Charly sagt, hier würde sie nicht wohnen wollen und ihre Freundin habe auch schon Angst bekommen. Vor Jahren gegenüber der

Mord und Selbstmord, eine Bauernfamilie, Schwester, Bruder, Schwager, Eifersucht, Isolation, alles aus. Ich erinnere mich, dass ich damals am Begräbnistag zufällig am Friedhof vorbeigegangen bin. Man dachte, ich sei Gast und war freundlich und am Boden zerstört.

Charly erzählt uns dann im Auto, dass Seppis Bruder vor einem halben Jahr versucht hat, sich das Leben zu nehmen. Ein Messer hat er sich in seinen Riesenbauch gerammt. Psychiatrischer Fall jetzt. Mir ist zum Weinen. Der arme Seppi und sein armer Bruder. Ich habe ihnen nie geholfen. Hatte es mir geschworen, mich verflucht, aber ich war nie bei Seppi und seinem Bruder. Die beiden hatten keine Chance. Sie sind schuldlos. Von Geburt an und ihr ganzes Leben lang. Die Unfälle, die Unglücksfälle. Seppis Bruder war immer hilfsbereit, nahm eine Familie auf, die eine schwere Katastrophe erleiden hatte müssen. Er brauchte selber Hilfe. Es half ihm niemand. Seine Freundin, die Trennung. Er hat nie eine Chance gehabt. Vor Jahrzehnten einmal hat er bei uns den Ofen installiert und erklärte mir dabei, wenn ich das und das nicht so und so mache, könne man es nie mehr gut machen. Eine kleine Tür. Die sei sonst für immer kaputt und der Ofen völlig unbrauchbar. Das mir zu erklären nahm ihn damals sehr mit. Ich verstand ihn nicht und hielt, was er sagte, für falsch, habe ihm aber nichts davon gesagt, sondern war freundlich. Aber es war mir unheimlich. Mir war, als rede er über seinen Bruder und sich und das Leben. Damals war der Bruder aber noch zuhause und nicht im Pflegeheim, sonst hätte ich, glaube ich, genau nach allem gefragt und wie dem Seppi in den Augen des lieben Bruders zu helfen sei. Der liebe Bruder hat dann ein winziges Dorfgasthaus aufgemacht vor ein paar Jahren. Es war unzumutbar, wie er bisher leben musste. Ich war immer erstaunt, überrascht, wie er es schafft. Ich weiß, dass er sich von mir Hilfe erwartet hat. Für seinen Bruder, meinen Schulfreund. Nicht für sich selber.

Tag, Monat, Jahr

Was ist, wenn die Sozialdemokraten in Wahrheit den Sozialstaat gar nicht aufgebaut haben? Dann wüssten sie nicht, wie ihn wieder neu aufbauen. Sie wüssten ja nicht einmal, wie er funktioniert. Und genau so wird es gewesen sein und so ist es noch immer. Sie haben ihn nicht aufgebaut und sie haben nicht gewusst, wie er funktioniert, und sie haben ihn daher kaputtmachen lassen. So – und das ist jetzt die Gegenwart. Von der Zukunft ganz zu schweigen.

Tag, Monat, Jahr

Wer sonst soll den Sozialstaat aufgebaut haben, wenn nicht die Sozialdemokraten? Die bald mehr, bald weniger liberalen Kapitalisten. Und der Zufall. Und gewisse Zwangsläufigkeiten. Automatiken. Eine im Sinne von Karl Marx und eine im Sinne von Friedrich Hayek. Was folgt daraus? Ich glaube, Leopold Kohr folgt darauf. Wenn man Glück hat. Und Ivan Illich und Paulo Freire.

Tag, Monat, Jahr

Wer hat den Sozialstaat aufgebaut? Bismarck, Hitler, Stalin, der Papst? Ja. Neeeiiiin!!!! Doch. Und ohne Verstaatlichung kann es keinen Sozialstaat geben. Ja, aber wie funktioniert der Sozialstaat denn in einer Demokratie? Besser. Es sei denn, man hat ihn abgeschafft.

Tag, Monat, Jahr

Reverstaatlichung!

Tag, Monat, Jahr

Renaturierung!

Tag, Monat, Jahr

Ein guter Bekannter erzählte mir, seine Frau sei nicht wirklich krebskrank. Man müsse ihren Krebs nehmen wie eine chronische Krankheit. Da nehme man Tabletten und wird uralt. *Eine chronische Krankheit ist nichts Lebensbedrohliches*, sagte er; er freute sich, als er mir das erklärte. Dann haben sie sich getrennt. Er konnte sie nicht umstimmen. Sie machte das aus Liebe so; aus Verzweiflung; wollte, dass er überlebt und es ihm gutgeht. Gestern ist sie gestorben.

Tag, Monat, Jahr

Ein Meeresbiologe erklärt, dass das Plastik im Meer die Meeresströmungen verändert und damit das Klima. Des Plastiks wegen werde kein Plankton mehr gebildet werden. Und die Fische fressen statt des Planktons irrtümlich das sich zersetzende Plastik und verenden daran. Aber diese verendenden Fische sind die einzige überhaupt wirksame Maßnahme, um die Plastikmassen aus den Meeren zu entfernen. Das sei nämlich einfach nicht möglich. Denn die Flächenausmaße seien unvorstellbar. Alle Erdölkatastrophen zusammen seien nicht annähernd so gefährlich wie das Plastik im Meer.

Tag, Monat, Jahr

Ein Politiker sagt, die Demokratie und die Wahlen werden heutzutage als Supermarkteinkauf verstanden. Das Wählervolk sei so.

Tag, Monat, Jahr

Ein wichtiger Mann vom Schreibmarkt, der Belletrist, sagt zu mir, dass er mir nicht helfen könne, ich solle mich nicht aufregen, er sehe die Sache gelassen, es werde sich schon etwas ergeben; und ich werde schon gefördert werden. Und er kenne den Markt ganz genau, selbst in ein paar Jahren wäre es noch früh genug für meinen Sozialstaatsroman. Denn es tue sich politisch ganz einfach nichts. Und alle seien verrückt. Ich verstehe wirklich kein Wort und widerspreche daher. Er sagt, ich rede mit einem Unterschichtkind, Arbeiterkind, und er wisse daher, wovon er rede. Und dass ich alles vergessen solle, die Sozial- und die Alternativbewegungen und die Grünen und die Sozis und die Kommunisten und die Pfaffen. *Die alle,* sagt er. Das Problem sei bei denen allen, dass der Feind in ihnen selber stecke. *In den eigenen Reihen,* sagt er. Bin aufgebracht und muss lachen. Sage: *Hoffentlich sind wir es nicht selber.* Er sagt, alles, was helfe, wäre einzig eine Verstaatlichung. Aber wie solle das vor sich gehen. Es gehe nicht. Und ich solle aber ja nicht glauben, dass er defätistisch sei. Und ihn ja nicht falsch verstehen.

*

Tschechow: *Das Meer ist groß.*

Tag, Monat, Jahr
Schwer angeschlagen bin ich jahrelang hin und her getorkelt zwischen dem GF Gemüller und dem Belletristen. Jeder hat mich für sich fertiggemacht. Ich hatte es geschafft gehabt, durchgekämpft, es war ausgestanden, und dann habe ich aber geteilt, mit dem GF, mit der Firma, und vertraut habe ich dem GF, der Firma. Daran bin ich fast zugrunde gegangen. Das war nicht klug von mir. Manchmal wäre ich am liebsten zu dem Hochhaus gefahren, von dem früher oft jemand hinuntergesprungen ist, dem kleinen Bären in der Wiese zu. Das Haus wäre auf dem Weg gelegen. Ich habe das dann einzig Charlys wegen nicht getan. Ich war völlig überflüssig geworden, vielleicht war ich sogar im Weg, aber für die kleine Charly wäre es schrecklich gewesen. Ich habe ihr das nicht antun dürfen. Samnegdi merkte nicht, was los war. Manchmal schon, da wollte sie dann kündigen. Aber das wäre schrecklich gewesen für sie. Auch wie ein Tod. Sie sagte, sie verstehe nicht, dass ich sie nicht bei der Firma die Arbeit kündigen lasse. Einmal hat sie von einem lieben schwarzfarbigen Musiker erzählt, der habe zu ihr und Mira gesagt, er wäre fast aus dem Fenster gesprungen, aber dann habe er seinen kleinen Sohn gesehen, das Baby, das auch im Zimmer war. Und manchmal, wenn ich zuhause war und Samnegdi in der Arbeit und Charly in der Schule, mich mittels Strom umbringen. Aber wenn Charly mich so gefunden hätte, das wäre ein Verbrechen gewesen. Ich hätte ihr Leben zerstört. An meine Tante dachte ich nicht. Denn auch sie ist wie ich sterblich, diese Leben sind schnell vorbei. Aber für Samnegdi ist es noch nicht zu spät, daher wäre es besser, es gäbe mich nicht mehr, dann hätte sie endlich ein Leben.

So dachte ich mir das damals. War sehr entschlossen. Einzig Charly sprach gegen alles.

Tag, Monat, Jahr
Solidarität sei, bekomme ich erzählt, ein Begriff aus dem römischen Recht, *obligatio in solidum*, eine gemeinsame Haftung, gemeinsame Verpflichtung. Schuldrecht, Solidarhaftung. Man zahlt gemeinsam zurück. Muss. Jeder haftet für das Ganze. Durch die Französische Aufklärung, Revolution wohl wurde aus dem Wort gegenseitige Verantwortung, Brüderlichkeit, Kooperation, eine Art zweite Familie. Die Solidarität im Guten wie im Bösen sei in Frankreich für ein Gesetz der Menschheit gehalten worden; denn es sei dem Menschen unmöglich, sich alleine zu retten oder zu verlieren; und kein Mensch sei alleine wirklich gut, wirklich intelligent, und schon gar nicht, während andere Menschen leiden. Aber viel haben die ersten Revolutionäre und Republikaner daraus nicht gemacht, keinen Sozialstaat. In Deutschland soll Solidarität lange ein bloßer Gesinnungsbegriff geblieben sein. Marx redete vielleicht deshalb so selten von Solidarität. Lieber von Assoziation. Die solle das Gegenteil von Isolation und Konkurrenz sein, nämlich eine revolutionäre Vereinigung. Von Solidarität redete Marx am ehesten im Sinne von Internationalismus. Der sei für ihn, wortwörtlich, *lebensspendend* gewesen. Solidarität bedeute psychologisch, sagt der Konfliktforscher, der das alles erklärt, dass man ein Zusammengehörigkeitsgefühl habe, gemeinsame Interessen und Risiken, sich in derselben Situation befinde und dass schädigendes und betrügerisches Verhalten tatsächlich geahndet wird. Und auch, dass man zusammen schreie. – Ich habe in meinem ganzen Leben noch nie mit anderen zusammen geschrien. Nicht einen einzigen gemeinsamen Schrei habe ich jemals ausgestoßen.

Tag, Monat, Jahr
Casanova hat Frauen vergewaltigt und Kinder missbraucht. Entweder wissen das die Leute nicht oder es ist den Leuten egal. Casanova bürgt nach wie vor für Qualität.

Tag, Monat, Jahr
Schreckliche Tage, treffe zufällig Farzads ehemalige Freundin, die alles für ihn getan hat. Die Inderin. Sie sagt, er habe sie mit einer Frau aus dem Iran betrogen und trotzdem habe sie die Wohnung bezahlt und er habe sie geschlagen, als sie ihn wegen der Frau zur Rede stellte, und sie müsse jetzt auch noch für seine gewaltigen Handyschulden zahlen, habe deshalb seinetwegen Privatkonkurs angemeldet. Auf Jahre ist sie jetzt unterm Existenzminimum. Sie erzählt mir von ihrem Mann und ihrem Sohn, die sie liebe. Und dann, wie sehr sie Farzad geliebt habe und mit

wem alles er zusammen sei. Jetzt mit einer Frau aus der früheren UdSSR und dass er mit ihr Kinder habe, aber dass er so viel trinke. Er sei schwerer Alkoholiker und niemand könne ihm mehr helfen. Dann will sie wissen, ob ich ihn gesehen habe. *Wann?*, fragt sie. *Seit Jahren nicht*, antworte ich. Er brauche Hilfe, aber es gebe keine, sagt sie. Die Iranerin, ich weiß, dass sie einander versprochen waren, sie hatten heiraten wollen, er hat fliehen müssen; als sie nach so vielen Jahren hierher kam, sie einander wiedersahen, war das die Katastrophe für alle. Er hat die indische Frau, die ihn gerettet hat, den guten Engel, verloren und die Iranerin, seine Kinderliebe, auch. Ich erinnere mich, wie er uns zum ersten Mal von der Inderin erzählt hat; so viel gelacht habe sie. Es ist vorbei, er hat sie ruiniert. Mir ist, als gebe sie mir die Schuld.

Dann dieser Tage das Fest im Park, Samnegdi, Mira und Miras Freund, ich auch. Großes, schönes Fest, viel Grün, viel Musik, bunt, freundlich. Ich sehe Fröhlich-Donau vor einem Zelt an einer Kassa. Weiche sofort aus. Setze mich weit weg zu meinen Begleiterinnen und zu Miras Freund. Fröhlich kommt her zu mir, ein Kind und einen Hund hat er dabei und in der Hand einen Bierbecher. Fröhlich hockt sich mir gegenüber hin, sagt: *Servus Uwe! Ich war im Winter ein paar Mal bei dir daheim. Aber du warst nie zuhause. Ich habe ein kleines Blumenstöckchen dagelassen. Hast du es gefunden? Ich bin schwer krank. Bin operiert worden. Jetzt geht es wieder. Im Moment. Ich wollte mit dir reden. Weiß du, du hast dich geirrt. Nie wollte ich dir dein Eigentum wegnehmen. In keinem Augenblick.* Er lächelt. Ich schaue ihn lächelnd an, in seine Augen, die sind, wie sie immer waren. Ich sage: *Es tut mir leid, dass du krank bist.* Im selben Augenblick fällt ihm sein Bier aus der Hand. Er schimpft darüber, wirkt hilflos, weiß nicht, was tun, steht auf, geht, das Kind mit ihm und der Hund läuft hinterdrein. Es wird wahr sein, dass Fröhlich krank ist. Aber ansonsten ist kein Wort wahr von dem, was er gesagt hat. Zuerst habe ich geglaubt, er wolle sich entschuldigen. Die kleinen Blumen zu Weihnachten erschrecken mich im Nachhinein. Es war ein schwerer Winter für uns, denn die Tante war oft krank, zwischendurch fürchteten wir sehr um sie. Nein, Fröhlich hat sich beim Parkfest nicht entschuldigt. Er hat gesagt, dass er unschuldig sei und ich mich geirrt habe und dass er sehr leide. Früher wäre mir seine Leidensgeschichte durch und durch gegangen. Heute weiß ich, was los ist. *So ein Gauner, was der sich traut*, sagte Mira dann und zum Glück über Fröhlich, nicht über mich. Sie weiß nicht, dass sie gemeinsame Freunde haben. Einer ihrer Schützlinge war Fröhlich-Donaus bester Freund. Ich rede mit ihr nicht darüber. Es tut nichts zur Sache.

Tag, Monat, Jahr
Ich recherchiere im Internet, finde Fröhlich-Donau; er arbeitet bei einer kleinen Hilfseinrichtung, wieder mit Jugendlichen. Die Institution scheint mir erstklassig. Wieder die letzte Chance für Jugendliche, glaube ich. Seine auch. Die Fotos, er schaut verzweifelt und dankbar aus. Seine Kollegenschaft wirkt sehr ehrlich und sehr engagiert. Und sie werden wissen, wen sie da eingestellt haben. Ich glaube, es geht ihm jetzt gut. Ich freue mich darüber. Und zugleich ist er mir völlig egal. Denn ich weiß, wie er sein kann. Aber vielleicht hat er es jetzt wirklich geschafft. Man sieht, dass es ihm schlecht geht. Man sieht aber auch das Gegenteil. Aber es kann wirklich sein, dass er versucht, ein neues Leben zu beginnen. Und die Kolleginnen und die Arbeit helfen ihm. Und es geht gut aus.

Tag, Monat, Jahr
Das Wort *Existenzzerstörung*. Samnegdis Eltern und meine Mutter, die starben alle mit 58, mein Onkel mit 58, die Mutter meiner Mutter mit 50. Ich bin vor gar nicht langer Zeit 48 gewesen, Samnegdi ist 45. 14, 15, 16, 17 Jahre ist Charly, Charly. Mit 45, 46, 47, 48 Jahren über die eigene Kindheit jammern, wie ich das tue, und alle Menschen, die es zu etwas gebracht haben, schmähen, was soll das sein und werden. Vor allem macht es keinen guten Eindruck. Das ist das Schlimmste. Der gute Eindruck ist das Wichtigste. In meinem Alter jetzt muss ich bei Null anfangen, wie mein Vater im selben Alter. Es ist wirklich seltsam, jeder in der Familie, aus der ich bin, musste ungefähr im selben Alter völlig von vorne beginnen. Meine Tante nach dem Tod ihres Mannes; und meine Mutter musste auch neu anfangen, und mein Großvater auch. Der Tod, der Beruf. Ein ganz anderes Leben fing jeder an in meinem Alter und dann doch nicht.

Tag, Monat, Jahr
Fröhlich-Donau schaut uralt aus, aber sonst wie immer. Klein, kahl, flink, helle, kluge, freundliche, unheimliche Augen, drahtig. Jetzt ein schneeweißer Bart. Habe ich Fröhlichs Existenz zerstört? Nein, das waren andere.

Tag, Monat, Jahr
Amt und *Geisel* sind keltische Wörter. *Amt* kommt von *ambactus*, *Gefolgsmann*, *Höriger*. Die modische Kelteninbrunst der Leute neuerdings irritiert mich. Gewiss: *London, Zürich, Genf, Bonn, Mailand, Wien, Belgrad, Lyon* – lauter keltische Wörter oder Orte, interessant, interessant. Und die keltischen Helden nackt und immer zum Äußersten entschlossen. Aber die Kopfjägerei und die Schädelpyramiden und das Hinschlachten der eigenen Frauen, das ist mir alles unsympathisch. Die Kinder hatten es auch nicht leicht. *Budget* ist auch keltisch, auch unsympathisch.

Tag, Monat, Jahr
Wenn jemand aus der Firma fortwollte, sagte ich zu dem oder der, er oder sie solle das ja nicht tun. *Nulla salus extra ALEIFAM,* sagte ich immer. Ich habe das immer ernst gemeint.

Tag, Monat, Jahr
Im Bus meinetwegen ein heftiger Streit zwischen einer Prostituierten und einem Fahrgast. Ich habe zuerst nicht verstanden, dass sie eine Prostituierte ist und er nicht ihr Freund. Als sie zum Fahrer geht, damit der den Fahrgast hinauswirft, sage ich auf seine Frage, was vorgefallen sei: *Die Dame ist da gelegen.* Das war ein Versprecher von mir, aber es war so ähnlich gewesen. Sie brauchte viel Platz. Es ist um einen Sitzplatz gegangen. Sie hatte alleine auf vier Plätzen sitzen wollen und ich habe das respektiert, hatte gefragt, ob ein Platz frei sei, und der Mann war nach ihrem Nein aber sofort zornig hochgesprungen und hat mir seinen Platz überlassen und sich zu der Frau gesetzt und sie stritten sofort. Ich dachte, sie seien ein zerstrittenes Liebespaar. Der Mann und die Frau heute hörten nicht auf, einander zu beschimpfen. Sie haben mich sehr erschreckt. Waren einander wildfremd gewesen. *Liegen* war ein Freudscher Versprecher. Man war über selbigen allseits sehr amüsiert. Dann beschwerte die Frau sich, dass ich so tue, als habe der Mann sich richtig verhalten. Ich stellte klar, dass er das nicht hat. Mehr aber nicht, aber sie war zufrieden. Ich sagte immer *die Dame* und *der Herr* und mir war überhaupt nichts klar. Sie sagte von ihm, er gehöre in eine Irrenanstalt, und er von ihr, sie sei schwachsinnig. Später dann habe ich mich erinnert, dass ich diese Frau schon einmal gesehen habe, diese Tätowierung auf der Hand. Der eiskalte Engel eben. Man sagt das so. Da sie eine Dame war, hielt der Busfahrer mit ihr, aber den Bus dann doch nicht lange an. Und er verwies den Herrn auch nicht des Platzes. Das lag vielleicht an mir, wofür ich mich ein wenig geniere. Aber ich glaube, ich war der einzige im Bus, der sich geniert hat. Das Genieren an und für sich kommt vermutlich von den Genitalien her.

Tag, Monat, Jahr
Der Begriff *Resilienz* geht mir noch mehr auf die Nerven als das Gerede von der Positiven Psychologie. Man ist stolz darauf, dass Resilienz aus der Baukunde kommt. Sie gibt die Biegsamkeit von Materialien an, ihre Bruchfestigkeit. Wenn man stattdessen *lebensfroh* sagen würde, würde mir das gefallen. Oder *frohgemut.*

*

Resilienz: Frankl fällt mir ein; er hat gesagt, dass man ein baufälliges Gebäude dadurch stabilisiere, dass man es belaste. Und dass Taucher, die zu schnell auftauchen, Druck verlieren, in Lebensgefahr geraten. Beide Vergleiche habe ich früher einmal verstanden, waren sehr hilfreich. Aber wenn heute jemand auch bloß nur *wegstecken* sagt, glaube ich, ich habe es mit einem sadistischen Dummkopf zu tun.

Tag, Monat, Jahr

Der Psychologe, dem ich am meisten glaube, ist Klaus Dörner. Denn er hat über den Pannwitzblick und über Lévinas' Ethik des Gesichts geschrieben wie niemand sonst. Und gegen die Anstalten. Übers jetzige Gesundheitswesen sagt er, dass es eine Gesundheitsvernichtungsmaschine geworden sei.

Tag, Monat, Jahr

Die Auflösung unseres Dingsbumsvereins durch den GF Gemüller. Der Versuch. Gemüller sagte mir kein Wort davon. Ein halbes Jahr lang versuchte er allein den Verein aufzulösen. Als das behördlich nicht ging, verständigte er mich. Und ich ließ den Verein nicht auflösen. Ich hatte auch keinen behördlichen Zeitdruck, ganz entgegen dem, was der GF zu mir sagte. Bei der Behörde war man bloß freundlich zu mir. Gemüller ganz allein wollte den Verein auflösen. Das war und ist unglaublich. Er hätte das einfach so getan. Das ist das Problem: Der GF tut Dinge, die niemand glauben kann. Und dann glaubt man dem nicht, der davon berichtet. Gemüller hätte den Verein einfach endgültig kaputtgemacht. Alles sozusagen, woher sein Einfallsreichtum einmal gekommen ist. Alle Spuren verwischt. Alles kaputt, was auch ich gearbeitet habe. *Kleinkram*, würde Gemüller sagen. Der Witz: Als ich den Verein nicht auflösen wollte, wollte Gemüller ihn unbedingt behalten. Weiter Obmann sein oder wenigstens im Vorstand bleiben.

Tag, Monat, Jahr

Die Pseudohilfsbereitschaft und die Scheinmoral der Guten – dadurch kommt jede wirkliche Hilfe zu spät. Die Professionalität, das Sich-Abgrenzen und die professionelle Distanz sind schrecklich. Denn die professionelle Überdosis macht da das Gift.

Tag, Monat, Jahr

Ein Mann aus einer Gruppe Anonymer Alkoholiker sagte, er wisse, er könne, solange er lebe, in diese Gruppe kommen, man werde immer da sein und er müsse nicht Gott sein. Wenn ich letzteres verstehen könnte! Was er zuerst gesagt hat, habe ich verstehen können, ist mir zu Herzen gegangen, weil es die Lösung für alles ist.

Tag, Monat, Jahr
Ein Mozartdirigent sagt, er ertrage es nicht, wenn überall Mozart aufgelegt werde. Sein Arzt glaube, die Patienten haben dadurch weniger Schmerzen. Aber der Dirigent hat dadurch viel mehr Schmerzen.

Tag, Monat, Jahr
Angeblich ist alles umgekehrt in der *Zauberflöte*; das Gute das Böse. Und in *Cosí fan tutte* ist auch alles umgekehrt, die verlogenste Liebe hat die schönste Musik. Als ob die Liebe verhöhnt werde. An der Musik ist die Heuchelei nicht zu erkennen. Das Wertvollste ist jedenfalls zugleich nichts. *So machen das alle.*

Tag, Monat, Jahr
So, und das ist jetzt Liesl. Nach so vielen Jahren. Sie setzt sich einfach an meinen Tisch, lächelt, will etwas erzählt bekommen. Es geht ihr nicht sonderlich gut. Ich kenn' mich nicht aus. Wie früher. Sie sagt, sie werde sich in den Ferien erholen und wohin sie fahre. Im Herbst, sagen wir, werden wir uns ohnehin wiedersehen. Sie will mir Arbeiten von ihr zeigen. Sie kann fast nicht essen.

Tag, Monat, Jahr
Piels Geliebte, hilfsbereit, sie ist ins Ausland gegangen, Professur, sehen uns zufällig, weil sie hier kurz Urlaub macht. Es ist klar, dass sie mir nicht mehr helfen kann, fragt nach meinem Roman, ich sage, dass ich auf die Verlagsantwort warte. Beim Abschied schüttelt Piels Geliebte lange meine Hand mit ihren beiden Händen. Wünscht mir von Herzen alles Gute. Es ist ein Abschied für immer. Ich bin tatsächlich in Gottes Hand. Sie auch.

Tag, Monat, Jahr
Bin offensichtlich anfällig für Feindpropaganda, lese eine kleine Schrift über Fair Trade. Das kommt nicht gut weg. Die Bauern dort bekämen nicht viel und der Wettbewerbsvorteil durch die moralische Marke *Fair Trade* sei auch deshalb unredlich. Und die Zugänge der notleidenden Bauern zu den Produktions- und Verteilungsstätten von Fair Trade seien in Wahrheit nicht fair geregelt. Schaue dann anderswo nach, eine linke Kritik am Fair Trade gibt es auch, aber die verstehe ich noch weniger, irgendetwas mit Systemerhaltung. Mir machen diese Dinge alle irgendwie Angst. Ich möchte einfach nur vertrauen können. Und dass man immer etwas tun kann.

Tag, Monat, Jahr
Die Schriftstellerin, die eine notorische Lügnerin und eine chronische Säuferin war und ihren eigenen Tod vortäuschte. Aber wenn sie anders

gewesen wäre, wäre sie unter den Nazis elendiglich zu Tode gekommen. Sie war Joseph Roths letzte Freundin und tat ihm gar nicht gut. Sie ist die beste Satirikerin, die ich jemals gelesen habe. Aber was ist, wenn sie das alles ernst meint. Nein, das ist ausgeschlossen. / Sie hat sich so sehr ein Kind gewünscht, dann eines bekommen, sagte niemandem, wer der Vater war, konnte nicht für es sorgen. Die Frau ging für Jahre in eine Trinkeranstalt und das Mädchen kam in ein Heim oder zum Glück zu den Großeltern. Und dann im Alter wurde die Satirikerin von neuem gemocht. Kann aber sein, nur von den Lesern.

Tag, Monat, Jahr

Wie Nestroy immer mit seinem Publikum gekämpft hat! Es hat ihn ausgepfiffen, er es beschimpft, provoziert sowieso. Und wie sehr er zensuriert worden ist. Und wie oft er verurteilt wurde für die freien Improvisationen, für das Extemporieren. Von dem allen ist nichts mehr da. Niemand spielt Nestroy so.

*

Wenn der Geschäftsführer von freier Rede spricht, meint er immer, dass man keinen Zettel in der Hand hat. Er liest nie etwas herunter. Ah doch, eine Ehrenrede einmal. Das gehört sich so. Aber sonst nicht. Frei reden öffentlich, es ist nicht üblich, wenn der GF anwesend ist. Schuld ist aber die Öffentlichkeit.

Tag, Monat, Jahr

Girardi, Publikumsliebling, als er unbeschaut entmündigt werden soll, flieht er zur Geliebten des Kaisers. Der lässt Girardis wegen die Psychiatrie reformieren. Einmal fährt Girardi dann dem Kaiser mit seinem Fahrrad in die Kutsche.

*

Ein Psychiater, sehr berühmt, sehr mächtig, hatte Girardi ferndiagnostiziert. Als unzurechnungsfähig begutachtet. Aufs Hörensagen hin. Da haben zwei Frauen gegeneinander um das Leben eines Mannes gekämpft. Mit jeweils entgegengesetzter Absicht. Die erste österreichische Psychiatriereform war die Folge.

Tag, Monat, Jahr

Einer sagt, Mozart sei ihm immer egal gewesen, aber dann habe er zufällig das Requiem gehört und sei schweißgebadet gewesen. *Unappetitlicher Mozart!*, denke ich mir.

Tag, Monat, Jahr

Ich kann nicht verstehen, dass jemals ein Buddha das Recht hatte, für immer wegzugehen und die anderen zurückzulassen. Also nicht länger

Mitgefühl haben zu müssen. Nie mehr. Buddha, ein paar Mal soll er zuvor noch gefragt haben, ob man noch etwas von ihm brauche, wissen wolle. Man hatte keine Fragen mehr an ihn, keine Anliegen. Und dann erlosch er eben. Naja, eigentlich wurde er ja aus nächster Nähe vergiftet.

Tag, Monat, Jahr
Jemand sagt, Tinnitus sei so etwas Ähnliches wie Phantomschmerz. Eine Fehlschaltung. Ich verstehe kein Wort. Bei solchen Dingen fallen mir immer meine Déjà-vus von früher ein.

Tag, Monat, Jahr
Von Michael Balint stammt der Begriff *Vorzeigesymptom*. Bedeutet: Das wirkliche Problem wird z. B. in Körpersymptome, körperliche Probleme, übersetzt, damit es der andere überhaupt wahr- und ernst nimmt.

Tag, Monat, Jahr
Schönberg soll geschrieben haben, das jüdische Volk müsse lernen, seine Feinde zu hassen und blutig zu verfolgen. Als ich das Gemüller einmal erzählte, sagte er, das merke man schon an der Zwölftonmusik, dass Schönberg alles zerstören habe wollen. Unschuldig wie ein Kind sagte das der GF. Und sehr empört. Eigentlich hatte ich damals bloß eine kleine jüdisch-palästinensische Verständigungsveranstaltung vorgeschlagen. Ein unproblematisches Freundschaftstreffen. Zuvor hatten die Grünen einen jüdischen Politologen wieder ausgeladen, der immer für die Palästinenser redete. Ich fragte bei den Grünen nach. Der verantwortliche grüne Bildungsfunktionär sagte, die Veranstaltung werde demnächst nachgeholt. Wurde sie dann aber nie. Ich verstand das nicht. Irgendwann dann kam der Politologe doch, aber nur mit einer kleinen jüdisch-palästinensischen Musikergruppe und mit ein paar Fotos. Geredet wurde sicherheitshalber nichts. Es war keine Veranstaltung der ALEIFA und auch nicht der Grünen. Was ich zu erreichen versucht hatte, war eine Veranstaltung über Newe Schalom, den israelisch-arabischen Freundschaftsort. Über Newe Schalom hätte der linke jüdische Politologe erzählt, wäre es nach mir gegangen. Er kannte den Ort sehr gut. War ihm ein Herzensanliegen.

*

Grüner Mut 2002: Ein Artikel in der zentralen Grünenzeitung, man strich mir heraus, was ich über den damaligen schwarz-braunen Finanzminister und was ich über den roten vormaligen Kanzler geschrieben habe. Über Letzteren, dass er jetzt in der Dritten Welt ohne Arbeiter erfolgreich Autos herstelle. Und was das denn mit Sozialdemokratie zu tun haben soll. Und über Ersteren das, was er selber damals dauernd sagte, nämlich wie viel Geld man jetzt dadurch, dass er als Finanzminister so spare, monatlich mehr in der Tasche habe, jeder Einzelne. Ich schrieb, dass jeder selber einmal im Monat nachschauen solle und dann beim Finanzminister anrufen. Der Finanzminister war damals gerade der große Liebling der Bevölkerung. Man legte daher in der grünen Redaktion, vermute ich, großen Wert auf ein maßvolles Verhalten. Beim Schreiben und Publizieren auch. Auf Vernunft eben. Ich kann mir die grüne Zensur damals nicht anders erklären. Denn alles andere ließen sie mir ja in meinem Artikel.

Tag, Monat, Jahr
Der persische Taxifahrer, mit dem ich manchmal fahre, ist sehr oft der einzige persische Dolmetscher hier in der Stadt. Er ist seiner Regierung treu und tatsächlich voller Hass gegen Israel. Er sagt, auf Persisch heiße der Todesengel Asrael, das habe gewiss mit Israel zu tun. Der Taxifahrer ist zuständig, wenn Iraner ihre Asyleinvernahmen haben. Wenn ich mit ihm fahre, redet er oft über Gerechtigkeit. Die zugezogenen Dolmetscher werden mir immer ein Rätsel bleiben. Ihre Kontakte zum Regierungssystem im Herkunftsland sind mir prinzipiell unheimlich. Seit eh und je. Die Flüchtlinge sind hierzulande und hierorts offenkundig doppelt und dreifach ausgeliefert. Der Taxler probiert mich oft aus, will wissen, wie weit er gehen kann. Stoppen kann ich ihn, wenn ich über den Großmufti von Jerusalem rede und über die moslemischen SSler auf dem Balkan. Das rede ich immer dann, wenn ich nicht mehr kann. Sonst frage ich ihn nach allem Möglichen, bin vertratscht, harmlos, frage z. B. nach Mozadegh und am liebsten nach den Mudschahidin. Das sind die Linken, die abserviert worden sind, aber zuvor bei der Bevölkerung beliebter gewesen waren als die Khomenipartei. Der Taxler sagt, die Mudschahidin hätten den Staat zu radikal gesäubert, seien viel zu weit gegangen dabei. Vor allem an den Universitäten. Die Khomenileute hätten nicht annähernd so gewütet. Und schon gar nicht unter der Elite. Die Mudschahidin haben sich dann in den Irak abgesetzt. Seien für alle sichtbar zum Feind geworden. Der Taxler sagt mir, wer von ihnen mit wem verheiratet ist, war. Ich merke es mir nicht. Es geht um das Kind eines ermordeten Ministers oder Ministerpräsidenten, der ehemals an Khomenis Seite gewesen war. Beim Autofahren mag er keine Frauen und die Israeli nennt er in einem fort Schweine. Um seine Söhne vor dem Krieg zu schützen, war er schweren Herzens ausgewandert. Gleich darauf durften Buben über vierzehn das Land nicht mehr verlassen. Wenn jemand zu ihm herzlich ist, wird er gerührt und weich. Er schimpft, die meisten Kinder der persischen Migranten können nicht mehr Persisch.

Tag, Monat, Jahr
Bush hat einmal lachend gesagt, er mache sehr wohl Minderheitenpolitik, nämlich eine für die oberen Zehntausend.

Tag, Monat, Jahr
Vor ein paar Tagen eine Dokumentation über ein Seniorenparadies. Ich war danach kaputt. Die redeten nämlich wortwörtlich über *Selektion bei der Rehabilitation*. Und über die hohe Lebenserwartung heutzutage. Wo leben denn diese Leute? Große Leute sind das; die selektieren, helfen, selektieren, helfen, selektieren. Geholfen wird nur dem, der die Selektion bestanden hat. Zum Essen hat gehen können, allein, selber. *Selektion* und *Triage* sind die mir verhasstesten Wörter. Das Wort *spannend* halte ich auch nicht aus. Und beim Wort *betreuen* bekomme ich einen Wutanfall.

Tag, Monat, Jahr
Der Maler, der als Arbeitsprobe für seinen Mäzen und Auftraggeber kein Bild malt, sondern bloß einen Kreis zieht und sagt, auch das sei fast schon zu viel. Mein Freund der Maler malt auch genau so.

Tag, Monat, Jahr
Eine Kommunistin sagt, sie glaube, Marx sei ein sturer Mann gewesen, und dann, dass die Partei stur sei, damit Gerechtigkeit sei.

Tag, Monat, Jahr
Aretino war mit neun Jahren von Zuhause fortgelaufen und später dann ein ebenso gefürchteter wie amouröser Schriftsteller, eine Art Journalist. Sein Wahlspruch lautete: *Lebe entschlossen!* Der französische König schickte ihm einmal zum Dank und als Warnung eine schwere Goldkette, deren Glieder gefesselte Zungen, angeblich Lügnerzungen, waren. Aretino bedankte sich untertänigst. Er soll viele Leute, insbesondere Künstler erpresst und deren Karriere ruiniert haben. Einmal verfasste er einen Schmähartikel über einen Maler, weil der sich ihm nicht fügte. Der Maler gab nach, um nicht kaputtzugehen, lud Aretino in seine Werkstatt ein, bat, ihn malen zu dürfen. Hatte dann aber plötzlich statt eines Pinsels eine Pistole in der Hand. Aretino ist zu Tode erschrocken; der Maler sagt zu ihm, dass er nur Maß nehme, zwei und eine halbe Pistolen. Daher der Begriff Revolverblatt, Revolverjournalismus. Aus dem 16. Jahrhundert. Mein Revolverroman auch.

Tag, Monat, Jahr
Ein Migräneforscher erzählt, dass Migräniker die Dinge viel früher wahrnehmen, sozusagen über drei Ecken. Daher sei alles irgendwie viel länger und stärker, eine dauernde Hyperaktivität des Gehirns. Und irgendetwas über Euphorie und Aura und Schmerz wird geredet. Ich

habe in meinem ganzen Leben noch nie Kopfschmerzen gehabt, aber oft Déjà-vu-Erlebnisse. Charly hat die auch und ist Migränikerin. Meine Theorie, als ich ein Kind war, war, dass ich bloß doppelt wahrnehme, schnell und dann noch einmal. Die andere war, dass man dem Leben nicht entkommt.

Tag, Monat, Jahr
Was ist denn da gerade im Gange, dass gegenwärtig Homer so hoch im Kurs steht! Der staatstragende Politiker zum Beispiel, Sozialdemokrat, der von Homer schwärmt; und der alternativlinke Intellektuelle, der begeistert sagt, dass Odysseus der neue Mann sei, ein Kriegsverweigerer nämlich und Frauenversteher, und dass die Ilias und Odyssee Geist seien. Geist! So ein Humbug ist das Ganze! Warum wird heutzutage die feudale Antike angehimmelt, nicht die demokratische? Kein Wort verliert man über Sallust, über die Korruptionsfolgen, die er beschreibt, und dass plötzlich die Worte und Werte das eigene Gegenteil bedeuten und dass jeder in die eigene Herkunft eingesperrt ist und das so gewollt ist, nicht vom Schicksal, sondern von denen oben; und dass es von Anfang an immer Oben und Unten, Links und Rechts gegeben hat und dass die Guten nicht gut sind. Und wie bedroht, ausgesetzt und sterblich Menschen sind und wie die Gier und die Angst sie antreiben. Das steht bei Sallust, aber kein einziges Wort ist gegenwärtig über ihn zu hören. Aber immer Homer! Nichts von Thukydides, der die rechten und die linken Revolutionen beschreibt und wie Demokratie in Krieg und Bürgerkrieg verfällt. Nicht einmal Cicero führt man gegenwärtig im Mund. Jaja, einen Sänger gibt es, der so heißt, und ein Politikmagazin. Immerhin. Und ab und zu Bemerkungen über das Imperium Romanum oder die römische Republik, in den Leitartikeln irgendeines Chefredakteurs. Halbe Sachen eben, Angeberei. Nicht einmal das. Nie ein Wort über den jungen Cicero. Der hat in der Diktatur Diktaturgegner und der hat rechtlose Frauen verteidigt und ist dann plötzlich jemand anderer geworden; sagte, er wäre zugrunde gegangen, wenn er nicht anders zu reden gelernt hätte. Das sei ein gesundheitliches, körperliches Problem gewesen, lediglich eine Stilfrage, eine Vortragsweise, meinen die meisten Gelehrten. Aber es wird nicht bloß das gewesen sein, sondern die Realität, die Zeit, die Übermacht haben aus ihm einen anderen Menschen gemacht, glaube ich; trotzdem aber keinen völlig anderen, denn die Revolutionäre, Reformatoren und Freidenker aller späteren Zeiten haben aus Cicero ihr Widerstandswissen geschöpft.

*

Von der Stoa reden die Medieneliten heutzutage natürlich auch nicht; naja, ein paar sagen jetzt, dass die Gegenwart so sei, wie die Stoiker die

Welt beschrieben haben. Ja, aber davon reden heutzutage wirklich nur ein paar unbekannte Intellektuelle, über die dezentral vernetzte Welt und wie man den eigenen Willen und die eigene Entscheidungsfreiheit wahrt und über die tägliche stoische Gewissenserforschung, über die stoischen geistigen Übungen. In den Medien sind die nicht. Die Gracchen schon gar nicht, diese stoischen Revolutionäre. Die Neoliberalen heutzutage sind übrigens die dunkle Seite der Stoa; die berufen sich geistesgeschichtlich ausdrücklich auf die Stoa. Die habe nämlich den Marktmechanismus entdeckt, verstanden, die Selbstorganisation der Materie nämlich, die unsichtbare Hand. Hayek sah das so. Aber auch das ist nichts für die Medien heutzutage, für die Kommunikationsexperten und 08/15-Intellektuellen. Ach ja, *Seneca für Manager*, das gibt es. Er war der reichste Mann Roms und der Herrschererzieher. Senecas Briefe, kein Mensch weiß, ob der Adressat wirklich gelebt hat oder erfunden ist. Ein erfundener Mensch und zugleich lebenswichtig! Nirgendwo heutzutage ein Wort davon. Was für eine Zeit ist das? Alles virtuell, aber kein Wort von Senecas Briefen. Diese geistige Armut heutzutage inmitten des irren, wirren Überflusses. Und ungebrochen andererseits das Gerede von Idealen, Idealismus, Werten, wahren, schönen Gesprächen, Platon eben. Eros! Der ist bei Platon der Sohn der Penia und des Poros, der Not und des Auswegs. Die Frau Penia penetriert, vergewaltigt den hochintelligenten, einfallsreichen jungen Mann Poros. Wird dadurch schwanger mit Eros. Das ist so bei Platon. Die Leute glauben aber, der platonische Eros sei etwas Schönes und Wahres. Und die platonischen Gespräche seien wahrhaftig. Aber die Gespräche tragen in Wirklichkeit die Namen der in den Diskussionen öffentlich liquidierten Gegner. Sind Duelle, der Name ist der jeweils abgeschlagene Kopf. Der Dialog über die Frömmigkeit zum Beispiel, in dem es um die höchsten Werte geht, *Euthyphron* – da will ein Sohn seinen Vater anzeigen, weil dieser seine Sklaven schwer zu misshandeln pflegt, gerade einen dabei getötet hat. Der platonische Sokrates will das dem Sohn ausreden. Und so weiter und so fort. Was sind das heute für Eliten? Lauter homerische Irre! Homer, jaja: Odysseus, der kommt heim und gibt Auftrag, zwei Handvoll Dienstmädchen umzubringen, und der Sohn führt es aus. Und dann hängen die da, die erhängten Dienstmädchen. Wie Hühner. Zucken.

Tag, Monat, Jahr

Die Nin und Henry Miller, im Alter beide, glaube ich, von Sexualia angewidert. Aber einmal muss die Pornographie die einzige Chance gewesen sein, die Wahrheit zu sagen. Nins Hang zum Inzest und Millers Hang zum Rassismus – sind die die Wahrheit gewesen? Nein, natürlich nicht. Die

Zerbrechlichkeit, die Verzweiflung, die Hilfsbedürftigkeit, der Sinn, die Wut, der Mut, das war immer die Wahrheit.

Tag, Monat, Jahr
Der Bahnhof für die Straßenbahnen und Busse; ich sitze im Bus, warte auf die Abfahrt. Ein alter Mann mit nur einem Bein redet durch die Fahrertür, bittet den Fahrer, er solle die Rettung rufen. Da drüben sei eine junge Frau zusammengebrochen, die brauche dringend Hilfe. Der Fahrer sagt zuerst, wohin der Mann mit nur einem Bein gehen soll, dann aber doch schnell, dass er die gleich gegenüber liegende Zentrale anrufen werde. Ich steige aus. Zwei Männer kümmern sich um die junge Frau, reden auf sie freundlich ein, lagern sie. Aber alles dauert ewig, die Rettung kommt nicht. Und die junge Frau antwortet zuerst nicht. Der Mann mit nur einem Bein ist besorgt, schaut von weiter weg hinüber, was mit der jungen Frau geschieht, steht nahe bei einer alten Frau, zu der er aber nicht gehört. Die schaut auch hinüber. Plötzlich schreit sie auf, dass die junge Frau neben ihr zusammengebrochen sei, sie sie zuvor noch gefragt habe, ob alles in Ordnung sei, denn die junge Frau sei ihr sehr mitgenommen vorgekommen. *Warum bekommt die junge Frau so lange keine Hilfe?*, will die alte Frau wissen. Und im nächsten Augenblick bricht sie mit einem gewaltigen Schmerzensschrei zusammen. Der einbeinige Mann ist weiß im Gesicht, läuft zu ihr, springt. Ein paar Leute, alle alt oder mit einem körperlichen Gebrechen, kommen schnell dazu und sind hilfsbereit. Die alte Frau am Boden wimmert. Ich rede sie an. Sie antwortet. Ich frage sie genau, wer sie ist, welches Problem sie hat, wohin sie will, wer ihre Familie ist, wo sie wohnt. Sie antwortet klar und deutlich und gern. Hält meinen Arm fest, dann die Hand. Sagt, sie sei herzkrank. Sagt mir, wo ihr Ausweis ist. Und weil sie krank ist, hat sie noch einen. Ein paar Leute sagen, die Rettung sei ja schon unterwegs. Ich stehe auf und rufe die Rettung nochmals. Die dort wissen nichts von der zweiten, der alten Frau und sie haben geglaubt, der jungen Frau gehe es schon besser, es gebe keinen Notfall mehr. Und so weiter und so fort. Der Sohn der alten Frau wird verständigt, er kommt, fragt, ob sie ihre Tabletten genommen hat am Morgen. Hat sie. Die Rettung kommt und dann der Notarztwagen. Ich habe zwischendurch, als der Sohn schon da war, mit der jungen Frau geredet, damit sie klar und deutlich und nicht alleine ist. Wie bei der alten Frau eben habe ich das gemacht. Wie ein Funktionär. Ist gut angekommen. Menschen brauchen so etwas. Habe zum Notarzt auch noch ein paar Sachen gesagt, die mir die beiden Frauen erzählt haben. Die junge Frau von ihrer Angina. Die alte Frau von ihrem Ausweis. Die alte Frau ist wie gesagt aus Mitleid zusammengebrochen. Man braucht Hilfe und niemand hilft! Sie konnte nicht mehr unterschei-

den, war plötzlich an der Stelle der anderen. – Und ich, ich habe hilfreich den feinen Maxl gespielt. Die wirkliche Mühe und Arbeit hatte der Einbeinige. Aber zusammengeholfen haben wirklich alle, die auf dem Platz waren, jeder Mensch irgendwie. Haben einander ergänzt. Jeder, jede sah etwas, das getan werden sollte, musste, konnte. Aber der alte Mann mit nur einem Bein hat damit angefangen und nicht aufgehört. Der war wirklich wichtig. Für alle.

Tag, Monat, Jahr
Wie wünsche ich mir einen Verleger? Wie Max Brod. Der hat dem Kafka alles zusammengeordnet, damit es gelesen werden kann, weil die Leute damals nun einmal so waren. Man müsste den *Prozess* wirklich einmal so nachlesen, wie Kafka ihn wirklich geschrieben hat. Ist sicher auch nicht schlecht, die Reihenfolge, der Umfang. Kafka hatte kein Geld für Papier, und wenn er ein neues Heft anfing, schrieb er ganz anders, weil er Platz hatte. Und dann und gegen Ende zu wurde alles immer eingesperrter und winziger. Und weil Kafka durch seinen Beruf und seine Krankheit oft sehr müde war und aber in der Nacht schrieb, sind viele Figuren oft müde. Ist alles nicht von mir, wird also stimmen. Im Übrigen finde ich, was ich geschrieben habe, auch sehr zum Lachen. Wie Kafka die Kafkasachen eben. Die Leute haben einen anderen Humor als ich und sind bedrückt. Ich hingegen muss wirklich darüber lachen.

Tag, Monat, Jahr
Karl Kraus, sein Deutsch hat er von Ovid gelernt! Und so oft Déjà-vu-Erlebnisse hat Kraus gehabt, als ob er etwas, das er gerade zum ersten Mal wahrnahm, schon gesehen und gehört und gerochen hätte. Erschreckend. Platonisch eben. Anamnesis statt Amnesie. Man hat alles schon einmal erlebt. Als ob es kein Entkommen gibt. Oder vielleicht doch, weil man jetzt endlich kapiert hat, was wirklich los ist. Und muss daher nicht immer dasselbe falsch machen. Ist frei. Irgendwie. Letzteres ist stoisch.

Tag, Monat, Jahr
Was ich nicht verstehe, ist die Freundschaft zwischen Israel und der Türkei, wo die doch den armenischen Holocaust verbrochen hat und nie bereit war, das zuzugeben und den Armeniern Schadenersatz zu leisten. Den PKK-Führer haben die Israeli den Türken auch frei Haus geliefert. Die Türkei hat die größte und am besten ausgebildete NATO-Armee nach den USA, die ist deshalb bestens im Training, weil sie eben immer im Krieg mit den Kurden war, ist. Moral ist jedenfalls seltsam, Geschichte auch. Wie viele Millionen Armenier sind es gewesen? Jedenfalls nicht mehr, als dass der jüdische Holocaust einzigartig in der Geschichte ist.

Tag, Monat, Jahr
Eine Frau und ein Mann kommen aus einem Internetlokal. Sie stehen mitten auf der Fahrbahn, als ich über die Straße gehe. Die Frau schaut mich entschlossen an, und als ich auf gleicher Höhe bin, gibt sie dem Mann im nächsten Augenblick eine schallende Ohrfeige und noch eine. Er solle sie in Ruhe lassen, sagt sie. Geht über die Straße. Er ihr nach. Ich stehe mitten auf der Straße, schaue den beiden nach. Gehe nach. Sind verschwunden. In einem Hauseingang einem Theater gegenüber sehe ich sie dann in großer Entfernung. Ich beeile mich, denn ich sehe, dass er sie gerade umwirft. Sie sitzt jetzt am Boden und schimpft, und er auch, aber von oben herab. Ich bin noch immer 30, 40 Schritte entfernt, rufe, er solle sie in Ruhe lassen oder ich rufe die Polizei. Er beschimpft mich, schreit mir entgegen, ich verstünde nicht, es sei seine Freundin und das Ganze gehe mich nichts an, ich solle verschwinden. Die junge Frau steht inzwischen auf, ich rufe ihr zu, sie solle bitte in meine Richtung gehen, zu mir her, ich werde ihr helfen, sie brauche keine Angst zu haben, ich werde die Polizei rufen. Ich gehe weiter auf die beiden zu. Sie gehen jetzt beide hintereinander, sie voraus, in die mir entgegengesetzte Richtung. Immer schneller. Ich komme nur schwer nach. Sie läuft jetzt vor ihm davon und beide vor mir. Jetzt sind beide auf gleicher Höhe, laufen in gleicher Geschwindigkeit. Bekomme die Tastensperre nicht auf und die Sonne blendet mich. Das Display ist uralt wie das Handy. Ich soll alles zugleich machen und komme mit dem Tempo nicht mit. Plötzlich sind sie verschwunden. Ich weiß nicht, was tun. So viele Häuser, Eingänge, Hinterhöfe, in ein paar schaue ich hinein. Niemand, nichts! Ich ärgere mich über mich selber, schäme mich. Ein paar Stunden später gehe ich denselben Weg noch einmal, will dann doch zur Polizei; beim Hauseingang, in dem die Frau umgeworfen worden war, sehe ich dann ein Schild, dass hier Videoüberwachung erfolge. Das kann eine Hilfe sein, denke ich mir. Bei der Polizei sagt man mir, dass die Aufschrift nur eine Abschreckung sei. Als ich sage, dass es zwei Migrantenjugendliche waren, nicht älter als zwanzig, ist die Sache uninteressant für den Polizisten. Er fragt noch, ob ich als Zeuge aussagen würde, wenn die Frau eine Anzeige macht. *Selbstverständlich,* sage ich, *deshalb bin ich ja jetzt da.* Ich hätte zuerst die Polizei verständigen müssen, sagt der Polizist. Ich ärgere mich, denn ich konnte nicht schneller sein. Es war nicht möglich. Die Frau vertraute mir nicht oder hatte Angst vor der Polizei oder was weiß ich, was ich falsch gemacht habe. Ich hätte ihn zusammenschlagen müssen. Abgesehen einmal davon, ob ich dazu Manns und kräftig und schnell genug gewesen wäre, bin ich gar nicht nahe genug gekommen. Irgendwie ein Alptraum. Zu dem dazu, der mich

ohnehin verfolgt. Aber die Realität war der. Beschämend. Ich hoffe, dass der Frau nichts passiert ist. Es kann ja auch sein, dass sie mich nicht involvieren wollte, damit mir nichts passiert. Das ist nicht lächerlich, finde ich. Aber wahrscheinlich wollte sie ihren Freund vor der Polizei schützen, war eben treu.

Tag, Monat, Jahr
Aus der Straßenbahn heraus sehe ich die Frau, die der Mann vor ein paar Tagen umgeworfen hat. Ich steige bei der nächsten Haltestelle aus, sehe die junge Frau aber nicht mehr. Sie hat keine Anzeige gemacht, sonst hätte ich davon erfahren.

Tag, Monat, Jahr
Der Sohn der Dorfpuffmutter von hier, der unwiderstehliche Zuhälter. Vater, Ehemann, nein? Abgemagert, sichtlich schwer krank. Aids vielleicht oder bloß schlechte Geschäfte. Er ist freundlich wie immer. Er lächelte, seit ich ihn kenne, als ob er von jedem Menschen die Wahrheit wisse. Er redet mit einem tätowierten großen Glatzkopf. Ich merke mir die eingeprägte Zahl nicht, 88, glaube ich. Aber ich weiß sie nicht mehr. Mit dem Glatzkopf bin ich einmal fast aneinander geraten, habe dann gesagt, es sei ein Missverständnis. Ich war überrascht, dass er dann sofort Ruhe gab. Ich glaube, der war es. Aber von der Nummer gibt es ein paar in der Gegend. Manchmal schauen sie Herrn Ho lange an, sagen und tun dann aber nichts. Betrachten ihn aber nachdenklich. Das ist mir jedes Mal unheimlich. Doch bislang hat es nie ein Problem gegeben. In dem Stadtviertel, in dem Ho jetzt wohnt, sehe ich oft Leute von früher aus meinem Ort.

Tag, Monat, Jahr
Die Schachlegende Steinitz soll gesagt haben, Schach sei rückhaltlose Kritik. Er soll aber sehr impulsiv und unvorsichtig gespielt haben. Ich kenne im Übrigen nicht viele Schachspieler, die rücksichtslos Kritik an falschen Systemen üben. Kasparow würde das für sich in Anspruch nehmen. Und, ein paar Nummern kleiner, Werner Schneyder.

Tag, Monat, Jahr
Mir macht Schach immer Angst. Ich glaube, das kommt daher, weil ich es mit meinem Onkel am Ende immer gespielt habe, damit er nicht so schnell sterben muss. Ich muss oft an ihn denken, wenn ich verzweifelt bin. Denn er hat freundlich gesagt, dass jeder gebraucht wird und immer etwas tun kann, wenn er will. Das war beim schweren Arbeiten und lange vor seinem Tod. Irgendwie stimmt es. Und ich fühle mich dadurch auch nicht als letzter Dreck. Der Onkel hat gesagt, man dürfe beim Schach-

spielen nie aufgeben. Auch der beste Spieler auf der Gegenseite könne plötzlich einen Fehler machen.

Tag, Monat, Jahr
Ein seelisch behinderter junger Mann setzt sich im Bus neben mich; er stinkt, als ob er gerade eben zweihundert Zigaretten auf einmal geraucht hätte. Er schaut mich nach einer Weile an und sagt, er schaue auch oft aus wie der Weihnachtsmann. Aber nicht so wie ich, mein Bart sei ja in Ordnung. Er müsse jetzt wieder einmal zum Friseur gehen, sonst werde nichts aus ihm. *Sie müssen sagen, wenn Sie aussteigen wollen,* sagt er, steigt dann zwei Stationen vor mir aus und grüßt noch schnell. Er erinnert mich wirklich an mich, die Vertratschtheit, ein Kind wäre er zur Gänze, wenn er es sein dürfte. Ich nicht.

Tag, Monat, Jahr
Auf der Straße schreit einer auf seinem Fahrrad herum. Die Herumtreiber erschrecken über ihn, sind so abgebrüht nicht, sondern haben immer Angst. Sie beruhigen einander, er schreit etwas über eine 9. Symphonie. Also wohl über den Tod. Die neunten sind immer der Tod. Er verbiete es sich, Lügner genannt zu werden. Er hat eine gute Stimme. Ich sollte ihn fragen, ob er etwas singen möchte.

Tag, Monat, Jahr
Diesmal ist der GF zu weit gegangen. Seine Leute schimpfen offen über sein neues Buch. Es sei Zuckerguss und nicht zu ertragen, nichts stimme, nichts als Günstlingswirtschaft sei das Ganze. Er hat nämlich diesmal die Firma zu offensichtlich nicht beteiligt, sondern auf Firmenkosten bloß seinen Namen gemehrt. Der Kitsch wird daher plötzlich beklagt und was alles verschwiegen werde. Und bei der Arbeit werde in Wahrheit nicht geholfen. Ein paar Frauen sind indigniert, weil ihre Erfahrungen und Klientel die Wahrheit, Lebenswirklichkeit besser getroffen hätten. Fühlen sich missachtet. Ich bin sicher, dass der GF die Sache wieder in den Griff bekommt. Sein fürchterlicher Spott jetzt, wenn er zugibt, dass er dauernd Fehler mache; er tut auch diesmal so, als ob die anderen ihre Fehler nicht zugeben und sich unfehlbar geben.

Tag, Monat, Jahr
Eine Völkerschaft auf Malaysia kennt keinen Krieg, als ob der ihr immer fremd gewesen wäre. In ihren Legenden wird immer nur von Gleichheit erzählt und dass man die Nahrung miteinander teilen muss. Chewa heißen die. Mir fällt ein, wie glücklich Herr Ho im Lager in Malaysien war. Er war gerade gerettet worden.

Tag, Monat, Jahr
Haneke, ich fürchte mich bei keinem einzigen seiner Filme. Oft muss ich lachen oder ich stehe auf und gehe aus Gleichgültigkeit, Langeweile aus dem Raum. Ich verstehe nicht, dass die Personen im Film das alles mit sich machen lassen. Und da muss ich eben lachen oder gehen. Ich nehme den Zwang nicht ernst, daher die Menschen nicht. Ich war wirklich als Kind schon so und bin es bis heute. Mir ist als Kind die Angst ausgetrieben worden, kann mich nicht mehr fürchten. Ich habe Menschen, die gehorchen, nie ernst genommen. Ich meine das nicht im übertragenen Sinne. Dasselbe gilt für die Befehlsgeber und -haber. Ich habe nicht gehorchen können, war aus Furcht furchtlos. Haneke interessiert mich, aber keiner seiner Filme. Wenn Haneke einmal einen Film dreht darüber, dass die Leute sich nicht zwingen lassen – das wäre was!

Tag, Monat, Jahr
Eine Frau sagt zu mir, es sei objektiv unmöglich, mich zu verlegen. Diese Masse. 1200 Seiten. Minimum. Wer solle das kaufen, lesen? Wie oft habe ich das schon gehört in den letzten Jahren. Und dann ist es dadurch immer mehr geworden. Camus: *Alles, was das Werk aufhält, gehört zum Werk*. So ist das. Außerdem erzähle ich von mindestens 1200 Menschen. Da sind 1200 Seiten nicht viel.

Tag, Monat, Jahr
Dass Churchill so viel geschrieben hat, stört niemanden, weil es so wichtige Menschen und Ereignisse waren. Wertvolle Menschen. Große Ereignisse. Nicht so wie bei mir. Stil gehabt hat er. Jaja.

Tag, Monat, Jahr
Jemand sagt zu mir, der GF sei, objektiv betrachtet, gewiss nicht so, wie ich ihn darstelle, die Firma auch nicht. Und dann höre ich wieder von seinen Leistungen, Verdiensten, Problemen, Sorgen, Ängsten. Was mir niemand glauben würde, ist, wie einfach und unproblematisch, billig und wirkungsvoll, schnell und hilfreich und unaufdringlich alles gewesen ist, war, wäre. Was der GF tut, ist Kolonialismus. Miserable Entwicklungspolitik.

Tag, Monat, Jahr
Was der GF tut, wie er sich produziert, ist, meines Erachtens, das Wichtigste auf dem hiesigen Markt, die wichtigste, wertvollste Ware. Ich sage das ohne jeden Spott. Brecht eben: *Wie kann das nicht sein, was so betrügen kann.*

Tag, Monat, Jahr

In der Stadt hier sieht ein Mann aus wie Hitler, kleidet sich so, frisiert sich so. Kein Schauspieler. Der persische Taxifahrer hält ihn für einen Schauspieler und ist, ich kann es nicht anders sagen, begeistert.

*

Triage. Eigentlich heißt das bloß Ausschuss, z. B. beim Kaffee. Aber es sind Menschenleben.

*

Triage: Man hilft in Katastrophensituationen, bei akutem Ressourcenmangel der Helfer denen, die noch am ehesten eine Chance haben.

*

Triage: Zuerst die, die nicht mehr schreien, dann die, die schreien, dann der Rest. Diese Regel gibt es auch. Aber die ist sehr schnell für Arsch und Friedrich.

*

Der Sozialstaat ist dafür da, dass es in Notsituationen nicht dazu kommt, dass den einen geholfen wird und den anderen nicht. Der Sozialstaat ist also das Gegenteil von Triage und Selektion. Die Regel *Leben gegen Leben* muss nicht angewendet werden.

*

Was bedeutet dieses vermaledeite *professionell*? Warum sagen alle *professionell*, warum nicht *verlässlich, sorgfältig, umsichtig, vorausschauend, wissend, was man tun kann, zielführend, Fehler vermeidend, Fehler selbst korrigierend, bestmöglich hilfreich, sich gegenseitig kontrollierend, die Folgen bedenkend*. Nein, all das heißt *professionell* nicht. Vielmehr bedeutet es in der Realität Status, Prestige, Macht. Nicht Berufsethik, nicht Sachverstand, nicht Autonomie, sondern dem externen Druck durch Geldgeber und Anstellungsträger nachzugeben.

Tag, Monat, Jahr

Der meines Erachtens integerste Künstler, Intellektuelle, Handwerker in dieser Stadt ist Gemüllers bester Freund. Ein Musiker. Die schönsten, ergreifendsten, liebevollsten, unnachgiebigsten Lieder komponiert und singt der. Und jeder, der in seiner Band sein kann, ist glücklich und stolz. Der kämpft um jeden einzelnen Menschen und um alle. Und immer wie auf Leben und Tod. Will jeden dem Tod entreißen, mit aller Kraft. Aber eigentlich verstehe ich kein Wort von dem Ganzen. Zum Beispiel das Lied, die Aufführung über Suchtkranke, ein Nachmittag, Abend, am Ende der Tod. Die waren in der Wirklichkeit selber zueinander sehr sinnlos gewesen. Und es hat auch gewiss Tote gegeben. Die Ballade ist das Gegenteil. Die Ballade ist wahr. Der Musiker ist wie ein Priester und dem

GF Gemüller Freund, als wäre der sein Kind oder kleiner Bruder. Ich kann es nicht anders erklären. Reine Güte.

Tag, Monat, Jahr
Gemüllers anständigster Freund, der Musiker. Seine Band. Er schreibt für sie Gedichte und Erzählungen. Trägt die vor. Wunderschön. Hilft Menschen damit. Jedem so konkret wie nur möglich. Und politisch und sozial sowieso. Den Herzen auch sowieso. Er sagt, alles, was er, was seine Band tue, sei, damit man nicht so allein sein muss und so vom Tod und Leid bedroht. So im Stich gelassen. Oft empfinde ich, er und seine Band singen und spielen alles wirklich Wichtige auf der Welt. Man wisse durch ihn, was zu tun ist, und tue es. Und dass ich ruhigen Gewissens mit dem Schreiben und mit dem Publizieren aufhören kann. Mit dieser Art Leben. Aber dann spricht der Musiker immer so seltsame Leute sofort und von Grund auf heilig. Und namentlich. Öffentlich. Und weil er ja wirklich so viel durchlitten und geholfen hat in seinem Leben und zustande gebracht und selber fast als Heiliger gilt, gelten die, die er heilig spricht oder eben für moralisch und intellektuell integer erklärt, als vorbildliche Menschen, die Politiker, Künstler, GFs. Hummels. Ich verstehe das nicht. Ich glaube inzwischen, es kommt aus seiner Drogenzeit: Er braucht Menschen, immer, sofort, auf der Stelle; das Gute, immer, sofort, auf der Stelle; mehr, mehr; endlich. Ich glaube, dass seine Irrtümer so funktionieren. Die Liebe, die Liebesbedürftigkeit, die Hilfe, die Hilfsbedürftigkeit, seine, sind so beschaffen.

Tag, Monat, Jahr
Alle schimpfen lautstark auf die Bankiers. Aber ihr Geld haben sie denen anvertraut, damit die es mehren. Egal, mit welchen Mitteln. Man hat immer gewusst, was das für Leute sind. Allerdings hat man sie für hochintelligent gehalten. Für Gangster, die auf ihr eigenes Geld aufpassen. Und daran wollte man eben partizipieren. Anständig.

Tag, Monat, Jahr
Angeblich waren 90 % der US-Soldaten in Vietnam auf Heroin.

Tag, Monat, Jahr
Es ist mir egal, wenn man von dem, was ich schreibe oder bin, angewidert ist. Mir geht es einzig darum, dass man es in der Wirklichkeit zum Guten wendet.

*

Die Therapeutin sagt, ich wolle immer die Leute durcheinander bringen und das lassen die sich nun einmal nicht gefallen. Bin verdutzt, sage, für Wittgenstein habe jedes wirkliche Problem die Form: *Ich kenn' mich nicht aus.* Die Therapeutin erwidert, Kant verstehe sie, Wittgenstein gefalle ihr nicht. Sie hat wahrscheinlich recht. Kant wäre wohl die Antwort auf unsere verwirrte, verlogene Zeit. Er war nach gewiss reiflicher Überlegung für die Revolution.

Tag, Monat, Jahr
Immer wenn ich in letzter Zeit das Wort Glück höre, fällt mir ein Ehepaar gleichen Namens ein. Kriminalsoziologen beide. Ihre Liste der Einflussfaktoren. Es gehe immer um die Wendepunkte im Leben, wo alles gut werden kann, z. B. dadurch dass man Arbeit bekommt oder seine Liebe findet. Dann ist man nicht mehr antisozial.

Tag, Monat, Jahr
Nur die Besten sollen Lehrer werden, in einer Tour geht das jetzt so. Nur die Besten! Wieder einmal. Und der beste Pädagoge des Landes, der das derart medienwirksam unter die Leute bringt, indem er die Schuld den Lehrern gibt, ist stolz auf seine vielen Bekanntschaften, auf all die moralischen und intellektuellen Genies. Die klingendsten Namen haben die. Die Weltprominenz der Menschenfreundlichkeit tanzt bei ihm auf. Ich kann ihn nicht ausstehen. Warum? Weil er so stolz auf seine Freunde von der Wallstreet ist. Er sagt das wirklich so. Und weil der Industriellenverband erklärtermaßen seine neue Avantgarde ist. Bei den Grünen ist das freilich auch so. Das ist jetzt überall so. Die Grünen und die Sozialdemokraten loben die Konzepte des Industriellenverbandes für die Schule und für die Migration. Vorbildlich sei der Industriellenverband! Brave New World wird das, und nicht einmal Faschismus darf man dazu sagen; denn die Faschisten sind die anderen. Nie die Grünen. Es geht den Roten und den Grünen und dem Industriellenverband und dem besten Pädagogen des Landes ja um die höchsten Werte und um jedes einzelne Kind. Keines soll aufgegeben werden, keines zurückgelassen, sagt der beste Pädagoge des Landes. Ich glaube ihm kein Wort. Immer nämlich will dieser Beste, dieser plötzliche Medienstar, irgendjemanden eliminieren, aber er, er eben nicht die Kinder und Jugendlichen, sondern deren Lehrer. Das Ganze ist, finde ich, ein Trick. Warum muss immer jemand eliminiert werden? Und diese schlechten Lehrer heute, waren die nicht auch einmal Schüler, also lern- und schutzbedürftig? Und waren sie schlechte Schüler oder gute? Und können die Besten die Schlechten überhaupt verstehen und ihnen wirklich helfen? Ich mag das Ausmerzen nicht. Ihn, den besten Pädagogen des Landes, mag ich daher nicht, sein Gerede, das so toll ankommt in den Medien und bei den Eltern. Wer soll denn die Besten aussuchen? Die gegenwärtigen Besten werden das wohl tun. Aber wenn man sich den Zustand unseres Staates besieht, vom Rest der Welt

ganz zu schweigen, handelt es sich bei den hiesigen Besten um eine sehr erbärmliche Elite. Und die wird jetzt erbarmungslos selektieren. Und alle sind dann zufrieden. Ich wette, dieser neue Bildungsstar da, der beste Pädagoge des Landes, arbeitet genauso für die Wirtschaft wie der Zukunftsforscher Horx. Aber die Eltern und die Kinder scheinen alle sehr beeindruckt von ihm zu sein. Ich glaube nicht, dass er ihnen helfen wird. Wenn diese Kinder erwachsen wären, würde er sie ausmerzen.

Tag, Monat, Jahr
Europaweit und in der ganzen Welt gehört Finnland zu den Ländern mit den höchsten Selbstmordraten, auch unter den Jugendlichen. Und der Alkoholismus ist gewaltig. Und die Gewaltexzesse in den finnischen Familien sind auch weltweit bekannt. Aber hierzulande offensichtlich nicht. Das wird hier alles ignoriert. Die vorgeblich wichtigsten, umsichtigsten SchulreformerInnen hierzulande reden so, als ob alle Kinder ins Gymnasium gehen werden, wenn bei uns das finnische System endlich eingeführt würde. Alle ins Gymnasium, wenigstens bis zum 14. Lebensjahr! Aber wie erbarmungslos selektiert und ab 14 das Leben für immer vorausbestimmt werden wird, das Schicksal, die Miseren, davon redet niemand. Man habe die Kinder gefördert, wird man sagen – und wird fürderhin ohne jede Schuld sein, was auch immer man ihnen danach offen antut. Es ist ein Trick, Neoliberalismus pur – und kommt daher als Menschenfreundlichkeit und Herzlichkeit.

Tag, Monat, Jahr
Der blinde junge Inder, der Farben ertastet; die seien verschieden warm, sagt er und nennt die richtige Farbe. Und er kann durch einen Fluss schnurstracks zum anderen Ufer schwimmen. Er kann angeblich auch grob Räume und Landschaften skizzieren, durch die er gerade geht.

Tag, Monat, Jahr
Ist die katholische Kirche ein Staat im Staat? Ja. Ist die katholische Kirche ein Sozialstaat? Nein.

Tag, Monat, Jahr
Unsere kleine weiße Katze. Ich gehe zufällig auf den Balkon. Sehe einen Fuchs sie suchen. Er sieht mich auch und will die Stufen zu mir herauf auf den Balkon, weil die Katze sich dort in einem Eck zu verstecken versucht. Ich klatsche erschrocken fest in die Hände und er dreht sich sehr langsam um und geht sehr langsam aus unserem Garten.

Tag, Monat, Jahr
Tschaikowsky hat in eine Symphonie einen untanzbaren Walzer hineingeschrieben. Die Wahrheit über das allgemeine Leben also. Über Kunst und Politik sowieso.

Tag, Monat, Jahr
Charly, in einen bulgarischen jungen Burschen verliebt. Er ist 2 Jahre älter als sie, an derselben Schule, in der Maturaklasse. Er fragt Charly, ob sie nach Bulgarien mitfahre, zu einer Hochzeit, zu der er eingeladen ist. Er ist hier nicht glücklich und dort nicht, aber sehr nett. Ich habe das Gefühl, dass er Charly nicht unglücklich machen will. Er ist zurückhaltend, zieht sich zurück, ist aber beliebt. Sie lernt Bulgarisch.

Tag, Monat, Jahr
Der bulgarische Junge verschwindet einfach. Er ist hier aufgewachsen. Egal wo und mit wem er ist, immer muss er das Leben der anderen führen. Er schämt sich sehr, glaube ich. Und er muss in gewissem Sinne für seine Eltern sorgen. Kann er nicht. Die Mutter arbeitet in einer Fabrik, der Vater am Bau.

Tag, Monat, Jahr
Charlys Religionsunterricht, die haben in der Oberstufe kein Neues Testament bekommen. Von der Bibel ganz zu schweigen. Und in der Unterstufe auch gar nichts. Die lesen das Evangelium nicht. Charly kennt das Evangelium wirklich nicht. Die haben das nicht gelernt. Wie kann das sein? Als sie klein war, die paar Sätze, Seiten, die ich mit ihr gelesen habe, die paar lateinischen Verse, die sie auswendig gelernt hat aus der Frohbotschaft. Das ist alles geblieben. Die haben im Religionsunterricht das NT nicht gelesen! Sparmaßnahme. Manchmal hat der Lehrer ein paar Exemplare angeschleppt und nach der Stunde wieder mitgenommen. War stolz auf sein Engagement. Das sah man in seinem großen Körpereinsatz.

Tag, Monat, Jahr
Bin ich Samnegdi ihre vielen kleinen und großen Erfolge in der Firma neidig? Nein. Aber es tut mir, wie man so sagt, unendlich weh, dass wir dort nie etwas zusammen getan haben, und das wird auch so bleiben bei uns. Das empfinde ich zwischendurch als furchtbar. Wir haben so viel geschafft, aber nicht, dass wir zusammenarbeiten. Da ist mir jetzt oft ein heftiges Gefühl der Traurigkeit eigen. Ich glaube auch, dass es zu spät ist zusammenzuarbeiten. Ich habe zu viel Angst bekommen, dass ich Schaden anrichte. Also sage ich öffentlich nicht mehr, was ich denke. Natürlich ist das lächerlich von mir, denn wer bin ich denn.

Tag, Monat, Jahr
Liebe und dann tu', was du willst. – Warum funktioniert das nicht mehr so gut? Eigentlich überhaupt nimmer. Weil Augustinus ein Schwitzer war und ich auch einer bin.

Tag, Monat, Jahr
Unglaublich, wie Ovid in der Schule durchgenommen wird, bei Charly auch. Flirten lernen soll das sein bei Ovid. Ich war mir bis heute sicher, inzwischen sei es längst wissenschaftlicher Konsenslevel, dass Ovid eigentlich Vergewaltigungen beschreibt. Nichts da. Man muss angeblich überhaupt unterscheiden zwischen den Metamorphosen und seinen Liebesdichtungen, lernt Charly gerade. Ich verstehe das natürlich nicht. Mir fällt ein, einmal gelesen zu haben, Ovid habe gesehen, dass Augustus eine Vestalin vergewaltigt habe. Sei deshalb verbannt worden. Natürlich nicht zu beweisen.

Tag, Monat, Jahr
Das einzig Blöde, das sich Günther Grass in seinem Leben geleistet hat, war, zu Lafontaine zu sagen, er solle das Maul halten und Rotwein trinken. Dass Grass seine Zwiebel geschält hat, war hingegen in Ordnung.

Tag, Monat, Jahr
Mein Freund der Anachoret ist Augustinusspezialist. Augustinus hat gesagt, es sei nichts Schlimmes am gerechten Krieg, denn sterben müssen wir ohnehin. Und über die Sklaverei hat er gesagt, dass ohne sie alles zusammenbrechen würde. Also müsse es sie weiterhin geben. Und dass man als schlechter Mensch geboren wird, hat er auch gesagt. Über diese Dinge mag mein Freund der Anachoret nicht wirklich reden, da sie zu nichts führen. *Liebe und dann mach, was du willst*, das interessiert ihn von Herzen. Ich glaube, dem Anachoreten gehen die Kirchenväter alle auf die Nerven. Die Systemerhalter genauso wie die Empörer. Und an die Reformen glaubt er auch nicht mehr. Vermutlich nur an diesen einen einzigen anarchistischen Satz des Augustinus.

Tag, Monat, Jahr
Ein namhafter schwedischer Sozialdemokrat hat Ende der 1950er Jahre Unternehmen durchgedacht, die gemeinwirtschaftlich sein sollen und deren Gewinn nach Abzug der Steuern im Betrieb bleibt und den Innovationen, der Sicherung der Arbeitsplätze sowie des nötigen Eigenkapitals zugute kommt. Eigentümer soll es keinen geben. Der Lenkungsrat soll aus der Unternehmungsleitung, Arbeitnehmervertretern und dem Staat bestehen. Machtkonzentration, Zentralismus, Korruption, Misswirtschaft sollen auf diese Weise verhindert werden. Ich weiß nicht, wie diese Unternehmen in der Praxis ausschauen, wohl ein Mischmasch aus NPO, Stiftung, Genossenschaft und verstaatlichtem Betrieb. Ich kenne auch keinen einzigen Firmennamen.

Tag, Monat, Jahr
Charlys Lateinunterricht ist sehr gut, die Lehrerin eine Spitzenkraft, hilft den Kindern seelisch und menschlich. Ich glaube, sie ist den Kindern die liebste Lehrerin an der Schule. Verlässlich, mitfühlend, die geistige Welt erschließend. Piel hat sie nicht gemocht, weil er ihrer Meinung nach familienfeindlich, kinderfeindlich gewesen sei. Ich kann nicht verstehen, dass sie kein Wort über die Wirkungsgeschichte der Autoren verliert, wo doch die Wirkungsgeschichten sehr wichtige Interpretationen der antiken Texte sind und sowieso an sich schon wirkliche Kulturgüter der Menschheit. Auch vom 20. Jahrhundert, von der Intelligenz, den Dichtern und Künstlern der Moderne nahezu kein Wort im Lateinunterricht. Ich verstehe das nicht. Schon gar nicht, dass die Lehrerin nicht über das Ende der römischen Republik und Demokratie, nicht über die Diktatur des Augustus und den Faschismus redet; nicht einmal die Militärjunten der Kaiser erwähnt sie. Ich verstehe das nicht. Es macht mir Angst. Es ist der beste Unterricht. Aber den Namen Sallust kennt meine Tochter überhaupt nicht.

Tag, Monat, Jahr
Der Flüchtling Herr Ho, im Deutschkurs soll er eine Seite über die Erderwärmung lesen und Fragen dazu beantworten. Er sagt, er könne das nicht lesen, verstehe kein Wort. Das kommt daher, dass ihm das, was da steht, Angst macht. Er will es auch mit niemandem zusammen lesen. Er will es auch nicht erklärt bekommen.

*

Demonstration gegen den rechten roten und schwarzen Bildungs- und Wissenschaftsminister. Die linken und alternativen StudentInnen verlangen wild, dass an den Unis Humboldts Ideal respektiert und realisiert werden soll. Das ist lustig: Die Humboldtbrüder, Alexander war ja Botschafter in Paris, erwirkte dort, dass Marx, da in Deutschland durch Majestätsbeleidigung Staatsfeind, Frankreich, Kontinentaleuropa verlassen musste; und Wilhelm Humboldt soll stets eiskalt gewesen sein. Das also fordern die protestierenden StudentInnen. Sie werden es zweifellos erreichen. Der Minister auch.

Tag, Monat, Jahr
Wilhelm Humboldt soll ein guter Vater gewesen sein. Ich glaube das nicht. Aber vielleicht hatte er eine gute Idee dazu. Glaube ich aber auch nicht.

Tag, Monat, Jahr
Unser Hund, plötzlich schwere epileptische Anfälle, die Nacht über und fast einen Tag lang. Aus dem Nichts, der Schaum, das Zucken, die

Verwirrung, das Herumirren, das Umfallen, Wiederaufstehen. Nach einem Besuch von Freunden. Der Hund hatte sich die ganze Zeit nur gefreut. Die ganze Nacht danach ging das dann aber so und den nächsten Tag. Wir haben dauernd geglaubt, im nächsten Augenblick stirbt dieses Tier oder dass es aus diesen Zuständen nie mehr herauskommt. Wir glauben, das ist ein Rest vom Blitzschlag. Wir waren da nicht zu Hause gewesen. Im Haus waren ein paar Räume wie von zehn Einbrechern verwüstet gewesen. Der Gutachter sagte, wir haben großes Glück gehabt, dass der Blitz nicht gezündet habe. Und auch dass niemand zu Hause gewesen sei. Vom hohen Baum des Nachbarn aus in einen Stromverteiler und dann in der Erde weiter die Leitung entlang ins Telefon und dann durchs ganze Haus. Nur der Hund war daheim gewesen.

Tag, Monat, Jahr

Gemüller hat sich doch wieder durchgesetzt. Wie denn nicht. Der spontane firmeninterne Unmut gegen ihn hat nichts bewirkt. Die PolitikerInnen haben ihm wieder geholfen. Die Firma ist wieder omnipräsent. Naja, an den wichtigsten öffentlichen Stellen zugegen. Gerade mit derjenigen künstlerischen Arbeit, über die sich viele MigrantInnen und HelferInnen in der Firma aufgeregt haben, weil besagtes Kunstwerk unehrlich sei, oberflächlich, nutzlos, keine Hilfe, bloß Zucker und Kitsch.

Tag, Monat, Jahr

In einem Brief Kants, glaube ich, steht von seiner schrecklichen Lähmung. Er sei *für geistige Arbeit gelähmt*. Diese Stelle kennen die wenigsten. Oder man nimmt sie nicht ernst. Gelähmt sein ist aber eine sehr ernste Sache. Von Kant lernen, wie man da wieder rauskommt – Positive Psychologie.

Tag, Monat, Jahr

Einer sagt, er verstehe nicht, warum sich meine Figuren nie wehren. Warum zum Beispiel das Kind nie zurückschlägt. *Wann denn endlich*, frage man sich. Aber nein, nie. So ein Quatsch.

*

Einer sagt, ich schreibe nur Klage und Vorwurf, Schwarz in Schwarz, Grau in Grau. Kein Lichtstrahl breche durch. – So ein Quatsch.

Tag, Monat, Jahr

Die Rechten in der Partei wollen Pötscher möglichst bald abservieren. Sollten sie nämlich selber im kommenden Frühsommer die Wahl verlieren, soll Pötscher ja nicht bleiben dürfen, während sie gehen müssen. Aber ohne Pötscher wird hier alles schrecklich werden. Für mich ist es das zwar mit ihm auch schon so. Aber ohne Pötscher haben die Sozialbewegungen und NGOs keine wirkliche Chance. Das hätte nicht so kommen müssen, nicht so kommen dürfen. Wie er der ALEIFA half, war von Grund auf falsch. Schlechte Entwicklungshilfe wie gesagt. Aber ohne Pötscher wird alles zusammenbrechen. Implodieren. Die Luft ist dann draußen. Die Frauenrechtlerin Franziska soll plötzlich auch abserviert werden. Die Frauenrechtlerin gehört weder zu den Rechten noch zu Pötscher. Zu Hummel etc. auch nicht. Sie kämpft um die Zukunft der Partei und um ihre eigene. Ich glaube, dass sie gewinnen wird, denn sie stellt sich jeder wirklichen Wahl. Innerparteilich und öffentlich. Ist immer bereit dazu. Pötscher stellt sich keiner einzigen öffentlichen Wahl. Hummel sowieso nicht. Und die paar anderen hiesigen linken Politiker, die auch abserviert werden sollen, auch nicht. Wenn Pötscher und die Frauenrechtlerin tatsächlich eliminiert werden sollten, sind die hiesigen linken Gruppen erledigt. Dann ist hier keine andere Welt möglich.

*

Der GF stellt diejenigen MitarbeiterInnen, die Gleichbehandlungsbeauftragte sein wollen und in dieser Funktion die Einhaltung des Statuts beobachten sollen und ihm nicht sympathisch sind, nicht dienstfrei. Auch damit verstößt er gegen das Statut. Er sagt ihnen, es werde sich mit ihrer Dienstzeit sicher nicht ausgehen und ein finanzielles Problem sei es auch. So macht er das. Und der Personalchef, seine rechte Hand, ist jetzt die Beschwerdestelle, ein Geleichbehandlungsbeauftragter eben. Auch das verstößt gewaltig gegen das Statut. In Wahrheit müsste man das Statut einfach übersetzen, jemanden finden dafür; natürlich den und die Übersetzer auch so gut wie möglich bezahlen. Das Statut muss man einfach durchsetzen. Die Übersetzungen. Machen eben. Der GF könnte nichts dagegen tun. Sein einziges Argument ist nämlich wie immer das Geld. Und der Zeitaufwand, die Mühe. Aber ein paar Freiwillige würden das alles über den Haufen werfen und das Statut wäre durchgesetzt. Und der Betriebsrat dürfte einfach nicht zulassen, dass der Personalchef zugleich so eine wichtige Beschwerdestelle ist. Aber die Menschen in der Firma kämpfen nicht. Eine Sekretärin hat einmal freundlich und ernst gesagt: *Wir müssen brav sein!* Das war lieb.

Tag, Monat, Jahr

Habe ich das geträumt? Eine Werbesendung? Von der Wagenknecht? Der Kommunistin. Muss geträumt haben, alles verwechselt. Fitnesskleidung. Fitnessgeräte. Eines zur Stärkung des Unterleibes, eine amerikanische Firma. Eine Werbesendung! Die Kommunistin. Hat eine Sportgerätefirma in Amerika. Werbung zur Stärkung des Unterleibes.

Tag, Monat, Jahr
Muss im Traum die Wagenknecht mit der Witt verwechselt haben.
Tag, Monat, Jahr
Bin völlig aus der Zeit. Blackout. Einmal, im Sommer 2008 war das, da habe ich Seppi getroffen. Ich saß da, schaute zu ein paar frechen Spatzen auf und plötzlich in Seppis Gesicht. Ein Ausflug in die Stadt, eine Betreuerin und ein Betreuer und sechs, sieben Behinderte, Fischessen, italienisch. Er rührt sich nicht, wird gefüttert, ein Bein ist ihm geschient und in Gips. Er ist der einzige im Rollstuhl. Vor ein paar Jahren hat es im Heim gebrannt und der Bericht davon war im Fernsehen; Seppi saß allein da in seinem Rollstuhl und schaute jedem direkt in die Augen. So wie er es von klein auf getan hat, seit ich ihn kenne. Er forscht. Jetzt sitzt er mir gegenüber. Sie reden nicht viel. Er gar nichts. Ein paar sind vergnügt. Er schaut nur. Wir sehen uns an. Es vergeht fast eine Stunde. Ich sitze da, weine. Nie habe ich gewusst, wie ich gut zu ihm komme, und jetzt ist er da. Ganz einfach. Aber ich sitze nur da und wir schauen einander an. Sie brechen auf. Ich laufe hinüber, lächle, grüße, sage zur Begleiterin, zum Begleiter, dass ich glaube, dass das Seppi ist. Und seinen Familiennamen sage ich auch. Sie nicken. Frage, ob, sage, dass ich mit ihm reden darf, weil wir doch zusammen in die Schule gegangen sind. *Servus Seppi, ich bin der Uwe, kannst dich an mich erinnern? Wir sind zusammen in die Schule gegangen.* Er sagt *Ja* und lacht und er lässt meine Hände nicht los. Der Betreuer sagt: *Das habe ich jetzt nicht geglaubt.* Ich frage, ob ich Seppi besuchen kommen kann. Die Betreuerin sagt, wo. Der Betreuer sagt *Gerne* und dass ich aber anrufen soll, weil Seppi oft in Therapie sei. Seppi habe Krämpfe. *Epilepsie, leider!*, sagt der Betreuer. Und sie sagt, dass Seppis Bruder sich so lieb um ihn kümmere und alles für ihn sei. Und dass Seppi ihm immer ähnlicher werde. Sie sagen, dass sie jetzt zum Bahnhof müssen. Ich sage zu Seppi, dass ich ihn besuchen werde. *Ist dir das recht?*, frage ich. *Ich bin bereit*, sagt er. Sowie ich kann, will ich zu Seppi, in ein paar Tagen. Das Heim ist weit weg und ich muss aber endlich zur Ruhe kommen. Und einen Halt haben endlich wieder in meiner Arbeit. Die letzten Wochen, Monate, das Jahr waren schwer. Alle paar Wochen war meine Tante wie mitten in einem unumkehrbaren Verfall. Es war jedes Mal ein Schock. Die Akutphase war immer plötzlich da und dauerte 2, 3, 4 Tage. Das Ganze war nicht zu erklären, kam aus dem Nichts. Einmal sagte im Fernsehen ein Arzt, der den verletzten Heesters betreute, Heesters gehöre nun einmal zu den Besten, weil er sich so schnell erholte. Mir wurde übel und ich war wütend. Die Besten! Meine Tante kämpfte gerade mit ihren Körperfunktionen, verlor oft, war wie zerstört und der im Fernsehen sagt, wie das die Besten machen.

Ein paar Verlagsabsagen hatte ich auch bekommen. Hatte Monate gewartet. Gehofft. Die Lektoren begründeten auch nichts. Bei einem Verleger war jetzt mein Manuskript seit einem halben Jahr. Der war sehr freundlich. Auf den hoffte ich. Ging alles nochmals durch. Und ich sitze eben da und schaue auf und in Seppis Gesicht. Und versprach, dass ich zu Seppi komme. Das Pflegeheim ist wie gesagt weit weg, ich verschnaufe noch ein bisschen, mache ein Treffen mit dem freundlichsten Verleger aus. In 4, 5 Wochen ist alles überstanden. Spätestens da bin ich bei Seppi. Ganz sicher. Mir tut alles weh, ich brauche ein wenig Zeit. Aber keine 5 Wochen. Dann ist alles gut. Ein paar Tage nur brauche ich. Im Sommer 2008 war das.

Dann plötzlich im Sommer der schrecklichste Zustand meiner Tante. Innerhalb von ein paar Minuten. Es wird nicht besser. Sie fängt sich nicht. Ist völlig weggetreten. Hatte ein paar Augenblicke zuvor gerade noch fürs Millionenquiz gelernt. Das macht sie am liebsten. Plötzlich schwere Krämpfe, Starre, Zuckungen. Fieber, hoher Zucker, Starre. 22 Uhr 15. Wir rufen den Arzt, dann die Rettung, die den Notarzt. Die Rettungsfahrer sind sehr gut. Dann um 23 Uhr 30 Transport ins Spital. Niemand weiß, was los ist. Schlaganfall? Warten. Mein brennender Durst. Hochtouren. Menschenleerer Raum. Auf und ab gehen. Der Arzt auf der Ambulanz sagt, es werde Epilepsie sein. Dann habe die Tante aber eine gute Chance. Er habe ihr etwas gegen Epilepsie gegeben. Man dürfe hoffen. Auf der neurologischen Intensivstation dann sagt die Oberärztin, dass man gar nichts sagen kann. Warten muss. Alles hier ist viel besser als damals. Aber warten, warten. Die Tante erfängt sich, aber warten, warten. Man kann zu ihr. Sie ist dann nicht lange auf der Intensivstation. Zwei Tage. Feiertag ist dann, langes Wochenende. Wir üben mit der Tante lesen, rechnen und schreiben und sie steht auf. Sind da. Die Wochenendroutine im Spital gefällt mir nicht. Der Wochenendbetrieb. Nichts geht. Nur die Tante. Gut so. Das Zimmer ist voller schwerer Fälle.

Ein Mädchen mit einem Gehirntumor, der überraschend doch nicht geheilt ist. Nach und nach wurde sie blind und taub. Aber alles plötzlich. Die Freundinnen und Freunde reden mit ihr durch Tasten und Streicheln, schreiben ihr auch in die Hand. Die Mutter ist verzweifelt. Die jungen Leute zwischendurch auch, aber mit ihnen kann sie sich verständigen. Sonst kann sie nur daherreden, weiß aber nicht, ob jemand da ist. Redet, bittet, oft ist niemand da. Die jungen Leute sind, glaube ich, alle Behindertentherapeuten, Masseure, Physiotherapeutinnen, Ergotherapeuten. Das Mädchen hat das selber auch gelernt als Beruf. Der Mann der Mutter der jungen Frau ist nicht der Vater der jungen Frau.

Ihm ist schnell etwas zu viel. Er hat aufgegeben. Will nicht bleiben, hat zu tun. Und Mutter und Tochter können sich nicht verständigen. Aber die Mutter beschwert sich wütend, wie allein die Tochter ist, wenn die etwas braucht. Das stimmt, es ist zumeist niemand da. Keine Schwester, kein Arzt. Aber die kommen zwischendurch wieder. Die Mutter schimpft mit ihnen. Die Mutter hofft, dass die Tochter in eine Rehab kommt. Vor ein paar Tagen war die Tochter taub geworden.

Und eine Frau um die 50 ist ständig bewusstlos, egal, wer kommt. Und eine Frau über 90 ist hier im Zimmer, weil sie, als sie bei ihrer Tochter auf Urlaub war, gestürzt ist und sich die Knochen verletzt hat und den Kopf. Aber mit dem ist alles wieder gut. Sie ist ganz woanders her und soll wieder in ihr Altersheim, aber es ist nicht klar, ob man sie dort wieder aufnimmt. Die Frau wird auf einen Sessel zu Tisch gesetzt und sitzt dort stundenlang und wimmert zwischendurch lange und laut. Dann kommt die Tochter, die auch schon alt ist, und alles wird anders; man kümmert sich sofort sehr. Auch die Schwester, die sie sonst immer jammern, wimmern lässt. Die 90jährige ist sehr gläubig, kann nicht reden. Ein junger Priester kommt. Die Schwester, die sich um nichts gekümmert hat, assistiert ihm und betet mit. Die alte Frau kann plötzlich doch reden. Sie sagt zum jungen schönen Priester, die Schwester soll ihr einen Schluck Wasser geben, damit die Hostie nicht am trockenen Gaumen kleben bleibe. Und dann eben betet die alte Frau jedes Gebet mit und ist glücklich und kann klar und deutlich und alles reden. Und der Priester und sie reden dann eben 10 Minuten. Gebetet, gepredigt hat er ihr vom *zärtlichen und treuen Gott* und das alles hat der Frau wirklich geholfen. Sie ist plötzlich wieder sehr stark in allem. Und ihr Heim nimmt sie dann auch wieder auf. Bin sehr beeindruckt. 5 bis 15 Minuten Gott und alles ist wieder gut. Als man sie dann abtransportieren kommt, hört die Frau wieder zu reden auf. Wirkt sehr schwach. Aber sie ist stolz.

Und eine Schwester beeindruckt mich auch, Migrantin, bestes Deutsch. Sie ist die einzige, die sich aufschreibt, welche Patientin was braucht oder will. Wenn der Schreibblock voll ist, schreibt die Schwester in der linken Hand weiter. Sie ist verlässlich, vergisst nicht, ist schnell. Sie ist die Einzige, die das so macht. Bis auf die üblichen Routinen, in denen alles Überraschende ein Greuel und daher egal ist, gefällt mir die Station gut. Mit der Tante kommen sie nicht wirklich zurecht, aber das macht nichts. Sie will nach Hause. Man kann im Spital jederzeit zu ihr und die Schwestern sind froh, wenn sie keinen zusätzlichen Arbeitsstress haben, sondern durch die Angehörigen weniger davon. Das viele Liegen war nicht gut für die Tante, bohrende, stechende, brechende Schmerzen davon und wohl von den schweren Krämpfen vorher. 3 x Grand mal innerhalb einer Stunde oder eineinhalb sei es gewesen, heißt es. (Epilepsie eben. Die Spätfolgen des Jahres 1992. Unauffällig aber über die Jahre. Unbehindert. Glück also. Die jahrelange Kanüle, das Stoma, irritiert das Personal und wird kontrolliert; das Innere ist in Ordnung, der Hals, die Luftröhre. Die Komplikation 1993 beim Versuch des Rückoperierens, gleich darauf die erste Epilepsie, Epilepsie war das damals also gewesen, was wir uns nicht erklären konnten – also war es richtig, dass wir dann auf einen neuerlichen Rückoperationsversuch verzichtet haben.) Bevor die Tante jetzt heimkommt, noch ein paar Untersuchungen, weil der Hirnshunt vom Kopf in den Körper nicht mehr auffindbar ist. Spurlos verschwunden. Der Verdacht, dass die Epilepsie daher kommt, dass der Shunt kaputtgegangen ist. Aber dann doch nicht. Aber doch nicht auffindbar. Aber doch kein Problem. Vom Medikament, Antiepileptikum, zuerst sehr müde zu Hause, sehr schlechtes Gehen, engste Grenzen, dann Dosisumstellung, mit der Zeit wird wieder alles gut. Der Gehirnbefund ergeht schriftlich, *symptomatische Epilepsie infolge Aneurysmablutung*; Ventrikel Nummer 4 vermutlich 1992 wohl schon völlig zusammengebrochen und so weiter, als ob das ganze Gehirn nur aus Ruinen wäre. Aber meiner Tante ist es trotz allem die Jahre über gutgegangen. Jetzt geht es ihr auch wieder gut. Ich bin auch froh, dass wir tatsächlich nicht viel falsch gemacht haben die Jahre über. Die letzten eineinhalb Jahre, wie die Tante immer ihre Ausfälle und Wiederkünfte hatte, das sei untypisch für Epilepsie, sagt dann ein paar Wochen später die kontrollierende Ärztin auf der Epilepsieambulanz. Jeder Anfall schädige das Gehirn, sagt sie auch. Was weiß ich. Mir kann man viel erzählen. Es ist gut ausgegangen. Aber es war schwer zwischendurch und anstrengend, auch für Samnegdi, Charly und mich. Es sind wirklich Zusammenbrüche und man muss ganz von vorne anfangen und weiß nicht, wie es weitergeht und ob es gut ausgeht. Und die Zeit ist fort. 2008 war das, Sommer, Herbst, Sommer.

*

Vor dem Zusammenbruch im Sommer 2008 trafen Samnegdi und ich den Verleger hier in der Stadt in einem Hotel; der war herzlich und interessiert. Zeitliche Abmachung. Und dann aber der Zusammenbruch und die nötige Genesungszeit. Und ich dann krank, Hochdruckattacken noch und noch. Und was weiß ich, was. Ich in der Früh beim Aufstehen 180/120, Ruhepuls 120. Ja, und? Ich eben! Im nächsten Jahr dann und heuer auch bei der Tante leichtere Anfallsformen, Absencen trotz allem wieder und überraschend. Aber nichts im Vergleich und es geht auch immer gut aus, aber es ist trotzdem ab und zu zu viel für mich. Ich tue in diesen Situationen für die Tante, was ich kann. Zeitgleich Gemüllers ständige

Erfolge mit der Lügerei und alles schwer für Samnegdi, eine Art Doppelleben. Viel Streit. Sage, wenn die Firma noch einmal wichtiger ist als ich, lasse ich mich scheiden. Die Sache ist schwer, denn die Firma ist das Leben. Mein Blödsinn ist nicht das Leben.

*

Das Statut ist für A und F. Die Optimierer und Kontrolleure sind wie immer selber das Problem.

*

Samnegdi und ich finden wieder zueinander, schreibe zu Ende, muss immer wieder von vorne beginnen, vergesse, hoffe auf den herzlichen Verleger. Mein Arzt ist sehr musikalisch, in den letzten eineinhalb Jahren höre ich mir die Musik daher tatsächlich ganz an, sie hilft mir, Messiaen, Hauer, die kann ich immer hören. Die helfen mir immer. Eine Mauer aus Licht, die keinen Schimmer von Dunkelheit zulasse, sagt jemand von Messiaen, und das ist auch so, finde ich. Hatte dem Arzt erzählt, dass ich nur mehr Vogelgezwitscher vertrage, mich immer schon freue, wenn der nächste Tag kommt, weil die Vögel dann da sind. Und der Arzt hat mir daraufhin viel von Messiaen erzählt; der Arzt musiziert und komponiert selber auch, baut seine Instrumente selber. Singt. Aber die Vögel draußen sind mir trotzdem lieber.

*

Frühjahr 2009, das Hochwasser, Seppis Bruder hat sich umgebracht. Ich habe Mitschuld. Ich wollte unbedingt das Buch fertig haben. Also mussten Seppi und sein Bruder warten. Manchmal in der letzten Zeit hat mich Seppis Bruder aus seinem Auto heraus angeschaut und gelächelt. Und in der Ortszeitung habe ich von ihm gelesen und ein Bild gesehen. Habe mir gedacht, es gebe jetzt gewiss viele, denen Günther am Herzen liegt und die wissen, wie ernst die Situation sei, und ich habe auch ans Spital geglaubt. Ich hätte es besser wissen müssen. Ich habe es gewusst, aber nicht geglaubt. Er hat sich im Hochwasser ertränkt. Es hieß dann, er habe zu viele Schulden gehabt. Da hätte ich ihm helfen können. Hätte ihn nur zu fragen brauchen. Nur mit ihm reden. War kaputt, habe ihm aus Schwäche nicht helfen können. Wollen. Bei Seppi war ich bis jetzt auch noch nie. In ein paar Tagen werde ich hinfahren und schauen, was noch von ihm übrig ist. Vielleicht hat Günther sich umgebracht, weil es dem Bruder viel schlechter ging. Ich war jedenfalls kaputt und habe vertraut. Dem System, den guten Menschen, den Berufshelfern, dem Spital. Weil mir in letzter Zeit wirklich nicht geholfen wurde, tat ich mir in letzter Zeit mit dem Helfen schwer. Im Ort haben sich in letzter Zeit ein paar Jugendliche umgebracht. Als ich an Günthers Grab stehe, kommt ein Mann zu mir und sagt, Günther hätte professionelle Hilfe gebraucht. *Hat er gehabt,* knurre ich lächelnd. *Nein,* sagt der fremde Mann und dass Günter sich nicht habe helfen lassen und dann, wie viel junge Leute jetzt hier liegen. *DAS sind die wirklichen Tragödien. Die jungen Leute.* Bis zuletzt also Leben gegen Leben, denke ich mir. Ich weiß von meiner Schuld. Sie hat keine Folgen. Dass ich vertraut habe, ist aber wahr. Ich dachte, Günther sei gut aufgehoben. Aber nichts ist von selber gut. Auf dem Grab sitzt ein winzig kleiner kitschiger Engel aus dem Baumarkt. Der liest aus einem Buch vor. Der Name der Eltern ist nicht mehr auf dem Grab, nur Günthers. Die beiden Kinder, die sich angeblich so schwer getan haben in der Schule, die Dummköpfe, der letzte Dreck. Seppi und Günther. Und da sitzt ein kitschiger Engel und liest ihnen vor. Was für ein Verbrechen.

Tag, Monat, Jahr
In Planung: Einsatz von Alcanivorax-Bakterien bei Ölkatastrophen. Aber man weiß nicht, was oder wen diese Mikroorganismen sonst noch alles fressen. In Planung: Bioplastik – PHB. In der Natur kommt es in Bakterien vor. Mülltrennung dann nicht mehr erforderlich. Müllvermeidung auch nicht. Plastikvermeidung auch nicht.

Tag, Monat, Jahr
Der GF optimiert jetzt alles. Alles soll daraufhin überprüft werden, ob die Leute wirklich partizipieren können und integriert sind. Alle Hilfseinrichtungen müsse man sich anschauen. Der GF schreibt, dass das gemacht werden muss.

Tag, Monat, Jahr
Einer wird entlassen, aber er ignoriert das, geht immer noch jeden Tag in die Firma, an seinen Arbeitsplatz, zu seinen Kollegen, in die Kantine, redet regelmäßig mit seinen Vorgesetzten und den Kunden. Bekommt Hausverbot. – Wenn das alle Wegrationalisierten so täten! Alle zusammen und zugleich!

Tag, Monat, Jahr
Man ist hier in der Stadt von Politiker- und christlicher Seite offensichtlich sehr stolz auf das Kinderbettelverbot. Ich halte selbiges für verantwortungslos. Denn man hat keinerlei Möglichkeit mehr, den Kindern zu Hilfe zu kommen. Ausgegangen ist der ganze Gehirnspuk, glaube ich, von der Lesung eines herzensguten Dichters aus der Hauptstadt, bei der ehrgeizige Journalisten zugegen waren. Man fing in der Folge aus humanitären Gründen an, Kinderschicksale aufzudecken, als ob man nicht immer schon wissen hätte können und müssen, wie Bettelkinder zugerichtet werden. Aber Hilfe für die Kinder war dann das alles nicht, was

da in Gang gesetzt wurde. Wo sind die Kinder denn jetzt? Irgendwo sonst auf der Welt und der letzte Dreck. Aber hier in der Stadt ist man stolz. Man hätte die Kinder loskaufen müssen. Ich sage das im Ernst. Man hat nichts für diese Kinder getan.

Tag, Monat, Jahr

Bei den Medikamenten, sagt man, sei die Verpackung für die Wirkung wichtig. Placeboeffekt. Wie ist das bei den Büchern? Bei meinen? Diejenigen, die ein Buch als Placebo brauchen, werden in meinem bloß ein Nocebo wahrnehmen können.

Tag, Monat, Jahr

Auf dem Supermarkt, Parkplatz, der dickste Mann schleppt links und rechts je einen großen schweren Sack auf mich zu. Leere Schnaps- und Weinflaschen. Seine Frau ist schon im Markt. Er und ich sehen uns lange an, ich grüße nicht. Er müht sich über die Maßen beim Tragen. Im letzten Jahr ist er so dick geworden, seine Frau auch. Er quält sich für die Partei ab. Amtierender Vizebürgermeister. Verliert jede Wahl. Seit über 15 Jahren. Samnegdi sagt zu mir, er trage jedes Mal so viele Flaschen. Ich erwidere: *Das ist für die Partei*. Für die Besprechungen. Samnegdi glaubt das nicht. Er ist Lehrer, für die Jugendarbeit zuständig gewesen. Vor Jahren hat er aufgebracht gesagt, wegen Alkohol dürfe man ihn erst gar nicht fragen. Da habe er eine klare Linie. Bei allen Drogen. Ich habe ihn nie gemocht. Habe auch nicht geglaubt, dass er genug versteht. Aber heute mag ich ihn. Er bemüht sich nämlich und hat ein inniges Verhältnis. Das klingt nach schlimmem Spott, ist mir aber ernst. Ich sehe seine Qual. Rote Gemeinde, er nicht; die Gemeinde ist so sozialistisch, wie sie früher nationalsozialistisch war. Also nichts wirklich, aber alles energisch. Hoch energetisch. Erstklassige Verwaltung. Er ist nicht energisch. Hat aufgegeben. Ich glaube nicht, dass ich ihn entstelle. Ich glaube auch nicht, dass die Partei ihn entstellt oder die Gemeinde. Mir gefällt heute sehr, wie er ist. Zum ersten Male. Er war heute sehr ehrlich. Er ist am Ende. Das ist mir nicht recht und ich habe nichts mehr gegen ihn. Er soll weitermachen, neu anfangen. Er ist offensichtlich krank und es gibt keine Hilfe. Das empört mich. Ich gebe der Politik die Schuld. Er wird früher anders gewesen sein. Aber da habe ich ihn ja nicht gemocht. Da hat er ja nichts verstanden. Jetzt hat er verstanden und kann nicht mehr.

Tag, Monat, Jahr

Der freundliche Mann, der mir die CDs verkauft, ist vielleicht wirklich der einzige Mensch, der in meinem Roman vorkommen möchte. Wenn die Leute über den freundlichen Mann reden, sagen sie einem, wie unaufdringlich er ist und wie gut er berät. Mir scheint, man kommt zwischendurch zu ihm in sein winziges Geschäft wie in eine Kapelle. Der Mann hat sein Geschäft schon einmal für zwei Jahre zusperren müssen, weil es sich finanziell nicht mehr ausging. Man ist dann aber wieder auferstanden. Es war sehr verwunderlich, dass das gelungen ist. Außerdem ist es schön ruhig dort. Und man kann sich etwas aussuchen im Leben, nämlich was man hören will und was nicht. Er schimpft auf die Kirche, ist schon ewig nicht mehr dabei. Ich kenne wirklich niemanden sonst, der gerne in meinem Buch vorkommen würde. Kann sein, er kommt als Einziger gut weg. Als ich ihm das sage, lacht er und will erst recht darin vorkommen. Er sagt, die Musik habe ihm das Leben gerettet. Fragt mich dauernd, wann mein Buch fertig ist. Was denn der Verleger sagt. Heute habe ich im Scherz geantwortet, ich verstehe nicht, was die Leute ihm alles anvertrauen, ich ja auch, Dinge, die ihn ja gar nichts angehen. Er lacht, legt eine CD auf, versteckt die Hülle in Hütchenspielermanier, will wissen, wann, wer, was; ich solle raten. Test. Erkenne Mozarts *Dissonanzenquartett* nicht. Den Anfang. Ich vergesse den immer wieder, habe mir das Ganze noch nie gemerkt. Ist jedes Mal völlig neu für mich. Sage, dass Musik für mich dann gut ist, wenn ich schnell ein- und bis zum Ende des Stückes durchschlafen kann. Er erwidert aufgebracht, das sei dann doch nicht Kunst und dass ich die Musik missbrauche, mir die ja gar nie anhöre. Wenn ich so schriebe und vortrüge, dass alle im Publikum einschliefen, das wäre doch schrecklich, sagt er. Mir würde es gefallen. Er sagt: *Gut, dass Sie kein Komponist sind!* Lacht, redet vom Eisbrechen und von Kafka und vom Regen heute. Er mag keinen Regen. Freue mich, wenn es regnet, weil ich weiß, dass jetzt dann wieder die Sonne herauskommen wird. Der Regen hat mir immer gefallen, als ich ein Kind war. Das ist mir geblieben. Das kleine CD-Geschäft ist voller unaufdringlicher Wertgegenstände. Eine Schatzkammer voller Sanftmut. Treffe mich dann mit Herrn Ho im chinesischen Restaurant. Ein lärmempfindlicher Musiker regt sich beim Mittagessen über einen Mann auf, der im Lokal laut telefoniert, einen Termin ausmacht. Später dann heute sagt ein Künstler zu mir, dass man danach trachten müsse, ein einflussreiches Publikum zu haben und lebenslustig und eigenständig und eigensinnig zu sein; er mache das so, der Erfolg gebe ihm recht. Fühle mich veräppelt.

Tag, Monat, Jahr
In den Nachrichten: Die Frauenrechtlerin wird die Partei verlassen, alle Ämter zurücklegen. Franziska! Letzte Nachricht dann: *Nein, niemals.* Letzte Nachricht dann: *Bei einfachem Mehrheitsbeschluss des zuständigen Parteigremiums.* Demokratie funktioniert offensichtlich so, dass es ungewiss ist, wer zuständig ist; die Partei hat viele Gremien. So viele eben, wie man braucht, damit man machen kann, was man will. Letzte

Nachricht: Der oberste Parteivorsitzende entscheidet gegen die Frauenrechtlerin. Was mich persönlich anlangt, so gedenke ich, 120 Jahre alt zu werden.

Tag, Monat, Jahr
Ich höre heute, dass die ALEIFA vorbildlich ist und daher nicht optimiert werden muss. Sie sei ein Maßstab für die anderen. Denn sie habe das alles selber schon längst getan.

Tag, Monat, Jahr
Der LKW-Fahrer, der zu einem schweren Unfall kommt, die Retter verständigt, bis diese kommen, ganz alleine hilft und dann immer noch weiter. Er stemmt fast eineinhalb Stunden lang mittels einer kleinen Ladevorrichtung das Unfallauto händisch durch sein eigenes Körpergewicht ein paar Zentimeter hoch, damit die Verunfallte nicht zerquetscht wird. Wenn der LKW-Fahrer nachgibt, ist die Frau im Auto tot. Der tapfere Helfer schafft es wirklich. Wochen später ist er plötzlich am Boden zerstört. Kann nichts mehr, hat nur mehr Angst. Niemand zahlt jetzt die Behandlung des LKW-Fahrers. Der LKW-Fahrer bekommt weder eine Belohnung noch eine Belobigung. Es war für ihn selbstverständlich gewesen, was er getan hat. Dann ist er schwer krank und niemand hilft ihm. Das ist noch immer so.

Tag, Monat, Jahr
Mein Buchtitel *Lebend kriegt ihr mich nie* ist so gut nicht. Ich habe das schon länger vermutet. Es will mich nämlich ohnehin niemand lebend. Das heißt nicht, dass man mich tot will. Es ist bloß egal, ob tot oder lebendig. Ich kenne freilich viele Menschen, die mich mögen und sich freuen, wenn ich noch genug Kraft hätte.

Tag, Monat, Jahr
Was in den letzten Tagen politisch geschehen ist, wer alles gehen musste, ging, bei den Roten, bei den Grünen, unglaublich ist das bei den Grünen, bei den Roten. Wer wen innerparteilich handlungsunfähig gemacht hat. Pötscher weg, sogar der belanglose Hummel weg, die demokratische Frauenrechtlerin weg und noch ein paar; jeder gegen jeden und alle weg. Und die kommen angeblich auch nicht wieder. Aber wie kann das sein, dass die Frauenrechtlerin Franziska keine Existenz, keine Zukunft mehr hat in der Partei, wo sie doch in der alles hätte werden können? Ich verstehe die plötzlichen Verlierer alle nicht, wie hat ihnen das passieren können; die haben doch ihre Partei in- und auswendig gekannt. Alle seit Jahrzehnten. Und jetzt alles futsch.

*

Franziska hatte immer Angst, dass die Menschen hier ins Elend geraten; man müsse ihnen rechtzeitig helfen. Die Not mache die Menschen nicht besser und nicht klüger, nur hilfloser und elender. Franziska denkt nie grausam. Vorsichtig war sie immer, wie gesagt. Auch mir gegenüber, weil ich oft offen und offensiv war beim Publizieren und in den öffentlichen Vorträgen. Und ich, ich wollte sie in nichts Blödes verstricken, nahm daher ihre Hilfe, kleinen Kooperationsangebote, Einladungen nicht an. Das bereue ich jetzt. Samnegdi und ich wären ihr gewiss gut Freund gewesen. Sie wäre besser beraten gewesen. Ich schäme mich. Bin ihr in den letzten 2, 3, 4 Jahren immer ausgewichen. Habe eben alles für falsch gehalten. Wollte eben auch nicht, dass sie durch mich Schwierigkeiten bekommt. Wenn Samnegdi und sie sich zufällig bei beruflichen Veranstaltungen getroffen haben, hat sie sich immer nach Charly erkundigt und von ihren eigenen beiden Kindern erzählt, zwei Mädchen. Ich werde sehr traurig, wenn ich zurückdenke. Wegen eines Frauenhauses wollte ich auch mit ihr reden, etwas zur Verfügung stellen. Bin ausgewichen. Schäme mich. Hat gekämpft. Ich kann nicht alles erzählen. Ich glaube, sie hat am Ende vieles genau so getan wie ich, als ich fortgegangen bin. Bei ihr war das, ist das Größe, großer Mut, Demut auch. Bei mir war es nur große Dummheit.

Tag, Monat, Jahr

Matisse, der sich nur mehr schwer bewegen konnte, aber dann die Scherenschnitte. Beeindruckend. Die innere Kraft. Leben. Leben. Aber zeitgleich hat, glaube ich, seine Familie politische Schwierigkeiten bekommen; seine Frau, seine Tochter mussten ins Gefängnis, und es ist aber, als ob Matisse das gar nicht mitbekommen habe.

Tag, Monat, Jahr

Mira redet über die Edelwestern Samstagnacht, als sie ein Kind war. Und wenn sie die nicht schauen durfte. Wieder bin ich allen Ernstes in einer anderen Zeit. Als Kind habe ich jahrelang einen Western geschrieben. Aber das Problem war, dass gleich am Anfang High Noon im Saloon war und eigentlich niemand übrig geblieben ist. Nur ein Schwerverletzter, der sich weiterschleppt. Die Geschichte handelt dann davon, wie der durchzukommen versucht. Ein paar Jahre später habe ich kapiert, dass Nietzsches *Zarathustra* genauso anfängt. Und Jahrzehnte später gab es offiziell den allerletzten Western, mit Johnny Depp als sterbendem Gunfighter. Bei Mira habe ich heute in einer ihrer Zeitschriften einen Hinweis auf ein langes Interview gefunden, das ich vor Jahren mit meinem Freimaurer geführt habe. Das ist lustig. Der ist ein tadelloser Wissenschafter und hat einen helfenden Beruf. Kampfsportler und

Rettungsschwimmer und Katastrophenhelfer ist er auch, und ein wenig gehöre ich sozusagen zu seiner Familie.

*

Im Justizpalast heute. Ein Grundbuchdokument suchen. Ausgerechnet meines ist verschwunden. Das wird ein blöder Rechtsstreit. Dann das Dokument doch gefunden. Nicht viel besser als nichts ist es. Mein Freund der Maler hat mir dann erzählt, dass das Athener Grundbuchamt schon ein paar Mal niedergebrannt worden sei, damit es keine Dokumente mehr gibt. Die Wälder angezündet und das Grundbuchamt! Griechenland.

Tag, Monat, Jahr

Ein Soziologe erklärt, auf anomische Menschen, Situationen, Strukturen, Einrichtungen reagiere jeder konform oder innovativ oder rebellisch oder mit Rückzug oder ritualistisch. Und da gebe es eben die entsprechenden Typen dazu. Was anomisch ist, habe ich noch nie verstanden. Ich halte zum Beispiel die ALEIFA für anomisch. Auf die ALEIFA reagiere ich mit Rückzug und Ritualismus. Der GF der ALEIFA ist innovativ und ritualistisch. Seine Belegschaft größtenteils konform und ritualistisch. Konform ist, wenn man die vorgeschriebenen Zwecke und die vorgebenen Mittel wahrt und wählt. Ritualismus ist, wenn man die Zwecke aufgegeben hat, aber die vorgegeben Mittel wahrt und wählt. Rebellisch ist man, wenn man die vorgeschriebenen Zwecke und die vorgeschriebenen Mittel ablehnt. Rückzug ist, wenn man die alle aufgibt. Innovativ ist man bei den Mitteln. Die Innovation ist Sache der Mittelschicht. Kann aber sein, dass ich wirklich gar nichts verstanden habe. Gemüller wird immer für seine vielen Innovationen gelobt, die ALEIFA auch.

Tag, Monat, Jahr

Ein Historiker, habilitiert, beforscht Arbeitsbiographien in der verstaatlichten Industrie in der Zeit des Wiederaufbaus. Des Wirtschaftswunders. Fast nur Männer, vierzig, und vier, fünf Frauen. Biographische Interviews. Er ist unzufrieden, weil die meisten vom Krieg erzählen und von ihrer Kindheit, und die Frauen sogar von ihrer ersten Liebe. Das könne er alles nicht brauchen, das werde er wegstreichen, sagt er. Und eine Nymphomanin sei offensichtlich auch dabei. Kommt auch alles weg. Den Interviews dürfe man, sagt er, nicht anmerken, dass die Fragen die Befragten lenken. Es sei alles viel zu direkt gefragt worden. Er führt sich jetzt so auf, weil er die Interviews allesamt nicht selber geführt hat. Jemand scherzt, aus dem Nymphomanninneninterview müsse man einen Roman machen, das würde ein Bestseller werden. Der Dozent lacht herzhaft darüber. Ich erstarre wie immer bei solchen Dingen; die Wertlosigkeit des eigenen Lebens und wem es gehört. Gewiss nicht einem selber. Die Leute sind zu vertrauensselig, wenn sie es mit Wissenschaftern zu tun haben, die sich nach ihrem Leben erkundigen. Die Schriftsteller werden verklagt, die Wissenschafter nicht. Das hat aber nichts mit Objektivität zu tun. Dann höre ich, dass der Historiker oft sehr verzweifelt ist und sehr leutselig. Er will diesmal eben nur wissen, wie die Arbeitsbedingungen sich entwickelt haben.

Tag, Monat, Jahr
Die hiesigen Politiker und ihre GFs sind handlungsunfähig und daher initiieren sie Projekte noch und noch und organisieren eine Veranstaltung nach der anderen. Ihre Veranstaltungen, Festivals ersetzen die politische Handlungsfähigkeit. Für Gemüller ist die Sache im Moment noch nicht einfach, weil er dem falschen Herrn gedient hat. Aber den neuen hat er auch immer gedient. Also wird alles gut.

Tag, Monat, Jahr
Es heißt, die Zurückweisung des Stalkers müsse klar und eindeutig erfolgen. Ja keine Diskussionen! Wenn man mit Geschäftsführern oder Politikern so umgeht, ist man aber schnell weg vom Fenster.

Tag, Monat, Jahr
Fahre mit einem guten Bekannten mit. Als ich einsteige, liegt das Tibetische Totenbuch auf dem Beifahrersitz. Ich rühre diese Dinge nicht an. Der freundliche Mensch erzählt, dass ein guter Freund heute in der Nacht gestorben sei. 40 Jahre alt. Den Beruf gewechselt vor Jahren. Eines schweren Unfalls wegen und dann hat er aber Krebs bekommen. Die Eltern haben angerufen, und der freundliche Mensch bringt ihnen wenigstens das Buch vorbei. Ich mache mich über etwas lustig, er ist mir nicht böse. Lacht sowieso selber dauernd. Aber eben nicht wie ich. Er sagt dann, er habe einen buddhistischen Lehrer gehabt, der zu sagen pflegt, wer nicht in der Dritten Welt geboren worden sei, sei privilegiert. Hierzulande könne man leicht zur Spiritualität gelangen, leide nicht materielle Not, aber was sollen die machen, die verrecken und verhungern und um ihr Leben betteln und kämpfen müssen, die haben keine Zeit für geistige Dinge. Wie sollen die zur Buddhaschaft gelangen! Ich verstehe kein Wort, fürchte aber, er hat recht. Erzähle von einem Steinloch, durch das sich die Leute quetschen, insbesondere die Frauen; alle kommen aber hindurch, und wenn sie es schaffen, werden sie besser wiedergeboren werden. Ich muss wirklich lachen.

Tag, Monat, Jahr
Kriminalsoziologie: Einer erklärt, aus der Logik der Situation und der Selektion und der Dazugehörigkeit lasse sich alles im Leben erklären. Ich verstehe kein Wort. Kriminalität hebe das Selbstwertgefühl und man gehöre endlich irgendwo dazu und jemandem an und fange neu an. So, das verstehe ich jetzt, dass die Leute, die auf kriminelle Weise ihr Leben neu anfangen, die Konsequenzen falsch einschätzen. Das ist oft so, wenn man ein neues Leben anfängt. Eine Frau sagt, Frauen seien weniger und anders kriminell, weil man sie nicht lässt, und wenn doch, dann eben nur so. Und weil Frauen machtloser seien, seien sie auch viel öfter die Opfer. Das verstehe ich auch. Gefährdeten, kriminalitätsbereiten Jugendlichen fehle es an Selbstkontrolle, an wirklichen Erwachsenen, an Frustrationstoleranz, an Verlässlichkeit, Einfühlungsbereitschaft. – Die einzig wichtige Frage, Antwort wäre jedoch, scheint mir, wer ihnen all das dann doch beibringt.

Tag, Monat, Jahr
So, jetzt ist es ein für alle Male endgültig: Sogar Hummel ist abgesetzt. Ein für alle Male. Und der Journalist Baberl ist von seiner Zeitung entlassen worden. Zusammen mit zwei Kollegen. Will jetzt eine eigene Wochenzeitung herausgeben. Hat aber im Moment nicht genug Kapital, Financiers auch keine. Soll unter Schock sein. Diese politische Sauerei hat er sich wirklich nicht verdient.

Tag, Monat, Jahr
Es gibt einen Gott, der heißt Zimzum. Der kann sich ganz klein machen, damit alle Menschen Platz haben im Leben.

Tag, Monat, Jahr
Samnegdi sagt, unter übergeschnappten Jugendlichen sei Opfer ein Schimpfwort: *Du Opfer! Du bist ja ein Opfer!*

Tag, Monat, Jahr
Neues Jahr demnächst. Charly liest für die Matura Cicero. Wie kann das sein, dass ich völlig vergessen habe, dass er verbannt worden war. Ich habe Ciceros Biographie dazumal natürlich in- und auswendig gekonnt. Und das habe ich alles von Grund auf vergessen. Wie eindrücklich der Ciceronianer Piel, unser lieber Lehrer, Ciceros Eid bei der Amtsniederlegung geschildert hat, erinnere ich mich wieder, und wie Ciceros Rechtfertigungsrede gelautet habe, die aufgeschriebene; er hat die wohl gar nicht halten können. Blättere nach so vielen Jahren wieder in einem Buch über Cicero. Auf die allerletzte Seite, auf den Karton, hat mir Samnegdi vor 20 Jahren geschrieben: *Wenn Cicero etwas versucht hat, ist*

sein Scheitern halb so schlimm. Wenn er nichts versucht, aber etwas vorgetäuscht hat, ist er zwar nicht schlimmer als die anderen, aber sehr schlimm. Wenn er nichts versucht hat, wir aber meinen und glauben, er hätte es, ist es für uns sehr schlimm – wegen der Orientierung halt. Samnegdi ist es nicht ganz geheuer, was sie da geschrieben hat. Und als ob es dann unser Leben gewesen wäre. War es. Ich habe allen Grund, Samnegdi zu lieben, zu bewundern.

Tag, Monat, Jahr
Immer wenn auf die kleinen Dinge geschimpft wird, bekomme ich große Angst. Und außer mich gerate ich zum Beispiel immer, wenn irgendwo eine Katastrophe ist, ein Erdbeben zum Beispiel oder eine Überschwemmung, und die Medien zeigen dann einen oder zwei professionelle HelferInnen. Die seien ganz wichtig. Die werden ins Katastrophengebiet geschickt. Ein, zwei, drei Personen, mehr brauche es nicht. Und das Wichtigste sei der Laptop. Da sei alles drinnen. Die Logistik sei das Wichtigste. Wie kann man mit einem Laptop Menschen ausgraben? Ich muss das Gott sei Dank nicht können. Die großen Organisationen können das. Und die Leute kommen dann nach zwei, drei Wochen wieder heim und es war eine unvorstellbare psychische und so weiter Belastung. Ich weiß nicht, ob für den Laptop auch oder ob der immer vor Ort bleibt, weil ja dann eben die nächsten hinfahren, um logistisch zu helfen. Humanitär eben.

Tag, Monat, Jahr
Charly ist verliebt in einen Mitschüler aus ihrer Klasse, die gehören jetzt zusammen. Rechtsanwaltsfamilie. Aber nur die Mutter übt den RA-Beruf aus. Vater bei einer Versicherung. Lilli und Otto waren mit ihnen einmal befreundet, sagten gestern zu mir, die Eltern und Charlys Freund haben keine höheren Werte. Bei Gott, das gefällt mir alles sehr gut. SMfrei die Eltern offensichtlich. Dann sagte Lilli aber, die beiden seien sehr herzlich gewesen. Ich fragte nicht nach, ob Herzlichkeit ein niederer Wert ist. Die Kinder kochen heute für uns, wir vier Stück Eltern essen gemeinsam. Solche Dinge denken sich die Kinder aus und das funktioniert dann auch, trotz meiner Art. Eine Großfamilie sind die. Charly hat, sagt sie, oft darunter gelitten, dass wir so wenige sind. Dafür können wir aber nichts, der Tod war das.

Tag, Monat, Jahr
Ein Alterspsychologe sagt, dass sich so viele alte Menschen umbringen und dass das ein Skandal sei, denn wenn man mit ihnen rede, werde man hören, dass sie in Wahrheit leben wollen, doch die Situationen seien eben unerträglich. Aber da könne man in Wahrheit von außen immer helfen.

Es sei auch nicht wahr, dass man im Alter automatisch dümmer werde. Man werde in vielem auch gescheiter. Und man habe Erfahrungen und Möglichkeiten, die man früher nicht hatte.

Tag, Monat, Jahr
Irgendein Bachsohn hat Kastratenarien komponiert. Das ist zum Kotzen; die Armut, der Schmerz, die Tode, die schönste Kunst. Hochkultur eben. Die Fischchen des römischen Kaisers Tiberius fallen mir ein, die waren kleine Kinder. Er ein Päderast. Er soll sie nach dem Missbrauch weggeworfen haben. Ein paar nicht. Einer zum Beispiel wurde dann sein Nachfolger. Verrückt dann sowieso. Die anderen hat Tiberius von einem Felsen, immer demselben, in den Tod geschmissen. Sie sollen sehr klein gewesen sein. In der römischen Antike war Kindesmissbrauch selbstverständlich und keine Straftat. Alles Hochkultur.

Tag, Monat, Jahr
Der Sozialforscher Martinschek, der Hodafeld zuwider war, hat, glaube ich, einmal nach Hodafelds Tod gesagt, es sei krankhaft, wenn Menschen ein Leben lang andere Menschen pflegen. Auch als Beruf sei das krankhaft. So etwas könne man nur ein paar Jahre. Der Sozialforscher ist ein verwöhnter Herr, scheint mir, und mir daher zuwider. Aber was ist, wenn er für den Durchschnitt recht hat. Für mich z. B. Warum sollte er?

Tag, Monat, Jahr
Einer sagt, man könne jeden Namen annehmen, sich jeden neuen anderen zulegen; nur wenn weniger als 100 Personen diesen Familiennamen führen, müsse man deren Einverständnis einholen. Also könnte sich jeder, schließe ich daraus, den Namen des ehemaligen Kaiserhauses zulegen, denn von denen gibt es gewiss mehr als 100. Das wäre eine lustige Sache. Adel für alle.

Tag, Monat, Jahr
Ein seltsamer Tag, zuerst sehe ich plötzlich in den schönen Hinterhof, in den mich Lilli vor fast dreißig Jahren geführt hat, als sie in mich verliebt war. Und dann sehe ich im Bus plötzlich zwischen die weitgespreizten Beine einer jungen Frau ohne Unterwäsche. Ich vermute, die Frau ist behindert oder hat etwas eingenommen. Menschen, die wirklich ihr Fleisch zu Markte tragen müssen, weil. Was? Sie nichts sonst haben.

Lilli, für die das meiste minderwertig und größenwahnsinnig ist, was ich tue. Sie ist erstaunt, dass ich überhaupt so weit gekommen bin, nie hätte sie das gedacht, hat sie einmal zu einer Freundin gesagt und mich dann gelobt, meine Intelligenz und Vortragskunst. Lilli, 9/11, Lilli und Otto, sie sagten damals, wie dumm die Feuerwehrleute gewesen seien, dass sie in die Türme vordrangen. Da müsse man doch umkommen. In so etwas dürfe man nicht hinein. Die sagten das so über die Helfer. Die seien Dummköpfe. Nicht selbstlos, sondern bloß hirnlos. Automaten.

Tag, Monat, Jahr
Ich habe Fehler immer als Chance gesehen, als eine Art von Freiheit, Zukunft. Fehler sind gut. Es fehlt bloß etwas. Dann ist alles gut.

Tag, Monat, Jahr
Eine Dokumentation: Ein Betrüger erzählt, sein eigener Bruder, der bei der Polizei ist, habe gegen ihn ermittelt und ihn festgenommen. Und er, er habe dann vor Gericht alle Unterlagen dahingehend erbracht, dass er noch ausreichend Vermögen besitze und vollauf liquid sei, daher nicht in Haft genommen werden müsse. Der Richter habe ihm das beinahe geglaubt, sagt der Betrüger freudestrahlend, und dass er alle Unterlagen selber gefälscht habe. Und ein anderer Betrüger erzählt, dass er im Gefängnis die Tochter eines reichen Juweliers geheiratet habe; ihre Familie habe das so gewollt; er hatte ihnen auf eine Heiratsannonce geantwortet, sie hatten jemanden gesucht, der begütert sei und investieren wolle. Dass er Häftling war, war ein Qualitätsbeweis für die Familie, und er konnte ihnen alles erklären, aber kein Wort von ihm war wahr; doch sie gaben ihm dauernd Geld, damit er es ihnen bei seinen angeblichen, hochintelligenten, mächtigen Freunden anlegt. Er sagt, er habe selber jedes Wort geglaubt und sei immer euphorisch gewesen und das Geld der Familie seiner Frau sei ja nie weniger geworden. Und ein anderer Betrüger bereut, sagt dann aber freudig, dass seine Lügengeschichten alle so lebhaft und wahrhaft und intelligent und schön anzuhören gewesen seien. Dass er so eine Begabung habe, verzückt ihn nach wie vor. Sie erinnern mich alle an Fröhlich-Donau. Unerträglich sind mir die. *Lebhaft und wahrhaftig,* wortwörtlich hat der Betrüger das so gesagt. Und der andere Betrüger, dass er wohl manisch sei, krank sicher, aber dass es schön war und dafürstand. Jetzt einmal habe ich über einen Betrüger gelesen, der den Eiffelturm verkauft hat und das Lord-Nelson-Denkmal und der Al Capone betrogen hat, und dass Al Capone sich aber gefreut hat, weil der Betrüger so loyal sei und er, Al Capone, ihm helfen könne. Und wie ein Betrüger die Betrogenen erpresste, eine Bank und eine Anwaltskanzlei, weil die nicht wollten, dass bekannt wird, dass man sie so leicht hat betrügen können. Und berühmte Nazibonzen und deutsche Großunternehmer sind auf einen unglaublichen Schwindler hereingefallen und haben in den investiert, weil der ihnen bewiesen hatte, dass er Gold nach Alchemistenart industriell herstellen kann. Mir macht das alles furchtbare Angst. Es ist für mich nicht wirklich lustig. Betrug ist

eine ansteckende Krankheit. Eine Sucht mit vielen Co-Abhängigen. Man ist als Betrüger sehr stolz auf das, was man kann. Man leidet aber auch sehr. Einer sagt, er habe zwischen Lüge und Wirklichkeit nicht mehr unterscheiden können; habe so viel versprochen, habe zum Beispiel zu den urgierenden, misstrauisch gewordenen Investoren gesagt, er fahre jetzt für die letzte notwendige Unterschrift zum Notar, dann bekommen sie ihr Geld. Und dann sitzt er im Auto und ist schon fast beim Notar, da fällt ihm ein, dass es ja gelogen ist. Einer der Betrogenen berichtet, sie wissen jetzt nach Jahren noch immer nicht, wohin das Geld gekommen sei, es seien zig Millionen gewesen, und der Betrüger habe, als sie misstrauisch wurden, geweint und beim Leben seiner Kinder und seiner Frau geschworen, dass alles in bester Ordnung sei. Und wenn man es nicht besser gewusst hätte, hätte man es ihm sofort geglaubt. Die Frau und die Kinder habe man ja gekannt, die Familie, und alles sei bei denen in Ordnung gewesen. Und ein anderer Betrüger sagt, er habe schon als Kind alles erfinden müssen, weil nichts da war. Er wäre sonst zugrunde gegangen.

Tag, Monat, Jahr

Der Arzt und sein Partnerarzt, Cousin, beide jetzt seit ein paar Monaten in Pension. Der Cousin erholt sich sichtlich und rasant, war schwer krank. Aber der ältere Arzt ist nicht gerne in Pension gegangen. Ich rede ihn an, als wir ihn zufällig treffen, denn wir haben ja keinen Arzt mehr wie ihn. Sicher, den Alternativmediziner schon. Aber der Arzt hat meiner Tante damals das Leben gerettet, und er war unser aller Arzt, seit er hier ist, seit 40 Jahren fast. Er ist ein guter Arzt. Lässt niemanden im Stich. Wir reden. Er gibt uns seine Karte. Ein paar Patienten hat er noch, aber nur im Notfall. Er wolle niemandem Konkurrenz machen. Es fällt ihm wie gesagt schwer, seinen Beruf nicht mehr auszuüben. Er freut sich, als er mir seine Karte gibt. Für Notfälle. Er sei aber nicht mehr jederzeit erreichbar. Mir ist mit der Karte ein wenig leichter ums Herz. Werde den beiden pensionierten Ärzten die Arztschrift des Erasmus schenken, schicken. Petrarcas Schrift wäre völlig falsch.

Tag, Monat, Jahr

So viele Jugendliche im Ort sind rechtsextrem. Ich habe das nicht geglaubt. Charly sagt die Wahlergebnisse immer richtig voraus, was die Jugendlichen angeht. Charly erzählt von ein paar Kindern, mit denen sie vor Jahren zusammen zur Schule gegangen ist. Einer jetzt ein Neonazi, Hitlergruß, angezeigt, die Eltern sind verzweifelt. Jetzt auch noch Drogen. Aber die Eltern immer ehrlich bemüht gewesen und rot und grün. Die Mutter trinkt jetzt ein bisschen mehr als üblich. Aber das ist nicht die

Ursache, sondern die Folge. Und ein Mädchen, das haltlos ist, die Eltern auseinander, immer schon, aber trotzdem zusammen ein Haus gebaut. Aber es hatte keinen Sinn. Das Mädchen war jetzt in Südamerika, wollte Entwicklungshelferin werden. Das Mädchen ist kein Neonazi, nur haltlos, aber sie haben Geld. Drogen aber auch. Die Mutter will das Haus nicht mehr, weil sie einsam ist. Alle sind noch jung. Ein Politiker sagte unlängst: *Mutter, Kind und Vater Staat.* Gegen die alleinerziehenden Mütter ging es.

Tag, Monat, Jahr
Wenn die Menschen so sind, wie ich im Moment vermute, ist es momentan völlig ausgeschlossen, dass mein Romantriptychon veröffentlicht wird.

Tag, Monat, Jahr
Die ALEIFA ist eine Plutokratie. Das ist durch Pötscher nicht besser geworden, sondern viel schlimmer. Viele Künstler mögen ihn, kämpften für ihn. Naja. Ja, doch. In jedem Kleinen und Großen, dem er geholfen hat, hat er immer noch eine Art FreundIn. Leute wie ich lassen sich nicht helfen; Leuten wie mir ist nicht zu helfen.

Tag, Monat, Jahr
Die Frau, die für zwei Wochen mit ihrem Mann und ihren zwei Kindern in die Heimat zurückfährt. Alles ist gleich geblieben, schlimmer geworden. Obwohl der Krieg schon so lange vorbei ist. Ein Sohn ist jetzt in der alten Heimat krank geworden in den zwei Wochen, in den ersten Tagen gleich. Das Krankenhaus in der Hauptstadt unvorstellbar verdreckt. Die Geräte kaputt. Man muss selber alles zahlen, auch wenn man eine Versicherung hat. Die Ärzte haben privat eigene Geräte. Und die Polizei holt aus den stehenden Kolonnen Fahrer, sagt, die seien zu schnell gefahren; die sagen, sie seien überhaupt nicht gefahren, weil die Kolonne ja stehe. Müssen bezahlen, sonst lässt man sie nicht weiterfahren. Getrennte Staatsteile, man muss daher den Polizisten auf beiden Seiten zahlen. Wer arbeitslos ist, bekommt keine Unterstützung; Massenarbeitslosigkeit. Wer niemanden hat, geht zugrunde; das kümmert aber niemanden. Das ist das Prinzip. Dort. Kein Sozialstaat eben. Pierre Bourdieu schrieb, dass es bei uns in allem genauso kommen werde. Es werde sein wie in den Kriegsgebieten des ehemaligen Jugoslawien.

Tag, Monat, Jahr
Eine wirklich liebe Kollegin aus der ALEIFA erzählt mir, dass es *Verbitterungswissenschaften* gebe. Die Kollegin will mir immer unaufdringlich helfen. Interkulturelle Weisheitsforschung interessiert sie. Und jetzt eben die Verbitterung, die ja das Gegenteil ist von Weisheit. Zuhause

schaue ich dann nach. Da steht, dass man nicht immer in einem fort bluten könne, denn dann sei Glück ein Fremdwort. Man dürfe nicht für alles und jedes jemand anderem die Schuld geben, sondern müsse nach vorne schauen und verzeihen können, sonst werde man zum ewigen Verlierer. So, und jetzt, jetzt würde ich wieder einmal gerne Feuer speien. Wie oft, gottverdammt noch einmal, habe ich verziehen, und immer ist es genauso weitergegangen wie bisher! Das Verzeihen ändert nichts. Wenn es schlimme Dinge sind und die dann dauernd weitergeschehen, ist Verzeihen eine Art von Mittäterschaft, Mitwisserschaft, unterlassene Hilfeleistung.

Tag, Monat, Jahr
Ich beende hier ein für alle Male meine Notizen. Ich warte auf den Anruf des Verlegers. Ich weiß nicht, was er sich getrauen wird. Ich kann bald nicht mehr. Wache seit ein paar Tagen wieder vor dem ersten Vogel auf. Und dann höre ich den zweiten und das geht dann so weiter. Ich wache sehr gerne auf. Im Moment geht es allen gut und ich ende daher hier. Charly ist im Geist bei ihrer Matura und ansonsten bei ihrem Freund. Samnegdi hat Arbeit und Freude daran. Und meine Tante lebt. Und Ho. Und so weiter und so fort. Ich sitze immer irgendwo und schreibe, manchmal ist jemand neugierig. Manchmal auch will jemand Wichtiger unbedingt wissen, wer ich bin. Glaubt wohl, ich sitze da, um mich wichtig zu machen. Aufzufallen. Es ist aber meinerseits bloß öffentlicher Raum, Zufall.

Tag, Monat, Jahr
Habe heute einem Buben Nachhilfe gegeben. In seinem Mathematikbuch kommt der Dalai Lama vor. Den werde ich offensichtlich nie los. Die Rechnung, wie alt Heinrich Harrer war und wie alt der Dalai Lama, als sie einander kennen lernten, geht mir auf die Nerven. Ich erinnere mich an einen Expeditionskollegen, der dem Expeditionsleiter Harrer bitterböse war, weil dieser ihn verletzt und krank und in Lebensgefahr allein in der Fremde zurückgelassen haben und mit der Expedition weitergezogen sein soll. Ich weiß aber auch: Einer der berühmtesten Psychologen der Gegenwart ist durch den Dalai Lama geheilt worden. Die beiden sind nur dagesessen und der Dalai Lama hat dessen Hände gehalten. Der Psychologe war von seinem unberechenbaren Vater ständig schwer misshandelt worden, bis ins Erwachsenenalter, und seine unberechenbare Mutter war manisch-depressiv, hysterisch histrionisch, hat oft ihr Kind beschuldigt; sich umgebracht, als es 14 war. Von diesen Dingen her kommt die ständige Wut des Psychologen, sein schmerzhafter Jähzorn und dass er immer unterscheiden können will, muss, wann ein

Mensch wirklich die Wahrheit sagt, also wirklich ist, und wann er lügt. Von der quälenden Wut, vom Leid, hat ihn der Dalai Lama durch Händehalten etc. befreit. Der Psychologe ist von Jugend an ein Gesichtsforscher gewesen. Das Gesicht ist das Wichtigste. Das gefällt mir. Er schult alle, die Manager auch, die Geschäftsleute. Das gefällt mir nicht. Aber natürlich bin ich beeindruckt. Angetan, wie man so sagt. Aber das ist nicht gut so.

Tag, Monat, Jahr

Ich bin außer mir, weil ich einen wichtigen Industriellensprecher öffentlich sagen höre, die Politiker seien an der Wirtschaftskrise schuld, weil sie 1. jetzt den Markt nicht regulieren und 2. zugelassen haben, dass die bestehenden Regulierungen unterlaufen wurden. Und ein anderer Gast im Wirtschaftsklub, Industriellenklub, sagt, Zigarre und Weinglas in der Hand, die Leidtragenden der Wirtschaftskrise seien die Aktienbesitzer. Und wieder ein anderer wichtiger Unternehmer im Klub fordert das Gymnasium für alle. Das Wissenschaftsministerium fordert das jetzt auch. Und ich mag den Trick nicht erklären. Den Irrtum auch nicht. Vermag es nicht. Doch. Ich mag aber wirklich nicht. Ich werde Seppi besuchen. In der ersten Juniwoche fange ich damit an. Ich werde für ihn tun, was mir nur möglich ist. Das schwöre ich.

Tag, Monat, Jahr

Tizian malte den toten Kopf des enthaupteten Täufers als seinen eigenen. Und Michelangelo malte sein schmerzverzerrtes Gesicht auf die Haut des Bartholomäus. Und El Greco soll mit dem Holz eines zerbrochenen Kreuzes gemalt und jeden Strich als Eingabe Gottes empfunden haben. Mit derlei kann ich nicht dienen. Ich mag keinen Gott, der mir wehtut. Der Rest ist meine Autobiographie.

Tag, Monat, Jahr

Herr Ho, gestern und vorgestern war er im Zirkus. Ist selber hin. Alleine. Hat es mir im Nachhinein erzählt. Er freut sich wie ein Kind. Der Zirkus zieht bald weiter. Ho hat eine Gratiskarte bekommen. Ich glaube, heute oder morgen geht er noch einmal hin. Ich erzähle es herum und man ist gerührt. Er sei immer für eine Überraschung gut, sagt Mira. Das stimmt. Wenn man ihn nur ließe. Er ist wieder ganz anders, leicht, wendig, hat weniger Angst, gar keine, freut sich nur, tratscht mit den Chinesinnen, alle lachen. Trinkt plötzlich Tee statt Cola und statt zuckersüß.

Tag, Monat, Jahr

Die junge Familie, an die wir einzig gegen Betriebskosten vermietet haben, Inländer, Flucht, wie wenn alles verloren ist für sie, der alte Vater des jungen Vaters archaisch, brutal. Jetzt hieß es, die beiden jungen Leute hätten sich getrennt, sie sei mit dem Baby fort, aber das ist nicht so. Auch das geht gut aus. Aber immer noch Vater gegen Sohn. Der Sohn verliert alles. Jedes Recht, hat zum Prozessieren kein Geld. Der Vater verweigert ein für alle Male die Übergabe des Betriebs und den Rest auch. Ich hatte bis vor kurzem geglaubt, in dieser Familie werden diese Dinge vorbildlich gehandhabt. Nichts da. Der Vater will eben alles selber haben und machen und Gehorsam. Früher hieß es von ihm, er könne überall auf der Welt in der schlimmsten Situation überleben. Ja, gewiss, aber hier jetzt auf wessen Kosten? Eine Tragödie. Der Alte galt als eine Art Genie. Gebe dem einjährigen Kind beim Hinausgehen den lustigen, beschenkenden, Glück bringenden Buddha in die Hand, die Eltern haben Angst, dass es die Figur fallen lässt. Das Kind streichelt den Buddhakopf und ruft lachend *Baby*. *Nein*, sagen die Eltern, und ich sage: *Wer weiß!* Das Kind hat recht. Sonst noch jemand?

Tag, Monat, Jahr

Ich lese allen Ernstes in der Zeitung, was alles besser geworden sei, politisch, wirtschaftlich, sozial.

*

Samnegdi sagt zu mir heute, meine Probleme seien typische Frauenprobleme, kommen daher, wofür ich seit jeher verantwortlich war. Meine Biographie sei weiblich. Ich mache daraufhin ein paar Witze, damit eine Ruh' ist.

Tag, Monat, Jahr

Meine einzige Chance unter all den Angebern hierorts sind die Prominenteninterviews. Die muss ich publizieren.

Tag, Monat, Jahr

Jemand sagt, die beste Steuer wäre die Geschwätzsteuer; und gerade die mächtigsten Banker sollten ohnehin Redeverbot bekommen, weil ihr Reden alles noch viel schlimmer mache. Sie zerstören mit ihrem Gerede das letzte Vertrauen. Jede Hoffnung auf Vernunft. Alles, was ich in den letzten zehn, zwölf Jahren gelernt habe, all das Linke und Alternative, war dafür gedacht, dass das, was jetzt eingetreten ist, verhindert wird. Ich habe aber nichts und niemanden gelernt, das und der aus einer Lage wie dieser heraushilft. Immer wäre es darum gegangen, es nicht so weit kommen zu lassen. Jemand sagt heute en passant schnell wieder einmal zu mir, dass ich mich nicht aufregen soll und dass es die Wirklichkeit gar nicht gibt. Das stimmt.

Tag, Monat, Jahr
Einer aus der Firma, der Studienkollege, sagt plötzlich zu mir, ohne dass ich über die Firma oder Gemüller auch nur ein Wort verloren hätte, Samnegdi hätte mir sagen müssen, was in der ALEIFA wirklich los ist. Ich weise ihn auf der Stelle zurecht. Bin zornig geworden. Habe ihn daher ausgelacht. Das hat heute funktioniert. Sonst lacht er immer, weil er die Dinge locker nimmt, weil man ja angeblich ansonsten untergeht.

Tag, Monat, Jahr
Ein Maler, der einen Buben beim Alkoholtrinken malt, das Bild wird ein Skandal. Der erste Schluck sei wie der erste Kuss, wie die erste Liebe, sagt der Maler. Der hat meines Erachtens die hiesige Politik gemalt.

*

Ein Maler, dem man Mangel an Seele vorwirft, sagt, er male, was er sehe, da sei die Seele ohnehin dabei. Mein Mangel an Seele: Eine Verlegerin hat einmal gesagt, man könne sich mit meinen Romanfiguren nicht identifizieren und es seien außerdem so viele und man wisse nicht, wozu.

Tag, Monat, Jahr
Kein Mensch versteht, was ich herumschreibe. Der GF hat leere Systemblasen, Luftblasen en masse produziert und die Politiker haben ihm dabei geholfen. Schuld sind dann immer die anderen.

Tag, Monat, Jahr
Der Armenpriester sagt, wie furchtbar es sei, dass die Armut immer schön sein müsse. Sonst werde nicht geholfen, nicht gespendet. In der Wut sagt er, er spende der Kinderkrebshilfe nichts mehr. Das ist, als ob die Kinder von Armen und von Flüchtlingen keinen Krebs bekommen oder als ob ihnen die Krebshilfe nicht hilft. Ich hätte ihn fragen sollen, warum er so wütend ist. Wohl, weil die schönen Armen Spendengeld bekommen, seine Armen nicht.

Tag, Monat, Jahr
Der Freimaurer, der Supervisor, ist eine Art Neandertalerforscher. Geht immer in ihre Höhlen. Die Nazis hatten mit den Neandertalern überhaupt keine Freude, weil die in ihren Augen nicht arisch waren, sondern minderwertig und krank. Bei den Untersuchungen der ersten Skelettfunde von Neandertalern hatte man ja gesagt, es müsse sich um schwerkranke, degenerierte Menschen gehandelt haben. Diese Ansicht ist lange aufrecht geblieben. Heute weiß man aber, woher ihre vielen Knochenbrüche stammen. Von der Art des Jagens. Die Neandertaler trugen in unvorstellbarem Ausmaß ihre Haut zu Markte, wie heutige Hochleistungssportler. Die Jagd war härteste Knochenarbeit.

Tag, Monat, Jahr
Die Schamanin, das Orakel, pfeift und rülpst, sobald ihr Spuk vorbei ist. Wenn er anfängt, macht sie im Sitzen Luftsprünge. Sehr sympathisch. Und sie dreht an einer Gebetsmühle, auf der ein 1500 Meter langes Gebet geschrieben steht.

Tag, Monat, Jahr
Max Weber wird zumeist gegen Linke beschworen, und zwar dann, wenn es um objektive, seriöse Wissenschaft geht oder um seriöse Politiker mit Augenmaß. Was zumeist in solchen Zusammenhängen nicht gesagt wird, ist, dass Webers wertfreie, objektive Wissenschaft sich einmischte in die Welt und Zeit, in der er lebte. Worum es Weber als Wissenschafter ging, war, den Menschen die Freiheit der Wahl zu ermöglichen. Und aus Worten, die Schwerter sind, Worte, die wie Pflugscharen sind, zu machen. Wissenschaft soll laut Weber mithelfen, Menschen bewusst zu machen, was Menschen eigentlich wollen und ob sie das auch wirklich wollen, was sie zu wollen meinen, und was die Konsequenzen ihrer Wertungen und Wollungen sind und was die Mittel sind, die die Menschen zum Erreichen ihrer Ziele und zum Realisieren ihrer Werte einsetzen müssen, und wo es dabei zu ungewollten Widersprüchen kommt und wo es dabei zu ungewollten Konsequenzen kommt und wie Alternativen aussehen und aussehen könnten. Über die Österreicher hat er gesagt, dass man nichts wollen dürfe.

Tag, Monat, Jahr
Der Freimaurer, der Supervisor, will mich beruhigen oder wieder aufrichten und sagt, ihm helfen immer Marc Aurel und die Natur. Das regt mich sehr auf, denn Marc Aurel hat zwar nur schöne Dinge geschrieben, zum Beispiel dass er in seinem ganzen Leben niemandem willentlich geschadet habe, aber seinen Bruder soll er umgebracht haben, seine Frau auch; seinen Sohn soll er so falsch erzogen haben, dass der dann ein Serien- und Massenmörder war; nahezu nichts gegessen soll Marc Aurel haben, magersüchtig also irgendwie, rauschgiftabhängig sowieso. Und Christenverfolgungen soll es auch gegeben haben unter ihm, mit seiner Einwilligung. Und seine Frau soll einen Aufstand gegen ihn angezettelt haben. Damals soll er auch wirklich fast aufgegeben haben. Kann sein, das meiste ist üble Nachrede. Aber was daran unbezweifelbar historisch wahr ist, ist unheimlich genug. Mit Marc Aurel kann man mich nicht mehr beruhigen und aufrichten. Bin nicht mehr wie früher. Kein Neandertaler.

Tag, Monat, Jahr
Meine Mutter hat einmal erzählen gehört, dass einem Kolibri jede Sekunde das Herz tausend Mal pocht und die Flügel hundert Mal schlagen. Und

dass diese Vögel furchtlos sind, aber in Starrezustände verfallen, als ob sie bewusstlos oder tot wären, aber wenn man sie wärmt, erweckt man sie wieder zum Leben, und sie können dann wieder hunderte Kilometer ohne Unterbrechung tausende Meter hoch fliegen.

Tag, Monat, Jahr
Als Tschernobyl explodierte, schrie in aller Früh ein betrunkener Chemiker hier vor dem Uniinstitut herum: *Das muss man alles fressen und das Maul halten. Gar nichts ist da dabei. Ich werde das fressen für euch und ihr könnt zuschauen dabei.* Dann ging er ins Geschäft Milch kaufen. Hatte zum Umfüllen sein eigenes weißes Kännchen dabei. Das waren noch Zeiten. Nicht so wie jetzt, wo ich mich überhaupt nicht mehr auskenne.

Tag, Monat, Jahr
Ein paar Psychoanalytiker behaupten, beim Schachspiel seien der König und die Dame Vater und Mutter und die restlichen Figuren seien Genitalien. Immer wenn ich nicht spielen will, sage ich zu jemandem diesen Blödsinn.

Tag, Monat, Jahr
Ein Weltreisender erzählt, einem Buddha müsse man den Bauch kraulen, dann bringe er einem Glück. Und dass es Länder gebe, aus denen Buddhastatuen nicht ausgeführt werden dürfen. Das sei ein Schutz vor ehrfurchtslosen Menschen. Einen Buddha müsse man in den Armen wiegen wie ein kleines Kind. Und dass er von einem Berufstänzer wisse, der pro Tag einmal mit seinen Ahnen und verstorbenen Eltern und ein paar Mal am Tag mit Buddha rede. Und für den jeder seiner Tänze eine buddhistische Übung in Schuldlosigkeit sei. Aber im Grunde genommen sei für einen Inder eine fette, sonnenbeschienene europäische Alm mit ein paar fetten Kühen, blauem Himmel und luftigen Wolken das größte Glück auf der Welt.

Tag, Monat, Jahr
Der Sinn des Terrorismus ist angeblich bloß, dass sich Menschen ergeben. Er wird eingesetzt, wenn keine anderen Mittel zur Verfügung stehen. Das sei die ganze Psychologie des Terrorismus.

*
Angeblich identifizieren sich 80 % der Palästinenser mit den Selbstmordattentätern. Die erste Selbstmordattentäterin hieß Wafa Idris.

Tag, Monat, Jahr
Ein paar sagen, die Pisastudien und das Gerede von Frühförderung führen zu einer Verstaatlichung der Kinder.

*

Die Pisadaten haben ergeben, dass ein Computer in der Schule oder zu Hause den Lernerfolg nicht verbessert, sondern ihn verschlechtern kann. Und dass man Elf- und Zwölfjährigen keinen Computer schenken soll. Man trainiert ihnen durch ihn nur Aufmerksamkeitsstörungen an. Über dieses Pisaergebnis wird in den Medien nie geredet.

*

Die naturwissenschaftlich und ökonomisch orientierten PISA-Test-Hörigen gehen mir genauso auf die Nerven wie die schöngeistigen, bildungsphilistinischen PISA-Verächter. Denn was die Kinder bei dem Test können müssen, ist, sich nicht verwirren lassen, sondern sich getrauen, Situationen und Zusammenhänge einzuschätzen. Das ist gut, wenn die Lehrer den Kindern so etwas Grundlegendes beigebracht haben. Aber alles andere an dem Test und seiner Auswertung ist niederträchtig und geschieht aus niederen Motiven.

26. Juni 2010

Ich war noch nicht bei Seppi. Die letzten Wochen waren schwer. Besser, ich fahre zu ihm, solange ich noch kann. Solange er noch kann. Ein Happy End bitte! Aber das würde, glaube ich, niemand so gelten lassen. Dass es aber besser ausgeht, dazu tut auch niemand etwas. Die Leut' sind ja oft wirklich blöd. Gestern der Mystiker zum Beispiel, der hat schon wieder gesagt, man müsse den Mut haben zugrunde zu gehen und dann gelange man zu den innersten Lebensfunken und alles gehe von selber und man richte sich ab da immer nach der inneren Kraft, aus der das Leben kommt, nicht nach dem, was die Leute draußen denken und reden. Das ist schön gesagt. Ich mag aber trotzdem nicht zugrunde gehen. Und beim Zugrundegehen zuschauen mag ich auch niemandem. Er ist aber angeblich ein wirklich guter Mystiker. Ich mag ihn. Aber er geht mich nichts an. Er sagt, dass viele Mystiker sehr politische und sehr soziale Menschen waren. Das Problem dieses Mystikers da hier war immer, dass er sozial verachtet und für minderwertig gehalten wurde. Seiner Sexualia wegen. Seit er Mystiker ist, ist das kein Problem mehr. Insofern hat er ja wirklich seinen Tod überlebt und ist jetzt immer gut gelaunt.

*

Ich bin, ich war, ich werde sein – die Revolution ist das und Gott eben. Rosa Luxemburg und Jahwe: *Ich bin, der ich sein werde.*

Tag, Monat, Jahr

Charly hat gestern mit Auszeichnung maturiert. Dann die Schulfeier. Die längste seit Bestehen der Schule. Die Direktoren redeten Unsinn über die Zukunft der erwachsenen Kinder. Ein roter und ein schwarzer Direktor redeten großkoalitionär.

*

Vom Homöopathen bekam ich vor ein paar Tagen ein Mittel gegen Diktatur. Meine Charakterbeschreibung laut Homöopathiefibel: *Unsentimental, pragmatisch, überfürsorglich, kein Geistesmensch, kein Wissenschafter, diktatorisch.* Demütigend ist es, dass das Mittel wirkt.

Tag, Monat, Jahr

Dieser Tage habe ich mich ein paar Mal mit einem Schulkollegen getroffen. Hat für große Unternehmen gearbeitet und für Politiker. Ist nach einem schweren Autounfall seit 5 Jahren in Invaliditätspension. Verbittert, aber doch überhaupt nicht. Studiert jetzt Musikologie. Seine Familie hat er auch nicht mehr. Fährt durch die Welt. Welthandel ist sein erlernter Beruf gewesen. Wir reden über Neoliberalismus und über Taoismus. Er ist Taoist geworden. Irgendwie. Sagt, da könne man sich ruhig hinsetzen, egal was rundherum sei. Wir mögen einander. Er hat viel Neoliberales miterlebt, mitgemacht, mitentschieden. Durchs Gespräch verstehe ich, dass er es gar nicht gewusst hat, er weiß es immer noch nicht. Aber dass vieles falsch war, sagt er. Doch der Kapitalismus sei nicht falsch. Dabei bleibt er. Wir verabreden uns für einen anderen Tag. Er will leben. Ich auch. Er redete vom heiligen Franziskus, wie schön der Sonnengesang sei. Fährt für ein paar Tage nach Assisi. Spendet alle seine politischen Bücher der Caritas. Bin dagegen, bekomme daher auch zwei.

Tag, Monat, Jahr

Da unten läuft der junge Vater. Ein Sohn, neun Jahre alt, und jetzt die Zwillingsmädchen, ein Jahr alt. Der Mann läuft gern. Es schaut sehr metaphysisch aus, wie er in den Wald läuft. Es ist, als könne er demnächst durch die Luft fliegen. Mir fällt ein, dass eine Etymologie von *theos*, Gott, *thein* ist, Laufen. Gott ist der Läufer. Vor ein paar Jahren hat das Ehepaar ein Kind verloren. Sie haben es sehr geliebt, im wahrsten Sinne auf Händen getragen, waren nur freundlich. Gehirntumor. Der Vater trug das Kind. Er lief in der Früh immer zum Zug, zur Arbeit. Sie vertrauen Gott immer noch sehr. Ich war in meinem ganzen Leben, alles zusammengenommen, noch nie so menschenfreundlich, wie die an einem einzigen Tag sind.

Tag, Monat, Jahr

Ich verstehe wirklich nicht, warum man bei Eheleuten und Ähnlichen immer schnell von Betrug redet. Die Gesellschaft ist Betrügern gegenüber fürchterlich zaudernd beim Benennen und Unschädlichmachen, aber in der sexuellen Partnerschaft sagen die Leute sofort Betrug. Das ist mir ein Rätsel.

Tag, Monat, Jahr

Gemüller sagte oft spontan, wenn wir etwas ausgemacht hatten, wir, er und ich, seien ja nicht verheiratet. Fröhlich redete auch genauso. Ich habe nie verstanden, was das heißen soll. Nachzufragen war mir zu blöd. Am Ende sagten die beiden zu mir: *Gell, du glaubst mir überhaupt nichts.* Das war wahr.

Tag, Monat, Jahr

Sex, Liebe, Betrug, Vertrauen, Treue, alles für mich seltsam. Vielleicht hat der rote Pö, als er andauernd wollte, dass die Politik und die Kultur mehr sexy werden, gemeint, sie müssen alle treuer sein und ohne Betrug. Er soll, habe ich gehört, nach wie vor jedem ein treuer Freund sein. Über die Parteigrenzen hinweg. Aber das passt auch alles nicht zusammen. Nachlesen alles in Ciceros Schrift *Über die Freundschaft*!

Tag, Monat, Jahr

Meine Abneigung gegen Zen: Dass man jeden Buddha töten muss, dem man begegnet. Und dass man sich bei den Exerzitien konzentrieren müsse, wie wenn man in einer Schlacht dem Anführer des gegnerischen Heeres den Kopf abschlagen will.

Tag, Monat, Jahr

Paracelsus war der Sohn eines Leibeigenen. Daher sein Grundsatz: *Non alterius sit qui suus esse potest.* Und dass der Mensch zum Umfallen gemacht sei; man falle um und stehe wieder auf, das sei das Leben, hat Paracelsus auch geschrieben. Und der Spruch *Leben und leben lassen!* soll auch von ihm sein. Er soll auch gesagt haben, ein guter Arzt müsse immer in nächster Nähe zu seinen Patienten leben, am besten mit ihnen zusammen unter einem Dach.

Tag, Monat, Jahr

Zwei Kinder, die bei einem Bombeninferno in einer der deutschen Städte am Ende des Zweiten Weltkrieges mutterseelenallein und völlig verloren herumirren, ein Geschwisterpaar. Der Bub konnte infolge der Schrecknisse nicht mehr reden, sondern war wie ein Hund geworden, winselte, bellte. Das Mädchen hat keinen Arzt und keine Hilfe für den Bruder gefunden. Nach Wochen ist ihnen doch einer über den Weg gelaufen, ein Homöopath. Der soll helfen haben können, sodass der Bruder zwei Wochen später wieder gesprochen hat.

Tag, Monat, Jahr

Samnegdi ärgert sich, wofür alles Geld da ist in der Firma. Für ein Projekt z. B. mit 1, 2, 3 Klienten maximal. Und für Firmenveranstaltungen wie z. B. die Klausur zur betriebsinternen Prophylaxe. Man hat da, unter

Anleitung externer ExpertInnen, Wellnesstraining gemacht. Der Betriebsrat war empört. Aber vielen hat es gefallen. Betriebsräten auch. So schön sei es noch nie gewesen bei einer Klausur. Ein paar Tage später gibt es dann aber in einer Großsitzung Wirbel, weil es ums Geld geht und darum, wie es weitergehen soll und wer und welches Projekt eingespart werden müssen. Die Kindergärtnerinnen wollen jetzt alles ganz genau wissen. Wie und wann genau die Geschäftsführung und der Overhead bei welchen Politikern mit welchen Argumenten und Visionen vorstellig und tätig werden. Welche Kontakte und Connections genützt werden. Die Kindergärtnerinnen pfeifen aus dem letzten Loch. Vor ein paar Tagen waren sie noch guter Dinge. Jetzt erzählen sie, die einzigen Argumente, die nützen, seien die Fallgeschichten. Und dann wollen sie eben ganz genau wissen, was der Geschäftsführung einfällt. Nichts, vermute ich. Vielleicht ein paar Goetheworte. Samnegdi sagt, es gebe in Wahrheit seit Jahren keine Kooperationen mehr in der Firma. Supervision werde auch nicht in Anspruch genommen. Die meisten wissen gar nicht, dass sie ein Anrecht darauf haben, aber sowohl die Projekte als auch die Einzelpersonen hätten das. Samnegdi erzählt daher immer gerne herum, dass sie seit Jahren in Supervision sind. Man ist sehr erstaunt darüber und neugierig. Und Gemüller will die Supervision jedes Jahr von neuem wegbekommen aus dem Projekt oder wenigstens ordentlich kürzen, da derlei doch unnötig und teuer sei. Die Arbeitnehmerrechte kommen teuer. In der Wirklichkeit.

Tag, Monat, Jahr
Samnegdi ist sehr menschenlieb. Ich bin ein anderer Mensch geworden und kann trotzdem nicht überleben. Früher war ich richtig. Samnegdi verzweifelt zwischendurch, weil ich ihr so oft die Schuld gebe und rasend werde. Sie ist nicht schuld. Sie hat nicht gewusst, was los ist. Sie hat Menschen vertraut, mir auch.

Tag, Monat, Jahr
Der GF Gemüller ist sehr lebenstüchtig. Seine Firma ist in gewissem Sinne eine Weltfirma. Glokal eben. Als ich aus unserer letzten Besprechung wegging, schaute er zur Seite und sagte ernstlich: *Gell, du bist nicht korrupt.* Ich nahm das nicht ernst. Wahrscheinlich habe ich das schon ein paar Mal ins Tagebuch notiert. Aber nicht, weil ich gut dastehen will, sondern weil der GF weiß, was los ist und wo und wie die Korruption anfängt. Ich hatte geglaubt, Korruption sei ein viel zu großes, angeberisches Wort. Aber der GF hatte recht damit, weiß ich heute.

*

Was ich schreibe, ist unverkäuflich. Daher finde ich keinen Verleger. *Nicht käuflich* und *unverkäuflich* ist offensichtlich ein und dasselbe. Hehe. Bin nicht käuflich.

*

Mit dem schwer verunfallten Schulkollegen heute nochmals Essen gewesen. Redeten über Arbeitsteilung. Die sei gut, sagt er, und der Ursprung des Kapitalismus. Dann redet er über Schamanismus. Ist dafür. Will ihn erlernen. Tut ihm gut. Vor Tagen war ich bei Nepomuk, er ist Schamane und Funktionär und Katholik. Seine Frau und er und seine Kinder sind glücklich und fleißig. Der Schamanismus hilft wirklich. (Aber den Sterbenden, die ich sah, hat der Schamanismus nicht geholfen. Keinem, keiner einzigen. Die waren aber im Sterben alle zwangsläufig Schamanen. Und da war auch kein Gott. Kein gütiger jedenfalls. Naja, am Ende dann, als sie tot waren, da vielleicht. Da sah man sie nicht mehr leiden. Was der Gott dann mit ihnen weiter getan hat, weiß ich ja nicht. Die haben, theologisch betrachtet, sicher etwas falsch gemacht im Leben und Sterben. Denn Gott ist nur gut. Ist es nicht so?) Nepomuk hatte mich gebeten, dass wir vorbeikommen. Aber dann haben wir nichts Wichtiges geredet. Nicht über den immer alles im Leben verlierenden zweiten, ersten Sohn zum Beispiel. Ich hatte geglaubt, Nepomuk brauche etwas, daher solle ich hinfahren. Aber er sang uns etwas vor. Und alle waren wir ruhig und glücklich. Nepomuks jüngster Sohn wird Krankenpfleger und sagte nach einer Weile lachend zu mir, ich wirke auf ihn wie ein Kind, und er wollte wissen, wie alt ich bin. Und Nepomuk meinte, ich sei wie jemand, der niemanden mehr kenne. Oder wie ein fremdes Kind, das niemanden kenne. Zum Schluss gab ich dem Familienhund zwei zuckerfreie Salbeizuckerl. Ich halte Nepomuk nach wie vor für ein Genie. Aber wozu ist er das? Vor vielen Jahren ist ihm wieder eingefallen, dass er als Kind vom Mann der Nachbarin vergewaltigt worden war. Ich glaube nicht, dass er sich das einbildet, denn ich kann mich erinnern, dass diese Nachbarin oft zu ihm sagte, er sei in einem früheren Leben hinterrücks überfallen und erdolcht worden. Es wird in diesem Leben gewesen sein.

*

Nepomuks schwere Burnouts seit 3, 4, 5 Jahren. Auch des Sohnes wegen. Und wegen der schweren Arbeit. Und wie ihn der Priester bei der Arbeit kaputtgemacht hat, aus Neid auf Frau und Kinder und Freiheit.

Tag, Monat, Jahr

Jede Nacht seit ein paar Tagen bin ich jetzt stundenlang wach, schlafe erst wieder ein, wenn die Vögel zu zwitschern anfangen. Warte auf die. Die haben jetzt aber nie zur selben Zeit angefangen zu singen und es waren auch immer andere Vögel. Das verstehe ich nicht. Und manchmal waren die Hähne als letzte wach und einmal war wirklich ein Hahn der erste Vogel am Morgen. Und eine Zeit lang waren die Krähen die ersten und dann war lange nichts. Ich war sehr erstaunt. Und dann waren aber endlich wieder die schönen Vögel am Wort. Aber irgendwie war auf alles kein Verlass.

Juli 2010

Ich ertrage mein Schreiben selber nicht mehr. Die Normalität der Menschen hat zur Folge, dass ich nichts mehr von dem, was ich ertragen habe und was ich zustande gebracht habe, tun kann. Ich kann nicht mehr. Wie kann das sein? Es ist wirklich die Normalität der anderen. Ich kann nicht mehr helfen, wie ich es konnte. Denen nicht mehr, die ich für eine Zeit lang vor etwas retten und schützen konnte. Ich kann auch kein neues Leben mehr beginnen. Das ist die Folge der Normalität.

Juli 2010

Die Seele ist das Gefängnis des Körpers, heißt es. Wenn das nur wahr wäre! Dann wäre alles einfach. Von Foucault ist der Spruch. Foucault wollte in einem fort geliebt werden. Ließ sich aber schlagen. Zu dem Zwecke der Liebe. Sich schlagen lassen, ist das christliche Nächstenliebe? Ich frage das im Ernst. Ich mag diese Dinge nicht. Wie kann der freiheitsliebende Foucault so ein großer Denker sein, wenn er so dumm war, sich schlagen zu lassen? Wie oft habe ich mich als Kind schlagen lassen müssen. Sich von jemandem Schmerzen zufügen lassen, um ihrer Herr zu werden, ist es das, was der SM-Foucault wollte? Ich mag das nicht. Und wenn es Schamanismus auch ist, dann erst recht nicht. In den Altersheimen, auf den Intensivstationen, in den Hospizen, Asylen Leid und Qual überall – und die anderen Leute brauchen trotzdem SM. Ich glaube nicht, dass mir das alles irgendjemand erklären kann. Die Glückshormone beim SM. Die glücklichen Kinder, die misshandelt werden!

Juli 2010

Vor ein paar Tagen hat Charly zu Samnegdi gesagt, sie sei froh, dass wir sie so erzogen haben. Das war ein Lob, wir haben daher nicht nachgefragt, was sie meint. Besser kann es ja nicht werden für uns beide. Charly hatte in der Schule viele Freundinnen und Freunde und ist sehr sozial, wie man so sagt. Ich habe sie nicht so erzogen.

*

Vor ein paar Tagen war Jean Ziegler im Fernsehen zu sehen und ich habe mich geschämt, habe dann wirklich zufällig eine Widmung an mich in seinem Marxbuch gefunden, das er mir einmal zugeschickt hat. *In herzlicher Freundschaft und Dankbarkeit,* steht da. Das ist ewig her und er kennt mich mit absoluter Sicherheit nicht mehr. Schäme mich, weil ich von ihm höre, wie viel man tun kann. Cohn-Bendit hat Ziegler vor Jahren für lächerlich erklärt. Mein Bekannter der Belletrist auch. Ja, und? Ich habe dem Belletristen widersprochen. Ja, und? Der Belletrist war vor ein paar Jahren noch sehr revolutionär. Ja, und? Einmal werden sie alle gewiss in einer Prominentensendung beisammensitzen und freundlich sein. Ja, und? Gut Ding, die Revolution, braucht Weile. Nein, es muss jetzt schnell gehen, rechtzeitig sein.

*

Unsere Differenzen und unsere Liebe. Beide groß. Samnegdi bemüht sich sehr um mich. Die ALEIFA macht mich rasend, der GF. Das System, die Politik.

*

Die Erschöpfung. Bin ausgelöscht. Nicht wie sonst, sondern ganz. Ich muss zu Seppi, ihm helfen.

*

Ein Priester liest die Messe, allein, mit einem Ministranten. Die Kapelle ist m. E. nicht einfach und nicht schlicht, sondern schwachsinnig. Ein ödes, leeres Büro, eine Büropflanze auf dem Altar. Dann erklärt der Priester den Unterschied zwischen Agape und Eros. Viele O-Worte des Heiligen Vaters verwendet er dafür. Sagt, wie schön, wahr und wichtig diese Worte seien. Und dann sagt er, dass Eros sei, wenn man jemanden gerne treffe und ihm gern wiederbegegne. All diese langweiligen dummen klerikalen Herrschaften reden von der Schönheit des Glaubens und der befreienden Kraft des Evangeliums! Die da! Aber dem Gott, dessen Ebenbild sie sind, ist jede Schönheit fremd und jede Freiheit.

*

Und dann eben schon wieder die Meldungen vom Kirchenskandal. Missbrauch und Misshandlung, was denn sonst. Jemand sagt, die Opfer haben aus diesen und jenen psychischen Gründen so lange geschwiegen. Erstens weil einem niemand glauben würde und zweitens aus Scham- und Schuldgefühlen, sagt er. *Quatsch! Alles Quatsch*, denke ich mir. Man schweigt, weiß ich, weil in Wahrheit ohnehin jeder weiß, was wirklich los ist. Ein Rechtsanwalt, der von der katholischen Kirche bestellt ist, sagt, dass es sich bei den vorgeblichen Opfern um schwierige Persönlichkeiten handle, die jetzt ihr Leben und ihre Probleme heroisieren. Und ein kirchlicher Psychologe, schon lange Jahre offiziell zuständig für Missbrauchsopfer, sagt lächelnd, man prüfe jetzt, ob überhaupt Folgeschäden bestehen, und man prüfe immer im Rahmen dessen, was damals üblich gewesen sei. Alle diese Helfer sind unbescholten, hilfsbereit, unantastbar. Die staatlichen Hilfssysteme sowieso. Die Hilfssysteme an sich. Alles immer bloß

Einzelverfehlungen von einzelnen Personen oder schlimmstenfalls kleiner Gruppen. Aber die Hilfseinrichtungen an sich sind professionell. Was für eine Niedertracht!

*

Ich werde nur mehr mit dem Guten, Wahren und Schönen Umgang pflegen. Ich werde mir ein leichtes Leben machen; ein Alternativler sagt, das sei die beste Rache. Ich will mich aber gar nicht rächen, sondern nur meine Ruhe und meinen Frieden. Eigentlich will ich gar nichts mehr. Nur leben. Ich war aber immer so.

*

Beatrice Cenci soll mit 22 Jahren ihren Vater getötet haben, weil er sie von ihrem 14. Lebensjahr an missbraucht hat. Sie wurde vom Papst nicht begnadigt, sondern er statuierte ein Exempel, weil zur selben Zeit in den Familien gerade sehr viele Morde geschahen. Viele potente Väter wurden umgebracht. In einer Art Notwehr. Mit 22 wurde die Cenci daher enthauptet, obwohl sie trotz Folter ihren Mord nie gestand. Der Papst griff einfach durch. Alles ist heute, wie es immer war.

Juli 2010

Das Bild der Cenci, gemalt im Gefängnis, man weiß nicht, ob sie es wirklich ist. Vielleicht die Darstellung einer Sibylle. Und vielleicht ist nicht Reni der Urheber, sondern einer seiner Schüler.

*

Jemand schimpft, weil Charly sich ein Tattoo stechen lassen will. Da verteidige ich es, sie. Wenn Charly das wüsste! Die würde das ja nie von mir glauben. Außerdem hat mir heute mein Freund der Maler erklärt, dass eine Tätowierung ein Schutzzauber ist. Also bin ich dafür. Der Maler ist zwar auch dagegen, aber ich bin für Schutzzauber. Ein Mensch braucht das.

*

Selbst Erasmus von Rotterdam war schamanisch. Das geht mir auf die Nerven. Nackt mit Jesus gekreuzigt werden und sterben und wiederauferstehen mit dem Christus. Mir gibt so etwas nichts.

*

Bei Erasmus steht, ein guter Arzt esse die Krankheiten seiner Patienten auf. Dadurch werden diese gesund.

*

Ein sich von Herzen liebendes, zutiefst christliches Ehepaar sagt von sich: *Omnia vincit amor*. Vergil oder Tibull oder Ovid statt dem *Hohen Lied der Liebe*. Die haben recht, denn nur so ist die Liebe stärker als der Tod. Eben nicht biblisch, sondern heidnisch.

*

Der Verleger, warum sagt er mir nicht einfach ab? Er wartet vielleicht wie ich auf ein Wunder. Aber das Wunder geschieht nicht. Aber in dem Moment, in dem er zusagen würde, würden ein paar Wunder geschehen.

Juli 2010

Treffe heute in der Stadt zufällig einen Altertumswissenschafter. Erstklassiger Handwerker. Eine Professur hat der jetzt wohl. Zu Recht, er war auch immer zu allen freundlich, nie schikanös, wusste nämlich genug. Er ist im Vorbeigehen freundlich und verlegen, leider kein Verleger. Zwei Stunden später erfahre ich zufällig, dass er und noch ein paar das Institut verlassen haben. Gedemütigt. In gewissem Sinne entehrt. Piel gilt dort nichts mehr. Bin völlig perplex.

*

Ich schreibe jetzt wieder öfter in Caféhäusern. Halte mich inzwischen für den Einzigen in der Stadt hier. Ich setze mich jeden Tag für ein paar Stunden hin und tue meine Arbeit. Die Kellnerinnen und Kellner sind eben nett wie Pfleger und Krankenschwestern. Das ist so. Ich glaube, die mögen mich und wünschen mir alles Gute. Von ein paar höre ich Lob über meinen Fleiß. Sie fragen, ob es sich wohl ausgeht bei mir mit der Arbeit. Ein Kellner sagt, dass Leute im Stadtcafé entlassen werden; sie wissen noch nicht, wer. Er habe das schon oft erlebt, zehn Jahre irgendwo gearbeitet und dann plötzlich weg, und ein, zwei Tage wird noch nachgefragt und das war es dann, sagt er. Bei ihm werde es auch so sein.

Juli 2010

Samnegdi und ich waren die 87jährige Frau besuchen. Es ist ein gutes Altersheim. Aber trotzdem falsch. Die dort arbeiten, sind offensichtlich zwar keinen Extremsituationen ausgesetzt, aber meines Erachtens doch andauernder Überanstrengung. Das läuft dann auf dasselbe hinaus. Der Bub z. B., keine fünfzehn, der gefüttert werden muss. Der Pfleger, der alle füttern muss, ist arm dran. Was in dem Heim fehlt, ist die Lebendigkeit. Die 87jährige ist eine der Lebendigsten. Sie ist noch nicht lange dort. Es brauchte viel Bürokratenjuristerei, dass sie den Heimplatz überhaupt bekommen hat. Hatte zuerst zu wenig Pflegegeld. Im selben Zweibettzimmer mit ihr liegt die verfallende Angehörige eines sozialdemokratischen Spitzenpolitikers a. D. Die 87jährige Frau, die wir besuchen, ist seit jeher sehr selbstdiszipliniert und bescheiden. Sie führt Tagebuch. War Friseurin früher. Ist vor ein paar Monaten noch zu meiner Tante gekommen, um ihr die Haare zu schneiden. Der Mann der Frau ist vor Jahrzehnten schwer gestorben. Als er starb, das erzählte sie uns heute, habe er zu ihr gesagt: *Ich bin auf der Wega. Da treffen wir uns.* Der hellste Stern. Dort. Das Gehirn war ihm Wochen vor seinem Tod kaputtgegangen. Aber er wusste, wo er und sie sich wieder treffen werden: *Ich bin auf der Wega.*

*

Es geht der Frau gut im Heim. Und doch schlecht. Es müsste beides zugleich möglich sein, die Abwechslung durch die anderen Menschen hier, die gute Pflege hier und das eigene Zuhause daheim. Aber alle hier bemühen sich. Das sieht man. Sie ist viel besser beisammen. Seit Jahren nicht so gut wie jetzt. Sie sagt aber: *Mit 3 Jahren bin ich aus dem Heim herausgekommen und jetzt mit 87 bin ich wieder im Heim.* 84 Jahre lang hatte sie in dem Haus gewohnt. Ihre Mutter hatte sie mit 15 bekommen, hatte in einem Gasthaus gearbeitet, hat die Gastwirtschaft dann geschenkt bekommen; aber die Tochter wollte dort nicht arbeiten, da hat sie sie verstoßen. Doch die junge Frau fand ihren Mann und der stand ihr bei. Sie sagte heute zu uns, das rechne sie ihm hoch an, dass er gesagt habe, dass sie es auch ohne die Wirtschaft schaffen werden. Das Gasthaus ist dann eine Goldgrube geworden. Die Frau und der Mann hingegen haben immer winzig gelebt. Aber einmal, da war er schon schwer krank, fuhren sie zusammen nach Frankreich. Sie hat noch nie so viel erzählt wie heute. Sie will nie, dass man ihr etwas schenkt, schenkt uns aber immer Kleinigkeiten, die für sie teuer sind. Sagt immer, das sei das letzte Mal. Sie rechnet immer mit ihrem Ende. Übt ihr Gedächtnis. Ist selbständig. Hatte immer viel Ehrgefühl. Wollte sich nicht schämen müssen. Nicht abhängig sein. In jedem Altersheim ist es falsch, dass die Leute nicht tun können, was ihr Beruf gewesen ist.

*

Die Roten hier in der Stadt haben einander gegenseitig dumm und feig und fertig gemacht und durcheinander gebracht und erledigt. Die hiesigen Grünen einander auch fast und ziemlich. Da gibt es ein sozialpsychologisches Gesetz dafür. Es hat mich nie interessiert. Charly wird es einmal lernen.

*

Mit Samnegdi bei Herrn Ho. Er sagt uns, dass er geputzt habe, die Fenster, den Tisch, das Foto. Samnegdi und Hos frühere Arbeitskollegin in der Firma, die jugoslawische Volksschullehrerin, sind auf dem Foto. Er zeigt durchs Putzen, wie viel es ihm wert ist, die Menschen darauf. Es geht ihm heute sehr gut, der Park, die Sonne, die Menschen. Die ALEIFA hat ihm geholfen. Nein, aber die ALEIFA ist der einzige Ort, von dem ich weiß, an dem das wirklich geschehen kann. Die Fotografie haben wir ihm damals auf der Festung auf sein Nachtkästchen gestellt und *Viele Grüße von Deinen Kollegen in der ALEIFA* geschrieben. Das hat geholfen.

*

Samnegdi fragt mich, wie das ist, wenn die Politiker, die mir das Leben so schwer und dem GF so leicht gemacht haben, jetzt alle wirklich fort sind. Ich sage wie immer, dass es mir nie darum geht, dass irgendjemand gehen muss. Alle sollen bleiben, wenn es nach mir geht. Aber die Ämter, die Verantwortung, die Befugnisse, das Verfügungsgeld, die Möglichkeiten, die Chancen müssen an viel, viel, viel mehr Leute gehen. Die Politiker, die GFs müssten alles teilen und dadurch würde von allem viel mehr und wäre genug für alle da. Und es würde daher dann wirklich geholfen.

*

Ich mag nicht, dass jetzt alle von der Bildfläche verschwinden, die mir auf die Nerven gegangen sind. Es kommt nichts Besseres nach. Die sollen jetzt endlich alle ausgelernt haben und die Dinge richtig machen!

*

Das korrekte Reden: *Fremd* ist nicht korrekt. *Integrieren* ist korrekt. *Partizipieren* ist auch korrekt. Aber dass man *fremd* nicht wirklich sagen darf, denken schon gar nicht, hat zur Folge, dass man über die Entfremdung nicht mehr reden darf. Also über all das nicht, was geschehen und gerade im Gange ist, über all die Unwirklichkeiten, über die politische Kriminalität, über das Versagen der Wissenschafter und der Kulturschaffenden. Entfremdung ist ein verbotenes Wort und aber in Wirklichkeit überall am Wirken.

*

Warum bin ich ein so schlechter Verlierer? Weil die Sieger so schlecht sind.

Juli 2010

Bei schweren Traumatisierungen sind Gedächtnisstörungen und Amnesien selbstverständlich. Bei Kindesmissbrauch ist die Amnesierate am höchsten. Die blöde Loftus lässt das nicht gelten.

Juli 2010

Der übliche Spott über Jammerer und Grübler wie mich. Aber ein Spezialist für kontrafaktisches Denken sagt, zu fragen, *Was wäre gewesen, wenn?*, sei in Wahrheit gut für die Menschen. Denn dadurch erkennen sie ihre Möglichkeiten. Ich glaube, im österreichischen Fernsehen liefen eine Zeit lang Werbeeinschaltungen gegen die *Hättitätiwari*. Ich weiß nicht mehr, ob die Werbeeinschaltung von der Politik oder von der Wirtschaft bezahlt war.

Juli 2010

Charly erzählt, dass kein Mädchen aus ihrer Klasse, ihrem Jahrgang, irgendeine der Aufnahmeprüfungen bestanden hat. Bin sehr erschrocken. Die Buben aus ihrer Klasse haben das Problem nicht, absolvieren jetzt ihren Militär- oder ihren Zivildienst oder studieren irgendetwas ohne Aufnahmeprüfung. Im Nachhinein betrachtet war die Maturafeier jedenfalls noch absurder.

*

Höre von *Heroes*; die werden an deutschen Schulen ausgebildet, gehen dazwischen, schlichten; sind froh, wenn sie beiden Seiten helfen können, den Kindern, den Eltern. Sind aber Kinder. Unterschicht, Migrationshintergrund, Hartz IV. Die gehen dazwischen, kommen selber da her.

*

Der weltweit vorbildliche Österreicher Leopold Kohr – wofür der und sein Anguilla alles gut sind, nach wie vor. Auch in seiner eigenen Heimat: Das rote BAWAG-Geld z. B. soll irgendwo um Anguilla versenkt worden sein, und der schwarze Wissenschaftsminister Hahn wird bezichtigt, seine Kohr-Arbeit intellektuell unredlich fabriziert zu haben. Eigentlich ist alles so amüsant und so lustig, wie Kohr war.

Juli 2010

Ein angeblich berühmter Betrüger sagt, der Betrüger und der Betrogene seien Zwillinge. Denn die Betrogenen seien keine Spur besser als der Betrüger, sondern Mittäter. Bin verwirrt und empört und alles tut mir weh. Er sagt, es gehe den Betrogenen immer nur um die Honigtöpfe, die Gier, das Geld. Er habe zeit seines Lebens ein anderer sein wollen, müssen, denn er sei als Kind ein Nichts gewesen. Daher sei das alles so gekommen. Die anderen haben alles gehabt und Menschen wie er nichts. Doch sei er jetzt in der Haft ein anderer Mensch geworden, durch die Therapie und vor allem durch das Bibellesen. Aber vor allem durch seine neue liebe Frau und durch seine lieben kleinen Kinder. Dann erwische ich ihn doch bei einer Lüge. Nur ein Betrüger redet so wie er, meine ich. Er sagt einfach, was man hören will. Das ist nach wie vor so. Es hat keine Folgen, dass ich den Betrug höre.

*

Bin niemandes Zwilling. Nie gewesen. In meinem ganzen Leben habe ich nie etwas des Geldes wegen getan, sondern alles, damit nicht gestorben und nicht gelitten werden muss. Mir ist es immer nur um den Hilfereichtum gegangen.

*

Habe gestern mit der lieben Journalistin Elisabeth telefoniert. Die aus der ALEIFA. Sie sagt, dass es ihr nicht gutgeht, aber dass es uns allen, ihr und uns, gutgeht, weil es ja anders sehr schlimm sein könnte. Die liebe Elisabeth sagt, sie sei immer froh, wenn es nichts Neues gibt. Oder wenn sie mit jemandem über ganz unwichtige Dinge reden kann. Das sei am besten fürs Gemüt. Bei mir ist das auch so, aber ich kann es nicht.

*

Charly sagt *Gefährte*. Ihr Freund und sie sind das einander wirklich.

*

Ein deutscher Kommunist sagt, seine Partei sei jederzeit regierungsfähig. Denn was da heutzutage Regierung heiße, das können sie allemal und wirklich besser. Die gesellschaftlichen Bedingungen seien aber noch nicht so weit. Er lobt dann die Kirchen, deren Armutsberichte. Muss das sein?

*

Lafontaine, der jetzt fast wirklich nicht mehr in der Politik ist, sagt, die Demokratie sei erledigt. Hofft auf die Kirche. Er habe immer als Christ gehandelt.

21. Juli 2010

Vor ein paar Tagen ist eine Berliner Jugendrichterin spurlos verschwunden. Keine Nachrichten darüber seit Tagen. Ich frage mich jeden Tag, ob es gut ausgegangen ist und sie wieder da ist. Sie hat sich angeblich viele Feinde gemacht. Ihren Wagen hat man gefunden. Wald. Heimweg. Aber noch weit weg von Zuhause. Man kann, meine ich, ihre Vorgehensweisen und medialen Kampagnen fälschlich für falsch erachten, für gnadenlos und kontraproduktiv, aber was da jetzt der Richterin geschehen zu sein scheint, ist ein Horror. Für alle. Aber ich weiß nicht, ob sie noch immer spurlos verschwunden ist. Man will offensichtlich nicht darüber berichten. Vielleicht ist es für alle das Beste so. Eine Art Staatsräson. In Wahrheit ist die Richterin immer auf der Seite der Schwachen. Und hilfsbereit.

*

Am Abend haben wir uns mit der Kindergärtnerin getroffen. Reden nett. Erfahre, wer alles nicht mehr trinkt. Gemüllers Freunde. Schön. Aber was habe ich davon. Ich bin mit ihnen nicht zurande gekommen, was nützt es mir jetzt, dass sie zur Vernunft gekommen sind. Ihre Vernunft wird nach wie vor nicht ausreichen. Das Ganze ist Politik, Kunst und Kultur. Der Frauenrechtlerin Franziska wird von einem von Gemüllers Freunden völlig zu Unrecht nachgesagt, dass sie sich scheiden lassen werde. Es ist nicht wahr. Sie war treu, der Partei, ihrem Mann und ihren Kindern. Sie hat geglaubt, das sei alles miteinander vereinbar. War es auch. Der Rest ist dem innersten Seelenleben von einem von Gemüllers Freunden entsprungen. Damit er eine Erklärung für alles hat. Für Franziskas Untreue der Partei gegenüber.

*

Es ist mir unerträglich, wie dumm die Guten und Intelligenten sind, die Linken. Es ist auch bei ihnen wie in Zimbardos Gefängnisexperimenten, alles nur Als-Ob, aber dann plötzlich Realität und brutal: Die einen werden zu den Wächtern der anderen gemacht und sind es dann mit Leib und Seele, weil in die Macht und die Hierarchie eingesetzt. Die glauben das alles plötzlich. Die Linken und Grünen sind genauso, finde ich.

*

Die ALEIFA-Mitarbeiterin, die seit ein paar Wochen immer wieder träumt, dass sie während des Autofahrens plötzlich blind wird. Die Angst um ihr erwachsenes Kind, dass es blind wird. Es war schon einmal lange lebensgefährlich krank. Die Arbeit in der ALEIFA hilft. Der GF ist mir trotzdem unheimlich. Denn es ist nicht seine Arbeit, die hilft.

22. Juli 2010

Man muss von ganzem Herzen laut sowohl über das nachdenken, was falsch ist, als auch über das, was richtig ist. Wenn man eines davon weglässt, kann nichts gut werden.

*

Ich habe zu wenig vom Guten erzählt und zu viel von den Guten.

23. Juli 2010

Beim Arzt habe ich den staubigen Buddha im Vorraum abgestaubt und die Leute dadurch ein wenig irritiert. Das war durchaus lustig. Habe aus der Kinderschachtel eine große Stofffigur zum kleinen Buddha dazugesetzt und bin im Übrigen gut behandelt worden. Dann sind Samnegdi und ich Lilli und Otto besuchen gefahren. Sie sind mit den Kindern in die winzige alte Wohnung zurückgesiedelt; Lilli hat mir vor drei Wochen ihre Telefonnummer durchgegeben und ich habe versprochen, dass wir uns melden. Lilli ist erst vor ein paar Stunden aus dem Spital zurückgekommen. Ich habe von nichts gewusst. Krebsverdacht. Operation. Der Pathologe sagt, es ist kein Krebsgewebe. Aber sie ist in Angst und Sorge gewesen. Otto wollte mir ein höfliches Kompliment machen und Lilli hat mich daraufhin generös beschimpft. Otto versuchte mir daraufhin beizustehen. Vergeblich. Beim Gehen entschuldigt sie sich bei mir, nennt sich eine Kastistin und es sei doch alles nur Spaß. Ja, es stimmt, was sie sagt. Dass ich keine Chance habe. Und so weiter. Sagte, ich sei vulgär und Masse und sie ein Brillant. Lilli ist aus Todesangst so. Ich war weder unfreundlich noch unhöflich. Ich war bloß da. Auf ihren Anruf hin, wie früher, nur nicht auf der Stelle. Ich mag nicht, wenn man zu mir sagt, dass ich keine Chance habe und nichts wert bin. Ich muss sie provoziert haben. Mit Otto hat sie auch geschimpft, plötzlich wie unter Schock zu ihm gesagt, sie sei nicht im Spital gewesen. Er sagt nichts dazu, schaut sie kurz erschrocken an. Und was ich schreibe und mit wem ich Interviews mache, nannte Lilli dann minderwertig, *lauter minderwertige Leute*. Sie, sie müsse ja Kastistin sein, ich nicht, sagte sie beim Gehen. Es ist Klassenkampf plötzlich gewesen. Nein, es war wie immer; normal. Außerdem fühlt sie sich durch die OP kastriert. Das ist eben kein Spaß. Sie hat heute auch vom Institut erzählt. Sie ist anderswo wieder Wissenschafterin im Mittelbau. Arbeitet über völkervergleichende Ideengeschichte und in der hiesigen Ritenforschung. Das Institut für Altertumswissenschaften gehe gerade in die Binsen, sagte sie nebenbei. Wieder Hörensagen von den gegenwärtigen Machtkämpfen und wer alles fortgegangen ist. Alles Leute von Professor Piel. Er in gewissem Sinne ausgelöscht, seine Leute. Ich glaube aber nicht, dass sie wirklich alles verlieren werden. Hierarchisch sind sie schlecht dran. Öffentlich gedemütigt. Degradiert. Von ihnen hat mir dazumal bis auf Piels Geliebte niemand geholfen. Wie man mit ihnen jetzt verfährt, ist freilich völlig unangebracht. Es sind sehr wohl Spitzenleute. Andererseits bringen sie selber jetzt absurde Plagiatsvorwürfe gegen den neuen Vorstand vor, einen Hünen von Statur, Fach und Ruf. Lilli ist auf der Seite des Hünen. – Lilli ist oft grausam, aber wer nicht. Ich ja auch. Wenn Lilli recht hat, muss ich um mein Leben kämpfen, und da habe ich dann keine Zeit. Für Seppi zum Beispiel. Der einzige Mensch, der mir jetzt noch das Leben retten kann, ist der Anachoret. Und dem Seppi das Leben wer? Lilli war auch deshalb ungehalten, weil ich ihre Spitzenkontakte zum Publizieren nicht nütze, überhaupt keine Anstalten dazu mache. Lilli ist Elite. Ungern bin ich heute zu ihnen in die Wohnung gefahren, habe mich bemüht, war gewiss freundlich und war harmlos im Gemüt, und plötzlich aus heiterem Himmel hat Lilli losgelegt wie früher. Das ist insofern lustig, als es ja die Wohnung gegenüber der des Erhängten ist. Damals war dann alles schwer für mich gewesen und ich hatte ein neues Leben anfangen müssen. Weil ich hier in der Wohnung gewesen war, Lilli behilflich. Ihnen allen den Erhängten vom Leibe gehalten habe. Ich jammere jetzt zu viel? Das ist nicht Jammern. Es ist Klassenkampf. Lilli geht es gut. Sie kaufen jetzt eine dritte kleine Wohnung. Lilli wird mit den Dingen immer fertig. Ich glaube nicht, dass wir uns in unserer nächsten Wiedergeburt wieder begegnen werden. Samnegdi und ich waren dann nach dem Besuch Jazz hören und sehen, und es hat draußen geregnet, war schön.

24. Juli 2010

Herr Ho ist heute glücklich. Den Pass bekommen, Essen gegangen, Samnegdi mit uns, Ho und die Chinesen im chinesischen Lokal sind freundlich und lustig zueinander. Ho sagt zu uns beim Zeitunglesen, dass unser Staatspräsident schon über 70 sei. Ich sage, Ho sei erst 60, also könne er noch Präsident werden und ich eigentlich auch. Er lacht, wir werden keine Präsidenten. Aber heute ist ein guter Tag für ihn. Für mich dann nicht, wieder Telefonat mit dem Verleger. Der ist sehr nett, aber hat vor kurzem insgesamt ein paar tausend Seiten zum selben Thema geschickt bekommen. Der Verleger wird Ende August entscheiden. Ich schreibe ihm heute noch ein Mail über Triagen und Leben gegen Leben. Ich werde wohl nicht genommen werden und trotzdem keinen Grund haben, mich zu beklagen, denn viele andere Menschen werden ja publiziert werden. Etwas anderes wollte ich ja nicht, nur dass es endlich gut wird.

*

Leben gegen Leben. Was dem einen glückt, kommt dem anderen nicht zu.

*

Es ist, wie Lilli sagt, und Seppi und ich sind daher in derselben Kaste. Ich hatte aber millionenmal mehr Glück als er und ich habe Seppi nicht geholfen. Wann werde ich ihm helfen? Das Ganze ist unmenschlich. Wo finde ich Hilfe, damit ich helfen kann? Ich Dreckskerl. Ich hoffe, Seppi hält durch. Ich kann nicht früher. Ich bin fast tot. Schamlos tot. Bin zum Sterben zu lächerlich und mein Sterben ist auch lächerlich.

*

Ho hat uns heute auch gesagt, was seine Namen bedeuten. Wie oft habe ich ihn das in den Jahren jetzt gefragt? Immer hat er gesagt, es seien nur Namen, sie bedeuten nichts. Aber heute hat er gesagt, dass sie *glücklich* und *Papier* bedeuten, und gelacht hat er.

25. Juli 2010

Der Geburtstag der Tante heute, sie war freudig wie ein Kind. Ist schnell zufrieden. War immer so. Das ist gut für die anderen. Aber sie selber ist dadurch oft – was? Zu kurz gekommen. Ja, sie ist auch sehr klein.

*

Der Sandler, der immer gleich jung ist, seit ich ihn kenne, seit meinem 18. Lebensjahr. Immer nur dasitzend. Irgendjemand muss ihn jetzt erlöst haben. Ich weiß nicht, warum er mich strahlend angelacht hat. Er war fröhlich. Vor ein paar Tagen hatte er mitten in der heißesten Sonne einen Mantel an und übergoss sich mit einer Wasserflasche. Sein Haar, seinen Bart. Der Sandler war Jahrzehnte lang immer sich selber gleich. Ist in Ecken, auf Anhöhen gesessen. Er hat nie gebettelt, ist nur gesessen, hat genommen, wenn man ihm gegeben hat. Hat nicht einmal einen Bettelbecher gehabt. Ist nur irgendwo gesessen. Heute hatte er ein blütenweißes Hemd an und war in einer anderen Gegend als sonst. Ich glaube, jemand hat ihn erlöst. Kann sein, der gute junge Priester hier in der Stadt und sein junger Verein. Der junge uralte Bettler ist, finde ich, völlig anderer Art als die übrigen Schutzbefohlenen des Priesters. Der Mensch ist wie ewig. Es hilft ihm jetzt ein Mensch oder ein paar Menschen und er lebt auf. Er ist sehr schüchtern; als ihm vor ein paar Tagen eine Kassiererin im Drogeriemarkt Geld herausgeben wollte, hat er es nicht angenommen, hat gelächelt, war erschrocken, wollte sie, glaube ich, nicht schmutzig machen, sie nicht berühren, hat eine schöne, freundliche Stimme. Verwendet sie vermutlich keine drei Minuten am Tag.

26. Juli 2010

Lilli sagte vor ein paar Tagen, dass ich ihren Kastismus nicht brauche. Was heißt das? Dass ich kastenlos bin. Was ist das? Nichts Gutes vermutlich. Übermorgen fahre ich zum Anachoreten. Wann zu Seppi? Wenn ich gerettet bin. *Zurück, du rettest den Freund nicht mehr, so rette das eigene Leben. Den Tod erleidet er eben.* Unerträglich sind mir diese Verse aus der *Bürgschaft*, von meinem 12. Jahr an. Und dass ein Mensch sich daran nicht hält und dadurch den anderen rettet und alles gut wird, einzig so ist es richtig! So habe ich gelebt? Ja? Ab und zu. Aber nie für Seppi. Sie haben ihn außer Reichweite gebracht. Aber Herrn Ho doch auch und dem habe ich geholfen. Seppis wegen? Ja, auch. Aber Seppi hilft das nicht. Sie haben ihn zu weit fortgebracht. Auch aus der Zeit fort. Das ist das Schlimmste. Er ist so weit weg, dass ich mein Leben nicht mit ihm teilen kann.

27. Juli 2010

Habe mein Gespräch mit dem hilfsbereiten Anachoreten verschieben müssen. Viel zu hoher Blutdruck. In meinem aufgeblasenen Zustand will ich nicht weit wegfahren. Am Abend dann war die Tante krank, Augenproblem. Ich hoffe, nur vorübergehend. Bin erschöpft. Das alles ist nicht Schicksal, sondern Menschenwerk. Denn es hat alles viel zu lange gedauert. Schön war heute aber, dass Charly wieder da war, ist. War bei einem Festival, viele Schüler von Isabelle auch. Nur Lob für die Lehrerin Isabelle. Das freut mich sehr. Neid? Nein, gewiss nicht. Sie verlange viel und sei sehr streng, aber sehr nett. Ich weiß, dass sie eine der besten Lehrerinnen ist, die man sich vorstellen kann. Aber ich glaube, dass sie das Falsche verlangt. / Samnegdi hat heute große Angst um die Tante. Charly weiß von nichts.

Tag, Monat, Jahr

Ein betagter Konzertmeister sagt, dass das Geigenspiel aus Halb- und Ganzkreisen und Pendelbewegungen bestehe und dass ein Geiger keinen festen Stützpunkt außerhalb seiner selbst habe und er sich auch nicht an seinem Instrument festhalten könne. Und dass Paganini eine völlig falsche Körperhaltung gehabt habe, mit der ein anderer Mensch an Paganinis Stelle gar nicht hätte spielen können. Und dass eine Virtuosin Soldat geheißen habe, der Name sage alles. Es gehe nicht anders.

Tag, Monat, Jahr
Heftige Auseinandersetzung mit der Mutter des Nachhilfeschülers, der noch keine 14 Jahre alt ist. Er hat sich als Freund in das Facebook des erfolgreichsten rechtsextremen Politikers eingetragen. Fragt mich, wer denn den *nicht* möge. Alle in der Siedlung mögen und wählen den, sagt er. Die Mutter verbittet sich Einmischungen. Und ich solle das Kind nicht verarschen. Die Mutter wählt den Politiker gewiss nicht, will aber, dass ihr Sohn jede Freiheit hat. Als ich ihm erzähle, wie der Politiker Unsereinem das Leben und die Arbeit schwer macht, ist er ein wenig irritiert. Aber nicht wirklich. Die konsequenten Kämpfe, dass der Bub in der Schule nicht untergeht, um jede Note. Und er schrieb dann ja auch Einser und Zweier statt der Fünfer und Vierer. Innerhalb von ein paar Wochen ist das gegangen. Und dann das da.

Tag, Monat, Jahr
Macht haben bedeutet die anderen verlassen und im Stich lassen können, weniger abhängig sein als sie und nicht so wahrnehmen müssen wie sie. Die Namen der berühmtesten Machtdefinierer habe ich vergessen. Mich interessiert immer nur Hume, weil der erstens alle Machtfülle den Bagatellen und Banalitäten zuschreibt und zweitens gesagt hat, dass das Denken immer von den Gefühlen beherrscht wird. Er hat von den Rednerdenkern viel gelernt, von Cicero zum Beispiel. Und er hat gefragt, woher das kommt, dass die Vielen von den Wenigen so leicht regiert werden. Seine Antwort: Durch das Bildungssystem. Durch das Schul- und Hochschulwesen.

3. August 2010
Ich habe große Angst um Samnegdi. Am Donnerstag hat sie die Untersuchung. Der Befund dauert dann noch seine Zeit. Zusatzuntersuchungen absehbar. Ich kann ihr nicht helfen? Ich weiß es nicht. Glück ist immer gewesen, wenn wir Glück gehabt haben. Letzte Woche in der Hauptstadt, Samnegdi ist es plötzlich nicht gut gegangen. Das hat eine Zeit lang angehalten. Die Eltern, der Krebs, beide, chancenlos, früh. Wie nach ein paar Kopfschlägen ist mir den ganzen Tag über. Da ist dann alles weg. Samnegdi ist guter Dinge.

*

Der Anachoret ist heuer im Frühjahr nach so vielen Jahrzehnten als sehr wichtiger Schriftsteller entdeckt worden, und er nimmt mich jetzt mit, so gut er kann. Wir sind jetzt wirklich Du-Freunde. Er wird mir aber nicht helfen können. Warte auf die Antwort meines Verlegers. Und wie auch immer alles ausgeht, kann ich nicht empört sein, denn man publiziert die Leidenden. Und es geht ja nicht um mich. Früher eben habe ich so gedacht, aber es ist daran etwas grundfalsch. Ich will, habe ich beschlossen, niemandem etwas nehmen, aber ich will deshalb nicht zugrunde gehen müssen. Es ist genug Leid für alle da.

*

Samnegdi bewundert Charly. Und ihre Mutter hat Samnegdi bewundert.

*

Ich kann nicht schneller sein. Seppi, ich kann nicht zu ihm. Wenn man mir nicht hilft, kann ich ihm nicht helfen.

*

Habe heute schlecht geschlafen, zwischendurch kubanisches Fernsehen geschaut. Fidel Castro stellte sein Buch über den strategischen Sieg vor. Revolutionäre sind offensichtlich wirklich Tote auf Urlaub.

*

Der Anachoret hat das letzte Mal, vor ein paar Wochen, zu mir gesagt, dass ich nichts falsch gemacht habe, ich sei eine reine Seele. Da war er wie ein Priester, der die Absolution erteilt. Aber ich habe nichts gebeichtet. Er hat sie mir einfach so gegeben. Ich habe ihn auch nicht um Hilfe gebeten. Er sagt oft, dass ich nie böse werde. Dass das meine Grundhaltung sei. Da verstehe ich ihn nicht. Oder fühle mich als Lügner. Der Anachoret ist immer sehr auf seine Haltung bedacht, gefasst und fröhlich. Er sagt, niemand frage wie ich. Er vertraut mir. Ich freue mich, bin aber bestürzt. Denn er versucht mir ja zu helfen, so gut er nur irgend kann. Seppi helfen, muss ich, kann ich. Seppi helfen.

*

Der Anachoret hat von früher noch ein winzig kleines Gefäß, *infirmis* steht oben.

4. August 2010

Morgen hat Samnegdi ihren Termin. Bin zittrig. Sie nicht. Hat heute plötzlich angefangen auszumalen. Das hängt zusammen. So bringt sie sich in Ordnung, Ruhe. Sie ist vergnügt. Vor ein paar Tagen hat sie mir einen wichtigen juristischen Begriff genannt, *lebensbedrohliche Armut*. – *Lebensgefährliche Armut* statt *Wirtschaftsflüchtlinge*. Ein solcher Begriff kann helfen. Samnegdi hat mir dann auch von einer Juristin erzählt und von einem Sozialwissenschafter, die wissen wollen, ob Unterschichtkinder durch die Armut unfall- und verletzungsgefährdeter sind; und ob die staatliche Sozialarbeit diesen Kindern wenigstens ein bisschen hilft. Es gibt da überhaupt keine Effizienzstudien. Jedenfalls nicht in Deutschland. Meine Geringschätzung der Sozialarbeitswissenschaftspraktiken ist also offensichtlich begründet.

*

Die beste Sozialarbeiterin, die ich je kennen gelernt habe, war die Frauenpolitikerin Franziska. Die ist auch als Politikerin wirklich sofort in die Wohnungen gegangen, wenn man Hilfe gebraucht hat. *Bei Anruf sofort Hilfe!* Das war das Prinzip. Die Frauenrechtlerin war fleißig und menschenfreundlich; hat das meiste selber machen müssen, hat das gekonnt. Daher aber hat sie, glaube ich, geglaubt, sie habe Macht. Aber diese Art Macht, die innere Kraft, hat nicht für den politischen Machtkampf getaugt, in den sie geraten ist.

*

Samnegdi erzählt, dass die Kindergärtnerinnen der ALEIFA jetzt von materieller Gewalt reden. Auch dieser Begriff ist hilfreich.

*

Ich höre von gewerkschaftlichen Organisationsformen, die Arbeitslosen helfen sollen, wenn die Firma in Konkurs geht. Die Arbeitslosen werden geschult, damit sie weitervermittelt werden können. Wer als Arbeitsloser in diese Organisationsformen kommt, von denen ich nicht weiß, wie sie heißen (irgendetwas mit Transfer, glaube ich), entscheiden die Betriebsräte und Gewerkschafter. Und der Staat zahlt das dann. Je kürzer die Schulungen, umso mehr Geld bleibt der Organisation. Der Gewerkschaft. Ich weiß nicht, ob das Feindpropaganda ist. Deutsche Gewerkschaften machen das so. IGM zum Beispiel.

*

Höre von einem Riesenskandal in der Schweizer Armee. Ein Betrüger in höchsten Entscheidungsfunktionen. Die ihm auf die Schliche zu kommen drohten, hat er jahrelang ausgemobbt: Ihre Arbeit sei nichts wert; was sie sagen, sei lächerlich; hat ihnen alle Kontakte unterbunden; war auch selber nicht zu erreichen.

Tag, Monat, Jahr

Bin zittrig. Alles, was Gemüller jemals gemacht hat, war für einen guten Zweck. Nicht wahr?

Tag, Monat, Jahr

Habe heute erst erfahren, dass ein wichtiger Pflegeombudsmann abgesetzt wurde, weil er kein Pflegewissenschafter sei. Vor Jahren war das schon und seine Arbeit war bahnbrechend und lebensrettend und die Pflegewissenschaft hat es damals ja noch gar nicht wirklich gegeben. So kann man also mit Wissenschaft alles kaputtmachen. Die Politiker haben das so gemacht. Zuletzt ein roter Minister. Es ist kein guter Staat. Man hat auch nicht viel Ehre im Leib.

28. August 2010

Die Tage jetzt, Wochen, mit Samnegdi waren ein ganz anderes, wirkliches Leben. Es geht uns wieder viel besser. An einem Fluss waren wir kurz auch. Der winzige Hafen dort war wunderschön. Aber ich habe seit zwei, drei Tagen Alpträume. Jeden Tag ein paar. Weiß aber beim Aufwachen nicht mehr, worum es gegangen ist. Ich glaube, es sind Übungen, denn ich bewahre jedes Mal Ruhe. Auf Samnegdis Befund warten. Auf die Verlagsantwort warten. Ich habe Angst. Durch meine Alpträume werde ich mit der furchtbaren Angst fertig. Auf Samnegdis Befund warten. Charly ist mit ihrem Freund für ein paar Tage irgendwo in einem kleinen Ort; sie freuen sich sehr. Wir uns auch, denn sie sind glücklich. In ein paar Tagen tritt er seinen Zivildienst an. Irgendwie wird das Leben anders werden für die beiden. Nein, warum sollte es, es ist gut so; sie bleiben dabei.

*

Zwei herausragende Politikerinnen, eine rote und eine grüne, haben jetzt einmal gesagt, ihr politisches Ziel sei die große Wahl 2014. Das klingt für mich, als sei es egal, was bis dahin geschieht. Und ein Sozialdemokrat sagt, er wolle für sich, für seine Fraktion, jetzt so bald wie möglich doch ein Sozialressort, weil man damit ja doch auch punkten kann. Man muss eben immer wissen, worum es geht und was wichtig ist und was nicht. Bei der übernächsten Wahl, der großen, dann eben. 2014. Ein Journalist sagt über die jetzigen Politiker: *Es ist nur der ein Superheld, der sich für super hält.*

*

Ein Bestsellerautor, der seinen ersten Roman selber aufkaufen musste und mit jedem Stück einzeln von Haus zu Haus zum Verkaufen ging. Zum Romanschreiben müsse man lügen können, sagt er.

29. August 2010

Samnegdi ruft mich an, dass alles in Ordnung ist, überlegt sich aber, ob sie eine andere Untersuchung machen lässt. Sagt, die Beschwerden seien schon viel weniger.

*

Der CD-Händler erzählt mir wieder, Lachenmanns Musik habe ihm das Leben gerettet und die Welt geöffnet; und dann, dass Glenn Gould aus einem Bachstück Notenpassagen zu spielen verweigert habe und es habe daher Wirbel gegeben und Jahre später habe sich durch Notenfunde herausgestellt, dass in Bachs Original diese Passagen nicht vorgekommen sind, also wirklich nicht von Bach stammen. Wieder fragt er, wann der Roman endlich herauskomme. Und, ob er wohl gut wegkomme darin. Er will mir immer etwas zu essen geben, wenn er jausnet.

*

Das Problem mit der Politik und den Politikern und den Wissenschaftern und Geschäftsführern und so weiter, mit den Guten eben, ist, dass ihr

Herrschaftswissen nutzlos ist. Heutzutage immer nutzloser wird. Sie müssen ihr Herrschaftswissen schwer erarbeiten, es sich rücksichtslos ergaunern und brutal erbeuten und dann jeden Tag als politisches, moralisches, intellektuelles, humanes, demokratisches Kampfmittel falsch vorspiegeln. Aber es nützt nichts. Denn die Herrschaften wissen das Falsche. Können nicht das, was die Not wendet. Joschka Fischer zum Beispiel. Der wusste, dass jeder käuflich ist oder ansonsten rausgeworfen werden muss. Fischer glaubte immer, mit jedem einen Deal machen zu können. Und das war ja auch meistens so. Fischers Spottwort für politische Verantwortungslosigkeit lautet: *Den Lafontaine machen.* Nein, er, Joschka, hat den nie gemacht. Für gar nichts war das in Wahrheit gut, dass die Grünen durch Fischer an die Regierungsmacht gekommen sind. Bloß für Schröder.

*

Die Horrorfrage des Popperianers Dahrendorf an die vorgeblichen Experten der offenen Gesellschaft, also an seine eigenen Leute, war: *Was geschieht, wenn einer Gesellschaft die Ideen ausgehen?* Genau das ist jetzt der Fall. Der Gesellschaft sind die Ideen ausgegangen. Wer das nicht sieht, hat, glaube ich, keine Ahnung von Ideengeschichte.

*

Joschka Fischer hat alle korrumpiert und den Rest platt gemacht. Das war sein grüner New Deal.

1. September 2010

Die erste Nacht ohne Alptraum, lang, dann aber aufgewacht, wieder eingeschlafen, dann doch ein Alptraum. Aber dann plötzlich und als ob nicht endend nur glücklich, befreit, geschützt, geborgen, und da bin ich dann aufgewacht in der Gewissheit, dass das so weitergehen wird, auch wenn ich wach bin.

3. September 2010

Heute hatte ich in der Früh um 7 Uhr eine Hochdruckattacke. Es war, wie wenn jemand plötzlich in ein tiefes, großes Wasser gestoßen wird und keine Zeit gehabt hat, Luft zu holen. Ich wusste nicht, wo oben und unten ist, links und rechts und wohin ich muss. Konnte nicht auftauchen. So war das. Jetzt erst, nach zwölf Stunden, kann ich das so beschreiben. Ich übertreibe auch nicht. Konnte zuerst gar nicht gehen. Habe deshalb geglaubt, das ist ein Schlaganfall. Der Arzt dann war unruhig. Aber da war für mich schon fast alles wieder in Ordnung. 100 zu 1, wie man so sagt. Er sagte dann, dass ich Ruhe geben muss und dass er immer erreichbar ist, er werde in den nächsten Tagen ohnehin nicht wegfahren. Ich solle viel gehen und langsam. Jetzt habe ich also eine Ausrede, wenn ich so viel herumspaziere in der Stadt. Der Tag heute war dann doch noch anstrengend, mein Corpus seltsam. Ich weit weg. Erschöpft. Der Hochdruck ist geblieben. Es war aber trotzdem lustig heute, weil ich viel mit Leuten getratscht habe, denen ich zufällig begegnet bin. Habe mir aber nicht viel gemerkt. Ein Antiquar erzählte, er habe vier Wohnungen gemietet, einzig als Lager für die Bücher. Es werden aber immer mehr. Er erinnert mich an mich. Er kauft, ich schreibe. Die Mengen sind viel zu groß. Das bekommt man nicht los. Vor drei Wochen hat er 5000 Bücher auf einmal bekommen. So viel habe ich noch nie geschrieben. Er verzweifelt, kann die zigtausend Bücher nicht verorten und nicht registrieren. Und ein jüngerer Taxifahrer hat mir Jähzorn erklärt; das sei nicht dasselbe wie Amok. Jähzorn sei, wenn man immer allen alles recht machen wolle und das gehe aber nicht und die würdigen auch nicht, wie sehr man sich bemühe, und dann explodiere man eben. Und die Therapeutin hat mir heute erklärt, wer alles hochpolitisch und links sei. Da habe ich widersprochen, dass sich das alles geändert habe. Und dann hat sie mir erklärt, wie lieb ein ihr bekanntes Ehepaar sich um den Dichter, der sich erhängt hat, gekümmert habe. Das weiß ich ohnehin. Das Ehepaar kenne ich auch. Aber so geht das nicht. Ich weiß ja, dass der Dichter nicht an ihnen gestorben ist. Gottverdammt noch einmal. Sie waren zu wenige, es war zu viel. Das ist das Problem beim Helfen. Das Lustige an dem heutigen Tag habe ich eigentlich vergessen. Aber ich habe heute ein paar Leute zum Lachen gebracht. War auch sehr selbstdiszipliniert. Blöd heute war, dass ich Samnegdi in aller Früh so erschreckt habe und sie mich zum Arzt bringen musste, mit dem Auto. Aber dann konnte sie in die Arbeit und ich habe in meiner Art Schreibstube in der Stadt zwei Stunden geschlafen und bin dann langsam durch die Stadt gegangen.

4. September 2010

Charlys Freund hat mit dem Zivildienst begonnen und Charly freut sich auf das Studium. Sie werden bald zusammenziehen. Sie sollten das auch tun, sonst trennt sie ihrer beider Arbeit. Charly erzählt von einem Altersheim, wo es anscheinend öfter vorkommt, dass die Hilfspflegerinnen einem toten Menschen das Frühstück bringen. Man stirbt dort im Schlaf. Das ist zwar nett, aber seltsam. Und andere, von denen man glaubt, sie sterben, die aber Besuch bekommen, leben weiter. Charly ist das von Schulfreunden so erzählt worden.

5. September 2010

Bin heute den Tag über leicht benommen gewesen und mir wird immer wieder leicht übel. Der Rest ist erfreulich und lustig. Auch die abservierte Frauenrechtlerin Franziska habe ich heute zufällig getroffen, sie schaut unbeschadet aus. In Schwarz und auf ihrem roten Rad auf dem Weg in eine Veranstaltung. Sie hat die Partei um nichts gebeten. Ist nicht versorgt worden. Keine Posten. Verweigert das. Aber jetzt geht es ihr gut. Sie hat sich nichts vorzuwerfen. Ich kann das leider nicht von mir sagen. Habe nicht getan, was ich konnte. Seppi!

*

Gerate beim Buffet in einem vegetarischen Lokal mit einem Mann in ernstlichen Streit. Er hat sich vorgeschwindelt und sich dann über mich lustig gemacht und ich mich dann über ihn. Hat er nicht vertragen. Seltsam war, dass viele Leute im Lokal heute gejammert hatten, dass so viele Leute da seien. Es waren in Wahrheit aber viel weniger als sonst. Man hatte heute offensichtlich eine Art Torschlusspanik. Urlaub aus, alles aus.

*

Gebaut wird bei uns im Ort, als ob Öl gefunden worden wäre. In der Stadt genauso. Es ist überall, als ob Öltürme aus der Erde schießen. Man tut sich wirklich schon schwer beim Gehen.

*

Seit etlichen Monaten gebe ich einem Buben jeden Tag kostenlos Nachhilfe. Per Telefon und e-Mail. Ich halte ihn für verloren, wenn man ihm nicht mit aller Kraft und Ausdauer hilft. In der Schule würde ihm alles abgesprochen werden. Die Zukunft. Mitten hinein in die Sarrazindiskussion geht das Ganze. In Wahrheit geht es da ja darum, wann jemand als minderwertig zu gelten hat.

6. September 2010

Ein furchtbarer Traum, denn plötzlich liegt ein kleines Kind neben mir, aber es schläft nicht, sondern es ist tot. Ich kenne es nicht, weiß nicht, wie es zu mir kommt. Es liegt nur tot da. Kein Atemzug, kein Laut. Ich beobachte das Baby voller Angst. Nach ein paar Augenblicken scheint mir, dass sich der kleine Körper winzig bewegt. Das muss Atmen sein. Man spürt keinen Hauch, hört nichts, nur diese eine winzige Bewegung habe ich wahrgenommen. Einmal. Dann ist wieder nichts. Ich hebe das Kind hoch, nehme es in die Arme, halte den kleinen Kopf mit meiner linken Hand und laufe los. Flüstere ein paar Mal leise: *Es lebt noch, es lebt noch.* Ich will es nicht in Unruhe versetzen. Samnegdi kommt mir entgegen; ich sage leise zu ihr, dass dieses Kind noch lebt. Aber ich weiß nicht, wer die Eltern sind, ich weiß gar nichts von dem Kind.

*

Charlys Hund hat heute alle Tomaten und Gurken aus dem Garten gefressen und schläft jetzt. Charly sagt, ihr Hund stelle sich beim Spazierengehen auf die Hinterbeine und fresse die Beeren von den Sträuchern.

Charly war heute Babysitten, erzählt beim Heimkommen, wer wegzieht und welches Haus in der unmittelbaren Nachbarschaft versteigert worden ist und welches verkauft wird. Beides Gosse. In einem der beiden Häuser hat sich vor ein paar Jahren eine Prostituierte umzubringen versucht. Und wer alles hier in der Nähe wieder Kinder bekommt, die wievielten, nicht Gosse, Gegenteil, ist Charly nach dem Babysitten erzählt worden. Im Übrigen hat Charly heute ihre erste Fahrstunde gehabt und ich habe mich am Abend mit Samnegdi wegen der ALEIFA gestritten. Die ist die Welt für uns. Das wird immer so sein. Die ALEIFA ist unser Leben.

8. September 2010
Charlys Freund wurde heute im Pflegeheim gelobt, wie fürsorglich, sorgfältig und umsichtig er sei. Ich freue mich, bin stolz auf ihn. Looping wann? Man wird sehen. Charly und er gehören zusammen, manchmal ist sie wie er und er wie sie. Das ist, wenn sie freundlich sind und jemandem helfen wollen. Sie sagt, sie würde nie können, was er kann. Sie würde es nicht ertragen.

*

Keine Diskussionssendung ohne Sarrazin. Wie bei Haider dazumal. Nur dass Sarrazin selber so aussieht und heißt wie die, die er als minderwertig erachtet. Hitler bei den Olympischen Spielen; als der schwarzamerikanische Läufer am Gewinnen war, bekam Hitler Krämpfe und Zuckungen, wie ein schwer Kranker. Damals schon, da war noch gar kein Krieg verloren. Hitler war da, rassistisch gesagt, minderwertig, als er körperlich durchdrehte wie ein Zwangskranker, weil ein Schwarzfarbiger besser war und triumphierte.

*

Samnegdi sagt, sie haben fast das ganze Jahr schon solche Sarrazin-Diskussionen in den Kursen und Schulungen, es habe sich offenkundig wieder etwas zum Schlechten gewandelt, bereits vor dem Sarrazinbuch; es sei alles wieder da, und es breche bei solchen Leuten auf und aus, von denen man es nie glauben würde. Ich bin mir sicher, dass es um Minderwertigkeit geht. Wer der Herr ist und wer ein Nichts, Niemand, der Sklave, die Dienstboten.

*

In einer Diskussion sagt Sarrazin, die weibliche Führungskraft mit, wie man so sagt, Migrationshintergrund ihm gegenüber, gehöre ja gar nicht mehr zu ihren Landsleuten, sei ja gar nicht wie die. Die Frau widerspricht heftig. Nennt das Ganze Rassismus. Sarrazin hat bekanntlich keinen Charme; der jüdische sexy Journalist hingegen, Intelligenzelite, Broder, auf Sarrazins Seite, sagt in einer anderen Sarrazin-Diskussion zu einer widersetzlichen Elitemigrantin, wenn alle Migranten so schön wären wie sie, wäre alles kein Problem. Sie bedankt sich und das war es dann. Und zu einem befreundeten grünen Politiker, Grünenchef, der fast außer sich gerät wegen Sarrazin, sagt Broder in etwa: *Du, lass mich ausreden. Ich wähle dich nachher ja ohnehin.* Özdemir lacht und redet nicht mehr dagegen. So einfach ist alles. In Wahrheit. Man kann mit jedem einen Deal machen, wenn man es richtig anstellt.

*

Sarrazin sagt: 50 – 80 % ererbt. Im IQ z. B. Niemand rechnet öffentlich nach. Die Rechnung geht aber wie folgt: Bei einem durchschnittlichen IQ von 100 machen 30 % Umwelt viel aus, nämlich einen IQ von 70 oder einen von 130. Und selbst wenn die Umwelt nur 10 % ausmachen würde, sind das 90 versus 110 IQ-Punkte, also viel Freiheit und viel Überleben. Die Herren wie Sarrazin glauben alle, ihnen könne die Minderwertigkeit nicht passieren. Gegen solche Leute ist Buddha gut, finde ich. Zuvorderst der Buddha Ambedkar. *Muss ich auch so werden? Ja Herr, du und jeder.* Jeder ist dem Leid und den Schicksalsschlägen unterworfen. All den Dingen und Ereignissen, die man sich nicht aussuchen kann. Die machen einen aber in den Augen der anderen minderwertig. Und dagegen ist der Sozialstaat gut. Der ist für alle da. Eben dann, wenn sie im Begriffe sind, wegen ihrer angeblichen Minderwertigkeit zerstört zu werden.

*

Ich glaube, dass Bourdieu recht hatte; gegenwärtig ist eine rechte Revolution nach der anderen im Gange und die Linken und Alternativen sind aber immer zwei, drei Revolutionen hintennach.

*

Schade, dass sich die Richterin Heisig erhängt hat. Sie hätte Sarrazin in die Schranken gewiesen. Sie hätte das gekonnt. Über Sarrazin wird jetzt geredet noch und noch. Über Heisigs Buch nicht. Man sieht daran einmal mehr, dass man sich nicht umbringen (lassen) sollte. Sie hat da einen Fehler gemacht.

*

Die eleganten präpotenten Angeber, die spotten, ein Suizid habe keinen Stil, verkennen das Problem. Man würde nämlich die Selbstmörder in Wahrheit gut brauchen können. Die meisten lösen nämlich ein Leben lang gutherzig den anderen die Probleme. Und irgendwann können sie das nicht mehr.

9. September 2010

Herr Ho streitet im chinesischen Lokal mit dem Kellner um 20 Cent. Der Kellner gibt nach. *Es sind 0,3 Liter Eistee statt ein Viertel,* erklärt der Kellner mir. Herrn Ho ist das egal. Er zahlt die 20 Cent nicht. Das gefällt mir. Vor ein paar Wochen war er in einem Liebesfilm. Auch gut. Und vor ein paar Tagen war er aus seiner Wohnung ausgesperrt, weil bei seinem Schloss eine Feder gebrochen war. Schlüsseldienst, da sich der Hausmeister verweigert.

*

Im chinesischen Lokal heute, seit ein paar Tagen schon will der Inhaber wissen, wer ich bin, ob ich verstehe, was sie reden. Er probiert mich aus, ich weiche aus. Herr Ho ist seit Tagen immer guter Dinge.

*

Ich weiß nur uninteressante Dinge. Zum Beispiel dass die entschiedensten, unnachgiebigsten Gegner des Erasmus von Rotterdam die Jesuiten waren. Die haben ihn ausgelöscht, wo sie nur konnten. Mich ärgert immer, wenn so etwas niemanden interessiert, obwohl es einmal lebenswichtig war. Für mich ist es das immer noch. Keine Ahnung, warum.

*

Zwei Bettlerinnen, denen ich immer Geld gebe, sind mir heute nachgegangen, ohne dass ich es bemerkt habe. Eine Frau hat mich darauf aufmerksam gemacht: *Sie müssen aufpassen, die zwei verfolgen Sie schon seit ein paar Minuten. Die wollen Sie sicher beklauen.* Ich erwiderte höflich, dass ich das nicht glaube, mich aber bedanke, aber Sorge sei unangebracht. Die beiden Bettlerinnen redeten dann auf mich in ihrer Muttersprache ein und ich verstand kein Wort. Wie konnten die beiden glauben, dass ich etwas verstehe. Bei den Bettlerinnen, Bettlern bilde ich mir immer ein zu verstehen, wer zu wem gehöre, der Fotos in den Schalen wegen. Wer für wen kniet. Die beiden Frauen haben das Bild eines behinderten Kindes und ein Mann hat auch dieses Bild. Und man sieht, dass es sein Kind ist. Das Gesicht. Ich weiß nicht, ob die Bettler untereinander konkurrieren, einander verdrängen, manchmal scheint es mir so; aber manchmal wundere ich mich, wie gut sie sich untereinander verstehen.

*

In einem Schulbuch für 14jährige steht, dass man teamfähig sein müsse und kein Egozentriker sein dürfe. Ein Team brauche einen Einfallsmann, einen Koordinator, einen Späher und einen Umsetzer. Was war ich? Gemüllers wegen alles, ein Egozentriker eben. Ärger als jedes kleine Kind.

*

Freue mich über Frau Kampuschs Buch. Aber was dazugeredet wird, tut mir in einem fort weh. Verstehe durch das Gerede weniger statt mehr. Muss das alles sein? Einfach nur leben wollen, reicht das nicht? Allen Beteiligten!

10. September 2010

Von meinem toten Großvater geträumt. Waren in einem Keller. Militär. Ich stütze ihn. Er muss auf die Toilette. Ich warte vor der Tür. Ein Oberst kommt die Stiege herunter, redet mich an, ich grüße, er grüßt nicht zurück, herrscht mich an. Ich weise ihn zurecht, werde wütend. Er geht weiter, redet mit ein paar Untergebenen, zeigt zu mir her. Ich denke mir, es ist Zeit abzuhauen, sonst bekomme ich Schwierigkeiten. Ich weiß ja nicht, wie wir hierher geraten sind. Mache mir auch Sorgen um meinen Großvater, weil er so lange braucht. Muss jetzt hin zum Oberst, weil an ihm vorbei. Tue das entschieden. Als ich die rote Türe öffne, durch die mein Großvater gegangen ist, ist das kein WC, sondern ein Büro, Militärs, gleich dahinter offene Türen ins hässliche Kasernenareal hinaus. Ins Freie eben, aber man kommt nicht aus. Ich bekomme Angst, wo denn mein Großvater ist. Die kleinen Militärs im Büro geben sich zerknirscht. Entschuldigen sich. Mein Großvater muss sich auf dem riesigen Kasernengelände verirrt haben. Ich laufe los, wache auf. Es muss die Militärschule gewesen sein, wo ich immer mit meinem Vater gewesen bin. Ich war im Traum mit meinem Großvater dort. Ich habe keine Ahnung, warum.

*

Überall Baustellen oder Schwangere oder Kinderwägen. Immer wenn ich ein kleines Kind sehe, freue ich mich über das kleine Gesicht.

*

Samnegdi würde mich übermorgen zu Seppi fahren. Charly sagt im Scherz, aber mitheimnehmen zu uns dürfe ich ihn nicht. Sie weiß, wie gerne ich das täte; Samnegdi weiß es auch. Wir lachen. Aber ich habe es versäumt. Es wird nicht mehr gehen.

*

Der Nachhilfeschüler war heute fleißig und korrekt. Angeblich freut er sich auf das Schuljahr. Das war noch nie so. Hoffen mag ich trotzdem nicht. Ich werde jetzt ein Jahr lang für ihn zuständig sein. Pflichtgemäß. Ich werde ihn nicht abgeben. Auch wenn er mich mit allen Mitteln loswerden will.

*

Charly besucht ihren Freund heute bei der Arbeit im Pflegeheim, er erzählt ihr von Differenzen unter dem Pflegepersonal.

*

Gestern sind aus der Weide zwei Tiere abtransportiert worden. In die Fleischerei. Wollten nicht weg, nicht mit. Und heute in der Früh haben die restlichen drei erbärmlich nach den beiden gerufen. In einem fort. So etwas muss man einmal gehört und gesehen haben, dann frisst man kein Fleisch mehr. Herzzerreißend waren die. Und ausgerechnet uns haben sie angebrüllt. Wir haben mit der Sache aber nichts zu tun. Haben dann Äpfel zerschnitten und ihnen gegeben. Die haben die gefressen und dann weitergeschrien.

*

In der Gegend in letzter Zeit oft Regenbögen. Früher nicht. Dort, wo er den Erdboden berührt hat, sind wir jetzt durchgefahren. Genau dort.

*

Lese Ägyptisches. Des Anachoreten wegen. Für das Interview. Will wieder zum Anachoreten. Die ägyptischen Bauern, die aus der Not, dem Dreck, der Krankheit, den Würmern und der Fron fortgeflohen sind, das waren auch Anachoreten. Hießen so. Und ein Pyramidenarbeiter hat einmal auf ein paar Steine gekritzelt, dass der Pharao betrunken ist. Das bedeutete, dass alles in Ordnung ist und es allen gutgeht.

11. September 2010

Es ist Krieg; Klassenkampf; die Alten, die Behinderten, die Kranken, die Letzten, die Überflüssigen, die Vielzuvielen, sie kämpfen, aber die Leute lesen auch heutzutage immer noch lieber Hemingway und Ähnliche als von Menschen, die im Sozialstaat am Schicksal verrecken. Mit 36 gestorben. Ziehkind. Geliebt von den Zieheltern, aber dann doch tot. Plötzlich tot. *Embolie*, sagt die Ziehmutter, aber der Totenschein war leer. Eiskletterer, Feuerwehrmann, Rotkreuzler, Lichttechniker, freundlich, beliebt. Sie sagt, sein ganzes Leben sei gewesen: *Alles für die anderen, nichts für sich selber.* Immer habe er sich so gefreut. Die Frau hat an die fünfzig Kinder mitgezogen in ihrem Leben. Jetzt will sie aufhören damit. Ist schwer krank, das Herz. Die Enkel jetzt nur mehr, keine fremden Kinder. Den Buben damals haben sie aus dem Elend herausgeholt. Fast 35 Jahre später war er dann doch tot. Er hat nicht auf den Arzt gehört. Hat nicht viel gegessen, glaube ich. Kann sein, er war homosexuell und sehr allein. Aber daran ist er nicht gestorben. Sie haben wirklich um sein Leben gekämpft, als er ein Kind war. Stehen jetzt selber vor dem Tod, die Ziehmutter, der Ziehvater auch. Beide tapfer. Es ist eben Krieg, finde ich. Aber dieses Leid da hier zählt nicht. Als sie das Kind aufnahmen, waren sie selber 33 und 34 Jahre alt.

*

Eine Rechenaufgabe des Nachhilfeschülers lautet: *Die gesamte Landfläche der Erde beträgt 136 Millionen Quadratkilometer, davon sind 38,7 Millionen Quadratkilometer, also 3,87 Milliarden Hektar, Wald. Pro Jahr produziert 1 Hektar Wald 21 Tonnen Sauerstoff, 3 Tonnen Holz, speichert 2 Millionen Liter Wasser, filtert 68 Tonnen Staub und lässt täglich 47000 Liter Wasser verdunsten. Berechne diese Werte für die gesamte Waldfläche*

der Welt und wie viel macht der Waldanteil in Prozenten aus. Und in einer
Rechnung heißt es, beim Aufforsten brauche man für einen Hektar 3000
Pflanzen und der Kahlschlag eines Hektars bringe 400 Festmeter, davon sind 5 % Brennholz. Das ist wichtig. Wirklich. Der alte Mann zum
Beispiel mit dem Krebs im Hals ist operiert, ist bestrahlt, der Luftröhrenschnitt ist rückoperiert. Der Mann arbeitet viel im Wald, sagt, da bekomme
er Kraft. Er kann nur schwer schlucken, daher fast nicht essen, alles
muss püriert werden. Die Krankenkasse zahlt ihm die Sondernahrung
nicht, von der er sagt, sie tue ihm so gut, die esse er am leichtesten und
liebsten. Der Chefarzt lehnt ab. Der alte Mann ist verzweifelt und wütend,
sagt, der Arzt sei aus dem Ausland und einen Ausländer habe er dann
gleich nach ihm freundlich hineingebeten, der habe gewiss alles bekommen.
Seine Frau verzweifelt, sie kämpfen die Krankheit aber durch, doch dann
verlässt der Sohn die Schwiegertochter und die Familie bricht auseinander und die alte Frau kommt auf die Psychiatrie und der Mann ist verzweifelt und arbeitet aber weiter im Wald. Auf mich ist der Mann jetzt
böse, weil ich gegen einen Grundnachbarn nichts unternommen habe
und der die Jahresarbeit des alten Mannes kaputtgemacht habe. Ich weiß
nicht, wie. Ja, doch, ein paar Traktoren in meinem regenweichen Waldboden.

*

Mein Blutdruck ist gewaltig.

*

Handke soll in einem Interview gesagt haben, dass Gott für ihn schreibe;
und dass nur schlechte Schriftsteller Schlüsselromane schreiben. Das
stimmt gewiss beides. Aber wenn ich das alles nicht schriebe, mein Zeug
da hier, wäre es Gott auch nicht recht. Ich würde mich versündigen.
Wirklich gute SchriftstellerInnen sind, finde ich, die, durch die etwas
besser wird, sozusagen gut. *Sprache! Sprache!* Dieses Gehabe der großen
Schriftsteller! Aber Handke sagt wenigstens klar, was es zu bedeuten hat,
nämlich die Gottheit. Aber die geht mich nichts an. Aber was rege ich
mich auf, ich schreibe ja keinen Schlüsselroman. Vermute aber, Handke
meint die Autobiographien auch. Und dass er die nicht mag. Mich also
nicht? Und seine Tagebücher? Die wird er schon mögen.

*

Ein paar sagen heute, sie wollen nicht verzeihen und sich nicht versöhnen und das ganze christliche Gerede und Getue wollen sie auch nicht.
Sie wollen, dass die, von denen sie misshandelt und missbraucht worden
sind, bestraft werden und Schadenersatz leisten und genauso die Mitwisser.
Ohne Ansehen der Person und des Amtes.

*

Der Verleger meldet sich gewiss. Meine Menschenkenntnis. Seit wann? Doch, doch. Bei ihm schon. Außerdem ist mein Buch eine gefährliche Sache für jeden.

12. September 2010

Seppi hat mich nicht wirklich wiedererkannt, sich aber gefreut. Als ich ihm meinen Namen sagte und den Ort, sagte er, dass sein in Wirklichkeit toter Vater noch lebe. Ein paar Mal sagte er das. An seiner Wand sind die Fotos seiner Mutter und seines Vaters montiert, beide bei der Arbeit. Und ein Foto von Seppi, vor 10, 15 Jahren wohl, als er in der Heimwerkstätte malt und sichtlich stolz ist. Zwischendurch ist er sich nicht sicher, ob sein Vater wirklich noch lebt. Die Mutter sei gewiss gestorben. Und seine Schwester sei auch schon Witwe. Ich weiß nicht, ob das stimmt. Ihren Namen weiß er nicht. Von ihr und von seinem Bruder hängen keine Fotos an der Wand, auch nicht von den Neffen und Nichten. Er glaubt, er habe keine. Vor seinem Bett eine Art Kranvorrichtung. Er sagt, er könne gehen. Ein kleines Fest für die Angehörigen findet heute im Heim statt, vier Stunden lang, aber ihn hat man ruhen lassen. Hatte vermutlich niemanden für ihn frei. Es sei, sagt man uns, ohne dass wir gefragt haben, weil er heute ein bisschen krank sei. Man ist nett und das Heim ist groß, alles dort, aber ich habe keine einzige Überforderung gesehen. Das gefällt mir. Es ist, als ob hier das meiste bewältigbar wäre. Er teilt sich das Zimmer mit einem anderen. Aber der ist beim kleinen Fest für die Angehörigen. Zwischendurch glaubt Seppi, an der weißen Decke sei eine Tür, und bekommt Angst. Ich sage, dass es so aussieht, aber nicht so ist. Er lacht viel. Man sieht, wie er nachdenkt. Ich glaube, dass es ein gutes Heim ist, ist kirchlich. Aber nur ein einziger Psychologe für so viel Personal. Ich habe das so gehört, vielleicht ist es inzwischen schon anders. So wäre es unheimlich. Dass Seppi Besuch hat, überrascht die beiden, die Dienst haben, merklich. Seppi sieht nicht aus wie jemand, der noch oft aus dem Bett kommt oder gar gehen kann. Über Samnegdi denkt er sichtlich nach. Denke darüber nach, wie die PflegerInnen mich einschätzen werden. Meinen Namen habe ich ihnen gesagt und dass Seppi und ich miteinander in die Schule gegangen sind. Und ihm, dass ich wiederkommen werde. Ihn zuerst gefragt, ob ich darf. *Ja, sicher.* Er ist in einem schlechteren Zustand als vor zwei Jahren. Fast 30 Jahre ist er in dem Heim. Seine Angehörigen haben damals nichts sonst tun können. Sie haben das Beste getan, insofern es seit jeher den Ruf des besten Heimes hat. Es stinkt auch nicht nach Heim oder Spital. Nirgendwo. Das ist, weil rundum Natur ist. Die Silos riecht man aber. Als wir das Areal betraten, klagte gerade eine Besucherin zornig, weil man sie nicht ins Heim, in die Zimmer hineinließ. Sie schimpfte in ihr Auto hinein.

Die zwei Männer im Auto gehen ihr auf die Nerven. Bin irritiert. Das große Heim wird von einer Frau geleitet, sie hat einen guten Ruf, sie soll beherzt und umsichtig sein. Seppi hat eine Uhr, er sagt: *Die ist wasserdicht.* Die Uhr funktioniert nicht. Am kommenden Freitag werde ich ihn wieder besuchen. Ich werde nur das tun, was ihm gut tut. Wenn es nicht gut ist, dass er sich erinnert, werde ich – was? Wieder fortbleiben? Nein, sondern ich werde im Heim das tun, was man mir sagt. Sie sind gut zu ihm. Er lachte heute ein paar Mal über das ganze Gesicht. Und zweimal hatte er Angst über das ganze Gesicht. Vor der Decke oben. Die Tür. Keine Tür. Der Name meines Großvaters gefiel ihm, er dachte sichtlich gern über den Namen nach. Ich sage das so und es war aber auch so. Es war gut so.

*

Ein Musiker sagt, Musik müsse voll Noblesse und Nonchalance sein, das müsse ihr Ziel und Wesen sein. Und ich beginne zu zittern und überlege mir, was eine Panikattacke ist. Ein Politiker, der vor zwei Jahren seiner Wege gehen musste, hatte die im Amt plötzlich ständig. Er war sehr musikalisch gewesen. Ich glaube, jetzt fotografiert er schöne, erfreuliche Dinge. Das beruhigt ihn. Sein Vater war auch schon in der Politik. Hatte auch die Art eines Gentlemans. Der hat sich dann immer mit Alkohol beruhigt. Ich glaube allmählich wirklich, dass das nicht anders geht. Man hat keinen Halt sonst. Aber ich trinke nicht.

*

Österreich: Der höchste österreichische Verfassungsrichter bezweifelt, dass man seitens der Politiker usw. heutzutage einen so guten Verfassungsgrundsatz festzuschreiben imstande wäre wie vor 100 Jahren, nämlich: *Österreich ist eine demokratische Republik. Alle Macht geht vom Volke aus.* So etwas bringe heute niemand zustande. Solche Sätze. Demokratie eben.

14. September 2010

Wieder in Todesangst aus einem Alptraum aufgewacht. Einen Toten gesehen im Schlaf. Ein schlimmer Morgen dann. Ich lese dann in einem Buch über das Mittelalter und in einem über das 19. Jahrhundert und in einem über Altägypten und in einem über das antike Theater und in einem über das Seelenleben von Ärzten. Und dann muss ich meine Schreibstube in der Stadt räumen, für drei Wochen.

*

Am Nachmittag gerät Charly mit einer Tierheimleiterin in Streit. Vor ein paar Tagen hat Charly zu mir gesagt, wie absurd das ist, dass das Tierheim offensichtlich niemand kontrolliert, weil ja niemand sonst da ist für die Tiere und weil die Leute aus dem Tierheim alle anderen kontrollieren.

Manchmal frage sie sich, ob es nicht besser wäre, die Tiere würden einfach streunen müssen. Bis vor einer Woche wäre sie über eine solche Meinung erbost gewesen und hätte jeden für verantwortungslos gehalten, der ein hilfloses Tier nicht wenigstens ins Tierheim bringt. Seltsamer Tag. Ich glaube, Charly hat das Prinzip ein für alle Male verstanden; den untilgbaren Mangel und dass immer die Falschen daran glauben müssen. Und vor ein paar Tagen hat sie gesagt, früher sei überall nur über den Missbrauch an Mädchen geredet worden, jetzt werde nur von den Buben geredet, da könne etwas nicht stimmen mit der Öffentlichkeit.

*

Leonard Bernstein sagte einmal, die deutsche Sprache sei Wichtigtuerei, die österreichische niemals. Die sei liebreizend. In diesem Sinne über den Liebreiz Österreichs Folgendes: Wien: Eine lustige Wirtschafts- und Familienpolitikerin will, dass jeder Mensch, der länger als 6 Monate auf Arbeitssuche ist, bei den Straßenkehrern, bei der Müllabfuhr oder in Heimen, zum Beispiel bei der Caritas, gemeinnützige Arbeit leistet. Da gebe es genug zu tun, für das man nichts können müsse.

19. September 2010

Die österreichische Wissenschaftsministerin sagt heute viel Wichtiges. Seppi hat dieselben Grübchen wie sie.

20. September 2010

Die letzten Tage waren schlimm. Ich war auch wieder krank. Blutdruck anstrengend. Aber meine Träume waren lustig, konnte viel lachen. Bei Seppi war ich nicht. Morgen bin ich dort. Auf irgendeinem Illustriertencover steht, dass Frau Kampusch sagt, sie sei verzweifelt; ich verstehe das alles nicht. Sie ist ein liebevolles Kind. Das ist die Erklärung für alles. Und man sollte daher die Dinge sehen wie Frau Kampusch; aber sie kann nicht alles wissen. Ich weiß nicht, warum sie das will.

Tag, Monat, Jahr

Ich sage zu Samnegdi, dass ich den GF öffentlich ohrfeigen werde, wenn er noch ein einziges Mal …

Tag, Monat, Jahr

In ein paar Tagen eine idealistische Veranstaltung, ein neuer Verein, der GF mittendrin, fast die wichtigste Person wegen seiner Menschlichkeit. Als ich das Plakat sehe, will ich hinaufschreiben, dass der GF ein Lügner ist. Aber ich tue es nicht, weil ich kein Aktivist bin. Und offensichtlich auch kein Publizist. Der GF hat sich wieder jemanden gefunden, Idealistinnen. Er erklärt ihnen alles. Tut dann das Gegenteil von dem, was er sagt. *Ja, und?*, würde mein Arzt sagen. *Was geht Sie das an? Leben*

Sie Ihr Leben. Sie helfen niemandem damit, dass Sie zugrunde gehen. Den heiligen Franziskus mag der Arzt sehr. Mein Freund der Anachoret auch. Samnegdi hat Angst, ihre Arbeit zu verlieren.

Tag, Monat, Jahr
Österreich heitert mich auf, mein Herz. Die Wissenschaftsministerin. Die heißt so wie der, den der Qualtinger gespielt hat.

Tag, Monat, Jahr
Das Leben nach dem Überleben ist das Leben vor und mitten im Tod. Der Tod macht viele Menschen so feige und so grausam. Die glauben, wenn jemand anderer leidet oder stirbt, müssen sie selber es nicht. Daher kommen dann, glaube ich, das viele Leid und der viele Tod. Insofern sind Leid und Tod bloß ein Irrtum.

Tag, Monat, Jahr
Ein Bekannter hat mir erzählt, die *Mona Lisa* sei in Glasmalertechnik gewerkt und eigentlich ein junger Mann. Und Rembrandts *Nachtwache* soll Rembrandts Existenz zerstört haben. Der erste bekannte Fall in der Kunstgeschichte, dass ein Künstler sein Werk entgegen dem Willen des Auftraggebers ausführt; das Schwert, das sinnlos in der Luft hängt; das hell leuchtende kleine Mädchen, alles angeblich eine Art realer Krimi. Die Freiheit der Kunst deckt die Verbrechen auf. Hier in der Stadt kenne ich keine solchen Künstler. Eine Ausstellung, ein Fest zu Ehren eines Schriftstellers, ein paar Maler sollen ihre Bilder zeigen. Einer kommt mit leeren Händen. Malt sein Bild an Ort und Stelle. Ein paar Stunden lang. Immerhin und allerhand.

Tag, Monat, Jahr
Es ist lustig, dass jetzt wieder Schweden das Vorbild ist, diesmal nicht das sozialdemokratische Schweden, sondern das neoliberale. 4 % Wirtschaftswachstum und ein Nulldefizit haben die.

Tag, Monat, Jahr
Einer sagt, er mag keine Berater, denn die wollen sich die Hände nicht schmutzig machen. Er sei ein Begleiter, das sei etwas ganz anderes, da mache man sich schmutzig; auch die Gedanken seien daher unsauber. Der andere nennt sich beruflich nicht Lebens-, sondern Überlebensberater. Um Mut gehe es, sagen sie beide. Und ich verstehe wieder einmal kein Wort.

Tag, Monat, Jahr
Gestern im Bus die Perserin, die in der ALEIFA gearbeitet hat. Dann ist ihr ein Kind gestorben. Dann ist sie Behindertenbetreuerin geworden.

Hat das aber nicht ausgehalten. Ist jetzt arbeitslos. Sie ist fix und fertig. Sie geht nicht in die ALEIFA. Das ist aber ein Fehler. Hat Gründe.

*

Ich verstehe nicht, warum der Buddhismus als die friedfertigste Religion bewundert wird. Einer erklärt mir hierauf, das buddhistische Kambodscha sei wie der Himmel auf Erden gewesen. Dann seien die Roten Khmer gekommen. Bestialisch. – Dagegen etwas zu sagen, ist völlig unmöglich. Aber ich glaube trotzdem einzig an den Buddha der Dalits, der Zerbrochenen, an Ambedkar.

*

Die deutschen Gewerkschafter, von denen die Kirchenangestellten ganz selbstverständlich vor der Ausbeutung durch die Kirche in Schutz genommen werden. Das gefällt mir. Aber bei uns hier wird über derlei überhaupt nicht geredet. Da ist alles heilig. In Österreich und in der Schweiz habe ich von solchen gerichtlichen Klagen auch noch nichts gehört.

Tag, Monat, Jahr

Politik ist Vorteilnahme. Gemüller ist das System. Da kann man nichts machen. Es ist alles nicht kriminell. Aber es zerstört alles. Aber nicht allen.

*

Ich stelle Samnegdi und Charly und ihrem Freund eine Preisfrage, nämlich woher *Fee* kommt. Am Montag werden wir uns ein Geschenk einfallen lassen, er und ich, weil die Frage richtig beantwortet wurde. *Das machen wir*, sagt er. Ich mag ihn sehr. Wir wissen jetzt, wo die Feen herkommen. (Fatum.)

10. Oktober 2010

Am Boden zerstört, ich? Nein! Was für Wochen das waren und Tage. Zweimal war ich bei der Kommunion, habe mir eingebildet, die Hostie hilft. Eine Medizin. Täglich einzunehmen. Einmal habe ich dabei den Horazler getroffen. Ist nett und bescheiden. Samnegdis Schwester ist dann von einem Tag auf den anderen schwer krank geworden. Aber noch keine Diagnose. Alle sagen, was es sein wird. Multiple Sklerose wäre das geringste Problem. So muss man das sehen. Ein Plasmozytom wäre heutzutage auch keine Katastrophe mehr. Leukämie? Alles kann gut ausgehen, gewiss. Alles ist am Anfang. Ihr Kind, wir wissen nicht, was tun. Dann: Samnegdis Schwester hat noch nicht verstanden, was sie hat, einen Tumor. Das Kind, wir werden die beiden zu uns nehmen. Samnegdis Schwester verzweifelt, kann sich immer weniger rühren. Die Feldenkraisstunden helfen ihr. Sie kann dadurch die Beine wieder bewegen.

Aber sie wird immer gelähmter. Nein. Das wird wieder gut. Herr Ho war für zwei Tage sehr schwierig. Hatten Angst, er habe nach so vielen Jahren einen Rückfall. Aber seit gestern ist er wieder im Gleichgewicht. Hatte gespielt, Geld verloren, sein Handy auch, war völlig am Boden zerstört, sagte, er könne nicht mehr leben, vergesse alles. Sagte, er habe Schulden, bei einem Chinesen, sagte mir aber nicht, bei wem und wie viel. Ich wurde im chinesischen Lokal sehr wütend auf alle, hoffe, niemand hat sein Gesicht verloren. Wäre mir aber egal. Es war mit Herrn Ho die paar Tage jetzt wie auf Leben und Tod. Es ist gut ausgegangen. Er weiß wieder, dass ihm nichts geschehen kann. Er wollte plötzlich seine Tabletten nicht nehmen. Sagte, er habe schon ein paar Tage darauf vergessen. Aber das glaube ich nicht. Der Spuk war wirklich schnell vorbei. / Samnegdis Schwester sagt auf der Fahrt ins Spital im Auto, es sei seltsam, als Kind sei es schon so gewesen: Wenn etwas Schlimmes bevorstand, war der Tag, der Morgen schön, der Himmel, das Wetter, die Sonne, die Wolken.

*

Mein Arzt schimpft mit mir, sagt, was ich tue, seien Alibis. Er sagt, irgendwann einmal werde ich ihm recht geben, denn ich könne niemandem helfen, wenn ich einen Schlaganfall oder einen Herzinfarkt habe. Er versteht nicht. Ich auch nicht. Dann entschuldigen wir uns.

*

Habe gestern zwei Interviews mit dem Verleger Wagenbach gehört. Mein Verleger tut mir jetzt leid. Wie soll der mich verlegen können. Der kleine Verlag! Und so abhängig! Wagenbach, niemand hat so viele Prozesse führen müssen, und alle hat er verloren. Das gefällt mir, aber mein Verleger kann sich das nicht leisten. Mich nicht. Wagenbach, sein Vater, schüchtern und tapfer, ausgetreten aus dem NS-Sozialsystem, aus der Krankenkasse, aus Solidarität mit den jüdischen Ärzten. Bin beeindruckt. Und dass Wagenbach sagt, die Linken haben die Kindererziehung verfehlt, ihnen nichts erklärt, sie alleine gelassen, sie nicht zurückgerissen vom Abgrund! Ich glaube wirklich, dass das so ist. In den Schulen auch. Die haben die Kinder im Stich gelassen.

*

In Wien die Wahl heute, im Fernsehen schaue ich mir immer Österreich an. Diese sexy Marek hat verloren; eine Qual war das für mich gewesen, wie sie die helfenden Berufe beleidigt hat. Aber nur die Straßenarbeiter, die von der Müllabfuhr, haben ihr widersprochen! Und dieses Schwanberg war jetzt auch einmal im Fernsehen. Es hieß, die Verantwortlichen wollen jetzt alle besser schulen und studieren muss das Pflegepersonal jetzt auch. In Wahrheit müssten die Schwestern und Pfleger nur ihre

Rechte und Pflichten in- und auswendig kennen und souveräne, autonome, autarke Instanzen haben, die ihnen helfen. Es darf wie beim Militär ein Befehl, der ein Unrecht ist, nicht befolgt werden.

*

Wir haben viele Marienkäfer im Haus, schön ist das. Um diese Jahreszeit!

11. Oktober 2010

Jetzt einmal hat die österreichische Caritas Sozialverträglichkeitsprüfungen verlangt. Jetzt! Warum nicht vor 8 Jahren. Damals hat es das Sozialstaatsvolksbegehren gegeben. Jetzt kommen die von der Caritas erst drauf. Die österreichischen Guten gehen mir auf die Nerven wie die anderen Guten auch. Nur das Wiener Freundschaftshaus ist gut, Schutzhaus. Aber die Kirche widersetzt sich nie. Die Kirchenleute geben die Leute her. Aus ihren Flüchtlingsheimen. Das dürfen sie nicht tun! Die Kirche hätte es einfach. Sie ist Gottes. Aber die lassen die Leute abholen, in die Qual und auch in den Tod, und danach schimpfen die Guten aus der Kirche auf die Politik und das war alles. Ich weiß, dass es wirklich gute Menschen gibt. Aber die verstehen oft nicht. Und dann ist es zu spät. Aber das Schutzhaus ist gut. Nur das.

*

Als ich sage, die Caritas sei bloß das Alibi der Kirche, ohne die Caritas hätte die Kirche schon längst zusperren müssen, unter den Blinden sei der Einäugige König und könne sich daher die Caritas als moralische und intellektuelle Avantgarde gerieren, wiewohl sie in Wahrheit 10 Jahre hinter den Entwicklungen zurück sei und niemals irgendeine der jetzigen Fehlentwicklungen verhindert habe, werde ich forsch gefragt, wer denn das Alibi der Caritas sei, die habe doch gewiss keines, sondern müsse die ganze Knochenarbeit tun. Ich erwidere, das Alibi der Caritas seien die Politik, die Politiker, die Regierung.

14. Oktober 2010

Die sozialdemokratischen Abgeordneten hier bei uns sagen, sie seien an und durch den Klubzwang gebunden; auch werde ihnen mit dem Verlust des Mandats und dem Ende der Karriere gedroht, damit, dass sie nicht mehr nominiert und von den Gremien nicht mehr gewählt werden. Warum zeigen diese roten Mandatare die Nötigung nicht bei der Polizei an? Warum führen sie nicht Klage vor dem Verfassungsgerichtshof? Warum fühlen sie sich nicht ihren Wählern in ihrem Wahlkreis zuvorderst verantwortlich anstatt dem Machtwort des roten Parteivorsitzenden? Warum wird die Staatsanwaltschaft nicht von sich aus tätig? Warum prozessieren die roten Abgeordneten ihr Grundrecht nicht durch und aus? Lauter Helden. Plus Binnen-I.

16. Oktober 2010

Furchtbarer Traum: Besuche jemanden weit weg, kenne ihn nicht, gehen spazieren, er lacht, zeigt mir im Gehen Tanzschritte, er ist hellbraun gekleidet und abgemagert, ist sehr schnell, plötzlich fällt er um, ist starr, lacht und zappelt und ist tot. Versuche ihn wiederzubeleben, er beginnt zu zappeln wie eine Kasperlfigur. Ich rufe um Hilfe, aber es ist rundherum so laut und es sind keine Fußgänger unterwegs. Ich will laufen, um aus den nahen Häusern Hilfe zu holen, versuche im Laufen die Rettung zu rufen, Telefon. Drehe mich um, der Kasperl lacht und ist tot und lacht. Ausgedorrt wie eine Mumie. Plötzlich bin ich ein Kind in einem winzigen Raum, liege auf der Pritsche, nur Wände und grelles Licht. Kann meinen Kopf nicht drehen. Will um Hilfe rufen, draußen sind Freunde. Kinder. Bekomme keinen Laut hervor. Die Freunde sind fort. Bekomme keine Luft. Vier Leute wollen zu mir herein. Kenne niemanden. Die Stimmen sind fremd. Drohen mir. Ich soll zerfetzt werden. Es sind Menschen und Tiere in einem. Ich blute, mein Armfleisch liegt bloß. Bin völlig ruhig. Habe überhaupt keine Angst. Werde kämpfen. Wenn ich etwas falsch mache, bin ich tot. Einer fällt mich an. Ich schreie in die Richtung. *Gott!*, schreie ich und der Spuk ist vorbei. Der Traum ist mir peinlich. Die Stimmen waren furchtbare Menschentiere. Lauter Tagesreste waren das bloß, glaube ich. Aber im Traum war ich für einen Augenblick – was? Psychotisch? Ich kann es mir jetzt vorstellen, wie das ist. Man wird umgebracht, das ist alles. Mehr ist nicht. Das Hörzentrum und das Angstzentrum liegen eben sehr nahe beisammen. Das war gut in der Evolution, als wir noch eine andere Art Tier waren.

*

Herrn Ho geht es wieder sehr gut. Wir sind immer sofort bei ihm und er ist immer bescheiden und braucht nie viel. Zeit auch nicht. Er weiß, dass ihm nichts mehr geschehen kann. Ich weiß es nicht, aber es ist so. Gestern hatte er als Hausübung einen Satz zu Ende zu führen, der begann: *Wenn ich zornig bin, ...* Ho musste lachen und wir auch. Er wusste nicht zu sagen, wie das ist, wenn er zornig ist. Denn er ist es nie. Man sieht das nie. Er schrieb: *Wenn ich zornig bin, gehe ich schlafen.* Er ist wieder glücklich.

*

Österreich: Die Kinderrechte sollen jetzt in die österreichische Verfassung, gut so, aber die Leute tun so, als wären sie es nicht schon jetzt. Was den Kindern angetan wird, ist seit jeher ein Verbrechen. Da bräuchte man die Verfassung nicht zu ändern. Aber die Sozialstaatsklausel gehört in die Verfassung. Die Definition des Staatszweckes.

*

Die furchtbaren Kinderabschiebungen. Zurück kommt keines. Aber das konfessionsfreie Freunde-schützen-Haus bewirkt viel. Trotzdem besteht mein Vorwurf gegen die Kirche zu Recht, dass man die Flüchtlinge einfach nicht herausgeben darf. Und dass die Kirche ihnen nicht Asyl gibt, ist ein Verbrechen, egal, was sie sonst Gutes tut. Vielleicht ist jetzt alles ein neuer Anfang. Man darf die Menschen nicht hergeben.

17. Oktober 2010

Eigentlich hat Herr Ho mir das Leben gerettet, nicht ich ihm. Wenn man die Zeit in Menschenleben misst, dann – was? Mag man nicht alle Helfer.

*

Die ALEIFA: Mich regt das alles auf, obwohl es mich nichts angeht. Kant würde mir recht geben, Arendt würde mir auch recht geben? Arendt würde die ALEIFA nicht mögen? Kant den GF Gemüller nicht? Wer weiß. Vielleicht würden sie mich nicht mögen. Lustige Vorstellung.

*

Das Stück von Frau Röggla über Frau Kampusch verstehe ich nicht und die Anzeige des ehemaligen Richters gegen die Staatsanwaltschaft wegen Frau Kampusch genauso wenig. Was Frau Kampusch sagt, verstehe ich jedes Mal. Ob es einen Verbrecherring gibt, ist aber wirklich wichtig und Frau Kampusch kann das nicht wissen, ist aber zugleich die Hauptzeugin, eigentlich die einzige Zeugin. Ob es einen Verbrecherring gibt, ist wirklich wichtig! Genauso, dass Frau Kampusch selber sagen kann, was sie weiß. Das ist für ihre Seele wichtig. Doch Frau Kampusch kann nicht alles wissen. Glaubt aber irgendwie, das zu müssen. Und die Medien, die sind erbarmungslos, indem sie Frau Kampusch zum vorbildlichen Opfer machen. Es ist wie mit der schönen Armut. Die schöne Frau Kampusch ist ein Präzedenzfall, aber alle machen daraus ein Monopol. Das ist nicht richtig so. Ich glaube nicht, dass Frau Kampusch das so will. Das Mitgefühl – für alle Geschädigten muss man es fordern. Die Öffentlichkeit kann das nicht. Ist zu blöde.

29. Oktober 2010

Samnegdi geht es nicht gut, alles schwer, was wird noch alles geschehen. Warten, warten. Die Operation ihrer Schwester. Das Kind bei uns. Ich wieder wie ein schwer angeschlagener Boxer, der keinem einzigen Kopfschlag mehr ausweichen kann. Die prasseln nieder. Es ist nur eine Frage der Zeit, wann ich zu Boden gehe. Die Guten werden bald gewonnen haben.

22. November 2010

So gut ist noch nie etwas ausgegangen wie jetzt! Samnegdis Schwester kann wieder gehen. Es geht ihr besser als die Jahre zuvor. Die Operation war auf den Tag genau am Todesdatum ihrer Mutter. Die hat gut aufgepasst. Der Operateur war der beste, den wir kennen. Hat die Tante operiert, vor 18 Jahren. Ist jetzt der Chef. Alles war dringend bei meiner Schwägerin, aber rechtzeitig. Sie war sofort wieder auf den Beinen. Die Rehab wird sie erst zu Weihnachten haben. Ein, zwei gravierende internistische Probleme hat sie auch noch, aber sie ist fleißig. / Herrn Ho geht es auch gut, zwischendurch irgendeine Infektion, aber dann überglücklich, sein Hausarzt auch. Hat sich von Herzen gefreut, weil Ho so lachen kann. Hat ihm das auch so gesagt. Dann hat Herr Ho uns erzählt, dass er einmal für einen Fotografen gearbeitet hat. Musste die Bilder sortieren. Ganz am Anfang hier war das gewesen. Kein Geld dafür bekommen. Immer wieder kann Herr Ho glücklich sein. Immer dann, wenn er entkommen hat können. / Und Samnegdis und Miras Arbeit in der ALEIFA ist extern von wichtiger Stelle als vorbildlich gelobt worden. *Phantastisch* hat man darüber gesagt. Sie freuen sich sehr, denn das bedeutet hoffentlich, dass es die Projekte weitergeben wird. Mit weniger Geld, aber doch weiter. / Und mir, mir wollen der Verleger und der Anachoret wirklich helfen. Mein Buch wird verlegt. Im Mai schon kommt es heraus. Das sind Sachen! Und der Tante geht es auch unglaublich gut. Und Charly und ihr Freund lieben einander.

24.11.2010
Die hiesige Regierung, der rote Regierungschef, spart ab sofort gewaltig ein. Damit ist Samnegdi demnächst arbeitslos. Ich bin auf den GF wütend. Er hat die ALEIFA in Abhängigkeit gehalten, immer wieder von neuem gebracht. In einem fort. Alle waren der Politik gefügig. Haben nichts gelernt von der Dritten Welt. Nur Gerede und eine Publikation nach der anderen, was man alles tue und könne und müsse und werde. Und nichts davon hat man getan. Immer nur das, was die Geldgeber wollten. Die Politiker. Und jetzt ist man kaputt. Ah nein, der GF nicht. Der neue zweite auch nicht. Der neue Personalchef auch nicht. Die haben immer vorbildlich gearbeitet. Zukunftsweisend. Man war, ist die Avantgarde. Der GF sorgt weiter für die Publicity und das Geld. Für die Firma, die Ideen, die Kontakte, das Soziale, die Kultur.

7. März 2011: Am 23. Dezember Autounfall. Looping. Totalschaden. Dann das Abklappern der hiesigen Autohändler meinerseits. Keinerlei Entgegenkommen beim Neukauf. Zu Fuß weite Strecken von Autohändler zu Autohändler. Grotesk das Gerede, die Ware schwachsinnig, die Angebote diktatorisch. Ein Verkäufer sagt, der Autoindustrie sei es nie schlecht gegangen; das seien nur mediale Horrormeldungen gewesen. / Der Unfallschock, die Sorge, dass ja niemand doch ernstlich verletzt ist, bleibt lange. Samnegdi hört den Unfall immer wieder und ich sehe ihn immer wieder. Noch nie einen Unfall gehabt und dann das. Am Boden zerstört. Die Polizisten waren freundlich, sagten, genau an der Stelle geschehen jedes Jahr schwere Unfälle und dass wir alle Glück gehabt haben. Es sei ja nichts passiert. Nur der Sachschaden. / Mein hoher Blutdruck, therapieresistent. Man wird sehen; es wird schon gut ausgehen. Bekomme ein Blutdruckmittel. / Beeindruckend seit ein paar Wochen der Kampf so vieler selbstloser Menschen gegen das Grazer Bettlerverbot. Die Zeitungen berichten davon. Die Helfer geben ihre Schutzbefohlenen nicht her, lassen sich durch nichts und niemanden von ihnen trennen, und die Gesichter der Schutzbefohlenen auf den Plakaten sind wunderschön, können nicht entstellt, nicht zerstört werden. Was alles man vom österreichischen Graz lernen könnte! Überall! Mitten in meine Begeisterung wieder mein blanker Nihilismus: Ich muss plötzlich halluzinieren, alle Sozialdemokraten, die für das Bettlerverbot gestimmt haben, das sind ja alle, weiß ich aus den Nachrichten, bis auf einen SJler, kommen zum guten Gemüller und sagen ihm weinend, wie leid es ihnen tue, dass sie so stimmen mussten. Und Gemüller erzählt das seinen Leuten und allen draußen weiter, dass so viele MandatarInnen und Regierungspolitikerlnnen Tränen in den Augen gehabt haben und dass sie alles Falsche einzig des Parteivorsitzenden wegen tun mussten und sie selber ja in Wahrheit etwas ganz anderes wollen. Und ich, ich würde Gemüller erwidern: *Aber warum haben sie denn nicht dagegen gestimmt?* Und er, er würde nicht verstehen, dass ich so herzlos bin und nicht verstehe, wie sehr sie alle leiden. Und dass er, Gemüller, alles getan habe, sie alle. Das Menschenmögliche. Und ich, ich wüsste dann, wozu die roten Politiker dem GF Gemüller so gut Freund sind. – Weil er sie versteht. Ihre Werte, Gefühle, ihre inneren und finanziellen Kämpfe, die viele, die anstrengende, aufopfernde Arbeit. Aber Graz ist Graz und hier ist hier, zum Glück; meine Nerven würden das alles nicht mehr aushalten. Zum Beispiel weil Herr Ho seit Mitte Jänner eine quälende, immer wiederkehrende Hautallergie hat. Ursache bis jetzt nicht eruierbar. Zuerst lange die schlimmsten Befürchtungen. Er war zermürbt, weil im Gesicht entstellt; schlaflos, der ganze Körper entstellt, doch seit einer Woche geht es Herrn Ho deutlich besser. Aber es ist noch nicht ausgestanden. Die meiste Zeit brauche ich seit Tagen, Wochen für Herrn Ho auf. Bin zwischendurch erschöpft. In Hos Wohnung geht jetzt auch in einem fort etwas kaputt. Heizung, Bad, WC, Küche. Das zermürbt ihn. Obwohl wir die Zeitschäden immer so schnell wie möglich beheben. Er ist nach wie vor wie ein freundliches Kind. Vielleicht hat er ja Glück, wir alle. Herr Ho hat aber wieder zu spielen angefangen und dabei blöderweise in einem fort nur gewonnen, über Wochen kleine Beträge. In Summe 1300 Euro. Die hat er auf ein Sparbuch gegeben. Als Hilfe in jeder Not. Das neue Sparbuch gibt ihm Sicherheit. Er spielt seit drei Wochen nicht mehr. Hält jetzt auch eine sehr vernünftige Diät, besser als früher. Der Diabetes und die Haut werden dadurch wieder viel besser werden. Aber sehr anstrengend ist das Ganze. Für ihn; für uns allmählich auch. Ein paar Leute haben vor seinem Ausschlag große Angst gehabt und die arme Haut Ho hat sich auch noch vor allen Leuten gekratzt wie ein Affe. Man hat sich daher über ihn beschwert. Nein, man hat gesagt, er tue einem sehr leid. Und wie viel Glück er habe! / Ein roter Politiker, der sich seit Jahrzehnten in seinen Parteifunktionen zu behaupten vermag, sagte heute wieder einmal, man müsse die Menschen lieb haben. Sonst werde man nie Politiker sein können. Nie.

28. April 2011: Graz: Lese zufällig Zeitungsberichte, schaue dann Aufnahmen an, bin beeindruckt, begeistert. 5000 bis 15000 Menschen bei den Demonstrationen in den letzten Wochen. Und die NGOs, Hilfseinrichtungen, Bewegungen kooperieren mit den Gewerkschaften. Warum ist das bei uns hier nicht so! Ich stelle mir vor, wie die Kundgebungen bei uns wären: Sehe dieselben Gewerkschaftsfunktionäre, großen und kleinen Chefs, die ich in kleinem Kreise sagen habe hören, was alles undenkbar sei. Jetzt tun sie aber endlich das Undenkbare, vormals Unmögliche – und ich würde mich freuen. Aber dann würden sie plötzlich wieder ganz seltsame Dinge reden. Ganz öffentlich. Und alles wäre mit einem Male wie die Schulaufführungen von 12jährigen. Die Gewerkschaftsführer wären 12jährige Klassensprecher. Und wenn der Gewerkschaftspräsident redet, würde ich zwei Mal *Pfui!* rufen müssen, weil ich es nicht aushalte, wie er sich windet. Die anderen Leute wären ihm aber dankbar und würden mich nicht verstehen und nur betreten schauen.

*

Die in Graz wollen jetzt eine Partei gründen. Eine Sozialstaatspartei. Oder eine Linke wie in der BRD. Der Linken geht es zwar im Moment nicht gut, die Linken beschimpfen einander intern und die Grünen schnappen ihnen bei den Wahlen alles weg. Aber vielleicht ist in Graz wirklich alles anders. Hier bei uns verstehen die Alternativen und die Linken nicht, dass in einer Demokratie jede Wahl die Revolution ist und dass andere linke Revolutionen nicht stattfinden. Hier bei uns haben die Linken und Alternativen in den letzten 10 Jahren selber nicht geglaubt, dass alles so kommen wird: wirklich die Weltwirtschaftskrise, die Atomkatastrophe, die Zerstörung des Sozialstaats.

*

Bei den Demonstrationen in Graz – die Gebärdendolmetscherinnen. Die bringen etwas in das Insgesamt, das die Politiker nie und nimmer zustande bringen: die Übereinstimmung von Körper und Seele, Wort und Tat. Durch die Gebärdendolmetscherinnen wird das, was sonst bloß Gerede ist, authentisch, fürsorglich, eine Handlung, ein unverbrüchliches Versprechen.

*

Wenn bei uns in der Stadt 15000 demonstrierten, würde ich bloß sagen: *Es bleibt ihnen ja sonst nichts übrig.* Das wäre aber wohl nicht anständig von mir. Bei uns hier wird von Wahlbetrug und Wählertäuschung geredet, in Graz offensichtlich auch. Schulden haben wir auch gigantische, und bei uns heißt es auch, dass die Vermögens-, die Glücksspiel- und die Spekulationssteuern den Sozialstaat retten können. – Natürlich gehört das alle sofort eingeführt, aber ich glaube, es ist zu spät. Denn der Keynesianismus hilft nicht, wenn die Katastrophe da ist. Er kann sie nur verhindern. Ich glaube, dass es für den Keynesianismus zu spät ist. Er ist jetzt Teil des Problems. Jetzt kann man nur mehr von der Dritten Welt lernen.

*

Jutta Ditfurths Abneigung gegen die Grünen. Ich glaube tatsächlich, dass die Alternativgruppen so sind, wie sie sie beschreibt. Woher diese verkehrte grüne Zwangsläufigkeit kommt, weiß ich nicht.

*

Wenn hier in der Stadt so etwas gelänge wie denen in Graz, würde ich mich von Herzen freuen und sagen, es wäre der Erfolg von Pötschers guter Arbeit und dass ich mich geirrt habe. Wenn man hier bei uns vor zehn Jahren demonstriert hat, dann gegen die Ursachen der Folgen heute, sozusagen gegen das künftige Graz.

*

1 Milliarde Euro Schulden soll Graz haben. Wie zahlt man so etwas? Wie können da noch wirkliche Gewinne, Steuern lukriert werden für die Stadt Graz und den Rest des Landes? Ich glaube, Graz, die Steirer sind ganz einfach im Konkurs. Insolvent. Die Politiker sagen es nicht. Bei uns hier wäre das so.

*

Man muss endlich einmal wissen wollen, bei wem die Städte und der Staat verschuldet sind. Wer die Gläubiger sind – die wirklichen Herren der Politik. Namen!

*

Eine Sozialstaatspartei, wenn es die jetzt endlich gäbe! – Zehn Jahre zu spät wäre das hier bei uns. Aber was denn dann jetzt? Eine wirkliche

Kooperation der bereits bestehenden alternativen und linken Parteien, Gruppierungen, ein Sozialstaatsbündnis, Wahlbündnis, Wahlkampf ab sofort.

5. Mai 2011: Graz, Steiermark: 600 Hilfseinrichtungen sollen sich zusammengeschlossen haben, berichten permanent die Lebensgeschichten ihrer Schutzbefohlenen. Ich glaube, sie wollen jetzt jede Budgetausgabe beobachten und öffentlich machen. Hier bei uns wollten wir das vor 10 Jahren so machen, eine Art von partizipativem Budget wie in Porto Alegre. Daraus ist nichts geworden. Aber jetzt würde es bei uns hier vielleicht doch funktionieren, denn wo kein Geld mehr ist, kann auch keine Korruption mehr sein. Konkurrenz auch keine. – Es muss eine Lust sein, in Graz zu leben.

6. Mai 2011: Einer sagt, Demokratie und Rechtsstaat kommen nicht von der Kirche her, nicht aus dem Alten und nicht aus dem Neuen Testament. Der andere widerspricht heftig. Der andere ist ein rechter Linker und der eine ein linker Linker und beide sind moralisch, charakterlich, intellektuell über jeden Zweifel erhaben. So, wer hat recht? Was weiß ich, denn z. B. ist da einerseits die gute Caritas und hat andererseits die katholische Kirche die Menschenrechtserklärung nie unterzeichnet.

*

Veblens *Theorie der feinen Leute*: Institutionen seien Gewohnheiten und Vorurteile, Wirtschaft sei Einschüchterung und Verschwendung. – Die Kunstaktion, die wir aus dem Dingsbumsverein voriges Jahr versuchten: Der hiesigen Regierung möge es gefallen, uns das Budget zur Aufsicht zu übergeben, damit wir es gerecht unter den Hilfseinrichtungen verteilen. Wenn sie das nicht wolle, müsse sie uns das Budgetgeld aushändigen, damit wir es öffentlich verbrennen. Nicht den winzigsten Preis haben wir für die Aktion bekommen.

*

Wehrlos zu sein in dem Zwang, nicht helfen zu können, sagte Karl Kraus über die Sozialdemokratie und dass sie den *korrumpierenden Gewalten ausgeliefert* sei. Und einmal, ich weiß nicht, über wen: *Herr, vergib ihnen, denn sie wissen, was sie tun.*

Mai bis heute

Tag, Monat, Jahr

Zwei reden um die Wette, einer sagt, das Gute tue uns in der Seele gut, der andere sagt, das Gute tue unserem Gehirn gut, die Gesprächsleiterin ist auch sonst von den beiden begeistert. Alles also ganz einfach.

*

Im Bus eine junge Punkerin und ihr Freund, beide gepierct und tätowiert und ihr Hund ohne Beißkorb und Leine. Sie wird wütend, als der Bus an einem Puff vorbeifährt; sagt zu ihrem Freund zornig, sie habe die Werbeplakate jetzt schon zweimal übermalt und heruntergerissen habe sie auch welche, und jetzt hängen die wieder da. Sie werde alles wieder herunterreißen. *Mich machen die Schweine nicht fertig. Uns zwei nicht.* Er nickt.

Tag, Monat, Jahr
Eine Pakistani, deren Gesicht durch einen Säureanschlag verätzt ist, sagt, in ihrer Heimat haben die meisten Leute zu ihr gesagt, sie müsse selber schuld sein und etwas sehr Schlimmes getan haben. So etwas mache sonst niemand mit einem.

Tag. Monat, Jahr
In die volle Tram steigt eine Schwarzfarbige mit Kind. Die Frau, neben die sie sich setzt, fragt sofort: *Haben Sie einen Ausweis? Hier ist nur für Behinderte. Haben Sie überhaupt eine Fahrkarte?* Die Schwarzfarbige reagiert nicht. Die Inländerin sagt: *Eine Schweinerei ist das!* Die Schwarzfarbige zuckt erschrocken zusammen, sagt: *Schwein? Du bist ein Schwein! Du!* Die Frau schnellt hoch: *So jetzt reicht's. Was ihr Ausländer mit uns macht, ist eine Gemeinheit!* Sie will zum Fahrer vor, ruft durch die Tram: *Da ist eine Negerin, die hat keinen Fahrschein und keinen Ausweis. Und Schwein hat sie mich geheißen und Drecksau!* Ich rufe: *Drecksau hat sie nicht gesagt!* Die Frau macht kehrt, setzt sich wieder hin, schüttelt in einem fort den Kopf. Ein Mann sagt zu ihr: *Lassen Sie die Frau und das Kind doch endlich in Ruhe Straßenbahn fahren, die wollen ja auch nur leben.* Die Frau fragt, ob er denn nicht gehört habe, was die Schwarzfarbige zu ihr gesagt habe. Eine andere Frau mischt sich ein: *Niemand muss Ihnen die Fahrkarte und den Ausweis zeigen, niemand hier. Wie kann Ihnen so etwas überhaupt einfallen? Das ist doch nicht normal. Das ist ja lächerlich. Das ist eine Amtsanmaßung! Geben S' einfach einen Frieden!* Und dann sagen ein paar Fahrgäste, wie lieb das Kind sei. Die Kontrollorin ist fassungslos und weiß wie die Wand. Schluchzt: *Sie verstehen überhaupt nichts! Wo wird das noch enden!*

Tag, Monat, Jahr
Ein Mafiabekämpfer, ein Journalist, Schriftsteller, sagt, sein Leben sei schrecklich geworden. Er müsse jeden Tag wie in einem Gefängnis vegetieren, damit er keinem Anschlag zum Opfer falle. Solange er lebe, werde das so sein. Die Verbrecher seien frei und lassen es sich gutgehen. Er wünschte, er hätte nie über die Mafia geschrieben und könnte es un-

geschehen machen. Dann sagt er aber, dass er alles noch einmal genauso machen würde.

Tag, Monat, Jahr
Am Nebentisch ein ernstliches Gespräch über das Anzeigen von Pornographie; eine Frau sagt, diejenigen konsumierenden Männer, die nicht ganz schwachsinnig seien, müssten Extremdarstellungen, die sich von Vergewaltigungen nicht mehr kenntlich unterscheiden, anzeigen. Es müsste eine polizeiliche Stelle dafür geben, die müsste beworben werden. Dort sollen die Männer anonym diese Anzeigen machen können. Frauenorganisationen sollten mitkontrollieren können, dass diese Anzeigen von der Polizeistelle auch ja wirklich bearbeitet werden. Der Mann am Tisch redet dann irgendetwas über Goethe. Die Frau erwidert, Goethes Frau sei ja aus armem Stand gewesen und zeit ihres Lebens arm dran gewesen mit ihrem Ehemann. Und als sie unter Schmerzensschreien im Sterben lag, sei er in ein anderes Zimmer gegangen und habe sich die Ohren zugestopft. Goethes Frau habe sich die Zunge abgebissen in ihrer Todesnot. Der Mann ist Büchermacher, redet dann über Kinderbücher. Zum Schluss dann über Kindertagebücher, in welche die Kinder ihre guten Taten eintragen können, zum Beispiel wenn sie der Mutter beim Geschirrabwaschen helfen. Goethes Mutter fällt mir ein, wie leicht die es allen gemacht hat. Sie ließ ausrichten, sie könne heute nicht zum Kartenspielen kommen, denn sie müsse gerade sterben. Die abgebissene Zunge muss ich mir merken; wenn mir wieder einmal Lehrerinnen von Goethe und Weimar vorschwärmen, von ihrem Besuch dort und von den Ginkgobäumen, werde ich von der abgebissenen Zunge erzählen. Nein, werde ich gewiss nicht.

Tag, Monat, Jahr
Die Kindergärtnerin fragt besorgt, ob Samnegdi die ALEIFA verlassen muss, nicht weiter arbeiten kann, bei der Firma kündigen muss, wenn mein Roman herauskommt. Ich erschrecke, Samnegdi lässt sich nichts anmerken. Ich antworte, dass die Firma in meinem Roman gar nicht vorkommt, die Firma sei nicht so wichtig, der GF komme auch überhaupt nicht vor. Beide seien nicht so wichtig, wie alle hier glauben, die MitarbeiterInnen sowieso. Habe dabei überhaupt nicht das Gefühl zu lügen, sondern wahrheitsgemäß Auskunft zu geben; beruhige die liebe Kollegin und uns auch. Sie fragt dann noch, ob die Firma zusperren muss. Ich wiederhole, dass die bei mir nicht vorkommt. Sie sei nicht Teil meines Lebens, ich lebe nicht von der Firma und nicht in der Firma und nicht durch die Firma, so einfach sei das alles für mich. Und es sei eben ein Roman. *Ich komme darin ja auch nicht vor in Wirklichkeit. Und die Firma*

und der GF schon überhaupt nicht. Es wäre schrecklich, wenn es anders wäre, sage ich. *Mein Buch wäre völlig unnütz, könnte niemandem helfen. Im Übrigen ist die Firma der schönste Ort auf der Welt.* Mit keinem Wort habe ich da gelogen.

*

Der Polizist, der Sunnyboy, der von mir gesagt hat, er würde mich in fünf Minuten überführen, und so vertratscht ist, ist fix und fertig. Chefinspektor seit drei Jahren. Burnout. Chronifiziert. Nahezu völliger Rückzug aus seiner Familie. Seine Frau ist verzweifelt, die Kinder auch. Er kann nicht mehr. Die Angst der Kollegen voreinander. Die gegenseitige Überwachung. Er hat niemanden zum Reden. Eine Sondereinheit ist es noch dazu. Als ich zufällig von der Sache erfahre, ist mir zum Weinen. Seine Frau würde sich wünschen, er hätte einen anderen Beruf, sagt, einem Polizisten helfe niemand. Hat Angst, ihren Mann zu verlieren. Oder dass er den Verstand verliert. Leistung, Leistung, Leistung, in einem fort. Er, sie. Jetzt wollen alle ein neues Leben anfangen.

*

Ein Prediger, der beste, beliebteste, den ich kenne, erklärt, dass wir alle durch die Taufe Priester, Prophet und König sind. Christus eben. Bin baff. Mir fällt bloß lustig auf, dass er nicht sagt: *Priesterin, Prophetin, Königin, Christa.* Aber ansonsten bin ich wirklich baff. Ich war ihm gegenüber bislang immer misstrauisch, weil er meines Empfindens so schnell höhnisch ist und da dann aber immer alle mitlachen. Über die Buddhisten und Leute, die buddhistisch meditieren, machte er sich einmal lustig und die jungen Leute, sein Publikum, lachten von Herzen mit. Und einmal machte er sich über die Jelinek lustig, der Evangelist Lukas hätte den Nobelpreis bekommen müssen, nicht sie. Er sagt, er wolle nicht, dass die Laien mit den Priestern um die paar Quadratmeter vor dem Altar kämpfen. Und dass jeder glaube, er könne predigen. Und Laie komme von Laos und Laos sei eben nicht Demos und die Kirche keine Demokratie. Um die Weihen geht es ihm. Für das Weihepriestertum ist er. Aber die Sache mit dem allgemeinen Priestertum hat er sehr schön gesagt, die muss ich mir merken: Priester, Prophet, König, Christus. Ehrlich gesagt ist mir aber auch das fast zu viel der Ehre. Eine ziemliche Last. Ich mag das alles nicht sein. Über das Mysterium der Gemeinschaft redet er dann auch. Macht einen wirklich guten Witz, ist sehr ehrlich: *homo homini lupus* – 1. Steigerung: *sacerdos sacerdoti lupior*, 2. Steigerungsstufe: *monachus monacho lupissimus.* Er sagt, er habe so oft Äbte und Bischöfe unter der Last ihres Amtes zusammenbrechen sehen, weil sie sehr an ihrer Führungsverantwortung und ihren Entscheidungspflichten leiden. Man solle ihnen das Leben nicht so schwer machen, ihnen nicht so zusetzen. Dass Gott eine Sache der Intelligenz sei, hat er auch gesagt. Nicht zu glauben, das sei ein Intelligenzmangel.

*

Ich sehe die Sache wie folgt: Der wahre Gott ist der Gott, durch den man siegt, also der mächtigere, mächtigste. So ist das mit dem Glauben, auch mit dem christlichen, so ist der an die Macht gekommen. Durch die Machthaber eben, die einen siegenden Gott brauchten. Konstantins siegreicher Gott, *Hoc signo etc.*, lässt, glaube ich, alle Feinde ans Kreuz schlagen. Droht damit. *Ich lasse euch alle kreuzigen! Wir machen euch fertig!* Hoc signo. So war das damals, so einfach. So einfach ist mein Glaube. Man hat den Verlierern das Kreuz angedroht.

*

Früher einmal, nein: heute auch noch, jetzt vor ein paar Tagen, hat man die Herzen und auch die Eingeweide von als besonders wertvoll geltenden Menschen in weiter Ferne vom restlichen Leichnam beigesetzt. Heidnisch durch und durch das Ganze, aber hochadelig und kirchlich, katholisch. Aber verbrennen lassen sich ordentliche Christen nicht. Das Verbrennen hielten die Christen deshalb seit jeher für heidnisch und gottlos, weil dann ja nichts mehr da ist zum Auferstehen, kein Fleisch für den Jüngsten Tag.

*

Herrscher, neu an der Macht, die tatsächlich eine andere, völlig neue Zeitrechnung eingeführt haben. So etwas funktioniert. Das kann man mit Menschen machen. Jederzeit. Wer über die Zeit herrscht, hat die wahre Macht über die Menschen. Zeit ist immer Lebenszeit, also Leben.

*

Die Zisterzienser mag ich seit ein paar Tagen nicht mehr, weil ich gelesen habe, dass ihre spirituelle Seinsfülle, ihre Lebensbereicherungen, das materielle Fundament von Anfang an aus den Raubmördereien der Kreuzritter und der Ketzerinquisition stammten, und zugleich sind die Zisterzienser durch die Jahrhunderte bis heute immer als Ehren- und Geistesmänner sondergleichen erschienen. Der Hauptgründer der Zisterzienser hat im übrigen Jesus Christus begattet wie selten jemand nach ihm. Von dieser Liebesmystik wird heute noch geschwärmt; scharfe Jesuspornos sind das, was denn sonst.

Tag, Monat, Jahr

Ein Regisseur sagt, es dürfe auf der Bühne keine Happy Ends geben. Niemals. Er hat damit überhaupt nicht recht, überhaupt nicht! Die Bühne muss auch zeigen, finde ich, wie es gut ausgehen kann. Wie man das macht. Bei ihm sterben die Leute bloß. Das geht mir auf die Nerven. Er ist der beste Mensch, den ich kenne. Will aber eben immer Katharsis. Aber er versteht die falsch.

*

Ein Schauspielschüler, sehr musikalisch, sagt, man wolle ihn in der Schauspielschule nur brechen. Wenn man ihn belehrt, streckt er seine Zunge heraus, tappt darauf herum. Wenn man ihn fragt, was er denn da tue, sagt er, er habe plötzlich so eine trockene Zunge. Man sagt zu ihm, er zeige immer allen, dass sie Ärsche seien. Als er ausgelernt hat, hat er immer noch kein Geld und ist er immer noch eine kleine Nummer und geht aber nach New York. Als er in einer Agentur ausgetestet wird, antwortet er, er wolle nur schauen, ob man ihn hier brauche. Daraufhin kann man sich nicht halten vor Lachen, denn so etwas habe noch niemand gesagt. Tausende Schauspieler bewerben sich und da kommt einer und sagt so etwas; man nimmt ihn. In 20 Sekunden entscheide sich das immer. Bei ihm auch. Er wird aber immer nur Russen und Inder und Ausländer spielen und immer nur die Bösewichter. Er regt sich darüber nicht auf. Er wird oft wo sofort genommen, bleibt aber nie lange.

Tag, Monat, Jahr

Ein Kind, Mädchen, sagt, sein Hund sei wie es selber, *vernünftig, ruhig, intelligent*. Bin darüber gerührt, gleichsam befreit, und dann aber plötzlich entsetzt. Denn der dazugehörige Fachmann sagt, die Hunde dringen sofort ins Innere der Kinder, dorthin vor, wohin Menschen vielleicht niemals gelangen können. Ich bin gegen das alles. Denn das Innerste muss man in Ruhe lassen, leben lassen. Es muss entscheiden können, frei sein. Es macht dann schon, was zu tun ist. Vernünftig, ruhig, intelligent.

*

Ein Taoist, klein wie ein alter Zwerg und in schwer zugänglichem Gebirge hausend, wird allen Ernstes nach dem Geheimnis der Unsterblichkeit gefragt. Antwortet lachend: *Nichts tun und nichts denken.* Jetzt verstehe ich: Lauter Unsterblichen begegnet man tagtäglich. Das erklärt fast alles. Das vermeintlich Unabänderliche. Und warum alles immer so ewig dauert.

Tag, Monat, Jahr

Heute im vollbesetzten Ersatzbus wieder die Punkerin. Tratscht mit einer schwangeren Schwarzfarbigen und der kleinen schwarzen Tochter. Morgen ist der Geburtstermin. Eine alte Frau steigt ein, sucht einen Platz, niemand rührt sich, sie fragt die Schwarzfarbige, die neben der Tür sitzt, ob sie sich setzen darf, weil diese und die kleine Tochter ja zwei Plätze in Gebrauch haben. Die stehende Punkerin geht sofort dazwischen: *Bitte, nein. Die Frau darf nicht stehen, das ist zu gefährlich. Sie hat morgen ihren Geburtstermin!* Die alte Frau sagt freundlich: *Das ist sehr schön. Ich kann aber auch nicht stehen. Das Töchterchen könnte aufstehen.* Und so war es dann auch. Die alte Frau bedankt sich beim Hinsetzen viele Male, streichelt der Schwarzfarbigen über den Arm, sagt dabei: *Alles, alles Gute! Von Herzen.* Zwei Stationen weiter steigt die Punkerin aus, die alte Frau auch. Die alte Frau entschuldigt sich bei der Punkerin, sie habe nicht gewusst, dass die Dame schwanger sei, und die Punkerin sich bei der alten Frau. Die alte Frau sagt, sie sei schon 88 und die beiden verabschieden sich herzlich. Die Punkerin wünscht ihr alles Gute. Die Bustür schließt hinter der Punkerin und eine Frau mit Kinderwagen kann nicht herein. Die Punkerin klopft und schreit von draußen bei der Fahrertür und es wird wieder aufgemacht und die Mutter mit Kinderwagen stellt sich neben die schwarzfarbige Mutter. Die Punkerin lächelt zufrieden in den Bus hinein und geht. Ein sportlich eleganter Herr mit Brille beginnt mit zwei Frauen zu tratschen, die Schwarzfarbige sei sicher nicht schwanger: *Diese Leute haben nun einmal eine andere Kultur und nützen unseren Sozialstaat aus. Ich habe 27 Jahre bei der staatlichen Krankenkasse gearbeitet, mir macht niemand etwas vor. Eine Ausländerin hat zu mir einmal gesagt:* »*Land hier gut, viel Geld, nichts arbeiten.*« *Den Satz werde ich mein Leben lang nicht vergessen.* Die zwei Frauen und noch ein Mann lachen und nicken. Der Mann von der Krankenkasse verabschiedet sich, weil er bei der nächsten Haltestelle aussteigen will. Als er bei mir vorbeigeht, tippt er plötzlich eine unbeteiligt dasitzende Frau an, sagt: *Wenn die Ausländerin da drüben schwanger ist, fresse ich einen Besen.* Die Frau nickt, lächelt. *Einen Besen wollen Sie fressen?*, sage ich zu ihm, so laut ich kann. *Warum wollen Sie denn so etwas tun? Wenn Sie 27 Jahre bei der Krankenkasse gearbeitet haben, müssen Sie doch wissen, dass man krank wird, wenn man einen Besen frisst. Einen Besen frisst man nur, wenn man simulieren will, damit man den Sozialstaat prellen kann. Als Beamter z.B.* Der Mann ist inzwischen so blass wie wahrscheinlich ich auch. Sucht mein Gesicht ab. Im Aussteigen sagt er: *Ich bin kein Beamter.* Und ich erwidere: *Sie Armer! Sie sind ja wirklich arm!* Er ist nicht der Einzige im Bus, den ich erschreckt habe. Man ist betreten. Bin im Moment sehr geladen. Eine Frau lacht mir aber zu und nickt und ich beruhige mich sofort wieder.

Tag, Monat, Jahr

Der blutjunge Enkel eines Schamanen sagt von sich, er könne, weil er es sein Leben lang gelernt habe, im Finstern sehen und tagelang ohne Unterbrechung laufen und sich, wenn es sein müsse, in blinde Wut versetzen. Sein Großvater und er dürfen bestimmte Dinge nicht zu sich nehmen, um nicht ihre Fähigkeiten zu verlieren. Die Lernzeit des Enkels, der ein Kämpfer ist und niemals ein Schamane wird, sei jetzt vorbei und er hole alles irgendwie nach. Aber immer besonnen. Er studiert in der Hauptstadt an einer Hochschule, weil er Politiker werden will, weil er sein Land befreien muss. Wann immer er Zeit hat, kehrt er in seinen Wald und zu seinem Fluss zurück und zum nackten Großvater, der ihn weiterhin unterweist. Sie lachen in einem fort.

*

Regenwald, Südamerika. Ich weiß nicht, wo. Man will die tausende Kilometer lange schwarze Anaconda ein für alle Male loswerden, die durch alles Land kriecht. Ich verstehe nicht, warum man die gewaltige, unbewachte, unbewachbare Ölleitung nicht einfach leckschlägt, und wenn es sein muss, in einem fort. Dann kapiere ich aber: Das ausfließende Öl würde ja alles zerstören, was die Befreiungskämpfer schützen wollen. Das Land, das Leben dort, die Menschen, die Grundlagen. Die Leute können die Leitung, die ihr Leben zerstört, nicht zerstören, weil dann alles auf der Stelle noch schlimmer würde. Jede politische Großmacht, jede wirtschaftliche Übermacht auf der Welt macht das so wie die schwarze Anaconda. Mit der können die Indianer nicht fertig werden. Mit der Ölindustrie nicht. Mit der Holzindustrie nicht. Mit den Anthropologen, den Wissenschaftern, werden sie aber auch nicht fertig. Angeblich bezahlen die alle zusammen immer wieder Massaker von Indianern an Indianern. Die Frauen und Kinder werden da umgebracht, nicht die Männer. Die können nämlich dann über kurz oder lang sowieso nicht mehr weiterleben. Über die Frauen und Kinder kann man die Männer am besten tyrannisieren, die Völkerschaft, die Zukunft auslöschen. Wenn man die äußersten Grausamkeiten weglässt, bleibt das Herrschaftsverhalten überall auf der Welt dasselbe – ist es nicht so? Die Unterworfenen können sich nicht wehren, wenn sie dadurch alles verlieren und ihre Liebsten zerstören. Und die Unterworfenen können einander nicht vertrauen, weil sie gegeneinander gehetzt werden und ihren Lohn bekommen. Das alles ist eben so, wenn das Überleben ein Kampf und keine Freundschaft ist. Bitte also, was ist ein *Arbeitskampf*? Was ist ein *Berufsleben*?

Tag, Monat, Jahr

In München: Eine Frau setzt sich zum Essen plötzlich zu uns, weil sie Schatten braucht. Wir kennen sie nicht und sie fängt zu reden und zu fragen an. Sie ist von ziemlich weit weg in Deutschland. Sie seien bei der Arbeit zu dritt. Jetzt sei eine Kollegin an einem Burnout erkrankt. Daraufhin sei deren Stelle gestrichen worden und sie müssen zu zweit die Arbeit von dreien machen. Und wenn die eine Kollegin auf Urlaub oder Erholung gehe, müsse die andere die ganze Arbeit alleine tun. Sie arbeitet in einem Krankenhaus, einer Stiftung, in gewissem Sinne weltweiten, bei einem ziemlichen Millionär. Aber die Frau ist ihm dankbar, aber eigentlich Kommunistin, lebte früher in der DDR. Sagt zu uns zuerst nicht, sie arbeite im Gesundheitsbereich, sondern im Sozialbereich. Lädt uns zu sich ein. Ist nett. Sie wolle nur mehr leben, sagt sie. Und wohin überall sie unterwegs sei. Und wen sie in letzter Zeit verloren habe. Alle und alles fast. Es sei ihr jetzt alles zu viel geworden. *Einfach nur leben.* Und reden eben. Samnegdi und ich sollen sie im Frühjahr anrufen, wenn wir in ihrer Stadt sind oder jetzt im Herbst oder im Winter. Die Frau sagte, sie habe in ihrem Leben so oft wieder ganz von vorne anfangen müssen und etwas ganz anderes tun. Sie ist gelernte Dolmetscherin. Für Russisch, Ungarisch, Schwedisch. Sie sagt, es sei seltsam, dass ihr eigentlich nur ein Kapitalist geholfen habe, nachdem sie so viel verloren habe. Und dann sagt sie, dass sie 15 Jahre jünger gewesen sei als ihr Mann und dann gegen eine um 20 Jahre Jüngere ausgetauscht worden sei und ihr Kind auch durch ein anderes. Ihr Mann habe ihr angeboten, dass sie in der Firma bleiben könne. Aber sie sei auf und davon. Ihr Sohn lebe seit Jahren in Österreich, in Graz, sagt sie. Wir sagen, dass wir dorthin wollen. Sie gibt uns seine Nummer.

*

Einer sagt, die Konzertsäle in Deutschland seien nie so voll gewesen wie in der Nazizeit.

*

Bruckner hat an Rotts Grab schwere Vorwürfe gegen Brahms erhoben. Ich habe keine Ahnung, was der mit denen gemacht hat. Viele sagen, es sei Rott nicht mehr zu helfen gewesen. Aber ein paar sagen, wenn ihn seine wirklichen Freunde in einer guten Landschaft in einer kleinen Hütte untergebracht hätten und ihn mit dem versorgt hätten, was er zum Leben braucht, alles ganz selbstverständlich, wäre alles ganz anders gekommen. Und ein paar sagen, Brahms habe gar nicht anders gekonnt; z. B. müsse alles, was in Rotts Symphonie auf Brahms Bezug nehme, für den eine Zumutung, ja: ein Schock gewesen sein.

*

La Paloma ist eigentlich ein Revolutionslied, kommt aus Mexiko. Gegen die Habsburgerherrschaft. Jetzt singt man in Mexiko dieselbe Melodie gegen den Neoliberalismus.

*

La Paloma haben sich die SS-Leute bestellt, in Auschwitz, wenn sie die Frauen und Kinder ins Gas geschickt haben. Wenn *La Paloma* gespielt wurde, wusste jeder, was los ist. Unter dem Lied wurde ins Gas gegangen. Einer der jungen jüdischen Musiker von damals hat es später in seinem Leben noch Hunderte Male von Berufs wegen zur Unterhaltung gespielt.

Das Lied könne nichts für die KZs, sagt er, und dass das Lied ihm später nie nahe gegangen sei, nie dann unter die Haut. Es habe ihn kalt gelassen. Wie sehr ich diesen alten Mann mag! Und ich weiß nicht, warum. Er lügt einfach nicht. Ich glaube, dass das Lied seit jeher vom Todeskampf handelt, vom selbstverständlichen Daseinskampf eben auf Leben und Tod.

*

Eine junge Schauspielerin hat das Gefühl, dass allen so viel geschenkt werde und man ihr aber nur Schwierigkeiten mache. Aber sie findet ein kleines Theater, eine Gruppe, die sie so nimmt, wie sie ist, und an allem Freude hat. Sie müsse nichts mehr an sich als hassenswert empfinden, sagt die junge Frau. Sie spiele, indem sie sich an die eigene Erfahrung erinnere oder aus einer großen Sehnsucht heraus nach dem, was sie nicht kenne.

*

Ein Armenpriester sagt, wenn es ihm manchmal nicht gutgehe, erinnere er sich daran, dass er dafür da sei, dass Menschen ein bisschen mehr von ihrem Leben haben. Und dass ihm und seinen HelferInnen das so oft gelinge. Manchmal greife man ihn mit den Händen an, weil Leute nicht glauben können, dass es Wirklichkeit ist, was er Gutes tut in ihrem Leben. Ich glaube, einmal vor Jahrzehnten war ich bei einer seiner Messen, an einem finsteren Abend im Winter, ein riesiges Zelt. Ein paar obdachlose junge Leute haben geweint, einander die Hände gehalten. Waren wertvoll und geliebt. Ein junges Liebespaar hat mich damals zum Weinen gebracht, weil es so erschüttert war.

*

Durch Gott, wenn man an ihn glaube, könne man immer wieder ein neues Leben beginnen, heißt es. Jederzeit. Trotz allem. So etwas gefällt mir. Machen die Christen das wirklich so? Warum merkt man das dann in Summe nicht? Aber bei dem Armenpriester funktioniert das so. Das muss ich zugeben.

Tag, Monat, Jahr

Ich warte jetzt schon lange auf ein Buch von einer gequälten, tapferen Frau, Untertitel: *Mein Weg zurück ins Leben*. Bin ungeduldig. Wie ungeduldig muss erst diese Frau sein. Wenn ein Buch der Weg zurück ins Leben ist! Endlich leben! Oder wenn es hilfreich ist: Endlich helfen können!

*

Jetzt einmal in aller Früh in der Stadt hat mich an einer Ampel grundlos ein Auto angehupt, aber so, dass ich weggesprungen bin. Habe hinterhergeschaut. Fröhlich-Donau winkte mir. Freundlich wohl. Hoffe, es geht ihm gut. Würde wetten, dass er sich wieder eine gute Arbeit gefunden hat. Vielleicht hat er durch den andauernden Kirchenwirbel infolge der priesterlichen Untaten wieder gute Arbeit gefunden in der Kirche oder dort eben, wo man wirklich sozial ist. Er wird noch allerhand in petto haben. Dazumal hatte er ja einen Brief an den Papst schreiben lassen und eine Protestgruppe gegen die Korruption in der Kirche hatte er auch gegründet und die Kirche beim Innenminister angezeigt soll er auch haben, und als man ihn nach seiner Entlassung in einem kirchlichen Pflegeheim Arbeit verschaffte, soll er auch Material gesammelt haben und die Missstände publik gemacht. Was weiß ich, diese Dinge hat mir, ohne dass ich danach gefragt habe, der Chef der Öffentlichkeitsarbeit damals erzählt und sein immerfort währendes Leid mit Fröhlich und sich jedes Mal erschreckt, wenn ich wirklich zufällig bei derselben kirchlichen, sozialen oder künstlerischen Veranstaltung war wie der Öffentlichkeitschef. *Haben wir noch eine Rechnung offen?*, hat er mich gefragt. Und sein Chef mochte das auch überhaupt nicht, wenn ich da wo war. Aber es war bloß Zufall von mir. Im Fernsehen war Fröhlich auch einmal als Held. Und einmal bei einer schlimmen Sache überhaupt nicht in den Medien, um die missglückte letzte Chance von Jugendlichen ging es da. Ich wünsche ihm wirklich nur das Beste. Denn man hätte ihm helfen können, hat es nicht getan. Man hätte die Sache in Ordnung bringen können. Sozusagen im Namen unseres Herrn Jesus Christus. Man war sich zu gut dafür. Auch das im Namen unseres Herrn Jesus Christus.

Tag, Monat, Jahr
Mit Samnegdi jeweils 1, 2, 3 Tage auf Urlaub gewesen. In München, Triest, Graz. Und in Zürich muss ich demnächst endlich einen alten Freund treffen, den ich noch nie in meinem Leben gesehen habe. / Als wir von Triest zurück waren, habe ich mich zuhause gar nicht mehr ausgekannt, so erholt war ich von den paar Tagen; München ist für mich nach wie vor Kolonialbarock, Politgrusel. Ich erinnere mich, wie herzzerreißend Lafontaine dort einmal die Leute beschworen hat, sie mögen den Regierenden nicht glauben, die seien Betrüger. Man hat es ihm, geht man nach dem Wahlergebnis, nicht geglaubt. Graz dann, den einen Tag, habe ich nicht verstanden, Graz halte ich aber für vorbildlich, für wirkliche Alternativpolitik nämlich. Im Zug München – Graz war es ein bisschen wie in einem beginnenden Horrorfilm, so viel finstere Natur plötzlich und die Passagiere, von den überforderten Zugleuten in gewissem Sinn im Stich und in völliger Ungewissheit gelassen, wurden sehr aggressiv. In Graz sagte der Sohn der Frau aus München, wenn hier nicht immer so viel aufgegraben würde und für so lange, würde es nicht ausschauen wie in der Vierten Welt und die Bettler müssten es nicht immer büßen. Es wäre nie zu einem solchen öffentlichen Politkoller gegen die Bettler

gekommen, wenn die Innenstadt nicht so lange so schrecklich aufgerissen und fast unbegehbar gewesen wäre. Ich verstand kein Wort. Er sagte jedenfalls, er arbeite jetzt schon fast zehn Jahre in Graz. Es sei schön in Graz. Es gefalle ihm. Er werde aber beruflich wieder weggehen müssen. Vielleicht in die Firma seines Vaters. Redete über Stadt- und Landespolitik des Weiteren wie folgt. Er sei überzeugt, dass die rote Landesparteispitze die rote Stadtparteispitze kaputtmachen habe wollen. Vor zehn Jahren habe man es auch schon versucht. Und dann sagte er, die großen Sozialdemonstrationen heuer werden nichts geholfen haben. Irgendwie seien alle Leute hier zu spät dran. Die Grünen auch. Die hätten bei den Landtagswahlen falsch wahlgekämpft. Man habe sich der Bevölkerung nie den bevorstehenden Horror beim Namen zu nennen getraut, und was man dagegen tun könne und müsse, auch nicht. Er glaube, dass die Linken und die Alternativler das alles selber nicht geglaubt und nicht für möglich gehalten haben. Die Zukunftsszenarien im Schlechten und im Guten. Außerdem glaube er, dass in Graz von den Schwarzen alle politischen Probleme absichtlich am Kochen gelassen werden. Da soll gar nichts gelöst werden. In Graz werde einzig nur Sündenbockpolitik betrieben. Man putze sich immer an jemandem ab. An den sogenannten Problemgruppen. Die Roten machen das auch innerparteilich so: Die Landesspitze putze sich an den Stadtroten ab. Und die jetzt von Rot und Schwarz landesweit geplanten Gemeindezusammenlegungen seien ausdrücklich von der Industriellenvereinigung so gewollt. Das gebe aber niemandem zu denken, dass die Politik, die Demokratie, von der Wirtschaft eingespart wird. Samnegdi sagte daraufhin lachend zu ihm, dass er noch viel mieselsüchtiger sei als ich. Das halte man ja fast nicht mehr aus. Er erwidert, er glaube nun einmal gar nichts mehr. Ich sage zu ihm, ich glaube immer noch dasselbe wie vor 35 Jahren. Er lacht: *Dann haben Sie sich nicht weiterentwickelt.* Und dann lobt er die Verlässlichkeit der Grazer Kommunisten, doch hätten die vor ein paar Jahren keine rot-rot-grüne Stadtregierung gewollt, obwohl die ohne weiteres möglich gewesen wäre. Das verstehe er nicht und habe er immer für falsch gehalten. Die müssen geglaubt haben, es sei noch zu früh für so etwas. Und jetzt sei es eben für vieles zu spät. Zum Schluss haben wir erfahren, dass er für eine Firma arbeitet, die alles entwickelt, was mit Autos zu tun hat. Er sagte, er verstehe nicht, dass sich die Leute durch die Autos so disziplinieren lassen. Ihr ganzes Leben danach ausrichten. Er habe auch nichts sonst gelernt. *Gelernt schon,* bessert er sich aus, *aber nichts zusammengebracht.* Mir hat der Mieselsüchtige gut gefallen. Ich stellte mir nach dem Gespräch die Grazer Kommunisten dann als *Klein ist schön*-Freaks vor. Und die Grazer Stadtpolitik, dachte ich mir, funktioniere gewiss nach einem von Hodafelds Sprüchen, nämlich: *Wie kommt es, dass so viele gute Menschen so schlechte Politik machen.*

*

Was mich an Österreich interessiert, ist der neue Wissenschaftsminister. Der ist toll, weil er Klassischer Philologe ist. Wenn bei uns ein Wissenschafts- oder Unterrichtsminister einer wär', wären unsere Altphilologen aus dem Häuschen und würden nur Blödsinn reden! Piel, Piel hätte nie Wissenschaftsminister werden können.

*

Franz Josef Strauß war auch Klassischer Philologe. Naja.

*

Bruno Kreisky mochte Horaz. Piel hat das erzählt.

*

Seit dem Winter heuer war ich, finde ich, recht krank. Habe meine Herztabletten nicht vertragen. Habe zeitweise fast nichts mehr gesehen durch die. Das Lustige daran: Kommen aus der indischen Medizin; wurden den Maharadschas gegeben, wenn die tobten. Dann recht früh nach Europa. Jetzt seit Jahrzehnten nur mehr als Herzmittel von Internisten. Bin eben kein Maharadscha, es nie gewesen. Das Mittel wurde gewechselt, die Nebenwirkungen waren sofort weg. Andere Mittel. Durch eines wochenlang, monatelang große Schmerzen am ganzen Körper, in Knochen und Muskeln. Völlig erschöpft. Nebenwirkungen waren das wieder. Bin auf die Pharmaindustrie jetzt wirklich nicht mehr gut zu sprechen. Cholesterin z. B. halte ich inzwischen auch für naturgesund. Hingegen kommt die ganze dumme Politik von den Cholesterinsenkern her. Durch die werden die Politiker vergesslich, blöd, nervig und aggressiv. Nein? Woher kommt das denn dann?

Tag, Monat, Jahr

Der einzige Mensch, der mir in diesem Scheißsystem wirklich zu helfen versucht, ist mein Freund der Anachoret. Das letzte halbe Jahr, Dreivierteljahr war wirklich eine Qual. Gefährlich. Im Winter war Herr Ho anstrengend krank geworden und es hat Monate gedauert, bis er wieder ganz gesund wurde. Massives Hautproblem, Vergiftungsverdacht, Krebsverdacht (z.B. auf ein Lymphom), Aidsverdacht. Gott sei Dank nichts dergleichen. Ein Spitalsarzt, freundlicher junger Professor, hat ihm helfen können. Aber den finden, das war unermesslicher Zufall, großes Glück! Der Hausarzt hat gewusst, wie gut dieser Hautarzt ist! Herr Ho musste nicht zwangsweise auf eine psychiatrische Abteilung. So wäre nämlich der 08/15-Verlauf gewesen. Er wurde stattdessen auf der Hautklinik ambulant behandelt, monatelang. Vom Professor. Der nahm sich Zeit und kein Geld. Drei Tablettensorten braucht Herr Ho jetzt nicht mehr zu nehmen. Und es funktioniert! Zwei Psychopharmaka sind abgesetzt worden. Problemlos. Der Ausschlag kam vielleicht wirklich von den Medikamenten her. Man weiß es aber nicht wirklich, woher. Eine Infektion, ja, aber. Eine Allergie. Und so weiter. Er braucht jedenfalls viel weniger Medikamente als früher. Und es geht ihm jetzt in jeder Hinsicht wieder viel besser. Den Zucker hat er wirklich im Griff. Sein Geld verspielt er nicht. Alles passt. Zwischendurch waren, als er krank war, seine Schmerzen unerträglich gewesen. Seine seelische Not war aber für jeden, der Hos Haut sah, verständlich. Der Hausarzt und der Hautarzt waren rettende Engel. Wir haben Herrn Ho gut gepflegt, ja, das schreibe ich so hin, weil es so war. Aus keinem anderen Grund. Er kann wieder leben. Manchmal sagt jemand, dass ich ihm das Leben gerettet habe; er wäre schon tot ohne uns oder für immer irgendwo eingesperrt. Das Lob macht mich nie stolz, sondern es tut mir sehr weh und es ist sehr schwer für mich, dass Herr Ho, ein so wertvoller, innerlicher Mensch, so falsch wahrgenommen wird und vermutlich nie eine andere ordentliche Hilfe finden wird können, als dass wir unser Leben mit ihm teilen, Samnegdi und ich. Es geht ihm gut, aber arbeiten kann er nicht mehr. Er würde in einer Arbeit und ohne sichere Pension und ohne unsere tägliche Hilfe sofort wieder kaputtgehen. Aber mehr Menschen würde er brauchen und eine Aufgabe, die ihm Freude macht. Irgendetwas, wo er hingehen kann und sich umschauen und dort dann tun, was er will. Uns macht Sorgen, dass er nicht mehr jung ist. Und was werden wird. Nein, ich mache mir keine Sorgen.

Tag, Monat, Jahr

Jede Wahl ist Revolution. So einfach wäre das für die Revolutionäre. Jetzt und hier. In der Demokratie eben.

Tag, Monat, Jahr

Ein hochrangiger Theologe, Prediger will nicht, dass Frauen zu Priesterinnen geweiht werden, auch nicht zu Diakoninnen. Und später dann in seinem Vortrag bedauert er, dass man sich so vieler Ämter nicht mehr bewusst sei, die ja auch Weiheämter seien, die Ostiarier zum Beispiel, also die, die bei den Toren stehen und das Volk hereinlassen. Und die Exorzisten zum Beispiel. Ich verstehe kein Wort, aber ein paar flotte Exorzistinnen und adrette Empfangsdamen, das wäre schon was, finde ich.

Tag, Monat, Jahr

Meinem Freund dem Maler gefällt zuerst *furchtlose Inventur* nicht. Er sagt, das machen ohnehin alle. Es werde immer falsch inventiert. Niemand schrecke davor zurück, falsch zu bilanzieren. Es sei der übliche Finanzbetrug. So sei das Geschäftsleben. Das politische auch. Er hat wohl recht, aber ich hatte es natürlich nicht so gemeint, sondern wie die AAs. Aber so ist es noch besser. Sozial, das sei, sagt mein Freund der Maler dann, der verzichtende und verzeihende, mit seinen 1000 Händen helfende tausendarmige Buddha. Und dass die Menschen so viel Licht in sich tragen, sagt er auch. Das müsse man zu sehen lernen.

Tag, Monat, Jahr
Ein befreundetes Ehepaar, Behindertenpädagogen. Haben mir immer und sofort geholfen und sehr. Ich frage sie um Rat. Wir reden über Verantwortung und Versagen, übers Gewissen und übers Rede-und-Antwort-Stehen, über die Extrem- und permanenten Ausnahmesituationen, die von der Politik erzwungen werden, über Routine, Checklisten und den menschlichen Willen, reden über Verbindlichkeit und Vertrauen, Dumping und Trauerarbeit, Zivilcourage, Vertrauensschutz und Sicherheit, über Sozialromantik und Vermögensrealisten, über die Strafsätze, wenn eine Hilfseinrichtung die Sparvorgaben der Regierung nicht einhalten kann, darüber, dass die jetzigen Eliten gerade das für primitiv erachten, was in Wahrheit die Grundversorgung, die Basis und das Fundament von allem, sei. Ohne die sei in Wirklichkeit nichts mehr möglich. Und dass es ein Recht auf Hilfe gebe und eine Pflicht zu helfen. Und daraus sei der Sozialstaat gemacht.

Tag, Monat, Jahr
Im Fernsehen ein Journalistengespräch mit dem sympathischen österreichischen Wissenschaftsminister. Faszinierend ist der. Studiengebühren und Aufnahmeprüfungen will er, alles andere sei Betrug an den jungen Menschen. Begangen von der Sozialdemokratie. Eine schöne Utopie vielleicht, aber nicht in Zeiten solcher Ressourcenknappheit. Als Philologe ist er gewohnt, klar und deutlich zu sein. Das kommt gut an, bei den Journalisten zum Beispiel. Die sind solche Politiker nicht gewohnt. Einmal redet er dann von Spielgeld für die Universitäten. Seltsame Wortwahl. Beim Spielgeld hätten sie nachfragen sollen. Zwischendurch scheint mir der Wissenschaftsminister so spitze Ohren zu haben wie Mr. Spock. Er ist wirklich faszinierend. Über Homer redet er auch kurz und über den Logos im Johannesevangelium. Meint, dass man das alles im Original lesen können müsste. Wo käme man da hin, wenn nicht. Die Grundtexte des Abendlandes! Dass er ein Arbeiterkind mit vielen Geschwistern war, erfahre ich auch. Schmied der Vater. Schwer arbeitend. Und auf den FHs müsse fürs Studium zwar bezahlt werden, aber die Erfolge und die soziale Durchmischung seien groß und hoch und das spreche gegen das Argument der finanziellen sozialen Benachteiligung. Das Stipendiensystem sei überdies nicht so schlecht, werde aber verbes-

sert. Und jede Universität solle Gebühren einheben, wenn sie wolle. Sie müsse aber nicht. Es könnte individuelle Lösungen für jeden einzelnen Studierenden geben, man könnte in bestimmten Fällen oder bei Studien von besonderem öffentlichen Interesse auf die Gebühren verzichten. Und so weiter. Israel sei auch vorbildlich und verstehe unser System nicht. Und der Humanismus sei immer bei der ÖVP sehr gut aufgehoben gewesen. Und eine Vermögenssteuer führe zu Kapitalflucht. Und Latein in Hauptschulen habe er auch ausprobiert, erfolgreich. Und mit Latein sollte man in der Schule früher beginnen, als Sprachengrundlage, dafür nicht bis zur 8. das Ganze. Und so weiter eben. Ich mag nicht in mein Notizbuch schauen. Wahrscheinlich war alles klug.

Tag, Monat, Jahr
Blättere in einem Buch, das der österreichische Wissenschaftsminister mitherausgegeben hat. Eines über antike Rhetorik, deren Wirkungsgeschichte im Abendland. *Die antike Rhetorik in der europäischen Geistesgeschichte.* Mir scheint, da drinnen fehlt einiges. Z. B. Watzlawick und der Redner Gorgias; die *enkyklios paideia* des Isokrates und die französischen Enzyklopädisten, der österreichische Enzyklopädist Otto Neurath sowieso. Ob der Stil der Mensch sei oder eine je nach Anlass wechselbare Kleidung, fehlt auch, und erst recht die antike Diskussion darum. Und der antike Streit darum, was *humanitas* bedeute. Kann sein, Kant fehlt auch. Und Hume fehlt. Ausgerechnet Hume! Kein Wort auch zu Johnstons Buch über die Donaumonarchie, über die Wirkungsgeschichte der Antike in der österreichischen Moderne. Nichts! Nichts! Ein Senecaspezialist ist der Wissenschaftsminister und nirgendwo ein Wort über das Als-ob bei Seneca und in der Individualpsychologie; Alfred Adler hat sich ausdrücklich auf Seneca berufen. Aber nichts davon steht da. Weil's doch nur um Rhetorik geht? Aber das wäre ja doch wohl ein völlig falsches Verständnis einer antiken wissenschaftlichen Grunddisziplin. Und steht da in dem Buch irgendetwas über Politik, politische Philosophie, das Problem der Redefreiheit? Über die Geschichte der Parrhesie? Nein. Seltsames Buch. Da fehlt viel.

*

Ich denke nochmals über das Interview nach. Dass der Wissenschaftsminister immer lustige Antworten gibt, ist mir früher schon aufgefallen. Bei *Seitenblicke* ist er einmal gefragt worden, als ein Banker auf die Politiker schimpfte, sie seien feige und dumm, wie das bei ihm sei. Er antwortete in etwa, im antiken Athen sei umgekehrt der Privatmann der Idiot gewesen, der *idiotes*, nicht der Politiker. Und wenn man ihm Feigheit vorwerfe, solle man doch einmal mit ihm mitgehen ins alpine Gelände. Das war lustig, das hat mir gefallen. Dann ist mir eingefallen, dass er nicht gesagt hat, dass Privatisieren *Berauben* bedeutet. Aber das tat wohl nichts zur Sache. Von freiwilligem Verzicht auf Gebühreneinhebung hat er geredet und in etwa von freiwilligen Steuerspenden an den Staat. Glaubt er das wirklich, dass es so etwas gibt? Ein paar Tage später hat sein Vizekanzler auch von Freiwilligkeit geredet, ein Labor oder ein Hörsaal soll von einem Spender freiwillig bezahlt werden. Und so weiter. Was mich bei diesen Dingen immer ärgert: Dass immer etwas fehlt. Jetzt zum Beispiel das Geld. Aber wie viel Geld, wie viel Staatsvermögen war da! Ist durch die Privatisierungen vernichtet worden! Und durch die neoliberale Politik, die von denen betrieben wurde, deren jetziger Wissenschaftsminister ein gelernter Klassischer Philologe ist. Und wie kann es sein, dass man ein Maturazeugnis in Händen hat, aber von der Universität aus nicht als reif gilt für ein Studium. Wo ist da der Vertrauensschutz? Was sind das für Schulen? Die antike Welt war schrecklich. In ihr zu leben war nur für die Begüterten gut. Piel hat einmal gesagt, antike Literatur sei Literatur von Ausbeutern für Ausbeuter. Ich höre dem Wissenschaftsminister erst wieder zu, wenn ich aus seinem Mund den Namen *Freire* höre. Das wird dem Wissenschaftsminister zwar egal sein, ist aber trotzdem richtig so. Denn er lässt immer das Wichtige weg.

Tag, Monat, Jahr
Biomimikry, die wirklichen Zukunftstechniken kommen da her, z. B. von Walen Pumpsysteme erlernen, von den Zebras, den Streifen, Kühlsysteme, von Grünpflanzen Stromsysteme für Hochhäuser. Und dazu dann noch die Passivhäuser. Und dann die Alternativbanken mit den Mikrokrediten, wodurch das Geld nicht herrscht, sondern dient. Glaube ich an das alles? Ja. Aber was ich nicht verstehe – z. B. Güssing in Österreich. Angeblich, ich weiß nicht, ob das Feindpropaganda ist, ist die weltweit vorbildliche Alternativgemeinde in Wahrheit gar nicht energieautark. Zu 30 % nicht! Und eigentlich erfolgt die Energiegewinnung bloß durch Holzverbrennung, als ob es Wald ohne Ende gebe. Und fast monopolistisch soll's auch zugehen in Güssing. Und vor gar nicht so langer Zeit sollen sich irgendwo in Österreich Feuerwehren geweigert haben, bei Bränden von Häusern mit Solarsystemen zu löschen, da der Stromschalter logistisch lebensgefährlich platziert war. Man hätte zuerst löschen müssen, um den Strom ausschalten zu können, und zugleich hätte man zuerst den Strom ausschalten müssen, um löschen zu können. Solche Dinge mag ich nicht. Sorgfalt mag ich. Warum ich so misstrauisch bin: Unsere Bewegung war international und namhaft und wir hier waren, hieß es, am weitesten und zugleich war es, wie soll ich sagen, ein Schwindel. Nein, das ist das falsche Wort. Wortbruch war es.

*

Dass das NT, von der Bibel ganz zu schweigen, nicht mehr in der Schule gelesen wird, bedeutet in der Folge doch wohl, dass man den Religionsunterricht, den wissenschaftlichen Unterricht, nicht der Kirche überlassen darf. Da steht nämlich zu viel auf dem Spiel. Die Kultur tatsächlich. Das kann die Kirche offensichtlich nicht leisten.

*

Angesichts des Freiwilligenjahres in allen Medien eine heftige Diskussion um die freiwilligen Helfer in den Sozialeinrichtungen. Die einen sagen, die werden verheizt. Die anderen sagen, die nehmen die Arbeitsplätze weg und seien unterqualifiziert, ungelernt und unprofessionell. Wieder andere sagen, die brauchen selber Hilfe; man könne einen Sozialstaat doch nicht so gebaut haben wollen, dass Hilfsbedürftige Hilfsbedürftige betreuen bis zum Zusammenbrechen. Eine Freiwillige sagt noch, sie helfe gerne, wo sie könne. Öffentliche Diskussionen sind das nicht. Letztere sind schönfärberisch. Natürlich primär durch die katholische Kirche. Nein?

*

Eine grundlegende Diskussion um völlig neue Integrationsmodelle. Einer, der viel aus dem Nichts mitaufgebaut hat, sagt aufgebracht, er könne nicht akzeptieren, dass die Politiker und ihre Berater plötzlich sagen, es sei 1. alles falsch gewesen und 2. könnten die meisten Leistungen weit billiger erbracht werden. Natürlich hat er recht. Die ALEIFA z. B. hat gute Arbeit erbracht, ganz gewiss. Und die meisten HelferInnen haben das mit wenig Geld erreicht. Und doch ist das System falsch, falsche Entwicklungshilfe, Kolonialismus. Aber gerade diesen Fehler meinen die Politiker ja nicht. Den gibt es gar nicht für sie. Je billiger, umso besser, das ist das einzige neue Qualitätskriterium. Dazu ein bisschen wissenschaftlicher Überbau. Notiere mir während der Diskussion: *Wie viel bei Bourdieu ist von Freire und umgekehrt?*

Tag, Monat, Jahr

Habe mich geirrt, in dieser kleinen Rhetorikgeschichte, in den Tagungsvorträgen, die der jetzige österreichische Wissenschaftsminister mitherausgegeben hat, kommt mehr vor, als ich zuerst wahrhaben habe wollen. Zum Beispiel Thukydides, Kant, die ostdeutsche Theatersprache, eine Beschwerdeschrift von Frauen zur Zeit der Französischen Revolution. Hm! Ja, aber kommen Kant und Thukydides *wirklich* vor? Der mutige öffentliche Gebrauch der Vernunft angesichts der Verwirrung in allem. Ja? Das kommt so vor? Und was das mit heute zu tun hat? Letzteres sicher nicht.

*

Die permanenten Revolutionen von rechts seit 10, 15 Jahren. In der Folge die ungeheure Vernichtung der öffentlichen Gelder und des Staatsvermögens. Das Problem, das die sogenannten Massenuniversitäten jetzt dadurch haben, nämlich den infolge des Geldmangels nicht behebbaren Massenbetrieb, ist platonisch, steht so in der *Politeia*, die viel zu Vielen, das Gezücht, das durchgefüttert werden muss. Dieses Problem haben nur Platoniker, die Eliten eben, die Proletarier wie Freire und Illich nicht.

*

Lese, Cohn-Bendit soll die kriminellen Untaten in der Odenwaldschule verharmlost und bewitzelt haben, gutgeheißen gar. Das kann ich nicht glauben. Das darf nicht sein. Das Ganze hat funktioniert wie eine Sekte oder wie ein kirchliches Elitensystem. Da kommt Cohn-Bendit her? Die einsamen, von ihren Eltern im Stich gelassenen Kinder, auserwählt, intellektuell und sexuell. Zur Freiheit erzogen durch Missbrauch. Lebensexperimente mit Todesfolgen.

*

Die hässlichste Krähe, die ich je gesehen habe, sitzt auf dem Zaun neben der Bushaltestelle und beobachtet alles und jeden genau, hat Zeit, schaut sich um und allen nach. Dann hüpft sie runter und in der Wiese herum. Sie ist weit weg, mit dem Rücken zu mir. Ich denke mir, ich würde ihr am liebsten etwas nachwerfen. In dem Moment zuckt sie und weicht aus. Wie gibt es das, wenn's kein Zufall ist. Tierische Intelligenz, morphogenetisches Feld. Unglaublich.

*

In der Offenbarung des Johannes, in der *Apokalypse* steht, glaube ich, dass alles gut wird. Seltsam.

*

Fata Morgana, das kommt von der Glücksgöttin Morgane her, die am Wasser lebt. Und Clown kommt von *colonus*, Bauer. Das ist der, der immer draufzahlt. Und das Wort *Heimat* ist politisch unkorrekt. Aber auf Persisch klingt ein Wort, das *Schutz* bedeutet, fast genauso.

*

Lese in Raddatz' Tagebüchern, wie schlecht es Günther Anders gegangen ist. Bin erschüttert. Kein Denker war so wichtig wie er. / Interessant dann noch, dass man Goethes wegen seine Arbeit verlieren kann; da verstehen die Leute keinen Spaß.

*

Die Iraner, die Schuldgefühle haben und sagen, es sei falsch gewesen, die Plätze zu räumen, man hätte bleiben müssen, dann wäre man jetzt frei, irren sich. Sie wären jetzt tot.

*

Um den Barmherzigen Samariter herum kann man von der Idee her den Sozialstaat aufbauen, steht in etwa in einem Lehrbuch für Sozialarbeiter; aus allem, was in der biblischen Erzählung im Guten vorkommt, wird eine Institution gemacht, Infrastruktur geschaffen, von der Straßenmeisterei bis zum Patientenanwalt. Ich halte das Ganze nicht für lächerlich, sondern für lernenswert.

Tag, Monat, Jahr
Die Diskussionen um die Demokratie in der katholischen Kirche und ums Frauenpriesteramt. In Österreich sogar der Aufruf zum Ungehorsam. Ein paar hundert Priester haben mitunterschrieben. Der jeweils anwesende Klerus sagt einfach: *Nein. Chancenlos.* Und die Journalisten akzeptieren das. Detaildiskussionen finden gar nicht statt. Nicht einmal ums Diakoninnenamt, welches ja biblisch ist. Ein Publikumsliebling, Medienintellektueller, sagt, ein Problem der Kirche sei, dass wir eben eine so hohe Lebenserwartung haben. Nicht wie im Mittelalter mit 35 tot sind. Daher die Verweltlichung. Was für ein verwöhnter Herr! So viel Leid, Qual und Tod auf der Welt, in Europa, hierzulande, Gott wird allemal gebraucht wie eh und je. Und dass das Mitleid mit dem Christentum in die westliche Welt gekommen ist, scheint der Publikumsliebling auch zu glauben. Das historische Verdienst des Christentums seien die Sozialeinrichtungen und ohne den Katholizismus würde der Staat im Sozialbereich zusammenbrechen. Historisch gesehen war aber auch Konstantins Neffe Kaiser Julian Apostata voll des tätigen Mitleids und wollte das Christentum in die Schranken weisen und rückgängig machen. Völlig unabhängig davon widerstrebt es mir zu glauben, die Welt verdanke dem Christentum den Sozialstaat. Ich halte es für historisch falsch. Vor allem aber will ja niemand die Kirche abschaffen oder die Caritas; man will doch bitte 1. bloß wenigstens Diakoninnen und 2. bloß wenigstens, wenn's leicht ginge, keinen schmuddeligen Zwangszölibat. Aber der Klerus redet sofort von Weltkirche. Und dass die vielen aufbegehrenden Priester eigentlich nicht gebraucht werden. Dass man nämlich weltweit genug Priester habe und das Problem vielmehr der Mangel an Gläubigen sei. Ja, Gott sei Dank wird nicht mehr so viel geglaubt und so viel gehorcht. Außerdem, hier im Westen und im Norden der Welt, mit Verlaub, liegt die Befehlszentrale der Katholischen Kirche. Die Aufständischen und der Papst leben im selben Europa. Die Argumentation der Papstleute gegen die europäischen Aufständischen ist also so absurd, wie wenn man sagen würde, der Vatikan sei nicht die Weltkirche. Unappetitlich das Ganze. Nichts sonst. Was mich ärgert: Die Medien unterstützen die Aufständischen falsch. Es ist, als ob sie selber nicht glauben, dass es anders werden könnte. Es gar nicht wollen. Das kommt daher,

dass es ihnen selber kein christliches Herzensanliegen ist. Dadurch können sie aber nicht objektiv sein. Sie hören zu früh mit dem Denken auf. Reden aber noch eine Ewigkeit lang weiter.

*

Eine Frau sagt, 80 % der Katholiken seien Frauen; sie verstehe nicht, warum die nicht 2 Wochen die Kirchen bestreiken. Wenn sie das täten, wären die Demokratieprobleme schnell gelöst.

*

Der Präsident der EU-Kommission will die Finanztransaktionssteuer, die Börsenumsatzsteuer einführen. Ein paar sagen, die komme von den Globalisierungsgegnern her. So stimmt das nicht. Denn die Tobinsteuer hätte 1. die jetzige Katastrophe verhindern und 2. zur Entschuldung der Dritten Welt führen sollen. Jetzt ist aber die Katastrophe da und das Geld soll für die Erste Welt verwendet werden. Im Ohr habe ich, dass die Steuer europaweit 50 Milliarden Euro bringen soll. Das ist 1. nicht viel im Vergleich, 2. würde das lebenswichtige weltweite, ein für alle Mal saubere Trinkwasser auch so viel kosten und 3. tut man nach wie vor nichts gegen die Hedgefonds.

*

Bei Anaximander steht, dass wir einander Buße zahlen nach der Ordnung der Zeit.

*

In einem fort heute die Werbung für Udo Jürgens' rührenden Film. Ist das ein Sozialstaatsfilm oder was? Jürgens soll eines der frühesten Lieder gegen den Neoliberalismus gesungen haben. Kann das sein? Einmal habe ich ihn Haider loben hören und einmal sagen, dass wir uns nicht um jedes Elend in der Welt kümmern können. Aber wahrscheinlich trügt meine Erinnerung. Außerdem macht er die Menschen glücklich und das ist sozial.

*

Für Schopenhauer war es so, dass ein Selbstmörder in Wahrheit immer leben will. Ein besseres Leben wolle er. Ich glaube, dass das so ist. Dass man *Selbstmord* nicht sagen soll, sondern *Suizid*, halte ich für falsch. Es kommt immer darauf an, manchmal ist es ein Freitod, manchmal wird man ermordet. Aber in beiden Fällen ist es so, dass man eigentlich lieber leben würde, wenn man nur könnte und dürfte. Ich glaube, bei Bourdieu heißt es, das Leben ändern bedeute die angeblichen Nichtigkeiten und Unwichtigkeiten, die das Leben von Menschen ausmachen und die Folge von Rücksichtslosigkeit, Verächtlichmachung und Gleichgültigkeit sind, ändern. Am besten jetzt gleich.

Nachwort

6. Oktober 2011
Einer von den kleinen Kohr-Leuten sagt: *Wenn ein Staat sich selber, seine Bevölkerung, problemlos grundversorgen kann, ist er reich, weil autark. Und wenn er autark ist, kann er auch problemlos autonom sein.* Das gelte auch für Griechenland. Doch wolle niemand klar und deutlich sagen, ob die Griechen die Grundversorgung der Bevölkerung gewährleisten können. Wenn ja, sei alles einfacher, als man zurzeit glaube. Denn dann sei Griechenlands wahres Problem, dass es nicht arm, sondern viel zu reich ist. Und diesen Reichtum, das Gold, den Tourismus, die Häfen, die strategischen Stützpunkte und das Erdöl um Zypern, wollen eben andere Mächte in die Hände bekommen, nämlich die vorgeblich helfenden Staaten und Wirtschaftsgemeinschaften und die sogenannten privaten Investoren, also die Banken, Konzerne und Hedgefonds. Die Mehrheit der europäischen und der US-amerikanischen Bevölkerung habe stets in Kauf genommen, dass das Wirtschafts- und Finanzsystem unmoralisch, raubmörderisch sei. Man sei überzeugt gewesen, es gehe nicht anders. Und dass die Wirtschaftspotentaten und Wirtschaftsparteien alles von der Wirtschaft verstehen und die Roten und Alternativler hingegen nur Chaos erzeugen. Man habe geglaubt, dass die Wirtschaftsleute allein schon aus purem Eigeninteresse ihr Geld bestens bewachen und größtmöglich vermehren. Aber die Wirtschaftsleute haben die Wirtschaft nicht verstanden und den Wohlstand zugleich mit dem Wohlfahrtsstaat zerstört. Das Problem jetzt sei, dass die Revolution da ist, kann sogar sein, die Weltrevolution, die Revolutionäre aber nicht darauf gefasst waren, selber nicht geglaubt haben, dass alles so kommen werde. Auch die AlternativlerInnen haben geglaubt, dass das kapitalistische System funktioniere. Sie haben es bloß für ein Verbrechen gehalten. Was denn dagegen getan? Die grünen und die roten Parteien selber hätten, sagt der Kohr-Mensch, Angst gehabt, ihrem Wahlvolk Angst zu machen, und haben es eingeschläfert, demoralisiert, demobilisiert. Auch belogen. Namhafte, führende Grüne haben im jeweiligen Wahlkampf behauptet, ihre intelligenten Pläne liegen alle, jederzeit griffbereit, in den Schubladen und es sei alles kein wirkliches Problem. Nur mitregieren müsse man die Grünen lassen. Was er da behaupte, könne man jederzeit nachprüfen. Die Nachrichtenarchive seien voll davon. Er rede wohlgemerkt von den Machthabenden und Entscheidenden in den linken und alternativen Parteien. Und selbstverständlich auch sei Lafontaine immer die Ausnahme gewesen. Aber die anderen haben aus Angst um Stimmen und Mandate nie wirklich gekämpft, nicht einmal bei den Wahlen. *Nur niemandem Angst machen,* sei

die Devise gewesen. Zum Beispiel bei den österreichischen Grünen. Er verstehe auch nicht, wofür Joschka Fischer Geld von der Autoindustrie bekomme, Schröder für den Umweltschutz von Gasprom, grüne Kritiker der Atom-, Tabak- und Lebensmittelindustrie nach ihrem Abgang mit guten Posten gerade in diesen Industrien versorgt werden. Er verstehe nicht, wie so etwas zustande komme. Bei den Neoliberalen wundere ihn das nicht, das sei eben Mafia. Aber wie könne das bei den deutschen Grünen so sein? So unheimlich!

*

Lese Verse des Archilochos. Ob das für Latinisten und Gräzisten seltsam ist, ihr Griechenland und ihr Italien so viel Blut spucken zu sehen? Aber wenn den Altertumswissenschaftern zur gegenwärtigen Katastrophe nichts einfällt und sie sich nicht einmal in den letzten zehn Jahren prophylaktisch zu Wort gemeldet haben, wozu sind sie dann gut, wissenschaftlich und gesellschaftlich? Ach ja, in Österreich z. B. zur Neuordnung des universitären Ausbildungssystems, zur endgültigen Errichtung des Triagensystems.

*

Unglaublich: Die Berliner Piratenpartei hat einen solchen Erfolg, aber eine Sozialstaatspartei zu gründen bringt man nicht zustande!

*

Hodafeld fällt mir ein, dass er gegen die Zulassung der Hedgefonds war, da wusste niemand noch, dass es die überhaupt gibt. Und für Parteienhaftungen war er auch, ganz früh, ganz schnell. Mein läppischer Leserbrief damals und mein simpler Vortrag gegen die Hedgefonds, ich bin beschämend stolz darauf. Und dass ich Pestalozzi wiedererinnert habe und dass dann dadurch so viel Wirbel war. Nein, ich bin auf gar nichts stolz. Ich schäme mich nur.

*

Der arabische Frühling. Hierzulande die linken und alternativen Euphorien darüber. *Wir sind Kairo!!* Und so weiter und so fort. Aber die Empörten in den arabischen Staaten wären froh, wenn es bei ihnen wie hierzulande wäre. Hierzulande würden sie sich nicht empören. Wie also können sie den hierzulande Empörten Vorbild sein? Ich hoffe einzig auf das, was in Israel geschieht. Auf die Empörten dort. Aber es kann sein, dass es sie ohne die Empörten des arabischen Frühlings nie hätte geben können und dass die alle aufeinander hoffen und einander vertrauen. Das gebe ich zu. Aber mehr nicht.

*

Mir fällt oft ein Film falsch ein, den Bourdieus Sohn gedreht hat. Ich nehme den als Film über den Vater. Ein sehr schöner Film. *Vert Paradis*.

Ein junger Soziologe kommt zurück in seinen Heimatort und will dort alle möglichen Leute miteinander verheiraten. So erinnere ich mich. Viele wahre Sätze in dem Film, auch über den dummen Tod. Bourdieus frühe Studien über das Heiratsverhalten und die Einsamkeit in seiner Heimat. Ich halte den Spielfilm des Sohnes für das Beste, was es über den Vater gibt. Die Vorstellung, Menschen miteinander in Liebe verbinden zu können, behilflich zu sein, dass sie einander finden und treu bleiben, halte ich für zutiefst sozialistisch. Ich weiß nicht, worum es im Film wirklich geht. Vielleicht irre ich mich gar nicht sonderlich.

*

Freires Wort von der *bewaffneten Liebe* und Gramscis Wissen, dass der *Alltagsverstand* der Ort der Befreiung sein wird müssen. Und wenn es jemals einen wissenschaftlichen Sozialismus gegeben hat, dann war das wohl der des Pierre Bourdieu (und Ähnlicher).

*

Jetzt ständig die guten Journalistenberichte über Demente. Und über die, die ihnen wirklich helfen. Validationsmethode etc. Es ist, als ob man jetzt erst darauf kommt, wie man hilflosen Menschen wirklich hilft. Mich erschreckt das. Was war denn, um Gottes willen, bis jetzt? Die, die es richtig gemacht haben, haben es auch früher richtig gemacht. Sie waren da für die Menschen und nahmen sie mit, ließen sie nicht zurück. Ganz selbstverständlich machten sie es so. Aber es scheint bis heute nie wirklich Allgemeingut gewesen zu sein. Wenn man Zeit in Menschenleben und Menschenleid misst, dann – was? Was?

*

Jemand, dem ich vertraue, schwärmt mir von ein paar Opernarien vor, sagt, in allen Opern gehe es immer um Liebe und Macht und darum, dass die Liebe keine Chance habe. Bin entwaffnet. Er schwärmt vom *Fidelio*, von der *Entführung aus dem Serail* und von Händels *Xerxes*, vom Ansingen eines Schattens, eines schattenspendenden Baumes; singt die Arie selber. Sie sei so beruhigend, sagt er ein paar Mal hintereinander. Natürlich hat er recht. Stefan Zweigs *Sternstunde* über Händels *Messiah* fällt mir ein dabei. Eine mehr über das niemals wirklich Zugrundegehen. Und dann, dass die Zapatisten sagen, eine Regierung müsse sein wie der Schatten eines Baumes. Dann ist sie gut.

21.10.2011

Die Ewigkeit, die es gebraucht hat, dass dieses Buch publiziert werden kann. Eine Bekannte scherzte gestern vergnügt über meinen Stil, ich müsse aufpassen, dass es mir nicht einmal wie Imre Békessy ergehe. Ich erschrak lachend. Ich bin in meinem Leben keinem Menschen begegnet, dem man nicht hätte helfen können; ich habe kein Grauen miterlebt, das nicht auf der Stelle behebbar gewesen wäre. Aber da ist nie wirkliche Abhilfe von draußen gekommen. Es wäre nicht viel Mühe gewesen und man hätte gar nichts riskiert dabei. Und doch ist die Hilfe unterblieben. Das kann ich nach wie vor nicht verstehen und das ist nach wie vor so. Es kann sein, dass die Menschen massenweise mit Kleinigkeiten beschäftigt und durch diese diszipliniert sind. Aber ich habe von den Kleinigkeiten berichtet, weil ein, zwei, drei rechtzeitige Kleinigkeiten ein ganzes Leben verändern können. Vielleicht auch es retten. Ich erzähle immer nur von lebenswichtigen Menschen, von den banalen und angeblich viel zu vielen, von den überflüssigen, unnützen und verzichtbaren. Und mein Stil, der ist, fantasiere ich mir, griechisch, aristotelisch, der des springenden Punktes. Das ist das Herz des kleinen Vogels, das im Ei hüpft.

*

Llosa erobert gerade Wien im Sturm. Der Nobelpreisträger war nicht zufällig Präsidentschaftskandidat in Peru, ist radikal neoliberal. In Wien scheint das niemanden zu stören. Die Sozialdemokraten schon gar nicht. So viele begeisterte Schulkinder.

*

Die plötzlichen Islandeuphorien der Leser und der Kritiker sind verständlich, und dass die Isländer ihren Staat neu erschaffen, neu gründen müssen und werden, moralisch und vernünftig, ist beeindruckend und lehrreich. Kann sein, vorbildlich. Aber ich mag diese Götter und Helden nicht. Hitler und seine Tiere fallen mir ein, sein Hund Wolf und sein Rabe, Wotans Tiere, als ob Hitler selber Odin war. Das neue Wort *Wutbürger* plötzlich allüberall. *Wut* und *Wotan* gehören zusammen. Der Wutgott Odin, der sich, glaube ich, selber kreuzigt, aufhängt und immer so viel leidet und kämpft. Ich habe nie gewusst, wofür und wozu. Dabei bleibe ich.

*

Der arabische Frühling als Vorbild für die ganze Welt. Und die Leute, die aber Angst haben, dass alles so wird wie in Algerien. Und die, die das hoffen. Und die, die trotzdem unverdrossen sind. Der Lehrer, der seit Jahren tut, was er kann, egal, wie erfolglos. Es müsse getan werden, sonst sei es nicht in der Welt. Aber wenn es da ist, sehen es die anderen Leute.

Und tun es irgendwann auch, und es werden immer mehr. Diesen Lehrer von hier bewundere ich seit Jahren.

*

Der Empörtentag vor ein paar Tagen. Ich verstehe nicht wirklich, warum man medial den jungen Menschen die Revolution auflastet. Die Jungen sollen alles anders und gut machen und die tun das ja auch. Versuchen es. Glauben alles Gute. Aber an der Macht sind ja die anderen Generationen. Das deutsche Wort *Empörung* nervt mich. Wohl weil früher oft jemand über mich empört war, und das war nicht lustig. Aber es war ohne Belang. Ich glaube, Empörung ist ohne Belang. An die Emporkömmlinge denke ich bei dem Wort auch immer. Und dass man die Anhöhe einnehmen muss, koste es, was es wolle. *Arriba, arriba!* An den Straßenkampf. Aber den darf ja niemand wollen dürfen. Mir ist das alles zu kompliziert. Der Empörtentag verwirrt mich in jeder Hinsicht. Aber *indignados* und so weiter, das verstehe ich. Ich glaube, darin steckt das altgriechische Wort für *zeigen* und für *Gerechtigkeit*. Sozusagen fürs *öffentliche Anzeigen von Entrechtung und Entwürdigung*. Was jetzt zu tun ist, ist gewiss auch die Pflicht der über 40-, 50-Jährigen, denn sie haben die Positionen und die Funktionen und an sehr vielem die Schuld. Die Jungen haben die unschuldige Lebenskraft. Hessel hat im Übrigen recht. Aber was er weglässt, ist das jahrelange Versagen der vielen engagierten und empörten Simulanten. Die vielen Attrappen, Camouflagen.

*

Die Firma bricht in einem fort weg. Die gute Sozialarbeit wird von der Billigstkonkurrenz kaputtgemacht. Von Firmen, die plötzlich neu da sind, vorgebliche Sozialleistungen zum Billigsttarif anbieten. Ihre geliehenen Leute ausbeuten bis zum Umfallen. In zwei Jahren sicher nicht mehr existieren werden, aber bis dahin alle alten Firmen, die gute Arbeit leisten, zerstören.

*

Was zu tun ist? Man müsste die letzten 10 Jahre ungeschehen machen können. Kann man das? In wichtigen Teilen gewiss. In Wahrheit läuft alles auf Eucken hinaus. Und wieder auf den Kampf zwischen Sozialisten und Nationalsozialisten? Ja, gewiss, aber nur nebstbei. Gegen die Nazis gewinnt man, wenn man die Menschen nicht belügt, sondern ihnen hilft. Die Weltwirtschaftskrise und das Kaputtgehen des Sozialstaates: Was jetzt zu tun sei, wird ratlos geredet noch und noch. Aber warum hört man denn nicht endlich auf die, die sich nicht täuschen haben lassen und immer gesagt haben, was falsch läuft und schlecht enden wird. Die gibt es zuhauf. Die haben auch gesagt, was zu tun ist.

*

Samnegdi hat mir erzählt, bei den Sherpas vollführen, wenn einer stürzt, sich schwer verletzt, Brüche hat, aussichtslos in Agonie ist, seine Kollegen in einem fort ihre Gesänge und Rituale. Und das hilft angeblich. Man überlebt, obwohl es aussichtslos erschien. Meine Erklärung dafür ist, dass sich jeder auf jeden verlassen kann und genau weiß, was getan wird und zu geschehen hat. Der bewusstlose Mensch, der das Ritual kennt und selber vollzogen hat, um anderen zu helfen, kann sich auf die anderen verlassen, ist in Sicherheit und nicht hilflos, weiß von vornherein über alles Bescheid und was er wann zu tun hat. Weiß, dass alle da sind. Gerät nicht in Angst, Verwirrung, Hilflosigkeit. Was die Sherpas da tun, halte ich für das Gute.

*

Durchschnittliche Lebenszeit: 30000 Tage. Davon 10000 Tage Schlaf und 10000 Tage Arbeit. Rest Alltagsverrichtungen und diverse Besonderheiten. Alles gerechnet auf 80 Jahre. Eine dumme, heutzutage übliche Berechnungsvorgabe.

*

Ein Priester in Soutane erklärt den Segen und die Wandlung. Schlägt dabei plötzlich mit seinen segnenden Händen auf die imaginierte Hostie ein, schreit: *Jesus Christus ist mein Sündenbock.*

*

Migration = Entkommen = Überleben = Erfolg.

*

Was hirn- und herzlos geredet wird, quält mich, weil es auch so getan wird.

*

Österreich wieder: Erstaunlicher Gewerkschafterstreik. Ein Präsident sagt, eine Gewerkschaft sei eine Kampforganisation. Und dass die Gewerkschaft im Interesse der gesamten Volkswirtschaft streike. Endlich. Trotzdem: Hat ein Berg gekreißt und eine Maus geboren oder hat eine Maus gekreißt und einen Berg geboren? Aber eine Neugeburt ist es, das habe ich verstanden.

*

Österreich: Die Erschütterung wegen Wilhelminenberg und so weiter und so fort. Endlich die Befreiung der von Geburt an gekreuzigten Kinder aus den Heimen. Man wird die Geschichte der Kriminalität und der Asozialen, der Kriminellen und Huren und aller, die sich angeblich nicht helfen (haben) lassen, in Österreich neu schreiben müssen und eben diese Menschen, die als letzter Dreck behandelt und dazu gemacht wurden, wie nie zuvor entschädigen und sie ehren müssen. Und man wird die Verjährung aufheben müssen. Wie bei den Opfern des Nationalsozialismus. Das jahrelange betuliche Gerede in Österreich, dass die Kinderrechte in die Verfassung müssen und was das für ein Fortschritt und Zeichen sei, war meines Empfindens immer lächerlich und ein Ablenkungsmanöver. Was in Österreich geschieht, geschieht seit jeher unter christlicher und sozialdemokratischer Aufsicht, Verantwortung und Organisation. Auch wissenschaftlicher, akademischer. Dass im Nationalsozialismus die Eltern, die Väter, die Mütter, ihre eigenen Kinder dem Führer, dem Krieg zur freien Verfügung überlassen haben, halte ich für das bis heute weiterwirkende Grundböse. Allen Ernstes. Was kann man mit Menschen alles machen, die sogar ihre eigenen Kinder opfern. Alles hat man den Führer mit den Kindern machen lassen. Er hat sie misshandelt, missbraucht und getötet, vor den Augen des ganzen Volkes. War es nicht so?

*

Der Wilhelminenberg und das Heute: Die Kinder und Jugendlichen haben niemanden gehabt, zu dem sie gehen konnten und der für sie gekämpft hat. Sie haben niemanden gehabt. Warum die Leute, die Opfer wie die Mitwisser, nicht in die Öffentlichkeit gingen, gehen, sofern das überhaupt jemals gestimmt hat, ist, weil die Öffentlichkeit nicht viel taugt. Eben weil ja ohnehin alles klar ist und jeder in Wahrheit genug weiß und niemand etwas mit dem Dreck zu tun haben will. Es geht sehr schnell, dass man niemanden hat. Das Gegenteil aber auch. Heute. Ja? Ja?

Pataphysisches Register

abgrenzen, sich; Distanz, Selbstschutz 40, 207, 247, 472, 509

Abhängigkeit 46, 59, 76, 88, 90, 114, 116, 123, 241, 371, 448, 454, 464, 492, 548, 554, 565, 573, 591, 595

Aborigines 318

Achtsamkeit, Aufmerksamkeitsethik 308, 337, **I:** 143

ADHS 105

Adler, V. 64

Ägypten 336, 344f., 354, 584, **I:** 118, 182f.

Affen 32, 38, 49, 67f., 102, 179, 333, 394, 433, **I:** 120, 231

Afrika 35, 60, 79, 120, 146, 149f., 180, 192, 325, 412, 426, **I:** 53, 59, 252f.

-politik 35, 150, 412

Agape 562

Aids 99, 142, 350, **I:** 238, 269

AKW 301, 358, **I:** 197

Alchemie 112, 547

Alexander, B. 492

Algerien 325, 350, 624

Alibi 15, 26, 96, 274, 291, 378, 436, 591f.

Alinsky, S. 181ff.

Alkohol, -iker/in 16, 28, 50f., 61, 88, 98, 115, 167, 194, 200, 234, 273, 286, 424, 428, 430, 509, 526, 538, 553, 587

Alle Menschen sind meine Kinder 59

Allende, S. 42, 414, 497

Alles muss sich ändern, damit alles so bleibt 175

Alptraum 17, 114, 118, 593

Alternativ- 21, 37, 47, 62, 64, 74, 83, 87, 96, 119, 125, 189, 198, 202ff., 212, 224, 241, 254, 257, 259–62, 267, 278f., 294, 297f., 302, 307, 309, 330, 338, 350, 365, 406, 414, 436, 445, 457, 465, 481ff., 495, 504, 515, 529, 552, 554, 563, 581

alt, Lebensalter 16, 21, 36, 56, 60, 64, 95, 125, 207, 275, 280, 295, 387, 412, 480, **I:** 18, 28, 31, 40, 60, 71, 76, 79, 86–90, 117, 121, 134, 137, 140, 151, 171, 183, 187f., 191, 235, 242

Altersheim 102, 109, 192, 277, 346, 396, 409, 429, 490, 507, 534, 564f., 578, 584, **I:** 86–92, 134, 136f., 160, 186ff., 242f.

Alterspsychologie 545

Ambedkar 56f., 581, 590

Améry, J. 130f., **II:** 145

Amygdala 106, 359

Anachoret 584

Anamnesis, Déjà-vu 512, 515, 518, **I:** 33

Anarchismus 120, 123, 125, 347, 528

Anaximander 619

Anden 392, 421

Anders, G. 208f., 276, 617

Angst, Todes- 45, 60, 80, 113, 278, 281, 307, 320, 383, 451, 569, 587, **I:** 32, 54, 66, 86, 249, 260

Anguilla 123, 567

Anmut sparet nicht noch Mühe 399, 414, 446

Anomie lt. Merton 502

anonym 44, 371, 380, 401, 601

Anonyme Alkoholiker 453, 509

Antiglobalisierung 121

-sabend 261

Antike und Gegenwart, Klassische Philologie 18, 75, 122f., 130, 180, 244, 318, 472, 515f., 529, 546, 587, 614–7, **I:** 164, **II:** 143–60

Antlitz, Gesicht, Visage 20, 26, 38, 41, 49, 58, 76, 93, 110, 114, 133, 135, 148, 153, 168, 193, 206, 212, 214, 220f., 224, 231, 235, 245, 268, 271, 276, 279f., 284–90, 342, 344, 387ff., 404, 415, 445, 453, 458, 460, 463, 469, 479, 494, 509, 517, 532f., 551, **I:** 16, 146, 264, 272, **II:** 15, 84, 173

Der Mord bleibt machtlos vor dem Gesicht 287

Apartheidsystem 60

Aporien 189, 192, 368f.

Arafat, J. 43

Arbeit 19f., 22f., 34, 37, 42, 46, 48f., 51, 53, 58–61, 64ff., 72, 75–8, 80ff., 84, 87, 94f., 108, 119, 130, 137, 155, 157, 176, 188, 190, 196, 198, 207, 210, 216f., 230, 242, 251, 265, 267, 280, 282, 291f., 319,

347, 361, 443, 453, 461f., 481, 491, 498, 512, 520f., 525, 528, 534, 537, 550, 553, 557, 560, 567, 573, 584ff., 588, 591f., 596, 605ff., 616, 625f., **I:** 21, 29, 53, 77, 82, 91, 121, 186f., 190, 200, 256f., 259, 265, 267, 270, 272, 281ff.

Die Arbeit hoch! 476

in der Arbeit untergehen 201

Arbeiter 27, 33, 49, 64, 66, 71, 76, 120, 144f., 152, 160ff., 190, 199, 237, 261, 271f., 291, 295, 490, 504, 512, 613, **I:** 130

-jugendbewegung 71

Arbeitgeber 37, 59, 66, 183, 219, 291f.

Arbeitsamt 13, 78, 86f., 183, 190, 207, 222, 228, 321, 363, 394, **I:** 140, 297

Arbeitskampf 606

– Givet u. Straßburg 160f.

arbeitslos 31, 35, 58, 64, 78, 116, 145, 166, 182, 201, 203, 230ff., 286, 348, 412f., 423, 451, 467, 475

Die Arbeitslosen von Marienthal 248

Arbeitslosenrate 158, 171

Arbeitslosenschulung 13, 451

Arbeitsmarkt 22, 230

Arbeitspsychologie 53

Arbeitswelt 226

Architekt 19, 23

Aretino, P. 514

Aristoteles 122f., 496, 624, **I:** 109, 269, **II:** 160

Armenier 518f.

Armstrong, L. 220f.

arm, Armut 18, 33, 37, 41, 59, 62f., 67, 70, 83, 92, 153, 226, 259, 374, 485, 516, 568, 574

schöne – 553, 594

Arsch, jm. den Arsch aufreißen 21

Arzt 17, 32, 42, 47, 49, 51, 53, 57, 60, 103ff., 107, 116, 127, 134, 150, 163, 169, 186, 195, 206, 209, 211, 252, 262, 268f., 277, 281, 341, 377, 387, 392, 404f., 421, 459, 465f., 485, 494, 510, 532–6, 548f., 558, 563, 585, 587ff., 591, 611f., **I:** 25, **II:** 40, 43f., 60, 66, 74f., 87

Madeln, euch kann kein Arzt helfen! 64

Ashrawi, H. 43

Ashoka 58f.

asozial, deviant 16, 234, 284, 396, 626

Aspirin 158

Asrael 513

Asyl 24, 92

Atombombe 83, 374, 418

ATTAC 297f., 303, 407f., 425ff., 625

aufgeben 28, 35

Augustinus 97, 262, 378, 527f.

Augustus 357, 389, 451, 528f.

ausbeuten 15, 109, 590, 615, 625

Auschwitz 70, 72f., 154, 209, 607

auserwählt 91, 126, 617

Ausländer 53, 186, 224, 392, 455, 488, 585, 600, 604ff.

-kinder 17

Ausmerzungsdenken 19

Australien 318f.

Austromarxismus 64

Ausweg 40, 50, 82, 147, 184, 189, 192, 232, 245, 294, 299, 302f., 340, 351, 369, 382, 389, 406f., 414, 445f., 489, 516

autark, autonom 32, 43, 122f., 181, 204, 228, 303, 592, 615, 621

Auto 14, 21, 29, 88, **I:** 25, 28, 34, 36f., 47, 59, 67, 84, 89f., 94f., 98, 107, 116, 129, 131f., 142, 144, 171f., 177, 250f., 258, 268–71, 274f., 277, 289, 293

-industrie 15, 88

autobiographisch 128, 145, 154, 174, 231, 286, 305f., 380, 551, 585

Azetylcholinumkehr 45

Baby 13, 17, 23, 42, 45, 50, 82, 100, 209, 231, 233, 271, 308, 399, 454, 492, 504, 579, **I:** 137, 165f., 173f., 187f., 254

Bach, J. S. 127, 170, 242, 396, 546, 576

Bach, C. Ph. E. 127

Bachmann, I. 501

Baker, J. 95

Balint, M. 512

banal 55, 135, 181f., 266, 281, 304f., 319, 339, 341, 455, 573, 624

Bank, Bankier 13, 15, 21, 29f., 58ff., 68, 77ff., 83, 88, 90, 237, 267, 272, 302, 342, 354, 384, 397f., 407, 414, 425, 497, 524, 547, 552, 614f.

Deutsche – 302

Dresdner – 158

Barmherziger Samariter 159, 206, 618

Bar-On, D. 426

Bartók, B. 57f.

Bauer 27, 77, 80, 82, 86, 143, 156, 163, 176, 188, 252, 256, 279, 300, 322, 347, 478f., 490, 502, 510, **I:** 113, 146f., 176, 251, 266f., 286, 289f., 300

Bayern 63, 408f.

Bayle, P. 29f.

Bebel, A. 234f.

Beck, U. 59

Becker, G. St. 26, 155f., 159

befreien 40, 47, 58, 72, 78, 83, 120, 146, 149, 156, 188, 228, 244, 276, 289, 295, 306, 325, 372, 384, 402, 408, 426, 489f., 551, 562, 577, 604, 606, 623, 626

Befreiungstheologie 96, 479

behindert 13, 48, 50, 52, 76, 98, 127f., 134, 139, 179, 190, 207, 229, 256, 274, 308, 313, 318, 351, 372, 396, 403, 489, 498, 532f., 582, 584, 600, 613, **I:** 34, 46, 97, 124, 135, 177, 193f., 217

Behindertenlehrer 50

Benjamin, W. 442, 484

Berg, A. 266, 277

Berg, Bergsteigen 31, 45, 51, 421, 485, 501, 535, 626, **I:** 53, 83, 163f., 210, 224, 286

-werk 60, 158

Berkeley, G. 434

Berlin 19, 63, 71, 230f., 233f., 568, 622

Berlioz, H. 20, 71

Bernhard, Th. 96

Bernstein, L. 191, 588

Beruf 50, 63, 102, 105, 138, 180, 195f., 200ff., 220, 231, 241, 267, 276, 285, 323, 378, 383, 410f., 433, 444, 459, 501, 507, 523, 533, 548, 555, 606f., **I**: 208, 231

helfender – 44–7, 203, 207, 210, 310, 403–6, 409, 536, 546, 591, **I**: 15

Berufsgeheimnis 44

Berufsoptimist 364

Berufs- und Schutzpflicht 409

freie Berufswahl 199

die Besten 108, 193, 238, 241, 292, 307, 532

Nur die Besten! 525

Bethlehem 344f.

betreuen, Betreuer 21, 36, 47, 92, 207, 238, 263f., 308, 344, 350, 404, 474, 492, 514, 532, 616

Betriebsrat 62, 152, 198, 291f., 369, 405, 575

Betrug, Betrüger 21, 26, 81, 99f., 135, 149, 180, 184, 292, 364, 414, 426, 444f., 455, 470, 490, 505, 547f., 557f., 567, 575, 598, 609, 612f.

Wie kann das nicht sein, was so betrügen kann 522

Bettelheim, B. 415

betteln, Bettelverbot 126, 165, 223–6, 233f., 259f., 268, 342, 396, 423, 571, 582, 596, 609

Kinderbettelverbot 571

Bewegung 30, 51, 71, 86, 97f., 129, 180, 187, 491, 572, 579

soziale – 31, 40, 89, 120, 125, 147, 180–3, 203f., 240, 258, 261f., 295ff., 302, 305, 336ff., 399ff., 465, 475f., 478, 481, 504, 597, 615

Bewusstsein 50, 76, 97, 136, 224, **II**: 74–109, 167–78

Bewusstseinsbiologie 499

Bibellesen 527, 567, 616

Bei den Bieresch 471

Binnen-I 24

Biomimikry 433, 615

Biotechnologie 99, 120

Bismarck, O. 465, 503

Bizet, G. 433

Blair, A. 285, 287

Bloch, E. 411, 442

Blut 26f., 50, 116, 126, 133, 135, 195, 256, 259, 286, 291, 438, 485, 512, 535, 550, 593, 622

das Blut spritzen lassen 183

Boal, A. 147

Boff, L. 98

Böhm, K. H. 374, 398f.

Bonafini, H. de 68

Bonhoeffer, D. u. K. 45

Borchert, W. 343, **I:** 116

Bornemann, E. 223f., **I:** 121f., 241

Börse 48, 68, 74, 88

-naufsicht 188

Bosch, R. **I:** 240

böse, das Böse 30, 39, 73f., 85, 89

Bosnien 163, 372

Boulanger, L. 539

Bourdieu, P. 28, 35, 39f., 44, 47, 53, 55, 59f., 68, 77, 124ff., 156, 159, 179, 227, 271, 280, 289ff., 295ff., 304ff., 350, 360, 399–402, 405f., 409f., 413f., 418, 425f., 483f., 549, 581, 616, 619, 622f.

boxen 61, 95, 107, 132, 134, 231, 322, **I:** 36, 103, 196f.

Brahms, J. 83ff., 91

BRD 201, 231, 235, 292, 302f., 597

Brecht, B. 25, 171, 446, 491, 522

Brod, M. 518

Broder, H. M. 580f.

Bronner, G. 64

Bruchmeister 60

Bruckner, A. 84f., 607

Brunnen der Verzweiflung 492

Buddha 56ff., 318, 323, 325, 462, 511f., 552, 555, 558, 569, 581, 590

Buddhismus 56–9, 184, 220, 256f., 279, 283, 370, 489, 543, 590, 602

Budget 460, 507, 599

Büro, -kratie, -forschung 38, 72, 90, 103, 192, 201, 206f., 238, 263, 280, 405, 490, 562, 583, **I:** 32, 44, 82, 100–3, 134, 177, 195, 254, 258, 294

Burnout 135, 333, 386, 560, 602, 606

Busch, W. **I:** 190f.

Bush, G. H. W. u. G. W. 68

BWL 468

Cadbury, J. 193f.

Camus, A. 522

Cannes-Rolle 397ff.

Cap Anamur 126

Capra, F. 203f.

Cardenal, E. 493f., 497f.

Caritas, Nächstenliebe 212, 221, 235, 288f., 297, 377f., 406ff., 415f., 461, 557, 561, 588, 592, 599, 618

Ubi caritas, ibi Deus 407

Caritaspräsident 96, 264

Carter, J. 121, 284

Casanova 505

Castro, F. 495, 574

Catch 22 193ff.

Cenci, B. 563

Cerha, F. 140

Chagall, M. 330

Chance 13, 37, 42, 46f., 50, 60, 65, 73ff., 82f., 100, 106, 305

Chancengleichheit 44, 82, 177f., 498, 502, 523

Change the team! 45f.

Chaplin, Ch. 52f.

Chargaff, E. 99f., 120

Chasaren 79

Che 493f., 497f.

Chemotherapie 222, 481

Chewa 521

Chicago 157, 182f., 190, 221, 387

-boys 155–9, 299

Christen 25, 38, 41, 64, 69, 76, 85, 92f., 132, 158, 167, 172, 184, 203, 206, 213, 216, 231, 264f., 283, 298, 319, 377, 404, 408f., 425, 470, 479, 484, 494, 537, 561, 568, 585, 603, 608, 618f., 627, **I**: 24, 46, 84, 105, 131, 163, 194, 212f.

-pflicht 92f., 404

Der lachende Christus 147f.

Chronobiologie 481

Churchill, W. 462, 498, 522

Cicero 33, 238, 352, 357, 515, 544, 573, 585, **I**: 79, **II**: 150, 153

Clown 74, 87, 100, 168, 332

CO_2 52, 54, 99, 301

Coase, R. 155f., 159, 299–303

Coca Cola 123, 296, 411, 551

Coelho, P. 40

Cohn-Bendit, D. 426, 562, 617

Coltan, Tantal 158

Cortisol 106

Cowell, H. 57

Crash 74, 171, 187

Crashkurse im Sozialbereich 408f.

CRP 499

Dahrendorf-Paradoxon 577

Dalai Lama 256f., 271, 283, 550f.

Dalit 590

Darwin, Ch. 144, 332ff.

Das könnt ihr mit mir nicht machen 27

Davonlaufhaus 475

DDR 14, 80, 216, 438, 607, **I**: 238, **II**: 36

Debussy, C. 384, 439

Delacroix, E. 281

delegieren 219, 276

Delors, J. 297

Dementia Praecox Angelorum 396, 446

Demenz, senil 129, 344, 388, 396, 623, **I:** 188f.

Demokrat, -ie 13, 19, 22, 40, 47f., 73, 140, 154, 180f., 188, 190, 202, 227, 232, 286, 293, 299, 357, 400, 425f., 462, 476, 515, 529, 539, 568, 587, 597, 599, 602, 610, 612, 618f., **I:** 11, 98, 101, 160, 164, 180, 190, 206, 240

Lebens- 125, 427

Supermarkt- 503

Demokrit 36

Demonstrationen 20, 88, 115, 181, 183, 295, 388, 465, 529, 597f., **I:** 222f., 234ff.

Depression 81, 145, 187, 200, 262, 265, 389, 492

Descartes, R. 97

Detroit 293

Dialyse 118

-station (anomisch) **II:** 13–73

Dichter, Belletrist, Schriftsteller 16f., 32, 39, 53, 55, 62f., 70, 75, 83, 89f., 229, 378f., 446, 476, 503f., 562, **I:** 112, 182f., 225, 237, 269

Dichter, E. 410f.

Diggers 347f.

Dionysoskult 292

Dissonanz, kognitive 340

Disziplinarverfahren 137

Ditfurth, J. 598

Diversity Management 434

Dohnal, J. 458

Dolmetscher 324, 430, 434, 513, 598, 607

Domina 210f.

Donaumonarchie 472, 614

Donnerträumer 74

Doping 105, 470

Dörner, D. 412

Dörner-Experimente 412ff.

Dörner, K. 206, 509

Double bind 370

Dresden 312, **I:** 76

Dritte Welt 53, 64, 69, 90

Drogen 41, 71, **I:** 68, 78, 219, 279

Du bist privilegiert 348, 369

Du bist Scheiße 40

Du gabst den Armen ihren Gott 58

Du kannst dich nicht beklagen 62

Du Opfer! 544

Dual 463

Dutschke, R. **I:** 90

Duttweiler, G. 204f.

Eco, U. 135

Effizienz- u. Evaluierungsstudien 34

Eier 258, 269ff., 624

Einsamkeit 20, 85, 97, 289, 623

Einstein, A. 52

Eisenbahner 152

Eisler, H. 80f.

Ekman, P. 551

El Greco 551

Elefant 26f.

Elend 42, 48, 91, 131, 144, 150, 157, 159, 237, 303, 350, 387, 409, 496, 541, 584, 619

Das Elend der Welt 159, 227, 304f., 402

Elfter September 42, 77, 121, 546

Elite 15f., 29, 39ff., 80

Eltern 17, 33, 71

-abend 196f.

Emanzipation 293, 475, 489

Emissionshandel 110, 301

Engel 49, **I:** 40, 210, 224

Engels, F. 234f.

Entfremdung 566

Entnazifizierung **I:** 206

– der Banken 219

Entscheidung 13f., 40, 46, 108, 118, 126, 189, 193, 201, 206f., 212, 226, 285, 298f., 303, 359, 454, 469, 480, 482, 500, 516, 540, 575, 602, 604, 621

Entwertung 361

Entwicklungshilfe 18, 36, 48, 412, 439, 549, 616

Epilepsie 319, 529, 532f., 535, **I:** 22, 78, 254f.

Eppler, E. 296f.

Erasmus von Rotterdam 82, 282, 357, 471, 548, 563, 582, **I:** 301

Erdöl 29, 54, 76, 188f., 275, 503, 537, 579, 606, 621

Erickson, M. H. 50ff.

Erklärung der Menschenrechte u. katholische Kirche 26, 599

Ernst, M. 82

Eros 516, 562

Erster Mai 111, 145, 291f., 476f.

erzählen 42, 55, 63, **I:** 28, 92, 98, 100, 116, 136, 149, 190, 218, 227, 267, 290

Es hat nichts gebracht 204

essen, kochen 56, 87, 92, 94, 103, 128, 153, 171, 213, 221, 231, 234, 251, 261, 271, 273, 324, 333, 360, 381, 401, 409, 442f., 455, 487, 498, 510, 514, 545, 570, 576, 585, 606, 610, **I:** 34, 43, 45, 57, 83, 91, 93, 99, 105, 118, 127, 133, 145, 148, 175, 187, 248, 260, 264

Ethik, ethisch, Moral 18, 53, 74, 77, 80, 86, 139, 150, 188, 193, 201, 260f., 276, 279, 288, 290, 297f., 303, 342, 367, 406, 408, 410, 470, 493, 496, 509f., 518, 525, 592, 599, 621, 624, **I:** 189, 206

Die Ethik des Erfolges 303

Eton 254

Eucken, W. 76f., 625

Eulenspiegel 16, 309

Euro 22, 48

Europa 20, 25, 42, 60, 79f., 86, 88, **I:** 103, 196, 212, 281

Der europäische Traum 180

existenzzerstörend 507, **I:** 152–67

Experimente 24, 35ff., 99, 105f., 123, 129, 150, 202, 209, 367, 412ff., 425, 439, 448, 482, 491f., 568, 617

Extremfälle, -situationen 17, 21, 45, 188, 473, 476, **I:** 214, 302

Eysenck, H. J. 99f.

Facebook 573

Fährtenleser 445

Fair Trade 510

Fairness 31, 106, 141, 179f., 241, 358, 476

Faktor Vier 62

False-Memory-Syndrom 174, 448f., 566

Familie 27, 36, 41f., 49, 80, 86, 112f., 118, 138, 143, 148, 154, 156, 166, 169, 177, 186, 201, 205, 207, 231, 237, 264, 287, 346, 362, 372, 380, 387, 392, 394, 429, 434, 478f., 483, 502, 526, 588, 602

Familienhelferin 108

Farhat-Naser, S. 44

Farbe **I:** 20, 63, 68, 70, 91, 102, 190, 196, 199, 221, 226, 265, 272

Die soziale Farbe 484

Faschismus, Faschist 18f., 25, 43, 60, 96, 122, 165, 168, 170f., 298, 328, 341, 352, 376, 408, 462, 469, 497, 525, 529, **I:** 17f., 33, 98, 133, 211f., 265, 300

Fata Morgana 331, 375, 617

Fee 590

Fehler, -kultur 28, 53, 60, 65, 94, 191ff., 207, 249, 308, 311, 353, 389, 407, 423, 430, 521, 523, 547, 581, 616, **I:** 55f., 61, 66, 70, 164, 225, 260, 270, 277

Feld, morphogenetisches 65, 617

Feldenkrais, M. 97f., 590f.

Fellini, F. 22

Fermi, E. 481

Festinger, L. 340

Fett-, Magersucht 51, 167, 169, 473, 554, **I:** 68

Feudalismus 18, 175ff., 258, 260, 393f., 468, 515

Feuerbach, L. 30, 37, 168, 354

Feyerabend, P. 125, 327f.

FIGHT 182

Film 22f., 39, 49f., 52f., 62, 77, 99, 115, 172, 175–80, 227, 271, 275, 332, 367, 387, 398f., 429f., 433, 522, 582, 609, 619, 622f.

Finanzminister 177, 253, 300, 303f.

Finanztransaktionssteuer 619

Finnland 526

Firma 88, 103, 112, 135, 158, 198–201, 275, 291, 305, 471, 477, 499, 575, 607, 610, 625

Fisch, -er 127f., 153, 213, 280, 345, 436, 503, 546, **I:** 54, 63, 104, 184, 266

Fischer, J. 577, 622

Fledermaus, Vampir 95, 240, 242, 269

Die Fledermaus 95

Flüchtling 34, 68, 92, 177, 190f., 407, 513, 533, 574, 594, **II:** 161–6, 185–217

Flüchtlingsheim 92, 350, 377, 484, 592

Folter 37, 40, 58, 65, 147, 167, 475, 494, 563

Fonds, Hedge-, Renten- 30, 68, 74, 149, 171, 190, 395, 416, 619, 621f.

Ford, H. 189f., 199f., 292f., 371

Foto, fotografieren 78, 187, 236, 312, 347, 357, 394, 402, 442, 445, 456, 467, 512, 565, 582, 586f., 595, **I:** 47, 49, 87f., 101ff., 115, 120, 134, 137f., 149, 196, 234, 237, 252, 287, 289, 296

Fotografinnen 32, 77f., 258

Frankl, V. 31, 58, 74, 81, 208ff., 372, 508f.

Frankreich 19f., 29, 43, 58, 71, 78, 80f., 86, 103, 108f., 129, 141, 160, 281, 288f., 295, 297f., 323, 325, 397, 427, 442, 449, 462, 484, 498, 505, 514, 529, 565, 614, 616

-feldzug 95

Frauenhaus 487f., 541

Frauenministerin 258, 477

Frauenpartei 25, 257f.

Frauenstreik 483

free-thinkers 130, 515

frei, aber einsam 85

Freiheit, Gleichheit, Brüderlichkeit 111

Freire, P. 43, 53, 121, 499, 503, 615ff., 623

freiwillig, Freiwillige 79, 96, 197, 367, 413, 531, 615f.

Freund, Freundschaft 335, 496, 558, 561

Meinem Freund Jörg Haider 74

Von deinen Freunden wirst du erhängt 496

Freunde-schützen-Haus 594

Friede 26, 30, 43, 71, 80, 121, 124, 128, 199, 221, 258, 290f., 296, 325, 355, 401, 425f., 600

Friede von Oslo 347

Friedell, E. 167

Friedländer, S. 160

friendly society 483

friendly visit 207

Frisch, M. 500f.

Fromm, E. 121, 130, 202, 451

Fugger 199

Fußball 107, 231, 251, 253, 256f., 262, 312, 376

Gaia-Hypothese 360

Galbraith, J. K. 292f.

Galilei 24

Galtung, J. 121

Gandhi 180f.

Gates, B. 188

Gebetsmühle 184, 554

Geburtskirche 345

Gefahr durch Pflege 115, 207

Gefängnis 40, 137f., 157, 255, 258, 280, 286, 345, 354, 372, 541, 547, 561, 563, 568, 600

Geheimnis 27, 44, 90, 106, 197, 248, 266, 279, 318f., 399, 421, 430, 437f., 604

Geigenspiel 225, 572

– (anomisch) **I**: 168–92

geil 137, 168, 179, 190, 211f., 217f., 243

Geld 13, 26, 40, 52, 54, 58f., 73ff., 78f., 83, 87, 90, 92, 96, 100, 110, 116, 119, 128, 133, 139, 142, 145, 149f., 156, 165, 169f., 172, 176, 178f., 181f., 186f., 190, 194, 199, 207f., 211f., 213ff., 217, 221–5, 227, 234, 239, 247, 251, 256, 262, 269, 291ff., 299-302, 342, 347, 354, 358, 361, 378, 384, 386, 389, 406, 409, 415, 432, 444f., 459, 468, 471, 476, 490, 492f., 497, 501, 512, 518, 524, 547f., 553, 567, 571, 575, 595, 599, 605, 611, 613, 615ff., 619, 621f.

Gender 24

Genitalien 67, 115, 212, 459, 500, 508, 555

Genosse, Genossenschaft 82, 204ff., 295, 303, 489, 491, 528

– der Bosse 15

Genoud, F. 78f.

Gentechnik 129, **I**: 180

Versprechen der – 99

Geo-Engineering 239

Gerechtigkeit 55, 66, 138, 154, 435, 476, 513f., 599, 625

Verteilungs- 42, 73, 298, 331, 474, 490, 510, 599

Verwirklichungs- 42

Geschäftsführer 38, 210, 254, 330, 340, 543, 576, 415

Geschmack 129, 140, 290, 400f., 427, 494

Geschwätzsteuer 552

Gesell, S. 204, 221

Gesetz der Störung der Durchschnittszahlen 483

Gesundheitsminister 179, 409

Gewalterhaltungssatz 18

gewaltfreie Erziehung **I**: 300

Gewerkschaft, -er/in, Personalvertreter 15f., 60, 80, 113, 151ff., 159, 161, 171, 181ff., 188, 190, 207, 222, 228, 237, 244, 250, 261, 271f., 285, 291–7, 303, 306, 326, 336, 338ff., 344, 404, 436, 450, 476f., 490, 575, 590, 597, 626, **I**: 22, 100, 105, 132, 208, 235, 294

Gewerkschaftsstaat 303

Gewissen 33, 36, 47, 58, 92, 108, 116, 118f., 124f., 150, 154f., 170, 224, 254, 288f., 307, 312, 326f., 330f., 334, 355, 377, 383, 393f., 404ff., 409, 429, 453, 480, 494, 516, 524, 613

Giotto di Bondone 514

Girardi, A. 511

Glaube, glauben, -nsgemeinschaft 43, 59, 70, 81f., 84f., 87, 91ff., 101, 104, 161, 164, 167, 562, 603, 608, 618

– Darwins 334

Glaubwürdigkeit 40, 261, 302

Gleichgewichtsarbeitslosigkeit 158, 183

Globalisierung Plus 427

glokal 125

Gluck, Ch. W. 75

Glück 17, 41, 45, 50, 56, 60, 63, 71, 77, 124, 131, 162, 165, 193, 197, 201f., 210, 214, 221, 225, 232f., 439, 442, 453, 467, 490, 501f., 525

Glücksspiel 264, 273, 280, 342

Goebbels, J. 78, 81, 129, 168, 171

Goethe 140, 559, 601, 617, **I:** 212

Goeudevert, D. 198ff.

Goffman, E. 195, 406

Gogh, V. van 319, 328, **I:** 189

(GO)NGO 459

Göring, H. u. E. H. 149f.

Gott 18, 21, 27, 32, 36, 52, 58, 70, 76, 81f., 91f., 99, 101, 126, 129, 135, 146, 148, 153, 162, 164, 167, 174, 188, 210, 216, 221, 244, 256, 266, 268, 283, 285, 287, 289, 325, 330, 333f., 357f., 360, 362, 376, 378, 387, 392, 395, 407, 421, 443, 450, 453f., 461, 488, 494, 509, 544, 551, 556f., 560, 562, 585, 592f., 603, 608, 617f., 624

lieber – 268

– *zärtlich und treu* 534

Gottesbeweis 157, **I:** 109, 164

Gottschalk, L. M. 266

Gracchen 516

Gramsci, A. 43, 258, 623

Grass, G. 528

Grauzonenseele 395

Graz 71, 74, 596, 609

Griechenland, griechisch 18, 97, 124, 130, 143, 159, 180, 206, 242, 246, 318, 472, 542, 621f., 624f.

Grimms Märchen 455

Grippemittel 476

Größe, Größenwahn 124, 183, 289, 546

Das Große bleibt groß nicht u. klein nicht das Kleine 414

Großmufti von Jerusalem 79, 513

Grosz, G. 61

Grün 24, 83, 115, 125, 158, 256, 261, 277, 296, 298, 303, 346f., 350, 407, 413, 416, 457, 504, 512f., 525, 540, 576f., 581, 597f., 610, 621f.

Grundbuchamt 542

Grundeinkommen, voraussetzungsloses 64, 66, 70, 383, 409

Grundversorgung 70, 303, 364, 409, 478, 498, 613, 621

Gruß 21, 100, 210, 223, 236, 363f., 381, 460f., 474, 477, 480, 532, 548, 565, **I:** 143ff., 271

Guarani-Indianer 130

gut, das Gute, die Guten 30, 47, 50, 144, 148, 167, 241, 277, 281, 312, 355, 364, 421, 430, 459, 468, 510, 524, 599, 605, 625f.

Gysi, G. 568

Gymnasium für alle! 526, 551

Gymnasium züchtet Jungunternehmer! 197

Händel, G. F. 396, 417, 623

Habicht und Nachtigall 143, 148

Habsburger 199, 607

Haftung, Durchgriffs-, Politiker-, Parteien- 24, 302, 315, 505, 622

Haider, J. 74, 80, 168, 224, 257, 386, 397, 409f., 580, 619

– *kann gar kein Nazi sein. Dafür ist er viel zu jung.* 88

Hainburg 346

Halt dich fern und halte durch 69

Handke, P. 265, 585, **I:** 231f.

handlungsunfähig 53, 189, 540, 543

Haneke, M. 522

Happy End 75, 426, 462, 556, 603

Harlow, H. 491f.

Harrer, H. 550

Hartal 181

Hartz IV 66, 230, 567

-Schule 498f.

Hašek, J. 16, 309, 366f.

Hausbesetzer 418

Hausdurchsuchung 136

Havel, V. 13

Haydn, J. 29, 34, 42f., 57, 127

Hayek, F. 154f., 503, 516

Headhunter 201

Hebestreit, A. 484

Heer, F. 130, 325

Heesters, J. 532

Heilsarmee 454

Heim, -insassen 82, 108f., 133f., 180, 192, 309, 388, 409, 484, 511, 532, 534, 564f., 586ff., 626

Heimat 52, 61, 96, 103, 117, 133, 142, 146f., 318, 336, 360, 397, 402, 490f., 617, 623

Heisig, K. 568, 581

helfen, Helfer/in, Hilfe 14, 17, 31, 40, 47, 68, 91f., 104, 106f., 114f., 118, 132, 143, 146, 151, 159, 206ff., 241, 249, 267, 281, 294, 305–10, 536, 575, 613, 616, 624

sich (nicht) helfen lassen 82f., 91, 165, 265, 394, 476

Brauchen Sie Hilfe? 427

Helferhilflosigkeit 45f., 409

Heller, J. 193ff.

Henkel, H.-O. 303f.

Herr Karl *589*

Herzinfarkt 45, 78, 367

– im Spital 462

Wie treibe ich meinen Kontrahenten in den –? 201

Herzl, Th. 79f.

Herzschlag 32f., 328

Hesse, H. 342

Hessel, St. 625

Heuchelei 68, 178, 279, 288, 330, 427, 510

Hihihehehahahoho 23

Hilfeleistung, unterlassene 305, 550

Hilflosigkeit, erlernte 82f., 494

Himmler, H. L. 18, 167

Hirigoyen, M. F. 86

Hiroshima u. Nagasaki 83, 373f.

Hitchcock, A. 135

Hitler 21, 39, 67, 72, 77f., 94f., 100, 165, 168, 188, 190, 231, 258, 276, 282, 293, 472, 480, 498, 503, 523, 580, 624, **I:** 15, 17, 40, 54, 118, 132, 149, 176, 187, 204f., 208, 210, 212, 230

Hl. Franziskus 557, 589, **II:** 146

Ho Chi Minh 181, 287

Hochner, R. 389

Hoffer, K. 471

Hoffnung 15, 41, 50, 121, 134, 148, 152, 159, 166, 178, 203ff., 217, 299, 335, 372, 406, 418, 441, 458, 522, 534, 568, 571

Höhle 29, 44f., 264f., 318, 358, 401, 553, **I:** 180, 224, 260, 284

Hohner, M. 197ff.

Holl, A. 147f., 206

Holocaust 150, 426, 518, **I:** 197, 214

-museum 77

Homann, K. 297f.

Homer 50, 75, 180, 515f., 613

homo clausus, – in se incurvatus, – sapiens 290, 437, 602

Homöopathie 22, 439, 457

Hopi 148, 329

Horaz 323, 389, 451, 486f., 590, 611

Horx, M. 411, 427, 526

Hospiz 140, 350, 407, 561

Hostie, Kommunion 184, 534, 590, 626, **I:** 83

Houdini, H. 63, **I**: 90
Humankapital 26, 156, 470
Humanressourcenrecycling 295
Humboldt, A. u. W. 529
Hume, D. 71, 455, 499, 573, 614
Hund 30, 91, 99, 102, 128, 131, 143f., 185f., 225, 246f., 392, 396, 423, 438, 451, 458, 484, 486, 490, 506, 529f., 558, 579, 600, 604, 624
Hunger 26, 48, 62, 69, 99, 157, 192, 199, 211, 213, 221, 223, 231, 261, 395, 412, 498f.
al-Husseini, M. A. 79
hustler 38; s.a. Dichter, E.
Hypnose 55f., **I**: 54, 205
Hypnotherapie 50ff.

I bin ka Jud, i bin ka Christ, i bin a klana Sozialist 64
das Ich 97, 167f.
Ich baue an einem Staat mit New-Economy-Strukturen 177
Ich bin auf der Wega 564
Ich bin so selbstvergessen 112
Ich bin überfordert 346
Ich geißle mich nicht! 475
Ich kann nicht (non possum) 126
Ich kann, weil ich will, weil ich muss 20
Ich möchte nie etwas tun, ohne dass ich es vorher mit dir bespreche 436
IG Metall 296
Ik 192f.
IKEA 398
Illich, I. 43, 121, 124, 206, 503, 617
Immobilienblase 172, 183
Impotenz 213, 333
Inder, Indien 25, 56f., 126, 160, 168, 181, 210, 231, 251, 261, 266, 268, 293, 315, 318, 342, 387, 401, 420, 506, 526, 555, 604, 611
Indonesien 162
Industriellenverband 303, 525, 551, 610

Inflation 48, 74, 221f., 287, 292, 346

Infotainment 410

Ingenieur 107, 126, 198, 223, 239, 345, **I:** 235

Innenminister 25, 136, 407, 609

Innenpolitik, -er 459

Innerhofer, F. 74f., 267

Insel 49, 101, 110, 123, 176f., 325

Intelligenz, Rassismus der –, IQ 36, 46, 74, 90, 99f., 128, 149, 209, 211, 218, 220, 237, 245, 290, 302, 400, 408ff., 413f., 435, 529, 546, 580f., 603, 617, **I:** 73, 94f., 198f., 203, 205, 207

international 16, 19, 22, 69f., 120, 138, 182, 198, 250, 285, 292f., 301, 304, 338f., 427, 461, 478, 505, 615, **I:** 222

intervenieren 31

Inventur, furchtlose 453, 612

investieren 15, 28, 157, 222, 250, 287, 292, 304, 547f., 621

grün – 139

Irak, -krieg 76, 142f., 287f., 401, 494, 513

Iran, Iraner 262, 464, 477, 505f., 513, 523, 617

Irland 338, 425f.

Israel 79, 97, 162, 344–7, 425ff., 490, 512f., 518, 614, 622

Japan 37, 83, 220, 222, 374

Jazz 169, 221, 266, 340, 414, 473, 570

Jelinek, E. 212, 602

Jesuiten 97, 129f., 582

Jesus Christus 38, 41, 51, 53, 56, 58, 93, 146ff., 167, 193, 203, 213, 216, 231, 255, 318, 345, 387, 395, 397, 456, 478, 494f., 563, 602f., 609, 626, **I:** 38f., 48f., 83, 138, 193, 196, 212f., 301

Johnston, W. M. 472, 614

Journalismus, Journalist 15, 24f., 28, 59, 78, 85, 107, 109, 113, 134, 136, 150, 153f., 197, 217–20, 222, 234, 254, 267, 275, 376, 389, 393, 410, 459, 472, 514, 537, 576, 580, 600, 613, 618, 623

Juden 21, 64, 69, 72f., 79f., 206, 213, 289, 293, 318, 345, 367, 402, 425, 480, 512, 518, 580, 591, 607, **I:** 45, 58, 109, 118, 149, 169ff., 196–9, 204, 209, 214, 226, 287, 300 ungarische – 72f.

Judo 61, 97, 407

Jugend, -arbeit, -liche 28, 35, 50, 53, 71f., 77, 103–7, 127, 154, 157, 171, 177, 182, 187, 202f., 212, 238, 284, 300, 362, 375, 380, 395, 402, 412, 444, 453, 464, 493, 519, 525f., 536, 538, 544, 551, 627

rechtsextreme Jugendliche 548, 573

Jugendrichterin 568

Shell-Jugendstudie 72

Jugoslawien 68, 163, 262, 451, 467, 477, 549, 565

Justizminister 52, 56

Kafka, F. 167, 383, 393, 471, 518, 539

Kaiser Franz Joseph 94

Kalokagathia 241

Kalzineurin 499

Kampusch, N. 375f., 384, 427, 582, 588, 594

Kandel, E. 499

Kaninchengulasch 442

Kannibalismus 112

Kant 20, 216, 248, 387f., 394, 406, 449, 451, 525, 530, 594, 614, 616, **I:** 209

Kanzler 41, 59, 64, 119, 131, 171, 206, 216, 218, 299, 303, 332, 388, 395, 512, 615, **I:** 90, 236

Der Kanzler bin i 223

Kapital 26f., 34, 103, 156, 172, 470, 528

-flucht 614

Kapitalismus, -kritik 15, 18f., 64, 66, 68, 76, 120, 122, 144f., 169, 172, 177ff., 183, 189, 205, 223, 288f., 327, 335, 379, 383, 407, 444, 502, 557, 560, 607, 621

Karajan, H. 168

Karriere 15, 38f., 71, 105, 108, 114, 201, 211, 249, 257, 479, 514, 592

Kasperl 166f., 408, 593

Kassia 397

Kaste, Kastismus 56, 126, 231, 571f.

Kästner, E. 58f.

Kastraten(arien) 33, 417, 546

Katakomben 216

Katastrophe 18, 22, 59, 86, 121f., 158, 161, 179, 186, 188f., 206, 231, 239, 279, 294, 302, 305, 388, 405, 412f., 425, 449, 483, 486, 502f., 523, 537, 542, 545, 590, 597f., 619, 622

katholisch 26f., 41, 65, 103, 213, 222, 253, 283, 297f., 367, 377, 403, 406, 409, 479, 526, 560, 562, 599, 603, 616, 618f.

Katze 17, 153, 185, 247, 332, 346, 356, 377, 396, 526

Kaukasus 161, 268

Keaton, B. 168

Keller, H. **I**: 257

Kelten 21, 507

Kennedy-Clan 188, 293

Kennedy, P. 14

Kernfusion 418

Keun, I. 510f.

Keynes, -ianer, -ianismus 26, 58, 68, 120, 221f., 258f., 292f., 301, 444, 598

Kierkegaard, S. 168

Kiez goes culture 212

kim kusala? 56

Kind 13, 16f., 19, 21, 23, 28, 33, 35f., 38f., 41ff., 46, 48f., 51, 57, 59, 61, 63, 65, 67, 69–72, 76, 79f., 85f., 95ff., 100, 106f., 109, 111, 113, 115, 117, 124, 126, 131ff., 142, 144, 146, 148f., 154, 156ff., 162f., 166–70, 177, 184, 188, 192, 196ff., 202f., 209ff., 220f., 224ff., 229–33, 252, 254, 256, 262f., 265f., 268, 271, 278ff., 284, 286f., 301, 303, 306, 308, 312, 318f., 329f., 335, 345–8, 351, 354, 359f., 362, 366f., 371, 373f., 378, 380, 385, 387, 390, 394f., 397ff., 411, 413, 416, 425f., 437, 441, 456, 458f., 461, 464, 466, 470, 475, 480, 485, 490, 498f., 504, 513, 525f., 530, 537f., 548, 550, 553, 555–8, 560f., 567f., 573f., 600, 604, 606f., 613, 624

Arbeiter- u. Unterschichtskind 504, 613

Kinderabschiebung 594

Kindererziehung 591

Kinderfreunde 71

Kindergärtnerin 230

Kinderrechte 593, 627

Kinderseele 342

Kinderselbstmord 103ff., 453f.; s.a. Selbstmord

Kindesmissbrauch, -misshandlung 30, 169, 173f., 215, 238, 259, 275f., 449, 476, 505, 546, 562f., 566, 585, 588, 617, 626f.

Kino 22, 115, 177, 429, 437

Psychoanalyse des Kinos 50

Kirche 25f., 55, 59, 65, 92, 97, 103, 130, 147f., 161, 164, 167, 174, 181, 184, 191, 193, 205, 216, 219, 259, 265, 345, 353f., 377f., 488, 490f., 526, 528, 539, 562, 568, 590, 599, 602f., 609, 616–9

Kirchenpolitik, -er 25, 41, 377, 391, 416

Kirchenrecht 26, 92f., 599

kirchliche Hilfe 92, 207, 403, 406f., 592, 594

– (anomisch) 350, 377, 484, 594, **II**: 110–42

Kirch, L. 302, 398f.

Kisch, E. E. 77f.

Klassenkampf 144, 197, 569f., 584

Klassenrassismus, Rassismus der Intelligenz 309

Klassische Philologie 242, 357, 472, 622

klatschen 23, 122, 148, 243, 430, 490, 526

Klee, P. 435

Klein ist schön 122, 610

kleine Leute 15f., 28, 100, 109, 261, 273, 306

Klerus 33, 96, 490, 618

Klient 33, 46, 56, 203, 207, 216, 241f., 309, 319f., 487

Knef, H. 231

Kneifl, S. 438

Knigge 400, **I**: 240

Koch, R. 150

Kohr, L. 22, 119–25, 142, 204, 503, 567, 621

Kolibri 328, 554f.

Kollwitz, K. 48f., 443

Kolonialismus 60, 123, 149f., 319, 438f., 522, 609, 616

Kolosseum 356f.

Kommunikation 19, 28, 52, 112, 184, 196f., 200, 226, 271, 352, 420, 435, 516

ärztliche – (anomisch) **II:** 167–78

Kommunismus, Kommunist 120, 497, **I:** 18, 46, 85, 98, 107, 132, 166f., 190, 223, 234, 237, 239–41, 265–7

– *auf dem Misthaufen der Geschichte* 14

Komponist/in 20, 28, 57, 75, 85, 110, 140, 279, 354, 384, 396f., 422, 433, 439, 475, 490, 539

Kongo 150, 158

Konjunktur 122, 300

Konkurrenz 70, 172, 180, 188, 211, 276, 280, 351, 470, 483, 488, 493, 505, 599, 625

Konsum 47, 71, 156, 180, 182, 202, 206, 331, 410f., 428, 492, 601

Kopftuch 98

Korruption 53, 90, 141, 143, 235, 258f., 357, 409f., 454, 460, 515, 528, 599, 609

Gell, du bist nicht korrupt 331, 559

Kosten 36, 66, 84, 92, 102, 120, 155–8, 207, 210, 226, 235, 252, 269, 274, 282, 299, 304f., 381f., 415, 418, 435, 440, 452, 521, 552, 619, 625

Kracauer, S. 52, 135f.

Krankenschwester 108, 195, 210, 230, 234, 285, 403–6, 564

Kraus, K. 518, 599

Denn alle Kreatur braucht Hilf' von allen 25

Krebs 16, 86f., 99, 109, 125, 180, 351, 364, 387, 389, 392ff., 479, 489, 498, 503, 553, 569, 573, 585, 611

Kreisky, B. 64ff., 119, 611

Kreisler, G. 459

Kreuz 49, 147, 164, 180, 203, 215ff., 230, 390, 407, 551, 563, 603, 624, 626

Krieg 9, 15, 27, 33, 35, 41, 45, 49, 68–71, 77f., 94f., 116, 120, 124, 128, 132, 142, 158, 160, 168f., 171f., 177, 180, 182, 188ff., 194f., 199, 201, 221, 223, 226, 236, 239, 271, 279, 282, 285, 287, 289f., 292f., 302, 306, 323, 340, 348, 366f., 372, 403, 422, 442, 450f., 462, 466, 477, 490, 513, 515, 518, 521, 528, 542, 549, 584, 627

Es braucht einen Krieg 201

Welt- 19, 58, 70, 78f., 94, 145, 198

Kriegsverbrechen, ökonomische 69

Krimi 135, 172f., 192, 227, 236, 371, 396, 489, 589

kriminalisieren, kriminell, Kriminologie 59, 136, 156, 182, 188, 293, 296, 352, 372, 415, 426, 438, 443, 566, 617, 626

Kriminalitätsprävention 36

Kriminalpsychologe 137, 226

Kriminalsoziologie 525, 544

Krüppel 319f.

Krugman, P. 221f., 259, 300f., 416

Kultur 15, 32f., 37, 46, 50, 70, 96, 115, 135, 176, 212ff., 217f., 220, 231, 251f., 254, 257, 287, 289, 318, 356, 385, 391, 393, 401, 422, 428, 441, 460, 468, 471, 529, 546, 549, 558, 595, 605, 616

Kunst, Künstler/in 13, 17, 21, 32, 34, 41, 46, 49, 61, 63, 71, 75, 81, 92, 108, 127, 174, 178f., 187, 219, 268, 279, 318f., 331, 348, 356, 384, 393, 422, 429f., 439, 464, 468, 471, 476, 484, 495, 499f., 514, 523f., 526, 529f., 546, 589, 599, 609

Kyoto 110, 301f.

KZ 31, 45, 49, 72f., 78, 101, 130, 150, 192, 206, 209, 231, 281, 289, 346, 372, 402, 415, 430, 475, 608, **I**: 44f., 54, 131, 196, 222, 230, 300

lachen 16, 25, 70, 74, 81, 101, 117, 128, 136, 143, 147, 168, 187, 203, 225, 271, 306, 367, 385, 389, 395, 397, 439, 518, 522, 587, 593, 604, 606

Lacht! Lacht in die Welt hinaus! 67

Lachyoga 23

Lachenmann, H. 576

Lady Chatterley 16, 18, 500

Lafontaine, O. 27, 68, 98, 131, 177, 234f., 297, 303, 418, 528, 568, 609, 621

den Lafontaine machen 577

Laktanz 65

Lampedusa 175ff.

Lange, D. 77

Laos 70f., 602

Laptop 136, 437, 452, 545

Latein, -lehrer, -unterricht 238, 265, 323, 443, 471f., 486, 527, 529, 614, **I:** 63, 94, 163ff., 202, 206f., 222, 269

laufen 84, 114, 125, 133, 159, 173, 178ff., 227, 290, 298, 312, 557, 593, 605

Laufhaus 458, 473, 475

Lawrence, D. H. 500

Lebe! 275

leben 36, 42, 46, 49, 91, 144, 153, 262, 288, 295, 306, 313, 318, 333, 378, 399, 425, 591, 599f., 607f., 619

leben und leben lassen 558

Das Leben ist mit den Menschen 34

Leben retten 63, 106, 259, 265, 331, 333, 343, 378, 435, 450, 539, 548, 576, 594, 612

Lebend kriegt ihr mich nie 540

lebensbedrohliche Armut 574

Lebensberater 87, 397, 589

Lebensgeschichten 19, 266, 305

– erzählen 147, 368, 402ff., 599

lebenstüchtig, geschäftstüchtig 24, 59

Lehrbuch 26, 86f., 210, 550, 618

Lehrer 38, 50f., 80, 105, 108, 196, 202, 238, 284, 327, 346f., 439, 443, 492, 498, 525ff., 529, 556, 565, 601, 624f.

Lehrerberuf (anomisch): **II:** 179–84

Leiharbeiter 471

Leon, D. 396

Leonardo da Vinci 589, **I:** 188

Der Leopard 175

lesen 38, 301

Lessing, Th. 128

Lévinas, E. 206, 276, 288–91, 294f., 342, 354, 439, 494, 509

Levitt, H. 77f.

Li Zhi 279f.

Libyen 88f.

Licht 36, 38, 52, 99, 111, 121, 211, 256, 260, 312, 362, 364, 530, 536, 584, 593, 613

Liebe 18, 31, 41, 57, 61, 70, 76, 81, 87, 89, 98, 100, 103, 107, 118, 132f., 145, 156, 164, 167ff., 174, 181, 192, 217, 223, 238, 262, 265, 268, 340, 351, 371, 378, 384, 394, 404, 410f., 453, 494, 496, 510, 524f., 533, 561, 603, 628

– zur Arbeit und zu den Menschen 210

Faktoren der – 491

Hohelied der – 563, **I:** 56

Wunder der – 108

Liebe und dann tu, was du willst! 527f.

Liebespaare 75, 260, 463, 500f., 608

Lindgren, A. 257, 452

Literaturkritiker 364, 366, 373, 446, 624

LKW-Fahrer 540

Lobbying 368

Lodz 344f.

Loftus, E. 448f., 566

Lola rennt 179f.

London, J. 143ff.

Looping 256, 406f., 595

Lorenz, K. 346

love it or leave it 87

Loyalität 153, 272, 331, 335, 365, 367, 547

lügen 13, 29, 67, 86, 138, 149, 184, 200, 231, 234, 237, 280, 291, 330, 339ff., 364f., 422, 431, 433, 473, 490, 510, 514, 521, 547f., 567, 574, 576, 608, 625, **I:** 145, **II:** 27

Lukrez 244

Macht 19, 27, 30, 39f., 46f., 52, 55, 59f., 65f., 68, 70, 76, 80–4, 97, 124, 131, 134, 143, 147f., 156, 168, 176, 181f., 186f., 189, 191, 211, 248, 280f., 287, 295, 305f., 331, 354, 364, 371, 373, 376, 379, 386, 391f., 411f., 415, 417, 434f., 438, 442, 451, 456, 491, 498, 511, 515, 523, 528, 552, 569f., 575, 587, 592, 603, 606, 621, 623, 625

Machtdefinitionen 455, 473

Maecenas, Mäzen, Sponsor, Investor 41, 91, 212, 231, 389

Mafia 86, 135, 138, 159, 182, 188, 345f., 395, 452, 600, 622

magnanimitas, magnitudo animi, mahatma 241

Magnetfeld der Erde 53f., 63

Mahler, G. 84f., 280, 336

MAI 69f.

Makarenko, A. S. 81

Malangi, D. 398

Malaysia 443, 521

malen, Maler 17, 41, 78, 82, 164, 219, 279, 281f., 318, 350, 370, 384, 386, 445, 458, 460, 462, 469, 484, 514, 542, 553, 563, 589, 612

Management, Manager 33, 121, 164, 171, 183, 196–200, 206, 210, 219, 276, 408f., 411, 414, 426, 434, 516, 551

Managementwissenschafter 444f.

Mandat, freies, unabhängiges 592, 596, 621

Mann, K. 41

Männer, -forschung 18, 24, 33, 37, 45, 68, 94, 98, 134, 147f., 162, 210f., 258, 286, 294, 321, 389, 461, 466f., 492, 517, 601, 603, 606

Mantelkern 33

Marcion, Marcionit 167, 471

Maria 27, 135, 262, **I:** 125

Mark Aurel 69, 554

Markt, -manipulation, -wirtschaft 19, 122, 297, 304

neoliberale ökosoziale Marktwirtschaft 154, 204f., 300

sexuelle Marktwirtschaft 223

Martin Eden 143ff.

Marx, K. 19, 27, 64, 120, 129, 151, 165, 221f., 234f., 427, 438, 448, 497, 503, 505, 514, 529, 561

Masaccio 318

Masaryk, Th. 67

Mathematik, -er 25, 34, 45ff., 57, 117, 269, 275, 459f., 494, 550

Matisse, H. 541

Mause, L. de 286f.

McKinsey 190, 200

Medizin 22f., 28, 38, 44, 47, 64, 68, 150, 180, 209f., 252, 268f., 271, 334, 403, 406, 421, 439, 611

Meister Eckhart 130, 325

Menelik II. 60

Die Menschen sind nicht einmal mehr wert, ausgebeutet zu werden 15

Sie werden keinen einzigen Menschen finden 432

Wir sind alle nur Menschen **I**: 165

Menschenbankiers 59

Menschlichkeit, Menschenfreundlichkeit 47, 52, 103, 112, 150, 161, 175, 199, 226, 265, 388, 409, 427, 493, 525f., 575

Menschlichkeit ist mir das Wichtigste **II**: 57

Menschenrechte, Menschenrechtsorganisationen 26, 407f.

Menschenrechtspreis 64

Messiaen, O. 536

Mexiko 66, 78, 121, 607, **I**: 229, 253

Michelangelo 469, 551

Mies, M. 125

Migräne 514

Migros-Genossenschaft 204ff.

Milgram, St. 36, 367, 413f., 482

Militär, Offizier, Soldat 46, 60, 65, 67, 71, 73, 76f., 83, 94–7, 108, 121f., 136, 150, 162f., 188, 193, 198, 206, 279, 282, 286, 289, 296, 338, 345, 366f., 416, 467, 493f., 496, 498, 524, 572, **I**: 92–108

Miller, H. 500, 516

Miller, A. 501

Millionär 33, 77f., 133, 607

minderwertig 18, 62, 84, 442, 546, 553, 556, 569, 579ff., **I**: 97

Minirock 98

Minsk 18

Mitleid, Mitgefühl 35, 41, 128, 167, 178, 191, 206, 221, 231, 237, 244, 319, 438, 486, 512, 517, 529, 594, 618

Mitscherlich, A. u. M. 168

modern, Moderne 76, 191, 201, 204, 298, 472, 529, 614

Modotti, T. 77f.

Moldau 83, 414

Molière 53, 246

Mona Lisa 589

Mongolei, Mongolen 79, 140, 318

Monroe, M. 61, 501

Moretti, T. 341

Morgan, J. P. 186–90, 199

Morgenstern, Ch. 487

Moscovici, S. 37

Motor 29, 190, 296, 383

Mozart 92, 127, 140, 168, 170, 220, 395, 414, 475, 510f., 539

Mudschahidin 513

Müller, C. W. 618

Müller, H. 376f.

Müller, Th. 26

Munch, E. 458

München 63, 90, 297, 606, 609

Musik, -er 21, 24, 28f., 32f., 35, 51, 54, 57, 71, 75, 77, 80, 84f., 91, 101, 110, 127, 129, 131, 140, 168ff., 191, 198, 215, 225, 244, 266, 274, 276, 279, 289, 292, 321f., 328, 354, 372, 384, 393, 396, 401, 417, 422, 429, 437, 446, 459, 463, 475, 490, 494, 504, 506, 510, 512, 523f., 536, 539, 557

absolute – 43, 438

Höflings- 396

indische – 160, 168, 266

mongolische – 140

Zwölfton- 140, 512

Musikkritiker 21

Muss ich auch so werden? Ja, Herr, du und jeder! 56

Mussolini, B. 60, 67

Mutter 21, 32f., 49f., 67, 78, 104, 107, 116, 126, 131, 133, 144, 160, 162, 173, 188, 193, 196, 205, 208, 220, 223, 231, 233f., 238, 242, 244, 253, 271, 283ff., 306, 319, 325, 334, 345, 352, 359, 372, 374, 385, 394f., 397, 399, 433, 458f., 465, 467, 470, 478f., 484f.

Mutter, Kind und Vater Staat 549

Mutter Teresa 71, 387, 394, 456

Muttermaschine 491

Muttersöhnchen 67

Vermächtnis der Mütter 168

Mutzenbacher 63, 282ff., 458f., 476, **I:** 232

Myrdal, G. 258

Mysterium 428, 487, 495, 604

Mystik, -er 50, 82, 130, 224, 378, 442, 445, 450, 556, 603

Mythologie 165, 624

Nachtwache 604

Naisbitt, J. 42

Nakazawa, K. 374

Narziss, Narzissmus 35, 46, 53, 76, 86, 99, 224, 248, 271, 362, 368, 455

NASA 22

Nazi, -zeit, Nationalsozialismus 19, 21, 39, 45, 49, 67, 73, 78ff., 88, 95, 114, 117, 167, 244f., 264f., 268f., 292f., 325, 346, 426, 429f., 467, 480, 484, 511, 547f., 553, 607, 625, **I:** 17, 53, 124, 128, 131, 140, 166, 170, 206, 211, 235f., 287, 289f., 301

Neandertaler 38, 231, 553

Nenning, G. 85

Neoliberalismus 19f., 26f., 40, 60, 66, 68, 87f., 90, 98, 122, 132, 159, 172, 177, 183, 212, 222, 227f., 234, 252, 259, 286, 289, 294, 296, 298–303, 306, 308, 386, 407, 411, 414, 416, 427, 452, 472, 516, 526, 557

Einmaleins des – 154–9

Neonazi 230f., 548

Nestroy, J. 511

Neue Mitte 234

Neues Testament, Evangelium 246, 527

neurologische Therapie (anomisch) **II:** 74–109

New Deal 15, 222, 293

grüner – 577

New Economy 99, 115, 177, 200f., 300f.

Newe Schalom 425ff., 512

Niebuhr, B. G. 357

niederfreundlichen, Niedertracht 41, 86, 175, 483

Die Masken der Niedertracht 86

Nietzsche, F. 323, 541
Nikolaus von Kues 130
Nils Holgersson **I:** 35
Nin, A. 500, 516
Nobelpreisträger 26, 52, 71, 77, 100, 119, 123, 155ff., 202, 212, 257, 286, 299, 355, 412, 414, 462, 602, 624
non confundar 373
non servio 393
Nonne 132, 134, 378
-nstudie 129, 280
Nono, L. 422
Nulldefizit 300, 589
Nur Pferden gibt man den Gnadenschuss 177f.
Nzambi 146f.

oboedio ergo sum 129
Ode an die Freude 218
oder 399f.
Ohnmacht 295
Ökonomen, Ökonomie 59, 155, 199, 338, 371
-lehrbuch 86f.
-witze 87
Vereinbarkeit von – und Ökologie 116, 204ff., 297ff.
Olympische Spiele 580
Omnibus, Tram, Zug 116f., 193f., 283f., 423f., 600, 604f., 609
Oper, Operette 33, 75, 139f., 215, 323, 336, 384, 395f., 429, 439, 623
Opfer, opfern 21, 26, 45, 60, 78, 86, 94, 97, 116, 119, 124, 126, 133, 141, 150, 156, 217, 226, 237, 241, 244, 275, 286f., 289, 299ff., 330, 338, 352, 354, 358, 366, 373, 376, 395, 426, 435, 441, 448f., 453, 475, 493f., 544, 562, 594, 596, 600, 626f.
Organisation 171, 182, 205, 207, 305, 315f., 402, 406ff., 440, 470, 487, 498, 516, 545, 575, 601, 626
Organisationsverschulden 207
Orpheus, – und Eurydike 75f.
Orwell, G. 120

Österreich, österreichisch 410f., 416, 437, 492, 511, 554, 566f., 587–93, 596, 607, 613–6, 618, 622, 626f.

Ottomeyer, K. 224, 409f.

Ovid 491, 518, 528, 563

Packard, V. 410f.

Paganini 354, 395, 572

Palästinenser 43f., 78f., 162, 291, 344f., 347, 426, 512

Panik, -störungen 28, 172, 200, 383, 385, 489, 587

Pannwitzblick 206f., 276f., 509

Papst 65, 96, 126, 129, 199, 231, 283, 394

Paracelsus 122, 558

Paradies 16, 123, 142ff., 198, 268, 391, 479, 514, 622f.

Paradoxon 18, 44, 48, 192, **I:** 299

Paraguay 129

Paranoia 30, 69, 253, 289

Parapsychologie 83

Parlamentarismus 37, 77, 175ff., 187f., 299, 342, 460, 465, 490

Parsifal 139

Partei 14, 16, 25, 37, 40, 59f., 64f., 86, 88, 111, 120, 125, 131, 138, 145, 169, 177, 206, 212, 216, 224, 230, 237, 253, 257, 291f., 296–300, 307, 341, 388, 391, 408, 410, 413, 415, 454, 457, 476, 479, 513f., 530f., 538ff., 558, 568, 579, 592, 596–9, 610, 621f.

Partisan, -enkampf 176, 282, **I:** 59, 302

Pataphysik **I:** 109

Paulus 167, 563, **I:** 126, 164, 301

Pensionen 74f., 94f., 108, 152, 161, 190, 223, 241, 263, 267, 275, 295, 299, 346, 548, 557

Permafrost 54

Pernhaupt, G. 169

Pestalozzi, H. P. 200–6, 227, 622

Peter, L. J. 38f.

Petzold, H. G. 271

Pflege, -beruf 82f., 115, 118, 133f., 183, 207, 404f., 479, 546, 564, 575, 578, 591f.

-heim 223, 502, 533

-heim (anomisch) 119, 309, 377, 403, 409, **II:** 185–217

-kind 238

-notstand 53, 115, 171, 341, 406, 416

Phantasie, soziale 15, 17, 89, 149, 295, 306, 350, 413, 422

Der Pharao ist betrunken 584

Philidor, F. A. D. 323

Philippinen 153

Philosoph, Intellektueller, Philosophie 46, 60, 63, 74f., 77, 80, 127f., 149, 176, 180, 190, 195, 206, 234, 266, 288, 290, 297, 306, 309, 327, 352, 367, 394f., 404, 410, 429, 476, 484, 489, 495, 515f., 524f., 567, 592, 599, 617f.

Picasso, P. 279

Pippi Langstrumpf **I:** 219

PISA 72, 555f.

Pius IX 65

Plastik 118, 233, 503, 537

Platon 47, 442, 462, 516, 518, 617, **II:** 147

Plautus 97

Polen 14, 130, 402, 462, **I:** 45, 238, 283, 287

Politik, -er/in 13–6, 21, 28, 30, 37, 40f., 49, 57ff., 66f., 75, 79ff., 86, 90, 96f., 99f., 108–13, 116, 118, 121, 123, 126, 128, 138, 152, 156, 159, 175, 182f., 189, 194, 200, 202f., 205, 208, 214f., 220, 222, 226f., 258, 260f., 279, 289, 292, 296, 299, 301, 305, 307, 309, 325, 352, 354, 377, 389, 405, 409, 411, 416, 422, 425, 435, 459f., 464, 470, 503, 514f., 522, 543, 553f., 566, 568, 587, 592, 597f., 609ff., 613, 616, **I:** 152–67

Politikverdrossenheit 460

Polizei, Polizist 21, 25, 30, 44, 50, 108, 135, 136–9, 226, 231, 285, 332, 389, 418, 451, 491, 547, 549, 592, 596, 602

Polybios 130

Pontius Pilatus 213

Popper, K. 68, 154f., 577

Pornographie 115, 218, 223f., 476, 518, 601, 603

Porto Alegre, Weltsozialforum 68, 298, 427, 599

Positive Psychologie 81ff., 385, 494, 508, 530

Potlatch 386

Präsident 13, 39, 53, 77f., 96, 120–3, 144, 151f., 161, 170, 175ff., 182, 187, 219, 232, 234, 237, 252, 286f., 293, 297, 299f., 332, 395, 452, 475, 497, 570, 597, 619, 624, 626

prekär 19

Premierefernsehen 398

Priester/in 21, 40, 76, 147, 162, 164, 184, 216, 265, 268, 293, 378, 395, 488, 490, 523, 534, 560, 562, 571, 574, 602, 609, 612, 618, 626, **I:** 15, 46, 83ff., 125, 137f., 165, 175, 214f., 255, 282, 287, 302

Armen- 553, 608

primum non nocere 439

privatisieren 16, 75, 87, 138, 228, 272, 291, 303, 614f.

professionell 46, 132, 226, 249, 308, 387, 411, 509, 523, 536, 545, 616

Prognose 19, 36, 42

Projekt, -arbeit 172, 256, 278, 303, 305, 341, 353, 396, 408, 461, 487, 543

Prokofjew, S. 81f.

Prolet 19, 41, 152, 617

Promenadologie 22

Propagandaminister 389

Prostituierte 100, 178, 212, 214, 220f., 226, 411, 454, 472f., 478, 508, 580

Psychiatrie 80, 105, 268, 350, 585

-kritik 35f.

-reform 511

psychiatrische Station (anomisch) **II:** 185–217

Psychoanalyse 46, 50, 57, 306, 410

Psychohistorie 286

Psychologie 36, 47, 50, 53, 81ff., 102–6, 137, 154, 156, 180, 207, 209, 226f., 238, 271, 291, 375, 385, 394, 410, 412f., 426, 494, 505, 508f., 530, 545, 550f., 555, 562, 586, 614

Psychopharmaka 431, 612

– für Kinder 104f.

Psychotherapie 34, 51f., 173, 211, 370, 428, 567

psychotisch 288, 593
Punk 253, 451, 600, 604f.
Purgatorius 38
Putin, W. 232, 468
Putzfrau 185, 238, 335, 384, 483

Quadratur des Kreises 34
Qualifikationsmaßnahmen 13
Qualtinger, H. 589
Quantenphysik 50
Quasthoff, Th. 139
Quia sumus non consumpti 392
Quilombo 446f.

Rache 163, 261, 366, 372, 563
Raffael 469
Ramanujan, S. 25
Rasputin **I:** 157, 166f., 205
Rassismus 306, 516, 580, 600, 604, **I:** 196, 199
Ravel, M. 91, 96
Reagan, R. 257, 286f., 305
Realwirtschaft vs. Spekulation 27, 172
Recht 45, 55, 75f., 86, 92f., 404
Das ist mein gutes – 27
Rede, freie; Redefreiheit (Parrhesie) 27, 63, 67, 86, 241, 283, 340, 403, 511, 566, 614
Regenwald 606
Reger, M. 28
Regierung 13, 72f., 78, 81, 90, 96, 121, 131, 148, 154, 177, 182f., 195, 201, 221, 227, 256, 272, 275, 279, 285, 291, 293–300, 303f., 326, 407–10, 425, 427, 443, 464, 484, 513, 568, 577, 592, 595f., 599, 610, 613, 623
Regierungsberater, Sozialstaatsforscher, Armutsexperte 16, 252, 294f., 546
Regisseur 22, 62

Reimann, G. 19

Religion 56, 59, 67, 79, 146, 164, 210, 453, 491

-sunterricht ohne NT 527, 616

Rembrandt 589

Republik 45, 63

römische – 24, 43, 515, 529

Resilienz 508

Resozialisierung 35f., 137, **I:** 206

Reverstaatlichung 228, 503

Revolution, -är 58, 63, 75, 144f., 176, 191, 216, 224, 227f., 262, 267, 306, 315, 319, 329, 333, 337, 348, 378, 386, 449, 493f., 497, 505, 515f., 525, 556, 562, 574, 597, 607, 612, 617, 621, 625

– von rechts 386, 581, 617

Französische – 43, 58, 129, 281, 505, 616

Eine wahre Revolution wäre das! 28

Revolverjournalismus 514

Rhetorik 195

antike – 614, 616

Richter, H. E. 19

Rifkin, J. 180

Ringel, E. 208f., **I:** 121f.

Risiko 87, 187f., 203, 230, 256, 395

Ritalin 105

Rockefeller, J. D. 188ff., 199

Röggla, K. 200, 226f., 594

Rom 24, 43, 62, 79, 97, 103, 180, 318, 356ff., 443, 505, 515f., 546

Roman 17, 89, 92, 118, 127, 135, 145, 160, 169, 171, 175f., 178, 195, 217, 251, 256, 259, 333f., 382, 390, 393, 462, 470f., 475, 491, 504, 510, 514, 538, 549, 553, 576, 585

Romantik, Sozial-, *Kitsch* 119, 160, 181, 279, 294, 521, 530, 537, 613

Roosevelt, F. D. 188, 293

Roosevelt, Th. 144

Rorty, R. 352

Rosenhan, D. 35

Rossini, G. 437f.

Rote Armee 94

Roth, Ph. 451

Rott, H. 84f.

Ruanda 161

Rübezahl 335f., 423

Rugbyspiel England – Frankreich 141

Russen, UdSSR 54, 73, 79, 94, 101, 163, 231, 239, 266, 282, 345, 438, 460, 604, 607, **I:** 90, 100, 107, 176, 193, 200, 205, 268, 273, 283, 288

Sadu 41

Sakramente 395, 421

Sallust 357, 515, 529

Same u. Vaginalflüssigkeit 26

Sammelklage 149

Sammlung Morgenstern 231

Sarrazin, T. 579ff.

Satie, E. 54f., 131

Säugling 45, 48, 223, 271, 287

-sforschung 271

Säureanschlag 161, 600

Schach 95, 129, 267, 323, 520, 555, **I:** 229, 300

Schaden, -sforschung 30, 42, 46, 61, 64, 105, 122, 135, 144, 155f., 158, 185, 226f., 262, 276, 299f., 302f., 305f., 314, 325, 336, 351, 366, 402f., 405, 407, 410, 412f., 418, 424, 470, 518, 527, 557, 562, 585

Schamane, Schamanismus 23, 154, 264f., 330, 332, 430, 554, 560f., 563, 605

schauen, hin-, weg-, zu- 206f.

Schauspieler/in 14, 22, 109, 111f., 172, 178, 215, 234, 341, 422, 533, 604, 608

Scheinartenbildung 290, 400

Schizophrenie 33, 169, 263

Schluckauf 464

Schmerzen 24, 33, 36, 45, 56, 68, 133, 143, 158, 172f., 208, 210f., 255, 264, 271, 305, 332, 366, 453, 462, 481, 510, 512, 514f., 517, 534, 546, 550f., 561, 601, 612, **I:** 16f., 25, 42, 45, 48, 51, 80, 92, 110, 114, 126, 150, 164, 187, 190, 241, 244, 258, 263, 276, 284f., 296

Schmerztherapie (anomisch) **II:** 25f., 39f., 167–78

Schmidt, H. 387f.

schneiden, sich 31, 48, 264

schön, Schönheit 109, 120, 124f., 127, 135, 139, 142, 164ff., 176, 178, 213, 220, 225, 241, 256, 258, 265f., 305, 307, 312, 314, 323f., 333, 335, 343, 356, 362, 364, 379, 385, 387f., 390, 393, 398, 430, 434f., 442, 461, 463, 489, 492, 494, 497, 501, 510, 516, 539, 546, 553f., 556f., 561f., 587, 604, **I:** 18, 23, 26, 30f., 33f., 45, 50f., 53, 56, 59, 65, 68, 70, 72–5, 78, 82, 86, 100, 111f., 125, 198, 209, 212, 221, 223–6, 242ff., 249, 252, 255, 259, 261f., 267, 274f., 278f., 295, 297

Schönheit des Glaubens u. die befreiende Kraft des Evangeliums 526, **I:** 125

Schönberg, A. 140, 512

schreiben 17, 21, 28, 32, 39, 43, 62, 90, 92

Schröder, G. 131

Schubert, F. 91, 168, 322

Schuld, -en, -ner 24, 28, 36, 46, 61, 64, 90, 97, 105, 131, 149, 165f., 179, 184, 186, 192, 207, 218ff., 224, 240, 263, 287, 289, 302, 304, 308, 330, 352, 429f., 449, 457, 461, 482, 484, 499, 502, 505, 525f., 536f., 550f., 562, 598, 600, 605, 617, 619, 625, **I:** 259

Unschuld 226, 502, 555

Schule 35, 38, 67f., 70, 77, 80, **I:** 193–218

Schüller, H. 96

Schumann, R. 91

Schumpeter, J. 74, 465

Schuschani, M. 439

schützen 15, 19, 22, 35, 42f., 46, 49, 54f., 58ff., 71f., 81f., 87

Schutz der Schutzbefohlenen u. der Helfer 47

Schutzfaktoren 36

Schwarzbuch des Kommunismus 497

Schwarzbuch Markenfirmen 331

Schwarzfarbige 149ff., 182, 580, **I:** 196, 199

Schweden 72, 257f., 589

schweigen 46f., 132, 134f., 174, 211, 222, 361f., 366, 382, 389, 409, 435, 439, 444, 562

das Schweigen brechen 361

Schweigepflicht 38

Schwejk, J. 16, 309, 366

schwer erziehbar 107

Schwundgeld 90, 221f.

Seele 23, 50, 62, 65f., 75, **I:** 134

Die Seele ist das Gefängnis des Körpers 561

Segnen der Waffen 76

Sein ist wahrgenommen werden 434

Selbsthilfegruppe 330, 453f.

Selbstmord, Suizid, Freitod 37, 67, 71, 76, 80, 98, 103–6, 144, 146, 166, 195, 220, 237, 251, 280, 332, 378, 384, 396, 415, 454, 468, 481, 502, 555, 581, 619

-felsen 319

– von alten Menschen 545

– von Kindern u. Jugendlichen 37, **I:** 15–43, 65-85, 147f., 168-92

selbstverständlich 53, 92, 129, 201, 207, 258, 287, 305f., 400ff., 493, 540, 546, 566, 590, 607

Selfempowerment 154, 396, 434, 483

Seligman, M. 83, 494

semper patet alia via 82

Sen, A. 18, 42, 130

Seneca 516, 614

Sennett, R. 97, 288–91, 402

sentio ergo sum 98

Seppi und Günther 429, 502, 532f., 536f., 551, 556, 562, 570ff., 574, 579, 583, 586ff., **I:** 134–8

sexy 212f., 215, 220, 228, 239, 258, 281, 454, 558, 580, 591

Shakespeare 111

Sharon, A. 43, 345, 490

Shaw, G. B. 70

Shazer, St. 434

Sheherazade 63

Sibelius, J. 13

Siemens, W. 199

Silesius, A. 130, 442

Silva, Lula da 170, 234

Sinn 13, 18, 58, 82, 121f., 124, 128, 197, 201, 208f., 246, 266, 288, 298, 310, 376, 385, 402, 503, 505, 517, 549, 555, **I**: 95, 138f., 214, 226, 287

Sioux 74

Sizilien 175ff.

Sklave, Sklaverei 18, 60, 97, 146, 158, 216, 226

Slater, L. 367, 492, s. a. Experimente

Slowenisch 322, 342, 463ff.

SM, Sadomasochismus 20, 210f., 220, 223, 226, 306, 362, 561

Smetana, F. 383

so schnell wie möglich 39, 42, 86, 128, 274

– *so sicher wie möglich* 14

Solarenergie 52, 433, 615

Solidarität 15, 43, 96, 111, 159, 290, 292, 335, 338f., 406, 435, 461, 505, 591, **I**: 142, 240

Solidaritätsstudie 96

Sontag, S. 258

Sophokles 357

sophrosyne 97

Soros, G. 68

sozial 15, 40, 42, 100, 122, 125, 149, 154, 161, 204–7, 242, 303, 330, 360, 370, 613, 616, 618, **I**: 49, 174

im Sozialen links, in der Wirtschaft rechts 298

Sozialarbeit, -er/in 33f., 55, 127, 133, 138, 282, 284f., 298, 309f., 352, 378, 406, 408, 432, 454, 467, 498, 574f., 618, 625

Sozialdemokrat/in, -ie 14f., 25, 63, 66, 96, 109, 111, 119, 124, 154, 244, 291f., 294, 303, 452, 465, 502, 512, 515, 528, 589, 592, 596, 599, 613, 624, 627, **I**: 44, 47, 52, 128ff., 144, 164, 167

Sozialhilfe 29, 68, 302

Sozialismus, Sozialist 19, 41, 64, 70f., 76, 80, 111, 143ff., 176, 190, 203, 297, 304, 333, 347, 497, 538, 623, 625, **I:** 101, 126, 130, 155f., 159f., 210, 240

Sozialjahr, verpflichtendes 58, 159, 498

Sozialminister/in 41, 88, 575

Sozialpartnerschaft 64, 87

Sozialpsychologie 36f., 276, 291, 565

Sozialstaat 15, 20, 22, 29, 34, 37–40, 46, 56, 90, 115, 128, 175, 222, 257f., 285, 292, 294ff., 298, 302f., 360, 378, 393, 402, 404, 409, 417f., 452, 465, 502f., 504f., 523, 526, 581, 584, 592f., 597ff., 605, 613, 616, 618f., 622, 625

Der Sozialstaat macht unfrei u. ist unfinanzierbar 29

Sozialstaatspartei 37, 597f., 622

Sozialstaatsvolksbegehren, österreichisches 298, 378, 397, 416, 592

Spaziergangswissenschaften 22

Spiegel/n 16, 76, 97, 180, 253, 309, 343, 353f., 361, 476

Spinoza 28, 33, 44

Spott 25, 59, 73, 81, 448

– über Suizidanten 581, **I:** 138f.

Sprache 67f., 86, 99, 146, 180, 245, 285, 290, 294, 338, 349, 358, 389, 400, 403, 430, 465, 491f., 582, 585, 588, 614, 616, **I:** 38, 56, 153, 166, 216

SS 18, 72, 78f., 154, 160, 167, 219, 225, 258, 276f., 513, 607, **I:** 44, 53f., 118, 175, 192

Staat 25, 37, 45, 47, 49, 58f., 65, 70, 75ff., 80, 88, 90, 92f.

-sschulden 90, 304, 621f.

Stalin 73, 78, 80f., 94, 503, **I:** 208

Stalingrad 95

Stalinismus der Reichen 66

Stalker 34, 543

Statistik, -er 28, 34

Steinitz, W. 520

Sterbehilfe 322, 377, **II:** 167–78

Steuern 68, 88, 90, 131, 155, 259, 299f., 304, 406, 426f., 528, 552, 598, 614f., 619

Stimme 25, 32f., 43, 95, 102, 236, 243, 246, 249, 298, 333, 368f., 427, 463, 479, 481, 485, 593, 621, **I:** 80

Stimmen hören 33, **I:** 292

Stoa 515f.

Strahlen 41, 52, 101, 113, 142, 161, 177, 530

-therapie 481

Strauss, J. 95

Strauß, F. J. 611

Strawinsky, I. F. 279

Streik 113, 145, 151, 181, 183, 272, 291, 295ff., 331, 335, 352, 422, 424, 476f., 483, 619, 626

-kasse 151f., 159, 171, 244

-tagebuch 352

Strettweger Opferwagen 21

Sucht 34, 50f., 61, 65, 68, 80, 91

Suchtforschung 492

Südafrika 60, 120, 180, 325, 426

Supermarkt 21, 31, 344, 503, 538

Supervision, Supervisor 38, 109, 207, 224, 271, 339, 370f., 404ff., 432, 559

Supervisorenvortrag 308ff.

Symphonie 20, 24, 34, 84f.

Tagebuch 171, 209, 266, 356, 484, 564f., 601, 617

Tanz der Derwische 292

tanzen 31, 74, 78

Tao 279f., 435, 557, 604

Täter 44, 67, 86, 135, 141, 147, 156, 275, 289, 299, 305, 330, 395, 404, 412, 426, 550, 555, 567

-gesellschaft 352

Tätowierung 61, 77f., 110, 269, 274, 356, 508, 520, 563, 600

Tausend und eine Nacht *63*

Taxifahrer 17, 164, 248, 321, 344ff., 372, 424, 441f., 464f., 513, 523, 578

Team 45, 141, 256, 453, 457, 582

Tel Aviv 79, 344, 346, 425

Temelin 301

teneo quia teneor 98

Teppich, fliegender **I**: 257

Terror, -ismus 65, 78, 111, 135, 146, 211, 230, 415, 555

Gehen Sie zum Teufel! – Ich gehe Ihnen nur voraus. 39

Test 13, 340, 394, 556

Theater 25, 111, 119, 140, 147, 341, 356f., 417, 431, 468, 608, 616

Theologie, Theologe/in 126, 129f., 174, 290, 297, 303, 395, 461, 612

Theorie der feinen Leute 599

theos 557

Thomastheorem 193

Thukydides 515, 616

Tibet 256f., 283, 318

-isches Totenbuch 543

Tiere 22, 38, 49, 128, 144, 157, 244, 268f., 394, 424, 491f., 587f., 593, 617, 624

Tierroboter 396

Tinnitus 512

Tizian 551

Tobinsteuer 68, 88, 90, 259, 426f., 619

Tod 20, 27, 43, 48, 56, 63, 73, 75f., 80ff., 84

Nur der – kann die Zeit anhalten 20

Todesmarsch 72f., **I**: 58

Tolkien, J. R. R. 89

Tötet! Eure Sünden werden euch vergeben sein! 76

totreden 154

Tour, G. de la 41

Toyota 399

Trägheit, Schwerkraft 40, 247

Trainer, Training 13f., 35, 53, 115, 153, 164, 196f., 211, 499, 518, 556, 559

– für Sozialdemokratie 307, 322

Antiaggressions- u. Antirassismus- 35

Trakl, G. 191
transformabimur 82
Trau keinem über 20! 222
Traum 17, 20, 39, 74, 180, 265, 274, 362, 366, 588
Trauma, -therapie 39, 50, 107, 425, 566
Trautonium 323
Treibhauseffekt 53, 91
Trenker, L. 171
Triage 126, 142, 514, 523, 571, 622
Tschaikowsky, P. I. 81
Tschechow, A. P. 504
Tschernobyl 412f., 555, **I**: 143, 219f.
Tschetschenen 163, 172f., 461, 492f.
Tschusch 322
Tupác Amaru 65, 69
Turner, W. 99

Überbevölkerung (Paradoxon) 48
überleben 19f., 38, 42, 45, 48, 60, 82, 84, 89, 98, 108, 134, 146, 161, 163, 197, 220, 257, 280, 288ff., 306, 308ff., 325, 330, 346, 373f., 377, 400, 402, 434f., 438, 449f., 473f., 478, 485, 498, 503, 552, 556, 581, 589, 606, 626
Umwelt, -schutz 22, 47, 70, 87, 110, 155, 158, 173, 205, 235, 239, 299, 302, 305, 492, 581, 622
unbewusst 39, 449
Unendlichkeit & Unsterblichkeit 459
Ungarn 57, 72f., 79, 158, 235, 305, 607
UNO 43, 60, 68, 80
Untergang 67f., 97, 124, 226
– der Gewerkschaften 80
– des Kapitalismus 19f.
– demokratischer Politik 80
– des real existierenden Sozialismus 14, 60
– der Welt 38, 501

Unterhaltungselektronik 202
unterleben 141
Unternehmer 15, 22, 42, 66, 86f., 90; s.a. Henkel
– als Zerstörer 465; s.a. Pestalozzi
Unterricht 38, 183, 196ff., 216, 297, 340, 425, 472, 527, 529, 611, 616
Die feinen Unterschiede 290, 400
UN-Weltsicherheitsrat für weltwirtschaftliche Krisen 69
Unzurechnungsfähigkeit 53, 511
moralische – 367
Uterus 358

Valentin, K. 323
Vanderbilt-Dynastie 189, 199
Vatikan 26, 472, 618
Veblen, Th. 599
Vegetarier 244
Ver.di 490
Verdi, G. 490
verändern 19, 47, 52, 56, 147, 206, 295, 416, 624
Veränderungscoach 397
verbittern 20, 111
Verbitterungswissenschaft 549
Verdrittweltlichung 53, 171
Verfassung 110, 145, 147, 175, 182, 259, 389, 592f., 627
-sänderung 119, 298f., 326
-srichter 410, 587
Die geheimen Verführer 410f.
Verhör 137f., 292
Verlag, Verleger 32, 244, 251f., 302, 382, 486, 495, 518, 533, 535f., 539, 550, 553, 560, 564, 570f., 573, 586, 591, 595
verlieren, verloren 23, 28, 31, 38, 49, 65, 75, 86, 181, 203, 263, 285, 296, 305, 316, 321, 328, 331, 333, 356, 363, 366, 377, 415, 452f., 458, 476, 486, 495f., 532, 540, 550, 557f., 566, 580, 591, 603, 607
Die sind verloren, die muss man aufgeben 28

Verne, J. 40

Vietnam 50, 70f., 181, 282, 287, 524, **I**: 266

Viktimologie 86

vir fugiens denuo pugnabit 82

Vogel, -frei 23, 78, 143, 164, 184, 248, 267, 279, 314, 318f., 378, 516, 617, **I**: 34, 59, 91, 150, 190ff., 224, 294

Vogt, W. 209

Volkan, V. 99, 290f.

Volkseinkommen, -wirtschaft 34, 86, 155f., 187ff., 626

Volksgerichtshof 39

Volksschullehrerin 35, 38f., 80, 327, 416, 565

Voltaire 44

VW 198

Wagenbach, K. 591

Wagenknecht, S. 531f.

Wahl, -kampf 19, 25, 30, 37, 42, 58, 66, 81, 88, 100, 107, 119, 138, 179, 182, 205f., 212, 227, 230, 236, 257, 275, 293, 296, 298f., 307, 326, 333, 369, 397, 407f., 441f., 452, 457, 460, 477, 479, 503, 530f., 538, 548, 554, 573, 576, 581, 591f., 597ff., 609f., 612f., 621, **I**: 11, 95, 98, 105, 131f., 143f., 154ff., 162, 167, 195, 266, 274

Wahrscheinlichkeitsrechnung 32, 58

Waldmüller, F. G. 350

Walesa, L. 14

Wallenberg, R. 72f.

Wallstreet 186–90, 525

Was wäre gewesen, wenn 189, 566

Wasser 25, 27, 47ff., 61, 76, 86, 91, 107, 110, 158, 162, 231, 233f., 280, 305, 318, 350, 375, 412, 492, 534, 536, 577, 584, **I**: 82, **II**: 176

Watson, J. 100

Watzlawick, P. 28, 434, 614

We by ourselves alone 396

Weber, M. 554

Webern, A. 140

Wegwerfdenken, -gesellschaft, -leben 86, 227, 251, 304ff., 354, 386, 409f.

Wehrmacht, Deutsche 282
Weiberwirtschaft 319, 478
Wellness 183f.
Weltethos 246, 303
Werbespot, Werbung 416, 566, s. a. Cannes-Rolle, Dichter, E.
Werfel, F. 167, **I:** 209
Western 321, 541
Widerstand 13, 36f., 40, 44, 67, 78, 80f., 86, 146ff., 181, 183, 196, 216, 241, 247, 261, 368, 376, 410, 464, 476, 515
Widerstandsbewegung **I:** 152
Widerstands- u. Freiheitskämpfer 180, 253, 306, 479, **I:** 46, 118, 129, 131, 152, 300
Wiederbetätigung **I:** 211f.
Wien 88, 95, 197, 471, 507, 588, 591f.
Wigforss, E. 528
Winterreise 322
Wir müssen brav sein 531
Wir haben gelernt aufeinander aufzupassen 31
Wir hier leben im Paradies 16
Wir können nicht nicht kommunizieren 434f.
Wir lassen euch nicht allein 24
Wir müssen den Toten zu Hilfe kommen 77
Wir regieren neoliberal 177, 299
Wir sind alle Kinder Gottes, brauchen vor niemandem Angst zu haben 18
Wir sind eine soziale Bewegung 31
Wir wollen alles 307
wirklich, rechtzeitig, gemeinsam 470, 496
Wirkungsgrad 29, 358
Wirtschaft 14ff., 19, 27, 34f., 66, 73, 76, 79f., 86f., 90, 115, 144f., 148, 175, 184, 206, 219f., 227, 246, 410f., 414, 444, 526, 528, 566, 574, 606, 610, 621
Die Wirtschaft hat keine Aufgabe mehr 201
amerikanische – 177ff.
-sflüchtling 574
-sgerichtshof, internationaler 69

-skriminalität 227

-skrise 96, 121f., 144f., 169, 171, 181ff., 221, 551, 597, 625

-sminister 35, 87, 207

-swachstum 116, 154, 205, 589

-swissenschaft, -er/in 15f., 19, 28, 76f., 86f.

Wissenschaft, -er 15f., 22, 30, 66f., 80f., 97, 99f., 106, 126, 252, 254, 289, 303, 305, 325, 328, 333, 357, 393f., 412, 444, 468, 554, 556f., 575, 606, 616, 623, 627

– der Berührung 491

Wissenschaftsminister 529, 551, 567, 588, 611, 613–6, 622

Witt, K. 532

Wittgenstein, L. 191, 258, 524f.

Witz 69f., 87f., 118, 121, 135, 395, 398, 435, 494, 602

Wo ist dein Bruder? 149

Wolf, H. 336

Woolfe, V. 501

work in progress 112, 278, 365

working poor 66

workplace violence 226

Wunder 40, 55, 108f., 125, 187, 213, 279, 318, 351, 360, 376, 394, 399, 483, 564

Wunderfrage 52

Wut, Jähzorn 23, 51, 136, 202, 221, 246, 281, 550f., 578, 605, 624

XII-Tafel-Gesetze 461

Yale 145

Zahlen 30, 32, 36f., 39, 48, 54, 57, 65, 68, 115, 157f., 221, 246, 266, 275ff., 431, 482f., 520

Zapata 65f., 623

Zarathustra 541

Zeit 14, 24, 27, 31, 40, 59, 72, 80, 84, 95, 102, 106, 119, 134, 143f., 167, 169, 176f., 182, 186, 195, 216, 222, 235, 239, 246, 304, 328, 378, 398, 401, 417, 431, 474, 479, 498f., 516, 536, 568, 593f., 603, 605f., 617, 619, 621, 623, 626; s.a. Chronobiologie

Zen 37, 220, 268, 370, 558

Ziegler, J. 89, 202, 497f., 561f.

Zilk, H. 88

Zimbardo, Ph. 568f.

Zimzum 544

Zionismus 79f., 427, **I:** 118

Zivilcourage 132, 403, 613, **I:** 119–51, 300, 303

Zivildiener 58, 133f., 498, 567

Zivilgesellschaft 43, 119, 326

Zölibat 378, 618

Zombie 146f., 269

Zugsführer 493f., 497f.

Zuhälter/in 202, 220, 321, 473, 520, **I:** 107, s. a. hustler

Zukunft 15, 20ff., 28f., 40, 42, 50, 64, 69, 72, 103, 113, 156, 161, 176, 183, 187, 200, 205f., 283, 285, 297, 301, 303f., 345, 347, 370, 382, 403, 444, 502, 531, 540, 547, 556, 606, 610, 615

Zukunfts-, Trendforscher/in 40, 42, 48, 66, 80, 115, 124, 205, 410f., 427, 526

zumutbar 75, 143, 304, 350, 377f., 404, 484, 502

Zusammenhalt, zusammenhelfen 241, 330, 445, **I:** 187, 246, 272

Zwanzig Millionen suchen Arbeit 65

Zwanziger, Gebrüder, u. Weberaufstand 199

Zweig, St. **I:** 225f.

Zwiebel-Ich 411, 528

Adolf Holl zu Autor und Werk
Ein Solitär unter den Schmuckstücken der Schriftstellerei

Das Profil des Autors, dessen erstaunliche Bilanz nach 50 Jahren Sozialstaat in Österreich jetzt vorliegt, zeigt auch auf den zweiten Blick kaum Ecken und Kanten. Was zur Sprache kommt, wird nicht zornig beschrieben, eher mit einer Milde, die stutzig macht – denn die Vorgänge, die Egon Christian Leitner zu Herzen gehen, sind und bleiben meist widerwärtig.

Als hilfreich beim Zustandekommen dieser außergewöhnlichen Prosa erwies sich die solide Vertrautheit Leitners mit dem Œuvre des französischen Kultursoziologen Pierre Bourdieu und dessen Sensibilität für »die feinen Unterschiede«, die als Buchtitel berühmt sind.

»Viele namhafte österreichische Politiker«, bemerkte Leitner im Jahr 2000, »geben gleichsam ehrenwörtlich ihr Bekenntnis zum Sozialstaat ab, sie verstehen ihn nur jeweils anders. Und wenn es dann darum geht, was einer gefälligst alleine ertragen muss und was doch nicht, wer eine Zumutung ist und wer nicht, wer denn nun der Hilfe bedarf, in Not ist, Schutz und eine Chance verdient, scheiden sich, wie man weiß, ihre Geister ganz unsolidarisch.«

Und, aus meinem Buch übers Mitleid zitierend: »Für langsame Denker, wie zum Beispiel die Psychologen, sei hier festgehalten, dass Mitleid ein Erkenntnisakt ist. Der rote, bald konstruktivistische, bald strukturalistische Soziologe Bourdieu weiß das, verblüffenderweise.«

In seinem Buch »Schutz und Gegenwehr« (2002) hat Leitner festgehalten, dass Bourdieu »kein sonderlicher Christ« gewesen sei, dass Gott für Bourdieu eher etwas Kafkaeskes dargestellt habe. Gott sei für Bourdieu = Gesellschaft gewesen, und Politiker habe Bourdieu mit Klerikern gleichgesetzt.

Mit leibhaftigen Roten und Grünen hat Leitner nicht immer die besten Erfahrungen gemacht, wie er mir gelegentlich andeutete. Alte Geschichten. Der persische Mani trug um 250 n. Chr. herum Beinkleider in Lauchgrün und Rot, dazu einen himmelblauen Umhang. Er starb im Gefängnis.

Leitner zog es vor, sein Publikum auf hohem intellektuellen Niveau zu respektieren, nicht von oben herab, verschwenderisch beim Herstellen von Zusammenhängen, die überraschten, weil sie ohne Rücksicht auf Verluste antanzten. In Buchform boten Leitners Vorträge zwar kein Lesefutter, dafür jedoch den Blick in die Werkstatt eines Zeitgenossen in Hochform, dessen enorme Belesenheit in den Fußnoten versteckt blieb.

Dann rückte Leitner bei mir mit den ersten Entwürfen seines Sozialstaatsromans an, der damals noch nicht so hieß, und ich sah mich konfrontiert mit einem Text, der auf Eingängigkeit so radikal verzichtete, dass ich an James Joyce zu denken begann. Ich musste einsehen, dass zu Leitners Profil auch seine Hartnäckigkeit gehört.

Herausgekommen ist ein Solitär unter den Schmuckstücken der Schriftstellerei. Wer ihn erwirbt, hat einen Wertgegenstand in der Bibliothek.

Egon Christian Leitner

Geb. 1961, Studium der Philosophie und Klassischen Philologie. Kranken- und Altenpflege, Flüchtlingshilfe.

Publikationen u.a.

Antike Geistesgeschichte als Mittel zur Bewältigung und zur Ausübung moderner Gewalt oder Warum man nicht für wahr halten sollte, daß das Ich nicht zu retten sei, in: H. Kernmayer (Hg.), Zerfall und Rekonstruktion. Identitäten und ihre Repräsentation in der Österreichischen Moderne 5, Wien: Passagen Verlag 1999

Bourdieus eingreifende Wissenschaft. Handhab(ung)en, Wien: Turia + Kant, 2000

New Economy ante Christum natum; Bourdieu und die helfenden Berufe; Mit Menschen freundlich leben, in: Die Augen der Herrschenden. ISOTOPIA 2000/24

Die Judokunst des Pierre Bourdieu, in: Forum Stadtpark (Hg.), Von mir nach dort, Wien: edition selene, 2002

Schutz & Gegenwehr. Menschenleben und Widerstandswissen von Hesiod bis Bourdieu, Wien: Turia + Kant, 2002

Zur Ideologie der Informationsgesellschaft, in: J. Flecker, H. G. Zilian (Hgg.), e-Work: real oder virtuell? AMS Wien, 2002

Pathologia neoliberalis Austriaca, in: planet. Zeitschrift für politische Ökologie, 27/2002

Nebelscheinwerfer. Damit Sie wissen, wovon Sie reden, wenn Sie »Neoliberalismus« sagen. Und warum Sie nichts Nennenswertes gegen diesen unternehmen, in: edition schreibkraft (Hg.), fetzen, Heft 8/2003

Politik statt Psychotherapie? Hommage à Pierre Bourdieu, in: Integrative Therapie 1/2003

Kein Mensch aufersteht, in: R. Hoeps et al. (Hgg.), Himmelschwer: Transformationen der Schwerkraft, München: Wilhelm Fink Verlag, 2003, sowie in: B. Pölzl (Hg.), Himmelschwer, Wien: edition korrespondenzen, 2003

Antlitz, in: M. Petrowitsch (Hg.), Schengenblick, Graz: Pavelhaus, 2003

Vom Reparieren der Welt, in: Jugend am Werk Steiermark (Hg.), Malwerkstatt Graz, Graz: Styria, 2003

Simplify Your Life: Sex, Drugs & Economics, in: Denkwerkstätte Graz 2005: Arbeitslosigkeit im biographischen Verlauf, http://www.denkwerkstaette.net/cms/index.php?id=579

Lexikonartikel zu Bourdieu (gem. m. H. G. Petzold) in: G. Stumm et al. (Hgg.), Personenlexikon der Psychotherapie, Wien / New York: Springer, 2005

Durch Menschenhand. Die Banalität des Guten, in: H. Halbrainer, Ch. Ehetreiber (Hgg.), Todesmarsch Eisenstraße 1945, Graz: Clio, 2005

Gespräch mit Peter Christian Stachl, in: P. Ch. Stachl (Hg.), Bai. Kleines Licht, Graz 2007

Kinder, Markt und Funktionäre (Diskussionsbeitrag zur steirischen Jugendstudie), in: ARGE Jugend gegen Gewalt und Rassismus (Hg.), Jugend im Gespräch, Graz 2008

Was jetzt, was tun? – Bourdieu, Wegwerfleben, Geistesgegenwart und Sozialarbeit, in: soziales_kapital. wissenschaftliches journal österreichischer fachhochschul-studiengänge soziale arbeit Nr. 1 (2008)

Dazwischengehen (Ein Interview), in: H. G. Petzold, I. Orth, J. Sieper (Hgg.), Gewissensarbeit, Weisheitstherapie, Geistiges Leben. Werte und Themen moderner Psychotherapie, Wien: Verlag Krammer, 2011